国家社会科学基金重大项目『中国近代日记文献叙录、整理与研究』（项目编号：18ZDA259）阶段性研究成果

全国高等院校古籍整理工作委员会直接资助项目『柳树芳日记整理』（项目编号：2141）成果

江苏省『十四五』时期重点出版物出版专项规划项目

中国近现代稀见史料丛刊
【第十一辑】

柳树芳日记（上）

（清）柳树芳 著

张剑 徐雁平 彭国忠 主编

张知强 整理

本辑执行主编 徐雁平

凤凰出版社

图书在版编目（CIP）数据

柳树芳日记 / （清）柳树芳著；张知强整理.
南京：凤凰出版社，2024. 12. -- （中国近现代稀见史
料丛刊）. -- ISBN 978-7-5506-4386-4

Ⅰ. Ⅰ264.9

中国国家版本馆CIP数据核字第2024KD0120号

书　　　　名	柳树芳日记
著　　　　者	(清)柳树芳
整　理　者	张知强
责　任　编　辑	许　勇
装　帧　设　计	姜　嵩
责　任　监　制	程明娇
出　版　发　行	凤凰出版社(原江苏古籍出版社)
	发行部电话025-83223462
出版社地址	江苏省南京市中央路165号,邮编:210009
照　　　排	南京凯建文化发展有限公司
印　　　刷	江苏凤凰通达印刷有限公司
	江苏省南京市六合区冶山镇,邮编:211523
开　　　本	880毫米×1230毫米　1/32
印　　　张	39.125
字　　　数	1017千字
版　　　次	2024年12月第1版
印　　　次	2024年12月第1次印刷
标　准　书　号	ISBN 978-7-5506-4386-4
定　　　价	328.00元(全三册)

(本书凡印装错误可向承印厂调换,电话:025-57572508)

存史鉴今

袁行霈题

「音实难知，知实难逢，逢其知音，千载其一乎！」（《文心雕龙·知音》）今读新编稀见史料丛刊，真有怡然知音之感犬。

傅璇琮谨书

二〇一二年

傅璇琮先生题辞

殫精竭慮旁搜遠紹

重新打造中華文史資

料庫

王水照 二〇一三年一月

王水照先生題辞

《中国近现代稀见史料丛刊》总序

在世界所有的文明中,中华文明也许可说是"唯一从古代存留至今的文明"(罗素《中国问题》)。她绵延不绝、永葆生机的秘诀何在?袁行霈先生做过很好的总结:"和平、和谐、包容、开明、革新、开放,就是回顾中华文明史所得到的主要启示。凡是大体上处于这种状况的时候,文明就繁荣发展,而当与之背离的时候,文明就会减慢发展的速度甚至停滞不前。"(《中华文明的历史启示》,《北京大学学报》2007年第1期)

但我们也要清醒看到,数千年的中华文明带给我们的并不全是积极遗产,其长时段积累而成的生活方式与价值观具有强大的稳定性,使她在应对挑战时所做的必要革新与转变,相比他者往往显得迟缓和沉重。即使是面对佛教这种柔性的文化进入,也是历经数百年之久才使之彻底完成中国化,成为中华文明的一部分;更不用说遭逢"数千年来未有之变局""数千年未有之强敌"(李鸿章《筹议海防折》),"数千年未有之巨劫奇变"(陈寅恪《王观堂先生挽词序》)的中国近现代。晚清至今虽历一百六十余年,但是,足以应对当今世界全方位挑战的新型中华文明还没能最终形成,变动和融合仍在进行。1998年6月17日,美国三位前总统(布什、卡特、福特)和二十四位前国务卿、前财政部长、前国防部长、前国家安全顾问致信国会称:"中国注定要在21世纪中成为一个伟大的经济和政治强国。"(徐中约《中国近代史》上册第六版英文版序,香港中文大学出版社2002年版)即便如此,我们也不能盲目乐观,认为中华文明已经转型成功,相反,中华文明今天面对的挑战更为复杂和严峻。新型的中华文明到底会怎样呈现,又怎样具体表现或作用于政治、经济、文化等层面,人们还在不断探索。这个问题,我们这一代恐怕无法给出答案。但我们坚信,在历史上曾经灿烂辉煌的中华文明必将凤凰浴火,涅槃重生。这既是数千年已经存在的中华文明发展史告诉我们的经验事实,也是所有为中国文化所化之人应有的信念和责任。

不过,对于近现代这一涉及当代中国合法性的重要历史阶段,我们了解得还过于粗线条。她所遗存下来的史料范围广阔,内容复杂,且有数量庞大且富有价值的稀见史料未被发掘和利用,这不仅会影响到我们对这段历史的全面了解和规律性认识,也会影响到今天中国新型文明和现代化建设对其的科学借鉴。有一则印度谚语如是说:"骑在树枝上锯树枝的时候,千万不要锯自己骑着的那一根。"那么,就让我们用自己的专业知识与能力,为承载和养育我们的中华文明做一点有益的事情——这是我们编纂这套《中国近现代稀见史料丛刊》的初衷。

书名中的"近现代",主要指 1840—1949 年这一时段,但上限并非以一标志性的事件一刀切割,可以适当向前延展,然与所指较为宽泛的包含整个清朝的"近代中国""晚期中华帝国"又有所区分。将近现代连为一体,并有意淡化起始的界限,是想表达一种历史的整体观。我们观看社会发展变革的波澜,当然要回看波澜如何生,风从何处来;也要看波澜如何扩散,或为涟漪,或为浪涛。个人的生活记录,与大历史相比,更多地显现出生活的连续。变局中的个体,经历的可能是渐变。《丛刊》期望通过整合多种稀见史料,以个体陈述的方式,从生活、文化、风习、人情等多个层面,重现具有连续性的近现代中国社会。

书名中的"稀见",只是相对而言。因为随着时代与科技的进步,越来越多的珍本秘籍经影印或数字化方式处理后,真身虽仍"稀见",化身却成为"可见"。但是,高昂的定价、难辨的字迹、未经标点的文本,仍使其处于专业研究的小众阅读状态。况且尚有大量未被影印或数字化的文献,或流传较少,或未被整合,也造成阅读和利用的不便。因此,《丛刊》侧重选择未被纳入电子数据库的文献,尤欢迎整理那些辨识困难、断句费力、裒合不易或是其他具有难度和挑战性的文献,也欢迎整理那些确有价值但被人们习见思维与眼光所遮蔽的文献,在我们看来,这些文献都可属于"稀见"。

书名中的"史料",不局限于严格意义上的历史学范畴,举凡日记、书信、奏牍、笔记、诗文集、诗话、词话乃至序跋汇编等,只要是某方面能够反映时代政治、经济、文化特色以及人物生平、思想、性情的文献,都在考虑之列。我们的目的,是想以切实的工作,促进处于秘藏、边缘、零散等状态的史料转化为新型的文献,通过一辑、二辑、三辑……这样的累积性整理,自然地呈现出一种规模与气象,与其他已经整理出版的文献相互关联,形成一个丰茂的文献群,从而揭示在宏大的中国近现代叙事背后,还有很多未被打量过的局部、日常与细节;在主流周边或更远处,还有富于变化的细小溪流;甚至在主流中,还有漩涡,在边缘,还有静止之水。近现代中国是大变革、大痛苦的时代,身处变局中的个体接物处事的伸屈、所思所想的起落,借纸墨得以留存,这是一个时代的个人记录。此中有文学、文化、生活;也时有动乱、战争、革命。我们整理史料,是提供一种俯首细看的方式,或者一种贴近近现代社会和文化的文本。当然,对这些个人印记明显的史料,也要客观地看待其价值,需要与其他史料联系和比照阅读,减少因个人视角、立场或叙述体裁带来的偏差。

知识皆有其价值和魅力,知识分子也应具有价值关怀和理想追求。清人舒位诗云"名士十年无赖贼"(《金谷园故址》),我们警惕袖手空谈,傲慢指点江山;鲁迅先生诗云"我以我血荐轩辕"(《自题小像》),我们愿意埋头苦干,逐步趋近理想。我们没有奢望这套《丛刊》产生宏大的效果,只是盼望所做的一切,能融合于前贤时彦所做的贡献之中,共同为中华文明的成功转型,适当"缩短和减轻分娩的痛苦"(马克思《资本论》第一卷第一版序言)。

　　《丛刊》的编纂,得到了诸多前辈、时贤和出版社的大力扶植。袁行霈先生、傅璇琮先生、王水照先生题辞劝勉,周勋初先生来信鼓励,凤凰出版社姜小青总编辑赋予信任,刘跃进先生还慷慨同意将其列入"中华文学史史料学会"重大规划项目,学界其他友好也多有不同形式的帮助……这些,都增添了我们做好这套《丛刊》的信心。必须一提的是,《丛刊》原拟主编四人(张剑、张晖、徐雁平、彭国忠),每位主编负责一辑,周而复始,滚动发展,原计划由张晖负责第四辑,但他尚未正式投入工作即于2013年3月15日赍志而殁,令人抱恨终天,我们将以兢兢业业的工作表达对他的怀念。

　　《丛刊》的基本整理方式为简体横排和标点(鼓励必要的校释),以期更广泛地传播知识、更好地服务社会。希望我们的工作,得到更多朋友的理解和支持。

2013年4月15日

目　录

前　言 …………………………………………………………………… 1

凡　例 …………………………………………………………………… 1

柳树芳日记 ……………………………………………………………… 1

近游日记（戊寅、己丑、辛卯） ……………………………………… 65

庚辰日记 ……………………………………………………………… 75

庚辰续记（附辛巳录） ……………………………………………… 102

辛巳续记（壬午附录） ……………………………………………… 127

壬午日记（癸未附录） ……………………………………………… 154

戊戌日记一（正月至闰四月） ……………………………………… 184

戊戌日记二（五月至六月） ………………………………………… 221

戊戌日记三（七月至八月） ………………………………………… 247

戊戌日记四（九月至十二月） ……………………………………… 269

己亥日记一 …………………………………………………………… 294

己亥日记二 …………………………………………………………… 320

己亥日记三 …………………………………………………………… 345

己亥日记四 …………………………………………………………… 370

己亥日记五 …………………………………………………………… 389

己亥日记六 …………………………………………………………… 407

己亥日记七 …………………………………………………………… 427

庚子日记一 …………………………………………………………… 440

庚子日记二 …………………………………………………………… 461

庚子日记三……………………………………………482

庚子日记四……………………………………………500

庚子日记五……………………………………………516

庚子日记六……………………………………………533

庚子日记七……………………………………………547

辛丑日记一……………………………………………558

辛丑日记二……………………………………………580

辛丑日记三……………………………………………600

辛丑日记四……………………………………………620

辛丑日记五……………………………………………637

辛丑日记六……………………………………………658

癸卯日记一……………………………………………673

癸卯日记二……………………………………………687

癸卯日记三……………………………………………704

癸卯日记四……………………………………………722

癸卯日记五……………………………………………739

癸卯日记六……………………………………………756

癸卯日记七……………………………………………779

癸卯日记八……………………………………………801

癸卯出门日记草稿……………………………………816

汰存集…………………………………………………837

甲辰日记一……………………………………………838

甲辰日记(草本二)……………………………………861

甲辰日记(草本)………………………………………889

南游日记………………………………………………916

草稿杂记(甲辰冬起)…………………………………917

丁未日记一……………………………………………931

丁未日记二……………………………………………948

丁未日记三 ··· 967

丁未日记四 ··· 987

丁未日记五 ··· 1006

己酉杂记 ·· 1031

庚戌日记一 ··· 1060

附录一　胜溪居士自撰年谱一卷 ···················· 1066

附录二　柳树芳传记资料 ·························· 1100

附录三　柳树芳序跋辑录 ·························· 1109

附录四　日记人名索引 ··························· 1116

前　言

一、柳树芳和《柳树芳日记》

吴江分湖柳氏为河东柳氏分支,自山西迁居浙江宁波府慈溪县,
"中间世系多不可推"①。为躲避明末战乱,分湖柳氏始迁祖春江公
"偕弟慕江、云江避地吴江县之东村",开始繁衍生息。定居吴江后,
柳氏又经历多次搬迁,三世祖心园公由东村移居北舍港,六世祖杏传
公由北舍港迁于分湖滨之大港,七世祖逊村公定居分湖之大胜港。
柳树芳为逊村公第三子。

柳树芳,字湄生,号古槎、古查,又号胜溪居士,晚号粥粥翁。生
于乾隆五十二年(1787)十月二十四日,卒于道光三十年(1850)正月
二十二日,年六十有四。太学贡生,江苏吴江人。有二子、三女。长
子柳兆青,出嗣于柳树芳仲兄柳毓芳,因病早亡。次子柳兆薰,同治
六年(1867)副榜。柳树芳常年患病,绝意功名,又为家族事务所累,
但仍勤于文字,与郭麐、姚椿、沈曰富、江湜、顾广誉、翁海琛、汤贻汾、
何其伟、六舟上人、杨聋石、董兆熊、殷兆镛等交往。柳亚子称高祖柳
树芳为"我们大胜柳氏在文坛上的开山祖师"②。柳树芳参与以郭麐
为中心的寒士诗人群,雅好古文,与桐城派成员交流密切,被刘声木
收入《桐城文学渊源考》。柳树芳著述颇丰,有《日记》三十卷、《胜溪

---

①　柳树芳《分湖柳氏家谱》,道光刻本,上海图书馆藏。

②　柳无忌、柳无非编《柳亚子文集(自传·年谱·日记)》,上海人民出版
社,1986年,第40页。

居士自撰年谱》一卷、《养馀斋书目》一卷、《养馀斋诗集》十四卷、《胜溪竹枝词》一卷等存世,编纂《分湖柳氏家谱》十卷、《河东家乘》二卷、《分湖小识》六卷、《分湖诗苑》一卷等,尚有《经史撷华》《三通汇论》《读史随笔》《太平庄闲录》《养馀斋杂录》《读杜随笔》《读韩随笔》《读柳随笔》《读苏随笔》《三亡友诗》《顾氏三家诗选》《养馀斋散体文存》《尺牍》等,已亡佚①。并刊刻陆陇其、郭麐、彭兆荪等人著作。

　　柳树芳有写日记的习惯。其日记稿本共 54 册,藏于苏州博物馆,始于嘉庆二十年(1815),止于道光三十年(1850)。据柳兆薰《行略》,柳树芳于道光三十年正月二十二日去世,其日记最后一天是正月十九日,可知柳树芳在日记中几乎完整地记录其后半生的行迹。但遗憾的是,日记亡佚较多,现存仅有 1815 年、1818 年(《近游日记·戊寅》)、1820—1822 年、1829 年(《近游日记·己丑》)、1831 年(《近游日记·辛卯》)、1838—1841 年、1843—1844 年、1847 年、1849年、1850 年等 16 年的部分日记。

　　编纂年谱时,日记是非常重要的参考资料。因此,日记和年谱可以成为互补的文献。幸运的是,柳树芳有《胜溪居士自撰年谱》稿本一卷,记录其 57 岁(1843 年)之前的事迹。据《日记》记载,《年谱》材料完全来自《日记》中,如:

> 汇录一年之事,将续入年谱中。(1839.12.24)
> 暇将汇录今年之事,入年谱中,日记不可不重阅。(1841.11.11)
> 下午,在楼上录清今年之事,入年谱中,实不欲虚度光阴也。(1841.11.20)
> 饭后,将汇录一年之事,入年谱中,总以日记作底本。

---

　　① 董振声、潘丽敏主编《吴江艺文志》,国家图书出版社,2011 年,第 554—555 页。

(1843.11.20)

　　下午无事,将汇录一年之事,入年谱中。(1848.1.28)

《年谱》不仅可以与现存的《日记》相比对,还可以补充日记缺失年份的记录,还原柳树芳的生活史。因此,《胜溪居士自撰年谱》的存在,在相当程度上弥补了柳树芳日记不完整带来的遗憾。

　　柳树芳日记虽为稿本,但也有不同的形态,至少可分为草本和誊抄本两种。如《近游日记》汇录作者戊寅、己丑、辛卯三次出游,字迹工整,是典型的誊抄本。而《癸卯出门日记草稿》记载闰七月十五日至八月十八日的行程、诗歌,字迹潦草,改动颇多,可与《癸卯日记》相比对。甲辰年的日记比较特别,《甲辰日记(草本)》记录六月二十六日至七月初四日,《甲辰日记(草本二)》记录四月十一日至五月十八日,《草稿杂记(甲辰冬起)》收录诗歌、书信、年谱,可与字迹工整的《甲辰日记一》(记录二月二十二日至四月初十日)互相配合。丰富的文本形态可以看出日记的“完善”过程,体现作者对日记的重视和经营。

二、《柳树芳日记》的内容和价值

　　柳树芳日记体量较大,内容较为庞杂,对柳氏家族的发展、日记文体的研究、苏州社会各方面的研究等有较大的价值。

　　首先,有助于研究吴江柳氏家族文化传统的形成。柳氏家族所留存的文献较为完备,从柳树芳、柳兆薰到柳亚子,大都有日记、诗文集、地方文献等著作存世;柳念曾亦“撰日记垂三十年”[1],然未见。因此,分湖柳氏在家族研究中具有代表性。如柳兆薰有日记,《分湖柳氏重修家谱》十二卷、《松陵文录作者姓氏爵里著述考》一卷、《胜溪

---

　　① 　傅専《柳公钝斋墓志铭》,见柳亚子著,柳无忌、柳无非整理《柳亚子日记》附录三,上海人民出版社,2015年,第125页。

钓隐诗录》三卷《诗馀》一卷、《东坡词编年笺注》二卷、《樊榭山房集笺注》十七卷等著作①；柳亚子有自传、年谱、日记、书信、《磨剑室诗词集》《磨剑室文录》《分湖诗征》等著作，并刊刻柳树芳《分湖诗苑》。作为文化家族，分湖柳氏自有其特色。柳亚子总结吴江的各大家族，认为："总之，宋元间的陶、陆，明代的袁、叶，都是分湖文献世家。等到满清中叶，便是郭频伽一般人的世界了。频伽既没，大胜柳氏、莘塔凌氏和雪港沈氏，又成为分湖三大世家。"②也是比较客观的评价。

其次，有助于加深对日记文体价值的认识。在四部分类法中，日记虽隶属于史部，但日记所记录的内容非常丰富，涵盖四部，在文体方面具有独特性。除上文提及的稿本日记的层次之外，日记还有重要的文学价值，可以还原很多已经失传的著作信息。柳树芳尚有《读杜随笔》《读韩随笔》《读柳随笔》《读苏随笔》等著作，均已亡佚。而日记中则有相关的阅读记载、对诗文的评点，可以在部分程度上进行还原，如：

> 展阅《河东集》卷四十二，诗凡两卷，除摘出之外，可以不阅。（1840.9.19）

> 重读《李昌谷诗》毕。共选四十三首，取其精华显露者，易于揣摩。其他艰深之作，概置不登。（1841.3.29）

> 饭后，阅《文选揭要》。《文选》之可删者，十分之中，约有一分。不知昭明当日，何以不急为淘汰？予于《读选笔记》中，逐一指出。有目者，断不以予为妄也。（1841.7.14）

> 舟中阅《手选韩文》卷七，九篇必宜读，二篇备读。卷八，必读之文四、备读二。（1843.5.17）

> 下午静坐。选读韩文六十七篇，照鹿门本。（1843.5.24）

---

① 董振声、潘丽敏主编《吴江艺文志》，第 636—637 页。

② 柳无忌、柳无非编《柳亚子文集（自传·年谱·日记）》，第 44 页。

日记中有柳树芳挑选的诗文篇目、圈点等信息，也有一些评语。因此，这些读书笔记也可以看作是诗文选本。有的著作虽然已经亡佚，但通过日记可以大致了解著作的内容。如日记中有较多关于《太平庄闲录》成书的信息，柳树芳云："此录共五卷，前二卷多载亲朋见示之作，间附先达名流、故乡逸事；后二卷多采明末诸名臣遗闻佳话及有关文献者；末一卷专采《科名显报录》中事，略寓劝惩之微意云尔。"（1841.1.1）在今日无法检索此书著录情况的前提下，这段提要性质的文字就非常重要。此外，日记中还可以辑出柳树芳的诗歌、诗话、书信等资料，还可以重新编写柳树芳的年谱，为编纂《柳树芳全集》做准备。

再次，有助于提供苏州地区丰富的经济史、战争史、社会风俗、书籍史等信息，更加详细、全面地了解清代中叶苏州地区的政治、经济、社会、文化情况。柳氏家族有大量田产，日记详细记录每年的农业气候、田租的收缴与上交等信息。旱灾、水灾得到柳树芳的重点关注，日记、诗歌中经常有相关信息，如：

> 自二月望后至今，从无三日之晴。下田将淹，春熟歉收，五年一小变，天灾其未免乎？盖自甲午至丁酉，成熟已四年矣。（1838.4.30）
> 《连雨江涨》诗："龙卷鱼虾并雨落，人随鸡犬上墙眠。"予于癸巳年曾亲历其境。（1838.5.13）
> 昨夜大风雨不止，今晨风雨如故，湖水顿涨，稻田半被淹没。今秋米价，于近年来为最贱，惟春间积阴，致薪大贵。谚云："柴贵荒年到。"真不虚语也。（1838.9.12）
> 连阴已半月馀矣，黄云断烂，低区浸在水中，高亦倒眠泥上，谷实生芽，世所罕见。人无造命权，安得回天手，尚可转歉为丰耶？（1839.10.27）
> 低区已被淹没，麦秋无望，槐夏甚长，不知将来作何光景。

书到此,不觉又抱杞人之忧矣。(1841.4.13)

下午,在楼上静坐。因思今年之水,自春徂冬,来易去难,邑中低区不但菽麦无收,抑且稻禾无望。其在太湖近地一带,被灾尤酷。而同里之北、芦墟之东,尽属高乡,收成不减去年。同在一邑之内,此瘠彼肥,不知天何心也。(1841.11.12)

连阴,微雨。低区砟水稻,不及十分之四。水退复来,春花断不能补种,来岁荒荒之象,不问可知。吾辈惟有恐惧修省而已。(1841.11.28)

晓起,成《望雨诗》:"一月春无雨,江湖水不生。漕船迟未发,贾舶碍难行。泽国宁忧旱,农家转厌晴。何时云大作,夜半走雷声。"时不雨已三十日矣。(1843.3.18)

几年之间,旱情、水灾接连不断,民生凋敝。与灾情相应,柳树芳在收租时对佃户比较宽容,不是一味苛责,如:

下午,大兄来,面议取租事宜。予存心格外松办,实因今岁歉收,应得如是。(1839.11.10)

酌定今冬取租章程,分三则:一等每亩照旧岁让一斗,二等让一斗五升,三等以看稻账为凭,酌半减收。凡遇歉岁,断不能划一收成,须分别收租,庶无苦乐不均之弊。予虽未曾亲历畎亩,每嘱同事诸友平心细看,谅亦不致大相径庭。兹就见闻所及,分酌三则取租,尔各佃亦可略见予之苦心也。(1839.11.13)

鸦片战争是中国近代史的开端,具有重要的历史意义。在当时,这场战争已受到各阶层民众的广泛关注。柳树芳并没有直接参与此次战争,但通过与友人的书信、言谈,通过自己的观察,在日记中记录下当时民间关于鸦片战争的各种记忆、清军对战争的应对等重要信息,在宏大的历史叙事中留下个体的印记,如:

适迓青霞过访来贺，遂邀笑山同叙，集饮于养树堂。谈及两广禁绝鸦片一案，不许夷船进来，厉兵严守，每日糜费四五万金，大小官员，视广中为畏途，不知何日方能安靖也。(1840.3.25)

近闻上海、乍浦、宁波诸海口甚不安静，盖外洋鸦片烟之流毒已极，夷船多挟贱土以诡取中国厚利，如饮食、嗜欲之不可须臾离。一旦禁绝，不许擅入，非一番大惩创，断不能剪除。此时食肉者，果能出远谋否也？草野书生，徒抱杞人之忧而已。(1840.7.15)

闻黄岩伊总兵带兵来宁，招募渔船千馀只，出洋击破夷船二只，生擒夷匪七人。提督把守蛟门，抚宪已到宁府，人心始定。查黄岩伊镇台，本系拔贡出身，后中武状元，大有肝胆人也。六月十三日，杭州辰刻发。宁地夷船之事，于初六日，共有廿六只突至舟山犯境。于初七日，舟山镇台等拒住，不料夷船即时开炮，舟山措手不及，镇台左腿炮伤，救至镇海调治。舟山城已被占去。初九、初十，提台告急，调兵守住镇海关隘。现在各处调集官兵万馀，尚未交战，乃军器炮火俱未备足，只得守住暂缓。沿海、江一带，俱有官兵守住隘口。上海、乍浦各小口隘，本省制台、提台，亦俱调兵守住。然宁地鄞、慈、镇三县，惊动骚扰，已大伤元气矣。此信系宁波人开张药铺在黎里，本月廿四五间寄来家信。(1840.7.26)

饭后，沈含珠表兄来，谈及十八日大潮生日，刘河镇上，被夷船趁潮进来，掳掠民间钱米牛羊无算，是夜，乘潮而去。似此光景，总有内地人作引子。东南渐渐多事矣。(1840.9.21)

谈及夷氛极炽，定海县于八月十七日复失，书恭寿自缢于堂，闻之殊堪发指。下午，在胥门外见兵船陆续而过，询之，乃南京满洲兵，至上海防御者。东南日渐多事，大非承平光景矣。安得大有经济者，为之芟削消磨也。（页眉：后闻书公实未曾死。）(1841.10.13)

于昼翁处,携示浙抚刘韵珂九月初三日奏疏,宁波城实于前月廿九日失守,逆夷侵犯内地,如入无人之境。浙省武备废弛,竟至此耶?可叹可叹!(1841.11.2)

闻经略于前月十八日出京,至今尚未过,救兵如救火,古语不尽然耶?可叹!(1841.11.30)

此篇专论用师之意,而今之为将者,果何如哉?时经略仍未过境,闻到处逗留,浙东之生民涂炭,岂竟忘之耶?可叹可叹!(1841.12.2)

接殷甥前月廿五日信,知馀姚失守,绍郡告急,羽书络绎前来,而奕将军尚逗留吴门,不知此何心也。(1842.1.13)

面对时代的大变局,个人能做什么呢?柳树芳没有功名,但仍热心家国大事,与亲友一起搜集、交换相关文献、信息,"彼此各有所得,互相投递,以广见闻,亦友朋中集益之道。吾辈闭户读书,知古而不知今,何以通达世务?勿以出位而笑之也"(1841.4.8)。因此,他持续关注、记录这场战争,抄录相关的邸报,也关心林则徐的遭遇,并在日记中发表自己的感叹和议论。

关注战争是因为柳树芳的儒者关怀、经世理念,留心社会风俗的变化也是同理。日记中对苏州社会各方面的"退化"有详细的记载,如:

近年,我邑两县文风大衰,吴江计实到二百十七人,泽震计实到一百廿四人,崇明尚有五百馀人。忆乾隆初年,祖父相传,两邑考取共有一千六百馀人。至嘉庆初年,尚有九百馀人。时隔三十馀年,忽减其半,其故何哉?岂非提唱乏人,后生小子不知此事为何物,以故衰替若此与?抑由俗疲民贫,士无读书之资,咸弃学就贾,以致日减一日与?有心世道者,不得不为之深虑也。(1838.3.14)

　　旅舍无聊,适寺中有弹唱之事,多作淫辞,以耸动人听,所谓:"听郑卫之音,则不知倦。"然风俗败坏,断自城始。为人上者,何竟默然置之也?(1839.7.2)

　　中午,闻周令已丁内艰,阖邑称快。此虎一去,今冬可无苛政之累矣。周令自去秋到任以来,不过一豪华公子,忝居民上。今年夏秋之间,忽奉上官面谕乡会试勒捐事宜,从此借端勒索,横行无忌,极草野之脂膏,买平康之歌舞,纵欲败度,莫此为甚。吾邑故家乔木,日渐衰替,竟无巨室晋绅可与廷诤面抗,而草莽书生,徒隐忍而不能言。今幸推之而去,未必非天之福庇吴民也。(1839.10.22)

　　下午剃发。时大行皇后百日之期已满,遵制守法,亦士人分内之事。彼有顶戴者,纷纷违制,何也?此法不守,若大于此者,更不足观矣。(1840.5.21)

　　中午,与梅桥之妇翁顾公同席。此公善写蝇头小楷,谈及前年吴雪璈及近时朱选楼所办怀挟,皆渠一人手笔。予谓士人窗下读书,终以穷经为致用之具,若专事抄袭,纵得功名,亦属可耻,况事之未可必者乎?(1840.10.16)

　　今日,闻黎里近村被盗,白日抢劫,并掳掠妇女而去,幸奔告土人,群起截住去路,擒得五盗解官。乌呼!风俗如此,尚堪问哉!今之为民上者,何愦愦乃尔耶?可恨可愧!(1843.5.15)

涉及地方文教不振,习俗的败坏,官吏的贪腐,士绅、世家大族的不能担当,法令不行,考试抄袭,不法之徒偷盗抢劫诸事,各种线索汇聚在一起,可以看到嘉道时期清朝统治的实际情形。

　　柳树芳虽然没有取得功名,但一直关心家族和地域的文教。在自己创作、编辑书籍之外,也会出资刊刻一些书籍,既有自己的著作,也有家谱、地域文献、江南名人的著作。日记中有较多与书籍刊刻相关的资料,可以借以考察当时苏州的书籍史信息。柳树芳刊刻书籍,主要与苏州的喜墨斋有关。喜墨斋刻书的价格，与木板的材质、字数的多少有关，如：

> 赤翁遗集及《忏摩录》俱已写好，交吴门喜墨斋中上版，共计字十二万五千六百七十二个，梨版每百制钱九十文。（《胜溪居士自撰年谱·道光十六年》）
>
> 晓起，与喜墨斋刘先生议定刻谱之事，言明白版，每百九十，序文图字双算。此番因空页、空行多也。至《日记》一书，仍用梨版。（1841.10.13）
>
> 吴楚翘来，谈定诗集，情愿减价承办，梨版每百八十文，当付定洋十元，馀俟样本阅后，然后付清。（1847.8.12）

而每次刻书的数量，也不会很多，因为主要通过赠书的渠道流通，仅有少量用来贩卖。如：

> 以番饼□□枚托东溪办纸章，印《浙东游草》三佰本。（1822.4.19）
>
> 愚溪翁诗集已印好三百本。（1822.12.30）
>
> 《雪床续刻》……先印廿五本传送。（1822.12.30）
>
> 《养馀斋诗》初刻共印二百部，《河东家乘》共印三十七部，约费番钱一百枚。（《胜溪居士自撰年谱·道光十二年》）
>
> 喜墨斋刻工刘建扬以赤翁遗集印本全样见示……托渠印订一百部，约岁底取来。（《胜溪居士自撰年谱·道光十六年》）
>
> 以《哭女诗》分赠诸家。此诗共印五十本。（1838.12.1）
>
> 约《家谱》一书装订七十部，做木套五十部，均于十二月二十日后送来。（1842.1.2）
>
> （《陆清献公日记》）印订一百五十部，共费制钱一百五十八千文。（《胜溪居士自撰年谱·道光二十二年》）

> 与陆松亭言定《分湖小识》补好后,先印订一百部,约月杪来
> 取。(1847.12.21)

其中,《浙东游草》、愚溪翁诗集 300 部,为柳树芳岳父著作;《养馀斋诗》初刻 200 部,为柳树芳诗集——这几部著作的个人属性较强,与柳树芳关系密切。而具备一定公共属性的《陆清献公日记》150 部、《分湖小识》100 部、《家谱》70 部等,印数相对较少。关于喜墨斋的刻书质量,柳树芳有不少批评,如:

> 饭后,喜墨斋陆松亭携《小识》样本来,二卷尚缺两页,可谓庸懦之至。(1847.10.6)
> 校阅《小识》卷一、卷二,差误者少,惜卷中、卷尾共阙四页。(1847.10.9)
> 《分湖小识》样本前三卷,于今晚寄来,字画大不如前。(1847.10.20)
> 重阅薰儿所校《分湖小识》前三卷样本,字画之不清楚,不可枚举,只好就其大误者补之。(1847.11.6)
> 过喜墨斋,《小识》卷四、五、六尚未奏功,可谓庸劣之至!复约十一月初寄来,予亦无可如何而已。(1847.12.3)
> 点阅《杜林合注》,适陆松亭以《小识》后三卷样本来而止。先将前三卷补好处重校,尚有差误。下午,校阅后三卷,似较前刻略胜。(1847.12.19)

在刊刻《分湖小识》时,喜墨斋并非一次性刻好,而是分卷刊刻,然尚有缺页、字画不清、速度慢、刻错字等问题。柳树芳日记的存在,可以从细节方面了解清中叶苏州的书籍刊刻情况。

三、关于分湖柳氏的研究现状

关于柳树芳的专门研究,成果较少,相关研究主要体现在对吴江柳氏家族的整体观照中。研究成果可分为历史、文学两个方面。

在历史学领域,吴强华《近世江南乡居士绅的城乡流动——以分湖柳氏为例》(《史林》2008 年第 1 期)、吴滔《试论吴江分湖柳氏日常生活中的分房原则》(《苏州科技学院学报》[社会科学版]2014 年第 1 期)等论文主要利用柳氏家谱、柳树芳自编年谱、家族后人如柳兆薰的日记和柳亚子的回忆录等,对柳氏家族各房情况以及成员的流动、联姻进行研究。但研究者并未关注到柳树芳的日记,是一大缺憾。就材料的性质而言,柳树芳日记的内容比年谱更为丰富。而且,日记规模较大,其中记载家族成员的信息、与吴江各家族之间的联姻、交往,非常细致。对吴江地区的家族研究而言,柳树芳日记不可或缺。

在文学领域,可从家族文学、地域文学两个角度来看。其一,对吴江柳氏的研究,历来的重点是柳亚子。而柳亚子的文学观念,受到其家族文学传统的影响。柳亚子曾提到柳树芳对柳氏家族文学的开辟之功。沈津《柳亚子与吴江文献》(《苏州大学学报》[哲学社会科学版]1984 年第 4 期)、张明观《柳亚子史料札记》(上海人民出版社,2008 年)、《柳亚子史料札记二集》(上海人民出版社,2014 年)、《柳亚子史料札记三集》(上海人民出版社,2017 年)、黄建林《柳亚子藏红梨社文献考论》(罗时进、唐忠明主编《坚守与超越:高校图书馆发展研究》,苏州大学出版社,2013 年)等研究中,亦均涉及柳树芳的资料,探寻柳树芳与柳亚子之间的关联。其二,对于柳树芳在吴江地域文学的地位,邱睿《吴江柳氏家族》(《光明日报·文学遗产》2020 年 2 月 24 日第 13 版)在柳亚子之外,还注意到柳树芳参与到以郭麐为中心的寒士诗人群,认为:"柳树芳的交游和创作实绩让他为柳氏家族赢得了地域文学影响力。"此外,柳树芳积极参与地方文献的搜集、编选,其身边逐渐形成一个整理地方文献的群体。其三,柳氏家族与桐城派的关联,始于柳树芳,终于柳亚子,中间每一代家族成员都有隶属于桐城派者,刘声木《桐城文学渊源考》均有收录。至于柳树芳如何接触、学习桐城派,只能通过梳理其日记来获取相关信息。

对家族文学的研究已经注意到柳树芳的重要性,但由于材料的限制,研究中涉及柳树芳者,多泛泛而谈,较少具体的研究;而且,柳树芳也并非研究的重心所在,只是顺带提及。日记的存在,使得柳树芳的日常活动,如对家谱的编修,对家族风气的重视,对田产的经营,对地方文献和文学经典的搜集、阅读、评点、编纂、校勘、刊刻,与关注地方文献的同道之间的互动等,都具体地展现出来,可以还原柳树芳在吴江柳氏家族的发展、桐城派的传衍等方面的成绩。在家族研究之外,日记对于吴江寒士诗人群的活动、地方文献爱好者的交流、文人结社等群体活动都有记载。由此,对清代江南社会文化的研究而言,日记可以提供很多细致而丰富的材料和视角。

柳树芳日记一直以稿本的状态存在,几乎未曾得到利用。因此,鉴于日记在柳氏家族、苏州文人群体、清代江南社会文化研究等方面的价值,有必要将其进行整理、出版。今据《苏州博物馆藏近现代名人日记稿本丛刊》(文物出版社,2018 年)影印本整理。

凡　例

　　一、本次整理依据的底本为《苏州博物馆藏近现代名人日记稿本丛刊》影印本。部分内容因时间顺序有所调整。

　　二、手稿多修改痕迹。为保留原貌，修改痕迹在脚注中进行说明。柳树芳阅读诗文，多有圈点，亦于脚注中说明。日记所涉及的部分人物，附录小传于脚注中，供读者参考。

　　三、本文除特殊人名、地名、书名等专有名词外，一律使用规范简体字。

　　四、原文中所记人名、字号多用同音或音近之字，一般不作改动。

　　五、原文中的误字，一般不作改动，以注释的方式进行说明。

　　六、凡不能辨认之字、原文空缺处，均用□代替，必要时做说明。

　　七、为方便读者使用，在每一年、月、日后均以圆括号标注公元纪年。

柳树芳日记

嘉庆二十年十月起,二十一年岁底录。

嘉庆二十年岁次乙亥正月初一日(1815 年 2 月 9 日) 大风自西北来,终日,晚乃得晴。

初二日(2 月 10 日) 风稍息,微有雪,如霰。

初三日(2 月 11 日) 风复大,日中雪。

初四日(2 月 12 日) 日出无光,河乃冻。

初五日(2 月 13 日) 天乃晴。

初六日(2 月 14 日) 微有雨。

初七日(2 月 15 日) 风解冻,朝晴。放舟至西漾港,谒沈云巢①先生。回舟至北舍港,与诸族兄相见,行贺岁礼。客有自关外来者,言及去岁镇江府金坛县粒米无收,民不聊生,忽百阳桥一带有五色祥云,连结不散,人皆信为异宝。望云处掘起,得泥如饧,沿田四五亩皆然,携归煮食,却可充饥。于是远近闻之,共相争取,掘至四五尺深,下才是泥,不可食。或云此处前朝仓场,米谷羡馀所积,日久结就精华,天特显之,以为救荒计耳。似亦可信。客携得一丸示余,其色青黑,以舌舔之,甚腻。是盖目击,并非耳闻,聊志之,以备参考。(页眉:疗饥丸。)

初八日(2 月 16 日) 天雨雪。

初九日(2 月 17 日) 日暖风和。放舟至汤大瀰。

---

① 沈璟,字树亭,号云巢,吴江人。嘉庆五年举人。著有《云巢诗钞》。

初十日(2月18日)　日高云净,土人呼为老晴。时庞礼堂来权课青儿。午候,黄竹堂来,畅谈半日,聊尽杯酒之欢。

十一日(2月19日)　晴。(页眉:雨水。)

十二日(2月20日)　晴半日,多料峭风。

十三日(2月21日)　雨。

十四日(2月22日)　晴。放舟至吴江。是夜,周小如留饮,不觉大醉。

十五日(2月23日)　晴。

十六日(2月24日)　晴。城北访周元圃,不值。城西访沈禊亭,又不值。是夜,吴友江①留饮,遂住宿焉。

十七日(2月25日)　晴半日。城南访黄云帆。午后,遇雨而返。

十八日(2月26日)　雨夹雪终日。

十九日(2月27日)　晴。在仓场完米,八折之外,又加五升五合。

二十日(2月28日)　晴,大东南风起。自吴江归棹,逆流而返,至夜抵家。

廿一日(3月1日)　雨终日。饭后,顾云泉到馆。下午,王山桥妹夫、沈芝如内兄同来贺岁,谈及糙米腾贵,每石竟有四千七八百文。故老相传,未之有也。

廿二日(3月2日)　雨终日。饭后,送庞礼堂去。同王山桥抵大港,至夜而返。

廿三日(3月3日)　雨终日。去年六七月间,吴中亢旱,四十馀日,水涸苗槁,民如倒悬。一日,嘉定城外竹园中见一黑面小儿,生三只眼,长二三尺。人民聚观,群起逐之,则逃去,明日复来。或以鸟枪击之,终不能逐。人皆愕然,诉之官,官来视之,则曰:"此旱魃也,宜设馔以祭。"后日遂不复见。乃知《大雅》所载,不虚语也。客有自彼

---

①　吴春霭,原名克震,字友江,吴江人。嘉庆二十年入震学。编有《六先生遗诗》。

来者,目击其异,余因而记之。(页眉:旱魃。)

廿四日(3月4日)　雨止,西北风起。时我乡糙米已长至五千馀文一石。

廿五日(3月5日)　晴。

廿六日(3月6日)　阴,午后风雪连绵,继之以雨,夜乃止。客有自外来者,言及民间竟有食糠豆渣,甚可哀也。(页眉:惊蛰。)

廿七日(3月7日)　阴雨如故。

廿八日(3月8日)　朝雨,饭后乃止。

廿九日(3月9日)　阴,夜又雨。

三十日(3月10日)　日无光。

二月初一日(3月11日)　上午晴,下午阴,西北风甚大。

初二日(3月12日)　晴,西北风甚急。顺帆至芦墟,同黄竹堂到西市湾王氏,谒袁雨寰先生。回访顾丈三池,暨郭春岩。时春岩以袁二恬先生遗稿嘱选,并读《分湖诗课》,中有《泗洲寺吊杨忠节公》诗,内有郭友三骥、陈梦琴希恕①诗,却可去得。友三善画,梦琴好古力学,实后来之秀,惜与余同患血症了。偶录两人之诗而备志之。五古:"香火古逸民,雅抱前朝节。烈士维一主,壮心不可夺。社稷系安危,巢破岂独活。视死一如归,抔土埋香骨。千秋名不磨,纲常维一发。夜夜子规啼,其声凄以切。庙祀久倾颓,望古伤遗迹。分湖水汤汤,流恨曷有极。寄语吴季子,有言当不食。云璈欲重葺杨公祠。"《金缕曲》:"一水分如此。有前朝、孤忠遗恨,同流无已。独棹扁舟寒寺外,黄叶空堆废址。剔藓草、手摹碑记。甲戌夏过寺,见殿前碑记苔剥,因摹书之。古木寒鸦啼不住,向游人,替说先生事。死或重泰山矣。

纷纷官骑围桥寺。想当年、头颅慷慨,如归视死。一幅血衣书不

①　陈希恕(1790—1850),字养吾,号梦琴,吴江县人。诸生。世代行医。工诗,组织红梨社。著有《灵兰精舍诗》《闹红一舸词》等。

尽,一发纲常永系。看颈断,声还震厉。圣代煌煌隆谥典,愧同时、一辈偷生鬼。妥忠魄,宜重祀。"(页眉:杨公之死,因不肯剃发,借用"发"字,巧合。)

初三日(3月13日)　日暖风和,洵可乐也。

初四日(3月14日)　晴。

初五日(3月15日)　晴。时有难民二佰馀人来求食。

初六日(3月16日)　晴。难民二百人乞了一餐,汹汹之势,情实难堪。大家食了,又到小家索钱索米,横行凶器,无人禁止,殊可慨也。

初七日(3月17日)　晴。运粮到江,一路顺帆。至仓尚早,夜宿周小如家。时小如在吴氏馆中,与又山、玉生夜话。又山言及《乡党》中朱注内"饰,领缘也","缘"字当音"愿",不当音"谚",亦考据一证云。

初八日(3月18日)　晴。在仓场完纳。东南风大。二鼓后返。

初九日(3月19日)　晴半日。晤殷东溪①、赵平桥于仓场头,并晤陈福卿。福卿为青浦庠生,现在李湘浦明府幕中,恂恂儒雅,真读书人也。

初十日(3月20日)　雨,晚风甚大。

十一日(3月21日)　阴。到雷尊殿探梅,并约翁朗庵、朱春池、黄云帆为花朝之会。是夜月明如水。(页眉:春分。)

十二日(3月22日)　晴。招翁朗庵、朱春池、黄云帆、杨竹堂、吴友江及又山、玉生两表侄宴集五芝堂,以"花朝"二字为韵,各有诗纪事。座中竹堂言及"幡红颜青",出《湘烟录》中。

十三日(3月23日)　晴。春池以《楚游草》见示。

十四日(3月24日)　晴。从吴江返棹。

---

①　殷增,字曜庭,号东溪,苏州平望人。国子生。喜作诗古文词。编有《松陵诗征前编》,著有《孤鸿编》《武林游草》《纪元考》《人参谱》。

十五日(3月25日) 晴。

十六日(3月26日) 晴。放舟至平川,访东溪,不值。与沈褉亭夜话,遂住宿焉。读壁间《祈晴诗》,云巢先生之作,洵为老手。其诗云:"一杯酒祝一分晴,胜写青词奏上清。泥滑偏能寻乐土,时东溪招饮。云开便是破愁城。花缘泪久眼犹湿,柳□□□腰尚轻。安得□□□□□,哀鸿从此不闻声。"①(页眉:是日阴,微有雨,"晴"误。)

十七日(3月27日) 晴。同褉亭访赵平桥、静香,时静香外出。回过艺英书屋,云巢先生以《白燕诗序》见示,蓬勃之气,溢于行间。余有诗纪事云:"老树着花多璨璀,寒梅香里得春先。"真可为斯文写照也。下午走访赵竹安,竹安出示《新柳》诗,并以顾耕石元熙原唱见示,清新俊逸,恰是吴下人吐属。

十八日(3月28日) 晴。返棹至黎里,同汝南村访孙补云孝廉、徐山民待诏②。时山民尚未起来,与补云、静香、南村观石刻《汤文正公手札》,后有初中丞彭龄跋,并先君子墓铭石刻,亦已告成,洵胸中之快事也。回至南村家,伊父听松留饮,案上盆梅盛开,花香酒冽,并入我诗肠中矣。得七律一首,留赠听松乔梓,云:"者番特为故人来,恰遇梅花破晓开。此境已离尘市俗,尔翁原是水云媒。吟安一字镂成句,醉到三分红上腮。我欲赠君无别语,瑶阶小草护栽培。乔松相荫。"回舟至大港,晤陈丈梧冈,薄暮而归。(页眉:排。)

十九日(3月29日) 晴,东南风甚大。俗以此日风为"观音报"。

二十日(3月30日) 晴,西北风甚大。

廿一日(3月31日) 晴,西北风仍大。

---

① 原文空缺处,以□代替。下同。

② 徐达源,字岷江,一字无际,号山民,苏州黎里人。由太学候选布政司理问,改任翰林院待诏。著有《黎里志》《吴郡甫里人物考》《吴郡甫里诗编》《褉湖诗拾》《涧上草堂纪略》等。

廿二日(4月1日)　晴,风仍大,晚乃息。

廿三日(4月2日)　阴。送云泉解馆,礼堂以县试期迫,不能赴馆,余亲课青儿及兆黄侄。自叹少日蹉跎,儿辈当及时加勉。

廿四日(4月3日)　晴。闻米价贱去七八百文,亦胸中之快事也。

廿五日(4月4日)　晴。放舟至汤大灞。

廿六日(4月5日)　晴,西北风甚大。饭后,放舟至下房圩,拜先大父墓。一抔之土,日渐零落,急欲命工覆土,以安先灵。他日能改造先茔,筑成墓道,亦及生之大愿也。今日势有所不能了。回舟至南玲圩,拜先君子墓,凄怆之神,自不能已。昔欧阳文忠公云:“祭而丰,不如养之薄也。”为人子孙,纵大起丙舍,极尽巍峨,何如竹篱茅舍,得尽水菽之乐哉! 生不能养,没后何及。聊序数言,以志一时之痛云。(页眉:清明。)

廿七日(4月6日)　晴。饭罢,舟出野鸭滩,过李公漾。至北厍港禽字圩上,拜始祖春江公及六世祖怡禅公、五世祖心园公墓,继至长浜里拊虚圩上,拜高祖敬湖公墓。回舟出池家湾,曲折而北,过三家村,至角字村子规圩上,拜曾祖君彩公墓。时同往者,声昭、继祥、如涛三侄,并胞侄兆黄、青儿及余是也。余宗祭扫,老五房轮当,今岁轮着二二房,不料祭田上租米尽被荡费,先人享祀缺然,△乌能坐视? 故拉声昭辈,聊致一盂之诚云。

廿八日(4月7日)　晴。课子侄辈理书。

廿九日(4月8日)　晴。功课如前。是夜,野鸭滩头有火远远而来,初一点,顷刻间化为千万点,土人咸曰:“盗至矣。”鸣锣击枪而起。及往观,知其为阴兵也。岁荒往往有之。(页眉:“蜃楼海市总荒唐,尽有游魂鬼未亡。吹火作城迷月白,散星成海破昏黄。世间不少沙虫劫,此去终归缥缈乡。宝筏灵灯须早渡,不教落魄在他乡。”)

三十日(4月9日)　晴。下午至东浜,外舅沈愚溪①以家墨溪超山水见赠。披阅之馀,如得珍宝。两家至亲,又于翰墨中添一重因缘也。

三月初一日(4月10日)　晴。功课如前。闻平望周姓一门昆季二,清明日携妻及子并外甥女同往扫墓,归渡莺湖,大风冲碎船板,竟沉于水。同死者,一门五人并甥女,其家只存一人。明日尸浮水面,其母犹紧抱其子,甚可哀也。余为作《沉舟怨》以记之。

初二日(4月11日)　晴。儿辈理书已完,内《诗经》第一、第二两本仍旧不熟,何也?卷首最生。

初三日(4月12日)　阴,下午乃雨,夜尤盛。

初四日(4月13日)　微有雨。至北厍港梅氏贺婚,遂宿其家。

初五日(4月14日)　晴。在北厍观剧,至暮而返。

初六日(4月15日)　微有雨。人有以"侘傺"二字问出何处并切何音,因查《离骚经》内有"忳郁邑余侘傺兮",注:"失志貌。"侘音"诧",傺音"懑"。按,二字诗赋内不时看过,一查来历,便觉茫然。平生囫囵吞枣,类如此云。

初七日(4月16日)　雨。

初八日(4月17日)　晴。偶阅潘安仁《笙赋》,内有"独向隅以掩泪"之句,注引《说苑》云:"古人于天下,譬一堂之上。今有满堂饮酒,有一人独向隅泣,则一堂之人皆不乐。"诚哉是言。盖均无贫,不均则贫者众;贫者众,而欲独乐,其富也难哉。今天下不均甚矣。(页眉:是日接读殷东溪见题《寒烟咏雪图》七古一首,有气岸而少精实。又有吊吴尚书易之作,不减五字长城,欲以偏师攻,不得也。鄙作美止退兵三舍。)

---

①　沈锡爵(1746—1821),字思美,晚号愚溪老人,吴江人。国学生。好读书,工篆刻。著有《浙东纪游草》。

初九日（4月18日） 晴。夜阅赵瓯北诗,咏史可法事,有"生嫌棣萼枝偏暖"之句,注内云:"公弟可程曾降贼。昔文天祥弟璧降元,或吊以诗,有'南枝向暖北枝寒'之句。"舜、象悬殊,自古皆然,岂独今人也哉?

初十日（4月19日） 晴。阅瓯北哭洪稚存诗:"花事巧分殷七七,风情亦狎董三三。"爱其属对工绝。按,坡赠李方叔诗:"须烦李居士,重说后三三。"谓所昵营妓董九。

初十一日（4月20日） 晴。读刘公幹《公燕诗》,中有"遗思在元夜,投翰长叹息"之句,愚谓诗中用"清夜",或用"永夜",不如用"元夜";诗中用"投笔"字面,不如用"投翰",以避庸熟也。若有时该用何等字眼,又不可拘。

十二日（4月21日） 晴。（页眉:谷雨。）

十三日（4月22日） 西北风甚大,天乃雨。夜读《列子》,见子列子与南郭子友,连墙二十年,不相请谒。其说甚诞。然古人品格,其自重如此。间考《南史·刘讦传》:"陈留阮孝绪博学隐居,不交当世,恒居一鹿床,环植竹木,寝处其中,时人造之,未尝见也。讦经一造,孝绪即顾以神交。"辣玉甜冰,杨诚斋以芦菔为辣玉,蔓菁为甜冰,见瓯北诗内。

十四日（4月23日） 放舟至浣墅,吊吴鹤墅姊丈之亡,已三年矣。时在小如馆中,接读周元圃、杨竹堂、黄云帆花朝燕集诗,同会者翁朗庵、朱春池诗前已读过。与小如论诗半日,抵暮而返。是日微有雨。

十五日（4月24日） 阴。读颜延年《皇太子释奠会》诗,有"怀仁憬集,抱智麕至"二语,注:"麕,聚也。"按,"憬集""麕至",四字甚新,可于物类相聚上用。又,诗家用"呐喢"二字,《石林诗话》云:"犹言呼吸。"

十六日（4月25日） 午晴。往时观《灵芬馆诗》,中多"拜嘉庆"三字,每疑触目,及读颜延年《秋胡诗》,有"上堂拜嘉庆"之语,郭诗出典,想必在此。乃知枵腹者,不可与论诗。

　　十七日(4月26日)　晴。中午后,同玉生表侄放舟至玩墅,送鹤墅姊丈除几。夜间,谈及城中宋某,年六十馀,善饭,食必肉。临死时,犹嘱咐家人曰:"牢中豕毋失养,须善视之。"馀不及记。其见鄙如此,食肉者往往而然。是日,吴友江过舍,不值。(页眉:食肉。)

　　十八日(4月27日)　东南风大,午后日无光。放舟至池家湾,访陈秋岩于张氏馆中。秋岩出示咏古诗,内用"肉屏风""钱树子"字眼,却为新鲜。谈一刻而返。

　　十九日(4月28日)　晴。午后,阅鲍明远《咏史诗》,注内引《汉书》:"夏侯胜常谓诸生曰:'士病不明经术。苟明,其取青紫如俯拾地芥。'"乃知"取紫如拾芥"出处。夜阅瓯北诗内,书名"黄妳",竹几名"青奴"。

　　二十日(4月29日)　晴。

　　廿一日(4月30日)　晴,夜风大,天乃雨。瓯北诗内屡用程咬金、来嚼铁二人名。

　　廿二日(5月1日)　雨。阅谢灵运《于南山往北山经湖中瞻眺》诗,有"天鸡弄和风"之句,注引《音义》《杨文公谈苑》:"淮南张佖知举,进士试'天鸡弄和风'诗。佖但以《文选》中诗句出题,未曾详究。有进士白试官曰:'《尔雅》天鸡有二,未知孰是?'佖大惊,不能对,亟取《尔雅》,检《释虫》有'翰,天鸡,小虫,黑身赤头,一名莎鸡。'《释鸟》有'鶾,天鸡,赤羽'。江东人深于学问有如此。"案,善注引《释鸟》,翰、鶾,音翰。又,颜延年诗"千翼泛飞浮",注:"千翼,舟也。"二字甚新。又,阮籍《咏怀诗》:"周周尚衔羽,蛩蛩亦念饥。"注引《韩非子》:"鸟有周周者,首重而屈尾。将欲饮于河,则必颠,乃衔羽而饮。"今人之有所饮不足者,不可以不索其羽矣。下句见《尔雅》。(页眉:飞千翼。周周鸟。)

　　廿三日(5月2日)　晴。

　　廿四日(5月3日)　午后大雨。沈芝如内兄招赏牡丹。陈秋岩过访,不值。

廿五日(5月4日) 午晴。

廿六日(5月5日) 晴。

廿七日(5月6日) 晴。晓起,同云泉放舟至孤家湾观剧,入暮而返。东北风甚大。是夜,云泉归家。(页眉:立夏。)

廿八日(5月7日) 风愈大,饭后雨。

廿九日(5月8日) 风如故,雨。上午权课儿侄辈。下午云泉到馆。

四月初一日(5月9日) 晴。

初二日(5月10日) 晴。

初三日(5月11日) 晴。少时阅送人入都诗,往往用"素衣未化"字眼,未知出处,今观陆士衡《为顾彦先赠妇》诗,有"京洛多风尘,素衣化为缁"之语。又,谢元晖《酬王晋安》诗:"谁能久京洛,缁尘染素衣。"

初四日(5月12日) 晴。

初五日(5月13日) 晴。

初六日(5月14日) 阴。

初七日(5月15日) 阴。阅刘越石《赠卢谌》诗,乃知"何意百炼刚,化为绕指柔"二句出处。

初八日(5月16日) 谓浴佛日。上午微有雨,俗谓之"破戒",盖以此日阴晴,卜麦之丰歉。

初九日(5月17日) 晚乃晴。

初十(5月18日) 晴。

十一日(5月19日) 晴。

十二日(5月20日) 下午阴。

十三日(5月21日) 雨。读谢元晖《之宣城出新林浦向板桥》诗,有"天际识归舟,云中辨江树",又《晚登三山还望京邑》诗,有"馀

霞散成绮,澄江静如练",皆习见而未知出处者。王仲宣《从军诗》,有
"相公征关右",谓曹操为相公。《日知录》云:"相公二字始见此。"

十四日(5月22日)　雨。神仙生日。(页眉:小满。)

十五日(5月23日)　微晴。

十六日(5月24日)　微有雨。

十七日(5月25日)　晴。放舟至周庄,过杨家潭,流连竟日而
返。(页眉:有诗纪事。)

十八日(5月26日)　晴。午后西北风起。客有言及李翠岩明
府新绘《载花图》,自题二律,末有"一半勾留亦是斜"之句。"亦是斜"
三字,想有来历,否则欠解。是夜子时,生一女。

十九日(5月27日)　晴。

二十日(5月28日)　晴。

二十一日(5月29日)　晴。

二十二日(5月30日)　晴。中午,有朱家湾袁衡涛来,言及姚
烈妇者,二十八都南盈圩施心一之妻,归一年,夫亡,妇哭之几欲绝。
其母急为劝解,且虑其死也,以身随之。既而给其母曰:"死者不可复
生,有翁姑在,我不死矣。"哭亦缓息。其母稍稍出外,妇就缢于房。
后夫一日死,遂与夫同日殡殓。远近闻之,无不叹赏①。其翁施连
洲,至今尚存。年月日要查。(页眉:烈妇。)

二十三日(5月31日)　晴。

二十四日(6月1日)　晴。起晓至平川,晤殷东溪,谈诗半日,
互以近稿相示。夜间,问卞壶坟出处。据云,卞壶晋人,战殁,坟在某
山中。袁太史②有《御祭卞忠贞公墓纪恩碑记》。

二十五日(6月2日)　晴。晓起,同东溪谒云巢先生于义学,并
以《寒烟拥雪图》乞题。饭后,顺帆而归。

---

①　"叹赏"原为"惊叱",后改。

②　袁枚(1716—1798),字子才,号简斋、随园老人,浙江钱塘人。

二十六日(**6 月 3 日**)　晴。

二十七日(**6 月 4 日**)　晴。

二十八日(**6 月 5 日**)　晴。

二十九日(**6 月 6 日**)　晴。（页眉：芒种。）

五月初一日(6 月 7 日)　晴。清晨，庞礼堂来权课青儿辈。饭后，顾云泉归家。时闻陈梦琴府试第一，积薪之势，往往而然。

初二日(6 月 8 日)　晴。偶阅《后汉书》，杨秉尝从容言曰："我有三不惑：酒、色、财也。"

初三日(6 月 9 日)　日中微有雨。偶阅《风俗通》，顺帝之末，京师谣曰："直如弦，死道边；曲如钩，反封侯。"此《汉史》所未载者。欲辑《历代歌谣录》而摘出之。又，《淮南子》："兔走归窟，寒螿翔水，各哀其所生。"注："寒螿，水鸟。"向谓寒螿为虫，误。又，《列子》："见兔触株，抱株而守兔者也。""株守"二字本此。又，《汉书》："季布，楚人也。楚谚曰：'得黄金百，不如得季布诺。'"（页眉：古谣。）

初四日(6 月 10 日)　晨大雨，晚乃晴。

初五日(6 月 11 日)　为端午节。晨有雾，饭后日乃见，晚晴。

初六日(6 月 12 日)　微有雨。偶读宋玉《招魂》："赤蚁若象，元蜂若壶些。"注："邝露《赤雅》：赤蚁若象，浑身带火，力负万钧，杂食虎豹蛇虬。遗卵如斗，人取为酱，是名蚁醢。"

初七日(6 月 13 日)　阴。

初八日(6 月 14 日)　朝雨。

初九日(6 月 15 日)　晓雨，晴乃晚。

初十日(6 月 16 日)　大雨。

十一日(6 月 17 日)　晴。沈云巢先生过舍，余以古文二艺相质，并以《分湖志》条例相商确。

十二日(6 月 18 日)　晴。放舟至平川，晤殷东溪，论诗半日。遂与东溪过赵竹安家，东溪云："何不一登平波台，以为我辈吟咏地乎？"余与竹安曰："然。"于是泛一叶舟，出米市河，一望莺脰湖中，风恬浪静。不一刻，舣舟台下。入门，见蜀葵花盛开，东溪有诗云："七尺青珊瑚作梗，一枝红玛瑙生烟。连天梅雨江南路，望帝心枯血泪鲜。"①与竹安沉吟久之，遂登快哉阁。时月色初上，渔烟晚起，凭窗四顾，泂一尘不到地也。已而夕阳渡唤，人影湖光，同在琉璃世界中矣。东溪邀竹安酌余于竹香居中，酒罢更深，月明如水，相与步至平桥荡口而返。灯下补《登平波台》诗一首。东溪云："渺渺鸥波阔，茫茫□国芜。人家全倚水，菱芡半输租。烟柳馀青苗，春蔬病绿葅。鸟声知客意，相与唤提壶。"余诗云："野旷心逾旷，台平浪亦平。一钩探月上②，十里照湖明。画向微茫起，诗从寂静生。夕阳人唤渡，柳外一舟横。"是夜，竹安急于回家，诗缺如焉。（页眉：纪游。）

十三日（**6 月 19 日**）　卯时大雨，辰刻晴。饭后，返棹至梨里，闻镇上自钟少府清源卸任，连日演剧，以为赌媒。里中绅士思欲上禀县令，蒯铁崖司马嘉珍笑而言曰："何必小题大做。"次日，请新任官到家，并延里中绅士，设酒相待。酒阑茶罢，延新任官登一小阁，可望见戏场，遥指叹庄而言曰："此种甚么？"新任官佯为不知，即传圩甲面讯。圩甲相为朋比，饰词应曰："此等多是开茶棚的。"新任官亦不甚诘究。铁崖遂笑曰："钟父台在日，断无此等茶棚。"新任官竟为失色，回衙后即传弓兵严禁，赌风始得稍息。铁崖可谓善于弥缝矣。（页眉：纪事。"叹"当作"摊"。）

十四日（**6 月 20 日**）　晴。逗留外舅愚溪家，抵暮而返。

十五日（**6 月 21 日**）　晴。云泉到馆。中午后，送礼堂回家。夜间，有人谈及去年陈笠帆先生豫巡□山东时，参劾布政司某在衙连日

---

①　作者日后补记："诗非不佳，语多衰飒。后八年是日，欲有诗纪事，东溪竟归道山。追忆前尘，不禁为之凄然也。"

②　柳树芳《养馀斋初集》卷二有《登平波台同东溪作》，此句作"一钩迟月上"。《清代诗文集汇编》555 册，上海古籍出版社，2010 年，第 360 页。

演剧，宠溺侑人，以致蕃库亏空，恬然不知。寻奉圣谕，赐某死。此事未知确凿。果然，亦天下之快事也。

十六日(6 月 22 日)　晴。放舟至西濛港，赴云巢先生所订会约。先生出示壮年所绘《课农图》，其中名人题咏，目不给赏。并以《秋士诗钞》及所著《语绮》上下集见示。余得携归读之。酒罢后，欲寻虹亭太史①菊庄丰草亭遗址，不果。（页眉：夏至。）

十七日(6 月 23 日)　晴。梨里陈宜堂大治工于制艺，为沈云巢先生高第，今岁县试见赏于李湘浦明府廷芳②。其赋《新柳》七律诗云："似曾识我开青眼，依旧随人画翠眉。"二语于干谒之中极有身分，明府急为称赏，遂拔置第一。芦墟陈梦琴希恕素以诗赋见称，今岁县[试]第八、府试第一。然观其赋《新柳》诗云："几寸丝高难系马，二分影瘦不藏莺。"工则工矣，未免近乎寒瘦。（页眉：暮，大风雨。诗话。）

十八日(6 月 24 日)　雷雨间作。按，吴江题三高祠文甚多，而议者以子皮为吴雠，法不当祀。前辈有诗云："可笑吴痴亡越憾，却夸范蠡作三高。"有戏作文弹之者云："匿怨而友其人，邱明所耻；非其鬼而祭，圣经是诛。今有窃高人之名，处众恶之所，□□之士，莫不共愤。无知之鬼，岂当久居。"鸱夷之见黜于吴如此。语载无名氏《题三高祠文》。文章不关教化，虽工无益。昔范文正公见王安石《明妃引》："汉恩自浅胡自深，人生乐在相知心"，直抵之曰："今日背君父恩者，皆舍其说，此所以坏天下人心者也。"其恶之之严如此。见干文传③《松陵续集序》。往时见人诗文中多"真气满乎大宅"之语，未知

---

①　徐釚(1636—1709)，字电发，号虹亭、拙存，晚号枫江渔父，吴江人。康熙中式鸿博，授翰林院检讨。著有《菊庄乐府》《南州草堂集》《词苑丛谈》《本事诗》《菊庄藏书目录》等。

②　原文此后尚有"文章之工固不待言"一句，作者删去。

③　干文传(1276—1353)，字寿道，号仁里，晚号止斋，平江吴县(今江苏苏州)人。元延祐二年进士。与修《宋史》，著有《仁里漫稿》。

何解。及观枚乘《七发》,中有"阳气见于眉宇之间,侵淫而上,几满大宅"云云,注引梁邱子《黄庭经注》:"面为灵宅,一名大宅,以眉目口之所居,故曰宅。"(页眉:论古。)

十九日(6月25日)　晴。晓起,至北舍港吊甸安从侄之亡。饭后,同汉祥从侄过陈秋岩馆中,交还《分湖遗稿》。秋岩并以舒铁云孝廉诗见示,七古逼真谪仙,馀体亦戛戛独造,求之我邑中,无其敌也。(页眉:逊村公忌日。)

二十日(6月26日)　朝雨,卯后晴,夜又雨。

廿一日(6月27日)　晴。按,吴江学宫建邑之南郊,在宋时为瞿庵、盘野故址。

廿二日(6月28日)　晨大风。余友秦丕烈①善画工诗,曾以砚田为活。一日,为人画屏风十二幅,内一幅写月季一株,旁有白头公飞舞其上,欲题未就②。适主人年老买妾,竟作枯杨之稊,偶触于怀,爰题一绝,末二句云:"可惜红颜真薄命,一朝嫁与白头公。"虽属文人游戏,其风流真可想也。年来卖药韭溪,去余家四五十里,不禁有离索之感云。按,朱长孺鹤龄③江湾草庵在庞山湖东渚,去吴淞江不二里。(页眉:微有雨。诗话。)

廿三日(6月29日)　丑时大雨,辰时又雨。《淮南子》:"庚市子,圣人无欲者也。人有争财相斗者,庚市子毁玉于其间,而斗者止也。"《吕氏春秋》:"齐闵王病瘠,往宋迎文挚。文挚视王疾,谓太子曰:'王病得怒当愈。愈则杀挚,如何?'太子曰:'臣当与母共请于王,

---

① 秦丕烈(1777—1829),字启人,号啸庐、半痴道人,吴江人。工诗、画、医。著有《啸庐遗诗》。

② 原文此后尚有"沉吟久之"一句,作者删去。

③ 朱鹤龄(1606—1683),字长孺,号愚庵,吴江人。明诸生。笺注杜甫、李商隐诗,盛行于世。著有《易广义略》《尚书埤传》《诗经通义》《春秋集说》《读左日钞》《禹贡长笺》《愚庵诗文集》等。

必不杀子。'挚往,不解屦,登床履衣,问王之疾,王怒,叱而起,病即瘳。"《七命》云:"理有毁之而争宝之讼解,言有怒之而齐王之疾痊。"

廿四日(6月30日) 饭后大雨。七夕钱,径寸四分,重十二铢,内好,背面皆周郭,文为牵牛织女相对形,穿上为花,穿下为草,制甚古质。出《泉志》。

廿五日(7月1日) 阴雨连绵,夜乃大雨。

廿六日(7月2日) 日无光。按,秦汉钱太重,晋及五代钱太轻,唐铸开元钱,轻重始得其平。以后铸法皆踵而行之。(页眉:《史记·平准书》有赤侧钱,洪遵《泉志》有柄文钱、日月钱、井文钱、双五钱、双十钱,并奇异,今世罕有。)

廿七日(7月3日) 晴,午候大雨。按,衣紫、好缨,出处《韩子》。齐国桓公好服紫,一国尽服紫。当时十素不得一紫。公患之,管仲曰:"君欲止之,何不自诚勿衣也?"谓左右曰:"甚恶紫臭。"于是郎中莫衣紫,明日国中莫衣紫,三日境内莫衣紫。又,邹君好长缨,左右皆服,长缨甚贵。邹君患之。先断其缨而出,国中皆不服长缨。所谓上行下效,捷于响影是也。

廿八日(7月4日) 微有雨,午晴。祢正平恃才傲物、不屈贵势似嵇中散,而韬光用晦不及阮步兵。操□迁天子于许都,其势已成。孔北海之荐正平,亦以正平不为操用,此正犯操所忌。忌正平,安得不忌北海。覆巢之祸,已胎于此。然则北海荐正平,既不量而入,非荐之,实杀之也。呜呼!大厦已倾,一木难支,北海殆忠有馀、识不足者乎?偶读《荐衡表》,论及之。《说苑》:"楚庄王赐群臣酒,日暮,烛灭,有引美人衣,美人乃挽绝其缨,以告王。王曰:'赐人酒醉,欲显妇人之节,吾不取也。'乃命左右勿上火:'与寡人饮,不绝缨者不欢也。'群臣缨皆绝,尽欢而去。后与晋战,引美人衣者五合五获,以报庄王。"《吕氏春秋》:"秦穆公失马,野人取之。公自求之,见野人方将食之,穆公笑曰:'食骏马肉不饮酒,恐伤汝。'遍饮而去。韩原之战,原晋人已环缪公之车,野人率三百馀人毕力疾斗,遂大克晋,反获惠公以归。"(页眉:论古。绝缨之报。失马之报。)

廿九日(7月5日)　阴。按,诸葛武侯纶巾羽扇,"纶"字人多音"伦",及查字典,当音"鳏"。《北堂书钞·晋纪》云:"王敦欲代甘卓,遣使送白纶巾与卓,曰:'不取。'"又,谢万着白纶巾。(页眉:纶巾正误。)

卅日(7月6日)　阴。先君子墓铭印好待裱。是日,接读云巢先生见题《寒烟咏雪图》五言一首,灏气流转,的是老手。

六月初一日(7月7日)　阴,午后雨。

初二日(7月8日)　大雨连绵。

初三日(7月9日)　晓雨,饭后晴。

初四日(7月10日)　雨。

初五日(7月11日)　雨,午晴。

初六日(7月12日)　阴。是日,俗有吃馄饨之例。又谓猫狗生日,不知何所取义而云,然□□□□。

初七日(7月13日)　晨雾,俗谓大热将至。尝闻斗鸭阑是陆龟蒙旧事。及观《吴志·陆(游)[逊]传》:"时建昌侯虑于堂前作斗鸭栏,颇施小巧。(游)[逊]正色曰:'君侯宜勤览经典以自新益,用此何为?'虑即时毁撤之。"可知一事而两出者正多也。《后汉书·王符传》:"明君之诏也,若声;忠臣之和也,若响。长短大小,清浊疾徐,必相应也。且攻玉以石,洗金以盐,濯锦以鱼,浣布以灰。物固有以贱理贵、以丑化好者矣。智者弃短取长,以致其功。"(页眉:鸭栏引证。)

初八日(7月14日)　晴。

初九日(7月15日)　晴。姑苏为群花聚处,痴蝶狂蜂,往来如织。一日,有落魄浪子从万年桥下,适逢故妓。妓已为贵公子所亲狎,而旧好未忘,馀情恋恋,酒阑茶罢,妓以樱桃戏浪子,浪子即以口含桃,一片魂消,不觉身已堕水。舟人急救之,已无及。其父诉之官,官吏廉,得其实,诘责其父曰:"尔既失教,纵子游冶,以至于此。今日尚有何冤来上诉我乎?"其父抱头鼠窜而去。语云:"爱赌身贫无怨,贪花死也甘心。"其斯之谓矣。(页眉:死花。樱桃杀人。)

初十日(**7月16日**)　晴。读书惜字,力田惜米,古人慎之,今人忽焉。葫芦兜张某①之妻多蓄鸡鸭,每日则以所馀之粥饭饲之,满地狼藉,率以为常②。后闻其死而复生,急谓其子曰:"我顷到冥司地,一无所见,惟见粥饭一大盆,熟视之,即向之所以饲鸡鸭也。有强余就食者,恶奥难下。旁有人执笔而言曰:'此妇阳寿尚有三日,暂放之去。'"后三日果死。始信其言不爽。夫盘中之粟,粒粒辛苦,古人虽居高位,不忘稼穑维艰,况在下者乎? 有志耕读者,尚其鉴诸。(页眉:冥报。没其号可也。)

十一日(**7月17日**)　晴。鸟求食而罹网,鱼贪饵而上钓,以其所得不偿所失,岂特物类为然哉? 偶慨时事,及之。甲戌夏旱,各镇断屠。芦墟司弓兵借此横索屠门,隐使开设屋内。一日早上,有人过屠门买得几两肉,猝遇弓兵,即被喝住。渠将此肉投诸市河,若欲逸去者,然弓兵即解衣赴水,作拿攫状,不料肉未取,而所解之衣已为买肉者挈矣。弓兵寻欲追之,不可得。合镇哗然,传为话柄。利人物者,往往而然。(页眉:白拿。贪肉失衣。删。)

十二日(**7月18日**)　晴。近日,京中档子所唱小调,虽鄙俚亵狎,其佳者竟如古谣谚。有云:"欲写私书,奈奴不识字。倩人代写,又没好意思。只得画个圈儿为表记,单圈儿是我,双圈儿是你。你圈中有我,我圈中有你。一圈一圈儿,直圈到底。"又云:"你来了,我的病儿去了。你去了,我的病儿又来了。你□□不来,病来了不去。"惜不记其全。更有"蝴蝶思花不思草,情哥思妹不思家",十四字谣思古意,直可作竹枝词读矣。(页眉:小调。删。)

十三日(**7月19日**)　晴。客有自嘉兴来者,言及十一日下午大

---

①　"张某"原为"张雾养",后改。
②　"率以为常"原为"蹂躏极矣",后改。

风起,天雨冰块,如拳大,屋瓦皆碎。人言火龙过,必以冰护,故有此异。是日我乡略有阵头风便了。

十四日(7 月 20 日)　晴。吴江吴霁峰善医,生平极信《大悲咒》。清晨起,必虔诵七过,每过投一蚕豆于瓶,作记事珠。邻有夫妇口角,妇忿,投环死。夫后悔,追思不已。妻入梦曰:"得吴《大悲咒》,可超生。"夫向吴求之,吴与之豆百许。明日,复梦妻至,嫌豆少①。夫更求之,吴复与之未持咒者。明日,夫又来云:"妇又入梦,言昨所与豆无咒,不灵。"吴大敬异,乃虔咒,如数与之。是夜,妻又入梦②云:"已得超度矣。"吴自是益信奉。嫌房中不洁,每晨,庭中设一几,爇香三炷,诵毕撤去。一日,因有急症就医,即出看治。骤雨忽作,返视庭中,几案淋漓,香烟如故。尤为可异。(页眉:《大悲咒》。)

十五日(7 月 21 日)　晴。玉峰寓程氏,有及笄女,才貌双绝。原籍河南。曾祖某为昆山令,没后遂家焉。工诗,常见其自书楹帖③,亦极新颖,云:"半壁花阴无稿画,一帘鸟语失粘诗。"即此可想见其风致也。余常于寓壁见。清门冷落,感慨系之。又有无名氏诗云:"东风如雨百花残,不典绨袍一醉难。还是去衣还去巾,为人斟酌是春寒。""斟酌桥边旧酒楼,楼中夜夜唱凉州。枣花帘子如钩月,一度消魂已白头。"(页眉:程氏女。)

十六日(7 月 22 日)　晴。寄林表兄没已逾年,昨夜忽梦见之,喜不自胜,揖之而语曰:"兄死复生,我辈重得唱酬人矣。"遂出近作,相与推敲而去。岂诗魂缥缈,往往入人梦想间耶?按,梦非无因。我乡有富人潘某,素以放债为生理,性诚实,颇有长者风。一日,人有以假单抵借钱文,潘信其无他,如数与之。后事觉,潘欲诉之官。停泊

①　"吴与之豆百许。明日,复梦妻至,嫌豆少"原为"吴与二百豆。明日复来云,夜梦,妻嫌少",后改。

②　"是夜,妻又入梦"原为"越日,夫来叩谢",后改。

③　"工诗,常见其自书楹帖"原为"清门冷落,感慨系之,房中楹帖",后改。

吴江桥下,夜宿舟中。梦见一白髭老人向潘乞怜,愿求宽解。询之,即借者之父也。潘猛然醒,遂不复诉。(页眉:纪梦。)

十七日(7月23日)　晴。

十八日(7月24日)　晴。是日,东南风甚凉,农以为年丰之应。(页眉:大暑。)

十九日(7月25日)　晴。

二十日(7月26日)　晴。《韩子》:"宋人有酤酒者,升概甚平,遇客甚谨,为酒甚美,悬帜甚高,然而不售,酒酸。怪其故,问其所知。间长者杨倩曰:'汝猛狗人畏焉。令孺子怀钱携壶瓮而往酤,狗迎而龁之,此酒所以酸不售也。'夫国亦然。有道之士而欲以辅万乘之主,大臣为猛狗迎而龁之,人主之所以蔽胁,而有道之士所以不用也。"

廿一日(7月27日)　晴。青石庄龚定安□□,余家再表兄也。初名盘,艰于小试,未得一衿。年已三十,忽忽不乐,欲弃举子业,别图生计。时余从兄以忠嗣锋为其同砚友,除夕忽得一梦,恍惚间如在鹿城应试,见正案上大书"龚蟠"二字,狂喜而悟,即以此梦告定安,劝其改名。遂易"盘"为"蟠",是年果入泮。(页眉:易名。)

廿二日(7月28日)　晴。是月中,闻玉峰城东晓起昏黑如夜。辰刻有二龙从朝阳门入,屋瓦如飞,贡院号房皆为败坏。

廿三日(7月29日)　晴。

廿四日(7月30日)　晴。

廿五日(7月31日)　晴。侵晨,放舟至陈墓,所过周庄白蚬口及陈湖口面,不减分湖云。

廿六日(8月1日)　晴。西澄村李氏女,为仰仙圩张家妇,性鲁钝,与夫不甚欢洽①。且素有眴病,醒复如旧,家中习以为常,不复怪。一日,故态复形,竟若死然。其姑在旁,戏谓人曰:"我媳岂为妖魔所愚弄耶?"妇即应声曰:"何物老妪,我惑人已久,今日竟为汝觑破

———————

①　"与夫不甚欢洽"原为"不如意,辄欲自寻短剑,以故",后改。

耶?"家中遂知有怪。亲戚闻之,咸来问讯。忽一日,户外人声阒寂,房中惟母女二人。时女方睡着,见有一小鼠入女耳,其母曰:"是怪也。"急以手掩其右耳,又以小口瓦罐掩其左耳,使不得出,其怪竟入罐中,母即以反手力掩罐口,虽痛啮不顾。遂取道家符,糊满其口,一罐有千金之重。使两人舆出,计寻安置。适有女巫过其门,自言:"妾能捉怪。"将以手探取,不料竟为逸出,乃大言曰:"顷我直欲戏弄,尔辈安能擒住我?这老婆子亏不过他。"即从其母指爪中直入皮骹,一痛几绝,曲踊者再,似不复醒。举家哀求再四,其母始得稍解。今闻其女被母携入茅山道院中去云。(页眉:鼠怪。"眴病"二字,出扬子云《剧秦美新》,古"眩"字通,惑也。)

廿七日(8月2日) 晴。我乡有二张公,文行兼修。一住平望镇,后移居梅墩,名鸿,字组云,号秋槎;一住芦墟镇,名大观,字达诚,号皓亭。二公曾馆于北库港,与余从兄辈为文会友。其未入泮时,适值院试,从兄以忠忽梦与二张公会,有人以二枝笔赠二公,兄独缺焉。是年,二张公果见赏于胡高望学使,盖取必进之意。虽小名功,亦有预兆云。(页眉:二张公。)

廿八日(8月3日) 晴。江城钱石溪孝廉溶未弱冠时,下帷于某大姓家。寒更人静,犹呀唔不(辍)[辍]。忽有婢女自外潜入,欲与私焉。石溪坚持不可,且谕以大义,婢亦废然而返。石溪密不告人。后登贤书,密语其内弟吴鹤墅,戒少年勿妄淫人。余遂得闻其说。(页眉:拒婢。)

廿九日(8月4日) 晴。

七月初一日(8月5日) 晴。

初二日(8月6日) 晴。送顾云泉解馆。庞礼堂来权课小儿。

初三日(8月7日) 晴。

初四日(8月8日) 晴。《严子陵考》。据《后汉书》:"严光,一名遵,会稽人。"又,俞成《萤雪丛说》:"严子陵本姓庄,避显帝讳,遂称严氏。"又,《丹铅总录·严光碣》略云:"本新野人,其妻梅福季女也。及长,避乱会稽。"(页眉:立秋。)

初五日(8月9日)　晴。

初六日(8月10日)　晴。

初七日(8月11日)　晴。

初八日(8月12日)　晴。

初九日(8月13日)　晴。范蔚宗《逸民传论》:"作者七人。"注:"包咸曰:'七人,谓长沮、桀溺、丈人、石门、荷蒉、仪封人、楚狂接舆。'"

初十日(8月14日)　晴。

初十一日(8月15日)　晴。两日下午,同庞醴塘盛家湾观剧。息焉游焉,亦古人所不废也。

十二日(8月16日)　晴。

十三日(8月17日)　晴。

十四日(8月18日)　晴。下午微有雨。

十五日(8月19日)　晴。《仓颉篇》:"格,量度之也。"何义门曰:"《大学》格物,正是度量之意。《仓颉》亦亡,幸见此注。"见《文选·运命论》注。

十六日(8月20日)　晴。

十七日(8月21日)　晴。

十八日(8月22日)　下午大雨,晚便止。

十九日(8月23日)　晴。

廿日(8月24日)　午晴。下午,云泉到馆。是夜大雨。

廿一日(8月25日)　晴。饭后,送醴塘归家。

廿二日(8月26日)　晴。陆士衡《辨亡论》中,有"刘基,字敬舆,繇长子,为东吴臣"。是三国时已有此臣名。

廿三日(8月27日)　晴。

廿四日(8月28日)　晴。

廿五日(**8 月 29 日**)　晴。

廿六日(**8 月 30 日**)　晓起,至陈墓,日暮而返。是夜热甚。

廿七日(**8 月 31 日**)　卯时大雨,天明而止,饭后又雨。

廿八日(**9 月 1 日**)　时天色晴明,桔槔声断,一望禾苗蓬蓬,可预卜丰年兆也。刘孝标《辨命论》曰:"阳文之与敦洽。"注:"阳文,楚之美女。敦洽,陈之恶人。"

廿九日(**9 月 2 日**)　晴阴参半。

八月初一日(**9 月 3 日**)　晴。尤氏,府学生性纯女,适陈人文,年二十七,夫亡,誓不欲生,尝纵身坠楼下,得无恙。后蔬布自甘,抚嗣守节。三十六年,卒。吴县江征君声,其从女兄也,为挽联云:"一点苦甘丸胆夜,百年终始坠楼心。"盖实纪云。见《黎里志》。(页眉:中午风,又雨。)

初二日(**9 月 4 日**)　风又雨。午后晴。时云泉有事还家,余同舟至北舍港,盖皇皇于袁雨寰业师之馆地也。

初三日(**9 月 5 日**)　晴。饭后,欲同愚溪外舅放舟至四里高氏,面荐雨寰业师,不料上一日外舅已作札到彼矣。热心人固无宿诺也。

初四日(**9 月 6 日**)　晴。下午,云泉到馆。

初五日(**9 月 7 日**)　晴。饭后,陈思村杨□山见过,其人忠厚可交。

初六日(**9 月 8 日**)　晴。清晨,放舟过梨里,至平川殷东溪家,快谈半日,并得《佩文韵府》《资治通鉴》二书携归。至梨里汝听松家,留饮而返。时先君子墓志已裱就二十本,赵静香携去一,汝听松留一。

初七日(**9 月 9 日**)　晴。以墓志一本送于外舅愚溪。

初八日(**9 月 10 日**)　晴。清晨,同外舅愚溪放舟至四里,盖为雨寰师择地而蹈也。

初九日(**9 月 11 日**)　晴。

初十日(**9 月 12 日**)　晴。饭后,同云泉至芦墟镇看会。先到泗洲寺,逢袁雨寰先生、吴柯亭大兄①,茶话半刻,遂同到舟,聊具杯酌。傍晚,曹揆翁留饮。是夜,宾主酒兴颇豪。归家,月已将逝矣。

十一日(9 月 13 日)　午后大风,微有雨。

十二日(9 月 14 日)　晨大风,饭后风稍息。放舟至芦墟,闻赵丰谷之亡。丰谷曾工举子业,后习经纪,凡遇我辈中人,每多厚意,盖脱出市井恶习也。士林群为惋惜。中午,陈漱泉留饮,与秋山、秋岩快谈一刻。午后,欲邀云泉到馆。时云泉兴致颇浓,不觉乐而忘返云。

十三日(9 月 15 日)　晴。晓起,权课青儿辈。中午微有雨。

十四日(9 月 16 日)　晴。中午,云泉到馆。

十五日(9 月 17 日)　晴。谚云:"若要来年田稻熟,须看今年八月十五六。"验之信然。

十六日(9 月 18 日)　晴。饭后,放舟至黎里,游地藏殿,回登中立阁,□舟至罗汉沟寺,盘桓久之,遂泛舟入市中。夜间,汝听松留饮,并邀看灯。五鼓后,始开船到家。

十七日(9 月 19 日)　晓阴,中午后风雨大作。

十八日(9 月 20 日)　西风大,微雨,夜稍息。

十九日(9 月 21 日)　阴。

二十日(9 月 22 日)　晴。饭后,放舟至芦墟,在三池馆中接读上海钟箬溪大源②《消寒诗》十首,颇能与忠雅③、灵芬④二家堪伯仲。

---

① 吴家骐(1780—1850),字彦昭,号柯亭,吴江人。以课徒为业,究心医术。著有《守拙斋遗稿》。

② 钟大源(1763—1817),字晴初,号箬溪、东海半人,浙江海宁人。年十七,以颓废,遂专精于诗,颜其居曰"诗薮"。得学政阮元赏识。著有《东海半人诗钞》。

③ 蒋士铨(1725—1785),字心馀,一字苕生,号清容,晚号定甫,别署离垢居士,江西铅山人。乾隆二十二年进士。先后于蕺山、崇文、安定三书院讲学。工诗词,与袁枚、赵翼合称"乾隆三大家"。亦长于古文、戏曲创作。著有《忠雅堂集》。

④ 郭麐(1767—1831),字祥伯,号频伽,别号复庵、复翁、白眉(注转下页)

廿一日(**9 月 23 日**)　晴。

廿二日(**9 月 24 日**)　晴。

廿三日(**9 月 25 日**)　晴。饭后,放舟至泗里,到吴柯亭馆中快谈半刻。舟回,访高芦月。抵芦墟,访陈梦琴,皆匆匆话别,未尽欢洽为歉。

廿四日(**9 月 26 日**)　晴。三家村张晴午,名泰松,少工制艺,长而医理、曲谱、书画、篆刻无不通晓①,而尤长于诗。余表兄周寄林其诗弟也。为人胸无崖岸,和易近人。善谈论,每当酒酣耳热,谐语错出,闻者莫不倾倒。一日,告其友人顾云泉曰:"我昨梦县城隍折柬相招,想去世不远矣。"相与鸣咽而别。不数日,竟无病化去。闻卒之夕,自床上跃起,曰:"我有一愿未了,帝关庙曾许舍一扁。"急呼家人磨墨,大书"与天地参"四字,书竟而卒。至今其扁尚存。惜乎遗稿散佚,无从访得云。(页眉:张晴午。)

廿五日(**9 月 27 日**)　晴,东北风甚大,田中晚稻多被折坏。

廿六日(**9 月 28 日**)　微有雨,北风仍大。国初潘稼堂太史②,每造人家,食不过四簋,费不过二百文,故其时俗俭而民殷。今世宴客,动辄食前方丈,或十六簋,或十二簋,珍错杂陈,笙歌竞奏③,以为不如是不足以娱客④。噫!一人之身,所享几何,而浪费若是,欲不贫也,得乎?余家非有冠婚丧祭及贺岁诸令节,客来,不过四簋,见者往

(续上页注)生,吴江芦墟人。精于古文、诗、词,兼工书画、金石考证。著有《灵芬馆诗集》《灵芬馆诗话》《灵芬馆词话》《樗园消夏录》等。

①　"长而医理、曲谱、书画、篆刻无不通晓"原为"长而医卜、星相、书画、铁笔无不涉猎",后改。

②　潘耒(1646—1708),字次耕,一字稼堂、南村,晚号止止居士,吴江人。师从顾炎武,博通经史,兼工诗文。应博学鸿儒科,授翰林院检讨,与修《明史》。著有《类音》《遂初堂集》等。

③　"笙歌竞奏"原为"竞相夸耀",后改。

④　"以为不如是不足以娱客"原为"以为不如是则必曰慢客",后改。

往窃笑其后,余亦毅然不顾,盖守先人遗训也。昔先子尝云:"与其暴殄天物,何妨俭作地主。良友信宿,岂在区区餐间哉?"世有以征逐为先者,亦异乎我所闻矣。

廿七日(9月29日)　阴云满天,北风如吼。晨起,唤舟子怨风而行,到吴江西门外,日正中矣。访陈四桥,不值。是夜,(注)[住]宿吴友江家。时友江沉于酒,自卯至酉,连日酩酊,书卷漂零,案头尘积。记去年作《反饮酒诗》六章,思以感悟,不料一醉至今,唤醒无日。凡在至亲,能不介然于怀耶?

廿八日(9月30日)　风雨廉纤。同友江过西桥斋中谈诗一刻。吴处饭罢,舟回,过五芝堂。是夜,玉生表侄留饮,同席者,黄云帆、张春芳及余是也。遂(注)[住]宿云。

廿九日(10月1日)　风稍息。晨起开船,到家未晚。

卅日(10月2日)　晴。

九月初一日(10月3日)　晴。

初二日(10月4日)　晴。晨起,放舟至平川,东溪同约赴江。是夜,泊舟小东门外,时更鼓三遍矣。

初三日(10月5日)　晴。时东溪有事,余为催促早赶。下午,步至垂虹桥上时,枫叶红初,柳丝绿老,正所谓"秋色满东南"也。

初四日(10月6日)　密雨廉纤。同东溪访赵莘田云球比部。莘田为约亭先生之孙,以拔贡生朝考一等,少年英隽,实我邑之秀,不仅以分选刑曹终也。(页眉:顾云泉去。)

初五日(10月7日)　晴。同赴徐氏之吊。饭后,同东溪到秦丈厚庵家补祝。厚庵为半痴尊人,现届八句,精神镬铄,太平人瑞之征,于此可卜。是夜,半痴留饮,酒三遍,拳发如星,一喝立尽。中间歌声窈窕,或燕语嘈嘈,或莺声呖呖,芭词艳曲,蝉嫣而来。余不善音,但能作吴歌几曲,聊以解嘲。良朋欢乐,几不知尘世间有杞人在也。同饮者为陶子爱庐、秦子海门、李生柳园、半痴昆季及东溪与余是也。

夜半后,在舟中和衣而睡,醒来已到平川墓士港矣。

初六日(10月8日)　晴。饭后,急束装而归,盖赴吴吟桥之约。

初七日(10月9日)　微有雨,西北风甚大。甲戌八九月间①,浙江巡抚下驾未几,顿增典规。时米价日长,每石至五千钱,犹谓人曰:"此方米价较京师中已减去七之二矣。"至冬②,饥民流集。官府议设厂赐粥,下令劝捐。从此渔夺侵年,肥者日脊,饥者不饱。民诅之曰:"颜面何存,八十典规犹道少;检身不及,五千米价未云多。"又云:"典捐商捐富民捐,养廉不捐;官饱吏饱董事饱,饥民不饱。"后为某御史所劾。(页眉:寒露。民诅。)

初八日(10月10日)　晴,西北甚大。中午,有人自杨坟村来,云:"沈自晦、沈自驹之墓,俱在舍月甲圩上。自驹并有像、土地堂。"

初九日(10月11日)　晴。

初十日(10月12日)　晴。

十一日(10月13日)　晴。是夜,同愚溪外舅、朱四、秀山兄宿舟中。

十二日(10月14日)　五更开船,到江城,日高三丈矣。

十三日(10月15日)　薄暮开船,出太湖口,时风定月明,两岸菰芦浅黄淡碧,好一幅深秋景也。是夜,小泊万年桥下,漏已三下矣。

十四日(10月16日)　进阊门,至宝苏局前,候张紫岩。中午后,放舟盘门,进上星桥,泊潭子头。时外舅邀游沧浪亭,步至大云庵。可惜夕阳西下,未及畅游也。

十五日(10月17日)　晨起,同外舅、朱甥、二兄从府前过夏侯桥,吊王废基。至十郎桁,雨阻白衣庵,日暮而返。

十六日(10月18日)　阴雨连绵,小泊阊门外。时二兄欲纳一小姬,女媒引道,看中杨安桥夏家女,遂结小因缘。时襄其事者,外

---

①　"甲戌八九月间"原为"甲戌之秋",后改。

②　"至冬"原为"九十月间",后改。

舅、朱甥及余是也。为子买妾,亦纲常中不可少之事。

十七日(10 月 19 日)　宿雨稍歇。在阊门外盘桓终日。

十八日(10 月 20 日)　至黎川公所茶谈一日。（页眉:庞礼堂来。）

十九日(10 月 21 日)　重至白衣庵。午后,欲游西园,不果。

二十日(10 月 22 日)　在黎川公所写定喜帖,约在黄昏后赴船起行,星夜飞棹,至吴江城外小泊。

廿一日(10 月 23 日)　两舟并发,护送夏家女到家。先谒祠,后祭灶。虽小夫人,不可废礼。

廿二日(10 月 24 日)　晴。

廿三日(10 月 25 日)　晴。我乡有潘某,豪于饮,醉中欲有所往,不果①。尝题一绝见示,云:"琵琶胡语夜灯清,酒后徐郎梦不成。薄福篷窗愁独坐,雨敲荷叶一声声。"其风怀正可想也。

廿四日(10 月 26 日)　晴。

廿五日(10 月 27 日)　饭□□□风擘雨,不两刻而止。

廿六日(10 月 28 日)　晴。

廿七日(10 月 29 日)　晴。

廿八日(10 月 30 日)　晴。

廿九日(10 月 31 日)　晴。抵吴友江家称喜。友江初名克震,年来不利于试,继改春霆,今岁科试入泮。闻元旦日,夜梦户外人声喧阗,人报曰,推窗视之,但见马灯至矣,络绎前来,绕集庭除。方在注目间,忽闻东南上霹雳一声,电光四射,有龙从天而下,将集庭中,马灯尽息。寻欲避之,憬然而悟。遂改名春霆。按,霆,雷声也。《易》曰:"雷雨之动满盈。"又曰:"见龙在田,利见大人。"友江门第清华,簪缨累世,殆将继前贤而直上,岂仅以一衿终哉? 云龙遇合,吾盖于一梦卜之。（页眉:梦谶。）

---

①　"醉中欲有所往,不果"原为"能慎持名节,不轻所往",后改。

十月初一日(11月1日) 晴。自吴江归。

初二日(11月2日) 晴阴参半。至东村戴献廷家称喜,遂邀云泉到馆。

初三日(11月3日) 微有雨。送庞礼堂归。纸贵有二。左思作《三都赋》,构思十馀稔,门庭藩溷,皆着纸笔,遇得一句,即便疏之。赋成,竞相传写,洛阳为之纸贵。此尽人而知也。又,《南史》:殷淑仪薨,谢庄为哀策文。帝卧览读,起坐流涕,曰:"不谓当今复有此才。"都下传写,纸墨为之贵。(页眉:纸贵有二。)

初四日(11月4日) 雨。

初五日(11月5日) 晴。□□□过,一宿而返。

初六日(11月6日) 晴。

初七日(11月7日) 晴,西风甚大。

初八日(11月8日) 晴。

初九日(11月9日) 晴,晓雾甚重。

初十日(11月10日) 晴,晓雾如故。

十一日(11月11日) 晴。至芦墟袁葵圃、陈梦琴家称喜。

十二日(11月12日) 晴。

十三日(11月13日) 微有雨。至东浜,贺庞醴堂合卺之喜。一鼓而返。

十四日(11月14日) 阴。

十一月二十(12月20日) 三。

廿一日(12月21日) 老。

廿二日(12月22日) 大。

廿三日(12月23日) 二。小雨。

廿四日(12月24日) 三。晴。

廿五日(12月25日) 老。

廿六日(12月26日) 大。

廿七日(12 月 27 日)　二。

廿八日(12 月 28 日)　三。出吊苏家港朱氏。

廿九日(12 月 29 日)　老。

十二月初一日(12 月 30 日)　大。

初二日(12 月 31 日)　二。午,至大港,为伯妾沈氏退归母家,玉成其事。逗留一夜。时同办者,陶庄袁石鱼、金家渭、金康楼是也。

初三日(1816 年 1 月 1 日)　三。午后,沈氏已经领回,余与二兄方归。

初四日(1 月 2 日)　老。

初五日(1 月 3 日)　大。

初六日(1 月 4 日)　二。

初七日(1 月 5 日)　三。雨。

初八日(1 月 6 日)　老。

初九日(1 月 7 日)　大。

初十日(1 月 8 日)　二。

十一日(1 月 9 日)　三。

十二日(1 月 10 日)　老。

十三日(1 月 11 日)　大。

十四日(1 月 12 日)　二。

十五日(1 月 13 日)　三。

十六日(1 月 14 日)　老。

十七日(1 月 15 日)　大。

十八日(1 月 16 日)　二。下午,庞礼堂来。

十九日(1 月 17 日)　三。阴。盘存三十七万五千七百二十七,连花寄在内。

廿日(1 月 18 日)　至江城完米,至廿七日晚归。老。

廿一日(1 月 19 日)　大。

廿二日(**1 月 20 日**)　二。

廿三日(**1 月 21 日**)　三。

廿四日(**1 月 22 日**)　老。

廿五日(**1 月 23 日**)　大。

廿六日(**1 月 24 日**)　二。

廿七日(**1 月 25 日**)　三。

廿八日(**1 月 26 日**)　老。

廿九日(**1 月 27 日**)　大。雨。

卅日(**1 月 28 日**)　二。三万五千七百一十九,三万五千七百九十八。

嘉庆二十年录

乙亥年十月十五日(**1815 年 11 月 15 日**)　阴,北风甚大。饭后,同秀山二兄至大港,送先伯母撤几,半夜后到家。(页眉:五古。梅圣俞佳句,如《早春雪后》云:"草冻未抽心,松枯犹[抱]节。")

十六日(**11 月 16 日**)　晴。

十七日(**11 月 17 日**)　晴。

十八日(**11 月 18 日**)　晴。

十九日(**11 月 19 日**)　晴。放舟平川,至东溪家,住宿一宵。

二十日(**11 月 20 日**)　晴。清晨,同东溪至云巢先生艺英书屋,时以拙稿就正,并乞序文。薄暮舟回,到家已一鼓。

廿一日(**11 月 21 日**)　云泉有事归家,余不及送。

廿二日(**11 月 22 日**)　权课儿侄辈。

廿三日(**11 月 23 日**)　饭后,云泉到馆。

廿四日(**11 月 24 日**)　阴。(页眉:七古。《送人》云:"水边苦竹抽肥笋,石上老蕨拳紫茸。")

廿五日(**11 月 25 日**)　雨。

廿六日(**11 月 26 日**)　雨,北风大。午后,放舟至玩墅,住宿舟中。

廿七日(**11 月 27 日**)　大雨,风。午后,同云泉、朱四、秀山二兄及胞侄、青儿贺送友江入学宫,不料改期初四日。友江留饮,住宿一宵。余约诸同人为友江戒□饮。

廿八日(**11 月 28 日**)　风雨如旧。饭后,挂帆而归。

廿九日(**11 月 29 日**)　风少息。午后,至大港,贺大房合卺之喜,二鼓返。

卅日(**11 月 30 日**)　风少息,日光在云影中。仍至大港,薄暮而返。

十一月初一日(**12 月 1 日**)　晴。

初二日(**12 月 2 日**)　晴。

初三日(**12 月 3 日**)　晴。放舟至吴江,住宿吴友江家。

初四日(**12 月 4 日**)　晴。中午,送吴友江、袁葵圃、戴献廷、陈梦琴入泮。此四人者,或亲或友,皆余平生知己也。

初五日(**12 月 5 日**)　晴。留滞吴江。夜宿舟中。

初六日(**12 月 6 日**)　晴。晓起,放舟至玩墅,一饭而返。

初七日(**12 月 7 日**)　晴。

初八日(**12 月 8 日**)　晴。

初九日(**12 月 9 日**)　晴。

初十日(**12 月 10 日**)　日无光,北风大作。

十一日(**12 月 11 日**)　晴,西北风声如虎。饭后,逆风而上,抵北舍港送嫁。三鼓而返。

十二日(**12 月 12 日**)　晴。寒气逼人,滴水成冰,盖第二番风信也。

十三日(**12 月 13 日**)　风和日暖。"开窗只望故人来,恰好诗成酒一杯。炼就梅花寒彻骨,及时须要护栽培。"

十四日(**12 月 14 日**)　晴。

十五日(12月15日)　大雾。饭后醒。

十六日(12月16日)　雾。午醒。偶阅《东京赋》,有"祈禩丝襀灾"之句。按,注内:"禩,福也。"祈禩,即祈福也。二字甚新异,故摘出之。又有肃然山,在泰山东北。

十七日(12月17日)　雨。清晨,至北舍港,赴族叔母之丧。

十八日(12月18日)　清晨,庞醴堂来。饭后,云泉解馆。是日风又雨。

十九日(12月19日)　晴。

廿日(12月20日)　风恬浪静。放舟至大港,夜半而返。

廿一日(12月21日)　晴。明副使沈琮之子自炳、自骊,当崇祯末造,自江城迁于邑之杨坟村,后与吴易同举义兵。事败,卒葬故里。今舍月甲圩上有自炳、自骊墓。其子孙散在村落。先是,杨坟村有杨将军墓,相传宋元间人。闻元人葬法,临水而起,日久水啮,岸崩墙圮。故老云,数年前已见此墓,半溺水中。迄今荡然无存。沧桑递变,岂独一杨坟哉?因考墓田而备志之。

廿二日(12月22日)　晴。芦墟泗洲寺左旧有杨公①祠,建于乾隆九年。有司岁以春秋致祭。数年之间,祠就倾颓。同人作诗吊之。余与云泉各和一首,余诗编入集中②。顾诗云:"寒鸦噪丛祠,晚钟鸣古寺。中有残碣存,观者咸堕泪。云是明杨公,当年断头地。公文悬日星,公性秉忠义。适逢宗社危,仓皇围万骑。烈女志靡他,烈士主无二。欲使肤发完,那得锋刃避。闻说临刑时,颈断声犹厉。迄今几百年,留此浩然气。祠址纵倾颓,芳名应弗替。却笑虞山矇,徒工娱老计。"按,杨公之死,在不肯剃发。临刑时,犹大呼云:"生为大明臣,

---

① 杨廷枢(1594—1647),字维斗,号复庵,长洲(今江苏苏州)人。崇祯三年,举乡试第一。复社成员。著有《全吴纪略》《古柏轩诗集》等。

② 柳树芳《养馀斋初集》卷二有《泗洲寺吊杨忠节公》,《清代诗文集汇编》555册,第359页。

死为大明鬼。"言未绝,头已断①。诗中"欲使"四语,直从杨公肺腑而出。(页眉:冬至。)

廿三日(12 月 23 日) 晴。父执郭丈竹芗,著有《杏花书屋诗稿》。余曾摘录几首,编入《分湖诗苑》中。内有《过张翰墓》诗云:"晋代风流歇,于今数百年。莼鲈成故国,汾泖寄名贤。直与三高并,何须片石传。残碑难卒读,怀古意茫然。"按,屈《志》载:"晋东曹掾张翰墓在二十九都南役圩上。"而沈《志》驳之,盖引《吴地记》及《吴郡续图经》云:"张翰葬横山东五里,坟亡。"今据诗中序文所云,墓在泥涂港敬信庵之西,地属二十九都二图内。按,泥涂,即二图之讹。有祠,标题"晋高士张翰",旁有石郭,残碑尚其二。如此不为无据。余闻屈运隆之为《志》,潜心修辑,积二十载,未可尽非。而果堂淹贯古今,亦有所本。或者季鹰当日为生圹于南役圩上,后卒,葬于横山东,未可知也。因录竹芗之诗而备论之。

廿四日(12 月 24 日) 寒甚。

廿五日(12 月 25 日) 晴。至黄竹堂家,遇吴柯亭,谈诗半日。

廿六日(12 月 26 日) 晴。

廿七日(12 月 27 日) 晴。

廿八日(12 月 28 日) 顾云泉到馆。下午,送庞醴塘去。西庵去余家不一里,四面皆水,旁无人居,内有牡丹房、竹阁诸胜。远近名流辄一棹过访,或雨花初度,或玉版同参,相与盘桓而去。迄今梵宇荒凉,金身剥落,惟有青竹数竿,撑持风月而已。我师姚竹亭先生闻其幽寂,暇日偕周寄林表兄曾往游焉,题诗云:"绝少闲游地,茅庵拨棹寻。到门流水活,绕屋绿云深。沽酒邀朋酌,题诗向佛吟。蒲团跌坐久,法雨涤尘心。"寄林和云:"未得幽居地,还从方外寻。雨添三径滑,门掩一林深。对佛如含笑,临流欲放吟。不关僧去住,也可证禅心。"芦墟镇上向有击柝老人,相传明季人而隐于柝者。其《题泗洲

①　"头已断"原为"头已落地矣",后改。

寺》诗云:"山门浩荡吟风月,殿角崔嵬射斗牛。"即此可以想其怀抱。

廿九日(12月29日)　晴。

十二月初一日(12月30日)　骤起西北风。

初二日(12月31日)　西北风甚大,河面皆冰。善邑吴端门崇信佛语,一日,在陶庄镇上扶乩,乩仙忽示云:"吴江陈汝树为金德神宫校正司,其弟汝懋为报善司。"陈之裔孙埜为余言其事。余闻二君行事,卓卓有古人风。德星之应,岂偶然哉?汝树字庭嘉,邑庠生;汝懋字克修,国学生。

初三日(1816年1月1日)　水外皆冰,不通舟楫。偶阅云巢先生《语绮》中有分湖叶华川昉升,为湖州思深先生次子,天才奇物,自幼蔑举子业,耽吟咏。年二十七卒。有《文竹山房诗稿》。集中长于七古,正大处步趋少陵,奇崛处规模昌黎,惜未之见也。

初四日(1月2日)　风静日高,河水渐渐。

初五日(1月3日)　日暖如春。今冬可无雨雪之苦。

初六日(1月4日)　暖,东风解冻。

初七日(1月5日)　中午西风惨惨,河欲复冻。

初八日(1月6日)　泛舟至姚家埭,时冰路尚未全通。前五日,姚家埭村中李氏酷被火灾,焚死者七人。内有母子三人,本住南河扇,以姚家埭村上忽有一老妪勒死人家,同来观看,日晚就宿,适当此厄。劫数前定,未可强避,君子但当修身俟命而已。陆行直别业,在二十九都北珝圩来秀桥旁,即今广阳庙故址。前有双漾,环如明镜,时当春晓,绿柳丝垂,碧桃花破,直是一幅辋川小景。惜村居野朴,无人点缀耳。旧时翠岩亭、嘉树堂、乐潜丈室,载在杨廉夫[①]《游分湖

---

①　杨维桢(1296—1370),字廉夫,号铁崖、东维子,浙江诸暨人。元泰定四年进士。元末诗坛领袖。著有《春秋合题著说》《史义拾遗》《丽则遗音》《复古诗集》《东维子文集》《铁崖古乐府》等。

记》中,迄今俱不可考。按,县志"艺能"内载:"陆行直,分湖人,洪武中以人材授翰林典籍。"而俗以为陆天官,乃相传之讹。又,《湖隐外史》有陆行直《致仕还分湖问讯海棠》诗。盖汾湖去来秀桥不过里许①,诸书遂以分湖概之,不详某都某圩,从其略也。

初九日(1月7日)　隔夜起西北风,风大如轮,有排山倒水之势。村中茅屋尽飞,瓦屋皆震。日晚未息。

初十日(1月8日)　寒甚。至晚风少息,坚冰已寸积矣。

十一日(1月9日)　日暖风和,四方舟楫尚未通行。

十二日(1月10日)　冻如旧。

十三日(1月11日)　天甚暖。

十四日(1月12日)　冻稍解。

十五日(1月13日)　天寒,冰复合。

十六日(1月14日)　南风至,天复暖。

十七日(1月15日)　东风解冻,东南上已可行动。

十八日(1月16日)　东风吹暖。至晚墨云又起,似欲雨然。余闻之外舅沈愚溪云,有孝廉某,应礼部试,路过山阳县,时斧资告匮,投刺县中,欲求润饰。县令将刺掷还,曰:"查了名,然后见。"孝廉怀恨而去。后廷试第一。适县令行见到京,亲自谢罪。孝廉取一扇赠之,题其上云:"去冬风雪走长安,举世谁怜范叔寒。寄诸山阳贤令尹,查名今向榜头看。"即事言怀,可以愧煞俗吏矣。惜乎姓名不可考也。

十九日(1月17日)　天暖甚,日晚微有雨。古来咏石榴诗鲜有佳者,余偶得一联云:"直似天圆包赤子,更多内宠贮红颜。"惜乎欲续成之而未遂也。(页眉:近阅《藏海诗话》②,载元祐间,货角梳陈二叔,忘其名,金陵人,号为"陈角梳",有《石榴诗》云:"金刀劈破紫穰

---

①　"不过里许"原为"不过三百馀步",后改。

②　《藏海诗话》,宋吴可著,一卷。此书亡佚,后从《永乐大典》中辑出。

瓢,撒下丹砂数百粒。")

二十日(1月18日) 微有雪。

二十一日(1月19日) 天晴。清晨,醴堂来。饭后,云泉去。

二十二日(1月20日) 东南风甚急。

二十三日(1月21日) 暖甚。接读诸西轩夫子一信,辞意婉笃。余亦有信答之。师生情重,自不能已。

二十四日(1月22日) 俗为小除夕。各家送灶,例备汤团,其大者谓"稻科团",盖以卜来岁稻科盛大之义。

二十五日(1月23日) 风多料峭。俗以此日为诸神下地。

二十六日(1月24日) 阴。

二十七日(1月25日) 晴。

二十八日(1月26日) 雨。

二十九日(1月27日) 阴。

卅日(1月28日) 风和日暖,正是一年好结局也。

嘉庆二十一年岁次丙子正月初一日(1816年1月29日) 旭日初升,东风乍起。太平元景,即于此日卜之。

初二日(1月30日) 天甚暖。余有句云:"晴光占腊后,暖意在春先。"欲续成之,不果。田家占岁,每以元旦日,东南风则大稔,西北风则歉,盖以东南主生,西北主杀故也。然亦有不尽验者,如乙亥元日,北风甚大,天雾冥冥。秋来竟得大稔。天之养人,岂有私哉?(页眉:后汉柳宗,字伯骞,成都人也。初结九友共学,号"九子"。及为州郡右职,务在进贤,拔致求次方、张叔辽、王仲曾、殷智孙等,终至牧守。州里为谚曰:"得黄金一笥,不如为伯骞所议。"举茂才,为阳夏太守。见《华阳国志》卷十中。)

初三日(1月31日)

初四日(2月1日)

初五日(2月2日) 至外舅愚溪家拜年。女史许绣金,年方及笋,归于吴。许固工诗善画,清妙绝伦。时吴某年近五十,嫩海棠不伏老梨花之压,曾写墨梅一株,旁有海棠花掩映其下。盖于翰墨中深自寓意也。后为愚溪外舅所得,戏题其上,云:"柔情婉转独挥毫,不着轻黄淡淡描。莫道烹香无劲骨,老梅敌得海棠娇。"此诗此画,可称两绝。

初六日(2月3日)　同庞醴堂至沈云巢先生家。醴堂新受业于先生,余盖为之先客也。酒罢而返,住宿舟中。

初七日(2月4日)　五更放舟,到江,日高三丈矣。先登五芝堂,时小如邀陈西桥及余小饮。中午后,赴马雨兄之招,同饮者,袁葵圃、主人及余是也。黄昏后,归宿周家。

初八日(2月5日)　清晨,同小如访沈禊亭,不值。遂至吴友江家,时友江送试草在外,其弟寄松出陪。饭后,访陈四桥,不遇而返。(页眉:立春。)

初九日(2月6日)　清晨,至仓场完米。晚来,又赴马氏之宴。席上娇客年方总角,酒量颇宏,拇战屡胜。子衿佻达之风,盖自城中始也。

初十日(2月7日)　同秀山二兄、王山桥妹婿复至吴友江家,友江尚未回来,沉于一醉,不省人事,未免以有用之才自暴自弃,惜哉!友江之诗,雅近义山,善于言情。如《弃姬咏》云:"闻道佳人粉黛娇,如何中路绝蓝桥。玉箫遗恨鱼书断,锦瑟传情蝶梦遥。镜里孤鸾愁白首,尊前双泪落红绡。不堪叶上重题怨,悔把琴心月下挑。"按,弃姬者,江西南昌人也。有仕人马公与之善,约为夫妇,既而背盟。姬诉之黄堂,太守竟为判离。一时名士皆为赋诗,名曰《弃姬咏》。

十一日(2月8日)　阴,晚又晴。

十二日(2月9日)　又在仓场完米。夜饮顾家酒。

十三日(2月10日)　晚起。中午,访周元圃,时元圃邀余小酌。

十四日(2月11日)　午后放舟。归家时,莲漏已三下矣。

十五日(2月12日)　阴。

十六日(**2 月 13 日**) 雨。

十七日(**2 月 14 日**) 晴。

十八日(**2 月 15 日**) 料峭风寒。放舟至芦墟,时袁桂圃招,同黄竹堂留饮。中午后,谒袁雨寰业师于陆氏斋中。日晚归棹。

十九日(**2 月 16 日**) 东风甚大。

二十日(**2 月 17 日**) 闻云巢先生凶信,不胜愁悼。中午,友江过舍。

廿一日(**2 月 18 日**) 同友江至大港。

廿二日(**2 月 19 日**) 顾三池先生到馆。中午,招同友江姊婿、芝如妇兄宴集于养树堂。

廿三日(**2 月 20 日**) 送云巢先生之殡。师生情重,不自知泪之流也。

廿四日(**2 月 21 日**) 《哭云巢先生三十韵》甫脱稿,尚未录寄。

廿五日(**2 月 22 日**) 清晨,同友江过葫芦兜,访顾云泉。舟回至梨川,抵平望,宿瑞香阁中。是夜,殷东溪留饮,同席者,翁海琛茂才①、秦二楼、友江及余是也。《东溪斋中晤翁海琛》:"此地真名士,桑榆剩一翁。文如水之淡,谈与剑争雄。汲古称修绠,寻游挂短篷。所嗟萍乍合,一夜各西东。"

廿六日(**2 月 23 日**) 饭罢,挂帆而归。纤道至西濛港,索云巢先生遗稿,代谋付梓。令嗣秀亭出其辛酉、壬戌《拂尘草》《胆云草》两卷见示,全集尚待续寄。舟中读之,不胜黯然。

廿七日(**2 月 24 日**)

廿八日(**2 月 25 日**) 饭罢,雨中顺帆,同友江至吴江,留宿绣野草堂,得诗三绝,云:"画船开处雨蒙蒙,轻溅蓑衣饱挂篷。带水拖泥侬不管,人间难遇是东风。""同舟李郭竟如仙,瞬息吴淞在目前。塔

---

① 翁广平(1760—1842),字海琛,一作海村,江苏吴江人。府廪生。师事姚鼐。著有《吾妻镜补》《续松陵文献》《平望镇志》《听莺居文钞》等。

影渐高人近廓,满城灯火未曾眠。""吴下全高季子情,爱留佳客话平生。笑余好是春来鸟,每到窗前唤几声。"

廿九日(2月26日) 晴光复照。清晨,同友江过四桥斋中,谭诗五六刻,得读彭甘亭①《小谟觞馆集》,宏博壮丽,出钱二佰八十文买之。饭后,舟回至烧香港,余复登岸,进南门,曲折而北,至北仓前,过殷东溪寓中。时东溪与陶爱庐留饮,余遂入席,尽饮而罢。同饮者,陶孤古茂才、秦海门明经、李春桥上舍。是夜,即与东溪同榻。

三十日(2月27日) 宿醒方醒,破晓即起,复至舟中。过邵宇涵家,主人款留甚殷。余既不饮,惟饱啖鸡黍而已。中午开船,至姚家埭,日尚高。以风便故,停泊九八刻。到家,天暂暝。(页眉:卯雨,即止。)

二月初一日(2月28日) 暖甚。

初二日(2月29日)

初三日(3月1日) 文昌诞期。晓起,北风如吼,出吊于西濛港。舟中阅彭甘亭诗,中有"银条"二字,注云:"酒也。"不知所本。

初四日(3月2日) 昨夜雷雨交作。晓起,雪花如掌,瓶水皆冰。余有句云:"不均寒暖病人天。"

初五日(3月3日) 晴,中午雪复大,至夜稍息。

初六日(3月4日) 寒甚。

初七日(3月5日) 阴。是日以事缠身,不在书斋。(页眉:惊蛰。)

初八日(3月6日)

初九日(3月7日) 晴。

初十日(3月8日) 天朗气清,正是惠风和畅时也。

---

① 彭兆荪(1769—1821),字湘涵,号甘亭、忏摩居士,江苏太仓人。诸生。工骈体文,兼长考订。著有《小谟觞馆全集》《忏摩录》等。

十一日(3月9日)　阴。

十二日(3月10日)　不在书斋。

十三日(3月11日)　晴。愚溪外舅有会稽之游,作诗送之。

十四日(3月12日)　同三池先生至芦墟。

十五日(3月13日)　近阅邸报,乙亥九月,山西地震,自初三日起,至十四日止。凡民房、官廨以及神祠、道院,并遭坍塌,惟解州关帝庙中正殿上安如磐石,尤为可异。

十六日(3月14日)

十七日(3月15日)

十八日(3月16日)

十九日(3月17日)　雨。"射夜干"有二解。司马长卿《子虚赋》:"腾远射干。"注:"似狐,兽名。"《上林赋》:"槁本射干。"注:"香草名。"扬子云《羽猎赋》:"追天宝。"晋灼曰:"天宝,鸡头而人身。"(页眉:《高唐赋》:"青荃射干。"亦作香草。)

二十日(3月18日)　晴。

廿一日(3月19日)

廿二日(3月20日)　风多料峭,夜更大。

廿三日(3月21日)　东风甚大。(页眉:春分。)

廿四日(3月22日)　雨。尝读白香山《晚桃花》诗云:"寒地生材遗较易,贫家养女嫁常迟。"窃思寒地生材,遗原不少;贫家养女,嫁岂常迟?近世茅檐白屋,早得良媒;绣幕红楼,实多怨女,岂风气使然哉?偶感时事及此。晚唐诗已开宋人蹊径,尝摘白公诗句,以见其馀。五律如《自题酒库》云:"送愁还闹处,移老入闲中。"《卧疾》云:"婢能寻(草本)[本草],犬不吠医人。"《闲居》云:"报曙窗何早,知秋簟最先。"《问诸亲友》诗云:"占花租野寺,定酒典朝衣。"《宴散》云:"残暑蝉催去,新秋雁带来。"七律如《同客嘲雪中马上妓》诗云:"腰为逆风成弱柳,面因冲冷作凝酥。"《送刘五司马赴任硖州兼寄崔使君》云:"贫于杨子两三倍,老过荣公六七年。"《闲居春兴》云:"愁应暮雨留教住，春被残莺唤遣归。"《春晚咏怀赠皇甫郎之》云："一岁中分春日少，百年通计老时多。"《想归田园》诗云："千首恶诗吟过日，一壶好酒醉消春。"《池鹤》诗云："低头乍恐丹砂落，晒翅常疑白雪消。"其清新纤巧之作，置之宋人诗中，几不知谁何也。至其雄杰简炼处，不减老杜。如《哭皇甫湜》诗云："多才非福禄，薄命是聪明。不得人间寿，还留身后名。"《涧中鱼》诗云："海水桑田欲变时，风涛翻覆沸天池。鲸吞蛟斗波成血，深涧游鱼乐不知。"此种格调，学者尽可揣摩。（页眉：《自咏诗》云："斗闲僧尚闹，较瘦鹤犹肥。"《菩提寺上方晚眺》诗云："嵩烟半卷青绡幕，伊水平铺绿绮衾。"《偶吟》云："无情水任方圆器，不系身随去住风。"《池上》诗云："兰衰花始白，荷破叶犹青。"）

廿五日(3 月 23 日) 晚晴。绣云女史，姓李名琭，字灵玉，姑苏人也。早失怙恃，为邻家养女。自少即喜染翰，间为诗[1]，脱口而成。会某内翰欲置一宠，绣云许焉。内翰没，夫人忌其才，密访一松陵老叟，改嫁之。绣云痛欲自尽，以救得免。退以吟咏为乐。时有梦香逸史，籍本由拳，赘于松陵周氏，与绣云为邻。慕其才，以诗相投赠，绣云答之。其间往来唱和之作，几如璧合珠联，互相辉映[2]。后梦香辞归海上，踪迹遂疏。越二年，馆于贞丰。又二年，馆于茂苑，特往访之，而绣云竟以瘵疾而没。好事者录其唱和之作，名曰《秉蔺编》，并为作传。余尝摘录绣云诗云："尘掩妆台泪染裙，回头往时晓行云。临风一曲琵琶恨，未必江州司马闻。""暗风凄雨共萧萧，罗帐生寒肌渐消。我本连宵不成寐，非关窗外数声蕉。"梦香诗云："闷拨鸾弦眉带颦，暗将心事诉何人。红颜白面应同命，一样蓬飘结比邻。"七律云："春来青鸟通云路，絮里从前皎月盘。未免有情缘别久，不能无病为情多。金针刺就鸳鸯梦，玉轸调成鸾凤声。料得艳思难自展，莫教

---

① "自少即喜染翰，间为诗"原为"自少诗才秀发"，后改。

② "其间往来唱和之作，几如璧合珠联，互相辉映"原为"凡往来唱和之作，皆小婢随风为之传递也"，后改。

罗袜傍花行。"

廿六日(**3 月 24 日**) 过宏化庵,读壁间徐山民诗,余因和焉。山民诗有:"远山堆屋后,流水活门前。"

廿七日(**3 月 25 日**) 在北舍观剧。

廿八日(**3 月 26 日**) 阴,西北风大起。

廿九日(**3 月 27 日**) 阴,寒殊甚。

卅日(**3 月 28 日**) 晴。

三月初一日(**3 月 29 日**) 至玩字吴吟桥家,访得一节妇,爱作三言诗,以纪其实,云:"吴家女,袁家妇。归一年,失比耦。碎红妆,甘白首。生无儿,侄为后。躬抚养,力荷负。毕以婚,传箕帚。生忽悲,死欲朽①。欲葬夫,先姑舅。数大端,力分剖。二十寡,八十寿。我作诗,告朝右。里亦圩,袁家某。进益者,乃其偶。"

初二日(**3 月 30 日**) 晚阴。饥民乞食,自昔已然。其始盖出于不得已,故虽绣阁佳人,名门才媛,岁遭水旱,浪走风尘,未免姬姜憔悴,何堪季女斯饥,载在篇章,传之歌咏。余尝记其诗云:"萧萧行旅此经过,苦为年荒受折磨。踏破绣鞋埋雨径,抛残云鬓入风窝。沿门丐食推恩少,仰面求人忍辱多。几度欲归归未得,夕阳回首涕滂沱。""自叹吾生命不齐,全家漂泊浙江西。朝游列肆心先怯,暮□②孤舟境转凄。异地风光悲冷落,天涯骨肉幸提携。深闺联咏浑闲事,且向青山和泪题。"

余姚徐三猫者,歌女也。来吴中演剧有年,音声清朗,态度翩跹,观者如堵,皆可望而不可即。而独与青溪沈栖山诗章赠答,称文墨交。尝有《集唐》二十四首,备录于左,以志一时佳话云。"声貌由来

---

① "躬抚养,力荷负。毕以婚,传箕帚。生忽愁,死欲朽"原为"谋稻果,操井臼",后改。

② 原文缺一字。

固绝伦,与君相见即相亲。众中不敢分明语,背插金钗笑向人。""会向瑶台月下逢,曾如刘阮访仙踪。多情更有分明处,半在眉间半在胸。""绿树阴浓夏日长,蜂争粉蕊蝶分香。最怜煮茗相留处,红粉云鬟空断肠。""细环清佩响丁当,袅娜腰肢淡薄妆。忽地下阶裙带解,满身兰麝扑人香。""月淡花闲夜已深,水流花落怨离琴。纱窗惟有灯相伴,半醉狂心忍不禁。""些些私语怕人疑,入骨相思知不知。独立每看斜日尽,归来如梦复如痴。""草虫幽咽露初团,添尽罗衣怯夜寒。别后几回思会面,不知斜月下栏杆。""花性飘扬不自持,谁怜梦好转相思。世间只有情难说,肠断红笺几首诗。""我侬试舞尔侬看,几许幽情欲话难。莫对月明思往事,兴来今日尽君欢。""一心如结不曾开,泪滴闲阶长绿苔。心火自生还自灭,相思那得梦魂来。""一度相思一度吟,瑶台无路可追寻。晚来怅望君知否,碧海青天夜夜心。""柳绵相忆隔章台,拂曙残莺百啭催。不为傍人羞不起,画眉犹自待君来。""嫁得萧郎爱远游,绿蒲红蓼练塘秋。与君便是鸳鸯侣,情绪牵人不自由。""欲报琼瑶恨不如,吟看句句是琼琚。岂知儒者心偏苦,碧琐窗前学草书。""不爱尘埃半点侵,红笺写寄表情深。皆言贱妾红颜好,惹得诗人说到今。""孤吟独寝意千盘,蜡烛成灰泪始干。回首可怜歌舞地,明朝相忆路漫漫。""每坐台前见玉容,红灯烁烁绿盘龙。谁怜九月初三夜,别有深情一万重。""天涯一望断人肠,犹自音书滞一乡。惟有别时今不忘,满城风雨近重阳。""别时容易见时难,遥想清才倚画栏。身又不来书不寄,不如眠去梦中看。""月斜楼上五更钟,望断巫山十二峰。为问寒沙新到雁,更期何人得从容。""水晶帘外冷沉沉,月桂馀香尚满襟。别恨转深何处写,自拈裙带结同心。""坠叶萧萧九月天,江枫渔火对愁眠。傍人未必知心事,万事□□①在目前。""自从别后减荣光,懒对菱花晕晓妆。千颗泪珠无寄处,郎心如妾妾如郎。""织得回文几首诗,三两行泪忽然垂。因思往

---

　　① 原文缺两字,当作"伤心",句出司空曙《病中嫁女妓》。

事成惆怅,镜在鸾台话向谁。"

初三日(3月31日) 雨中,晓泛至吴江。日未午,县西走访沈礼堂先生,时以全稿就正。舟回,至城西,过四桥斋中,以近诗相示。四桥为余点易几字,并以《遂高堂全集》二册见惠。遂至吴友江家,谈一刻。即至西濠谒竹亭先生,时先生借阅《有正味斋诗》四本,约两月而归。仍至友江家。饭罢,友江惠松陵文献三本,并兰二种。返宿五芝堂。

初四日(4月1日) 西风狂甚。中午,过云帆斋中,即同玉生表侄至爱遗亭观桃。舟中小饮,颇为适意。是夜,宿舟中。

初五日(4月2日) 晴。晓至八坼。舟中饭罢,回棹到家。时三池先生已解馆,不及送。延戴芝香表弟权课。

初六日(4月3日) 雨。

初七日(4月4日) 晴。

初八日(4月5日) 雨。

初九日(4月6日) 在本村观剧。

初十日(4月7日) 迟云泉不至。

十一日(4月8日) 晓,赴西濠港云巢之吊。饭后雨。

十二日(4月9日) 晴。中午后,同二兄扫墓。热极则风生矣。

十三日(4月10日) 阴。隔夜雷声甚震,大雨如注。日间北风寒甚。

十四日(4月11日) 阴。

十五日(4月12日) 东风大作。晓起,出吊于泗里高氏。饭后即返。天亦晴。是夜,芝香以事归家。

十六日(4月13日) 大风雨。闭门。恰好课儿书也。

十七日(4月14日) 风少息,雨小,连绵。午后,三池先生到馆。丙子二月,洞庭东山脚下忽涌出一泉,泉味甘冽,土人汲以煮茶,迥异常品,不知其源究在何处。

十八日(4月15日) 晓起,冒雨至吴江,盖欲于礼堂先生处取回诗稿也。礼堂选阅甚严,斟酌几字,颇稳恰,并为作序。不求而得,真幸事也。时先生诗集开雕,余助刻资六元,聊以为润笔之资。并闻四桥永嘉之行尚未就道,余有诗送行,并以薄赆馈之。匆匆而返,不及面晤,托玉生转致。

十九日(4 月 16 日) 小雨不绝。

二十日(4 月 17 日) 复如故。

廿一日(4 月 18 日) 小雨如丝。欲有所往,不得。余有句云:"万千心事抛书起,一半春情见雨消。"下句颇为得意。

廿二日(4 月 19 日) 至东村戴芝香家送座回,与庞礼堂过陈北岩书馆中,携得《灵芝芬馆诗话》一册,并朗夫先生①《扣磬集》以归。

廿三日(4 月 20 日) 晴。晓起,至平望殷东溪斋中,晤陶爱庐,遂与小饮至晚。爱庐真陶然矣。陶归,余留宿宜雨阁。东溪有诗见赠。

廿四日(4 月 21 日) 东溪留客甚殷。午访赵竹安,谈及李兼山,名嵊,以难荫云骑尉,后援例授通判。为人磊落不羁,颇有隽才。一日,宜中丞招集僚佐会饮于某处,先下令曰:"明日之会,有拘常礼参见者,必受罚。人尽所长而后止。"于是诸僚属应期而往,各尽所长②,以为献媚之资。饮罢,仍穿公服,各各谢去。独李公脱帽露顶,剧饮大醉,几不知堂上有尊官③也。厥明始醒,以诗呈中丞云:"高歌白雪不知寒,醉里科头揖上官。莫怪漆园多傲吏,愿公还作布衣看。"中丞乃大奇之,独加赏识。又有句云:"宰相寻常才子贵,文章容易替人难。"盖祭苏文忠公生日诗也,京师中极传诵之。(页眉:时而铜琵铁枚,唱出大江东;时而凤管鸾笙,讴成小调子。无一技之不效,无一

---

① 陆耀(1723—1785),字青来,一字朗夫,吴江人。乾隆十七年举人。官至山东布政使、湖南巡抚。与修《河渠志》,著有《切问斋文钞》《扣槃集》。

② "各尽所长"原为"或挥翰风飞,或吟情电发,各效其技",后改。

③ "堂上有尊官"原为"谁何",后改。

能之不展。）

廿五日（4月22日）　晓起回棹。至黎里，汝听松留饮而返。

廿六日（4月23日）

廿七日（4月24日）　雨。

廿八日（4月25日）　阴雨连绵。

廿九日（4月26日）　阴。吾乡有柴姓者，失其名，家贫为人佣作，夏月贩瓜以卖，冬则为里中知更。目不识一字，而出口辄成韵语。余闻里老尝诵其诗云："柴米油盐酱醋茶，般般多在别人家。老妻不用哓哓说，起看庭前梅树花。"脱尽雕琢，直是一腔天籁，人遂称之曰"柴才子"。（页眉：近见《灵芬馆诗话》中载此人。）

四月初一日（4月27日）　雨。顾丈三池尝言，乾隆四十年中闻松江府城外忽有一丐饿莩在野，野人诉之官。时太守韩公命人殓之，衣囊中检得一诗，乃丐所作也。人大惊异，上之太守，太守悲其才，因为嘱和。一时士大夫皆有诗以纪，今不复存，犹记其①丐者诗云："性癖生成似野牛，间携竹杖过街头。饭盂向晓吞残月，鼓板临风唱晚秋。双脚踏翻人世界，一身历尽苦中愁。从兹不吃嗟来食，村犬何须吠不休。"词气肮脏，不类寻常行乞者流。呜呼！英雄落魄，混迹风尘，如国初吴六奇辈，曾为铁丐，乃一以贵显，一以贱终，时之遇不遇，可胜言哉？

初二日（4月28日）　阴。

初三日（4月29日）　风又雨。

初四日（4月30日）　晓起，冒雨至吴江吴友江家送座，不值。薄暮而返，夜泊郑家巷头，住宿舟中。

初五日（5月1日）　清晨到家。饭后，愚溪外舅招看牡丹。中午，同三池先生过松荫草堂看花。晓归，东风大作。

---

①　"犹记其"原为"曾于故老中诵得"，后改。

初六日(5月2日) 雨。

初七日(5月3日) 雨。有书寄礼堂先生云:"日前趋谒,饱领教言,欣幸奚似。以老先生绝世之学,提唱风骚,主盟坛坫,洵足千古。△学殖素浅①,晦迹雕虫,何敢自炫?猥承奖许过当,遂使小草幽姿,并怀春色,钦佩之私,情何能已?前呈拙作一卷,如已削正,望即掷下是荷。馀容面谢,顺请道安。不一。"

初八日(5月4日) 雨。《高唐赋》:"姊姊本字归思妇。"二鸟名。"姊归"二字甚雅。

初九日(5月5日) 雨如故。

初十日(5月6日) 立夏。俗作苧头饼及梅子、杏珠等果,以会客饮酒。晚乃晴。

十一日(5月7日) 阴。下午,三池先生以事到镇。

十二日(5月8日) 阴,在书斋权课。

十三日(5月9日) 阴雨连绵。三池先生午后到馆。

十四日(5月10日) 与云泉书云:"三年聚首,半载离情。每念及之,曷胜惆怅。前承令郎大兄过舍,聊叙阔悰。第以话别匆匆,未衔杯酌,殊为歉仄耳。比维足下诗吟芍药,酒饮酴醾,兴酣落笔之章,动摇五岳。闲中肯惠我一读否?仆僻处下里,偏弦独唱。与君别后,益复无聊。近得吴柯亭见示长律四十韵,勉和一首,聊以写怀。刻下尚未录出,故不具呈。良友投赠之情,可为知己告也。拙稿曾就正于沈礼堂先生,中有尊作,礼堂极为称赏,并欲索君全豹,附便奉闻。时当春立,凄雨湫风,搅人离绪。临颖神驰,不尽欲言。并候道安,不一。《灵芬馆诗集》如在案头,恳为寄下。缘舍亲殷东溪索借一观。不为赵璧之归,竟为作邻醢之乞。故人问之,谅不以直道视仆也。"以下接"时当"句。

十五日(5月11日) 阴。

---

① 原文如此。

十六日(**5 月 12 日**)　晴。

十七日(**5 月 13 日**)　晴。

十八日(**5 月 14 日**)　晨起,至周庄观剧。午,寻全福寺,遇雨而返。

十九日(**5 月 15 日**)　雨。

二十日(**5 月 16 日**)　雨。

二十一日(**5 月 17 日**)　晴。

廿二日(**5 月 18 日**)　阴。

廿三日(**5 月 19 日**)　晴。同三池先生至芦墟镇,得观顾氏家藏先世宋人墨迹,铁画银钩,真稀世之宝也。按,传一、敕二。传为开宝二年正月既望枢密副曹彬追传齐处士顾欢,敕一为皇祐五年十二月三日敕吏部郎顾谦知开封府,一为元丰二年九月十日敕直龙图阁学士、河东转运使顾临,楷书古峭,浸淫二王,不特墨迹可珍,而亦物以人重与?喜为作歌。

廿四日(**5 月 20 日**)　晴。

廿五日(**5 月 21 日**)　阴。

廿六日(**5 月 22 日**)　晴。下午同三池先生过访陈梧冈先生。人生落地,开口便哭,赵瓯北诗所谓"堕地第一声,开口便是哭"也。嘉善钱侍郎樾甫生时,启口便笑,父大异之,遂乳名曰"奇"。

廿七日(**5 月 23 日**)　晴。午后,陈梧冈先生谈诗半日而去。

廿八日(**5 月 24 日**)　晴。

廿九日(**5 月 25 日**)　晴。神验之方不可多得。偶于友人处抄得古方,人告余曰:"是方凡痢之久者服,无不应。"适村人某患痢疾已经三年,遍访良医,服药无效。余以此方投之,服两剂竟愈。因备录于左,以俟采焉:上黄芪蜜炙三钱、真厚朴一钱半、酒炒广木香要透,三分、酒炒当归首一钱半、赤芍七分、炮姜炭八分、地榆炭一钱、白芍姜附炒二钱、焦山查研末冲二钱半、焦白术醋炙二钱。

卅日(**5 月 26 日**)　阴晴参半。

五月初一日（**5 月 27 日**）　雨。

初二日（**5 月 28 日**）　晴。

初三日（**5 月 29 日**）　晴。五更起来，放舟至平川，观龙舟之胜。赵竹安招同沈禊亭、殷东溪、伊兄平桥及余泛舟莺湖，极游观之乐。午即留饮舟中。

初四日（**5 月 30 日**）　东溪招同平桥、竹安及余泛舟至百花龙门，极饮酒之乐。

初五日（**5 月 31 日**）　清晨，秀山二兄亦来。东溪仍拉余及禊亭、家秀山将至莺湖，路逢秦半痴，遂邀同往。中午，大雨如注，舟回至北龙门。朋友聚首之乐，仍如故也。夜饮宜雨阁。

初六日（**6 月 1 日**）　雨，复止。龙舟已卸。饭后，同余思陶、王甫堂、殷竹篱、东溪同泛莺湖，不觉热闹场中已变清净世界。余有诗云："湖光冷不断，复此一舟横。龙去杳无迹，莺啼尚有声。"沉吟而返。午后，遂同二兄归，到家已一鼓矣。

初七日（**6 月 2 日**）

初八日（**6 月 3 日**）

初九日（**6 月 4 日**）　饭后，赴苏家港朱氏从姑之吊。

初十日（**6 月 5 日**）

十一日（**6 月 6 日**）　微有雨。

十二日（**6 月 7 日**）　晴。饭后，送三坻先生解馆。适云泉见过，喜不自胜，遂留一宿。午后，庞礼堂来。

十三日（**6 月 8 日**）　饭后，送云泉去。

十四口（**6 月 9 日**）　夜雨大作，日间小雨连绵。

十五日（**6 月 10 日**）　晴。《函海》一书，绵州李调元雨村撰，并自序，首有其弟鼎元重校序。调元序《古今同姓名录》云："齐梁之间，士大夫之俗，喜征事以为其学浅深之候。梁武帝与沈约征栗事是也。类书之起，当在此时。故以此录为首。"《录》为梁元帝撰。

十六日（**6 月 11 日**）　阴。

十七日**(6月12日)** 大风,雨。

十八日**(6月13日)** 大雨如注,下午稍歇。

十九日**(6月14日)** 雨已止,颇有晴色。

二十日**(6月15日)** 微有雨。俗为"分龙日"。父老相传云,是日雨水必大。夜间雷声甚震,大雨倾倒,至晓稍息,水涨三四寸矣。田中未熟之麦大半红头,浆不可食。

廿一日**(6月16日)** 午后,雨稍止。

廿二日**(6月17日)** 阴晴参半。夜间星斗满天,可卜来日晴。

廿三日**(6月18日)** 晓雾迷离。午晴,甚热。下午,送醴塘归。

廿四日**(6月19日)** 晴日可爱。午候,三圻先生到馆。潘义夫,忘其名,字耕和,居北舍港,康熙间人。早年丧偶,生一子,誓不再娶。家中服役,悉用老仆。一应婢姬,概斥不用。中年任侠,好结交海内术士。尝有莫先生客其家。莫固明于道术,善驱遣之法①。一日,坐书房内,忽思面食,即写纸一章,给钱一文,投笔筒内,顷刻间有馒头一盆从空而下,与肆中无异②。邻有狠斗者,将人脑门打开,脑流至地,昏不复醒③。斗者恐惶,求救于莫,莫曰:"无碍。"画一符,帖在(恼)[脑]门上,先止其(恼)[脑]④,又以药和其旁,不十日而愈。莫后不知所终。义夫晚年闭门却扫,谢绝世事。曾有一行乞者,在其门献鸡卵一枚。或问曰:"何用?"曰:"此中有物。"即抽出之,乃一宝剑也。门者报知义夫,义夫以年老谢客,其人怏怏而去。

廿五日**(6月20日)** 午后,大风雨,晚乃止。

廿六日**(6月21日)** 午后,大风雨,与昨日无异。宋初,晏殊、钱惟演、杨亿号"西昆体"。仁、神时,欧、梅诸公力起而振之,多学杜、

---

① "莫固明于道术,善驱遣之法"原为"莫通谶纬术数之学",后改。

② "与肆中无异"原为"食之甚佳",后改。

③ "昏不复醒"原为"人即昏赴于地",后改。

④ 先止其(恼)[脑]原为"(恼)[脑]出立止",后改。

韩。神宗时，苏、黄、晁、张诸公别开西江诗派，是为"江西初祖"。南渡后，以陆游为大宗。元初，以元好问为大宗。明初四杰以高启为冠。成化间，李东阳、李梦阳、何景明、边贡、徐祯卿、王廷相、王九思称"七子诗"。嘉、隆间，李攀[龙]出，王世贞和之，吴国伦、徐中行、宗臣、谢榛、梁有誉羽翼之，称"后七子"。此后，一变于袁弘道、钟惺、谭元春；再变于陈子龙，号"云间体"。诗派至此衰微。（页眉：夏至。）

廿七日(6月22日)　下午，大雨时行。

廿八日(6月23日)　按，丹翁先生世居南传村，其尊人民愉公读书慕古，曾延李东崖赠翁力主家塾。时与玉洲太史、迮三江中翰同笔砚，互相切劚。既长，复游尤西堂太史①之门。所作诗文，皆有宗法。著有《撰玉堂诗钞》，近已散轶，仅存十之一二云。

廿九日(6月24日)

六月初一日(6月25日)　下午大风雨。

初二日(6月26日)　雨。

初三日(6月27日)　辰大雨，晚乃止。

初四日(6月28日)　晴。

初五日(6月29日)

初六日(6月30日)　午后，以事至吴江，住宿五芝堂。

初七日(7月1日)　晓雨，即晴。日暮开船，到家已四更矣。

初八日(7月2日)　饭罢，至姚家埭沈含珠表兄家。时余有事杂讼，含兄劝解其事，亦至亲情重也。

初九日(7月3日)　江城钱序珩之子使酒狭斜，与唐氏女来往甚密。后金尽交疏。其女又与陆会天之子情好甚笃。陆忌钱之不肯

---

①　尤侗(1618—1704)，字展成，一字同人，号悔庵、艮斋、西堂老人，长洲(今苏州)人。应博学鸿词科，与修《明史》。工诗、文、词、曲。著有《西堂全集》等。

让人也,隐欲刃之。一日,与诸恶少诱钱会饮于唐氏,饮至夜半,钱已
颓然,乘醉击死。众舁其尸,放置桥下,谓若溺死者然①。舁出时,惟
邻家一老妪目击其尸②。明日,其父闻之,买棺收敛。盖子既不肖,
不欲以鸣官拖累也。钱子既遭枉死③,隐图报复,即赴松陵城隍庙
中,控之判官。判官两次不理。适五月初二日,广祐王出巡至长桥,
怨鬼面诉于王。王即带至庙中,讯其何不早诉,鬼以判官不理为对。
王即传到判官,杖责革役。明日,人见判官面忽落地,心甚异之。未
几,陆子死,父又死,邻妪死,唐女亦死。一日之间,喧传其事。王以
陆子当斩④。邻妪以目击不鸣,罪当死。其父以失教,受责回阳。其
女虽系起事之身,然陆欲害钱,实未预谋,且孽缘未绝,暂放回阳。盖
嘉庆丙子岁五月初四日事也。后其女言之甚详,父亦不讳其事,故所
闻者历历不爽⑤。(页眉:此事录此,其父名号,不必写明。)

　　初十日(7月4日)

　　十一日(7月5日)　晚起大风,檐雨如注。

　　十二日(7月6日)　闷热,将有大雨。是日,为三时末日,忌雨。
俗谓:"三时三送,低田白弄。"未几,大雨如注,有风如轮,夜未息。

　　十三日(7月7日)　俗谓:"小暑一声雷,反转作黄梅。"未几,雷
雨交作,至晚方息。芳草盈庭,宜于春不宜于夏。春有一种可怜之
色,至夏蒙丛阴翳,便觉芜秽不治,蚊虫得以蕃息,是欲驱蚊,必先剃
草。清晨,急命小奚删除殆尽,惟留女儿花数丛而已。握笔欣然,口
占一律云:"庭要空明一片浮⑥,蒙丛草积去难留。自从地上重开面,

---

①　"放置桥下,谓若溺死者然"原为"至新桥下安置,若溺死者然",后改。
②　原文此后尚有"并未喊破"一句,作者删去。
③　"钱子既遭枉死"原为"钱子怨气未消",后改。
④　原文此后尚有"监斩官即巡捕蔡某"一句,作者删去。
⑤　原文此后尚有"古先皇以神道设教,谅不诬与。录此可为人监"一句,
作者删去。
⑥　"一片浮"原为"径要幽",后改。

旋见鸡冠早出头。兰未当门休见折,竹为留客漫加修。笑蚊何处能依附,犹向人间刺不休。"(页眉:小暑。)

十四日(7月8日)　忽得晴日,然连日西南风,久晴未卜也。

自十五日至闰六月二十日(7月9日—8月13日)　以病弗记。

廿一日(8月14日)　晴。病已痊可。幼时闻先子云,梨里陈引祺永年建造房屋皆极壮丽。一日,谋构堂基,唤泥工先筑石脚。石脚平。至明日,忽然涨起,如是者再。永年深以为异,走告塾师徐道璋孝廉。孝廉即同至石脚边,周围相视,甚呀而返。至明日,竟不复涨起矣。人谓石脚之涨,乃岁星主地。而此忽得平复者,以避文曲星故也。后道章果大魁天下。按,二恬明经形状秀伟,多须髯,人称为"袁髯公"。工制艺,我乡后进攻举业者,得明经之力居多①。(页眉:夜大雨。二恬小传。)

廿二日(8月15日)　晴。

廿三日(8月16日)

廿四日(8月17日)　晚,雨。

廿五日(8月18日)

廿六日(8月19日)　先王母黄太宜人生于康熙五十一年,没于嘉庆三年,享年八十有六。

廿七日(8月20日)

廿八日(8月21日)

廿九日(8月22日)

七月初一日(8月23日)

初二日(8月24日)　三池先生解馆。下午倾盆大雨。

初三日(8月25日)

---

① "我乡后进攻举业者,得明经之力居多"原为"远近从游者,屡满户外。尤能成就孤寒,不遗余力。盖有古君子风焉",后改。

初四日(**8 月 26 日**)　早雨。

初五日(**8 月 27 日**)

初六日(**8 月 28 日**)　早雨。

初七日(**8 月 29 日**)

初八日(**8 月 30 日**)　午候,孙松霞来权馆。

初九日(**8 月 31 日**)　甲子五月,大雨淋漓,水淹田禾几尽,人情汹涌,群起劫夺。吴中大姓被其累者不可胜计。自五月廿九日起,至六月初二日平。先是,客冬有黑星降于地,大如碗,自西北以至东南,先君子目击其异。又,岁除夕,毒雾漫天,恶臭难闻,虽咫尺不能移步。人谓:"黑星主灾,毒雾主迷。"信然。

初十日(**9 月 1 日**)

十一日(**9 月 2 日**)

十二日(**9 月 3 日**)

十三日(**9 月 4 日**)

十四日(**9 月 5 日**)　中午,三池先生到馆。是日,松涯二兄权课,至晚,共计七日。

十五日(**9 月 6 日**)　松涯兄抄《投笔集》三页,正卅四行,每行二十四,计八百十六。又短行连注,计二百八十二,两共一千〇九十九个字。

十六日(**9 月 7 日**)　三页正卅六,计八百六十四个;短行连注,计三百〇三个,两共一千一百六十七个。连上,二千二百六十六个。(页眉:《投笔集》共六千八百六十五个字,计二百廿二行,每行廿四个;短行小注另算。)

十七日(**9 月 8 日**)　五页正五十八行,计一千三百九十二个;短行连注,计三百卅三个,两共一千七百廿五个。连上,三千九百九十一个。

十八日(**9 月 9 日**)　四页正四十六行,计一千一百〇四个;短行注,计三百〇四个,两共一千四百〇八个字。连上,五千三百九十九个。

十九日(**9 月 10 日**)　四页半正四十八行,计一千一百五十二个;短行注,计三百十四个,两共一千四百六十六个。连上,六千八百六十五个。

二十日(9月11日)　抄拙集序文、题词四页正五十行,每[行]二十个,计一千个;短行,计六十九个(一千〇六十九)。

廿一日(9月12日)　三页正四十三行,计八百六十个;短行小注,计一百四十三个,共一千〇〇三个。连上,二千〇七十二个。

廿二日(9月13日)　三页正四十二行,计八百四十个;短行小注,计一百廿六个,共九百六十六个。连上,三千〇卅八个。

廿三日(9月14日)　四页正四十行,计八百个;短行小注,计五百七十二个,共一千三百七十二个。连上,四千四百一十。

廿四日(9月15日)　清晨,松霞去,存一页正十六行,计三百廿个;又短行,计四十六个,共三百六十六个。连上,四千七百七十六。

廿五日(9月16日)

廿六日(9月17日)　西风甚急。

廿七日(9月18日)

廿八日(9月19日)

廿九日(9月20日)

八月初一日(9月21日)　雨。

初二日(9月22日)　雨。戊辰岁,米价腾贵,每石长至六千馀钱。虽甲子年,未曾有此,至来岁始平。甲戌之秋、乙亥之春,饥民流集①。每到一村,强索钱洋,不遂其意,便至率领坐食。稍与争论,往往拔刀相刺②,卒莫敢谁何。时嘉善钱侍郎樾③以病在家,后以癸酉九月教匪之变,潜入禁城,事虽平复,侍郎屡欲恭请圣安,缘病延迟。

---

①　原文此后尚有"什佰成群,匪类得以浑入"一句,作者删去。
②　原文此后尚有"囊中钱洋,累累如贯"一句,作者删去。
③　钱樾(1743—1815),字抚棠,号黼堂,浙江嘉善人。乾隆三十七年进士,选庶吉士,授编修。历任四川、广西、江苏学政等官。著有《妙香室文集》。

至甲戌六月,始到京召见,面奏时事。其一,江北无籍之徒,往往号称饥民,前赴江浙,沿村强乞。恐奸民混迹其中,滋生事端。宜令地方官严行查禁。是时,我乡未受其累,而侍郎早已知其不靖也。

初三日(9 月 23 日)　晴。

初四日(9 月 24 日)　风和日暖。

初五日(9 月 25 日)　李玉洲太史少与连三江征君读书南传顾氏之撰玉堂。夏初,照墙瓦沟内忽产凤仙二枝,花开不落。时三江有诗纪瑞,云:"晓露滴偏多,天风吹不落。"又有律句云:"几度垂头埋草里,一番仰面出墙时。"后玉洲名"留仙苑",沐浴凤池。人以为得此花之应。

初六日(9 月 26 日)

初七日(9 月 27 日)

初八日(9 月 28 日)　风。

初九日(9 月 29 日)　晴。

初十日(9 月 30 日)　到芦墟,闻初九日金泽镇上有白鹤飞至天皇桥,暮宿古槐上。厥明,观者云集。有欲攫之者,鹤遂去。

十一日(10 月 1 日)　阴。

十二日(10 月 2 日)　雨。

十三日(10 月 3 日)　雨。欧阳文忠公《镇阳读书》诗云:"寻前顾后失,得一念十忘。"乃知学在少,老大不可强。与古诗"少壮不努力,老大徒伤悲"同一真挚。读诗至此,往往令人猛省。凡发议论之作,须胸中有千古,方许下笔,如欧阳文忠公①《重读徂徕集》云:"孔孟困一生,毁逐遭百端。后世苟不公,至今无圣贤②。"不必矜才使

---

①　"凡发议论之作,须胸中有千古,方许下笔,如欧阳文忠公"原为"文忠之诗,温厚和平,中间虽遭迁谪,不为诽谤之词,而情真语挚,能使读者矜平躁释,如",后改。

②　原文此后尚有"所以忠义士,恃此死不难"一句,作者删去。

气，只此四语，已为不刊之论。天下事盖棺论定，岂偶然哉？

十四日（10月4日）　风雨大作。作诗贵曲折，曲折方能味美馀回，咀含不尽。即同此一意，而颠倒写来，迥然各别。如王辋川之"雀喧禾稻熟"是倒装语，欧阳文忠公之"禾熟雀声喧"是直下语，合而观之，方知诗中之妙。

十五日（10月5日）　雨。咏古之作，太泥不得，须将题之出处前后融贯，本题一点已足。余读欧阳文忠公《古瓦砚歌》，知老作家特具手眼，中间叙事，直扶出曹家父子，两片奸雄心事显豁透露。世尝谓少陵咏古诗有史笔，公何不然？

十六日（10月6日）　晴。和靖之诗，冲淡高洁，如画家一种精品，萧然①尘埃之外。当时，欧阳公爱其咏梅花诗"疏影"一联，黄涪翁则以"雪后"一联为胜。余尤爱其《西湖》诗云："春水净于僧眼碧，晚山浓似佛头青。"读之如置身六桥、三竺间也。

十七日（10月7日）

十八日（10月8日）　寒露。

十九日（10月9日）　晓起，顺帆至吴江，日未中。城南晤礼堂先生，余以《灵芬馆全集》奉赠，礼堂以近刻诗钞见遗，并许借《南城夜话》十二卷。晚，晤西桥，得读其《浙西游草》。是夜，泊舟南门外，悼又山表侄之亡。

二十日（10月10日）　小雨连绵。以又山亡，停泊周家。

廿一日（10月11日）　晴。同孙松霞到家。

廿二日（10月12日）　老。

廿三日（10月13日）　抄四页正行四十六，计九百廿个；短行小注，计三百七十六个，共一千二百九十六个连上四千七百七十六个，总共六千○七十二文。大。

廿四日（10月14日）　抄五页正四十七行，计九百四十个；短行小注，

---

①　"萧然"原为"戛戛独造"，后改。

计五百六十六个,共一千五百〇六个连上,共七千五百七十八个字。二。
(页眉:西风大甚。)

廿五日(10月15日)　抄五页正六十九行,计一千三百八十个;短行小注,计三百十九个,共一千六百九十九个连上,共九千二百七十七个字。三。

廿六日(10月16日)　抄五页正六十三行,计一千二百六十个;短行小注,计四百卅一个,共一千六百九十一个连上,共一万零九百六十八个。老。

廿七日(10月17日)　抄两页正十八行,计三百六十个;又,计六十七个,共四百廿七个连上,共一万一千三百九十五个。大。

廿八日(10月18日)　抄四页正四十七行,计九百四十个;又,计三百九十四个,共一千三百卅四个连上,共一万二千七百廿九个。二。

廿九日(10月19日)　抄五页正六十三行,计一千二百六十个;又,计三百八十六个,共一千六百四十六个连上,共一万四千三百七十五个。三。

卅日(10月20日)　抄五页正六十六行,计一千三百廿个;又,计四百六十五个,共一千七百八十五个连上,共一万六千一百六十个。老。

九月初一日(10月21日)　抄五页正四十三行,计八百六十个;又,计七百廿二个,共一千五百八十二个连上,共一万七千七百四十二个。大。

初二日(10月22日)　抄四页正五十七行,计一千一百四十个;又,计二百五十四个,共一千三百九十四个连上,共一万九千一百卅六个。二。

初三日(10月23日)　抄四页正卅七行,计七百四十个;又,计六百四十五个,共一千三百八十五个连上,共贰万〇五百廿一个。三。(页眉:以上四卷诗,连序文,共二万一千四百八十一个。)

初四日(10月24日)　抄四页正四十一行,计八百十个;又,计一百四十个,共九百六十个连上,共二万一千四百八十一个。老。

初五日(10月25日)　抄近作两页正廿三行,计四百六十个;又,小注短行,计三百九十九个,共八百五十九个。大。

初六日(**10 月 26 日**)　二。

初七日(**10 月 27 日**)　抄两页正卅行,计六百个;又,计一百十四个,共七百十四个连上,共一千五百七十三个。三。

初八日(**10 月 28 日**)　三池先生解馆。孙松霞、二兄权课儿辈。老。

初九日(**10 月 29 日**)　重阳,无事。得诗四首,颇为惬意。大。

初十日(**10 月 30 日**)　二。

十一日(**10 月 31 日**)　三。

十二日(**11 月 1 日**)　老。是夜,住宿舟中。

十三日(**11 月 2 日**)　大。晓起,至平望晤东溪,各出近作相质正。是夜,与东溪连床话旧。弹指光阴,不觉别又半载矣。

十四日(**11 月 3 日**)　二。饭后,同东溪程雪生家看菊。

十五日(**11 月 4 日**)　三。晓起,忽得诗云:"近市鸡声晓乱啼。"沉吟久之。放舟时,日高三丈矣。至梨里汝听松家,尚早,主人急欲留饮,并嘱题《修禊图》。余以卒卒无暇,且带还到家。

十六日(**11 月 5 日**)　老。

十七日(**11 月 6 日**)　大。国朝乡举盛典,为士人致身之始,故登是榜者,往往多预兆。而数邑之中,盛衰不齐,岂造物者故为是偏袒耶?吾吴松陵两邑,人文蔚起,科目接踵。城内各虔奉文昌帝君,特举一会。丙子春,值其诞日,会主设馔以祭。祭毕,举爆竹声,以为送神常例也。是日,屡放不响。无何,秋风一战,两学中竟断好音。始知天上预有定数矣。先是,七月初九日,金泽镇忽有白鹤,飞集天皇桥,暮宿古槐上,厥明始去,居人喧传其事。至是,南闱报捷,青浦县得二人,其一邵棠,居朱家角;其一黄茂,居金泽镇。(页眉:十七日卯刻,有白虹现于东北。或作珠街阁。)

十八日(**11 月 7 日**)　二。

十九日(**11 月 8 日**)　三。

二十日(11月9日)　老。

廿一日(11月10日)　大。三池先生到馆。松霞兄共权十三日。

廿二日(11月11日)　二。雨。

廿三(11月12日)　三。雨。

廿四(11月13日)　老。风,晴。

廿五日(11月14日)　大。

廿六日(11月15日)　二。雨。

廿七(11月16日)　三。风雨大作。

廿八日(11月17日)　老。晴。

廿九日(11月18日)　大。

十月初一日(11月19日)　二。

初二日(11月20日)　三。阴。

初三日(11月21日)　老。晴。放舟至芦墟,赴陈氏喜筵。夜即住宿其家。

初四日(11月22日)　大。过柯亭馆中,谈及港南浜顾汉林家素有一怪,匿在其女房中,每与人隔帐而语,谈本家事甚悉,问外事不知也。然有声无形,并不滋扰房中,顾遂听其然,全不为怪。先是,房中有一小婢,奉事其女,后婢长,主人急遣嫁之。婢去,怪亦绝。偶记俟采。至夜到家。

初五日(11月23日)　二。赴东浜沈氏喜筵,越宿而返。

初六日(11月24日)　三。

初七日(11月25日)　老。

初八日(11月26日)　大。

初九日(11月27日)　雨。二。

初十日(11月28日)　三。

十一日(11月29日)　老。晴。父执戚贻谋,曾言:"余居戚家港，邻村古庙中向有一老僧，(旅)[膂]力过人，村人初不知也。时王师平定天下未及三十载，里中少年犹尚贯革风①。暇日，每到庙中，娴习武备。僧实厌之，乃大言曰：'阶下石能举之乎？'众绐之曰：'僧能举，众亦能举。'僧曰：'易了。'即步至庭中，两手拓起，重约四五百斤，了无难色。众皆愕然，问所由来，僧曰：'不瞒诸君，余本闯贼麾下步将时一只虎，与山西总兵官周遇吉屡战不利，乃谓众曰："明日与周战，将诈败，诱入山谷中。尔部将四员，各执器械，伏在谷口要害处。俟周出，一鼓可擒也。"部序停当。明日出战，不数合，虎败走。周恃骁勇，直追过谷口，虎回马又战。周知其诈，且战且走，将至谷口，霹雳一声，四将拥出，举刀并斫。周将金鞭一格，四刀纷纷落地。我等吓得魂不附体，弃甲而走，归入空门，到此又二十年矣。回视周将军，义勇盖世，卒被阵亡，况区区匹夫之勇，何足恃哉？'说得诸少年神沮色夺，各各拜谢，欲叩姓氏。僧曰：'余既归空门，名□何有？姓氏勿问可也。'"是夜酉时，厚堂伯卒。生于乾隆十五年五月十三日未时。

十二日（11月30日）　大。

十三日（12月1日）　二。

十四日（12月2日）　三。

十五日（12月3日）　老。在大港送殡。

十六日（12月4日）　大。

十七日（12月5日）　二。

十八日（12月6日）　雨。三。

十九日（12月7日）　老。

二十日（12月8日）　大。

廿一日（12月9日）　二。

廿二日（12月10日）　（二）[三]。

---

①　"犹尚贯革风"原为"群以力相尚"，后改。

廿三日(12 月 11 日)　老。

廿四日(12 月 12 日)　大。

廿五日(12 月 13 日)　二。

廿六日(12 月 14 日)　三。

廿七日(12 月 15 日)　老。

廿八日(12 月 16 日)　大。

廿九日(12 月 17 日)　二。

卅日(12 月 18 日)　三。乾隆四十六年六月十八日夜,狂风大起,海潮泛溢,崇明、上海、嘉定近海诸县,水高二三丈,居民溺死者无算。吾乡去海百里,不受此灾,然拔树倒屋者不可胜数。幸五更时,忽转西风,水势乃退。

十一月初一日(12 月 19 日)　老。大风雨。

初二日(12 月 20 日)　大。大风,阴。三池先生解馆。

初三日(12 月 21 日)　二。晴。晓至西濛港,同沈秀亭来,课小儿。(页眉:冬至。)

初四日(12 月 22 日)　三。晴。

初五日(12 月 23 日)　老。

初六日(12 月 24 日)　大。

初七日(12 月 25 日)　二。

初八日(12 月 26 日)　三。

初九日(12 月 27 日)　老。

初十日(12 月 28 日)　大。

十一日(12 月 29 日)　二。西北[风]甚大。

十二日(12 月 30 日)　三。

十三日(12 月 31 日)　老。

十四日(1817 年 1 月 1 日)　大。

十五日(1 月 2 日)　二。

十六日(1月3日)　三。

十七日(1月4日)　老。

十八日(1月5日)　大。

十九日(1月6日)　二。阴。

近游日记（戊寅、己丑、辛卯）

近游日记

吴江　柳树芳　湄生

嘉庆二十三年戊寅十一月六日（1818年12月3日）　将至上海。时为吴淞江重浚事宜，吾邑报捐工费，至是派解上海。傅廷兰明府①以书招余董行其事。是夜，宿舟中。有《留别》五律诗一首。

初七日（12月4日）　晓发平川，晤沈愚溪外舅，许余同往。余不及伫候，由八尺抵吴江东门外泊舟。

初八日（12月5日）　晓起，迟友人不至。未刻，进署面辞傅明府。自垂虹亭放船，夜泊葑门。柝声终夜不绝，几不成寐。

初九日（12月6日）　晓雨溟蒙，炊烟涩湿。余拥被而卧。中午，船出娄门，雨少歇。舟沿石塘行，望沙湖清可见底。舟人云："湖不生鱼，惟清故也。"是夜，泊舟昆山朝阳门外。愚溪外舅驾小舟前来相见，喜甚。是日，有《吴门遇雨》七律一首、《沙湖》五绝一首、《夜泊昆山朝阳门外》七绝一首、《昆山道中喜外舅愚溪先生偕往》七律一首。

初十日（12月7日）　晓，随愚溪外舅重寻玉峰佳处。计余不到鹿城已十三年矣，来又匆匆，怅何如也。辰刻，趁顺帆直抵太仓城外，

---

①　傅廷兰，字馨谷，山东潍县人。嘉庆乙丑进士，官吴江知县。著有《苏门遗怀集》。

日犹未晚。以镇洋署中发书少迟，故不及解维矣。有《太仓道中》五律一首。是夜，宿太仓城外。

十一日（12月8日）　五鼓放船，不由官塘，趋东乡小路而行，盘旋曲折，几迷所往。须臾，过外江镇，离嘉定城只十二里。午抵嘉定城外。沿堤修竹如云，舟在半村半郭间。晚自城南放舟，抵南翔镇，约二十四里。是夜月明如水，到镇沽郁金香四坛，以助饮兴。

十二日（12月9日）　大风自东北来，雨绵绵不止。辰刻放船，泊小南翔。有《晚自嘉定城南放舟至南翔镇，厥明风雨大作，舟中得》五古二首。

十三日（12月10日）　晓有霁色。自小南翔放船，将抵曾市。问土人，云："约二十里。"舟行小港中，如蚁穿九曲，短彴平铺，棚多窒碍。岸头杨枝未老，尚有可怜色。客中相对，令人黯然。余舍舟登岸，步至曾市，小憩城隍庙。庙有岳武穆神像。复拿舟折而东。时晚霁初开，斜阳满地，较昨日光景顿觉不同。须臾，出吴淞江口，过新闸，泊舟。去上海不远矣。得《舟行杂咏》七绝三首。

十四日（12月11日）　晓发松江渡口，泊舟黄浦滩，登岸，进小东门，寻城隍庙西园胜境。园为明潘尚书豫园故址，壁有王百谷①隶书"豫园"二字，后人拓而新之。园林空旷，湖心一亭，实擅此园之胜。余随愚溪外舅游憩最久。午后，自豫园南至蕊珠宫，中有也是园，为前明乔氏别业，凡三易主，今谓之南园。丘壑不多，颇有幽趣，惜半就倾颓矣。晚归舟中，作《晓自城南寻明潘尚书豫园故址，向晚复游南园，为前明乔氏别业》五古二首。

十五日（12月12日）　以倦行，不登岸。月夜，泊舟黄浦滩，作七古一首。

十六日（12月13日）　重游豫园，复入内园。碑载，城隍庙旧有

① 王稚登（1535—1612），字伯谷，长洲人。以诗名，主持吴中诗坛数十年。著有《吴郡丹青志》《尊生斋集》等。

园,后得豫园而一新,内园数号,其旧址也。

十七日(12月14日) 天欲雪,云漠漠不开。舟中静坐,读舒铁云孝廉《瓶水斋诗》,颇多会心。

十八日(12月15日) 红霞破晓。望浦东一带,如在指掌中。同舟皆云:"趁此东南风,何不开船?"遂自南浦挂帆归。浦东西无半舍远,南北有二百馀里。归途不由官塘,故甚捷。抵豆腐浜,不觉夕阳已在树杪矣。得《南浦归舟》七绝二首。

十九日(12月16日) 四更,自豆腐浜放船,到家不过午后。

二十日(12月17日) 随愚溪外舅至吴江,余进署面复傅明府。时明府以事不出见,余即归家,删定《游草》,得十六首。

嘉庆二十二年奏吴松江重浚事宜,系民捐民办,毋庸报消。吾邑开局收银,选董十人,伯兄兰阶与焉。余与同事某相约解银,后期而不至,惟余独往,始知一行一止,皆有定数也。

道光九年己丑(1829年)春 余遭青儿之亡,情怀抑郁,遂于三月上旬为临安之游。

初十日(4月13日) 整顿芒鞋,挂杖行有日矣,惜无同志,惟携旧时所录《西湖志揭要》二小册,以为前导。

十一日(4月14日) 同锦文、鄂生两从子顺帆解维,至狮虎桥泊舟。有《三月十一日将至武林,晚泊狮虎桥》五律一首。

十二日(4月15日) 顺帆,由狮虎桥至乌镇太师桥。出日辉桥二十里,至练市,居民不多,村市相间。又二十里,至含山下,地属归安县,山不甚高,上有古寺,半已颓废,惟一塔岿然尚存。又二十里,至新市,属德青县,居民多业绵绸,客过其门,争出求售。时天色已晚,至踏扁桥泊舟。土人云:"自此出塘西,尚有六十里。"是日,得《游含山》诗五古一首。

十三日(4月16日) 微雨。行六十里,到杭,进北新关,不过午后。欲入松木场,以船挤,不得进。二鼓后,始得入潭子里。如一枝庵、张家荡,皆游人泊舟处。是夜,得《到杭》诗五古一首。

十四日(**4月17日**)　由昭庆循北而南,过断桥,寻惠贝子祠,并洪忠宣公、李文襄公两祠。前谒岳忠武庙,墓在庙右,有古榆一株,腰大十围,中空而心不坏,夭矫离奇,洵数百年物。按,《西湖志》中载:"分尸桧,其树劈开。天顺时,杭郡丞马伟为之。"今据游人皆指为老榆树,余未暇深辨也。前游竹素园,俗谓"花神庙",已倾圮,不能久留。还沿苏堤,过西泠桥,见苏小小墓,新修。入圣因寺,茶话片时。出寺,过陆宣公祠、朱文公祠,惜不得入。仍循故道而返。是日,得《初游西湖》五古一首、《岳王墓前老榆歌》七古一首。

十五日(**4月18日**)　西湖泛舟,至茅家埠,游天竺寺。寺在深山中,三面青山,一面石径,通游人往来,直是神灵奥区。中午,至灵隐寺,观飞来峰,是馀杭第一胜景。惜日晚,不及遍游,仍自茅家埠泛舟而还。有《由天竺至灵隐观飞来峰胜景》五古一首,集中不存,附录于此,云:"天竺形如箕,维天实扬簸。三面列翠屏,一面通香火。何年此招提,竟将峰峦裹。中藏一石径,径尽乃佛坐。其西是灵隐,飞来峰不堕。峰腹多空洞,峰头积蓬颗。峰脚立不牢,峰眉愁欲锁。峰尾断复续,峰腰袅而娜。峰领如望夫,峰鬟如剪鬌。化出千万峰,凌跨两山左。化工寓文心,排奡力帖妥。狡狯非天心,穿凿尽幺么。神鬼有时穷,天巧无不可。徒惊佛法大,此言犹琐琐。"(页眉:题存诗册。诗册,题存何用?此诗毕竟宜删。)

十六日(**4月19日**)　泛舟至小有天园,园倚南屏,山为峰峦,门对西湖,天然一幅着色山水,惜多荒废。余直上南屏山,观司马温公摩崖石刻处,欲寻慧日峰欢喜岩,不果。下游净慈寺方丈,时鼠姑已开,僧雏不见,不知人世间金碧楼台,偏被若辈销受,有何功德及人耶?旋转至雷峰塔下,余欲稍事盘桓,适山风四起,凛乎不可复留矣。是日,有《自小有天园登南屏山,欲寻慧日峰欢喜岩不得,至净慈寺而返》五古一首。

十七日(**4月20日**)　雨,不出游。舟中删录近作,可存者少,客中又无同志可面质。

十八日(4月21日) 又雨。翻阅西湖旧志,不啻置身两峰、三竺间,然终不如亲见之为快也。午后雨止,登岸,谒三忠祠。碑载,宋建炎三年腊月,虏雏兀术侵犯,王略闯兵于杭,权守安自强避寇赭山,城不能守。时钱塘宰苕溪朱跸鸠乡丁趋馀杭邀击,阵陷身没。钱塘尉曹总目金胜、祝威集兵据葛岭,挫其前锋,兀术为之褫魄,继以寡不制众,力竭遇害。详见三山郑子文《金祝二太尉庙记》。明成化十三年,杭州知府成安李果摩碑重立,碑多剥落处,恐日久文献无征,故节录于此。

十九日(4月22日) 微雨泛湖。入涌金门,行十里,登吴山,天已放晴。下视城中,万瓦如鳞。南行至紫阳山绝顶,顶有"石坎"字,据游人云:"嘉庆九年,阮芸台先生抚浙时,因城多火灾,画此坎卦以压火气。"东望钱塘江,如玉龙盘绕其下,最足荡人胸襟。终以不得久留为憾。有《雨后登吴山,至紫阳绝顶望钱塘江》五古一首,集中删去,兹特补录,以志一时之游兴,云:"吴山若连臂,城南相合抱。其下十万家,鸦鹊声浩浩。谁能登其巅,有客出林杪。是时雨初霁,峦翠滴破晓。南指紫阳山,咫尺青未了。盘空翠螺旋,直上孤鸿矫。由其所历高,杯水西湖小。回顾钱塘江,形如玉带绕。浮天气茫茫,入海声渺渺。想当日出初,黄金烂八表。熔铸青芙蓉,化作紫玛瑙。登楼得大观,眼福夸一饱。归途太匆忙,奇景未幽讨。何时重入山,劳人谢草草。"(页眉:题存诗删。题亦宜删。此诗删之为贵。)

二十日(4月23日) 复雨。舟中闷坐,最无聊赖,惟以诗酒自娱而已。

二十一日(4月24日) 锦文、鄂生两从子先归。余谓:"坐守天晴,何时得遂游兴耶?"遂冒雨登栖霞岭。石磴平铺,几忘其疲。先寻金鼓洞,入鹤林道院。院始于乾隆初年,道士张炼师所建,中有云水阁。阁前紫牡丹盛开,壁间石刻甚多。道士不设茶、不款客,是子阳井底中物。爱其台阁幽闲,留憩最久。出门,拾级而登,至紫云洞,洞在栖霞岭巅，有僧庵数间，一亭倚洞而作，颇为精整。僧为设茶，茶味清冽，云从白沙泉汲来。少憩，至洞中，可容三四席，高亦不亚于屋。盛夏避暑，是清凉第一世界。庵僧见客甚恭，为余指点黄龙洞去路。下山至洞口，亦有僧庵。寻径而入，所谓"黄龙洞"者，乃是一峭壁峰，一面琢成佛像，一面有御制诗碣在焉。老僧云："此洞不是黄龙真迹，乃高宗纯皇帝圣驾南巡时寺僧凿石而成。而所谓黄龙洞者，已在茂草中矣。"石犹如此，况浮云之无定在耶？岭上诸洞，紫云在其巅，金鼓在其腹，黄龙在其背，惟栖霞洞不及寻。是日，游兴最为清绝，莫谓登山必得日日晴也。有《冒雨寻黄龙、金鼓、紫云诸洞》五古一首。

二十二日（4月25日）　天不雨。泛湖至赤山埠，望西南而行，至虎跑禅院。自石牌楼至头山门，约有里许，多是御道，左右古松以百计，清影满地，热客到此，应觉清凉。入寺，山僧款茶，为余指点虎跑泉真迹，并言贵人峰在其后。惜未穷游。少憩，至六和塔，不甚注意，遂唤船渡钱塘江。船形狭长，舟子以两脚荡摇一桨，却为便捷。江南江北，多是青山，以一帆收拾，舆中客、马背儿能得此光景否？船泊广生庵，登岸，至云栖尚有十里馀。青山满眼，已如山阴道上，应接不暇，几忘路之远近。入寺穷游，云房缭曲，不知有许多世界。斜阳促人，下临安山，直穿郎当岭，自登山以来，最为高绝处。然山之高出郎当者，又不知几千万万也。下郎当岭，宿天竺禅房。草草杯盘，一饭而罢。是夜，与一僧谈及先从兄体诚遗稿，僧指壁间诗云："此即体公遗笔也。"急为录出存之。乃挽玱如宗侄诗。玱如为余族侄，与体诚兄同出家于灵隐、天竺间。诗云："竺国幽栖万虑休，慈云影里度清修。三生石与禅关近，应化精魂向此游。""尘劫轮回魔击停，羡君先我证无生。寂光旧侣如相遇，为致殷勤一问声。""劣疾残躯托久延，浮华过眼似云烟。子平术数倘能验，纵在人间有几年。"三诗虽不甚警策，亦可略见一斑。惜遗稿散轶，已不可问。兄殁于道光三年十一月十六日，年六十有三。是日，得《云栖道中》绝句四首、《宿天竺禅房》五律一首、《追悼从兄粹白上人》七律一首。

(夹页:《有学集》卷五《陈子木母寿诗》:"身坐寂光安隐土,十年劫火不知闻。"注引《宗镜录》第八十一:"常寂之境,发于真智。真智所依佛土,即常寂光土也。""寂光"二字,久蓄疑于怀,兹特录出,可见平时谈书,终有新得。此其一端也。丙午六月晦日记。)

二十三日(4月26日) 禅房晓起,重游灵隐寺,纵观飞来峰胜处。时春雨连朝,山泉怒发,小憩冷泉亭上,不觉涤我尘襟。奚必濯足沧江、洗心蓬海,始为快意哉?路转至茅家埠南行,尽是御道。登风篁岭,寻龙井古迹,园亭荒落,人踪几绝。当年游览之盛,直跨小有天园而上,不数十年,顿觉改观。始知粉饰太平,不如真山真水之历久不敝也。出龙井寺,行五里,寻狮子峰不得,仍循故道。东行三里馀,过翁家山,登烟霞岭,观象鼻峰。是峰不见志书,而天然形似。小小奇观,亦足耐人抚弄。峰旁即烟霞洞,吴越有国时增刻十八尊罗汉尚在,而石版平铺,可容几席,乃近时筑成。壁间石刻,有万历壬寅季春三河养拙主人孙隆所镌周茂叔《拙赋》,字迹古雅。山僧性慧构精舍三间,壁间字画亦颇雅饬。出洞三里许,先至石屋岭,寻石屋洞。是洞最为宏敞,内镌五百十八身罗汉。宋熙宁时苏轼等五子题名尚在壁间,而"苍海浮螺"四字,乃明司礼监孙隆所刻。重寻水乐洞,洞在烟霞岭下。出烟霞洞,其西一里许,为水乐洞;其东二里许,为石屋洞。余纡道而行,自东复西。人谓此洞不足观,我不信也。至洞口,有"水乐洞"三字,旁有隶书"清响"二字。水声湛湛,如闻金石声。不知天气晴时有此清响否?向晚,仍由南路苏堤上买舟而返,时灯火已齐上矣。归录《拙赋》云:"巧者言,拙者默。巧者劳,拙者逸。巧者贼,拙者德。巧者凶,拙者吉。呜呼!天下拙,刑政彻。上安下顺,风清弊绝。"是日,有《自风篁、烟霞、石屋诸岭遍游烟霞、水乐、石屋等洞》五古一首、《与龙井寺僧乞紫竹两丛,负载而还》七绝一首。

二十四日(4月27日) 天晴,微热,不宜清游。舟子因请归期,余亦兴阑。仍自松木场出,无复到时热闹矣。是夜,泊塘西。有《留别西湖》绝句二首。

二十五日(4月28日)　天气燥热。晚,自塘西寻旧路而行,未到乌镇,风雨大作,泊舟片时,仍至狮虎桥住宿。

二十六日(4月29日)　天色晴明。一路顺帆到家。是游也,出门才十六日,寻游不过七日,中间留滞反有八日。若不鼓勇登山,不几磨折此清兴耶?凡事如是,不独游山为然,书此以为后来者劝。

道光十一年辛卯三月二十六日(1831年5月7日)　将至硖石。饭后,由芦墟洪家滩至三店,宿塘会,距嘉兴城不过三里。

二十七日(5月8日)　晓起,自长水、秀水、马王、新塘等桥至王店,风雨大作,舣岸少待。有顷,风恬雨歇,即解维。两岸桑阴如滴,望见沈山塔影,高出云表。去硖石不远矣。是日,有《过梅会里,适风雨大作,欲寻曝书亭遗址不得》五古一首、《初到硖石》七律一首。向晚,宿硖石。

二十八日(5月9日)　早起,至西山。入西寺门,拾级而登,尽是禅院。僧房墙间,有旧碑可读,是明嘉靖时物。碑载,西山一名紫微山,系紫微舍人白居易登此,故名。一名翠微山。中有白公祠,塑白公像,额系无锡秦小岘先生①手笔,书"长庆遗踪"四字,字亦风姿绝伦。再上,登文武殿,殿门有石刻嵌壁。左壁石刻有唐章孝标②诗,右壁石刻诗已剥落。绕出殿后,多平塌,无奇石。下山,至东山不过一里,一名沈山,一名审山。无志,不及考。左右万竹林立,如入云栖山中,苍翠袭人。上有东寺,有岳庙。其巅一塔,雄视全镇,最为硖石之胜。塔名"智标塔",有石刻诗,下有塔院,系海宁徐氏所舍地,石刻碑记尚在壁间。由塔而东,有碧云寺。寺藏喝石泉,寺后有老榆树,甚奇,古树从石脚生出,身与山石合并,一半是石,一半是树,中间

---

①　秦瀛(1743—1821),字凌沧,号小岘,无锡人。乾隆三十九年举人,四十一年召试,赐内阁中书,官湖南按察使等。著有《小岘山人集》。

②　章孝标,字道正,桐庐人。元和十四年进士。其诗作收入《全唐诗》中。

根盘耸翠,上出石巅,如凿混沌之窍,如炼女娲之石。是知天地之气,变化不穷,非人巧所能及也。过午,遇微雨①,少憩茶寮中。是晚,有客留饮,归舟已入黄昏时矣。舟中成《游紫微山,谒白公祠》五古一首、《游沈山,登智标塔,观喝石泉》五古一首、《碧云寺后观老榆树》七古一首。(页眉:《娱志居碑帖》第十七册有无锡秦瀛撰《硖石紫微山白刺史祠记》可考。辛丑七月记。)

　　二十九日(5月10日)　饭后,自硖石解维,十里至张店,又十里至庆云桥,又十里至斜桥,又十里至郭店,又十里至海宁,北门外泊舟,入城。步至陈氏安澜园,园已荒废,池水曲折,林木幽邃,自游园以来,未有如此之深且广者,亦未有若是之倾且颓者。祖宗基业太广,子孙万难收拾,岂独一园而已耶? 向晚,仍宿舟中。是日,得《海宁道中》七律一首、《游陈氏安澜园》七绝四首。

　　三十日(5月11日)　辰后,进北门,出大东门,步至海塘观潮。是日,澹旭微明,薄云满布,不晴不雨,最宜游览。余由海塘东西纵步,观铁犀牛,望伍员庙,小憩普陀庵中。少顷,闻潮声远远来,如万鼓齐鸣,声闻数里,又如千阵万骑从空而下,洵天下之奇观,平生所未见也。余闻江浙之潮,海宁最胜。夏犹如此,不知八月之望当何如耶? 观犹未止,请以异日。过午,复进南门,出北门,仍循旧道至硖石。是夜,成《海塘观潮》诗七绝八首,颇费经营。是题前人名作如林,近时炙脍人口者,莫如黄仲则少尹七古二首,于俊杰廉悍中仍得缥缈之气,不愧仙才。

　　四月初一日(5月12日)　晨起,由硖石放船。是日,天气晴明,两岸桑阴翠成帷幕,此乡生计较吾乡倍多,然亦不见丰盈气象。泊嘉兴城外不两刻,即放舟。适东风大作,仍泊塘会。

　　初二日(5月13日)　晨起,纤道至魏塘,过山矾书屋,晤丹叔,

---

　　①　原文此后尚有"不欲久留"一句,作者删去。

知复翁于二月二十八日出门，客西湖潘红茶方伯处。以近作交丹叔，丹叔亦有诗转寄梦琴、殷甥。《溪楼读月图》俟复翁四月中回来属书，即托丹叔转致。余急欲归家，不及久留，索《山矾书屋诗初集》而别。到家已午后矣。

　　辛卯硖石之游，同行者为冯婿仰山、汝翁学山。冯婿年少多才，颇获指臂之用，天不与年，竟至夭折，惜哉！汝翁素行恭谨，晚年不喜佞佛，惟服膺四子书，晨夕体玩，行事默与古君子相合，寿臻八十而终。至今乡里间老成凋谢，后起乏人，追念前游，不禁为之潸然也。丙午二月杪复记。

庚辰日记

二十五年正月起,八月止。录。

石类、血类、书类、射类、杖类、阁类、园类、地名、□类、寺类附释类、台类、□类、铜类、扇类、簟类。

补录《己卯除夕》二首:"华年弹指去匆匆,懊恼情怀曲未终。羞煞窦家鸾婢子,团栾却在此宵中。""歌到房中太觉清,祭诗漫盗阆仙名。他年一集成孤唱,家祭无忘告与卿[1]。余自悼亡后编诗名《孤唱集》。"

嘉庆二十五年岁次庚辰正月元日(1820 年 2 月 14 日)　大。风自东北来,日出微阴。向晚,作酿雪态。水涨一寸。农人以水之涨落验米之贵贱。

初二日(2 月 15 日)　二。东北风甚大,兼之阴雨绵绵。水涨四五寸。

初三日(2 月 16 日)　三。风雨连朝。向晚,雪花颇大。

初四日(2 月 17 日)　主。晓起,见雪花盈寸,偶然试笔云:"甚欲留清白,酿成多自天。一花初堕地,万玉忽生田。云雨终朝阁,冰霜入夜坚。且容高士卧,净扫党家烟。"[2]盘,一万八千一百七十千,二千

---

　　① 柳树芳《养馀斋初集》卷三《己卯除夕》(其二)此句为:"从今一集成孤唱,不惜摧烧告与卿。"《清代诗文集汇编》555 册,第 379 页。

　　② 柳树芳《养馀斋初集》卷三《晓起见雪》:"甚欲留清白,酿成多自天。百花初堕地,群玉忽生烟。云雨终朝阁,冰霜入夜坚。未容高士卧,破晓(转下页)

三百卅一千,二千九百七十二。

　　初五日(2 月 18 日)　大。雪后初晴,西风甚尖利。

　　初六日(2 月 19 日)　二。晴云如画。泛舟至江,留宿五芝堂。

　　初七日(2 月 20 日)　三。阴雨连绵。入城,访礼堂先生,不值。过寸心楼,知剑峰先生[①]病体甚笃,深为可虑。晚过四桥,不值。至友江处留宿。

　　初八日(2 月 21 日)　主。风雨更大。还过五芝堂,晤四桥,谈诗半日而去。

　　初九日(2 月 22 日)　大。《雨阻城北有感》云:"才入新年兴便消,出门愁见雨萧萧。自无室后轻离别,但有春来转寂寥。冷淡生涯休附热,折除士气漫言骄。此中况味须尝过,独对青灯话一宵[②]。"庚辰新正六日,雪后初晴,欣然泛舟,留宿城南五芝堂。越日,风雨复作,昼夜不稍停。越三日,移寓城北,城中诸旧好,爱而不见,孤馆无聊,一灯相对。是夜,不觉有羁栖之感。爱书一律于右。古人著书,多在穷愁。余遇此景,作是诗,既自悲,聊自幸也。并识数语,以质诸好我者。(页眉:血类。苌弘血:《庄子》:苌弘死于蜀,藏其血,三年化为碧。)

　　初十日(2 月 23 日)　二。西风如吼,净扫泥涂,始有干意。

　　十一日(2 月 24 日)　三。天气晴和,在仓报数五百五十袋。

　　十二日(2 月 25 日)　主。验发四厫,计书费,小坡场面米过。据云,悉照二十二年办理,每石加二斗五升,又贴五升,□□又额外提楮,每一百袋提五袋,余进厫米五百五十袋,又添五十袋,完见正米一

　　(接上页)试烹泉。"《清代诗文集汇编》555 册,第 379 页。

　　① 顾日新(1763—1823),号剑峰,吴江人。以经济自负,曾受知于阮元、曾燠。主讲曤城书院。著有《寸心楼诗文集》。

　　② 柳树芳《养馀斋初集》卷三《雨阻城北有感》此句为:"独对青灯度此宵。"《清代诗文集汇编》555 册,第 380 页。

百九十九石八斗六升,仓内斛子照平斛大三升,又要领尖满头,合来不过六六折矣。

　　十三日(**2月26日**)　　大。住宿舟中。

　　十四日(**2月27日**)　　二。中午到家。

　　十五日(**2月28日**)　　三。晴窗无事,友江以其表弟庞君《花烛词》索和,笺纸甚长,爰作四律,以足成之:"东风二月百花开,有客题诗上玉台。雅韵便传金缕曲,华堂先进合欢杯。两行环佩崇朝□,几处笙歌拂地来。扶出新人教缓缓,金莲一步一徘徊。""当年堂构极高华,曲折房栊月桦斜。翡翠画图原有本,琉璃世界总无瑕。此□韵事藏儿女,今夜欢声沸室家。难得双修成福慧,郎才女貌并柔嘉。""归来此夕赋绸缪,唤到卿卿声尚柔。银烛未销星在户,金钗欲堕月当楼。相思红豆花初放,乍感青萍水不流。蝴蝶双飞芳草绿,南园春色为谁留。""庞山湖畔往来频,欲访桃源一洞□。窥见绣帘倘许我,议园锦障岂无人。登堂好借诗为介,待子相谋酒要醇。有□不来呼负负,桃花流水尚迷津。"

　　十六日(**2月29日**)　　主。夜宿舟中。运米到江。

　　十七日(**3月1日**)　　大。中午到江,数报四百廿八袋。

　　十八日(**3月2日**)　　二。原发四厫。是夜,斛米并至三更头,贴头照旧,提楮去一半,刁计之留难磨□,更不可言。进厫米四百廿七袋,后又添廿七袋。出,还厫,收一百五十四石三斗一升。

　　十九日(**3月3日**)　　三。在仓停泊。

　　二十日(**3月4日**)　　主。饭后,至郡中。

　　廿一日(**3月5日**)　　大。夜归吴江,晤四桥,知剑峰卧病粗安,深为可喜。

　　廿二日(**3月6日**)　　二。早返。

　　廿三日(**3月7日**)　　三。至平江,晤东溪,病已霍然,喜不自胜。

　　廿四日(**3月8日**)　　主。□□□归。

　　廿五日(**3月9日**)　　主。午后,至芦墟,同竹堂至柯亭馆中。柯亭以《分湖志》八卷见示。是本向藏芦墟陈菊生家,菊生秘不示人历有年所,余屡访不得。柯亭因其醉后,隐嘱人肯借一夜分钞,乃有副本,良友之苦心搜访竟若耶①! 余如得异宝,不忍释手云。

　　廿六日(3月10日)　大。

　　廿七日(3月11日)　二。

　　廿八日(3月12日)　三。

　　廿九日(3月13日)　主。

　　二月初一日(3月14日)　大。下午,放舟至玩字,以《分湖志》草本托吴吟桥转嘱金耀昆抄一副本。明晨,至吴江南仓前住宿。

　　初二日(3月15日)　二。

　　初三日(3月16日)　三。

　　初四日(3月17日)　主。

　　初五日(3月18日)　大。

　　初六日(3月19日)　二。

　　初七日(3月20日)　三。是夜,晤赵田袁南州、渔溪两茂才,畅谈竟夜,竟不能寐。

　　初八日(3月21日)　主。

　　初九日(3月22日)　大。

　　初十日(3月23日)　二。有米登场,数报一百廿五袋,后又续添卅一袋,完见正米六十二石七斗有零。是日,晤朱素园。时素园客寿州方归。三年阔别,一旦聚首,亦客中之快事也。

　　十一日(3月24日)　三。访礼堂先生,出示近作,内有《讥友人入都不遇》,云:"解语花犹人爱色,能言鸭止自呼名。"末句云:"几时归到话公卿。"此句的是近日游京师一辈人习气。中午,礼堂先生见过五芝堂,并以亡妇唁分面致,犹见前辈古道可风。是日复过寸心

---

　　①　原文此后尚有"是不可没也"一句,作者删去。

楼,知剑峰先生病体颇有起色,天之未丧斯文,其在此乎?

十二日(3月25日)　主。中午归。

十三日(3月26日)　大。

十四日(3月27日)　二。晓过陈墓王妹婿处,时王以其祖母贞节顾太夫人□□索诗,□作五古一首,云:"庭前一株松,逾久不变色。问其所以然,风霜饱阅历。太原有贤母,大义明凤昔。二十歌离鸾,精卫苦衔石。三十成慈乌,雏凤仰哺食。再历二十年,贻谋本燕翼。门闾旋光昌,家庭既封殖。岂惟莱衣舞,岂惟潘舆适。舍馆叠弄时,多是食报德。于今卅馀年,鹤发未全白。褒崇邀天家,阐扬赖词客。可惜刘阮徒,不来□母侧。诞日为余续婚之期,故云。碧桃三千年,何时同结核。"久不作诗,便觉词气不盛大。奈此劳人草草何?(页眉:书类。柳批书:《书画谱》:唐柳批书,笔笔端人正士。)

十五日(3月28日)　三。

十六日(3月29日)　主。晓,自梨里至平川,东溪旧恙尚未霍然。夜间,以张鲈江先生《嘉树山房全集》见示,余急□读张公古文,因为借阅一过。

十七日(3月30日)　大。风雨大作,匆匆而返。

十八日(3月31日)　二。乍北斆山何书田茂才①以所著《斆山草堂小稿》见示。书田见余题愚溪外舅《浙东游草》五古一首,曾蒙击节叹赏,故有此赠。知己之感,原不在形迹间也。

十九日(4月1日)　三。过玩墅,知金耀兄《分湖志》八卷已钞就,即以笔资一洋谢之。

二十日(4月2日)　主。西风□□□□□,欲出不得。

廿一日(4月3日)　大。

廿二日(4月4日)　二。

---

①　何其伟(1774—1837),字韦人,又字书田,晚号北斆山人,青浦(今上海市)人。诸生,工古今体诗。家世能医。著有《斆山草堂小稿》《北斆山人医案》等。

廿三日(**4月5日**)　三。是夜间,雨不止,口占一律:"经卷绳床自一家,此中摩诘旧生涯。雨能滴醒幽人梦,灯已开残终夜花。云脚未离工酝酿,春心虽冷渐繁华。夭桃纵有销魂色,未到春来兴当赊。"此首诗头末要改。

廿四日(**4月6日**)　主。

廿五日(**4月7日**)　大。

廿六日(**4月8日**)　二。

廿七日(**4月9日**)　三。

廿八日(**4月10日**)　主。是日为亡妇出殡之期,凄然有作:"霜辛露苦岁云周,厝尔先茔不待谋。生圹未成高士志,埋香先替美人愁①。梅犹入梦徒言赵,桃已成仙却误刘。同是绿杨芳草路,棠梨偏照殡宫秋。"是日,又闻芝如内兄之变,不觉涕泪交并。数年郎舅,一日分离,情何以堪?况当此亲老子幼时耶?

廿九日(**4月11日**)　大。

卅日(**4月12日**)　二。是夜,送芝如内兄入殓,至客楼住宿。

三月初一日(**4月13日**)　三。黎明,即闻哭声动地,急起披衣,不觉凭棺一恸。追忆畴昔,撰挽对一幅,云:"群纪昔交推,最难忘,西窗话雨,南浦寻春;情怀忽中断,更何堪,堂上白头,膝前黄口。"时有为娇客代撰者,语竟未妥。愚溪外舅属余更撰,云:"甥馆才相依,心感阿翁刚□□;影堂忍乍展,情怜弱女不胜悲。"是日,余不能久留,下午即返。

初二日(**4月14日**)　主。

初三日(**4月15日**)　大。

初四日(**4月16日**)　二。侵晓,寤不能寐。因念外舅愚溪先生

---

①　柳树芳《养馀斋初集》卷三《二月二十八日为亡妇出殡之期,凄然有作》此句为:"埋香先替个人愁。"《清代诗文集汇编》555册,第380页。

近有丧明之痛，赋此奉慰："莫学西河泪共流，我翁豁达破双眸。早知弱病难言寿，妇兄自幼即染嬴疾。多累高堂先替忧。辛苦弗□其子构，丁宁预为厥孙谋。舍馆从此传佳话，功在桑榆百倍收。"

初五日（4月17日）　三。《何书田其伟见余题愚溪外舅〈浙东游草〉，谬加击赏，并蒙惠示〈斠山草堂小稿〉，爰作长歌奉赠》："出不愿结交通四海，入亦不愿尚友到千载。但愿知己得一人，一任今古之人竭意为诋毁。半生足迹不出吴越间，读书枉说二十年。其中甘苦略能说，嗜好独在诗古篇。前无师承后无继，天籁一发人声宣。必欲祖唐而宗宋，气为束伏神不全。何不斥其朽腐独自舒英华，任他二十四番风信开出千枝花。本来西子天然贵，粉黛何须素面加。纷纷作者谁其伦，我与何君交以神。一面未通劳说项，惠示大集清且真。我无道德足感世，又无声气倾动人。何为谬赏到拙句，毋乃过誉非直陈。人生相知重执友，直谅往往先多闻。愿君进我以药石，消其偏驳归于纯。世上甘言洵如醴，和调五味易牙比。骨鲠渐少肉气多，心忧风雅成绮靡。但阿所好公亦私，能自树立今有几。安得何君倾倒上池水，为我洗刷人间庸俗耳。"①

初六日（4月18日）　主。

初七日（4月19日）　大。

初八日（4月20日）　二。

初九日（4月21日）　三。

初十日（4月22日）　主。晨起，闻雷声殷殷，少顷大雨倾盆，风雷交作。饭后天气晴明。是日，为余续婚之期。不第重结人缘，亦能

---

①　柳树芳《养馀斋初集》卷三《何书田其伟见予题愚溪外舅〈浙东游草〉，谬加击赏，并蒙惠示〈斠山草堂小稿〉，爰作长歌奉赠》与此处诗句略有不同，"一任今古之人竭意为诋毁"改为"相视莫逆无诋毁"，"本来西子天然贵，粉黛何须素面加"改为"本来西子贵天质，粉黛无取素面加"，"我无道德足感世"改为"我无辞华足炫世"。《清代诗文集汇编》555册，第380页。

好结天缘也。午后，行亲迎之礼，女家毫无留顿。归时，月色微黄，云光稍掩。春在牡丹花上矣。

十一日(4月23日)　大。志松外舅即行望朝之礼。

十二日(4月24日)　二。余与内子同到外舅处，径学三朝过门礼，此风郡中甚行，我乡旧族颇以为不然。余谓礼之可以通情者，不妨自我而行之。俗例不足遵也。

十三日(4月25日)　三。

十四日(4月26日)　主。

十五日(4月27日)　大。中午，高文翁过舍，以《盘谷隐居图》《洗砚图》索题，因为代作二绝："太行山上万峰攒，是处能留隐者安①。秣马□□□□，可能容我少盘桓。""净洗烟云水墨图，莫将言语入模糊。文章须要如冰雪，活水源头定不枯。"

十六日(4月28日)　二。雨窗无事，补作续昏词："一年曾此赋鹪居，今夜重为比目鱼。惭愧年华三十四，情怀可似合欢初。""银河雨洗是今朝，路隔盈盈水一条。风浪不惊前度客②，画船箫鼓送归桡。是朝大风雨，午候颇得晴明。""几年藏得武陵春，洞□桃花灿若云。闻说清心兼玉映，果然新妇配参军。""绳床经卷一丛丛，供养生涯道自隆。结习未除花易着，不将色相落空空。""情缘儿女早成行，婚嫁由来恃阿娘。满眼青山人未老，向平愿与细商量。"

十七日(4月29日)　三。

十八日(4月30日)　主。

十九日(5月1日)　大。唐许远、顾况及南齐顾欢，俱硖石人，见《硖川续志》。朱文公之先生杨由义，字宜之，亦硖川人。明汤焕，

---

①　"是处能留隐者安"原为"世上无如隐者安"，后改。

②　"银河雨洗是今朝，路隔盈盈水一条。风浪不惊前度客"原为"一番风雨做今朝，净洗银河鹊驾桥。恬□风波鸥入梦"，后改。其中，"鹊驾桥"曾改为"雨便消"，后改。

字尧文,工书。周珽,字无瑕,号青羊,善画葡萄。元贡师泰,字泰父,号玩斋,宁国宣城人,张士诚陷平江时,曾隐居吴松江。国朝陈梓,字俯恭,号古铭,姚江人,讲求性理,书法参颜平原、米襄阳。又八卷"仙释"内载岳宗,字戒初,吴江人,出家天竺,儒书梵典,罔不精通,得参慧法师宗旨,即于惠力寺禅堂,经营数年,后退居放庵而逝。国朝人。

　　二十日(5月2日)　二。

　　廿一日(5月3日)　三。

　　廿二日(5月4日)　主。《硖川续志》"丛谈"内载,嘉靖四十一年三月十二日,有黄、白二龙合股,由太湖而来,一青龙随之,自北而西,从陡门至硖石等村镇入海,大雨雹,坏居民千数。何志《嘉兴县志》。可与我邑志乘相参,故录之。

　　廿三日(5月5日)　大。

　　廿四日(5月6日)　二。

　　廿五日(5月7日)　三。

　　廿六日(5月8日)　主。接到频伽《续诗话》五卷,极一时之人才,诗并清雅。拙诗选在卷五中。

　　廿七日(5月9日)　大。

　　廿八日(5月10日)　二。

　　廿九日(5月11日)　三。

　　四月初一日(5月12日)　主。

　　初二日(5月13日)　大。

　　初三日(5月14日)　二。

　　初四日(5月15日)　三。

　　初五日(5月16日)　主。

　　初六日(5月17日)　大。

初七日(5月18日)　二。《与姻丈王旭楼①书》:"客岁两过草堂,连宵话旧,兼之谭诗读画,足征老姻伯风雅好古,老而弥笃,恨不得时亲道貌,殊歉于怀。春初,家兄叩府,承示《叶氏宗谱》,如获珍宝。此书已采访多年,无从借阅,何幸大力转移,俾分湖文献得以参互考订。其有裨于拙著,功非浅鲜。兹将原书奉缴,祈即收登邺架为祷。三月间,续昏之期,自愧鸳牒重修,终非完璧,一切仪文,俱归简略,是以不敢奉屈高轩,乃蒙隆贶下颁,情文兼至,却之反为不恭,拜领之下,志谢靡已。外奉雪床遗诗四章,并候收览。此僧为方外中一等人物,诗亦卓然可传,△之梓行,聊备文苑中一体,非撄情于好名也。草此率读,不宣。"

初八日(5月19日)　三。俗有"守捉"二字,不知甚典。唐置十节度经略,使以备边。外有东莱收捉,莱州领之;东牟守捉,登州领之。《集览》云:"'收'字误,当是'守'字。与下东牟守捉同。"按,守捉,即团结营也。唐制,兵之戍边者,大曰"军",小曰"守捉"。

初九日(5月20日)　主。

初十日(5月21日)　大。

十一日(5月22日)　二。自三月下旬至四月初旬,阴雨绵绵,麦多被损。今晨始得开朗。

十二日(5月23日)　三。贾象贤以屋上绝契一纸,托税屋价一百四十千,计收洋十二元,即付劳鹤田。契已收付,即找去一百廿文,七八算。

十三日(5月24日)　主。

十四日(5月25日)　大。到江,访顾剑峰先生,时以《孤唱集》及《胜溪竹枝词》就正,蒙许见惠序文,约于节前可以阅毕。惟病体尚未脱然,深为可虑。是日,以王石谷山水一轴、瞿然恭草书一轴托北

---

① 王鲲(约1760—1835),字瀛之,号旭楼,吴江人。监生。编有《盛湖诗粹》《松陵见闻录》,著有《话雨楼金石目录》《养真精舍诗集》等。

门周店裱过,决实价钱一两二钱,当即付讫。是夜,宿舟中。风雨缠绵,竟不能寐。

十五日(5月26日) 二。斜风擘雨,扑面而来,小舟几不得过,幸黄头郎多是健者,破晓开船,午后方到家。

十六日(5月27日) 三。雨稍止。

十七日(5月28日) 主。阴雨连绵。偶阅《岳阳风土记》云:"白鹤老松,古木精也。吕洞宾过岳阳,憩城南古松阴。有人自杪而下,曰:'幸先生哀怜。'吕因与丹一粒,赠之以诗,曰:'独自行来独自坐,无限人世不识我。惟有城南老树精,分明知道神仙过。'后为亭松前,曰'过仙亭。'"吕洞宾,见《宋史·陈抟传》,谓:"关西逸人,有剑术,年百余岁,步履轻捷,顷刻数百里,数来抟斋中。"赵瓯北《八仙考》,吕洞宾故事最多。灯下无事,偶题《吕仙像》云:"八仙之名,起于元世。其散见于著录者,历有可纪。然赵瓯北《陔馀丛考》中,引吕仙之故事为最多,而其名亦最著。岂古今流传,有幸有不幸欤?余尝记吕仙过岳阳城诗云:'独自行来独自坐,无限人世不识我。'即其生平,为'关西逸人,有剑术,年百余岁,步履轻捷'。当日炼形养性,混迹红尘中。谅无有过而□□者,而其后词人墨客,采辑无遗,如《独醒志》《夷坚志》《辍耕录》《贡父诗话》《东坡诗话》,各载一二则。可知士或冥冥于生前,而能昭昭于生后者,固自有在,岂独吕仙为然哉?吴君吟桥以其友人《吕仙像》索题,爰缀数语以归之。"

十八日(5月29日) 大。积雨忽晴。

十九日(5月30日) 二。

二十日(5月31日) 三。晓起,为第三女卜婚,不吉。午,作《又续胜溪竹枝词小序》云:"庚辰春,偶得沈氏《分湖志》,较录一过。凡故乡人物,始得一一考证,而'古迹'一门,独于来秀里①。暇日按访遗迹,多在荒烟寂寞中,辄为叹息者久之。夫沧桑递变,何有于一

---

① 原文此后尚有"里去余家不过数百步"一句,作者删去。

方之文献？并何有于一里之闻见哉？然欧阳子云：'惟托于文字者不泯。'乃复加采辑，得诗若干首，以补前咏之阙。"一："鸡犬桑麻自一村，当年不为避炎秦。翠岩嘉树今何在，只有桃花暗笑人。"注：分湖八景中，陆氏桃源在来秀里。元陆大猷别业，中有翠岩亭、嘉树堂、佚老堂、问芦处、翡翠巢、钓鱼所、半亩居、乐潜丈室，明王庭润有诗，今俱废。二："萧床茶灶且盘桓，杨柳阴中拓地宽。绿遍湖头春色晓，静中长倚此阑干。"注：湖东依绿轩，为元陆翰林行直别业，寓公钱仲鼎作记。三："老屋荒江隐者居，写来风景似分湖。云烟过眼谁为主，失却水村第一图。"注：元钱仲鼎常客陆翰林行直家，行直为构水村隐居，聚书其中。赵子昂为作《水村图》，后归纳兰容若。容若死，或云此图已入秘府。详朱彝尊《曝书亭文集》、王士正《居易录》。国朝魏坤有《水村第二图》，为徐虹亭太史所作。四："夕阳芳草暗销磨，唱到秋坟怕放歌。黄土尽埋脂粉气，碧梧苍石已无多。"注：陆行直家妓卿卿墓，在二十九都北翔圩，俗呼为小娘坟。卿卿以才艺见称，张叔夏赠词所谓"多情因为卿卿"是也。没后，行直为作碧梧苍石以寄意。五："断碣残碑杳莫存，起家乌府是传闻。不知当日弹何事，身后犹呼御史坟。"注：槐家汇西房圩，相传有周御史坟。及阅《分湖志》，"墓域"内载御史名相，字君弼，仕至湖南参议，又云陕西副使，不详里居年代，俟考。六："一棹相携到柳溪，陶家亭子已成蹊。凄凉惟有溪边月，曾照诗人和泪题。"注：湖南陶庄镇，旧名柳溪。宋绍兴中，保义郎陶文干自姑苏移此，世家鼎峙，桥亭相望。南曰"南陶庄"，北曰"北陶庄"。元杨维桢、明陶振俱有题词。今居民凋敝，已成村落。八景中有"柳溪月色"。七："何处文鸳作队飞，绿蒲滩上影依依。侬家饶有池塘水，一出金笼便不归。"注：湖西蒲叶滩，四围皆水，芦荻丛生其上，俗名"分湖滩"。八景中有"蒲滩鸳浴"。八："一夜波涛怒折冲，胥滩剑气尚争雄。吴根越角中分界，飞起潮头直向东。"注：湖东南伍子滩，在石底荡口，相传子胥渡河处。明王庭润诗所谓"云开山口如吞越，潮怒江心似恨吴"是也。八景中有"胥滩古渡"。九："文星煜煜吐光芒，万卷楼中记《两行》。一夜六丁搜索尽，天乎亦忌此文章。"注：明尚宝司少卿袁黄宅，在赵田。中有万卷楼，为黄藏书之所。天启间毁于火，只有《两行斋集》行世。十："梵宇荒凉几变更，诗人争诵小基名。只缘铁笛曾吹处，壁上时闻嘹亮声。"注：小基庵在北芦墟，建置无考。元杨维桢有题壁诗。十一："泽龙起处便成霖，古庙犹传分水阴。鳞甲乍消神不动，水光云影本无心。"注：分泽庙在湖之阴，一名白龙庙，相传白龙曾见于此，故名。元至正初，立庙祀之。岁旱，有祷辄应。今废。八景中有"分泽龙潭"。十二："露宿风餐二十年，一庵创就本如仙。如何疮发弥留日，药里寻来缺不全。"注：东顾村遇仙庵，康熙中道人龚子音所建。子音曾遇一仙，赠以膏药七个，曰："身有难，用之毋误。"后以一个医其叔母。寻患疮有七，检旧所藏，已失其一，转帖之，竟不能愈。十三："多事与人较短长，一桥争胜钓游乡。回波曲子侬休唱，锁住溪光有石梁。"注：胜秀桥在大胜村，以其别于来秀桥，故名。初建无考，乾隆八年修。十四："运石成桥古渡头，绛田南去水悠悠。将军气概何曾没，名为当年利济留。"注：湖南绛田村有朱将军桥，桥为朱所建。闻其膂力过人，尝运陆庙之石，拓以渡湖，筑成此桥。惜其名已不可考。八景中有"朱桥牧笛"。十五："磊落清癯间气横，欲寻居士问先生。千秋万岁归乌有，寂寞何堪身后名。"注：陶振《分湖赋》云："云樵先生之磊落，采芝居士之清癯。"叶绍袁①尝谓："云樵先生、采芝居士，俱不可考。"安得起九原而问哉？十六："骑门逸事不曾诬，酷祸旋遭痛发肤。倚伏由来凭造化，渊源从此大分湖。"注：分湖叶氏之先，有号骑门者，居富土。父以操舟为业。百舣舟京口，有美丈夫三四辈负囊箧来，赁其舟，言稍待即来，后更数日不至，时媪有娠，乃载囊箧归，入门而产子，因之曰"骑门"。年十三，浴于河，若有物刺其足者，泅之，得钥一握，持以启向所载囊箧，合如

---

① 叶绍袁(1589—1648)，字仲韶，号天寥，吴江(今江苏苏州)人。天启五年进士。著有《甲行日注》《湖隐外史》《自撰年谱》等。

旧试,满中白镪,悉镌"天赐叶骑门"五字,遂富甲江左。明太祖徙东南富民实京师,骑门不肯往,多举金饷诸贵人。太祖廉得之,籍没骑门家。季子方周岁,逃匿分湖陆氏,是为分湖始派。详《叶氏宗谱》。十七:"撤环无恙似婴儿,母瞽年荒不忍饥。一夜白金忽绕室,果然天赐字尤奇。"注:明成化间,莘塔迮氏有孝女,母寡而瞽,且贫无子。女愿不嫁侍养。年饥,乞食奉母,母翻饭落秽器中,女大恐,洗而咽之。忽雷火交作,落地有声。视之,皆白金,面有"天赐孝女"篆文,共三百金。事见松陵迮志,迮万川《淮上纪闻》曾为采入。而《分湖志》云:"此女年十三,丧父,母鬻于南传迮氏为婢女。"似未可据。十八:"追忆徐陈话旧游,一时避地到荒陬。早知南渡成荒宴,且卧云龙百尺楼。"注:尝读徐高士枋《怀旧篇》云:"稚齿即随长者游,况今避世荒江陬。曾下常悬仲举榻,曾卧百尺元龙楼。云间给谏最相爱,忘年降分为朋俦。胡然兵解骑箕尾,欲归天上驱旄头。"自注:云间陈给谏卧子先生,乙酉秋同避难芦墟,后举事不遂死。十九:"何人写此不平鸣,隐隐遥传击柝声。牛斗未斜风月好,逼人诗思一何清。"注:芦墟镇上向有击柝老人,相传明季人而隐于柝者。其题泗洲寺诗云:"山门浩荡吟风月,殿角崔嵬射斗牛。"即此可以想其怀抱。二十:"巷口桃花夹岸红,春来烟雨正蒙蒙。谁家娘子谁家女,多少红颜寂寞中。"注:湖东有五娘子港,迮云龙《过五娘子港》诗云:"港口人烟知几家,家家门外开桃花。娘子后作谁家妇,娘子前是谁家娃。春去春来惜芳草,鹪鹩啾啾蝴蝶老。一番梦断一番愁,寂寞妖红为谁好。红颜黄土何足惜,还使行人吊陈迹。有骨无名鬼亦愁,多少须眉羞巾帼。"

廿一日(**6月1日**) 主。

廿二日(**6月2日**) 大。

廿三日(**6月3日**) 二。过东溪斋中,适有《湖南省志》。因念《分湖志》内有周相墓,据云,仕至湖南参议。今查《省志》官职表,参议内并无周相其人者,只有周京,万年人。因阅省志而较正之。

廿四日(**6 月 4 日**)　三。

廿五日(**6 月 5 日**)　主。

廿六日(**6 月 6 日**)　大。有张书客来,收李注《文选》四本、《陆放翁全集》四十本、《曝书亭集注》八本,借洋六元。

廿七日(**6 月 7 日**)　二。

廿八日(**6 月 8 日**)　三。《书〈胜溪竹枝词〉后》:"余少时即喜谈里中旧事,往往囿于闻见。及长,稍事收辑,而同志者盖寡。丙子岁,顾丈三坻下榻余家,因以此意相属。三坻辄为余征文考献,孜孜不倦。继又得吴君柯亭,网罗遗佚,钞撮无馀。故见诸吟咏者,两君采访之力居多。余年来思欲辑成一书,未有成稿,乃将后所作先付诸梓,以备遗忘。世之君子,倘能教督余所不逮,不特为后学指南,抑亦前辈之功臣也与?"①

廿九日(**6 月 9 日**)　主。

卅日(**6 月 10 日**)　大。《养馀斋即事》:"结个茅斋傍水隈,萧床茶灶酒传杯。快心书要连宵读,入夏窗须四面开。三径落花寻旧梦,一帘微雨又黄梅。日长晓起成何事,旧稿新词着意栽②。"时编成《孤唱集》并《续胜溪竹枝词》若干首,拟欲付梓。"前《竹枝词》中间有事落琐屑,急宜删去,因为改易三首。"何来天子唤先生,曾记当年睦静名。落日荒原重吊古,白杨衰草古佳城。"注:宋秘阁校书顾亨,字叔泰,本上海人,以义行相高。理宗闻其名,征之,不至。称为睦静先生。后避

---

①　本文内容与《胜溪竹枝词》刻本所载《书后》字句稍有不同。见《中国风土志丛刊·胜溪竹枝词》,广陵书社,2003 年,第 37 页。

②　"日长晓起成何事,旧稿新词着意栽"原为"何人分得篱边菊,只有庞公着意栽时庞笑山新种菊苗三盆,以供清玩",后改为"停云落月多飘缈,一尺音书久不来",后改。柳树芳《养馀斋初集》卷三《养馀斋即事》云:"结个茅斋傍水隈,春兰秋菊及时栽。快心书要连宵读,入夏窗须四面开。三径落花寻旧梦,一帘微雨又黄梅。日长晓起成何事,旧稿新篇着意栽。时编成《孤唱集》并《续胜溪竹枝词》五十首。"与《日记》所载有所不同。《清代诗文集汇编》555 册,第 380 页。

乱至陈思村,卒,葬于村之左。本魏天佑所撰墓志,详《顾氏族谱》。
又:"偶然骑鹤便归来,绕有林园傍水隈。记得逋翁高隐处,至今犹重
数株梅。"注:明海宁府知府顾昺,字仲光,北芦墟人。向有梅园,为昺
归隐旧地。见杨廷枢所撰《顾氏族谱序》。又:"幼事双亲长事姑,几
回割股血模糊。绿窗吟遍其馀事,节孝双传彤管□①。"注:莘塔陈日
升室汝蕙芳,字端英,庠生承汪女。自幼敏慧,善事二亲。父病三载,
割股五次。后姑病,亦割股以进。夫殁,抚孤守节。著有《绿窗吟稿》
一卷,词附。详《汝氏世谱》。

五月初一日(6月11日)　二。补作《即事》:"晨夕相从只顾三坻
庞笑山,一时商榷忆同堂。新词欲补《吴船录》,旧稿重寻古锦囊。时
续成《胜溪竹枝词》若干首,与新成《孤唱集》,并拟付梓②。似此□心太游戏,
任他落口便雌黄。千秋万岁名何有,即事言情两不忘。"(页眉:此
诗删。)

初二日(6月12日)　三。东溪托叶润琪来借去史赤崖③《秋树
读书集》头本。

初三日(6月13日)　主。
初四日(6月14日)　大。
初五日(6月15日)　二。
初六日(6月16日)　三。
初七日(6月17日)　主。

---

①　"节孝双传彤管□"原为"孝行传来又抚孤",后改为"列女离鸾痛抚
孤",后改。

②　"时续成《胜溪竹枝词》若干首,与新成《孤唱集》,并拟付梓"原为"时续
成《胜溪竹枝词》五十首,并删录去年之作,汇成一集,名曰《孤唱》,并拟付梓",
后改。

③　史善长,字诵芬,号赤崖,又号赤霞,江苏吴江人。诸生。善诗,工书法
印章。柳树芳刊刻其遗稿《秋树读书楼遗集》。

初八日(6 月 18 日)　大。阴。

初九日(6 月 19 日)　二。

初十日(6 月 20 日)　三。

十一日(6 月 21 日)　主。

十二日(6 月 22 日)　大。连日大雨不止。门无杂客,案有奇书。上午,读六朝古赋三篇;下午,读唐史一卷。暇则焚香默坐,会心处成断句若干首。此福原不在神仙下也。

十三日(6 月 23 日)　二。"百卉乘时早际天,向荣有意共争先。出为小草何须怨①,短短墙头一凤仙。"

十四日(6 月 24 日)　三。

十五日(6 月 25 日)　主。

十六日(6 月 26 日)　大。

十七日(6 月 27 日)　二。

十八日(6 月 28 日)　三。

十九日(6 月 29 日)　主。

二十日(6 月 30 日)　大。同秀山兄至江城,时剑翁《孤唱集》已刊阅一过,并为作序。

廿一日(7 月 1 日)　二。

廿二日(7 月 2 日)　三。

廿三日(7 月 3 日)　主。午返。

廿四日(7 月 4 日)　大。是日忽感暑疾。

廿五日(7 月 5 日)　二。卧。

廿六日(7 月 6 日)　三。卧。

廿七日(7 月 7 日)　主。卧。

廿八日(7 月 8 日)　大。始得稍稍出外。

---

① 柳树芳《养馀斋初集》卷三《夏日杂题》(其一)"出为小草何须怨"为"屈为小草何须怨"。《清代诗文集汇编》555 册,第 381 页。

廿九日(7月9日) 二。

六月初一日(7月10日) 三。

初二日(7月11日) 主。

初三日(7月12日) 大。

初四日(7月13日) 二。

初五日(7月14日) 三。

初六日(7月15日) 主。

初七日(7月16日) 大。

初八日(7月17日) 二。偶阅《府志》"选举",内载吴顾逊,字叔谦,宣德七年壬子举人,仕府学训导。其即招游分湖之顾逊与？录此俟考。

初九日(7月18日) 三。二十日不雨,今晚忽得大雨。"耐得连朝酷暑侵,为云几日未成霖①。世间疾苦知多少,一雨能医万类心。"

初十日(7月19日) 主。

十一日(7月20日) 大。

十二日(7月21日) 二。《与翁海琛书》:"去秋蒙惠《雪床诗序》一篇,体裁雅饬,如武侯用兵,乃是堂堂正正之师,不以偏师见捷。知先生浸淫于斯道深矣。近维我邑人文蔚起,不少缘情体物之才,独攻于散体者盖寡。所及见者,不过舻江、频伽、剑峰暨先生四人而已。舻江以高洁胜,频伽以峭坳胜,剑峰以才气胜。若先生之文,考古得其精详、隶事极其周密,不必规模古人,自与古名家相贴合。盖能于舻江诸先生而外,拔戟自成一队者也。△于斯道,未能窥其万一。窃喜读古人文,暇则兀兀不能休。然性愚鲁,过目即忘。惟少年所诵之文,尚能记忆数十篇。茫茫文海中,不知究从何处立脚,何处息肩。

---

① "为云几日未成霖"原为"心香一柱望成霖",后改。

伏愿先生有以破其愚而示之的也。近欲为我乡征文考献,辑成一书。故将前后所作《胜溪竹枝词》先付之梓,欲得先生一叙为幸。诗中多瑕疵处,其得诸见闻者,尚多异词。惟先生熟于文献,必能教督余所不逮,幸甚幸甚。莺水非遥,时阻趋谒。每念及此,把晤何时?先此布候。道安,不宣。"

十三日(7月22日) 三。华幼武,字彦清,无锡人,有《黄杨集》。明初,曾寓居吴江。见《明诗综》十一卷第八页诗话内。

十四日(7月23日) 主。连日酷暑逼人,性不耐烦,向晚作《纳凉诗》:"夜月迎来送夕阳,科头赤脚踞河梁。襟怀自是休烦躁,听到寒蝉声气自凉。""风亭月馆我何求,老屋三间景自幽。拟种桐阴三百本,夜来风雨变成秋。"

十五日(7月24日) 大。

十六日(7月25日) 二。

十七日(7月26日) 三。

十八日(7月27日) 主。《湖荡吟序》:"水之殖菱,由来旧矣。其始但于隙处布种,今则或湖或荡,大肆铺张,其势成淤塞。有志水利者,尚其鉴诸?吴人种田复种水,菱芰茭芦勃然起。田家作苦食维艰,补苴罅漏赖有此。茭芦以捍风波,菱芰以佐甘旨。天生此物必有用,泽梁浩荡无禁止。所以销夏湾头莼最多,庞山湖畔编成荷。其馀物产数芡实,真珠粒粒攒秋波①。究之菱芰种者众,易钱换米宜民用。厥初界画颇分明②,断港曲渚一绳控。倍粳之息胜农桑,人尽利之多放纵。蜗角旋起蛮触争,岸畔复致虞芮讼。年年聚讼声不休,吴越相视为仇雠。公府悬案不能断,城狐社鼠工绸缪。贵游坐享水中利,以势胁人人尽悸。愿将湖荡奉公家,食租衣税徇其意。豪家得之诡云送,冬食其鱼秋则芰。上交长官下缙绅,纵有纷更力其制。乡人

---

① "真珠粒粒攒秋波"原为"鸡头簇簇攒秋波",后改。

② "厥初界画颇分明"原为"厥初界画如田畴",后改。

从此无顾忧,满湖播种如田畴。分而为荡潴为漾,菱歌四起声触鸥。吴侬习专不及觉,种菱日多水日浊。水浊泥淤身就高,下流那得复清肃。奈何水道全不讲,一望蒿芜深触目。沉吟湖荡行复止□不长,白茅黄苇又几曲。"(页眉:此题作《蒿目行》。)

十九日(7月28日)　大。

二十日(7月29日)　二。《后汉书·蓟子训传》:人于长安东霸城见子训与一老翁共摩挲铜人,相适谓曰:"适见铸此,而已近五百岁矣。"又谓之铜狄。(页眉:铜类。铜狄。)

廿一日(7月30日)　三。《杨公祠纪事诗序》:"芦墟泗洲寺左,旧有杨忠节公祠,建于乾隆九年,邑侯丁元正为记。厥后日就颓。栗主送入僧寮,一片荒芜,犹能诵杨公之名不置。今春,祠基忽为妖巫所占,以左道惑人[1],创立茅篷,为他日香火地。方议诉诸有司,克复旧基。忽于六月十八日夜被火焚,众遂散。乡之士大夫咸为快心,缘作歌《快哉行》,以纪其事。世间邪正不两立,神鬼如何忽相狎。水灾火攻战必捷,蠢此妖巫蛊惑人。升平世界何敢入,而况杨公祠乃是忠魂义魄之所依。岿然之宇有时毁,浩然正气无时衰。自从肇祀五十有馀载,春秋致祭责在良有司。岁久祠圮勿克振,岂无六丁呵护此堂基。有秃者僧贪其饵,以售妖巫为巫地。巢穴一踞枭狐横,魑魅罔两工鬼计。灵旗瑟瑟云中来,鬼车鬼马停蒿莱。云是茅山一道者,来结香火江之隈。杨公身为忠义士,生前不与群鬼齿。岂有一片干净土,肯为宵小作淫祀。拾遗变作杜十姨,浮屠貌袭韩昌黎。古来名实一朝紊,千秋庙食存几希。上诉天庭下雷电,嗟尔茅茨敢作殿。霎时卷入洪炉中,土偶桃梗都不见。咄哉此火真神奇,譆譆出出无人知。云骤风驰但一哄,神焦鬼烂全无遗。是知天地有正气,祝融回禄同扶持。共此咸阳一炬火,义愤所发无公私。安得天公复敕金甲神,役使鬼工鬼伯来助祠宇新。"(页眉:此题作《快哉行》。)

---

[1]　原文此后尚有"名曰姚马瞥"一句,作者删去。

廿二日(**7 月 31 日**)　主。

廿三日(**8 月 1 日**)　大。

廿四日(**8 月 2 日**)　二。

廿五日(**8 月 3 日**)　三。

廿六日(**8 月 4 日**)　主。

廿七日(**8 月 5 日**)　大。

廿八日(**8 月 6 日**)　二。

廿九日(**8 月 7 日**)　三。

三十日(**8 月 8 日**)　主。

六月初一日(8 月 9 日)　大。

初二日(**8 月 10 日**)　二。

初三日(**8 月 11 日**)　三。今人多言明七子诗,及问其姓名,大半茫然。偶阅《明诗综》,始知七子者:李攀龙,字于鳞,历城人,有《沧溟集》;王世贞,字元美,太仓州人,有《弇州正续四部稿》;谢榛,字茂秦,临清人,有《四溟山人集》;宗臣,字子相,扬州兴化人,有《方城集》;徐中行,字子与,长兴人,有《青萝馆集》;吴国伦,字明卿,其先嘉兴人,徙居湖广兴国州,有《甔甀洞正续稿》;梁有誉,字公宾,广州顺德人,有《兰汀存稿》。六子俱以科第致身通显,惟山人以布衣终,故交情有不终之叹。余于七子中,独取弇州之才,至明卿亦不失为旷达,其《题生圹旁亭柱》云:"陶元亮自祭之文,知生知死;刘伯伦随行之锸,且醉且醒。"(页眉:梁当在谢下。)

初四日(**8 月 12 日**)　主。昨初二日,三坻先生为青儿开笔,出《敏而好学》题。破、承题不甚妥洽,惟虚字尚连,或可冀一衿之获,要在父师之督责严密耳。胡书客来,买《明史纪事本末》十六本、二十二。《群芳谱》十六本、二。《袁文笺》六本,作利两洋。

初五日(**8 月 13 日**)　大。

初六日(**8 月 14 日**)　二。连夜酷暑,今宵差凉,《即事》云:"一夜凉生绿水浔①,暮蝉无复此沉吟②。团扇情于秋后短,清风恩比故人深。云开河汉淡成画,月上梧桐写作阴。路回鸿雁知难达,从此江乡信易沉③。"

初七日(8月15日)　三。

初八日(8月16日)　主。

初九日(8月17日)　大。

十日(8月18日)　二。

十一日(8月19日)　三。

十二日(8月20日)　主。

十三日(8月21日)　大。

十四日(8月22日)　二。

十五日(8月23日)　三。

十六日(8月24日)　主。

十七日(8月25日)　大。

十八日(8月26日)　二。《闲居偶作》:"扃户何劳俗客寻,竹松多处即园林。买来邱壑新添画,梦到羲皇倦枕琴。读史易埋文士气,论诗难合古人心。穷年莫笑真无事,我已书中甘作蟫。"邹淑芳,字蕙祺,吴江人,为常熟严炜字伯玉副室,能诗,年二十四而夭,有诗一百五十首,题曰《三生石草》,墓在端州。详见《明诗综》七十卷十三页。

十九日(8月27日)　三。过平川,知东溪欲著《人参备考》一书,略分门类,凡见于前人著录者,皆当采访。

---

①　"一夜凉生绿水浔"原为"几回伏枕未成吟",后改。

②　"暮蝉无复此沉吟"原为"夜月罗帷鉴此心",后改为"却喜今夜暑气沉",后改。

③　"路回鸿雁知难达,从此江乡信易沉"原为"一辈软红尘里客,可解消受此园林",后改。

二十日(8月28日)　主。破晓,访翁海琛,欲以所作《竹枝词》一卷求制一叙,并读其近日诗文而别。至晚到家。(页眉:扇类。便面拊马。《汉书》:张敞为京兆时,罢朝,走马章台街,自以便面拊马。)

廿一日(8月29日)　大。

廿二日(8月30日)　二。积阴。

廿三日(8月31日)　三。

廿四日(9月1日)　主。

廿五日(9月2日)　大。

廿六日(9月3日)　二。《论古》诗一首:"尝观熙宁世,新法颇纷更。论者罪安石,王固不近情。天变不足畏,人言何足惩。断以春秋义,责备大有人。当时韩富辈,实秉国之均。一阴不可长,履霜至坚冰。方召为学士,始犹知江宁。既能烛其奸,何弗遏其萌?胡为奉身退,求去不少停。迨至参政后,执拗势已成。纵有一二疏,英主那能听。大臣身当国,不作悻悻形。进贤退不肖,君侧须廓清。其上在点夺,其次以力争。徒为智者事,何以语忠贞。士生三代下,责备未可轻。鞠躬尽瘁者,我闻诸葛名。"考神宗即位之闰三月,以安石知江宁府;九月,召安石为翰林学士。时韩公执政,或言其专,公力求去,帝不得已,罢琦司空侍中,出判相州。熙宁二年春,以安石参知政事。时富公判汝州,至是召拜司空,兼侍中,悉辞之,乃诏以左仆射同平章。当是时,二公已早知安石之奸。其召为学士也,帝问琦安石何如,琦对曰:"为翰林学士则有馀,处辅弼之地则不可。"其参知政事也,时帝以灾变避殿,安石言:"灾异皆天数,非关人事。"弼闻之,即上书力论。及入对,又曰:"君子小人之进退,系王道之消长,愿深加辨察。"余尝反覆二公当日所云,词多婉约,似不欲显斥安石,何耶?迨至新法大行,始之以均输、青苗法,继之以保甲、募役法,终之以市易、保马、方田、均税法。而为富公者,度不能争,即求罢去。青苗法出,虽持不行,本以此致仕。韩公虽有《请罢青苗法》一疏,不听。乞解安抚职。其退避如此其急,夫所贵乎大臣者,为能潜销默夺于群阴方长之时，又能回天造命于君心扞格之际，若徒奉身而退，乐道无闷，乃知者之所为，非大臣宰相事也。二公历事仁宗、英宗两朝，相业巍巍，固无可议①。至熙宁之世，神宗亦深知二公之贤，苟能力排众议，攘斥安石，未必君心之不悟，非若贾谊辈少年新进，即欲疏弃绛、灌之难也。惜乎二公一去，吕海、程颢、张戬、李常、吕公著诸人谏辄被贬，卒使安石力行己意②，牢不可破。二公虽欲疏陈其弊，亦已晚矣。后之读史者，不能不咨嗟叹息夫二公之去也。

廿七日(**9 月 4 日**)　三。

廿八日(**9 月 5 日**)　主。

廿九日(**9 月 6 日**)　大。逆风便帆，谓之"起戗"，韩纯玉有《起戗诗》，见《明诗综》八十一卷下第十四页。

八月初一日(9 月 7 日)　二。

初二日(9 月 8 日)　三。

初三日(9 月 9 日)　主。女冠盛于唐，杨太真以开元二十三年既册为寿王妃，寻度为女道士。尼至晋建兴中始有之，庄严僧宝唱撰《比丘尼传》，以洛阳竹林寺尼净检称首焉。见《明诗综》九十二卷、《静志居诗话》中。（页眉：簟类。六尺簟。《王恭传》：尝从会稽至都，王忱访之，见恭所坐六尺簟，忱谓其有馀，因求之，恭辄以送之。遂坐荐上。忱闻而大惊。恭曰："吾平生无长物。"其简率如此。）

初四日(9 月 10 日)　大。

初五日(9 月 11 日)　二。大雨连绵，甚非白露节所宜。

初六日(9 月 12 日)　三。

初七日(9 月 13 日)　主。

---

①　"二公历事仁宗、英宗两朝，相业巍巍，固无可议"原为"偶读《宋史》，至熙宁之世，而备论之"，后改。

②　"己意"原为"新法"，后改。

初八日(9月14日)　大。

初九日(9月15日)　二。连日大雨如注,今晨并得狂风。

初十日(9月16日)　三。今晨喜晴。

十一日(9月17日)　主。

十二日(9月18日)　大。《积雨初晴,适陈秋山招饮,即席有作。时诗会第五集》:"云消雨霁兆丰年,画出诗家得意天。市有醉人聊献瑞,客多好事屡开筵。征诗欲补迎神曲,时值赛会之期。剧饮同抛买宴钱。与会者各给番钱一枚。量浅莫嫌吾醉早,三杯以后①便陶然。"《前诗率尔,复次梦琴即席元韵,示同社诸君子》:"天为诗人特地晴,水边重订鹭鸥盟。疏狂意气成吾辈,游戏文章畏友生。鲁酒未醇终患薄,繁弦太促那能清。须知鹤在空山里,不到秋来不肯鸣。"

十三日(9月19日)　二。

十四日(9月20日)　三。恭读上谕,恻知嘉庆皇帝于七月廿五日巡幸滦阳,猝遭大故。虽蚍虮小臣,深沐圣天子高厚仁慈,不觉私诚之抱痛也。

十五日(9月21日)　主。

十六日(9月22日)　大。

十七日(9月23日)　二。饭后,以事至吴江,过过心楼,剑峰先生病体稍痊,诗以志喜:"一病支离已半年,凉风扶起草堂前。执方②几被庸医误,此老偏生③造物怜。但使文星常照世,不教兜率早成仙。诗文重订三千卷,留作人间翰墨缘。"时先生以陈銮诗稿、余鼎七古见示。陈,湖北人,今科探花,诗倜傥不群。《赠别》云:"云山送别无颜色,萍水相逢有性情。"《秋草》云:"鹰眼纵横平野外,马蹄零乱暮江头。"惜不能多记。余,江西人,精拳勇,诗学长吉,洵奇才也,惜篇

① "以后"原为"气味",后改。
② "执方"旁有"多生"二字。
③ "生"旁有"容"字。

长不能记忆。

十八日（**9 月 24 日**）　三。晓过陈丈四桥处。饭后，同过双桥书屋，徐植庵先生示近作，赋赠云："冷落诗坛只数贤，君家新咏本如仙。六朝人物从头数，一代词华几个传。似此蛾眉休见妒，何曾翠羽不生怜。牛毛麟角纷纷说，历劫须知五百年。"徐诗饶有风华，往往不为老学究所许，文人相轻，自古已然，岂独今人也哉？午后，与四桥重过寸心楼。时以近作数首、并□稿四卷托先生点定。先生出古文一篇，乃与友人之书，论行述、传志体裁。谓行述乃孝子苦块之言，其体宜质；传志乃后人之表揭，其事宜文。立论甚论确。

十九日（**9 月 25 日**）　主。大雨如注，困坐五芝堂终日。

二十日（**9 月 26 日**）　大。天晴可喜，乃归。

二十一日（**9 月 27 日**）　二。

二十二日（**9 月 28 日**）　三。

二十三日（**9 月 29 日**）　主。

二十四日（**9 月 30 日**）　大。

二十五日（**10 月 1 日**）　二。

二十六日（**10 月 2 日**）　三。

二十七日（**10 月 3 日**）　主。

二十八日（**10 月 4 日**）　大。

二十九日（**10 月 5 日**）　二。

三十日（**10 月 6 日**）　三。

八月初一日（10 月 7 日）　主。

初二日（10 月 8 日）　大。

初三日（10 月 9 日）　二。《时阅〈通鉴纲目〉，有感岳武穆事》："严于斧钺荣于衮，铁案由来不可磨。奸相何曾青史计，忠臣从古杀身多。生逢庸主原非福，祸起同官偏受罗。毕竟千秋公论在，英雄莫漫涕滂沱。"

初四日（**10 月 10 日**）　三。

初五日（**10 月 11 日**）　主。

初六日（**10 月 12 日**）　大。

初七日（**10 月 13 日**）　二。

初八日（**10 月 14 日**）　三。

初九日（**10 月 15 日**）　主。

初十日（**10 月 16 日**）　大。

十一日（**10 月 17 日**）　二。

十二日（**10 月 18 日**）　三。

十三日（**10 月 19 日**）　主。

十四日（**10 月 20 日**）　大。*夜泛至江城。*

十五日（**10 月 21 日**）　二。*夜泛而归。*

十六日（**10 月 22 日**）　三。

十七日（**10 月 23 日**）　主。

十八日（**10 月 24 日**）　大。

十九日（**10 月 25 日**）　二。

二十日（**10 月 26 日**）　三。

廿一日（**10 月 27 日**）　主。

廿二日（**10 月 28 日**）　大。

廿三日（**10 月 29 日**）　二。

廿四日（**10 月 30 日**）　三。

廿五日（**10 月 31 日**）　主。

廿六日（**11 月 1 日**）　大。

廿七日（**11 月 2 日**）　二。

廿八日（**11 月 3 日**）　三。

廿九日（**11 月 4 日**）　主。

三十日（**11 月 5 日**）　大。

庚辰续记(附辛巳录)

地类、诗、风云附、鸟、虫、兽、高士、谷、服食附、金、器。

嘉庆二十五年十月一日(1820年11月6日) 二。雨窗无事，偶录近作。《夜泛》云："趁此风帆便，舟行日已西。云垂鸦背稳，露下草头低。渔火从人乞，秋蚕向客啼。水枭同泛泛，犹未定行栖。"《题赵节母沈孺人教子图》："痛哭陶婴志，零丁赵氏孤。当年亲画荻，此日孝成乌。春草犹图报，板舆好待扶。定知挥洒处，血泪亦模糊。"《得柯亭书，劝应孝廉方正之举，诗以谢之》："欲赴弓车畏友朋，此中心事向谁倾。愧无竿牍通声气，那有文章报圣明。天子诏原须实行，诸生幸莫恋虚名。青衿一领还堪著，敢窃朝家冠带荣?"《闲步》："偶然携杖去，老圃傍柴扉。石隙秋花瘦，霜浓野菜肥。寒知鸟雀噪，静听雁鸿飞。随意皆诗境，神游知者稀。"霜降后十日，偶过吴江①，偕剑峰先生、植翁外翰寻诗访友，晨夕盘桓，每有所触，涉笔成咏，凡三日，得诗三首②。山枢蟋蟀，虽无当于鸾音，要各自鸣其意而已③。《长桥晚眺》云："好景须从冷处寻，垂虹钓雪任行吟。斜阳善写丹枫影，秋水深知白鹭心。数尽客帆忙载道，晒来渔网半遮阴。遥知城郭皆灯火，引入诗家有竹林。"《垂虹亭访友》云："何须逃俗入林深，冰样

---

① "霜降后十日，偶过吴江"原为"前月廿六日，留住吴江"，后改。

② "凡三日，得诗三首"原为"至三十日旋里，凡作诗三首"，后改。

③ "山枢蟋蟀，虽无当于鸾音，要各自鸣其意而已"原为"聊记一时之清兴云尔"，后改。"山枢蟋蟀"原为"寒蚕促织"，后改。

诗怀不受侵。忙里得闲行似鹤，静中多悟妙于琴。僧能嗜酒聊同坐，人可谈诗便要寻。忽地秋风吹作雨，扁舟唤渡此江浔。"《时偕剑峰先生、植翁外翰遇雨而返，夜宿五芝堂》云："借来笠屐似东坡，晨夕相从一再歌。薜荔墙高蛩语细，梧桐叶大雨声多。客中知己惟灯火，世上无情只病魔。时玉生以病虐不出。赢得此身真健在，不嫌拥被尚吟哦。"陆子伊索余和①《秋柳诗》，余先为之序曰：诗之赋物，各自言情。情则不同，文亦异焉。必欲强执己见，以范围天下人才，此俗士不通之论，大雅弗道也。《秋柳诗》前代不传，自渔洋而下，作者继起，虽命意不同，而体物则一。时当秋杪，夜雨凄人，感逝伤离，能无注念②？乃作《秋柳诗》四首。时阳月一日，灯下识。"欲唱当年折柳歌，秋来情绪系人多。翠眉到此真难画，青眼而今不转波。小阁长亭一离别，晓风残月半销磨。感怀不独桓司马，忆旧如余唤奈何。""风光瞥眼断今朝，化尽青萍剩万条。一意飘零张绪态，十分消瘦沈郎腰。根虽入土情难化，玉已为烟魂未销。悔把千丝与万缕，织成锦字向谁描。""紫燕莺歌梦一场③，霎时风景变河梁。玉关渺渺馀香雪，古道绵绵送夕阳。汁未染衣难脱白，金全抛地可怜黄。莫嫌丰骨牢骚甚，只为风流少主张。""此树婆娑我尚怜，风情原不似从前。王郎月下惭非昔，白傅杨枝去若仙。与世划开风絮界，背时冷抱雪霜眠。待他腊尽春回后，依旧梅花占物先。"(页眉：此数语可删。④)

初二日(11月7日) 三。上平九佳"楷"字，木名；上声九蟹"楷"字，乃楷模之楷。昔人于试帖中误用此字，竟置不取。庞笑山工

---

① "索余和"原为"强余作"，后改。

② "感逝伤离，能无注念"原为"旧根未除，新愁顿触"，后改为"悼往伤逝，悲来能无孤注"，后改。

③ "紫燕莺歌梦一场"原为"燕舞莺歌梦一场"，后改为"燕语黄莺声聚舞"，后改。

④ 位于"剑峰先生……凡三日"两行上方。

于制艺,偶拈佳韵,误用此字,被周白庵摘出。始信余言为不诬。

初三日(11 月 8 日)　主。积雨连朝,今晨忽得晴明。

初四日(11 月 9 日)　大。

初五日(11 月 10 日)　二。

初六日(11 月 11 日)　三。

初七日(11 月 12 日)　主。

初八日(11 月 13 日)　大。

初九日(11 月 14 日)　二。

初十日(11 月 15 日)　三。

十一日(11 月 16 日)　主。

十二日(11 月 17 日)　大。

十三日(11 月 18 日)　二。

十四日(11 月 19 日)　三。月初,于友人处借得《靖逆记》六卷,翻阅一过,其中有可资劝惩者,乃作《齐豫纪事诗》,有序云:"庚辰秋杪,雨窗岑寂。客有谈癸酉岁齐豫间事者,因为撮其大要,著之篇什。事出传闻,诗归讽谕,要亦兴观中之一助也。"《书金乡令吴垲守城事》:垲,江苏阳湖人,山东候补知县。嘉庆癸酉七月,摄篆金乡。九月,山东贼起,曹县、定陶俱被蹂躏,而金乡独完①。"先事疏绸缪,临事辄颓堕。事穷乃捐躯,孤负干城荷。吴公独不然,摄篆到山左。其时金乡南,伏莽戎亦夥。大府心焦劳,同寮志卑琐。公独慷慨言,首欲驱幺么。智能烛民奸,勇可激民惰。绳以保甲法,糠秕须扬簸。合以兵农势,训练日危坐。一朝变猝至,守陴备自我。军令重如山,令出谁敢哆。军资助自民,民愿无不可。能守始能战,灭贼如灭火。吾里吴令功,岂在海游击凌阿张千总庆下。劝惩苟无具,坐作那能果。定曹几何时,立见无完卵。保此一城隅,生灵不受祸。至今颂贤声,是真民之爹。欲读循吏传,姓氏九重锁。曰垲字体名,为公一传写。"

────────

① "独完"原为"赖以获全",后改。

《书山东运司刘清击贼事》：贼之伏仿山也，清请于抚军，率兵先往，直捣巢穴。东省之平，清为战功第一。清素爱民，民呼之为"刘青天"。"杀虎必探穴，斩蛟须入渊。贼薮不先倾，根株早弃捐。论功谁第一？断自刘青天。公为运司时，贼伏仿山巅。是将图大举，势与滑濬连。事每制于后，声贵夺其先。元戎请千乘，慷慨辕门前。胜负有专责，众寡不论焉。精选五百骑，文渊谓参将马建纪。与周旋。贼见刘公来，辟易如崩骞。东奔忽西窜，定陶县复全。追逐五六日，流血几万千。直捣扈家集，定陶要地。风火扫狼烟。东省已底定，帝曰惟汝贤。驻营仍剿抚，直豫防蔓延。是时兵荒后，民如水火煎。救溺与救焚，非公谁复怜？欲上功德碑，再呼刘青天。"《书滑县令强克捷殉难事》：克捷，陕西韩城人，嘉庆戊辰进士。殉难后，赐谥"忠烈"，敕建专祠。长媳徐氏，赐谥"节烈"，建坊旌表。"忠臣不畏死，烈妇肯偷生？一门萃节义，血溅滑县城。滑县令者谁？姓强克捷名。读书早慕古，志学颜真卿。当官不避事，人颂包公明。水清鱼自见，犀照鬼乃腾。是知逆匪首，捕得李文成。一贼不足服，三木尚未承。欲穷其党类，庶正我典刑。岂知窃发徒，操戈便纵横。凭陵我郊垒，倾覆我栋楹。城以官为守，官以城为屏。城亡官亦亡，志气郁觚棱。更有贤子妇，骂贼血吞声。肉脔骨虽毁，奇节天地撑。天子嘉忠节，赐谥蒙双旌。专祠重香火，绰楔高门庭。痛哭生前事，感激死后情。于今五六载，歌咏一再赓。"《书曹县幕客吴星萃暨定陶孔氏一门死节事》：星萃，江苏监生，以死节入祀忠孝祠。孔氏死节诸人：定陶廪生孔毓仲，学录孔毓俊，增生孔毓伯、孔毓淳、孔毓良，生员孔传垆、孔传璧、孔庄，共计男女五百馀人，无一人不抗节遇害者。"士有忠义性，遑论责与守。莫非王之臣，自待宁趣厚。吴生与孔氏，并未列朝右。一自山左来，聘为幕中友。垂老尚依人，身随牛马走。一自秋试归，未染青青柳。毷氉诉情怀，遭逢真不偶。俗念倘未除，忠愤尚何有。岂知疾风生，劲草数杲杲。贼入官署来，甘心一吴叟。吴曾趣曹县令捕贼急，贼故衔之甚。大呼吴星萃，挺身与击掊。醢之纵可怜，骨朽名不朽。孔庙多成仁，实为忠义薮。闻乱忽起兵，见危群授首。一庄五百人，蹈海惟恐后。人生一世间，幸遇承平久。涵养百馀年，下士都仰受。身为报国身，宁甘死户牖。为臣宜敬忠，慎勿呼负负。"《张家义士行》："纷纷逃死真如兽，豺狼满野谁御寇。张家子弟十三人，曹城南北力奔救。裹创血战二十日，贼恨张家深入骨。田庐已被锋火焚，归来何处计生活。"①《红衣健妇行》：乡兵之就募者，妇女结队，挥刀善斗，号"红衣健妇营"。阳为起义，阴与贼通，民大困。"一队女儿健装束，短衣窄袖前称□。募府也号娘子军，定曹南北徒纷纷。从军木兰者谁子，红衣健妇有如此。"《杨将军歌》：将军名遇春，为陕西提督。修髯善战，贼呼为"杨胡子"②。以平滑功，给二等男爵。"挥刀直入道口寨，临阵挽须早结队。兀然复睹髯将军，惊散沙虫几百辈。将军毅勇直无敌，陇西关右曾列戟。一朝滑滑贼未平，云骤风驰电为击。毁巢破穴不须臾，从此胆落枭与狐。佐成平滑功第一，将军树下来徐徐。立身须从忠义起，此风不振群委靡。将军岂是大刀徐，将军岂学铁枪李。"《崔娘曲》：崔氏性黠，善歌，能弹琵琶。为兵所掠，诡为滑人刘玉春女。都司陈某见而悦之，会摧南阳镇游击，将往，召玉春至，约券，售以金，纳为妾。实不知为逆匪妻也。后事泄，陈落职戍边，崔发遣伊犁为奴。"一曲琵琶帐上弹，将临去别离难③。分明认作良家女，携得莺莺到曲阑。可怜一顾已倾城，绝世蛾眉惹恨生。几日后房春梦短，极边风雪不胜情。"

十五日（11 月 20 日）　主。

十六日（11 月 21 日）　大。雨。是日，竹堂以《虞恭公碑》见惠，盖为青儿学书故也。

十七日（11 月 22 日）　二。

---

① 柳树芳《养馀斋初集》卷三收录此几首诗，内容均稍有不同。

② "贼呼为'杨胡子'"原为"贼相戒曰'须避杨胡子'"，后改。

③ 原文即少一字。

十八日(11月23日) 三。

十九日(11月24日) 主。

二十日(11月25日) 大。

廿一日(11月26日) 二。

廿二日(11月27日) 三。自十九日阴雨连绵,田禾未尽收割。天既降此丰年,忽以淫雨扰我田畴,所谓美中不足也。

廿三日(11月28日) 主。西风如吼。下午颇得晴明。

廿四日(11月29日) 大。是日为余母难日,余虔心茹素,虽无补报施,要亦一念之诚也。

廿五日(11月30日) 二。

廿六日(12月1日) 三。

廿七日(12月2日) 主。放舟至平川,过东溪斋头。时刻字高某适以《孤倡集》样本见示,余为校阅一过,即嘱其刻一版面。意中之事,适逢意外,亦文字中一奇缘也。

廿八日(12月3日) 大。雨窗无事,与东溪各以诗稿互相质疑。余谓东溪诗失之太空,东溪谓余诗失之太实。两人所病在此,所长亦在此。言竟,各浮一大白。

廿九日(12月4日) 二。风阻。适陶爱庐来,余即约其夜话。是夕,与爱庐连床聚首,作通夕之谈,不觉鸡鸣报晓矣。

卅日(12月5日) 三。庚辰十月杪,信宿日新堂中,与爱庐联床①,谈前岁金陵之游时,同海门秦君由清凉山翠微峰上鱼贯而下,欲游随园,苦无前导。适遇上元老诸生吴公者,从之游。先至龚园,继入隐仙庵。庵内有古梅一株,通体②无皮,如朽木,按之甚坚,而斜枝夭矫,不类人世间物,名曰"陈香梅",乃六朝时所遗剩也。最后入随园,与集中所咏,仿佛过之。惜欲归甚促,不得与爱庐再作一夕谈也。

---

① "与爱庐联床"原为"晓起,爱庐",后改。

② "通体"原作"本身",后改。

十一月初一日(12月6日) 主。

初二日(12月7日) 大。

初三日(12月8日) 二。

初四日(12月9日) 三。

初五日(12月10日) 主。

初六日(12月11日) 大。

初七日(12月12日) 二。是夜至江城。

初八日(12月13日) 三。

初九日(12月14日) 主。剑峰先生以古文一册见示,携归读。

初十日(12月15日) 大。微有雨,欲归不果。

十一日(12月16日) 二。阴雨迷离。到家,知昨东溪过访,不值,留诗而去。

十二日(12月17日) 三。《东溪访余不值,留诗为赠,时余适往吴门》:"如何有约忽相违,路隔枫江去未归。夜月情怀孤客梦,水鸥踪迹背人飞。平生遇合知难卜①,一念蹉跎昨已非。安得扫除尘万斛,与君同占钓鱼矶。"

十三日(12月18日) 主。西风如吼,天有霁色。

十四日(12月19日) 大。

十五日(12月20日) 二。

十六日(12月21日) 三。

十七日(12月22日) 主。

十八日(12月23日) 大。

十九日(12月24日) 二。

二十日(12月25日) 三。

廿一日(12月26日) 主。

廿二日(12月27日) 大。阴。

① "知难卜"原为"悭知己""偏多错""差难合""差难问",后改。

廿三日(12 月 28 日)　二。

廿四日(12 月 29 日)　三。

廿五日(12 月 30 日)　主。晓起,有句云:"湿雨埋风风不起,阴雨酿雪雪不洒。不风不雪天沉沉,此时乾坤如醉耳。"

廿六日(12 月 31 日)　大。

廿七日(1821 年 1 月 1 日)　二。

廿八日(1 月 2 日)　三。昨寒今暖,病骨先知。

廿九日(1 月 3 日)　主。

十二月初一日(1 月 4 日)　大。

初二日(1 月 5 日)　二。自廿九日西风刮地,至初二日寒极成冰。

初三日(1 月 6 日)　三。舟楫不通。

初四日(1 月 7 日)　主。为先慈忌日,惜无方物供祭祀也。

初五日(1 月 8 日)　大。

初六日(1 月 9 日)　二。

初七日(1 月 10 日)　三。昨夜得句云:"犬吠贼心孤。"

初八日(1 月 11 日)　主。

初九日(1 月 12 日)　大。冰路稍通。

初十日(1 月 13 日)　二。

十一日(1 月 14 日)　三。天微雪。

十二日(1 月 15 日)　主。雪后,大西风如前日。

十三日(1 月 16 日)　大。

十四日(1 月 17 日)　二。冰复阻,夜作《销杂咏诗》,尚未脱稿。

十五日(1 月 18 日)　三。

十六日(1 月 19 日)　主。天气和暖,晴窗试笔,作《岁暮诗》云:"卒岁光阴不二旬,忽忽心事问何因。年华送去如归客,诗稿添来似积薪。云到雪时工态度[①]，月于霜后见精神。痴儿那识闲中景，但解花前击鼓频[②]。"《销寒诗》云："似此严寒想未曾，红炉小阁气难胜。砚池落笔□生硬，泪滴蟾蜍一点冰。""问讯梅花尚未开，霜中锻炼亦奇材。寒斋位置须清品，插水仙与腊梅[③]。""斗室差宜容膝安，炎凉世界耐人看。思量六月天如火，分得今宵一半寒。""冻合黎祈截似肪，厨烟旋见冷无光。煮他好倩麻姑手[④]，也算神仙服玉方。""何须努力劝加餐，冷淡生涯气味酸。薄薄粥宜晨供养，可怜人世不胜寒。""全家多累[⑤]阿兄持，弱弟闲来只赋诗。一语寄兄兄记取[⑥]，暖寒手足最先知。""近思访戴驾轻舟，风雪漫漫白尽头。拳足鹭多寒意思，一生知己莫如鸥。""河冰两度夜沉沉，隔着琉璃几许深。愁绝米家书画舫，一番负了济川心。""世上因缘文字多，新诗欲寄病维摩。时柯亭诗来，欲寄剑峰先生。谁从卒岁忽忙里，领略闲情仔细哦。""呵冻难开笔底春，芒寒星斗夜平分。试将千尺分湖水，织就人间冰雪文。"

十七日（**1 月 20 日**）　大。至平川，知《孤唱集》已印好壹佰本，并板壹付存在东溪处。

十八日（**1 月 21 日**）　二。将拙集诗板带归舟中，东溪送二本、海村一。晚泊吴江。

十九日（**1 月 22 日**）　三。将拙集分送剑峰一、小如一、礼堂一、四桥一、植庵一、钦生一、春山一、子怡一、友江[一]。

二十日（**1 月 23 日**）　主。植庵以《望云楼诗集》见惠。午，同小

----

①　"态度"原为"酝酿"，后改。

②　"痴儿那识闲中景，但解花前击鼓频"原为"天寒日老真无赖，戏看儿童击鼓频"，后改。

③　原文即少一字。

④　"冻合黎祈截似肪，厨烟旋见冷无光。煮他好倩麻姑手"原为"冻合黎祈片片光，晓来风雨进提筐。大烹休说家常饭"，后改。

⑤　"多累"原为"凭仗"，后改。

⑥　"一语寄兄兄记取"原为"为报山妻记吾语"，后改。

如到家。

廿一日(1 月 24 日)　　大。作札寄柯亭□□,以拙集二本送去。是日,分送愚溪一、确斋一、梅桥一、芦月一。

廿二日(1 月 25 日)　　二。是夜,作书与竹堂、梦琴,以拙集分送。霭亭亦送一本。

廿三日(1 月 26 日)　　三。三坻携集二本去。

廿四日(1 月 27 日)　　主。《小除日书斋无事,和剑峰先生近作二首》:"此心的的至今存,寒夜微传膏①火温。一室泥人拥红袖②,十年知己伴黄昏。自怜梦向华堂隔,可许身从藜阁尊。销尽世间文士泪,何堪复照旧啼痕。书灯。""几曾锻炼几经磨,风易飘零日易过。瀰岸豪情今有几,梁园词客已无多。生能小住难抛影,曲到将离怕放歌。晓月夕阳同入世,可怜一样叹蹉跎。残雪。"③

廿五日(1 月 28 日)　　大。

廿六日(1 月 29 日)　　二。晓至吴江。

廿七日(1 月 30 日)　　三。运米到仓。今岁办槽系抚辕巡捕王国佐,大例一石三斗三升半,归七五折,外加提槽,或一百一,或一百两三不等。余进厫毛米二百四十九石五斗,斛见正米□□□佰七十一石七十八升七合,槽提两半。

廿八日(1 月 31 日)　　主。大港上双南兄及诸侄有米到仓,所以盘桓一日。

廿九日(2 月 1 日)　　大。遇雨而返,恰好公事已毕。

卅日(2 月 2 日)　　二。余素不饮酒,惟除夕例饮一壶。近兴致大减,只饮一两而已。

---

①　"膏"原为"香",后改。

②　"一室泥人拥红袖"原为"一点照人起丹白",后改。

③　柳树芳《养馀斋初集》卷三有此诗,内容稍有不同。

道光元年岁次辛巳正月元旦日(1821 年 2 月 3 日)　主。西北风。中午日出。

初二日(2 月 4 日)　大。立春，天气晴明。作书与何书田："久仰芳名，未由趋谒。前于家岳沈愚溪处①，过蒙推许，委以大集见示。盥诵之馀，钦佩靡已。因成七古一□，欲稍尽鄙怀，无如山水之遥，至今尚未寄呈。仆于斯道，未能窥其万一，惟性笃嗜，积十馀年，始得编成四卷，名曰《得闲集》。自己卯年忽抱骑省之戚，郁郁不得意者累月，复名其集曰《孤倡》。去年冬，已将此集先付剞劂氏。仆何敢妄言著述，亦聊以志所遇云尔。近惟大雅当前，不敢稍自藏匿，直欲献呈左右。倘得如败鼓之皮，收录无遗，则幸甚矣。先此布候，不宣。"

初三日(2 月 5 日)　二。

初四日(2 月 6 日)　三。至泮水港，住宿一宵。

初五日(2 月 7 日)　主。顾吟波以诗草求序，余即带回案头。

初六日(2 月 8 日)　大。夜，作吟波诗序一篇。

初七日(2 月 9 日)　二。泛舟至吴江，夜宿舟中。

初八日(2 月 10 日)　三。晓至剑峰先生处，时四桥招饮，诸同人拉余同赴，遂至友名山房酣饮终日。

初九日(2 月 11 日)　主。过访顾子寿。子寿名兆芝，为同里蔚云先生季子。先生与先大父同门，两世交情，至今犹可追溯也。子寿出示近稿，冰雪聪明，能化尽前人朽腐。因为击节叹赏，率成一律云："试将冰雪铸文章，似此清才未易量。诗稿渐从游览积，客岁自武林归。名流多与唱酬忙。谓郭频伽、郑瘦山诸君。酒经酝酿方知味，月到尖新初放光。拈出禅家真妙谛，扫除魔障入空王。"饭后，四桥以徐兰坡《桐阴觅句图》索题。舟中夜不能寐，为题以一绝句云："高阁疏篇一味凉，桐阴初转日犹长。有人任②作推敲势，东堂阑干□□□。"虽

---

① "处"原为"《浙东游草》"，后改。
② "任"原为"只"，后改。

属应酬之作,而诗亦可存。

初十日(2月12日) 大。运米到仓,验发四厫。余进厫米六百〇一袋,斛见正米二百〇六石七斗七升七合,楮提一个八分半。

十一日(2月13日) 二。陆子怡两次招饮,俱以事不赴。不知者谓余矫情,余亦并无可否于其间也。

十二日(2月14日) 三。徐植庵招饮,余书一纸与四桥云:"薄福书生,不得与天上神仙饱啖琼浆玉粒,想由尘根未断耳。君其为我转述之。"

十三日(2月15日) 主。昨夜自吴江归,今晨始得稍息。

十四日(2月16日) 大。晓,自周庄至颖村,谒西轩夫子。自别门墙,于今三载,师生情重,原不在区区杯酌间也。时夫子极欲留饮,故云。午候,至陈墓王山桥处,而山桥过余,两不相植。与其令叔祖畅饮半日而返。新年后,以《孤唱集》分送亲友,志松外舅一、西轩夫子二、山桥一、山桥之叔祖一。

十五日(2月17日) 二。昨夜泛月,得一起云:"与月同欢喜,欣然□□□。"惜未续成。自新岁以来,多以人事相干,毫无宁刻。时或困于酒食,终夜昏昏。翻羡清闲无事之为奇福也。作《新正述怀》诗云:"草草杯盘几度过,劳生①长日事奔波。吟怀撩乱途中积,新岁光阴客里多。开到梅花倘忆我,销除春梦已无婆。人生正坐妻孥累,脱略如余可奈何。"《初春出游即事》云:"夹衣初试换轻裘,暖气薰人爱□游。隔树早莺临语涩,一湖新水向春柔。风扶弱柳横双黛,云放青山出一头。株守十年成底事,几时得遂向禽谋。"

十六日(2月18日) 三。以《孤倡集》分送汝南村、石桐圃。

十七日(2月19日) 主。以《集》分送钱韵珊。韵珊名琼,字礼璜,青浦诸生,为大家兄妇弟。

十八日(2月20日) 大。

---

① "劳生"原为"忙来",后改。

十九日(2月21日) 二。同愚溪外舅顺帆至吴江东仓前。

二十日(2月22日) 三。有米登场,验发原厫,毛米一百七十袋,完见正米五十九石七斗七升三合。下午,至梦琴舟中,以近稿见示,尚吟哦不辍,雅人深致,固难得诸仓场杂沓中也。久不见徐松泉,误认为陈宜堂。不知者疑余为傲。平生短视,吃亏不少。愿诸故人恕之恕之。

廿一日(2月23日) 主。晋谒王甫亭明府,适有公事相干。晚,赴城北之宴,不觉大醉。

廿二日(2月24日) 大。以事留顿仓场,终夜不寐,为至□中不能推诿也。

廿三日(2月25日) 二。晚归。

廿四日(2月26日) 三。夜泛至吴江南门外住宿。

廿五日(2月27日) 主。晓起,至西门,送吴节母庞太孺人小殓。此母生有淑德,孀居四十年,抚胞侄春霭为夫后,教子持家,多所成就。至今尚未请旌。是日,顿起东北风,夜多寒色。

廿六日(2月28日) 大。饭后放归。向晚,雪花飞堕,渐成白屋矣。

廿七日(3月1日) 二。微有雨。补作《舟中即事》诗云:"无端又放木兰舟,不定阴云学水流。客里暖寒源自腊,春来风雨替人□。一□□□黯无色,二月莺花冷若秋。入夜鸟呼①行不得,劝余漫向五湖游。"

廿八日(3月2日) 三。《剑峰先生昨至武林,余不及一送,赋此却寄》:"十年酒载子云亭,一夜离怀似草生。欲向春风歌缓缓②,

---

① "入夜鸟呼"原为"听到鹁鸪",后改。

② "欲向春风歌缓缓"原为"借得东风送行客",后改为"不道春风先我去",后改。

布帆昨已到乌程。""甲帐①辛盘几度过,年年②供养老维摩。从今遍访③南朝寺,香积厨中饭孰多。""此去西湖作寓公,行囊羞涩太匆匆。鹭鸥自顾无知己,云水苍茫眼界空。""元年元旦此新正,故国莺花转眼春。莫笑病喑老居士,开元以后一诗人。先生时染喑疾。""欲寄诗筒路尚遥,何人为我费推敲。愧无杜老千间厦,漫向人间再论交。""何堪长日赋闲居,有约山灵笑我愚。华④岳未游腰脚健,出门先向越中趋。春间拟作越中之游。"

廿九日(3月3日)　主。夜间,闻秋园从侄之亡,不胜嗟悼。伏枕不寐,撰挽联一副:"自□弃双亲,幸贻谋启后,尚赖前人修植⑤;至今馀弱息,叹陟岵空瞻,那堪再⑥世零丁。"又:"竹林空忆大小阮;韩氏新悲十二郎。"

二月初一日(3月4日)　大。以《集》送袁葵圃。是日,竹堂留饮。

初二日(3月5日)　二。送秋园从侄之殓。是夜,不觉大恸,盖有所感触也。

初三日(3月6日)　三。过东溪处住宿。

初四日(3月7日)　主。同东溪至海琛处,不值。伊子小海出谈。时海琛有孝廉方正之举,□□遽□□□□□,赠佛头洋十枚,于东溪处挈转。

初五日(3月8日)　大。以拙集四本送王旭楼一门。下午,以《集》分送以忠从兄、环宸从侄。

---

① "甲帐"原为"献岁",后改。
② "年年"原为"大家",后改。
③ "从今遍访"原为"不知八百",后改。
④ "华"原为"五",后改。
⑤ "幸贻谋启后,尚赖前人修植"原为"痛肉骨分离,曾历廿年辛苦",后改。
⑥ "叹陟岵空瞻,那堪再"原为"叹宗支衰替,何堪两",后改。

初六日(**3月9日**)　二。愚溪外舅为亡妇礼忏一堂。

初七日(**3月10日**)　三。王丈旭楼以所著《松陵见闻录》八卷见示。其中"拾遗""补略""订讹""备采""轶事""丛谈"诸门,能收拾沈《志》所备。即"列女""释道""集诗"三门,亦可资人考核。惟"近事"一门,稍觉繁芜。旭楼风雅好古,暇即披阅载籍,积数十年,乃能辑成一书,自然援据精确,令人钦佩靡已也。

初八日(**3月11日**)　主。

初九日(**3月12日**)　大。

初十日(**3月13日**)　二。晨起,沐手书亡妇栗主,盖将送入祠也。

十一日(**3月14日**)　三。为亡妇撤几之期。酉时,送主入祠。百年香火,再世因缘,了此心情,打开墙壁,未卜轮回若何耳。

十二日(**3月15日**)　主。王山桥索去《雪床诗》四本、《孤唱集》四本,前嘱□□□□□诗亦已取去。

十三日(**3月16日**)　大。《亡妇去世,不觉二载有馀。今当撤几之期,感而成咏》："人情每喜新,余性本恋旧。非敢薄新人,情从□发厚。自别我妇来,于今二载久。一棺虽就土,灵几尚向右。家人屡相告,谓几撤毋后。余乃大声呼,指点语儿曹①。儿辈纵弱小,俨然所生母。预凶事或非,短丧情何有。服除几不除②,待赠孺人□。情义两无负,清晨盥手书。□□□入祠,□□□在牖。想尔姒娣间,和睦真如友。内则孝于姑,外则孝于舅。香火崇百年,我家有贤妇。此语若有私,抚碑在人口。"

十四日(**3月17日**)　二。《二月十六日,梦琴以书见招,为补花朝会。隔夜,先成一律,以博同人一粲》："玉兰花上鹊声高,晓起先传折柬招。连夜诗情浓入梦,一年渴思涌如潮。无多合并先愁别,有限

---

①　"余乃大声呼,指点语儿曹"原为"明知是俗情,此例复何有",后改。

②　"预凶事或非,短丧情何有。服除几不除"原为"短丧非复古,礼义毋失守。届期自然除",后改。

春光细待描。挈榼携笻须努力,故人珍重是今朝。"

十五日(**3 月 18 日**)　三。

十六日(**3 月 19 日**)　主。赴梦琴之招。先至柯亭馆中,以《松陵闻见录》托渠校阅一过。席间,晤陈望楼,系海宁州副贡,家住长安镇,今岁设帐清河,人亦恂恂儒雅。既,与竹堂同登吟琴读画楼,时少云、升斋、霭亭、听香、秋山已先在座,话旧谈诗,应接不暇。少顷开筵,□□□馔清洁,□□□□□一时之酣畅,惜斜阳促人,东风如箭,冷乎不得久留。是夜,到家已一鼓矣。

十七日(**3 月 20 日**)　大。《幼时,闻先君子年二十七,须髯已长尺许。前辈之少年老成,于此可见。树今年三十有五,尚未有须,何堪腼然作妇寺态耶①? 乃于花朝之日,为留须之期,并系以诗云》:"天生此丈夫,入世宜有用。气节须争高,筋骸莫放纵。须为身之馀,□□□见重。□□□□□,□□聊□衷。超轶自不群,疏秀人多中。礴焉怒生时,奋然猝惊众。由其风骨峻,外美群称诵。不然纵如戟,褚相反受弄。蠹或调夫周,羊或称于宋。纷纷妇寺曹,被污实堪痛。我年三十五,留此欲自讼。因循了半生,弃甲多被讽。已应方正举,刘瑜举方正,对策高第,为长冉方正。见《广陵列士传》。那有参军颂。低眉人世间,长鬣不成鞑。视此真些些,孑然谁与共。不求丁谓拂,不受崔谌种。老妻无可媚,古佛亦难供。聊以娱我情,诗成一笑哄。"(页眉:东中郎参军周稚琰封蚕蛾、载虫,使璞射之。璞曰:"射覆得此大落度,必是蚕蛾及毛蠹。"稚琰饶须,故以此调之也。见郭璞《洞林》。)

十八日(**3 月 21 日**)　二。

十九日(**3 月 22 日**)　三。《西湖竹枝词》内有吴鼎芳,字凝父,吴江人。此人要查出处何若。又有吴锵,字闻玮,吴江人,与上同一要查。

---

　①　"何堪腼然作妇寺态耶"原为"腼然作妇寺态,其不为前人所呵责耶",后改。

　　二十日(3月23日)　主。《偶题》:"酿得春来十日寒,东风料峭雨无端。养花时节偏多误,一夜飘零到玉兰。"①《西湖外纪》引《戒庵漫笔》:"杭州俗呼黄矮菜为花交菜。"②"陌上桑枝未及寻,趁闲儿女懒难禁。花开姊妹人如玉,相约明朝打菜心。""儿童也爱踏春游,节近清明未放牛。指出江乡好风味,山城提唱马兰头。"③"门前杨柳绿依依,生长菰芦□钓矶。且食蛤蜊休□事,□知世上有轻肥。以上四首作《早春田家词》。"

　　廿一日(3月24日)　大。

　　廿二日(3月25日)　二。顺帆至吴江,尚早。船中饭罢,过子寿斋头,约为石里看桃,以雨阻不果。闻剑峰先生返自武林,遂以近稿相质。夜宿舟中,得绝句三首,盖为看桃不果作也。"近游踪迹也宜晴,忽地吹来春雨声。隔着垂虹亭子望,看来花市不分明④。""兰因絮果便茫然,难结人间花月缘。崔护不来人又去,此花冷落已千年。""果否桃源路未通,桑麻鸡犬背春风。仙家云雨归何处,暮暮朝朝总属空。"

　　廿三日(3月26日)　三。饭后,过剑峰先生斋头,拙集已斟酌几字,极为允洽。午后,同小如过杨竹堂斋头,以石印求铁笔。昨夜偶阅《西湖诗话》,钱塘有两苏小小,一为南齐时人,一为宋时人,□□□□□□二□□□不可少也。余尝记随园诗:"赖有岳于两少保,人间才得重西湖。"余本其意,作断句云:"赖有苏家两小小,西湖才得说风流。"书罢一笑。

---

　　①　此诗原为:"东风料峭不胜寒,连日春阴雨未乱。同是养花好时节,玉兰花事已阑珊。"后改。

　　②　原文此后有诗一首:"从头佳节数中和,屈指花朝昨又过。红杏易残桃未放,湖边杨柳得春多。"

　　③　原文此后有诗一首:"去冬冰雪苦缠绵,子麦零星赶未全。借得东皇十日雨,陇头如草草如烟。"

　　④　"隔着垂虹亭子望,看来花市不分明"原为"世上无如桃命薄,年年开放到清明",后改。

廿四日(**3 月 27 日**)　主。顺帆,由八坼至平望。时天气初晴,碧桃半吐,殊堪远眺。重过东溪斋头。

廿五日(**3 月 28 日**)　大。同东溪过访陶爱庐,即蒙留饮。余不到韭溪已五年矣,重寻旧游,徘徊不忍去。下午,过访秦啸庐款留甚密,惜□□返棹不能久留。

廿六日(**3 月 29 日**)　二。小雨复至。同东溪至梨里分手。余为舟人所误,不觉伫望良久。东道主又在汝听松家矣。晚归。

廿七日(**3 月 30 日**)　三。五六日中,分送《孤唱集》六本:赵子一、沈禊亭一、包星槎一、陶菰香爱庐二、秦啸庐一。

廿八日(**3 月 31 日**)　主。"杏花时节雨廉纤,老圃芳菲续续①添。一夜春电殷地起,竹园笋子露尖尖②。""阿男长大未成婚,阿女伶俜尚在门。昨岁多收三四斛,画船箫鼓自村村。"

廿九日(**4 月 1 日**)　大。

三月初一日(4 月 2 日)　二。为长女卜婚,得吉,乃平望吴小岩之第三子。是日,闻愚溪外舅偶感春温,面晤时,云昨已汗解。

初二日(**4 月 3 日**)　三。闻愚溪外舅仍有寒热,急为走视,比前倍觉萎顿。因嘱顾啸庐去延何书田。

初三日(**4 月 4 日**)　主。为愚溪外舅代写遗嘱两纸,亦义不容辞也。

初四日(**4 月 5 日**)　大。饭后,书田已到,细为诊视。据云,此症虽属暮年,宜清而不宜补;虽属春温,宜渐解而不宜急攻。症非轻视,余欲借谈诗为留客之计。后看老人病势渐凶,书田拂然而去。下午,竟决汗下如雨,合家不胜警惶。及至醒时,外舅不觉大笑。此老

---

①　"续续"原为"物又",后改。

②　"一夜春电殷地起,竹园笋子露尖尖"原为"尝遍春来葱韭味,竹圃笋子已尖尖",后改。

胸襟大是不同。是夜,服书田之药,甚为平妥。此乃初五日二。事,
误记□□。

初六日(4月7日)　三。视外舅大有起色,延素好之高文翁斟
酌原方,余亦稍稍放下此心。

初七日(4月8日)　主。外舅渐臻佳境,热势已退,白米饭可吃
半碗。下午扫墓,归,夜宿舟中。

初八日(4月9日)　大。赴半痴之会,并与长女议定亲事。吴
小岩约四月初二日文定道日,八月十六日求允吉期。余以草帖不来,
尚未见允也。

初九日(4月10日)　二。东溪约余廿七日过去。是夜到家,已
一鼓。

初十日(4月11日)　三。走视外舅愚溪先生,病已好了二分,
一分急宜培养。余亦放心胆大也。前晤何书田,以《孤唱集》就质。
何言,余诗太露,须归蕴藉,方得诗家正宗。此言颇为直道,喜作一律
云:"自觉倾心处①,犹嫌识面迟。入门先问姓,开口便谈诗。直道犹
存古,交情肯入时。一言尽金□,□□□□□。"

十一日(4月12日)　主。作书与王旭楼姻丈:"承示《松陵见
闻录》,其中'拾遗''补略''订讹''轶事'诸门,搜罗渊博,考核精
详,发明前志所未备,洵为希世之宝。即'备采''列女'诸门,亦为
后日修志家张本。我邑文献,尚有三前辈为之主持,得赖以不坠,
诚厚幸矣。惟是古来《艺文志》诗文并重,书中集诗而不集文,不宜
偏废②。卷末'近事'一门,虽遇事直书,无庸粉饰,然究以雅驯为主。
一涉繁芜,便令阅者欠伸。盖此书实为援据精确③之书,须细加琢

---

① "自觉倾心处"原为"十载倾心久",后改。
② "不宜偏废"原为"似宜补入",后改。
③ "援据精确"原为"援古证今",后改。

磨,方成完璧①。△赋性愚直,荷蒙下问,用敢谨献刍荛,以俟大雅采择云尔。至分湖一隅,△已收访多年,尚未汇录成书。他日或有定本,自当就正法眼,以决去取,何幸景星庆云,先睹为快,得读此嫏嬛秘笈耶!书中有关于分湖者,急为录出,俾末学后生广为集益,知前辈加惠后学之功,原非浅鲜。兹将原书奉缴,伏祈珍藏是护。馀容面谒,不宣。"二月至今,惟闻粮户被累,现有身入囹圄、无所控告者,感成一绝云:"涂泥高下半□□,一笑田园尚未芜。但得年年收十斛,何妨一半向官输。"

十二日(4月13日)　大。

十三日(4月14日)　二。

十四日(4月15日)　三。

十五日(4月16日)　主。题毛康叔《远山枯木小幅》:此幅为南传顾端老所作,曾从孙三坻携以示余,为□首题六言诗一首云:"萧瑟牛山木叶,潺湲百折泉声。茅屋更无客到,山椒时见云生。"诗格真率②,字亦秀劲。末有小印一方,镌"清白吏子孙"五字。余考黎里毛氏,自前明以来,簪缨累奕,能以清白传家。后之子孙,虽不大显,自称为"画中隐"。阅今二百馀年,犹啧啧称道弗衰,要亦故家之流泽长也。爰题断句五十六字,并识数语,以为近世读画者劝。"巉岩峭拔露青苍,老树槎枒入硕黄。画品恰如人品贵,无多风骨自开张。诗情画意两茫然,眼底沧桑了万缘。入世愿为清白吏,子孙犹得画中传。"

十六日(4月17日)　大。三坻又携吴心禅画幅见示,乃白下旧游之作。爰题一绝云:"策杖金陵爱壮游,数株杨柳满汀洲。六朝金粉何须问,滚滚长江笔底收③。"

---

① 原文此后尚有"何堪使微云点缀,致明月夜光,略减一分精彩也耶"三句,作者删去。

② "真率"原为"短峭",后改。

③ "滚滚长江笔底收"原为"千里长江一叶舟",后改。

十七日(**4**月**18**日)　二。

十八日(**4**月**19**日)　三。放舟至吴江,闻被诬之粮户金浩等已画清供勒实。闹糟一案,署丞王国佐亦被参处,势不两立,可慨也已。

十九日(**4**月**20**日)　主。《自木渎登岸,行至天平山麓,有感甲戌秋偕亡妇同游事》:"青衫落拓混红尘,桐帽棕鞋自在身。生长青山吾有愿,入林把臂苦无人。""我亦年来爱独游,旧时花鸟本同侪。一丘一壑如相识,自别名山已八秋。""触我离情似草生,鹿门偕隐□□情。青山依旧①人何在?了却当年石上盟。"《独游花山,向晚重寻寒山千尺雪》:"夹道垂阴绿,寻幽一味凉。残花春数点,古木夏千章。曲径通禅寺,孤峰背夕阳。此山宜雪后,风景耐人尝。""那有雪千尺,荒寒似此山。墙危人迹少,殿古佛心闲。有客感兴废,无僧独往还。诗中凭吊□,似□不容删。"自支硎山麓得一小庵,临涧结小亭二间,乃庵僧观泉所构,位置颇雅,僧亦不俗。临别欲赠一言,惜诗思不续而返。是夜返棹,至金阊门外,泊舟闻德桥下。

二十日(**4**月**21**日)　大。《寻至古雪庵,入门,有白藤花一株,乃百年物也。缘作长歌,以纪其事》:"春光欲暮未曾暮,红千紫万纷无数②。谁将白战夸绝能,化工才大多横生。虬枝夭矫千百折,玉龙奋迅争出窟。骊珠夜吐明月光,众星摇荡不可撮。岂知掷下千年藤,岁久脱白花光明。一藤倔强艰束缚,墙角特出空中横。一藤攀附看直上,篱下何曾寄此生。拿云攫雨任矫怪,一一倒挂于中庭。入门但见雪铺地,片片吹落香亦异。一时□□□□多,庵有牡丹,极盛。红情醉倒胭脂坡。游人心亦厌繁华,偏以纯白向人夸。邓尉之梅香成海,虎丘之兰历千载。至今□落□春风,惟有此花色不改。君不见,纷纷词客相过从,乃在金阊门外一庵中。"中午,至荣昌馆观剧。是夜,会饮于普安桥关帝庙中。

---

①　"依旧"原为"犹是",后改。
②　"纷无数"原为"竞相妒",后改为"一齐赴",后改。

廿一日(**4月22日**)　二。晓回吴江。以事同玉生至唐闻涛处，晚宿王家大桥头。

廿二日(**4月23日**)　三。午返。

廿三日(**4月24日**)　主。到绿荫草堂，知愚溪外舅已就痊，惟原气未复。劝其须静养半载，未可轻出。

廿四日(**4月25日**)　大。补作《由支硎山下忽得一庵，庵僧观泉，构涧上小亭，颇恣游憩》："上山宜先登，下山宜徐步。旧游无厌心①，新游多奇遇②。一庵藏深林，如入桃源路。曲径才通人，老僧不知处。有亭翼然起，兀立如孤鹭。经营妙天成，位置精棋布。到山已忘疲，临流忽多情③。得意须静观，胜景莫闲度④。一时香火缘，几抱烟霞痼。诗成日已西，自笑来何暮。"

廿五日(**4月26日**)　二。微有雨。

廿六日(**4月27日**)　三。微有雨。

廿七日(**4月28日**)　主。晓起，以事至平望，为小如与吴氏议婚，已定。夜与东溪细商近作。东溪嫌余近诗太易，增易几字，颇能凝练。是夜，快得雨盈寸。

廿八日(**4月29日**)　大。晚归。

廿九日(**4月30日**)　二。

三十日(**5月1日**)　三。

四月初一日(5月2日)　主。

初二日(5月3日)　大。是日，为大小长文定之期。清晨大雨连绵，饭后晴明。

---

① "无厌心"原为"多陈迹"，后改为"忆平生"，后改。
② 原文此后尚有"不穷山水窟，那识林泉趣"两句，作者删去。
③ 原文此后尚有"人为游览忙，佳景等闲度"两句，作者删去。
④ "胜景莫闲度"原为"无心会良晤"，后改。

初三日(**5月4日**)　二。阴雨绵绵。

初四日(**5月5日**)　三。晴。晚,得王旭楼书,索去《孤倡集》十本。

初五日(**5月6日**)　主。

初六日(**5月7日**)　大。

初七日(**5月8日**)　二。热极则雨。

初八日(**5月9日**)　三。

初九日(**5月10日**)　主。偶阅《嘉兴府志》,因考烟雨楼古迹。吴仲圭《八景图》云:"在春波门外,旧日高氏圃中烟雨楼也。"《府图记》:"五代时中吴节度使、广陵王元璙,筑为登眺之所。建炎中废。嘉定间,吏部尚书王希吕致政归,因旧址建楼。毁于元季杨苗之乱。"按,咏楼诗词,始见绍定间吴知军潜之作,在嘉定后数年耳,已前则无闻作者。《图记》云王尚书因台址建楼,盖信始于南宋时也。烟雨楼钓鳌矶,《图记》:"嘉靖戊申,守赵瀛崇楼故址,范言记,乙酉为楼五楹。万历九年,守龚勉《重修楼记》:楼后临流,为台二层,名曰钓鳌。又勉《咏十二景诗序》:前有亭二,东浮玉、西凝碧,后有轩曰栖凤。"又有水上钟、湖心井。

初十日(**5月11日**)　大。到芦墟陈氏送座。晚到大港住宿。

十一日(**5月12日**)　二。为亡侄秋园襄理殡事。

十二日(**5月13日**)　三。

十三日(**5月14日**)　主。连日阴雨,作诗未就,殊闷人怀。

十四日(**5月15日**)　大。

十五日(**5月16日**)　二。热极。

十六日(**5月17日**)　三。雨窗闷坐,拉杂书怀,得诗五首①。"落花飞絮动成愁,风雨闲窗冷似秋②。午睡困人刚四月,绿阴满地

---

①　原文此后尚有"不自知其言之过激也"一句,作者删去。

②　"冷似秋"原为"替校雠",后改。

裹重楼^①。生逢佳日偏多误，梦入名山肯少留。十载西湖未谋面，如何不趁健时游？春间拟为武林之游，竟以事不果。""株守乡园年复年，闲将旧事入新编。谁其作者东阳叟，我欲师之甫里贤。时欲重订沈北溪、陆朗夫两先生所辑《分湖志》。仰屋著书非易事，闭门觅句且随缘。从今莫管人间世，快读《逍遥》第一篇。""生计粗安百不忧，何须足谷羡多牛。营巢事业懒于燕，避雨心情拙似鸠。入世劳人多草草，从来居士号休休。雀粮已办输租早，局外何妨笑白鸥。""八万恒沙奈此河，出门涉足便风波。鱼能舍饵宁投网，雀不来巢也受罗。已到崎岖难下坂，何曾安乐即为窝。身非木石真堪痛，甘向人间受折磨。有感近事。""自嗟少壮不如人，懒散原同樗栎身。知己性情良夜月，全家骨肉故园春。此中便是羲皇世，我辈何殊怀葛民。纵使儿顽妻又弱，瓮头酿得极清醇。"

十七日（5月18日） 主。阴雨绵绵，寒甚。

十八日（5月19日） 大。

十九日（5月20日） 二。近阅邸报，有河南睢州生员乞赈一事，甚为可悯。士固不修廉耻，州县往往辱及斯文，以致酿成此事。二者均不能无罪。

二十日（5月21日） 三。同柯亭登许竹溪所构小楼，时被酒后，茶话片时，殊醒人怀。竹溪乞诗题壁，余匆匆无以报也。

廿一日（5月22日） 主。天气连得晴明。

廿二日（5月23日） 大。以事至江城。夜过剑峰先生斋头，以诗就正。闻沈礼堂前辈近已物故，不胜怅惜。先生工于制艺，不得一上贤书，徒令骂讥笑侮以终其身。天之厄斯文也，甚矣！是夜，泊舟垂虹桥下，果无蚊集。

廿三日（5月24日） 二。贺周小如昆季移居。夜宿岸头，大受蚊累。

---

① "绿阴满地裹重楼"原为"春光转眼已千秋"，后改。

廿四日(5月25日) 三。闻被累遭事之金镐极受酷刑,镐仍矫矫不屈,原是英雄本色,可惜大才小用了。傍晚到家。难得此来去顺风。

廿五日(5月26日) 主。

廿六日(5月27日) 大。至苏家港朱少云、升斋处,借《大清会典》一书。少云特为检出,并以《户部则例》一册见示。午候,观剧邱思潭,晤杨卫翁老亲家,相叙半日。

廿七日(5月28日) 二。

廿八日(5月29日) 三。《哭礼堂先生诗》:"曾载①元亭酒,空②怀八咏楼。别来无两月,作者已千秋。地下谁青眼,人间叹白头。不堪回首处,□解是穷愁。""老去心犹壮,磨来志未销。功名如拾芥,意气欲凌霄。那料成衰白,相逢话寂寥。填胸多块垒,浊酒快频浇。""与世恢谐久,逢人感慨多。言从孤愤出,书奈绝交何。知己惟红友,藏身只太阿。莫嫌庐草草,时或出高歌。""屡欲重开宴,年来亦少欢。问翁犹矍铄,与世且③盘桓。转眼城南旧,惊心砚北寒。回思问寄处,徙倚此阑干。"

廿九日(5月30日) 主。

---

① "曾载"原为"断却",后改。
② "空"原为"兴",后改。
③ "与世且"原为"容我暂",后改为"长日且",后改。

辛巳续记(壬午附录)

果类花附、冰类、履类、佩类、戏类、香类、屋类、因缘、图画、剑类、义夫义士附、贤子、玉类珠附、曲类歌附。

道光元年五月初一日(1821 年 5 月 31 日) 大。得何书田书,以新诗见赠,并惠读古今诗文集六种。内有《河东集》四册,最为宝贵;《夏内史集》尚未展读;《十国宫词》系书田手注,可备一时之流览;《萍香诗钞》《事略》《墓文》皆其先人手泽,谨藏于家;至《雪床遗稿》一册,较拙刻多至百馀首,得此方成完璧。余与书田始以神交,今春才得一面,欢然如旧相识,萍水因缘,结成香火,可知文字中别有真契也。书到时,余适不在家中,三坻先生代作覆音而去。

初二日(6 月 1 日)　二。

初三日(6 月 2 日)　三。

初四日(6 月 3 日)　主。

初五日(6 月 4 日)　大。

初六日(6 月 5 日)　二。

初七日(6 月 6 日)　三。

初八日(6 月 7 日)　主。

初九日(6 月 8 日)　大。《何书田见惠古今诗文集六种,赋此奉谢》:"何君风雅真入骨,一见新诗如明月。明月夜夜相思生,彼此离情诉契阔。昨朝尺素烟波通,契合都在文字中。惠我新书供一尺,文章首重家河东。家《河东先生集》十五卷。其馀表彰多盛事,几人识得节愍公? 君与其师庄泖客同辑《夏节愍公全集》十卷,附以正史传纪,搜罗最为精

博。诗中有史精阐发,岂徒笺注罗星胸①。君所注《十国宫词》,乃其师庄
泖客所作也。外此遗集若有待,延平之剑快相逢。余所刻《雪床遗诗》,乃
归愚宗伯选本,君以所藏全稿见示,拟与前诗合刻②。君家青箱世其业,簳
山有竹青摩空。其下龙孙尽林立,风骨不与凡材同。数典近自曾王
父,《萍香》一集气入古。乃翁定入仓公传,绝大手笔劲似弩③。君以
曾大父铁山先生所著《萍香诗集》、尊甫澹安先生墓文传文见贻④。嗟余家世
多冷落,六朝人物徒欣托。文章休论两河东,诗词久乏永贯作。自明
迄今三百年,故家文献几如择。何幸家集尚留存,奇文出自清光阁。
借用柳毅事。得此已胜连城宝,况复琳琅粲成错。人生相知须知心,
结交何用千黄金。君从诗里称莫逆,我向书中甘作淫。可怜无益精
神费,那堪坐老岁月侵。读书掩卷忽长叹,暮蝉促织多沉吟。"

　　初十日(6月9日)　二。

　　十一日(6月10日)　三。

　　十二日(6月11日)　主。连日晴明,今朝忽得微雨。适有水银
鱼来卖,急唤厨人烹之,风味颇佳。余不食此物已半年馀矣,欲作诗,
未就,只得一句云:"水银鱼向雨中肥。"

　　十三日(6月12日)　大。大雨倾盆,恰好插秧时候。

　　十四日(6月13日)　二。阴雨连绵,做成黄梅时节矣。

　　十五日(6月14日)　三。

　　十六日(6月15日)　主。

　　十七日(6月16日)　大。

　　十八日(6月17日)　二。夜间大雨三四寸。

---

　　①　"星胸"原为"群雄",后改。

　　②　"拟与前诗合刻"原为"得此方为合璧",后改。

　　③　"乃翁定入仓公传,绝大手笔劲似弩"原为"乃翁岂是艺中人,绝大手笔
表扬苦",后改。

　　④　"墓文传文"原为"志铭表传",后改。

十九日（6 月 18 日） 三。《月夜有怀东溪至吴门》："雨后月如洗，清辉照满楼。何人同皎洁，此夜极清幽。入世谁知己①，多生却悔谋。江湖足风浪，稳泛此间鸥。"

二十日（6 月 19 日） 主。过东溪斋头，始知吴门之行久已回家，欣然握手，不自知其言之续续也。并接海村《胜溪竹枝词序》，读之不甚灵空，亦海翁之学问使然耳。

廿一日（6 月 20 日） 大。午后，回家。

廿二日（6 月 21 日） 二。近于东溪处借得《毛西河合集》一百本，随手翻阅，偶得《吴江宿芦庵碑记》一篇，在六十三册中。因考屈《志》内有此庵名，而毛文未录；馀志并无此庵名矣。泊芦庵亦然，见六十四册中。

廿三日（6 月 22 日） 三。《西河集》六十七册内有吴江吴洪父子传，较邑《志》本传更觉简洁老到。《陈天祥传》不及邑《志》之简洁。

廿四日（6 月 23 日） 主。

廿五日（6 月 24 日） 大。《东溪四十生辰，秦海门先有诗相祝，余亦续贺三首》："何人重唱白华词，将母情怀我旧知。秦诗咏及将母事。堂上丁宁惟止酒，年来辛苦为删诗。著书便作千秋想，落笔居然一字师。频岁过从真不速，如何良会独来迟？""闻说君家览揆初，交游一辈尽欢呼。聊为知己开吟社，好借生辰作主图。入世犹存三寸舌，对人多讶数茎须。从今且觅安身法，毕竟无闻也自娱。""肩影相随二十年，钓游乡里记从前。泥痕鸿爪曾留雪，浪迹莺湖未化烟。努力功名诸子在，及身事业几人先。赠君不作寻常语，还要祖生加一鞭。"

廿六日（6 月 25 日） 二。至吴江，先过剑峰先生处，以近诗相质，并以《竹枝词》求一小叙。时读先生《榴花词》，极为丰艳，欲和未果。

廿七日（6 月 26 日） 三。是朝倾盆大雨，不能出行。饭后雨稍

---

① "入世谁知己"原为"著土便为累"，后改。

歇,重过寸心楼。时子寿以诗相赠,清婉可诵,复与剑峰先生论诗半日而返。

廿八日(6 月 27 日) 主。

廿九日(6 月 28 日) 大。晴。

六月初一日(6 月 29 日) 二。《榴花词和剑峰先生》:"一出涂林便着花,胭脂染就自风华。侍儿竟体多丰艳,生长西昆阿母家。""莫嫌春尽向人开,曾泛仙槎下界来。身入石家便矜宠,倚□无数好楼台。""不愿榴房生子多,红颜初嫁奈欢何。最怜团扇轻摇处,六幅红裙已带罗。""万绿丛中裹一条,阿侬心性惯藏娇。任他梅雨绵绵下,天与猩红尚未消。""日烘露浥着林绯,春色无多检点稀。好语封姨莫使性,忍教翻酒污侬衣。""鸡犬人烟别一村,我来相对也消魂。自怜妻子难轻别,折得仙枝出石门。"

初贰日(6 月 30 日) 三。晚有微疾而卧。

初三日(7 月 1 日) 主。以微疾,欲往乍浦不果。

初四日(7 月 2 日) 大。以《大清会典》及《户部则例》并信一封,寄与朱少云。其吏部内"封典"一门有:"如官曾祖父母、祖父母、父母有犯十恶大罪,及妻非礼聘正室或再醮,不许请封。"如此,则专为夫而言。若人子为母请封,例无明文。谢笪庄曾言及此,而世俗不解,往往以醮妇请封。虽其身亦是冒捐违例,甚欲借此索诈,深可痛恨,故偶记于此。

初五日(7 月 3 日) 二。

初六日(7 月 4 日) 三。

初七日(7 月 5 日) 主。

初八日(7 月 6 日) 大。

初九日(7 月 7 日) 二。

初十日(7 月 8 日) 三。

十一日(7 月 9 日) 主。连日来静养无为,今晨稍稍展诵。

十二日(7月10日) 大。

十三日(7月11日) 二。

十四日(7月12日) 三。

十五日(7月13日) 主。

十六日(7月14日) 大。是夜得雨,凉甚。

十七日(7月15日) 二。

十八日(7月16日) 三。

十九日(7月17日) 主。

二十日(7月18日) 大。连日热甚,是夜欣得大雨。

二十一日(7月19日) 二。

二十二日(7月20日) 三。

二十三日(7月21日) 主。

二十四日(7月22日) 大。

二十五日(7月23日) 二。连日雨调风润,颇恣农悦。惟时疫流行,大半从脚麻而起,数刻之间,便不可救。始盛于郡中,今且遍地矣。

二十六日(7月24日) 三。

廿七日(7月25日) 主。

廿八日(7月26日) 大。是日发书两封:以诗寄东溪,以《见闻录备采》寄旭楼丈。

廿九日(7月27日) 二。

三十日(7月28日) 三。

七月初一日(7月29日) 主。①

初二日(7月30日) 大。

初三日(7月31日) 二。

---

① 旁有"倪"字。

初四日(8月1日)　三。

初五日(8月2日)　主。

初六日(8月3日)　大。

初七日(8月4日)　二。

初八日(8月5日)　三。

初九日(8月6日)　主。

初十日(8月7日)　大。连日大雨,颇宜田禾。然时疫流行,危在顷刻。余家有老妪倪姓者,晨起犹健,饭后忽大泻并呕,午时竟以此疾终。虽年已七十,余借其服事之勤,甚为可惜。

十一日(8月8日)　二。

十二日(8月9日)　三。

十三日(8月10日)　主。晓闻愚溪外舅近患时症,兼之肝决,不胜惊惶。是日,延高闻翁诊治,竟用热药服之,颇为安静。是夜,住宿楼中,竟久不寐。至晓,视外舅病势已退,才得甘寝。

十四日(8月11日)　大。仍延文翁调理,余亦放心归家。

十五日(8月12日)　二。

十六日(8月13日)　三。晓闻愚溪外舅病势复危,急走视之,已有脱象。昨日上午犹安静,惟自诊脉象渐伏,急以后事嘱陈漱泉。漱泉极慰劳之,外舅曰:"余自知此病不起,及时能言,犹堪相嘱,缓则不复出声矣。"遂大泻数次,至夜半后,精神大惫。是日,用人参、附子、肉桂服之,亦不胀。大便已塞,小水亦利,似有起色。

十七日(8月14日)　主。仍用参剂。

十八日(8月15日)　大。神明更觉萎顿。延吴吾堂诊治,用药与文翁大同小异。

十九日(8月16日)　二。视病势已急,用人参二钱、大熟地一两。病虽转入膏肓,不过竭尽人事耳。

二十日(8月17日)　三。急延嘉善吴浩然,已无及矣。

廿一日(8月18日)　主。辰时寿终。余虽半子,承恩十五年,叨底最深。目击弥留之际,不啻如丧父母矣。

廿二日(8月19日) 大。偕三坻先生相理殓事,因撰挽联云:"一种豪情,曾借诗篇发泄;半生雅趣,还凭棋谱□传。"又:"泪洒西河,犹幸治谋启后;情深北海,空怀把酒论文。"额云:"橘隐高风。"又:"豪气犹存。"

廿三日(8月20日) 二。卯时大殓,余凭棺大恸,乃出于至情。下午,不忍久留,始得回家。

廿四日(8月21日) 三。

廿五日(8月22日) 主。

廿六日(8月23日) 大。

廿七日(8月24日) 二。

廿八日(8月25日) 三。

廿九日(8月26日) 主。

八月初一日(8月27日) 大。作《愚溪外舅哀词五十二韵》方成。

初二日(8月28日) 二。外舅之事,余代为借箸,遂与陈漱泉同至吴江酌定。便谒剑峰先生,蒙为《竹枝词》作序,落笔自然不群,读之深为快心。是夜,宿垂虹桥下。

初三日(8月29日) 三。午后到家。

初四日(8月30日) 主。

初五日(8月31日) 大。

初六日(9月1日) 二。

初七日(9月2日) 三。清晨,出吊张忆鲈。遂至吴江,过寸心楼头,以先外舅愚溪公行略求为作传。是夜,至吴门住宿。

初八日(9月3日) 主。

初九日(9月4日) 大。

初十日(9月5日) 二。

十一日(9月6日) 三。连日为小女办回盘礼物,今晨始得回家。

十二日(**9 月 7 日**)　主。

十三日(**9 月 8 日**)　大。

十四日(**9 月 9 日**)　二。

十五日(**9 月 10 日**)　三。

十六日(**9 月 11 日**)　主。为大小女文定之期,天气晴明,人多喜气。

十七日(**9 月 12 日**)　大。

十八日(**9 月 13 日**)　二。夜大雨。

十九日(**9 月 14 日**)　三。

二十日(**9 月 15 日**)　主。

廿一日(**9 月 16 日**)　大。

廿二日(**9 月 17 日**)　二。连雨今晴,有秋可望。

廿三日(**9 月 18 日**)　三。为愚溪外舅五七之期,襟弟兄同上座亭,对之不觉心伤。余不能久留,向晚即返。

廿四日(**9 月 19 日**)　主。

廿五日(**9 月 20 日**)　大。

廿六日(**9 月 21 日**)　二。

廿七日(**9 月 22 日**)　三。

廿八日(**9 月 23 日**)　主。

廿九日(**9 月 24 日**)　大。

卅日(**9 月 25 日**)　二。

九月初一日(**9 月 26 日**)　三。《读御史王艺斋家相奏疏》:"屹然砥柱当中流,蒿目东南借箸筹。入世不为一千计,主朝须出万全谋。神羊触物中藏角,威凤鸣阳快出头。淮海从今庆安甸,圣恩浩荡遍扬州①。"

————————

① "圣恩浩荡遍扬州"原为"漫言赋重是扬州",后改。

初二日(**9 月 27 日**)　主。

初三日(**9 月 28 日**)　大。

初四日(**9 月 29 日**)　二。

初五日(**9 月 30 日**)　三。

初六日(**10 月 1 日**)　主。严霜将降,疫气未除,因作《纪疫诗》。

初七日(**10 月 2 日**)　大。

初八日(**10 月 3 日**)　二。昨夜倾盆大雨,至明尚未除点。

初九日(**10 月 4 日**)　三。是日颇晴明。

初十日(**10 月 5 日**)　主。

十一日(**10 月 6 日**)　大。

十二日(**10 月 7 日**)　二。

十三日(**10 月 8 日**)　三。补录近作。《重阳将近,风雨满窗,杂书所感,得断句五首》:"几曾有厄到黄杨,生死今年哭一场。检点亲朋几人在,莫教辜负此重阳。""风雨今朝不出门,秋心的的暗清魂。眼中黑白何难辨,放下棋枰且细论。余深悲外舅愚溪先生之亡,不觉情词之激烈也。先生工棋。""中年哀乐不胜情,离别何堪是死生。莫怪潘郎头易白,病中又哭一卿卿。余友陶爱庐两次悼亡,闻之殊难为怀。""莺湖烟水便茫然,重忆平生诗酒缘。后会应须各努力,月中能得几回圆。秦半痴约余为重九之会,余以事不赴。""妻儿长夜话绸缪,但说平安不解愁。我愿千家尽欢乐,无劳常抱杞人忧。"

十四日(**10 月 9 日**)　主。趁船至吴江,喜我邑乡举共有七人,为费元镕、沈清衢、王锡晋、周知、周士钰、黄增川。而解元则张海珊,字铁夫,震泽吴溇人,入江学,博学能文。余曾识面,惜乎天不永年,先于场后十八日卒于金陵。天之厄斯文也,甚矣! 可叹可叹。

十五日(**10 月 10 日**)　大。过访剑峰先生,知已移家北门外大有桥右,结庐虽小,颇有园林之趣。时以《移居诗》见示索和。

十六日(**10 月 11 日**)　二。复至剑峰先生处。时《愚溪翁小传》初已脱稿,尚未经营尽善。余先以润笔相赠,盖欲以其苦心结构也。

适有疟疾,以致缓商。

十七日(**10 月 12 日**) 三。《和剑峰先生移居诗》云:"好为兰成赋小园,诗人踪迹本萧然。一丘一壑无多地,宜月宜风自在天。水竹恰成无稿画,耕桑也著近郊篇。从今预办菟裘计,尚少扬州十万钱。""先生原是不羁身,一病经年未出门。直北重开星斗户,向南新扫燕巢痕。白蘋绕岸前临水,黄叶沿阶半近村。著我忽添离别思,满城风雨黯消魂。重九后余时寓城东,去先生之居甚远。"

十八日(**10 月 13 日**) 主。以事至城中。

十九日(**10 月 14 日**) 大。顺帆到家。

二十日(**10 月 15 日**) 二。

廿一日(**10 月 16 日**) 三。

廿二日(**10 月 17 日**) 主。

廿三日(**10 月 18 日**) 大。

廿四日(**10 月 19 日**) 二。

廿五日(**10 月 20 日**) 三。

廿六日(**10 月 21 日**) 主。

廿七日(**10 月 22 日**) 大。

廿八日(**10 月 23 日**) 二。

廿九日(**10 月 24 日**) 三。

三十日(**10 月 25 日**) 主。

十月初一日(**10 月 26 日**) 大。

初二日(**10 月 27 日**) 二。

初三日(**10 月 28 日**) 三。灯下无事,忆及愚溪翁,作挽联云:"闻声倍凄切,想夜雨秋灯,自是难忘坐隐处;对景便①苍茫,思吴山越水,不堪重读纪游篇。"

---

① "便"原为"忽",后改。

初四日(10月29日) 主。过泮水港志松外舅家中,时内侄有完姻之事。

初五日(10月30日) 大。亲迎至青邑西城村。余驾小舟而去。是夜,大雨如注,余不能登岸,宿倪氏河边。

初六日(10月31日) 二。晓起,至金泽。饭罢,到港已中午后矣。

初七日(11月1日) 三。余酒兴大衰,不及与君挥拳轰饮,遂乘月而返。

初八日(11月2日) 主。余欲细访节烈事,至芦墟。时陈梦琴以《张贞女略节》见示,尤为可异。回舟,庞笑山以挽联告余曰:"公岂真愚,思往事,多来意外,那堪五内频摧;寿原无量,愿先生,小住人间,岂料百年犹欠。"盖为愚溪翁而作也。笔致幽折,确切此翁身分。余谓哀挽之词不切,便是陈言。况余与此翁又非寻常翁婿可比,落笔尤宜谨严。迟之又久,始得一联云:"过庭曾学雅言,慕当年山水风流,谢氏之津梁莫逮;入室尝窥秘笈,叹此日故家文献,博陵之玉轴空藏[①]。"此联自谓少脱恒径。

初九日(11月3日) 大。

初十日(11月4日) 二。

十一日(11月5日) 三。作《张贞女诗》:"贞女谁?姓张父学周,家在芦墟古渡头。聘者谁?陈家白皙子,生长梨花里。盈盈只隔一水间。所不同心者,有如分湖水。一解。无何陈子病亡凶闻至,张女涟涟泪如洗。谓是夫丧儿欲奔,发乎情者止乎礼。儿有绣花针,痛欲刺儿心。吞之不死,生亦奚为?愿与吾夫同归。二解。父母闻之,欲更新之。女曰从一,不可有二。夜瞰亲睡,密以自缢。其时乾隆三十一年事,某月某日宜备识。三解。乃有萧姓者,赁屋出宇下。不识此间贞女灵,偏以淫词为唱也。四解。孤灯莹莹,阴风冷冷。霎时扑

---

① "藏"原为"陈",后改。

灭,萧子昏不复醒。奋然忽作女声曰,尔何敢以不入耳之词来污我听? 五解。萧乃再拜女灵前,自今以后敢作狂夫言? 梦耶醉耶? 幼子忽醒焉。呜呼! 世间乃有如此事,沉埋已经一二世。六解。"

十二日(11月6日)　主。连日搜访贞烈事,以备王旭翁《见闻录》采择。

十三日(11月7日)　大。

十四日(11月8日)　二。

十五日(11月9日)　三。

十六日(11月10日)　主。

十七日(11月11日)　大。是日,访得一节妇。顾氏,怀家汇二十八都中珝珦圩村民钮廷柱妻。年二十二,夫亡,无出。自乾隆五十八年守贞至道光元年,现年五十岁。

十八日(11月12日)　二。

十九日(11月13日)　三。

二十日(11月14日)　主。

廿一日(11月15日)　大。是日,闻陶爱庐凶信,不觉情为之痛。爱庐自悼亡后,郁抑成疾,竟致不起,盖死于情者。与余交十年,虽未曾同患难、励名节,然观其为人,慷慨仗义,有古烈士风,性情默相契合。其笃于夫妇,即见其笃于友朋,惜乎天夺之去,吾党中又少一执友矣。

廿二日(11月16日)　二。

廿三日(11月17日)　三。闻北场又中二人,系梨里蒯氏子,殊出意外。

廿四日(11月18日)　主。闻从兄以忠忽归道山。家贫子幼,殊为恻然。

廿五日(11月19日)　大。

廿六日(11月20日)　二。①

廿七日(11月21日)　三。昨得寒疾,今晨小愈。《书斋静坐,追悼爱庐之亡,不觉情词之交并也》:"传来恶信太无端,例有盟言岂易寒②。离合十年神独契,死生一夕话犹酸。英雄儿女偏成恨,月地花天太少欢。毕竟安仁③情不死,青衫和泪未曾干。君以悼亡致虞。""曾向篱边两度过,霎时裙屐渺□河。谈天有口欢逢少,排难无人巧避多。一种豪情谁领略,半生侠骨暗销磨。可堪寂寞江湖畔,埋没人间一太阿。"④

廿八日(11月22日)　主。《哭从兄鹤汀嗣锋》:"宗支零落半泥涂,品谊如兄检点无。薄取砚田分与侄,兆修家谱绘成图。贫能焚券真奇事,老未传经奈此孤。一领青衫莫愁绝,此间何士不菰芦。"

廿九日(11月23日)　大。

三十日(11月24日)　二。

十一月初一日(11月25日)　三。

初二日(11月26日)　主。

初三日(11月27日)　大。

初四日(11月28日)　二。至东溪斋中,言及爱庐之亡在十月初十日,始得实信。

初五日(11月29日)　三。晓,至爱庐灵前一拜,不觉泪为之下。余亦不能久留,舟中竟为废书长叹者久之。是夜,与东溪言及张

---

①　原文此后尚有"自廿二日起,改二为三"两句,作者删去。

②　"传来恶信太无端,例有盟言岂易寒"原为"别时容易见时难,屈指交游一再弹",后改。

③　"安仁"原为"潘郎",后改。

④　原文尚有诗一首:"病危何日没何时,隔着烟波未尽知。一错难为知己铸,昨宵仍系故人思。当年相见犹嫌晚,此日重来亦太迟。忍向君家成一哭,泪痕和墨写于诗。"作者删去。

铁夫才得科名,已归地下,东溪有挽词云:"空有科名能盖世;不教妻子一凭棺。"二语确切。

初六日(11月30日) 主。晚归。

初七日(12月1日) 大。

初八日(12月2日) 二。

初九日(12月3日) 三。

初十日(12月4日) 主。时接读剑峰先生所撰愚溪翁小传,较原稿更为作意。

十一日(12月5日) 大。

十二日(12月6日) 二。撰《朱节妇蒋氏小传》:"蒋氏为二十八都枝黄圩村民朱盛德妻。乾隆五十二年,氏年十八,归于朱。盛德嗜酒好博,每出外归家,身无完裤。后得瘵疾,终岁卧床。氏为之给其衣食,力侍汤药,典衣典钗,毫无怨色。年二十六,盛德亡,无出。盛德有弟,贫,未娶。氏日夜图维,将房屋出典,以其馀资力权子母,为叔娶妇生子,以长为夫后。而自以纺织为业。数数十年,子已成婚,俾得先复旧宅,皆之力也。自乾隆五十九年贞至道光元年,时年五十有二。"

十三日(12月7日) 三。

十四日(12月8日) 主。晚泊吴江。

十五日(12月9日) 大。过四桥处,谈诗半日。即同至剑峰处畅谈。日晚归舟。

十六日(12月10日) 二。午返。

十七日(12月11日) 三。周蓉村表兄访得一节妇金氏,为三都坡字圩钱育万妻。年二十三,夫亡。自乾隆十年贞守至嘉庆六年,卒年七十有九,苦节五十七年。

十八日(12月12日) 主。

十九日(12月13日) 大。

二十日(12月14日) 二。

廿一日(12 月 15 日)　三。

廿二日(12 月 16 日)　主。

廿三日(12 月 17 日)　大。

廿四日(12 月 18 日)　二。

廿五日(12 月 19 日)　三。

廿六日(12 月 20 日)　主。

廿七日(12 月 21 日)　大。《生子诗为双南从兄赋》:"同祖诸昆季,屈指凡有九。存者三之二,兄性为最厚。年华四十馀,继起①尚未有。时逢对床眠,郁郁不出口②。家人多私愿,阿弟同拜手。祝兄一瓣香,仁者宜有后。今年十月冬,春信蕴蓄久。乍闻岭上梅,忽报稊生柳。兰玉发阶前,喜气盈户牖。奚必试之啼,闻声非瓦缶。生儿勿多才,多才实多咎。请看世禄家,几人能固守。但得读父书,何须印如斗。我言或警众,兄不以为否。传家本何物,惟孝兼□友。内行孰如兄,后来期无负。阿咸若有③知,诗记竹林某④。"

廿八日(12 月 22 日)　二。欲至江城,为风大所阻。

廿九日(12 月 23 日)　三。急于赴江,开船。至北舍港,风更大,泊舟玩墅,夜宿,得诗云:"江湖冷落此扁舟,自入冬来尚出游。正要奇寒炼奇骨,任他风雪打船头。"

十二月初一日(12 月 24 日)　午候至江。主。

初二日(12 月 25 日)　大。返。

初三日(12 月 26 日)　二。

初四日(12 月 27 日)　三。

---

①　"继起"原为"男儿",后改。

②　"时逢对床眠,郁郁不出口"原为"对床纵无言,默默不出口",后改。

③　"若有"原为"纵无",后改。

④　"诗记竹林某"原为"诗可铭座右",后改。

初五日（12月28日）　主。

初六日（12月29日）　大。得书田覆音，拙稿、石刻俱已收到，续刻雪公诗随即发还。小传内斟酌几字，颇为惬心。

初七日（12月30日）　二。夜雨连绵，杂书所感，得七律三首。

初八日（12月31日）　三。

初九日（1822年1月1日）　主。到江已晚，泊舟西门，与四桥丈夜话。时以雪床上人续刻诗相质，四桥嫌七古、七律俱要斟删，即嘱其校阅一过。

初十日（1月2日）　大。为入泮之期。辰，答新孝廉周知。返，到吴寄松家。饭罢，即到沈鹤峙家，送其子刚中入泮。是夜，鹤峙极欲拉余一宿，余急于归家，仍宿舟中。

十一日（1月3日）　二。晓过剑峰先生处，近作即烦点定。还到舟中，夕阳已在树杪矣。放舟至施家库，天色已暮。闻路上多行舟被劫者，遂住宿焉。舟中寂岑，忽得七律一首云："白云黯淡水无声，欲雪天工酿未成。鸿雁遇寒乡思切，江湖多盗客心惊。隔烟同伴自相语，孤月荒村不记名。曾作散人我亦得，笔床茶灶一舟轻①。"

十二日（1月4日）　三。早归。

十三日（1月5日）　主。连日冻云不开，知有大雪。今晨忽得晴明。

十四日（1月6日）　大。

十五日（1月7日）　二。《分湖小识》草本二册，楚楚录就。寒夜有得，即书："老圃霜寒一夜添，绵衣补缀到纤纤。人无风骨花愁冷②，□□刚肠酒怕甜。避俗真如逃债急，课诗直比索逋严。清闲福

---

①　"曾作散人我亦得，笔床茶灶一舟轻"原为"与世浮沉吾未惯，暗中心事为谁明"，后改为"安得忘机似鸥鹭，沉浮与世即无争"，后改。

②　"愁冷"原为"含笑"，后改为"先老"，后改。

分难抛却,珍重①光阴肯少淹。"

十六日(1月8日) 三。

十七日(1月9日) 主。

十八日(1月10日) 大。

十九日(1月11日) 二。饭后到江,送庞节母吴太孺人之葬。

二十日(1月12日) 三。到仓,知完者颇少,办理照去年一石三斗三升半完,正米一石外加斛过楮不等,仓斛照平斛格平要大三升。

廿一日(1月13日) 主。返。

廿二日(1月14日) 大。整顿完糟。

廿三日(1月15日) 二。到江已晚,住宿东仓前。

廿四日(1月16日) 三。米发二厫,余进厫米三佰十袋,楮提六袋,连领头,斛见正米一百一五石六斗八升七合六户,以先子讳一户,盖面。

廿五日(1月17日) 主。逢朱少云昆季在仓。伊侄霭亭以"天然好学斋"五字求剑翁书。

廿六日(1月18日) 大。以《分湖小识》二册就正剑翁,不遇而返。

廿七日(1月19日) 二。冒雨至剑翁处,盖受霭亭所托也。先生对客挥毫,一无难色。并作跋语云:"往闻仓山叟云:'人不聪明,不知好学。'眉山云:'旧书不厌百回读。'才悟如此,而犹嗜古,宜其超逸百代矣。"迅笔直书,钦佩钦佩。回至二厫上,时大房有米登场,进厫米六佰卅五袋,楮提十二袋。又领头额外,奉送一袋,不登帐。斛子照余要大半升。是日,风雨连绵,家兄冒险而来,亦可谓急公办赋矣。

廿八日(1月20日) 三。余有米登场,原发二厫,进厫米五百八十五袋,楮提十袋,领头四斗九升一袋,斛见正米二百〇三斗六升七合,照上回吃亏四五合。斛子与前相同,半斛加二升格半,楮且少

---

① "珍重"原为"分寸",后改。

提,想斛手有重轻之别。

廿九日(**1 月 21 日**)　主。遇雨而返。

三十日(**1 月 22 日**)　大。天雨雪,寒甚。新开家酿一坛,大醉而寤。

道光二年壬午元旦日(1822 年 1 月 23 日)　二。风自西北来,日出有光。向晚天色微阴,冻云漠漠,似欲酿成一番大雪。

初二日(**1 月 24 日**)　三。大雪四五寸,水始冰。

初三日(**1 月 25 日**)　主。积雪未销。

初四日(**1 月 26 日**)　大。过松荫草堂,时梅蕊初含,雪花狼藉。当日咏絮才华风流,顿尽直作一场春梦耳。人孰无情,谁能遣此①?

初五日(**1 月 27 日**)　二。

初六日(**1 月 28 日**)　三。大雪复作。

初七日(**1 月 29 日**)　主。晴。《内子新蓄瓶菜,颇佳》:"霜根雪叶数家常,纤手分来几瓣香。百瓮骄人嫌太陋,一盘媚②我要亲尝。借用杜诗。橙黄橘绿多生色,玉糁金齑无此方。自是加餐须努力,闲中滋味尽深长③。"夜间,偶读查初白《直庐集》中《史蕉饮前辈招集一亩园分韵》诗"世上官情闲最好,诗中淡味炼难成"句,深得作诗三昧。盖诗不难于浓艳④,而难于淡泊。自古以来,□□歌者,学谢多于学陶,唐则李、杜、元、白,取法最夥,而学韦公者寥寥,惟□□□,薄则无味,能于太元之中,而自出至味,戛戛乎难言之矣。查公非深于斯道,或不能言。(页眉:杜诗:"畦蔬绕茅屋,自足媚盘飧。")

---

①　"谁能遣此"原为"能不悲哉",后改。

②　"盘媚"原为"瓶遗",后改。

③　"自是加餐须努力,闲中滋味尽深长"原为"欲媚盘飧当献岁,大烹以后味偏长",后改。

④　"浓艳"原为"华富",后改。

初八日(1 月 30 日) 大。大雪复作而更甚焉。作《积雪诗》云："朝云暮雨两沉沉,墙角篱边几寸阴。湖海尽埋豪士气,冰霜直透□人心。庭虽有絮谁为咏,□□□□欲耐寻。我是山中高卧客,漫来尘世作狂□。"前诗未惬,偶登揽胜阁观雪景有悟,作歌:"九天咳唾真如戏,抛珠掷玉随风①弃。霎时②变成水晶宫,高下楼台银色异。神仙世界疑③非遥,一望蓬壶咫尺地。岂知乃是妆点成,虚无缥缈偶然寄。积成绢素那有本,假作林峦已无际。鹭鸶飞破漠漠田,花柳绕出村村势。文章入妙通乎神,一著经营便少味。世人极意事粉饰,东涂西抹那能至④。一入新年三见白,造化或者有深意⑤。冰霜刻露幽人心,湖海沉埋壮士气。登高欲披豁达胸⑥,硬呵冻笔字涂鸦,当作壬午观雪记。"

初九日(1 月 31 日) 二。晴。

初十日(2 月 1 日) 三。有二新进来送试草,一王仲修,一沈清源。

十一日(2 月 2 日) 主。

十二日(2 月 3 日) 大。下午,顾梦花、沈秀亭来,一云巢先生娇客,一先子令子,盖为先生遗稿将谋付梓。余慨然首助。两卷约□□万字,每□七千。

十三日(2 月 4 日) 二。《云巢先生遗稿,同人将谋付梓,诗以志

---

① "随风"原为"泥沙",后改。

② "霎时"原为"顷刻",后改。

③ "疑"原为"本",后改。

④ "文章入妙通乎神,一著经营便少味。世人极意事粉饰,东涂西抹那能至"原为"世间万事多粉饰,欲求真朴乃无弊。不然穷极繁华境,转眼风花易沦替",后改。

⑤ "造化或者有深意"原为"造物于此有深意",后改。

⑥ 原文此后尚有"一揽易尽全村势"一句,后改为"一揽未尽冶游思",后改为"□寒易出清净思",作者删去。

喜》:"六载星霜感逝波,编诗年月易蹉跎。文章愿与名流共,风谊每从师友多。老手删存宁割爱,集为张舻江先生所删定。及门传写善防讹①。时编次十卷,皆及门分写而成。瓣香特为南丰祝,此集②千秋定不磨。"

十四日(2月5日) 三。晚过吴友江家,时伊弟寄松同来夜话,作文字之饮,殊为欢适。

十五日(2月6日) 主。晓至北门外,过③剑峰先生,适④费在轩同来在座。在轩名士玑,嘉庆庚申顺天□元,丁丑大挑一等,分发⑤贵州知县。闻其精于注疏、议论,颇有天趣。曾登黄鹤楼,记楹帖一联,甚为击赏不置:"栏杆下滚滚波涛,任千古英雄,挽不住大江东去;窗户间沉沉日月,尽四时登眺,几曾见黄鹤飞来?"时为予诵之⑥。(旁批:义夫。颜叔子。《毛诗传》:昔颜叔子独处于室,邻之嫠妇亦独处于室。夜雨坏屋,妇人趋至,叔子纳之,使秉烛达旦。蒸尽,揗屋而继之,自谓避嫌不审也。)

十六日(2月7日) 大。二厩上找领。余进厫米三百九十五袋,斛见正米一百卅七石〇三升八合,二百袋无楮,一百九十五袋,连领头四斗四升有零,斛三根筹。

十七日(2月8日) 二。大房四兄找领,进厫米一百九十八袋,连领头壹斗几升,斛两根筹。划出六十袋无楮。

十八日(2月9日) 三。雨。

十九日(2月10日) 主。晓起开船,到家已中午矣。

---

① "老手删存宁割爱,及门传写善防讹"原为"有几故人精校勘,最难诸弟善吟哦",后改。

② "此集"原为"永祝",后改。

③ 此处有旁批:"道光壬午上元日,走谒顾。"

④ "适"原为"处谈,顷晤",后改。

⑤ "在轩名士玑,嘉庆庚申顺天□元,丁丑大挑一等,分发"原为"系庚申举人,拣选一等,作",后改。

⑥ "时为予诵之"原为"当此对语,其胸怀可知",后改。

二十日(**2月11日**) 　大。四见大雪。

廿一日(**2月12日**) 　二。连夜大雪，日中尚未止。

廿二日(**2月13日**) 　三。雨雪纷纷。

廿三日(**2月14日**) 　主。稍有晴色。

廿四日(**2月15日**) 　大。复雨。

廿五日(**2月16日**) 　二。冒雨至吴江。时地上泞泥，入城出城，亦事之无可推诿也。

廿六日(**2月17日**) 　三。留滞仓场，二鼓归舟。

廿七日(**2月18日**) 　主。住宿下塘。

廿八日(**2月19日**) 　大。天寒，阴雨。客况无聊，乃过四桥处闲话半日。四桥饮余佳酿，出自绍兴，藏诸三年□。四桥曰："此酒非诗人不设。"余愧不敢当也。是夜，饮至二鼓而返。

廿九日(**2月20日**) 　二。重过四桥处，邀余对酌，并设面食。

三十日(**2月21日**) 　三。

二月初一日(**2月22日**) 　主。颇有晴色。时久不见日，对之不啻如小儿之爱父母矣。饭后，接读四桥见赠诗，中云："夫君多实意，此事独虚心。"余以四桥今岁闲居，分赠杖头钱，以为买醉之资，并以旧作一卷相质，而四桥已见诸吟咏，其心心相印如此。

初二日(**2月23日**) 　大。余以四桥昨惠佳酿，醺醺有味，忽得一诗云："难得周公瑾，相交恰似□。□□高唱入，□到劝酬频。寒夜真知己，春风枉醉人。一杯须努力，宿草又从新。谓寄林表兄、礼堂前辈。"其中"枉"字乃四桥所改，原本"未"字不醒，无味。

初三日(**2月24日**) 　二。归家已晚。

初四日(**2月25日**) 　三。

初五日(**2月26日**) 　主。

初六日(**2月27日**) 　大。过陈墓舍妹处，见汪士鋐楹帖五言一幅，属古雅可喜。

初七日(2月28日)　二。梨里汝南村旧有《修禊图》,余曾为题句。迄今展卷,自愧前诗率尔,本不足存,因为抽□,重题二绝云:"依然胜景属吾徒,觞咏风流入禊湖。欲向兰亭摹粉本①,茂林修竹有人无。""雅意同将文字传,桃花流水结前缘。永和人物休重忆,弹指图中又几年。图写于乙亥年。"

初八日(3月1日)　三。以"养馀斋""揽胜阁"二额求竹堂隶书。

初九日(3月2日)　主。

初十日(3月3日)　大。阴雨霏霏。

十一日(3月4日)　二。正月十六日从"主"轮起,是日"大"。

十二日(3月5日)　二。

十三日(3月6日)　三。让些。

十四日(3月7日)　主。陈潄泉来,以先舅葬事相商。余以搭厂之事,嘱人办理。主厂三丈六尺长、一丈八尺深、二丈七尺高。灰厂、饭厂约略而成。(旁批:贤子孝己。《帝王世纪》:"高宗有贤子孝己,其母早死,高宗惑后妻之言,放之而死,天下哀之。")

十五日(3月8日)　大。

十六日(3月9日)　二。连日风雨霏微,似作春阴光景。

十七日(3月10日)　三。是夜,为愚溪先生作挽词十一首,以八人出名。

十八日(3月11日)　主。

十九日(3月12日)　大。

二十日(3月13日)　二。

廿一日(3月14日)　三。

廿二日(3月15日)　主。《食江鲚有作按,鲚即鮆鱼,〈尔雅〉谓之刀鱼,〈毛诗〉谓之鱽鱼》:"客从崔市来,遗我双鱼尾。呼儿□□□,芼焉佐

---

①　"欲向兰亭摹粉本"原为"莫向兰亭访真迹",后改为"若向兰亭写真迹",后改。

以醴①。是时桃未华,屈指二月底。何敢怨非时,此物亦云旨。吴儿食争先,价高风味美。波及江乡者,已为城市耻。谁能甘淡泊②,力欲驱华靡。食鱼必河鲂,岂是衡门士。"

廿三日(3 月 16 日) 大。

廿四日(3 月 17 日) 二。

廿五日(3 月 18 日) 三。

廿六日(3 月 19 日) 主。

廿七日(3 月 20 日) 大。时笑山以脚疾归家,余为权课。

廿八日(3 月 21 日) 二。至梨里,过秀亭馆中,以尊甫云巢先生刻资奉送。时遗稿尚未付刻也。

廿九日(3 月 22 日) 三。上午权课。下午至东阳襄理丧事。

三月初一日(3 月 23 日) 主。逗留东阳,下午遇雨而返。

初二日(3 月 24 日) 大。逗留东阳,下午步行而返。

初三日(3 月 25 日) 二。以馆课不赴。

初四日(3 月 26 日) 三。延沈霞塘权课儿辈。

初五日(3 月 27 日) 主。夜间,霞塘以事回家。

初六日(3 月 28 日) 大。权课儿辈。

初七日(3 月 29 日) 二。

初八日(3 月 30 日) 三。

初九日(3 月 31 日) 主。课诵无聊,翻阅苏诗,至《夜卧濯足》,诗中云:"明灯一爪剪,快若鹰辞鞲。"以快事入诗语,便觉朽腐皆神奇矣。余年未四十,无出外奔走之劳,而足上多茧,两月内必思剪。忆得此诗,不啻先获我心。

初十日(4 月 1 日) 大。

---

① "茗焉佐以醴"原为"长日酌以醴",后改为"长跪佐以醴",后改。

② "甘淡泊"原为"不言俭",后改。

十一日(4月2日)　二。《连日权课有得,□□诗以□□》:"心事蹉跎三十馀,□□□日赋闲居。粗□花径聊通客,略置田园为读书。短柳横斜结篱落,小桃指点露村墟。此中容得逃名士,门外无劳长者车。""生长菰芦傍水滨,敝庐犹在忆先人。燕巢有垒毋忘旧,花萼无言总是春。乐事休为外人道,好怀毕竟自家真。莫将此福轻抛弃,吟入诗篇句亦珍。""深柳堂开晓课儿,旁人未免笑余痴。不知若辈成何用,且谓尔曹须及时①。识字岂真明忧患,读书原不尚文辞。纷纷梨栗何堪觅②,重忆渊明责子诗。""世事粗谙欲闭门,孤怀愁绝③与谁论。人多奇气方成事,生是庸儿④莫报恩。芳草天涯长寂寂,落花雨夜故昏昏。平生知己那堪数,双眼频频积泪痕⑤。"

十二日(4月3日)　三。

十三日(4月4日)　主。

十四日(4月5日)　大。祖坟上一一祭扫。

十五日(4月6日)　二。下午,率青儿至武陵送嫁。

十六日(4月7日)　三。

十七日(4月8日)　主。是夜,同诸公小饮,甚为欢适。

十八日(4月9日)　大。下午归家。

十九日(4月10日)　二。

二十日(4月11日)　三。

廿一日(4月12日)　主。时愚溪翁遗诗已刻好,样本寄来。

廿二日(4月13日)　大。

----

①　"须及时"原为"树此基",后改。

②　"纷纷梨栗何堪觅"原为"前途努力□加劝",后改。

③　"孤怀愁绝"原为"空斋兀坐",后改。

④　"儿"原为"流",后改。

⑤　"平生知己那堪数,双眼频频积泪痕"原为"只鸡斗酒真堪痛,知己平生欲断魂",后改。

廿三日(**4 月 14 日**)　二。

廿四日(**4 月 15 日**)　三。

廿五日(**4 月 16 日**)　主。

廿六日(**4 月 17 日**)　大。

廿七日(**4 月 18 日**)　二。晓起,赴秦啸庐之约。舟出杨家荡,狂飙忽起,幸余有定力,戒舟子勿恐,逆浪而上,至六里舍,日犹未午。是夜,宿殷氏书楼。

廿八日(**4 月 19 日**)　三。以番饼□□枚托东溪办纸章,印《浙东游草》三佰本,遂返。

廿九日(**4 月 20 日**)　主。

三十日(**4 月 21 日**)　大。

又三月初一日(**4 月 22 日**)　二。

初二日(**4 月 23 日**)　三。

初三日(**4 月 24 日**)　主。同石桐甫西房圩内定沈芝如葬穴,甲庚向,共五穴,主芝如夫妇;上首参前五寸,两孺君;□首参前一尺,芝如长子。

初四日(**4 月 25 日**)　大。柯亭约为金兰之会,得读梦琴近作,颇有佳句。

初五日(**4 月 26 日**)　二。

初六日(**4 月 27 日**)　三。同石桐圃到祖茔上正向。

初七日(**4 月 28 日**)　主。

初八日(**4 月 29 日**)　大。

初九日(**4 月 30 日**)　二。

初十日(**5 月 1 日**)　三。是日,雨窗无事,乃作《九老诗》。

十一日(**5 月 2 日**)　主。诗成,忘却一老,拟于梦琴处补和也。

十二日(**5 月 3 日**)　大。《九老诗》改好,颇有作意。

十三日(**5 月 4 日**)　二。顷袁雨寰业师见过,谈及袁孝子,字学周,母病,曾割肝医母。有司闻于朝,为旌其门。孝子父某,世居孙家浜,后迁至南浔镇,家遂中落。孝子之孙复归旧居。至今堂前①有雍正二年乌程县旌扁。

十四日(5月5日)　三。

十五日(5月6日)　主。下午大风雨。

十六日(5月7日)　大。

十七日(5月8日)　二。

十八日(5月9日)　三。本村观剧。

十九日(5月10日)　主。

二十日(5月11日)　大。

廿一日(5月12日)　二。

廿二日(5月13日)　三。至吴江,先过剑峰先生处,以近诗相质。夜间,四桥絮语绵绵,二鼓下船。

廿三日(5月14日)　主。同四桥过植庵处,并访其所为复园者。植庵索余题词,余得一句云:"诗与名园一样荒。"诗思不续至而止。时出示国初诸公与吴汉槎手札,真墨宝也。午后,同过剑峰先生处,并留小酌。先生贫病相连,垂老归来,诗人之穷,无有过于此者。念之不胜扼腕。时以《朱孝子行略》相质。

廿四日(5月15日)　大。饭后返棹。

廿五日(5月16日)　二。昨王山桥妹婿以张晓堂《牡丹诗》索和,并欲次韵,余乃口授三首而去。今录出云:"重逢三月艳阳天,花露精神十陪妍。难得世家善培植,繁华领取自年年。""人影花光共一天,不逢名士漫争妍。谪仙去后无销息,零落春风八百②年。""不成慧业不生天,老去才华不尚妍。若对花枝莫惆怅,浴阳争及太平年。"

廿六日(5月17日)　三。正欲作诗,适为俗事相扰。

---

① "堂前"原为"厅堂上",后改。

② "八百"原为"一万",后改。

廿七日(**5 月 18 日**)　主。成诗三首:《观国初诸公寄吴汉槎手札》七律一首、《复园纪游》五古一首、《望云楼诗集题词》七古一首。

廿八日(**5 月 19 日**)　大。过陈梦琴处,以《得闲集》四卷托致郭频伽删存,并求作叙。席间,重读梦琴《九老诗》,颇有清味。并诵叶十一《老尼诗》云:"十丈红莲都净业,一房青豆亦冬心。""都净业"三字,频翁易"已妄色",云出《法苑珠林》,较原本颇为新异。又诵《老□诗》云:"鹦鹉楼台清似水,琵琶门巷冷于秋。"改翁清才澡雪,□愧于此种笔墨,洵□□也。曾书女尼楹帖,甚为传诵:"不道月痕淡,零落天花秋梦醒;自怜灯影瘦,丛残心事夜香多。"《赠慧海主人》云:"柳丝绿间小桃红,头白清修丈室中。千遍金经千遍佛,不知门外有东风。"盖可取而不可学也,学则易流轻薄。取其风调,未始非诗道中之一助云。(旁批:歌类。虞公。《七略》:"汉兴,善歌者鲁人虞公,发声动梁上尘。")

廿九日(**5 月 20 日**)　二。

舞类。柘枝颠。沈括《梦溪笔谈》:"寇莱公好《柘枝舞》。会客必舞《柘枝》,每舞必尽日,时谓之'柘枝颠'。"

幺凤舞。《洛阳伽蓝记》:美人徐月华善歌箜篌。永安中,与卫将军源士康为侧室。徐谓康曰:"王有二美姬:一曰修容,一名艳姿。并蛾眉皓齿,洁貌倾城。修容亦能为《绿水歌》,艳姿尤善《幺凤舞》。"

壬午日记(癸未附录)

九月初九日(**1822 年 10 月 23 日**)　兑隆□□三钱四分五□四枝,一百九十。

道光二年四月初一日(**1822 年 5 月 21 日**)　三。

初二日(**5 月 22 日**)　主。《壬午初夏晚,过吟琴读画楼,赋赠梦琴主人》:"仙家无此好楼台,几见诗人得得来。桐影到窗先客上,灯花隔夜为谁开①。句传老手真无敌,君为余诵叶十一《老尼诗》云:'十丈红莲已妄色,一房青豆亦冬心。'相与击赏不置。琴遇知音愧不才。君以拙著《得闲集》转呈郭频翁删定。同向清华占福分,如君修到已成梅。"

初三日(**5 月 23 日**)　大。叶诗"一房青豆",用梁简文帝《与智琰法师书》:"辩论青豆之房,遣惑赤花之舍。"颇为典切。

初四日(**5 月 24 日**)　二。《与梦琴书》云:"前在读画楼中,放开怀抱,畅所欲言。并将数年覆瓿之物,一齐拓出。△不自藏拙,竟欲自媒于西子之前。乱头粗服,其能免老阿婆一笑耶?然②士之得逢知己,与女之得逢悦己,如出一例。我吴诗教,自仓山叟独开生面,天下翕然从之,一洗归愚③宗派。数十年中,老成凋谢,大江南北,无复主持。而郭频翁以一布衣,得扶大雅,视仓山为难。然而一面未通,

---

①　"桐影到窗先客上,灯花隔夜为谁开"原为"桐影一窗先客上,夕阳三径为谁开",后改。

②　"然"原为"窃谓",后改。

③　"归愚"原为"归愚老人",后改。

蛾眉欲老,苟不及时就正,是犹皓月当前,而甘心错过,可乎?荷蒙足下极意先容,广为集益①。昨以拙集呈正频翁,此文字之缘,功德无量。我辈但当合十虔颂而已。《北溪草堂诗集》二册,特检出奉览。此老虽有刻本,流传绝少,祈宝藏是荷,勿为外人攫去也。外奉小诗一律,附便呈正。并候近好,不宣。"

初五日(5月25日) 三。

初六日(5月26日) 主。过访平川赵竹安,并晤俞思涛。时思涛下帷竹安家。是夜,住宿东溪楼头。余属钱谷云书仪门上"流青擢秀"四字,盖取"月路流青,云门擢秀"句也。赵海香问余出处,余实不知,此句须待查访。

初七日(5月27日) 大。以近作示东溪,东溪为余定其可否。并读其为《寄云阁记》,笔意颇佳。

初八日(5月28日) 二。

初九日(5月29日) 三。清晨,忽闻东溪凶问,急棹舟至平望。知己入殓,一棺在堂,四座皆悲。余与东溪暂别一日,是夜客来,意兴颇浓。二鼓后,罢酒,尚能健饭。上楼,和衣酣寝。四鼓后,家人闻其痰声如雷,始讶,入唤,已不能应。医来无及矣。呜呼痛哉!平生知己又弱一个,不觉抚膺大恸也。偶得挽联云:"暂别离便成千古,悲罢还悲;深结契不觉廿年,痛又思痛。"欲作挽词,尚未动笔。

初十日(5月30日) 主。是日为东溪殓期,与诸同辈应酬一日。下午,纷纷皆散。

十一日(5月31日) 大。与竹安商酌传志请何人动笔。余嘱竹安先起行略草本,约诸同人群为补缀。

十二日(6月1日) 二。余不能久留,急买一舟而还。

十三日(6月2日) 三。

十四日(6月3日) 主。作东溪挽词五古四首。

---

① "广为集益"原为"引人入胜",后改。

十五日(6月4日)　大。

十六日(6月5日)　二。

十七日(6月6日)　三。

十八日(6月7日)　主。冒雨至江,过剑峰先生处,颈疡莛蔓已及两眼,诗中斟酌之处,精神不浃,尚未惬心。下午,以诗寄四桥丈,托其转致植庵。

十九日(6月8日)　大。完银已毕,仍到四桥处谈诗。下午,吴友江留饮。夜分,返宿舟中。

二十日(6月9日)　二。邵氏留饮,乃余表姊尚在也。

廿一日(6月10日)　三。舟返。余以事,住宿五芝堂。

廿二日(6月11日)　主。早上,先外舅请封违例一案,蒙王锡蒲父台断结。一心如冰,两袖清风,难得如此廉吏也。

廿三日(6月12日)　大。归。

廿四日(6月13日)　二。期友江不至。

廿五日(6月14日)　三。

廿六日(6月15日)　主。

廿七日(6月16日)　大。

廿八日(6月17日)　二。

廿九日(6月18日)　三。子侄辈自从病后,学业久荒。幸有沈霞塘为之权课,亦可少慰余心也。

五月初一日(6月19日)　主。大雨如注。

初二日(6月20日)　大。漱泉邀余至吴江。

初三日(6月21日)　二。《夜宿五芝堂,题壁》:"小潇湘外草萋萋,宁氏池塘漫寄题。一夜江南梅雨足,梦回犹听鹁鸪啼。"

初四日(6月22日)　三。自儿病后,久应顾春岩,用人参白火汤服之,甚为安适。

初五日(6月23日)　主。

初六日(6月24日) 大。

初七日(6月25日) 二。《复王旭楼姻丈书》:"前月接奉手书并拙著两种,匆忙展阅,未暇报命。蒙谕《小识》人物内,无甚可传,宜从简略。此乃著述家第一高见。盖书以人传,人以事传,其人其事均不足传,则书亦仅属虚语耳。惟是僻壤偏隅,人材难得。树谬加纂辑,不过代为搜罗,岂敢漫言问世哉?至《胜溪竹枝词》,拟欲单刻一种,俾分湖文献,略见一斑。冷痴之诮,其何能免。老姻伯著述为娱,定为开示。他日过访高斋,与闻商榷,谅不以伧父面目挥诸门外也。三年阔别,结契殊深,专为肃请道安,不宣。"

初八日(6月26日) 三。《得闲集》频伽已删定改易几处,甚为惬心。知于此道用功深矣。惟古文无真气,乃频伽之受禀使然。

初九日(6月27日) 主。昨日与竹堂定一约,正数大衍,领头四数。

初十日(6月28日) 大。《晓至吴江,口占一绝》:"出门犹见月微黄,一棹延缘芦苇旁。六月行人须早起,野风吹送葛衣凉。"时凉风习习,清气袭人。午后归家,稍有暑气。

十一日(6月29日) 二。

十二日(6月30日) 三。

十三日(7月1日) 主。移室到新居。

十四日(7月2日) 大。

十五日(7月3日) 二。

十六日(7月4日) 三。抱恙至城中,为东阳事切也。

十七日(7月5日) 主。归。适感时病,身子愈觉不快。

十八日(7月6日) 大。强起闲步。

十九日(7月7日) 二。晓覆东阳。

二十日(7月8日) 三。

廿一日(7月9日) 主。

廿二日(7月10日) 大。

廿三日(7月11日)　二。偶捡旧稿中得悼亡楹帖一联:"廿四番花信匆匆,枉盼断夫胥封侯,凄绝魂归黄土;一百日因缘草草,并触起平生旧恨,重教泪湿青衫。"

廿四日(7月12日)　三。

廿五日(7月13日)　主。

廿六日(7月14日)　大。卯时,秀山二兄新得一子。是日己亥,日子颇吉。一家之中,传闻异词,顷以得犹子为幸。岂知堕地无声,乃是一女,岂为熊罴作先导耶?(页眉:壬午年丙午月己亥日卯时。)

廿七日(7月15日)　二。

廿八日(7月16日)　三。

廿九日(7月17日)　主。

六月初一日(7月18日)　大。

初二日(7月19日)　二。

初三日(7月20日)　三。

初四日(7月21日)　主。以事至江城。

初五日(7月22日)　大。闻剑峰先生病体转剧,匆忙未及一视,心实耿耿。到家已四鼓矣。

初六日(7月23日)　二。

初七日(7月24日)　三。得书田书,闻去冬有祝母、悼亡二事,以致身抱微痾,近已就痊,深慰。悬念故人情重,蒙惠《陈忠裕公[1]全集》,拙著《得闲集》已细细点定。余匆匆答书,自愧毫无寸报也。

初八日(7月25日)　主。

初九日(7月26日)　大。补录覆书田小札:"客岁冬杪,接诵覆音,稍慰悬念。嗣后便鸿久乏,契念殊深。兹幸得奉手书,借悉尊体

---

①　陈子龙(1608—1647),字人中,更字卧子,号大樽,云间(今上海)人。崇祯十年进士。复社、几社成员。著有《陈忠裕公全集》。

前抱微疴,近已就痊,欣慰奚似。惟是鼓盆之痛,究宜达观。足下闲居养志,此乐亦人生难得之境,勿作儿女情怀,长此郁郁也。接读惠题之作,未免过誉。拙稿内受教良多。蒙惠《陈裕公全集》,感谢之至。雪公续诗,因在相好处,尚未付梓。或俟今奉访,再就高明商榷。△自四五月间,奔走碌碌,颇少吟咏,实不堪为知己告耳。草此布覆,不宣。"

初十日(7月27日) 二。"前读东溪挽词,如闻邻笛哀音,令人凄婉欲绝。兄与东溪一面才通,便成心契,何况数年知己。一旦死生永隔,对此母老子幼,能不伤心? 古人云:'中年以往,伤于哀乐。'弟未到中年,哀乐相寻,不知再更数十年间,亲朋零落,当复何如耶? 今岁自四五月来,东奔西走,实少闲适之趣。又为儿辈病后,杵药量水,颇费周折。近虽托庇平安,而青儿学业渐荒,毫无寸进,有不堪为知者道耳。令爱、二甥女亦染时病,幸得平复,然究宜节饮、避风为主。兹因家姊妇来了,便用述近况如是。"此与友江书。

十一日(7月28日) 三。

十二日(7月29日) 主。

十三日(7月30日) 大。

十四日(7月31日) 二。

十五日(8月1日) 三。连日亢旱,欲雨不成,偶作二律。《频伽先生为余删定〈得闲集〉,赋此志感》:"粗枝大叶乱纷披,老手删存几首诗。小草自怜根本浅,幽花也要露华滋。灵均姓氏扬芳久,康乐才名识面迟。却怪问奇应载酒,江湖渺隔费相思。"《得书田书,闻于冬忽赋悼亡,诗以慰之》:"百里烟波一尺书,那堪病后忆相如。春间曾抱酒病。愁情婉转伤春老①,恨事丛残入②岁除。潘令年华徒冉冉,

---

① "伤春老"原为"从头积",后改为"将春送",后改。

② "丛残入"原为"苍茫逼",后改。

庄周梦想①尚蘧蘧。才人达士殊②欢戚，勘破因缘总属虚③。”

十六日(**8 月 2 日**)　主。

十七日(**8 月 3 日**)　大。

十八日(**8 月 4 日**)　二。

十九日(**8 月 5 日**)　三。

二十日(**8 月 6 日**)　主。

廿一日(**8 月 7 日**)　大。

廿二日(**8 月 8 日**)　二。

廿三日(**8 月 9 日**)　三。

廿四日(**8 月 10 日**)　主。

廿五日(**8 月 11 日**)　大。

廿六日(**8 月 12 日**)　二。

廿七日(**8 月 13 日**)　三。

廿八日(**8 月 14 日**)　主。

廿九日(**8 月 15 日**)　大。

卅日(**8 月 16 日**)　二。

七月初一日(**8 月 17 日**)　三。

初二日(**8 月 18 日**)　主。

初三日(**8 月 19 日**)　大。是暮倾盆大雨，人多喜色。

初四日(**8 月 20 日**)　二。是夜又雨。

初五日(**8 月 21 日**)　三。喜三坻先生见过，遂留信宿。

初六日(**8 月 22 日**)　主。出门不遇，怅恨而返。

---

① "想"原为"醒"，后改。

② "殊"原为"同"，后改。

③ "勘破因缘总属虚"原为"恰为先生赋子虚"，后改。

初七日(8月23日) 大。有书贾来,买《万姓统谱》《荆川文集》二种。

初八日(8月24日) 二。

初九日(8月25日) 三。

初十日(8月26日) 主。

十一日(8月27日) 大。霞塘于初九日来权课。

十二日(8月28日) 二。

十三日(8月29日) 三。

十四日(8月30日) 主。

十五日(8月31日) 大。

十六日(9月1日) 二。

十七日(9月2日) 三。

十八日(9月3日) 主。

十九日(9月4日) 大。

二十日(9月5日) 二。

廿一日(9月6日) 三。同霞塘至江,晚宿坡墅,乃八尺村舍。

廿二日(9月7日) 主。归。

廿三日(9月8日) 大。有二书客来,携示《隽咏类涵》一书,乃我邑俞安期所著。

廿四日(9月9日) 二。

廿五日(9月10日) 三。

廿六日(9月11日) 主。

廿七日(9月12日) 大。

廿八日(9月13日) 二。

廿九日(9月14日) 三。

八月初一日(9月15日) 主。霞塘已来。

初二日(9月16日) 大。

初三日(9 月 17 日)　二。

初四日(9 月 18 日)　三。

初五日(9 月 19 日)　主。

初六日(9 月 20 日)　大。

初七日(9 月 21 日)　二。

初八日(9 月 22 日)　三。至江城,住宿友江家。时友江定拟出门,余即聘为西席,约壬午年脩金、节仪统足制钱四十六千文。

初九日(9 月 23 日)　主。归。

初十日(9 月 24 日)　大。

十一日(9 月 25 日)　二。

十二日(9 月 26 日)　三。

十三日(9 月 27 日)　主。

十四日(9 月 28 日)　大。

十五日(9 月 29 日)　二。是夜,微云遮月。夜半后,雨。

十六日(9 月 30 日)　三。风雨连绵。

十七日(10 月 1 日)　主。放棹至梨里,听松留饮。馔既精洁,酒亦清冽,极东道之美。饭罢,即至平川日新堂,闻姨母病剧。日暮未及亲侍。

十八日(10 月 2 日)　大。清晨走视,已入膏肓。申时疾终。姨母年已古稀,正是寿终之岁。惟夏间忽遭东溪之变,殊难为怀。偶得挽联云:"黄卷青灯,常忆熊丸勤课读;春晖寸草,忍教乌哺竟难偿。"

十九日(10 月 3 日)　二。

二十日(10 月 4 日)　三。是日为姨母殓期,旧好、诸亲友纷纷来吊,借此一叙。

廿一日(10 月 5 日)　主。为大殓之期。余不为姨母悲,转为东溪悲也。设东溪尚存,更有一番光景。人世炎凉,多从势利而起。有识者不得不为之痛心。

廿二日(10 月 6 日)　大。余不能久留而返。

廿三日(10月7日) 二。

廿四日(10月8日) 三。至泮水港。

廿五日(10月9日) 主。霞塘已去。

廿六日(10月10日) 大。

廿七日(10月11日) 二。

廿八日(10月12日) 三。

廿九日(10月13日) 主。

卅日(10月14日) 大。

八月初一日(10月15日) 二。

初二日(10月16日) 三。

初三日(10月17日) 主。

初四日(10月18日) 大。送芝如座。

初五日(10月19日) 二。大雨终日。余以二兄下痢未痊,不敢久留。饭后即返。

初六日(10月20日) 三。高文四次来医二兄,未得就痊,因荐嘉兴吴浩然先生。余即专舟去请。

初七日(10月21日) 主。高文翁先来,一更后吴浩翁又来,同进二兄卧室诊脉。据云,脉大于痢为不宜,此征难治。用参连二味加减。余急欲得神手为二兄豁沉疴,即专舟去请徐秉南先生,并留文翁与浩翁盘桓一日。

初八日(10月22日) 大。清晨,同文翁、浩翁诊视。据云,稍有起色。然四支委顿,较昨更甚矣。饭后,高文翁已去。至晚复来,同浩翁复诊,尚无把握。是夜,复留文翁住宿。(页眉:六回两夜。)

初九日(10月23日) 二。二兄痢疾仍然如故,心甚惶惶,立候秉翁到来。黄昏时,淡庵先生已到,即同进卧室诊视。时二兄心烦口燥,真火上升,淡庵亦为之危心,急用清补之品。至夜半,始得服药。稍稍安寐片时,便觉正气渐复。余喜不能寐。(页眉:又一夜。)

初十日(10 月 24 日)　三。清晨,即邀淡庵先生同文翁复脉,多有喜色。定接服方一个。淡庵从容解维,文翁饭后亦去。是夜,服淡庵先生接服方第一剂,稍得安眠,腰膝不痛,而下痢如故。

十一日(10 月 25 日)　主。清晨起视,神色清爽。下午,舌苔前半已退。复邀高文翁住宿,嘱其细述病原,去请淡安先生转方也。是夜,四鼓就寝。见二兄下痢如故,幸得稍睡。服接服方第二剂,病体尚未能豁如。(页眉:又一夜。)

十二日(10 月 26 日)　大。是夜,仍服淡安之方,下痢如故。

十三日(10 月 27 日)　二。淡安转方已来,再服一剂。下痢如故。胃气更不堪问矣。

十四日(10 月 28 日)　三。仍邀文翁过来,嘱请史珏斯先生。此时惟竭人力而已。是夜,竟不服药。

十五日(10 月 29 日)　主。下午,文翁先来。黄昏后,史公又来。专用参麦散,四鼓后服。

十六日(10 月 30 日)　大。清晨起视,病势日增。下午气促。二兄自知病不能起,以后事相嘱,命青儿为嗣,神犹清爽。是夜交丑,竟以疾终。平生手足忽断其一,不觉肝肠之并裂也。

十七日(10 月 31 日)　二。发舟,报之诸亲友。

十八日(11 月 1 日)　三。吊者纷纷,莫不泪下。

十九日(11 月 2 日)　主。寅时成殓,抚棺一恸,但呼"天之不仁"而已。时襄事者,顾丈三坻、黄君竹堂及吴友江姊丈、王山桥妹丈、周小如表侄。

二十日(11 月 3 日)　大。诸客纷纷而去,惟友江一人而已。

廿一日(11 月 4 日)　二。友江急欲回家,约渠明日同行。

廿二日(11 月 5 日)　三。同友江至江。

廿三日(11 月 6 日)　主。停泊吴江。

廿四日(11 月 7 日)　大。晓至苏郡。向晚,以愚溪翁诗板托皋桥卢开泰印三百本。

廿五日(11月8日) 二。以二兄丧期,急于归家。到家已二鼓矣。

廿六日(11月9日) 三。

廿七日(11月10日) 主。

廿八日(11月11日) 大。

廿九日(11月12日) 二。

三十日(11月13日) 三。清晨,走候高文翁,亲为酬谢。此翁颇有情谊,非近日庸医者流。

十月初一日(11月14日) 主。

初二日(11月15日) 大。余痛仲兄之亡,长日郁郁,恨不可解,率成五律三十韵,仅以志哀。

初三日(11月16日) 二。

初四日(11月17日) 三。

初五日(11月18日) 主。

初六日(11月19日) 大。

初七日(11月20日) 二。

初八日(11月21日) 三。

初九日(11月22日) 主。特招友江课子侄辈,自近日始。今岁读书,春间因笑山之病,秋间又遭二兄之变,前后已荒三月。愿自今以后,旧业无荒,希图寸进,勉之勉之。

初十日(11月23日) 大。

十一日(11月24日) 二。

十二日(11月25日) 三。

十三日(11月26日) 主。

十四日(11月27日) 大。

十五日(11月28日) 二。

十六日(11月29日) 三。

十七日(11月30日)　主。

十八日(12月1日)　大。是夜,二兄行略粗粗起稿,并成《落叶诗》四首。

十九日(12月2日)　二。吴外甥为二兄上亭,及其丰腆。

二十日(12月3日)　三。为二兄五七之期,礼忏一堂。

廿一日(12月4日)　主。

廿二日(12月5日)　大。

廿三日(12月6日)　二。

廿四日(12月7日)　三。

廿五日(12月8日)　主。

廿六日(12月9日)　大。清晨,至平川,住宿殷谱经[①]家。谱经出示近作文,时已卓然成章。深幸故人有子。

廿七日(12月10日)　二。以雨阻,滞留一夜。

廿八日(12月11日)　三。饭后,至吴江。夜宿东门外。

廿九日(12月12日)　主。侵晓,至吴门。向晚,仍至吴江西门外住宿。

十一月初一日(12月13日)　大。晓,晤四桥丈。谈及二兄之亡。先是,竟传余死者。余曰:"余与二兄相较,二兄尤为一家中之砥柱,奈何天夺我兄,竟至中道而殂。"言之实堪痛心。即以行略、哀词相质。是日,闻剑峰先生已至维扬。死生之悲、别离之感,一时交集矣。是夜,泊舟长桥下。

初二日(12月14日)　二。顺帆至玩墅,不过饭后,畅叙半日,聊释愁怀。到家,已暮色苍然矣。

---

　①　殷兆镛(1806—1883),字序伯,号谱经,江苏吴江(今属苏州)人。道光二十年进士,选庶吉士,授编修。历官兵部、礼部、吏部、户部侍郎,安徽学政等。著有《齐庄中正堂诗钞》《殷谱经侍郎自定年谱》《齐庄中正堂日记》等。

初三日(**12 月 15 日**) 三。

初四日(**12 月 16 日**) 主。

初五日(**12 月 17 日**) 大。

初六日(**12 月 18 日**) 二。为先兄终七之期。馀哀未忘，未识何时得解此恨。

初七日(**12 月 19 日**) 三。忏终。

初八日(**12 月 20 日**) 主。《书谢朱少云》："别后光阴倏经一载，比想贤昆，至以陆氏才华，兼得姜家友爱，天伦乐事，令人倾羡靡已。△不幸忽遭先兄秀山之亡，出入自怜，形影相吊，悲莫悲矣。窃维先兄虽乏奇行，亦无薄德，而乃中年徂谢，一女仅存。天之报施善人，其何如耶？前月先兄病中，备承雅意，书致令亲徐淡安先生，即蒙枉过。亲情、友谊，均不可忘。所恨者，先兄无禄耳。残冬风雪，良晤无缘。或俟新正，泥首崇阶，借伸积愫。先此布候文安，不宣。"

初九日(**12 月 21 日**) 大。大风。

初十日(**12 月 22 日**) 二。大风未息。

十一日(**12 月 23 日**) 三。

十二日(**12 月 24 日**) 主。饭后，同石桐圃至先曾祖君彩公墓前正向，盖欲稍为表式也。桐圃云，清明之前，大可举动。即嘱渠选一日期。

十三日(**12 月 25 日**) 大。

十四日(**12 月 26 日**) 二。云泉过宿养馀斋，余以《分湖小识》二册嘱为校阅。

十五日(**12 月 27 日**) 三。

十六日(**12 月 28 日**) 主。

十七日(**12 月 29 日**) 大。饭后，至吴江。

十八日(**12 月 30 日**) 二。清晨至吴门。时愚溪翁诗集已印好三百本，诗板亦带还藏好。并以《雪床续刻》嘱高振功即日上板。先付洋饼二枚、白绵纸一刀。刻好，先印廿五本传送。是夜，回江已二鼓矣。

十九日（12月31日）　三。中午返棹，泊舟玩墅。

二十日（1823年1月1日）　主。清晨到家。

廿一日（1月2日）　大。撰二兄祭文一篇，不自知言谆谆也。余自遭仲兄之亡，名其集曰《荆悴》，并自叙一篇，聊以志痛云尔。

廿二日（1月3日）　二。是日，笑山新聚一会，盖为来年北上计也。与梦琴谈诗半日，梦琴有诗贺连青霞云："科名旧是君家物，谓三江征君、万川广文。天意今开我道南。分湖自乾隆以来，捷南闱者甚少。"二语颇为的切。

廿三日（1月4日）　三。

廿四日（1月5日）　主。

廿五日（1月6日）　大。《夜与友江论诗，蒙有所赠，次韵奉酬》："意气相投水乳交，诗怀放似出林梢。心仪叔度何常吝，酒限元亭友足嘲。友江与余相约，日给一壶。腊底瓶梅留供养，夜深风竹助推敲。何当抛却妻孥累，相约深山共结茅。"此是应酬之作，可以不存。

廿六日（1月7日）　二。夜雨零零，益增对床之感。

廿七日（1月8日）　三。大风如吼。

廿八日（1月9日）　主。

廿九日（1月10日）　大。

三十日（1月11日）　二。

十二月初一日（1月12日）　三。

初二日（1月13日）　主。

初三日（1月14日）　大。大雨绵绵。

初四日（1月15日）　二。为先母忌辰，以风阻，不得备物设祭。

初五日（1月16日）　三。设祭于堂，并设祭于先兄座右。是夜，不禁有对床之感。

初六日（1 月 17 日） 主。酿雪不成，作即景绝句："冻云漠漠路漫漫，夜雨空阶滴未干。酿雪不成天意懒，今冬未要十分寒。""薄暝初将远树笼①，阴晴不定峭寒中。无端日脚云头露，似水斜阳淡不红。"

初七日（1 月 18 日） 大。

初八日（1 月 19 日） 二。连夜西风大作，天出奇寒，一灯相对，感旧怀人，乃作七律诗一首："夜寒孤向一灯依②，检点平生知己稀。怕向中年思往事，每从过后悔前非。琴声破碎难成调③，雁影凄凉早判飞。零落半为泉下客，可怜白首不同归。"《欲诉》："生增多恨复多悲，一副肝肠欲诉谁。杀手便开生死界④，伤心都在别离时。事无可奈全⑤归命，情有难言只赋诗。回首鸡声灯影里，一番况味耐人思⑥。"《自解》："相看底事便相嗔，聚散⑦何常了却因。佛本低眉聊入世，仙犹忍辱况于人。自从梦后方知幻，生为情多最怕真。我亦中年尚陶写，一堂丝竹要抽身。"

初九日（1 月 20 日） 三。大风未息，河始冻。

初十日（1 月 21 日） 主。河冻不开。

十一日（1 月 22 日） 大。

---

① "薄暝初将远树笼"原为"溟色前村著意笼"，后改为"卷地何来扑面风"，后改。

② "夜寒孤向一灯依"原为"一灯寒夜独相依"，后改。

③ "难成调"原为"忽中断"，后改。

④ "杀手便开生死界"原为"入世便成烦恼种"，"入世"后改为"堕地"，"杀手"原为"辣手"，后改。

⑤ "全"原为"多"，后改。

⑥ "回首鸡声灯影里，一番况味耐人思"原为"拟欲反《骚》作《天问》，茫茫云路相歧夜，一行新泪独丝丝"，后改为"□□从今一回首，鸡声灯影不堪□，一番况味耐人思"，后改。

⑦ "聚散"原为"得失"，后改。

十二日(1月23日)　二。

十三日(1月24日)　三。

十四日(1月25日)　主。

十五日(1月26日)　大。河冻始开。

十六日(1月27日)　二。

十七日(1月28日)　三。

十八日(1月29日)　主。同友江至吴江,舟中小酌,风雨横江。到时天色已晚,宿于舟次。

十九日(1月30日)　大。西风甚烈。走谒剑峰先生,知病体蔓延,深为才人惋惜。

二十日(1月31日)　二。始至仓场,见运粮纷纷。程章悉照旧年。向晚,米船已就岸矣。

廿一日(2月1日)　三。米发头廒,记书张振乾、场面王秉顺。余进廒米三百〇九袋半,斛见正米一百〇六石七升四合,楮斛六根筹,领头一斗有零。照数量斛子,平斛加二升,极平。

廿贰日(2月2日)　主。至平川,晤翁海村,略叙半日,仍至吴江,已二鼓馀矣。

廿三日(2月3日)　大。

廿四日(2月4日)　二。余米仍发头廒,毛米四百廿袋,斛见正米一百四十四石四斗三升四合,楮斛七根筹,零头三斗一升九合,送一袋,不登帐。

廿五日(2月5日)　三。隔宵大雪。大房有米登场,亦在头廒。泥涂滑滑,运米者未免愁苦。自夜而止。

廿六日(2月6日)　主。始得告竣。毛米八百袋,楮十四斛,又零头一斛。斛子稍大。是日,沈振山米发三廒验退,后折十三石有零,始得进廒。毛米九十袋,楮斛两根筹,零头送一袋,完见正米二十九石八斗三升四合,斛子平斛要加三升有零,极平。

廿七日(2月7日)　大。余米仍发头廒,毛米三百九十九袋半,楮斛两根筹,完见正米一百卅九石三斗七升六合,零头六升六合,送二斗。

廿八日(**2月8日**) 二。余头厥找零米二百袋,斛见正米六拾九石七斗七升六合,无楮,零头一斗五升,额外送九斗,不登账。

廿九日(**2月9日**) 三。夜归。

三十日(**2月10日**) 主。

道光三年新正初一日(1823年2月11日） 大。余以肝气疾作,拥被而痞。

初二日(**2月12日**) 二。始起拜祖先遗像,以补前日缺典。中午,庞笑山见过,盖欲计偕北上,借此一别也。杯盘对酌,信宿流连,未知此去再能得隽否?

初三日(**2月13日**) 三。饭后,送笑山到家。过南传,答迮青霞。便访三垯丈,不遇。

初四日(**2月14日**) 主。过东溪,适遇三垯丈。萍水因缘,要是前生香火,惜匆匆而去。

初五日(**2月15日**) 大。过泮水港,于顾云泉处得阅迮青霞所著《齐诗翼氏学》一书,共四卷,盖推翼氏四始五际之义而详言之。翼奉,字少君,汉元帝时人,治齐诗,深于数学。见《汉书》本传。

初六日(**2月16日**) 二。陈梦琴见过,以冻腐、腌菜、燻豆、醉蟹四题索和。余愧咏物诗,盖非所长,何弗藏拙之为愈也。

初七日(**2月17日**) 三。微有雪。

初八日(**2月18日**) 主。晴。

初九日(**2月19日**) 大。

初十日(**2月20日**) 二。至平川,宿成玉甥家。

十一日(**2月21日**) 三。访静香不值,还过竹安斋中。竹安出示董元宰水墨画一幅,共相击赏。是夜酒后,与补金表侄共读《渊雅堂诗集》①。余于铁夫之文曾阅数过，全诗实未寓目，兹得纵观，各体俱有真气，非貌为杜者所可比间。有率意处，如《题读书图》云"垂老读之须眼镜"，《都中寄江南诸旧好》云"铁夫六月到京师"等句。然不碍为作手也。

十二日(2月22日)　主。饭后，静香、竹安咸来作答。中午，期友不至。纵观东溪旧时所藏书画，如六如真迹、高简《竹梅》、马荃《荷花》，皆神品也。外有边寿民《芦雁》册子，诗画两绝，真画中之逸品，余爱不释手。午后，菰香、海门咸来唔余，同席而返。

十三日(2月23日)　大。急于归家。舟中得咏物诗四首。翻阅《陈忠裕公续年谱》，叙及我邑吴阳起义，时如汾湖周瑞等分注甚详，可为《小识》轶事章本，见卷下第三页。

十四日(2月24日)　二。

十五日(2月25日)　三。阴雨连绵。

十六日(2月26日)　主。天阴不雨。

十七日(2月27日)　大。大雪。过陈墓，一饭即返。舟子颇有寒色，作即事诗云："渡湖风雪打春衣，冷落天涯惜别稀②。绝似剡溪访戴客③，偶然兴尽亦④思归⑤。"

十八日(2月28日)　二。

十九日(3月1日)　仍以初一日轮起，自"二"始。

二十日(3月2日)　三。

---

① 王芑孙(1755—1817)，字念丰，一字沤波，号铁夫、铁甫、惕甫、楞伽山人、老铁等，长洲(今苏州)人。乾隆五十三年举人。著有《渊雅堂集》等。

② "冷落天涯惜别稀"原为"访戴情怀过客稀"，后改。

③ "绝似剡溪访戴客"原为"如此天寒偏欲出"，后改。

④ "亦"原为"便"，后改。

⑤ 原文此后尚有"寻间鹭侣心长洁，销瘦梅花貌不肥。冷落天涯谁惜别，荒江无复柳依依"四句，后两句改为"回首天涯都冷落，灯前检点几人非"，作者删去。旁批："改作七绝。"

廿一日(3月3日)　主。至吴江。

廿二日(3月4日)　大。至苏郡。

廿三日(3月5日)　二。住宿友江家。

廿四日(3月6日)　三。闷怀孤坐,适寄松招游冰壶道院看梅,遂欣然清往。

廿五日(3月7日)　主。同友江到馆,适为大风所阻,小泊村舍。蒙有酒米之惠。

廿六日(3月8日)　大。清晨到家。中午,子侄辈入学,拜友江为师。

廿七日(3月9日)　二。

廿八日(3月10日)　三。

廿九日(3月11日)　主。

三十日(3月12日)　大。

二月初一日(3月13日)　二。是夜,作黄云翁挽词四首。

初二日(3月14日)　三。

初三日(3月15日)　主。

初四日(3月16日)　大。

初五日(3月17日)　二。

初六日(3月18日)　三。

初七日(3月19日)　主。热极。

初八日(3月20日)　大。大风雨。

初九日(3月21日)　二。大风,极冷。出吊黄云翁。是日,宾客满堂,余独爱邵田、袁雪翁,深得读书人古趣。

初十日(3月22日)　三。

十一日(3月23日)　主。为先高祖敬湖公立碑、先曾祖君彩公立莲花柱、立碑石。树以先外舅治丧日近,嘱同堂从侄仲祥到坟督功,而自往外舅家。是日,天气特晴,颇随人愿。夜宿小楼。

十二日(3 月 24 日)　大。为外舅治丧第一日。夜宿餐秀阁。

十三日(3 月 25 日)　二。为外舅治丧第二日,点主请震学张老师。

十四日(3 月 26 日)　三。为外舅安葬日期,祠土请芦墟李把总。是夜骤雨,颇大。

十五日(3 月 27 日)　主。阴雨连绵。咸谓外舅天缘难得。余亦自此而返。

十六日(3 月 28 日)　大。

十七日(3 月 29 日)　二。

十八日(3 月 30 日)　三。

十九日(3 月 31 日)　主。接柯亭书,并以亡弟行略、遗稿见示,欲乞余小传。余自先兄亡后,此道久疏也,能强作解人,为一二知己传其姓氏哉? 乃谬相推许,未免过当。平生浪得虚名,思欲发愤努力,不负故人属望之诚。岂料志焉未逮,突遭先兄之变,家事猬集。在家无数日之闲,出外多兼人之责,劳人草草,亦可悲已。读罢不禁为之怅然。

二十日(4 月 1 日)　大。

廿一日(4 月 2 日)　二。

廿二日(4 月 3 日)　三。夜间无事,作古文二篇:一吴省斋小传,一王氏双节传。

廿三日(4 月 4 日)　主。同胞姊妹多于先兄灵前设飱,哭声甚哀,不觉泪下如縻。

廿四日(4 月 5 日)　大。扫墓,至北舍港。是年当祭轮着五大房。

廿五日(4 月 6 日)　二。书斋有感,偶得一绝:"不解当年边孝先,平生那得腹便便。纵然通得五经笥,不应垂头但欲眠①。"

---

① "纵然通得五经笥,不应垂头但欲眠"原为"如何常作高眠客,有此撑肠卷五十",后改。

廿六日（4 月 7 日） 三。雨。

廿七日（4 月 8 日） 主。扫墓毕，欲题诗而未果。

廿八日（4 月 9 日） 大。

廿九日（4 月 10 日） 二。书复柯亭。

三月初一日（4 月 11 日） 三。

初二日（4 月 12 日） 主。作书寄书田。

初三日（4 月 13 日） 大。雨。

初四日（4 月 14 日） 二。

初五日（4 月 15 日） 三。出吊于墓陈王氏。

初六日（4 月 16 日） 主。

初七日（4 月 17 日） 大。至吴江。向暮，泊舟苏郡。

初八日（4 月 18 日） 二。中午，仍至吴江。

初九日（4 月 19 日） 三。出吊庞节母。夜泊荒村。

初十日（4 月 20 日） 主。晨返，即至东阳，时芝如妇兄适有丧事。

十一日（4 月 21 日） 大。

十二日（4 月 22 日） 二。

十三日（4 月 23 日） 三。安葬于西方圩。连日天气晴明，人家难得。所谓"不结人缘结天缘"是也。

十四日（4 月 24 日） 主。

十五日（4 月 25 日） 大。

十六日（4 月 26 日） 二。

十七日（4 月 27 日） 三。

十八日（4 月 28 日） 主。书田惠余《吉堂文集》①，初亦不甚注

---

① 钦善（1768—?），字茧木，号吉堂、正念居士，华亭（今上海市）人。诸生。有《吉堂诗稿》《吉堂文稿》。

意,舟中偶一展卷,如食谏果,味美于回。今日文家中,得此种笔墨,如牛毛中一麟角也。

十九日(**4 月 29 日**)　大。

二十日(**4 月 30 日**)　二。过平望,宿宜雨阁。

廿一日(**5 月 1 日**)　三。过韭溪,秦啸庐招同海门、陶菰香饮余牡丹花下。席中惟啸庐有父兄在,余三人则渺不可得。是不无诗以纪之。

廿二日(**5 月 2 日**)　主。午后,过海门,为余删订《分湖小识》。笔甚明净,余深服之。

廿三日(**5 月 3 日**)　大。

廿四日(**5 月 4 日**)　二。

廿五日(**5 月 5 日**)　三。

廿六日(**5 月 6 日**)　主。

廿七日(**5 月 7 日**)　大。

廿八日(**5 月 8 日**)　二。

廿九日(**5 月 9 日**)　三。

三十日(**5 月 10 日**)　主。

四月初一日(**5 月 11 日**)　大。

初二日(**5 月 12 日**)　二。

初三日(**5 月 13 日**)　三。

初四日(**5 月 14 日**)　主。雨。

初五日(**5 月 15 日**)　大。雨。

初六日(**5 月 16 日**)　二。雨。

初七日(**5 月 17 日**)　三。淡晴,天气正清和。

初八日(**5 月 18 日**)　主。

初九日(**5 月 19 日**)　大。

初十日(**5 月 20 日**)　二。连雨不止。今午稍得晴明,入晚又变。未识几时得逢红日也。

十一日(5月21日) 三。

十二日(5月22日) 主。

十三日(5月23日) 大。过瘦竹疏花馆,竹堂主人留饮。是日,天气稍有晴色。

十四日(5月24日) 二。初见红日,薄暮又变。

十五日(5月25日) 三。微雨。

十六日(5月26日) 主。

十七日(5月27日) 大。晨间,雷声殷殷,继大雨倾盆。麦已秋,将红朽田间,奈何奈何。

十八日(5月28日) 二。得书田复音,并读五言、七古诗二首,缠绵剀切,令人才气顿消。自愧近有所作,不如远甚。

十九日(5月29日) 三。泮水观剧,无聊。舟中读《钦吉堂诗集》,笔势廉利精悍,仍以古文法作诗。虽老铁亦当他出一头地,佩服佩服。是日天色晴明,晚景佳。

二十日(5月30日) 主。复雨。

廿一日(5月31日) 大。

廿二日(6月1日) 二。晴。

廿三日(6月2日) 三。老晴。

廿四日(6月3日) 主。

廿五日(6月4日) 大。徐冠廷好酒使气,幼时曾得一面,殁后杳不相闻,屈指二十馀载。近有人以所作《比尼还俗诗》见示,虽系一时戏作,而笔意颇佳。诗云:"别却云房入洞房,蒲团钟磬作奁妆。谁人职管三生石,月下仙翁欠主张。"(页眉:四月廿五日,王作一人做起。)

廿六日(6月5日) 二。

廿七日(6月6日) 三。

廿八日(6月7日) 主。

廿九日(**6月8日**)　大。大雨终日。

五月初一日(6月9日)　二。

初二日(**6月10日**)　三。同友江顺帆到江。是夜,泊舟垂虹桥下。天气初晴,虽无明月,而一种清爽之气,不觉入人肝腑,竟得酣睡。

初三日(**6月11日**)　主。遣青儿出吊。余与四桥论诗,颇有会心。四桥老境不偶,而立品甚介,余心窃怜之,而未敢出诸口也。

初四日(**6月12日**)　大。四桥为兆黄侄推河图洛书数,谓此子颇有福泽;谓兆元侄根基不佳。余未敢告诸人,聊志以待后日何如耳。

初五日(**6月13日**)　二。余自昨夜归家,肝气大发。不与蒲觞之会,当亦心境使然耳。

初六日(**6月14日**)　三。静坐。

初七日(**6月15日**)　主。赴柯亭会期。晚,与梦琴、竹堂谈论颇快。时芦墟有同善堂之举,余捐田十一亩,聊助掩埋之费。凡我同人,务祈努力,庶不致始勤终怠矣。

初八日(**6月16日**)　大。以高丽纸乞频翁书单条四幅、横披书额一张,即札致梦琴。

初九日(**6月17日**)　二。

初十日(**6月18日**)　三。连雨。

十一日(**6月19日**)　主。

十二日(**6月20日**)　大。又雨。

十三日(**6月21日**)　二。连雨。

十四日(**6月22日**)　三。《复书田第三书》:"前月舍侄回来,接诵覆音,并得惠示近作,气清笔健,直抒胸臆,古人穷而后工之说,于是乎益信。闻阁下精神非四五年前可比,然诗中真气勃勃,无一笔颓唐,较诸前集所作,风格益臻纯古。何时续刻告成,惠我饱读一过耶?

△近日肝气大发，想此病非药物所能克制，只好闭门学静，借作养疴之计耳。外奉《雪床续刻》十本。此集在郡中急于刷印，未曾亲自校对，以致错误甚多，殊为恨事。拟于重印时补好，再为分送。前惠钦公诗一册，与文集二册遂成合璧，并无差误。舍侄屡蒙锦注，近得努力加餐，未识日后何如耳。草此布复，不宣。"

十五日（6月23日） 主。

十六日（6月24日） 大。连日增订家谱，亦平生第一要事。

十七日（6月25日） 二。稍晴。

十八日（6月26日） 三。又雨。（页眉：十八日下午停，徐歇，约廿工。）

十九日（6月27日） 主。

二十日（6月28日） 大。

二十一日（6月29日） 二。数日以来，订成家谱，创成二卷，今日始得录成一稿本。日后付梓，总以此为定本。亦愁霖中一快事也。

二十二日（6月30日） 三。晓，大雨。饭后稍晴，然天心尚未定也。此时水势，与甲子年相埒。及早起晴，尚可补救于万一，不然，我其为鱼乎？

二十三日（7月1日） 主。天已晴明，人多喜色。棚车之声，不绝于耳。幽居人沾体涂足，颠连日甚，而一二纨绔子弟坐拥膏粱，日在温饱中，何曾晓得彼读圣贤书，不知稼穑艰难者，亦岂少哉？庸愚子弟，何足深责。

二十四日（7月2日） 大。阴雨连绵，终不能起晴，奈何。

二十五日（7月3日） 二。

二十六日（7月4日） 三。天气淡晴。

二十七日（7月5日） 主。为家谱至大港，询及侄辈名氏。诸侄中惟六房煊侄最为聪颖。时双南四兄竟得血证，精神日益悴，甚属可虞。

二十八日（7月6日） 大。早凉，想亦不致再阴矣。薄暮，狂飙忽起,大水冲击,田庐之飘荡,不堪问矣。

二十九日(7月7日) 二。暮起狂飙,大雨如注,较诸昨晚更烈。大水非惟不退,更涨寸馀。天厄穷黎,心何太酷?彼膏粱子弟犹作深夜之饮,独不思民间疾苦为何如耶?

六月初一日(7月8日) 三。

初二日(7月9日) 主。自交小暑,东南风连日颇凉,或可渐臻佳境。

初三日(7月10日) 大。

初四日(7月11日) 二。朝夜颇凉,天晴可必。偶检元人《郭静思集》①,铿锵金石,如闻塞北之音。大约古胜于今。即如五律中:"艰难千里远,贫贱一身浮。"余谓"浮"字不响,不如易"轻"字为妙。凡古人作诗,必须选韵,韵脚牢,一句两句多能领起,亦古法也。(页眉:四日砌起。)

初五日(7月12日) 三。(页眉:吴作工半,做起。)

初六日(7月13日) 主。两工。

初七日(7月14日) 大。四工。

初八日(7月15日) 二。下午王停。

初九日(7月16日) 三。下午来。

初十日(7月17日) 主。砌。

十一日(7月18日) 大。王作两工,吴作一工止。(页眉:共廿工半。)

十二日(7月19日) 二。王作一工,吴作一工,做起。

十三日(7月20日) 三。砌。白儿初八日始读《孝经》,颇艰涩。四三日间,渐能成诵。虽年仅五岁,然已非上等质地矣。

十四日(7月21日) 主。连日水退五六寸,今晨忽又停止。未

① 郭钰(1316—?),字彦章,别号静思,江西吉水人。著有《静思集》。

知何日得脱农家水厄耶?是夜子刻,有白虹现于西北。

十五日(7月22日) 大。

十六日(7月23日) 二。连日东北风,水又涨起寸许已。

十七日(7月24日) 三。

十八日(7月25日) 主。

十九日(7月26日) 大。十九日止,一百四十五。吴作工半。连日东北风,水涨二寸有馀。携青补种之说,恐难成就。若通一邑而论,无一半收成,人无聊赖,其何以堪?杞人之忧,不觉日夜焦劳已。

二十日(7月27日) 二。一工。晓起,天气寒。中午大风雨。下午稍晴。

廿一日(7月28日) 三。

二十二日(7月29日) 主。

二十三日(7月30日) 大。

二十四日(7月31日) 二。中午大雨,水终不退,奈何。

二十五日(8月1日) 三。

二十六日(8月2日) 主。七半,吴工半。共二十二。

二十七日(8月3日) 大。两工。

二十八日(8月4日) 二。王作三工。是夜大雨,水势顿增二寸有馀。(页眉:廿八日,王作三工,起。)

二十九日(8月5日) 三。

七月初一日(8月6日) 主。吴作二工。是夜又雨。

初二日(8月7日) 大。吴作三工半。是日风雨,抵暮又甚。入夜,狂飙骤雨,竟夜不寐。口占一律,尚未足成。到晓,幸得天晴。水势较前更增三四寸矣。

初三日(8月8日) 二。吴作五工。东南风颇好,然外间荒荒之象渐露,及早水退,犹可望三四分收成,否则,几成全白。奈何奈何。

初四日(8月9日) 三。水势如故。

初五日(8月10日)　主。王作二十一工,吴作四十八半。

初六日(8月11日)　大。吴四工,王二工。

初七日(8月12日)　二。四工。水势日增,雨又将降。天岂欲绝世人耶?

初八日(8月13日)　三。王作三工。昨夜又雨,水增二寸。今晨风雨横飞,人何以堪①。余虽无术救济,然沿村平粜,惟力自视,亦可补救斯人于万一。彼坐拥膏粱,徒作攒眉之计,真可耻也。

初九日(8月14日)　主。风雨如故,水入敝庐二寸矣。

初十日(8月15日)　大。天微晴,入暮,又成雨势。

十一日(8月16日)　二。不雨,水稍退。王作共三十七。

十二日(8月17日)　三。王作,下午停。

十三日(8月18日)　主。

十四日(8月19日)　大。

十五日(8月20日)　二。

十六日(8月21日)　三。

十七日(8月22日)　主。

十八日(8月23日)　大。吴作两工,做起。

十九日(8月24日)　二。

二十日(8月25日)　三。吴停两工。连日水退寸许。昨夜大雨,仍复如旧。

廿一日(8月26日)　主。惠来。

廿二日(8月27日)　大。廷来。水退寸许。

廿三日(8月28日)　二。廷停。

廿四日(8月29日)　三。

廿五日(8月30日)　主。

---

①　"今晨风雨横飞,人何以堪"原为"风色不好,离流之苦,不堪问矣",后改。

廿六日(**8 月 31 日**)　大。廷来。连日水二寸许。

廿七日(**9 月 1 日**)　二。

廿八日(**9 月 2 日**)　三。天又雨。

廿九日(**9 月 3 日**)　主。连雨,水复涨。

三十日(**9 月 4 日**)　大。凄风涩雨,寒似九月节。

八月初三日(9 月 7 日)　吴作停两工。

十三日(9 月 17 日)　廷去。是日,仪门做完。共四十三工。外有廷龙苏州去三日。

八月廿八日(10 月 2 日)　王作三工,复做起。

戊戌日记一(正月至闰四月)

《古文辞类纂》一书,于闰四月十五读起。莘塔文会,四月廿五日第二期起。

是年三月十一日清明。

是年日记中,摘录《古文辞类纂》,及后《杜诗镜铨》多有可采。乙巳大暑节,重阅,记出。

习见之字易忘,摘出。

骩骳。上骩,即"骫"字之讹,音"委"。师古曰:"骫,古'委'字,谓曲也。"《枚乘传》:"其文骩骳。注:犹言曲折也。"下骳,音"被",又音"靡"。义同。

日记从戊戌年起,前已遗失。事见《年谱》中。

道光十八年岁次戊戌日记

正 月

元旦日(1838 年 1 月 26 日) 风自西北来,终日。老农云:"此风主米贵。"今岁寅月戌日,俱系火王,主旱。闻嘉庆十九年新正亦然,后亦应验①。

---

① "后亦应验"原为"未查",后改。

初二日(**1 月 27 日**)　连晴。村人出猛将会。吾村会中,向来分作六股。敝居东西两邻,不满二十馀家,派作头股。居人鲜少,公事极难措置。予家三房,以其馀力,少为周旋,故村人亦得欢悦焉。俗传猛将,宋刘琦弟,名锐,见叶绍袁《湖隐外史》。

初三日(**1 月 28 日**)　连晴。较阅赵眉山①所辑《人物补志》,"名臣传"中,多逸事可采。其大有关系者,采入《太平庄闲录》中。

初四日(**1 月 29 日**)　大风自东南来,日无光,天将雨。是日,校阅"名臣传"毕,摘录十三人,皆有政绩可纪。

初五日(**1 月 30 日**)　大风雨。校阅"孝友传",摘录元盛似祖、国朝邱端、吴诞文三人,其事皆可以风世厉俗,不仅以愚孝称也。

初六日(**1 月 31 日**)　雨止,天将雪,故黄云满布也。校阅"节义传"毕,摘录朱祥、钱曾、吴钫三人,皆有关于一邑掌故。

初七日(**2 月 1 日**)　天忽晴。是日人日,顾云泉、黄祝唐、陈梦琴、沈笑山、吴婿、薰儿同集养树堂。予于壬辰年与黄、陈二君有约,每年人日迭为宾主,迄今又七年矣。故乡诸故人,幸得无恙,而斛山书老已作古人。座中谈及,不禁为之怅然也。

初八日(**2 月 2 日**)　连晴。薰儿至梨里、平川贺岁去。薄暮,殷甥来,住宿书楼,与云泉、吴婿连床。

初九日(**2 月 3 日**)　连晴。饭后,殷甥已解维矣。巳时,忽起狂风,从西北来。予追舟嘱殷甥返棹,泊舟在芦苇间,已吃一惊。薄暮重来,始得放心。

初十日(**2 月 4 日**)　立春,天气晴朗,风恬浪静,较昨日大不同矣。饭后,殷甥返。薄暮,薰儿始归。知昨日仍在日新堂中住宿。

十一日(**2 月 5 日**)　严寒。予新年第一日出门,到北舍港族兄维风处拜年。兄年已八十五矣,精神矍铄,议论风生,犹如前日也。

---

①　赵兰佩,字国香,号眉山,吴江(今苏州)人。编著有《江震人物续志》等。

十二日(2月6日) 隔夜积雪半寸许。彤云四合,雪花时落时止。饭后,至芦墟,闻高伴山之疾,已得稍愈。茶话半刻而返。过瘦竹疏花馆,主人已至魏塘去矣。午候,赴梦琴鸡黍之约。同席一兄二子,颇有家庭之乐。予极欢而散。

十三日(2月7日) 天晴,寒退。中午,邻有嫁事,赴宴。暮返,冯婿已来。闻粮事开收,又要赴江完纳矣。

十四日(2月8日) 天气温和。饭后到江,午时登岸。住宿云在草堂,惟带一仆。予出门素无随从,年来目力不接,入夜艰于步履,新以王义自随。盖幼时服役人也。

十五日(2月9日) 连晴。晓起,先至吴宅四姊处,晤寄松,订于十九日嘱沈婿来请,二十日开馆。饭后,晤陈讱庵,意兴潦倒,望后欲就维扬屠修伯之馆,未知此去何如也。

十六日(2月10日) 晴。入仓场,逗留终日。抵暮,运粮已到仓前,始返寓所。

十七日(2月11日) 粮米登场,仍发五厫。耽耽之势,不堪寓目。予将计就计,正米扣出四股之一,且看大概何如耳。是日中午,北风如吼,极寒。至二更,始回寓。

十八日(2月12日) 风定日高。于仓场上晤殷表侄谱经,盖将计偕入都,以粮事羁身。大约明日解维①矣。

十九日(2月13日) 东南风。霜下日晴,天气渐温和矣。仓场晤邱子谦及其堂弟子玖,盖味梅同胞弟也。

二十日(2月14日) 天将阴。仓场晤徐芝庭、陈荔裳及在城倪小香、平望孙九龄、朗岩。予素未识九龄,蒙款接甚恭,并言去冬叶溆翁葬事,王砚农只出一地,馀皆九龄为之张罗,盖好名慕义士也。朗岩为九龄之伯父,年约六十馀,自言与沈云巢先业师交好唱和。向予

---

① "解维"原为"起程",后改。

谈诗娓娓，予惟颔之而已①。（页眉：孙九龄可别录。）

廿一日(2月15日)　雨。入仓停收。晤唐耳山，今岁下榻雪巷沈氏，亦以粮事逗留。

廿二日(2月16日)　隔夜雨声淋浪，晓起，雪大如鹅掌，有妨豆、麦，二物宜干燥，不比菜性之宜湿②。时河下米船极众，似此光景，不知何日开收，人人目为累事。予家虽未了结，已释重任，以彼挈此，不啻判若仙凡。凡事得过且过，何必计较得失也耶？饭后雪止，旋消，微雨溟蒙。午后船来，惊闻东邻费姓昨被火焚，席卷而去，不胜悲咤。

廿三日(2月17日)　雨止云开。晓起，整顿归家，出门已九日矣。饭后，到仓报数三百袋。以君彩公祭田盖面，附串一纸。午前开船，到家尚未暮也。

廿四日(2月18日)　晴。北舍港四房轶骧侄有娶妇事，予到港贺喜。闻族兄维风有小极，便道往视。病已退，将至吴江完漕。以八十五岁老人，犹未脱此累，吾辈宜何如策励也。中午，晤陈半聋，系丙申年科案新进，人亦端庄流丽。相与对酌，不觉有醺意。午后到家。晤吴寄松。今年馆于沈婿餐秀阁中，较去年鄂侄处更近。

廿五日(2月19日)　晴。静坐养馀斋，意欲稍理旧业。中午，高一林来，遂命酌对饮，抵暮始去。

廿六日(2月20日)　晴。作书与汝梅村，特荐遂安之子。遂安在先伯家四十馀年，始终一节，不肯负人。今其嗣子必能承父之志，故特为介绍。中午，作书复姚春翁③，俟有便寄去也。薄暮，六里舍

①　"予惟颔之而已"原为"予不过唯唯诺诺而已"，后改。

②　原文此后尚有"今岁春花又减几分矣"一句，后改为"大雪宜于冬而不宜于春日，故然"，作者删去。

③　姚椿（1777—1853），字子寿，一字春木，自号樗寮生，娄县（今上海松江）人。历主河南夷山、湖北荆南、松江景贤书院。为学主经世致用。工诗文，师事姚鼐。著有《通艺阁集》，编有《国朝文录》。

王甥补琴来,实后来之秀,勉以努力向学。予有厚望也。

廿七日(2 月 21 日) 晴。晓起,写成书田挽诗六楮,甚不惬意。盖自去冬十月以来,久不写字,运腕生率无力。赵文敏每日晓起作书五百字,我朝梁山舟先生亦然。以两公绝世之资,其用力若此,安得不成大家?后学绌于天,又绌于人,无怪落笔涂鸦,令人生厌。予老矣,书为薰儿勖。中午后,到三古堂,尚有八十二岁外姑在堂,精神颇健。至餐秀阁中,与寄松坐谈片时。时沈婿出近时书画见示,予最爱《吕笠翁家训》一册,深得天趣。欲至陈古愚馆中,闻古愚已到予家,归来,又不相值。人生聚首,亦有定数存乎其间,未可强也。

廿八日(2 月 22 日) 晴。饭后,笑山来,询及附徒有无。予自去秋,欲觅一稍有出众者,为薰儿观摩,至今未得。可见人才之不易也。下午,汉祥侄来,闻仓收将闭,予家粮米找零已不及矣。

廿九日(2 月 23 日) 晴。云泉回家。是日,笑山到馆,招寄松、沈婿同叙。席间,畅谈时事,不觉多言。知醉后之宜慎也。

二 月

初一日(2 月 24 日) 晴。作书与陈得珊,约其同赴玉峰。昨,学书沈大来通知,文宗于二月初十日取齐,并有先考文童之信。中午,作书与何平子,尚未寄去。是夜,校毕《人物补志》"文学传",摘录沈文昌、王叔承、潘陆、潘凯、董闻、李寅、潘思光、李重华、卜元、潘旦、陈师集、顾我鲁、孙立纲,皆有益于身心学问者。

初二日(2 月 25 日) 晴,西北风甚大。饭后,牛毛墩沈甥来,在硖石习经纪。中午,校阅"隐逸""艺能传"未毕。适锦文、鄂生两侄来,至夜乃去。灯下续校两传毕。摘录不过三四人,如翁邂、王锡阐、凌肇登、薛汉冲,皆有关系。

初三日(2 月 26 日) 晴,北风仍大。饭后,至吴江。入城,已下午矣。寓云在草堂,有佛事,所谓"从宜从俗"也。

初四日(2 月 27 日) 晴。饭后,邱子谦亲家、沈含珠表兄来寓,畅谈半日而去。下午，至石皮衖沈家，晤维风族兄，精神尚可支持。暇时，校阅《人物补志》"列女传"，中多重出。如先从嫂袁氏，系从兄进堂妻，兄名锐，传中分作两人。同一袁氏，以锐为一人，进堂为一人。同一张氏，前以芦墟学周女为一人，后以芦墟学固女为一人。殊为失考，因校正之①。

初五日(2月28日)　晴，天气和暖。闻梨里沈光昌、陈桐畅、徐保和三人赴付控漕押发，现在本学收管，急往走视。询知毛米各归一石六斗左右，正供之外，绰绰有馀。惟扣单一分五厘，欲完不能，致与记书龃龉，赴府控告，未免所见太小，反受漕记欺侮。书生懦弱，往往而然，安得有力者为之扶持也②？出门后，闻邱子谦复来寓所。灯下校阅《人物补志》释、道两门，摘录如谷、雪径、实源三僧。上两僧宜入《分湖小识》，下一僧即工画梅之一泉和尚也。

初六日(3月1日)　晴。校阅《人物补志》。"名臣传"宜摘杨同，"流寓传"内宜摘录杨廷枢。午后，袁渔溪、午亭昆季来寓，不值。

初七日(3月2日)　晴。饭后归家，舟中校阅《人物补志》"别录"，摘录盛寅、叶振、袁黄、周宗建、朱天麟、盛王赞、沈虬、马鳌、徐灵胎、陈炳文、陆耀、沈翼苍、潘士鉴、秦丕烈、汝偕玉、徐乔林、顾甦、吴鹍、显洁诸人轶事。闻昨日何平子来叩谢③，信件、碑帖已寄去。

初八日(3月3日)　晴。以书复孙秋伊，盖为王甥欲同赴玉峰，予既欲挈薰儿独往，即亲如沈婿，尚不肯与之同寓，其他可知。复作书答梦琴。去冬，梦琴以田出兑，不及过户，今已代为完出。照予家吃亏每石正米两洋有馀。事出无可奈何，只好俯就耳。我辈终以交情为重。

初九日(3月4日)　雨终。盖久晴之后，必有久阴。是日，校录

---

①　原文此后尚有"灯下校毕"一句，作者删去。
②　原文此后尚有"见此殊堪发指"一句，作者删去。
③　原文此后尚有"往吊"二字，作者删去。

《人物补志》毕。整顿行李,将有玉峰之行。

初十日(3月5日)　隔夜连雨不止。五更后,大风如吼。饭后欲开船,不得。中午后,风稍息,放船至芦墟,拉陈得珊同往。夜泊许庄。

十一日(3月6日)　晴。清晓放船,由周庄、陈墓过邵陵,至玉峰,日犹未晚。登岸,仍寓周东尹家。东尹年已六十,精神尚健。一子,号星桥,年甫二十,去冬已成婚。灯下出近课见示,采芹可卜,实后来之秀。

十二日(3月7日)　晴。晓起,出朝阳门,寻王甥,不遇。闻寓已定见。至吴寄松、沈婿寓,坐谈片刻,复至陈梦琴、沈南一寓,不值。路逢殷表侄,始知赵海香、殷甥寓所。入半茧园,晤许秋田、夏蓉山,沈婿属蓉山保,薰儿属秋田保。时秋伊丁内艰不出故也。中午,适顾甥子身而来,遂与同寓。

十三日(3月8日)　晴。饭后,邱子谦、许秋田、夏蓉山来寓。午时,文宗已登岸,人皆群聚而观。是日进院发牌,于明日下学放告。午后,同得珊答秋田、蓉山,晤连旦云、王酉山,畅谈时事,不觉言之娓娓。复答子谦,晤其僚婿潘竹卿,年约四十馀,盖潘相国族人也。是日,课题《又敬》,约两侄孙、二王生同作。四人皆不做,惟薰儿与顾甥作,文虽不佳,亦差强人意。

十四日(3月9日)　晴。晓起,欲观文宗下学讲书已晚。饭后,进辕门,看众廪生唱名。文宗面谕:“第一,文童进场,严禁怀挟。第二,诸生完漕,性勿闹事。若受胥吏之辱,许各生面禀究办。”谆谆数千百言,亦近日所罕闻者也。午时,走候殷柏庭、沈愚亭。

十五日(3月10日)　晴。五更起来,送顾甥、王甥考古学。遇城中张石耘,几忘其姓字,后问东尹,始得恍然大悟。自叹近年之健忘也。中午后,放牌。赋题:《“丁亥万用入学”赋以题为韵》,见《夏小正》。诗题:《春风吹又生》,白居易《春草》诗。下午,两甥出场。顾甥于《夏小正》极熟,为后生所难得。夜间,寄松同鄂生侄来寓。

十六日(3月11日) 晴,南风极大。是日,考已进古学。午后,放头牌。赋题《卯为春门以"卯为春门,万物已出"为韵》,见许氏《说文》。诗题《湖水年年到旧痕得"堂"字》。玉山草堂诗。是日散结,认保许照,派保张其泰。嘱薰儿肃衣冠面会廪生,请其画押。予少时旧例如此,不可忽略。重廪生,即所以自重也。近日轻薄子弟,往往嘱值路代办,此种恶习,为父师者宜痛加涤除,未始非整饬士习之一端也。院前晤俞晓斋,茶话片时而归。夜半后,倾盆大雨。上三县进场甚早,多受泞泥之苦。

十七日(3月12日) 晓雨未止,朝日骤红,俗传是不晴明验。午后放牌,长洲《吾之于人也谁毁》,元和《吾犹及史之阙文也,有马者》,吴县《吾尝终日不食,终夜不寝》。二题"或相倍徙"三句倒出。诗题《杏花春雨江南得"江"字》,通场。张小憨同鄂生侄来寓,不值。清晨,蒋霞竹以先子《胜溪图》行看子见还,予欲属其重补一图,尚未脱稿,反以昭文唐葵心七十寿幅求题。予勉成五律一首。葵心子名金鉴,号子荔,入昭文学,实从未谋面也。

十八日(3月13日) 晴。昨日,课题《去谗》,顾甥与薰儿同作,文皆楚楚。顾甥一讲尤佳。场前子弟,能得如此,尚可有望。是日,不作功课,任其游行自在,明日进场故也。饭后,梦琴来寓,以近诗见示,颇得雅人深致。

十九日(3月14日) 四更天雨,雷电交作,时予已起来。凡送考之例,头炮起来造饭;二炮唤文童起来,沐手洗面;吃饭毕,俟放三炮,然后齐集辕门。此番提调官因送考拥挤,散给栅票。吴江、震泽由西辕门验票进去,崇明一县由东辕门进去。一切送考闲人,不得擅入。颇能鱼贯而登。近年,我邑两县文风大衰,吴江计实到二百十七人,泽震计实到二百廿四人,崇明尚有五百馀人。忆乾隆初年,祖父相传,两邑考数共有一千六百馀人。至嘉庆初年,尚有九百馀人。时隔三十馀年,忽减其半,其故何哉?岂非提唱乏人,后生小子不知此事为何物,以故衰替若此与?抑由俗疲民贫,士无读书之资,咸弃学

就贾，以致日减一日与？有心世道者，不得不为之深虑也。是场，吴
江头题《子张问："十世可知也?"子曰："殷因于夏礼。"》，二题《孔子尝
为委吏矣》；震泽《可与言诗矣。子曰："夏礼吾能言之。"》，二题《孔子
先簿正祭器》；崇明《亦不敢作礼乐也。子曰："吾说夏礼。"》，二题《孔
子当时有官职》。诗题《春田可耕时已催得"催"字》，通场。顾甥先出
场，薰儿迟出，文尚不至绝望。是夜，欲观诸童考作，以雨阻不果。

　　二十日(3月15日)　晴。隔夜，行李已下船。晓起，予急欲归
家。时吴柯亭、钱竹荪来寓，匆匆不及深谈而别。趁东风挂帆，中午
已到陈墓王妹婿家。妹婿之尊甫，字恒林，号春帆，赤手创业，竟得大
起，人亦和霭可亲。忽于去年无疾而逝，寿臻八十。予自五妹亡后，
十馀年来与妹婿甚疏，以翁之故，不可无此一拜。妹婿欲留予一饭，
予非故为却情，实不能稍待耳。惟王甥之意，不无恋恋，虽非妹所自
出，却有一番抚养之恩，不忘母氏，故能笃于舅氏也。下午开船，到家
上灯时候。予有诗云："趁得东风便，船如走马看①。到家尽欢喜，开
口问平安。柳意知无恨，梅花尚常寒②。从今宜脱略，非意任人干③。
此诗稿中不存。"(页眉：王丈一段可别录。坡翁《江上看山诗》："船上看
山如走马，倏忽过去数百群。")

　　二十一日(3月16日)　西风大作，是落沙天。是日，考嘉定、宝
山、镇洋三县。午后，重将薰儿考作细看，始知写一白字，恐断无护隽
之理，不觉一番惆怅。

　　二十二日(3月17日)　晴，仍是落沙天。饭后，笑山到馆。吾
乡采芹之信尚无消息，知乡僻之吃亏也。薄暮，有人来云："顾少山文
标、凌柏川澄、连苕堂镐已入学。"及县首夏谦斋增，皆莘溪文会中人，
故记出之。

---

①　"趁得东风便，船如走马看"原为"趁得东风利，吹来面不寒"，后改。
②　"柳意知无恨，梅花尚常寒"原为"溪柳如相识，盆梅尚待看"，后改。
③　"从今宜脱略，非意任人干"原为"米盐休恩我，非意莫相干"，后改。

（夹页：照样小簿十本、信封十个。"三益"印。）

二十三日(3月18日) 晴。有人自梨里来，始得两邑全案。府十名前，吴江遗一名不录，震泽一丁一故，其馀十七名皆取。

二十四日(3月19日) 阴。饭后，趁顺帆至吴江，日犹未午。仍寓云在草堂。登岸后，阴雨连绵，不能出门。

二十五日(3月20日) 昨夜雨久不止，破晓尚未开晴。寓斋闲寂，读纪评苏第一卷。《入峡》五排、《八阵碛》五古、《巫山》五古、《神女庙》五古、《过巴东县不泊，闻有莱公遗迹》五律、《出峡》五古。第二卷。《荆州十首》（删第三首）五律、《渼阳早发》五古、《夜行观星》五古、《上堵吟》七古、《岘山》五古、《鳊鱼》五律、《许州西湖》五古。卷尾有《水官诗》，一起"高人岂学画，用笔乃其天"，千古不传之秘，一言道破。卷三。《辛丑十一月十九日，既与子由别于郑州西门之外，马上赋诗一篇寄之》七古、《和子由渑池怀旧》七律、《次韵子由岐山下诗》（录二：《鱼》《杏》）五绝、《太白山下早行，至横渠镇，书崇寿壁》五律、《石鼻城》七律、《磻溪石》五古、《壬寅重九不预会，独游普门僧阁，有怀子由》七律、《九月二十日微雪，怀子由二首》七律、《病中闻子由得告不赴商州三首》（录第一首）七律、《病中大雪数日，未尝起观号令，赵荐以诗相属，戏用其韵答之》五古、《馈岁》《别岁》《守岁》五古。卷四。《次韵子由论书》五古、《中隐堂诗》五律、《石鼓歌》七古、《诅楚文》五古、《王维吴道子画》长短句、《维摩像唐杨惠之塑在天柱寺》七古、《真兴阁》五古、《李氏园》五古、《秦穆公墓》长短句、《和子由〈闻子瞻将如终南太平宫溪堂读书〉》五古、《将往终南，和子由见寄》七古、《是日自磻溪将往阳平，憩于麻田青峰寺之下院翠麓亭》五古、《二十七日自阳平至斜谷，宿于南山中蟠龙寺》七古、《是日至下马碛，憩于北山僧舍，有阁曰怀贤，南直斜谷，西临五丈原，诸葛孔明所从出师也》五古、《扶风天和寺》五律。（页眉：在寓中读诗，兴到摘出，殊属无谓。自后落笔宜简严为主。）

二十六日(3月21日) 阴。晓起，仍读苏诗第五卷。《和子由记园中草木十首》五古、《纪梦》五古、《楼观》七律、《大秦寺》五律、《仙游潭》（第一首）同上、《马融石室》同上、《竹𪵑》五古、《渼陂鱼》七古、《司竹监烧苇园，因都巡检柴贻勖左藏，以其徒会猎园下》七古、《和子由苦寒见寄》五古、《谢苏自之惠酒》七古。卷中一联:"晓梦猿呼觉,秋怀鸟伴吟。"避世堂中诗也。《补和董传留别》七律。卷六。《王颐赴建州钱监求诗及草书》七古、《秀州僧本莹静照堂》五古、《石苍舒醉墨堂》七古、《送任伋通判黄州,兼寄其兄孜》七古、《送吕希道知和州》七古、《送文与可出守陵州》七古、《次韵张安道读杜诗》五排、《傅尧俞济源草堂》七律、《次韵柳子玉过陈绝粮二首》(录第二首)七律、《颍州初别子由二首》五古、《欧阳少师令赋所蓄石屏》七古、《陪欧阳公燕西湖》七古、《十月二日将至涡口五里所,遇风留宿》五古、《出颍口,初见淮山,是日至寿州》七古、《虞姬墓》七绝、《发洪泽,中途遇大风,复还》、《十月十六日记所见》七古、《刘莘老》五古。卷中《送刘道原诗》,细看太露。卷七。《游金山寺》七古、《自金山放船至焦山》七古、《甘露寺》五古、《腊日游孤山,访惠勤、师思二僧》七古、《越州张中舍寿乐堂》七古、《送岑著作》五古、《吉祥寺赏牡丹》七绝、《和刘道原咏史》七律、《雨中游天竺灵感观音院》短七古、《和蔡准郎中见邀游西湖三首》七古、《六月二十七日望湖楼醉书》五绝、《宿馀杭法喜寺后绿野堂,望吴兴诸山,怀孙莘老学士》五律、《宿临安净土寺》五古、《自净土步至功臣寺》五古、《游径山》七古、《宿望湖楼再和》五古。卷尾五绝内第四首一起特佳:"菰蒲无边水茫茫,荷花夜开风露香。"

二十七日(3月22日) 晴。昨午走候黄小轩有熊老辈,询及友兰明府本末,亦未能深悉。晓起,仍读苏诗第八卷。《焦千之求惠山泉诗》五古、《和欧阳少师寄赵少师次韵》七古、《监试呈诸试官》五古、《望海楼晚景》五绝(录三、五)、《孙莘老求墨妙亭诗》七古、《八月十日夜看月,有怀子由并崔度贤良》七古、《八月十七日复登望海楼,自和前篇,是日榜出,与试官两人复留五首》(录一、三、五)、《秋怀二首》五古、《梵天寺见僧守诠小诗,清婉可爱,次韵》五古、《和沈立之留别二首》七绝、《和陈述古拒霜花》七绝、《是日宿水陆寺,寄北山清顺僧二首》(录二)、《六和寺冲师闸山溪为水轩》七绝、《冬至日独游吉祥寺》七绝、《鸦种麦行》七古、《和致仕张郎中春昼》七排、《画鱼歌》七古、《游道场山何山》七古、《莘老葺天庆观小园,有亭北向,道士山宗说乞名与诗》七律、《至秀州,赠钱端公安道,并寄其弟惠山老》七古、《秀州报本禅院乡僧文长老方丈》七律。卷尾《吴中田妇叹》有"官今要钱不要米"句。抵暮,宇安侄来寓,即发信一函到家。

二十八日(3月23日) 阴。读苏诗第九卷。《正月九日有美堂醉归,径睡,五鼓方醒,不复能眠,起阅文书,得鲜于子骏所寄杂兴,作古意一首答之《五古、《次韵答章传道见赠》五古、《法惠寺横翠阁》七古①、《正月二十一日病后,述古邀往城外寻春》七律、《饮湖上初晴后雨二首》七绝、《往富阳,新城李节推先行三日,留风水洞见待》七古、《自普照游二庵》七古、《新城道中二首》七律、《山村》五绝、《湖上夜归》五古、《寒食,未明至湖上,太守未来,两县令先在》七律、《次韵代留别》七绝、《僧清顺新作垂云亭》五古②、《暴雨初晴,楼上晚景五首》(录一、二)、《韩子华石淙庄》五古。卷中佳句如:"龚黄侧畔难言政,罗赵前头且眩书。""共疑杨恽非锄豆,谁信刘章解立苗。"卷十。《病中游祖塔院》七律、《孤山二咏》七律、《八月十五日看潮》五绝、《登玲珑山》七律、《宿九仙山》七律、《陌上花三首》(录第一③)、《径山道中,次韵答周长官,兼赠苏寺丞》五古④、《初自径山归,述古召饮介亭,以病先起》(以下皆七律)、《明日重九,亦以病不赴述古会,再用前韵》《九日寻臻阇黎,遂泛小舟至勤师院二首》、《九日舟中望见有美堂上鲁少卿饮,以诗戏之二首》七绝、《九日湖上寻周、李两君不见,君亦见寻于湖上,以诗见寄,明日乃次其韵》五古⑤、《次韵周长官寿星同钱鲁少卿》七律、《次韵述古过周长官夜饮》同上、《述古以诗见责屡不赴会,复次前韵》《金门寺中见李西台与二钱唱和四绝句,戏用其韵》。卷中佳句如"鱼钥未收清夜永,凤箫犹在翠微间。""天外黑风吹海立,浙东飞雨过江来。"纪公却不喜,何也? 卷十一。《赠治易僧智周》七律、《书双竹湛师房二首》七绝、《夜至永乐文长院,文时卧病退院》七律、《和钱安道寄惠建茶》七古⑥、《钱安道席上令歌者道服》七律、《惠山谒钱道人,烹小龙团,登绝顶望太湖》、此首纪公不喜。《除夜野宿常州城外二首》七律⑦、《元日过丹阳,明日立春,寄鲁元翰》同上⑧、《古缠头曲》七古、《刁景纯赏瑞香花,忆先朝侍宴,次韵》七律⑨、《金山寺与柳子玉饮,大醉,卧宝觉禅榻,夜分方醒,书其壁》五古⑩、《退圃》五绝、《游鹤林招饮二首》短五古、《书普慈长老壁》七律⑪、《书焦山纶长老壁》五古、《常润道中,有怀钱塘,寄述古五首》(录三、五)、《杭州牡丹开时,仆犹在常润,周令作诗见寄,次其韵,复次一首赴阙》、《无锡道中赋水车》七古⑫、《虎邱寺》五古、《次韵沈长官三首》、《戏书吴江

---

①⑤⑥⑪⑫ 三圈。
②③④⑧⑨⑪ 双圈。

三贤画像三首》①、《过永乐文长老已卒》②。下午雨窗岑寂，命酒独酌，颇得醺适之趣，成七律一首："老年颜色醉仙桃，酒力真能破郁陶。万事由来半鸡肋，一身③以外尽鸿毛。花间难得成三影，吾侧何妨侍二豪。风雨闭门眠独早，春寒幸未典皮袍。"

二十九日(3月24日)　雨，东北风极料峭。仍读苏诗第十二卷。《僧惠勤初罢僧职》五古④、《游灵隐高峰塔》五古⑤、《青牛岭高绝处有小寺，人迹罕到》七古、《新城陈氏园次晁补之韵》五古⑥、《听贤师琴》七古⑦、《润州甘露寺弹筝》七古、《平山堂次王居卿祠部韵》七律⑧、《除夜病中赠段屯田》五古⑨、《乔太博见和，复次韵答之》同上、《二公再和，亦再答之》⑩、《雪后书北台壁二首》七律、《铁沟复赠乔太博》七古。卷十三。《送段屯田，分得"于"字》七古、《出城送客不及，步至溪上二首》五律、《卢敖洞》《圣灯岩》五绝、《次韵章传道喜雨》七古、《谢郡人田、贺二生献花》五古、《惜花》七古(柏梁体)、《和顿教授见寄，用除夜韵》、《送春》七律、《西斋》五古⑪、《寄刘孝叔》七古、《答陈述古二首》七绝、《张安道乐全堂》七古、《怀西湖寄晁美叔同年》、《祭常山回小猎》七律⑫、《和章七出守湖州二首》(录一)、《和蒋夔寄茶》七古⑬。卷十四。《湖桥》《横湖》《竹坞》《待月台》《无言亭》《溪光亭》《过溪亭》《筼筜谷》《寒芦沟》《野人庐》《此君轩》《北园》《寄题刁景纯藏春坞》、《闻乔太博换左藏知钦州，以诗招饮》七律、《寄黎眉州》七律、《登常山绝顶广丽亭》五古、《同年王中甫挽词》七律⑭、《七月五日二首》五古、《和晁同年九日见寄》七律、《雪夜独宿柏仙庵》七律、《留别释迦院牡丹呈赵倅》七古⑮、《董储郎中尝知眉州，与先人游，过安丘，访其故居，见其子希甫，留诗屋壁》七律⑯。文达公深砭《薄薄酒》诗，亦自有识，恐开庸恶陋劣之弊。卷十五。《除夜大雪留潍州，元日早晴，遂行，中途雪复作》五古、《送范景仁游洛中》五排、《次韵景仁留别》五古、《京师哭任遵圣》五古、《书韩幹牧马图》七古、

---

① ④⑤⑥⑧⑩⑪⑫⑯　双圈。
② ⑦⑨⑬⑮　三圈。
③　"身"原为"生"，后改。
⑭　此三首均为双圈。

《送鲁元翰少卿知卫州》五古①、《宿州次韵刘泾》七律、《和李邦直沂山祈雨有应》七古②、《东栏梨花》七绝、《与梁先舒焕泛舟得临酿字二首》(录一)、《次韵答邦直、子由五首》(录第四、第五)、《司马君实独乐园》五古、《蝎虎》七古、《子由将赴南都,与予会宿于逍遥堂,作两绝句,读之,殆不可为怀,因和其诗以自解》七绝、《过云龙山人张天骥》五古、《答任师中家汉公》五古、《初别子由》五古、《韩幹马十四匹》七古③、《赠写御容妙善师》七古、《哭刁景纯》五古、《答吕梁仲屯田》七古④。

三十日(3月25日) 连夜风雨不止,感成一律:"摇落雪千点,早知春易阑。东风吹作雨,南国酿成寒。岁月惊心过,繁华冷眼看。庭梅开昨歇,又见杏花残。"晓起,仍读苏诗卷十六中。《送李公恕赴阙》七古、《春菜》七古、《虔州八境图八首》(录二、三、四、六、八)、《读孟郊诗二首》五古⑤、《访张山人得山中字二首》五律、《与梁左藏会饮傅国博家》七古⑥、《坐上赋戴花,得"天"字》七律、《芙蓉城》七古⑦、《起伏龙行》七古、《送李公择》五古⑧、《次韵答刘泾》七古⑨、《携妓乐游张山人园》七古、《次韵僧潜见赠》七古⑩、《次韵秦观秀才见赠,秦与孙莘老、李公择甚熟,将入京应举》七古、《仆囊于长安陈汉卿家见吴道子画佛,碎烂可惜。其后十馀年,复见之于鲜于子骏家,则已装背完好。子骏以见遗,作诗谢之》七古、《雨中过舒教授》五古、《又送郑户曹》五古、《次韵黄鲁直见赠古风二首》五古⑪、《次韵答舒教授观予所藏墨》七古⑫、《送郑户曹赋席上果得榧子》五古、《答范淳甫》七古、《和鲜于子骏郓州新堂夜月二首》五古⑬。

---

① 双圈。
② 此二首均为三圈。
③⑤⑥⑦⑨⑩⑫ 三圈。
④ 此三首均为双圈。
⑧ 此二首均为双圈。
⑪⑬ 双圈。

三　月

初一日(3 月 26 日)　连雨寒甚。饭后,冯婿来寓。予尚欲逗留几日,属渠同寓城中宣家。再发一信到家,约初七日来载。

初二日(3 月 27 日)　隔夜大风雨。晓起,天已晴明,真大快事也。读苏诗十七卷。《中秋月三首》五古、《中秋见月和子由》七古①、《与顿起孙勉泛舟,探韵得"未"字》五古②、《九日黄楼作》七古③、《送顿起》五古、《登云龙山》(别调)④、《百步洪二首》七古⑤(第一首尤佳)、《送参寥师》五古⑥、《次韵颜长道送傅倅》。是夜不寐,为公事牵连故耳。

初三日(3 月 28 日)　晴。相传是日晴上午,主蚕熟;下午,主年丰。是日,闲游一日。

初四日(3 月 29 日)　晴,东风极大。读苏诗卷十八。《人日猎城南,会者十人,得"鸟"字》五古、《将官雷胜得"过"字,代作》五古、《台头寺步月,得"人"字》七律⑦、《种松,得"徕"字》五古⑧、《作诗寄王晋卿,忽忆前年寒食北城之游,走笔为此诗》七古、《以双刀遗子由,子由有诗,次其韵》五古⑨、《游桓山,会者十人。得"泽"字》五古⑩、《戴道士得四字代作》五古、《次韵田国博部夫南京见寄二绝》、《月夜与客饮杏花下》七古、《答郡中同僚贺雨》五古⑪、《罢徐州,往南京,马上走笔寄子由五首》五古、《泗洲僧伽塔》七古⑫、《龟山》七律⑬、《过淮三首》五律、《舟中夜起》七古⑭、《余去金山五年而复至,次旧诗韵赠宝觉长老》、《大风留金山两日》七古⑮、《游惠山三首》五古、《赠钱道人》五古⑯、《与秦太虚、参寥会(与)〔于〕松江,而关彦长、徐安中适至,分韵得"风"字》七律、《次韵秦太虚见戏耳聋》七古⑰、《端午遍游诸寺,得"禅"字》五古⑱。卷十九。《与客游道场何山得"鸟"字》五古、《送孙著作赴考城,兼寄钱醇老、李邦直,二君于孙处有

---

①　此二首均为三圈。
②④⑥⑦⑨⑩⑬⑯⑱　双圈。
③⑤⑧⑫⑭⑮⑰　三圈。
⑪　此三首均为双圈。

书见及》五古①、《泛舟城南，会者五人，得"人皆苦炎"四字》七律、《次韵李公择梅花》五古②、《与王郎昆仲及儿子迈绕城，观荷花，登岘山亭，入飞英寺，分韵得"月明星稀"四字》五古③、《次韵章子厚飞英留题》七绝、《城南县尉水亭得"长"字》五排、《与胡祠部游法华山》七古、《次韵赠贾耘老》七古、《赵阅道高斋》七古、《次韵答孙侔》七律、《御史台四首》五古、《己未十月十五日恭闻太皇太后不豫有赦作诗》七律、《予以事系御史台狱，狱吏稍见侵，自度不能堪，死狱中，不得一别子由，故作二诗，授狱卒梁成，遗子由》⑤。卷二十。《游静居寺》五古、《梅花二首》七绝、《戏作种松》五古、《初到黄州》七律⑤、《定惠院寓居，月夜偶出》七古⑥、《次韵前篇》七古⑦、《安国寺寻春》七古、《寓居定惠院之东，杂花满山，有海棠一株，土人不知贵也》七古⑧、《雨晴后，步至四望亭下鱼池上，遂自乾明寺前东冈上归二首》五律、《杜沂游武昌，以酴醾花、菩萨泉见饷二首》五古⑨、《游武昌寒溪西山寺》五古、《武昌铜剑歌》七古⑩、《定惠院颙师为予竹下开啸轩》五古⑪、《石芝》七古、《迁居临皋亭》五古⑫、《晓至巴河口迎子由》五古、《与子由同游寒溪西山》七古⑬、《观张师正所蓄辰砂》七律。卷二十一。《正月二十日往岐亭，郡人潘、古、郭三人送予于女王城东禅院庄》七律、《东坡八首》五古、《太守徐君猷，通守孟亨之皆不饮酒，以诗戏之》七律⑭、《冬至日赠安节》五古、《正月二十日与潘郭二生出郊寻春，忽记去年是日同至女王城作诗，乃和前韵》七律⑮、《红梅三首》（录一）七律、《徐史君分新火》七古、《谢陈季常惠一揣巾》七律、《次韵孔毅父久旱已而甚雨三首》七古⑯、《鱼蛮子》五古、《夜坐，与迈联句》五古、《吊李台卿》五古⑰。是日午后复雨。予将整顿行李，明日租船去矣。下午复雨。

初五日（3月30日） 不雨，骤热。晓起，与冯婿租船而归，盖已中午后矣。

初六日（3月31日） 淡晴天气。予以事至三古堂，复上餐秀

---

① 此二首均为双圈。

②④⑤⑦⑩⑫ 双圈。

③⑥⑨⑪⑬⑮⑰ 三圈。

⑧⑭ 此二首均为三圈。

阁，与吴寄松畅谈，同饭于"绿满窗前草不除"中，而家人敦促至再，复以俗事相浼，遂返。

初七日（4月1日）　不雨不晴。近寒食节，往往如此。予于去夏为沈婿排解一事，至今日才得完结了局。共代应洋钱六百零八元。

初八日（4月2日）　阴。饭后，嘱薰儿随兆文、兆元两侄扫墓。是年，先大父、先君子及先仲兄之墓均轮在大兄处当祭。予以事至芦墟，时高伴山又丧其长子兰溪。七十馀岁老翁，遇此逆境，倍难为怀。旁观相为慰藉，恐当局者未必能释然也。下午，至孙家汇。时秋伊有嗣母之丧，登堂一拜，谈至薄暮而返。

初九日（4月3日）　阴。饭后，笑山解节。予嘱家人扫洒二加堂，整段几席，预为十一日老五房当祭，轮着二大房，实予承办故耳。

初十日（4月4日）　阴。是日上午，复读苏集二十二卷。《集句》第三首"天下几人学杜甫，谁得其皮与其骨"二句出处。《六年正月二十日复出东门，仍用前韵》七律、《大寒，步至东坡，赠巢三》五古①、《元修菜》五古、《日日出东门》五古、《南堂》五绝（录第五）、《初秋寄子由》五古、《和黄鲁直食笋次韵》五古②。《邓母周氏挽词》诗云："微生真草木，无处谢天力。慈颜如春风，不见桃李实。"一起令人下泪。《和蔡景繁海州石室》七古③、《东坡》绝句、《和秦太虚梅花》七古④、《再和潜师》七古、《上巳日与二三子出游，随所见，辄作数句，明日集之为诗，故词无伦次》七古。

十一日（4月5日）　晓雨连绵，殊不惬意。饭后，雨稍疏。嘱薰儿、兆元侄随伯父至北舍港祭扫。正菜四席，冥仪、香烛称是。予在家料理，故不及与祭。中午，雨已止。祭扫回来，散福，共有三十七人。天若不雨，尚可赠一二席。是日，约费二十两。若中人以下，务宜节省为要。

---

①　此二首均为双圈。
②　此四首均为双圈。
③　双圈。
④　三圈。

十二日(**4月6日**) 大有霁色,午后复阴,薄暮又雨。至是已积阴半月馀矣。时菜花正开,急宜晴明,方能放足结子。不然,此花非闭即堕,有妨成熟。豆花亦然。

十三日(**4月7日**) 晓雨,寒甚。饭后,出吊于玩墅。中午,至泮水港。薄暮始返,已得晚晴。

十四日(**4月8日**) 晴。仍读苏诗二十三卷。《别黄州》七律、《过江,夜行武昌山,闻黄州鼓角》七古、《岐亭五首》五古①。《初入庐山》第一首,一起:"青山若无素,偃蹇不相亲。"亦是游山妙语。《开先漱玉亭》五古、《栖贤三峡桥》五古、《书李公择白石山房》七绝②、《自兴国往筠,宿石田驿南廿五里野人舍》七古、《过建昌李野夫公择故居》五古、《将至筠,先寄迟、适、远三犹子》七古、《别子由三首,兼别迟》七古、《初别子由至奉新作》五古③、《陶骥子骏佚老堂二首》五古、《和李太白》五古④、《郭祥正家醉画竹石壁上,郭作诗为谢,且遗二古铜剑》七古⑤、《龙尾砚歌》七古、《张近几仲有龙尾子石,以铜剑易之》七古长短句、《张作诗,送砚反剑,乃和其诗,卒以剑归之》、《去岁九月二十七日在黄州生子遯,小名幹儿,颀然颖异。至今年七月二十八日病亡于金陵,作二诗哭之》(录)。积雨连晴,今晨稍有霁色。晓起,口占一绝:"楼头忽断雨声催,窗网熹微日出才⑥。只恐骤晴天未许,妨他连夜百花开。"

十五日(**4月9日**) 晴。饭后,至梨花里汝梅村家,与石桐圃媒翁议择薰儿大婚之期,并行聘事宜。嘱渠转致邱子谦亲家⑦。中午,蒙梅村留饮,同席者为其西宾沈愚亭光昌及其长子寅斋鸣球。愚亭曾相识于十年前,闻其穷经学古,近出岁试课艺见示,气清笔爽,不愧作手,宜文宗之拔置第一也。寅斋虽系初学,然文笔倜傥不群,实后来

---

①③④ 双圈。

② 此三首均为双圈。

⑤ 三圈。

⑥ "楼头忽断雨声催,窗网熹微日出才"原为"楼头才断雨声催,晓晓熹微隙处来",后改。

⑦ 原文此后尚有"互相传述"一句,作者删去。

之秀。午后,至平川日新堂中。大姊闻予来,喜甚,即出相见。一别半年有馀。去冬得疮疾,缠绵一月始愈,不觉渐增衰态。幸玉成甥侍养甚好,桑榆蔗境,亦不可多得。是夜,殷甥款待甚恭。与王云墅同宿书楼。

十六日(4月10日) 晴。饭后,至黄溪,重访赵眉山。询及《松陵补志》一书能刻与否,眉山欲为将伯之助,以旧藏书画出售与予。予谓此事可以不必。若得此书,录一副本,藏在予家,迟至一二年,必能为之刊行。眉山欣然见付。予不肯受其书画,而毅然以此事自任,识者当自知之。中午,至六里舍,与王珠亭僚婿话旧,盖相别一年馀矣。予过亲友家,以洒脱为主,脱粟相留,何嫌俭约?主人必欲设以华筵,实非予之乐受也。薄暮返棹,仍宿日新堂中。

十七日(4月11日) 天复阴。饭后解维,过梨里泊舟,予不登岸。接石桐圃选日之信,已择于九月初四日迎娶,初五日卯时成婚①。此时天气却好,寒暖适中。同至大港,与诸房从子、从孙一叙,惟松琴侄及小园、少眉两侄孙出见。予惟勉以努力向学,馀则治生为急。抵暮到家,天复雨。

十八日(4月12日) 雨复连绵终日,至夜尤甚。是日,为行聘事宜,将往苏郡置办礼物,先录底账一纸,以便随手检阅。先贤所谓"凡事预则立"也。

十九日(4月13日) 雨。

二十日(4月14日) 晴。饭后,同笑山至芦墟陈古愚家,有酿金之会。抵暮而返。

二十一日(4月15日) 晴。饭后解维,舟中阅《皇朝经世文编》三十六卷"农政",内有张英所著《恒产琐言》一篇,中得四语,最亲切,可作子孙座右铭:"读书者不贱,力田者不饥,种德者不倾,择交者不败。"予欲倩人书一楹帖,故特为摘出。午后,至吴江城外泊舟。(页

---

① "成婚"原为"合卺之期",后改。

眉:查张英,字敦复,安徽桐城人。康熙丁未进士,官至文华殿大学
士,谥文端。有《存诚堂》《笃素堂》等集。)

二十二日(4月16日) 晴。晓至阊门外泊舟。饭后登岸,寓周
二房家。二客一仆,每人五分一日。

二十三日(4月17日) 晴。自学士街步至阊门,不过三里许。
前年视如捷径,一日可两三回。今春足上生茧,颇觉苦难。即此渐增
老态矣。

二十四日(4月18日) 晴。中午,有人邀予至阊门涌和馆观
剧,抵暮而返。

二十五日(4月19日) 隔夜大风雨,晓起,重云漠漠,未卜开
晴。予以脚痛不出,寓中读原本《施注苏诗》三卷,颇觉快心。

二十六日(4月20日) 稍有霁色。寓中得杂诗二首:"静里闲
观万类生,试将物理验人情。莼原何味因鲈贵,春本无言以鸟鸣。膝
上未成怀祖志,世间终重右军名。尺长寸短休相较,似此区区不足
评。""局束年来守故园,卧游从不出邱樊。著书未免妨行乐,问舍原
无可采言。老骥有时悲伏枥,夜乌底事不归村。倦飞却似投林鸟,一
任天边化□鲲①。"第二首宜改。下午复雨。是夜大风雨,侵晓乃止。
(页眉:膝。正。)

二十七日(4月21日) 晴。晓起下船,至跨横顾恕堂家就医。
予右鼻不通,历有年所。恕堂云:"不早调治,恐将成鼻痔。"处方而
返。回至吴江,日犹未晚。

二十八日(4月22日) 晴。晓起回棹,至北舍港泊舟。是日,
俗为"天赦日",梅墩村东岳庙前烧香观剧,男女云集。予亦未能免
俗,随众泊舟,以足疾不登岸。舟中仍阅《经世文编》三十七卷"农
政",内有顾亭林先生与潘稼堂一书,中引《列子》盗天之说,谓取之造

---

① "夜乌底事不归村。倦飞却似投林鸟,一任天边化□鲲"原为"飞鸿何
处认题痕。平生雅抱向平愿,已卜今秋始毕婚",后改。

物而无争于人。若今之江南,利尽秋毫,虽微如蠛蠓,亦岂得容身于其间? 先生在百六十年前已慨乎言之矣。予讲求西北水利,随处留心。阅三十八卷内乔光烈《同州府荒地渠泉议》,有"所为尽地利者,亦非必尽于稼穑中"一语,扼西北水利得失之键。薄暮言旋。

二十九日(4 月 23 日) 隔夜又雨。晓起,仍未开晴。是日,以脚痛静养,不用心看书。

四 月

初一日(4 月 24 日) 阴。书斋静坐,改录近作。盖自二三月间,屡次出门,略得数首。

初二日(4 月 25 日) 雨。下午,少湄、小园两从孙来。少湄为云湄从侄长子,自少失怙,颇能刻苦向学。成婚后,骤生失怙之嗟。以贫业医,几不能自存①。予为通盘打算,竟无善后之计,奈何奈何。吾宗境遇之厄,未有如此子者,然尚能苦吟,以近作见示,甚可嘉也。故特记之。

初三日(4 月 26 日) 雨。重读纪评苏诗二十四卷,以太烦琐,不复摘题,偶逢佳句,随手录出。如《次荆公韵》云:"劝我试求三亩宅,从公已觉十年迟。"《次韵裴维甫》云:"一别临平山上塔,五年云梦泽南州。"《游蒋山》云:"峰多巧障日,江远欲浮天。"荆公读此二语,曰:"老夫平生作诗,无此二句。"《和王巩》第一首云:"异时长怪谪仙人,舌有风雷笔有神。闻道骑鲸游汗漫,忆尝扪虱话悲辛②。气吞余子无全目,诗到诸郎尚绝伦③。白发故交空掩卷④,泪河东注问苍旻。"此种律诗,是苏家上乘。又二十五卷《和王胜之》第一首:"城上

---

① 原文此后尚有"可慨也已"一句,作者删去。
② 旁批:"逆挽法。"
③ 旁批:"拍合题面。"
④ 旁批:"收到和意,两面俱到。"

湖光暖欲波，美人唱我踏春歌。鲁公宾客皆诗酒，谁是神仙张志和①。"又二十六卷《喜王定国北归第五桥》云："世事饱谙思缩手，君恩未报耻归田②。"沉痛语，不可多得。《惠崇春江晚景》第一首："竹外桃花三两枝，春江水暖鸭先知。蒌蒿满地芦芽短，正是河豚欲上时。"写景须得如此手段，可与造物者游。

初四日（4月27日） 阴。上午，往泮水港贺喜。下午，少湄从孙再来，万难措置之处，真令人辄唤奈何已。

初五日（4月28日） 阴。重读纪评苏诗二十七卷。此卷内入选者少，惟《虢国夫人夜游图》《武昌西山》二首七古，清苍老健。七律《送贾讷倅眉》第二首，一气浑成，最宜熟读："老翁山下玉渊回，手植青松三万栽。父老得书知我在，蓬蒿亲手为君开。试看一一龙蛇活，更听萧萧风雨哀。便与甘棠同不剪，苍髯白甲待归来。自注：先君葬于蟆颐山之东二十馀里，地名老翁泉。君许为一往，感叹之深，故及之。"二十八卷内，惟《次韵子由书李伯时所藏韩干马》七古一首最佳。抵暮，吴婿来。

初六日（4月29日） 有开晴之兆，渐觉和暖，未知雨师即能退避否？然豆麦已大减矣。

初七日（4月30日） 隔夜大风，兼有微雨。晓起仍阴。自二月望后至今，从无三日之晴。下田将淹，春熟歉收，五年一小变，天灾其未免乎？盖自甲午至丁酉，成熟已四年矣。雨窗闷人，仍读苏诗二十九卷。惬意者少，惟《书晁补之所藏与可画竹三首》《书鄢陵王主簿所画折枝二首》《和张耒高丽松扇》③及《获果庄二十韵》最为出色。纪跋尾云："此卷多冗杂潦倒之作，始知木天玉署之中，征逐交游，扰人清思不少。虽以东坡之才，亦不能于酒食场中吐烟霞语也。"三十卷

---

① 旁批："风神绝佳。"
② 双圈。
③ 此三首均为双圈。

惟七古二首最佳:《庆源宣义王丈诗》《书王定国所藏烟江叠图》①。

初八日(5月1日)　阴。下午,始得开晴。读苏诗三十一卷,七古《寄蔡子华》、五古《故周茂叔先生濂溪》②二诗最佳。予尤爱《送子由使契丹》云:"云海相望寄此身,那因远适更沾巾。不辞驿骑凌风雪,要使天骄识凤麟。沙漠回看清禁月③,湖山应梦武林春④。单于若问君家世,莫道中朝第一人。"馀可不看。三十二卷中,《寿星院寒碧轩》⑤《赏枇杷》《袁公济和刘景文登介亭诗复次韵答之》《问渊明》⑥,馀无足观。自二十七卷至此,落叶者多,老树亦为减生,不知中多伪托与?抑老手颓唐,即才大东坡亦所不免与?是真不可解也。夜间,闻老农云:"四月初八晴,多水荒。"未知验否。

初九日(5月2日)　晓来骤晴,午后阴云又满布矣。

初十日(5月3日)　阴,下午微有雨。媒翁石桐圃、邱宝芝同来。蒙来贺喜者,吴君寄松、殷甥二式、沈婿闻叔。笑山以事归家。

十一日(5月4日)　晴。清晨,港上诸侄及诸侄孙同来贺喜。饭后,送盘至梨里邱昼翁家,一大舟、一小舟,盘盒共三十六个。是日,风恬浪静。二鼓后,盘船始回。兼多月色,席散已四鼓矣。

十二日(5月5日)　天又雨终日。饭后,送媒翁归家,留寄松诸君再宿一宵。是夜,不觉形劳神疲,大有倦态。"人逢喜气精神王",此语为壮者言之则可,若五十以后,未必尽然。

十三日(5月6日)　阴。饭后,寄松诸君不可复留矣。予自少壮以来,遇事勇往,毫无退心。年过五十,志气渐衰,今年尤甚。儿女婚嫁,今秋可毕。惟留一侄女未嫁,所当保惜馀年,借了平生志愿耳。慎之慎之。

---

①②⑥　此二首均为双圈。

③　旁批:"子由本翰林。"

④　旁批:"东坡在杭州。"

⑤　双圈。

十四日(5月7日) 阴。下午，少有霁色。是日，有感昨日之事，得诗一首，题云《寄种树者》："拔地参天曾有几，栖鸾宿凤岂无枝？须知根本宜培护，好卜花开结子时。"人家子弟，如树之有花，花之有子。然须深根固蒂，加意栽培①，膏之渥者叶自茂。今人不善栽植，骤发之花，安能结子？吾愿世之为父兄者，及早猛省也。

十五日(5月8日) 天又雨。书斋养疴，仍读纪评苏诗三十三卷。中有《送小本禅师赴法云》五古一首，后云："出岫本无心，既雨归亦得。"小本，本名善本，开封人。力学，举进士。得《华严经》，开卷恍然心契，遂习禅。故诗所云，却切不磨。又有《听武道士弹贺若》："清风终日自开帘，凉月今宵肯挂檐。琴里若能知贺若，诗中定合爱陶潜。"蕴藉得好。三十四卷中，名作甚多，如《放鱼一首》②《泛颍诗》《聚星堂雪》《喜刘景文至》《祷雨张龙公既应刘景文有诗次韵》《次韵送刘景文》《阎立本职贡图》《送路都曹》《送运判朱朝奉入蜀》③等作，皆宜熟读者也。

十六日(5月9日) 阴，下午晴。吴婿在予家，抄录《松陵人物补志》一书，于四月十五日抄起，约有十五万字。

十七日(5月10日) 阴。是日，欲往嘉兴，不果。地气燻蒸，触处皆湿，惟楼居独干净。安得构成一书楼，以为老年藏息地耶？下午，大雨倾盆，至夜方息。

十八日(5月11日) 阴。仍读苏诗三十五卷。《淮上早发》云："澹月倾云晓角哀，小风吹水碧鳞开。此生定向江湖老，默数淮中十往来。"语浅而意深。东坡绝句，难得此正宗。两《次赵德鳞西湖诗韵》及《和陶饮酒二十首》④，足征才大，非秦、晁辈所能学步。《石塔

---

① "加意栽培"原为"积厚流光"，后改。

② 三圈。

③ 此八首均为双圈。

④ 此三首均为双圈。

寺诗》①真是具眼。三十六卷中，佳诗甚多，不及摘出。是日，饭后开晴，晚景尤佳。

十九日(5月12日)　晴。仍读苏诗三十七卷，开端三首②，洵是杰作。馀如《雪浪石》《鹤叹》《子由生日一首》《龙兴寺吴画壁》③，皆有目共赏者也。三十八卷以《秧马歌》《游罗浮山一首》④《白水山佛迹岩》⑤、《梅花盛开》次村学韵三首⑥为杰作，馀亦多有可采。

二十日(5月13日)　又阴。下午，仍读苏诗三十九卷。卷首有《游罗浮道院及栖禅精舍》诗，一起："断桥寻胜践，脱屦欣小揭⑦。"纪评及查注皆作"断桥寻胜践"，惟施注作"断桥隔胜践"。予寻绎诗语，当以"寻"字为佳。俟得善本再校。《龙(虎)[尾]石研》诗："文章工点黵，忠义老研磨。"黵，音俨。《草书势》："黵，相连也。"见《晋书·卫恒传》。《连雨江涨》诗："龙卷鱼虾并雨落，人随鸡犬上墙眠。"予于癸巳年曾亲历其境。合观此卷诗，以《和陶诗》《荔支诗》⑧为最，其馀亦多可诵。惟晚年学仙、学佛诸诗，殊不耐人寻味，何也？卷末《小圃五咏》，予最爱《薏苡诗》⑨："伏波饭薏苡，御瘴传神良。能除五溪毒，不救谗言伤。谗言风雨过，瘴疠久亦亡。两俱不足治，但爱草木长。"一起八句，笔笔拓开，句句圆转，绝大神通。

二十一日(5月14日)　又雨。仍读苏诗四十卷。《和陶诗》瑕瑜参半，中有四言十首⑩，绝妙。《和陶时运》四首、《和陶答庞参军》六首⑪。四十一卷，卷首《渡海》《寄子由》⑫二首，先生集中，难得如此雄杰，唐

---

①②⑩　双圈。
③　此四首均为双圈。
④⑫　此二首均为双圈。
⑤⑨　三圈。
⑦　此二句点。
⑧　此二首均为三圈。
⑪　此两组均为双圈。

贤惟太白可以追配。均以"一冬"为韵。馀五古中，多有可取。《和陶酬刘柴桑》注："山药，一名白玉延。"《月季花诗》，注谓："此即玫瑰花也。"补录十九日《晚晴诗》："吹老东风太不情，今朝忽听子规声。相传子规鸣，天乃晴。莺花浪籍曾何惜，收得桑榆重晚晴。"

二十二日(5月15日)　饭后开晴，是两月以来第一日。读苏诗四十二卷，中多《和陶》，并七绝多婉约之词。五古最爱《西田获早稻诗》："人间无正味，美好出艰难。盍知农圃乐，岂有非意干。"愈平常，愈极真朴。如此和陶，方不为优孟衣冠。

二十三日(5月16日)　晴。以田事，不暇展卷。

二十四日(5月17日)　晴。仍以田事辍读。

二十五日(5月18日)　晴。晓起，挈薰儿至莘塔文会中。是日，共集二十七人。文题《与其进也》。诗题《新笋细穿苔石底》。去年自夏至秋，会中多至四十馀人。今春岁试，入泮九名，是其明验。主人凌百川，名潜，年约廿五六，绩学有年，人亦温雅可交。振起文会，天之报施，固不爽也。是夜，以事宿泮水港。

二十六日(5月19日)　晴。晓起，晤云泉，见其曾孙，方周岁，貌甚壮伟。予谓之曰："此儿宜振起君家者也。"云泉笑而颔之。于十七年二月十七日未时生。饭后，归家。是日未时，闻三女竟得一男。当日先外舅愚溪翁暮年得孙，未满四岁，而翁去世，妻兄先卒，零丁孤苦。不忘夙昔之言，以三女妻之。甫及两载，已书弄璋之庆，安知非翁之种德于前也？故特为记之。

二十七日(5月20日)　晓雨，骤晴。饭后，至同里顾思鲁家，名孝嗣。贺其入泮之喜。思鲁为青儿僚友，曾于陈思杨亲家处连叙，沉潜好学，屡列前茅。今岁，以府试第一入泮，宜也。午后到江，仍寓云在草堂。暇时展卷，偶得苏诗施注中引《汉郊祀歌》"天门开，詄荡荡"二语，不禁为之狂喜。今岁诗中曾用"詄荡"二字，后以忘却出处，一时失检，改去。今寻得之，恍如故人再遇也。

二十八日(5月21日)　晓起，寒甚。饭后，至雷尊殿命馆，属王香亭将沈外孙八字一看,据云:"极旺。大可读书成名。"未知果符宅相否也。十八年四月廿六日未时生,戊戌、丁巳、丁卯、丁未。批云:"格局清奇,以戊土为用,后行金水运,富贵兼全,乃上格也。三岁种花,安吉。土多,缺金水,命名宜金水。"中午,至四姊处,闻三甥女亦得一男,于是月廿一日丑时生。并闻寄松一子种花,甚平安。

二十九日(5月22日)　天气晴明。是日,有佛事在北寺中。世俗为儿孙完姻,必须荐祖,予亦聊循此例。包在佛地虔拜,较诸在家,不更清净耶? 为僧七,每僧连饭食忏金,白钱一贯,香烛、楮马均在其内,冥仪自备,亦处家简捷之一法。

三十日(5月23日)　晴,东风稍大。午后清闲无事,同周介老至北门小红桥茶肆内,听女郎弹唱琵琶,声色多不佳,徒受一番热闹耳。中午,沈梅桥过予,不值。

闰四月

初一日(5月24日)　微有雨。诗家倒用字眼,韩集最多,苏集亦间有之,如《次韵子由送家退翁知怀安军》诗"当时功名意,岂止拾紫青"是也。

初二日(5月25日)　晴。饭后归家。

初三日(5月26日)　阴。静坐书斋。下午,莘塔会卷已来,竟以薰儿居首,殊属可愧。

初四日(5月27日)　晴。饭后,至沈婿处,见外孙头角端正,深为可喜。与寄松相叙终日,并以会卷传观。

初五日(5月28日)　晴。上午,以田事未暇展卷。下午,欲校阅所抄《松陵人物补志》,适高一林来,不果。

初六日(5月29日)　阴。上午,仍以田事。下午,校阅《人物补志》卷一毕。傍晚,倾盆大雨,雷电交作。春花又要折损矣。

初七日(5月30日)　连夜大雨,巳刻方止。午候,接松江姚春翁三月十六日信,并接何泉卿覆信。闻春翁于前月初八日往湖北去矣。六十二岁老翁，犹为远道之游，想亦出于不得已耶？读翁《留别诗》云："陶潜诗句存荒径，庾信文章付小园。孙桐百尺迟元叹，收橘千头问李衡。涉江西上无奇服，游雒东归有垫巾。"所以自命寄慨者深矣。上午，仍读苏诗四十三卷，中有："石建方欣洗腧厕，姜庞不解叹蠜螁①。"按，本集先生自题此诗后云："戊寅上元在儋耳，过子夜出，余独守舍，作'违'字韵诗。今庚辰上元已再期矣，家在惠州白鹤峰下，过子不眷妇子，从予此来。其妇亦笃孝，怅然感之，故和前篇。有'石建''姜庞'之句。"又《诗话总龟》："古人用事，有趁笔快意而误者。子瞻诗'石建方欣洗腧厕'，据《汉书》，本作'厕腧'，盖中衣也。二字义不应颠倒用。"予按，《石奋传》："长子建为郎中令，每五日洗沐，归谒亲，入子舍，窃问侍者，取亲中裙厕腧，身自浣洒。"注：中裙，中衣也。厕腧，秽器也。《诗话》并作一事解，不知何据。卷末《瓶笙诗》②亦杰作也。四十四卷中，《藤州江上夜起对月赠邵道士》《和黄秀才鉴空阁》③两五古最佳，馀如《周教授索枸杞，因以诗赠》《韦偃牧马图》④两七古亦好。卷首《次韵王郁林诗》⑤已入笔记中。四十五卷，洵如文达所云，皆冗漫浅易之作。

初八日(5月31日) 阴。上午，仍以田事未暇。下午，读苏诗四十六卷，皆馆阁之诗，难以见长。四十七卷多冗杂之作，末引蔡君谟《题壁诗》："绰约新娇生眼底，逡巡旧事上眉尖。春来试问愁多少，得似春潮夜夜添。"饶有风趣。四十八卷，文达评其佳者，的确无疑，馀俱可以不看。四十九卷，予最爱《雷州八首》中"尺蠖以时屈，其伸

---

① 两句诗用点。
②⑤ 三圈。
③ 此二首均为三圈。
④ 此二首均为双圈。

亦非求"①二语。《辘轳歌》②却联缀得好。五十卷中,绝句亦有可采,如"为报邻鸡莫惊觉,更容残梦到江南","天风吹月入栏干,乌鹊无声夜向阑","织女明星来枕上,乃知身不在人间"。此首复翁曾为予书之,"乃"作"了",本《淮海集》。是日,重读纪评苏诗五十卷毕。

初九日(6月1日)　阴。晓起,抄《古文类纂序目》两段。下午,仍以田事未暇。

初十日(6月2日)　晴。晓起,挈薰儿至莘塔文会,共集三十三人。题目《间于齐楚,事齐乎》。诗题《以学愈愚得"愚"字》,出《说苑》。是日独游,颇得闲适之趣。归犹未晚。

十一日(6月3日)　晴。晓起,抄《古文词类纂序目》两段。饭后,以田事未暇。

十二日(6月4日)　日无光。晓起,得《怀人诗》一首。饭后,作书与何平子及姚春翁,俟有便寄去。前书从梨里就医人陈义方寄来,或仍托渠带交亦可。渠住在吉昌西行内。午后,以田事未暇。

十三日(6月5日)　晓,有雨。下午,大雨如注。麦未全收,已作黄梅天气矣。是日,仍以田事未暇。

十四日(6月6日)　晓,有雨。起,抄《古文辞类纂序目》两段。饭后,以田事未暇。

十五日(6月7日)　晴。晓起,抄《古文辞类纂序目》一段。是日,为两邑新进入泮吉期,予欲往观,以田忙未果。下午,读《古文辞》子厚《封建论》,与陆平原《五等论》对垒。中有"草木榛榛,鹿豕狉狉"二语,为时文家习用。李习之《复性书》下篇,即《论语》"后生"章、《孟子》"几希"章脱化出来。(页眉:《古文辞类纂》一书,于闰四月十五日读起。)

十六日(6月8日)　雨。晓起,抄《古文辞类纂序目》两段。饭

---

①　单圈。
②　双圈。

后，读欧阳永叔《本论中》，此文与退之《原道》一篇互相发明。又《为君难论》①上下两篇，论用人听言之难。凡有国有家者，皆当知之，不独平天下之君所宜深思熟计也。曾子固《唐论》②一篇，有特识，后一段酣嬉淋漓，从《孟子》"去齐"第三章化出，身世之感慨深已。苏明允《易》《乐》《诗》《书》③四论，皆相连而下，全读方知其妙。然妙悟通神，莫如《乐论》《书论》二篇。下《明论》④一篇中，言日月雷霆之分，直可解吾平生之惑，真通人之论⑤。《谏论》⑥上篇，以游说之术为讽谏之法，要非正论。下篇取譬一段，是苏家擅长之笔，如论项籍末收一段，同一笔法。

十七日(6月9日) 晴。晓间，西风极大。饭后，胡寅生来，以《白孔六帖》四十本、《四库全书提要》八十本及《纪文达公遗集》卅六本见示，索价太昂，不果得。《六帖》索廿四洋，丶十千。《提要》索廿四洋，还廿千。《遗集》索四洋、丶二千八百。据云：《提要》初印，不连《简明目录》，未知确否。予以冯注苏诗订十六本、《日知录》订十二本、《灵芬馆全集》订十二本，《诗集》缺《遗诗》二本、《文集》缺《二编》二本托寅生带去订好，说定每本二十文，双料，约五月初十左右。中午，读《古文辞类纂》苏明允《衡论》三篇，惟《御将》一篇，乃古今之通论，其馀未免窒碍。苏子瞻《志林》六首，吾取四首：《鲁隐公》《战国任侠》《始皇扶苏》《范增》。

十八日(6月10日) 晴。晓起，抄《古文辞类纂序目》两段。饭后，以田事未暇。下午复雨。

十九日(6月11日) 破晓大雨，辰刻开晴。起，抄《古文辞类纂序目》一段。午后，读子瞻《伊尹论》⑦，从《孟子》"嚣嚣然曰""箪食豆羹"两章发出。《荀卿》《韩非》⑧两论，须要合看。荀卿之学，传于李

①②④⑥⑦　点。
③　此四篇均为点。
⑤　"真通人之论"原为"此之谓通论也"，后改。
⑧　此二篇均为点。

斯;韩非之说,同于商鞅,皆为千古之罪人。坡翁特痛哭言之耳。《大臣论》①两篇,是待小人妙法。苏子由《商论》②一篇,即老莱子"齿以刚折,舌以柔全"意。然圣主治天下,刚柔并用,及其继也,不能无弊,亦时世使然也。《三国论》③恐未足以服刘公之心。盖先主入蜀,处于不得不然之势;用一孔明,其才岂出信、越下哉?天不祚汉,秭归一跌,世无豪贤,此两《出师表》④所谓"痛哭流涕"者也。若使先主不死,关、张并存,天下成败,尚未可知,安必魏之承汉、晋之承魏也哉?《唐论》⑤言太宗府兵之制,最为良策。由今观之,洵然。刘才甫⑥《息争》一篇,纯从圣贤涵养中得来。

二十日(6月12日)　晴。晓起,抄《古文辞类纂序目》两段。午后,读"序跋类"中所选《史记》⑦,托意高妙,非浅学所能窥测。韩退之《读荀子》云:"余欲削荀氏之不合者,附于圣人之籍。"即《原道》中"择焉而不精"意义,所谓"大醇而小疵者也"。六经而外,惟孔孟之书为最醇,学者所以童而习之与?《荆潭唱和诗序》⑧极洒脱,又极沉挚,公真深于此事者也。中言"欢愉之辞难工,穷苦之言易好",与欧阳公"穷而后工"之说相同。《上巳日燕太学听弹琴序》⑨,读之令人躁释矜平,风雅之趣,沦于骨髓矣。《张中丞传后叙》⑩见辄三复,近复读之,始得"二父"出处。往阅惕甫题《赤霞诗集》,有"携其二父遗稿来投",见者辄以"二父"相訾。或云出苏家尺牍中,岂知即在习见之文,人自不记忆耳。柳子厚《论语辨二首》⑪真能读书得间,其辨

---

①②③④⑤⑧⑨⑩⑪　点。

⑥　刘大櫆(1698—1779),字才甫、耕南,号海峰,安徽桐城人。为桐城派代表人物。以课徒为业。编有《精选八家文钞》《历朝诗约选》,著有《海峰文集》《海峰诗集》《论文偶记》等。

⑦　"读'序跋类'中所选《史记》"原为"读'序跋类一'《史记》之文,真所谓",后改。

《列子》《文子》《鬼谷子》《晏子春秋》《鹖冠子》①等篇皆然。是日,校阅《补志》二卷毕。

二十一日(6月13日) 晴。舶趋风起,天将久晴,水灾可无虑矣。晓起,抄《古文辞类纂序目》二段。饭后,读"序跋类"中欧阳永叔《唐书艺文志序》②,其言"孟轲荀卿始专修孔氏以折异端",未免荀、孟并重,与韩退之、苏子瞻两公所见,有浅深之殊。又经、史、子、集,自唐始分为四类。《一行传叙》大约即独行之义,然以五季五十馀年之间,仅得五人,世乱极矣。《集古录目序》③,姚姜坞先生④引公自跋此序,谓"谢希深善评文章,尹师鲁辨论精博,余每有所作,伸纸疾读,便得深意,以示他人,亦或有所称,皆非余所自得。此序之作,惜无谢、尹知音"云云。士生于世,得一知己,可以不恨,岂独文章为然哉?《苏氏文集序》⑤为子美平生吐气,其文曲折,有深湛之思,是欧公得意作也。若《江邻几文集序》⑥,又是一种旨味矣。中间一段,仍为圣俞、子美辈而发。《释惟俨文集序》⑧文有波折,易令人揽之不尽,予却爱"窃怪"以下一段,是波澜鼓荡处。是日,蕉如婿回去。一月有馀,只抄《补志》二卷。(页眉:"物常聚于所好,而常得于有力之强。"此《集古录序文》一起也。"凡人之情,忽近而贵远。"此《苏氏文集叙》中语也。)

二十二日(6月14日) 晴。饭后,读曾子固《战国策目录序》,令人百读不厌。宜吕东莱、王道思两先生所评极为叹服者也。《新序目录序》⑧,根柢六经,而一归于正,非大苏纵横之笔可比。《列女传目录序》⑨,与经义多所发明。《徐幹中论目录序》,读此始知徐伟长之为人。《范贯之奏议集序》⑩,于颂扬中发出一段明良遇合,

---

① 此五篇均为点。
②③⑤⑥⑦⑧⑨⑩ 点。
④ 姚范(1702—1771),字南菁,号姜坞,安徽桐城人。乾隆七年进士。主讲天津、扬州书院。著有《援鹑堂笔记》《援鹑堂集》等。

千载一时,令人神往于其际。《先大夫集后序》,评论已见王道思①、茅顺甫②两先生所云。予谓文章成就,亦有天造地设之妙,有致尧之立朝,才足当文孙之立论。不然,凿空之语,安能信今传后?《馆阁送钱纯老知婺州诗序》,茅顺甫云:"文之典刑,雍容雅颂。"二语尽之。《书魏郑公传后》③,姬传先生④以为杰作,归熙甫⑤深爱之。予读此文,始知大臣焚稿之非。盖谏诤是公论,焚之何以取信于后世?文言孔光之去其稿,所言邪正未可知,焚之以惑后世,直能烛千古小人之奸。苏明允《族谱引》使人孝弟之心油然而生,旨哉斯言!其言"吾所与相视如途人者,其初兄弟也。兄弟,其初一人之身也。悲夫!一人之身,分而至于途人,此吾谱之所以作也"。言之亲切有味。《族谱后录》断自高祖始,其言"高祖以上不可详矣",此言却信而足征。(页眉:读老泉《族谱引》,可知一族安可无谱。)

二十三日(6月15日) 雨。饭后,读苏子由《元祐会计录序》,言人君持盈守成之世,非德不安,非法不久。二语尽治平之要。王介甫《诗义序》引传曰:"美成在久。"故《椒朴》之作,人以寿考为言,即久道化成之意。归熙甫《汉口志序》言:"天目于浙江之山最高,然仅与新安之平地等。自浙望之,新安盖出万山之上云。"又言新安之程,自

---

① 王慎中(1509—1559),字道思,号南江,别号遵岩居士,晋江(今福建晋江)人。嘉靖五年进士。为"唐宋派"代表人物。著有《遵岩集》。

② 茅坤(1512—1601),字顺甫,号鹿门,归安(今浙江吴兴)人。嘉靖十七年进士。为"唐宋派"代表人物。编有《唐宋八大家文钞》,著有《白华楼藏稿》《玉芝山房稿》等。

③ 点。

④ 姚鼐(1732—1815),字姬传,一字梦谷,安徽桐城人。乾隆二十八年进士,官至刑部郎中。主讲江宁、扬州等地书院。为桐城派代表人物。编有《古文辞类纂》《五七言今体诗钞》,著有《惜抱轩集》《九经说》等。

⑤ 归有光(1507—1571),字熙甫,又字开甫,号震川、项脊生,昆山人。嘉靖四十四年进士。为"唐宋派"代表人物。著有《震川先生集》。

都使程沄始。又言"君子之不忘乎乡，而后能及于天下"等句，皆可为学者引用。《书孝妇魏氏诗后》①言："近世士大夫百行不怍，而独以出妻为丑，间阎化之，由是妇行放佚而无所忌。"自昔已然，至于今世，尚何言哉？刘才甫《倪司城诗序》中言："齿长于余十馀岁，而与余同学为古文。余间出文相质，司城虽心以为善，而未尝有面谀之言。其刻求于一字一句之间，如老吏之治狱，必不稍留馀地。余少盛气不自抑，或与之辨争，至于喧哄。然司城不以余之争而稍为宽假，余亦不以其刻求而自讳其疵颣也。苟有作，必出使视之。其后每相见，则每至于争；而一日不见，则又未尝不相思。盖古之所谓益友者如此。"呜呼！安得此种益友，日与之相接也耶？

　　"奏议类"《苏子说齐闵王》，此篇甚长，节取三四语，亦可备用。其言："干将莫邪，非得人力，则不能割刿矣。坚箭利金，不得弦机之利，则不能远杀矣。""语曰：骐骥之衰也，驽马先之；孟贲之倦也，女子胜之。何则？后起之藉也。"《虞卿议割六城与秦》引公甫文伯官于鲁，病死，妇人为之自杀于房中者二八。其母闻之，不肯哭也。相室曰："焉有子死而不哭者乎？"其母曰："孔子，贤人也，逐于鲁，是人不随。今死，而妇人为死者十六人。若是者，其于长者薄，而于妇人厚。"故从母言之，为贤母也；从妇言之，必不免为妒妇也。故其言一也，言者异，则人心变矣。《信陵君谏与秦攻韩》，此篇文字说得利害深切著明，非同时游说之士可比，宜选读。

　　二十四日（**6 月 16 日**）　雨。饭后，读"奏议类"中李斯《论督责书》，宜乎其被极刑也。以申韩之术为主，而以尧、禹之治天下为桎梏其身，是何心哉？其残忍刻薄之性，不待为相而已可见矣。引韩子曰："慈母有败子。"此言却确。适宇安侄来，（辄）〔辍〕读。

　　二十五日（**6 月 17 日**）　晴。晓起，挈薰儿至莘塔文会。文题《周霄章仕》，诗《渔人艇作家得"家"字》。是日，同集者二十九人。前

---

①　点。

番薰儿名在第三,恐此回未必在五名前也。饭后,同笑山至芦墟,走候高伴山翁,属其诊脉处方,为扶元之计。年已五十,精气渐衰,不得不预为调摄。中午,赴祝唐老友之约,笑山亦来,小酌盘桓,喃喃话旧,不胜今昔之感。向晚,仍至莘塔,载薰儿同归。

二十六日(6 月 18 日) 晴。晓起,抄《古文辞类纂序目》一段。饭后,读贾山《至言》,是汉初一大文字①。摘其精要语,如:"地之美者善养禾,君之仁者善养士。雷霆之所击,无不摧折者;万钧之所压,无不糜灭者。今人主之威,非特雷霆也;势重,非特万钧也。""昔者,周盖千八百国。以九州之民,养千八百国之君,用民之力,不过岁三日,什一而籍,君有馀才,民有馀力,而颂声作。"贾生《陈政事疏》②与《至言》同一大文,其中精警语,如:"屠牛坦一朝解十二牛,而芒刃不顿者,所排击剥割,皆众理解也。至于髋髀之所,非斤则斧。夫仁义恩厚,人主之芒刃也;权势法制,人主之斤斧也。今诸侯王皆众髋髀也,释斤斧之用,而欲婴以芒刃,臣以为不缺则折。"以下四疏,惟《积贮疏》为古今之通论,人主可日书一通,以备省察。晁错三书,《论守边备塞书》"胡貉之地"一段,最得夷夏情形。《论募民徙塞下书》亦能切中人情。下午,读苏诗一卷,以闲养性情。自今岁以来,实不能多用心耳。

二十七日(6 月 19 日) 雨。是日,为沈外孙弥月之期,聊办礼物送去。午时,仍读"奏议类"。严安《言世务书》中云:"养失而泰,乐失而淫,礼失而采,教失而伪。"四语是范民之道。又言:"周失之弱,秦失之强,不变之患也。"故夫"穷则变,变则通",古圣王言之详矣。主父偃《谏伐匈奴书》引李斯之言,亦失中之一得。吾邱子赣《禁民挟弓弩对》③后半结一段云:"且所为禁者,为盗贼之以攻夺也。攻夺之罪死,然而不止者,大奸之于重诛,固不避也。臣恐邪人挟之,而吏不

---

① 原文此后尚有"□以熟读"一句,作者删去。
②③ 三圈。

能止，良民以自备而抵法禁，是擅贼威而夺民救也。"文必如此深切著明，方能动人主之听。东方曼倩《化民有道对》中言文帝之节俭甚详。魏弱翁《谏伐匈奴书》较主父偃一书更觉矫健廉悍。

二十八日（**6 月 20 日**） 晴。晓起，抄《古文辞类纂序目》两段。饭后，笑山解馆，约五月十四日去载。无事，仍读"奏议类"。赵翁孙《上屯田奏》三书[①]，乃安边长策，不可以文字律者也。萧长倩《驳入粟赎罪议》[②]乃堂堂正正之词，有国者不可以不辨。贾君房《罢珠崖对》[③]，文之劲气直达，乃忠肝义胆郁结而成，无事雕琢为也。刘子政《条灾异封事》[④]说经砭砭，乃西汉一大文字。姚评：此奏以"乖""和"二字立案，以去疑为主，以灾异为之征。其曰："和气致祥，乖气致异。祥多者其国安，异众者其国危，天地之常经，古今之通义也。"是结上"乖""和"二字。其曰："出令则如反汗，用贤则如转石，去佞则如拔山，如此望阴阳之调，不亦难乎？"是结"去疑""灾异"四字。须知大文字，一篇之中，要有结束，方不散漫。即此可以类推。《论起昌陵疏》[⑤]极为姚氏所推重，其曰："虽有尧、舜之圣，不能化丹朱之子。虽有禹、汤之德，不能训末孙之桀、纣。自古及今，未有不亡之国也。"其曰："德弥厚者葬弥薄，知愈深者葬愈微。无德寡知，其葬愈厚、邱陇弥高、宫室甚丽，发掘必速。由是观之，明暗之效，葬之吉凶，昭然可见矣。"有国及有家者，尚其鉴诸！《极谏外家封事》[⑥]是子政大经济处。（页眉：秦人贪外虚内，今人何不然？）

二十九日（**6 月 21 日**） 晴。晓起，抄《古文辞类纂序目》一段。饭后，仍读"奏议类"。匡稚圭《上政治得失疏》，其言："郑伯好勇，而国人暴虎；秦穆贵信，而士多从死；陈夫人好巫，而民淫祀；晋侯好俭，

---

① 点。

②⑥ 双圈。

③⑤ 三圈。

④ 五圈。

而民畜聚。"观感之效,甚有可采。《论治性正家疏》中言性之道有六戒,人主极宜猛省。侯应《罢边备议》①,言边备之罢,有"十不可",深得先事预防之意。长老言:"匈奴失阴山之后,过之未尝不哭。"盖辽东外之阴山,实匈奴蓄牧之地,为汉武所斥夺,故云。耿育《讼甘陈书》②,较谷子云一疏更觉矫健。文之平与不平,全在两两参看。下午无事,重读苏诗,以施注、查注、纪评三种参看。久得二绝句,未暇录出,适此本将完,犹剩楮尾,附录于后。《观稼》云:"舍南舍北水田多,四野惟闻喜霁歌③。插了秧针青有望,家家齐把一犁拖。"《纪梦》云:"苍茫独立少陵翁,足茧荒山径未通。莫怪此生多抑塞,梦中得路有时穷④。"(页眉:喜霁歌见《河东集》。)

---

① 三圈。
② 双圈。
③ "喜霁歌"原为"婉转歌",后改。
④ 后两句单圈。

戊戌日记二(五月至六月)

旧木十一根:公账用两根,一百四十五、一百四十五。东浜用一根,一百一十五。堂楼上五根,净存三根,东矮楼下用三根。

新木廿六根:堂楼两根,又五根。东浜用贰根。自用三根,又用三根。净存十一根。后又用一根。门枕用四根,书架又用两根,净存四根。又用两根,又两根,完。

新添十一根。

大五根:一百二十五、一百三十五、一百二十、一百二十五、一百二十。小六根:九十五、九十、一百○五、九十、九十五、一尺。门楼用四根。大三,小一。又用大一根。净存六根。

松板共八十一块,做好卅块。堂楼上用去两块,门楼上用去廿一块。毛丕什一,光七块,用五块,又用六块,净存四十七。

五 月

初一日(1838年6月22日) 夏至,晴。是日东南风,水灾可无忧矣。饭后,顾云泉到馆。午前,杨文伯同顾思鲁来送试草,一饭而去。

初二日(6月23日) 晴。晓起,将《古文辞类纂序目》抄毕。上午,以家事未暇展读。下午,参看施注、查注、纪评三种。

初三日(6月24日) 燥热。上午,以事至东浜。下午,参看苏诗有得,再记于别纸。因前有笔记二册,尚多未尽。傍晚,倾盆大雨,此时正好插种也。

初四日(6月25日) 阴。晓起,校阅《古文辞类纂序目》,间有脱落处。可见抄录古书，切不可疏于校对。饭后，仍读"奏议类"上编，贾让《治河奏》①，分上、中、下三策，后世治河，仅取中策。吾意冀州一带，当河之冲，何不慨然弃此数州，以顺水性，以灭水害。国朝《随园诗集》中已确凿言之，非予之私言也。奏中精要语可录，其言："土之有川，犹人之有口，治土而防其川，犹止儿啼而塞其口，岂不遽止？其死可立而待也。"又言："今行上策，徙冀州之民当水冲者，决黎阳遮害亭，放河使北入海；河西薄大山，东薄金堤，势不能远，泛滥期月自定。"若能行此，诚千古之上策也。下午，参看苏诗。

初五日（**6月26日**）　晴。饭后，读"奏议类"上编，扬子云《谏不受单于朝书》②，此文辞达理举，不似子云本色。可见艰深文字，大不宜于奏对。刘子骏《王舜毁庙议》总言孝武皇帝世庙不宜毁。中有"德厚者流光，德薄者流卑"二语，予尝欲以"积厚流光"四字颜诸家祠内，质诸郭复翁，翁曰："此四字不宜用。"遂更易之。今读此议，益信翁言之有自。是日，招老友顾云泉、妇侄兆明暨顾茂才文标、凌茂才濬、儿子兆薰同集养树堂，即席有作："会合从来却有因③，蒲觞雅集饮宜醇。数年交谊成完璧，一辈人材又积薪。老大怆④怀今视昔，文章得气夏犹春。高歌此日谁青眼，奔轶前途要绝尘。"（页眉：以下凡有三圈者，宜熟读。）

初六日（**6月27日**）　微有雨。晓起，至平望日新堂中，二式甥、谱经表侄出陪，款接甚恭，遂留信宿。午前，大姊出见，精神尚好，可知颐养之功，大有裨于老年也。阅日记中，谱经于四月二十出京，闰四月十一日到家，兼程就道，较水路便捷一半。闻今科首荐，以额满被黜。下第情怀，难免侘傺。然以谱经之才，断不以一孝廉终也。是

---

①　双圈。
②　三圈。
③　"因"原为"缘"，后改。
④　"怆"原为"感"，后改。

夜，住宿书楼。

初七日（**6月28日**）　阴。晓起，与谱经畅谈南旋后路上风景，以高邮湖露筋祠前最为绝妙。其在马连屯，属山东绎县，有店内楹帖一联，最足令人猛省："读战书惧兵，读律书惧刑，读儒书兵刑不惧；耕尧田忧水，耕汤田忧旱，耕心田水旱无忧。"惜不知何人所撰也。午前，吴婿来邀予吃饭，予辞不赴，遂同饭于日新堂中。下午，欲登平波台，不果。

初八日（**6月29日**）　晴。闲中无事，询及谱经近日律赋以何种为佳，谱经亦以初学入手莫妙于《律赋新机初集》，与云泉所言皆同。其他《律赋衡裁》及近时《有正味斋》诸赋、《兰修馆律赋》均宜浏览。又言，近日朝考，殿试卷上字体极宜讲究，如"歷"字照帖体，不宜写"止"字；"壽"字中一竖宜直下，不宜中断。此类不可枚举，姑书一二，以见其馀。黄昏如厕，谱经笑曰："有旧楹帖甚雅：'论文自古推三上；作赋于今近十年。'"予笑曰："佳则佳矣，惜无人题额乎。"相与拍手狂叫，亦可谓不负此一夕话者也。（页眉："歲"字上不宜书"止"，中不宜书"少"。）

初九日（**6月30日**）　晓起，予束装将归。饭后，狂风骤雨，主人为唱《公无渡湖曲》，予以无奈何也。中午，谱经置酒款留，极欢而罢。予有七律诗一首云："自从老友骑鲸去，谓尊甫东溪。诗酒重开五月天。一辈交游倾鹤立，多生绮语本蝉连。传家早种科名草，失意聊乘下濑船。君下第后乘小车先归，同伴尚未到家。鹏鸟暂为六月息，飞鸣还要卜三年①。术者谓君辛丑年必获隽。"每夜与谱经语，君蝉连不能休，予实不能见跋也。往年深谈，非夜半不得眠。昔壮今衰，不过在两年间耳。身非金石，安能为此无益消磨也耶？慎之戒之。

初十日（**7月1日**）　天日清朗，鹊声查查。晓起喜甚。饭后，同吴婿、大女到家，不过午后。云泉陪薰儿赴莘塔文会，至晚方归。闻

---

① "飞鸣还要卜三年"原为"伫看云路有三年"，后改。

是集共有四十二人,题目《而不能举举》,诗题未做。

　　十一日(7月2日)　晴。午前,阅薰儿初作《五月榴花照眼明赋》,尚可做得。自今春岁试后,嘱薰儿专心制艺,无事旁求。儿辈见猎心喜,欲兼事雕虫,故定于节内涉猎此事,以云泉为之师。师以诗赋得名者也。

　　十二日(7月3日)　阴。饭后,阅"奏议类"上编,韩退之《论佛骨表》①文之波折层出,固不待言。文公一生大胆识,于此略见。人惟有此胆识,方能立朝侃侃。孔子所言"刚毅",孟子所言"至大至刚",皆此意也。《禘祫议》②,公之深于经术,故能驳众议、伸己说,断以"祖以孙尊,孙以祖屈"二语,最为精确。《复雠状》亦然,其曰:"丁宁其义于经,而深没其文于律者,其意将使法吏一断于法,而经术之士得引经而议也。"该括一篇大意,在此四语。《潮州刺史谢上表》,人言文公正气,至此又极觥觫,岂知贬斥之后,圣恩待以不死,上表称谢,立言应得如此,否则悖矣。柳子厚《驳复雠议》,刘海峰评云:"失之过密,神气拘滞,少生动飞扬之妙,不可不辨。"是深于文者,故能言之。欧阳永叔《论台谏官言事未蒙听允书》③不激不随,情事晓畅。对君上立言,宜以此种文字为法。书为宰臣陈执中而作。曾子固《移沧洲过阙上殿疏》乃宋朝一篇大文字。文言大宋五世六圣,百有二十馀年,生民以来,未有如宋之隆也。我国家自定鼎以来,亦五世六圣,百有九十馀年,殆有过之无不及云。又言,《风》《雅》所陈,美有《假乐》《凫鹥》,戒有《公刘》《泂酌》,皆可为时文家所运用。(页眉:州,不从水。字句可采:"垂光锡祚""销锋灌燧""公听并观""革敝兴坏""意谕色授""言传号涣""航浮索引""籑贯橐负"。)

　　十三日(7月4日)　微有雨。是日,为关圣诞期。相传,得雨为关公磨刀水,妖孽不生,人蒙福庇。想亦后世重公使然,未必真有其

―――――――――

　　①　三圈。
　　②③　双圈。

事也。午后，读"奏议类"上编，苏子瞻《上皇帝书》①，是长江大河之文，滔滔汩汩，虽陆宣公之奏疏、贾长沙之对策，亦当让他出一头地也。英主见之，得不叹曰："奇才，奇才！"

十四日(7月5日) 长雨，至午后方止。是日，笑山约到馆，予以事未暇去载，特专人关照。近接柯亭来信，有《烈女诗》求和，其事可纪：女居吴门员庙观前宫巷中，幼失怙恃，为某姓养媳。翁已死，姑素不谨，与郝通。时女年十八，有令姿②，姑强女与郝戏，女不从。女之夫本他姓子，遂欲逐子，以女适郝。婚有日矣，女以死誓，惨遭棰楚，乃于四月十四日夜自经死。里保欲伸其事，姑与郝贿，嘱里保草草成③殓。忽于十七日，臬司裕风闻其事，委县集讯，狱具启棺，事乃白。时道光十八年四月中事也。《禽言》一章，为吴门某烈女赋："有鸟曰姑恶，姑恶今④如何。雄已声断绝⑤，雌乃旁求和⑥。鹑奔素非匹，鸽合遑知他。可怜无母雏，一夜投网罗。此雏非凡鸟，亦欲巢岩阿。岂有彩凤翼，肯随老鸦过。无端肆征逐，驱鹊填银河。不须鸩作媒，强引女为萝。嗟嗟此孤凤⑦，毕命非被砮。自甘引微缴，填海冤犹多⑧。安得乘秋隼，抟击穷繁柯。驱出姑恶鸟，杀之不嫌苛⑨。"

十五日(7月6日) 阴晴参半。饭后，以事至东浜，即返。中午，笑山到馆。午后，送云泉回去。

十六日(7月7日) 连夜大雨。晨起，尚未止点，水灾其不免

---

① 三圈。
② "姿"原为"色"，后改。
③ "成"原为"具"，后改。
④ "今"原为"询"，后改。
⑤ "雄已声断绝"原为"雄飞早失所"，后改为"雄鸣久已逝"，后改。
⑥ "雌乃旁求和"原为"雌伏潜求和"，后改为"雌乃甘求和"，后改。
⑦ "此孤凤"原为"娇娇凤"，后改。
⑧ "自甘引微缴，填海冤犹多"原为"此冤犹能白，此恨今尤多"，后改。
⑨ "杀之不嫌苛"原为"杀诸胭脂坡"，后改。

乎？饭后，读"奏议类"上编，苏子瞻《徐州上皇帝书》[1]论徐州形势甚详，及治盗之术，多有可取。至谓取士之法，诗赋经术可行诸吴、楚、闽、蜀，而不可行诸京东西、河北、河东、陕西五路，欲仿汉法，郡县秀民，推择为吏，考行察廉，以次迁补，别开仕进之门。恐此法一行，仕途愈杂，真伪易淆，并捐纳之不若矣。盖自唐宋以下，取士之法，历久无弊，只有科举一途，以束缚天下英贤，其馀终不能无弊。不然，千有馀年，圣君贤相，因革相循，何以至今不改此法？前事不亡，后事之师也。

十七日(7月8日)　雨。饭后，读"奏议类"上编。苏子瞻《圜丘合祭六议札子》，议者欲变祖宗之旧，圜丘祀天而不祀地，公独详言合祭天地乃是古今正礼，引经驳诘，典确不磨。人谓苏家疏于经术，吾不信也。王介甫《上仁宗皇帝言事书》[2]共有七千八百六十馀言[3]，悍然欲更易一朝之法，执拗之见，已尽于此书。其言教之、养之、取之、任之之道，所言则是，所用则非。谓人材"久于其职，则上狃习而知其事，下服驯而安其教，贤者其功可以至于成，不肖者其罪可以至于著"，"皋陶、稷、契皆终身一官而不徙，其所陟者，特加之爵命禄赐而已"。其言"古者教士以射御为急"至"士之以执兵为耻"一段，颇能安不忘危，煞有作用。我朝六旗人最重弓马，即以东宫之尊，时从围猎，亦此意也。下午，至大港，抵暮而返。（页眉："以征则服，以守则治。"为文王言之，恐语非其伦。"方今州县虽有学，取墙壁具而已。"今世何独不然。"人之才成于专而毁于杂。""今士之所宜学者"至"宜其才之足以有为者少矣"一段，切中末学通病。"穷则为小人，泰则为君子。"惟中人则然。若以近世末俗而论，泰亦未必便为君子。"天下以奢为荣，以俭为耻。"宋时则已然矣，可叹。）

十八日(7月9日)　连夜长雨，至晨尤大。昨晚，接赵眉山五月

---

①② 双圈。

③ "七千八百六十馀言"原为"五千六百二十馀言"，后改。

十二日所发之信，以其哲弟艮甫《乐潜堂诗词集》三册见惠，并欲再索
《秋树读书楼集》两部，予实未暇作答也。饭后，读"奏议类"上编。王
介甫《本朝百年无事札子》①，自"本朝累世"以下，至"亦天助也"一
段，耸动英主之听闻，笔端可畏。"奏议类"下编，董仲舒《贤良策对
一》不必全读，如"强勉学问，则闻见博而知益明；强勉行道，则德日起
而大有功""上之化下，下之从上，犹泥之在钧，唯甄者之所为；犹金之
在镕，唯冶者之所铸""天道之大者，在阴阳。阳为德，阴为刑，刑主杀
而德主生。是故阳常居大夏，而以生育养长为事；阴常居大冬，而积
于空虚不用之处。以此见天之任德不任刑也""《春秋》深探其本，而
反自贵者始。故为人君者，正心以正朝廷，正朝廷以正百官，正百官
以正万民，正万民以正四方，四方正，远近莫敢不一于正""是故教化
立而奸邪皆正者，其堤防完也；教化废而奸邪并出，刑罚不能胜者，其
堤防坏也""上有万民之从利也，如水之走下，不以教化堤防之，不能
止也"等语，方有根。"譬之琴瑟不调，甚者必解而更张之，乃可鼓也；
为政而不行，甚者必变而更化之，乃可理也""古人有言曰：临渊羡鱼，
不如退而结网。今临政而愿治，不如退而更化"等语，亦可撮其英华。
《其二》无可录，《其三》②畅茂条达，是堂堂正正之文。董子一生学问
具见于此，宜反覆熟读。苏子瞻《对制科策》共五千馀言，不可不看。
下午，雨亦止。校毕《人物补志》第三卷。举人计偕入都，必由山左地
界，有景忠烈清、铁忠襄铉两公祠，陶宫保澍下第时，曾撰楹帖一联，
至今尚在堂中也："恭喜两先生，有志成仁，斩名教头，剥忠义皮，快活
杀也；可怜一介士，无钱祭奠，执春秋笔，洒英雄泪，呜呼哀哉！"见谱
经日记中。
　　十九日(7月10日)　晴。是日，为先子忌辰，预设祭馔，聊尽一
拜之诚。午后，读"奏议类"下编。苏子瞻《策略》三首均以善喻见长。

————————

①　双圈。
②　三圈。

《其一》自断,以医之治病,譬人臣之治天下。《其四》破庸人之论,谓:"人知江河之有水患,而以为沼沚之可以无忧,是乌知舟楫灌溉之利哉?"以江河喻天下之英雄豪杰,以沼沚喻世之庸人。《其五》结天下之心,谓:"天下者,器也。天子者,有此器者也。器久不用,而置诸箧笥,则器与人不相习,是以扞格而难操。良工者,使手习知其器,而器亦习知其手,手与器相信而不相疑,夫是故所为而成也。"以良工之手喻臣下之股肱爪牙,人主不可不朝夕相亲。下午,以事至东浜,沈婿以《周忠介公①年谱》见赠,甚可宝也。

二十日(7月11日) 晴。饭后,挈薰儿就医高文翁家,盖预为调理也。

二十一日(7月12日) 晴。饭后,以事至东浜,抵暮而返。是日起晴,则雨不复来。谚云:"二十分龙廿一雨,一百廿日湿龙衣。"盖阴兆也。否则夏秋之间少雨。未知果验否?

二十二日(7月13日) 晴。饭后,读"奏议类"下编。苏子瞻《决壅蔽课百官之三》大意言:君之与臣,如心之与手,不待使令而自至。今也不然,故壅蔽宜决。《无沮善课百官之六》大意言:"绝之则不用,用之则不绝。既已绝之,又复用之,则是驱之于不善,而又假之以其具也。"是待小人之术,故善不可沮。《省费用厚货财之一》其言:"广取以给用,不如节用以廉取之为易也。"二语包括一篇大意。后一譬绝妙:"里有畜马者,患牧人欺之而盗其刍菽也,又使一人焉为厩长,厩长立而马益瘦。"此言直可救冗官之大病。《蓄材用训军旅之一》大意言:先名后实,先名者广进取之途,后实乃选其用。盖途不广则材亦无从选用也。国之有材,譬如山泽之有猛兽,江河之有蛟龙,伏乎其中而威乎其外,信然。《练军实训军旅之二》②,自"凡民之生",至"其

---

① 周顺昌(1584—1626),字景文,号蓼洲,谥号忠介,苏州吴县人。万历四十一年进士,东林党人。著有《周忠介公烬余集》)。

② 双圈。

不可胜数矣"一段，令人读之，警心动魄。《倡勇敢训军旅之三》①大意言："勇莫先乎倡，倡莫善乎私。"倡者所以鼓其气，私者所以厚其赏。《教战守安万民之五》②，"天下之势"至"涉险而不伤"一段，王公贵人，尤宜三复。兵可千日不使，不可一日不习。我国家训练有方，故能所向披靡，实秦汉以来所未有也。

二十三日(7月14日)　微有雨。是日，修葺卧室，有梓人在堂楼上，无人代理此事，不得不亲自督看也。晨，作书答赵眉山，已封好，尚未寄去。

二十四日(7月15日)　晓起，湿云满布，若大雨然。日中天气晴明，抵暮凉风习习，可卜老晴。是日，答柯亭书、题陈子元善《夜话图》，均于督府成就也。

二十五日(7月16日)　晴。晓起，挈薰儿至莘塔文会。文题《草木生之》，诗题《雨催花气润吟笺得"催"字》。同集四十一人。前集会卷，于今晨接到，薰儿名在第三。屡得花红，殊觉有愧。是日，晤金泽朱蔼堂，下帷于赵田袁午亭家，年约三十馀，状貌英秀，工举子业，盖近日之名诸生也。下午，至南莘塔连旦云家，以课徒为业。书室中颇能整齐严肃，非近日庸师可比。回至会局中，已纷纷交卷。薰儿文字甚不跳脱，恐难仍列三名前也。到家，已黄昏候矣。

二十六日(7月17日)　晴。饭后，仍读"奏议类"下编。苏子瞻《策断中》③深以西戎为忧。盖宋之南渡，有识者早已见及，惜后之君臣，不能为未雨之绸缪耳。《策断下》④，此文专主契丹而言。苏子由《君术策五审势》，此文无甚深意，其言："循循以为敦厚，默默以为忠信。"此种庸人，最易误人国家。《臣事策一用重臣》⑤论重臣，先以权臣陪起，亦借宾定主法，实不可以不辨。《民政策一尊三老》中间引诗一段甚佳，其言人之不喜乎此，是未得为此之味也。岂徒孝弟力田为

---

①②③④⑤　双圈。

然哉？今之子弟,教之读书作文,咸觉苦难。父兄稍不遂意,便弃不顾。是未得引掖奖劝之方也。《民政策二举孝廉》中间牧牛羊一段,似大苏手笔。下午,参看苏诗。（页眉:契丹,即辽之先世,为金人所灭。）

二十七日(7月18日)　晓,有雨,即晴。校阅《松陵人物补志》第四卷毕。饭后,读"书说类"。《赵良说商君》①多习用语。《陈轸为齐说昭阳》②,"画蛇添足"之喻,启人颖悟。《陈轸说楚王无绝齐交》,不听亲信之陈轸,而反听疏远之张仪,兵安得不败、地安得不削？《陈轸说齐合三晋》,此是摈秦要著。《苏季子说燕文侯》③,于燕、赵两国间山川形势,如指掌上。《苏季子说赵肃侯》④,大意欲合六国以摈秦。读此文,而子由《六国论》可以不作。《苏季子说韩昭侯》⑤,其言:"大王之地有尽,而秦之求无已。以有尽之地,而逆无已之求,此所为市怨而买祸也。"数语最足感动人主。《苏季子说魏襄王》与《说韩》同意。引《周书》曰:"前虑不定,后有大患。"凡事皆然。《苏季子说齐宣王》⑥为后人熟用之文,须细细熟读,方知其妙。《苏季子自齐反燕说燕易王》,中间药酒之喻,令人解颐。下午,作书与宇安、鄂生两侄,盖为莘塔文会中事也。

二十八日(7月19日)　晴。饭后,挈薰儿就医高伴山家。回至祝唐处畅谈,见《问经堂石刻》隶书缩本四册,盖钱梅溪一人手笔也。午后到家,书《夜话图》册页,甚惬意。可知作书断不可受人迫促。

二十九日(7月20日)　微有雨。是日,修葺卧房,不得不亲自督看。下午,酿晴天气,登楼遥望,适成一律:"已过黄梅五月天,温风吹醒二蚕眠。热蒸云气能为雨,阴罩湖光半积烟⑦。杨柳当门樊作圃,菰芦捍水涨成田。今年幸不呼庚癸,可卜秋来取十千。五月二十九日作。"

———————

①②③④⑤⑥　三圈。

⑦　"阴罩湖光半积烟"原为"阴积湖光半是烟",后改为"阴积湖光尽化烟",后改。

六 月

初一日(7月21日) 晓雨绵绵。饭后，读"书说类"。《苏代止孟尝君入秦》①，土偶桃梗之喻最真。《苏代说齐不为帝》，此文无甚深谋远虑。中午，文锦以事来，叙谈终日。下午开晴。

初二(7月22日) 晴。饭后，曝书毕，读"书说类"。《苏代遗昭王书》中多费解，其言残楚肥齐，齐，燕之雠也，故下有"肥""雠"二字。《苏代约燕昭王书》②，姬传以为奇峻之气，有过季子。予实未探其奥。《苏厉为齐遗赵惠文王书》③大意言："秦非爱赵而憎齐也。欲亡韩而吞二周，故以齐餤天下。"餤，本音"谈"，进也。《小雅》："乱是用餤。"是也。又音"淡"，与"啖""噉"同，食也。又，饵之也。《史记·赵世家》："故以齐餤天下。"是也。《苏厉为周说白起》④以养由基善射为喻，为将之道，百战百胜，一战不胜，前功尽灭，可不戒哉？下午，参看苏诗。黄昏，黑云陡起，大雨倾盆，食顷乃止。

初三日(7月23日) 晴。饭后，曝书毕，有客叙谈，未暇展读。下午，参阅苏诗。

初四日(7月24日) 晓来微有雨。饭后，读"书说类"。《张仪说魏哀王》⑤，其言："亲昆弟同父母，尚有争钱财，而欲恃诈伪反覆苏秦之馀谋，其不可成亦明矣。"甚言合从者"一天下，约为兄弟，刑白马以盟于洹水之上"为不足恃。下四句申说上两句意。《张仪说楚怀王》⑥中多"且夫"二字，故文有峰峦不平。文后辨为应说顷襄王，非面对楚怀王之辞。姬翁识见过人处。《张仪说韩襄王》⑦，三文意义相同。《淳于髡说齐宣王见七士》⑧："今求柴胡、桔梗于沮泽，则累世不得一焉。及之睪黍、梁父之阴，则郄车而载耳。"以譬贤士亦以类

---

①⑤ 三圈。
②③④⑥⑦⑧ 双圈。

聚。《淳于髡解受魏璧马》不似滑稽之辞。《淳于髡说齐王止伐魏》①，犬兔之喻始见。《黄歇上秦昭王书》不甚精悍，《范雎献书秦昭王》亦然。《范雎说秦昭王》②，其言："王不如远交而近攻，得寸，则王之寸也；得尺，亦王之尺也。"远交，齐、楚、燕、赵是也；近攻，韩、魏是也。《范雎说昭王论四贵》，大意尊主抑臣，权归于上，自然令行于下矣。《乐毅报燕惠王书》③，冠冕堂皇，非当日游说之士可比。《周诉止魏王朝秦》④，其言："今人有谓臣曰：'入不测之渊而必出，不出，请以一鼠首为汝殉者。'臣必不为也。今秦，犹不测之渊也；而许绾之首，犹鼠首也。内王于不可知之秦，而殉王以鼠首，臣窃为王不取也。时许绾曰：'入而不出，请殉王以头。'"此喻盖为闇主而设。《孙臣止魏安釐王割地与秦》⑤，其言："以地事秦，譬犹抱薪而救火也。薪不尽，则火不止。今王地有尽，而秦求之无穷，是薪火之说也。"此喻最为痛快。《鲁仲连说辛垣衍》⑥，高士之论，折服群雄。《鲁仲连与田单论攻狄》⑦："胜与不胜，全在将军有死之心，士卒无生之气，所以胜也。有生之乐，无死之心，所以不胜也。"《鲁仲连遗燕将书》⑧，姬翁以为，是书意颇滑稽。予反覆是书，绝无滑稽之谈。下午，以家务未暇展读。（页眉："积羽沉舟，群轻折轴，众口铄金。"三句一连。）

初五日（7月25日） 晴。晓起，临苏长公《西湖诗帖》一页。饭后，曝书毕。读"书说类"。《触詟说赵太后》⑨说得至情切理，自然心动。是《国策》中第一篇有情文字。《冯忌止平原君伐燕》⑩谓秦有"七胜"，而罢于邯郸之下，赵以"七败"而能自守，是攻难而守易也。《蔡泽说应侯》⑪，不外乎"四时之序，成功者去"二语。《魏加与春申君论将》是"更嬴射雁"出处。《汗明说春申君》⑫"骥服盐车而上太行"一段，是现身设法。韩子《杂说》中伯乐一篇，亦从此段化出。陈

---

①②⑧⑩⑪　双圈。
③④⑤⑥⑦⑨⑫　三圈。

馀《遗章邯书》特然而起，可悟作文之法。下午，以事未暇。晚，阅《晚香堂帖》第一册，以《养生论》最为醇正可学。

初六日（7月26日）　晴。晓起，临《西湖诗帖》一页。饭后，曝书毕。适有客来，叙谈一刻而去。读"书说类"。邹阳《谏吴王书》，此文与下篇同在《文选》中，而下篇尤警策。"鸷鸟累百，不如一鹗。"想系古语，故又见诸孔文举《荐祢衡表》。邹阳《狱中上梁王书》①，姬翁评出段落，甚清楚，不然，使读者茫无头绪。"众口铄金"，见前《张仪说魏哀王》。枚乘《奏吴王书》②一起："得全者全昌，失全者全亡。"《文选》无下两"全"字，较净。此书比邹阳为切近，其言："欲人勿闻，莫如勿言；欲人勿知，莫如勿为。""磨砻砥砺，不见其损，有时而尽；种树畜养，不见其益，有时而大；积德累行，不知其善，有时而用；弃义背理，不知其恶，有时而亡。"此种语耐人深思。枚乘《复说吴王》不如前篇。下午醉后，阅《晚香堂帖》第二册，以《三舍人省上》一首、《陶公诗》、《黄州寒食》二首为最佳。三者之中，《黄州》尤妙。

初七日（7月27日）　晴。晓起，闻植中侄生一男，于丑时落地，亦合家大喜庆事。植中连得三女，此番一男，真所谓先开花后结子也。是日，以事未暇展读。下午，周玉生表侄来，夜留小酌。

初八日（7月28日）　晴。晓起，临《西湖诗帖》一页。饭后，读"书说类"。司马子长《报任安书》③，与《汉书》《文选》略有字句异同处，大好参观。王生《与盖宽饶书》④，短幅中层折颇多，所谓"直而不挺、曲而不诎"，文亦似之。杨子幼《报孙会宗书》⑤，立言如此，安得不遭奇祸？是以君子贵危行言孙也。刘子骏《移让太常博士书》，六经绝续之源，具见于此。下午，阅《晚香堂帖》第三册，以《春色》《松醪》二赋为最醇正。第四册以《烟江诗》最为雄浑，《秦邮帖》亦刻此诗，甚不逮也。

---

①④　双圈。
②③⑤　三圈。

初九日(**7 月 29 日**)　晴。晓起，校阅《松陵人物补志》第五卷毕。饭后，读"书说类"。韩退之《与孟尚书书》①，申言不助释氏之意，曲而能达，文气似《书张中丞传后》。《与鄂州柳中丞书》②一起所以羞武夫之颜，令人扼腕，通体纯是劲气。《再与鄂州柳中丞书》③以"远征军士"一段最为一篇之胜，所谓："征兵满万，不如召募数千。"苟非晓畅机宜，安能言此？《与崔群书》④直抒胸臆，而无怨怼之辞，公之学问，非馀子可及。下午，参看苏诗，始知"刹那"二字见《翻译名义》，时云极少话头。

初十日(**7 月 30 日**)　晴。晓起，挈薰儿至莘塔文会。是日，童三十五、生八人。童题《益者三友，损者三友》，诗题《蟋蟀俟秋吟得"贤"字》；生题《"夫子圣者与"二句》，诗题《蝉噪林逾静得"林"字》。所见生文，霭堂作为佳。薰儿文虽无大谬，终不跳脱，奈何？庙中适寓一术者，以七日丑时所生侄孙八字请渠一查，据云："可读书。"予亦为之心喜也。（页眉：戊戌，食；己未，伤；丙子，杀；己丑，伤。）

十一日(**7 月 31 日**)　晴。晓起，曝书毕。饭后，挈内子、薰儿就高伴山家覆诊。到镇，见陈二南病未脱体，陈虎生病已就痊。二子皆年少好学，故勉以养生之道，未有身不立而能扬名者也。下午，以事未暇展读。

十二日(**8 月 1 日**)　晴。晓起，临《西湖诗帖》一页。饭后，曝书毕。读"书说类"。韩退之《答崔立之书》⑤，高自期许，不嫌言大而夸，精神全在"今天下"后一段。《答陈商书》⑥，齐王好竽，而求仕者操瑟以往，无怪三年不得入门，而复遭齐人之骂也。此喻为好奇者下一针砭。《答李秀才书》⑦，因元宾之友为重，可见交道不可苟也而已。《答吕毉山人书》⑧其言："若世无孔子，不当在弟子之列。"唐宋

---

①②③④⑤⑥⑧　三圈。

⑦　双圈。

而下，惟韩子能言之，他人不能道，亦不敢道。《答窦秀才书》①，反覆此文，若不屑教者然，结意甚明。《答李翊书》②自道平生学养境界，其源不外乎孟子"知言养气"。"识古书之正伪"，"正"字，或云："此'真'字。宋人避讳，改之也。"见旧藏东吴徐氏所刻韩集批本。卷十六，十八页内。《答刘正夫书》③亦公自道为学之文，其言："文无难易，惟其是尔。"又言："用功深者，其收名也远。"真深造自得之语。《答尉迟生书》④，"本深末茂"四语，为文、为人之道，已尽于此。《与冯宿论文书》⑤，向读《灵芬馆集》，有"应俗文章游子泪"句，以为心造，岂知亦有所本，如此文中"时时应事作俗下文字"，非诗之出处乎？凡用典而能融化出来，须胸有烘炉，方能陶铸，此境最不易得。下午，以事未暇展读。（页眉：翊。音"弋"。）

十三日(8月2日) 昨夜雷雨时行，侵晨始有晴色。晓起，临《西湖诗帖》一页。饭后，读"书说类"。韩退之《答卫中行书》⑥，其言："贤不肖存乎己，贵与贱、祸与福存乎天，名声之善恶存乎人。存乎己者，吾将勉之；存乎天、存乎人，吾将任彼，而不用吾力焉。"惟穷理尽性者乃能言之。《与孟东野书》⑦，东吴徐氏所刻《昌黎集》原本后有"春且尽，时气尚热，惟侍奉吉庆。愈眼疾比剧，甚无聊。不复一一。愈再拜"等六句，先生删去，以其近尺牍耳。《答刘秀才论史书》⑧，其言："为史者，不有人祸，则有天刑，岂可不畏惧而轻为之哉？"以公之才学，尚谨慎如此，何况其他？此书《昌黎集》中失收，不知先生何本？《重答李翊书》，其言："言辞之不酬，礼貌之不答，虽孔子不得行于互乡。"今之互乡多矣，亦无可如何也。《上兵部李侍郎书》，"进寸退尺"语本此书。《应科目时与人书》⑨："难于致词，则托物为喻，此诗人比兴之道也。"说得极有身分。仰首鸣号，与摇尾乞怜者异。《为人求荐

①④⑤⑥⑦⑧　双圈。
②③⑨　三圈。

书》①以马木为喻,说得婉转入情,公文中另具一种笔墨。《与陈给事书》②文如转丸,意若连珠,公文如佛法变相,不可窥测。若一副面目,便非大作家。《上宰相书》③真所谓海涵地负之文,须具大心胸读之。下午,以事未暇展读。(页眉:后见遗文内。)

十四日(8月3日)　晴。晓起,录清近作及书田尺牍后跋语。饭后,同笑山赴赵田袁渔溪之招,时为其长子嘉龄新入嘉善学,未曾补贺,借作一日之叙。袁氏自前明了凡先生后,累世书香,至今不绝。兼能学不废贾,以为治生之计。故家子弟,咸可奉为矜式也。渔溪名莒,嘉善岁贡生;兄南州,附生;弟午亭,廪膳生,即娶予家老三房侄孙女也。是日,得读鸿胪寺卿黄爵滋奏禁鸦片奏章,于国计民生极有关系,故特借来抄出。以热极归家,日犹未晚。

十五日(8月4日)　日中有雨。晓起,临《西湖诗帖》一页。饭后,以事未暇展读。冯婿寄还苏家港朱梅墅《十三注疏》贰册,已于昨日托芦墟黄生甫,即祝唐老友之胞侄。嘉善学汪雨人信尚未寄出。十三日下午接到。下午,阅鄂生侄近诗,功夫较前稍胜,惟多花月之辞,大非读书人所宜,予故直笔惩之。

十六日(8月5日)　晴。晓起,临《西湖诗帖》半页。以事中止。饭后,读"书说类"。韩退之《后十九日复上宰相书》④,所谓情隘辞蹙,与第一书形貌迥异,洵是神奇。《与汝州卢郎中论荐侯喜状》⑤,大意以"知己"二字感动卢公,妙有层折,令人揽之不尽。柳子厚《与许京兆孟容书》⑥自道得罪之由,不即捐身,主意在"春秋时飨"一段。"自古贤人才士"以下,错落写来,极似太史公《报任安书》。其言得姓来二千五百年,家有赐书三千卷,在善和里,皆我家故事也。后云:"每读古人一传,数纸已后,则再三伸卷,复观姓氏,旋又废失。"予近

① 三圈。
②③④⑤⑥ 双圈。

年读书,亦复如是。《与萧翰林俛书》①与前书意略同,而凄怆之情更甚。其言:"人生少得六七十者,今已三十七矣。长来觉日月益促,岁岁更盛,大都不过数十寒暑,则无此身矣。是非荣辱,又何足道。"数语令人不堪卒读。《与李翰林建书》②中间"囚拘圜土"一段,情真语挚,太觉哀楚。其言:"前过三十七年,与瞬息无异。复所得者,其不足把玩,亦已审矣。"忧生之嗟,何摧伤若此。姚姬翁评语:"子厚永州与故人书,茅顺甫比之司马子长、韩退之,诚为不逮远甚。而方侍郎遽云:'相其风格,不过如《与山巨源绝交书》。'则评亦失公矣。子厚气格紧健,自有得于古人。若叔夜,文虽有韵致,不出魏晋文格。如子厚山水记,间用《水经注》兴象,然子厚岂郦道元所能逮耶?"合三家评论观之,姬翁之言为最醇。下午,参阅苏诗。(页眉:三家评论柳文。)

十七日(8月6日) 晴。晓起,临《西湖诗帖》半页,以补昨日之阙。饭后,读"书说类"。柳子厚《答吴秀才谢示新文书》,其言观文章若悬衡然,愈重,则使人愈俯,可谓善于隐讽。欧阳永叔《与尹师鲁书》是贬夷陵后所作,和平大雅,无怨怼之词,亦无忧戚之容。其后入参政事,为宋名臣,于此书略见一斑。曾子固《寄欧阳舍人书》③,是子固平生得意之作,可与欧公《泷冈阡表》并传。《谢杜相公书》④为先人身后事宜,理宜报谢,非世俗越礼进谢者可比。苏明允《上韩枢密书》⑤,其精爽劲悍之气,非二子所能及。《上欧阳内翰书》⑥论文不失毫厘,为学自道甘苦,皆有独至之处。其言:"孟子之文,语约而意尽,不为巉刻斩绝之言,而其锋不可犯;韩子之文,如长江大河,浑浩流转,鱼鼋蛟龙,万怪惶惑,而抑遏蔽掩,不使自露,而人望见其渊然之光、苍然之色,不敢迫视;执事之文,纡馀委备,往复百折,而条达疏畅,无所间断,气尽语极,急言竭论,而容与闲易,无艰难劳苦之态。

①④ 双圈。
②③⑤⑥ 三圈。

此三者,皆断自为一家之文也。"又言:"洵少年不学,生二十五岁,始知读书。"何以世俗相传有"二十七,始发愤"之语?苏子瞻《上王兵部书》以相马之说喻相士,意亦寻常,语特快利。《答李端叔书》是得罪后文字,故语甚坚洁。苏子由《上枢密韩太尉书》①,生十九年,其文章英锐已不可遏②,如此,安得不成大家?王介甫《答韶州张殿丞书》③为先人政事论说,极沉郁,又极恳挚。下午,参阅苏诗。《晚香堂》第五册,以《奉议札》及《乞常州奏》楷书为佳。第六册以《此生》诗、《三山》一首、《怀贤阁》楷书为佳。

十八日(8月7日)　晴。晓起,临《西湖诗帖》一页。饭后,读"书说类"。王介甫《上凌屯田书》,以良医之救人直笔起喻,是古文家制胜之处。查"毉"字,字典"医"字内"或作毉"。《后汉·郭玉传》:"毉之为言,意也。"《答司马谏议书》④,时司马君实责以侵官、生事、征利、拒谏,力辨以为:"受命于人主,议法度而修之于朝廷,以授之于有司,不为侵官;举先(生)[王]之政,以兴利除弊,不为生事;为天下理财,不为征利;辟邪说,难壬人,不为拒谏。"笔甚劲悍,然其执拗之心已不可药石矣。姬翁评此文,以为不如昌黎《答吕毉山人》之奇变,信然。又读"赠序类"。韩退之《送董邵南序》⑤,文不满百字,有无限曲折在内,忠厚之至。《送王秀才含序》⑥,刘海峰先生云:"含蓄深婉,颇近子长。退之文以雄奇胜人。独《董邵南》及此篇深微屈曲,读之觉高情远韵,可望不可及。"评论最确。下午,参阅苏诗。暇阅《晚香堂》第七册,以《悲秋赋》《柳》《十九帖》《千金帖》楷书为最佳。第八册如《圣主札》《道子画》《送梅诗》《祭几道文》、杜牧诗,无一不佳者。薄暮,汪雨人一信寄与曹经友,转托劳鹤田交陈切庵家。(页眉:医,或作"毉"。)

十九日(8月8日)　晴。是日立秋。晓起,临《西湖诗帖》一页。

---

①③④⑤⑥　三圈。
②　"其文章英锐已不可遏"原为"作为文章,英锐之气已不可遏",后改。

饭后，读"赠序类"。韩退之《送孟东野序》①，变化错综，非天才学力，不能做到。《送高闲上人序》②语甚奇特，而意都不可晓。《送廖道士序》③疏淡之笔，益臻飘缈。廖师郴民。郴，音"琛"，州名，即桂阳县。《送窦从事序》④，刘海峰先生云："起得雄直，惟退之有此。"《送杨少尹序》⑤，唐应德云："前后照应，而错纵变化，不可言状。此等文字，苏、曾、王集内无之。"海峰先生云："驰骤跌荡，生动飞扬，曲尽行文之妙。"《送李愿归盘谷序》⑥，此序贞元十七年作，公年才三十四耳。其中稍有六朝馀习，或者以少作故耶？《送区册序》⑦直起一段，与《窦从事序》同一面目。《送郑尚书序》⑧，史迁《货殖传》、班固《地理志》可以拟其文境。其大经济在"蛮夷悍轻"至"痛断乃止"一段，所谓"好则人，怒则兽"，驭山蛮岛夷者，不可不知。下午，参阅苏诗。坡翁"少思多睡"之语，真老年养生法也，见《次韵刘贡父李公择见寄》诗。纪评卷十三第九页内。暇阅《晚香堂》第九册，以《会金山诗》《南圭札》两种最纯正。（页眉：郴，音"琛"，音与"綝"同。）

二十日(8月9日) 晴。晓起，临《西湖诗帖》一页。饭后，读"赠序类"。韩退之《送殷员外序》⑨后半："今人适数百里，出门惘惘有离别可怜之色。持被入直三省，丁宁顾婢子，语刺刺不能休。今子使万里外国，独无几微出于言面，岂不真知轻重大丈夫哉！"又云："士不通经，果不足用。"应上"选学有经法、通知时事者一人"，皆为今人所习用。《送幽州李端公序》⑩，其言："司徒公红袜首、靴裤、握刀在左，右杂佩。"朱子《考异》云："方从杭本，'刀'下有'在'字，而读连下文'左'字为句。今按，若如方意，则当云'左握刀、右杂佩'矣，不应'握刀在左'，亦不应惟右有佩也。'在'为衍字无疑。杭本误也。'左右杂佩'当自为一句，《内则》所谓'左右佩用'是也。"萧按："此当从杭本，作'握刀在左'。盖握刀者，其佩刀之名，若不连'在左'二字，则真为手持刀而见，无是理也。此'杂佩'止是戎事之用，如

①③④⑤⑥⑧⑨⑩　三圈。
②⑦　双圈。

射决之类，与《内则》之'杂佩'不同。右有而左无，无害，弓矢亦在右，'右杂佩，弓韣服，矢插房'九字相连。《送郑尚书序》'左握刀，右属弓矢'文正与此同。"《送王秀才埙序》①，海峰先生云："韩公序文，扫除枝叶，体坚辞足。"其言："孔子之道，独孟轲氏之传得其宗。"与扬子《法言·君子篇》"仲尼之道，犹四渎也，经营中国，终入大海。他人之道者，西北之流也，纲纪夷貉，或入于沱，或入于汉"互相发明。学者沿河而下，虽有迟疾，必至于海。如不得其道，"犹航断港绝潢，以望至于海也"，得乎？《赠张童子序》②是公文中之明水金鉴，《与浮屠文畅师序》③是公文中之布帛粟菽，当与《原道》一篇并读。八家中惟公能为此文，他手终不易到。《送石处士序》④，此篇命意，盖因处士之行，望重胤尽力转输，使朝廷克成讨王承宗之功，不可复若卢从史阴与之通，而位置有体，藏讽谕于不觉，无穷议论，都点化在叙事中。《送温处士赴河阳军序》⑤，姬翁云："意含滑稽，而文特嫖姚。"此篇后半意以重胤起卒伍，犹能拔二生于数月之间，如公之才，宰相乃置之冗散，冉冉且老，为可叹耳。所谓文字旨趣，可以互见者是也。《赠崔复州序》⑥，所谓赠人以言，为刺史者咸宜三复也。下午，参阅苏诗。暇阅《晚香堂》第十册，以《司马丞相墓铭》楷书、《与司马温公论茶墨》及《拜违帖》为最佳。第十一册以《庐山记》楷书为上乘，《凌虚台记》楷书次之。第十二册以《归去来兮辞跋语》及《答仲车诗》《致仲车书札》为最佳，《复眉公总跋》亦可观。（页眉：此注姬翁疏解明晰，故为摘出。）

二十一日（8月10日）　晴。晓起，接阅莘塔文会卷，北舍港五侄孙居第一，沈婿第二，薰儿第三。此三子者，已列在三名前，可见我乡之无人也。中午，接谱经表侄信，以卓海帆秉恬副宪所书楹帖及京顶、京水笔两种见赠，即作书答谢。是日，以旧藏碑帖木匣颇有损坏，付漆工装好，共计二十件。馀尚完好，可以不动。

---

①③⑤⑥　三圈。
②④　双圈。

二十二日(8月11日)　阴。以事不暇临帖。饭后，读"赠序类"。韩退之《送水陆转运使韩侍御归所治序》^①，卓然有用之文。读此文，可知西北屯田行之已有明效，何自唐及今，言者纷纷，而行者寥寥也耶？《送湖南李正字序》^②，其云李生之尊府，或作"父"。近人称其人之父曰"尊甫"，未知与"府"通否？摘出俟考。中云："离十三年，幸而集处，得燕而举一觞相属，此天也，非人力也。"其言淡而弥挚。《爱直赠李君房别》，此文东雅堂徐刻不载。《送郑十为校理序》，唐开元十三年，以宰相张说为大学士。见东雅堂本注中。《送浮屠令纵西游序》，此文徐刻亦不载。欧阳永叔《送杨寘序》^③写得琴旨透，所以解其忧者深矣。《送田画秀才宁亲万州序》^④，茅顺甫云："风韵跌宕。"信然。《送徐无党南归序》^⑤，大意云：不朽之业，终以立德、立功为重，文辞尚其浅者也。《郑荀改名序》，其黜老子而尊荀卿，论断有识。曾子固《送周屯田序》，茅顺甫云："议论似属典刑，而文章烟波驰骤不足，读昌黎所送杨少尹致仕序，天壤矣。"评论极为允当。然子固地位已不易到，况昌黎乎？八家中之韩文，盖大而化之圣也。《赠黎安二生序》^⑥，曲折写来，引而不发，令生自择。文之妙处，正以不说明为佳。《送江任序》欲以本土人作本地官，予尝亦有此议论。《送傅向老令瑞安序》，其言质而不华。苏明允《送石昌言为北引》^⑦，茅顺甫云："文有生色，直当与昌黎送殷员外等序相伯仲。"刘海峰先生云："其波澜跌宕，极为老成。句调声响，中窾合节，几并昌黎。而与《殷员外序》实不相似。"中言："自思为儿时，见昌言先府君旁，安知其至此？"姬翁评云："此明允胸襟陋处，昌黎必不然也。"合三说以论两家之文，我谓昌黎天才横逸，是诗中之谪仙；明允学问深湛，是诗中之老杜。两家面目，各自不同。下午，参阅苏诗。

二十三日(8月12日)　阴。晓起，临《西湖诗帖》一页。饭后，

①④⑦　三圈。
②③⑤⑥　双圈。

读"赠序类"。苏明允《仲兄文甫说》[①],中间形容风水一段,姬翁云:"此段形容水处极工,惜太袭《子虚》《上林》耳。"《名二子说》[②],命意在有意无意之间。苏子瞻《太息一篇赠秦少章》[③],其言:"英伟奇逸之士,不容于世俗也久矣。"又言:"士如良金美玉,市有定价,岂可以爱憎口舌贵贱之与?"前后相为呼应。《日喻赠吴彦律》[④]以日喻道、以没喻学者,可谓巧譬善导。《稼说赠张琥》[⑤]亦以取譬见长。王介甫《送孙正之序》议论极醇正,惜行事大不相符,奈何?归熙甫《周弦斋寿序》,以母家外氏作陪客,便不落寞,实宾中之主。弦斋住昆山之千墩浦上,与熙甫之母家周氏居相近。《王母顾孺人六十寿序》,孺人之家世及后之抚孤教养,俱从其子口中说出,自家不下一断语,文品高绝。《戴素庵先生七十寿序》,前与先人同学引起,中间以龚西野作陪客,叙得疏荡入古。后言俗日益薄,略寓感慨于不觉,文品雅洁。龚居愧傫荡,在娄江以北。《顾夫人八十寿序》,此序与他序不同,非冠冕堂皇之文,不足配文康公之夫人。归氏有嘉庆堂,文康公为之记。《守耕说》于孔子拒樊迟之请,说得道理甚圆足。《二石说》发明《尚书》《论语》之义甚条达。《张雄字说》[⑥]只发明老子"知其雄,守其雌,为天下溪"三句道理,其胜人处,全在所见者大。《二子字说》,仲子生于家,时熙甫适游西山之光福,故以"福孙"名之;季子生于安亭,时熙甫在昆山之宣化里,故名曰"安孙"。合观熙甫之文,皆渊雅高洁,唐宋而下,允推第一家。下午,参阅苏诗。作《望兰诗》五古一首。《松陵人物补志》第六卷抄毕。

二十四日(8月13日) 晓有雨。校阅《人物补志》第六卷毕。饭后,以事辍读。偶阅《灵芬遗集》,《次韵奉呈宾谷先生见题老复丁庵图诗》有"当思秉烛希末光,窃比孟郊抱佛脚"句,卷四七页。因检阅《韵府》,"脚"字下引《中山诗话》:"王丞相嗜谐谑。一日论沙门道,因

---

①③④⑤　双圈。

②⑥　三圈。

曰：'投老欲依僧。'客遽对曰：'急则抱佛脚。'王曰：'投老欲依僧，是古诗一句。'客曰：'急则抱佛脚，是俗谚全语。上去投，下去脚，岂不的对也？'王大笑。"又孟郊诗："垂老抱佛脚，教妻读黄庭。"下午，参阅苏诗。观荷有感，作短歌一首。（页眉：佛脚出处。）

二十五日(8月14日) 晴。晓起，挈薰儿至莘塔文会。生题《有淡台灭明者至，未尝至于偃之室也》，童题《尝独立，鲤趋》，诗题《一年容易又秋风得"秋"字》。生共十二人，童共三十一人。晚阅薰儿文艺，大约在五名左右，未知验否。

二十六日(8月15日) 晴。晓起，作书与沈婿，以昨日不到文会中故也。饭后，始知渠有微恙，故不去。暇读"赠序类"。方灵皋①《送王篛林南归序》②，从患难相交中，自有一种独挚之处，文便不苟作。《送刘函三序》，今之所谓中庸，非古之所谓中庸也，此处不可不辨。奈何不畏古之圣人、贤人，而畏今之愚人也哉？人当知所适从矣。《送左未生南归序》能出脱于死生聚散之间，而勉以修行著书，以自见于后世，是其死而不亡，交而不散，固自有在矣。《送李雨苍序》得"赠人以言"之旨。刘才甫《送张闲中序》，时张以河功卒判迦河，故首言："禹疏九河，而东南巨野无溃冒潏没之害者，七百七十余年。周定王时，河徙砾溪，九河故道，浸以湮没。自是之后，秦穿漕渠，而汉时河决酸枣、瓠子、馆陶，泛溢淮、泗、兖、豫、梁、楚诸郡，历魏、晋、唐、宋、元、明，数千百载，迄无宁岁。"此河患之大略也。《送沈苯园序》一起，令宦游客寓者，苟有人心，读之能不黯然神伤？《送姬传南归序》中引"王文成公为童子时，其父携至京师，诸贵人见之，谓宜以第一流自待。文成问何为第一流，诸贵人皆曰：'射策甲科，为显官。'文成莞

---

① 方苞(1668—1749)，字凤九、灵皋，晚号望溪，安徽桐城人。康熙四十五年会试中式。官至礼部侍郎。为桐城派代表人物。编有《古文约选》《钦定四书文》，著有《望溪文集》等。

② 双圈。

尔而笑:'恐第一流当为圣贤。'诸贵人乃皆大惭。"以文成比姬传,尚
觉拟非其伦。然勉以为圣为贤,其道则一而已。下午,高伴山来。
(页眉:真第一流人物。)

　　二十七日(8月16日)　阴晴参半。晓起,临《西湖诗帖》毕。饭
后,读"诏令类"。《秦始皇初并天下议帝号令》,述诛灭六国之由,天下
大定,不得不更议名号。《高帝入关告谕》①寥寥数言,大得王者器度。
《高帝二年发使告诸侯伐楚》②名正言顺,不在多语。《高帝五年赦天
下令》不过二十四言,字字皆坚洁可诵。《高帝令吏善遇高爵诏》③古
茂之趣,层见叠出。《高帝六年上太公尊号诏》④,此诏最难立言,虚
起实承,功归上皇,立言得体。《高帝十一年求贤诏》,此诏多见选本
中。《文帝元年议振贷诏》⑤,仁心之言,入人骨髓。汉家元气,团结
多在文帝身上。下午,至东浜寄松馆中,谈定来年仍旧。与寄松畅论
义利之辨。寄松自信可以不惑,予亦可以自信,惟两人处境各不同
耳。处顺境易,处逆境难,寄松实加人一等矣。

　　二十八日(8月17日)　阴。晓起,临苏帖一页。饭后,读"诏令
类"。《文帝元年赐南粤王赵佗书》⑥,圣天子发号施令,词气雍和,闻
者能不心服?《汉文帝二年议犯法相坐诏》⑦,五十六言中,笔笔逆
入,方能引人入胜。《文帝二年除诽谤法诏》直截老当。《文帝二年日
食诏》,后世罪己诏,有能如此克责否?《文帝前六年遗匈奴书》无甚
深意。《文帝十三年除肉刑诏》⑧,此诏与前《振贷》一诏,同一剀切。
《文帝十四年增祀无祈诏》⑨,仁主为民请命,本不祈福。后世祀官祝
釐,皆谀词耳。《文帝后元年求言诏》⑩,此诏多见选本。《文帝二年
遗匈奴书》⑪与前书大不同。圣王之于夷狄,羁縻弗绝,然欲休兵息
民,非逊词不为功。《汉景帝后二年令二千石修职诏》多见选本。《汉

---

①④⑤⑥⑧　三圈。
②③⑨⑩⑪　双圈。
⑦　三圈。按,此处"二年"当为"元年"。

武帝元朔元年议不举孝廉者罪诏》①蔚然西京文字，与前诸诏迥出两手。《汉武帝元狩二年报李广诏》②，英主雄心，自然流露。《汉武帝元狩六年封齐王、封燕王、封广陵王三策文》宛似《尚书》诸诰。《汉武帝元鼎六年敕杨仆书》③历数五过，仆亦何词？《汉武帝赐严助书》朗朗可诵。《汉武帝元封五年求贤诏》④，雄才大略，难免穷兵之戒。《汉昭帝赐燕王玺书》亦明白晓畅之文。《汉宣帝地节四年子首匿父母等勿坐诏》⑤，王道不远乎人情。坐子匿亲之罪，原是暴秦虐政，其除之宜也。《汉宣帝元康二年令二千石察官属诏》，平狱减赋，政之大者也。《汉宣帝神爵三年益小吏禄诏》⑥，吏不廉平，则治道衰。今之治道何如？何为不思宪皇帝当日养廉之设也？《汉元帝议律令诏》亦无甚深意。《汉元帝建昭四年议封甘延寿等诏》⑦，功臣受戮，千古同慨。事后，此冤未有不白者，岂天欲扬之，而故抑之也耶？是真不可解已。下午，以事辍读。

二十九日（8月18日）　晴。晓起，以事未暇临帖。饭后，读"诏令类"。《汉光武帝赐窦融玺书》⑧，光明磊落，非魏武、晋昭所能企及。《汉光帝报臧宫马武诏》⑨引"《黄石公记》曰：'柔能制刚，弱能制强。'柔者，德也；刚者，贼也。弱者，仁之助也；强者，怨之归也"。此数言亦近日守身之要道。又言："逸政多忠臣，劳政多乱人。"光武其深得为治之体与？司马相如《谕巴蜀檄》⑩多见选本。文之磅礴绵亘，固不待言。选中"西僰犍之长"多一"犍"字，善本无"犍"字。近《类纂》中亦然，作"南夷之君，西僰之长"，可从。韩退之《祭鳄鱼文》⑪辞严义正，顽亦效灵。非公之文能为驱除，实公之正气自然感极也。欧阳文忠公作《陈文惠公神道碑》，书公通判潮州，恶溪鳄鱼不可近，公命捕得，鸣鼓于市，告以文而戮之，其患并息。此事要查，特为摘出。下

---

①③⑤⑥⑦⑨　双圈。
②④⑧⑩⑪　三圈。

午,参阅苏诗。(页眉:戮鳄鱼事要查。)

　　三十日(8 月 19 日)　晴。晓起,临苏帖一页。饭后,读"传状类"。韩退之《赠太傅董公行状》,此状精神全在对李怀光一段。《圬者王承福传》①,此传东雅堂徐刻不载,而多见选本。柳子厚《种树郭橐驼传》②借题发挥,与《圬者传》同是规讽世道之文。《类纂》内"故乡人号之橐驼"下直接"闻之曰",不若《古文观止》:"故乡人号之驼,驼闻之曰:'甚善。'"又下"理非吾业也",《观止》此句多一"官"字为明白。苏子瞻《方山子传》③,传中另是一格,笔端飘缈,满纸多化烟云。王介甫《兵部知制诰谢公行状》④,先序出身、官职、死年,后乃叙事,缜密有法。归熙甫《通议大夫都察院左副都御史李公行状》⑤是震川文集中一大文字,主意在奉天殿灾、采办大才一段。须至"其艰如此"住。下午,以鼻江辍读。适书贾以《古文辞类纂》一书来,系姚先生门人江宁吴启昌所刻,与康抚军粤东所刻大同小异。康刻七十四卷,有批抹圈点;吴刻七十五卷,无批抹圈点,盖在康刻后耳。急以洋饼三枚酬之,亦炎暑中一大快事也。(页眉:"论者谓,苏州田不及淮安半,而吴赋十倍淮阴。"此段已采录。)

------

　①②④⑤　双圈。
　③　三圈。

戊戌日记三(七月至八月)

十八年闰月四月十七日(1838 年 6 月 9 日) 托苏州书友胡寅生订书。

《冯注苏诗》,订十六本。

《日知录注释》,订十二本。

《灵芬馆全集》,订①十二本。诗缺《遗诗》二本,文缺《二编》二本。

楼房门联:"好学为福,作善降祥。""馨尔夕膳,洁尔晨餐。""相敬如宾,克昌厥后。""物极其性,人永其寿。"

七 月

初一日(1838 年 8 月 20 日) 晴。晓起,跋书田札后。饭后,读"传状类"。归熙甫《归氏二孝子传》②,其事可传,其文亦可诵。"孝子少饥饿,面黄而体瘠小,族人呼为'菜大人'。"《筼溪翁传》③纯于淡处着笔,飘然有凌云之气。《陶节妇传》④,此传熙甫自信必传,见《与人书》中。今读之,峻洁如冰雪,真不虚语也。《王烈妇传》直白如话,略以园竹芝草为点缀。《韦节妇传》一赞出人意表。《先妣事略》⑤淡而弥挚。以上诸传,篇篇可读。方灵皋《白云先生传》⑥回环应复,动合规矱。《二贞妇传》⑦叙述中错综有致,末来略带讽世意,不甚激

---

① 原文衍一"订"字,删去。

②④⑤⑥⑦ 三圈。

③ 双圈。

切,故妙。刘才甫《樵髯传》①,吴刻原注:"写出村野之态,如在目前,而文之高情远韵,自见于笔墨蹊径之外。"《胡孝子传》②原注:"摹写极真,质而不俚,直逼《史记》。"赞中一起,士大夫见之,苟有人心,其何以堪?《章大家行略》③大得欧阳公《泷冈阡表》笔意,原注:"真气淋漓,《史记》之文。"韩退之《毛颖传》④附见,此传张籍非之,柳子厚独以为奇。李肇《国史》谓"不下迁《史》"。下午,《松陵人物补志》第七卷抄毕。

初二日(8 月 21 日)　晴。晓起,书书田尺牍跋语四页,终觉落笔拘索,奈何? 饭后,读"碑志类"。秦《泰山刻石文》《之罘立石文》《东观刻石文》《碣石刻石文》《会稽刻石文》,此五文皆不用韵,四字一句,文气朴茂,非后人所能摹拟。《琅邪台刻石文》⑤用韵,似雅颂体。"维秦王兼有天下"以下,宜照金陵吴氏刻本,另起一行。《碣石刻石文》内"男乐其畴,女修其业"二句,可入时艺中。班孟坚《封燕然山铭并序》原注:"序亦用韵,即《琅邪刻石》体。"然不如《琅邪石刻文》之坚卓。康刻原注内脱一"石"字,一起脱一"曰"字。元次山《大唐中兴颂有序》⑥,四言,三韵一转,亦是创格。韩退之《平淮西碑》⑦,茅顺甫云:"颂文淋漓纵横,并合绳斧。"此等文字,须幼年熟读,方能得益。《处州孔子庙碑》以社稷与孔子相形,而孔子之尊愈见,文之波澜在此。下午,校阅《人物补志》第七卷毕。

初三日(8 月 22 日)　晴。晓起,接吴茗香信,为来岁觅馆事也。饭后,送笑山解七夕节,约十七日去载。昨晚,嘉善学汪雨人又有寄陈讱庵一信,拟托吴寄松送去,断无浮沉之理。暇时,读"碑志类"。韩退之《南海神庙碑》⑧,典重肃穆,阳开阴合,旋转无痕,真大手笔。《衢州徐偃王庙碑》⑨以秦形徐,与《孔子庙碑》同一借宾定主之法。其中引用神史所载,回护得体,真绝大本领。东雅堂徐刻本"宗乡咸

①②⑥⑨　双圈。
③④⑤⑦⑧　三圈。

序应"句,宜照《古文辞类纂》康刻、吴刻两本"宗卿咸序应","卿"字为正。文中"迄兹无闻家",二字极新。《柳州罗池庙碑》①文淡而腴,后歌辞绝似《离骚》。《袁氏先庙碑》叙述谨严,剪裁有法。"劬躬焘后"四字所出。《乌氏庙碑铭》另是一格。苏子瞻《表忠观碑》②,此文多见选本,其提顿钩勒处纯以大气盘旋,故能制胜于万夫之上。连日秋暑炽甚,黄昏倾盆大雨,高下沾足,可卜丰年之兆。

初四日(8月23日) 晴。晓起,临苏帖一页。饭后,接莘塔会卷,又以薰儿作第一,可愧之至。惟当勉其潜心力学而已。暇时,读"碑志类"。韩退之《曹成王碑》③,或云:"造语法子云。"或云:"'王亲教之'以下一段,学左氏文法,而变其语。"总之,艰深文字,非曾、王以下所能摹仿。下午,以收拾碑帖辍读。是日,吴婿同大女回家。黄昏复雨。

初五日(8月24日) 晴。晓起,临苏帖一页。作书与陈得珊及鄂生侄。是日,以收拾碑帖辍读。

初六日(8月25日) 晓起,至东浜寄松馆中,以蓝叔田堂画、卓海帆楹帖一、黄祝唐堂对二、亡室沈氏遗像、首附行略,托寄松带至江城,交周芥老装裱。并嘉善学汪雨人所寄陈切庵一信,亦托寄松带去。回家尚早,临苏帖一页。饭后,以收拾碑帖辍读。下午,复大雨如注。

初七日(8月26日) 晴。晓起,录清近作。接孙秋伊楷所寄《伊洛渊源续录》一书,乃仪封张清恪公伯行所刊订,为卷二十,共四册。饭后,接柯亭信,以黄爵滋奏章见示。此奏虽已录藏,亦故人关注之雅,惟恐不知。现闻臬司奉部议,于七月初一日出示。凡人三月不戒者,有人首告,枷责,于臂上刺字;六月不戒者,面上刺字,枷责一年;逾限者立斩:此祸或可渐熄与?是日,赵田袁松巢嵩龄陪其从弟

---

① 双圈。

②③ 三圈。

礼夫嘉龄来送试草,遂招从子鄂生,命薰儿同集养树堂,为文字之饮。下午散去。鄂生先有诗,予得七古一首。是夜,复大风雨,下田大有损伤。

初八日(**8月27日**)　晴。晓起,录清昨日所成之作。饭后,读"碑志类"。韩退之《唐故相权公墓碑》。权公有文而厚重,无震世功烈,故只铭其大略。"天下推为巨人长德。"自始学至疾未病,未尝一日去书不观。《清边郡王杨燕奇碑》,与《权公墓碑》叙述相同,其言:"敌攻无坚,城守必完。""不畏义死,不荣幸生。"王之为将,可知矣。《太尉许国公神道碑》①,姬翁云:"观宏本传及李光颜传,宏以女子康本作'絮闻',不解。间挠光颜事,与志正相反,退之谀墓亦已甚矣。"而文则雄伟,首尾无一字懈,精神奕然。此事须看《新》《旧唐书》。文之提顿变化,深得左氏骨髓。其言:"侃侃自将,不纵为子弟华靡邀放事。""尝一抵京师,就明经试。退曰:'此不足以发名成业。'""册拜司徒兼中书令,进见上殿,拜跪给扶。"此等语,皆习见而未知出处者。下午,以事辍读。

初九日(**8月28日**)　晴。晓起,作书答吴柯亭,并以黄公奏疏寄还。饭后,以事辍读。下午亦然。是夜,大风雨。盖自月初至今夜,连雨七阵,未知天何心也。

初十日(**8月29日**)　晴。晓起,挈薰儿至孙家汇,载秋伊同赴莘塔文会。是日,已进共十三人,未进共三十八人。生题《"非曰能之"至"愿为小相也"》。童题《〈诗〉曰"不素餐兮"》。诗题《稻生于水》,出《淮南子》。饭后,同唐耳山、孙秋伊至一田园茗饮,颇多野趣。少顷,袁午亭亦来。后陈秋山、畹香昆季继至,相与清谈二三刻,不觉烦恼顿除。午候,仍至会中。此集交卷甚迟,就予所见,北舍港五佺孙文较胜,薰儿不及也。

十一日(**8月30日**)　阴。起来稍迟。饭后,读"碑志类"。韩退

---

①　三圈。

之《清河郡公房公墓碣铭》①，姬翁云："依次叙述，是东汉以来刻石文体。但出韩公手，自然简古清峻，其笔力不可强几也。"愚按，初学入手，宜读此等文，尚有门径可寻。其言"公胚胎前光，生长食息，不离典训之内。目擩耳染，不学以能。"又言："削衣贬食，不立资遗，以班亲旧朋友为义。"多文家习用。《殿中少监马君墓志铭》②，姬翁云："古者书旌柩前，即谓之铭，故不必有韵之文始可称铭。"按，马君早年辞世，固无功德可纪。文将其祖若父及自己追述描摹，中分二段，后结一段，而荣枯哀乐之感，尽在言外，是墓志中神品。"门庇"二字见上篇，"分府"二字见此篇。《尚书库部郎中郑君墓志铭》③，茅顺甫云："隽才逸兴。"前半实叙得简净，后半虚描得淋漓，尽可为法。"不为禽禽热"句，本此文中。《柳子厚墓志铭》④，此文多见选本。"七世祖庆，为拓跋魏侍中，封济阴公。"姜坞先生云："柳庆仕终于宇文，又不为侍中，《周书》本传可考。封平齐公。其封济阴者，乃子厚六世祖旦，庆之子也。旦封济阴公，见《柳集》。《隋书》本传不载。"此段考据，甚有关于我家典故，故摘出之。下午，阅莘塔已进会卷，以朱蔼堂、袁松巢两卷最为出色。予非阿私所好也，有目者自共赏之。是夜又雨。（页眉："擩"，或作"濡"。方云："亦染也。"东雅堂刻本。）

十二日(8月31日)　雨。晓起，临苏帖二页。饭后，以收拾卧室辍读。下午，偶读杨诚斋诗一卷，有会于心，得一绝句云："托业常抱一砚安，偶从局外事间观。痴蝇窥见无人坐，偷饮池中墨沈干。"诚斋《南溪山居秋日睡起》云："客至从嗔不着冠，起来信手揽书看。小蜂得计欺侬睡，偷饮晴窗砚滴干。"同一意也，而小蜂岂能饮墨耶？然诗之尖新，极矣。

十三日(9月1日)　晴。晓起，临苏帖二页。饭后，读"碑志类"。韩退之《河南令张君墓志铭》，其言："拜京兆府司录，诸曹白事，

---

① 双圈。

②③④　三圈。

不敢平面视;姜坞先生云:"此言署能使诸曹严畏,不敢平视。茅顺甫以为不得意处,大误。"共食公堂,仰首促促就哺歠,揖起趋去,无敢阑语。"《太原王君墓志铭》,姬翁云:"此文已开王荆公志铭文法。"后铭词三句一转,末用一韵,又是创法。按,王仲舒曾为苏州刺史,治称第一,见傅椿《府志》四十三卷"名宦"第二。《国子司业窦公墓志铭》①首叙世次、官职、死月,下分六段写,文之规矩准绳,尽可为法。《给事中清河张君墓志铭》,张之死事于范阳也,范阳帅张宏靖,姬翁云:"昌黎盖鄙张之请,故没其名。'噎暗以为生',盖即谓之耶?"其言:"今牛宰相为御史中丞。"或云:"'牛宰相'三字,岂成文理耶?"好恶予夺,固不在此。"今宰相牛公"为是。《大理评事王君墓志铭》②,茅顺甫云:"澹宕多奇。"奇人奇事,须此奇笔描摹,方能澹宕多奇。王荆公云:"退之善为铭,如王适、张彻《铭》,尤奇也。"志文张不如王。王适事,向见《道古堂文集》内所撰《厉樊榭传》曾引用此事,实见《鲒埼亭集》。《唐故朝散大夫商州刺史除名徙封州董府君墓志铭》③,文内多习用语。《孔司勋墓志铭》④,叙次得史臣之笔。《尚书左仆射右龙武军统军刘公墓志铭》,粤东康刻不载。下午,读杨诚斋诗一卷。

十四日(9月2日) 晴。晓起,临苏诗一页。饭后,读"碑志类"。韩退之《集贤院校理石君墓志铭》《河南少尹裴君墓志铭》二文,粤东康刻不载。《李元宾墓志铭》⑤,文短而铭甚古,又是一格。《施先生墓铭》⑥,直叙中颇能萦回曲折。《南阳樊绍述墓志铭》⑦,欧阳文忠公云:"退之与樊绍述作铭,便似樊文。"诚不虚语。近灵芬为小谟觞馆作序,便似甘亭文字。才大不拘一体,故能如是。《贞曜先生墓志铭》⑧,志中推服东野之诗,不遗馀力。韩孟联吟,诗实孟胜于韩,必非无所见而云然。《河南府法曹参军卢府君夫人墓志铭》,铭辞极

---

①③④⑥　双圈。
②⑤⑦⑧　三圈。

佳。《唐河中府法曹张君墓碣铭》①,退之前后铭墓多矣,而面目个个
不同,此类可见。铭词不用韵,似志文,以备一体。《扶风郡夫人墓志
铭》②,此文康刻不载。《女挐圹铭》,其言:"愈之为少秋官。"姬翁云:
"以刑部侍郎称'少秋官',此如以御史称'端公'之类,皆徇俗不典。
虽昌黎为之,而不可法。"中午,接得珊覆信,颇有忧生之嗟,惜无力以
振之也。下午,读诚斋诗二卷,始知"樱桃湖"出处。向见棹歌诗中多
此三字,乃诚斋《夜泊平望》诗中语:"樱桃湖里月如霜,偏照征人寸断
肠。""樱桃湖",即"莺脰湖"也。(页眉:"少秋官"可对"牛宰相"。)

　　十五日(9月3日)　晴。晓起,临苏帖二页。饭后,读"碑志
类"。柳子厚《故襄阳丞赵君墓志铭》③,左氏多卜筮语,志亦仿其占
词,便觉隽峭拔俗,否则,近乎小说矣。文中"秦谞"二字人名,见《唐
书》。欧阳永叔《资政殿学士文正范公神道碑铭》④,注中辨公与吕公
事甚详,可细细参观。"文公二岁而孤,母夫人贫无依,再适长山朱
氏。"后举进士,"中乙科,为广德军司理参军,始归迎其母以养。"既
贵,赠妣谢氏为吴国夫人。《太尉文正王公神道碑铭》⑤,功名之际,
虽贤如寇准,不能无私,王旦真宰相器哉! 此文可与苏子瞻《三槐
堂铭》并读。《河南府司录张君墓表》⑥,方侍郎云:"空明澄澈,无
一滞笔。"此文后一段与退之《殿中少监马君墓志铭》神气略相似,
而面目不同,故能各有千古。下午,以收拾字画辍读。(页眉:谞,
音"言"。)

　　十六日(9月4日)　晴。晓起,临苏帖二页。饭后,读"碑志
类"。欧阳永叔《胡先生墓表》⑦,"宋景祐、明道以来,学者有师,惟胡
瑗、孙明复、石守道三人而已。"《连处士墓表》⑧,似《后汉书》陈仲弓、
王彦方一辈人。《集贤校理丁君墓表》⑨,"国家自削除僭伪"以下一

───────

　　①④⑦　三圈。
　　②③⑤⑧⑨　双圈。

段,写得感慨淋漓。《太常博士周君墓表》,此文若专为废《丧礼》而发。《石曼卿墓表》①,方侍郎云:"章法极变化,语亦不蔓。"《永春县令欧君墓表》②,后半抑扬进退,极欧文之能事。《右班殿直赠右羽林军将军唐君墓表》③,此文以其子唐介为主,便有发挥,可以感动为人子者。《泷冈阡表》④,此文多见选本。其能感动鬼神,负碑入海,加之圈点,朱笔淋漓,语属荒诞,然如"祭而丰,不如养之薄也""为善无不报,而迟速有时,此理之常也"等语,真是千古不磨。姬翁独爱"回顾乳者"一段,实文中之波澜也。下午,顾八甥、陈古愚、沈婿来,谈论片时,不及展卷。古愚借《杨诚斋诗集》去。

十七日(9月5日)　晴。晓起,临苏帖一页。饭后,读"碑志类"。欧阳永叔《黄梦升墓志铭》⑤,此文以梦升文章意气为主,中间叙述少壮离合死生之感,而梦升之为人,呼之欲出矣。已刻,顾甥、沈婿来。中午,倾盆大雨,未免太多。是日,与顾甥对酌,略有酣意,而鼻中之累,不觉微痛。自后宜戒酒静养,勿以意气自豪也。

十八日(9月6日)　阴。晓起,料理家事。饭后,读"碑志类"。《张子野墓志铭》⑥,中间一段,亦多死生离合之感,而回环曲折,令人揽之不尽。《尹师鲁墓志铭》⑦,此文中间"当天下无事时"一段,最足制胜,而师鲁之为人,亦可知矣。《徂徕先生墓志铭》⑧,方侍郎云:"笔阵酣恣,辞繁而不懈。"《孙明复先生墓志铭》⑨,以石介作陪客。前《胡先生墓表》中,所谓:"学者有师,惟胡瑗、孙明复、石守道三人而已。"《太常博士尹君墓志铭》⑩,前后以其弟师鲁作陪客,中间"是时"一段,寄慨者深矣。《梅圣俞墓志铭》⑪,欲读都官之诗,请先读此文,而其诗乃见。《湖州长史苏君墓志铭》⑫,长史之妻杜氏,能为夫乞序、乞铭,真不愧相臣之女,亦贤矣哉!《大理寺丞狄君墓志铭》⑬,读

---

①②③④⑤⑥⑦⑧⑬　三圈。
⑨⑩⑪⑫　双圈。

此文,知廉吏之难得,自古已然。是日,笑山到馆。下午,至泮水港,复至东浜。《狄君志》中,"惟邓、谷为富县"一段,可为今之贪令揭其腑藏,文之逸调,信如茅顺甫所云。

十九日(9月7日)　晴。晓起,料理家事。饭后,偶成五古一首。年来用心过度,新起鼻衄之病,稍一专心,血出淋漓,酒后尤甚,故作诗戒之。迟客不来,仍读"碑志类"。欧阳永叔《蔡君山墓志铭》①,君山之为长溪县,治狱可入县谱。《集贤院学士刘公墓志铭》②,读此文,古来"文正"之谥特重,如"夏英公既薨,天子赐谥曰'文正'",时尚书考功刘敞上疏,言敏谥不应法,"疏凡三上,天子嘉其守,为更其谥曰'文庄'"。后铭词极古。下午,以事辍读。

二十日(9月8日)　晴。晓起,料理家事。饭后,读"碑志类"。欧阳永叔《翰林侍读学士给事中梅公墓志铭》,此文却平平无奇。梅询初遇真宗,一见以为奇材,遂以人主为知己。《尚书都官员外郎欧阳公墓志铭》③,公为修之叔父,其治狱多奇中,盖明决慈惠人也。《尚书职方郎中分司南京欧阳公墓志铭》④,其治狱亦有可法。《南阳县君谢氏墓志铭》⑤,志文即从梅都官口中说出,实真且挚。"哭内"之诗,二字可代"悼亡"。《北海郡君王氏墓志铭》,此文不及前铭。王介甫《虞部郎中赠卫尉卿李公神道碑》⑥,又是一样铭法。《广西转运使孙君墓碑》⑦,文尾"歙之为州"一段,可以见古今人材盛衰之不同。《宝文阁侍制常公墓表》⑧,诚如姬翁所云:"秩为谏臣,而无所献替,虽介甫亲之,求为解嘲,安可得耶?"然文特廉利,似仿《檀弓》体。吴刻注文:"特峻而曲。"《处士征君墓表》⑨,此文与前表并可为短篇作程法。《给事中孔公墓志铭》⑩,茅顺甫评此文极当。后击蛇事只作点缀,妙。《太子太傅田公墓志铭》⑪,此文宜从刘海峰所评。诚斋诗为古愚借去,下午,复读李玉溪生诗,乃冯孟亭评本。冯评《西郊作一

---

①②③④⑥⑦⑧⑨⑪　双圈。

⑤⑩　三圈。

百韵》云:"自古有叛臣,必由于权奸。而牧令失人,民生日蹙,元气日削,尤为致乱之本。"今之县令何如也?何云:"宰相不选牧伯,是此篇发愤大旨。"

二十一日(9月9日) 晴。晓起,作书答陈得珊。饭后,接莘塔会卷,薰儿落在第十名,皆由认题不清。据韵园先生所披出,谓:"不素餐兮,诗人盖叹美之词,非垂戒之词,须就诗人一面讲。若引入后人,便侵下'君子'句。且注中'功禄'二字,亦须活看。总宜从未仕说。"如此讲解,可见前辈用力之深。今人往往懒于讲书,何也?中午,宇安从侄来,中饭而去。下午,寄松同沈婿来,畅谈半日,夜分始去。

二十二日(9月10日) 晴。晓起,与硖石沈姨甥书,并代㓞庵作书,覆嘉善学老师汪雨人先生。时㓞庵前往海州,而其父秋田老人忽于七月初七日身故,相隔千里之外,音信骤难即达。雨人代谋馆地,故不得不先为致意也。中午,收拾卧房,无暇,辍读。下午,读玉溪生诗。咏史诗中,引《韩非子》秦穆公问由余曰:"古之明王,得国失国,何以故?"余对曰:"常以俭得之,以奢失之。"故义山云:"历览前贤国与家,成由勤俭败由奢。"盖谓唐文宗恭俭性成,衣必三澣,可称令主。今乃与亡国同耻,深可叹也。是日,西北风甚大,有妨秀稻天气。

二十三日(9月11日) 连夜大风雨,至晓尚未休息,花稻皆有所碍,今岁断不能十分收成矣。饭后,读"碑志类"。《湖北路转运判官尚书屯田郎中刘君墓志铭》①,文尾"初,君为范、富二公所知"一段,感慨之中,极有含蓄,文之酝酿在此。铭词极佳。《泰州海陵县主簿许君墓志铭》②,刘海峰先生所评极当,而姚姬翁云:"按,《宋史·许元传》,元固趋势之士,平亦非君子,故介甫语含讥刺。"是以读书贵

① 双圈。
② 三圈。

知人论世。《王深父墓志铭》①，此文专以议论胜。《建安章君墓志铭》②，海峰先生云："其来如春水之骤至，故佳。"《孔处士墓志铭》③，序次幽折，文尾一段尤佳。《临川王君墓志铭》④此文亦以议论为主，而幽折峭拔，各成面目。《兵部员外郎马君墓志铭》⑤，海峰先生云："序次与《田太傅》同一机法。"而此篇多寄慨之处，便易动人怀抱。《秘阁校理丁君墓志铭》⑥，此文康刻所无。中一段议论，极淋漓感慨之致，铭词尤佳。是日，风声如虎，雨下如潮，至晚尤甚。予有《七月二十三日大风雨纪事诗》一绝。

二十四日（9 月 12 日）　昨夜大风雨不止，今晨风雨如故，湖水顿涨，稻田半被淹没。今秋米价，于近年来为最贱，惟春间积阴，致薪大贵。谚云："柴贵荒年到。"真不虚语也。晓起，改录旧作。饭后，读"碑志类"。王介甫《赠光禄少卿赵君墓志铭》⑦，茅顺甫云："此篇如秋水可掬。"又云："王公文敛散曲折处有法，皆得之天授，非人力所及。""敛散曲折"四字，确切确切。《大理丞杨君墓志铭》《尚书屯田员外郎仲君墓志铭》⑧，此二文康刻所无，文亦清折如秋水。《广西转运使苏君墓志铭》⑨，姬翁引王铚《默记》内辨欧阳文忠公孤甥女子之狱，乃孙揆守言于前，王昭明主之于后，非苏安世所能卒白也。又，注中辨方侍郎言荆公误用"起家"二字，甚明确可证。《临川吴子善墓志铭》⑩，终不作一直笔，令人阅之，款款深深，但觉挹之不尽。《葛兴祖墓志铭》，文笔与前志同。其言："大仕则奋，小仕则怠。"可为"孔子尝为委吏矣"话头。丹徒有长乐乡显扬村，其名甚好。《金溪吴君墓志铭》⑪，篇短味长，亦志中之杰出者。《亡兄王常甫墓志铭》《王平甫墓铭》，二文金陵吴刻所无，想后先生削去，文亦不甚出色。《仙源县太君夏侯氏墓碣》，又是一种文法。下午，读玉溪诗，颇有领会处。薄

---

①②⑩⑪　三圈。

③④⑤⑥⑦⑨　双圈。

⑧　此二篇均为双圈。

暮,风雨稍息。

二十五日(**9月13日**)　晴。晓起,挈薰儿至莘塔文会。生题《"子曰'学而不思则罔'"二句》;诗题《近来诗思清于水得"清"字》,或云杜诗。童题《盈科》,诗题《蒹葭秋水》。是日,以进者九人,未进者二十六人。饭后,至芦墟,就诊于高伴山,蒙查得一古方,专治鼻渊之病,抄出见示。煎方照旧。回至祝唐处,时祝唐新有半子之痛。老年遇此,倍难为怀,惟聊相慰藉而已。午后,仍至会中,阅已进。"非曰能之"卷,予最击赏朱霭堂、袁松巢二子文。是日,归家已黄昏候矣。

二十六日(**9月14日**)　晴。晓起,料理家事。饭后,读"碑志类"。王介甫《曾公夫人万年县太君黄氏墓志铭》,此铭既为曾公夫人万年县太君,不为卑矣,独不详其夫某、子某,何也?荆公没其夫之名,岂别有意在耶?《仙居县太君魏氏墓志铭》,起一段甚好。《郑公夫人李氏墓志铭》,"夫人敏于德"一段颇佳。归熙甫《亡友方思曾墓表》,海峰先生云:"学荆公为文,折旋有气。"此文亦以议论为主。《赵汝渊墓志铭》,首述世系甚详,重赵王孙也。《沈贞甫墓志铭》①,"内家"二字出处,谓妻家也。熙甫"居安亭,安亭在吴淞江上,界昆山、嘉定之壤"。《归府君墓志铭》②,姬翁云:"叙为田处极酣恣,似《货殖传》。"读此文,始服先生之文,益奇而肆。意所欲言,无天才为之驱使,往往格格不能吐。甚矣!才、学、识三长,实才为君也。下午,以事废书。

二十七日(**9月15日**)　阴晴参半。晓起,料理家事。饭后,读"碑志类"。归熙甫《女二二圹志》,此女戊戌年戊午月戊戌日戊午时,八字甚奇。"生三百日而死",益又奇矣。《女如兰圹志》《寒花葬志》,读此二志,知此老儿女情长,正复不浅。《葬志》中"煮荸荠"一节,风韵绝佳。方灵皋《杜苍略先生墓表》③,姬翁云:"有逸气,《望溪集》中

---

①② 三圈。
③ 双圈。

所罕见。"表亦有铭,余所见自此文始①。《李抑亭墓志铭》,抑亭名钟
侨,福建安溪县人,康熙壬辰进士,仕至江西学政。蹶而喑,越六日
死。弟钟旺亦蹶而喑,卒。刘才甫《舅氏杨君权厝志》②,中间"平居
设酒"一段,最真率有味。下午,以收拾卧房辍读。

  二十八日(9月16日) 晴。晓起,录清尺牍之可存者。饭后,
读"杂记类"。韩退之《郓州溪堂诗并序》③,纯从大处立论,非公笔力
千钧,亦不能办。讫唐之亡,天平顺命,扶风之化远矣。公之颂美,实
非虚语,其言:"治成制定,众志大固,恶绝于心,仁形于色,薄心一力,
以供国家之职。""公承死亡之后,掇拾之馀,剥肤椎髓,公私扫地赤
立,新旧不相保持,万目睽睽。公于此时,能安以治之,其功为大。"
"公之始至,众未执化,以武则忿以憾,以恩则横而肆,一以为赤子,一
以为龙蛇,急心罢精,磨以岁月,然后致之,难也。""斯堂之作,意其有
谓,而暗无诗歌,是不考引公德,而接邦人于道也。"诗语多雅音:"浅
有蒲莲,深有蒹苇。公以宾燕,其鼓骇骇。公燕溪堂,宾校醉饱。流
有跳鱼,岸有集鸟。""公在中流,右《诗》左《书》。"此种文愿诵万遍,摘
录几句,安能尽斯文之妙?《蓝田县丞厅壁记》④,前半读之,使人胸臆
逼塞,结处又变得如此萧洒,玩世极矣。《画记》⑤,方侍郎所评极为平
允。东坡高明之士,不肯沉潜,故以欧公之言为妄。方云:"周人以后,无
此种格力,欧公自谓不能为,所为晓其深处。而东坡以所传为妄,于此见知言之
难。"此文吴刻不载,故全录方评。《新修滕王阁记》⑥,韩文此种,尚有门
径可寻。下午,读玉溪生诗,渐得温故之益。年逾半百,惟旧时所读之
书,尚多实获。所谓"驾轻车,就熟路",自能穷其源委也。若再耕荒
田,断无倍收之理。自今以后,读书如交友然,一概新知,甚勿亲昵,恐
与我不相浃洽也。戊戌年七月二十八日,记于养馀斋之东偏。

———————

  ① 此文《方苞集》作《杜苍略先生墓志铭》。
  ②⑥ 双圈。
  ③④⑤ 三圈。

二十九日(**9月17日**) 晴。料理家事。中午,读"杂记类"。韩退之《燕喜亭记》①,朱子喜此文及《许国公神道碑》。文中"于是州民之老",注中或作"州之老民",陆务观自号"山阴老民",本此。《河南府同官记》②,方侍郎云:"四番叙述,不觉其冗。"读此文,可悟回环叙事之法。《汴州东西水门记》,词中用古今石刻体,亦避恒溪。其言:"士女龢会,阗郭溢郛。"词云:"宵浮昼湛,舟不潜通。"虽寻常语,终觉卓练。《题李生壁》,错综隐约,怨而不怒。柳子厚《游黄溪记》③,其言"黛蓄膏渟"四字,状山中溪水,特名隽。《万石亭记》,其言:"伐竹披奥,欹仄以入,绵谷跨溪,皆大石林立,涣若奔云,错若置棋,怒者虎斗,企者鸟厉。"可当一篇小记。《始得西山宴游记》④,其言:"萦青缭白,外与天际。"状远山如画本。又言:"苍然暮色,自远而至。"眼前景,点化入妙。下午,读玉溪生诗。适鄂生侄来,快谈片刻而去。

三十日(**9月18日**) 晴。晓起,临苏帖二页。饭后,读"杂记类"。柳子厚《钴鉧潭记》⑤,写潭水之状,无微不入。后略寓感慨,绝不露声色,文笔绝高。《钴鉧潭西小邱记》⑥,前写小丘之状,中叙得邱之乐,后借小邱发出感慨,为小丘贺,正为自己吊也,妙绝妙绝。《至小邱西小石潭记》⑦,文中"潭鱼"一段,亦为自己写照。《袁家渴记》⑧,"纷红骇绿"四字本此文。《石渠记》⑨,茅顺甫云:"清冽。"以予读之,边幅太狭,蕴含不深。《石涧记》⑩,文有波折,便佳。《小石城山记》⑪,文有感慨,便易动人,其妙终以含蓄为佳。《柳州东亭记》,朝夕阴阳之室,以宜风雨寒暑,亦可谓善居室矣。《柳州山水近治可游者记》⑫,此篇纯是记叙体。其言"多囊吾",姜坞先生云:"《尔雅》:'菟荄颗冻。'注:'颖冬也。'邢疏《本草》:'颖冬,一名囊吾。'"下午,读玉溪生诗,至《上杜七仆射相公四十韵》,丑诋名臣李卫公,妄希汲引,

①②⑧⑨ 双圈。
③④⑤⑥⑦⑩⑪⑫ 三圈。

可谓无聊之谬算矣。《北梦琐言》："时号杜悰为'秃角犀'。"甘食窃位，未尝延接寒素，岂以义山中表而相关耶？就诗论诗，真堪希踪老杜。仲郢之子珪、璧、玭，史皆有传。柳玭有《柳氏训序》一卷。见《唐书·艺文志》。史称："柳氏最修礼法。"

八　月

初一日（9月19日）　晴。晓起，料理家事。饭后，读"杂记类"。柳子厚《零陵郡复乳穴记》①，姜坞先生所评，极有证据。中午，以事辍读。下午，读玉溪生诗，注中引《宣和书谱》："羲之尝书《乐毅论》一篇，与献之学，后题云：'赐官奴。'官奴，献之小字。"是日东南风，最宜秀稻天气。水亦渐退，极低之田，已不堪问，其馀尚可无妨。

初二日（9月20日）　晴。晓起，料理家事。饭后，读"杂记类"。柳子厚《零陵三亭记》②，整齐中仍寓疏散之气，柳州又是一番面目。其言："鱼乐广闲，鸟慕静深。"二语可入诗赋中。《馆驿使壁记》③，阅姬传先生所评，知柳文之胚胎变化，尽于数言。《陪永州崔使君游宴南池序》④，其言："于暮之春，征贤合姻。"四字极炼。《序饮》⑤，别设饮酒之法，所以可记。《序棋》⑥，棋外别有事，所以可传。李习之《来南录》，一篇日记耳，却叙得古雅。其言："病寒，饮葱酒以解表。"又言："疾又加，召医察脉。"又言："如虎邱之山，息足千人石，窥剑池，宿望海楼，观走砌石，将游报恩。"予游虎丘多矣，未悉所谓望海楼、走砌石，故记出之。下午，连接吴茗香元麒信，以馆事托荐，亦寒士不得已之苦衷，惜无大厦以广张之也。即作书与杨斗山，闻来岁有延师之说。

初三日（9月21日）　晴。晓起，发信于陈思村。饭后，读"杂记类"。欧阳永叔《仁宗御飞白记》⑦，茅顺甫云："文不用意处，却有一

①②③④⑤⑥　双圈。
⑦　三圈。

片浑雄冲淡精神。"信如斯言,惟读者知之。《襄州谷城县夫子庙记》,发明《礼》经"释奠"之义甚详。《有美堂记》,姜坞先生云:"文虽宋世格调,然势随意变,风韵溢于行间,诵之锵然。"《丰乐亭记》①,立言得体,良由境遇使然,未可以柳州诸记较优劣也。《菱溪石记》②,低徊往复,不独为刘金慨也。姜坞先生所考据甚确,可见士人强识之难。《岘山亭记》③,姬传先生云:"此文神韵缥缈,如所谓吸风饮露、蝉蜕尘埃者,绝世之文也。而'其人为谁'二句,实近俗调,为文之疵颣。刘海峰欲删此二句,而易下'二子相继于此'为'羊叔子、杜元凯相继于此'。"此言虽欧公复起,当以海峰为知音。《游鲦亭记》④,首从"岷山导江"起,以欧阳晦叔"家荆州,临大江"故也。《真州东园记》⑤,中间"芙蕖、芰荷之的历"一段,明刘青田《司马季主论卜》文"有昔者必有今日"一段所本,前后脱化得妙。《浮槎山水记》⑥,其言富贵之乐与山林之乐兼之者鲜,然富贵有时能兼山林之乐,山林之士欲兼乐富贵也,难矣。《李秀才东园亭记》⑦,读此记,可见地理、疆域,不可不讲。《樊侯庙灾记》⑧,盗入樊侯庙,剔神象之腹,"既而大风雨雹,近郑之田,禾苗皆死。人咸曰'侯怒为之也'"。欧公曰:"当盗之制刀腹中,独不能保其心腹肾肠,而反贻怒于无罪之人,以骋其恣睢,何哉?"以下层层驳诘,总不落一断语,妙。《丛翠亭记》,亦非熟于疆域不能道。下午,接斗山回信,仍无延师之说。即作书覆茗香。

初四日(9月22日) 晴。晓起,料理家事。饭后,读"杂记类"。曾子固《宜黄县学记》⑨,一篇大文字,可为今世学者劝,惜俗师不肯为子弟讲习,何也?《筠州学记》,姬翁云:"宜黄、筠州二记,论学之旨皆精。然《宜黄记》随笔曲注,而浑雄博厚之气郁然纸上,故为曾文之盛者。《筠州记》体势方幅,而气脉亦稍弱矣。"所评极合鄙见,故录出

①⑧⑨　三圈。
②③④⑤⑥⑦　双圈。

之。学有诵讲之堂,休息之庐。《徐孺子祠堂记》①,起有层峦叠嶂之势,中间以陈蕃、黄琼诸人作陪客,仍承起一段意,折到各行其志,方不落寞,文亦雅健雄深。《襄州宜城县长渠记》②,山川兴废、古今形势不同,士大夫狃于古人遗迹,往往③用力多而成功少。读此记,须知学者博古,又要通今。《越州赵公救灾记》④,救灾之书,不嫌纤琐详备。熙宁八年之旱,已见邑志四十卷"灾变"中。《拟岘台记》,无甚典要,惟后一段详抚之土俗可记。《广德军重修鼓角楼记》⑤,广德军未知即是今之广德州否? 记言"居吴之西疆,故郢之墟,境大壤沃",初"以县附宣","太宗在位四年,乃按地图,因县立军,体如大邦"。《学舍记》⑥,学,然后知不足。曾公此记,历道少壮出处,与夫好慕之心,常若歉然,不自满足。如此为学,安得不独有千古? 下午,以事辍读。

初五日(9月23日)　隔夜西北风,天渐凉。晓起,料理家事。饭后,读"杂记类"。《齐州二堂记》,一篇考证之文,能不入零星琐碎,使人阅而生厌,洵是作手。"历城"之名,出于此文。《墨池记》⑦,其言:"羲之之书晚乃善,则其所能,盖亦以精力自致者,非天成也。然后世未有能及者,岂其学不如彼耶? 则学固岂可以少哉!"曾公之文,亦以学胜。《序越州鉴湖图》⑧,经济之文,不以辞章为重。读此文,可悟围田之法。下午,以事辍读。是日天阴。

初六日(9月24日)　阴。晓起,料理家事。饭后,以事至东浜吴寄松馆中。下午,至大港。时双南四嫂久起乳核,屡就陈莘田医治,稍得平复,故特为为之一视也。方欲与鄂生侄、石生侄孙畅谈,已有人催促回家。是晚,接阅莘塔会卷,复以薰儿为第一,可愧可愧。

初七日(9月25日)　阴雨连绵。晓起,专人以会卷送至沈婿

①④⑤⑥⑦⑧　双圈。
②　三圈。
③　"往往"后原有"不宜于今"一句,作者删去。

处，即嘱其带至北舍港。是日，沈婿有事至宇安侄处，可称的便①。
文会之事，为初学子弟奖劝入门第一吃紧要事。近人多视为漠然，每
一期看好，只趁他人之便，从无一人专司其事，令各家传观，虽有力者
亦复如是，其他可知矣②。吾愿天下为③父兄者，宜以此事为要务也。
下午，以事辍读。

初八日(9月26日)　晴。晓起，至芦墟，于高文翁处覆诊。回
至祝唐处，留饭。到家已上午矣。下午，读"杂记类"。苏明允《木假
山记》④，非记木，直记人耳。寓意在结一段。《张益州画像记》⑤，
此记多见选本。"乃惟曰"，"惟"字，疑作"推"字。苏子瞻《石钟山
记》⑥，主意全在一结。《超然台记》，能游于物之外，是超然本领。
《游桓山记》⑦，借古例今，不独为司马悲也。《韩魏公醉白堂记》⑧，
"后之君子，实则不至，而皆有侈心焉"，二语是千古庸流通病。《灵璧
张氏园亭记》，其言："深可以隐，富可以养。"予欲摘取"深隐"二字，以
为阁额。苏子由《武昌九曲亭记》，其言："无愧于中，无责于外。"二
句，可以当之者鲜矣。《东轩记》⑨，"嗟夫"一段，言之尚浅。若韩、
欧、曾三家，断无此种议论。

初九日(9月27日)　晴。晓起，料理家事。饭后，读"杂[记]
类"。王介甫《慈溪县记》⑩，秦汉以后，欲复井田之法，窒碍难行。荆
公屡行于言，何耶？《度支副使厅壁题名记》⑪，"夫合天下之众者财，
理天下之财者法，守天下之法者吏也。吏不良，则有法而莫守；法不
善，则有财而莫理；有财而莫理，则阡陌闾巷之贱人，皆能私取予之
势，擅万物之利，以与人主争黔首，而放其无穷之欲"，介甫所言极是，

---

① "可称的便"原为"可谓一举两得也"，后改。
② "其他可知矣"原为"其他本不足责"，后改。
③ "吾愿天下为"原为"望有"，后改。
④⑥⑦⑧⑪　三圈。
⑤⑨⑩　双圈。

其如所行则否，何也？《游褒禅山记》①，以游山喻为学，意亦犹人，写得曲折淋漓，引人入胜，全在笔妙。《芝阁记》②，不说坏芝之不足贵，纯于言外见得，妙，妙！《伤仲永》③，笔之幽折，迥不犹人。晁无咎《新城北山记》④，纯是记游体，能不平衍，故妙。下午，以事辍读。

初十日(9月28日)　雨。晓起，挈薰儿赴莘塔文会。已进共十人，文题《"乐然后笑"两句》。未进共二十九人，文题《子钓》，诗题《秋风生桂子得"秋"字》。饭后，至芦墟泗洲寺，欲晤杨斗山，不果，回至祝唐处。适陈古愚在座，遂同至陈得珊处，畅谈半日，仍赴祝唐之约。中饭后，复至会中。时天阴，日渐短。遇事勇跃，才不至落人后耳。作文为学，何独不然。是集薰儿交卷独早，到家尚未给烛。

十一日(9月29日)　阴。晓起，料理家事。饭后，整顿行李，将有吴门之行。下午，有书贾来，携《宋周益公⑤全集》抄本见示，诗八卷、文卌二卷，首有总目一卷，共书二百〇六卷，杂著甚多。装订六十册。前有嗣子纶跋、陆游序。据书贾云，此集只有宋板，乃藏书家购得抄出，索价甚昂。未知果如此说否？特为记出，以备访问。

十二日(9月30日)　晴。饭后，至吴江，天犹未晚。接陈诩庵信，始知于八月初在海州闻讣奔丧，初九日旋里。贫士饥驱，致违色养。吾侪家食，早恨终天。人生膝下之欢，慎勿错过。我愿有父母者，宜及时供养也。至北门周芥老处，以米襄阳真迹、书田尺牍、先子墓表托渠裱好。是夜，泊舟长桥下，月明如水。宿舟中，无蚊，眠极酣。

十三日(10月1日)　晴。晓至吴门，泊舟万年桥下。饭后，入

①②③　三圈。

④　双圈。

⑤　周必大(1126—1204)，字子充，一字洪道，自号平园老叟，吉州庐陵(今江西吉安)人。绍兴二十一年进士。官拜左丞相，以益国公致仕，卒谥文忠。著有《周文忠公全集》。

胥门,进阊门。晚,至按察司前书贾胡寅生店中,所托装诗文集三种已完好。舟中稍暇,披阅冯注苏诗。是书为嘉兴徐渌卿所赠,的系初印,真善本也。

十四日(10月2日) 阴。饭后,由南濠进阊门,回入胥门,于书坊中得潘曾沂所刻《天戒录》,乃莲池大师所注,专为少年戒淫设法。阅此而不深自惩戒者,其人必入于庸流。敬携一册,为儿辈勖。是夜,热不能寐,枕上得诗未成。

十五日(10月3日) 阴晴参半。饭后,进胥门,由学士街至阊门。中午,诸物齐备,逗留茶肆中,息养半日,至晚,归舟中。是夜,黄昏微有雨。一鼓后,月食无光。予有《八月十五日夜泊吴门》诗:"轻寒轻暖此来游,佳节刚逢夜泊舟。云水光中惟欠月,笙歌丛里不知秋。贾胡有客身难去,孽海何人力自修。为告普天①善男子,此间可乐总堪忧。"

十六日(10月4日) 晓发至吴江。饭后,出吊陈秋田老人。回至西门四姊处,茶话半日。时四姊有足疾,薰儿吉期,竟不果来。中午热甚。以事不归,仍宿长桥舟中,夜不能寐。得句云:"橹声柔在水,虫语善言②秋。"欲足成,未果。连夜月不分明,未卜来岁丰歉如何。

十七日(10月5日) 阴。晓起,唤舟人解维,趁横顺风,到家尚在上午时候。诸事猬集,一一料理。稍暇,接阅柯亭信,以陶制军奏稿见示。此时实未暇展诵也。

十八日(10月6日) 晴。晓起,料理家事。饭后,作书与二式甥及凌百川,适沈秀村来,以馆事羁身,先来贺喜。遂留中饭,畅谈半日而去。下午,作书与梦琴,仍在舜湖行药也。是夕,酌笑山及东席诸君。予不能饮,未得尽欢而散。

---

① "普天"原为"世间",后改。

② "善言"原为"冷含",后改。

十九日(**10 月 7 日**) 晴,西风初厉,甚寒。晓起,至梨花里,与媒翁石桐圃议亲迎事宜,属渠转致邱新亲家。中午,蒙汝梅村留饮,同席者,沈君愚亭及梅村乔梓,执后进礼甚恭。惜予不能欢饮也,抵暮始返。

二十日(**10 月 8 日**) 晴。晓起,料理家事。饭后,有客在堂逗留,中饭而去。午后,植中犹子以徐渌卿小照索题,因得五律一首云:"别久感离索,无人载酒过。忽然开口笑,对此素心多。位置宜邱壑,描摹入黛螺。何时共杯酌,情话付弦歌。"渌卿为犹子内弟,非寻常未识面者可比,故所作尚有可存。黄昏,接二式回信,大姊于廿七日过来。

二十一日(**10 月 9 日**) 晴。晓起,书渌卿小照。饭后,家事纷纭,甚不耐烦。中午,延高伴山来,为冯婿视脉、处方。下午,小园侄孙来,逗留半日。

二十二日(**10 月 10 日**) 晴。晓起,料理家事。饭后,改录近作,殊无进境。人生五十以后,才气渐退,况沉于家事,欲于诗中别开生面,难矣!下午,作书与高伴山,为冯婿病势尚未全退也。

二十三日(**10 月 11 日**) 晴。晓起,料理家事。饭后,接嘉善县学汪雨人覆信,仍有书致讱庵,苦无的便寄去也。下午,梦书侄孙来,以田事相渎,殊败人意兴。

二十四日(**10 月 12 日**) 晴。晓起,以书致吴寄松,求书楼房上门联。"好学为福"对"作善降祥","相敬如宾"对"克昌厥后",不作绮丽之词,亦欲后生小子知所择执也。饭后,聊事收拾,盖为薰儿婚期已近,亦"凡事预则立"之意。下午,息养半日。

二十五日(**10 月 13 日**) 晴。晓起,出吊于壶芦兜,盖为张子谦之亡也。是时尚早,远客惟晤沈南一,匆匆不及欢叙,早饭而返。饭后,为薰儿安床之日。中午,沈姨甥自硖石来。下午,命二人洁扫庭宇。一切位置,不得不亲自检点。是日,汪雨人寄陈讱庵一信,托张蓉圃觅人转致吴江劳鹤田,想无浮沉之理。

二十六日（**10 月 14 日**） 晴。晓起，料理家事。饭后，嘱朱丹林糊裱堂楼上楹帖，中有一联甚妙："三世妆台无懒妇，一家人影尽书生。"此十年前程竹戽太史曾为予书之。午后，高伴山来，仍为冯婿覆诊，此时病势已全退矣。灯下，接吴柯亭信，复以林制军则徐、周漕帅天爵奏稿见示。制军有恤刑之心，周漕帅谓："小民不足责，宜禁自官长始。"洵是老吏断狱手。

二十七日（**10 月 15 日**） 晴。晓起，作书与祝唐、得珊。饭后，送笑山解馆，订于九月初二日来贺喜。午后，大姊来，发已皤然，身子尚健，相见欢甚。薄暮，媒翁石桐圃来，议亲迎事宜。予不欲琐屑计较也。

二十八日（**10 月 16 日**） 阴。晓起，安排加筓礼文。饭后，送石桐圃至梨里邱新亲家。是日，俗例媒翁可以不去，因有言转致，特烦一往。隔夜风声甚厉，幸不至大发。归舟不过上灯时候。

二十九日（**10 月 17 日**） 隔夜有雨，晓起开晴。饭后，诸事齐备，未知天缘何如。屡欲作诗，以勖薰儿，胸中实少清气，诗思往往不续，可见此事原未易卒办也。

戊戌日记四(九月至十二月)

《古文辞类纂》一书于十一月十六日读竟。时风雨闭门,难得此闲暇候也。

道光十八年十一个月共用洋钱一千八百四十三元六,足钱六百廿九千三百十一文。二百六十五千六百六十七。

内薰儿喜事共用洋钱七廿四元,足钱一百六十七千六百五十三文。

买书洋钱廿九元,钱五百文,参洋九元。

十二月又加洋钱一百九十三元,足钱二百〇八千二百五十六文,共洋贰千千〇卅六元,足钱八百卅七千五百六十七文,共钱洋作通足钱三千千〇七十七千一百六十七文。

十八年正月起至十二月初四日止,共收下脚、折租、菜子、冬米、房租等项洋钱一千九百卅三元六,足钱六百廿二千四百五十八文,结二千七百四十八千七百五十八文。

又,正月起至十一月廿五日止,共收利项足钱一千一百八十二千八百十七文,三百九十八千五百七十五。

九 月

初一日(1838年10月18日)　晴,天气渐寒。饭后,有客在堂,中饭而去。

初二日(10月19日)　隔夜西风甚厉,晓起得晴。成五古二首。

饭后,录入稿中。中午,吴寄松挈沈婿、三侄来。少顷,大港上诸侄及诸侄孙亦来。下午,祝唐老友、二式三甥同来贺喜。

初三日(10月20日)　晴。隔夜,云泉已来,仍宿书楼。饭后,笑山不负前日之约,挈幼子九官而来。午前,新亲送妆已到。下午,谱经亦来。

初四日(10月21日)　晓起得晴。饭后,贺客纷纷而来,惟孙秋伊、袁松巢、礼夫为不速之客,可喜之至。中饭后,亲迎之船齐开,风亦渐和,最难得此天缘也。昨接王少吕信,及今晚陈切庵信,俱未暇答。是夜,云净星朗。五更初,亲船已到,传集舆从人等迎新妇登堂,交拜成婚。俗例,新人向内,女反在左,予力正其非。行列男东女西,然后拜见舅姑。始舅与儿相向,姑与妇相向,方为得体。庭训:"治家守祖业,读书承父志①。"馀无他语。花烛之燕,豪华之家往往分设二席,予不以为然,只设一席,方与古礼"共牢而食,合卺而饮"之义相符。燕毕后,送入洞房,鸟声已在树矣。

初五日(10月22日)　晴。清晨燕客。饭后,多有去者。辰刻后,二新人先祭灶,次谒祠,次祭祖,设三席,然后会见亲族。礼毕,复设花筵四席。鼓吹之声,不绝于耳。是夜,席散尚早,始得酣睡,不觉精神已疲荼矣。切庵所托汪雨人、黄叔田两信,即交谱经寄至嘉善学署中。

初六日(10月23日)　晴。清晨,许竹溪补来贺喜,遂招云泉、寄松、沈婿及六房二侄、三侄同集西书楼,中午始散。是夜,馆主送算账酒二席,诸客团饮,极欢而罢。

初七日(10月24日)　阴。晨起,微雨如丝,重云满布,已作重阳风信矣。饭后,属寄松书古诗二首,并以周漕帅及林、陶两制军奏稿带至馆中录清。予每见奏稿之有关国计民生者,随时录存,已历十

---

①　"治家守祖业,读书承父志"原为"治家以尔祖为法,读书以父志自承",后改。

有馀年，然所见不广，可存亦无几篇。中午，复邀高伴山至家，盖为冯婿病体尚未复元也，下午始去。诸客亦散，惟云泉尚留在予家。

初八日（**10 月 25 日**）　阴。饭后得晴，至北舍港宇安侄家贺喜，时五侄孙亦有完姻之事。宾客满堂，歌吹盈耳，大非昔年朴质光景。中饭后，予以事即返。薄暮，稍有微雨，尚不至发风。夜间，惜少明星华月耳。

初九日（**10 月 26 日**）　晴。晓起，犒赏新房男从四人、女从六人番银四十枚，稍从丰腴，继起不可为训。早饭而去。午前，沈含珠表兄来，盖为云泉馆地，已受杨墅金竹轩之约，岁修二十六千，外加节仪二千，云泉欣然首肯。似此机缘，亦属难得。下午，梦书侄孙来，夜间持鳌。去时，新月已满地矣。

初十日（**10 月 27 日**）　晴。开发喜事中杂项已毕。饭后，至东浜三古堂中，时牧园三舅嫂新没，俗有探丧送殓之礼，故特往一拜。遂至寄松馆中，畅谈终日，抵暮始返。

十一日（**10 月 28 日**）　晴。晓起，阅乌中丞奏章，可不录。饭后，以田事辍读。午后，得平川大女病信，甚属危笃，即驾小舟往视，到时已黄昏候矣。大女自十六年夏间忽得三疟，缠绵二年有馀，又遭产后庸医，不善调理，因循至今，已成脱象，可谓不慎之极。是夜，服潘少愚方，以扶元为主，尚属近情。予欲住宿舟中，蒙吴啸岩亲家必欲留予登岸，故宿书房内。

十二日（**10 月 29 日**）　晴。晓起，视大女病体未退，深为踌躇。饭后，二式甥来，酌拟延医调治，事不可缓。予作札致高文翁，订定明日上午必须见过。时主人已延震泽镇陈炳南矣。夜间，晤潘少愚，为稼堂先生元孙，人颇豪迈，医亦明通，与予一见如故，论议相同。二鼓后，陈炳南来，所见与少愚同，遂处方服药，冀得松机。是夜三更后，才得就枕。

十三日（**10 月 30 日**）　晴。晓起，视大女病势如故。饭后，二式甥来。午前，高文翁亦来，与少愚斟酌处方，谓："脾胃受病，多由肝发。目前,养肝和胃,稍得饮食,方可立脚。脾土且弗论矣。"以人参、大熟地、玉桂、乌梅丸加减,极为周详,甚可感也。下午,同二式甥过日新堂,适徐石卿亦在,遂与同席。谈及鸦片奏稿,各督抚所议,惟畸制军最为晓畅,惜予未之见也。是夜,仍宿吴氏书房。合天下奏章,共二十八通。七制军、十五中丞、两河台、一漕台、三将军。予所见未得其半,可谓陋矣。

十四日(10月31日)　晴。晓起,视大女病势,仍复如旧。予以事不能久留,与主人匆匆话别。午前到家。适陈古愚来,遂留小酌。薄暮始去。

十五日(11月1日)　晴。晓起,料理家事。饭后,为新妇十二朝之期,新亲家特来小望。中午,有客在堂,盘桓竟日。一鼓后,得大女病危之信,即随舟过去,已不及一见矣。女没于九月十六日子时,年二十有八。人极明敏,精女工,兼能任事。为妇不过二岁有馀,常有忧生之嗟。今年七月四日,与蕉如婿同归,予以其久疟新痊,复值怀妊之时,深为忧虑①。至八月二十一日,生一女,却得平安信,心甚慰之。讵料于九月十一日,忽闻病危之信,急往视之,已不起矣。予所生儿女五人,长男早世,今秋才毕幼男之婚,复遭长女之痛。人过中年,伤于哀乐。若再加二十馀年,死生契阔之悲,不知更何如矣。是夜,竟不能寐。闻哭声满堂,避至书楼下,未免向隅而悲。

十六日(11月2日)　晴。与大女长别,大恸而返。至二式甥处,盖有所托也。迅速归家,满堂垂泪,不觉蕊然心伤。《书事》云:"未老人先老,言愁我独愁。花开难称意,叶落正逢秋。积翠空中蕊,明珠暗里投。可怜飞絮日,惆怅此楼头。"是日,心如悬旌。黄昏后,稍得安寝。

十七日(11月3日)　晴。五更早起,命薰儿至平望,送大女之殓。母命即返。俗例,新婚满月后,方可出外信宿。薰儿不以为然,屡向堂前请命,必得住宿平望,才能循凭棺古礼。予乃毅然从其所

---

①　"深为忧虑"原为"断难轻过",后改。

请，以女兄之丧，而不凭棺一送，非礼也。虽有慈命，其如礼何？饭后，长媳杨氏同二女、三女、四侄女至平望送殡。殡期虽在明日，必须预赴。是日，内人必欲一往，予实阻之。盖可以去，可以不去。中午，料理家事，恐因循易误耳。下午，闲坐半日，亦息养之一法。

　　十八日(11月4日)　晴。是日，为大女殡期，予遥望而悲。邻女见者，无不咨嗟太息，咸谓生此淑女，竟不永年，可惜可惜。黄昏候，小媳、小女及侄女同归，皆云吴氏外观有耀，于幼辈送终之礼，有过之无不及。予亦可以稍慰矣。

　　十九日(11月5日)　晴。晓起，料理家事。饭后，成《哭女诗》五古二首，不觉情见乎辞。下午，息养半日。薄暮，薰儿亦返。风色虽变，可免倚闾之望矣。

　　二十日(11月6日)　晴。朝起已晚。饭后，送云泉归家。午前，笑山到馆。下午，再成《哭女诗》一首，盖重有所感也。

　　二十一日(11月7日)　晓起，料理家事。饭后，改存近作，煞费苦心。下午，以事至东浜，遂至寄松馆中。问"分娩"二字，亦未知出处。诗中用"鳞杂"二字，出《汉书·天文志》。

　　二十二日(11月8日)　晓起，闻西风极大。作书与朱升斋，尚未送去。饭后，风雨连绵，芸窗静坐，作书与祝唐、得珊、午亭三君。下午日短，已不能动笔矣。

　　二十三日(11月9日)　风息雨止，日无光。饭后，枯坐无聊，仍读《古文词类纂》。"杂记"中归熙甫《项脊轩记》①，文之佳处，在中一段，家常琐屑事，叙得古雅真挚，令人探索不尽。一结亦妙。《思子亭记》有"享堂"二字。康刻无"其词曰"一段。《见村楼记》②妙在曲折写出，因李中丞之子而念及中丞，复因中丞而念及故人方思曾，文之波折，全在此处。《野鹤轩壁记》③，记中言："马鞍山小而实奇。轩在山之麓，东多盘石，俗谓之'东崖'，亦谓刘龙洲墓，以宋刘过葬于此。

----

①②③　三圈。

墓在乱石中。"他日寻游，特为摘出。文亦节短韵长。《畏垒亭记》①，后半神来之笔，一时亦不易到。《吴山图记》，言："郡西诸山，皆在吴县。其最高者，穹窿、阳山。"《长兴县令题名记》，无甚深意。《遂初堂记》②，此堂之名，实肇于宋尤文简公，在无锡九龙山下。刘才甫《浮山记》太长，可不读。吴刻有原注一段，可参阅。《窦祠记》③，读后半"有明之治，常贵士而贱民""然亡明之天下者，百姓也。后之为人君者，可以鉴矣"，立论可谓有本。《游凌云图记》④，前路叙述，人所应有。一结如神龙掉尾，若隐若见，深得赠言之旨。下午，日就昏，已不能看书作字矣。黄昏，接朱升斋回信。

二十四日(11 月 10 日)　连雨不止。晓起，成《雨窗枯坐》诗一首，亦为大女作也。饭后，读《古文辞类纂》"箴铭类"。扬子云《州箴十二首》，原注："子云文尚奇诡，而《赵充国颂》及此文独平易，盖箴颂之体宜尔也。"《酒箴》⑤中多未解。崔子玉《座右铭》⑥，真布帛粟菽之言。张孟阳《剑阁铭》⑦后半多垂戒之言，使奸雄丧气。此二铭俱见《文选》。是日，为先赠公杏传府君忌辰，以心烦忘却。十月初四日，小媳杨氏说及，特追书之，以志我过。

二十五日(11 月 11 日)　天忽晴。饭后，录清《哭女诗》，将付梓人氏，分赠诸亲朋。中午，有客在堂，无暇展卷。

二十六日(11 月 12 日)　复有微雨。饭后，阴云满布。中午，有客在堂，至晚始去。是日，为钱债之事，有孤儿来见予，予格外让之。

二十七日(11 月 13 日)　仍有微雨。是日，为新妇二十四朝之期，邱子谦亲家特来望朝⑧，到时尚早⑨。中午便饭。夜间特设三席，略尽新客之礼。同席者，顾云泉、吴寄松、沈笑山、冯婿仰山、沈婿琴

①②④⑤　双圈。
③⑥⑦　三圈。
⑧　"望朝"原为"过门"，后改。
⑨　"到时尚早"原为"来时极早"，后改。

斋、兄养斋、从子植中、辅庭、从孙小园及予父子也。子谦未终席而去，以梨里风气望朝从不过夜，予家却无此例。

二十八日(11月14日)　天忽晴。饭后，寄松、沈婿已去，惟留云泉再宿一宵。中午，接子谦亲家信，订定十月初八日迎新妇归宁。随即有信答之。下午，有客在堂，至晚始去。

二十九日(11月15日)　晴。晓起，整顿行李，将出门几日。饭后，同云泉至东浜。时寄松附予舟到江，云泉归家。寄松胆怯，最畏风波之险。是日，幸风恬波静，尚可作六时清话。薄暮到江，伯兄亦来。夜间，读"箴铭类"。韩退之《五箴》①，以退之之文章学问，而自讼若此，人可不知自省？序言尤胜。《知名箴》一起云："内不足者，急于人知。霈焉有徐，厥闻四驰。"宜以此十六字常存诸胸中。李习之《行己箴》亦能卓然勉为君子。张子《西铭》②非韩、李两公所可比拟，韩、李从勉强做出，张子纯从学问中得来。苏子瞻《莲华漏铭》《九成台铭》，适成为苏家文字。

三十日(11月16日)　晴。晓起，至朱、王两局，有过户之事。饭后，接讱庵信，始知尚未出门。下午，至何局，亦有过户之事。晚至松园，晤讱庵，茶话片时而返。

十　月

初一日(11月17日)　晴。侵晓，放船至吴门。舟中无事，读"颂赞类"。扬子云《赵充国颂》、袁宏《三国名臣序赞》③，此文吴刻删去。俱见《文选》。韩退之《子产不毁乡校颂》④、柳子厚《伊尹五就桀赞》⑤所言皆有特识。后苏子瞻所作二赞，可读可不读。"辞赋类"独选《淳于髡说齐威王》⑥一篇，颇有别情。其馀屈原《离骚》⑦及《九章》，《惜诵》《涉江》《哀郢》《抽思》《怀沙》《思美人》《惜往日》《橘颂》

①②③⑥　三圈。
④⑤⑦　双圈。

《悲回风》等篇俱见《文选》。饭后入城，先至喜墨斋，以《哭女诗》付梓。遂由养育巷至圆妙观前，复由城隍庙进王天井巷，走中街衖，出阊门，走南濠，到万年桥下船，日已西矣。是日，约走十馀里，尚不至力疲。然夜餐稍增碗许，小腹胀满不下，可见中气大亏。以后宜守圣经"不多食"之言。

初二日（**11 月 18 日**）　五更大雨，至晓方止。清晨，不登岸，重读《古文辞类纂》。"辞赋类"中所选《离骚》，指示段落分明，最为简要。如起至"众芳之芜秽"，以上言以道事君，见疑而不改。"众皆竞进"以下至"前圣之所厚"，以上言谗人之害，而将挤于死。"悔相道之不察"以下至"予心之可惩"，以上言欲退隐不涉世患，而不能也。"女嬃之婵媛"以下至"茕独而不予听"，以上设为女嬃辞，所谓慎毋为善也。"依前圣之节中"以下至"余襟之浪浪"，以上言以此心正于舜而无愧，又安能不为善也？"跪敷衽以陈辞"以下至"余焉能忍与此终古"，以上言将以此中正适于兹世。其于楚也，则如天阍之不通，是哲王不寤也。其于异国，则世无贤君，相从骄傲；或有贤而非匹偶，如佚女之不可求，是闺中邃远也。精神团结，在此段。别解。"索琼茅以筳篿"以下至"谓申椒其不芳"，以上皆灵氛之词。"欲从灵氛之吉占"以下至"周流观乎上下"，以上皆巫咸之词。"灵氛既告余以吉占"言承灵氛，则巫咸在内矣。以下至"吾将远逝以自疏"。上宓妃、有娀一节，犹言求女。灵氛、巫咸二节，亦以求女为言，欲其择君而事也。至此节，则知求女之必不可矣，姑远逝以自疏，遨游娱乐，如《远游》一篇之旨。而卒亦不忍，则死从彭咸焉而已也。结一段促节繁音，荒荒忽忽，令人不可摹拟。别解。予尝谓《文选》评此文，终觉头绪不清，读姬翁所评段落，令人头头自道，故急为录出。予家所藏吴刻，为先生删去，无此评点也。后查吴刻未删去。是日，为黄如斋增川开吊之期。其家讣予，予以其从未识面，故分到而身不到。饭后，至柯亭馆中畅谈，闻有县试之信，同至丁雪岩家一问，实无此行文也。丁为府房书办。复同至茶肆中畅谈。缘两家主人均不设茶，渴竭渴竭。以雨分道而返。是夜，雨绵绵不能休。篷窗切听，真无聊赖。

初三日(11月19日)　雨稍歇。侵晓开船,却得顺帆。舟中仍读"辞赋类"。屈原《远游》篇,不如《卜居》《渔父》①两篇之近情。宋玉《九辩》②,自第一首至第五首,首首可读,馀亦可省。《招魂》③一首,亦是创格。至《风赋》《高唐赋》《神女赋》《登徒子好色赋》《对楚王问》④,皆辞赋家习诵之作,俱见《文选》。景差《大招》是"只"字创格,与宋玉《招魂》"些"字同格调,而微变其词。《楚人以弋说楚王》⑤难免从横习气,入辞赋中,恐不雅驯。若《庄辛说襄王》⑥,辞令便雅。辰时到江,不逗留,趁帆风,到家尚早。

初四日(11月20日)　天忽晴。晨起已晚。是日,为新妇满月之期。饭后,先拜灶,次谒祠,然后拜见舅姑。虽属虚文,居家亦不可废也。书窗闲坐,因忆作诗之道,惟功深者乃能攻瑕摘颣。昨以《哭女诗》示老友讱庵,讱庵云:"三诗乃真性情所发,兼能神与古会。惟首作中'错已成'三字不妥,要知此事非错也。"予心服其言。夜间,即于枕上改"愿已违"三字。惜乡城迢隔,不能再质诸讱庵,而君将为千里行矣。追念及此,不胜离索之感。

初五日(11月21日)　晴。晓起,料理家事。饭后,苏家港朱寿老表侄来,以其从兄少云遗稿见示。予与少云自嘉庆二十一年以公事相遇于吴江县署,一见欢然,遂成莫逆。岁时聚首,诗酒谈心,若忘其孰为宾主也。继遭癸未年大水,意兴渐衰,家庭多故,十年之间,少云竟抱沉疴而没,悲夫!今读其遗诗,如《病剧示升斋弟》云:"孤枕他年重听雨,对床我独⑦梦中来。"酸楚之音,令人回肠倒气。其他《寄内》云:"东风依旧到江城,检点春衫别泪盈。料得小楼帘半卷,隔溪

---

①　此二篇均为双圈。
②⑥　三圈。
③⑤　双圈。
④　此五篇均为双圈。
⑦　"我独"原为"慰汝",后改。

懒听卖花声。""吴头楚尾路迢迢,屈指分离暮复朝。漫说春光何处好,天涯同是可怜宵。"世人往往薄于手足,而厚于妻孥,如少云者,可谓情义兼挚者矣①。(页眉:少云一段宜别录。"慰汝"二字不醒豁,拟易"我独"二字。)

初六日(11月22日) 晴。晓起,料理家事。饭后,敬亭侄、小园侄孙来,至晚始去。小园索《松江姚母许太夫人墓志铭》去。

初七日(11月23日) 晴。西风极大,饭后稍息。中午,寿表侄同其从侄梅士来。接升斋信,于亲情交谊,极为真挚,惜未作答。梅士为少云次子,年约三十馀。予以其故人子弟,略具杯酌款留。抵暮而返。

初八日(11月24日) 风已息,日光隐隐在云中。是日,为子妇归宁之期,新亲家隔夜船来迎接。饭后,薰儿谒祠拜别,与妇乘轿登船而去。予家不另备舟送至梨里,亦节省之一法。亲随邱度、王义二仆,皆平素服役之人。中午,笑山归家,约得十日来。下午,冯婿来,身子渐可复元矣。

初九日(11月25日) 晴。晓起,料理家事。饭后,西风复大,闭门闲坐。复展《古文辞类纂》一书"辞赋类",贾生《惜誓》②一篇,以疏爽之气为赋,迥与诸家不同。《鹏鸟赋》③稍变其辞,而其气则同。枚叔《七发》④,读《文选集评》本为善。汉武帝《秋风辞》⑤《瓠子歌》,上篇风流动宕,下篇稍率意。淮南小山《招隐士》⑥乃钦奇历落之文。东方曼倩《答客难》⑦,姜坞先生云:"瑰迈宏放之气,如籋云而上驰。"吴刻尚有《非有先生论》。下午日短,辍读。

初十日(11月26日) 晴,西风极大,饭后稍息。嘱付家人,预

---

① "世人往往薄于手足,而厚于妻孥,如少云者,可谓情义兼挚者矣"原为"合观前后之作,少云盖笃于义而深于情者乎",后改。

②④⑤⑦ 三圈。

③ 双圈。

备船只至梨花里，迎新妇归家。中饭后解维，风亦渐和。有信示薰儿，嘱其明日及早解维。俗例，新妇第一次归家，必至薄暮入门。甚无谓也。

十一日（11月27日） 天色晴明，风恬浪息，与昨日天气大不相同。饭后，仍展阅"辞赋类"。司马长卿《子虚》《上林》两赋①，宜读《文选集评》本，烂熟胸中，然后再读此本。《哀二世赋》可以不读。《大人赋》为时所称，何以《文选》不登？《长门赋》②乃家弦户诵之文，不可不熟读。《难蜀父老》③及《封禅文》④俱入辞赋类，不解姬翁操选之意。后阅姚姜坞先生所评，乃颂兼赋体，是相如创格。扬子云《甘泉》《羽猎》两赋⑤，亦以《文选》本为善。《河东赋》，《文选》不登。《长杨赋》⑥，姬翁评此文："效《难蜀父老》体。"信然。下午，子、妇来归，日犹未晚。拜灶、谒祠而外，然后拜见舅姑。盖至此而新妇之礼毕矣。是日，讱庵托寄之信已交升禄斋心如侄孙。据云，十三日清晨必到嘉善。

十二日（11月28日） 晴。晓起，作书与子谦亲家。饭后，笑山到馆。下午，收拾书籍。新得《全唐文》一千卷，共二百四十册。此书向藏朱少云留云馆中，今以此偿逋，亦不得已之苦衷也。约价七十千文。

十三日（11月29日） 晴。晨起已晚。饭后，料理家事毕，仍阅"辞赋类"。扬子云《解嘲》⑦，乃有韵文中之杰作，姜坞先生所评极合。《解难》意亦犹人。若《反骚》⑧一篇，直欲驾古人而上之。班孟坚《两都赋》⑨乃赋家鼻祖，不可不熟读。

十四日（11月30日） 天将阴。连日骤暖，盖做风信时也。饭后，应酬家事。适锦文侄来，午后始去。接恂如侄孙信，闻月初重固里何平子家有信物寄予，托交黎里李某转达。是日，适子、妇到镇，即

---

①②③⑤⑥⑦⑧⑨　三圈。

④　双圈。

专人到李家遍问,毫无踪迹。予欲作书与平子。下午,沈婿携《佛遗教经》来一观,共十页,款落"永和十二年六月旦日,山阴王羲之书",后有"文定公家藏"四字,索价甚昂。予实真伪莫辨也。版碑金石之学,近日如嘉兴张叔未、海盐许山林,皆专精此学,后学一知半解,慎勿庸置喙。

十五日(12月1日) 晴,晓间西风极大。饭后,作书与何泉卿及姚春翁。下午,复作书答王少吕及陈梦琴。均以《哭女诗》分赠诸家。此诗共印五十本,是日,发出八本。

十六日(12月2日) 晴。晓起已晚。饭后,作书与谱经、秋伊。是日,分送近刻,共发出十本。赵翁海香、二式甥及邱氏乔梓、高伴山下午来。时冯婿血症复发,延为调理。

十七日(12月3日) 晴。晓起,命薰儿安排铺陈,至平川为长女上享亭。俗例,五七上亭,非婿家、即母家承办,或至戚中之幼辈亦可。父为女设,盖逆境也。饭后开船,却得顺帆,到平川,想犹未晚。下午,至东浜,以《哭女诗》分送寄松、沈婿。闻陈古愚不在馆中,故未曾走晤。

十八日(12月4日) 晓起,日光在云中,若隐若见,盖西风将作时也。饭后,仍读"辞赋类"。傅武仲《舞赋》①,《集评》方伯海所云:"凝厚中必须流动。"此赋适合。张平子《两京赋》②,姬传先生所评极当,惟圈点吴刻所无,今照康刻补入《文选集评》内。下午,以日短辍读。作书与鄂生大侄,分送诗册三本,馀两本致少眉、小园两侄孙。

十九日(12月5日) 晴。晓起已晚。饭后,泮水港顾竹安姨甥来,始闻芦墟许秋田家西席叶湘帆已故。渠欲托祝唐老友一荐,即作

---

① 双圈。
② 三圈。

书与之,附送诗册一本。暇时,仍读"辞赋类"。张平子《思元赋》①而未终,适有客来。下午,薰儿自梨里返棹,邱味梅以丁龙泓所著《砚林诗集》见赠,盖浙西一名家也。

二十日(12月6日)　晴。晓起,料理家事。饭后,同笑山至三古堂中小饮。舟中阅畸制军奏章,云:"番钱乃水银点化而成,若包裹数年,必至羽化。"此说谅非无本,可发一笑。过寄松馆中,复以奏稿属录。是日畅饮,聊释胸中郁勃耳。抵暮始返。后闻畸奏章,是近人假造。

二十一日(12月7日)　晴。晓起已晚。饭后,有收租之事。中午,复作书与鄂生侄,盖为大房二侄孙在范行习业,久事闲居,恐难成就,不得不预为惩斥也。下午,复以事至东浜,欲解维而未果。

二十二日(12月8日)　晴。晓起,作书与吴婿,止其今冬弗来。实不忍见此新郎也。饭后,仍读张平子《思元赋》②,原本《离骚》,而更加精刻。《集评》中何念修所云宜参阅。下午,以收租辍读。

二十三日(12月9日)　晴。饭后,读王子山《鲁灵光殿赋》③。予尝谓此赋一序甚好,馀皆质涩难学。姬翁选此文,不解何意。中午,以收租辍读。是日,沈婿及宇侄均有信来,欲同赴周明府观风之举。予以薰儿未能出手,徒事征逐,无益也,故力却之。

二十四日(12月10日)　雨后,雪花飘堕。运租船稀,却好仍读"辞赋类"。王仲宣《登楼赋》④淡而弥挚。张茂先《鹪鹩赋》⑤总以无用为有用,其避世远害之意深矣。潘安仁《秋兴赋》⑥轻清爽利,出口如簧,洵是太始中作手。安仁《笙赋》不可不阅。下午,以收租辍读。

二十五日(12月11日)　晴。是日,限前收租,零让每亩三升,佃户蜂拥而来,自早至三鼓后方歇。予精神尚可支持。再宽限一日,庶不至十分拥挤耳。

二十六日(12月12日)　晴。是日收租,仍放三升,然已非昨日

①②③④⑤⑥　双圈。

之踊跃①矣。

二十七日（**12月13日**）　晴。是日收租，头限第一日，每亩净让八升，却好陆续而来。今秋收成，照去年稍减二三斗，或四五斗不等。予家收租，除限头外，各让五升，尚恐业佃均食，未得平允。闻在城、同里诸家，竟照去年，不分丰歉。是诚何心？我不为也。

二十八日（**12月14日**）　晴。是日，收租寥寥。连接鄂生侄、祝唐信而未答。

二十九日（**12月15日**）　晴，极热。谚云："十月南风如毒药。"盖言非风即雪，酿成大寒候也。是日收租，未得少闲。

三十日（**12月16日**）　晓有雨，西风狂发。是日，门乏运租之船，作书与赵眉山、石桐圃、朱升斋、袁午亭，各以《哭女诗》寄去。行差于是日起。顾道南、沈星传、潘顺法子、馀催。初一日，本村。初二日，东西月催。初三日，忠字、最南、存字催，集字。初七日，世字、集字催租。

十一月

初一日（**12月17日**）　晴，西风加厉。饭后无事，仍读"辞赋类"。潘安仁《射雉赋》②，赋物之工，穷形尽相。刘伯伦《酒德颂》③，有韵之文，宜入赋类。陶渊明《归去来辞》④亦此例也。《文选》杂入散体文，殊属不类。鲍明远《芜城赋》⑤，实赋家中之绝境也。下午，以收租辍读。

初二日（**12月18日**）　晴。晓起，有收租之事。饭后，冯婿代为经理，予赴祝唐老友之会。先至高文翁处，为冯婿转方。晤金泽钱蕴山之子，相别已十馀年矣，执后进礼甚恭。午后，同席如周翁年八十、陆翁年六十六，皆乡党中之以齿尊者。予急欲归家，未暮而返。

初三日（**12月19日**）　晴。是日，收租甚忙。中午，接重固里何

---

①　"之踊跃"原为"光景"，后改。
②③④⑤　三圈。

泉卿回信，始知闰四月中所寄两信，内寄春翁一信。均未收到；并六月初由梨里万盛糖行寄来之信，亦未曾到。真不可解矣。

初四日（12月20日） 晴。是日收租，自朝至暮，未曾少息。夜间南风，恐又要作冷矣。

初五日（12月21日） 晴。是日，收租甚忙。头限已满，予故再放一日，以宽其期。夜眠已三鼓矣。

初六日（12月22日） 晴。是日收租，二限第一日，来者寥寥。中午，冬至节，特肃衣冠，率薰儿家祭。夜间，于家祠内设祭，命薰儿夫妇同拜。盖于庙见后，不可无此礼数也。

初七日（12月23日） 晴。是日，运租甚稀。料理账务毕，却得从容闲坐。十二月初三日，行六会高怀廷。二加六朝。初八日，行□，李加贤，严寿芝。初九日，东义、大义、浮溇催租。初十日，行孙绳祖、继祖、高玉林。十二日，覆行顾道南、沈星传。十二日，覆潘顺法、潘羽丰。十三日，行东月张日乾、西月梅大业。十八日，行王仁昌。十九日，覆东西月十三洋二十一钱，三千四百六十八。

初八日（12月24日） 晴。料理账务毕，适接先友陈四桥之文孙信件，以画幅七楮见惠，意欲托予吹嘘，亦贫士不得已之苦衷，不可无以报也。并寄先人《独立图》，暇时当题一诗奉报，非寻常求题者可比。陈名庚，号月圃，与刘子显有连，信件亦从子显北舍港馆中寄来。刘有附片一楮。晚读"辞赋类"。韩退之《讼风伯》《进学解》[①]《送穷文》[②]，皆有韵文中之杰作，独不解《释言》一篇，明是散体文，何以收入辞赋类中？

初九日（12月25日） 乌云忽开忽闭，将重做一番风信。是日，收租寥寥。闲中仍阅"辞赋类"。苏子瞻前、后两《赤壁赋》[③]，飘飘然时有仙气。

---

① 双圈。
②③ 三圈。

初十日(12 月 26 日)　天又晴。晓起无事,读"哀祭类"。屈原《九歌》①,此等文辞如冰桃雪藕,结成仙果,非人间常品。贾生《吊屈原赋》②,令人采取不尽。汉武帝《悼李夫人赋》可不读。韩退之《祭田横墓文》,真如姬翁所云,为此公少作。《潮州祭神文》③则特创一格矣。《祭河南张员外文》④,笔力可穿七札。茅鹿门、姚姜坞两先生所评极当。《祭柳子厚文》⑤,从奇肆之中复归醇雅。《祭侯主簿文》《薛助教文》《张员外文》《穆员外文》,均是一种笔墨,惟《祭房君文》可以不存,《独孤申叔哀辞》另换一种笔墨矣。《欧阳生哀辞》⑥序多而辞少,又是一格。李习之《祭吏部韩侍郎文》⑦,惟李能言之,惟韩能当之。

十一日(12 月 27 日)　微有雨。饭后,西风骤发,尚有运租船来,予格外松动,以偿其劳。是日,作书与陈月圃,并以番钱四枚分润,托刘子显寄去。子显处亦有信。夜间,阅"哀祭类"。欧阳永叔《祭资政范公文》《祭尹师鲁文》《祭石曼卿文》《祭苏子美文》《祭梅圣俞文》⑧,皆纡回曲折,如一亩之池、方塘之水,令人挹注不尽。韩文如奇峰叠起,欧文似微风鼓浪,各极其妙。苏子瞻《祭欧阳文忠公文》⑨,纯是一腔不合时宜,愤极而出,宜遭宦途之蹭蹬也。《祭柳子玉文》⑩便觉蕴含不尽矣。苏子由《代三省祭司马丞相文》⑪纯从大处落笔,须与永叔所撰《神道碑》合看。(页眉:"一亩"三句宜删。)

十二日(12 月 28 日)　晴。饭后,有书贾来,携陆白斋兆曾手抄《颜氏家训》二册,精绝可爱。又,钱辛楣所著丛书廿种,皆考证之书。惜索价太昂:抄本索四洋,丛书索十六洋。予惟抄出录目而已。《潜研堂文集》《潜研堂诗集》《十驾斋养新录》《廿一史考异》《三史拾遗》《诸史拾遗》《三统述衍》《通鉴辨正》《洪文惠公年谱》《洪文敏公年谱》《陆放翁年谱》《深宁年

---

①③④　三圈。

②⑤⑥⑦⑨⑩⑪　双圈。

⑧　此五篇均为双圈。

谱》《莘州年谱》《元史氏族谱》《元史艺文志》《金石跋尾》《金石跋尾续》《金石跋尾又续》《金石跋尾三续》《金石文字目录》。

十三日（12月29日） 阴。是日收租。虽属寥寥，而料理颇烦。至晚始罢。

十四日（12月30日） 阴。是日收租，自午至晚，未曾得闲，颇少优游之乐。

十五日（12月31日） 微有雨。是日，为收租二限末日，以雨不甚踊跃。予再放二限五日，以二十日为则。

十六日（1839年1月1日） 阴。西风欲起，未透，已交二九时节矣。饭后，颇得闲暇，仍阅"哀祭类"。王介甫《祭范颖州文》①，激昂慷慨，纸有馀响。《祭欧阳文忠公文》即仿欧阳《祭石曼卿文》体。《祭丁元珍学士文》②，寥寥数语，其哀自深。《祭王深甫文》③中述母氏一段，笔曲而达。《祭高师雄主簿文》④，茅顺甫云："奇崛之文。"予按，短篇难得如此峭拔。《祭曾博士易占文》却走松路。《祭李省副文》，落落写来，洗尽庸熟习气。《祭周几道文》⑤令人酸心砭骨。《祭束向原道文》，一篇有一篇面目，好在刻刻变换，引人入胜。《祭张安国检正文》，中入"儿游"一段，末云："吾儿逝矣，君又随之。"两两关照，文情极深。通阅哀祭之文，以介甫最为擅长。方灵皋《宣左人哀辞》，以序述为主，哀辞只带说，又是一体。《武季子哀辞》与前一样体格。刘才甫《祭史秉中文》及《祭吴文肃公文》⑥深得介甫之神。《祭舅氏文》不满百言，盖为知己悲也。借松江姚氏《古文辞类纂》一书，于是日读竟。中多作辍，尚未能息心研究也。康刻七十四卷，有圈点；吴刻七十五卷，删去圈点，姚先生命意如此。然初学读此书，宜从康刻入手。他日必须购得此书，与吴刻合观，自有一番新得也。（页

---

① ④ ⑤　三圈。

② ③　双圈。

⑥　此二篇均为三圈。

眉:《祭史秉中文》,吴刻原注:"琅然之音,与退之争长。"《祭吴文肃文》,吴刻原注:"'亲布衾裯,权其厚薄。'令读者皆生感叹。"此种真挚语,为前人所无。安得不独有千古?)

十七日(1月2日) 西风狂发,晓有雪,天仍晴。饭后,展阅《杜诗镜铨》,乃阳湖杨西河伦所编辑,笺注精当,备采各家评语,亦极明晰,非穿凿支离者可比,洵杜集中之秘笈也。暇时,细读一过,自有新得耳。(页眉:《杜诗镜铨》于是日读起。)

十八日(1月3日) 晴,寒甚。饭后,展阅《杜诗镜铨》第二卷,至十六页而止。适有运租船来,未暇终卷。

十九日(1月4日) 晴。饭后,作书与劳鹤田、殷谱经。午前,俞少亭过访,遂留小饮,至晚始去。是日,接午亭回信。吴柯亭以《李忠毅公传》文见示,并有信来。

二十日(1月5日) 晴。饭后,运租船陆续而来,至晚始罢。下午,始知沈箬溪之亡。

二十一日(1月6日) 阴,河冰夜冻。饭后,遣人至平川。是日,为长女出殡之期,设祭菜一席去送。下午,读《杜诗镜铨》第二卷。《天育骠骑歌》注犬云"黄耳",马亦曰"黄耳",见《穆天子传》注。(页眉:马亦曰"黄耳"。)

二十二日(1月7日) 晴。河冰未通,欲吊沈箬溪之丧而未果。饭后,作《狐裘》一篇,记先君子逸事也。《子夜》一首,示薰儿及早发愤,未知何日得遂老怀。下午,仍读《杜诗镜铨》。

二十三日(1月8日) 晴。时冰路已通,将束装至吴江。是夜,宿舟中,缘严冬不能早起耳。

二十四日(1月9日) 晴。黎明解维,尚有冰路未通。予枕上得诗云:"一条冰里响沙沙,咫尺行人路断涯。欲向东风轻借力,消除九曲与三汊。"船中早饭后,仍阅《杜诗镜铨》卷三。中《三川观水涨》诗:"声吹鬼神下,势阅人代速。"状山水暴涨之景,骇人心目。予尝有句云:"犬迎人影熟,鸟乐佛心多。"下句暗用释氏"鸽入佛影,心不惊怖"之语。

二十五日(1月10日)　微有雨。饭后，以公事逗留县前。蒙劳鹤田留予中饭，菜味颇佳，真东坡所云"白菘类膏粔"也。午后事毕，到舟已点灯时矣。

二十六日(1月11日)　晴。晓至吴门，入城，往喜墨斋中，嘱刘建扬再印订《哭女诗》五十本，以广流传。欲至阊门，不果。归舟，日犹未晚。灯下读《杜诗镜铨》卷四毕。

二十七日(1月12日)　阴。自枫江至吴门，补作云："今朝如泛子猷船，野水溟①蒙画里传。天以风云出奇气，时将雨雪润凋年。闲思石友倾三雅，难得篷窗置一编。脱弃田园聊跌宕，此身虽老亦须怜②。"篷窗无事，仍读《杜诗镜铨》卷五。古人以菜杂米为饭，谓之"菜饭"，即杜诗所云"饭煮青泥坊底芹"是也。饭后，至柯亭馆中，以《哭女诗》分赠，并借予《三江渔父诗》一册。约至茶寮中，畅谈时事，多可异者。回过经训堂，见仇沧柱兆鳌所注杜诗十四册，以编年为主，援据精确，为后学不可少之书。惟索价太昂，置之。归舟，仍读杜诗卷五。《赠卫八处士》五古一首，能于小小结构中，变化纵横，令人莫测，真五古中之神境。是夜，微有雨。

二十八日(1月13日)　阴。黎明解维，到江不过饭后。时书田尺牍、先子墓表已装潢完好，舟中静阅一过，亦大快事也。午后，到家未晚。灯下读杜诗卷六，《西枝村寻置草堂地，夜宿赞公土室二首》③，深得三谢神髓。大家诗中，无体不备，实大能包小也。

二十九日(1月14日)　西风极大，晴。是日，料理家事颇烦，实无暇静坐也。

---

①　"溟"原为"空"，后改。
②　"脱弃田园聊跌宕，此身虽老亦须怜"原为"欲弃田园□可脱，茫茫尘海信无边"，后改。
③　双圈。

十二月

初一日（1月15日） 晴。是日，三限已毕，尚有运租船陆续而来，故未暇展读。

初二日（1月16日） 晴。饭后清暇，仍读《杜诗镜铨》卷六。《寄薛据毕曜三十韵》"栖遑分半菽"句注，《汉书·项羽传》："岁饥人贫，卒食半菽。"注："士卒食蔬菜，以菽杂半之。"《寄高岑三十韵》末云："济世宜公等，安贫亦士常。"活对之妙，度人金针不少。《寄贾严五十韵》一收："如公尽雄俊，志在必腾骞。"注引《考工记》，"骞"字亦可作"掀举"解。始知东坡、山谷所押"骞"字作"飞举"解，已有所本。下午，阅上海杨香林城书①所著《清鉴录》一卷，卓然有用之书。先生著作，却不多见，外如《读书杂志》二卷、《随笔》一卷、《吟稿》一卷、《遗言》一卷，虽未寓目，大约非近日辞章家所能企及矣。（页眉："半菽"之义。"先"韵"骞"字，亦可作"掀举"解。）

初三日（1月17日） 阴。西风戒寒，昨日热极故也。饭后稍暇，展诵杜诗卷七。《发秦州》诗"充肠多薯蓣"，查"薯蓣"一作"藷薁"，即"署预"也，见《博雅》《本草》，俗名"山药"，补虚劳，久服，身轻不肌。下午，阅杨香林《读书杂志》二卷，皆有关于身心学问，较《清鉴录》更觉博大精深。（页眉：薯。音"藷"，又音"署"。蓣。音"预"。）

初四日（1月18日） 阴。是酿雪天气。饭后，仍读杜诗卷七。《木皮岭》诗："远岫争辅佐，千岩自崩奔。始知五岳外，别有他山尊。"邵子湘谓："诗文亦然。"学者正须放开眼界，慎毋于无佛处称尊也。《水会渡》诗："大江动我前，汹若溟渤宽。篙师暗理楫，歌笑轻波澜。"诗人对景触发，虽无乘风破浪之想，然浩荡襟期，断不作紫阳井底蛙也。《石柜阁》诗："清晖回群鸥，暝色带远客。"唐子西最爱此二语，是

---

① 杨城书，原名城杞，字应芳，一字香孙，号香林，上海人。乾隆五十七年举人。以课徒为业，晚岁潜心理学。著有《时古斋吟稿》《时古斋杂著》等。

小谢佳句，晚景如画。《成都府》诗："翳翳桑榆日，照我征衣裳。我行山川异，忽在天一方。"起似《十九首》，寄兴含情，别有一种悲凉激壮之音，是从真肺腑出。下午，阅杨香林《莳古斋随笔》一卷，语语皆从省察体验出来，真有德之言。是日，为先慈忌辰，故不出。

初五日(1月19日)　阴，西风发而未透。饭后，结算一年出入，尚不至有亏，然所馀亦无几。宜痛自节省，无负先人崇俭之遗训。下午，仍阅杜诗卷七，如《王宰画山水图歌》①，多习用语，不可不熟读。《泛溪》诗："得鱼已割鳞，采藕不洗泥。"极有寓意，不独"衣上见新月，霜中登故畦"一联写景之妙。夜间，接金少岩信，为陈玉叔抄书事。

初六日(1月20日)　晴。晓起，适小园侄孙来，以租事就商，予即托笑山为之排解。饭后开船，至吴江，已在下午后矣。仍寓云在草堂。灯下，读杜诗卷八。《逢唐兴刘主簿弟》诗，"官人"注中《武宗纪》："中书奏，赴选官人多京债，到任填还，致其贪求。"罔不由此。则官人之负京债，自唐已然矣。按，官人，州县令佐之称。（页眉：京债。）

初七日(1月21日)　阴。晓起，饭于舟中。登岸，至各经友处理由单。我邑完漕，先执由单报数，然后发厫，由来已久。闻今冬办漕，悉照旧年章程，未知以后尚有变更否。下午遇雨，几不能行走矣。

初八日(1月22日)　微雨绵绵。嘱舟人回去，约十一日来载。尚有由单未曾理齐。灯下，仍阅杜诗卷八。《入奏行》，结云："为君酤酒满眼酤。"注："蜀人以竹筒酤酒，筒上有穿绳眼。满眼酤，言其满迫筒眼。若谓满到筒眼而止。"卷尾似不全。（页眉："满眼酤"注解。）

初九日(1月23日)　晴。晓起作书，答金少岩外从孙，封好觅寄，存在吴义茂行内。午前，走晤王赋梅与沂，以《哭女诗》二册赠之，并索其伊祖墓志铭五张。回至四姊处，茶话两刻而返。下午，植中兄子来，返宿舟中。是夜，大雨绵绵，侵晓不止。

---

①　双圈。

初十日(1月24日) 连雨不止。晓起，仍阅杜诗卷九。《观打鱼歌》："徐州秃尾不足忆。"注：《诗义疏》："鱤，似鲂而大头，鱼之不美者，徐州谓之'鱤'。秃尾，殆指此。"《客夜》一起云："客睡何曾著，秋天不肯明。""不肯"二字，妙妙。人人意中所有，特说不出耳。《寄汉中王》诗："终思一酩酊。"注：《山简传》："日夕倒载归，茗艼无所知。"《集韵》："茗艼，通作'酩酊'。"中午，以公事至署中，未免为田所累。下午，植中侄复来寓所，以由单九纸寄去。（页眉：大头鱤鱼。茗艼，通作'酩酊'。）

十一日(1月25日) 晴。晓起，至面馆中，晤任兰洲，相见欢甚，遂邀同坐，小酌而别。饭后，孙松霞来寓，畅谈半日。适舟人来载，孙亦谢去。下午开船，趁顺帆到家，不及一鼓。

十二日(1月26日) 阴晴参半。料理家务后，将措办完漕。中午独酌，亦聊以浇愁云尔。灯下，读杜诗卷十。

十三日(1月27日) 晴。是日，料理家务毕。将整顿行李，赴江完漕矣。

十四日(1月28日) 晴。早饭，运米赴仓，趁顺风而来，到江不过午后。是夜，宿舟中。日间，晤邱子谦、子久昆季。在四厫上完米。

十五日(1月29日) 晴。大兄米发三厫，予四厫，一切完数，悉照旧冬。然一四〇五之数，已牢不可破矣。

十六日(1月30日) 晴。以事逗留城中。下午事了，可解维矣。以路多戒心，停泊。薄暮，出大东门，晤杨竹堂，不见已一年馀矣。须发皆白，问年五十有八。然同时五芝堂中，旧友略尽，惟竹堂与予尚存。三十年来，荣枯消长，如梦如尘，可慨也已。

十七日(1月31日) 晴。晓起解缆，舟中读杜诗卷十二。《绝句三首》，末云："漫道春来好，狂风大放颠。吹花随水去，翻却钓鱼船。"杜集中难得如此神韵，直似太白。《莫相疑行》："晚将末契托年少，当面输心背面笑。"无限悲凉，令人泣下。杜犹如此，况其下也者乎？《赤霄行》注：《诸葛亮传》："陈寿上《诸葛亮集》目录，凡二十四

篇，《贵和篇》第十一。"此诗一结："丈夫垂名动万年，记忆细故非高
贤。"置身早在赤霄之上。绝句有古绝、有律绝，杜集中《黄河二首》及
《三绝句》皆古绝也。午前到家，未免诸事丛集矣。（页眉：《贵和篇》。）

十八日(2月1日)　晴，西风甚厉。饭后，送笑山解节。予以事
至三古堂，不半日而返。下午，阅杜诗卷十二。常建《破山寺》诗"山
光悦鸟性"一联极为欧公所赏，不知出于杜句《移居夔州作》"山光见
鸟情"。可见古人作诗亦多蓝本。药物入诗料，杜诗已有之。《寄韦
有夏郎中》诗："省郎忧病士，书信有柴胡。饮子频通汗，怀君想报
珠。"仇注："古人称汤药为'饮子'。孙真人有甘露饮子。"（页眉：柴
胡、饮子。）

十九日(2月2日)　晴。饭后，锦文侄、石生侄孙同来。中午
后，淡春妇侄来。

二十日(2月3日)　晴。措办完漕，大兄先去。午前，汉祥侄
来，陈骈生友侄亦以事来。陈先去，汉侄中饭而去。是日，接朱升斋
回信。

廿一日(2月4日)　晴。晓起早饭，赴江完漕。到南仓前，不过
午后。晤子谦、味梅、子久昆季及谱经、子选两表侄。大兄米发三厫，
尚未进去，盖为抽单折数也。傍晚，核定折数，乃得进厫。予俟开斛
后入城，仍宿云在草堂。是日立春，有诗。

廿二日(2月5日)　晴。晓起，即至仓前。饭后，米发四厫，均
在外场等候。午后进厫，抽单折数，悉照三厫上。开斛之时，十分留
难，可恶已极。予惟以忍耐二字常存诸心，盖亦时势使然耳。完斛
后，至总上略与理言，却好收场。归寓，已一鼓矣。是日，蒙赵海翁老
友过茶亭畅叙，并晤董梦兰，几不相识。

廿三日(2月6日)　晴。饭后，至仓前，顾淡春妇侄米三厫，嘱
为照应，然亦无能为役也。仓中晤同里顾伯渊茂才，亦后来之秀。完
斛后，在早春楼晤杨斗山亲家，匆匆话别而返。

廿四日(2月7日)　晴。晓起，走访倪小香廷烺，以新得米南宫

墨迹相赏,渠亦不能定其真伪也。复至杨竹堂处,为予题"米襄阳书
食笋诗墨迹"九字,极古雅可爱,并以新刻《汉四皓石刻题跋集录》见
赠,真好古之士也。回至仓前,与朱升斋茶话片时,惜精气日渐衰矣。
夜间入城,在劳鹤田处食汤团,补是夕旧例。是夕,家家祭灶送神,爆
竹之声不绝于耳。予以佃累,尚滞留城中,殊可太息。然随遇而安,
亦士之常耳①。

廿五日(2月8日) 晴。晓起,拉竹堂、文朝、雪斋在北门馆中
小饮,极为酣畅。竹堂,予三十年前旧交,年壮气盛,各不相下,迄今
头卢尽白,意气渐消。回忆曩时故友,半登鬼录,惟竹堂颜色如童,予
亦不致颓然自废,可喜可贺。文朝周姓,为忠肃公后裔,以装潢世其
业。雪斋姓张,系予乡亲,盖同寓于云在草堂者也。午后,至仓前,在
蔡岭香寓中畅谈。薄暮,谱经、选子两表侄复来,遂同茗饮而返。

廿六日(2月9日) 阴。饭后,以佃事至仓厅候比。时周明府
以相验出衙。泥涂滑滑,惟与谱经、选子清谈而已。下午,明府回署,
以无堂词回寓。闻船已来,惜不能遄归也。

廿七日(2月10日) 骤晴,热极,已似二三月天气。晓起,将行
李尽移在船中。饭后,至仓厅候比。晤殷述斋,别已五年馀矣,屡遭
下第,谈兴尚如前日。与谱经同在早春楼,畅谈国朝名臣,如阿文成
公年谱之多;杨宫保建祠,已奉上谕,无庸部议。皆熙朝之盛事也。
下午,堂词已发,谕明日早堂,只好归船静候。是夜,宿舟中。

廿八日(2月11日) 晴,东南风已大。晓起,至仓厅候比。晤
黄晓堂,索予前稿甚殷,约明春(倍)[陪]考时奉赠。饭后,周明府始
坐堂。予以顽佃已打枷,仍旧不还,请收外监。明府虽蒙面谕收
监,出一朱条,反问予:"贡生是捐的,是何物加捐的?"予惟责实以对
也。自愧少年不能读书,若以作诗之功,加诸制艺,十年之间,安知不
幸获科第,亦可出身加民。至今四十见恶,五十无闻,未免为长官所

诘责，可羞可耻。书此数言，一以自惩，一以示薰儿，宜及早加勉也。中午开船，遇石尤风，到家须在上灯时候。（页眉：愧心。）

廿九日(2月12日)　阴，热极。归家，人事颇忙。一年之事，猬于此夕。是日，接柯亭信，以《捕盗行》见示，殊为骇异。

三十日(2月13日)　阴。会集一年之账，核其出入，尚不致有亏，亦幸矣。予每年此夕祀先，必张灯四盏，聊以致诚致敬。然如欧公所云，祭丰养薄，为人子者，徒终天之恨而已。是夕，有雷电之异，未知明年作何景况。上天示儆下民，安可忽诸？

己亥日记一

正月,二月。习见字类附。《杜诗镜铨》毕,复事《古文类纂》。

是年二月廿二日清明。

是年重读《杜诗镜铨》,极有新得。岁暮,读柳文,亦然。附熏儿考试事。乙巳大暑节后,重阅记出。

习见易忘之字,摘出备记。

砀。音"宕"。《说文》:"文石也。"又芒砀,山名。《前汉·高帝纪》:"隐芒砀山泽间。"应劭注:"芒属沛,砀属梁。"

敫。"扬"同。杜诗:"对敫抚士卒。"《陆机集》:"对敫帝祉。"

噀。音"巽"。《韵会》本作"潠"。喷水也。《后汉书·栾巴传》注:"《神仙传》曰:巴为尚书,正朝大会,巴独后到,饮酒西南噀之。"

欻。与"欻"同,忽也,疾也。音"飚"。

敠。同"夺"。韩文《送东野序》:"四时之相推敠。"

弴。音"敦"。《说文》:"画弓也。"《广韵》:"天子弴弓。"

噜。音"鲁"。《玉篇》:"语也。"《正字通》:"吐噜,犹可惜也。"查《韵府》"七虞"内,不收。

絓。音"娲"。《说文》:"茧滓絓头也。"又音"乖",义同。又音"卦",《玉篇》:"有行碍也。"《左传·桓三年》:"骖絓而止。"又《前汉》班固《叙传》:"不絓圣人之罔。"师(日)[古]曰:"与'挂'同。"

殙。音"昏"。《说文》:"瞀也。与'惛'同。一曰矜也。"《庄子·达生篇》:"'以黄金注者殙。'"

柿。《唐韵》音"士"。《说文》:"赤实果。"《尔雅翼》:"柿有七绝。"又,左思

《吴都赋》："平〔君〕〔仲〕君迁。"注："君迁，柿之小者。"《集韵》："俗作'柿'，非。"柿，俗"柿"字。

道光十九年岁次己亥日记

正 月

初一元旦日(1839 年 2 月 14 日) 阴，风从东北来。谚云："岁朝东北，五古大熟。"未知验否。中午，微有雨，风色渐大。是日，嘱薰儿夫妇先谒祠，然后拜见祖像。予家迁吴始祖，从无遗像，惟有木主在祠堂耳。下午，雷雨交作，大非岁朝所宜。《西清诗话》："都人刘克曰：'东方朔《占书》：一日至八日，其日晴，主所生之物育。阴则灾。'少陵谓天宝乱后，人物岁岁俱灾，此《春秋》书法。"见《杜诗镜铨》卷十八中《人日二首》诗注。

初二日(2 月 15 日) 连雨。是日，本欲至大港上诸嫂处贺岁，以风雨不果。

初三日(2 月 16 日) 连雨，东北风极尖利。谚云："东北风，雨太公。"甚言不肯起晴也。饭后，同薰儿至三古堂贺岁。予尚有八十三岁外姑在堂。沈婿出示近作，较前略有进境。并赠予《陆清献先生年谱定本》，系雍正三年重辑，较予家所藏多至三倍有馀。今年欲刻《清献公日记》，大可借资考证。下午归家，闻大港上诸侄及侄孙来过。

初四日(2 月 17 日) 大雪，积地尺馀。闭门无事，将《清献公年谱定本》二册翻阅一过，始知当日多采取日记中。今年刊行《日记》一书，可以互相发明。物聚所好，沈婿此赠，可谓知心者矣。

初五日(2 月 18 日) 连夜大雪，至晓尤甚，午后方稀，堆积已五六尺矣。较十四年正月初三日更大。雪窗闲坐，读《杜诗镜铨》卷十四，中有《存殁口号二首》，是创体也。注引《容斋续笔》："子美《存殁》绝句，一存一殁。盖席谦、曹霸存，毕曜、郑虔殁也。鲁直《荆江亭即事绝句十首》，其一云：'闭门觅句陈无己，对客挥毫秦少游。正字不知温饱味，西风吹泪古藤州。'乃用此体。时少游殁，而无己存也。"录此，以备一格。《不寐》诗："心弱恨容愁。"注："'弱'字，是抵他不过，故恨。'容'字，谓寸心几何，能装得许多愁也。"杜诗中难得此巧妙语。薄暮，雪复盛。（页眉：子美创体。）

初六日（2月19日）　晓起，有晴色。饭后，沈婿同三女、外孙来。中午，特开瓮头春，与沈婿对饮，予始有醺意。是夜，沈婿留宿楼中。

初七日（2月20日）　晴。仍为人日之会。饭后，邱子谦亲家先来。午前，祝唐、梦琴两老友亦来。时期而不至者，云泉老友、妇侄兆明。是日，沈婿志达及薰儿同与此会。清谈娓娓，以射覆一遍而罢。

初八日（2月21日）　日光不甚高。饭后，作《牟将军宝刀歌》，自愧不能出奇制胜也。原作系监利龚木民润森所首唱，极有体材，故录入稿中。龚乙酉拔贡出身，今为县令。下午，补录昨日之作，与邱子谦并书。答吴柯亭，《宝刀歌》附在书中。

初九日（2月22日）　阴。饭后，薰儿同子妇梨里去。中午，冯婿来，身子尚可支持，中饭而去。下午，展阅赵眉山所赠行看子三轴。一范宽《雪景》，恐不甚真，亦无人题跋，决意归还赵家。一刘文清公行书，却系少年之作，世间极少。一《药亭先生雪滩垂钓图》，为马女史所作，萧疏淡远，不愧名媛；卷中题咏，多有可诵。二轴作意受之，以为他日刊行《人物补志》作一左券耳。

初十日（2月23日）　微有雨。清晨，作《残雪诗》三首。饭后，改录近作。中午，汝梅村来，同集大兄萃和堂。下午，妇侄淡春、姨甥竹安来。

十一日（2月24日）　阴。饭后，至芦墟村，先过梦琴处，以范宽所画《雪景》卷子交还，仍归眉翁处。遂拉梦琴同过祝唐处小饮。中午后，复至陈漱泉家，索其旧藏米南宫《真娘墓歌》墨迹，与新得《食笋诗》合观，不相上下，惟《墓歌》字形稍肥大，纸色完善，毫无剥落之处，更为可贵耳。款落"米元章",大书有宋年号。予所藏落"米芾"款,而图印则同。归舟尚早,再过高伴山老人处,尚不致十分颓唐,遂与寒暄久之。到家,日犹未暮。

十二日(2月25日) 晴。饭后,孙秋伊以事来,予如其意而去。中午,冯子馀之子来,年已弱冠,闻今岁从徐少岩读书。余以先兄之妇侄,故略加礼貌,渠亦执后辈礼甚恭。中饭而去。

十三日(2月26日) 晴。侵晨,桂轩侄孙来,渠欲至青浦故也。饭后,展诵《杜诗镜铨》卷十四中《壮游》诗,注引《吴越春秋》:"阖闾欲西破楚,楚在西北,故立阊门,以通天气,复名'破楚门'。"午前,敬亭侄来。下午,范姨甥、殷外甥来,并言戚爱遗召棠抄书之说,已与谈定,一年二十四千文,按六节送,每节四千;节内,与薰儿伴读;铺陈竟自带来。订于二十四日清晨去载。(页眉:阊门,一名"破楚门"。)

十四日(2月27日) 晴。晓起,至西濛港贺喜。时沈秀村之子有完姻之事,特来见招,故不可无此一往。秀村为云巢业师之子,与予家已三世交矣。饭后,至北舍港维风族兄处。时兄适伤左足,以八十六岁老翁,而受此痛楚,疑若忧愁不堪,然谈兴颇剧,神明不致骤衰,最为难得。中午归家,适蕉如婿来。薄暮,薰儿同子妇归。灯下,出昼翁乔梓和韵诗,展阅一过,风雅之趣盎然。并阅沈愚亭、仲博山两君时艺,皆两邑中之矫矫者。昨晚,接北斩山何古心其超信,招予邓尉探梅。惜以粮事未了,终多牵制耳。然此信不可无以报也。

十五日(2月28日) 阴,西北风极大。饭后,微有雪。是日,查阅《钦定胜朝殉节诸臣录》,其中入祠士民,如吴鉴、周邦彦、周邦穆、汝可起、陈宗道、丁士俊、顾观光、华京、赵汝珪、朱旦、徐鑛、周耀始、沈璐、吕云孚、沈约、孙琼、潘尔彪、吴振达、张起生、朱斗垣,皆吾邑中人,姓氏俱不载录中。时赵眉翁托为查阅,故特记出,俟考。中午,展诵《杜诗镜铨》卷十五,中《大食刀歌》一诗,逐句用韵,是柏梁体,却又用转韵,自成一格。作七古不可不知。《缚鸡行》一结云:"鸡虫得失无了时,注目寒江倚山阁。"赵次公曰:"一篇之妙,在乎落句。"黄鲁直

《书酺池寺书堂》云："小黠大痴螳捕蝉,有馀不足蘷怜蚿。退食归来北窗梦,一江风月趁鱼船。"可与言诗者,当自解也。老杜《风雨看舟前落花》诗一结,亦有妙处。可参观。(页眉:柏梁体用转韵,是杜公特创。意在言外,味在诗中。)

十六日(3月1日) 晴。饭后,吴婿反。午前,杨文伯来。中午,陈得珊亦来,遂与同席。时得珊新有鼓盆之痛,却不致十分神伤,亦我辈中不幸中之幸也。下午,锦亭侄、沈梅桥来。灯下,展阅《杜诗镜铨》卷十五中《熟食日示宗文、宗武》,注:秦人呼寒食为"熟食节",以禁烟火,预办熟物食之。又,寒食在清明前二日。(页眉:寒食为熟食节。)

十七日(3月2日) 晴。是日,无客来。上午,料理家事。下午,作书覆陈梦琴。暇时,仍阅杜诗卷十六中《课(代)[伐]木》诗,序云:"课隶人伯夷、辛秀、信行等。""伯夷辛秀"四字,可为奴仆典故。后因小园侄孙来,辍读。灯下,再阅杜诗。《槐叶冷淘》一首,"走置锦屠苏"句,注引服虔《通俗文》:"屋平曰'屠麻'。"萧子云《雪赋》"没屠苏之高影"是也。《广韵》:"酒名。元日饮之,可除温气。"又,大相,形类屋,亦名"屠苏"。《晋志》谣曰:"屠苏障日覆两耳。"又,"冷淘"注云:"已熟面名。"《七月一日题终明府水楼二首》,第一首颈联云:"绝壁过云开锦绣,疏松隔水奏笙簧。"人人意中所有,惜笔不能达耳。(页眉:伯夷、辛秀,杜家奴仆。屠苏,屋名,不独酒也。冷淘,已熟面名。)

十八日(3月3日) 晴。饭后,同笑山至芦墟陈古愚家,便道答得珊,兼慰悼亡之戚。时沈南一知予在得珊家,特来走候,快谭良久。中午,集古愚处小饮。抵暮而返。舟中,蒙笑山赠言,所以训饬薰儿者倍挚,予实为之心感也。归家,适王少吕见过,遂与同席萃和堂,聊尽款曲之谊耳。

十九日(3月4日) 晴。晓赴大兄之招,出新装墨宝,如刘文清公行书、郭陈合璧,皆少吕所未见者也。并乞少吕篆书"郭陈合璧"四字。饭后，别去。仍料理家事。毕，改吟近作，煞费苦心。昔随园老人诗云："改诗难于作。"真甘苦有得之言。下午，答古心书，尚未寄去。随阅杜诗卷十六，《行官张望补稻畦水归》诗："芊芊炯翠羽，剡剡生银汉。鸥鸟镜里来，关山雪边看。"上二句言苗色之青葱，下二句言畦水之明净。《秋，行官张望督促东渚耗稻向毕，清晨遣女奴阿稽、竖子阿段往问》注："耗，损也。谓蒲稗之能为禾害者，尽除去之。"《暇日小园散病，将种秋菜，督勤耕牛，兼书触目》诗："老病忌拘束，应接丧精神。"下句及身药石之言。薄暮，少眉侄孙来，辍读。（页眉：杜诗可作赋题。"耗稻"二字极生。杜公婢仆，亦见于诗。）

　　二十日（3月5日）　晓有雨，东南风极大。饭后，书七古一首，寄与何古心。中午，走访孙秋伊，不值。下午，翻阅亲朋旧存之作，得《寿松堂诗稿》，系老友陈切庵所著。看至《宝刀篇》，不觉大异。予近作《牟将军宝刀歌》，有"将军虽死刀不死，夜半犹作蛟龙舞"之句，深为得意，岂知陈作亦有"杀人如草说当年，将军已死刀不死"之句。语羞雷同，辞必己出，千载而下，惟杜韩可以当之，馀不免为已陈之刍狗也。

　　二十一日（3月6日）　晴。晓起极寒。饭后，阅杜诗《吾宗》一首，腹联云："在家常早起，忧国愿年丰。"张上若云："家贫由懒，世乱由荒。"二句极真而大。《寄狄明府博济》诗："梁公曾孙我姨弟，不见十年官济济。"又云："比看伯叔四十人，有才无命百寮底。"《秋日夔府咏怀，奉寄郑监审、李宾客之劳一百韵》，卢德水云："此集中第一首长诗，为古今百韵诗之祖。"卷十七《秋日闲居三首》，第二首："薄俗防人面，全身学《马蹄》。"注引扬子《法言》："貌则人，心则兽。"《庄子·马蹄篇》："至德之世，同与禽兽居，族与万物并，恶乎知君子小人哉！"言薄俗人情叵测，惟以浑同之道处之，庶可全身远害也。上句以人面隐兽心，下句以篇题括篇意，皆杜诗用事入化处。又，《汉书·匈奴传》："披发左衽，人面兽心。"《解闷十二首》，第九首诗注："荔枝，原名'离枝'。言其离枝，则色味香气俱变也。"（页眉："姨弟"出处。"百寮底"

三字,切知县。杜诗一百韵。杜诗用古入化。荔枝,一名"离枝"。)

　　二十二日(3月7日)　阴。饭后,展阅杜诗卷十七中《洞房》八章,皆追忆开元、天宝时事,与《秋兴八首》并读。予尤爱《宿昔》一首,神似太白,婉而多讽。《鹦鹉》作一结:"世人怜复损,何用羽毛奇。"分明为才人失路、托身异族者感,如魏武之于杨修、隋炀之薛道衡是也。《麂》作"微声及祸枢"句,有至理。自古文人才士,遭乱婴祸,如中郎之于董卓、中散之于司马,何一不从声名得之? 此"苟全性命,不求闻达",隆中所以独绝千古也。前评得诸顾修远,此本张上若。《白小》诗"风俗当园蔬"句,注引《宾退录》:"《靖州图经》载其俗以鱼为蔬。"今浙中多谓之"鱼菜"。《锦树行》:"乡里小儿狐白裘,生男堕地要膂力。"虽系愤激之辞,世变真可慨已。《郑典设自施州归》诗:"刺史似寇恂,列郡宜竞借。"朱注引谢灵运《山居赋》:"怨浮龄之如借。"叶入声,音"迹",不必从他本作"惜"。查十一"陌",《韵略》收此字,音"积"。引《相如传》:"空藉此三人为辞。"《留侯世家》:"臣请藉前箸。""借"亦作"藉"。近朱履中《叶韵考正》未收。《佩文韵府》收此字,资昔切,假借也,而无所引征。下午,陈古愚来。(页眉:杜老《洞房》八首。"怜复损"三字中寓无限感慨。杜评可记。"鱼蔬"出处。"借"字可叶入声,音"迹"。卷十八。)

　　二十三日(3月8日)　阴。晓起,阅杜诗卷十八,《舍弟观自蓝田迎妻子到江陵,喜寄三首》第二"喜多行坐白头吟"句,朱瀚云:"孔德绍《夜宿荒村》诗:'劳歌欲叙意,终是白头吟。'袁朗《秋夜独坐》诗:'如何悲此曲,坐作白头吟。'六朝人俱通用,不必专属文君也。"又,公诗如《南浦白头吟》《长夏白头吟》,皆不拘本义。杜诗朱注引《太平广记》:"天宝中,范阳卢子梦谒其从姑,姑访卢未婚,曰:'吾有外甥女,甚有容质,吾当为儿平章。'平章,盖唐人语也。"杜诗题中,《予与主簿平章郑氏女子垂欲纳采,郑氏伯父京书至,女子已许他族,亲事遂停》。《忆昔行》,后评:"太白好学仙,乐天专学佛,昌黎仙佛俱不学,子美则学佛兼欲学仙,要亦抑郁无聊,姑发为出世之想而已。"《水宿遣兴》诗:"嶷嶷瑚琏器。"注:"琏,韵书:'力展切,上声。'"此叶平声用。若《论语》:"瑚琏也。"须作上声读。（页眉:《白头吟》不必专属文君。"平章"二字,可为媒妁典故。"琏"字,《论语》作上声,杜诗作平声。宜从《四书》,作上声是。）

二十四日(3月9日)　阴,微有雨。晓起,作书与石桐圃,受高伴山所托也。饭后,六里舍王姨甥来,匆匆而去。仍阅杜诗卷十九。拗体高调,莫如《暮归》一首:"客子入门月皎皎,谁家捣练风凄凄。"疏斜之致,却出天然,乃为高手。此种诗当作野梅看。杜诗"为觅酒家垆",引《相如传》"文君当垆",颜师古注:"卖酒之处,累土为垆,以居酒瓮。"非温酒之炉。《早发》诗:"侧闻夜来寇,幸喜囊中净。艰危作远客,干请伤直性。"五字令人下泪。《次晚洲》诗:"摆浪散帙妨,危沙折花当。"《杜臆》以"当"对"妨",乃"便当"之"当"。谓花发沙前,舟近折之为便。下午,戚爱贻召棠到馆,一见如故。闻年四十三,自言不得志于小试,将弃去业医。予深为惜之。是晚,接谱经信,即从爱贻带来。卷十九十九页《晓发公安》一首,亦七律中之拗体也。（页眉:杜诗拗体。"垆"字正解。五字令人泪下。"便当"之"当"。）

二十五日(3月10日)　阴。饭后赴江,趁顺风,时有微雨。入城不过午后,仍寓云在草堂。至劳鹤田处贺岁。鹤田年已七十矣,相与茶话久之。薄暮,冯婿来寓,谈至一鼓而去。

二十六日(3月11日)　晓雨极大,不能出门。仍阅杜诗卷二十,毕,始知陨于牛肉、白酒之非。此注在各家中独后,亦独精。暇日再当细读一遍也,卷中诸评宜细细参看。饭后,沈含珠表兄来,大港上四房侄亦来。中午,同冯婿到仓,将粮米寄在三观堂中。薄暮回寓,发信到家。灯下,读贾生《过秦论下》。"前事之不忘,后事之师也。"是谚语。太史公谈《论六家要指》[①]谓:"人所生者神也,所托者形也。神大用则竭,形大劳则敝。形神离则死,死者不可复生,离者

———————

① 双圈。

不可复反,故圣人重之。"韩退之《原性》①,"叔鱼之生也"一段,最足发人智慧。《对禹问》②,即《孟子》"天与贤,则与贤;天与子,则与子"注脚。(页眉:语最精确。)

二十七日(3月12日)　连夜大雨,晓犹未息。寓中惟带《古文辞类纂》一套,重为翻阅。退之《守戒》③,今之督抚,幸各写一篇,置之座右。文亦蹊径井然。《伯夷颂》④,可解常人之惑,兴起志士之心,至力行于一家,力行于一国,力行于千秋万岁后,皆听人之自为耳。柳子厚《封建论》⑤谓:"封建非圣人意也,势也。"又谓:"公天下之端自秦始。"皆万古不易之论。《晋文公问守原议》⑥谓不当谋于寺人,即《易》履霜坚冰之戒。其后景监得以相卫鞅,弘、石得以杀望之,始之者,文公也。特归狱文公,以为后世前车之鉴。李习之《复性书下》⑦,凡志于道者,宜日诵一遍。欧阳永叔《为君难论》,上篇言用人之难,下篇言听言之难,意亦犹人,特说得剀切详明,使人君易悟耳。曾子固《唐论》⑧一篇,文似永叔。苏明允《易》《乐》《诗》《书》四论,就文论文,论《乐》一篇最妙。《书论》中:"及夫文之变,而又欲反之于忠也,是犹欲移江河而行之于山也。人之喜文而恶质与忠也,犹水之不肯避下而就高也。彼其始未尝文焉,故忠质而不辞。今吾日食之以太牢,而欲使之复茹其菽哉?"甚言返朴之难。其论日月雷霆之为用,极精而确。《谏论》上下两篇,犹是纵横习气。《权书六》论孙、吴之书不足信,极透辟。《权书八》论六国之失,弊在赂秦,老苏亦有为而言。《权书十》论项藉有取天下之才,而无取天下之虑;曹操有取天下之虑,而无取天下之量;刘备有取天下之量,而无取天下之才。其论"诸葛孔明弃荆州而就西蜀,吾知其无能为也",此言未足以服武侯之心。后言:"富人必居四通五达之都,使其财布出于天下,然后可以收天下之利。有小丈夫者,得一金椟而藏诸家,拒户而守之。呜呼!是求不失

---

①②③④⑥⑦　双圈。
⑤⑧　三圈。

也,非求富也。大盗至,劫而取之,又焉知其果不失也?"此喻取天下者,宜窥伺中原,以图进取。《衡论二》①极言御将之道,而归美高帝,为后世驾御英雄之法。《衡论七》中言五者之弊,人君申法,宜自五者始。而五者之中,吏商一条,尤为今时之弊。《衡论十》言井田之制不可复,然限田之说,亦窒碍难行。是日大雪,极寒。中午,四房倅复来。下午,冯婿来。灯下,读苏子瞻《荀卿论》②,乃知《荀子》一书,亦异端之说。《韩非论》③,所谓庄老之后,一变而为申韩,皆以刻薄居心者也。《大臣论》上下两篇,是君子待小人之法。(页眉:《守戒》宜细玩。《复性书下》一篇,宜书一通于座右。转移风俗之难,三代已然。此喻竟为富人设法。)

　　二十八日(3月13日)　连夜大雪。晓起,犹纷纷而下,豆麦必至大损。河下米船云集,吏胥十分留难,粮户备尝苦楚。谁实为之?谁则知之?予于去冬赶急,已完过七分,剩此找零,虽欲勒折,渠亦将奈我何?寓中,仍阅《古文辞类纂》一书,视局缩船居者,相悬奚啻霄壤。人但当知足为贵耳。苏子由《商论》④,诠发柔能克刚之义,特借周形商,却从《诗》《书》中体验出来,最足令人探玩。《三国论》亦有不满于武侯,与老苏《权书十》所论皆同。予去夏日记中曾有一番议论,兹不复赘。《唐论》⑤极言太宗立法之善,内有府兵,外有节度,而无偏重之弊。今之天下,何独不然?刘才甫《息争》⑥一篇,却从圣贤涵养中得来。以上"论辩类"五卷。饭后,走谒叶桐君老师,系松江娄县人,廪贡出身,署江学篆,与姚子枢、何古心为友,一见欢然,并言与北舍港桂轩倅孙有连。座间寒梅清供,插遍胆瓶,深得苜蓿盘中滋味也。回至西门四姊处,始知寄松于廿四日已到馆矣。归寓后,有谢天港程勤夫来,为吾友梦琴之高第,即程卍云之侄。卍云书来,欲延迓青霞处方调理,并有一信托寄苏家港,均未有以报也。答古心书,即

①③④　双圈。
②⑤⑥　三圈。

托叶老师,断无不到之理。暇时,读"序跋类"。司马子长之文,未易领会。刘子政、班孟坚之文,亦要细玩。退之《读仪礼》,尝苦于难读。《读荀子》①:"孟氏,醇乎醇者也;荀与杨,大醇而小疵。"《荆潭唱和诗序》:"夫和平之音淡薄,而愁思之声要妙,欢愉之辞难工,而穷苦之言易好也。"《张中丞传后叙》②,此文勃勃有生气。适有吴淢于澄甫清来谈,云张渊甫先生已被祁文宗隽藻保举知县,未知确否?柳子厚《论语辨二首》③可谓读书得间。《辨列子》:"其文辞类《庄子》,而尤质厚。"予未读《列子》,故记出,以为他日读《列》张本。《辨文子》:"众为聚敛以成其书。""今刊去谬乱恶杂者,藏于家。"似子厚曾有删本。欧阳永叔《唐书艺文志序》④后言:"今著于篇,有其名而无其书者,十盖五六也。"可见佚书多矣。《五代史一行传叙》⑤仅得五人,五代之乱极矣!《集古录目序》,姜坞先生云:"公尝自跋此序,谓谢希深善评文章,尹师鲁辨论精博。余每有所作,伸纸疾读,便得深意,以示他人,亦或有所称,皆非予所自得。此序之作,惜无谢、尹知音,云云。"序言:"物尝聚于所好,而常得于有力之强。"《苏氏文集序》⑥言:"凡人之情,忽近而贵远。"《江邻几文集序》⑦前半呜咽凄怆,若为江作,若不为江作,令人挹之不尽。《释秘演诗集叙》⑧,茅顺甫所评允极。(页眉:唐太宗立法最善。以上"论辩类"。"聚敛成书",语极尖新。谢希深、尹师鲁,为永叔知己。)

　　二十九日(3月14日)　晴。晓起,寒甚。饭后到仓,友戚中多未发赆。随即回寓,闻邱子谦昆季来过,约明日再来。寓中,仍阅"序跋类"。曾子固《战国策目录序》⑨,看吕东莱、王道思两先生所评,益知此文之妙。《范贯之奏议集序》⑩不独颂扬得体,实仁宗之为君足以当之。《先大夫集后序》⑪,极为王道思、茅顺甫所推服。公著书一

---

①③④⑩　双圈。
②⑤⑥⑦⑧⑨⑪　三圈。

百七十八卷,皆刊行于世。《书魏郑公传后》[1],姬翁云:"其言深切,足以感动人主。又繁复曲尽而不厌,此自为杰作。熙甫爱之,非过也。"苏明允《族谱引》[2],有心谱牒者,不可不读。《族谱后录》曰:"呜呼!高祖之上,不可详矣。自吾之前,而莫之知焉,已矣!自吾之后,而莫之知焉,则从吾谱而益广之,可以至于无穷。""其继祢者,亲兄弟宗之;其继祖者,从兄弟宗之;其继曾祖者,再从兄弟宗之;其继高祖者,三从兄弟宗之;死而无子,则支子亦以其昭穆后之。此所谓'五世则迁之宗'也。凡今天下之人,惟天子之子与始为大夫者,而后可以为大宗,其馀则否。独小宗之法,犹可施于天下,故为族谱,其法皆从小宗。"苏子由《元祐会计录序》[3],有国有家者,不可以不读。《民赋序》[4]:"古之民政,有不可复者三。"井田也,息贷也,方田也。荆公之行保甲、青苗、均税,即仿三者之政,而民大困。子由之大文字,在此二篇。(页眉:曾子固以《书魏公传后》为杰作。可为修谱者法。)

二　月

初一日(3月15日)　阴。晓起,阅"论辨类"。王介甫《周礼义序》[5],其言亦条达可诵。《书义序》《诗义序》,皆不可不读。"传曰:美成在久。故《械朴》之作,人以寿考为言。"此语人皆习用。《读孔子世家》谓:"公侯传国,则曰世家;公卿特起,则曰列传:此其例也。"其列孔子为世家,"自乱其例"。读书亦有特识。介甫以下之文,皆廉利隽悍,与子固相较,不啻水晶之于玉。归熙甫《汉口志序》[6]谓:"天目于浙江之山最高,然仅与新安之平地等。自浙江望之,新安盖出万山之上云。"又谓:"君子之不忘乎乡,而后能及于天下也。今名都大邑,尚犹恨纪载之轶。汉口一乡,汝玉之能为其山水增重也如此。"饭后,冯婿来。少顷,子谦亲家复来,快谈近事。子谦先去。下午,冯婿亦

---

①② 三圈。
③④⑤⑥ 双圈。

去。是日复雪,继以雨。粮户辱在泥涂,吏胥坐拥仓箱,悍然不顾。人情如此,恒产尚足恃乎?书罢,令人废然。然能发名成业,方可脱去此累,是有望于后起之贤。阅方灵皋《书孝妇魏氏诗后》[1],谓:"近世士大夫百行不怍,而独以出妻为丑,闾阎化之,由是妇行放佚而无所忌。"刘才甫《倪司城诗集序》[2]:"其齿长于余十有岁,而与余同学为古文。余间出文相质,司城虽心以为善,而未尝有面谀之言,其刻求于一字一句之间,如酷吏之治狱,必不稍留馀地。余少盛气不自抑,或与之辨争,至于喧哄。然司城不以余之争而稍为宽假,余亦不以其刻求而自讳其疵颣也,苟有作,必出使视之。其后每相见,则每至于争;而一日不见,则又未尝不相思。盖古之所谓益友者如此,而吾特幸与之为友也。"余与书田有此交谊,惜乎作矣,故尺牍跋中曾叙及此段。以上《序跋类》五卷。灯下,"奏议类"上编。《苏子说齐闵王》,此文头绪太多,未易疏解。可采之语,如:"骐骥之衰也,驽马先之;孟贲之倦也,女子胜之。"《虞卿议割六城与秦》[3],公甫文伯之事,可发一笑。李斯《谏逐客书》[4],各本皆选。此种文章,乃不祧之俎豆。《论督责书》,所言殊属荒谬,姬翁特取其文耳。(页眉:欲修妇行,宜先重"出妻"一条。此辈益友,真不可得。以上"序跋类"。)

初二日(3月16日) 阴。晓起,阅"奏议类"。贾山《至言》[5],阅姚评,愈觉此文之温厚。贾生《陈政事疏》是长江大河之文,非浮家泛宅之处。《论积贮疏》[6],足国之道,不外乎此。《谏放民私铸疏》:"博祸可除,七福可致。"七福之中,钱政备矣。晁错《贵粟疏》[7],此文不可不读,司马长卿《谏猎书》[8]亦然。严安《言世务书》,如"养失而泰,乐失而淫,礼失而采,教失而伪""介胄生虮虱,民无所告诉""谄谀者众,日闻其美,意广心逸""飞刍挽粟,以随其后"等语,文家所习用。主父偃《谏伐匈奴书》[9]可读,亦有"飞刍挽粟"之句。吾丘子

———————————

①③⑤　双圈。
②④⑥⑦⑧　三圈。

赣《禁民挟弓弩对》①，末一段可谓痛哭言之。东方曼倩《谏除上林苑》及《化民有道对》，皆有用之文。路长君《尚德缓刑书》②宜熟读。饭后，叶桐君珪、姚子枢樨、何古心其超来寓。中午，赴桐君之招，极欢而罢。

初三日(3月17日)　晴。晓起，至仓场。闻头厫冯廷椿之米尚未发出，计书约明日登场。中午回寓。下午，复至仓中，俟四房佺米进厫，然后归。灯下，阅“奏议类”。张子高言《霍氏封事》，霍氏能因此言而退，断无后日之祸。魏弱翁《谏击匈奴书》一起最足制胜。赵翁孙《陈兵利害书》，此文多不解。赵翁孙上《屯田奏》三篇，亦不甚了了。萧长倩《驳入粟赎罪议》，两说《诗》极好。贾君房《罢珠崖对》②不可不读。

初四日(3月18日)　连夜阴雨，真出人意外也。晓起，作书答程卍云，又发信与薰儿及朱丹林。朝上，兆文兄子来。饭后，阅“奏议类”。刘子政《条灾异封事》③，不可不读。如：“和气致祥，乖气致异。”又：“出令如反汗，用贤如转石，去佞如拔山”等语，皆文家习用。《论起昌陵疏》④为子政第一篇大文字，急读无疑，姚评宜玩。《极谏外家封事》⑤，刘氏未尝无人，惜乎不能用也。中午，至药厅，晤殷谱经、袁渔溪、凌二堤及从子、从孙辈，茶话片时。回至总上，晤顾煦安，托渠请出由单，或附堂户，或古查户，皆可。归寓，已点灯时候。（页眉：《论起昌陵疏》当为第一。）

初五日(3月19日)　阴。阅“奏议类”。匡稚圭《上政治得失疏》⑥多有可采。以下《论治性正家疏》《戒妃匹劝经学疏》⑦皆平正通达，毫无艰深滞晦语，学者大可细玩。侯应《罢边备议》⑧，为将帅者，

①⑤⑧　双圈。
②③④　三圈。
⑦　此二篇均为双圈。

不可不知。谷子云《讼陈汤疏》①，当时公论，是不可没。耿育《讼甘陈疏》②，一样讼冤之文，笔势更觉凌厉。贾让《治河奏》③，治河三策，何不竟从上策为善？扬子云《谏不受单于朝书》④文以气胜，令读者有兴会。刘子骏、王舜《毁庙议》⑤，言孝武皇帝世宗之庙不宜毁，"德厚者流光，德薄者流卑"二语出此文。诸葛孔明《出师表》⑥，姬翁以为："东汉奏议，蔑有逮者。"饭后，至仓场，仰山米发头厫，代为完结。渠有小极，不能行动故也。中午，家中船已来，仍旧回去。信已发出。归寓，黄昏后矣。是夜，朱吉甫来，以欲眠辞不会。

初六日(3月20日) 连晴。改正《自订年谱》几处，仍阅"奏议类"。韩退之《论佛骨表》⑦，乃退之一生大节概。《禘夹议》⑧，此文"祖以孙尊，孙以祖屈"二语，总括一篇主意。《复雠状》⑨谓："丁宁其义于经，而深没其文于律者，其意将使法吏一断于法，而经术之士得引经而议也。"推原得好。《潮州刺史谢上表》⑩，或谓退之节概，至此不觉稍贬。此臣子对君上，立言得体，应宜如是。饭后，至仓场，晤笑山，米已登场。拉梅桥至淇园茗饮，盖重有所托也。中午，至谱经船中畅谈。薄暮，同至早春楼茗饮，晤邱子谦昆季及徐芝亭。灯后，复至总上，晤煦安。据云，如单已请出，明日知照二厫上吴月舟。看其情形，不似虚假。渠亦别有深意耳。归寓，将及一鼓。是日，晤沈戟门荣森，容貌渐觉丰腴。

初七日(3月21日) 晴。晓至仓场，晤吴月舟，米发二厫，古查户，报四十袋，存在备厫不斛，因昨日之米尚多拥挤也。日间无事，惟与子谦、子久、谱经辈茗饮而已。闻盛泽一带，现被机荒，人多不靖，邑令抚绥无术。今晨反在雷尊殿文昌内园燕客赏梅⑪，快意娱心，漕事不问。邑令若此，欲民之安，焉得乎？恭读道光十八年十一月初七

---

① ② ⑤ ⑨ ⑩　双圈。

③ ④ ⑥ ⑦ ⑧　三圈。

⑪　此后原有"挟花饮酒"一句，后删去。旁批："后访问不实。"

日内阁奉上谕。"陶澍等奏各州、厅、县、卫秋禾、木棉被歉,请分别缓征递缓一折。江苏省本年夏秋之间雨水过多,低洼之区,禾粮被淹;其高阜田地,又因缺雨受旱,复遭风雨,禾棉均有伤损。据该督等查明,虽勘不成灾,收成均属歉薄,自应量予调济加恩。著照所请,所有上元、江宁、句容、江浦、长洲、元和、吴县、吴江、震泽、常熟、昭文、昆山、新阳、华亭、奉贤、娄县、金山、上海、南汇、青浦、川沙、山阳、阜宁、清河、桃源、安东、盐城、高邮、泰州、东台、江都、甘泉、宝应、铜山、沛县、萧县、砀山、宿迁、太仓、镇洋、淮安、大河、扬州、徐州、苏州、太仓、镇山、金山等四十八州、厅、县、卫被歉,田地应征十八年地漕各款银米,同苏州属之长州等二十三州、厅、县、卫,帮坐落歉区旧欠十五、十六、十七等年地漕等项钱粮,著概缓至来年秋成后,分作两年带征,其应征己亥年上忙新赋,并著缓至该年秋后一并启征,以纾民力。该督等即刊刻誊黄,遍行晓谕,务使实惠及民,毋任吏胥舞弊,以副朕轸念歉区至意。该部知道。钦此。"天语皇皇,而邑令复饰词禀请藩宪,给不晓谕,上忙新赋,缓征二分,其八分仍旧启征,真不可解。黄昏归寓,始闻日间姚子枢探梅已回,特遣人馈送自制新糟四腮鲈一坛,甚可感也。

初八日(3月22日)　晴。晓起,至仓场早春楼茗饮。饭后,在谱经船中与述斋畅谈。中午,晤董梦兰、王湘云。屡向计书吴月舟请单不出,立将粮米翻入本厫。是夜,在厫等候,直至三鼓,始将古查户发出。其留难之状,恶不可言,予惟忍之而已。归寓,已近四鼓矣。

初九日(3月23日)　晴。晓起,阅"奏议类"。柳子厚《驳复雠议》,海峰先生所评极是。欧阳永叔《论台谏官言事未蒙听允书》[①]文气条达畅茂。曾子固《移沧州过阙上殿疏》,此文颂扬大宋之功德,言"五世六圣,百有二十馀年",自三代以下,未之有也。吾国家自世祖章皇帝开创以来,继继绳绳,亦五世六圣,直驾三代而上之。恐太宗

---

①　双圈。

之功德，不足比美，惜无人为之歌咏也。饭后，至仓场二厫上完米讫。午后，适有公愤，大加发泄。夜间，同兄子植中、从子鄂生、浩如、从孙少湄、小园及潘、李两友，聚饮于悦来馆中，聊抒连日郁抑之气。归寓，将及二鼓。

　　初十日（3月24日）　晓起，红云满布，是春温天气。阅"奏议类"。苏子瞻《上皇帝书》①，茅顺甫、刘海峰两评，已极此文之妙，大意在"结人心、厚风俗、存纪纲"三段。苏家文字，以议论见长，此文尤极纵横。饭后出门，适从子、从孙辈来寓，寻至县东，回来寓所畅谈，始知昨日之事，可以冰释。午前，船已到江，薰儿以书来。予将行李尽翻入船中，俟明日朝上解维。下午复雨。（页眉：大苏《上皇帝书》。）

　　十一日（3月25日）　晴。晓起下船，时柳已放青，桃未舒红，渐入阳春佳景。舟中阅《皇朝经世编》，随手折出。到家不过午后。阅薰儿近课，爱贻颇能直笔，友朋中真难得此交谊也。灯下，阅"奏议类"。苏子瞻《代张方平谏用兵书》②，塾课四十篇中却选。形劳神疲，大有倦意，遂废书而眠。爱贻字宣臣，一字文伯，行三。

　　十二日（3月26日）　阴。晓起，清理家事，未免堆案相仍，至午后才得楚楚。下午复雨。归家，接赵眉山、陈梦琴信。稍暇，阅"奏议类"苏子瞻《徐州上皇帝书》③。公《黄州上文潞公书》，此奏具稿而未及上，其中讲武备、开仕路，俱有特识。《圜丘合祭六议札子》，甚言合祭天地乃是古今正礼。王介甫《上仁宗皇帝言事书》④，共有七千八百六十馀言，大意已详前日记中。（页眉：前日记中可覆按。）

　　十三日（3月27日）　晴。晓起，作书与谱经。饭后，阅"奏议类"。王介甫《本朝百年无事札子》⑤，前半清楚，注意全在后半。《进戒疏》可阅可不阅。"奏议类"下编，董仲舒《贤良策对一》⑥，前日记

---

　　①②⑥　三圈。
　　③④⑤　双圈。

中节录几段，可取。《贤良策对二》可不阅。《贤良策对三》[①]善言天人之际，册曰："上嘉唐、虞，下悼桀、纣，寝微寝灭、寝明寝昌之道，虚心以改。""《诗》曰：'惟此文王，小心翼翼。'故尧兢兢日行其道，而舜业业日致其孝，善积而名显，德章而身尊，此其寝明寝昌之道也。积善在身，犹长日加益，而人不知也；积恶在身，犹火之销膏，而人不见也。非明乎情性、察乎流俗者，孰能知之？此唐、虞之所以得令名，而桀、纣之可为悼惧者也。"册曰："三王之教，所祖不同，而皆有失，或谓久而不易者道也，意岂异哉？""孔子曰：'殷因于夏礼，所损益可知也；周因于殷礼，所损益可知也；其或继周者，虽百世可知也。'此言百王之用，以此三者矣。夏因于虞，而独不言所损益者，其道如一，而所上同也。道之大原出于天，天不变，道亦不变，是以禹继舜，舜继尧，三圣相受而守一道，亡救弊之政也，故不言其所损益也。由是观之，继治世者，其道同；继乱世者，其道变。今汉继大乱之后，宜少损周之文、致用夏之忠。""夫天亦有所分予，予之齿者去其角，傅其翼者两其足，是所受大者不得取小也。古之所予禄者，不食于力，不动于末，是亦受大者不得取小，与天同意者也。"此段即孟献子"蓄马乘，不察于鸡豚"意。下午，望川侄孙来，欲为其胞弟完姻，醵金为会，十人凑成三十千文，予故慨然许之。（页眉：以上"奏议类"上编。《贤良策对三》可节录。）

十四日（**3月28日**）　阴。饭后，嘱薰儿至平川大女灵前祭奠。俗例：禁烟时节，至亲往往作吊，或办祭，或送分，由来已久。是日清闲无事，拉爱贻同至寄松馆中畅叙。沈婿留饭，正以简便为贵。薄暮始返。灯下，读《昌黎诗集》卷二《荐士》诗评，刘贡父议其"本无所解"。人谓："仰面唾天，自污其面。"甚为贡父惜之。即公诗中"蚍蜉撼大树，可笑不自量"意。（页眉：韩评可笑。）

十五日（**3月29日**）　阴。晓已晚。饭后，阅"奏议类"下编。苏

---

①　三圈。

子瞻《对制科策》①，"君以名求之，臣以实应之。"是一篇主意。"言勤之说。天以日运故健，日月以日行故明，水以日流故不竭，人之四肢以日动故无疾，器以日用故不蠹。天下者，大器也。久置而不用，则委靡废放，日趋于弊而已矣。"以下皆言仁宗之不勤。制策有："讼未息于虞、芮，刑未措于成、康。"二句可为制艺用。轼言："天下之民，常偏聚而不均：吴、蜀有可耕之人，而无其地；荆、襄有可耕之地，而无其人。"今之西北，何独不然？制策有："淫雨过节，暖气不效。江河溃决，百川腾溢。"轼言："淫雨大水者，是阳气融液汗漫而不能收也。诸儒或以为阴盛，臣请得以理折之。夫阳动而外，其于人也为嘘。嘘之气，温然而为湿。阴动而内，其于人也为噏。噏之气，冷然而为燥。以一人推天地，天地可见。故春夏者，其一嘘也；秋冬者，其一噏也。夏则川泽洋溢，冬则水泉收缩：此燥湿之效也。是故阳气汗漫融液而不能收，则常为淫雨大水，犹人之嘘而不能吸也。今陛下以至仁柔天下，兵骄而益厚其赐，戎狄桀傲而益加其礼，荡然与天下为呴呴温暖之政，万事堕坏，而终无威刑以坚凝之，亦如人之嘘而不能噏，此淫雨大水之所由作也。"制策有："京师诸夏之表。"轼言："后宫有大练之饰，则天下以罗纨为羞；大臣有脱粟之节，则四方以膏粱为污。"制策有："周以冢宰制国用，唐以宰相兼度支。"轼引："李德裕以为贱臣不当议令，臣常以为宰相之风。"此策共有五千馀言，节阅亦可。《策略》三首②，均以善喻见长，已见前日记中。自《决壅蔽》③《无沮善》《省费用》④《蓄材用》《练军实》⑤《倡勇敢》⑥《教战守》共七首，俱见前日记，已有节本。惟《无沮善》一首："无所望而为善，无所爱惜而不为恶者，天下一人而已矣。"《省费用》一首："民方其穷困时，所望不过十金之资，计其衣食之费，妻子之奉，出入于十金之中，宽然而有馀。及其一旦稍稍蓄聚，衣食既足，则心意之欲，日以渐广，所入益众，而所欲益以不

---

①②③⑤　双圈。
④⑥　三圈。

给,不知罪其用之不节,而以为求之未至也。是以富而愈贪,求愈多而财愈不供,此其为惑,未可以知其所终也。盍亦反其始而思之?夫向者岂能寒而不衣、饥而不食乎?"此二段前未录出。下午,赵眉山托查《北宋史》谢景温之为人。按:《宋史》二百九十四卷《谢绛传》后,另立《景温传》,言其"平生未尝仕中朝,王安石与之善","景温妹嫁其弟安礼,乃骤擢为侍御史知杂事。安石恶苏轼,景温劾轼向丁忧归蜀,乘舟商贩。朝廷下六路捕逮篙(上)[工],水师穷其事,讫无一实。"似此为人,亦无足取。(页眉:今春可谓"淫雨过节,暖气不效"者矣。今之天下,毋乃类是。可为不知足者下药石。谢景温之为人如此。)

十六日(3月30日)　阴。饭后,至周庄沈箬溪处补吊,四姨甥号义生出见,今岁仍馆于本镇张氏,可得馆资三十千文。故家子弟,若能以此为业,不失为读书中人,贫亦何碍?中午,至南传,访连青霞,不值,其五郎出见,云:"三四月间必归。"予即以程卍云延请之说告之,谅青霞必不见却也。下午归家,接柯亭信,以近作及李许斋赓芸《良吏传》见示。灯下,读《昌黎集·驽骥》一首,绝似香山。

十七日(3月31日)　晴。晓起,作书与沈婿。饭后,笑山第一节到馆。偶读《昌黎集·喜雪》诗五排,如:"骋巧先投隙,潜光半入池。""气严当酒换,洒急听窗知。"才大如公,却能到微妙处,真不可及也。今年多咏雪之作,觉我形秽,特揭珠玉于前。是日,招寄松、笑山、爱贻及沈婿、六房三从子同集养树堂,适鄂生、浩如两从子,石生、小园两从孙来,遂分两席合饮,极欢而罢。

十八日(4月1日)　晴。饭后,率兄子兆文、兆元、儿子兆薰,先往西房圩杏传公坟前扫墓,继往南玲圩逊村公坟前及先仲兄秀山公坟前祭扫。予去年以事不往,至今心尚阙然,故特来省视一番,不仅以当祭故也。中午散福,同席作者之数。下午,查《松陵人物补志》"列女"一门,吴婿抄至卷八顾氏、沈弦佩妻止,二十三页以下戚爱贻抄起。

十九日(4月2日)　淡晴天气。明日为书田老友安葬之期,故先于今晨饭后开船。舟中无事,仍阅"奏议类"下编。苏子瞻《策断中》①,深以西戎为忧。《策断下》②专主契丹。苏子由《君术策五审势》,其言:"循循以为敦厚,默默以为忠信。"此种庸人,最足误人家国。《臣事策一用重臣》③,重臣与权臣分别处,只在邪正上,而邪正所由分,从平素逆己、顺己上看出。为人君者,不可不辨。《民政策一尊三老》,此文可不阅。其言:"人之不喜乎此,是未得为此之味也。"二语却精确不磨。予前日记中曾论及之。《民政策二举孝廉》,其言:"士大夫为声病剿略之文,而治苟且记问之学。"今之科举是也。然天下庸人多而奇才少,不以此沉溺数千万之庸人,将置此等于何地?甚矣,科举之学。有王者起,亦不能废矣。"书说类"《赵良说商君》④,能令人寒心,其如商君之不悟何?文载五羖大夫事甚详。《陈轸为齐说昭阳》⑤,位极人臣者,宜日诵一遍。《陈轸说楚王无绝齐交》⑥,所谓计失于陈轸,过听于张仪,兵挫地削,固其宜也。《陈轸说齐合三晋》⑦,其言:"天下为秦相烹,秦曾不出薪。"眼目极新。《苏季子说燕文侯》⑧,读此可悉燕赵两国山川形势。《苏季子说赵肃侯》⑨与上篇相连而下,主意在合从以摈秦。《苏季子说韩昭侯》⑩,"且夫"一段,后之有敌国为患,而惟事以金帛,多蹈此弊。《苏季子说魏襄王》与前同意,引《周书》可采用。《苏季予说宣王》⑪须熟读。《苏季子自齐反燕说燕易王》⑫,药酒之喻,急宜录出。《苏代止孟尝君入秦》⑬,土偶、桃梗出处,绝妙小品。《苏代说齐不为帝》,此文可不读。《苏代遗燕昭王书》⑭,"肥饶"二字极新。馀见前日记中。《苏代约燕昭王书》⑮,姬翁以为:"奇峻之气,有过季子。"愚却不甚了了。《苏厉为齐遗赵惠文王书》:"故以齐唊天下。""唊"字解见前日记中。《苏厉为周说白起》⑯,善射之喻,急宜录出。《张仪说魏哀王》⑰,揭要已见前日记中。

---

①②⑥⑦⑫⑭⑮⑯　双圈。
③④⑤⑧⑨⑩⑪⑬⑰　三圈。

《张仪说楚怀王》，姬翁以为："苏、张之说，多非当日本辞，为从横学者为之耳。"读之信然。文中用三"且夫"，是《国策》中创格。《张仪说韩襄王》①，大意与前略同。《淳于髡说齐宣王见七士》②，柴胡、桔梗之喻，可采用。《淳于髡解受魏璧马》③却以理胜。《淳于髡说齐王止伐魏》④，三文虽属小品，却是绝妙好辞。《黄歇上秦昭王书》中多不解。《范雎献书秦昭王》⑤，文虽平而达。《范雎说秦昭王》⑥，远交近攻之说起，六国欲不亡也，得乎？《范雎说昭王论四贵》大意见前日记中。《乐毅报燕惠王书》⑦乃《国策》中之矫矫者，非游说之士可比。《周讠斤止魏王朝秦》⑧，鼠首之殉，可笑。《孙臣止魏安釐王割地与秦》⑨，薪火之喻，与《苏季子说韩昭侯》"且夫"一段意同。下午，稍事游览。过青浦，见粮船尚未装足。闻去冬开仓，不及十日而止，循良大户，多不能完米，徒供土豪衙蠹之包揽。为人上者，苟欲痛惩结习，宜何如整饬也？到重固里，夕阳已在山矣。（页眉：以上"奏议类"。《国策》文中多"且夫"提笔。青浦漕政之弊。）

　　二十日(4月3日)　晴。晓起登岸，重过斛山草堂。书田之子平子、补之及其犹子端叔出见，始知山人葬期在三十日，予前误听古心之言。此时不及临穴，惟向灵前一拜耳。诸郎君款接甚恭，为予特设中饭，稍觉过费。时春翁所撰墓志文已刻竣，分送十二束以归。下船，已中午后矣。舟中仍阅"书说类"，自《鲁仲连说辛垣衍》至《陈馀遗章邯书》，首首可读，并见前日记中。"书说类"第四，可读者俱见前日记中。惟枚乘《复说吴王书》，其言："举吴兵以訾于汉，譬犹蝇蚋之附群牛，腐肉之齿利剑，锋接必无事矣。"四语可采。刘子骏《移让太常博士书》⑩，中有"诗始萌芽"四字，极新，前日记中未摘出。第五，韩退之《与崔群书》⑪，予《书书田尺牍后》多采其语意。此一卷皆退之之文，篇篇宜熟读，前日记中已详言之矣。是晚，行至金泽，泊舟住

----

　　①⑤⑩　双圈。
　　②③④⑥⑦⑧⑨⑪　三圈。

宿。明日别有所至也。（页眉：诗始萌芽。）

二十一日(4月4日)　晴。晓起,放船至苏家港,访朱升斋,不值。舟中,阅"书说类"第六,皆子厚之文。若以退之文相较,韩如大海回澜,珠贝毕呈;柳如方塘曲涧,荇藻可数,尚有蹊径可寻。第七:永叔文一、子固文二①、明允文二②、子瞻文二、子由文一、介甫文三③。皆见前日记中。惟介甫《答韶州张殿丞书》④中间论修史一段,可见三代以下,直道者鲜。信史难得,何况其他? 午前到家。下午,胡书客来,携锦里龙万育新刻顾炎武所著《读史方舆纪要》及《天下郡国利病书》两种,楮色粗松,索价亦昂,故不与交。查《方舆纪要》,共一百三十卷,后附《读史历代形势》九卷,乃南昌彭元瑞芸楣校本;又查《郡国利病书》,共一百二十卷。皆敷文阁藏版,道光十一年校刊。大约《方舆纪要》先刻。龙万育,字燮堂,成都人,曾任甘肃巩秦阶道。附录于此,以备他年得书底本。是日,新得《同里先哲志》二册⑤,未知有刻本否。正四卷,吴骥蒙庵著;续十卷,章梦阳颐斋著。（页眉：以上"书说类"。新刻《亭林先生遗书》。《同里先哲志》。）

二十二日(4月5日)　晴。清明。饭后,放船至北舍港。是年,老坟当祭轮着老大房宇安侄。春江公、心园公、敬湖公三公坟前祭扫毕,欲至角字君彩公坟前祭扫,以风阻不果,约明日补祭。中午散福,共有四十一人。历计各房人丁,以五二房最少,三世共六人,树等宜如何培植也? 下午归家,接陈月圃小友覆信。是日,笑山开馆,命薰儿第一期作文。

二十三日(4月6日)　晴。饭后,沈婿来,携书见示。内有《皇朝经解》一书,为仪征相国所刊,首有夏修恕序,共一千四百卷,总目

---

①　双圈。

②③④　三圈。

⑤　旁注云："后细阅此志,多不全,皆书贾装潢射利之物。以后宜留心检点。"

后有严杰序。此书为举业家宜备之书,故特为记出。午前,冯婿来,遂同饭于养树堂。薄暮始去。(页眉:《皇朝经解》。)

二十四日(4月7日)　晴。晓起,题先友陈四桥《独立图》,得五古一首。饭后,阅"赠序类"第一。此卷皆退之之文,已见前日记中。惟《送王秀才序》①:"吾犹将张②之。""吾力不能振③之。"二语,始知王、郭两先生文章内多用此语。《送高闲上人序》④语特精确,细玩自明。《送杨少尹序》⑤:"亦有叹息知其为贤以否?"别本"以"作"与"。姜坞先生云:"'以''与'字古通用。"引郑注及《诗笺》。《赠崔复州序》⑥,其言:"民就穷而敛愈急。"今之县令是也。《爱直赠李君房别》,其言:"勇不动于气,义不陈乎色。"功夫须从学问涵养中来。《送浮屠令纵西游序》,其言:"为之歌颂,典而不谀,丽而不淫,其有中古之遗风与?乘闲致密,促席接膝,讥评文章,商较人士。"此一段,往往至交聚首,有此兴会。下午,删改题图诗,煞费苦心。(页眉:"以""与"字古通用。)

二十五日(4月8日)　晴。饭后,阅"赠序类"第二。此一卷永叔文四⑦、子固文三、明允文三⑧、子瞻文三⑨、介甫文一。第三,此卷熙甫文八⑩。《张雄字说》⑪宜再三寻绎。灵皋文四⑫。《送李雨苍序》⑬,其言:"莅事临民,一动一言,皆世教、人心、政法所由兴坏也。一念之不周,一物之不应,则所学为之亏矣。"今之长民者,本未尝学,亦何怪亏辱而不顾也?才甫文三⑭,皆见前日记中。下午,读昌黎诗注,《赴江陵途中作》,注云:"是时有诏,以旱饥蠲租之半,有司征愈急。"此唐贞元十九年事。今读上谕,其应征己亥年上忙新赋,并著缓至该年秋后一并启征,而县令征收如故,其事相类。诗复云:"自从齿牙缺,始

①④⑤⑥⑧⑪　三圈。
②　"张"字双圈。
③　"振"字三圈。
⑦⑨⑩⑫⑬⑭　双圈。

慕舌为柔。因疾鼻又塞,渐能等薰莸。"予之近疾,亦复如是。(页眉:
以上"赠序类"。)

二十六日(**4月9日**)　晴。饭后,送爱贻解馆,即放舟至吴江,
仍寓云在草堂。作书覆程卍云。午后,桂轩从孙来寓,所谈多有不平
之事。兆文兄子亦来,遂同到总上。据煦庵云,决计完米。归寓,已
一鼓矣。爱贻约三月初六日到馆。

二十七日(**4月10日**)　晴。晓起,读《昌黎诗集》卷二。《县斋
有怀》①,此篇全用对属,与《答张澈》篇一例②,是仄韵排律,镕裁甚
工。用韵陗拔,无如此篇。学者熟读,自能避熟就生。饭后,鄂生、锦
文两侄来,回寓。下午,桂轩侄孙复来,言之殊堪发指。

二十八日(**4月11日**)　晴。晓起,同鄂生侄至早春楼茗饮,适
锦文、植中两侄来同聚。饭后,沈含珠表兄来寓谈次,适劳鹤田来邀,
出煦庵覆札见示,完米大不妥矣。时养斋大兄亦来,决意仍归折色。
雨云翻覆,殊为可骇。午后,冯婿来寓,遂同饭于云在草堂。黄昏,邀
冯婿、鄂侄同至总上,谢绝完米之说。归寓,已二鼓矣。

二十九日(**4月12日**)　晴。晓起,读《昌黎诗集》。《山石》③七
古一首,所谓不事雕琢,更见精采者也。元遗[山]《论诗绝句》是为笃
论。《汴泗交流》④七古一首,用韵极变而整。一起两韵,下转韵,四
句一气,通首二十句,纯用此格。饭后,同含珠表兄至雷尊殿茗饮。
中午,遇孙二兄,至子来桥钱某家查数,遂同茗饮。适遇孙雨香兆林,
谈兴颇浓,复至其家。孙与予为同门友,盖同受业于姚竹亭先生者
也。薄暮归寓。(页眉:韩诗用韵,极变而整。)

三十日(**4月13日**)　晴。晓起,属李梦仙送米回家,约一百石

---

① ③　三圈。
②　旁注云:"《澈》篇太冗长。"
④　双圈。

馀。仍阅《昌黎诗集》。《东方半明》①乐府一首,意微而显,深得诗人之旨。《洞庭湖阻风》五古一首,中有"清谈可以饱"一语,绝不似公语。《感春》末首:"智慧只足劳精神。"与"可怜无益费精神""有似黄金掷虚牝"同意。饭后,孙松崖来,含珠表兄以事回覆而去,遂同松崖及鄂生从子、仲宣从孙至子来桥茗饮。松崖言及《宝颜堂文集》一书,多载明初功臣,如常将军妻蓝氏,乃极妒之妇,后为太祖所杀,甚属快心。异日所宜浏览焉。中午分手,适兆文兄子、玩墅吴甥来,回寓。下午,同鄂生从子、协襄再从侄、仲宣从孙及冯婿至同福园茗饮,抵暮始返。灯下,复阅韩诗。《送区宏南归》诗②,竹垞、义门两先生极赞此作,予寻绎再四,实不解其妙。异日再当细玩。《宝颜堂》一书,海盐郑晓著。(页眉:常将军妻。)

① 三圈。
② 双圈。

己亥日记二

三月,四月半止。《古文辞类纂》读至三十二卷。

三　月

初一日(1839 年 4 月 14 日)　晴。晓起,同含珠表兄食汤饼罢①,遂至子来桥茗饮。过徐醉仙,款接甚恭,予几不相识,询知,乃淡人之胞兄,曾有一面者也。饭罢,复至杨家桥四姊处,情话久之。饭后,同冯婿、鄂侄仍至子来桥茗饮。时松崖先在,复留小酌,极欢而罢。归寓,宇安从侄来,将有事至苏。灯下,阅《昌黎诗集》。《青青水中蒲》②乐府三首,末首最佳。

初二日(4 月 15 日)　晴。晓起,阅《昌黎诗集》。《苦寒》③五古一首与《陆浑山火》④七古一首,怪怪奇奇,是昌黎独造。《送侯参谋赴河中幕》五古一首,有"雪径抵樵叟,风廊折谈僧"句,粗硬诗中,难得此清新俊逸。《感春五首》⑤,末首云:"辛夷花房忽全开,将衰正盛须频来。清晨辉辉烛霞日,薄暮耿耿和烟埃。朝明夕暗已足叹,况乃满地成摧颓。迎繁送谢别有意,谁肯留念少环回。""将衰正盛",倚伏名理,韩诗中寓意深长,莫如此作。元微之有《问韩员外辛夷花》云:"韩员外家好辛夷,开时乞取两三枝。折枝为赠君莫惜,纵君不折风亦吹。"此诗已开宋人家数。《醉留东野》云:"低头拜东野,愿得终始如駏蛩。"又云:"吾愿身为云,东野变为龙。四方上下逐东野,虽有离

---

①　"食汤饼罢"原为"吃面",后改。
②③④⑤　双圈。

别无由逢。"其倾倒之意深矣。《李花》二首①，语法生而不硬，别有一种清味。饭后，含珠表兄来，为予谈折色事，予即以此事托之。午前，复至子来桥茗饮，仍与松崖小酌，时同叙者，冯婿、吴甥、兆文兄子及鄂侄、小园侄孙。分手已中午后矣。归寓，不复出。梦仙午来，实载米九十石有〇，斛面卸缺一升。（页眉：韩云孟龙。）

　　初三日(4月16日)　晴。晓起，阅《昌黎诗集》。《寄卢仝》②七古一首，疏疏落落，拙朴之中，净洗俚俗，此种最是难到。《酬云夫院长望秋作》结云："楼头完月不共宿，其奈就缺行攗攗。"《双鸟诗》③以朱评为正解。四叠"不停两鸟鸣"，亦从古乐府来。《送进士刘师服东归》④中云："由来骨鲠材，喜被软弱吞。"古来君子为小人陷溺者，何可胜数？下云："携持令名归，自足贻家尊。""家尊"二字，出《王献之传》。饭后，笑山来寓，不值。适遇于县东，遂同笑山、鄂侄游文昌内园，观松化石，是谐赏园中旧物，邑人徐北海、杨瘦云及吾友顾子寿新携于此。出园，遇汝梅村，遂与茗饮。中午归寓，陈荔裳、徐四来。下午，复游共怡园。时斜阳满地，芳草延池，园中卍廊修阁，大半倾颓，惜无人为之整顿也。相与嗟叹久之，同游催促而归。（页眉："完月"二字极新。）

　　初四日(4月17日)　晴。晓起，阅《昌黎诗集》。《调张籍》⑤五古一首，实肆而醇，后学尚有门径可寻。久读古人诗，笔下时有会心⑥。予前《哭女诗》中有"荣华纵满眼"句，亦不知何本，近读昌黎《寄崔二十六立之》诗，有"欢华不满眼"句，始知渭阳所自出⑦也。按，此诗极长，未易通悟。《月蚀诗效玉川子作》却看得。《送刘师

---

①⑤　三圈。

②③④　双圈。

⑥　"会心"原为"暗合"，后改。

⑦　"渭阳所自出"原为"黄河发源处"，后改。

服》①诗:"士生为名累,有似鱼中钩。"能如诸葛大名,有亦无碍,了小细名,无宁韬晦为尚。《符读书城南》②诗,虽以韩公之学,骨肉之亲,不能不为中人劝勉。荀子云:"虽王公大夫之子孙也,不能属于礼义,则归之庶人;虽庶人之子孙也,积文学,正身行,能属于礼义,则归之卿相士大夫。"《华山女》③七古一首,与东坡《芙蓉城》④诗并读。《泷吏》⑤五古一首:"得无虱⑥其间。"注:"商君二十六篇,大抵以仁义礼乐为虱官。曰:'六虱成俗,兵必大败。'"予有诗云:"薄俗商君卑六虱。"惜无对句。是日热极。中午后,大风起,雨冰雹而止。是晚,接史心如信,正月十四日松江经厅署中发。书中言顾明府调简来松,未几撤任,旋又与奉贤景公列入大计劾参,既而顾公与本府及中丞一闹,遂将计摺追回不办。事同儿戏,实近来愈出愈奇之新闻也。闻之不胜浩叹。夜至总上,晤两总书,谈久而归。(页眉:荀子之言可诵。)

初五日(4月18日) 晴。晓起,阅《昌黎诗集》。《山南郑相公、樊员外酬答为诗,其末咸有见及语,樊封以示愈,依赋十四韵以献》,此诗艰涩,无甚意味。末云:"如新去耵上声。聍,上声。方云:'耵聍,耳垢也。'雷霆逼飔飀。孙云:'言读此诗,如新去耳中垢,却闻雷霆飔飀,言惊恐不定也。'""耵聍"二字极生。附张籍《酬韩庶子》诗:"西街幽僻处,正与懒相宜。寻寺独行远,借书常送迟。家贫无易事,身病是闲时。寂寞谁相问,只应君自知。"《南内朝贺归呈同官》诗:"将举汝愆尤,以为己阶梯。"小人肺腑,和盘托出。饭后,孙松崖来,予有事他往,故未与同游。中午,复至总上,遂与含珠表兄、冯婿、鄂侄、小园侄孙同饭于长春馆。复至总上,二鼓归寓。是日,家中有船来,予嘱梦仙先去,并命舟子绕道至平川,载戚爱贻。总上管账房殷珉轩尚可语。(页眉:耳垢。)

---

①② 双圈。

③④⑤ 三圈。

⑥ "虱"字三圈。

初六日(4月19日)　阴。大兄家中有船来。晓起,作书与丹林及薰儿,由大兄船寄去。饭后,阅《昌黎诗集》。《示儿》①五古一首,率意写来,却得古趣。《庭楸》②五古一首,愈朴愈妙,绝似古乐府。《南溪始泛三首》,首云:"馀年凛无几,休日怆已晚。"读之令人猛省。午时倦极,昼寝。下午,冒雨同诸侄至雷尊殿茗饮,时含珠表兄亦来,适遇东门赵二鱼,谈兴颇剧。闻殿后有画客,系平湖吴乙杉,名之瑾,同其弟子朱瘦人,来寓于此,遂往访之。人亦脱略,工花草、人物。闻清献公后人零落,只有《二支日记》一书,却未付梓,藏在张某家,他日宜往观之③。谈至薄暮,始归寓。是夜,风雨大作,未知今午爱贻能到馆否,念念。

初七日(4月20日)　连夜大风雨,侵晨,尚阴云满布。晓起作诗,题目《季春热极,忽一日大风雨,寒甚,寓中不能无感》:"纷纷红紫未成堆,热极风生雨又来。无定阴晴春埶④主,'失'字宜易。不均寒暖病为媒。活人难觅⑤三年艾,济世谁堪百里才。可笑背时诗得句,闲从门外费敲推。时寓云在草堂僧房内。"饭后天晴,阅《昌黎诗集》。韩孟联句诗中,以《斗鸡》⑥为杰作。饭后,同诸侄至雷尊殿寓馆,属乙杉摹一小影,命曰《冒雨访友图》,盖纪昨⑦日事也。闻清献公著述,藏在平湖城中汇头张氏,有号海门者,系拔贡出身,现为京官。座间遇倪小香、徐北海两茂才。北海索予《秋树读书楼遗集》,面许县试时带来。下午,同冯婿、鄂侄、小园侄孙复至总上,见煦庵所藏手卷二,一为仇十洲《青绿山水》,后有陈道复题跋,盖赝物也;一为魏时中所

---

① 双圈。

②⑥　三圈。

③　"他日宜往观之"原为"尚有人藏其著述",后改。

④　"埶"原为"失",后改。

⑤　"难觅"原为"未博",后改。

⑦　"纪昨"原为"寻前",后改。

书七律诗四首,字与诗俱佳,特未知时中何时人。相与击赏久之。是夜,与含珠表兄及冯婿、鄂侄、小园侄孙同饭于长春馆中。再至总上,与顾、费两公面谈,约明日回覆。归寓,才一鼓。

初八日(4月21日)　晴。晓起,作诗《城中晤平湖吴乙杉之瑾》:"闻说当湖客,乌衣出①世家。无钱难买地,有笔自生花。疗俗诗宜作,君自言久不作诗。医贫画不赊。谁为罗致者,挥洒到天涯。"阅韩孟联句诗,如《纳凉》《秋雨》《同宿》《远游》四篇,均宜熟读。至《雨中寄孟刑部》,中多叠调,又变一格矣。《晚秋郾城夜会》诗凡百韵,时东野已死,韩与李正封联句,典赡和平,无复前此奇峻。公亦因人而应之也。韩之才大,李、杜下一人而已。饭后,至雷尊殿茗饮。时乙杉所画小影及扇头花草俱已藏事,却无尘氛气。午后归寓,适松崖来畅谈,大有醉意。灯下作书,复史心如。

初九日(4月22日)　晴。晓起,作《紫牡丹诗》十韵。适孙松崖来,以《夏允彝》《吴南荣纪略》两种、何如君《辽左五臣传》、潘一桂《祭东征阵亡将士文》、邹元标奏札及长洲陈济生《再生纪略》四种见示,暇时当翻阅一过也。饭后,至雷尊殿,晤沈蒨香,叙谈甚殷。予闻蒨香名久矣,素未相识,以赵二榆为之介,人亦古趣盎然,为果堂先生之文孙,精堪舆学。寓居金闾专诸巷,历有年所,常往来两邑间。中午无聊,属徽州黄金乃推子平数,谓冯婿寿原不足,三十七岁以后,须防刑尅,谆谆以保身为要;谓鄂侄功名不过副贡,薰儿只登贤书;谓予五十四岁以后五年,须防耗费钱财,大有反覆。此言虽属渺茫,然士君子"居易以俟命",亦不可不慎也。下午,归寓尚早。灯下,再作书与丹林,由兆文兄子带去。(页眉:谈命存查。)

初十日(4月23日)　晴。晓起,诸侄咸去。少顷,含珠表兄来长谈,遂与寓中同饭。袁六兄为菜子而来,决定番钱三元〇四厘,外加□十四文,予写一条楮付去。饭后,至雷尊殿寓所,与朱瘦人长谈。

① "出"原为"旧",后改。

瘦人，善邑人，年二十四，工书能画，兼善铁笔，事吟咏，亦少年中之矫矫者。座间晤同里邵半崖，闻其工诗善画，实未尝一见也。薄暮归寓，与沈表兄有约。

十一日(4月24日)　晴。晓起，寻沈表兄，适兄来寓，遂与细谈。昨忆家中牡丹盛放，欲归不得，感成二绝，云："斗大花枝几朵开，故园风景隔江隈。眼前富贵真何物，难卜家居消受来①。""自入风尘羁绁多，此身幸未堕虞罗。荣华满眼休重恋，我似人间春梦婆。"饭后，阅《宁古塔记略》，首有张尚瑗、叶舒璐序文。叶序云："宁古塔，古肃慎地也。南临鸭绿江，距长白山四百里。《记》云：五百里。顺治丁酉，吴汉槎孝廉坐闱事，遣戍兹土。寻产南荣。名振臣。此书南荣所述。或云，已入沈氏所刊丛书中。"《记》云："宁古塔，南接朝鲜之会宁府，距顺天三千馀里，奉天一千五百馀里，即金太祖起兵之所，离黄龙府、混同江皆不甚远。其曰'宁古塔'者，相传昔有兄弟六人，各据一方。满人称'六'为'宁古'，'个'为'塔'，犹华言'六个'耳，非果有塔也。"《记》云："甲辰之春，逻察人作乱，直至乌龙江。逻察本乌孙种类，又名'老羌'，为海东诸部之一。所产哆罗绒、银鼠。人皆深眼高鼻，绿精赤发，状极狞丑，性尤悍鸷。"《记》云："人参草本，方梗对节，三桠五叶。生深山中，较他草高出尺许，叶似秋海棠。六七月开小白花，八月结子，红色，与天竹子相同。取参之候，宜在深秋。生时色白。掘得即蒸，蒸后晒干，则分纯白、淡红二色。大约精神元满，始红润坚明，品居最上；白者便逊几筹矣。然参在本地服之，殊未见效。先君初至宁古煎服，反致泄泻，此其征也。其他黄精、桔梗、五味诸产，皆药笼之附庸，不足道矣。"中午，至雷尊殿，遇雨，狂风忽起，此热极之应。身亦渐寒。时折数已蒙沈表兄同唐馥堂谈定，每石三元三角半，照大兄处加头又多二角，较大众尚不致吃亏。予毅然首肯，不

---

①　此诗原为"一样浓香浅梦中，禅房不及故园红。在家富贵难消受，始信繁华色相空"，后改。

屑再与计较也。番银属冯婿去交总所,谓可止则止而已。寓中,重阅
《宁古塔记略》。《记》云:"东山,名嫡阳哈答,离城五里,复出参貂。
再东三百里,名衣朗哈喇,有呼勒山,极高峻。又三百里,即金之五国
城,城西云有宋徽宗冢。又东北五六里,为呼而喀。又六百里,为黑
斥。又六百里,为非牙。又几百里,有古城,地近混同江,不产五谷,
止出貂皮、狐貉、海龙、水獭、黄鼠、灰鼠。每五月中,乘查哈船江行,
泊宁古南门外进貂。将军设宴,出部颁袍、帽、靴袜、挺带、巾扇等物
赏给。每人名下,择一最黑貂皮并元狐进上。"《记》云:"西北宁古旧
城,城临榆河,鸭绿江分流。内多蛤蚌,出东珠。有重二三钱不等,有
粉红色、天青色、白色、黑色。虽极多,令严,人莫敢取。有童子浴,顷
得大蚌,携归剖视,其中有珠径寸,璀璨夺目,弄藏甚谨。一夕,风雨
大作,龙绕其庐,舒爪入牖,攫珠而去。"又云:"西南六百馀里,枯呀喇
地方,汉名红旂街,出天鹅皮,即天鹅绒也。绒软如绵,色白如玉,为
裘轻暖,极贵甚重。"下午归寓。夜间,邀沈表兄、吴甥、冯婿同饭于云
在草堂。(页眉:宁古塔出处。逻察人状。人参出处。皮货出处。东
珠出处。天鹅绒出处。)

十二日(4月25日) 昨夜大风雨,晨起如故,寒甚。雨窗多暇,
将复心如一信写好,以待送至其家。仍阅《记略》。《记》云:"江之南,
有村名索而诃溪。又五六十里,名噶什哈。又折而西南百里,名必而
汀,此处水极深,上有崇崖插天。其山背阴,日光不到,虽亭午亦不甚
明爽。独至夜,则光明照耀,石壁皆红,人皆异之。忽一日,土人捕一
青鱼,大可专车,载入城中。有迁客徐定生以匹布易之,先取鱼首煮
熟,邀吾辈同享。脑部内出一明珠,大如弹丸,芒焰熠熠四射。展转
鹭去,闻得二千金。自后,石崖昏昧无光矣。"《记》云:"乌腊草,出水
滨,色红,细长,温软。衬皮鞋内,足虽踏层冰耐冷。乌腊,即皮鞋之
名。谚云:'宁古有三宝,人参、貂皮、乌腊草也。'"《记》云:"山海关,
天下第一雄关。秦所筑长城,崇墉迢递坚完,随山高下削成,南际海
涯。关外一岭异名,出者为'凄惶岭',入者为'欢喜岭'。"此记抄本共

二十馀页,叙次典赡雅洁,洵杂记中之俊品也。怀抱小儿,抚摹之声,汉云"嘎哪哪",满云"夜不力"。饭后,至西门四姊处话旧。回至雷尊殿,同嘉善朱瘦人茗饮。过俞分安,闻戚爱贻于昨日到馆,予实不知也。下午,同沈表兄、冯婿冒雨至总上。予受亲友所托,至今夜才得结束。黄昏,同两人饭于馆上。归寓尚早。(页眉:鱼脑生大珠。山海关。)

　　十三日(4月26日)　阴。晓起,邀沈表兄同饭于禅房。饭后,至鹤田处长谈。昨闻邱昼翁在费东洲处以信问及予家粮尾折数,亦至戚中关注之忱。予屡欲走候,不果。中午归寓,阅《夏允彝记略》。如有明万历以后,国运盛衰之始,及门户大略,颇能言之凿凿。后附灾异一段,不过备览而已。至门户杂志,谓李三才有操纵之才,究非纯臣。其豪华之习,宜不为清流所喜。初请宪成时,即顾宪成。止常蔬三四色;厥明盛陈百味。宪成讶而问之,答曰:"此皆偶然耳。昨偶乏,即寥寥;今偶有,即罗列。"宪成以此不疑其侈靡。谓金坛于玉立,好纵横之术,要非平治之臣。谓韩、名敬。钱、名谦益。王、邹,才既相伯仲,又为同籍,而相仇特甚。王象春自述云:"与邹同游西山,邹为对偶云:'敬字无文直是苟。'思其对不可得。王忽云:'林中有点不成材。'以宾尹号霍材故也。"此皆轻薄之尤。韩、邹固为世诟厉;王居乡,最为乡人所疾,其族人亦多恨之;钱声色自娱,末路失节:此皆国运所关,生此辈,以致朝野纷纷也。谓熹庙之初,群贤并召,其势甚盛,而败于汪文言。文言之起甚微,小人不可以作缘。谓周顺昌生平至清,独立无党。当魏大中盛时,生平未尝与合也。及大中逮过吴门,向来交好星散。抚臣毛一鹭素奉大中惟谨,至是不与只字。顺昌愤甚,遂以女许嫁大中孙,且呼提骑而告之曰:"若归语忠贤,此乱臣所为,受骂万代。殆未有正人端语者,故至此,当以我言告之。"每见人辄痛语时事,遂及于祸。使顺昌稍默默,必不至此。真铁汉也!谓高忠宪攀龙常自言少年与气节自许,以此一念,受谴亦不畏。及得远窜,值风雨困卧舟中数日馀,遇晴霁,登岸,入旅店中,推窗忽睹桃花烂然,因而有悟,从此觉事事领略,并气节之想,亦冰消矣。观其遗书,真有得者。独于门户之际,持之甚坚,断断不能化也。后言温体仁稍优于周延儒,马士英稍优于阮大铖,议论颇详。其下《辽事纪略》《辽事杂志》《东事大略》《南粤纪略》等篇,中多违碍,如欲刊行,宜细细酌易也。前初四日极热,中午忽起大风,冰雹如拳而下。闻苏郡娄门外龙登山一带,被害尤甚,大者如石,重二十馀斤,打坏行人、住房无算,有人目击其异。下午,家中舟已到。锦、鄂两伲复来。予以粮串未齐,再等一日。(页眉:《夏允彝记略》。韩敬,字求仲,万历庚戌科状元。王象春,字季木,万历三十八年进士,仕至南京吏部郎中。坐东林党,削籍。见《明史》一百廿三卷《王象乾传》。冰雹灾异。)

十四日(4月27日)　阴。晓起,同沈表兄茗饮。饭后,同至唐福堂处,略有所赠也。吾辈作事,如着棋一般,先下此闲着。午前开船,到家不过下午。顷据顾友所述,二月廿三日,顾顺传于其侄顾富春所佃本业大富圩东汀一亩田内强占作坟,富春及圩甲岳青并不向业通知,显系串吞作弊。俟得闲,先行踏看,然后举动为妥。

十五日(4月28日)　雨。饭后,清理家事毕,校阅丹林所录《太平庄闲录》第二卷。中午后,检阅沈氏所刻《昭代丛书》目录。《宁古塔纪略》一书,已付梓人氏矣。下午,录清近作二首。展阅梦琴所寄近作,如《五十自讼》八首,于沉挚之中,复饶古趣,真合作也。闰月初,南乙曾来过访,惜未一面。寄示墓祠楹帖,颇能庄雅。阅韩诗近体,有三韵律诗,前四句对起,一收二句,如五律之结尾,不用偶而用奇矣。《李员外寄纸笔》诗是也。(页眉:韩集三韵律诗。)

十六日(4月29日)　晴。晓起,成七律诗一首,盖昨夜所作也。饭后,阅《昌黎诗集》,近体多雪诗,如《喜雪献裴尚书》二十韵、《春雪》十韵、《春雪间早梅》十韵,皆能凭空造作,务去陈言。予尤爱《咏雪赠张籍》四十韵,大意隐刺时相,不独“松篁遭挫抑”以下谓有所讥也,如“厚虑填溟壑,高愁擎音致。斗魁。日轮埋欲侧,坤轴压将颓”,其忠君忧国之意,思深虑远,如此咏物,仍是《三百篇》遗音。午前,石生侄孙来,言目前谢师须应真之数,药资须得作者之数,世上多监河侯,谁能以升斗活我也?予以石生无轻浮习气,故暗中为之首肯。下午,重阅韩诗近作,《和席八十二韵》:"多情怀酒伴,馀事作诗人。"真名句也。(页眉:韩公雪诗。)

十七日(4月30日)　阴。晓起,率薰儿拜谒家祠,将有县试之事,礼宜告辞。饭后,整顿侄女嫁赠之物。闻今秋徐氏将行聘礼,故先预为检点。中午后,沈婿来,约明日同到城中。下午大雨,却好收拾行李,以备明晨解维。

十八日(5月1日)　微有雨。晓起,送笑山归家,遂同爱贻、薰儿放舟至吴江。中午入城,仍寓云[在]草堂。二侄尚未去。时同寓者,吴寄松、孙秋伊、王铁珊及王甥、沈婿,共有十人。晨夕聚首,颇不寂莫。向晚,似有晴意。

十九日(5月2日)　晴。晓起,同寄松、鄂侄先租桌凳,较上回稍昂。库房内,每只八仙桌要五百文。饭后,孙松崖来。午前,徐北海来,以其乃祖作梅明府《劲香窝诗钞》四卷、临定武《兰亭》石刻二页、《仙游潭分韵诗》一册见赠。予以《秋树读书楼遗集》四册及《哭女诗》、《书田墓志》二页报之。午后,董梦兰来,为予作骈体诗序成。腹笥之富,实后来所仅见。予小友中,散体文推沈南乙,骈体文则莫若梦兰,馀子纷纷,不足数也。然二君非廊庙材,均于制艺不擅长,与之角者去其齿,盖全才之难也如此。薄暮,朱瘦人来,出近作见示。清辞丽句,真绝妙才也。年二十四,惜以卖画走江湖间,不肯为科举之学,何哉?

二十日(5月3日)　晴。头炮①起来,唤香火②造返。二炮③,唤考友起来。饱餐茗饮,徐徐出门,正值三炮后矣。时学师到得甚迟,

①　"头炮"原为"三更",后改。
②　"香火"原为"寺人",后改。
③　"二炮"原为"四更",后改。

点完封门，已半朝时候。闻今岁县试，较前加增，吴江三百十人，震泽二百五十五人。送考归来，中途，与张砚香、叶铸堂、少湘、鄂侄茗饮，复同董梦兰、朱瘦人、鄂侄在北门内馆中小酌。中午回寓，倦极，伏枕少息。下午，梦兰在寓长谈，并为予录清诗序。黄昏候考，闻题目头题《居则曰》，二题《"鸡鸣而起"至"鸡鸣而起"》，诗题《第一功名是赏诗得"名"字》。三牌后，五人一齐出场。是日，赵海翁两次过予寓所，不可不答。

二十一日（5月4日） 晴。朝起已晚，命薰儿出考作重观，文尚可，诗出一韵，大谬。浮躁之气未除，奈何！饭后，答赵海翁，不值。午前，泮水港顾甥、梅堰王甥及小友张李仙来。下午，倦极思睡，渐增老态，亦无可自解也。薄暮，王铁珊新得毗陵杨芝田大鹤所选《剑南诗钞》八册，古今体分类，首有《自序》，太长，附《凡例》五则，亦不甚精当。寓中无书，欲借此翻阅一过。七言律《东邻筑舍，与儿辈访之，为小留》诗，一结云："年丰日有携尊兴，家乘从今不一书。黄鲁直有日记，谓之'家乘'。"《初冬》云："羹釜带鳞烹白小，蓬门和蔓系黄团。'白小'出杜诗，'黄团'出韩诗。"《寄宇文成州》云："复起卿当用卿法，长闲吾实爱吾庐。"《园中小饮》云："宁教酒欠寻常债，耻就人求本分官。"《夏雨初霁，题斋壁》云："燕低去地不盈尺，鹊喜傍檐时数声。"《闭户》诗："徇俗不如翻着袜，爱山只合倒骑驴。"（页眉：痛戒记出。《小隐》五律云："庖厨供白小，篱落蔓黄团。"翻着袜。）

二十二日（5月5日） 阴。晓起，阅放翁七言律诗。《露坐》云："清秋欲近露沾草，皎月未升星满天。"《泽居》云："齿摇但煮岷山芋，眼涩惟观肓监书。"《书斋壁》云："平生忧患苦萦缠，菱刺磨成芡实圜。俗谓：'困折多者，菱角磨作鸡头。'"《秋晚》云："霜前草树已无色，雨到菰蒲先有声。"《斋中弄笔偶书示子聿》云："书为半酣差近古，诗虽苦思未名家。"《春游》云："似盖微云才障日，如丝小雨不成泥。"《朝饥示子聿》云："外物不移方是学，俗人犹爱未为诗。"《寒夕》云："灯残焰作孤萤小，火冷灰如积雪深。"《村居书事》云："春深水暖多鱼婢，雨足年丰少麦奴。"《连阴欲雪,排闷》云:"鲁连敢谓天下士,摩诘要是山中人。王维自称'山中人'。"《书感》云:"党祸本从名辈出,弊端常向盛时生。"饭后,至夏蓉山寓所,昨来未答也。回至西濠杨家桥四姊处,前有所约,未可虚望耳。归寓,仍阅放翁七言律诗。《出游》云:"细径僧归云外寺,疏灯人语酒家楼。"《衰疾》云:"百岁光阴半归酒,一生事业略存诗。"《戏遣老怀》云:"放狂泥酒都忘老,厚价收书不似贫。"《晚步湖堤》云:"贫甚不为明日计,兴来犹作少年狂。"《古驿》云:"窗间月落无花影,枕上潮来有橹声。"中午后,俞少甫来。予与少甫从未相识,顷来一见如故,盖相赏在形骸外也。客去后,与吴寄松、戚爱贻、孙秋伊、鄂侄、薰儿在景春馆中茗饮。薄暮,以事至殷甥寓所,欲与海翁一谈,惜不遇而返。(页眉:胃监书。麦奴。)

二十三日(5月6日)　晴。晓起,至殷甥寓所,候赵海翁,不值而返。早饭候,海翁来谈。午前,案已出。爱贻名次第五,薰儿十三,同伴在头图、二图之间。中午,黄晓槎楚湖来,索予初刻及《赤崖遗集》去。下午,至孙啸林寓中,读其考作,有好高之弊。夜间,赵海翁招饮,同叙者:唐雨窗、殷二式、施世兄及其胞侄二水、海翁乔梓并予,共七人。是日立夏。

二十四日(5月7日)　晴。晓起,阅放翁七言律诗。《秋夜读书》云:"白发无情侵老境,青灯有味似儿时。"《独学》云:"少年妄起功名念,岂信身闲心太平。"《黄庭经》:'闲暇无事心太平。'"《黄州》云:"江声不尽英雄恨,天意无私草木秋。"《海棠》云:"拾遗旧咏悲零落,瘦损腰围拟未工。老杜不应无海棠诗,意其失传尔。"《宴西楼》云:"万里因循成久客,一年容易又秋风。"《书怀》云:"敢云日与长安远,惟恨天如蜀道难。"题目《夜宿鹄鸣山》,山盖张天师学①道之地,事与史合。大约山在蜀中。《幽居》云:"得饱罢挥求米帖,爱眠新著毁茶文。"饭后,略有小极,稳卧床上,得半日而愈。中午后,不出门,仍阅放翁七言律诗。

① 原文此处衍一"学"字,删去。

《夜行》云："闲绕长堤逐萤火,戏临荒沼问蛙声。"《江楼醉中作》云："天上但闻星主酒,人间宁有地埋忧。"《追忆叶晦叔》云："曹霸挥毫空万马,庖丁投刃解千牛。"《书怀》云："久因多病疏云液,近为长斋进玉延。"《客意》云："蝴蝶梦魂常是客,芭蕉身世不禁秋。"《奏乞奉祠待命》云："从来幸有不材木,此去真为无事僧。见《丹霞录》。"《寓馆晚兴》云："百年细数半行路,万事不如长醉眠。二句可删。短发经秋真种种,腹宽耐事只便便。"《西村醉归》云："酒宁剩欠寻常债,剑不虚施细碎雠。见孟东野诗。"下午,孙啸林来,不值。是夜疲极,早眠。(页眉:心太平。鹤鸣山。玉延,山药也。)

　　二十五日(5月8日)　阴晴参半。晓起,同寄松至库房租桌凳,每只归四百文。饭后,家中船已到。因明日进场,再逗留一日。午前无事,仍阅放翁七言律诗。《幽居》云："松陵甫里旧家风,晚节何妨号放翁。"就诗而论,放翁则为吴江人矣。《寄叶道人》诗注:"老杜诗:'王侯与蝼蚁,共尽随丘墟。'太白诗:'富贵与神仙,蹉跎成两失。'"放翁诗:"若信王侯等蝼蚁,可因富贵失神仙。"《题壁》云："旋烹罂粟留僧话,故种芭蕉待雨声。"近有平湖画友吴乙杉,题《画罂粟花》云："此花只合留僧话,一度无香色更娇。"盖有所本也。《雨中小酌》云："愁看场上禾生耳,且泥杯中酒到脐。"夜间早眠,不及再阅。

　　二十六日(5月9日)　连夜微有雨,四鼓后,西风如吼。予先起,闻二(胞)[炮]已放,唤诸考友起来。饭罢即出门,已值临点时矣。送考毕,仍回寓所。是日,予本欲归家,一因西风极厉,一缘今晨头覆,未知薰儿考作如何,殊为挂念,决计明日早行,可止则止耳。饭后,鄂侄始去。时讼事草草完结,尚不失吾家门面。中午,至局友朱士江家,查阅乾隆十七年方单清册,盖有所举动也。午后回寓,仍阅放翁七言律诗。《野饮》云："访古颓垣荒堑里,觅交屠狗卖浆中。"《书愤》云："楼船夜雪瓜洲渡,铁马秋风大散关。"二句是老杜气息。《题斋壁》云："风翻半浦乱荷背,雨放一林新笋梢。"《野馈》云："黄耳蕈生斋钵富,白头韭出客盘新。"《冬夜读书》云："事去大床空独卧,时来竖子或成名。"下午,予方欲睡,适任兰洲来,畅谈时事而去。黄昏候考,一鼓后始放头牌。头题《如七十之子服孔子也,〈诗〉云"自西"》,经题《吉日庚午》,诗题《柳色供诗用得"诗"字》。闻前三十名皆在内署作文,沈婿二牌先出来,馀皆三牌出场。爱贻经题文,实为通场之冠,洵是斲手。薰儿头篇较正场略觉条畅,然不如婿文之老到,此番可望高升。

二十七日(5月10日)　晴。晓起,同秋伊食汤饼罢,遂泛舟到家,日犹未午。中饭后,送秋伊回去。时堆案相仍,半日了之。黄昏候,始得动笔。

二十八日(5月11日)　晴。俗谓"天赦日",工人、经友俱至梅墩东岳庙观剧,却好清暇坐定,细改近作。午前,锦文侄来,过午始去。下午,以事辍读。

二十九日(5月12日)　晴。晓起,作书答赵眉山及冯婿。饭后,作一禀词,以备控县。中午后,晴窗多暇,阅长沙陈济生《再生记略》。陈字尔勤,以先人芝台公荷恩祭葬,赴京觐谢。于癸未七月入都,伏阙拜疏。甲申三月,初邀俞旨,赐赠、赐荫,而昌平之兵告哗矣。自十九日闻变,潜伏破屋中。四月十五日,微服出都。至六月初二日,始得归家无恙。中记忘君事雠辈,可耻、可恨;而殉难名臣,间或附录,略寓劝惩之意。如于四月十九日,邻舟遇海宁孝廉祝渊,共谈太常卿吴麟征殉难事甚悉。渊以建言下狱获雪,至是称贷以殡吴公,真血性男子也。予《太平庄闲录》中曾载此人,其言:"贼兵猛于虎,官兵复猛于贼。欲民之不为贼也,得乎?"此时百姓,真鸡犬之不如矣。后附《刘公旦先生义死记》,文甚佳,宜录出。刘名曙,字公旦,苏之长洲人,崇祯癸未进士。乙酉,南都授南昌知县,未仕而南京失守,江路绝,归隐蠡口,后为淞江提督吴胜兆麾下巡卒。胜兆举事败,为土国宝所获,不屈死,时年五十有二。有绝命词七律一首,甚悲凉清劲:"孤臣孤子泪如泉,死傍君亲即洒然。吾道直如头上发,此心清似水中莲。枕戈未雪山河恨,濡笔空劳史册传。欲恋春晖怨慈母,登堂愁负《白华》篇。"下午,整顿行李,明日又将入城矣。(页眉:《再生记略》。海宁祝渊。刘公旦。)

四　月

初一日(5月13日)　晴。晓起,同丹林下船,饭于舟中。趁顺帆到江,不过辰后。予先入城看案,始知二十八日发出。爱贻名次十二,薰儿在二十名,沈婿在三十六名,两王生亦在覆中。前出场时,决沈婿之文必跳,可见场屋中无凭而有凭。是日二覆,寓中无事,仍阅放翁五言律诗。《送查元章赴夔漕》云:"白发刘宾客,青衫杜拾遗。"《早行》云:"乱山徐吐日,积水远生烟。"《过庞士元庙》云:"海内常难合,天心岂易知。"二句却切士元身世。《白塔院》云:"冷翠千竿玉,浮岚万幅屏。"《早行》云:"凭鞭寻断梦,侧帽受微凉。"《晓过万里桥》云:"豪华行乐地,芳润养花天。"《峡州甘泉寺》云:"滩急常疑雨,林深欲借秋。"《夏日》云:"渴蜂窥砚水,慵燕息帘钩。"《病疟后偶书》云:"药物从人乞,文章畏客传。"《晚霁》云:"雨断檐馀滴,云疏日漏明。"《衰病有感》云:"在家元是客,有发亦如僧。"《城西晚眺》云:"霜凋两岸柳,水浸一天星。"《梦回》云:"老抱忧时志,狂非济世材。"《初夏》云:"雨昏鸡共懒,米尽鼠同肌。"《书近况寄蜀中道旧》云:"宿醒投未正,新句锻①初成。"《春晚(新)[杂]兴》六首,第二首云:"泽国固多雨,暮春犹专寒。"《秋夜纪怀》云:"病入新凉减,诗从半睡成。《绝禄以来,衣食愈不继,小儿力图之,殊未有涯。予谓不若痛节用尔,示以此诗》,观此诗题,放翁之居官,真不贪矣。《暖阁》云:"裘软胜狐白,炉温等鹘青。宫中供炉炭,用胡麻文鹘鹘青。"《晚步北舍归》云:"酒是治愁药,书为引睡媒。"《又作》云:"十分教懒拙,百倍与清闲。"《贫甚自励》云:"忍病停朝药,捐书省夜灯。都门下第客,山寺退居僧。"《小立》云:"荒陂船护鸭,断岸笛呼牛。"《自题传神》云:"莫论明日事,死至亦

___

①　"锻"字双圈。

腾腾。"《僧颂》云:"今日腾腾任运,明日任运腾腾。"下午,至震泽看案。欣悉汝鸣球第一,为梅村小友之子。殷甥名次在三十四。一鼓后,头牌始放。文题《"禹恶旨酒"至"以施四事"》,赋题《司马君实独乐园以"中有五亩园,花竹秀而野"为韵》,诗题《拟杜工部〈陪郑广文游何氏园林〉五律十首》。闻作全卷者,不乏其人。沈婿最先出场,文佳而诗未之见。爱贻以小极亦先出来,文局重做下二句,亦是一格,古赋极佳。两王生三牌出来。薰儿最后出场,文与赋不过平妥而已。(页眉:"专寒"二字极生。"鹁鸽青",炭名。)

初二日(5月14日) 阴晴参半。起来已早饭后矣。蒙邱子谦屡过寓所,从未一答,心终缺然。快谈饭顷而去。午前,仍阅放翁五言律诗。《溪上》云:"单衣缝白纻,双屦织青芒。道家有'青芒屦'。"《游山》云:"僧亡犹见塔,树老已无花。"《慨然有赋》云:"世事蛮攻触,人情越事吴。"《戏题稿后》云:"有得忌轻出,微瑕须细评。"《与村邻聚饮》云:"蟹供牢九美,闻人懋德言《饼赋》中所谓'牢九',今包子是。鱼煮脍残香。"《乙丑元日》云:"惟思买春困,熟睡过花时。俗有卖春困者,予老惫思睡,故欲买之。"《天雪戏作》云:"细衲兜罗袜,奇温吉贝裘。"《杂感》云:"婢喜蚕三幼,乡中谓蚕眠为'幼'。奴贪雨一犁。"又云:"溪添半篙绿,山可一窗青。"《读李杜诗》云:"才名塞天地,身世老风尘。"《春寒》云:"馀寒为醉地,多病作慵媒。"放翁八十有三,名其室曰"还婴",作《园居》诗云:"还婴吾所证,手自写庵名。"《闲行》云:"鸟没千山暝,蝉吟一院秋。"《小室》云:"窗几穷幽致,图书发古香。""古香",见米元章《书画史》。"古香"二字,可题予所藏米襄阳书《食笋诗》卷首。《梦中江行,过乡豪家,赋诗二首》,"乡豪"二字颇雅。放翁五言律,不如七律之和平大雅。七绝诗,《书室名"可斋",或问其义,作诗告之》:"得福常廉祸自轻,坦然无愧亦无惊。平生秘诀今相付,只要君心可处行。"此种诗可以见道。《醉中作》:"驾鹤孤飞万里风,偶然来憩大峨东。持杯露坐无人会,要看青天入酒中。"《夜食炒栗有感》,注云:"漏舍待朝,朝士往往食此。"放翁有纪事诗七绝一首,《建州绝无茨,意颇

思之,戏作》:"乡国鸡头卖早秋,绿荷红缕最风流。建安城里西风冷,
白枣堆盘看却愁。"《秋日郊居》诗第七首:"儿童冬学闹比邻,据案愚
儒却自珍。授罢村书闭门睡,终年不著面看人。农家十月乃遣子入学,
谓之'冬学'。所读《杂字》《百家姓》之类,谓之'村书'。"放翁所蓄之猫,名曰
"粉鼻",有《赠粉鼻》诗七绝一首。下午,至汝寅斋寓所,以其考作示
薰儿,题系"反命曰'五句'",文却脉理清真,可为同辈观摩,故录存
之。(页眉:青芒屦。《饼赋》中"牢九",即今包子。芡食诗。冬学、
村书。)

　　初三日(5月15日)　晴。晓起,至鹤田处,为予酌易禀词,极
妥,决意送出。饭后无事,仍阅《古文辞类纂》"赠序类"。韩退之《送
董邵南序》①,为不得志人送行,最难措辞。此文纯从对面着想,意在
言外,文之曲折,故不待言。《送王秀才含序》②,大意全在刘海峰先
生评论中。文内"吾犹将张之"及"吾力不能振之"等语,为近时古文
家所习用。《送孟东野序》③,才大气盛,实不如前两序之深微屈曲。
《送高闲上人序》④一起下姬翁有注云:"机应于心,故物不胶于心,不
挫于气,故神完守固。韩公此言,本自状所得于文事者,然以之论道
亦然。牢笼万物之态,而物皆为我用者,技之精也。曲应万物之情,
而事循其天者,道之至也。必离去事物而后静其心,是韩公所斥解外
胶泊然淡然者也。以是为道,其道浅矣;以是为技,其术粗矣。"午前,
二覆案已发,爰贻名次十一,薰儿名次落在三十一。同寓皆在覆中,
惟铁珊稍高,名次二十五。午后,震泽案亦发,仍以汝鸣球为第一,殊
属可喜。予于三年前,与笑山论近日后起子弟殊乏可造材,惟汝子鸣
球文笔不凡,终能拔出侪辈中。今日见赏于范明府,亦自喜老眼之不
爽也。

　　初四日(5月16日)　晴。四更起来,闻头炮已放,时候尚早。
灯下静坐,仍阅"赠序类"。韩退之《送廖道士序》⑤,大意在魁奇、忠

---

　　①②③④⑤　三圈。

信、材德之民,而惟恐迷惑溺没于老、佛,题前千回百折,然后落到正意,是文家妙诀。《送窦从事序》①,文之雄直,全在一起,诚如海峰先生所评。然《送廖道士序》亦是直起一法。《送杨少尹序》②,文之妙处,唐应德、刘海峰两先生言之详矣。注中引姜坞先生云:"'以''与'古通用。"以《乡射礼》《召南》诗笺为证。愚按,《论语》朱注中,"以"犹"与"也,亦然。二炮后,唤文童起来。饭毕,已黎明候矣。出门进场,却好少待。封门尚早。回至震泽县,尚未举动,直至辰时封门。予与赵海香、吴寄松、唐雨窗在小园茗饮。归寓,伏枕小息。午后,笑山来寓。闻明日归家,嘱沈舟于初七日到江。下午无事,仍阅"赠序类"。退之《送李愿归盘谷序》③,此公少作,犹是六朝馀习。《送区册序》④,韩文多直起之笔,而叙述各异,此篇可与《送廖道士》《窦从事》两序文参观。《送郑尚书序》⑤,大意见前日记中。《送殷员外序》⑥,风情全在后一段,宜熟读深思。《送幽州李端公序》⑦,"国家失太平,于今六十年矣"一段,立言得体,真大手笔。《送王秀才埙序》⑧,其要多见前日记中。《赠张童子序》⑨,所以勉其大者、远者,"将责成人之礼焉。"《与浮屠文畅师序》⑩,说得实情实理。苟有人心,亦当去释而归儒。傍晚,任兰舟、谢世兄、汝梅村来谈。酉刻,头牌已放,沈婿先出来。文题《鲤退而学〈诗〉。他日,又独立》,诗题《薇露盥手得"薇"字》,又《采桑》《打麦》,不拘体韵。二牌,四人俱齐出来。爰贻作可列十名,馀俱平平。

　　初五日(5 月 17 日)　晴。晓起无事,仍阅"赠序类"。退之送石、温二处士序⑪,温序尤佳。《赠崔复州序》⑫,见得刺史之难为,而知其难者,天下鲜矣。《送水陆转运使韩侍御归所治序》⑬,详言西北屯田之效,已见前日记中。《送湖南李正字序》⑭,"尊府"二字,已见

---

　　①②③⑤⑥⑦⑧⑩⑫⑬⑭　三圈。
　　④⑨⑪　双圈。

前日记中。《爱直赠李君房别》,此与"孟子谓戴不胜"章同看。《送郑十为校理序》,"校理",校书之官也。《送浮屠令纵西游序》,其言:"为之歌颂,典而不谀,丽而不淫。"又言:"乘闲致密,促席接膝,讥评文章,商较人士。"又言"其来也云凝,其去也方休"等语,序文双圈,宜细读。皆可备用。饭后,至西门四姊处。闻四姊腰发一疮,特来检视,幸在阳分,尚不至有亏。今晨,沐庄华婿迎去调治,予可无兼顾之忧。午前,有城外刘嘉仲老人来候,年已七十七,为愚溪外舅之甥婿,衣冠甚恭,犹见老成风度。暇时,不可不专诚一答也。中午,孙啸林同徐春海来谈。啸林一伟丈夫,是予旧识。春海年虽少,却能骨重神清,非近日轻浊子弟所可企及,予故心异其为人。闻昨日震泽文题《跃如也,中道而立》,极难落笔。范明府盖深于制艺者,故能出此题。下午热极,同吴寄松、沈婿、薰儿至垂虹亭内松园茗饮。是处极凉,有林石之乐。夏日到江,频游憩焉。

初六日(5 月 18 日)　晴。晓起,阅"赠序类"。欧阳永叔《送杨寘序》[①],此文予幼时旧读。《送田画秀才宁亲万州序》[②],按时势以立言,风韵跌宕,与《丰乐亭记》同一格局。《送徐无党南归序》[③],读此文,愈知"三不朽"中,惟立德、立功为可久。《郑荀改名序》[④],黜老崇荀,永叔学问,极醇而正。曾子固《送周屯田序》[⑤],茅顺甫所评极允。《赠黎安二生序》[⑥]亦旧时熟读,评论在前日记中。《送江任序》,以本地人作本地官,自汉以后,不可得矣。作者颇能言之。《送傅向老令瑞安序》:"古之道,无所用于今,则所守亦难合矣。"今之为令者,安能以此易彼也? 辰时,三覆案已发,爱贻名次十三,薰儿名次三十六,王铁珊名次三十,沈婿与王甥皆不覆。闻震泽汝鸣球落在第八,殷甥名次三十,惟北舍港乃桢侄孙升至第十二名。中午热甚,辍读。下午,疾风雷雨亦至。少顷,晚又晴。

---

①③④⑤⑥　双圈。
②　三圈。

初七日(**5 月 19 日**)　三鼓起来,尚早,灯下仍阅"赠序类"。苏明允《送石昌言为北使引》①,如此文至"自思为儿时,见昌言先府君旁,安知其至此?"姬翁尚谓:"此明允胸襟陋处,昌黎必不然也。"作文,非绝大学问、绝大胸襟,断不可率尔操觚。《仲兄文甫说》②,中间形容风水一段,实天下之至文。《名二子说》③,文不满百字,俊杰廉悍,坚若长城。苏子瞻《太息送秦少章》④,已见前日记中。《日喻赠吴彦律》⑤,亦见前日记中。《稼说送张琥》⑥,以稼喻学,实从格致中来。王介甫《送孙正之序》⑦,推尊韩、孟之学,识见亦正,何行事之大相刺谬耶?二炮后,唤考友起来。早饭出门,却值黎明时候。周明府起来亦早,百人同进内署。末覆之多取,未有如今日者。封门后,同耽泉从子茗饮。归寓欲睡,适赵海翁、谱经表侄来,畅谈两刻而去。闻林制军在广东办鸦片烟一案,颇能绝其来源,安排尽善,全活数千万生灵。如此绝大经济,求诸古大臣中,亦未易多觏也。是日第四覆,沈婿先去。今晨,王甥亦去。同寓只剩五人,明日均要分手矣。午前,大兄来寓,盘桓久之。中饭后,头牌已放。文题《"能使枉者直"至"举直错诸枉"》,诗题《不知谁是谪仙才得"才"字》。下午,三人一同出场。二式甥来,知震泽文题《"而独于富贵之中"一句》,若有讽也。

初八日(**5 月 20 日**)　晓起,嘱薰儿附大兄船先归,寄松亦去。是日大风雨,爱贻、铁珊皆不能去,并邀啸林、春海同宿云在草堂。人生聚首,若有天缘,苟非风伯雨师,安能再得此一夕欢也?是夜,与同人小酌,极欢而罢。闻老农云:"四月初八晴,主水荒。"去年略应此语。

初九日(**5 月 21 日**)　晴。晓起,孙啸林有诗见赠,次予《立夏招饮》元韵,予即依韵答之。题目《四月八日,同人雨阻云在草堂,信宿言欢,小酌而罢。质明⑧,孙啸林持衡有诗见赠,次予〈立夏日招饮〉元

---

①　三圈。

②③④⑤⑥⑦　双圈。

⑧　"质明"原为"明日",后改。

韵,予即依韵答之》:"一夕筵开尽古欢,谈深不觉蜡堆盘。栖迟偶尔因风雨,漂泊何曾到凤鸾。闲折晚花开口笑,大呼明月举头看。座中莫谓无仙骨,沆瀣同分晓露餐。"饭后,正案已出。案元徐瑶林,啸林第四,爰贻第十一,乃桢侄孙十五名,薰儿二十五名,王锡荣三十名;其馀同寓,俱在百名外矣。时震泽正案尚未发出。中午,家中船已到,遂同丹林至吴门,日犹未晚。入城寻寓,不果。

初十日(5月22日) 晴。饭后,入城寻寓,定见于府前西美巷大觉禅林中。楼下三间六榻,下人在外,决洋六元。老僧号性天,年约六十馀,颇有古趣。午前,下船解维,仍至吴江,已在下午时候。闻震泽案元仍拔汝鸣球,可喜之至。吴元十五名,乃幹侄孙二十二,殷甥钰二十四,徐恩涛十七:皆予所关注者,故复为记出。是夜,再泊舟垂虹桥下。热极,幸无蚊。

十一日(5月23日) 阴。晓起开船,饭于舟中。午前到家,适值大风雨。作书与鄂侄、沈婿。下午,笑山到馆。雨止,风犹未息。

十二日(5月24日) 微有雨。饭后,料理家务。中午,作书与邱子谦。下午,石生侄孙来,将行药于家乡中,助洋二十枚,以偿前诺。时范姨甥亦来,寄米五斗,送与仪九三嫂。盖前年宇安从侄约养斋大兄及予每年各出米五斗,以为恤老之计。实宇侄为之创议,予不过助成其事耳。夜间,题《寒灯忆旧图》,为邱少耕作。少耕,黄溪人,名莹,年约二十五,近有悼亡之事,作图求题。予实未曾识面,故集中不著其人。

十三日(5月25日) 微雨连绵。饭后,阅吴燕勒公《半生自纪》一书。公名晋锡,字兹受,燕勒其号,山元孙,崇祯十三年庚辰进士,仕至大理寺卿,详《震泽县志·名臣传》。《自纪》云:"昔有高人,或自为年谱。"则年谱之作,前人已有自撰者矣。晋锡之母周宜人,以隐德胜,中年艰子,祷于大士,持白衣咒三年,又虔祷于元帝及三茅真君。戊戌春,梦神以子授。己亥季冬十二日,晋锡生。年方壮,读书石湖山房,壁间书"不成名,无以存"六字以自励。石湖为吴中名胜地,长松拂天,风动松鸣,有仙家风气。忽遇异人,教以为文之道,一以先秦为宗,沉透精坚,孤峭澹折。谓:"汝为谢叠山后身。"后一年,于山房得叠山砚,篆"宣和谢叠山藏"六字,盖徽宗时砚,叠山所手篆,事亦奇矣。并授以《玉枢上灵经》。平日所言,皆经世宜民之道。尝谓曰:"我辈奉三茅真君命,玉汝以成。子今可出而用天下矣。"赠以谶:"遇龙方出涧,逢火便归林。在西声振日,破北走崩云。"又赠云:"燕山一片石,四海谁人勒。后先寻铁盟,道力真道力。"其号"燕勒"也以此。己卯,举于乡。入闱之夕,坐号编"位"字二十号。入号假寐,忽有一友,亦持"位"字二十号卷至,并坐号舍。将请命于监临定夺。天甫曙,号壁则大书"吴先生己卯科"六字,他友见之,惊曰:"天也。"遂持卷出。此一异也。庚辰进士,出房师李印渚之门。李名绍贤,名太史也。往例,门人见房师,投揭三日乃见。揭晓次日,杨维斗不第回南,以故人方失意,因留送之。过午,至李师门。李师急欲见门人,不拘三日例。先整衣以待,同年齐候于门久矣。同年讶其迟至,因告李师以故。李师以是重吴之敦故交,于同年中,待吴独厚。选永州司李。辛巳正月十六日,葬先人于凤凰山祖母黄宜人之墓左。黄宜人年十六,刲股疗翁疾,血涌仆地。见黄衣人掖之起,语之曰:"尔后必昌。"父至孝,晚年尚思母堕泪。凤山峰峦特秀,形家言有两奇穴,祖母为凤尾穴,先人为凤翼穴,母子魂魄相依,成父志也。四月十三日,履永刑任。祁阳假官胡宗第,京选邸报无宗第名,自称新令来祁,文凭又不合,立辨其伪。执而讯之,伏厥辜。此开手诘奸处也。有豪家占人田,哓哓自言成交有据。田中人有三,分三起,召而问之。问以成交时,抑整酒,抑折银?三人之言各不符。折之曰:"安有果成交而语言各殊者乎?"豪家俯首不敢争。永多滞狱。有马肉、马骨狼藉于地,见者拾之以归,竟以盗王府马论死者;有于道旁拾得红裤,竟坐以临蓝贼党坐死者;有为船埠头,客自死于盗,诬及船埠论死者:为剖冤而出之。刑官不受词,所理者上台事,随到随审,随审随书谳词,以了公案。如此类,不可胜纪。凡日用所需,俱发平价,从不忍与百姓校锱铢。尝语人曰:"天下有饿死百姓,无饿死官,何苦用官价?"永州之官,类发官价,有行户承应,令革去行户,市价与齐民等。尝语诸役曰:"若辈应如苦行头陀,借官俸为修行地,虽苦清贫,日后可免祸。若贪一日之快,身填牢户,悔无及矣。"张献忠陷长沙,长沙司李蔡道宪、号江门被获,不屈死之。同时,湘阴令杨开、湘阴丞赖万耀,亦以忠死。刘直指熙祚为献贼所获,至宁乡,不屈死。途次刺血书壁间,至今传刘御史笔。永州之失,实误于王抚军。吴司李突围出,请死北上。甲申元旦,舟过吴江,过家不入。行至青州,楚抚何腾蛟飞檄追之。三月廿四日复入楚,四月廿二日至黄州,廿六日见何抚军。何公开诚布公,有古大臣风,因相谓曰:"召忽死之,'之'字力轻。管仲不死,'不'字力重。大丈夫留此有用之身,为朝廷成大事。请死虽烈,何拘拘乃尔。"七月初七日,至永州。时同门陈纯德督学顺天,甲申三月十九日之变,慷慨就缢,家人葬于燕,以凶问归,至其家哭之。十月,复任永州。乙酉元旦,在省与抚军度岁,过灯夕,辞归。四月初,猝传李闯将攻湖南,严公起恒贻书邀商守御策,遂行。至衡州,与曹将军之建共守衡山。五月望,隆武皇上登极福京,尊弘光为"圣安皇帝"。何抚军总督七省,赐尚方。初,闯为北兵所追,昼夜兼行,襄阳渡河。孙军师短四尺,偕牛金星隐去。闯以何公在长沙,兵未集,一鼓可得,决策攻湖南。是时,闯兵尚有四十八部。闯法,各队居前,闯持刀居殿,视后顾辄斩。以是四十八部先发,闯以二十骑殿。至蒲圻之九宫山,有元帝庙,闯呵二十骑使止,单骑驰上,欲索茶饮。一入庙,则昏昏堕地矣。团兵不知为闯,或以刀、或以枪、或以棍,顷刻毙焉。二十骑候久不见,入庙视之,闯肉已成泥。疾追四十八部,谋归督师何公。何公不能用,从此开镇者十有三。乙酉冬,督师锐志东下,集各镇于长沙。丙戌正月二日,期大会于岳州,各镇次且不前,知楚事之不可为矣。丁亥三月廿六日,王进才借名乏饷,大掠长沙、湘阴。适三王帅兵攻湖南,湘阴、长沙遂陷。三王者,恭、怀、智三王也。督师单骑至衡山,张先璧竟挟督师以行,至祁阳,督师乃得脱。衡城

虚无人,为三王有矣。三王兵至衡,黄朝宣率其子降。三王先命朝宣
之兵释兵械,召朝宣入,历数残暴之罪,支解之,以快民心。天之报施
不远也。四月十五日,予知郴州事不可为,誓以死报先帝,预治寿具,
慷慨自题:"明大理寺卿仍管郴桂道事兹受吴公之柩。"廿六日,耒阳
孝廉廖应亨在永兴闻予买棺,同耒阳令杨永泰至郴,劝予。廿八日,
接督师手书,邀往白牙。五月三日,同杨令行。初九日,抵新田,居石
溪洞半月馀。六月十五日,见督师于白牙市,不与兵事,愿理饷事。
廿八日,至东安,婉谕士子出饷,皆挥泪听命。七月初七之夕,与严公
露地论兵。越一日,而予病矣。八月初六之夕,督师见一大星坠地。
初八日,章于野卒于永州。八月廿四日,恭、怀二王帅兵破武冈,大学
士吴石渠以死事闻。八月廿七日,督师方发兵往衡州,余病少瘥。天
方曙,督师突至榻前,疾呼曰:"武冈告陷,车驾已不知所之。我以是
回辕,君尚卧乎?"又曰:"吾黔人也,且帅兵往黔,伺上驻跸何地,再图
之。"复谓予曰:"以君病躯,其将安往?"余应之曰:"事到穷蹙时,为头
陀以自谢。"督师泣曰:"是亦一道也。"时智王已得永州,尚未至东安
也。九月初一日,智王兵至。予往陈生凤仪家,山半有小庵,因止焉。
初四月,予为文哭谢高皇,不敢以草莽失君臣礼。恭设香案,五拜三
叩头。引礼者:陈生凤仪、邓生廷瓒也。读祝,予哭,二生亦哭。复为
文稽首大士前,以大士为本师,祝发为头陀矣。初,章于野卒于永,智
王兵将至,其中军急扶柩行,至石期,有启旧穴而迁其父者,中军告
曰:"盍以葬章公?"其子慨然,遂葬焉。墓道不改,松柏依然,是亦忠
义之感也。十月初,智、怀二王以书招之,俱有启答谢。十一月初八
日,怀王复命王我函、董翠宇各以书招予。十一月廿三日,余至东安。
时董翠宇守东安,遣刘中军送余至永。廿六日,以缁衣见怀王。怀王
降阶迎,宴余半月。十二月十二,请假归。十七日,送予行。嗟乎!
庚辰成进士,遇龙也;怀王耿姓,逢火也。异人赠以"遇龙方出涧,逢
火便归林"之谶,至此始验。戊子五月廿八日,抵吴。督师以乙丑冬
尽节湘潭大步桥下。督师面紫色,河目海口,体伟泽,少髭髯,音如洪

钟,目光如炬。以壬辰生,年五十有八,黎平之五开人也。精神大于身,谈论彻昼夜不倦。备兵淮徐,受知于史相国。下笔如长江大河,有苏长公风。其书法则仿二王。性廉介,家无馀财。予过长沙,辄引入卧内,庑下列行锅二,家人持爨事。时初冬,尚悬葛帐,取红纸贴枕边,以御风之入首也。予曰:"请以缣易之。"曰:"我非不欲此。但我以价售,一经衙役,恐为铺行累耳。"其薄于自奉如此。闻其生时,有星日马入怀之祥,是为一代伟人。止为十三镇所误,尽瘁而功未成,惜哉!庚寅冬,瞿稼轩公同张别山公死王事,著有《浩气吟》。摘录至黄昏后,方毕。(页眉:吴兹受为谢叠山后身。复号事奇。新进士见房师新例。刲股疗翁疾。吴公折狱如神。吴公名言。大快心事。章公之葬甚奇。督师何公逸事。)

十四日(5月26日) 风狂而雨不作。饭后,稍有晴色。是日不看书,静养一日。予家老大房振声先伯有女适后萧浜黄念丰,未知晓槎上世否?刻阅《见闻录》,有柳氏黄潞妻,守节请旌,尤宜一问。

十五日(5月27日) 阴。饭后,阅燕勒公《更生纪言》,多载其季子兆骞事,邑志或有未详。其云:"季子兆骞,稚年夙慧。甫八龄,忽请题作破。予出'学而第一,为政第二'。季随口以《左传》成句应曰:'学而后入政,未闻以政学者也。'其师万偶元叹为奇绝,曰:'此非凡品,他日当名高天下,吾不敢当师席矣。'后以科场事发,遣戍宁古塔。当就讯江南司时,季子犹疾声大呼曰:'以吾之才,在皇上跟前亦试得过。'满洲安大人叱曰:'皇上跟前试得过,何独我跟前试不过?'季子曰:'请题。'安大人命之赋诗。季子曰:'请韵。'安大人限'囚'字韵。季子伸纸疾书云:'自叹无辜系鹈鸠,丹心欲诉泪先流。才名夙昔高江左,谣诼于今泣楚囚。阙下鸣鸡应痛哭,市中成虎却堪愁。圣朝雨露知无限,愿使冤人遂首邱。'江南司李诸公,无不叹为奇绝。"下午,天忽开晴,然炎气渐长矣。

己亥日记三

四月十六日起,六月十五日止。

书钱六百五十六。字样四套八本,七洋。

《七家诗》,十四。

《恒斋诗》,二十八。

《洗冤图》,一百。

《小学注》,三十五。

苏州府试吴江县正考案:

黄桂苞、童志浩、陈宗恕、徐瑶林、柳兆薰、戚召棠、计桢、王贻谷、陶心源、刘凤赓。

头覆:

黄桂苞西槎、徐瑶林兰卿、刘凤赓、柳兆薰、童志浩、陈宗恕、王贻谷、丁宝贻、吴汝复菊初、黄福安虹桥。

二覆:

陈宗恕、王贻谷、徐瑶林、童志浩、刘凤赓、柳兆薰、黄福安、周泰均、黄桂苞、丁保怡。

三覆:

陈宗恕、柳兆薰、刘凤赓兰坡、徐瑶林、童志浩、王贻谷、丁保贻、黄桂苞、周泰均、计桢。

正案:

陈宗恕、柳兆薰、黄桂苞、刘凤赓、周泰均、徐瑶林、陶心源、丁保贻、柳锡麒、金龙章。

　　柳乃桢十九、戚召棠二十二、吴汝复十七、赵清晏二十七、汝春乔三十七、潘经四十三、黄福安十四、范庆其十八、夏宝德十六、沈志达九十三、孙持衡一百一十三、童志浩十一、计桢十五、凌大缙四十五、王贻谷十三、朱元炳二十九、朱壎三十一、叶锦荣四十、陈蓉镜五十二、王锡荣七十三、张庭芝八十八、张聃龄八十一、杨焕一百〇二、郁兆熊一百五十三、陈常吉一百六十五、王阶升一百九十八、连芬二十六。

　　共二百九十六。

　　解元徐元达。卢芹香，一号琴芗。
　　举人王振声，常寓东禅寺。

　　震泽二覆：
　　王希曾吉人、吴兆鳌、赵荣光、汝鸣球寅斋、盛金声、盛晋、董福熙、史悠远履荘、陈鸣镛、陆廷黻。
　　三覆：
　　赵荣光、盛晋、张光明、王希曾、汝鸣球、陆廷黻、董福熙、张锡三、盛金声、韩森宝。
　　正案：
　　王希曾、赵荣光、吴兆鳌、盛金声、韩森宝、汝鸣球、陈鸣镛、盛晋、董福熙、殷钰。

　　吴元二十二、张光明十一、陆廷黻十二、张锡三十六、史悠远十九、邱鋐四十九、李宾王二十五、柳乃幹二百二十七、王文澜十四、殷兆铨二百二十四。

七县案元：

长洲张镜清、元和张文琴、吴县汪宪曾、常熟俞挺芳、照文黄炳宸、昆山朱星璧、新阳李福崇、元和戴均第十、昭文卢福祥第二。

昭文卢福祥，号永清第二。

卢景福，号冠卿。

四 月

十六日(1839 年 5 月 28 日)　晴，热极。饭后，有去年推收领户之事，须细细检点登簿，是以辍读。中午，爱贻到馆，昨以微疾逗留。小友翁小海寄惠《东里生烬馀集》二册、钱塘梁氏校刻《列女传》三册，欲索予前刻《秋树读书楼遗集》，暇时当分赠一部。顷阅《烬馀集》，乃仁和汪汉郊家禧所著，其文肆而醇，自成一家言，惜所存者不过十分之一二，可宝也。

十七日(5 月 29 日)　晴。晓起，摘录吴司李燕勒公《更生纪言》三则，以备采取。吴季子兆骞，少时从计青辚名游。青辚绩学能文，屡试不得志，遂郁郁成疾而卒。其子甫草东，与季子同笔砚，多所著述。顺治丁酉科，甫草抢魁北雍。方入闱时，甫草假寐号舍，忽梦其父语之曰："试题是'颜渊喟然叹曰'全章。我已作一起讲，汝可识之。天将曙，我不能久留。"并以起股意相示。甫草惊觉而起，而所示者了了意中。及题纸下，果是此题。甫草志父言，竟书之，果中第七名。可见慧业文人，生前未遂厥志，其文心犹自不磨如是耶？〇季子有姊，名文柔，工诗画、善鼓琴。字杨子俊三。俊三为维斗先生家嗣，年少，负异才，与季子读书吴江，不幸蚤夭。文柔自为孀妇，焚弃诗书，破琴不鼓，抚二孤，日以延师教子为事。痛父为科场事牵连被逮，破家无归，竭力迎养，脱簪珥以供甘旨，无倦容。又念翁与夫未葬，贫不能举，半典室庐，均于己亥腊月藏成大事，可谓尽礼尽孝者矣。〇城中古桃花庵，与唐解元故居相近。昔人掘址得碑，乃解元所题《桃花诗》也。古庵已废，杨维斗先生改为"准提庵"，因以解元《桃花诗》碑砌壁间。庵有解元遗像,貌甚苍古。唐氏后裔零落,而解元书楼犹存,规画异近式,可以远眺。吾郡惟南园、北园之地最旷,可称城市山林,而古桃花庵,所谓"北园"者是也。下午,阅《东里生烬馀集》,《儒与二氏出入论》①,谓:"儒有郑而经明,有韩而用彰,有朱而体立。二氏卒不能夺儒,三子功也。"议论极醇正。《〈说文〉〈尔雅〉相为表里论》②,谓:"《尔雅》专明义,《说文》兼言文,是《说文》胜。《说文》因《尔雅》而增益之,又《尔雅》胜。后世字书,皆仿《说文》。《尔雅》自张揖后,无能继者。盖通贯六书,发挥经籍,聚类同条,杂而不越,非圣贤不能作。夫《尔雅》定于周公,而成于七十子者也。"言简而明。《与孙云鏊书》③,其中论作诗之道,吾辈最宜体会。《与陈扶雅孝廉书》④,论作文之法,甚高洁。《又与陈扶雅书》⑤,论汉学,以董子、贾生、刘更生、扬子云、许叔重、郑司农六大儒为宗旨。又谓:"今时最宜亟讲者,经济、掌故之学。经济有补实用,掌故有资文献。"立言甚有卓识。《与许榕皋书》⑥,曲尽流俗之弊,而能昌发循良之治,所谓"言之有物"也。《张编修惠言文集序》⑦,论韩氏、苏氏、曾氏三家之文极确,而于桐城,则尊刘氏,微不满于方氏,亦非无所见而云然。《刘太夫人八十寿序》⑧乃集中一大文字。《屠兰渚先生寿序》⑨,未知即琴坞太守之尊甫与? 是日,沈大复来知照府试二场准期二十六日。(页眉:计青辚逸事。吴文柔节孝。古桃花庵,即准提庵。)

　　十八日(5月30日) 晴。晓起,接鄂侄及石生侄孙信,一一答之。饭后,迓青霞外翰同其五郎君来,闻自月初从东林书院归家,至是将重赴院矣。闻书院人材极盛,金匮、无锡两邑,童生有一千九百馀人。诸生中近以秦小岘先生冢孙丽昌为杰出,经术、文章,已卓然名家,不愧为名人之后也。惟士习较吾邑更恶劣。可知为民上者,但解催科,通化导之职者鲜矣。中午,仍阅《东里生烬馀集》。《重新博

————————

　　①②③④⑤⑥⑦⑧⑨　双圈。

罗陈孝女祠记》①，皆有关风化之文。《汀洲采白蘋图题辞》引南朝柳恽，史称立身简素，以贵公子，早有令名。其守吴兴也，为政清静，民吏怀之。是吾家故事。《书程氏敏政宋遗民录后》②论"伯夷扣马而谏"之非，准以经义，辨驳史诬，非读破经史者不能下笔。《书孙与人弟子职注后》③，今日为弟子者，当日诵一遍。《杨园先生墓表》④，不可不读。其中痛斥东林、复社诸人，所谓："东南潭垒，西北干戈，其为乱一也。"议论极为平允。下午，至松荫草堂，与沈婿面约于廿三日清晨放船至吴门。蒙沈婿见惠《海甸野史》一书，为帙八册，为卷有四，计二十九种，系钞本，未知有刻本否？暇时当翻一过也。又见示青浦倪云庄先生所辑《四书典要》二册，从金泽友人处借来，属为钞出。此书为初学需用，非寻常典故可比，携归，不及翻阅。是夜，风云大作而无雨。

十九日(5月31日)　饭后，晴。展阅《四书典要》。上册《大学》三页，《中庸》十八页，《论语》自一至十共六十六页，每页十八行，每行二十四字。上册共计八十七页，除首空行十二行，照七十五页、每行三十四个字算，行数一千三百五十，字数三万二千四百。中间尚有空行、空页，未曾细算。中午后，微有雨。下午，雨窗静坐，翻阅前年读诗笔记。中有金人萧贡《题米元章大字卷》云："追摹古人得高趣，别出新意成一家。"贡字真卿，咸阳人，进士，官至户部尚书。又，四月初于云在草堂阅放翁诗选，《小室》云："图书发古香。自注："古香"见米元章《书画史》。"予欲摘"古香"二字，倩人题予所藏米襄阳书《食笋》诗卷首，故先为记出。(页眉：题米颠书诗。)

二十日(6月1日)　阴，极凉。饭后，作一禀辞，待投，总由田上受累也。午前无事，仍阅《四书典要》。下册《孟子》，自一至七，共计一百四十一页，除空行七行，通计二千五百卅行，六万〇七百廿四个字。两册总计九万三千有零字。下午，偶阅《小谟觞馆诗注》卷四中

----

①②③④　双圈。

《别西崖》诗,引《魏志·管辂传》:"吾背无三甲,腹无三壬,皆不寿之相。"诗云:"更休谈骨相,腹本欠三壬。"甘翁早自知其不寿矣。予平生每遇术者,谓予:"功名无分,龟鹤多缘。"来者不可必,往者已五十三年矣。今成诗云:"人①言吾腹有三壬。"惜无对句,存此以验来者。后庚子年偶得诗:"自笑家藏无二酉,人言吾腹有三壬。"己酉加墨,时年六十有三。(页眉:腹有三壬。)

　　二十一日(6月2日)　阴晴参半。饭后,高一林来,为其尊甫伴山翁寿藏已成,盖石桐圃所定也。以予曾为介绍之人,故将薄程一缄,计洋四枚。托予转致。因谈及西城倪氏《四书典要》一书:"云庄先生手辑,共有六册。君②所借者,乃简之又简,只存二册,是未全之书耳。"予本疑其未备,闻一林之言而益信。午前,一饭而去。下午,作书与石桐圃,盖受一林所托也。

　　二十二日(6月3日)　微有雨。晓起,率薰儿拜谒家祠,盖将有府试之事,不可不告诸先人。以后,吾子孙凡有应试者,不论大小,将行,均宜拜辞,稍存古礼于万一,见者幸勿以为迂也。饭后,偶阅《小谟觞馆诗》,典贵高华,人所共知。甘翁极处,却在清微冷隽处。有《感怀》云:"重帘压雨花无气,独鸟啼春树不闻。"顷读彭、郭两先生《相逢行》,彭诗憔悴婉笃,如幽闺静女;郭诗倜傥英奇,是名士风情。若论诗品,不若甘翁之之高;若就神韵而论,当让复翁一头地也。《王含溪观察移节粤西书寄》云:"更无严武能容我,都恐宣明善傲人。"《张子白谒选北上,以诗赠行》云:"八义手压朋侪易,七品官宜上下难。"《独坐》云:"神仙许㧱家何有,人物班《书》论未公。"《漫感》云:"儒林艳说张雕武,达士哗传谢幼舆。"卷七,《悲来行》诗注,《拾遗记》任永曰:"夫人好学,虽死若存。不学者虽存,谓之行尸走肉耳。"下午,送笑山去。整顿行李,暂停翻阅。(页眉:人不可不学。)

---

① "人"原为"我",后改。
② "君"原为"予",后改。

二十三日(6月4日)　枕上闻风雨声。晓起，雨渐止，风亦稍息。同爱贻率薰儿下船，时已不早，幸顺帆，到苏不过午候。寓中安排行李，极为舒徐。下午，寄松同沈婿亦来，同寓于西美巷大觉禅林中。

二十四日(6月5日)　微有雨。是日，长、元、吴、昆、新五县头场。辰时，饭于馆中，不佳，且所费亦大，决意自炊，食物随时取给为便。下午，至啸林寓中，面定桌凳同租。孙寓九人，予寓三人，共得丞相之数。归寓，适沈大来，以册给托致廪保，未免不恭，以后究宜面会为妥。

二十五日(6月6日)　连夜风雨。晓起，始知头场只考三县，头题《君子之道费》《以人治人，改》《施及蛮陌舟》，馀俱不知。爱贻同啸林出去，桌凳租在西廊下工一科，番钱三枚。十二人派，外加每人茶饭、接送，有袋者八十文，无袋者减十文。饭后，冯韵堂来。午前，吴柯亭来，《李许斋小传》及《牟将军宝刀歌》均已面致。下午，桂轩从孙来，闻寓在南采莲巷，丁氏对门。薄暮，天已晴矣。桌凳钱洋作一百一十六，每人归二百九十。

二十六日(6月7日)　二场。三更起来，时头炮才放，唤下人炊饭。四更后，唤考友起来。早饭毕，即出门，由东里舍循良门入，到者已纷纷矣。三炮后点名，常、昭由中门进，江、震由东角门进，昆、新由西角门进，文童共有一千六百馀人。天开文运，雨后晴光，最难得此吉日也。回寓仍卧，饭后起来，先至司前街，候昆山周东尹。始知伊子星桥，县试拔取第一，深为故人庆。回至南采莲巷，莘塔凌氏寓所，晤徐东山，为府房书友，实未曾谋面。时夏蓉山在寓，相与谈论久之，未免言多激切。少顷，连旦云、吴柯亭来，遂同游沧浪亭。欲访六舟上人，不值，闻已至金陵，惆怅而返。途中，晤史励斋，款接甚恭，予几不相识。闻在臬司署中学习刑名，为心如老友第三子，少年英发，必能名家。匆匆立谈而去。归寓，适董梦兰见过，以同里《顾节妇事略》托入《人物补志》中。是日，闻沈愚亭来过；薄暮，孙秋伊亦来，予均未作答也。黄昏候考，予不能久留。一鼓后，头牌始放。闻吴江头题

《语大》,二题《暴未有以对也》;震泽《语小》,二题《民犹以为小也》,诗题《纳米以转输为难得"难"字》。四牌一齐出来,时已三鼓后矣。二题调转。

二十七日(6月8日) 晴。起来已晚,同伴喜事外游,予寓斋静坐,重阅《杜诗镜铨》卷一。《陪李北海宴历下亭》诗,引王阮亭云"唐人用字多异音"一段,却有证据。中饭后,夏蓉山来,予出门至孙秋伊寓,不值。归来,闻赵海香老友及孙啸林、昆山周东伊之子星桥、张石云之子同来。下午,顾甥来。薄暮,殷甥亦来。

二十八日(6月9日) 晴。晓起,进闉门,零办物件,盖受人所托也。午后回寓,闻王甥来。是日,寄松、爱贻同沈婿、薰儿重游沧浪亭,惜不及同去。予游沧浪亭,屈指已三度矣,一同寄松游,一同柯亭游,皆有诗纪事。昨因访僧不值,怅然而返,然一番踪迹,自有一番情兴。回念及此,其何能无耿耿于怀耶?下午,至张砚香寓中畅谈。晤叶少湘,深以中年无子为虑,时少湘年已四十三矣。灯下,顾甥来谈,予大有倦意。是夜,闻某郎读书声,喜而有作:"满眼乌鸦逐队行,世间绝少凤鸾声。闲中忽听澜翻舌,使我灯前梦亦清①。"近日士习大坏,每遇考试时,少年子弟日事征逐,茶亭妓馆,为游戏之场,殊堪痛疾②。今得同寓某郎,青灯黄卷,连夜吟哦,真大快事也。故有是诗。

二十九日(6月10日) 晴。晓起,张砚香、叶铸堂来。饭后无事,读《杜诗镜铨》卷二。《曲江三章,章五句》前三句用韵,后二句结一韵,乃杜诗中之变调也。明李空同极学此种。注中"郤诜"。"郤",音"隙"。下午,同寓胡沨香来谈,为新阳廪膳生,名树兰。是日忌辰,不出案。三更后,案已发。薰儿名列第五,爱贻第六,沈婿十二,未知果能如愿否也。(页眉:"郤诜"之"郤",音"隙"。)

---

① "闲中忽听澜翻舌,使我灯前梦亦清"原为"岂知出水迁乔意,好载双柑去听莺",后改。

② "殊堪痛疾"原为"殊为触目",后改。

五　月

初一日(6月11日)　晴。晓起，作书与朱丹林，即寄与沈子坚妇侄，谅无不到也。饭后，重至东尹寓所，索其乃郎案元文字，却不肯见示。中午回寓，臬署中史励斋来谈。下午，孙秋伊复来。是日，有张鲈江先生仲子、号容甫来谈，年约三十馀，人亦和蔼可亲。居开洋桥，去狮虎桥不过半里。

初二日(6月12日)　阴。晓起，租定桌凳，仍在工一科。闻昨日上场头覆，十名前多不进署，因前试入署甚不安靖。士不自贵，亦何怪上官之轻慢耶？回寓，袁松巢同桂轩侄孙来。闻林制军为鸦片一案，近有奏疏一千馀言，谓："此事若再因循不除，恐数年以后，国无可用之兵，亦无可运之饷。"言之颇为切直。松巢曾于友人处见之。少顷，孙啸林亦来，畅谈明季守御之事，惟嘉定城为最久，忠勇莫若阎应元。今嘉定城中有阎公祠，其楹帖一联，即公绝笔时所题也。啸林为予诵之："八十日带发效忠，表太祖十七朝人物；十万众同心死义，留大明三百里江山。"饭后，殷甥同王郎来。下午，在张砚香处畅谈。回寓后，汝寅斋来。

初三日(6月13日)　晴。三更起来，四更送考友出门，五更点名。黎明归寓，仍卧。闻上场头覆案已出，谕初七日总覆。饭后，同赵海香、吴寄松茗饮，复至海香寓中畅谈。下午归寓，阅《杜诗镜铨》卷二。"饭抄云子白。"仇注："北人谓'七'为'抄'。"公诗"尝稻雪翻匙"可以互证。一鼓后，头牌始放。闻江头题《井九百亩，其中》，震《载拜稽首而受，其后》，经题《爱而知其恶，憎而知其善》。诗题《当暑著来清》，馀俱不知。得"天"字。时将雨，予与寄松就寝，嘱下人候考。三牌后，琴婿先出来，文极明浙，可望十名前。少顷，爱贻同薰儿一齐出来。爱贻之文，可望案元，一讲为通场之冠。薰儿文尚妥，恐欲跳不能，终吃亏一笔耳。是日，王羲亭来过，不可不答。场内卷后，颇有记认，以"吴中盛文史"五字为记。如在头图，终以第一"吴"字为记。下仿此。

（页眉：北人以"七"为"抄"。）

初四日（6月14日） 天将阴，微雨绵绵。晓起，读《杜诗镜铨》卷三。《送蔡希鲁》诗注，"好在阮元瑜"句，注引朱注："'好在'，乃存问之词。"《通鉴》："高力士宣上皇诰曰：'诸将士各好在。'"午后，沈婿录清考作，予决其总在五名之前。下午，至寅斋小友寓所快谈。一鼓后，案已出。薰儿名在第四，爱贻屈至二十七，沈婿竟至不覆，可谓"场中不论文"矣。予深为怜惜。（页眉：朱注"好在"二字。）

初五日（6月15日） 阴。晓起，作书与朱丹林，由沈婿寄去。予不解沈文之不录，复以原本质诸海香老友。据云："文极清刚。一讲已占实公田地步，此处宜留'其中'二字虚神为妥，否则，似混作两句题了。"予始释然，深服老眼之无花。桌凳仍定在工一科，桌子六只，决钱二千，共九人派，后又多一人，约归二百廿三文一股。饭后放晴，闻汪太守已升淮扬道，急于竣事，以便到任。初七日，九县通覆。初十日再覆，可以了事矣。书中约十二日放舟来载，谅不相悬。饭后，至桂轩侄孙寓，复答王羲亭。回至司前街茶肆中，与东尹畅谈文字。归寓，适王铁珊来。下午，周虹桥来，为白庵老友之长子。予与白庵曾相识于廿年前，近因郡城迢隔，音问久疏。闻住在东半城横街上，暇时终当一访也。是日重五节，与同寓与君小酌，微醺而罢。

初六日（6月16日） 晴。晓起，唤舟送沈婿回去。适杨竹堂来谈，寓在清微道院。饭后，由布政司前，走穿珠巷，出阊门，走吊桥、普安桥，至丁家巷，寻江西命客杜友仁，不值，闻已至宜兴。回寓，适简书戴汉先奉周明府谕单来，为劝捐乡会试寒士卷价路费一案，已谕董劝捐。芦墟董事举四人，沈懋德、沈超然、朱郁照及贱名亦在其中。定于本月十五日，齐赴城隍庙公所，周明府亲至，面议劝捐章程。予按，此事由裕臬司倡捐，有前任某府时办过《章程》刻本一册，于谱经处见过。事隔三载，今年复有此举，未知果能成就否也。下午，至殷甥寓所，晤周庄二戴，系孪出子，大戴号子秉，小戴号子式。见予，款接甚恭。闻明日覆试，十名前必内试，因府礼房所禀也。是日，寄松已去,予与昆山胡澧香有约,黎明互相照应,可不致误事。遂决计就寝。

初七日(6月17日)　晴。九县通覆。予三更即起,闻二炮,始唤考友起来。出门时候恰好,点名已在黎明后矣。回寓仍卧。饭后起来,成近作二首,一七律,一七古,却为得意。寓中独坐,读《杜诗镜铨》卷三。《喜达行在所三首》,末结云:"新数中兴年。""中"字本平声,今作去声读。引《东皋杂录》:"毛公《诗》序:《蒸民》,任贤使能,周室中兴焉。"陆德明《释文》:"中,张仲反。"故杜老此诗及"万里伤心严谴日,百年垂死中兴时"皆作去声读,古人留意音训如此。中午,至养育巷,过衖即西转,过清微道院,答竹堂老友。座间,晤城中吴辛生,年近六旬,是写生妙手。约竹堂明日同游圆妙观斗姆阁。闻此阁极精洁幽折,然非相识人不得入。竹堂寓城多年,交游亦广,故借作先路之导也。回寓,仍读杜诗卷四。《九成宫》诗,予欲删去"虽无新增修"二句,直接"巡非瑶水远"句,似与原本较净,未知杜老以为何如?下午静坐,细改近作,自有一番精进处。薄暮,头牌已放。题目《子曰'回也非助我者也'》两节,赋题《拟鲍明远〈舞鹤赋〉》,诗题《点溪荷叶叠青钱得"青"字》。文题不难,却难出色耳。三牌,爰贻同薰儿一齐出场,时候尚早,不及二鼓。薰儿文尚可,赋不作,亦是藏拙之一法。是夜,三更后却有微雨。(页眉:"中兴","中"字作去声读。)

初八日(6月18日)　阴。晓起无事,读《杜诗镜铨》卷四。《重经昭陵》五排一首,须与前《行次昭陵》一首合读,方见其妙。一在收京之前,一在收京之后,故语意各别。《曲江》第二首:"酒债寻常行处有,人生七十古来稀。"对句活变,开后人无限法门。《曲江对酒》诗:"桃花细逐杨花落,黄鸟时兼白鸟飞。"桃自对杨,白自对黄,谓之"自对格"。杜公"寿酒乐城隍"诗,引顾炎武曰:"'城隍'二字,见《北齐书》。"愚以朱注为佳,近《陔馀丛考》,引证极多。杜诗七排甚少,如《题郑十八著作丈》一首,馀未曾见。饭后,赵纯甫来,为静香录事之子。中午,至汝寅斋寓所,索其文不可得。座间,晤陈船乡,为宜堂副贡之子。予与宜堂为同门友,曾识于廿年前。自宜堂没后,杳不相闻。今见其子,宛如孙叔敖矣。回寓,仍读杜诗卷五。《赠卫八处士》五古一首,情真语挚,令人百读不厌,是杜诗中最上乘者。《独立》诗,注云:"此因独立偶有所见而作。凡题有不便明言者,则摘诗内字为题。"下午疲倦,昼寝,聊息养精气耳。是日,暑气渐长。薄暮,兼有微雨。(页眉:卷六《秦州杂诗》第十四首:"近接西南境,长怀十九泉。"对法亦活。杜诗七排。)

初九日(6月19日) 晓起,微有雨。禅房静坐,仍读杜诗卷五。《重题郑氏东亭》诗,此诗得力处,全在诗腰数实字,如"崩石欹山树,清涟曳水衣。紫鳞冲岸跃,苍隼护巢归①。"腰腹四字,能使水、树、鱼、鸟精神流露,此诗家炼字法也。《夏日叹》诗,注引《杜臆》:"夏至日出寅入戌。寅,东北方也。"饭后,顾梦华之子、号健庵来,为云巢先生之外孙,颇能循谨守后辈礼。去后,读杜诗卷六。《初月》诗:"庭前有白露,暗满菊花团。"注:"'团',当与'溥'通。《毛诗》:'零露溥兮。'《说文》:'溥,露多貌。'谢惠连诗:'团团满叶露。'谢朓诗:'犹沾馀露团。'皆作'团'字用。江淹诗:'檐前露已团。'"《示侄佐》一收云:"嗣宗诸子侄,早觉仲容贤。籍,字嗣宗;咸,字仲容,乃籍之侄。"可作竹林中旧典翻新。排律诗中,一韵两用,不独古诗为然,如《秦州见敕目,寄薛三、毕四三十韵》,上云:"浩荡逐流萍。"下云:"谁定握青萍。""萍"字两用,字义各别,古有此体。唐卢照邻、王勃俱死于水,见"近代惜卢王"注。又《寄贾六、严八五十韵》,上云:"奉使待张骞。"下云:"志在必腾骞。"亦一韵两用。"骞"亦可作"掀举"义,见《考工记》注。下午,阴云满布,是黄梅天气。二覆学案于夜半发出,薰儿名次第六,爱贻落在三十名后矣。灯下作书,以待明晨寄去。(页眉:"团"与"溥"通用。一韵两义,古人于排律中用过。)

初十日(6月20日) 雨。晓起发信,由北舍港航船寄去,托喜

---

① "欹""曳""冲""护"四字双圈。

墨斋刘先生转致。回至府前,租定桌凳于堂西,一八仙桌、四板凳,旧
钱四百廿文。复至海香寓所,知殷甥名次廿九,大约可以覆终。归
寓,仍读杜诗卷六。此卷中多五排,首首可读。饭后,汝寅斋以二覆
考作见示,一讲极清矫,馀亦峭拔,不庸熟。闻明日十名前及十五名
以前,俱进内署面试,特至府前看,已悬牌晓谕。过汝寅斋,拉渠茗
饮。复至东尹寓所,索其乃郎考作,面许出场后录清见示。回寓,仍
阅杜诗卷六。《寄张山人彪三十韵》诗,注引"彪有《神仙诗》云'五谷
无长年,四气乃灵药'"二语,未经人道。下午静坐。回寓,有常熟周
香初来谈,陪其二卢生、一陆甥来考。据云,住在常熟下乡梅里,离城
约二十里,谈牧斋事甚详。

    十一日(6 月 21 日)　四更起来,五更出门,仍由循良门入,到者
已纷纷矣。平明大堂点名,九县文童约有五百馀人,无论十五名以
后,均由大堂唱名给卷,拥挤之势,断不能禁。予嘱薰儿在暖阁西边
桌凳前少待,俟长、元、吴三县点完后,然后赴堂应声,直走暖阁,送至
内署,仍有人唱名而入,却不至十分热闹耳。时天色放晴,自正考至
今晨第三覆,七县文童,从未遇雨,最难得此遭逢也。回寓仍卧,起来
已中午时候,至海香寓所长谈。海香于世事人情极透彻,有时或失之
刻,然一片热肠,终不可少此任事人也。下午回寓,仍读杜诗卷六。
《别赞上人》:"杨枝晨在手。"注:"《华严净行品》:'手执杨枝,当愿众
生皆得妙法,究竟清净。'《涅槃经》:'诸大比邱等于晨朝日初出,离常
住处,嚼杨枝,遇佛光明,疾速漱口澡手。'"卷七入蜀诗,以《铁堂峡》
《寒峡》《青阳峡》《凤凰台》诸作为最佳。薄暮,头牌已放。海香来,始
知江题《告子曰'性犹杞柳也'》两句),震题《孟子曰'拱把之桐梓'》
两句),诗题通场《冰壶玉尺得"清"字,五言八韵》。外有七律八首,如
《煮笋》《焙茶》等题,馀俱不录。予素识同里范芝台,近因久不相见,
识面而忘其姓氏。今日同遇于殷甥寓所,问海香,始得释然。今晨,
以《秋树读书楼遗集》四册及《忏摩录》《哭女诗》两种,贻赠同寓常熟
周香初。据香初云,常熟有名诸生冯钝吟,名班,与牧斋同时,为赵秋

谷所尊奉，秋谷自称私淑弟子。著述极富，曾有《杂录》一卷，与《忏摩录》相类，他日许以见赠也。三牌，爱贻、薰儿出场，不过黄昏时候。灯下，出考作见示，戚文极显豁呈露，此番必跳；儿文前半尚清渐，后二股略有侵下处，未知能混得过否。夜间，微有雨。（页眉：佛家杨枝出处。《钝吟杂录》。）

　　十二日（6月22日）　阴。晓起，得五古一首。仍读杜诗卷七。入蜀以后之作，如《木皮岭》云："远岫争辅佐，千岩自崩奔。始知五岳外，别有他山尊。"诗文亦然，学者正须放开眼孔。《水会渡》云："大江动我前，汹若冥渤宽。篙师暗理楫，歌笑轻波澜。"上二句不可无此胸襟，下二句不可无此胆量。下云："迥眺积水外，始知众星乾。"句奇而险。《石柜阁》云："清晖回群鸥，暝色带远客。"言清晖犹在水，暝色已在山，佳句绝似小谢。至剑门作，沉雄透辟，又是一种气概矣。《发同谷》以后十二首中，首首变化，绝大神通，令人荡心骇目。今人作诗，一般面目，所以取厌。饭后，与同寓闲谈。有常熟城中徐石英、名晋升，年约十八九，人极聪颖，读古诗如翻水。询之其父，有五子，渠在仲氏行也。中午，至松园茗饮，园在柳巷、花街之间。回至铸堂寓所畅谈。归寓，仍读杜诗卷七。《成都府》诗："初月出不高，众星尚争光。"《困学纪闻》谓："肃宗初立，盗贼未息也。"然亦不必泥。《宾至》诗："百年粗粝腐儒餐。""粝"，音"辣"。晚间，与周香初谈及孙子箫庶常，曾著《天真阁诗集》，近已付梓，索价四枚，诗特挺拔奇丽。偶为予诵一二联，如《题昆山黄子澄墓》云："晁错安刘原大计，亚父袭楚少奇兵。"《题桑怿民先生遗集》云："万里一官同子厚，千秋两赋敌张衡。"桑名悦，于书无所不览，曾著南、北两京赋，一夜而成，献诸中堂某，为外夷携去，今其赋载诸《海虞文渊》，为王柳南所编。又云，《瞿忠宣公诗文集》亦已付梓，共四册，为蒋伯生所编。是日晚晴，月照如水。改近作，成二首。（页眉："粝"，音"辣"。）

　　十三日（6月23日）　晴。晓起，周星桥来，以二覆考作见示。昨周香初以画兰扇头见赠，并题诗其上。予欲索虞山善书者，再书一面，以成合璧，未知果能如愿否也。闻虞山有二胜，一"拂水岩"，下临绝涧，涧水落数丈，触石倒飞①。遇东南风拂起②，如白龙喷瀑，自上而下③，满山皆雨。自地藏殿山门，直至殿前，恍若从天而下，击玉跳珠，衣裳尽湿。嘉庆中年，一僧曝衣庭中，憎其湿也，敲去石尖寸许④，从此山泉飞不到殿庭矣。一"玉蟹泉"，泉味甘冽，与惠泉水等。旁有二土穴，一涸竭，一出水，水出似蟹沫，故泉名"玉蟹"⑤。一穷民于岁除负逋，忽发奇想，搜穴寻蟹⑥，掘去土坡二丈许⑦，遇一大石而止。自此，泉从他出，不复再见旧穴矣。邑人周香初，自言少时犹及见二胜处真面目，今之少年，无有能目击者。饭后，至元坛庙茗饮，遇周东尹乔梓，长谈。回寓，读杜诗卷八。《寄杨五桂州》诗："五岭皆炎热，宜人独桂林。"鹤注："白乐天云：'桂林无瘴气。'所以宜人也。岭南无雪，独桂林有之。"《和裴迪早梅见寄》诗："江边一树垂垂发。"注："杨慎曰：'梅花放皆下垂，故曰"垂垂"。'"下午，至府城隍庙吴竹香命馆，为鄂倅推命，盖受渠所托也。庙中命客极多，惟吴与黄兆堂为著名。是夜，考友守候两日，竟不出案。贫士盘费，半皆告匮矣。（页眉：虞山二胜。"喷瀑"之"瀑"，当作"薄"字。《吴都赋》："喷薄沸腾。"）

十四日(6月24日)　晓起，微云布满，是黄梅天气尚未过去也。

---

①　"涧水落数丈，触石倒飞"原为"中出一峰，直对地藏殿山门。山泉从峰冲过，沸然有声。若"，后改。
②　原文此后尚有"兜着峰尖"一句，作者删去。
③　"如白龙喷瀑，自上而下"原为"如白龙飞起"，后改。
④　"石尖寸许"原为"峰头尺许"，后改。
⑤　"一涸竭，一出水，水出似蟹沫，故泉名'玉蟹'"原为"一时出水，一已涸竭。相传出水穴中，旧藏玉蟹一枚，人或见之"，后改。
⑥　原文此后尚有"从水穴中"一句，作者删去。
⑦　原文此后尚有"不见有蟹"一句，作者删去。

仍读杜诗卷八。《西郊》诗一收:"无人觉①来往。"下得"觉"字大好。若下得"见"字,即是小儿言语。足见吟诗,要一字两字工夫。老杜宾至、客至,皆有七律诗。陈秋田云:"'宾'是贵介之宾,'客'是相知之客,前后用意各别。"交游多则名盛,老杜《遣意》诗:"渐喜交游绝,幽居不用名。"吾辈时宜三复也。《独酌》诗一结云:"本无轩冕意,不是傲当时。"语极婉约,愈见身分。《漫兴》九首,骂春色、骂春风、骂燕子、骂桃柳,有不可一世之概,创成别调。然如"衔泥点污琴书内,更接飞虫打着人",无论别有寓意,即此画堂春燕,实足取人厌恶也。《进艇》诗:"茗饮蔗浆携所便。""茗饮"二字出处。饭后,微雨中开晴,天必暴热。闲中仍读杜诗卷八。《逢唐兴刘主簿弟》诗:"扁舟下吴会。"注:"音'桂'。魏文帝诗:'吹我东南行,行行至吴会。'谓吴门、会稽也。"《枯棕》诗:"涷雨落流胶。"《楚词》:"使涷雨兮洒尘。"《尔雅》注:"江东呼夏月暴雨为'涷雨'。"中午,案始发,薰儿忝居第二,爱贻升至二十一名。谕于十六日总覆。下午,过汝寅斋,同寓多不在案,惟剩寅斋一人,故招其来寓,大家不致落寞耳。是日午后,得暴雨,农田可望插青。(页眉:"吴会"之"会",音"桂"。"涷雨"之"涷",音"东"。)

十五日(6月25日) 晴。晓起,读杜诗卷九。三绝句:"会须上番看成竹"句"番"字,毛晃《增韵》读"甫患切"。朱注:"斩新、上番,皆唐人方言。元稹诗:'飞舞先春雪,因依上番梅。'独孤及诗:'旧日霜毛一番新。'皆作去声读。"《戏为六绝句》,为学诗指南,后人不可不沉心细玩。《野望》诗:"独鹤不知何事舞,饥乌似欲向人啼。"当时寄迹殊方,有何鼓舞?但欲悲啼,读此令人下泪。《陈拾遗故宅》诗,朱注:"《感遇诗》多感叹武后革命事,寓旨神仙,故公以忠义称之。"《早发射洪县南途中作》一起:"将老忧贫窭,筋力岂能及。"刘须溪云:"人有此叹,十字尽之。"申凫盟云:"少时谋生颇易,然正尔负气,岂屑及此。

---

① "觉"字双圈。

至老方忧,已无可奈何矣。"起语怅然。凡少年读书,先以谋生为急,许鲁斋之言,真不诬也。饭后,同寓昭文童生卢福祥、号永清,以三覆中元作见示,气清笔爽,即在吾邑中,亦能夺魁,真妙才也。其兄名景福,号冠卿,名列十四,人亦恂恂儒雅。其舅即周香初。其师即王振声,号宝之,为常熟名孝廉。始信渊源之有自。中午热极,大雨。予有信寄与桂轩侄孙,约计十八日可到家。下午,船已来,知阖家安善,喜甚慰甚。笑山家中多病人,殊为可虑。(页眉:唐人"番"字多作去声读。)

十六日(6月26日)　五更起来,进署将及黎明,微有雨。是日末覆,点名极晚。予俟薰儿送入内署,即放船至吴江城中,尚在午前。与鹤田酌定事宜,回棹至苏,不过下午。适柯亭老友来寓,渠于昨日到馆,携《瞿忠宣公遗集》而去。是集共四册,予于舟中已翻一遍,文胜于诗,盖忠愤之气,自不可磨灭也。薄暮,同寓多出场。文题《"用下敬上"五句》,诗题《裘钟、扈班二题得"王"字,五言八韵》。黄昏,倾盆大雨,侵晓不止。

十七日(6月27日)　雨。晓起,读杜诗卷十。《送路六侍御入朝》诗,王元美曰:"七言律篇法有起有束,有放有敛,有唤有应。大抵一开则一阖,一扬则一抑,一象则一意,无偏用者。"《投简梓州幕府》诗:"幕下郎官安隐无。'隐',一作'稳'。"朱注:"《说文》:'隐',安也。义与'稳'通。《通鉴》:'元宗遣中使至范阳,禄山踞床不拜,曰:"圣人安隐。"'"饭后,同人至松园茗饮。游吴县学,走学士街。回寓已在下午后矣。是日,中午开晴,薄暮又雨。(页眉:七律篇法。"安隐",一作"安稳"。)

十八日(6月28日)　晴。饭后,买船至山塘,重游仰苏楼,寻白公祠。中午,饭于舟中。复游山景园,登留仙阁,遇雨而返。同游者,戚爱贻、汝寅斋、李梦仙、予与薰儿也。夜间,接学路飞信,今日府示覆终诸文童,于二十日再覆。予与寅斋复冒雨至府前东里舍,寻府礼房询之,乃三名以前,每县或三人,或四人,共得三十二人,盖为案元起见耳。然贫士大半归家，又多一番周折矣。

十九日(6月29日)　晓起，大风雨。昨日之游，成诗二首，今录存之。雨窗无事，读杜诗卷十一。饭后，打发本船回去，约二十二日再来。午后，有南舍何春林之子、号竹君、名天衢，同其高足王吉人、名希曾来寓。竹君现设帐于八尺赵氏，年近四旬，与壶芦兜张氏有连。下午，天已开晴，明日再试，可为三十二人庆矣。

二十日(6月30日)　晴。五更唤薰儿起来，黎明送至府前，到者大半。早饭时进署，惟缺昆山县案元一名。清晨，汝寅斋先去。饭后，同爱贻至王洗马巷马氏宅中，有号晓山者，年已七十，爱贻旧馆人也。闻去桃花坞不远，遂同访古桃花庵，即所谓"准提庵"。庵中有乐静轩、桃花仙馆。壁间石刻，有嘉庆初年善化唐陶山明府《重修六如先生墓碑记》，阳湖孙星衍作文，丹徒王文治书丹。记载六如初以乡荐第一，受知于首辅梁储。继以漏泄试题，牵连被黜为吏。终以先识佯狂，脱宁王宸濠之祸。遂隐居不仕，以卖画、卖书自给。此其大略也。墓在庵后，系庵僧主持香火，土亦不甚干净。惟庵中诸精舍，极整齐修洁，真吾辈读书地①，惜此时尚未能脱身也。回从桃花坞西栅，走太伯庙桥，出阊门大街，望吴趋坊东南而行，归寓已中午后矣。下午，场中陆续出来。文题《君子平其政》，诗题《兰池清夏气得"清"字》。少顷，薰儿亦来。闻今晨场规极宽，无复四覆中之严督矣，且款待诸文童，特设精馔，未必非贤太守之雅意也。黄昏后，正案已出。时学路多未到江，予直至东管桥下缸甏店内万礼房处打听，始知薰儿名列第二；案元陈宗恕，号宽夫，住谢天港；震泽案元王希曾，号吉人，住栋树桥，有志读书，文笔松秀，真可造才也。

二十一日(7月1日)　风雨复作。昨日天气，似为诸文童特开晴面，难得难得。晓起，王希曾同其师何竹君来寓畅谈。饭后，爱贻

---

① "真吾辈读书地"原为"吾辈可作读书地"，后改。

趁吉人船去。学路沈大以两邑全录见示,略有所酬①,约廿五日来报。午后,欲命薰儿进署谢考,以雨阻不果。是日疲极,旁晚就寝。

二十二日(7月2日)　晓有晴意。命薰儿禀见府尊,以公事辞。饭后,率薰儿至柯亭馆中畅谈。遂由士奇巷走十全街,出葑门,上安邻桥,右折而南,过蒋家桥,走横街,生生堂药材东首,访周白庵老友,时年已六十一矣,须髯尽白,精神尚健。三子,长宝琨,廪膳生,年三十七;次习生计;幼宝琪,诸生,年十八。遂留中饭,设四簋,予却欣然饱啖。闻朱西生在葑门内墨池园,过访甚便,惜归思甚急,不果去。回寓,不过中午以后。薄暮,船犹未到。是日,西北风极大,未免于路上相阻耳。旅舍无聊,适寺中有弹唱之事,多作淫辞,以耸动人听,所谓:"听郑卫之音,则不知倦。"然风俗败坏,断自城始。为人上者,何竟默然置之也?(页眉:有关厉禁。)

二十三日(7月3日)　微雨不止。晓起,束装以待。饭后,船始至,遂促行李下船。午前解维,适东南风又大。予前来时,却得顺帆,今遇石尤,亦其宜也。坡翁云:"去得顺风来者怨。"予反其意云:"来得顺风去何怨?"万事顺逆相寻,安能辄如人意?人但当知足为贵耳。下午,泊舟同里。时天色已晚,路多戒心,遂住宿新田地,访顾馨山小友,快谈至上灯而别。夜雨不止,幸舟中无蚊,尚可安寝。

二十四日(7月4日)　黎明,自同里放舟至北舍港,饭于舟中。午前到家。大兄来问府试正案,盖乡间迢隔,得信甚迟耳。中午后,重至松荫草堂,与寄松畅谈。时沈婿以近作三首见示,略有进境。薄暮回家,适笑山从盛泽纤道而来,足征关注之雅。约二十八日到馆,匆匆而去。是日,忽晴忽雨,节候尚在梅时。

二十五日(7月5日)　颇有晴意。晓起,闻沈大报船已来,又多一番小费矣。饭后,料理家事,殊不耐烦。至午后才得清理。下午,小园从孙来,抵暮始去。

---

①　"略有所酬"原为"酬之而去",后改。

二十六日(7月6日)　饭后,至大港上祖居,与从子、从孙辈一叙。中午,鄂侄留饭。予于六房二侄、三侄曾有一番激厉语,然体弱质懦,宜以保身为急,读书尚其次也。下午,过南玲圩先子墓上,树木极有郁葱之色。惟坟丁懒惰,芜草不治,大可挥斥。以贫故,聊事宽待耳。回家,适高文翁同其幼子一林过舍,长谈而去。是日,黄昏又雨。

二十七日(7月7日)　半晴半雨,湿气熏蒸,最易损坏书籍。饭后,录存近作十首。适吴江四姊处有船来,据殷妪云:"奶奶于十七日卧床,至今有日增之势。"予出门一月有馀,家务丛集,尚未清楚①,忽得此信,愈觉胸怀撩乱也。嘱兄子兆文明日先去往问。午后,寄松来,亦为四姊病体解馆。予约月初务必到江,未知明日往问如何耳。黄昏又雨。

二十八日(7月8日)　阴。饭后,作书复翁小海及陈得珊。午前,笑山到馆。下午,作书答邱子谦,笔下不甚和平,亦学养未到处。是日小暑,颇有晚晴之色。薄暮,兆文兄子自吴江回来,始知四姊病体稍安,予可出月往问矣。

二十九日(7月9日)　颇有起晴之色。饭后,命薰儿往黎里邱氏外家,约六月初一日去载。是日,查对租账,辍读。薄暮,接邱昼翁回信,必欲留薰儿盘桓几日,约初三日去载。予亦难以却情也。

三十日(7月10日)　晴。饭后,以账务辍读。下午,耽泉侄来,适有人在座,未得畅谈。

六　月

初一日(7月11日)　晴。是日,本约爱贻去载,适以事中止。查对租账,已有七分之数,明日可了结矣。四姊病中,能免申申之詈否?每念及此,不禁为之怃然也。

初二日(7月12日)　晴。晓起,作书与薰儿及爱贻,盖为明日

---

①　"清楚"原为"了结",后改。

侵晓去载也。饭后，查对租账，至午后而毕。"一家之事，除读书、下笔外，莫大于取租、办赋两端，断不可假手于人。即或有事相阻，不得不倩人挪办，亦须总其大纲，使条目了然于胸中。一事到手，才不致茫无所措。窃见有田之家，自己萧然事外，非不十分闲适，然与人共事，忠且勿论，能平心相待者，已不可多得，况其下者乎？吾恐为他人作嫁衣裳。与人有益，便与己有损，其不致败坏者，寡矣。予非敢以刻薄之心待人，不过谓齐家之道，全在防微杜渐，也要清明在躬也。继吾后者，当其思之慎之。小暑后五日，胜溪居士书于养树堂之南窗。"薄暮，吴甥自吴江来，知四姊望予去甚切。自恨尚不能脱身也。（页眉：书齐家一则。）

初三日(7月13日)　晴。侵晓，命舟先至平川载爱贻，中午回棹，可附载薰儿归来。是日，有分房田单及邻友附倒者，今夏必须划开，查阅颇费周折。拟明日录清后，初五日清晨到江。薄暮，爱贻同薰儿来。

初四日(7月14日)　五更微有雨，至晓方止。饭后，石生侄孙来，以二侄孙在范行习业，不合而返。予谓此事从无别法，为长兄者，只好同弟过去，始终其事。若初次习业，未成而退，后欲出门，谁为荐者？嗟乎！为人子弟，既不能读书，又不能习业，随此少年情性，略无含忍之功，吾恐其所如辄穷也。戒之戒之。中午，阅邸报。钦差大臣林则徐于正月二十五日到粤省，查办外洋鸦片趸船，呈缴有二万二百八十三箱之多，每箱计装正土四十个，每个约三斤，每箱应重（二）[一]百二十斤。于二月二十八日，会同邓廷桢抵虎门，及水师提督关天培，本在虎门驻扎，陆续收缴完竣，奏明销毁。数年积重难返之弊，或者可以杜绝来源，真大快事也！下午，以事辍读。（页眉：凡子弟习业者，宜以此为戒。）

初五日(7月15日)　晴。五更起来，下船，天尚未明。过北舍港，东方渐白。趁此朝凉，到江不过饭后。予先至西门四姊处，欣悉病体已去五六分。寄松约予明日同舟到乡。中午，以事至县东，晤劳鹤田。闻阖邑公事，无一人说起，或至渐归乌有，予亦可以置之不论矣。下午，至云在草堂旧寓，暂作一宵之宿。拟于明日约寄松同去，无事岂可久留，况在酷暑中乎？是夜早眠，颇得清凉境界。

初六日(7月16日) 晴。整顿行李下船，放船至西门杨家桥，候寄松下船。寄松素性迂缓，凡事不能豫立，催促再四，直至早饭后下船。书生故态，往往如此。予性躁急，亦无可如何也。是日，幸遇凉风，与寄松饭于舟中，多话家常儿女事。寄松家累不轻，予谓："君欲脱去此累，非发愤读书、得科名不可。"寄松意虽颔之，恐未能立志专攻也。送至松荫草堂，日犹未午。沈婿留予食汤饼。六月六旧例，家家食汤饼及馄饨，并有浴猫狗之说，《灵芬馆四集》有诗，但不知出何典故。至下午后归家，胸胃不甚畅达，盖多食汤饼之故。以后中午服食，总以七分为断，不但少疾病，兼与养生有益。（页眉：为寄松劝，而并为举世读书人劝也。老年尤宜节饮食。）

初七日(7月17日) 阴晴参半。饭后，料理账务。中午，适局书何文来，以下忙银串来征。每银一钱，让廿五文，归制钱一百八十一文，甚属便宜。近年县家习以为常例，大非盛世所宜。予虽颔之，心实不以为然也。下午，查日用簿上，五个月已用去钱洋共作通足钱一千一百千有零。年来用度有日增之势，恐日后入不敷出，或遇水旱之灾，不可不预为绸缪，有家者慎毋愦愦也。薄暮，微有雨。黄昏，狂风骤雨，有排山倒海之势。夜间，时雨时止，至晓尚未开霁。

初八日(7月18日) 晓犹雨，饭后起晴。整顿书籍。午后，有田事，辍读。

初九日(7月19日) 晴。晓起，临《西湖诗》苏帖一页，是夏秋常例也。饭后，陈济生《再生记略》抄竣，重校一过。其中，从贼者多，殉节者亦不少。看来，从贼未必能生，殉难则死无遗憾，人亦何苦不乐为君子也？义利之辨不明，生死之关易惑，孰得孰失①，全在平日

---

① 原文此后尚有"识者自能辨之"一句，作者删去。

读书养气中立脚。下午,阅《小谟觞馆骈体文》。"谟觞"二字,出《五朝小说》,冯贽《记事珠》:"嵩高山下有石室,名'谟觞',内有仙书无数,方回读书于内,玉女进以饮食。"二字可作赋题。予家藏《檀几丛书》十册,国初仁和王丹麓暐与天都张山来潮同辑,第不解命名之义。近阅甘翁《骈体文集注》,卷二中凌义渠《湘烟录》:"谢霜回有七宝灵檀之几。"读书偶忘,一句一字,无不现出,故道书云:"世有灵檀,则百事可图。"事与谟觞相类,故并录之。(页眉:"谟觞"出处。七宝灵檀之几。)

　　初十日(7 月 20 日)　晓来微有雨。饭后,至高文翁处,嘱为诊脉处方,预商调理。蒙一林出近作见示,文笔锐厉无前,真可造才也。午前,同祝唐老友访许秋田。今夏,薰儿县、府两试,皆秋田作保,册给画押,均倩人送去,未免不恭,此行自不可少。午后归家,适升斋信来,与费莪亭有文会之举,各人轮当,逢八为期。此事甚善,特未知秉笔何人耳。凡以文会友,先要择师,然后择友,断不可轻与此会。承故人之招,虽不欲往,后当以信覆之,亦周旋世故之道。下午,阅甘翁《骈文集注》,卷二中引《拊掌录》:"北都有妓女,美色而举止生梗,人谓之'生张八'。因府会,寇忠愍令乞诗于魏处士野,野赠诗曰:'君为北道生张八,我是西州熟魏三。莫怪樽前无笑语,半生半熟未相谙'。"(页眉:生张熟魏。)

　　十一日(7 月 21 日)　五更梦回,闻雨声。晓起,临苏帖一页。饭后,略有晴意。作书答朱升斋,闲中仍校阅《再生录》。中午复雨,阅甘翁《骈体文集注》,卷二中《钱可庐征君六十寿序》[①],真闳中肆外之文。下午,大雨如注,低区又要车水矣。是日,薰儿文期,邀爱贻同做,庶得观摩之益。

　　十二日(7 月 22 日)　天已晴。晓起,临苏帖一页。饭后,校阅《再生录》毕。中午,以事辍读,下午亦然。

---

　　①　双圈。

十三日(**7 月 23 日**) 晴。晓起,临苏帖一页。饭后,查钱总上。是月十二日止,所进不过八百馀千,未免不敷所出。自后,除读书、办赋外,总宜节省为主。处今之世,生财倍觉艰难,与其有损于人,孰若有损于己之为得也。下午,有客在堂,辍读。薄暮客去,仍阅甘翁《骈体文集》,卷三中如《答李洪九进士》两书,文字绝佳,惜少和平之音,未免骂讥笑侮、玩世不恭,非廊庙材也。妄论如此,他日质诸春翁老友,自有定评。(页眉:评《小谟觞馆文》。)

十四日(**7 月 24 日**) 晴。晓起,临苏帖一页。饭后,顾吉生以事来,中饭而去。下午,阅甘翁《骈体文集》,卷四中如《周忠武公夫人刘氏庙碑文》①,不可不读。《檄城隍神驱猫鬼文》,太多奇字。老年读书易忘,无能为役也。

十五日(**7 月 25 日**) 阴。晓起,临苏帖一页。饭后,展阅甘翁《骈体文集》卷四。《吴安人诔》注,伊世珍《琅嬛记》:"女星傍小星,名'始影',妇女于夏至夜祭之,得好颜色。始影南并肩一星,名'琯朗',男子于冬至夜祭之,得好智慧。"《吴中画舫录小引》注:"《北齐书·废帝纪》:'文宣在晋阳,太子监国,集诸儒讲《孝经》。谓助教许散愁曰:"先生在世,何以自资?"对曰:"散愁自少以来,不登娈童之床,不入季女之室,服膺简策,不知老之将至。平生素怀,若斯而已。"'"中午后,有人自嘉兴来,云今夏科试,录取徐童子入泮,年十三,父业贾,子五人,秀才其仲氏也,未知何名。闻太平、江宁两府多被水灾,米价骤长。大暑中凉而不热,今秋未卜大稔,盖自十四年以后,连得丰稔,泰极否来,亦天地间循环之道。聊记于此,不能无望于造化之转机也。(页眉:女祭始影,得好颜色;男祭琯朗,得好智慧。许散愁。)

　　附摘诗题
　　《披泥抽沦玉,澄川掇沈珠》

---

① 双圈。

《抱朴子·擢才篇》:"自非明并悬象,元鉴表微者,焉能披泥抽沦玉,澄川撷沈珠哉?"

《赤石不夺得"专"字》

扬子《太元经》:"赤石不夺,节士之必。"注:"石不可夺坚,丹不可夺赤,犹节士之必专也。"

《拨云寻古道》

李白《寻雍尊师隐居》诗。

己亥日记四

六月十六日起。重读《杜诗镜铨》，自十一卷起。重读《古文词类纂》，自三十三卷起，七月三十日止。

六　月

十六日（1939年7月26日）　晓来微有雨，饭后乃晴。今年重读《古文辞类纂》，自三十二卷而止。此时稍得清闲，复自三十三卷读起。"赠序类"三，归熙甫序文四篇，均雅洁，脱尽寻常蹊径。说文四篇，能发明古书之义，论断有特识。方灵皋序文四篇，皆见道之言，所谓"有德者必有言"，先生其庶几乎？下午，重读《小谟觞馆诗集注》卷一中《读〈北史〉六首》。《北史·李文博传》："初，文博在内省校书，虞世基子亦在内，盛饰容服而未有所知。问之年，曰：'十八。'文博曰：'昔贾谊当此之年，议论何事？君今徒事仪容，欲何为者？'"甘翁诗云："翩翩虞公子，见笑李文博。轻薄少年场，长沙不可作。"盖有所讥也。（页眉：少年子弟，断不可为虞世基之子。）

十七日（7月27日）　阴晴参半。饭后，至芦墟高文翁处覆诊。与一林谈文，韩陵一片石，尚可与语。中午至镇上，闻祝唐入城去，晤许兰坡，乃秋田胞兄，以《忆友图》乞题，盖为其执友叶湖帆作也。湖帆馆其家多年，晨夕过从，别有深契，去秋忽归道山，兰坡至今不忘，作为是图以寄意，以视今之反眼不相识者，不啻有霄壤之别，故欣然携归。下午，顾淡春妇侄、小园从孙来，谈至薄暮而去。

十八日（7月28日）　晴。晓起，临苏帖一页。饭后，读《古文辞类纂》"赠序类"。刘才甫序文三篇,如朗月明星,高高天上,可望而不可及。中午,以事辍读。下午,朱书贾来,以旧藏《明人纪录汇》四套四十册,四十、《烽帖》十二本二十、《石经论语》十本半钱、《快雪堂》四本二角、《虞恭公碑》一本八角,换虞山蒋氏所刊《法苑珠林》四十二册,以此易彼,亦不甚吃亏,旧藏非善本故也。

十九日(7月29日)　晴。晓起,出吊于许庄陈氏,有李太夫人之丧,盖继妇之外姑也。中午始归,路不满二十里。周庄附近村落,去予家无半舍远。下午,题许兰坡《忆友图》,成四断句,尚俟改易,未定。兰坡长予九岁,系三十年旧交,肫恳之怀,至今不改,其人实可嘉也。

二十日(7月30日)　晴。晓起,临苏帖一页,并改易前作,可以着墨。饭后,读《古文辞类纂》"诏令类"一,如《高帝入关告谕》《高帝六年上太公尊号诏》《高帝十一年求贤诏》①《文帝元年议振贷诏》《文帝元年赐南粤王赵佗书》②《文帝二年议犯法相坐诏》《文帝二年除诽谤法诏》《文帝二年日食诏》③《文帝十三年除肉刑诏》④《文帝十四年增祀无祈诏》《文帝后元年求言诏》《文帝后二年遗匈奴书》《汉景帝后二年令二千石修职诏》⑤。"诏令类"二,如《汉武帝元朔元年议不举孝廉者罪诏》⑥《武帝元狩二年报李广诏》⑦《武帝元鼎六年敕杨仆书》《武帝赐严助书》《武帝元封五年求贤诏》⑧。合二帝诏令观之,于文帝如读《虞书》,纯固朴茂;于武帝如读《商书》,峻厉严肃。其辞如此,二帝之政教可知矣。中午,同爱贻至东浜松荫草堂,与寄松、沈婿茶话片时。予不能久留,催促而归。寄松约缓日见过,予曰:"清风故人

①③⑧　此三篇均为双圈。
②　此二篇均为三圈。
④⑦　三圈。
⑤　此四篇均为双圈。
⑥　双圈。

来,何必作此热客乎?"相与一笑而别。是日,锦侄来,抵暮而去。

　　二十一日(7月31日)　晴。晓起,临苏帖一页。饭后,读"诏令类"二,《汉昭帝赐燕王玺书》《宣帝地节四年子首匿父母等勿坐诏》《宣帝元康二年令二千石察官属诏》《宣帝神爵三年益小吏禄诏》①《元帝议律令诏》《元帝建昭四年议封甘延寿等诏》《光武帝赐窦融玺书》②《光武帝报臧宫马武诏》。观光武诸诏书,光明磊落中,仍寓慈祥恺切之意。东汉风俗,那得不厚?"诏令类"三,司马相如《谕巴蜀檄》、韩退之《祭鳄鱼文》③二篇,不失诏令体裁,故附录于后。"传状类"一,退之文二、子厚文一、子瞻文一、介甫文一。此一卷,以《方山子传》为佳。"传状类"二,熙甫文七篇,以《李公行状》为一篇大文字,馀皆小品,极佳。《震川文集》卷二十五,宪卿李公《行状》中言:"国初以次削平僭伪,田赋往往因其旧贯。论者以为苏州田不及淮安半,而吴赋十倍淮阴;松江二县,粮与畿内八府百十七县埒:其不均如此。"我国家湛恩汪濊,已减去苏、松旧赋之四,然较宋元以来,赋尚倍征,民力辄穷,安得大臣入告,重为量减也?灵皋文二篇、才甫文三篇,皆峻洁错综。而才甫《孝子传文》《大家行略》,尤极肫挚沉痛。后附退之《毛颖传》④,宜列在前。午后,锦侄来。下午,简书戴老民又来,为劝捐事宜,约廿六日必须到县。(页眉:苏、松粮赋之重。)

　　二十二日(8月1日)　晴。晓起,临苏帖一页。饭后,读"碑志类"上编一。此卷内秦文六篇、汉铭一篇,以《琅邪台刻石文》为最佳。"碑志类"上编二,元次山《大唐中兴颂》,句句用韵,三韵一转,亦是创格。中午,有书贾来,辍读。下午,读《小谟觞馆诗集》卷一,《代州教坊曲》注,最多新异事。卷二,注:"雍端,陶渊明子。见《责子诗》。"

---

①② 　三圈。

③ 　此二篇均为双圈。

④ 　双圈。

《晋阳怀古》四首①，论古有识，难如此雄壮。

二十三日(8月2日)　晴。晓起，临苏帖一页。饭后，读"碑志类"上编二，此卷韩碑七篇、苏碑一篇。《表忠观》与《平淮西》两碑②，真所谓韩潮苏海，各有独到之处。而韩文中《南海神庙碑》③亦不可不熟读也，其馀如《衢州徐偃王庙碑》《柳州罗池庙碑》④，皆不可不阅。"碑志类"下编一，此卷韩文共七篇。文之大观，莫如《赠太尉许国公神道碑》⑤；文之神品，莫如《殿中少监马君墓志铭》《尚书库部郎中郑君墓志铭》⑥。其馀尽可细阅，亦自有得。中午，角字潘启堂表侄来，年约三十七，为永和五表兄之仲子。长号锦堂，季号耀堂。故家零落，子弟皆习业于外，然能忠信可托，即或橐笔依人，亦能生色。闻启堂在江城费湖浦家有年，闲中若遇湖浦，试先问之，便可得其大略，然后觅荐，最为周到。下午，阅《小谟觞诗集》，卷二中《邠州诗》："终古风霜怜朔雁，及今人物孰元龙。"以物对人，最为工巧。长洲尤沧湄珍尝有《邺都怀古》诗云："五官事业埋荒陇，七子才名付酒炉。"以一对七，妙解人颐。《清江浦》诗注中，引明潘季驯所著《河防一览》，此书宜置备查。（页眉：韩文墓志中之最佳者。活对得妙。《河防一览》，明潘季驯著。）

二十四日(8月3日)　晴。晓起，临苏帖一页。饭后，读"碑志类"下编二。此卷韩文共八篇，吴刻又多一篇。以《柳子厚墓志铭》《试大理评事王君墓志铭》⑦二篇为最佳，其馀《太原王君墓志铭》《给事中清河张君墓志铭》⑧两铭词极古，《唐故朝散大夫商州刺史除名徙封州董府君墓志铭》《唐朝散大夫赠司勋员外郎孔君墓志铭》⑨两文亦多可诵。"碑志类"下编三，此卷韩文七篇、柳文一篇。韩文如

---

①⑧⑨　双圈。

②③⑤　三圈。

④　此二篇均为双圈。

⑥⑦　此二篇均为三圈。

《李元宾墓铭》①《施先生墓铭》《南阳樊绍述墓志铭》②《贞曜先生墓志铭》《唐河中府法曹张君墓碣铭》，篇篇移形换步，面目各各不同，是文中之别味。柳文则假托占辞，全仿左氏。"碑志类"下编四，此卷欧文二篇，其一《资政殿学士文正范公神道碑铭》③，其二《太尉文正王公神道碑铭》④，皆永叔绝大手笔，当以经史读之。中午后，阅《小谟觞馆诗集》，卷二中《史阁部祠》诗："夷吾自洒新亭泪，江总仍飞曲院觞。"一主一宾，婉约其辞。《春暮述怀》四首，作于乾隆五十三年，多言国家用兵事，未知即是林逆一案，录出俟查。《新乐府》六首，刻露有馀，敦柔不足。诗家习用"看朱成碧"四字，乃心眼烦乱之故。王僧孺《夜愁示诸宾》诗："谁知心眼乱，看朱动成碧。"《南史·任昉传》："有子东里、西华、南客、北叟，并无术业。冬日着葛帔练裙，道逢刘孝标，泫然矜之。"应劭《风俗通》："钱刀。俗说'利旁有刀'，言治生得金者，必有钱刀之祸。"是日，有信与祝唐，渠至魏塘去矣。自十八日至今，连日晴明，酷暑可畏。夜间，幸有凉风，尚不至受暍。（页眉：子弟失业者，当以此为鉴。《论语》："放利而行，多怨。"此言可味。圣言多含蓄，后儒多刻露。）

（夹页：白雀封侯，见《酉阳杂俎词注》二页末。）

二十五日（8月4日） 晴。晓起，收拾字画，盖前日所曝者。饭后，读"碑志类"下编五。此卷欧文共九篇，而抑扬进退、酣嬉淋漓，莫若《河南府司录张君墓表》⑤《集贤校理丁君墓表》⑥《石曼卿墓表》⑦《永春县令欧君墓表》《右班殿直赠右羽林军将军唐君墓表》⑧，其馀亦不可略过。《连处士墓表》载："盗有窃其牛者，官为捕之甚急，盗穷，以牛自归，处士为之愧谢曰：'烦尔送牛。'厚遗以遣之。尝以事之信阳，遇盗于西关，左右告以处士，盗曰：'此长者，不可犯也。'舍之而去。"

---

①② 双圈。
③④⑤⑦ 三圈。
⑧ 此二篇均为双圈。

其事与后汉陈仲弓、王彦方辈相类。处士讳舜宾,字辅之,应山人。中午后,收拾行李,将入城去。作意明日晓行。下午,仍读《小谟觞馆诗集》卷三。《初冬将有颍州之行,感书二首》,第二云:"笑悟指困前辈少,浪传焚券古人诬。"上句人犹能道,下句笔曲而达,不说今人断无此事,反说古人未免误传,用意何等婉约。必如此,方得诗家三昧。当作"眯"。(页眉:连处士盛德。)

二十六日(8月5日) 晴。五更起来,残月上窗已一半矣。趁凉解维,到江不过辰后。入城,仍寓云在草堂。中午,周芥老以费在轩所作《尽室生涯寄京口图》见示。嘉庆丁卯之岁,汪稼门中丞荐主镇江宝晋书院,院为宋米元章海岳庵故址。元章曾以研山易苏仲恭宅是也。时丹徒蒋颖叔寄以诗,有"尽室生涯寄京口"之句。在轩挈眷来游,门人为仿其意,作图以赠。图中题咏,多门下士,亦无甚著名,不足当藏弄之列,故仍归原主。元章有二子,长友仁,次友知,皆能世济其美云。午后,宇侄来谈,亦以公事之江。下午热极,几不能动笔。(页眉:以研易庵事,见王士正《香祖笔记》。)

二十七日(8月6日) 晴。晓起作诗,趁凉至大东门内吴店,定一客鞋,言明洋钱一元,馀钱卅文。回至小塘周介老处,托渠修赵文敏金字楷书手卷一个,文画手卷一个,约须七月中完好。复至西门外杨家桥四姊处,时病后已起身矣,然憔悴之容,殊难为怀。予同胞兄弟及女兄弟,共有七人,一兄一妹先亡,今存者惟四姊境遇最苦耳。予维力自视,时时问其有无,凉薄之态,则非予之所敢出也。回寓食朝粥。僧房两粥一饭,与予淡泊之志极合,故常住焉。中午,读"碑志类"下编六。此卷欧文共十六篇,其铺陈条畅,繁而不懈,莫如《黄梦升墓志铭》①《张子野墓志铭》②《尹师鲁墓志铭》③《徂徕先生墓志铭》④《孙明

①③　双圈。
②④　三圈。

复先生墓志铭》《太常博士尹君墓志铭》①《梅圣俞墓志铭》《湖州长史苏君墓志铭》《大理丞狄君墓志铭》《尚书都官员外郎欧阳公墓志铭》《南阳县君谢氏墓志铭》②，其馀亦不可不看。梅询，字昌言，尧臣叔，以进士出身，曾知苏州。碑志之文，昌黎而外，允推庐陵，故两家所选最多。下午，袁六兄、子云侄孙来谈。客去后，仍阅《小谟觞馆诗集》卷三。赵松雪夫人管仲姬，名道升。古来工于篆刻者，推姜、王、吾、赵四家。姜谓尧章，有《集古印谱》二卷；王谓厚之，有《复斋印谱》一卷；吾谓邱衍，有《学古编》；赵谓孟頫，有《印谱》一卷。（页眉：宋梅询，曾知苏州。工篆刻者，姜、王、吾、赵。）

二十八日（8月7日） 晴。晓起，读"碑志类"下编七。此卷介甫文四篇，俊杰廉悍，似柳州，而稍加纯粹。《李公神道碑》云："近世士多外自藩饰为声名，而内实罕能治其家。及老，往往顾利冒耻，不知休息。"呜呼！今世士大夫何独不然！《孙君墓碑》③云："歙之为州，在山岭涧谷崎岖之中。自去五代之乱百年，名士大夫亦往往而出，然不能多也。黟又僻陋，中州能人贤士之所罕至。"然今之歙、黟两邑，山深土厚，人材大不同矣。中午，阅《小谟[觞]馆诗集》卷三。《范孟博故里》云："平世更无人揽辔，孤怀吾亦抱探汤。"将孟博事实，提空得妙，而寄慨之意特深。《亳州怀古》四首，末云："运去奸雄多虎视，时清军府尽龙骧。"语有函盖，非熟于史事者不能作。记事珠，唐相张说事，见《开宝遗事》。卷四《得子白书，近主无为州讲席，赋寄》云："狂分龙性仍怜我，贫说猪肝尚累人。"销镕金宝，已到炉火纯青之候。下午热极，辍读。（页眉：猪。宜从"豬"。）

二十九日（8月8日） 晴。晓起，至城隍庙茗饮，遇俞吟庐茂东，为予诵《老吏诗》："白发空馀篱外菊，苍生长忆院中花。"盖县试时赵

---

① 此二篇均为双圈。
② 此三篇均为双圈。
③ 双圈。

某作也，诗情笔意极超脱，故特记之。粥后，读"碑志类"下编八。此卷介甫文共十篇，吴刻又多三篇，其敛散曲折处有法，皆得之天授，较前卷另换一种面目。其尤惬心，如《给事中孔公墓志铭》①，看他处处逆序，无一顺笔。《太子太傅田公墓志铭》，此文直序，作一气奔泻之势，妙在提掇起伏，故仍曲而能达，自"真宗弭兵"一段，最宜留意。《泰州海陵县主簿许君墓志铭》②，以议论行序事，抑扬感慨，若有意、若无意，全在"士固有"一段，此处最宜细玩。《王深父墓志铭》③，纯以议论成文，另启一格。《建安章君墓志铭》④，洵如海峰先生所云："其来如春水之骤至。"故佳。《孔处士墓志铭》⑤，"当汉之东徙"一段，文极幽折，耐人寻味。《临川王君墓志铭》⑥，纯以峭折成文，面目各不相似。《兵部员外郎马君墓志铭》⑦，序次诚与《田太傅》同一机法，文尾逆激一段，寄慨之意独深。《赠光禄少卿赵君墓志铭》⑧，其事可传，不惟其文也。中午后，署友李文老同子云侄孙来谈。薄暮，桂轩侄孙同张竹江来。明日，范明府有决科之事，两生皆为考试来也。是日立秋，甚热。

七　月

初一日(**8 月 9 日**)　晴。晓起，至震泽县前，看诸生与考。唱名给卷，约有一百二十馀人。此事不行久矣！今周明府振兴于前，范明府踵行于后，以文学饰吏治，诚善举也。粥后，同吴兰墅、沈六生、子云侄孙进署，谒见周明府。时有乡会试劝捐之事，本城诸绅富，前已写定。次及芦墟一带，其主意在沈翠岭家，以沈捐田未妥，面约初六日再来禀见，明府亦不强人独写也。出署到寺，已中午后矣。下午，在雷祖殿茗饮，以热极辍读。

初二日(**8 月 10 日**)　晴。晓起下船，日光已照树头矣。是日西

---

①②⑧　三圈。

③④⑤⑥⑦　双圈。

南风。饭后在舟中,如在暖炕上。赶急到家,日犹未中。展阅子谦亲家信,于前月二十七日送来。闻今夏五六月间,雨水过多,庐州、太平、南京、湖州、安吉均被水灾。秋后不雨,恐山田又多折损,米价断不能平矣。下午热极,辍读。薄暮,沈婿来,酌议劝捐公事。请笑山同去。

初三日(8月11日)　晴。晓起,大兄来问。饭后,身子不甚健爽。展阅《小谟觞馆诗集》卷四。《定远靖南侯祠》云:"只有王琳能死国,更无韦粲与同仇。"一意反作两层写,全在宾主开合中体会得来。下云:"降旗青盖终朝洛,故将油幢尽列侯。"讽刺之意,隐而不露,最宜体玩。《病中杂诗》六首,第二云:"拨闷诗书胜药石,避人衾枕即山林。"真挚之言,难得如此新颖。《飙轮》诗注:"《家语·七十二弟子解》:'参后母遇之无恩,而供养不衰。'"向尝知闵子有后母,而参也同。古之贤人,先从家庭做起,学问自然诚笃。《去颖》诗注:"《江湖纪闻》载石尤风,乃石氏女,嫁为尤郎妇。"石、尤两姓,宜平用。王定保《摭言》:"唐裴延裕在内廷,文书敏捷,号为'下水船'。"予有诗云:"文笔真如下水船。"中午后,偶阅《皇朝经世编》,六十九卷中赵翼《天主教文》,始见利玛窦出处:"西洋人,万历九年泛海来广州。帝嘉其远来,假馆授餐,遂留不去。三十八年,卒。"亦异教之一端也。下午热极,几不能展卷。(页眉:石、尤两姓,宜平用。利玛窦出处。)

初四日(8月12日)　晓有雨,惜不能大。饭后,送笑山回去。雨复不止,书窗极凉,无复连日之薰炎矣。欣然握管,得五古一首。中午,雨复大,人人额手相庆。下午,沈婿复来,谈至薄暮而去。

初五日(8月13日)　侵晓,微有雨。凉夜熟眠,起来已在饭前。辰时解维,趁顺帆到江,不过午后。予寓云在草堂。船至苏州,趁便置办家用物件,大约明日旁晚可以回棹。是日,馀暑未退,心多烦恼,故暂时休息静坐。下午,笑山来寓。闻周明府上省,明晨便要回去矣。

初六日(8月14日)　晴。晓起,校阅《四书典要》第一册。是书嘱李梦仙抄就，第一册共计八十七页。粥后，至朱局。时大富圩全册已抄就，笔资三元。回至鹤田处，晤王轮翁，予实未曾相识也。中午后，仍校阅《四书典要》。下午，子云侄孙来。梦仙自吴门亦返。予因周明府上省，作意守候一日。发信与养斋大兄、咏南二儿及丹林表侄。是日，薄暮又雨，夜间大雨不止。

初七日(8月15日)　连雨不止。晓起，嘱梦仙回去，与大兄约十二日来载。雨窗无事，仍校《四书典要》。粥后，阅《小谟觞馆诗集》卷五。张敏《头责子羽文》，大意谓友朋中不能劝善规过，故为此嘲戏之文。见甘翁《三叠前韵》诗注，诗云："脉望未仙头屡责，糟邱可筑首应埋。"《娄东赁舟甚小，示同舟友人》一结云："一片红旌数声鼓，狂奴心早薄通侯。"风雅之音，消不得一个傲字。《哭妇弟蒋大》云："岂是高明真有鬼，可知子弟不宜才。"愤极之言，究不可为训。庄子云："平为福。"言为心声，总以和平为贵。《短歌》中，"黄牛医"对"许马磨"，甚精。"黄"谓黄宪，见《后汉书·宪传》；"许"谓许绍，见《蜀志·许靖传》。《集绣谷交翠堂觞咏》诗三首，末云："朋怜禽尚情都洽，客忝羊求分岂当。"以"禽尚"对"羊求"，好在有意无意之间。此卷七古，以《焦隐士祠》《西津曲》①二首为最佳。卷末游山诸作，规模古人之作，而未入化境。《天门引》注："《魏书·释老志》：'除去三张伪法、租米钱税及男女合气之术。大道清虚，岂有斯事？'"偶得句云："三张伪法未全除。"惜无对。下午，欲作诗而未就，抵暮，竟成七律诗四首。时残雨方止，适逢七夕，未知星辰能照地否？（页眉："头责"之解。"黄牛医"对"许马磨"。三张伪法。）

初八日(8月16日)　昨夜连雨不止。山门外积水至膝，路无行人。此街沟水不通，历有年所，须小公事，已无人承办，何怪诸事之废弛也。此处对门即吴孝子专祠，历奉春、秋二祭。若贤有司尊崇先贤，何难命工通水，一举两得？近日祭典不讲，每值春、秋丁祭，邑令

---

①　此二首均为双圈。

多委诸巡检、主簿,具文如此,实政可知矣。偶记于此,以待吴氏之能振兴者。雨窗无事,仍校《四书典要》。粥后,阅《小谟觞诗集》卷六。此卷多杰作,七古如《徐武功词卷墨迹》《卖书行》《相逢行》①,五古如《读书十首》《怀杜阁次东坡韵》《寒夜题沈钦韩诗卷七首》②,七律如《淮安郡斋》十四首、《归里即事书怀》九首,皆后人必选之作。或问于予曰:"小谟觞与灵芬诗,相较如何?"予曰:"请读此卷中《相逢行》,两先生之才力③见矣。灵芬诗举重若轻,其变化缥缈处,多有仙气;小谟觞诗如世尊庄严佛相,任他千变万化,总不出陶轮手掌中。"狂瞽之言,请以质之有道君子。《题恽南田山水画册》诗注:"陶榖《清异录》:'晋出帝不善诗,咏天曰:"高平上监碧翁翁。"'"《客中读故书志感》云:"传家不乏《无功集》,题墓还应《有道碑》。"注:"《唐书·隐逸传》:'王绩,字无功,文中子之弟。著书名《东皋子》。'郭有道,见《后汉书·郭泰传》。"下午,雨渐止,低区已被淹没。阅至《望雨》诗注:"《述异记》:'周穆王时,天下连雨三日。穆王乃吹笛,其雨遂止。'""不须吹笛能止雨,吾皇玉烛先时调。"盖望之也。是日晚晴,万木清华,一钩皎洁,独坐禅房,思省试诸君,半已解维。偶成一五绝云:"蝉响空啼树,萤光不烛天。遥④知鹏背上,风力与盘旋。"似非无为而作。(页眉:再评彭、郭两先生诗。"王无功"对"郭有道"。)

初九日(8 月 17 日) 晴。晓起,校阅《四书典要》。粥后出行,仍无所遇而还。中午,阅《小谟觞馆诗集》卷七。《送子白谒选北上》三首,第三首一结云:"狂奴大有苍茫感,未肯轻弹贡禹冠。"此极有身分语。《感春》诗注:"《管子·枢言篇》:'釜鼓满则人概之,人满则天概之。'"此言殊有味。《寄裴可亭方伯》云:"飞黄峻望销声后,惨绿华年过眼中。""飞黄"二字,见韩愈《符读书城南》诗。《里居寄怀张子

---

①② 此三首均为双圈。
③ "才力"原为"本原",后改。
④ "遥"原为"那",后改。

白》诗注:"《容斋随笔》:'《周易》"巽"为寡发,《释文》本又作"宣"。黑白杂为"宣发"。'牟巘诗:'我发日已宣。'"下午,至西门外茗饮。回至周芥老处,不值。张生出示明王雅宜宠所临东汉张伯英芝草书《庄子·缮性篇》,已极龙翔风翥之势。后有元章、子瞻两跋,反觉画蛇添足:临系明人,跋语却是宋人,未免自相矛遁。此物云吉水港丁氏所藏,索价甚昂,恐难觅一佳主也。是日,于店中遇赵二水、徐兰卿。徐虽新进,却能厚重。回寓,适有肝气,辍读。(页眉:天概之说,可深长思。"宣发"之义。)

初十日(8月18日)　晴。晓起,成二绝:"积翠惟松柏,何曾寒暑移①。春兰与秋菊,虽好不多时。""智先投林鸟,愚悲赴火蛾。苟能慎行止,一任艾成罗②。"子云侄孙来,少顷,孙嵩崖亦来,前借《再生记略》当付还。粥后,仍校《四书典要》。中午,阅《小谟觞馆诗集》卷七。此卷多应酬之作,便不耐观,然诗之新隽极矣。《悲来行》注:"《拾遗记》:'任永曰:"夫人好学,虽死若存;不学者虽存,谓之行尸走肉耳。"'"《花烛词》注:"《乐府诗集·丁六娘十索》四首。"下午,与孙松崖在雷祖殿茗饮,遂同至下墟吴兰墅处,座间重晤吴构亭。构亭于道光十二年春间,在王听泉家同赏牡丹,欢饮终日,别后杳不相闻。垂老重逢,不胜欢喜。构亭为友江姊婿之叔,同五世祖,与西门为最近。向客淮扬道吴辛楣幕中,近日归来,年已七十五矣。予以肝气疾作,欲归家静养几日,托兰墅或晋谒周明府,即以疾转致。兰墅为友江之族叔,盖相识于二十年前也,曾以《吴节愍遗集》见赠。归寓后,子云侄孙又来,明日决意同舟归去。(页眉:汉《铙歌曲》有"艾而张罗"语。不学可怕。已见前册。)

十一日(8月19日)　晴。晓起,吴寄松来寓。去后,仍校《四书

---

① "何曾寒暑移"原为"从来性不移","不"后改为"莫",后改。

② "苟能慎行止,一任艾成罗"原为"出门慎行止,漫道礼为罗",后改为"出门聊涉足,先要慎风波",后改。

典要》。粥后,子云侄孙来,尚有逗留。予仍阅《小谟觞馆诗集》卷八。中午,趁子云之船归家。舟中有亡侄鹤溪之子五侄孙,年十六,见在吴江米行内习业。看其言语举趾,尚属可教。鹤溪有子二,长已成业。忠厚之报,端在后人。下午到家,未晚。适沈婿来,闻笑山之祖母危在旦夕矣。

十二日(8月20日)　晴。晓起,大兄来谈。饭后,清理家务。适云泉老友及沈婿来,快谈终日,抵暮而去。夜闻笑山之祖母已去世。

十三日(8月21日)　晴。晓起,书《忆友图》诗四首,以应许兰坡之嘱。饭后,出吊沈太母庞孺人,随至芦墟。时祝唐老友略有微疾,已平复矣。闻芦墟一带劝捐,竟归祝唐处办,乃卓少府意也。事却相宜。回至得珊处,茶话良久,并与古愚快谈。归家,夕阳已在树矣。适沈婿在座,约明日同到祝唐处,酌议书写,未知伊家堂上如何。

十四日(8月22日)　晴。晓起,至大兄处酌议捐数。饭后,清理账务毕,仍校《四书典要》。中午,沈婿来。予以端午、夏至两节祀先俱不在家,今晨祀先,必须亲自拜跪,故约渠中饭而去。下午,至芦墟祝唐处,适晤斗山乔梓及陈二南,茶瓜清话,甚惬予怀,惟公事尚未齐耳。归家未晚,暂息片时可也。

十五日(8月23日)　晴。晓起,细改近作。饭后,曝书毕,仍校《四书典要》。中午,阅《小谟觞馆诗集》卷八,中有《寒雁篇》,《灵芬馆三集》卷二中亦有此诗。合而观之,诗才纵横,固推灵芬;若以诗品之高洁浑脱,恐灵芬直当以兄事之,不在弟畜之列也。此卷多见道之言,乃甘翁刊落浮华、净归真实时也。其中即事书怀,知人论世,略于此卷见之。《扬州郡斋杂诗》注:“《荀子·不苟篇》:‘钩有须,卵有毛,此说之难持者也,而惠施、邓析能之。’”“毛卵钩须成一笑,祇园容易布金难。时宝应将建书院,都转太守议以予主讲席,旋以经费不足中止。”《古诗》注:“《汉书·河间献王传》:‘修学好古,实事求是。’注:‘师古曰:“务得事实,每求真是也。”’”下午,以事辍读。(页眉:再评彭、郭两家之诗。毛卵、钩须。"实事求是"出处。)

十六日(8月24日)　晴。晓起,曝书毕,仍校《四书典要》。中午,阅《小谟觞馆诗集》卷八注,刘孝标《世说新语注》:"《司马徽别传》:'时人以人物问徽,每辄言佳。其妇谏曰:"人质所疑,君宜辨论,而一皆言佳,岂人所以咨君之意乎?"徽曰:"如卿所言亦复佳。"'"午前,接殷甥信,闻劝捐一事,平望镇上连名具呈,请给县库所存三年分赈馀,虽不能止,亦阻挠之一法。以连年缓征之后,而忽为是举,未免自相矛盾。然邑之晋绅先生,尚不能为之进言,岂一介书生反能预参末议乎?士君子危行言孙,亦处于不得不然之势。大意以此覆之。下午,接张竹江信,欲来年托荐馆地,亦大难之事。近日抗颜为师者,有日增之势,而延师教子者,日减一日。世无少陵广厦,安能大庇天下寒士也耶?(页眉:应世妙用。)

十七日(8月25日)　晴。晓起,清理账务。饭后,读"碑志类"下编九。此卷介甫文共十篇,以《广西转运使苏君墓志铭》①《临川吴子善墓志铭》②《金溪吴君墓志铭》③三篇为最佳。"碑志类"下编十,此卷归熙甫文六篇,长短各极其妙。八家而下,允推斫手。下午,阅《小谟觞馆词集注》。《贺新凉》词,唐樊宗师《绛守居园池记》:"苍官青士,权列与槐朋友。"究竟"苍官青士"是何树名?是日,彭诗阅竟,复事《杜诗镜铨》,从卷十一读起。予于五月中,在吴门寓所重读是集,六月以来,中多作辍,今晚展卷,拟于中秋节前读竟,未知能如愿否也?杨西河云:"《伤春五首》与《有感五首》并见才识忠悃,此杜诗根本之大者。"看来,《有感五首》先事预防,尤足补国史所未逮。唐藩镇之祸,始于仆固怀恩,而遂失河北,下逮五季,兵火相寻,诗已见其端矣,较《伤春五首》更见才大识大。(页眉:"苍官青士"是何树?唐藩镇之祸,始于仆固怀恩。)

———————

①③　双圈。
②　三圈。

十八日(**8 月 26 日**)　晴。晓起,接盛泽王少吕信,蒙题郭陈合装卷首。铁画银钩,已入古作者之室,虚舟而外,真不可多觏。即作书答之。饭后,作书与高伴山及四房浩如侄,明日招之使来,一为内人调理,一为酌荐账友。中午后,读"碑志类"下编十,此卷除震川外,方灵皋文二篇,似不如熙甫之错综变化,而法度谨严,自成一家。刘才甫《舅氏杨君权厝志》①一篇,情真语挚,遂成千古不磨之作。予于两先生全集均未曾见,只就选本所读,方名重于刘,而刘文实驾而上之。他日得两先生全集,再当焚香虔诵,未知有合否也? 又,"杂记类"一,此卷韩文共八篇,以《郓州溪堂诗并序》②一篇最为古雅。《新修滕王阁记》③尚有门径可寻。馀文已见前日记中,须参阅东雅堂选本。下午,王珠亭及沈婿来,谈至薄暮而去。(页眉:评方、刘两先生古文。)

十九日(**8 月 27 日**)　晴。晓起,笑山以事来,约廿八日到馆。饭后,阅"杂记类"二。此卷柳文小记共十二篇,以《游黄溪记》④《永州万石亭记》⑤《始得西山宴游记》《钴鉧潭记》《钴鉧潭西小邱记》《至小邱西小石潭记》⑥《袁家渴记》《石渠记》⑦《石涧记》《小石城山记》⑧十篇为最佳。"杂记类"三,此卷柳文六篇,不及永、柳以后所为,然皆明净雅饬,惟《馆驿使壁记》可不读。李习之《来南录》不过一篇日记耳。中午,读《杜诗镜铨》卷十一。午后,高文翁来,为内人诊脉处方,中饭而去。下午,至松荫草堂,以事覆王珠亭、沈笑山,抵暮而返。

二十日(**8 月 28 日**)　晴。晓起,清理账务。饭后,读"杂记类"

---

①②④　三圈。

③⑤　双圈。

⑥　此四篇均为三圈。

⑦　此二篇均为双圈。

⑧　此二篇均为三圈。

四。此卷欧文共十二篇,以《仁宗御飞白记》①《有美堂记》②《丰乐亭记》③《菱溪石记》《岘山亭记》④《真州东园记》《浮槎山水记》⑤《李秀才东园亭记》《樊侯庙灾记》⑥九篇为最佳。"杂记类"五,此卷曾文共十一篇,多经济道学之文,如《宜黄县学记》⑦《序越州鉴湖图记》⑧尤绝大手笔,其馀亦不可不看。《越州鉴湖图记》中云:"法令不行,而苟且之俗胜也。"今之风俗,适符其言,可不戒哉? 下午,简书戴老民敦促至芦墟。晤黄祝唐、朱霞轩之弟升斋及沈翠老,集议公事,仍无定见而返,约廿二日再议。是夜,大雨寸许。(页眉:是日申后,有黑虹从西北起,直至东南而止。)

二十一日(8月29日)　晴。晓起,成诗一首,寄梦琴。饭后,沈婿以事来,颇能喜阅古帖。中午,顾朗山来,匆匆而去。下午,作书与梦琴,以待明日寄去。沈婿谈至抵暮而去。

二十二日(8月30日)　晓起,寄答得珊、梦琴书。饭后,同沈婿至芦墟,与祝唐、升斋、翠老诸君叙。时子芸侄孙亦来,各人写定捐数一册,以待送县。祝唐为东道主,屡费酒食,虽属故人情重,亦是县家馀波所及,无可弥补。午后,与升斋约定明日同至城中。据翠老之意,欲令幼子年不满二十一人手提捐册,送至县中,并不邀同我辈,是欲趋巧,必至反触明府之怒。予与升斋均不以为然,故有是约。惜祝唐病后新痊,笑山忽丁内艰,同伴乏人,未免致叹于人才之难得也。抵暮归家,整顿行李,几无宁刻。

二十三日(8月31日)　微有雨。自四更起来,乘凉至吴江,不过辰时。闻周明府又上省,署中请在城诸董事于雷尊殿文昌宫内园同叙。中午,升斋亦来,遂同至内园,会见王秋水、金养恬。秋水本旧识,为人沉静寡言;养恬素未谋面,人亦谦和温雅,皆晋绅中之谨守礼

①③⑤⑥⑦　三圈。
②⑧　双圈。
④　此二篇均为双圈。

法者。然于邑中公事，渠亦不能竭力担当也。茶话片时而返。中午，与升斋小酌于云在草堂，极欢而罢，畅谈至薄暮而去。是夜，予仍宿旧寓。

二十四日（9月1日）　晓起，适玉生表侄来，谈至午前而去。中午，发信与大兄及丹林，约廿七日来载。至烧香港，候升斋，不值。中饭后，至雷尊殿前，与升斋及其胞侄吉甫茶话良久，面议捐册上不可担当者去之，吉甫并留小酌。下午，恐遇雨，先返。此来惟带《皇朝经世编》三册，故且徐徐展阅，是书于舟中销遣，已阅至七十六卷，大约三分之二。俟看遍后，再拟重阅一过。是夜迅雷，风雨交作，侵晓不止。

二十五日（9月2日）　风雨如故。晓起，将芦墟劝捐数目录出一纸，以备查对。昨晚，升斋将此册递交，已往黎里去了，可见与人共事之难。然地方公事，大家一味推诿，终何了局？予虽不才，此事尚可承当，亦不得已之苦衷也。作《嘲蚊诗》一首，聊以寄慨。中午，阅《皇朝经世编》，不觉疲倦昼寝。下午，有客来谈，大半公事居多，令人索然兴尽。去后，仍阅是编。微雨时下时止，不能起晴。闻田禾有虫损坏，恐今岁又不能十分收成矣。

二十六日（9月3日）　晴。晓起，玉生表侄来谈，以画兰十二副见示，仿周公暇作也。公暇名天球，为文衡山入室弟子。粥后，走候金养田，如旧相识，畅谈世事，皆近情切理，无仕宦家习气。回至王秋水处，以素藏赵松雪金字楷书手卷质之，秋水亦以为佳①。归寓，闻沈含珠表兄见过。中午后，至下塘周诚老处，寻含珠表兄。据云，姨母近有小恙。闻年八十有七，与我母同庚。姨母近况，尚可去得。回忆我母弃养，已阅二十有九年。古人云："膝下之欢。"已同过隙。此时欲我母常在床褥，奉侍汤药，竟不可得。凡有尊亲者，宜何如就养也。含兄又言，来年顾云泉馆地已仍旧了，大好大好。惟减去两徒，

---

① "秋水亦以为佳"原为"蒙叹赏不置"，后改。

束脩不过二十千之数,亦聊以娱老而已。回至城隍庙,与倪小香茗饮片时。至雷祖殿,重过吴构堂,谈论良久。闻父执潘朴堂之第三子现在中州河南,与予家久不通音问。朴翁为人,尚有前辈风流,与先子为金石交。先子没后,尚往来予家,以文章道义相勖。迄今年长无闻,而朴翁之墓木拱矣。蹉跎岁月,悔不可追,继吾后者,宜及时加勉也。抵暮归寓,时夕阳满地,乌鸦噪林,寓中光景,渐入清凉世界,人亦何苦在热恼场中日事征逐也耶!

二十七日(**9月4日**) 晴。昨晚过寺中废院,是三十年前随先子游息处,迄今僧已乏人主持,伊威在地,熠耀宵行,佛家也有荒凉之日,何怪人世之多变迁也耶?感而作七律一首。粥后,金养田宗培来答,畅论时事,如苏松粮赋及海运、河运,终无善策以处置。予谓正本清源,惟在当事者节俭以维世,不然,世日富而人日贫,必至不可收拾也。去后,与子芸侄孙细谈家事。下午,有客在座,辍读。宇侄以事来,予劝其且待一日,未知渠意如何。晚间家中船已来,然尚不能即归也。升斋特专人来知照,以腹疾不能到江,尚属古道中人,非悠悠者可比。

二十八日(**9月5日**) 晴。晓起作诗,却得佳句云:"候虫世界秋声起①,乌鹊园林晚景收。"粥后,仝同事不来,阅《皇朝经世编》。所带三册,近已阅遍,而公事未就,人皆畏缩不前,销磨岁月,縻费斧资,卒归无用,可谓长太息此也。下午,阅毛明府《宰娄随笔》一册,中有"弭盗"一节,疏解《论语》"患盗"章"苟子不欲"二句,却无人说过;"演戏"一节,凡居官临民者,宜三复之。统观此册,以廉明为主,而以勤俭辅之,吏胥不得为奸,小民隐受其福,凡亲民之官能如是,便是古之卓鲁,惜乎无人挽而留之也。

二十九日(**9月6日**) 晴。晓起,肃衣冠,以备晋谒明府。饭后,同子芸侄孙至雷祖殿文昌内园等候,时邑中金谢塘、王秋水、吴兰

---

① "候虫世界秋声起"原为"候虫世界商声老",后改。

墅三君子亦来。谢塘素未相识,一见如故,盖知名于十年前也。未几,周明府亲临,大家公揖,谈次出芦墟劝捐数目一册呈电,明府不以为然,予亦不与深辩也。邑中诸晋绅,惟劝凌、沈两家写一大数,沈以父命为辞,凌以数大不允。明府拂衣而起,若有不豫色然,进署去了。予谓:“今日公事,虽不谈及予,然不可不加捐。”因加至二百十千文。谢塘为予力任其事。次及凌家,诸君再四苦劝,竟书成数壹千千文。虽囊中有馀,果能补及不足否也?可笑侄孙家适有讼事,竟以此为牵连之计,欲写一大数。予为谢塘诵坡翁诗云:“世事饱谙思缩手,君恩未报耻归田。”上句今日之事,下句请以移赠太守。谢塘笑而颔之。是日返棹,已在黄昏时候。予不忍再睹此事,故废然而返。到家已三更后矣。

三十日(9月7日)　晴。晓起,面复大兄,均以退守为主,求田问舍,可以息肩矣。饭后,宇侄来,即以昨日之事相告,未免心怀岔岔。予谓此事如火方炽,宜以冷水应之,其火自然渐息;若以火济火,必至焚身,况破家县令乎?我侄年长于予,一生历处顺境,将近古稀,然作事不甚和平,故以前语告之,略尽竹林之谊,听与不听,我不计也。下午,至松荫草堂,晤寄松,闻三侄尚未来。如此作辍,安能计功成效?我家子弟,其谁能发愤否也?此月中连接张竹江七月十一日所发之信及潘映梅七月廿七日所发之信,均以书馆见托,惜无广厦为之大庇,奈何奈何!(页眉:戒侄要语。)

中国近现代稀见史料丛刊【第十一辑】

柳树芳日记（中）

张剑　徐雁平　彭国忠　主编

（清）柳树芳　著

张知强　整理

本辑执行主编　徐雁平

凤凰出版社

己亥日记五

八月初一日起,九月三十日止。《古文辞类纂》五十六卷读起。

租欠长单,领户朱元开,共五百廿户。

八 月

初一日(1839年9月8日) 晴。晓起,清理账务。饭后,送爱贻回去。午前,笑山到馆。中午,作书与祝唐、升斋。下午,改录近作。薄暮,石生从孙来,遂留信宿。

初二日(9月9日) 阴晴参半。晓起,作书与邱子谦。时石生从孙急欲回去。闻行药稍稍有得,心窃喜之。饭后,以事辍读。下午,重读"杂记类"六。此卷明允文二篇,以《木假山记》①为最佳。子瞻文五篇,以《石钟山记》《醉白堂记》②二篇为最佳。《超然亭记》中,"发之白者,日以反黑"二语,未免有语病。予未见发白复能使黑,或者仕宦家染须以讳老,亦未可知。须可染,发亦可染耶?《醉白堂记》中,言韩魏公方且愿为寻常无闻之人而不可得,呜呼!自古来位极人臣,求退不得,如乐天平生,退归颐养,千古能有几人也耶?子由文二篇,寓意尚浅。旁晚,接子谦回信,初十之约,不能不赴。

初三日(9月10日) 晴。晓起,清理账务。饭后,至姚家埭,问姨母之病,渐得平复,虽属老年,或者可以无事。蒙含珠表兄必欲留

---

① 三圈。
② 此二篇均为双圈。

饭,同席者有西宾沈先生、娇客张世兄。张与予家有连,即跃池姊婿之嗣孙也。下午,至北舍港宇侄处,昨已赴吴江去矣。便中,候赵韵园先生,时权课诸从孙,尚能循循善诱,犹见前辈风范。日晚风起,趁顺水而归。是日,有吴吟桥来,以子少眉来岁毛氏不仍旧了,欲觅一地。亲友中馆地,毫无更张,而托荐者已有三人,主日少而宾日多,寒士生涯,将何以自立耶? 三人者,映梅、竹江及少眉。

初四日(9月11日) 晴。晓起,临苏帖一页。饭后,读"杂记类"七。此卷介甫文五篇,以《度支副使厅壁题名记》①《游褒禅山记》②二篇为最佳。《伤仲永文》:"仲永之通悟,受之天也。其受之天也,贤于材人远矣。卒之为众人,则其受于人者不至也。彼其受之天也,如此其贤也,不受之人,则为众人;今夫不受之天,固众人,又不受之人,得为众人而已耶?"知而不学,卒归于愚;若愚而不学,欲求为愚人而不可得。甚矣! 知愚贤不肖,皆不可以不学也。晁无咎一篇,可不读。中午,鄂侄来,以近作见示,未暇展阅。谈及家事,各房诸多棘手。"读书"两字,侄孙中惟三大官尚可造就,然以锦侄之不甚爱惜,亦难必其成功。予谓鄂侄:"汝能有心提唱,玉成一子弟,予当相助为理,决不食言。惟我两人识之!"下午,鄂侄去。展阅侄稿,《元日诗》有"炎风吹处雨声粗"句,初疑"炎风"二字不切元日,及阅诗注,《吕氏春秋》:"东北曰'炎风'。"《汉书·五行志》:"正旦东北风,上岁。"可见为人秉笔之难。鄂侄今年诗已有五十馀首,佳句如《白牡丹》云:"富贵家声仙骨少,繁华诗境白描难。"《夜坐》云:"静极翻嫌虫语闹。"惜对逊不录。重读《杜诗镜铨》卷十一,《赴蜀山行》云:"仆夫穿竹语,稚子入云呼。"山行画景。《春归》云:"远鸥浮水静,轻燕受风斜。"写景入微。黄白山云:"'轻燕'句,宋人所极称。上句之工秀,人未见赏。鸥去人远,故久浮不动也。"(页眉:敏而不学者,宜细玩此文。)

---

① 三圈。
② 双圈。

初五日(**9月12日**)　晴。晓起,临苏帖一页。时宇侄来,索予所刻道光十四年芦墟劝捐公局清册去,将欲藉此清本,告诉各大宪,以周明府近有勒捐之事,心怀不平故也。饭后,以事辍读。下午,汉侄来,以田事托予转致大兄,恐难成就。薄暮,浩如侄又来,定见一知数,予为之介绍。

初六日(**9月13日**)　晴。晓起,临苏帖一页。饭后,张振勋同张绍堂来,以绍堂荐于浩如侄处,言定脩金二十两。去后,读"杂记类"八。此卷熙甫文共八篇,首首极佳,惟《长兴县令题名记》可以不读。《思子亭记》①,吴刻有后"辞曰"一段,极横厉无前,康刻所无。刘才甫文三篇,《浮山记》可以不阅,《窦祠记》②立论最佳。"箴铭类",以扬子云《酒箴》③、崔子玉《座右铭》④、韩退之《五箴》⑤、李习之《行己箴》⑥、张子《西铭》⑦为最佳。下午,读《杜诗镜铨》卷十一。《水槛》诗:"临川视万里,何必栏槛为?"意甚豁达。人生凡事,皆当作如是观,省多少心计、多少繁费。《奉寄高常侍》云:"今日朝廷须汲黯,中原将帅忆廉颇。"今日朝廷之上,不乏汲黯其人,而中原无事,大帅多在西北⑧。我国家当全盛之时,措置得宜,非汉唐可比。《赠王侍御四十韵》诗:"消中只自惜。"注引《后汉·李通传》:"素有消疾。"《素问》:"多食数溲曰'消中'。"即消渴也。又:"要闻除猰貐,休作画麒麟。"注引《朝野金载》杨炯事。《初学集·赠侯商丘诗》:"世事但堪图鬼魅,人间只鲜榾麒麟。"上句本《淮南子》,下句亦用杨炯事。《丹青引》八句一转韵,亦属创见之格。闻东乡花地甚熟,稻亦近有起色,可见连夜露华之养,胜人功百倍。(页眉:七古八句一转韵,亦属创见之格。《古柏行》亦八句一转,见十二卷。)

---

①⑥　双圈。

②③⑦　三圈。

⑧　旁批云:"时给事中蔡家玕力参大学士汤金钊,护庇外省督抚,疏凡三上,故云。"

初七日(**9 月 14 日**) 阴。晓起,临苏帖一页。饭后开晴,以事辍读。下午,读"颂赞类"。此卷以袁宏《三国名臣序赞》①为佳,而吴刻删去,何也?《文选序》中多"《魏志》九人"以下一段。"辞赋类"一,此卷《史记》文一、《离骚》文十②,篇篇宜沉思熟读,自然有得。以后读《骚》文,须参看《文选》《类纂》,《文选》注释详备,《类纂》段落分明,皆《骚》中指南车也。

初八日(**9 月 15 日**) 晴。晓起,临苏帖一页。饭后,闻姚家埭沈姨母之讣,没于初七日申时,年八十有七,不胜悲痛之至。姨母与吾母同出周氏,为同堂姊妹,恩爱甚笃。自归吴兴,中年丧夫,抚孤成立,日隆隆起。迨分析以后,时来吾家,痛吾母之亡,相与咨嗟泣下,所以奖劝树等者倍挚。近因年逾八旬,不良于行,犹时时问询不置。自姨母之没,而母党中无关注人矣。中午,至松荫草堂,以笔墨之事烦寄松,如挽额、挽对、门状等件,亦宜相助为理。下午,迟高伴山不至,读《杜诗镜铨》卷十一。《送韦讽上阆州录事参军》诗:"必若救疮痍,先应去蟊贼。"今之蟊贼,果何人哉?《太子张舍人遗织成褥段》诗:"皆闻黄金多,坐见悔吝生。"今之号为富人,金未必多,而悔吝已生,何耶?《寄董卿嘉荣》诗:"猛将宜尝胆,龙泉必在腰。"活对得妙。卷十二,《正月三日归溪上有作,简院内诸》诗:"蚁浮仍腊味,鸥泛已春声。"上句曾命儿作赋,下句一好诗题。《绝句三首》之一:"漫道春来好,狂风大放颠。吹花随水去,翻却钓鱼船。"神韵绝似太白,集中仅有之作。薄暮,伴山翁来,盖为笑山及内子处方也。

初九日(**9 月 16 日**) 晴。晓起,清理账务。饭后,至姚家埭,哭沈姨母之亡。中午,至泮水港,未暇逗留而返。下午,整顿行李,明日将至梨里、平望。暇读《杜诗镜铨》卷十二。《赤霄行》注,《诸葛亮传》:"陈寿所上诸葛亮集,目录凡二十四篇,《贵和篇》第十一。"此诗

---

① 三圈。

② 此十一篇均为三圈。

一结："丈夫垂名动万年，记忆细故非高贤。"古来睚眦必报，真小人之所为，大丈夫断不出此。杜诗中五古《三韵》一篇，甚古悍。《去蜀》一结："安危大臣在，何必泪长流。"用反言见意，语似自宽，正隐讽大臣也。作诗能于此处体会，自然立言得体。（页眉：五古一篇《三韵》甚古悍。）

初十日（9月17日）　晴。晓起，至姚家埭，送姨母周太孺人之殓。饭后，率薰儿至梨里，过敬承堂，访邱昼翁乔梓，特设华筵，款待于半亩园中。时同集者，味梅、子玖、心斋昆季及黄快亭乔梓、李梧村，皆予相识人也。午后，薰儿逗留外家，予至六里舍，答王珠亭、孙秋伊。时珠亭赴苏，秋伊有微疾，不及畅谈。回至平望日新堂中，幸大姊无恙，殷甥款留甚恭，仍宿于话雨楼中。与海香、谱经谈至二鼓后，就寝。

十一日（9月18日）　晴。晓起，与海香略谈考试事。饭后，与谱经言及劝捐一事，皆心怀不平。以有用之财，而消磨于无何有之乡，莫怪生计之蹙也。中午，戚爱贻、范湘楼来谈，虽同集于竹香居中。下午，与诸君重登平波台。时里人新葺元真子祠，非不精整，然不若旭日湖光处，终觉形势浩荡也。犹忆嘉庆乙亥年，与东溪、竹安来游于此。台影湖光，依然如旧，今东溪久归道山，竹安宦游八千里之外，音信杳然。感念旧游，有不能已于言者，得五律诗一首。归棹，已上灯候矣。

十二日（9月19日）　晴。晓起，偶阅王砚农所刻《绘水集》《宝印集》两种，江浙名流，征诗殆遍，可谓好事者矣。饭后，阅试差单。福建正主考为何绍基，湖南人，与谱经乡同年，闻其学问渊博，出都时从水路而来，舟中书籍拥身，日事批阅。副主考为蔡家玕，江西人，今年为公事力参汤金钊，亦朝中之矫矫者。下午，阅给事中金应麟奏章，专为江苏漕弊，欲减粮船掷费，不得不筹及于海河并运，与拙见竟同，然未知能办否也。

十三日（9月20日）　晴。晓起，展阅丙子年东溪所补《莺湖修禊图》，不觉凄然有作。图中题咏，逝者居多，惟汤雨生副戎贻汾、陈梦白方伯祖琛尚存，诗亦为合卷之冠。饭后，爱贻来谈，下午始去。欲游小九华，不果。

十四日（9月21日） 晴。晓起，同王羲亭至六舍里珠亭家。时姨甥补琴有行聘之事，席间晤梨里陈铁君，即邦弼翁之子。是日，与孙秋伊、张逸坡畅谈。下午，同羲亭至慕士港，羲亭归家，予仍宿话雨楼。夜间，晤王云墅，即砚农之季弟。邦弼翁曾来予家多次，业医，犹存古道。

十五日（9月22日） 晴。晓起，至羲亭家话旧。饭后，同王云墅、谱经昆季游小九华。观里人新建文昌阁，尚未竣功。时烧香云集，男女成群，俗僧借为敛钱之计，当道置之不问。予心实恶之，拂衣而去。至城隍庙内园，尚可小憩。座次晤云间姚坚香，为春翁之弟。闻春翁仍在楚北毛大令处，坚香现设帐于吴竹坡家。下午，仍到日新堂中。是夜为中秋节，选之置酒燕客，盖专为海香师而设也。酒罢，月色皎洁，同谱经、云墅、选之、二式甥在东溪湖弄月，有诗纪事。

十六日（9月23日） 晴。晓起，整顿行李，与大姊话别。大姊约月初过来。饭后，同爱贻至梨里冯婿家，冯婿留予食汤饼，甚佳。时薰儿先在座，云外家过留，须至十八日归家。下午，同爱贻、仰山婿至汝梅村家，冯婿有事托梅村，因予转致耳。茶话片时而返，到家已日暮矣。是日，闻陈漱泉、嵩生四嫂之没。漱泉没于八月初十日，嵩四嫂没于八月十三日。

十七日（9月24日） 阴。晓起，展阅鄂侄诗信，为予校勘《读史论略》几处。饭后，至东浜，问笑山之疾，尚未脱体。中午，同寄松饭于松荫草堂。时沈婿以漱翁新归道山，家内无人经理，如钱粮、田租诸务，必须检点一番。言非不善，未免有妨举业。甚矣！人能专心读书，福分为无涯也。下午，重至笑山处。其家延泮水港顾南园诊视，据云，病势已退，惟调养为贵耳。然到馆须至九月矣。是日，在婿家最久，薄暮始返。

十八日(**9月25日**) 晴。晓起,作书与邱昼翁及鄂倳、薰儿。饭后,凌古泉同其兄以田事相累,予毅然却之。下午,作书与潘启堂表倳,适石生从孙以其友人《桐阴觅句图》索题,为成二断句。时薰儿已归,夕阳犹在树头,可免尔母倚间之望矣。

十九日(**9月26日**) 晴。晓起,至芦墟,吊陈漱泉。饭后,同升斋至祝唐处问疾,幸已脱体。午后回家,适平望吴婿来,遂留信宿。闻周庄沈姨甥来过。薄暮,阅鄂倳诗,近体时有佳句;石生倳孙诗,功夫尚浅。

二十日(**9月27日**) 晴。晓起,录清近作。饭后,启堂表倳来,定见于沈婿家,每年脩金六十九串钱三十两,约廿五日去载。适沈婿亦来,即以此事告之,遂同席于养树堂。下午,作书与陈鹤峰姨甥,亦受沈婿所托也,约渠廿四日来。是日傍晚,有人自大港来,将鄂倳诗及石生倳孙诗、《桐阴觅句图》一并寄去,附信在内。

二十一日(**9月28日**) 晴。晓起,至北舍港宇倳处,阅臬司披语,不甚佳。时省试尚未回来,问赵韵翁,须至月底解馆。饭后无事,仍阅"辞赋类"二。此卷骚经三篇,《卜居》①《渔父》②俱入《文选》,惟《远游》《文选》不收,文亦不及上二篇之洒脱。"辞赋类"三,此卷除宋玉《九辨》第六首以下及景差《大招》一篇,馀皆篇篇宜读。下午,读《杜诗镜铨》卷十二,五律如《旅夜书怀》③,披讲极细,可悟作诗之法。《别常征君》诗,一起第二句:"卧病一秋强。""强"字作"馀"字解。《三绝句》眉披,邵云:"有古绝,有律绝,此及《黄河二首》皆古绝也。"《客堂》诗评:"古人'屋''职'二韵多通用。"公此诗及《三川观水涨》《别赞上人》《戏赠友》《天边行》《桃竹杖引》《南池》《久雨,期王将军不至》《虎牙行》,多以"屋""沃"与"职"字同用,盖亦用古韵也。今按,古"屋"通"沃",转"觉"。《韵略》通"沃""觉",均不通十三"职"。可见作

①③ 三圈。
② 双圈。

诗宜宗唐韵。是日,闻笑山之痢已减一半,可慰可贺。(页眉:诗中"强"字,往往作"馀"字解。杜诗用韵,一"屋"、二"沃"通十三"职"。)

二十二日(9月29日) 晴。晓起,清理账务。饭后,阅"辞赋类"四。此卷除贾生《惜誓》及汉武帝《瓠子歌》外,其馀宜从《文选》读本为善。"辞赋类"五,此卷《子虚》《上林》两赋①,亦以《文选》读本为佳。下午,阅《杜诗镜铨》卷十二。《石砚诗》:"联坳各尽墨,多水递隐见。挥洒容数人,十手可对面。"发挥石砚之浸润发墨,亦善于形容。朱注:"尽墨,犹今云'发墨'也。"常建《破山寺后禅院》诗:"山光悦鸟性,潭影空人心。"极为欧公所赏,不知出于杜句。《移居夔州作》:"农事闻人说,山光见鸟情。"《最能行》有"小儿学问止《论语》"句,读之可笑。杜公《同元使君春陵行》,序胜于诗:"览道州元使君结《春陵行》兼《贼退示官吏作》二首,志之曰:当天子分忧之地,效汉朝良吏之目。今盗贼未息,知民疾苦,得结辈十数公,落落然参错天下为邦伯,万物吐气,天下少安可待矣。不意复见比兴体制,微婉顿挫之词。感而有诗,增诸卷轴。简知我者,不必寄元。"(页眉:吾愿天下官人,日日俯诵一遍。)

二十三日(9月30日) 晴。晓起,至芦墟高文翁处诊治。时鼻渊复发,预为清理。回至陆外委营中,答其前日来拜也。到镇,饭于祝唐处。午前,路过东浜,问笑山之疾,痢已减半,然神气疲软,及早就痊,复元非一月不可。决意延请赵韵翁权课薰儿,即以此事告之。中午回家,以事辍读。

二十四日(10月1日) 晴。晓起,清理账务,几至头眩。平日良书犹拥,从无厌心,一与赋租相亲,不觉索然意尽,可知吾辈原非求田问舍中人。饭后,读"辞赋类"六。此卷长卿《哀二世赋》太率意,《大人赋》太艰涩,均可不读,其馀宜从《文选》本。中午,鹤峰姨甥来,予为介绍,接手乃翁一地。言定烟酒一应在内,每年脩金四十二千

———

① 三圈。

文。即同至松荫草堂，面致沈婿，共饭于书楼下。下午归家，身子不甚爽健。欲至北舍港，不果，命振凡偕孙去。后闻刘子显尚未到馆，赵韵翁须至重阳节前来。是日午后，吴婿回去。

二十五日(10月2日)　晴。晓起已晚，饭后，读"辞赋类"七。此卷皆子云之文，以《解嘲》①一篇为最，除《河东赋》《解难》《反离骚》三篇，其馀俱见《文选》。下午，读《杜诗镜铨》卷十三。有《种莴苣》诗，序云："既雨已秋，堂下理小畦，隔种一两席许。向二旬矣，而苣不甲坼。"近吴市于春夏之交，多莴苣笋，其色青，其味如竹笋，而稍逊其鲜，未知即是杜公所种否？录此俟考。《题张旭草书图》："悲风生微绡，万里起古色。锵锵鸣玉动，落落群松直。连山蟠其间，溟涨与笔力。"仇注："玉动，比其清和；松直，比其苍劲；连山，状其起伏；溟涨，状其浩瀚。六句，书之神妙出矣。"《诸将五首》《秋兴八首》《咏怀古迹五首》②皆在此卷，读他本，宜参观。（页眉：莴苣笋，备考。《镜铨》十三卷中多七律名作。）

二十六日(10月3日)　晴。晓起，至芦墟高文翁处覆诊。饭后归家，殆而昼寝。中午，抄录林制军则徐密奏一篇，中言："欲禁绝鸦片，不得不严其法于吸食之人。若犹泄泄视之，是使数十年后，中原既无可以御敌之兵，且无可以充饷之银。"兴思及此，能毋股栗？大臣为国除害，非用严刑不可。子产之治郑，实救时良相也。下午，以鼻疾静养辍读。

二十七日(10月4日)　阴。晓起已晚。饭后，至东浜松荫草堂，以薰儿及爱贻近作就正于吴寄松。时笑山病未就痊，韵翁须至重阳节到馆，作文不可一日无师，故求其直笔，谅寄松断不以俗情见待也。便道至陈古愚馆中畅谈。中午有会酌，聚于三古堂。座间晤张竹江，以考作见示，并录示袁松巢作，颇有体裁，未知能中式否？薄暮

① 三圈。
② 此三篇均为双圈。

归家。是日,闻笑山疾可无碍矣。

二十八日(10月5日)　雨。晓起,清理家务。饭后,雨时止时作,颇得清暇之趣。偶成新乐府一首,题曰《虎而冠》,盖为某酷吏好为狭斜之行,竟被武弁所缚,出重资厚赠武弁,乃得解脱。居官罗织士民,惟买千金①一笑,挥霍无馀,可恨可杀。存此诗,虽不能风世厉俗,聊足以惩淫诛奸云尔。下午雨止,云阴阴不开。读杜诗卷十三,《宿江边阁》诗:"薄云岩际宿,孤月浪中翻。"胸中难写之景,五字尽之。又《期严明府同宿不到》诗注,《晋·舆服志》:"八座执笏;其馀卿士,但执手板。"乃知手板与笏之分。

二十九日(10月6日)　阴。晓起,清理家务。饭后,整顿行李,明日又要出门。中午,属丹林录清近作。《松陵人物补志》第三、第四两册,爱贻于日上抄完,即属其全书校对一遍。下午,读杜诗卷十四。《存殁口号二首》,每篇一存一殁,盖席谦、曹霸存,毕曜、郑虔殁也。鲁直《荆江亭即事绝句十首》亦然,见《容斋续笔》。

九　月

初一日(10月7日)　阴。晓起,作书与寄松,再以薰儿课艺就正,奈前文尚未看好也。饭后,有事辍读。下午,至北舍港,闻宇侄勒捐一事,仍然如故。欲候赵韵翁,以观剧不值,即托四侄孙转致,约九月十三日,竟到泥潭头去请。

初二日(10月8日)　阴。晓起,至吴江,不过饭后。到朱局,始知老友鹤田有无妄之灾,受责皮掌一百有馀,在家闷坐,予赴彼慰问。虽事有不平,亦出于无可如何耳。午后,晤桂轩侄孙及费老玉,知侄处劝捐一事,已草草写定,加捐共二百五十千文,皆玉老之力也。黄昏,晤袁渔溪畅谈,至一更后就寝。

初三日(10月9日)　晴。是日寒露节,晓起,风自东北来,饭

---

①　"千金"原为"美人",后改。

后,转东南风。谚云:"寒露日吹西北风,告化吃丐未为穷。"甚言凶年之为害也。今得东北风,和暖之气,或可转歉为丰耳。予与老玉同舟至吴门,舟中向予备述此番解纷一事,亦出于情之所不能却,而宇侄别有所赠,未免视吾等为太轻,欲将原物托予归还宇侄,予婉言谢之。盖予非原议之人,受不受,任凭两造自愿耳。午前入城,寓周有恒家。下午,喜墨斋刘先生来寓。

初四日(10月10日)　阴。晓起,阅《皇朝经世编》,至八十五卷。饭后,至阊门,零置物件,由南濠归家。午后,走访杨聋石,闻六舟上人现在沧浪亭,即往访之。以新得米南宫《食笋诗》墨迹相商,据云,未必的真,或系少年之作,亦未可知。后虞、杨二跋,必宜割去。且伯生墨迹见在,两两相仿,其为伪也无疑。时六舟出示唐宋人手卷一个,内有伯生题跋,绝佳。此僧藏弄甚富,惜无暇细观。世间清福,多被名僧占尽,吾辈日在尘埃中,不啻有霄壤之别。下午归寓,约刘先生茗饮。胸中积磊,亦聊以销除。

初五日(10月11日)　晓闻雨声,顷即止。予与刘先生同舟至牧犊镇,自朝上开船,到镇尚在午前。寻端园园主人,不值,园亦新闭,以刘先生故①,仍延客入园。园不甚广,而匠心曲折,随地布置,不致一览而尽。环山草庐,最为此园之胜。前临荷沼,叠石垂杨,足供留憩。后绕回廊,上有楼②,三面皆可远眺。灵岩山在其后,相悬不过二百步。农田如卦,早禾已庆收成。西有眺农楼,惜北窗不甚高旷。是日不晴不雨,绝少游人,予与刘先生盘桓久之。主人钱姓,号端溪,以贸易起家,晚享园亭之乐,此福真前生修到也。下午归寓,湿云满布,微雨溟蒙,泥涂正滑滑矣。

初六日(10月12日)　晓来微有雨。下船极早,到江不过饭后,雨亦止。欲候谢塘太守,以疾辞。遂向朱、何两局,查收粮米,多有不

---

①　"以刘先生故"原为"以刘先生旧与主人相识",后改。

②　"后绕回廊,上有楼"原为"后绕阳台",后改。

符,可见即此一事,模糊者不少。回至县前,闻任兰洲复入监中。兰洲前在监中四年,于去冬释回,急宜闭门谢事,今夏稍不及检,复被牵连入狱,可谓不善守身者矣。予非幸人之灾,欲人常自警省,不可一置其身于不善之地,受人罗织也。下午,息养船中,故不及到家。是夜梦回,闻雨声极大。(页眉:是日黄昏后,各处地震,尚不致有损。予在舟中,不及觉。)

初七日(10月13日) 晓雨不止,遂冒雨放舟,到家尚在午前。清理账务毕,始展阅邱昼翁来信及寄松所改薰儿文三篇,幸不以世情相待。下午,成近作二首。

初八日(10月14日) 雨。晓起,清理账务。饭后,以事辍读。下午,复札致吴寄松,蒙将薰儿改本二篇寄来,看得颇认真,可谓不负所托者矣。

初九日(10月15日) 雨。晓起已晚。饭后,同爱贻及薰儿至梨花里。爱贻登岸,至陈氏去。予与薰儿至邱昼翁家贺喜,时昼翁二孙女有出阁之事。席间晤汤小云,名嘉树,今岁入浙江仁和学,为西涯少宰后裔。下午归家,风雨正满船矣。连日出门,不觉唇上发疖,总由水亏火旺之故。

初十日(10月16日) 晓起,微有雨。饭后,至芦墟高文翁处覆诊,盖预为调摄也。座间晤杨润田,乃杨佩兰之嗣父。佩兰曾与青儿同笔砚,年二十八,亦以瘵疾亡,生子一,年已十有二矣。中午归家,雨亦止。下午复雨,恐不能起晴。是晚,顾吉生来,始知老友吴柯亭近有骑省之戚,并来岁馆地尚未定见,殊为关注,惜邑中馆地极少,奈何!

十一日(10月17日) 阴。晓起已晚。饭后,清理账务毕,适有人来,以事相嘱,心实厌之,然亦不能固却也。下午,重理账务,抵暮而止。

十二日(10月18日) 阴。晓起已晚。饭后,出吊于芦墟陈氏,时漱泉夫人于昨日去世,今晚入殓。闻祝唐老友旧病复发,走至瘦竹疏花馆中，惟见憔悴满地，群居聚门，祝唐从台上观，可谓老子于此，兴复不浅，然究非吾辈中所宜好也。回至袁一邨处，茶话片时。一邨为予亡友葵圃之子，外貌极端静，未知中藏如何。中午，饭于陈氏，与古愚畅谈。时沈艺生姨甥亦在座，容貌举止极端重，相此子必有后福。薄暮归家，爱赀已来，薰儿尚逗留昼翁家，约明日去载。

十三日（10月19日）　雨。晓起，清理账务。饭后，以事辍读。午前，薰儿自梨里归，出浙江盛茂才考作见示。起讲一落，颇能制胜，惜后太走松路。予闻迮青霞先生云："凡遇一节题文，或三段四段，讲内断不可逐段排写，须扼一二字，融会成文，方能夺目。"如今秋"季康子问仲由"一章，讲内若将"果""达""艺"排写，便落长套，盛作扼一"才"字，盘旋到底，此射雕手也。即不能中式，自能出房，以待榜后考验云尔。下午，闻嘉善县已报捷，枫泾一许、西塘一朱，馀俱落孙山外矣。

十四日（10月20日）　阴。晓起，放船至金泽镇，请赵韵园先生到馆。时笑山病未就痊，考前不可无师，故以韵翁代庖。午后，韵翁已来，遂同席于养树堂。韵翁以齿痛不饮酒，无复曩时清兴矣。下午，闻殷柏庭、仲博山南闱报捷，不胜欣喜之至。柏庭在予家相聚一年，潜心好学；博山虽未相识，闻其年少能文，均属后来之秀。并相传平望又中式一人，未知是谁，明日终有的信矣。

十五日（10月21日）　风雨复作。饭后，放舟至大港，时鄂俛至平望去，与六房二俛、三俛、四房浩如俛及石生、仲宣两俛孙畅叙，遂同饭于焦桐吟馆。薄暮始返。是日，闻南闱中式，盛泽镇上是沈南乙，非仲博山。此信若确，又喜出望外。南乙工诗古文词，独不长于制艺，予曾作札劝勉，谓士人进身之计，非八股不可得。今若幸登贤书，亦可稍慰矣。故特记于此。

十六日（10月22日）　晓起，似有晴意，饭后复雨。昨携鄂俛所撰《书孝经课本后》散体文一篇，中引朱子《孝经刊误》一书，当日因衡山胡氏、玉川汪氏之疑而删削考定。按，《钦定四库全书总目》载："宋胡宏,高宗时为礼部侍郎,居衡山,故曰'衡山'。汪应辰,孝宗时为端明殿学士。"文中又言:"我朝圣祖仁皇帝,照朱子考定之本,《钦定孝经衍义》一百卷。"按,《总目》内只有《御注孝经》一卷,世祖章皇帝御撰;《御纂孝经集注》一卷,世宗宪皇帝御撰。《简明目录》所载皆同。查两书并不载《钦定孝经衍义》一百卷,未知何本? 中午,闻周令已丁内艰,阖邑称快。此虎一去,今冬可无苛政之累矣。周令自去秋到任以来,不过一豪华公子,忝居民上。今年夏秋之间,忽奉上官面谕乡会试劝捐事宜,从此借端勒索,横行无忌,极草野之脂膏,买平康之歌舞①,纵欲败度,莫此为甚。吾邑故家乔木,日渐衰替,竟无巨室晋绅可与廷净面抗,而草莽书生,徒隐忍而不能言。今幸推之而去,未必非天之福庇吴民也。书竟,浮一大白。下午,录清近作,并成《九月十三日书事》诗一首。

　　十七日(10月23日)　阴。晓起,清理家务。饭后,放舟至东浜。时外姑有微恙,延伴山翁调治,故仃候一谈。中午后,伴翁已来,同进内房诊候。虽无大恙,然以八十二岁之高年,亦宜谨慎小心也。薄暮始返,南乙捷音已到,深庆故人有子。乃翁当日结客好事,家遂中落,然论人家常理,不能有盛无衰。苟能培养子弟,发名成业,虽贫何碍? 较诸败家子弟,同一销磨,相悬奚啻天壤也耶? 书此,以示后人。

　　十八日(10月24日)　阴。晓起,作书与鄂侄。饭后,北舍汉侄来,成一仓冬米而去。时田禾被灾,秋雨连旬,未免有米珠薪桂之虞。自十四年禾稼有收,至十八年秋成,连熟五年,予早知今年之不能如愿矣。下午,以事辍读。是日,闻外姑之恙稍解。

　　十九日(10月25日)　晓起,愁霖不止。正在闷坐,适沈婿同来作文,不觉狂喜。是日课期。与韵翁有约,凡三、六、九文期,遇九作两文一诗,略仿场屋中规条。惜同伴太少,惟薰儿与爱贻两人,今得

―――――――――

　　①　"买平康之歌舞"原为"供柳花之喜笑",后改。

沈婿同来,真能观摩有益矣。饭后,清理账务。下午,至大兄处,乞一菊花而返。薄暮,舟从周庄来,艺生姨甥惠兰一盆,种极佳,知予性之所好也。

二十日(10月26日)　阴。晓起,清理账务。饭后,汉侄来,中饭而去。下午,沈婿亦去,约廿九日再来。此子天分尚好,惜不能潜心制艺,终少贤父兄督责耳。甚矣!孤子当室之大难成就也。是日,各佃请看稻者,络绎不绝。今秋田禾受伤,连被阴雨,复致倒在泥涂,积久生芽,谷实已坏。上天降灾,人亦无可挽回也。

二十一日(10月27日)　自夜半复雨,迨晓不止,饭后稍歇。连阴已半月馀矣,黄云断烂,低区浸在水中,高亦倒眠泥上,谷实生芽,世所罕见。人无造命权,安得回天手,尚可转歉为丰耶?连日检阅租账,不觉心荡。仆于此事,无能为役,故决然舍之而去。下午静坐,欲作《愁霖篇》而不果。是日逢一赋期,韵翁以东坡《后赤壁赋》命题。以"人影在地,仰见明月"为韵。

二十二日(10月28日)　晓起,略有晴色。饭后,成《愁霖篇》,借题发舒,亦为周令作也。中午,检阅租账,半日而止。下午,大兄自吴江回来,始知新令韩明府于今晨到任,系浙江杭州籍。闻局中推收,极迟月底。过了廿四日,先赠公忌辰,必须到江。灯下,重读《杜诗镜铨》。卷十四中,《壮游诗》共押五十六韵,在五言古风中,尤多悲壮语,如:"性豪业嗜酒,嫉恶怀刚肠。脱略小时辈,结交皆老苍。饮酣视八极,俗物多茫茫。""气劘屈贾垒,目短曹刘墙。""放荡齐赵间,裘马颇清狂。春歌丛台上,冬猎青邱旁。呼鹰皂枥林,逐兽云雪冈。"结处壮心销尽,仍是壮心销不尽:"群凶逆未定,侧伫英俊翔。"何等胸次,何等眼界!从不作一衰飒语。"气劘"上宜增录"归帆拂天姥,中岁贡旧乡"二句,看去方能一气贯下。(页眉:杜公《壮游诗》。)

二十三日(10月29日)　阴。晓起,清理账务。饭后,租账、推收账均已录毕。廿五日又将出门矣。下午,韵翁以近作见示,欲次韵而未果。

二十四日（10 月 30 日）　晓起，闻西北风，秋晴可卜。饭后，次韵和赵韵翁《积阴感事诗》成，适沈婿来，以课作就正韵翁。闻院试行文于十月十二日取齐，此时却不甚忙，尚可亲到玉峰。是日为先赠公杏传府君忌辰，故不出门。暇时，仍读《杜诗镜铨》卷十五。《阁夜》诗，东坡云："七律之伟丽者，子美之'旌旗日暖龙蛇动，宫殿风微燕雀高。五更鼓角声悲壮，三峡星河影动摇'。尔后寂寞无闻。欧阳永叔云：'苍波万古流不尽，白鸟双飞意自闲。'又：'万马不嘶听号令，诸蕃无事乐耕耘。'可以并驱争先矣。"小生亦云："令严钟鼓三更月，野宿貔貅万灶烟。"又："露布朝驰玉关塞，捷书夜到甘泉宫。"亦庶几焉耳。愚按，老杜之作，纯是黄钟大吕，著纸皆响，千古而下，恐难嗣音。下午，天色昏沉，辍读。灯下，重读《晓望白帝城盐山》诗："翠深开断壁，红远结飞楼。"仇注："断壁开处，见其深翠；飞楼结处，见其远红。用倒装法。"即"香稻啄馀鹦鹉粒，碧梧栖老凤凰枝"句法也。《不离西阁》二首，第一首结云："不知西阁意，肯别定留人。"赵曰："言西阁之意，肯令我别乎？抑定留人也？"山谷尤爱其深远闲雅。《大食刀歌》逐句用韵，是柏梁体，却又用转韵，自成一格。（页眉：老杜伟丽之作，欧难为继，苏公近之。倒装法。诗题亦奇。柏梁体中变格。）

二十五日（10 月 31 日）　晴。饭后，放舟至吴江。时东北风极大，到江已下午矣。先至朱、王两局承处，查收过户。回至舟中，将及黄昏时候。是夜榻在舟中，市无喧哗之声，竟得酣睡。

二十六日（11 月 1 日）　晴。晓起，至何局，查收过户。遂放舟至吴门，先到柯亭馆中，闻来年馆地仍旧，大为故人庆。拉渠同至沧浪亭，访六舟上人。六公重出米南宫所书《天马赋》墨迹见示，较予所藏《食笋诗》，不啻有上下床之别，予即乞其题跋。盖此公于金石书画最深，勿以非吾徒而少之。座间，晤韩礼卿，名崇，即桂林尚书之幼弟，见予近刻四种，款接甚恭。予亦不能久留，与六公匆匆话别。柯亭邀予再至馆中，以日晚辞。是夜，住宿舟中。夜长不寐，迨晓有作，三叠韵翁元韵。闻苏州九县中，惟崇明、嘉定不报荒，馀皆纷纷叠告矣,未知今岁粮赋缓征几分? 凡有田之家,群以此事为累,租日轻而赋日重,居其中者,岂非一大难事耶?

二十七日(11月2日)　晴。晓起,重过吴江,至老友鹤田处,闻得新丧一爱婿,岂非雪上加霜? 何以堪此。予惟缓辞慰劳而已。午前回棹,到家未晚。闻值路已来通知,十月十二日院试。取齐之信始确。

二十八日(11月3日)　阴,总由西风未透也。晓起,清理账务。饭后,李梦仙所抄《四书典要》已毕,予急欲校对一遍,自今午起。下午,大兄来,时病已就痊,胸多抑塞,良由见道不明。兄处境极丰,子亦平妥,年近六十,未得行乐之方。尝郁郁家居,我亦不解其何故,岂赋性使然与? 甚矣! 家庭之乐,最难得诸伦常中也。灯下,重读《杜诗镜铨》卷十六。《园人送瓜》诗,"草"字重韵,韵同意异,公诗中每用之。

二十九日(11月4日)　阴。晓起,校《四书典要》。饭后,沈婿仍来作文,并以六上课题文质诸韵翁。午前,吴江黄雨亭来,述其尊甫小轩先生,前既丧子,今又丧孙,老年境况,殊难为怀。近日,孙妇许氏坚执从一而终之义,必欲入门守节。义无可辞,未免稍有所费,为将伯之呼。予慨然助洋二十枚,盖与小轩曾有一番投契也。小轩之子名增川,号如斋,道光元年辛巳科举人,将分发某县。十六年秋,以疾卒于山东道上。出都时,与朱文涟、许源偕行。没后,许以胞妹许字其子鉴,即以朱为媒。鉴没于今秋省试场前,实未成婚。年少多才,情正可怜。而许氏立志冥婚,义不再嫁,甚可嘉也。源号达泉,文涟号野屏,皆十六年丙申科进士,榜下知县。灯下,重读《杜诗镜铨》卷十六。《奉送王信州北归》五排诗,如:"尘生彤管笔,寒腻黑貂裘。"下句"腻"字有味,庸手不能用也。《滟滪》诗,《石林诗话》:"诗下双字极难,须五言、七言之间除去五字、三字外,精神兴致,全见于两言,方为工妙。必如老杜'无边落木萧萧下,不尽长江滚滚来''江天漠漠鸟双去,风雨时时龙一吟'等句,乃为超绝。近世王荆公诗'新霜浦溆绵绵白,薄晚园林往往青'与苏子瞻诗'浥浥炉香初泛夜,离离花影欲摇春'皆可以追配前作。"《雨》诗一起:"山雨不作泥,江云薄为雾。"写微雨乍开乍冥之景,绘画不到。予今夏游山塘,适值乍晴乍雨之候,一起:"微雨不着人,清风善吹客。"自为得意,读公诗,不觉爽然若失矣。(页眉:双字诗。"往往青"三字极新。)

　　三十日(11月5日)　晴。晓起,校阅《四书典要》至卷三。饭后,闻南乙在外家已去,月初欲赴江吊周令之母,予却不赴。蒙寄松问之,谓此礼自不可缺。予有札覆沈婿,云:"似此热官,尚何恋区区一二薄分耶?他眼孔里本无我辈,书生傲骨,断不能缘此折腰。寄翁毕竟是古道君子,所言实深铭感,无如倔强性成,竟不能改也。罪罪。"予平生未免有刚肠嫉恶之病,屡欲痛改,已成痼疾,今老矣,无能为也。然处世究宜谦和为贵,继吾后者,断不可以此为法。午后,仍校《四书典要》,抵暮始罢。灯下,成诗二首:其一《于伯兄处乞得菊花一盆,以供案头清玩》,其一《秋冬之交,闽兰忽发一枝,殊出望外,诗以志之》。此皆近日事,诗亦不为无意。重读《杜诗镜铨》卷十六。《送李八秘书赴杜相公幕》项联:"石出倒听枫叶下,橹摇背指菊花开。"注:"毛奇龄云:'石崖横出,则落叶之声在上,故曰"倒听";飞橹迅行,则菊岸之移忽后,故曰"背指"。'"上句作上下两层说,下句作前后两际说。(页眉:书生病根。)

己亥日记六

十月初一日起,十一月初十日止。《古文辞类纂》于小春月二十五日重读毕,《杜诗镜铨》于小春月十四日读毕。

十八年二月初十日取齐。

初十日(1838 年 3 月 5 日) 下午开船。

十一日(3 月 6 日) 中午到昆。

十二日(3 月 7 日)

十三日(3 月 8 日) 文宗案临。

十四日(3 月 9 日) 下学放告。

十五日(3 月 10 日) 新进古学。

十六日(3 月 11 日) 已进古学。

十七日(3 月 12 日) 长、元、和头场。

十八日(3 月 13 日) 新进古学覆试。

十九日(3 月 14 日) 江、震、崇二场。

二十日(3 月 15 日) 已进古学覆试。

二十一日(3 月 16 日) 嘉、宝、镇三场。

若以前年约略计之,十二日取齐,二场必在廿一日。

十九年正月起,至九月止,共用洋钱七百七十四元七角,一百一十六,足钱三百卅五千二百〇七文,合一千二百卅三千八百五十九文。

又加十月、十一月,共用洋钱二百七十三元,一百一十七,足钱一百〇八千六百四十五文,连前共合一千六百六十一千九百十四。

又加十二月,共用洋钱三百九十八元,一百一十六,足钱一百六十五千二百〇三文,连前共合二千二百八十八千七百九十七。

计洋钱一千四百四十五元七角,足钱六百〇九千〇五十五文。

菜油五担,洋钱卅三元,一千一百五十五。

税契,洋钱九十五元,一千〇五五。

县府考,洋钱廿二元,一百一十六,钱廿八千三百廿三文。

苏用洋钱七十元,一百一十七,钱贰千二百九十三文。

薰儿入学,共费洋钱三佰十三元,一百一十七,钱五十七千八百廿文。

劝捐乡会试,洋钱六十一元,一百一十五。

书,洋钱十七元,钱一千二百六十文。又洋十五元,钱七百文。

两忙官银,洋钱三百四十四元,一百一十五,钱二千六百六十四。

秋征,洋钱八十一元,钱七百四十八文。

参,洋十八元。

十 月

初一日(1839 年 11 月 6 日) 晴。是日,书房赋题《焚香告天》,乃宋赵清献事。韵翁云:"见朱子《名臣言行录》。"家藏无此书。查《宋史》三百十六卷《赵抃列传》后,略及此事。饭后,校阅《四书典要》。"灭国五十"句,可考者尚有四十四国。吾乡迮青霞外翰《池阳课艺》中曾有此题文,考据极详,暇日当参观之。下午,以事辍校。灯下,重读《杜诗镜铨》卷十六。《赠李秘书三十韵》诗:"一戎才汗马,百姓免为鱼。"活对得妙。又,上云:"事殊迎代邸,喜异赏朱虚。"下云:"风烟巫峡远,台榭楚宫虚。""虚"字重韵,韵同意异,老杜排律中屡见。《赠苏四》一起:"异县昔同游,各云厌转蓬。别离已五年,尚在行李中。"四句极沉郁顿挫之致。《巫峡敝庐奉赠侍御四舅别之澧朗》:

"行李淹吾舅,诛茅问老翁。""行李""诛茅",用借对法。长律以《秋日夔府咏怀,奉寄郑监审、李宾客之芳一百韵》为杰作,虽已见前,兹复摘出者,正欲时时伏诵也。《寄峡州刘伯华使君四十韵》诗:"妙取筌蹄弃,高宜百万层。"此句中各自为对。(页眉:排律一百韵,见卷十六二十六页。)

初二日(11月7日)　晴。晓起已晚。饭后,仍校《四书典要》,至午前而止。是日适有祭事,俗所谓"十月朝"是也。予平生不信神佛,惟家中祭祀,必诚必敬,馔必加丰,酒必自献,拜必衣冠。膝下之欢,已成过隙,盘中之物,略致孝享,若并此而无之,将何以为子、何以为孙耶?书此以示薰儿。下午,梦琴来,久不相见,不觉言之娓娓。并以诗寄南乙,欲留信宿,不果。老梦年来行药舜湖,家居日少,未免为食饥驱,然风雅之趣,溢于眉间,不改其为诗人本色也。

初三日(11月8日)　西风乍起,天戒寒,日光隐隐在云中。晓起已晚。饭后,仍校《四书典要》。《孟子》"主颜雠由"章,引颜涿聚。《吕览》言其少为梁父大盗,而卒受业于孔子,得为名士。亦见《庄子》。按,涿聚非颜雠由,并非颜浊邹,实颜庚,见《传·哀公二十三年》。"皮冠"章,谓皮冠与冠弁有别。"冠弁,礼服之冠。皮冠,盖加于礼冠之上,田猎则以御尘,亦以御雨雪。楚灵狩于州来,去皮冠而与子革语,必非科头也,可见去皮冠而仍有礼冠矣。"可谓读书得间。下午,成七律一首,寄梦琴,并示南乙。接大港六房二侄信,始知鄂侄近有时疾,科试之行,或不及同伴矣。灯下,读《杜诗镜铨》卷十七。《秋野》五首,皆安贫乐志之词,如:"水深鱼极乐,林茂鸟知归。"及:"礼乐攻吾短,山林引兴长。"皆隽永语,非苦吟不能得也。《解闷》十二首,中有论诗五首,极当。

初四日(11月9日)　西北风起,天已老晴。晓起,作诗一首,四叠"天"字韵示薰儿。缘考前作文,太觉矜持,无游行自得之趣,故引《庄子》:"以瓦注者巧,以钩注者惮,以黄金注者殙,其巧一也。而有所矜,则重外也。凡外重者内拙。"吾人作文,代圣贤立言,即为自己心声,根茂者实自遂,膏沃者光自晔,所谓"内重"也。若胸中常作一青衿想,下笔安有佳文?岂非庄子所谓"内拙"也耶?吾愿与知言者共赏之。饭后,仍校《四书典要》。"告子"章,案,《公孙丑》篇之告子,名胜,非孟子弟子,与孟子同时而少前者。此篇告子,是公孙龙之师,为孟子弟子,当是与孟子辩难后,心折而受业者。"狼疾人"句,征引极多,如狼餐、狼贪、狼顾、狼奰、狼扈、狼狠、狼戾、狼藉、狼狈、狼跋、狼毫之类,最足瀹人性灵。下午,校至卷六。灯下,读杜诗卷十七。《秋清》诗,病起思出峡而作,其云:"药饵憎加减,门庭闷扫除。"上句非久病不知,下句真懒于应接。(页眉:两告子。"加减"二字亦可用。)

　　初五日(11月10日)　晴。昨夜韵翁询及古书上曾见"疫火"二字否,予应曰:"虽未曾见,谅必有之。"晓起,遍查"三通"及诸类书,从无"疫火"字面,惟《淮南子》云:"人血为燐。"许慎云:"兵死之血为鬼火。燐者,鬼火也。"其即疫火之谓与?然究未见所出。饭后,校《四书典要》,至卷六。中午,闻鄂侄病稍退。下午,大兄来,面议取①租事宜。予存心格外松办,实因今岁歉收,应得如是。灯下,读杜诗卷十七。《晚题》有"朝廷问府主"之句,邵注:"府主,太守也。"引《晋书·孙楚传》:"参军不敬府主。"(页眉:太守,一号府主。)

　　初六日(11月11日)　晴。晓起,求韵翁题签。予与书田尺牍往还,今岁装成四册,实无人题签。韵翁曾馆于其家两载,亦有相契之诚,故欣然乐书。签上题"珍重故人书"五字,四册以"金石之交"四字为次序。饭后,校《四书典要》,至午前而毕。是书为青浦倪云庄先生所采录,其于姓氏、地理考据最详,有志经学者,即以是嚆矢焉,亦无不可。中午,读杜诗卷十七。《送孟十二仓曹赴东京选》项联云:"藻镜留连客,江山憔悴人。"令老于谒选者堕泪。

　　初七日(11月12日)　晴暖,是小春天气。晓起,有租务检收。

---

　　①　原文衍一"取"字,删去。

饭后,作书与劳鹤田,谓:"今秋受屈之处,在群小观之,自为得计,岂知若辈作孽非浅,不过为善人增福耳。目前,云雾大开,重见青天白日,此憾亦可以消释矣。"所以慰劳之者极挚。中午,以事辍读。下午,读杜诗卷十七。《柏学士茅屋》诗:"富贵必从勤苦得,男儿须读五车书。"公过学士家,喜其有佳子弟能读书,故作指点叹羡语。《玉腕骝注:江陵节度卫公马也。》五六:"胡虏三年入,乾坤一战收。"此等壮语,方是节度公马。注言安史乱后三年,得此马,一战收复。杜诗七排,如《寒雨朝行视园树》一首,馀不可多得,诗中"爱日恩光蒙借贷,清霜杀气得忧虞",是岁暮可喜可愕景象。《月》诗:"四更山吐月,残夜水明楼。"东坡叹为绝唱。《昔游》诗:"妻子亦何人,丹砂负前诺。"决绝中仍婉约,此处极宜体会。卷十九中《清明》二首,元、白七排之祖也。(页眉:杜诗七排。)

初八日(11月13日)　晴。晓起,清理账务。饭后,酌定今冬取租章程,分三则:一等每亩照旧岁让一斗,二等让一斗五升,三等以看稻账为凭,酌半减收。凡遇歉岁,断不能划一收成,须分别收租,庶无苦乐不均之弊。予虽未曾亲历畎亩,每嘱同事诸友平心细看,谅亦不致大相径庭。兹就见闻所及,分酌三则取租,尔各佃亦可略见予之苦心也。下午,读杜诗卷十七。《东屯北崦》诗:"步壑风吹面,看松露滴身。"绝似贾岛句法。《从驿次草堂复至东屯茅屋》诗:"非寻戴安道,似向习家池。""道""池"假对,以船衬马。《反照》诗:"荻岸如秋水,松门似画图。"画工多不能到。《向夕》诗:"深山催短景,乔木易高风。"冬日苦短,深山弊之,其晷更促;岁寒多风,乔木值之,其声更悲。《朝》二首,第二云:"林疏黄叶坠,野静白鸥来①。"下句可谓无微不入。《闷》诗:"卷帘惟白水,隐几亦青山。"仇注:"白水青山,本堪适兴,因处蛮瘴之地,故对此转增闷耳。"《锦树行》:"乡里小儿狐白裘。"当时人情世态,大抵皆然,亦何怪今之衙蠹耶?《寄裴施州》诗:"金钟

---

①　本句双圈。

大镛在东序,冰壶玉衡悬清秋。"二句作楹帖亦佳。《写怀》二首:"无贵贱不悲,无富贫亦足。"达人之言,香山所祖。阮籍《大人先生传》:"无贵则贱者不怨,无富则贫者不争。"各安于身①,而无所求也。(页眉:《哭李常侍》诗:"次第寻书札,呼儿检赠诗。""第""儿"同一假对。见十九卷十三页。)

　　初九日(11月14日)　晴。晓起,沈婿已来,极早,文兴颇浓,场前第一佳兆。饭后,读杜诗卷十八。《写怀》诗:"忘情任荣辱。"直是陶公佳句。《可叹》一起:"天上浮云似白衣,斯须改变如苍狗。"乃诗家习用之句。卢注引王季友有诗云:"亦知世上公卿贵,且养山中草木年。"其食贫励志,可想见其为人。《可叹》诗中屡道其贤。七古前用七韵,后用六韵,起句皆不用韵,如《观公孙大娘弟子舞剑器行》是也。《小至》诗:"岸容待腊将舒柳,山意冲寒欲放梅。"亦习见之句。浦注:"小至,当指冬至后一日。"《奉送韦中丞之晋赴湖南》诗:"王室仍多难,苍生倚大臣。还将徐孺榻,处处待高人。"世乱需才,大臣为国,当以此事为先,诗中言之独详。《夜归》一起:"夜半归来冲虎过,山黑家中已眠卧。"黄白山云:"杜诗多用叠字,以助句法,如:足可、徒空、始初、愁畏、晨朝、凉冷、车舆、眠卧之类,并是一意。唐人诗中亦多有之。"《前苦寒行》:"冻埋蛟龙南浦缩,寒刮肌肤北风利。""缩"字极妙,句法亦苍劲无敌。《江涨》诗:"大声吹地转,高浪蹴天浮。"警拔之句,诗中亦不可多得。《又示宗武》诗:"试吟青玉案,莫带紫罗囊。"刘禹锡《酬郑州权舍人见寄》诗:"学堂青玉案,彩服紫罗囊。"全用杜诗。中午,有旧识子弟来,留饭而去。下午,仍读杜诗卷十八。《将别巫峡,赠南卿兄瀼西果园四十亩》诗:"正月喧莺末,兹辰放鹢初。"此杜诗中之有风韵者。《行次古城店泛江作,不揆鄙拙,奉呈江陵幕府诸公》诗:"风蝶勤依桨,春鸥懒避船。"上句谓诸公,下句自谓,中有寓意。《上巳日徐司录园林宴集》诗:"薄衣临积水,吹面受和风。"老人畏风,

───────────

　　①　"各安于身"原为"各安其分于身",后改。

一"受"字写来入妙。(页眉:七古用韵法。叠字一意,究不可训。)

初十日(11月15日) 晓起,微有雨,日光隐隐激射。盖将作一风信,故先作势如此。饭后,读杜诗卷十九。《水宿遣兴》诗:"耳聋须画字,发短不胜篦。"上句可作"耳聋"典故,下句今人不宜用。《遣闷》诗:"行云星隐见,叠浪月光芒。"胡夏客云:"'隐见'写云中之星,'光芒'写浪中之月。"下"时清疑武略,世乱跼文场",言太平轻武,乱世缓文,道尽时世积重之弊。《又作此奉卫王》诗后,采胡元瑞诗话一段,搜罗少陵七言佳句,已无遗漏。《秋日荆南述怀三十韵》:"星霜元鸟变,身世白驹催。"即此二句,寓无限感慨。昔人以老杜《江汉》诗:"片云天共远,永夜月同孤。"比东坡"浮云世事改,孤月此心明"二句,谓同此意境。予谓东坡二语,究不如杜老之浑厚。后采胡元瑞所评五言诗句,比较精审,举一可以反三。下午,以事辍读。灯下,重读杜诗。《宴王使君宅》第一首一起四句,极吞吐不尽之味:"汉主追韩信,苍生起谢安。吾徒自漂泊,世事各艰难。"《宿白沙驿》诗:"万象皆春气,孤槎自客星。"悲壮语,不可多得。《次空灵岸》诗:"沄沄逆素浪,落落展清眺。幸有舟楫迟,得尽所历妙。"舟行佳境,妙写得出。《野望》一起:"纳纳乾坤大,行行郡国遥。"裴逊之诗:"纳纳江海深。"纳纳,包容貌。是夜,微雨至晓。(页眉:老杜、大苏诗。乾坤纳纳。)

十一日(11月16日) 阴晴参半。晓起,率薰儿拜谒家祠,明日将有玉峰之行。饭后,送赵韵翁回去,权课将及一月矣。中午,命振凡侄孙至大港,问鄂侄之病。回闻已得平复,大好大好,然科试恐不及赴。下午,整顿行李,决意今夜住宿舟中。黄昏候,率薰儿同爱贻宿舟中。

[十]二日(11月17日) 夜半后开船,到陈墓,天才晓,宿雾上蒸,日出始消。饭于舟中,到昆山不过午后,仍宿周东尹家。闻文宗于明日傍晚案临,大约月半开考。发信与丹林,约家中廿一日放船上来。晚,寻值路沈大,嘱渠报名,欲考古学。是日,东南风热极,风信其不免矣。一鼓后,沈婿来,寄松不及登岸。留沈婿宿寓中。

十三日（11月18日） 晴。晓起无事，读杜诗卷十九。《清明》二首，元白七排之祖，第一首一收云："钟鼎山林各天性，浊醪粗饭任吾年。"亦诗家习用之句。《发潭州》诗："岸花飞送客，樯燕语留人。"于丧乱之后，难得如此光景，须在言外领略，若只作写景看，有何意味？《北风》诗："声拔洞庭湖。""拔"字警特，惜上句"爽携卑湿地"对不过，古人亦有此病。《衡州李大夫勉赴广州》诗："日月笼中鸟，乾坤水上萍。"意悲而语仍壮。一收云："王孙丈人行，垂老见飘零。""行"，音"项"，去声。近人往往误用。《酬郭十五判官》诗："药裹关心诗总废，花枝照眼句还成。"王西樵云："轻便之句，开南宋以后诗派。"饭后，至寄松寓所。午前，文宗已进院。中午后，重读杜诗卷二十。《湘江宴饯裴二端公赴道州》诗，注"鸧鹒催明星"，朱注："鸧鹒，二鸟名。鸧即鸧鸹，鹒乃鹒鹒。《月令》：'仲冬之月，鹒鹒不鸣。'注：求旦之鸟也。"《奉赠卢五丈参谋琚》诗："天子多恩泽，苍生转寂寥。"十字道尽古今来官吏侵赈之弊。"流年疲蟋蟀，体物幸鹠鹠。"无甚关系之句，写得悲咽动人，乃大家笔意。下午，牌已悬，明日谒庙。下学放告："十五日考新进古学，十六日考已进古学。"灯下，读杜诗。《赠苏大侍御涣》诗，一序极妙。《暮秋枉裴道州手札，率尔遣兴，寄递》诗："虚名但蒙寒暄问，泛爱不救沟壑辱。"千古云泥路隔，交情徒托空言，岂惟流俗为然耶？《奉送魏六丈之交广》诗，注中有"少不入广"之语。《幽人》诗一起："孤云亦群游，神物有所归。"发兴甚奇。"咽漱元和津"，引《中黄经》："但服元和除五谷，必获寥天得真箓。"注："服元和，谓咽津液也。"《舟中雪夜有怀》诗："烛斜初近见，舟重竟无闻。"张云："烛因风斜，乃近见有雪，此雪之始集也。舟上雪厚，则不闻有打篷之声，此雪之多积也。"此景人所不能道。又《对雪》诗："随风且问叶，带雨不成花。"上句不及下句之自然。《冬晚送长孙舍人归》诗："云晴鸥更舞，风逆雁无行。"即景寓意，极婉笃。（页眉："丈人行"，"行"字去声。求旦之鸟。元和津。）

十四日（11月19日） 晴。晓起，读杜诗卷二十。《风雨看舟前落花》诗一结："湿久飞迟半欲高,紫沙惹草细于毛。蜜蜂蝴蝶生情性,偷眼蜻蜓避伯劳。"摹写落花物情,深入细微。《物理论》:"伯劳恶鸟,故众鸟畏之。"蜂蝶生情,其意在采花也,又畏忌不敢遽采,摹拟曲尽。《舟中苦热遣怀,奉呈阳中丞通简台省诸公》诗一起云:"愧为湖外客,看此戎马乱。"何云:"起笔义例森然,言已无讨贼之权则已耳,台省诸公,岂可坐视?"如此读诗,方能与古人心心相印。《题衡山县文宣王庙新学堂》诗一起:"旄头彗紫微,无复俎豆事。金甲相排荡,青衿一憔悴。呜呼已十年,儒服弊于地①。"世乱文教不修,他手亦能见及,写得沉郁悲凉,是作者所独。中午,走候秋田、蓉山。晤潘清泉,乃寿生之长子。回至殷甥寓所,与海香畅谈。欲答邱子谦,不果。下午,刘子显同桂轩侄孙来,以事相干,予婉却之,盖非义之当为也。薄暮,费砚芬来,以补廪缺费,略请润色,面许番钱一元,写一条楮付渠,约己亥十月底发。贫士苦衷,吾辈宜体恤之。灯下,读《杜诗镜铨》毕。卷二十中,载《虢国夫人》诗,极佳,然非杜作。"虢国夫人承主恩,平明骑马入宫门。却嫌脂粉浣乌卧切,与"污"同。颜色,淡扫峨眉朝至尊。"略入轻薄一种,与"铁戟沉沙"一首同一尖利。(页眉:浣。与"污"同。)

　　十五日(11 月 20 日)　晴。夜半,星月皎洁,予先起来,命仆炊爨。交四鼓,然后唤考客起来。饭毕出门,院前已济济矣。是日,爱贻同薰儿进场考诗古。江、震两邑共有八十馀人,通计九县,约一千有馀。天晓封门,与同川陈愚亭茶话片时,思亭乃其兄也。回寓尚早,以疲茶就寝,精神大不如前。饭后起来,答邱子谦。遂至沈婿寓所,同寄松游半茧园,登樾阁茗饮,纵览园后翠柏、古松,入冬愈茂。下午,至试院前,闻头牌已放。赋题:《学书计以"六书九数,童而习之"为韵》。诗题:《晓霜枫叶丹得"枫"字》,五言八韵。回寓后,薰儿先出场,诗赋尚念得去。薄暮,爱贻亦出来。是夜,略有微疾,就寝极早。(页眉:实号愚泉。)

---

①　诗句均为单圈。

十六日(11月21日)　晴。连日东南风。冬行春令,实非佳兆。晓起,重读《古文辞类纂》"辞赋类"。《两都赋》①毕,适寄松、子谦陆续而来。饭后,沈大来,始知派保夏蓉山,与秋田同寓。下午,读《舞赋》②及《二京赋》③。姚评云:"《西京》雄丽,欲掩孟坚;《东京》则气不足举其辞,不若《东都》之简当,惟末章讽戒挚切处为胜。"是日,考已进诗古。赋题:《三〈易〉以"三《易》之卦,数别而皆同"为韵》。诗题:《樵隐俱归山得"同"字》。黄昏,微有雨,而月色仍明。如此骤热,西风竟不得发,奈何。(页眉:《两都》《两京》定评。)

十七日(11月22日)　阴。是日,考长、元、吴三县新进,封门极早。晓起,读张平子《思元赋》、王子山《鲁灵光殿赋》④、王仲宣《登楼赋》⑤。饭后茗饮,聊以解中藏之热。遇雨而返。中午,海香同二式甥、选之表侄来,匆匆而去。下午,读张茂先《鹪鹩赋》、潘安仁《秋兴赋》。闻古学案已出,震泽取两人,一韩一张。三县文题《自卫反鲁》《孟子在齐》《子在陈》,二题《虽有善其辞命而至者》,诗题《楼》⑥《观沧海日》,通场。题目却不难,惟搜检极严,颇能宽猛相济。是日课题,寄松出,文题《必得其名》,诗题《九转丹成鼎未开得"开"字》,是称祝期望之意,未知果能如愿否也。

十八日(11月23日)　阴。晓起,读潘安仁《笙赋》:"乃有始泰终约,前荣后悴,激愤于今贱,永怀乎故贵,众满堂而饮酒,独向隅而掩泪。""若夫时阳初暖,临川送离,酒酣徒扰,乐阕日移,疏客始阑,主人微疲。"前后两段,好在旁面烘托。饭后,寄松来,薰儿昨艺已看好,点缀处,极珠圆玉润之观,于场前最宜,遂同桥楼茗饮。中午回寓,读潘安仁《射雉赋》⑦。适张蓉甫来,谈至下午而去。刘伯伦《酒德颂》、陶渊明《归去来辞》⑧二篇,皆有韵之文,故选入"赋类"。鲍明远《芜

---

①②⑤⑥⑦　双圈。

③④　三圈。

⑧　此二篇均为双圈。

城赋》①是赋家之绝境。韩退之《讼风伯》可不读,《进学解》②亦有韵
之文,《送穷文》未免以文为滑稽;《释言》一篇,全不用韵,何以选入
"赋类"? 薄暮,沈大来,携老师菜仪去。吾邑向例,凡考十名前,场前
必送菜仪于老师。然未入学而先释菜,殊与古礼不合。已进古学,
江、震各取二人:周宝彝、仲孙樊、陈宗敏、陈宗群。是夜,雨声不止,
予有诗云:"夜雨滴阶声激越,晓风触板任推敲。"惜未成而寐。新进
古学覆试,亦于是日。

十九日(11月24日)　晓雨不止,风色戒寒。幸场前诸事已毕,
可无事出门。录存近作二首。饭后,读苏子瞻《前赤壁赋》《后赤壁
赋》③、屈原《九歌》。贾生《吊屈原赋》④:"莫邪为钝兮,铅刀为铦。"
"使麒麟可系而羁兮,岂云异夫犬羊。"皆愤世疾邪语。汉武帝《悼李
夫人赋》可不读。韩退之《祭田横墓文》,《潮州祭神文》⑤通篇皆以
"也"字押脚,亦犹屈子之"些"、宋玉之"只",助以成文也。《祭河南张
员外文》⑥,茅鹿门、姚姜坞两先生皆有评语。《祭柳子厚文》⑦:"凡物
之生,不愿为材;牺樽青黄,乃木之灾。""一斥不复,群飞刺天。"不胜
郑重叹息之辞。《祭侯主簿文》《祭薛助教文》,此文可不读。《祭虞部
张员外文》。《祭穆员外文》:"曲生何乐,直(生)[死]何悲。"二语令人
常自警醒。《祭房君文》与《祭薛文》,俱不解命选之意。《独孤申叔哀
辞》、《欧阳生哀辞》⑧叙述多而哀辞少,又是一格。李习之《祭吏部韩
侍郎文》。是日,雨绵绵不歇,故得读至中午后。下午,息养半日。缘
今夜三更后,新进进场,必须早起故耳。已进古学覆试,亦于是日。

二十日(11月25日)　隔夜,雨已止。一鼓后,月明如昼。交三
鼓后,唤新进起来。饭毕,值路沈大飞奔而来,云吴江十名前已点过,
遂迅速出门,进院补到。盖寓中离院稍远,炮声在隐约之间,而予于

---

①②④⑤⑥　三圈。
③　此二篇均为三圈。
⑦⑧　双圈。

是夜适有小极就寝，嘱一仆守夜，又非干练之人，几至误事。可见万事断不可因循也。送考回寓，不过四鼓，复解衣而睡。辰刻起来，吃白粥一碗，聊以清理肠胃。仰见日光已到墙矣。饭后，至海香寓所，出示王履斋所画扇头墨竹，苍劲秀逸，是蕉畦替人。王名嘉会，昆学诸生，年约六十左右。座间晤常熟周香初及卢氏乔梓，始知与海香同寓，情话甚殷，盖府试时相识人也。回至子谦寓所，畅谈一饭之顷，遂与子谦昆季、陈小山、周子仙茶肆茗饮。午后，闻头牌已放。头题以"欲罢不能"三句分江、震、崇三县；二题《"击柝"二字》，通场；诗题《菊残犹有傲霜枝得"冬"字》，亦通场。三牌，薰儿与爱贻同出来。文尚可有望。夜间，寄松、子谦同来寓中，索观试艺，足征关注之雅，谈至一鼓而去。是夜疲倦，眠极早，无暇索观亲友中试艺。是日头场出案，招覆二十五日。

二十一日（11月26日）　天色晴明。晓起，吃粥一碗。饭后，率薰儿至半茧园，略加游息，亦导养之一法。回至子谦寓所，阅新进陈铢文，的是小试利器，吾决其必售，即嘱薰儿录出一篇。中午回寓，闻城外张石云及吾乡张竹江、夏蓉山、凌氏昆季、吴少眉俱来过。下午，子谦来谈，必欲留守案。夜间，答张砚香，以其清晨曾来候过也。回至寄松寓所，即同到茶肆茗饮。归寓，始知家中船已来。是日，考贡、监，出"大哉尧之为君也"两节。

二十二日（11月27日）　晴。晓起，先将零星物件运至船中，惟留铺陈在寓。闻出案须至明日，凡与考者，真觉去住两难。予引坡翁闻棋之说以解之，盖功夫全在平时，临期亦无及矣。饭后，在书坊内徜徉。午后，嘉、宝、镇、太仓一州三县头牌已放。头题《致曲》《致远》《致期》《致知》；二题《天子使吏治其国》，通场；诗题《密叶晨稀得"寒"字》。二牌案已出，薰儿名在第三。吾乡只有潘锦舒一人。于廿七日招覆，为期甚属宽展。即作一信，交原船飞报家中，未知今夜能到否。是夜，蒙常熟周纶涣香初先来道喜，盖欲索观薰儿考作也。约明日录出一篇送去。

二十三日(**11 月 28 日**)　雨绵绵不止。晓起,不录者纷纷欲归。古人云:"今有满堂饮酒,一人独向隅而泣,则满堂为之不乐。"其即今日之谓乎?雨窗无事,仍读"辞赋类"。欧阳永叔祭文五篇①,篇篇移步换形,各肖其人而止,必读必读。其《祭梅圣俞文》云:"余猖而刚,中遭多难。气血先耗,发须早变。子心宽易,在险如夷。年实加我,其颜不衰。谓子仁人,自宜多寿。予譬膏火,煎熬岂久?事今反此,理固难知。"家常闲话,炼得淡而多腴。苏子瞻祭文二篇②,一以大气盘旋,一以清辞锻炼,好在面目不同。苏子由祭文一篇。王介甫祭文十篇③,篇篇极佳。《祭周几道文》,短峭中尤极真挚。"初我见君,皆童而帻。意气豪悍,崩山决泽。弱冠相视,隐忧困穷。貌则侔年,心颓如翁。俯仰悲欢,超然一世。皓发鬤鬖,分当先弊。孰知君子,赴我称孤。发封涕洟,举屋惊呼。行与世乖,惟君缱绻。吊祸问疾,书犹在眼。序铭于石,以报德音。设辞虽褊,义不愧心。君实爱我,祭其如歆。"此篇是祭文中极至者,故全录之,以便时时展读。饭后,至南乙寓所,以报捷后尚未称喜也。回至方家衖常熟卢氏寓所,答周香初。卢翁有六男子,长福祥,府第二,年二十,出示府试文,极滂沛。复至寄松寓所,始知沈婿已去。闻寄松同爱贻在茶肆中,予不及稍待。回寓后,寄松复来,点缀薰儿文极妥适,纯以婉约之笔出之,故能宛合题神,服佩服佩。是日,狂风骤起,爱贻与平望诸考友俱在寓中守候,正无聊赖时也。夜间,就寝极早,缘主人周星桥半夜欲进场耳。是日考优,头题"弟子入则孝"两节。(页眉:惊心之语。王介甫祭文。)

二十四日(**11 月 29 日**)　晴。晓起,爱贻已去。饭后,蒙诸亲友纷纷而来称喜,实无暇静坐。中午后,至殷柏庭寓所称喜,畅谈海运事宜及严禁鸦片一案。予谓:"非用大惩创不可。"虽属妄论,然苟有用我,无不可以此建白也。还答诸亲友见过者。寻小兔、少眉寓不得,抵暮而返。是日,考常、昭、昆、新四县。头题《不愤》《不悱》《不

①②③　三圈。

伎》《不求》,二题《汤使亳众往为之耕》,诗题《岁寒知松柏得"知"字》。三场点案已出,招覆二十九日。

二十五日(11月30日) 晴。晓起,成《待晓》诗七律一首。适薰儿同案黄溪韩荼甫宝森、谢天港程小芸榕先来过,愧未有以答也。饭后,本学王老师照以名片来催过,约明日饭后去拜见。中午无事,读"辞赋类"。方灵皋哀词二篇,皆以序为主,辞不过寥数言。刘才甫祭文三篇,以《史秉中》《吴文肃公》二文①为最佳,吴刻原注有批评语。往读大苏诗集,有"奇逸多闻老敬通"之句,后《灵芬诗集》借用此句。按,敬通,冯衍字。而不解"奇逸多闻"四字,何以装在敬通上。近读《史秉中祭文》,有"六艺之元,奇章逸字","奇逸"二字,注解的确,仍不解连用之故。甚矣!读书之难也。是日午后,康刻《古文辞类纂》重读一过。此书借松江姚春翁,已阅三年,明春必须缴还。下午,顾云泉老友来过。傍晚,率薰儿会过廪生,虽旧相识,礼数不可不到。夜间,南乙来畅谈。渠散体文现从平湖顾访溪。是夜,家中船已来。笑山以身未复元,不出门。同居无一人到,惟接冯婿一回信。

二十六日(12月1日) 晴。晓起,于南乙寓中得昭文周少霞昂重刊《十国春秋》一书,系仁和吴志伊任臣撰,首有魏冰叔禧序,后有吴序周跋,凡例几则,共一百十六卷。书价一洋四百,尚不甚昂。饭后,率薰儿拜见王老师,用禀帖二,一贡生△△△,一招覆文童△△△△②,循旧典也。回见书坊内有新刻青浦王述庵先生所辑《湖海文传》一书,发价两洋四角,予得两部四套。首有阮相国一书,及吴㵝、朱琦、姚椿、倪皋、陈鳞五君序文,共文一百八十二家,凡例则王先生自撰,为卷七十五,真乾嘉间两朝大文献也。是日,考长、元、吴、江、震、常、昭七县已进。下午,头牌已放。文题《"盖〈徵招〉〈角招〉是也"一句》,通场;经题忘却;诗题《娟娟缺月隐云雾得"云"字》。二牌,

---

① 三圈。
② 原文如此。

常、昭、昆新案已出，小主人周星桥名在第二。尚未知昭文卢福祥喜信，至渠寓所打听，闻五人中进一人，谅必是永清矣。是夜，招吴寄松、邱子谦、子久、桂轩侄孙小饮。请而不到者，许秋田、夏蓉山、陈德三。席散后，独予至老师处，面谈贽仪，直至廿七日天明写定，连随敬送吉洋五十元，入泮日缴，以亲笔票据为凭。

廿七日(12月2日)　清晨，点名极早。回寓，作札与大兄及朱丹林、冯仰山，俟开船后就寝。家中船约初三日来载。午前起来，陈得珊、蔚卿、竹书、连旦云、芑堂同来称喜。下午，同得珊至秋田寓所长谈。未几，头牌已放。头题《或曰寡人取之》，经题《"十月获稻"三句》，诗题《不离城市得幽栖得"城"字》。薰儿二牌出来，闻文宗出题后，各生做一起讲，誊清看过，用朱笔钩住，然后进去。此要法也，如此，代倩夹带之弊自绝。是日，招秋田、蓉山、得珊、寄松、南乙诸君集饮寓所，承主人之意，设席相款，不过借花供佛耳，可笑可笑。

二十八日(12月3日)　晴。西风起，颇有寒色。起来极晚。饭后，答诸友人之见过者，其中亦有亲疏之别：亲者且缓，疏者必须答之。午后，至南乙寓所，适其同年新阳戴鞠人鉴来，年约四十馀，予虽未接一谈，闻其绩学能文，亦新邑中之矫矫者。下午，殷柏庭来，叙谈极久。道光戊子年，柏庭曾下榻予家，别后岁星将终。闻其潜心制艺，与年俱进，旋捷南闱，可谓吾党中作一表式。人特患作辍多耳，苟能用志不纷，岂无获报时耶？薄暮，至贡院前。是日，考嘉、宝、崇、镇、昆、新六县已进。文题《彻者，彻也。助者，藉也》，经题忘却，诗题《海水知天寒得"天"字》。回寓，适常熟周香初同其乃甥卢永清来，始知招覆名在第八，恭喜恭喜。夜，与邱子谦、陈小山茗饮，一鼓而返。灯下，阅南乙散体文，中有《读洪太史上成亲王书书后》。其书集中不载，今藏于王忠家，忠为南乙友人，暇日当求其书，录一副本也。（页眉：洪太史上成亲王书。）

二十九日(12月4日)　晴。晓起，阅南乙散体文，为顾访溪改本，其删繁就简处，颇有卓识。文共十七篇，以《明刑部尚书广原朱公自叙年谱叙》《小沧浪销夏图记》《殷丈增画像书后》《徐氏二孝女传》①《郑刚甫哀辞》《南陔采兰图记》六篇为最完善。凡作文,须有独到之处,方能历久无敝。此种境界,惟用功深者,乃能见及。予能言之,而末由从之,奈何!中午,有朱少安来寓,向予谆谆索稿,自愧虚名之误人也。朱名尚宾,为新阳廪生,工诗,年约五十馀,闻有三子,皆诸生。下午,第一场已进案已出,吾乡一等,惟夏增一人,仍以仲孙樊为第一。仲号博山,年二十三,尚未成婚,真后来之秀。是日,第三场新进覆试,文题《子路,人告之以有喜》,馀不能记。经题《古之教者家有塾》,诗题《人烟寒橘柚得"寒"字》。

三十日(12月5日) 晴。晓起,至陈梁叔寓所,索其《三〈易〉赋》。饭后,招寄松来寓同宿,聊以伴晨夕。否则,未免举目无亲,岂予之不情也耶?中午,以事羁留寓中。下午,至汝寅斋寓所,与沈愚亭长谈,其弟笑梅,名光鉴,同在座。是日,末场新进覆试。文题《然则治天下独可耕且为与》,经题《厥土惟涂泥》,诗题《晨鸦拂署烟得"晴"字》。灯下,阅鹿城张彦孙潜之所著《国朝昆新两邑诗存》一书,共五十五卷,但有目录,尚未编次,乃未成之书也。己亥冬,嘱予校阅一过。予旅日无多,岂能卒办?兹因就前辈中姓氏显异者摘出于后,以备参考,未始非知人论世之一助也。通阅一遍,未知能终卷否?以今夜为始。宋汶,字闵叔,一字子弗,值明季兵乱,配杨氏殉节,闵叔伤耳不死。好读书,吴修龄亟称其《咏泥美人》云:"生来南国初无种,嫁与东风未有期。"尤工书翰,兼善画竹,亦一时奇士也。管鸿,字公达,号雪民,甫里人,善画。年五十始为诗,尝寓嘉定南翔寺,金越沙有诗寄怀云:"谢家称大小雪民尊甫想亦能诗,邱壑觅知音。香积僧同饭,天涯月共衾。凉生愁两鬓,秋满寄衣心。惆怅青门事,瓜畴水半侵。"即此可以想见其为人。呼谷,字葵园,明季诸生。尝作《呼氏世谱》,不详,乃遍访同姓,渡江,由邳往汴,历西安,绕汾晋,入燕,从齐

---

① 此三篇均为双圈。

鲁归,得其宗人,相与考证,其惓惓于先世如此。所居在昆之迎薰门外,曰梵泾。有《葵园集》一卷。遁居荒野,不求人知,为东南隐士之冠。同邑叶文敏方蔼,乃其门人也。按,呼姓极少,摘出备查。(页眉:宋汶。管鸿。呼谷。)

十一月

初一日(12月6日)　晴。晓起,阅《昆新两邑诗存》。《杨子水小传》中,"书法得邱龙门意",龙门未悉其人。潘钟,字彦林,号恕斋,昆山人,道光壬辰解元。甫里潘氏,多知名士,恕斋其一也。其《三十初度》诗云:"千古情应钟我辈,一生事可对人言。"即此可以想其怀抱。韩世琦,字锦堂,号后圃,武诸生,居甫里。尝戏咏饮器,有句云:"枯骨已销襄子怨,儒冠还对汉王羞。"一时传诵,号"韩夜壶"。有《咏兰堂文》《赋》《诗》《词》四种。在许竹素先生之后。周梦颜,字安士,号怀西居士。读书不随时好,年四十二,始补诸生。先是,吴中病浮赋,先生荟萃群议,为《财赋考》一书,累数万言。谓国初时,当轴者误以前朝耗米作正米,又以贵米之价折银,实征二百四十五万石。详陈历代之制及国初诸公请蠲免浮粮奏疏,绘图锓版,邮寄京师贵人①,冀达宸②聪。雍正三年,特恩减免苏松浮粮四十五万。先生感激涕零,谓:"草莽书生,自今死骨不腐矣!"巡抚张伯行、郡守陈鹏年,俱极优礼,未尝干以私,其耿介又如此。徐昂发,字大临,号畏磊山人,长洲籍,康熙庚辰进士,翰林院编修。世居昆山之真义,后迁长洲。甲午,典试福建,称得士。后出督江西学政,罢归,卒。诗以游览为佳,出入康乐、少陵之间。葛芝,字瑞五,号龙仙,又号卧龙山人,太常锡璠孙,明季补诸生。年甫十六,时娄东二张负天下望,山人为南张之婿、西张之高第弟子,一时先达及当事,皆折节与之交,山人不屑也。晚岁

---

①　"邮寄京师贵人"原为"邮寄京师数百本",后改。

②　"宸"字三圈。

屏家累，独栖一室，竟日瞑坐，亦时移室郡西诸山。徐俟斋为立生传。
著有《卧龙山人集》《容膝居杂录》。山人有妹，配吾邑吴汉槎。其《送
吴氏妹谪关外》诗云："卸妆拥髻上征车，送汝间关万里馀。衰草粘天
飞鸟绝，何年得寄大雷书。"读之令人黯然①。饭后，同人欲游马鞍
山，予以此书未阅毕，却之，命薰儿同游。下午，已粗阅一过，其中可
商者多，俟石云来面谈，故不及摘出。是日，头场已进覆试。闻嘉定
有某童，因覆卷文理不对，今晨进场特试，危极，危极。凡子弟出来考
试，必须文理清顺，方可有望，若徒恃夹带代倩，即或幸而得之，必有
求荣反辱之虞。为父师者，尚其戒之！毋忽。灯下，重校小传一过。
"学问在性命，事业在忠孝。"此昆山朱柏庭用纯教门人语也。徐秉义
《恭纪圣恩诗》序内："康熙四十四年，皇上南巡，道出昆山。臣恭率幼
弟子侄，跽送清跸。遍垂询问，敕臣肩舆，随至行在。蒙皇上察知臣
兄故刑部尚书臣乾学、臣弟故大学士臣元文之墓，一在邓尉，一在虎
邱，将赐奠祭，宠命忽临，云云。"他日寻游吴山，宜一往访问，未知犹
在否也。是日，头场已进覆试。文题："经正则庶民兴"二句，诗题：《鸡三号》。
（页眉：潘钟，录在末页。韩世琦，末第二。周梦颜。徐昂发。葛芝。为
务外者戒。）

初二日(12月7日)　晴。晓起，答友人之见过者。饭后，至柏
庭寓所，始晤吴小浦丙林。适南乙亦来，闻吴门陈梁叔过访，不值。
中午回寓，始知陈雨亭同沈笑梅、仲博山来过。下午，张石云来，以拙
稿见还，蒙有斟酌处，托校《昆新两邑诗存》，亦缴出。是日，二场已进
覆试，文题：《柳下惠不以三公易其介》，诗题《汤盘孔鼎有述作》。夜
间，招顾云泉、沈愚亭、殷柏庭、吴寄松、汝寅斋小饮，云泉诙谐杂出，
极欢而罢。黄昏，略有微雨。

初三日(12月8日)　四鼓起来，唤仆人炊饭。五鼓时，新进起
来，饭毕，坐守。少顷，天已明，出门进院，来者纷纷。是日，九县一州

---

①　原文此后尚有"神伤"二字，作者删去。

新进总覆,通场恭录《圣谕广训》,不满一页。一饭之顷,已齐出来。中午,正案全出,新进名次并不更张,薰儿仍在第三。下午,收拾行李,专候船来。薄暮,微有雨,西风将作矣。黄昏,家中船已来,并接大兄一信,不胜欢喜之至。

初四日(12月9日) 黎明即起。饭毕,进院伺候,时老进尚未唱遍,分作五起,四起已毕,然后传唱新进。唱到一名,即将原卷、覆卷交与本人细看,阅遍缴还。薰儿原评:"太华。行文离合操纵,起合自然。讲尤清朗。次中段亦善敷佐。诗清雅。"未免当之有愧。唱毕后,新进排班,听文宗发落,大约以崇尚实学、勿事剿袭为训。新进行一揖三叩首礼,传道送出贡院。侵晓微有雨,至是霁色重开,却免泥涂之辱矣。回寓稍待,行李陆续下船。下午,同寄松、予父子三人自朝阳门外放船,至邵陵相近村庄泊舟。是日午后,雷声大发。

初五日(12月10日) 晓有雨。放舟至陈墓,命王仆至王山桥妹婿家送喜单。女弟亡后,阅今十有六年,山桥与予家久不往来,然姑侄之义,久不可忘,故有此一报。饭后,放舟至周庄,送喜单至沈艺生家。回即解维,顺帆至东浜,送寄松到馆,命薰儿至笑山处问安,近已就痊矣,可喜可慰。薄暮到家。出门二旬有馀,阖家欢喜,昔费菊人殿金有诗志喜云:"卸帆尚问风南北,入室先看貌瘦肥。"最难得此光景也。堂前并头兰,已开到八九分,实寒家之庆,然此特预兆之始耳。人定胜天,总在学者及时努力,勉之! 望之!

初六日(12月11日) 阴。晓起,清理账务。出门多日,堆案相仍,急宜扫除。饭后,贺客纷纷而来,无暇再理家务。限内收租,专托冯婿办理。是日,笑山先来,近体尚未复元。闻顾三坻先生葬事葳成,实笑山一人之力,予不过助钱十二千耳。先生没后,仅存一孤孙,贫不能举葬,笑山不忘临没[①]之言,虽师生义重,分所宜然,然世之食

---

① "临没"原为"及生",后改。

言者岂少也耶？

初七日(12 月 12 日)　晓起，微有雨。饭后，港上诸侄及侄孙辈同来贺喜。闻鄂侄病体尚未就痊，小园侄孙近染疟疾，故不来。下午，薰儿考作誊清，即转达笑山，随时动笔，以便付梓，循俗例也。凡入泮试草，可刻可不刻，非比朱卷，必须传送，其事重在履历，亦显扬之一端耳。

初八日(12 月 13 日)　阴，西风初厉。饭后，袁一村来，为故友葵圃子，未饭而去。午前，杨斗山同朱升斋来，杯酒言欢，略尽亲友之谊。下午，少湄侄孙来，以事相留住宿。

初九日(12 月 14 日)　西风戒寒。晓起，嘱少湄从孙填写报单上称呼名次，馀俱印好。闻老辈喜单，均由学书写成，从无刻印之例。近日风俗日趋于巧，即此一端，却为便捷，然世风竟不古矣。饭后得晴，子谦复来贺喜，未免多礼，愧不敢当也。中饭后，同薰儿及子妇归家，缘于十二日有快婿过门，故有此往。下午，范友婿瑞翁及妇侄淡春来，谈至薄暮而去。

初十日(12 月 15 日)　天色老晴。晓起，汇录客目，以便分报。饭后，凌茂才来，不及中饭而去。下午，无贺客来，堂前九瓣兰积旬不谢，作五古以纪异。是日，报内收租极忙，予专托冯婿总理，竟不顾而问焉。

己亥日记七

十一月十一日起，十二月止。《河东集》于十一月二十二日读起。

十一月

十一日（1839 年 12 月 16 日） 晴。晓起已晚。饭后，妇侄佩曾、侃如来。少顷，陈升吉姨甥、潘启堂表侄同来，中饭而去。闻赵田袁渔溪新抱丧明之痛，不禁为之凄婉。渔溪两子，长号礼夫，去年入泮、成婚，曾两次见过，若发颖竖。予方庆袁氏之多才，讵料其竟至于此也。下午，少湄侄孙回去。此子家累极重，竟少同室之欢。然古来畸人杰士，皆从苦中得来，汝其勉之而已。

十二日（12 月 17 日） 晴，西风极大，寒甚。晓起，检束喜单，庶无差误。午前，坎舆家石桐圃来，遂同中饭。下午，同至西南基上相视。予新筑一基，将为园圃之计。今据桐圃云，须至廿二年春间方可动作，予亦不甚要紧也。

十三日（12 月 18 日） 阴晴参半。晓起，检束喜单，尚未齐备。饭后，妇弟沈又尹、妇侄清如、侄孙小正来，一茶而去。中午，祝唐老友同其胞弟森生来，杯酒言欢，抵暮始去。是日，接梦琴老友信，中多拳拳之意，暇日必须作答。

十四日（12 月 19 日） 晴。晓起，清理账务。饭后，老友陆象老专诚而来，匆匆话别，不暇一饭，尚有古风。是日，检束喜单，已楚楚矣。下午，闻寄松明日有解馆之信，即专人送喜单去。俗例，凡有入泮喜，必由学路分报亲友，靡费酒食钱财，予深以为非。然有馀之家，尚可过去，岂可累及寒士乎？故为此简捷之法，谅四姊闻之,亦不以为非也。

十五日(**12月20日**) 晴。晓起,南乙来送朱卷,匆匆不肯一饭而去。据云,冬至节必须到家,家祠内择于是日上匾,断不能虚此一拜也。饭后,命舟至梨里,载薰儿及子妇归家。午前,高一林来,一茶而去。下午,喜单已检束完备,专候报船来矣。是日,家祠内设祭,薰儿归家已晚,不及来与。

十六日(**12月21日**) 晴。晓起,报船已来,先至本宅大兄处。饭后,至东浜沈外家处及笑山业师处。下午,至大港上本宅从子从孙处。

十七日(**12月22日**) 晴。晓起,报船先至梨里诸亲友处,约明日至长田、西漾、壶芦兜及大义本宅。饭后,闻笑山于十二日至吴门去矣。下午,沈表兄含翁自吴门来,细谈种田之家日穷一日,亦无术可以转移也,总由生齿日繁,游民日众,积渐而成,牢不可破,我辈惟宜节省为要耳。是日冬至节,已先一日设祭,子妇于家祠内仍设茶汤,循去年例也。

十八日(**12月23日**) 晴。晓起,清理账务。饭后,笑山自吴门来,闻新任臬司是其丙戌同年王玥,号梦湘,贵州人,历任陕西主考、顺天两次分房,由给事中升任上海兵备道,极重诗文,于今本月初六日公坐。笑山为就医而去,此月终尚不能到馆,试草约定月底可以看好。午前,周庄沈艺生姨甥来,遂招沈婿同席。予观二生皆有可造之才,一艰于境,一溺于境,处亨与守约,均要自己磨厉也,勉之,望之!下午,顾啸庐友婿来。积时不见,已幡然老矣,情兴亦大非往日。人当中年以后,最难得者,桑榆晚景耳。薄暮,报船已回。西南诸亲友,惟剩六里舍、平望、盛泽三处,留为本路开报,俗情大概如此。

十九日(**12月24日**) 晴。晓起,报船先至北舍港本家,遂由池湾、东村、泮水港、逊庄、角字、姚家埭、玩墅诸亲友处。饭后,汇录一年之事,将续入年谱中。下午,戴芝香来。薄暮,沈姨甥自硤石来。是日,全录已报。我邑王老凤学书专办此事,亦值路家一好阙也。

二十日(12月25日)　阴。晓起,报船先至许庄、金泽,遂由白荡湾、苏家港、陈思村、莘塔几处去报。饭后,招沈甥、吴甥、冯婿、兄子兆文,预作芹樽之燕。下午,风信将作,幸未发泄,报船可稳渡归来矣。

二十一日(12月26日)　雨绵绵不止。据老农云:"头九湿,九九要湿。"豆麦断不能十分收成。饭后,录清一年之事,尚待删繁就简。下午,陈鲁斋同其侄骈生来,一茶而去。是日,报船至芦墟、赵田、东玲三处,可以竣事矣。夜间,特设一席,请学书费钟华、王荣廷、包大奎。亲友报金约二十千,提出领报四千,约归十六千文。本宅贴费,尚未谈定。

二十二日(12月27日)　连雨不止。晓起,有佃户由县差拘到梨里,交与司弓兵收管,昨已完结。写一条楮去领,司兵以冒认不放。予于条楮上特加图书,并有信转致稚谷,属渠拨人指点,方为周到。凡遇此种事,断不可忽略,设有不测,便要酿成事端矣。午前,有角字潘春泉、桂岩两表侄孙来,中饭而去。今日,书贾胡寅生携《皇朝经世编》白绵楮初印书来,索价二十四洋,未免太昂,予曾还钱十六洋,渠尚不肯俯就也。惟得一《河东集》,系吴中戈小莲批本,首有刘禹锡《序》及《读柳叙说》,正集四十五卷、外集五卷、附录一卷,明蒋之翘辑,书价五洋,亦不甚公道。适予欲从事此集,故先将批本看起也。灯下,阅《读柳叙说》,刘辰翁云:"子厚文不如退之,退之诗不如子厚。"此语是千古定评。茅鹿门评唐宋以来韩、柳、欧、苏之文,谓曾文尤为折衷于大道,而不失其正,然其才或疲茶,而不能副焉。此言却先得吾心。是夜,狂风断雨,初九第一风信。

二十三日(12月28日)　西风未息。晓起,寒甚。饭后,专阅《柳河东集》第一卷。《献平淮夷雅》二篇,首有表一篇,茅鹿门云:"二雅古崛多奇。"《贞符》一篇,并序,此文学司马相如《封禅书》,无一语相犯,真奇才也。中言:"郑以龙衰,鲁以麟弱。"可见贞祥之不足恃也。下午,读第二卷,皆古赋,如《瓶赋》《牛赋》《解祟音遂赋》《惩咎赋》《闵生赋》①《囚山赋》,皆谪居永州时作也。赋下诸评,宜细看。按,唐人惟柳柳州可称骚学独擅,凄情哀旨,自怨自悔,虽其人不足言,其志大可悼也,故《惩咎》《闵生》,足胜昌黎《复志》《闵己》。予读《闵生赋》,尤得骚之遗音。是夜,报船始谈定,开发去。

二十四日(12月29日) 晴。晓起,寒甚。饭后,清理账务毕。适小友汝寅斋来,以仲博山考作见示,天分绝高,笔亦夭矫不群,惜少沉潜之学,然此生真可畏也,闻年不过二十有三。下午,命王仆至大港,问鄂侄、小园从孙之病,尚未就痊。

二十五日(12月30日) 晴。晓起寒甚,竟不能早。饭后,笑山到馆。午前,高伴山来,诊治内子之病。内子于廿三日夜间中寒而起,腹泻口吐,寒热甚炽,幸得汗而解。素有腰痛,身子不觉疲惫矣,故延渠调治,一荼而去,闻欲至平望。下午无事,仍读《河东集》。未展卷而辍,适以家事相阻也。

二十六日(12月31日) 晴,风已息。晓起,清理家务。饭后,读柳州《封建论》,中引苏氏轼之言曰:"昔之论封建者,曹元首、陆机、刘颂,及唐太宗时魏征、李百药、颜师古,其后则刘秩、杜佑、柳宗元。元之论出,而诸子之论废。虽圣人复起,不能易也,故吾取其说而附益之。封建诸争之端而乱之始也。"此语胜人千古。论后引杨慎之言,甚明快,亦力主柳、苏之说。第三卷《封建论》②《四维论》《守道论》③《时令论上》《断刑论下》④《六逆论》。予按,《天爵论》诸评皆以为非,然亦有可采之语:"故人有好学不倦而迷其道、挠其志者,明之不至耳。有照物无遗而荡其性、脱其守者,志之不至耳。"若此辈人,至今不少。子厚之党,于叔文岂非"明之不至""志之不至"也耶?故圣贤学问,须从定识定力做起,子舆氏"不动心"是也。

二十七日(1840年1月1日) 晴。晓起,作书答梦琴,附送南

---

①③④ 双圈。
② 三圈。

乙歝仪六枚,俟本路报船来寄去,今冬断不能亲往也。午前,许庄陈筠谷来,为沈氏妇侄女女夫,遂招琴婿同席。下午,爱贻同二式甥、蕉如婿来,遂集饮于养树堂。夜眠,将二鼓矣。

二十八日(1月2日) 晴。晓起,属梦仙至吴门,到葑门外横街上周白庵家取试艺。时笑山病后不能动笔,为之转请于白庵改正①。笑山之能虚心、不忘其师,亦近日先达中所仅见也。饭后,殷甥、吴婿同去。午前,柏庭来送朱卷,适高文翁来覆诊,遂与同席。下午,柏庭至大兄处,予匆匆不及陪矣。

二十九日(1月3日) 阴。晓起,颇有雪意。饭后,顾杏春妇侄来,谈及今冬缓征,吴江办二分七厘,震泽办三分二厘。午前,匆匆而去。下午,写诸亲友请启帖,盖预为迎送时措办耳。此种事亦踵事增华之一端,大可删去,然俗情不如是便为非礼,殊属可笑。以后凡遇此种事,即登而上之,总以节省为贵。

三十日(1月4日) 阴晴参半。晓起,特属人送喜单至八尺周品五处。品五为先慈嫡侄孙,住汤大灞,以贫习经纪。除品五之外,外家嫡支尚有吴江周玉生一房,亦以贫故出外,馀多不可问矣。旧族凋零,自昔已然。甚矣,门第之不足恃也!饭后,写请启帖,尚未告竣,至薄暮而止。夜间,梦仙自苏城回来,试艺已改正。院试两艺,直白庵代作;府试六篇,照原本略加删改,可以誊清上版矣。闻迎送日期十一日,而沈大不来,殊可恼人。拟于初九日请客,为芹樽之会,周庄、许庄、角字、逊庄、姚家埭、玩墅、池湾几处帖已发出。

十二月

初一日(1月5日) 晓有雨,是发风天气。饭后,书写请启帖,上午始完。下午,至东浜,命王仆送请帖于外氏诸房,予至寄松馆中,求书"养馀斋试艺"五字。归家,夜雾极重。

---

① "为之转请于白庵改正"原为"渠为转致改正",后改。

初二日(**1月6日**)　西风极大。饭后,风稍息。命王仆于泮水港、北舍本家两处去送请帖。凡亲友用请帖,本家用请目,略分文质适中之义。中午,潘舟人于芦墟一镇送请帖回来,闻鹤峰病情不甚佳,深为挂念。得珊现在家中,初八日有出嫁之事,分子不可不送。下午,至大兄处长谈,时将至城中,别有所托也。

初三日(**1月7日**)　晓起,颇有雪意。命薰儿至梨里外家取试帖诗来,此事嘱子玖为之捉刀也。饭后,作书与鄂侄及吴门喜墨斋中刘建扬。下午无事,读《河东集》第四卷。《晋文公问守原议》,茅鹿门所评精悍谨严。《驳复仇议》①较前篇更佳。《桐叶封弟辩》②,唐荆川所评与《守原议》《封建论》三篇各极其妙。《辩文子》《论语辩》二篇③、《辩鬼谷子》《辩鹖冠子》,皆读书有得之文。柳州长于论辩,人或病其深刻,想亦天资独到处。薄暮,薰儿回来,诗尚未完。梨里一镇亲朋柬帖,王仆俱已送出。

初四日(**1月8日**)　晴。晓起,闻陈鹤峰凶信,不禁为之悲悼。漱泉友婿所出三子,鹤峰最佳。今秋漱泉夫妇相继而亡,凡丧殓事宜极其楚楚可观,皆鹤峰之措置也。转瞬不及三月,其家竟至于此,可不危哉!饭后,至芦墟,命薰儿到陈得珊先生处谢师,送八元八恺之数。渠适遣嫁之事,所谓用财宜体人意也。中午,祝唐老友留饮。同席:愚父子及其大小阮,共四人。抵暮而归,本路报船已来,迎送准于十一日矣。

初五日(**1月9日**)　晴。晓起,命仆洒扫门庭,今日昼翁家送蓝衫雀顶高中来。午前,船始来。诸礼之外,复增彩旗八面,朱绿元黄,极其华藻。下午,命仆同本路报船至六里舍、盛泽、平望、牛马墩、坡墅五处去送报单,幸风不至大狂。两日之内未知能告竣否。

初六日(**1月10日**)　晴,西风极大。晓起已晚,因齿故也。饭后,命人收拾厅堂,为初九日燕客地步。下午,以劳倦息养,精神大不

---

①②③　双圈。

如前矣。薄暮,接汝梅村信,仍为大胜圩佃租之事。予近年来最怕此种事,而友人每不见谅,奈何!

初七日(1月11日)　晴,西风未息。晓起极晚,以寒故。饭后,料理账务毕,适沈婿家送贺礼来。以外祖母在堂,故照常加丰,惜不得外祖愚溪翁亲见之也。是日,因笑山在馆中,率薰儿谢师,送洋饼四八之数。常例,必俟迎送后,门生往师家公服拜谢。予因岁晚极忙,过了十一日,又将入城逗留,故为此简便之法。下午,读《河东集》而未终卷。天寒,滴水成冰,明日未知能大通否。

初八日(1月12日)　晴。冰路小阻。晓起已晚。饭后,本路报船回来,惟剩牛马墩、坡墅未报。午后,厨人已来,冰路不致大阻。是夜,开发本路,照常加丰,渠亦欣然而去。

初九日(1月13日)　晴。晓起,冰路未通。饭后,诸亲友多打冰而来,甚可感也。是日燕客,先生为主,笑山避席不出来,一在服中,一怕应酬。予为先生于石丈山房内特设一席,以袁午亭、陈古愚、戚爱贻为陪客,皆笑山相识人也。养树堂中设六席,以徐小园、邱紫玖两君为首座,子谦特宾中之主耳,小园、紫玖皆新客。席散已晚,予亦不敢过留,以路多冰阻,入夜难以行舟。"客赋醉言归,主称乐未疲。"其今日之谓乎?

初十日(1月14日)　晴。晓起,闻冰路渐通,安排迎送船只,一大舟、一小舟。饭后,命薰儿先谒祠拜师,然后拜辞世父及堂上,礼毕登船。同去诸君,吴寄松、沈笑山、戚爱贻及竹淇、梅溪两从子、植中兄子,共六人。到江,仍在云在草堂逗留。中午,北舍诸侄及泮水港妇侄来,中饭而去。两日应酬虽烦,而精神颇觉健旺,齿亦不痛,并不自解其何故,内子亦然。岂非老健儿孙福耶?薰儿勉之。

十一日(1月15日)　晴。晓雾极重,辰刻始散。饭后无事,与沈婿翻阅周大令所刻《海竹楼时文》,皆国初以来名家大家之作,读之令人称快。凡文之至者,千古常新,不为风气所变迁,盖能清真雅正故也。是日,新进迎送入学。云净风恬,冬日可爱,惜不得到江一观,以家中尚有客来,不可无人主持也。下午,清理家务,至点灯候始毕。

十二日(1月16日)　晴。冰路大通,惟西南风稍大,尚不碍一片顺帆也。饭后,清理家务毕,作书复汝梅村小友,因有俗事见委,已与安排定当矣。立身处世,纵不能排难解纷,苟可用力之处,宁抱热肠,毋开冷眼,是亦君子为仁之一端也。午后,迎送船已回,可谓难进易退者矣。闻初十日为冰路所阻,到江将及三鼓,若非顺风而呼,安能加疾如此?

十三日(1月17日)　晴。晓起,命薰儿至梨里外家处谒谢,亦迎送入学后常例也。饭后,寄松及沈婿、梅溪侄同到馆,惟留竹淇侄在堂。诸事渐了,却得竹林清话。下午,竹侄亦去。清理家务毕,整顿行李,明日将入城逗留,赶急办赋矣。抵暮,薰儿已归。

十四日(1月18日)　晴。晓起,清理家务。饭后,送笑山解馆,即命薰儿于先生、外祖母两处拜谢,此行自不可缺。予趁顺帆到江,不过午后。入城,仍寓云在草堂。走晤鹤田,精神尚好,所托诸事,俱已办妥,城中久无此辈笃实人矣。一鹤孤立,嫉忌者多,惜无人为之继起也。归寓,稚谷来谈,上灯而去。

十五日(1月19日)　晴。五更起来,放船至吴门,不过予家早饭后。进胥门,到臬司前喜墨斋中,晤刘先生,试艺已上版动手,相约小除夕前可以藏事。随走学士街,到阊门中市,置了物件,即便回船。到江,日犹未晚。作书与薰儿,不及粮事,惟嘱其按程做功夫,外务尚非习炼时也。新得长洲学王生试艺,极佳,故即寄至家中。今日舟中展阅《河东集》卷五,碑版之文,以《箕子碑》《终南山祠堂碑》①二篇为最,《南府君睢阳庙碑》却是从俗之作,殊无足观。

十六日(1月20日)　阴。已转西北风,大有雪意。晓起,至鹤田处长谈。据云,常例:凡原告人三月不到案,立即注销;如此人再告,竟作新案办。今之控案,往往事悬几载,何也?饭后,周介老店内

_____

① 双圈。

逗留，因有所待。午后，至顾煦安处，为今秋捐数，不知缴在何所。据云缴县，有库收为凭。下午，至叶厅，晤平望吴蔼人，系信甫之弟、菊初之兄，款接甚殷。薄暮，至总上，捐数洋钱一百八十二元，一一五，钱七百文，交与顾煦庵手，库收约明日午后，至其家见付，予亦不必急急也。回寓，已黄昏候矣。灯下，展阅《河东集》卷六，皆释氏碑文，以《大鉴禅师碑》《无姓和尚碑》①《龙安海禅师碑》三篇尚可读。是日，辰后开晴。

　　十七日（**1月21日**）　晴。晓起，核准由单升合，以便报数。今秋缓征二分七厘，予家实完正米约三百三十石有零，除旧年折数，约归七十六石有零，净该完二百五十六石有零，此其大略也。饭后，展阅《河东集》卷七，诚如黄震所云："柳集浮屠家碑二卷，其理荡而不可究诘，其词遁而不可明喻。唯《南岳》《大明》二碑②，仅明白可晓。"按，《南岳和尚碑》，其后碑词另成一格。午后，接到顾煦安所来收照一纸，照上刻式，书宪谕劝捐宾兴项下，芦墟捐户柳椿芳、树芳缴到足钱贰佰壹拾千文，此照道光十九年十二月十六日发，歧缝用印，第六十二号。予以米船已到，即托煦安报数六百廿袋，四十户。下午，仍阅《河东集》卷八，《段太尉逸事状》③，此文与昌黎《书张中丞传后》一篇并读，乃韩柳极作意文字。是晚，兄子兆文来。少顷，谱经表侄来，闻予在寓，特来称喜，补送芹分，未免不恭。然近日子弟，诚笃者少，跳荡者多，如谱经辈，尚能读书自好，予亦不为深责也。灯下，重读柳文，《开国伯柳公名浑行状》，叙事出骈语，固无足观，其中能辟神巫一段，卓然可纪。《陈公行状》，文辞朴茂可诵。

　　十八日（**1月22日**）　阴。晓有雪珠。予起身后，即至仓中，米发二厫。饭后，运米至仓，午候已齐。随即开斛，进厫米三百廿九石三斗，完见正米一佰八十石〇八斗六升三合，平斛要归一石八斗二升

---

①②　双圈。

③　三圈。

一合,照去年又大一斗矣。薄暮竣事,于长春馆小酌,亦老例也。归寓,幸不逢风雪,大快,大快!

十九日(1 月 23 日) 雨。凡事终须赶急,若迟来一日,粮米便要留顿矣。晓起,读《河东集》卷九,《唐相国房公德铭之阴》①、《国子司业阳城遗爱碣》此篇古雅质实,甚不易学、《唐故给事中皇太子侍读陆文通先生墓表》②唐顺之曰:"畅达。"诚然、《故御史周君碣》③茅坤曰:"调不入《史》《汉》,而气韵亦劲。"、《唐故衡州刺史东平吕君诔》④唐顺之曰:"魏晋以来,诔并藻丽。子厚自为机杼,亦有可观。"、《故永州刺史流配驩州崔君权厝志》茅坤曰:"丰神似可掬。"此志后铭词,三字一句,世系即叙其中,复翁为先兄作铭词,即仿其体。《唐故万年令裴府君墓碣》。饭后,重读《河东集》卷十,此卷惟《马君墓志》《孟公墓志铭》《凌君权厝志》三篇尚可读。凌君铭语亦三字一句。茅坤曰:"词亦铿然。"午后,至鹤田处,适子谦亲家来,云先见过云在草堂,遂相与促膝而谈。抵暮,始分手。归寓,大雪已满地矣。可贺,可贺!(页眉:复翁铭词所本。)

二十日(1 月 24 日) 阴。昨夜积雪二寸有馀,今晨尚未开晴。晓起无事,展阅《河东集》卷十一,《故大理评事柳君墓志》、《故秘书郎姜君墓志》⑤文小有致,铭语亦极洒然、《亡友故秘书省校书郎独孤君墓碣》⑥文有别调,后段所记,乃是创例、《故襄阳丞赵君墓志》⑦事奇,文亦奇,中兆词尤奇。此文选入《古文辞类纂》、《东明张先生墓志》⑧似传赞,又是一格,志词极佳、《覃季子墓铭》⑨寥寥数语,已叙得峻削。以六字作铭,尤奇。饭后,至仓场,晤子谦、味梅昆季,遂与王伦翁茶话片时。伦翁盖今之好善人也。座间并晤施勤斋,为费氏东席。下午,于小门纸店内始闻史心如凶问,不禁怅惘者久之。至西门四姊处,病体尚健。便道走答赵海香,前于迎送日,蒙见过云在草堂,足征老友结契之诚。予以外姑身后事宜商之,指示极明悉。出帖书"承重孙"无疑,铭旌宜书"皇

①②④⑤⑥⑧⑨　双圈。
③⑦　三圈。

清故国学生愚溪沈公继配张太硕人之灵柩”，灵套上宜书“皇清继祖妣张太硕人之灵位”。盖此母虽不应请封，自宜成礼，以承祖志，不然，乃孙反有不合之处。予以此言询之鹤田，亦以为然。归寓，已点灯候矣。黄昏，米船复来，重至二厫，报数二佰八十袋，连存厫单，共十户。往返不觉劳顿。

二十一日(1月25日)　阴。晓起极早。饭后，至仓中，仍发二厫。午前，米数已齐，随即开斛，进厫米壹佰卅七石九斗，完见正米七十七石〇五升八合，归一石七斗九升有零，较前稍减。下午归寓，清理完数，尚有正米七十七石有零，明年归另折数矣。自十四日至今夜，共逗留八日。

二十二日(1月26日)　晴。晓起极早，将行李下船。饭于舟中。辰后解维。舟中极宽展，仍读《河东集》卷十二。《先侍御史府君神道表》①，此文详而不繁，大而非夸，萦纡委曲，最为得体。《先友记》褒中有贬，已为邵伯温所讥。《故殿中侍御史柳公墓表》后赞文亦三字一句。《故叔父殿中侍御史府君墓版文》茅坤曰：“叙事处整则，叙情处悲吊。”、《志从父弟宗直殡》②文峭而劲。卷十三，《先太夫人河东县太君归祔志》自痛自责，百死莫赎、《亡姑渭南县尉陈君夫人权厝志》《亡姊崔氏夫人墓志盖石文》《亡姊前京兆府参军裴君夫人墓志》此三篇文词极悲婉、《小侄女子墓碑记》此记亦三字一句。今晨，西风极大，到苏将及午后。入城，晤刘先生。据云，试草竣事，必得年廿九，约定是日放舟去取。遂访老友杨聋石，互相称喜，并许见惠薰儿名号图章，以作芹仪。薄暮，在胥门米行内，新晤冯春波，年近七十，其子已登贤书，尚能识先世父、先君子。偶然谈及近时元和蔡令维新，重责潘中堂家轿夫一事。以轿夫而直冲当道，责处宜矣。然当日锁押后，功甫闻之，即遣人谢罪，此事大可销释，而反重责四十板，未免太酷。古来强项令，不闻有是也。即此一端，今之县令可知矣。是夜，泊舟万年桥下。

---

①②　双圈。

二十三日(1月27日) 晴。晓起极寒，篷背霜重故也。饭后，上万年桥，走南濠，进阊门，转吴趋坊，出学士街，重至按察司前，诸物齐办。闲中买红绿梅花四盆，以作新年供养。城中忽晤老友陈切庵之子，据云，今秋在某世兄处逗留，明年授徒于司前某氏。年十八，见予执礼甚恭。予勉以努力为学，未知果以我言为然否也。下午，至沧浪亭，重访六公，不值，怅惘而返。归舟少息，日已西逝矣。夜间，始知昨日所晤之冯公，即冯景亭桂芬之尊甫，以贾起家，近能改业读书，子为名孝廉，乃翁真不愧豪杰之士，可慕可羡！

二十四日(1月28日) 晴。晓霜极寒。起来，命王仆以片楮致六公，回片云："米卷已交贵友吴柯翁矣。"可见此公尚不失信。饭后，自胥门解维。舟中展阅《河东集》卷十四。《设渔者对智伯》①王世贞曰："步步隽警。"、《愚溪对》②王世贞曰："此小文却发越雄浑。"、《对贺者》《解嘲》《释诸》之遗、《天对》从屈子《天问》而言，然亦无所发明，且词多不可解，实集中赘语耳。午后寒甚，辍读。今晨风逆，不快，到家已黄昏候矣。灯下，展阅二十年前老友唐味竹手札，以外孙夏宝德来岁馆地托荐。夏生年方成童，今科以经学受知于祁公，与薰儿为同案友，亦难得士也，宜心焉识之。

二十五日(1月29日) 阴。晓起极晚。饭后，清理家务，至黄昏后始毕。灯下，展阅六公米襄阳题款，以墨非真迹，难著跋语，所见亦是。甚矣！唐宋以前之文字，非见闻多者，不可以考古。自后收藏，极宜谨慎。出门后，柯亭见访，不值。亦为称喜而来，尚不忘故旧云。后辈无此风矣。

二十六日(1月30日) 微有雨。晓起亦晚。饭后，至外姑处问疾，幸得无恙。沈婿出金泽陆生之文见示，年未弱冠，居然可造才也。中午回家，略得静坐，补录近作及年尾之事，尚不致虚度光阴云。

二十七日(1月31日) 阴。晓起已晚。饭后，清理账务，至午

---

①② 双圈。

后而毕。适冯婿自吴江来，总上顾煦安托人于树堂户下另折内欲先撮洋钱数千。予即嘱冯婿转致，先付洋钱二百五十枚，约正米七十七石九斗有零，照旧年折数，约少七枚有零。所谓因其势而利导之，亦处世变通之一法。况昨日大兄就商于予，予谓必宜应酬，已嘱兄子兆文付去。此言已出，岂可自食吾言，反致袖手？交友以信为主，家庭中尤宜兢兢焉。夜间，酌账房中同事诸君，亦岁终旧例。今年诸君早去一日，因欲专人到苏取试草耳。是夜陪客，略有酣意。

二十八日(2月1日)　晓起，微有雨。饭后，命王仆扫洒厅堂，于二加堂上敬展五代图及先严先慈遗像。明年系二大房当祭，下无零丁，中存弱媳，予不得不为之安排也。下午，总结一年之账，至点灯而罢。

二十九日(2月2日)　晴。晓起已晚。饭后，核算一年出入，尚不至有亏。然当此粮重租轻之日，一家之中，除读书正用外，诸事务宜节省。下午，核计二大房烈君名下一年出入，已亏九十一千文。抵暮极寒，天已变晴为阴矣。黄昏候，吴门船已回来。通观试艺，"子曰回也"两章，后股刻错一字；"初何惭"，"惭"字竟刻"斯"字，谅写样人书错的。除夕，家燕极欢，与子妇辈追述先世事，须知今夕食俭饮和，莫非祖宗之福庇也。

庚子日记一

正月,二月。《河东集》十五卷起,读至二十五卷。前附省试日期。

是年重读《河东集》,及翻阅《仍贻堂集》,陈忠裕、夏节愍两公全集,《居易堂集》,多有采取。乙巳秋七月下浣,重阅记出。

大兄另折七十七石二斗七升八合,合洋三佰元,归三百八十八,票钱在内,多一角六分,旧三百六十五,加二角三分。

省试三场
八月初八日(1840 年 9 月 3 日)　进场。苏、松进场多在午后。
初九日(9 月 4 日)　一日。
初十日(9 月 5 日)　放牌。夜眠。
十一日(9 月 6 日)　进场。
十二日(9 月 7 日)　一日。
十三日(9 月 8 日)　放牌。夜眠。
十四日(9 月 9 日)　进场。
十五日(9 月 10 日)　一日。
十六日(9 月 11 日)　净场。

道光二十年岁次庚子日记

正 月

初一元旦日(1840年2月3日) 晴。晓起,风从东北来。率薰儿先谒家祠。饭后,大兄及兄子兆文、兆元咸集二加堂上,以次拜谒先世遗像,然后行贺岁礼。日中而散。下午,汇录送试草底本,以便次第分送。

初二日(2月4日) 晴。晓起,成七律诗二首,一《岁朝》,一《盆梅》,均于枕上得之也。饭后,港上诸侄及侄孙来贺岁。中午,孙秋伊亦来。遂八人同席,抵暮始去。

初三日(2月5日) 晴。是日立春。晓起已晚。饭后,命薰儿至大港上贺岁,兼至壶芦兜张、沈两家处送试草。连日书写名帖腰封,可谓用心于无用之地,习俗如此,亦未可删除也。此番送试草,不论贫富贵贱,凡至戚交好中,如有称呼,均用全帖;次则用单帖;若泛泛者流,只用单帖,不书称呼,亦处于不得不然之势。薰儿须分别识之。下午,无贺客来,却好静坐半日。

初四日(2月6日) 晴。晓起,书写名帖腰封,颇费安排。饭后,命薰儿至泮水港,兼北舍港、东村、池湾三处送试草。午前,曹表侄孙及沈婿来,遂与同席。下午始散。连日晴明,颇有春气。近年岁朝,久无此光景矣。是夜,冯婿来。

初五日(2月7日) 晴。晓起,收藏先世遗像及公账、香案一副。饭后,命薰儿至东玲、孙家汇及东浜外家送试草。午前,吴甥及沈秀村来。中午,陈小泉同其嗣君来,遂同集养树堂。小泉与予为内表弟,相识多年,实未曾见过。予欲留其住宿,略尽款曲之诚,渠亦匆匆而去。郎君年十一,已读四书、三经,美秀而文,令人可爱,惜未能十分督责耳。下午,殊有酲意,不动笔。

初六日(2月8日) 微雨,间雪珠。枕上成一诗,盖为近日轻薄子弟示惩也。饭后,命薰儿至逊庄、角字、姚家埭、玩墅四处去送试草。午前,徐渌卿来,一茶而去。午后,陆琴泉来。席间,谈及去冬青浦县孔公系孔庙裔孙,新修孔宅一事。孔宅与重固里相近,相传孔子适吴时,曾住宿于此,有碑记可考。去冬,松郡科试,孔令特禀知祁公,宅已倾颓。祁公捐廉,并谕七县捐廉公修,不扰民间,而宅已焕然一新,亦近日地方上所仅见也。琴泉复述旧令周竹君恭寿折狱明晰,某家命案,三日而结;某家钱债控县,实系捏票诈人,断令还票释偿,舆情悦服。此等贤令尹,惜不可多得。是日,微雨绵绵,与琴泉长谈,直至上灯而去。此子为妇侄女女夫,虽处境丰厚,却无近日豪家习气,难得难得!

初七日(2月9日) 阴。晓起,命薰儿至东浜,答陆琴泉,即以试草面致,谅琴泉不以为不恭也。饭后,云泉老友及妇侄淡春同来。中午,祝唐、梦琴两老友亦来。梦琴有诗见赠,并惠《学政全书》,所以期望薰儿者倍挚,未识果能勉副否?后至者杨文伯。是日,同集有乞巧之数,约明岁仍集予家。云泉年最长,兴亦勃勃,骂讥笑侮,极淋漓酣适之态,抵暮归家,索一盆梅而去。夜间,仍有微雨。

初八日(2月10日) 晴。东风极狂。饭后,命薰儿至南传、南莘塔、陈思、苏家港四处去送试草。午前,子谦亲家先来贺岁。少顷,徐竹汀侄婿亦来,欲留同席,不果。是日,与子谦对饮谭心,下午始散。补人日之作,亦得五古一首,惜不能和梦琴韵。薄暮,薰儿归家,述及南乙粮米一事,诸孝廉群为坐视,吾党中毫无义气,莫此为甚,可叹,可叹!

初九日(2月11日) 晴。晓起,王少吕来,兼惠楹帖厚分,辱承宠爱,薰儿愧无以报称也。欲留一饭,不果。饭后,张雅香姨甥来,亦匆匆而去。午后,吴婿来。下午,殷甥亦来。是夜,与殷甥、吴婿、兄子兆文、薰儿同集养树堂,对酒放怀,畅谈人情世故,亦新岁中一乐事也。兆文携其舅氏少吕所作《雁湖丙舍图》乞题,此时尚未暇着墨。

图中已有黄太守安涛、殷孝廉寿彭题词。

　　初十日(2月12日)　阴。东南风极狂,留殷甥二式、吴甥婿蕉如逗留一日。饭后,风稍息。命薰儿至芦墟镇上高、黄、陈、许、袁、夏诸家去送试草。中午,无客来,题盛泽王氏《雁湖丙舍图》,盖为文孙少吕致望所属。"古帖相传继右军,墓田丙舍事重新。旧痕暗制庐中泪,至性首开泉下春。三世精魂团一气,后贤食德颂先民。披图触我无涯痛,过隙馀欢早失亲。"①此诗较沉著,然尚未可著纸也,须沉吟细改。下午,书写送试草名帖腰封,已有八分头绪矣。士人消磨岁月,耗费精神,即此一端,皆属用心于无用之地。以后孙曾辈,如有应试入学者,试草可以节省;苟能幸登贤书及进士、馆选者,朱卷不可不刻。

　　十一日(2月13日)　晴。西北风极大,仍留殷甥、吴婿在家。饭后,大兄招殷甥、吴婿、薰儿去饮。草堂无事,书《人日燕集诗》,寄与梦琴。查《丙舍帖》始于钟繇,临于右军,唐人摹本多右军真迹。近人用此事,乃舍钟繇而归右军,特未之深考耳。又查"血性"二字,不见韵书,未免欠雅,诗中不宜用。下午,风息云开,真佛家所谓欢喜天也。与殷甥、吴婿多话旧语。

　　十二日(2月14日)　晓起,微有雨。饭后,命薰儿至周庄、许庄两处去送试草。殷甥、吴婿不能久留,匆匆而去。适谨庭侄来,以粮米短缺就商,予不能不略为应酬也。中午,汝寅斋来送试草,予以薰儿试卷七本托渠转致沈愚亭、史石泉、周逸夫、汝茗溪及同案韩荼甫、程小云,盖诸君于玉峰寓所咸来贺喜,礼宜分送。寅斋亦以四本托致沈笑山、王铁珊及沈婿、王甥,甚为简便。闻愚亭今年在家授徒,寅斋亦以课弟为事,始知延师教子,最难得此好境遇。下午,有人以事求

------

　　①　此诗原为"古帖相传记右军,墓田丙舍事重新。墨痕未化松间泪,血性能开地下春。三世精魂团一气,后贤食德颂先民。披图触我无涯痛,过隙馀欢哭二人",后改。

悬宽释,予亦不为已甚,稍能处置得宜。予方寸无贪心,有时①意气未平耳。近两三年中,渐渐克制,终以无事为福,却可质诸鬼神。然圣贤学问,实毫无一得也,以后宜从勉强做起。

十三日(2月15日) 阴。晓起,清理账务,至中午而毕。饭后,命薰儿至六里舍、平望、盛泽,回至长田、西濛港五处去送试草,大约有三四日之逗留。下午,草堂静坐,恐目力渐损,有妨功课耳。

十四日(2月16日) 阴。晓闻风雨声极骤,起看已止。饭后无事,书《雁湖丙舍图》及《人日集饮诗》,一复少吕,一寄祝唐,字尚去得。予平生作书极拘谨,偶值兴到,或醉后,却有自得之趣,可见此事亦不受人催促也。中午,梨里徐新亲送侄女行聘道日来,择于三月二十二日,予回允谢帖及到门帖成双,以大兄春芳出名,回使照常加丰。下午,却有霁色。

十五日(2月17日) 晓起有微雪,饭后,云重重不开。闻大兄处昨夜失窃,从下场屋上进来,直至西矮楼,挖窗而进,若有为之引路者然。夜间不可不谨防。下午,以事至笑山处,便道至外姑家,新岁已得十分清健,可无他虑矣。据沈婿云,内账已定见迮公,升斋所荐之人,日上必须回覆,免其悬望。薄暮归家,雪花又满地矣。

十六日(2月18日) 晴。晓见瓦上雪,隔夜已积寸许。饭后,作札答升斋,尚未寄去。堂中盆梅渐干,以春雪拥之,曝诸日中,胜于灌溉。下午,天又作阴。薄暮,薰儿自舜湖回家,备述少吕款待之雅,难得,难得。并接梦琴回翰,闻南乙粮务,控府札发,未见生色。

十七日(2月19日) 阴。晓起已晚。饭后,率薰儿因送试草之便,答长田殷柏庭。竹翁以疾不出,述斋至江城去,惟柏庭出见,予亦兴尽而返。下午,欲至赵田,以风雨不果。作书与金臞甫,以薰儿试草四束,一致臞夫,其三致王湘筠、陈愚亭、董梦兰三君。虽属虚文,情理上亦不可不到也。夜间,酌账房诸同事,予亦颇有酣意。

---

① "有时"原为"未免",后改。

十八日(2月20日)　阴。晓起已晚。饭后,率薰儿至赵田送试草。午亭、松巢以事至青浦,晤其乃兄南洲、愚溪,并其次子述夫,遂留中饭。闻其戚郁彝斋进士入都候缺,初选湖南长沙府怀宁县,路远地瘠;后引见时,奉今上特旨,郁鼎钟唱名音声清朗,调授江西太和县,地近二千馀里,漕粮不减吴江,真难得此际遇也。阅邸报,去年十二月十一日,"奉上谕,前据御史陈光亨奏请将捐赈绅民从优议叙,现吏部议称,本有从优之条,有加无已,恐漫无限制,着毋庸议。至所称外省捐办工程有勒捐、罚捐等弊,本干例禁,着各直省督抚,仍遵旧旨,严加访查,务于所属府、厅、州、县剀切晓谕,概不准其勒捐、罚捐等弊。如别经发觉,即行惩处不贷,钦此。"天语煌煌,可谓洞鉴下情矣。何今之州县,动辄勒捐? 实因督抚之护庇耳。下午,至芦墟,以日晚不登岸。升斋信及《人日诗》,已寄黄森甫带交。到家,几及上灯时候。(页眉:勒捐、罚捐,本干例禁。圣朝立法,可谓尽善尽美。)

十九日(2月21日)　晴,风稍大。晓起,作书与冯婿,招其即来。因日上予父子出门后,夜间无人照应也。饭后,阅邸报,去年十二月十一日,"奉上谕,此次攻击夷船,提督关天培奋勇直前,身先士卒,可嘉着赏给法福灵阿巴图鲁名号,仍交部从优议叙,以示奖厉。所有在事出力弁兵,着查明保奏,候朕施恩。阵亡及受伤弁兵,着林则徐查明咨部,照例办理,钦此。"可见广东禁绝鸦片一案,尚未平靖也。此案因黄公爵滋所奏,皇上特旨钦差大臣林公则徐前往广东办理,严防夷船来路。天下转机,全在两公身上。以草野管见所及,宜仿雍正初年鄂公尔泰在云贵任内尽力蠲除苗匪一案,宁多杀人,不使养疽成溃。事至无可如何,圣人亦不得已而用之也。惜无因致书林公耳。吾辈虽在江湖,常怀廊庙之忧,亦天性使然,断不肯以大言欺人也。下午,预作一禀词投销。去冬,有佃户占埋之事,禀县奉批,饬差着圩押迁,兹于新正渠央中进来,再四悬求,可否从宽免迁。予竟让田一亩,允与佃户管业,免其迁出。禀词上有"念及枯骸,误埋片土",究系乡愚无知,与死者何干? 此亦真情实理语也。

二十日(2月22日)　晴。晓起已晚。饭后，预作两札，一致春翁，一致平子。适许竹溪及范姨甥、石生侄孙来，遂留同席，极欢而罢。下午，整顿行李，今夜住宿舟中。破晓，先至同里，然后入城。

二十一日(2月23日)　晴。破晓解维，饭于舟中。先至同里，率薰儿送试草之便，特访小友顾馨山，情兴尚好，即以金臞甫处分送试草四束托致。询及馨山尊甫，字萱庭，号薛门。午前到江，先至四姊处贺岁，寄松出见，约廿五日到馆。走访海香，不值。回至下塘沈鹤峙四舅兄处，年已七十六矣，妇侄多不见。下午，走访吴吾堂，不值，遂至劳鹤田家长谈。归寓，将及上灯时候。试草添出同案徐兰卿一束、吴兰夫一束。兰卿之尊甫号雨山。兰甫为寄松之族侄，与薰儿同辈行也。县东叶芝岩，字令仪，行四，为曲江昆季之叔。予久识面，而不知何字，今日始得一一问明，恐积久易忘，故特识之。今夜，宿云在草堂北面，不如香篆斋之明净，亦限于人数耳。

二十二日(2月24日)　晴。晓起，大港菊颐侄来。去后，有赵海香、劳颂斋、吴吾堂三君来作答。饭后，至金、王两家去送试草，三金公皆不见，秋水款接甚殷。至雨亭处，不值，特访刘嘉翁。去春县试时，曾来寓所见访，从未一答。嘉翁与其侄子显设茶相待，谈论颇久。闻老友唐维竹去此不远，遂拉子显走访，惜已出门去矣，怅惘而归。予与维翁在竹香居聚首多次，互以直道相交。别后二十年，去冬忽寄书念及，故特专诚一访，惜又不遇，可知良朋会合，亦有前缘也。下午，至谢亭处，亦不值，仍回寓所。夜间，在鹤田处，复晤子谦亲家，闻明晨便要解维。今日询刘嘉翁，年已七十有八，维翁七十有一，难得，难得。试草添嘉翁一束、陈月波一束。灯下，作札与大兄，受鹤田之托。

二十三日(2月25日)　晴。晓起，出吊史心如①，家中尚未设灵座，择于正月二十七日，开吊于松江寓中，二十九日扶柩回家。予虽

---

① 原文此后尚有"之亡"二字，作者删去。

未曾一拜，亦借以了交谊也。回寓，吴寄松、王秋水、周友松三君来
答。友松名逢辰，予误记其别篆子仙，今晨始悉其乃弟雅篆，渠实号
友松也。金养田遣其仆人以家刻三种见惠，薰儿名帖交还，似不敢
当，乃官场旧例。饭后，大港上诸侄及诸侄孙来。坐谈时，适刘嘉翁
同其侄子显来答，并以芹仪见贺，予愧不敢领。以年近八十之老翁，
专诚来答，足感盛情，受分则邻于贪矣。中午，晤顾煦安，以亲友所托
折数交出。回寓，适黄雨亭来答，桂轩侄孙亦来。下午，唐维翁专诚
来答，虽年已七十有一，而神气不衰，谈论颇健，惟两耳皆败，非笔谈
不可。予近日接见之亲朋，嘱薰儿当以刘嘉翁、唐维翁为法，仁者多
寿，其根基坚固，举趾端凝，予尚不能及，况近时一辈人耶？薄暮，在
鹤田处惊闻戚爱贻凶问，传说无病而亡，不禁悲咤者久之。爱贻在予
家一年，品学兼优，校录《松陵人物补志》，论断有识，予方以此事专
托。平生或不得志于有司，尚可著名于简末，讵料其竟至于此也！年
四十有四，一子尚幼。予得暇时宜以诗哭之。（页眉：心如二子：一名
传衢，一名传衎。孙二：久钦，久诚。）

　　二十四日（2月26日）　晴。晓起登舟，趁顺帆至吴门，不过饭
后。泊舟葑门御马头，登岸，上蒋家桥，走横街，率薰儿拜谢周白庵，
一茶而别。仍至胥门，过清微道院，访聋石不值，以试草一束送之。
回至士奇巷，过柯亭旧馆，闻试草在祝唐处，尚未寄到。是日，天气骤
热，在友人处不能久留，下船解衣。午后，至学士街茶室茗饮良久，日
晚始罢，聊以解胸中之热耳。闻文宗祁公内升，新任学台已差毛公式
郇，未知确否？抚军书院甄别，悬牌二月初四日。夜宿舟中，极宽畅。

　　二十五日（2月27日）　晴。晓起，略买杂物。饭后，俟重印试
草五十本，逗留书坊内。见桐城姚石甫莹《东溟文集》二册，急为借
阅。午前，试草已齐备，遂解维放舟。舟中阅石甫文，皆论道经世之
语，卓然可传，其才气真不可及。石甫为姬传先生从孙，姜坞先生之
曾孙也。行至牛马墩，日已西逝，不及逗留。夜泊八尺。灯下，成五
律诗五首，其三赠唐维祝，其二则哭戚爱贻也。

二十六日（2月28日）　晓起，微有雨。以试草二束，一致何竹君，一致王吉人。竹君馆于赵东坡家，遂自八尺放船至坡墅，已经饭后。率薰儿至张逸坡襟友处，茶话片时而返。是日，东风极大，到家已在下午矣。闻芦墟陈秋山、莘塔凌百川来贺，不值。

二十七日（2月29日）　隔夜大风雨。晓起，清理账务。饭后，适周玉生表侄来贺岁，遂留畅饮，极酣而罢。玉生馆于杨墅金氏，闻其家各房共延六师，三生三童，既征子弟之多，并见室家之富，惜无人为之提唱也。下午，始有晴意。嘱薰儿将爱贻所留书籍、衣箱整顿在一处，以便补吊时送还。爱贻没于正月二十一日，隔夜尚无病，是日脱然坐化，亦奇矣哉！

二十八日（3月1日）　晓起，微有雨。作书与梦琴，盖为其东床南乙在喜墨斋中刻朱卷尚未了结也。饭后，命薰儿至梨里去送试草，大约有七八日之逗留。午前，袁一村来答，一茶而去。一村为蔡圃亡友之嗣君，尚能谨守自好，惜以家事废学。下午，清理账务毕。湿云渐开，斜阳返照，梅花将放时矣。是夜，接殷甥廿三日所发之信，闻静香以款对石刻两种见惠薰儿。并接汝学翁之子老省来信，以其尊人年老力辞，意欲稍事奉养，其志甚可嘉也。

二十九日（3月2日）　晓起，大风雨。饭后，查登两年办粮底数，虽属乏味，然治家根本处，亦不可疏。往见人家办粮不清，贻后人之赔累者多矣。予家祖父相传，历历不爽，岂可自我而紊之也？下午，仍阅《河东集》卷十五。《晋问》①效枚乘《七发》，而别立机杼，固是词赋丽手。首举山河，次及金，及马，及木，及鱼、盐，精思壮彩，令人目眩心骇，采取不穷。后以伯功引起尧之遗风，议论尚未畅达，何也？盖结束处须得淋漓酣畅，如《两都》《两京》，全于结处用意，否则令读者索然意尽。管窥之见，俟质诸大雅。旁晚，复有晴意。（页眉：论《河东集·晋问》一结。）

---

　①　双圈。

三十日(3月3日)　晴。晓起已晚。饭后，查登办粮底数，至中午而毕。下午，仍阅《河东集》卷十五。《答问》①及《起废答》，皆是被黜后强词文过，虽不若《进学解》之浩悍，然句炼字精，无一点尘腐气，读者或有取焉。《起废答》佳处全在后一段。卷十六《天说》②，王世贞曰："此非正论，全是有激而言。"茅坤曰："类庄生之言。"但以天为无知，喻诸果蓏，亦怨天甚矣。大意以人为元气阴阳中之祸物，立论甚奇。窃思古今来奸雄辈出，直能坏天下、祸苍生，大有悖于元气阴阳，天亦何苦，必欲生是人？子厚或为此等言之，原与道理上不碍，岂可概诸参天地、赞化育之圣人耶？《鹘说》③。子厚疾世之获其利而复挤之死者，故有是文，亦可以刺世矣，篇末昭然。《捕蛇者说》④。林希元曰："此有用之文，非相如、扬雄流也。"岂可以非汉文而小之？予欲求一名手，楷书镌碑，传送各州县读之，或能动其恻隐否。然但可为中人设法，若酷吏性成，吾(末)〔未〕如之何已矣！《褙说》⑤，其言欲归重于人之罚，轻人之责，是矣。大意即孔子对季路问鬼神之说。《说车赠杨诲之》⑥，文特深致，其句法俱得之《考工记》，所以博而不杂，详而能奥。洪迈曰："唐世士风敞甚矣。其相戒约曰：'君欲求权，须方须圆。'元次山嫉之，欲毁小儿转圜之器，以为宁方为皂隶，不圆为公卿。"语太激烈。大意不外乎"方中圆外"四字。《谪龙说》、《罴说》⑦，俊杰廉悍，纯是庄、列之笔。《观八骏图说》⑧，茅坤曰："俊逸。"末云："诚使天下有是图者，举而焚之，则骏马与圣人出矣。"其言太狠。然乱极思治，天欲生之，必先杀之，亦否泰剥复中之常理也。此卷文字多佳。是日极寒，有冰。（页眉：《起废答》："腹溢儒书，口盈宪章。"摹绘极神。）

二　月

初一日(3月4日)　晴。晓起已晚。饭后，陈墓王妹婿从芦墟

---

①③⑤⑥⑧　双圈。
②④⑦　三圈。

升禄斋寄芹分来，试草不可不送，或即寄于升禄斋，觅便送去最好。
今晨，重阅爱贻所校《松陵人物补志》，就其论断所及，摘出一本，恐秉
笔者未必见许，而一番谨严雅意，反致掩没，故特为记出。中午，吴寄
林同其及门沈婿并其嗣君来。闻爱贻没后，连丧一子一女，文人之
厄，至此极矣，哀哉！下午，沈婿借阅过庭楷书《千字文》两册去。此
种家藏，非其人断不可借。

　　初二日（3月5日）　晴。晓起，作书与冯婿，盖为汝学翁年老力
辞，予亦不肯强人所难。惜世无直道如翁者，宾主相得，甚不易也。
饭后，至大港上，见六嫂病体渐安。四嫂病情有增无减，恐长夏炎炎
之势，似难过去，予力劝其为四大侄及早完姻。适闻皇后于正月十三
日有崩逝之信，甚为踌躇。是日，吴寄松、沈婿亦来，遂集饮于鄂侄焦
桐吟馆。下午归来，细查道光十三年四月二十九日大行皇后崩逝，礼
部恭颁各省敕谕："剃头日期，生监及各虚衔之人，自应与官员一律，
于百日后剃发。其嫁娶、作乐日期，文武各官，应遵例于二十七日后，
准其嫁娶、作乐。"似此，则四大侄婚事于三月间可办。灯下，将一段
典礼写与鄂生侄，并有一札，力主早为择吉之说，未知能听从否。为
四先兄面上，不得不吾尽吾心也。

　　初三日（3月6日）　阴晴参半。晓起，清理账务。饭后，书成爱
贻挽诗三楮。并作书与唐味竹，附送拙集二册及近诗三首，俟有便寄
其及门刘子显。下午，以《秋树读书楼遗集》一部，送与王砚农，附京
片一楮。客冬，砚农以《绘水》《宝印》两集见惠，久未报谢。今春新
正，薰儿复遇于日新堂中，砚农急欲索得史集一部，是不可无以报也。

　　初四日（3月7日）　西风极狂。晓起，放舟至梨里。先过邱昼
翁家，子谦先出见客。少顷，昼翁亦出来，风采极好，惟略有旧恙，不
作揖。予命薰儿即至平望吊戚爱贻，遂与昼翁乔梓及贤竹林、味梅、
子玖畅谈。予平生从不作客气①，每过亲友家，欲饭则饭，欲宿则宿。

---

　　①　"作客气"原为"以俗情相待"，后改。

今晨,饭于舟中,已与子谦有成言:"夜则下榻君家。"中午,同子谦赴汝梅村家芹樽之宴,居然首座。年未花甲,每坐辄在人先,渐入老境,转觉后生之可畏也。宴罢,过冯婿家,茶未毕,而昼翁又遣人来催促矣。是夜,昼翁置酒款留,情兴极浓,惜予量浅,醉饱断不能兼容,幸得食粥,最佳。席间,新晤郑岱生,乃子谦之东床也。入夜,大有倦意,不克多谭,就枕极酣睡,直至四鼓后方醒。枕上得诗而未足成。薰儿自平回来极早,述及爱贻身后,益令人可悲也。

初五日(**3月8日**)　晴。晓起,至后园诸花香处,留憩最久。与子谦、岱生、薰儿同饭于园中。予欲赋归,昼翁乔梓必欲固留小酌。先出陆中丞画册,后有黄小松易题跋;继出楞伽山人字册,乃书以赠二如先生者:此二物最足宝贵。其馀鹤臞道人所书手卷,不过一脔之味,未足厌人朵颐也。并见赠《沧雪园记》《陈安人墓铭》石刻两种,予未及细阅。是日,天气极晴明,而东风极尖利,寒甚。昼翁乔梓酌予于暖阁,予与子玖、岱生连饮十二杯,遂觉勃勃有真气。"主称力未疲,客赋醉言归。"赋家真景,谅不诬也。予实不能久留,一揖而别。到家,日已西逝。薰儿略有寒热,即就枕,小草尚未经霜故耳。闻出门后,有叶楚香见访,并赠予款对,予愧无以报也。

初六日(**3月9日**)　雨。是日丁卯,俗有"雨打春丁卯,万物收成少"语,然亦未必应也。晓起,补录日记。饭后,成诗二首,即书与昼翁。第二首颇得意,未知人看如何耳。午后,冯婿来,即受何文之托,总上欲预撮上忙新赋,予不以为然。盖此事已见誊黄,有庚子年上忙新赋,俟秋成后一并起征。今若预完,是违例也。况无版串为凭,断断不可。冯婿亦以为然。傍晚,闻笑山明日有客,约初八日到馆矣。

初七日(**3月10日**)　晴。晓起,改录近作,较原本差胜。饭后,松琴侄及小园侄孙同来。少顷,沈婿亦来。午前,子谦同新客岱生已到门,遂率薰儿揖入于茶厅外,延入瑞荆堂,见后设茶。是日,设两席,同叙九人,盖予与两兄子及薰儿也。接阅抚院告示,始知正月十一日大行皇后崩逝日期,恭候敕谕到日,持服成礼。所有未奉以前,均应穿元、挂缀缨纬。下午,送客出门,略有醉意。

初八日(3月11日) 晴。晓起,收拾器用。饭后放舟,请笑山到馆。少顷即来。是日,有旧好子弟以事而来,恰好为先生作陪客。一字升屏,为夔翁次子;一字桂生、一山,为菊圃仲子、季子:皆笑山熟悉人也。下午,诸事已清楚,静对梅花,惟听薰儿读书声,自今日重起。盖自去冬入学后,四月不理旧业,省试就在目前,不可不及时加勉也。

初九日(3月12日) 晴。晓起,清理账务。饭后,作书与陈墓王山桥、池亭叶初香,均以试草附送。并所寄唐味竹诗信,亦已封好待寄。下午,适陈复初表侄孙来,山桥、楚香两信,即寄与复初,据云,送去甚便。少顷,王天章之子福昌来,据云,明日欲到北舍刘子显馆中。味竹诗信,即托渠带交子显。子显乃味竹之高足也。薄暮,接老友杨聋石信,以手刻图章二方惠薰儿,亦从子显处寄来。子显曾在书院应试,转寄极便。闻抚宰甄别,文题《"必以规矩"至"礼与食孰重"》,诗题《仲春初四日得"分"字》,究未知所出。

初十日(3月13日) 阴,西北风极狂,寒甚。昨日之热,早知有今日之冷,连年以粮事稽迟城中,屡逢此信。今春家居,虽乏读书之暇,然饮食调和,较诸寓中,大不同矣。饭后,书好两信,一寄与重固里何泉卿,一寄与松陵姚春翁,各以试草附送,并前年所借春翁《古文辞类纂》一书,借此寄还。春翁虽不索取,然交友以信为主,岂可久假不归、良书独拥也耶?今日破费上午之功,安排此等事件,可以了却,以后能得稍闲乎?下午,诸事清楚,静养半日,使方寸内灵明不昧,精气亦不致大耗,此近年来养生妙诀也。

十一日(3月14日) 阴,风已息。晓起,寒稍解。饭后,作书答吴肖岩及殷甥,均以爱贻作后,欲荐一人。予以岁俭用繁,不得不重加节省,今年此席,决意不请矣。午前,顾南园来,闻大房侄孙近有感冒,延渠诊视。南园精于痧痘,薰儿幼时,痧后极危,渠用人参、石膏,投之即愈。近又兼理大方脉，芦墟一带，与高、郭二君有鼎力之势。下午，总上带上忙银串来，每钱让廿文，二百算洋价作一百一十八。闰三月中，银价必长十四，凑成二十文之数。本年毫无进款，而新赋已经预撮，官私交困，将何法可以弥补也耶？可叹可叹！

十二日(3月15日)　阴。连日疲倦，晓起极晚。饭后，重阅爱贻所校《人物补志》，至第五卷。昨作殷、吴两札，今午寄与陈表侄带去。下午，重阅《河东集》卷十七。《宋清传》①，子厚此文，在谪永州后作，盖谓当时之交游者，不为之汲引，附炎弃寒，有愧于清之为者，因托是以讽云。孙鑛云："以'市'②字贯彻，情深风刺。"焚券，宋清实事，未知清以前曾有此事否？俟查。《种树郭橐驼传》③，童宗说曰："天下事有可触类而长者。闻解牛得养生；闻铸金得铸人；为天下之道，与牧马何异？牧民之道，以牧羊而知。《橐驼传》，宜其有为而作也。"《童区寄传》，童，童子也。区，姓。寄，名。《梓人传》④与《圬者传》对敌，是集中之杰作。黄震曰："文字宏阔。"今读之，信然。《李赤传》，自比李白，故名"赤"，卒为厕鬼所惑而死。世之为赤者岂少哉？惑于富贵利禄，卒至沉溺而不返，未可归罪于厕鬼，而忘其身也。文尾或为此等而发，最足唤醒人世。《蝜蝂传》，蝜，音"负"。蝂，音"板"。文佳，少含蓄。此一卷篇篇宜熟读。薰儿文期，自今日始。（页眉：开岁文期，以花朝第一日始。）

十三日(3月16日)　微有雨，寒甚。晓起，至许庄，吊陈母李太夫人之丧。时候极早，惟晤周庄沈艺生。饭后，欲至孙家汇，以天雨泥滑不果。舟中寒甚，归家，以酒解之。下午静坐，得断句二首。

十四日(3月17日)　晴。晓起，清理账务。饭后，重阅爱贻所校《松陵人物补志》，至"文学"一门，其中有宜采入"名臣""孝友""节义"三门者，有宜采入"别录"者，有宜删去者，论断颇有特识。予初不

---

①③④　双圈。
②　"市"字双圈。

料爱贻之能如是也,惜乎往矣! 下午,以事辍读。

十五日(3月18日)　晴。晓起,改阅旧作。饭后,至孙家汇,问老友陆象兄之病,尚未起身。恐防老热,便道至东浜,答陈古愚。回至寄松馆中长谈,沈婿留饮。下午,出古砚二方,求铭。予以斧砚已有袁、周两铭,岂容再置一词? 拟作歌以报之,录铭而归。临行,沈婿又以频翁诗册、蕉翁画册求题。灯下,却成二跋语,俟兴到日书之。

十六日(3月19日)　阴晴参半。晓起,出吊于邻家。饭后,作斧砚诗,七古十一韵,有小叙。自幸此事,尚不干枯。下午,仍阅《河东集》卷十八。《乞巧文》词特畅丽,其气骨逊《送穷》远甚。吴兴沈下贤亦为此文,又瞠乎后矣。《骂尸虫文》,都穆曰:“柳子厚《骂尸虫文》、元吴渊颖《三彭传》,皆不如《避暑录》载道士程紫霄一诗,云:‘不守庚申亦不疑,此心常与道相依。上皇已自知行止,任尔三彭说是非。’”此言近道。《斩曲几文》[①],茅坤曰:“经云:‘曲而等。’圣人未尝绝曲也。子厚自称其性刚直,故以此得世谤嫉而斩之,情见乎文。”《宥蝮蛇文》却有深意,不比《骂尸虫》《斩曲几》一味牢骚也。茅坤曰:“子厚不杀蝮蛇,胸次亦大。”《憎王孙文》亦足风刺,得骚人之遗。《逐毕方文》,《山海经》:“毕方见,则其邑有讹火。”其鸟如鹤,一足、赤文、白喙。晚,有郡中书贾来,以《圣教序》《云麾将军帖》求售。《圣教序》实不知真赝,《云麾帖》远逊予家所藏。《圣教序》后有鹿臣吴玄冲跋,亦不知何时人,跋云:“《圣教碑》断于元初,完碑为宋拓无疑。”此语亦未确凿。夜半后,东风极狂。(页眉:柳子厚文,不如道士程紫(云)[霄]诗。)

十七日(3月20日)　晴。晓起,风犹未息。接鄂侄信,知四嫂病日加增,而喜事仍未说及,吾亦不为再三之渎矣。饭后,重阅《松陵人物补志》,至“隐逸”一门。下午,仍阅《河东集》卷十八。《辨伏神文》虽无奇警处,却于养生者有益,以老芋为伏神,子厚之受欺于市,

―――――――――――

①　双圈。

与医者何尤？读此文，可见服药之难。《哀溺文》亦不甚佳，然大氓之渐于大货，岂大货之能渐氓耶？一起："吾哀溺者之死货兮，惟大氓之为忧。"①一篇大意，尽在两句中。《招海贾文》讽世之行险侥幸，不如居易俟命之为得也。其文绝似《离骚》，文中"视天若亩"四字极新。予有句云："海贾视天平若亩。"言其望而不知险也，惜无对句。卷十九，《吊屈原文》，唐顺之曰："文不如贾谊所吊赋，而词亦傥朗。"《伊尹五就桀赞》②，茅坤曰："尹之五就桀处，尹知之，吾不能言之，然而子厚揣摩，亦绰有思致处。"抵暮，得断句二首。

十八日(3月21日)　晴。晓起已晚。饭后，至芦墟，候高文翁，年已七十有七，倍觉龙钟，然为人治病，犹应接不暇。继至祝唐处，今岁延潘九如课子，已能识字读书，可喜之至。便中答竹溪、秋山二君。闻金泽蔡酉山没于二月中，无子，赤贫，几不能成殓，可叹可叹！予与酉山于道光四年雪巷馆中聚首终日，谈论颇合，知其品学兼优。后登贤书，见访不值，殊为恨事，讵料其竟成永诀也。中午，祝唐留饮，同席竹溪、九如，予饮七八杯而罢。下午归家，尚早，以微醉辍读。《三鱼堂日记》，梦仙于今日抄完。(页眉：黄子年八岁。)

十九日(3月22日)　晴。晓起，补录近作。饭后，重阅《松陵人物补志》，至"别录"一门。下午，阅《河东集》卷十九。《梁丘据赞》，据，字子犹，齐景公嬖臣。晏子为相，据不毁贤，故子厚取之。其曰："后之嬖君，罕或师是。"又曰："岂惟贤不逮古，嬖亦莫类。"其寄慨深矣。《忧》《惧》二篇，乃子厚贬谪后作，其曰："君子之惧，惧乎未始。"又曰："所忧在道，不在乎祸。"卓然有德之言。《师友箴》，童宗说曰："子厚必得仲尼、叔牙而师友之。退之《师说》：'师不必贤于弟子，弟子不必不如师。'由退之之说，则学者无不可师；由子厚之说，则学者终不得师。韩、柳优劣，由此而判。"然其箴词云："道苟在焉，佣丐为

① 本句用"△"。
② 三圈。

偶。道之反是,公侯以走。"则亦无常师矣。《敌戒》[1]起云:"皆知敌之仇,而不知为益之尤。皆知敌之害,而不知为利之大。"千古名言。又曰:"惩病克寿,矜壮死暴。"子厚忧患馀生,故能为是言。《三戒》[2],麋也、驴也、鼠也。而驴戒一结尤妙:"噫!形之尨也,类有德;声之宏也,类有能。向不出其技,虎虽猛,疑畏,卒不敢取。今若是焉,悲夫!"林希元曰:"'形类有德'数语,收拾精神。殷浩败于桑山[山桑],房琯败于陈涛,亦此类也。"卷二十,《沛国汉原庙铭》:"群蛇辅龙,以珝天门。"珝,音"贡"。一作"翊",至也。《剑门铭》序中:"人龙俗剽。"尨,杂也。剽,轻也。《涂山铭》序中:"呜呼!天地之道,尚德而右功;帝王之世,崇德而赏功。右,尊也。故尧、舜至德,而位不及嗣;汤、武大功,而祚延于世。"《寿州安丰县孝门铭》[3]序文极佳,注引昌黎之言,亦可参阅。《武冈铭》[4]铭语高古,序亦无属对,故佳。茅坤曰:"诸铭中似此篇最优。"《井铭》序文亦纯古简洁。时薰儿借陈得珊策一册,于今晨嘱梦仙抄起。(页眉:《三戒》文宜选读。)

二十日(3月23日)　晴。晓起,作札与松琴侄、桂轩侄孙,约其于三月初一日同来会文。饭后,校阅《人物补志》,至日中而毕,惟剩"列女"一门未校。下午,仍阅《河东集》卷二十。晏元献曰:"《舜禹之事》与下《谤誉》《咸宜》等篇,俱是博士韦筹所作。"今读之,果不类柳文。《鞭贾》[5],此子厚有感之言,"今之枙其貌、蜡其言,以求贾技于朝"者,岂少也哉!《吏商》[6]:"吏而商也,污吏之为商,不若廉吏之为商,其为利也博。"如此句法,极奇崛,极浑然,一篇大意,尽在于此。《东海若》[7],此篇学《庄子》寓言机轴,文中"蛲蚘而实之",蛲,如消切。蚘,音"尤",又音"回",即蚘虫。注,蛲蚘,人腹中虫。薄暮,接小友何泉卿回信,闻有过访见贺之说。是夜,东风骤起,黄昏复雨。(页眉:枙貌蜡言。人腹中蚘虫,见柳文。)

---

①③④⑥⑦　双圈。

②⑤　三圈。

二十一日(3月24日)　雨。晓起，作信与冯婿，为另折数知照也。饭后，齿忽大痛，甚无聊赖，因将沈婿属题书画册随手涂抹，痛痒渐忘。可知怡情养性，惟文字一门，最为得法。斧砚诗亦书四楮付去。下午，因有微恙，改存旧作，颇不易。薄暮，接冯辅庭信，侄女受聘，改期四月廿五日矣。

二十二日(3月25日)　晴。晓起，补《太平庄闲录》第三卷。饭后，将校阅《人物补志》"列女"一门，适连青霞过访来贺，遂邀笑山同叙，集饮于养树堂。谈及两广禁绝鸦片一案，不许夷船进来，厉兵严守，每日縻费四五万金，大小官员，视广中为畏途，不知何日方能安靖也。闻学政实调毛式郇，祁公内升入都。下午，阅《河东集》卷二十一。《读韩愈所著〈毛颖传〉后题》①，大意言其书甚奇，恐世人非之，今作数百言，知前圣之不必罪俳也。《裴瑾崇丰二陵集礼后序》，德宗崩葬崇陵，顺宗崩葬丰陵。瑾，字封叔。《柳宗直西汉文类序》，唐顺之曰："览子厚之所以序西京者，而文章之旨亦可概见。"宗直，子厚从父弟。《杨评事文集后序》②，茅坤曰："予尝谓子厚诗过昌黎，其文特让一格，大约千钧之弩，难以再发也。"览此序，可见古之欲兼诗文而并善者，亦世所难。《濮阳吴君文集序》，序中追古惜今，微着感慨，而却有含蓄。《王氏伯仲唱和诗序》亦代胚胎，此其少年之笔。序中"璩、场在魏，机、云入洛"，后为伯仲习见语。予家中堂张挂史兰楷书《朱子家训》一轴，偶得诸书贾，书资七百文，甚廉，实不知为何时人也。今晨，青崖见之，云："无锡人，现在吴门，以笔墨作生涯，其子受业于予者也。"同在一郡之内，茫然不知，况千载以上人乎？知人论世，良非易事。闻大行皇后崩逝，吴江于十九日奉到敕谕，文武官员、晋绅举哀三日以后，士绅往还，穿元摘纬。预于前一日不剃头，至四月二十一日止，遵旧典也。（页眉：文中"取青媲白，肥皮厚肉"二句所出。史兰，无锡人，尚在。）

———————

①②　双圈。

　　二十三日(3月26日)　晴。晓起,补《太平庄闲录》。饭后,校阅"列女"一门,多重出、倒置,必须重辑。下午,阅《河东集》卷二十二。《送杨凝郎中使还汴宋诗后序》,文不足阅。唐汴州,古大梁地,宋曰"汴京",元曰"汴梁",今为河南开封府。《送邠宁独孤书记赴辟命序》①,华茂沉雄,掷地金石声,文章自有声色,非琐琐可比。《送幸南容归使联句诗序》,下字亦精,即文中所谓"烂若编贝,粲如贯珠"也。《送苑论登第后归觐诗序》,文有隽艳之语。或云是学究技俩,恐未必然。《送萧錬登第后南归序》,无甚警奇,却是可颂。序中称兄②之始。《送班孝廉擢第归东川觐省序》③,前述辛殆庶之言,后一经点缀,不烦绳削而自合。《送独孤申叔侍亲往河东序》④,联缀数字如话,疏疏散散,读之但见神气飞扬耳。孙鑛曰:"真一言九鼎之文。"此种文字,尚有门径可寻。《送豆庐膺秀才南游序》,文言:"无乎内而饰乎外,则是设覆为阱也,祸孰大焉;有乎内而不饰乎外,则是焚梓毁璞也,诟孰甚焉。"须文质彬彬意。"镞砺栝羽之道",出《家语》孔子之言,即学贵磨厉意。《送赵大秀才往江陵谒赵尚书序》⑤,文法前后,与《送班序》同。

　　二十四日(3月27日)　阴晴参半。晓起,补《太平庄闲录》。饭后,校《人物补志》"列女"一门毕。中午,作《戚爱贻传略》一篇,颇得意。下午,阅《河东集》卷二十三。《同吴武陵赠李睦州诗序》⑥,叙事处骨力遒劲,而词亦峻洁。《送南涪州量移澧州序》⑦,文气亦激昂。《送薛存义之任序》⑧,简洁圆畅,谢枋得、唐顺之两评极合。其言:"岂惟怠之,又从而盗之。"今之为吏,与古之为吏,若出一辙,天下安能无事?此文乃序中杰作。《送薛判官量移序》,文虽短,而意弥长。

---

①③④⑤⑥⑦　双圈。
②　"兄"字双圈。
⑧　三圈。

《送李渭赴京师序》①，茅坤曰："文似悲飒。"《送严公贶下第归兴元觐省诗序》，看来总不讨厌，故佳。《送元秀才下第东归序》："夫有湛卢豪曹之器者，患不得犀兕而刜之，不患其不利也。"文中三句可取。《送辛殆庶下第游南郑序》，昔人论诗，贵远不贵近，贵淡不贵浓，文亦宜然。《送崔子符罢举诗序》："若寤而言梦，醒而问醉。"可谓悔悟人作一门联。《送蔡秀才下第归觐序》《送韦七秀才下第求益友序》二篇尚有可采。抵暮，北风狂发，有拔山倒海之势，竟夜不息。（页眉：浩，音"浮"。）

二十五日（3月28日） 风少息，日无光。晓起已晚。饭后，养馀斋中旧藏碑帖、书籍迁于丈石山房，略觉爽垲。下午，接沈婿回信，字极端楷。所问韩、邹二人，韩已查出，系万历庚戌殿撰，见《说铃·谈往》中，附在"钱谦益科场事"内。后生能记此种事，甚属难得。闲中录清《爱贻传略》，示笑山。夜间极寒，大雪积地二寸馀。

二十六日（3月29日） 晓起，见瓦上雪尚未销，因寒故也。饭后，送笑山解馆。此节馆课，十八日作文四篇②。午前，校对梦仙所抄《三鱼堂日记》一书，与去年沈婿所赠吴光酉所辑年谱定本多有校正处，二书实相为表里者也。至下午而止。

二十七日（3月30日） 晴。晓起，接梦琴短札，知喜墨斋刻资尚未付清，可见介绍之难。并接张稚筼书分，有札致薰儿。饭后，仍校《日记》一书，深服先贤之学术、经济，真不可及。下午，作书答梦琴。并接沈婿札，蒙寄松于《爱贻传》中，酌易几处，极妥。

二十八日（3月31日） 阴。晓起已晚。饭后，出吊于冠溪。时柯亭老友有丧耦之戚，不可无此一慰。柯亭留予中饭，遂与吉升同席，畅谈时事。柯亭盖熟于本朝文献者也。下午，至莘塔，候连旦云，不值。泊舟车前，以试草两束分送许梧冈、叶一舟。适云泉在凌氏馆

① 双圈。
② 本句用"△"。

中,闻予下船来谈,老健如虎,难得难得。过南传,答青霞,不遇。归家尚早,预作清明春祭。两席:一设家祠内,祭已佻之祖,薰儿主之;一设养树堂,祭高、曾、祖、父,树主之。(页眉:春祭常规。)

二十九日(4月1日) 阴。晓起,补《太平庄闲录》。饭后,嘱薰儿于南玲圩上祭扫亡妇沈氏及青儿,盖清节旧例也。今年,逊村公老祭及秀山先兄小祭,俱轮在大房。中午,仍校阅《三鱼堂日记》,至卷三。下午,录存近作散体文二篇,仍阅《河东集》卷二十四。《送从兄偁罢选归江淮诗序》,文惟"所不敢折其志,戚其心,遵祖训也。注,谓柳下惠也。然而阙滧瀡之养,乏庾釜之畜"等句尚可录。《送从弟谋归江陵序》,其言:"足其家,不以非道;进其身,不以苟得。"又曰:"吾宗不振久矣。识者曰:'今之世稍有人也。'"可见当子厚时已如此,而况传之今日乎?《送澥序》①,可见吾宗极盛之时,乃在唐初,遭武氏而耗矣。文多习用语,此篇宜熟读。《送内弟卢遵游桂州序》尚可诵。《陪永州崔使君游宴南池序》,文之佳处,全在茅坤一评中。

_____

① 双圈。

庚子日记二

三月,四月十四日止。《河东集》二十五卷起,读至四十二卷止。
会课三月初一起。是年三月初四清明。

严震寰
道光庚子年三月会试大主考
正总裁:
潘世恩、龚守正、隆文、王玮庆甲戌进士,山东人,户部右侍郎。
同考官:
汪振基、谢荣棣、胡林翼、徐上塯、潘铎、李菡、骆秉章、单懋谦、曾
国均、朱其镇、王炳瀛、蔡振武、黎光曙、陈宪曾、陈岱龄、杜翮、松年、
陈熙曾十八房。

三 月

初一日(1840年4月2日) 微有雨。是日,约松琴侄、桂轩侄
孙同薰儿文会第一期起。晓起,桂轩侄孙先来,拆开题目纸,文题
《"君子以文会友"二句》,诗题《雨丝烟柳欲清明得"烟"字》。笑山所
出,先一日封好。以后不拘某人先到了,然后拆封。饭后,松琴侄亦
来。闻四嫂病日加增,殊为挂念。中午,校阅《三鱼堂日记》,至下午
而止。近日,目力只好看半日书,多则昏昏欲泪矣。炳烛之光,不知
尚能十年否?薄暮,三人诗文均已交卷。闻馨山侄已故。

初二日(4月3日) 晓起,微有雨。饭后,至大港,问四嫂之病,

目前尚属无妨。力劝四嫂为侄完姻,四嫂乃首肯之。予回至餐秀阁中,请寄松择一吉期,定于三月廿二日戌时结亲。中午,复至大港,回覆四嫂,诸事多安排定当。归来,斜阳已在树头矣。午后,嘱薰儿出吊馨山,明日儿欲出门故也。是日,接秋伊信,以叔竹坡来荐,及王羲亭挽词,予均未能应酬也。

　　初三日(4月4日)　晴。晓起,清理账务。饭后,嘱薰儿至梨里,赴子谦之约。初五日,吴门朱野苹之太夫人治丧,相约会吊,即子谦之外姑也。午前,同大兄及两侄先至杏传公墓前祭扫,继至逊村公墓前及先兄秀山墓前祭扫。中午,饭于大兄处,吃散福酒。下午,看徐氏两外孙放纸鸢。幼时故态,至今不可复得。闻前任周令及嘉善黄太守,一系即选知县,一以四品休致,犹有童心,每以此为销遣,为官如同儿戏。此等科甲出身,真如傀儡登场,不堪入目矣。可叹,可叹!酒后兴到,却作王羲亭挽诗一首,尚有情致,嘱丹林写好寄去。

　　初四日(4月5日)　清明,晴而暖。晓起,补《太平庄闲录》。饭后,率兆文侄至北舍港扫墓,先至始祖春江公墓前,继至长浜里高祖敬湖公墓前,回至木桥头五世祖心园公墓前,最后至角字曾祖君彩公墓前。祭毕,同聚二大房中庆侄孙处散福,设六席,共四十二人。予首座,其下诸侄及侄孙辈、侄曾孙辈,以次而坐。下午,至维风族兄处长谈,闻年八十七,而精神尚健,耳目不致昏败,真乾隆间人也。予与维风兄同五世祖弟兄,族属未远,岂容疏而不亲?归家未晚,尚能补登日记。今晨,见馨山侄之子,字葵卿,年约二十,在嘉兴东门巢姓店内习业,已有脩金二十四千。又绎如侄之子,字成玉,在西塘开张茶食店。二子虽不读书,颇能自立,可嘉之至,故特为记出。(页眉:略记宗族事,以备遗忘。)

　　初五日(4月6日)　微有雨。晓起,补《太平庄闲录》。饭后,作书答冯辅庭。前接两信,一以徐新亲纳采改期至四月廿五日;一以侄女吉庚藏久不见,请另书一八字,以便择吉。予一一答之,惟大婚之期,必须十月中,八、九及十一月多无暇办此事。午前,校阅《三鱼堂日记》，至第四卷。下午，仍阅《河东集》二十四卷。《愚溪诗序》^①，集中最佳之作。按，《观止》选本"而名莫能定"句，加一"能"字；"记于溪石上"句，加一"记"字，加得极妥。《序饮》《序棋》^②两篇文字并淡荡可诵。二十五卷，《凌助教蓬屋题诗序》文不甚出色。注云，凌助教，字士燮^③，苏州人。文内故有"坐入吴甸，包山震泽，若在牖外"等语，摘出俟考。《送韩丰群公诗后序》，文中如"垂声迈烈，显白当世""匿德藏光，退居保和""追用古道，交于今世"等句可节取，馀亦无甚深意。《送娄图南秀才游淮南将入道序》^④，前半讥笑当世，太少蕴藉；后半切责图南，论极侃直。《送诗人廖有方序》^⑤，焦竑曰："磊落而多奇。"短篇语少意多，乃为可贵。《送元十八山人南游序》^⑥，王世贞曰："文极疏宕。"《送方及师序》，文惟"处其伍，介然不逾节；交于物，冲然不苟狎"四句可录。《送文畅上人登五台遂游河朔序》起云："昔之桑门上首，好与贤士大夫游。晋宋有道林、道安、远法师、休上人，其所与游，则谢安石、王逸少、习凿齿、谢灵运、鲍照之徒，皆时之选。"馀皆平衍无味。《送僧浩初序》^⑦，陈长方曰："子厚作序皆平平，惟《送僧浩初》一序，真文章之法。"王世贞曰："看他文势离合之妙。"《送元暠师序》^⑧与前篇同一绝妙文字。《送琛上人南游序》，文注中清凉禅师云："般若者，苦海之慈航，昏衢之巨烛也。涅槃者，汉言无为也。"文实平平。《送文郁师序》^⑨言不厌而犹有可想。薄暮，陈梦琴及梁叔以书来，梦琴以近作三首及梁叔所撰骈体文三篇见示，欲为梁叔张罗。予实无能为役也，然两信不可不答。（页眉：唐凌士燮，苏州人。暠，音"皓"。）

　　初六日（4月7日）　阴。晓起，补《太平庄闲录》。饭后，薰儿自

---

① ⑦ ⑧ ⑨　三圈。
②　此二篇均为双圈。
③　原文"字士燮"重复，删去。
④ ⑤ ⑥　双圈。

吴门回家，言初三日宿于梨里外家；初四日同子谦到苏，入城登岸，宿
于朱野苹家，款留极华；初五日会吊于文星阁。中午开船，至同里住
宿。闻朱南如已故，予曾有一面。午前，校阅《三鱼堂日记》，明日可
毕。下午又雨，仍阅《河东集》二十六卷。《监祭使壁记》①，经术文
字，须悉心读之。《四门助教厅记》、《武功县丞厅壁记》②，以上三记，
同一机局，解"丞"字之义极明畅。《蟊屋县新食堂记》③叙次兴废，语
极绵至痛快。《馆驿使壁记》④综记点缀，簇密而纵横，用意甚严，非
大有笔力者不易为此。《岭南节度飨军堂记》⑤森严钜丽，是大手笔。
读此文，可见古来大家，言之短长高下皆宜。《邠宁进奏院记》文尚可
诵。《兴州江运记》⑥，虞集曰："点次水陆利害处如掌。"江，即嘉陵江
也。《全义县复北门记》⑦，文亦自奇，尚有门径可入。自此篇以上，
非大有力量，断不能摹仿。

初七日（4月8日） 晴。晓起，作书答孙秋伊，附王羲亭挽诗，
并答冯辅庭之信，并寄与陈表侄带去。饭后，校阅《三鱼堂日记》，至
午前而毕。中午，锦亭、松琴两侄来，为浩如侄喜事，新亲已允许廿二
日，惟欲张罗婚费耳。予先付洋饼五十枚，同饭于养树堂，谈至下午
而去。

初八日（4月9日） 晴。晓起，作书答梦琴、梁叔。闻梁叔有山
左之行，予赠以佛头银四枚。贫士出门，殊非易事，吾辈虽乏大厦之
庇，然杨枝一滴水，不无小补，凡事量力为之可也。饭后，展阅《河东
集》二十七卷。《潭州杨中丞作东池戴氏堂记》⑧，唐顺之曰："周匝曲
折浑成，此柳文之佳者。"《桂州裴中丞作訾家洲亭记》⑨，文固奇峭，
中间句法，未免夹杂齐梁体。奇峭如"盗遁奸革，德惠敷施""前指后
画，心舒目行""万山西向，重江东隘"，齐梁体如"日出扶桑，云飞苍
梧""其隙则抗月槛于回溪，出风榭于篁中"。《邕州柳中丞作马退山

---

①②③⑥⑦⑧⑨　双圈。
④⑤　三圈。

茅亭记》，昔人称此作为柳记中第一，予大不然。只此"白云为藩篱，碧山为屏风"，何等稚陋。今读之，亦不甚佳。《永州韦使君新堂记》①，幼时所读之文，重经一览，不啻奇岩幽壑，引人入胜。以后赞贺语，茅坤曰："似不免俗韵。"亦但知其一，不知其二。文章体裁，千变万化，语杂颂扬，寒俭不得，未可以山林绳台阁也。"取措诸屋漏"，不若《观止》"措诸壁"易"壁"字佳。《永州崔中丞万石亭记》②，作文如作画，笔墨之间，浓淡得宜，便是佳构。起一段，形容万石之状，画工有时不能到。《零陵三亭记》③，此卷杰作，另具一种神味。中午，微有雨。下午，以事辍读。薄暮又雨。

初九日（**4月10日**） 阴。晓起，出吊于东浜，时笑山之祖母治丧，约予应酬宾客。早饭，与顾梅生同席，即西樵之嗣君。座间晤笑山之姑夫周庄朱庭藻，年约六十馀，见予，款接甚殷。中午，饭于餐秀阁下，与沈婿、松侄长谈，至下午而返。闻笑山家事，邱思潭金，紫山一人调停，为人颇豪迈正直，纠纠中未尝无人。薄暮，作信与笑山，为他人托办之事，尚未周到也。

初十日（**4月11日**） 阴。晓起，补《太平庄闲录》。饭后，有双林吴笔客来，与严墓张容甫相识，即以《赤翁遗集》及薰儿试草托寄，谅无不到也。午前，接斗山信，即作书答之，并作书与子谦。下午，阅《河东集》二十八卷。《零陵郡复乳穴记》④，通篇字字遒健精洁，中有一番大道理说出来，便能惬心贵当。《道州毁鼻亭神记》⑤，文有刚劲之气，辞严义正，可与退之《祭鳄鱼文》同读。《永州龙兴寺息壤记》⑥，事甚神异，而解亦透。《永州龙兴寺东邱记》⑦别出逸调，另有一种气味。《永州法华寺新作西亭记》⑧，后半荆川曰："论翻得奇。"《永州龙兴寺西轩记》，出佛道处，甚滞泥可憎，然如"孰能为予凿大昏之塘，辟灵照之户，广应物之轩者，吾将与为徒"等句亦可取。《柳州

①②③④⑤⑦⑧　三圈。

⑥　双圈。

复大云寺记》①亦极有关系之作，从"圣人以神道设教"发挥出来。《永州龙兴寺修净土院记》文多佛语。《永州铁炉步志》②讽刺华胄，亦趣亦毒。愚意若删去"大者桀冒禹"一段，文气惟不甚充畅，较有含蓄。方隅之见，未知有当否。此卷文字并嘉。晚晴，多风。（页眉：鼻。与"庳"同。）

十一日(4月12日) 阴。晓起，桂轩侄孙先来，拆封。文题《"见贤思齐焉"两句》，诗题《春寒花较迟得"迟"字》。饭后，松琴侄亦来。予方补《太平庄闲录》，适何端叔来，以扇头、诗集见赠。泉卿见惠《侯忠节公集》一套、《撞石山房法帖》八本，皆非寻常之物。端叔一茶而去，欲赴平望二三之期，不及逗留。下午，阅《河东集》二十九卷。《游黄溪记》③，孙鑛曰："柳之胸中，富于丘壑，故其记池亭山水更奇。"《始得西山宴游记》④着眼在"始得"二字，唐顺之曰："神色酣畅。"《钴鉧潭记》⑤，小景清丽，如磐石疏林，清溪短棹。《钴鉧潭西小丘记》⑥，文之主意，在后一段，前路叙次亦能牢笼百态。《至小丘西小石潭记》⑦，绝妙小品文字。《袁家渴记》⑧，予闻之董太史元宰云："以径之奇怪论，则画不如山水；以笔墨之精妙论，则山水决不如画。"及观此记，则奇怪精妙，吾直以为两相当耳。《石渠记》⑨，茅坤曰："清冽。"予直以"幽折"二字当之。《石涧记》⑩，唐顺之曰："点缀处如明珠翠羽。"文较前篇更胜。薄暮，三人诗文均已交卷。

十二日(4月13日) 阴，极寒。晓起，补《太平庄闲录》。饭后，发信与沈婿。时池家湾宏化庵中新起一文会，请陈雨亭秉笔，宇侄与陶氏轮当，诚善举也。约是月十八日起。午前，落雪珠，大非时令所宜。展阅《河东集》二十九卷。《小石城山记》⑪，茅坤曰："借石之瑰玮，以吐胸中之气。"若有意若无意，曲折写来，全于言外领取。《柳州

---

①②③④⑤⑧⑩　三圈。

⑥⑪　四圈。

⑦⑨　双圈。

东亭记》①,绝妙文字,在"夕室""朝室"一段。《柳州山水近治可游者
记》②,前半似《水经注》,后半似《山海经》,此种笔墨,非浅学所能到。
三十卷,《寄许京兆孟容书》③,此子厚最失意时最得意书,可与太史
公《报任安书》相参,而气似呜咽萧飒。其气呜咽萧飒,其辞瑰诡跌
宕,如听胡笳、闻塞曲,令人肠断者也。《与杨京兆凭书》④,昔人评此
文不如前书,然其才气自佳。任子渊曰:"'丈人'字,俗以为妇翁之
称,然字则远矣。大抵亦尊之之称。"《吴越春秋》载伍子胥谓渔父曰:
"往命属天,今属丈人。"《汉书》桓谭曰:"凡人贱近而贵远,亲见扬子
云禄位容貌,不能动人,故轻其书。"《与裴埙书》⑤出语太觉悲楚,真
所谓"天下熙熙,而独呻吟者,何其优裕者博,而局束者寡"若此。《与
萧翰林俛书》⑥,茅坤曰:"一悲一笑,令人破涕。"予读至"悲夫"以下,
知子厚之断不永年矣。虽境遇使然,文人断不可为此局促之音,昌黎
之在潮州,东坡之在儋耳,其书词固何如耶?《与李翰林建书》⑦不脱
悲楚之音,却能耐人细玩。《与顾十郎书》⑧,其书似非对座主言,然
亦愧朗。下午,皓如侄来,酌议婚事。是日,冯婿亦来。(页眉:柳文
二十九卷中,篇篇可读。丈人之称。贱近贵远。)

　　十三日(**4月14日**)　阴。晓起已晚。饭后,出吊于玩墅。时吴
礼常已故,年七十有七,于今日治丧,盖乡党中仁厚人也。座间晤许
庄陈听古,年已六十有三,情话最久。三女兄出见,约期四月初十日
去载。微闻近日家庭内稍得和穆,大好大好。中午,饭于有丧之家。
下午,至泮水港,淡春、杏村两妇侄出来。闻顾友婿家甚拮据,亦积渐
使然也。

　　十四日(**4月15日**)　晴。晓起,点阅《太平庄闲录》。饭后,以
事辍读。下午,开明侄女回聘礼物。闻寄松已到馆,四女兄现在家

----

　　①④⑦　三圈。
　　②⑤⑧　双圈。
　　③⑥　　四圈。

居,薪水之费,明日必宜送去。

十五日(4月16日) 晴。晓起,开侄女回聘礼物毕。饭后,嘱冯婿至吴江,谈另折数。是日,命潘家人分种闽种兰,一盆分三,尚不至寥落。凡艺兰岁久,土渐结实,浇灌不利,花头必少。须命善手挖空泥头,先将已枯之根,渐渐坼去,然后分出,或一支分出三四支、五六支不等。着底铺炭屑二三寸许①,总以盆之高低酌量。炭屑上盖一竹帘,以利浇灌。先加旧土寸许②,然后将兰之本身舒展安顿,位置得宜,松泥周围垫实。半月后,方可下水:此其大略也。若夫加意栽培,全在人力,又出化工之外者矣。下午,大港上大嫂来,告诉家事,辍读。

十六日(4月17日) 晴,东风料峭。晓起,成《分兰诗》二十韵。饭后,补一序未完,适笑山到馆,以两期会课交出。予嘱笑山不必多改,但能攻瑕摘颣,一一指出,便与后生有益。午前,补好一序,尚待酌改。下午,以事辍读。予平生不肯避事,年到五十以后,渐觉精神不接,一事到手,辄生畏心。古人老当益壮之言,原非易副也。灯下,改存一诗,序删。(页眉:老境。)

十七日(4月18日) 微有雨。晓起,录清《分兰诗》,尚有未惬意处。饭后,检点衣服、器用,以备大港上皓如侄来借。似乎周折,然处家之道,无宁人求于我,不可使我有求于人。目前吃亏,便是日后便宜。区区通财之义,又不足言矣。下午无事,仍阅《河东集》三十一卷。《与韩愈论史官书》③,吕祖谦曰:"是一篇攻击辨诘体,颇似退之《诤臣论》。"谢枋得曰:"能以理胜,故令文公不复辨。"书中役使掌固。固,一本作"故"。《与史官韩愈致段秀实太尉逸事书》④,茅坤曰:"文自

---

① "二三寸许"原为"一皮或二三寸、四五寸",后改。
② "寸许"原为"一皮",后改。
③ 三圈。
④ 双圈。

铿锵鼓舞。"书中言"宜不苟过日时",岂独在职人当如是耶?《答刘禹锡天论书》可备一览。与吕、吴二公论《非〈国语〉》两书①却有特识。《与吕恭论墓中石书》②,唐顺之曰:"善辨。学《左氏外传》。"《与友人论为文书》③,操觚家不可不读。是日,接殷甥、邱子谦书,暇时不可不答。(页眉:"掌故"之"故",亦可作"固"。)

　　十八日(4月19日)　阴。晓起,作书答子谦、殷甥。饭后,封好待寄。午前,以事辍读。下午,至北舍港,闻是日宏化庵文会竟不果。舟中阅笑山所看会课,尚不致通融。归家,适冯婿自江回,另折数可缓商,予家四户未截出,顾、沈两家,听胜来一户未截。

　　十九日(4月20日)　起晴。晓起,清理家务。饭后,阅《河东集》三十二卷。《答元饶州论政理书》④,其言:"富室,贫之母也,诚不可破坏。"实从《周礼》"保富"一条体验出来,而落语精确,是柳州独擅之奇。《与崔(连)[饶]州论石钟乳书》⑤,林希元曰:"气健而语工,机轴全自李斯《逐客书》来。"愚按,子厚学先秦文,尚未入化;若退之之文,非不从秦汉得来,却能自具一副真面目。妄论如此,以待知者。《答周君巢书》⑥,子厚不好仙术,故其言甚倨。《与李睦州服气书》⑦,茅坤曰:"文最工。然篇末椎牛一段似漫溷。子厚文每到纵横时,便露此态。"中段文字全学《战国策》,驰骋处繁简得宜。又三十三卷,《与杨诲之第二书》可备一览,茅坤曰:"首尾二千言如一线,然强合乎道者。"《贺进士王参元失火书》⑧,此卷文字,惟《贺失火书》可读。罗大经曰:"东坡眼空一世,独喜陶、柳,虽迁海外,亦以二集自随。尝指子厚《贺失火书》谓山谷曰:'此人奇奇怪怪,亦有三端。'"书中"吾有望于尔",一本作"子",佳。后"足下前要"一段,选本删去,较净。下午,率兆文侄至大港。是日,皓如侄有行聘之事,夜设两席,宴罢,一

_____

　　①③④　双圈。
　　②⑤⑥　三圈。
　　⑦⑧　四圈。

鼓而返。（页眉：富室，贫之母也。）

二十日（4月21日）　晴。晓起，摘出《文选》目录，共选三十八篇，嘱人抄出。饭后，阅《河东集》三十四卷。《与太学诸生喜诣阙留阳城司业书》①，中间"始仆少时"一段，今之士习，大率②类是。《答韦中立论师道书》③，楼昉曰："看子厚论文三节议论，则子厚平生用力于文字处，一一可考。韩退之及苏老泉、陈后山，凡以文名家，人人皆有经历，但各有入头处与自得处。"茅坤曰："后之为文者，特路剽富者之金，而以夸于天下，曰：'吾且猗顿矣！'何其不自量之甚也！"今之为时文者尤甚。"蜀日越雪"之喻大快，未免近乎尖薄。后论文三节，宜细玩。《答贡士元公瑾论仕进书》可以一览。《报袁君陈秀才避师名书》后半极佳。《答韦珩（六）[示]韩愈相推以文墨事书》④，郭正域曰："峭劲。"《答贡士廖有方论文书》⑤，虞集曰："中多自矜语，而亦自悲怆。"《报崔黯秀才书》⑥，子厚以好辞攻书，皆为病癖，因有"土炭酸咸"之喻，文亦辨而隽。《答吴秀才谢示新文书》⑦，短牍亦自淡宕。《复杜温夫书》⑧，言太倨而气岸甚峻，大非奖进后学之意。《上门下李夷简相公陈情书》⑨，每每自写一段，不必有其事，而寓言之意已发明亲切，昌黎三上宰相书亦见此局，此提空之法也。是日，东风极大，未免有妨菜花。下午，读杜诗。《次空灵岸》，一起云："沄沄逆素浪，落落展清眺。幸有舟楫迟，得尽所历妙。"与《放舟》诗"青惜峰峦过"一反一正。《早发》诗："艰危作远客，干请伤直性。"可知奔走竿牍中有多少烦恼。《湘江宴饯》诗："白团为我破，华烛蟠长烟。"下句形容豪华宴客之状，光焰逼人。"白团"疑是月，俟查。（页眉：善喻。"蜀日越雪"之喻太刻。）

---

①④⑥⑧　双圈。

②　"大率"原为"未免"，后改。

③⑦　四圈。

⑤⑨　三圈。

　　二十一日(4月22日)　晴。晓起，子谦、殷甥两信已送出。阅《河东集》三十五卷。《上广州赵宗儒尚书陈情启》①。子厚诸启，不拘拘四六声律，故其辞意蔚然，沉着痛切。看柳文书简，当看他造语下字，锻炼则光明，磨礲则精洁，无一字一句懒惰。《上西川武元衡相公谢抚问启》②，茅坤曰："中多奇峭沉郁之旨。"《谢襄阳李夷简尚书委曲抚问启》③。《贺赵江陵宗儒辟符载启》，"譬之求珠于海，而径寸先得"等句可节取。《与邕州李域中丞论陆卓启》《上湖南李中丞干廪食启》。中有二篇可不阅。饭后，阅三十六卷。《上权德舆补阙温卷决进退启》④，子厚上此启，年才十六。康海曰："句法骚快，气概闲适。可见子厚少年文字，便洒然出尘。"《上大理崔大卿应制举不敏启》流畅开丽，线索尚未紧。《上裴晋公度献唐雅诗启》《上襄阳李愬仆射献唐雅诗启》⑤二启却短劲有力。《上扬州李吉甫相公献所著文启》末云："宁为有闻而死，不为无闻而生。"二语可录。《谢李吉甫相公示手札启》，意寡而词滥，是四六本色。文惟"垂露在手，清风入怀"二句可节取。《上严东川寄剑门铭启》《上江陵严司空献著文启》《上岭南郑相公献所著文启》《上李中丞献所著文启》《上河阳乌尚书重胤欲献文启》，以上五篇，可备一览。此卷二篇可不阅。三十七卷。《为京兆府请复尊号表》，第一首如"人心已郁，安可久违；天意实勤，谅难固拒"四语可录。《为耆老等请复尊号表》，第一首如"野多滞穗，亩有馀粮，足食之庆，充溢于京坻；阜财之谣，欢呼于道路"，虽陈言，尚可用。《礼部为文武百寮请听政表》，第二表："风行水上，自然成文。"⑥此表尚可颂。又，第三表亦佳。《为王京兆皇帝即位礼毕贺表》，如"祥光下烛，嘉气旁通。周王谢流火之符，鲁史愧书云之典"等语尚可

---

　　①②③④　双圈。

　　⑤　此二篇均为双圈。

　　⑥　此为王锡爵评语，见归有光《唐大家柳柳州文选》八卷，刻本，南京图书馆藏。

录。《王京兆贺雨表二》,如"仁育苍生,恩同赤子",借对得好。此卷与下卷,多世俗称颂之语,气索理短。虽文如柳州,未有能过人者。下午,读杜集。《李监宅》注:"《灵怪录》:'李令问,开元中为秘书监,颇事饮馔。其炙驴罂鹅之属,取味惨毒、病毒。朱衣鬼自内挟令问出,掷火车中,载之而去。'"诗云:"谁看异味重。"或其人也。(页眉:子厚少年文字,已卓尔不群。意寡而词滥,是四六通病。柳州贺表两卷,可以不阅。可为贪口者戒。)

二十二日(4月23日) 晴。晓起,率薰儿至大港上贺喜,时菊颐侄有完姻之事。早饭,请媒翁陈莲溪、予与大兄及子侄辈作陪客。中午,请客四席,首座者吴寄松先生、朱临川姻丈、陆茂荣寄父、陈蓉江母舅。下午,开亲迎船,至壶芦兜。回来,约一鼓,即请新人登堂成礼后,送入洞房。然后拜灶、谒祠、祀先、会客,一夜而毕,昭其俭也。予与薰儿及兆文侄直至五鼓才得就寝,盖专为祭先仡候耳。时大兄已归,予为祭主矣。

二十三日(4月24日) 晴。晓起已晚。饭后,予将归家,适新亲张竹娱来望朝,侄辈留予陪客,故中饭而归。下午,息养半日,精神不觉萎顿矣。是日,接味竹回信,未免有贫贱骄人之态,不若前信之含蓄有味。夏宝德以试草附送。

二十四日(4月25日) 晓闻东风极狂,起来已晚。早饭时,雷复震,盖将雨候也。午前,仍阅《河东集》三十八卷。《为裴中丞贺克东平赦表》,如"伤痍受煦,老疾加恩"二语可录。《为樊左丞让官表》,如"泛大鲸之海,但觉魂摇;戴巨鳌之山,未如恩重""臣实谀才,谬登清贯"等语可录。谀,小也。《礼记》:"足以谀闻。"《为崔中丞请朝觐表》,如"微衷尚隔于戴盆,积望徒悬于窥管"二句可录。《代韦永州谢上表》,如"过量逾涯,每深兢惕""分灾本出于一时,积弊遂逾于十稔。抚安未易,知法出而奸生;子育诚难,惧力劳而功寡"等语可录。王弱生曰:"子厚深于吏治,每于文字中露一二语。"《为武中丞谢赐樱桃表》①尚可阅。王弱生曰:"摩诘、退之皆有赐樱桃诗,盖唐时有此物。"此卷表文,除可录出外,尽可不阅。下午,阅《侯忠节公年谱》中,其在江西督学四年,振拔寒畯,裁抑贵介,风俗为之转移。所刻《十三郡庠音》,陶成古今,囊括经史,读者不知为帖括义,无论天下试牍所无也。其书流传遍海内,江表之文,遂为绝盛。崇祯十六年三月,楚帅左良玉纵兵东下,掠池州诸下邑,或溃入宁国、太平间,江南震惊,有土崩瓦解之势。府君曰:"天下之乱,莫不成于寇未至而先扰。"乃下令禁讹言,人心始安。然府君阴为之备,潜发兵守湖州之四安镇。四安者,宁、太之冲也。十一月,海盐孝廉祝渊以前上书论救御史大夫山阴刘公宗直事,奉旨逮问。缇骑至嘉兴,祝孝廉奋就缚,缇骑故为威严,以索重赂。士民争痛愤思逞,府君出,安人心,入面折诏使,诏使惧,狼狈出境。府君复蠲金,为孝廉赠行。是时,非府君与巡按御史桐城左公光先,则周忠介、颜佩韦之事复见矣。府君尝曰:"'一日看除目,三年损道心。'吾则不然,一日看除目,三年长道心。"热中之子,正坐不看除目耳。若使日闻倚伏之机,日睹陵谷之变,则将褰裳以逃之。虽一日九迁,亦有何乐?故数年之中,每病必请,请必再四。是冬,御史左公犹以旦夕启事难之,而府君不顾也。(页眉:"谀才"二字可采。《十三郡庠音》,嘉定侯峒曾所刻。四安镇为宁国、太平要冲。祝渊凡三见。)

二十五日(4月26日) 晓闻东风极狂,未免有妨菜花。饭后,驱逐一顽仆。予平生御下,外严而内宽,无论小过宜宥,即有大过,必先惩戒一番,能改即恕。此仆自幼贫不能存,在予家服役多年,往往恩威并用,冀其稍稍驯服,无如骜傲性成,屡次干犯。今春,犯赌犯窃,牢不可破,若不驱逐,恐有他患,亦先事预防之一端也。下午,雨绵绵不止。整顿行李,明日予将至吴门。是夜,同冯婿宿舟中。

二十六日(4月27日) 晓起,微有雨。放船至吴江,将及日中。

---

① 双圈。

同冯婿至鹤田处,托以止报、出结等事。时冯婿同鲍士杰新纳监生,予代为办理。鲍系笑山之亲戚。下午开船,到胥门未晚,泊舟万年桥。予与冯婿入城,仍寓司前周有恒家。

二十七日(4 月 28 日) 雨。晓起,同冯婿走学士街,至关帝庙捐监公局,与潘静安谭定纳监银数,每个归银壹百卅三两,洋每元作七钱四分半,一切在内。洋已付讫,日收约四月初三日发。饭后茗饮,与冯婿分途。予至清微道院,与聋石长谭。聋石出示半两钱范,索价六十洋。闻李方赤璋煜太守已肯偿四十洋。君又新得鸭绿江石砚,背有"乾隆年制"四篆字,匣上自为铭,极古雅可爱。又以韩大令之子所画玫瑰花见示,题咏多知名士,予却爱聋石诗,云:"温香一掬紫衣鲜,试点新茶谷雨天。婢视蔷薇奴月季,荼蘼下拜立风前。"韩子名昭华,号叔度,年约二十馀,与聋石相识。下午归寓,适刘建扬来谈。灯后,冯婿亦归。夜雨不止,至晓始有晴意。

二十八日(4 月 29 日) 晴。晓起,走学士街,晤官银店内朱生。据述,昨日为鲍士杰具呈,理问厅剥出,渠曾祖"永宁"二字宜避。予与冯婿酌去"宁"字,以"永"字单名具呈,同事皆以为然,遂补词送呈,谅不至再有更张也。此事若再回复鲍姓,无论中多转折,且初三日之期,日收断不能到手,予岂能俟至初八日期上?况鲍之先世并无功名,即酌去一字,尽属无碍,故特权作主张,识者谅之。中午,至阊门中市,办回聘礼物。薄暮,从南濠归寓,尚不至疲倦。

二十九日(4 月 30 日) 晴。晓起,走养育巷,回至吴趋坊,过皋桥。中午,仍至阊门中市逗留。下午,由南濠归寓。夜间,费老玉来谈,遂同茗饮。

三十日(5 月 1 日) 晴。晓起,偶阅《杜诗笺注》卷九。"白头无籍在"句,注"无籍"谓:"无人慰藉如韦也。"或引"通籍"及《尹赏传》'无市籍'",俱非。是诗《送韦书记赴安西》。《重过何氏五首》"花妥莺捎蝶"句,注:"'妥',音'堕'。关中人谓'落'为'堕'。三山老人曰:'花妥,即花堕也。'"饭后,由府前养育巷至卧龙街观前,回过城隍庙县衙前,办朝珠、玉器等物,颇费周折。下午,以齿痛,由布政司前走学士街归寓。闻李太守、裕抚军敕县清查尼庵一节,未免多事。城市庵堂,自然清净者少,尘垢者多。然苟尼姑犯法,必宜惩戒,否则置之不论不议可也。今欲彻底清查,使少者还俗,老者退居,安能将此辈分门别类乎?即能分别,亦置诸无用之地,徒纵衙蠹平地生波,有伤善类,大非政教所宜,故论及之。是夜复雨。(页眉:"无籍"注解。"妥"作"堕"解。清查尼姑一事。)

四　月

　　初一日(5月2日)　雨。晓起,至清微道院,晤杨聋石,以钱、陈两君所书先子传文相商,聋石亦以卍云所书为佳,并出示李太守书扇,的真二王高手。询及清查尼庵一节,实出裕抚军之意,太守断不肯为此已甚。回寓,刘先生来,即以先府君墓表、传文、先仲兄墓志铭,托渠勒碑上石。言定每个字廿二文,大小一应在内,惟石条、纸张另算。饭后,冒雨至阊门中市,抵暮而返。灯下,作两札,一与丹林,一与薰儿。明日,本船先回去。

　　初二日(5月3日)　晴。晓起,打发船回去,遂至士奇巷柯亭馆中,约中午后同到瑞光寺访朱蔼堂、袁松巢昆季。回寓,阅杜诗。饭后,柯亭同吉生来寓,遂由司前街过三多桥,到瑞光寺,晤蔼堂、松巢。蔼堂本有一札,附送《心香阁时文》一卷寄予,不料予之适来寻访也。可见吾辈文字因缘,心心相印如此。出门,游开元寺,与柯亭、吉生茗饮畅谈。下午回寓。蔼堂,名启华,青浦廪膳生。其尊甫小愚,名德基,岁贡生。今晨,有陆子怡过访,曾相识于二十年前。橐笔依人,形容顦顇,无复曩时风采,年已四十一矣,莫怪予之须发半白也。

　　初三日(5月4日)　晴。晓起,至聋石寓所,约明日同游。饭后,同冯婿至学士街关帝庙公局,取布政司日收。以脚痛不能远行,回至寓中静坐,成《游瑞光寺》诗七律一首。下午,在胥门外闲步。抵暮,家中船已来,接丹林、薰儿两信。惊闻大港上四嫂于三月三十辰时身故,幸四大侄及早完姻,此事差强人意耳。

初四日(5月5日)　复雨。晓起,接聋石信,以雨阻不果游。寓中无事,细改昨日所成之诗,较原本稍胜。饭后,在寓静坐,得五古诗一首,终未惬心,奈何! 下午,诸事已齐备。明日饭后,将放舟至吴江。

初五日(5月6日)　晴。晓起,整顿行李下船。饭后,朱霭堂、袁松巢来寓,谈至午前而去。予亦下船,到江不过未候。登岸,先至周介老处,出翁小海画册求售,予以两洋得之。回至鹤田老友处,以兆文侄捐监日收托致。并云:"履历上本身父母,不可不注明,日后丁艰,均宜详报也。"抵暮,至吴义茂行中,新得《杜诗集评》,系粤东刻版,书价三洋半。是夜,宿舟中。

初六日(5月7日)　晴。晓起开船,到家在午前。安排诸事毕,薰儿呈阅殷甥及汝寅斋两信。殷甥信上云:"《人物补志》现在赵眉山处。"寅斋约秋试考伴。下午,清理诸账,不及开卷。灯下,薰儿呈阅四月初一日会课,题系"人不知而不愠"一句。是日,松琴以事不来。桂轩作太觉率意。

初七日(5月8日)　晴。晓起,补登日记。饭后,兆文侄来,据述堂上之意,回聘嫁事,概不与闻,可笑之至。予奉先仲兄遗命,承办出嫁之事,本不敢推诿,惟云:"胜糕两房各办二箱,成衣亦两处做开,略藉分任其事;其馀琐屑事宜,情愿一人料理。"岂知袖手旁观。同室尚然如是,何怪风俗之日偷也耶! 可叹,可叹! 午前,接梦琴、梁叔覆函,已将拙作三篇直笔看来。斗大一吴城,如梁叔之能以古道交,亦不可多得矣。下午,诸账已查清,息养片时。盖自出门十日,精力渐疲,不可不深自爱惜。吾辈留此有用之身,振起书香一脉,上则为圣明稍效微劳,下则为祖宗绵延清白,岂若守钱奴颠斤布两,不肯少留地? 此亦天性使然,习俗亦难摇动也。家中无可与语,故书及之。

初八日(5月9日)　阴。晓起已晚。饭后,至大港上,于四嫂灵前一拜。饭于东方厅,四大侄设两席,似为办丧诸君起见,予适逢其会耳。下午，微有寒热。归家尚早，校阅《太平庄闲录》第三卷毕。

初九日(5月10日)　雨。连日疲倦，晚起。饭后，作一禀词，并作札与赵眉山。下午，展阅《河东集》三十九卷。《为薛中丞浙东奏五色云状》中云："纷纷郁郁，自东而徂西；若烟非烟，一句而再至。"此句句各自为对也。《让监察御史状》，时子厚拜监察御史，而其祖名"察躬"，故有此让，可见古人慎重讳名如此。按，《唐律》十二篇，《名例律》其第一也。节文诸府号官称犯父祖名，而冒荣居之者，免其居官。《柳州上本府状》文尚明浙。《为裴中丞伐黄贼转牒》①，王②曰："姚州露布二篇，如入五都之市，目不给赏。然一再读，意味亦只如此。子厚未尝不艳丽，却不必如此矜炫，正其尘垢秕糠，将陶铸王、骆也。"《贺诛淄青逆贼李师道状》："常以突刃触锋，未为效节，膏原润草，岂足酬恩。"四句可采。《贺平淄青后肆赦状》，文尚有可采之处。《贺分淄青诸州为三道节度状》与前文同有可采。《为裴中丞上裴相贺破东平状》中云："诋讪盈朝，萋斐成市。"凡尊官居外者，皆为寒心。《为南承嗣上中书门下乞两河效用状》，文尚有气势。《为长安等县耆寿诣相府乞奏复尊号状》，文云："鼓腹且知于帝力，食毛敢忘于君恩。"属对灵敏可悟。此卷虽非柳文之佳者，然尚可诵。（页眉：对法。）

初十日(5月11日)　晓有雨，饭后晴。午前，改录旧时所作散体文，颇得意，究未知可存与否也。予于此体，好为之，而无真学问，总由少时不能多读数千卷书耳。及长，知识渐开，性情渐漓，随得随失。今老矣，不过借此为消磨岁月之计，若欲传世行后，断不敢作是想也。下午，展阅《河东集》四十卷。《祭杨凭詹事文》，文直云："年月日，子婿谨以清酌庶羞之奠，昭祭于丈人之灵。"而注云："公娶杨凝

---

① 双圈。

② 王志坚(1576—1633)，字淑士，幼字弱生，号闻修、珠坞山农，学者称河渚先生，昆山人。万历三十八年进士。著有《河渚集》《昆山人物略》《古文渎编》《古文澜编》等。

女，为凭从子婿，何也?"《为韦京兆祭杜河中文》，此文尚可阅。《为韦京兆祭太常崔少卿文》，后云"原念往昔，爱均骨肉。我有书笥，盈君尺牍。寱言在耳，今古何速。失涕兴哀，匍匐往哭。抚筵一呼，心焉摧剥。日月逾迈，佳城遽卜。素车千里，逶迤山谷。晦尔精灵，藏之斧屋"等句皆可诵。《祭万年裴令文》①却有兴会。《祭崔君敏文》，文却清朗。《祭段弘古文》亦然。《哭张后馀辞》②，文虽佳，而不宗诸道，便非有德之言。中引"庄周之说，以为人之君子，天之小人"，何荒唐若是耶?《杨氏子承之哀辞》神似《离骚》。此卷摘出处，可重阅。四十一卷，《舜庙祈晴文》③："岸有善崩，流或断堤。""善崩"二字出《史记·河渠书》。《祭纛文》④，祭文中最为典质高古。今读此文，前半尤佳。《祸牙文》⑤，此二篇是祭文中之不用韵者。《祭井文》⑥用韵，亦好。《祭六伯母文》⑦，凡胞侄称"侄男"，族称"弊族"，均见此文。又，"移天"二字，出《文选》二十"移所天"。注："女子在家则天父，嫁则天夫。移所天，谓嫁夫也。"此文云："移天夙丧。"谓丧夫也。《祭从兄文》⑧，亦真挚。从兄名宽，子厚五从族兄也。"我姓婵嫣，自古而蕃。"又："族属旍耀，期复于前。""婵嫣"，出扬雄赋。"旍"与"旌"同，"耀"与"曜"同。《祭弟宗直文》⑨，凄情哀旨，与昌黎《祭十二郎文》相上下。所不如者，昌黎之抑扬跌宕，愈令人肠断耳。《又祭崔简旅榇归上都文》⑩，虽不作骚调，其蹊径全自《招魂》中来。音节断续，读之辄涕洟⑪。《祭外甥崔骈文》⑫，文云："戏抽佛筴，前次洍限。""筴"即"策"字，今谓之"签"。文自此卷毕，以下皆诗。（页眉：侄婿称"从子婿"。"移天"二字极生。族兄亦可称"从兄"。佛筴，即今之签也。）

　　十一日(5月12日)　淡晴，西风极狂。晓起，松琴侄已来。饭

----

①②③⑤⑥⑦　双圈。

④⑧⑨⑩⑫　三圈。

⑪　茅坤评此文云："读之辄涕洟已。"

后,桂轩侄孙不来。是日会期,文题《故旧无大故则不弃也》。午前,展阅《河东集》四十二卷。《寄刘院长张员外八十韵》属对极工,而辞不窒,故无痴重之弊,此长律所难。如:"肯随胡质矫,方恶马融奢",叙张之出为南方令及改刺二州之意。又,"秋原被兰叶,春渚涨桃花",又,"寒初荣橘柚,夏首荐枇杷",此随处随时即景之语。又,"沉埋全死地,流落半生涯。入郡腰恒折,逢人手尽叉",以下皆柳州自谓也。又,"齐谐笑柏涂",注:"《东方朔传》:'时有幸倡郭舍人,问朔隐语,有曰:"老柏涂。"朔曰:"老者,人所敬也。柏者,鬼之庭也。涂者,渐泪径也。"'"近世俗谓老而无用者曰"老柏涂",盖出于此。又,"东门牛屡饭,中散虱空爬",又,"耳静烦喧蚁,魂惊怯怒蛙",又,"思乡比庄舄,遁世遇眭夸",《北史·隐逸传》:"眭夸,赵郡高邑人。高尚不仕,寄情丘壑。"又,"引泉开故窦,护药插新笆。树怪花因槲,虫怜目待虾",注:"《岭表录异》:'海镜蟹为腹,水母虾为目。'水母者,闽人谓之蛇,浑然凝洁,大如覆帽,腹如悬絮,有口而无目。常有虾随之,食其涎,浮涎水上。人或取之,则欻然而没,乃虾有所见耳。"又,"骚歌喉易嘎,饶醉鼻成齇",注:"嘎,声败也。《老子》:'号而易嘎。'齇,鼻上皰音'炮'也。"黄震云:"世俗所谓酒齇鼻也。"又,查《正字通》,红晕似疮,浮起著面鼻者曰"酒齇"。通首裁对生新,陈言尽去,摘出几处,尤非时目所习见者也。下午,梨里王姁来,即发信与汝寅斋,订定同考之伴。闻吴门朱野苹即日欲见过。未后,两子会课,均已交卷。(页眉:"老柏涂"出处。眭夸,隐士中之极冷者。海镜以蟹为腹,水母以虾为目。齇,音"查"。)

十二日(5月13日) 晴。晓起,查清账务。饭后,作札与赵眉山、殷甥。午前,展阅《河东集》四十二卷。《献弘农公五十韵》:"璧非真盗客,金有误持郎",上句出《史记》张仪事,下句出《汉书》直不疑事。又,"论嫌《齐物》诞,骚爱《远游》伤",同一物也,一经善手烹调,便觉有味。又,"世议排张挚,时情弃仲翔",上句出《史记》张挚事,下句出《吴志》虞翻事。翻,字仲翔。"不言缧绁枉,徒恨縲徽长",二语极怨，然亦可悲，四句皆子厚自谓也。《酬裴曹长吕大使二十韵》："贾傅辞宁切，虞童发未鬖。音"班"。注："虞童，虞翻也。翻年十二，客有候其兄，不过翻，翻追与之书，客奇之。鬖，发半白也。"《酬娄秀才诗》，令人回肠荡气。《酬娄秀才寓居开元寺，早秋月夜病中见寄》诗："壁空残月曙，门掩候虫秋。""张文潜尝论子厚此联为集中第一。洪驹父则云："'明月江山夜，候虫天地秋。'最为奇警。'"《界围岩水帘》诗，曾吉甫曰："此诗奇丽工状。始言水帘之状，但发二语云：'忽如朝玉皇，天冕垂前旒。'言简而工。"予谓以此二语形容水帘，终欠雅驯。《古东门行》①谓盗杀武元衡也，语语典实，而气亦雄悍。《寄韦珩》诗云："奇疮钉骨状如箭，鬼手脱命争纤毫。"即医书中之"钉疮"。下午，少湄侄孙来谈，辍读。（页眉："虞童"二字极新。"钉疮"见于诗。）

　　十三日(5月14日)　晴。是日晏起。饭后，作札与大兄，推情说理，不过为骨肉之间，总以和气为贵耳。下午，嘱文容甥转致大兄。展阅《河东集》四十二卷。《登柳州城楼寄漳汀封连四州》诗②是柳集中七律杰作。《柳州寄周韶州》诗"空斋不语坐高春"句，注："《淮南子》曰：'经于泉隅，是谓"高春"；损于连石，是谓"小春"。'高春，日晏也。"《得卢衡州书，因以诗寄》颈联云："兼葭浙沥合秋雾，橘柚玲珑透夕阳。""透"字下得新奇。不然，并"玲珑"二字亦无趣。《别舍弟宗一》诗③，可与前《登柳州城楼》之作并美。周少隐曰："此诗可称妙绝。但结处说梦中，安能见郢树之烟？'烟'字只当用'边'字，盖前有江边故耳。不然，当改云：'欲知此后相思处，望断荆门郢树烟。'却似稳当。"原本："欲知此后相思梦，长在荆门郢树烟。"《重赠二首》，子厚答禹锡所酢前诗作也。按，禹锡《酬家鸡之赠》云："日日临池弄小雏，还思写论付官奴。柳家新样元和脚，且尽姜芽敛手徒。"官奴，王羲之女名。羲之《乐毅论》，书赠官奴。时子厚未有子，故云。"柳家新样"，谓柳公权，元和间有书名。又，梦得诗云："小儿弄笔不能嗔，涴壁书

————————

　　①②③　三圈。

窗且赏勤。闻彼梦熊犹未兆，女中谁是卫夫人？"亦谓子厚未有子也。"卫夫人，名铄，字茂猗，隶书尤善。王右军师之。"是夜一鼓候，大雷雨。（页眉："高春"，日晏也。）

　　十四日(5月15日)　阴。晓起，作书与桂轩侄孙，盖劝其为学也。饭后，展阅《河东集》四十三卷。《法华寺石门精舍三十韵》①："小劫不逾瞬，大千若在掌。"二语已能包括佛家宗旨。《南涧中题》②，先正李于鳞尝选柳古诗，特取此作，大是具眼。苏轼曰："子厚《南涧》诗，忧中有乐，乐中有忧，盖绝妙古今矣。然老杜云：'王侯与蝼蚁，同尽随丘墟。'仪曹何忧之深也。"读是作，至"始至若有得，稍深〔遂〕忘疲"十字，欲不叹赏也，得乎？《游石角，过小岭，至长乌村》③，昔人论五古，韦、柳并重，然子厚意志感愤，不如韦之恬淡；句调工致，不如韦之萧散。是本同道而异至，乌可漫论乎？《韦道安》诗④，即以诗传其事、传其人，不必载之于文，而其人足千古矣。按，子厚尝为《韦道安传》，集载其题而亡其文，故云。《哭凌连州》诗："恬死百忧尽，苟生万虑滋。"诗非不佳，太觉愤怨。《独觉》诗⑤："觉来窗牖空，寥落雨声晓。良游怨迟暮，末事惊纷扰。为问经世心，古人谁尽了？"《问猿》诗⑥："溪路千里曲，哀猿何处鸣。孤臣泪已尽，虚作断肠声。"唐汝询曰："猿声虽哀，而我无泪可滴。此于古词中翻出新意，更佳。"午前，天色晴明可爱。下午，改录旧作毕，仍读杜诗近体。《绝句》九首："恰似春风相欺得。""相"字作入声读。白乐天诗中，用"相"字亦然。（页眉：韦、柳之分。"相"字作入声读，见杜诗卷十二。）

---

　　①②⑤⑥　三圈。
　　③④　双圈。

庚子日记三

四月十五日起,五月二十日止。《河东集》于四月十七日读毕,即于十八日重读起。

四　月

十五日(1840 年 5 月 16 日)　晴。晓起,洗砚。饭后,展阅《河东集》四十三卷。《雨后晓行,独至愚溪北池》诗①:"高树临清池,风惊夜来雨。"此二句与韦左司"微雨夜来过,不知春草生"同一机趣,同时如退之、梦得,皆不及也。《从崔中丞过卢少府郊居》诗②:"莳药闲庭延国老,开樽虚室值贤人。""《本草》:'甘草,名国老。'谓其在诸药众中为君也。"《夏昼偶作》后二句:"日午独觉无馀声,山童隔竹敲茶臼。"胡应麟曰:"此诗后二句意亦幽闲,独顾玉华以无味短之。古人治茶,皆捣末作饼,必用杵臼,子厚所云'山童隔竹敲茶臼'是也。至国朝,特尚芽茶,而此器遂废。"予按,明蒋之翘之说,未必的确。《冉溪》诗一结云:"却学寿张樊敬侯,种漆南园待成器。"《后汉》:"樊重,字君云。尝欲作器物,先种梓漆,时人嗤之。然积以岁月,皆得其用。重封寿张侯,谥曰'敬'。"《法华寺西亭夜饮》诗一起云:"只树夕阳亭,共倾三昧酒。"予按,"三昧酒"亦从三昧火、三昧水化出,释典未必真有三昧酒也。名人不妨自我作古,外此皆杜撰耳。下云:"雾暗水连阶,月明花覆牖。"曾吉甫曰:"'平野青草绿,晓莺啼远林。''菡萏溢嘉

---

①　三圈。

②　双圈。

色,筼筜遗清斑。'‘雾暗水连阶,月明花覆牖。'其句律之法,全似谢临
川。"《种术》诗一结云:"单豹且理内,高门复如何?"《庄子》:"鲁有单
豹者,岩居而水饮,年七十,而有婴孩之色。虎杀而食之。有张毅者,
高门县薄,无不走也,年四十,有内热之病以死。豹养其内,而虎食其
外;毅养其外,而病攻其内。"此习见事易忘,故记出之。《行路难三
首》①,第一首云:"北方诤人长九寸,开口抵掌更笑喧。"《山海经》:
"东海之外,有小人国,长九寸,名曰‘诤人’。海鹤遇而食之。"《闻黄
鹂》七古②,调语、情意皆至,杰作也。下午,以疲软辍读。适殷子梅
士来,为柏庭之长子,竹里姻丈之孙,年十八,习举子业,他日必能成
就者也。会试头题《如切如磋者,道学也》,二题《盖均无贫,和无寡》,
三题《用下敬上,谓之贵贵;用上敬下,谓之尊贤》,诗题《慎修思永得
"谟"字》。(页眉:国老,甘草别名。有明特尚芽茶,此说未确。"三昧
酒"本柳诗。单豹、张毅事。诤音"争"人,小人也。)

　　十六日(5月17日)　晴。晓起,检阅薰儿入学内亲友所送文章
及诗文集,汇集一处。饭后,展阅《河东集》四十四卷。子厚作《非〈国
语〉》一书,谓其说多诬淫,不概于圣。后宋江端礼见而病之,作《非
〈非国语〉》。东坡尝曰:"久有意为此书,不谓君先之也。"元虞槃读子
厚《非〈国语〉》曰:"《国语》诚可非,而柳说亦非也。于是著《非〈非国
语〉》。"槃不知端礼先有此书。端礼见王应麟《纪闻》所载,槃事具元
正史。按,子厚之非《不藉田》,张敦颐已深非之;非《三川震》,蒋之翘
非之;非《谷洛斗》,敦颐又非之;非《无射》,蒋之翘非之;非《问战》,吕
祖谦非之,穆修非之;非《殣羊》,之翘又非之;非《轻币》,沈晦非之;四
十五卷,非《狐偃》,之翘又非之;非《舆人诵》,之翘又非之;非《戮仆》,
韩醇非之;非《嗜芰》,苏轼非之。子厚《非〈国语〉》两卷,可以不阅。
子厚之学,大率以礼乐为虚器,以天人为不相知。其于《时令》《断刑》

---

①　双圈。
②　三圈。

《贞符》，皆非是，学者不可不知。下午，阅《外集》。卷一三赋可不阅。卷二《河间传》，摹写贞淫两截，虽为士之不终其守者戒，然"言之无文，行之不远"，此种文字，不作更妙。《赵秀才群墓志》[①]共十五句，用十五韵，世次、生平及生死、返葬日月，已无不尽。其云："问年二纪益以十。"盖群年三十四也。句法极古。《太府李卿外妇马淑志》[②]，茅坤曰："马淑，倡也。"按，铭法，此不当铭者，而柳子铭之，过矣。然其文特佳。卷三，惟《段弘古墓志》尚可阅。旁晚，冯婿自梨里来。闻述斋、谱经有南宫报捷之信，未知确否。如果属实，亦合邑之光也。（页眉：著书实难。子厚《非〈国语〉》两卷，可不阅。为倡妇作铭，是柳文特创。）

十七日(5月18日)　晴。晓起，检阅旧尺牍内，有徐山民待诏与愚溪外舅书，称"愚溪先生内舅氏大人"，盖珊珊夫人，愚溪外舅之甥女也。薰儿为朱野苹之甥婿，如有尺素往还，亦宜称"内舅氏大人"。饭后，展阅《河东集》卷四，皆表文，可不阅。卷五，《贺皇太子笺》："瑞景照临，示重轮之发耀；恩波下济，见少海之增澜。"上句本崔豹《古今注》："汉明帝为太子，乐人作四歌赞德，其曰《日月重轮》。"下句本《山海经》："无皋之山，南望幼涿。"注：即少海也。昔天子皆大海，太子为少海。此卷馀无足观。又，《遗文》内存《扬子新注》五则，尚可阅。"附录"一卷，载明周思兼《八司马论》，谓："伾文之党，其素行不足以取信于朝廷，而其材又天下之所忌。夫行不足以取信，故君子不敢任其咎，以开入仕之路；而材足以起人之忌，则小人亦从而交阻之，是以天下皆惜其材，坐视而莫为之言。"观此论，则士人进身之始，不可以不慎。皇甫湜、刘禹锡皆有《祭柳员外文》，湜用韵，刘不用韵，皆可诵。宋穆修《柳集后序》，其云："始而餍我以韩，既而饫我以柳，天之厚予嗜也，多矣！"又，宋沈晦《柳集后序》一起云："学古文必自韩柳始。"然韩文难学，柳文尚有蹊径可寻。又，宋严有翼《柳文序》

---

①② 三圈。

谓:"《唐史》以成败论人,故党人之名,不可湔洗。尚赖本朝文正范公推明之。"其论极明且恕,死而有知,子厚岂不伸眉于地下? 宋田锡《罗池庙阴碑文》,其言:"周勃持重而词则寡,子夏美才而行或缺。"未免拟不于伦,诬谤先贤,断不可以为训。是集于今午读毕。后有戈小莲培一跋,云:"予好读古文。韩外惟柳最爱,自十七岁始,岁二三读,迄今十数过矣。学作之,究不得其形似,况精神耶? 读之殊自愧叹。丁未十月,再读记此。"戈时年二十三。下午,闻两殷南宫捷音已确,虽由汝南门材之盛,亦由两人能自树立耳。"将相本无种,男儿当自强。"目前科第,尚不足贵也。偶阅嘉定侯峒曾所著《仍贻堂全集》,有《上南太宰建德郑公书》,中云:"吴郡清流,遭时忌嫉,于海内为最。而运逢阳九,天亦降威,半月之间,文、姚继陨。姚固久病,三日伤风;文以哭甥,无疾告逝。伤哉贫也! 均无以殓。殁之日,文相国箧中仅得三百金,而姚詹事并无之,此亦可以当盖棺之论矣。"又,"吴俗软美,靡然成风。自文、姚二公为之典型,后进始自振拔,数年以来,称为绝盛,如张临川受先、张庶常天如,其尤著者也。"文即震孟,天启二年殿试第一;姚即希孟,万历四十七年进士,为文公之甥。文公大魁,年已五十;初登贤书,年甫弱冠。(页眉:太子典故。屡韩饫柳。文、姚二公清贫若是。)

十八日(5月19日) 晴。晓起,清理账务。饭后,重阅《河东集》第一卷,别有录本。下午,阅《仍贻堂集》。《与朝士论嘉定复漕书》:"嘉定成治,不过五百年。盖海滨之聚沙也,沙田不可以稻,惟树木棉,可以为布,规百里内外,而多纺绩之具,而寡车牛农器茭廪之属。民抱布易金,则可以供县官租税,非是,且不可以糊口。高皇帝①初定天下,漕米,嘉定亦与焉。其时赋廉而谷贱,民易为力,行之。至于成、宏间,天下方太平也,而敝邑百姓独死丧流离,殆欲废县。三吴大吏上言者数十辈,至显皇帝万历二十一年,乃始定制永

---

① 原文衍一"皇"字,删去。

折。垂五十年,恝皇帝天启中,复有暂兑一年之令,邑之人沸然奔走请命,即得报罢。"此嘉定折漕之本末也。（页眉：嘉定折漕本末。）

　　十九日(5月20日)　晓起,微有雨。饭后,重阅《河东集》卷二至卷三。读子厚《封建论》,复取平原《五等论》读之,行文各有妙处。下午,阅《仍贻堂集》。薄暮,梦仙自吴门回来,先子传文,已上石勒好,拓出两张见示,却不走样。决意墓表、墓志,严震环一人奏功矣。阅会试录,始知吴郡冯景庭、浙江卜达庵皆中式。

　　二十日(5月21日)　晓有雨。接到殷兆镛泥金之报①,据使者费大云,大太太于十八日稍有微疾,所以不来。饭后,至祝唐处,求书"胜溪草堂家刻三种"签头。来回舟中,阅《仍贻堂集》。《三易集序》云:"世之棘喉钩吻,节去语助,务为险涩不可句,以学秦汉者,定非秦汉;而韩、欧、苏、曾诸大家,不袭秦汉之迹,而专肖其神。"又,《左侍御奏疏序》云:"三代之后,人才盛于两汉。言循吏者莫若西,言节士者莫若东。然令黄次公诸人,出入风议,持风节,辨流品,为汉廷直臣,则其气或有所不逮。而使元礼、孟博之流,以其破柱登车,激扬风流,澄清天下之概,而试诸吏道,则其实用不必可观。"《五子时文序》云:"名高者身灾,非身肥也;才多者家患,非家福也。"下午剃发。时大行皇后百日之期已满,遵制守法,亦士人分内之事。彼有顶戴者,纷纷违制,何也? 此法不守,若大于此者,更不足观矣。今晚,阅《韵府》"第"字韵,始知王少吕所赠楹帖:"花锦文章开四面;天人科第上三头。"乃章孝标诗也。（页眉：侯公议论可采。见道之言。）

　　二十一日(5月22日)　阴。是日会期,文题:《修道之谓教》。晓起,桂轩侄孙先来,松琴侄后来。清晨无事,改存昨日所成之作。饭后,作书与吴郡刘建扬,附洋饼十枚,托桂轩侄孙带去。重阅《河东集》卷三。午后,接昼翁所书楹帖,极古雅,盖将送与雨苍和尚者也。叶曲江昆季以《石林词》见赠,洪纯甫赠儿雅扇,多从昼翁处寄来,各

────────────

　　①　"泥金之报"原为"报单",后改。

以名帖谢之。下午，阅《仍贻堂集》，卷十二中《徐巨源榆溪初集序》，论文章家流弊，可谓深切著明。杜诗《赠王侍御四十韵》云："由来意气合，直取性情真。"吾辈论交，往往如是。

二十二日(5月23日)　雨。晓起，改存旧作。饭后，阅《河东集》卷四，此卷皆博议明辨之文，篇篇宜熟读。下午，阅《仍贻堂集》，卷十二中《持声社序》云："予惟今日之文，不患其才少，患其识少；不患其理胜，患其辞胜。"四语是时文家通病。又，《署篆倪公报德祠碑记》："司理倪公长玗，以戊寅莅苏州五年，凡府大事，抚按使者咸取决焉。以干望先群有司，持躬皦然，与太守陈公号'双清'，郡尝建双清祠。崇祯辛巳夏，不雨，蝗螟杀稼，吴越大乱。嘉定以土圹不植禾，饥尤甚。会大司农以军食缺，遽复天下挽漕者十六州县，嘉邑居首。檄下，民嚣然。时旧令尹方以内擢行，虚篆无所属。抚按使者曰：'非倪君，谁为我行？'公至，甫下车，论列利害者至什百端。公不省，曰：'汝姑去。'居月馀，尽斡旋按漕诸大使，请本岁漕额代以麦，而装遣士民耆老至京师疏控之，且介所知以请司农。既行，乃笑曰：'吾今可以语治矣，更为我核岁赋。'令布，民争输入。不数月，毕具。吏算额外，赢数千金。公悉出之堂下，呼耆民，告曰：'民瘵至此，何自馀羡若干金？吾不能人还之，其以为饥者食。'乃择邑孝廉、诸生贤者数人，亲珥笔，行巷市，遍籍户口，视不能生者，等其差为上、中、下，而以其羡金市米赈之。凡四阅月，而米乃尽，米尽而赈令罢，而保甲之法行且熟矣。公尝曰：'张禁以遏奸，奸之神者，禁莫遏也；悬法以御盗，盗之猾者，法莫逮也。'既数月，受代去。民思公无已，即城西司理故署，筑而更之，为报德祠。"长玗，平湖人。玗，作"玗"，见《陈忠裕年谱》中"弘光元年闰六月"分注内。（页眉：玗，音"于"，玉属。倪公宦绩，《苏州府志》不载。）

二十三日(5月24日)　晴。晓起，安排侄女回聘礼物。饭后，重阅《河东集》卷五至卷六。下午，阅《仍贻堂集》卷十三。《先祖妣敕封太孺人陈氏行状》，叙得最真挚。

二十四日(5月25日)　阴。晓起，有园花吴客来，言海宁一州，会场脱科已连年矣。文风之有盛有衰，不独苏郡一处也。饭后，嘱人扫洒厅堂，位置筵席，以备明日宴客。下午，欲改录旧作而未果。

二十五日(5月26日)　晴。是日，为侄女受聘吉期。晓起，吴寄松乔梓先来。饭后，港上松琴、竹淇两侄及少湄、小园两侄孙来。少顷，沈婿亦来。午前，盘船已到，大小各一。冰人有三：一为徐洪三，一为冯辅庭，其一则文容甥也。盘陈二加堂。徐新亲所来礼物，未免从俭，予回礼加丰，缘先仲兄所出，只此一女耳。嫁期在十月廿二日，予与冰人前日已有成言，故不推却。席设瑞荆堂，远客多不来，故只有三席。未后客散。两房备送盘两舟。是夜，惟沈婿留宿书楼，笑山乔梓不在馆中。

二十六日(5月27日)　晴。晓起已晚，接汝寅斋信，今岁秋试不去矣。昨日，子谦与薰儿信，子玖欲与同往，仍作三人之行，大妙！饭后，收拾厅堂器具，必亲自检点，亦习惯使然耳。下午，欲展卷而不果。

二十七日(5月28日)　晴。晓起，发信与高文翁，为三女兄有病诊治。饭后，命薰儿至平望，问大姑母之病。午前，文翁已来，正在诊脉之时，适郡中朱野苹同子谦亲家过访，遂嘱大兄陪文翁，予与沈婿陪朱、邱两君，置酒言欢，至下午始散。子谦携《三鱼堂日记》两册去，盖欲托昼翁校阅也。闻大兄述文翁之言，三女兄病势尚属不妨，大好，大好！是日，颇有醋意。闻朱酉生作于今年二月，可惜，可惜！

二十八日(5月29日)　晴。晓起，临苏帖一页。饭后，沈婿已去，重读《河东集》卷六至卷七。午前大风雨，至午后尚不止，恐薰儿未必归。旁晚，天忽晴。细阅谱经会墨，尚易做到，人特患不肯专心用力耳。

二十九日(5月30日)　晴。晓起，专人送会卷至桂轩侄孙处。饭后，重读《河东集》卷八至卷九。中午，薰儿自梨里归家，已定子玖省试之伴。大女兄日上渐得复元，而三女兄在予家病势不轻，奈何！下午，阅《仍贻堂集》卷十四。《文学黄君墓志铭》中一段极写世俗薄

恶，多起于骨肉间。今夫亲兄弟、同父母，争财相杀伤，固流俗之至
坏。若乃食肥拥厚，而相视如秦越人，虽尺布斗米，不能相通；或稍稍
缓急，即权子母者，比比是也。卷十五《嘉议大夫长洲姚公传》："公讳
希孟，字孟长，长洲皋伯通里人，万历己未进士，仕至詹事府少詹事，
兼翰林院侍读学士。公始就馆选，蒲坂韩公爌、南昌刘公一燝多以夙
名重公。庚申之秋，贞皇帝即位，未几不豫，内医崔文升侍疾无状。
是时，杨忠烈公涟给事礼科，将抗疏请按治，夜商于公，公连呼善，且
曰：'子岂有疑耶？此真社稷第一事，微子，吾亦将言之。顾有吾母
在，且又非其官耳。'杨公意遂决。其后杨公竟以移宫，中忌者蜚语，
移疾去。出都与公诀，泣曰：'吾两人祸福共之！吾他日或不免，亦必
不令子免也。'始知公有同计社稷功。前此公第乐其成，未尝自名。
此语反在陈孝廉愚撰《杨公状》中，公子孙亦未前闻也。"（页眉：此等
人古不异于今所云，何也？姚公逸事。）

五　月

初一日（5月31日）　晴。黎明起来，下船。舟中阅《仍贻堂集》
卷十六。《书时光禄年谱后》，皆光禄及生自撰。《郑文恪退镜备注
跋》，深惜公之为相，未竟其用。《开浚吴淞江考略》，于水道源流及通
塞事宜，颇能详备。后之讲水利者，不可不检阅。是书共十八卷，乃
公之里人胡起凤所校刊，道光庚子春小友何平子所移赠者，夏初已通
阅一过。文献可征，亦尝鼎中之一脔味也。午前到江，入城，晤鹤田
老友，起居尚好。至北塘周介老处，以先子墓志铭及《小隐图》托渠修
裱。回至顾煦安处，不值。下午复去，以顾、沈两家折数找讫。渠欲
预撮下忙条银，予实以不凑手却之。旁晚，至大东门，与海香老友长
谈。闻述斋殿试第二人及第，如果属实，亦一邑之光也。是夜，宿舟
中。先子墓志铭新裱九本。（页眉：《开浚吴淞江考略》。）

初二日（6月1日）　阴。晓起放船，饭于舟中，午前到家。视三
女兄病体日增，决意送其回家。中午，延高文翁覆诊，亦以送去为然。

下午,始知昨日会期课题《季文子三思而后行》。松琴、桂轩皆来。诗题《时还读我书得"书"字》。松琴文笔最爽。是日中午,倾盆大雨。今日接到连旦云四月廿八日之信。

初三日(6月2日)　晓雨连绵。起来,临苏帖一页。视三女兄病体凶多吉少,饭后,同兆元侄扶送三女兄回家。凡出嫁之女,终以夫家为主,苟非万不得已,断无在外家寿终之礼。十馀年来,予迎养三女兄在家,亦出于万不得已。今既受病非浅,文荣甥尚谆谆以迎归为辞,予乌能以私情伤公义? 故决然送去。登岸,扶持上床,形神尚不致十分劳顿,大喜,大喜! 在甥家一饭而返,到家已下午后矣。重阅《侯忠节公年谱》上。天启二年三月,公祖太常公讳震旸,奏劾奢相沈漼,并规诸当国者,责以慷慨任事,毋纵诡随。疏午上而夕下,遂奉内批谴责调外。时文文肃公为状元,过府君邸,太息曰:"既失一同年,复失一贤主人。"故事,状元归第,必以其乡一先达为之主,故云。五年乙丑,公年三十五,二月,登进士第。三月,对策殿中。公凤议精详,书法遒丽,人皆以为句胪之选。将进呈矣,而当国者为昆山顾秉谦,知公久为正人推毂,又太常公之子也,心害之,私以公卷匿袖中,及读卷毕,填榜至第二甲,乃佯为遗忘,自袖中出之,遂置二甲第二十四名。未几,馆选庶常,三吴进士无能出公右者,舆望咸属公。秉谦以为可笼而致也,令其子申意于公,公曰:"选则君之恩也,不选则小人之分也,相君欲何为乎?"秉谦复使其幕中客王某相结纳,至有丑言,公怫然怒曰:"亟为我谢相君,虽黄金高北斗,不为也!"自是遂绝。崇祯十年丁丑,公在南曹,迁江西右参议,提督学政。十一年正月,之官江西。方之官时,有言郑太宰为闽中督学,一童生与考,文既录矣,案发而竽牍至,复檄下所司斥之。张仪曹举以问公,曰:"子将何如?"公曰:"此郑公贤知之过也,吾不敢徇情,亦不能徇名。"公之无我若此。而士大夫干谒不行,共相怨讟,则以为公刻核太过,有甚于此者。其意亦欲以危语动公,使稍稍变节,而公终不顾也。公在江西时,论文体则曰:"体之为言,如人四肢及耳、目、口、鼻,不可移易者也。先辈岂无纵横瑰玮之才？然其古文自为古文，时文自为时文。今之破碎文体者，大抵欲用古文体为时文，而其于古文实无所解。"斯言也，十馀年以来，制举义之弊，尽于此矣。公尝谓，论文与论士不同，论文有体，而论士有术。故欲成天下之才，必使其文足以尽态极变，然后进之于规矩，古人所谓绚烂之极，乃造平淡者也。而忌者求其说而不得，则竞以其说为好奇。见于公所作《袁州门人何山孝廉文序》。公初颁学政，限文字不过五百馀。其后才俊之士所为文，未免溢幅，欲取一二简胜者风之，又率多窘险可嗤。求其合于先辈绳尺者，什不得一。彼善于此，故宁取彼焉。而忌者求其说而不得，则又以公为好繁。其说见于《广信庠音序》。庠音者，公所取十三郡之文，授梓以行于世者也。是日晚晴。（页眉：状元故事。相臣忌才。郑公之过。论文。）

初四日（6月3日）　阴。晓起，知三女兄没于昨夜子时。予同胞女兄三人，中弱一个，不禁心为之恸。饭后，率薰儿至三女兄灵前一拜，形容憔悴，却不改旧时面貌。予有挽联哭之，云："休说燎须亲煮粥；空教设饭暗留钱。"昨日送女兄归去，为予曾设一饭，予暗中留钱五两而归。不料今日遂成永诀。故用《后汉书》"范冉姊病，往看之。姊为设饭，冉留钱百文。姊使追还之，冉竟不受"事。上句用《唐书》李勣事，人所习见。又云："不见秭归复何日；尚思母事奉连年。"上句用《水经注》"屈原有贤姊"事，下句用《唐书》"杨慎矜兄弟友爱，事姊如母"事。三女兄十馀年来，为子妇所虐，不安于家，予迎养归来，虽不能事之如母，尚不致十分凉薄。此心可质鬼神，故有此语。午前归家，始知吴敬义探花、冯桂芬榜眼、殷寿彭传胪，状元尚无的信。胪唱与三鼎甲，不过一名之次，然相悬奚啻霄壤？吾辈不为一殷惜，而转为合邑叹也。盖我邑鼎甲绝少，以致文风不振。然苟能卓然自立，如王文成公十二岁时已能以圣贤自待，彼区区鼎甲，亦只作眼前富贵花耳，何足为生后荣？吾不知述斋果能克副此望也？此语但默而识之，慎勿为庸耳俗目观。下午，重阅《侯忠节公年谱》中，公在江西学政任内,文教大开。自南国有复社之祸,而天下以文社为讳。公曰:"为社者恶其不文耳。苟其出于文也,则皆可以入圣贤之途。曾子曰:'君子以文会友,以友辅仁。''子以四教:文、行、忠、信。'夫先文后行,在末世必有务华绝根之忧。而圣贤皆以此为教者,则所谓善诱人者也。今之生徒,信能闭户读书,覃思著述,其人必束修自好。而败群不简者,其业必荒。则使人人出于文之一途,而后皆可以言行矣。"此公之权教,而实至言也。故诸生之有文者,皆听之各自为社,而上其成于学师。又,童生有提父师之罚。凡童生入试曳白及文理奇缪者,罪坐父师。父师不教子弟以力学,而更导之以媒进,是可诛也。于是佚游子弟多自愧悔,谓非直不可媒进也,且将受非常之辱。侥幸之俗大创焉。当宏光帝初渡江,士大夫犹有以万历中国本事怀疑者,公闻而叹曰:"国事至今日,而犹持数十年水火之论,岂人臣礼哉? 社稷不可一日无主,择贤则可,择党则不可。"盖当日以择贤为心者,史忠清公是也;以择党为心者,常熟钱谦益是也。千载定论,要不出公草野数言。然亦岂知马士英、阮大铖之徒,初意迎立,乃专以择不贤而借口伦序之正,自侈翼戴功,汲引逆籍中人,以变挺击妖书之狱者,乃适所以择党也。又,嘉定僻在海壖,邑如弹丸,以太仓为门户,以吴淞为屏蔽。薄暮,周聘五表侄来云,二房表侄大镕已死无出,而聘五又贫不能续娶。先外租芸溪公香火,后竟无有继者,奈何,奈何! 是日,笑山解节,约十八日到馆。(页眉:姊病故事。吾辈自待宜厚。论先文后行,确切之至。此条甚合鄙意。)

　　初五日(6月4日)　晴。晓起,临苏帖一页。饭后,重读《河东集》卷九至卷十一中,《姜君墓志》[1],铭曰:"始贱终贵,于世为遂。幼荣老穷,在物为凶。"予于三女兄,不能无"幼荣老穷"之叹。中午,酌东席诸君,予颇有醺意。下午,重阅《陈忠裕年谱》,欲为吴中征文献耳。

――――――――――

　　① 三圈。

初六日(6月5日) 阴。晓起,作书与何端叔,将寄与二式甥。饭后,率薰儿至玩墅,送三女兄之殓。座间,晤殷老宝,出胪唱单见示,始知状元李承霖、探花冯桂芬、榜眼张百揆、传胪殷寿彭,可见传闻每多异词。中午,殷使来。二式甥以畏风不来,可骇,可骇!大女兄虽属同胞姊妹,实因病后,其不来宜也。二式以功服姨甥,俨然在期功强近之中,而竟默然视之,其凉薄之行,自此渐开。窃为吾甥不取也,予乌能为亲者讳?下午,大兄率兆文侄同来。同宅送者四人,盖大兄与予及文侄、薰儿。盖棺后即返。黄昏,接赵眉翁信,知《人物补志》原本三册,爱贻已缴还眉翁,大好大好!(页眉:榜眼在前。)

初七日(6月6日) 阴。晓起,率薰儿至玩墅,赴三女兄之丧。外观尚属楚楚,惟附身之物,当时卒不及备,未免草草,皆亡甥庆伯误之也。少顷,兆文侄亦来。是日,予率子侄辈惟在灵前谢客而已。中午,送三女兄权厝于北墟圩。闻其田皆祖传自业,未知文荣甥果能葬否?下午,事毕即返。连日情怀抑郁,到家几不能下笔。三女兄生于乾隆四十三年十月初三日,殁于道光二十年五月初四日子时,年六十有三。

初八日(6月7日) 晴。晓起,临苏帖一页。饭后,与薰儿改一试帖诗。重阅《河东集》卷十一,《虞鸣鹤诔词》多虞姓典故。午后,云泉老友来,遂为仓卒之饮,肴馔极薄。吾辈论交,原不在区区酒食间也。下午,重阅《忠裕公年谱》上。公少时,就童子试于青溪,时侍御德清徐未孩先生为令,甚赏之,欲拔置第一。已而知为贵人子也,改第二。是时,守令尚畏谤议,荐绅子弟,虽高才不得居寒畯之上。事在天启三年,公年十六。徐名尚勋,天启二年进士,任青浦,五年调华亭,擢监察御史。补录清源大中丞张石林先生,方守郡,与公父有磬折之嫌,然奇其文,竟置高等。西蜀孙六吉先生督学政,独摈不录。盖以文无绳简,且题有脱落,非有司之过也。张名宗衡,山东临清人,万历四十一年进士,仕至总督宣大都御史。孙名益之,邛州人,万历丁未进士,天启时触忤珰贵解职,崇祯元年起复,仕浙江巡抚。此一段宜录在"寒畯"之上,下直接云字。公崇祯三年庚午登贤书,时年二十三,本房师即郑京山先生。是科相国姜燕及陈赞皇两先生为试官,初,得公卷,姜欲首拔,以《小雅》义与传注小连,乃置平等,然甚爱其文。姜本公父所闻同年生也,相友善。榜发,知之,喜慰有加焉。俗例,凡得隽者,家设鼓吹、具旗帜,召亲戚为欢饮。公深疾之,概谢去,惟祀先拜庆而已,僮仆不增一人。姜名曰广,江西新建人,万历己未进士,仕至礼部尚书兼东阁大学士。马士英当国,乞休归。后江西失守,投偰家池死。陈名演,天启二年进士,崇祯十三年,擢礼部右侍郎,与内侍通,探知帝意,条对称旨,即拜礼部左侍郎,兼东阁大学士。(页眉:虞姓典故可查。明末守令尚畏清议。登贤书者,大可为法。)

初九日(6月8日)　晴。连日东南风极狂,黄梅中颇有旱象。晓起,临苏帖两页。饭后,重阅《河东集》卷十二。《先侍御史府君神道表》[①]:"拜侍御史,制书曰:'守正为心,疾恶不避。'"可谓荣遇之极。公享年亦止五十五。下午,重阅《陈忠裕公年谱》上,附录吴伟业《彭燕又寿序》:"往者予偕志衍举于乡,同年中,云间彭燕又、陈卧子以能诗名。卧子长予一岁,而燕又、志衍俱未三十。每置酒相为欢,志衍偕燕又,好少年蒲博之戏,浮白投卢,歌呼绝叫。而卧子独据胡床,然巨烛,刻韵赋诗,中夜不肯休。两公者皆笑之曰:"何自苦?"卧子慨然曰:"公等以岁月为可恃哉?吾每读终军、贾谊二传,辄绕床夜走,抚髀太息。吾辈年方隆盛,不于此时有所纪述,岂能待乔松之寿、垂金石之名哉?曹孟德不云乎:'壮盛智慧,殊不吾来。'公等奈何易视之也?"其后十馀年,志衍不幸殁于成都,卧子则以事殉节,其遗文卓荦,流布海内,不负所志。予与燕又,偷活草间,又六七年于兹矣!自顾生平,无所表见,追念卧子畴昔之言,未尝不为之流涕也。"崇祯十一年戊寅,是夏公读书南园,偕闇公、当木,网罗本朝名卿钜公之文,有涉世务国政者,为《皇明经世文编》,岁馀梓成,凡五百馀卷。虽成帙太速,稍病繁芜,然敷奏咸备,典实多有汉家故事,名相所采,良

---

①　双圈。

史必录者也。此书首有宋征璧"凡例"。征璧，即号当木。闇公，即徐孚远也。（页眉：凡入官者，当以二语书绅。少年读之，宜猛省一番。《皇明经世文编》五百卷。）

初十日**(6月9日)**　晴。晓起，临苏帖一页。饭后，重读《河东集》卷十三。《下殇女子墓砖记》，女名"佛婢"。下午，重阅《陈忠裕公全集》。公《年谱》分上、中、下三卷，前两卷自万历三十六年戊申至弘光元年乙酉，皆公自撰；后一卷自顺治二年乙酉至四年丁亥，皆公门人王沄续书。是夜黄昏大雨。（页眉："佛婢"二字极新。）

十一日**(6月10日)**　晴。晓起，临苏帖一页。是日会期，文题："始吾于人也"两句，诗题：《一片承平雅颂声得"平"字》。松琴来，桂轩不来。饭后，作书与殷甥，以《人物补志》原本三册赵眉翁已收到矣。重阅《河东集》卷十四，此卷惟《杜对》《天对》不宜入正功夫看。下午，为薰儿改一试帖诗，不甚惬意。阅《陈忠裕公诗集》，皆铿锵金石之音。《夜泊浒墅》注。《长洲县志》："浒市，去县西北二十五里。一名'浒墅'。景泰间，置钞关于此。"《将抵无锡》注。《明史·地理志》："无锡县，在常州府东。西有慧山，西南有太湖。"《慈谿道中》注。《明史·地理志》："慈谿县，在宁波府西北。元曰'慈溪'。永乐十年，改'溪'为'谿'。"偶摘一二，以备查阅。（页眉：浒墅，无锡，慈谿。）

十二日**(6月11日)**　晴。晓起，临苏帖一页。饭后，重阅《河东集》卷十五至十六。下午，清查出入总登，尚不致有亏。

十三日**(6月12日)**　晴。晓起，临苏帖一页。饭后，重阅《河东集》卷十七。此卷与上卷，篇篇可读。下午，欲作三女兄哀辞，先成一叙。阅《陈忠裕诗集》，至七律，即事书怀，虽一哭六太息，不能过其哀音。其中寻常咏物之作，如《雪诗》三首，典贵高华，极才人之能事，真明季一大家也。明十才子，李梦阳、何景明、徐祯卿、边贡、朱应登、顾璘、陈沂、郑善夫、康海、王九思等，号"十才子"。《江宁府志》："长干里，在城南聚宝门外。江东人谓山陇之间曰'干'。一出城闉，山冈绵衍，往安德、凤台二门，径道回环，寺宇错置，其间平地，民庶杂居，故相传有'大长干''小长干'之称。"又,"大报恩寺,在长干里。永乐十年敕建,梵宇悉准宫阙,造九级琉璃塔。"《明史·李成梁传》:"成梁镇辽二十二年,先后奏大捷者十。""迨成梁去辽,十年之间,更易八帅,边备益弛。"薄暮,读杜集,《晴诗》二首:"碧知湖外草,红见海东云。"《暝》诗:"牛羊归径险,鸟雀聚枝深。"《返照》诗:"荻岸如秋水,松门似画图。"《朝》二首:"村疏黄叶坠,野静白鸥来。"皆可作诗题,故摘出之。黄昏,何端叔来,为予内子、二女诊脉处方,极为周到。谭至一鼓而去。端叔言,近年苏州南濠普安桥下瑞和栈内参价极贱,顶台熟不过五洋一两。(页眉:明十才子。长干里。报恩寺。李成梁镇辽二十二年。普安桥下瑞和栈。)

　　十四日(6月13日)　阴。晓起,临苏帖一页。饭后,重阅《河东集》卷十八。中午,以事辍读。午后,重阅《陈忠裕文集》二十五卷。《六子诗序》,于古今源流风会、盛衰得失,言之凿凿。《仿佛楼诗稿序》,于历下、琅琊、北地、信阳四家尚多微辞。《应本序》,于文章得失之故,言之不遗馀力。《徐詹事殉节书卷序》,公讳汧,字勿斋,即高士枋、字法昭之尊甫。按,李梦阳,字天赐,更字献吉,庆阳人,徙扶沟,学者称为"李北地",又云"李空同"。何景明,字仲默,信阳人,与北地同时,论诗者以"李何"并称。李攀龙,字于鳞,历城人,故学者指为"历下诗派"。王世贞,字元美,太仓州人,人谓之"王弇州",亦谓"琅琊诗派",与历下同时。有明一代诗人,前有李、何,当洪、宣之世,称为极盛;嘉靖以后,王、李起而振之,犹有盛唐遗音;至钟、谭出,而诗道不可复问矣。云间诸公,力辟榛芜,总归雅正,结有明一代之局,其功群推黄门云。(页眉:论明诗。)

　　十五日(6月14日)　晴。晓起,清理账务。饭后,重阅《河东集》卷十八。午前,松琴侄同小园侄孙以事来商。午后,大雨时行。下午,松琴、小园已去,重阅《陈忠裕公文集》二十七卷中。《山阴署中书事》一篇,盖记杨、左两公事,后附考证甚悉。记坠齿,亦有致。二十八卷《天说》,可与子厚文参观。

十六日(**6月15日**) 晴。晓起已晚,饭后,重阅《河东集》卷十九。下午,重阅《忠裕公文集》二十九卷。《先考绣林府君行述》:"府君讳所闻,字无声,别号绣林,其所读书之山也。其先豫人,自宋中叶渡江,遂为华亭人。入本朝,世以农、儒起家。万历四十三年乙卯,举于乡。明年丙辰,试春官,罢归。读书,虽暑月,必秉烛至子夜,蚊蚋不顾。尝夜坐,有物啸东厢,独持炬往视之,状甚异,府君还坐读书,不为动,久之,怪亦遂灭。"中万历四十七年进士,仕至工部屯田郎。三十卷中《三慨》①,鸠也、犬也、鹤也。与子厚《三戒》②文同而义异。《农政全书》"凡例"廿三条,皆忠裕公所列,言之有物,可备采取。是书为上海徐文定公光启所辑,当秦盗初起,公尝慨然谓子龙曰:"自今以往,国所患者贫,而盗未易平也。中原之民,不耕久矣。不耕之民,易与为非,难与为善。因所辑《农书》,若己不能行其言,当俟之知者。"后三年,公薨。又二年,子龙于公次孙尔爵得《农书》而录焉。《时文自记》六条,有慨乎其言之。朱笠亭《明诗钞》云:"余钞黄门诗,以终明一代之运。刘、高开宗于前,西涯接武于继,李、何、王、李振兴于中,黄门撑持于后:此明诗大概也。"是晚,倾盆大雨,较昨午更骤。(页眉:见怪不怪,后乃必贵。徐公之言可采。明诗全局。)

十七日(**6月16日**) 晴。晓起,查清账务。饭后,重阅《河东集》卷二十。昨晚,接云泉老友手札,潘、陈两人书院文艺已寄来。予以史集一部寄去,应陈玉叔之索也。予与玉叔实未谋面,云泉为之介。下午,《陈忠裕公集》已阅毕,复阅《夏节愍集》。七律如《春兴》八首,云:"金鼓平陵怜翟义,旌旗沧海葬田横。""江头采葛供句践,堂下幽兰祭屈原。""蜀道尽悲诸葛死,汉家犹望少卿归。"诗中史,当时必有所指,惜无人为之引证也。《江城》云:"沙漠未消前帐雪,景阳先发后庭花。"《夏日幽居》云:"江楼月满人皆醉,渔浦风来我独醒。"《军宴》云:"娘子军中春色醉,将军树里月光寒。"《寄研德》云:"潘岳已成

---

①② 三圈。

怀旧赋,陆机还作辩亡文。"《遇盗自解》云:"无复青毡王氏旧,自怜犊
鼻阮家贫。"《寒食杂作》云:"今古文章多薄命,江关词赋半招魂。"《由
丹阳入京》云:"斜风衰柳丹阳郭,细雨孤帆白下城。"激楚悲凉,已入
老境,绝不似十五六少年,此才未可以斗石量。是晚,《节愍集》亦阅
毕。予家藏《居易堂集》二十卷,从未寓目。今夏无事,偶阅先生第一
卷"书",字字从真性情中发出,可谓至文。自恨从前相见之晚,故先
识之。逐日午后,宜伏读一卷,直可抵他书数十卷。时甘雨再来,大
快大快!(页眉:夏节愍诗。"丹阳郭""白下城"。侯斋先生集,从今
日读起。)

　　十八日(6月17日)　连夜大雨,清晨不止。晓起,临苏帖二页。
饭后,重阅《河东集》卷二十一,此卷文不甚出色。中午,笑山到馆。
自初四日解节,忽已十五日矣。下午,阅《居易堂集》卷二,有《与朱致
一书》,附致一答书①,反覆数千言,力主"主敬"之学,直接朱、程心
传,真有道德之言也。朱名用纯,字致一,号柏庭,昆山人。其教门
人,尝曰:"学问在性命,事业在忠孝。"予常书之座右云。卷三《与吴
子佩远书》:"作拙画六帧、拙诗百韵奉赠,聊以记吾两人不特休戚同
体,直复死生一致,是可述也。甲申、乙酉,弟依兄于汾湖、芦区,为一
图。"似此,则佩远亦是分湖寓客,惜未知其平生行事耳。摘出俟考。
是日,连雨未断,合邑水田,谅必沾足矣。卷七《徐处士五十寿序》曾附佩
远事,可参观。(页眉:吴佩远,是分湖寓客。)

　　十九日(6月18日)　阴。晓起,临苏帖一页。饭后,重阅《河东
集》卷二十二。《送杨凝郎中使还汴宋诗后序》,按,唐汴州宣武军,古
大梁之地,宋曰"汴京",元曰"汴梁",今为河南开封府。中午起晴,大
好插秧天气。下午,重阅《居易堂集》卷四。先生《诫子书》②,反覆将
及万言,令人读之,不知厌倦,何也?盖言之真切痛快,虽愚夫愚妇听
之,尚能感动兴起,而况吾曹乎?卷五皆序文,而不及书词之亲切有

―――――――――――

　　①② 三圈。

味，先生"凡例"中已言之详矣。是日，为先君忌辰，先一日设祭，不能不怆然于怀。（页眉：是日为先君忌辰。）

二十日（**6 月 19 日**）　复雨。晓起已晚，不及临帖。饭后，同仰山婿至长田贺喜。时述斋与谱经同入馆选，于十六日报到。吾邑自嘉庆十年乙丑科费卿庭入馆选后，迄今三十馀年，无人继起。今述斋与谱经以同祖叔侄并入词垣，不特一家之庆，实为阖邑之光。竹里姻丈，十年不见，风采如旧。蒙款接甚殷，谨遵裕抚军五簋之约，中饭而返。熙民出示毛文宗行文。今岁录遗生监，总以早到为主，即录取报名者，亦宜及早投报，庶与上下江配齐号房，遗才不致纷纷矣。因上科遗才甚多，而号房空出，故先为晓示。大约七月初七以后，必须动身矣。到家尚早，细查王丈所辑《进士备采》内，陈预先入词垣；至乾隆五十八年癸丑科，陈云以第一甲第二名榜眼及第，授翰林院编修。一年而同入馆选者，惟嘉庆七年壬戌科程邦宪与费兰墀并授翰林院编修，前后无闻焉。今二殷继起，官爵、名位，如日之方升，如川之方至，岂仅一时之荣而已哉？吾于二君有厚望也。

庚子日记四

五月二十一日起，六月三十日止。

徐锦元住胜字厍。

五　月_{是日，谱经馆选之报方来。}

二十一日（1840 年 6 月 20 日）　晴。晓起，临苏帖二页。是日文会，文题《禹稷躬稼而有天下》。松琴来，桂轩仍不来。吾邑前代科第之盛，一门并起，雅不乏人，有特奏状元。入国朝后，鼎甲亦间有之。宋淳祐四年戊辰科，特奏魏汝贤为状元。宋制有正奏，有特奏。是科正奏状元留炳炎。特奏则次榜也。明正德三年戊辰科，吴山、吴岩同榜进士。万历二十三年乙未科，沈琦、沈玩同榜进士。天启四年乙丑科，叶绍袁、叶绍庙讳同榜进士。此六君者，皆以同胞兄弟同为名臣。国朝康熙五十一年壬辰科，潘葆光，第一甲第三名探花，授翰林院编修。乾隆五十八年癸丑科，陈云，第一甲第二名榜眼，授翰林院编修。今天子道光二十年庚子科，殷寿彭，第二甲第一名传胪；其从侄兆镛，同榜进士，并入馆选，可谓极一门之盛矣。复考吾邑，自乾嘉以来，一年而同入馆选者，惟嘉庆七年壬戌科，程邦宪与费兰墀并授翰林院编修，前后无闻焉。今二殷继起，官爵、名位，如日之方升，如川之方至，岂仅博一时之荣而已哉？吾于两君有厚望也。饭后，重读《河东集》二十三卷。下午，作《亡姊吴氏孺人哀辞》，始脱稿。会课诗题《夏雨生众绿得"生"字》。杜集卷十六，《柏学士茅屋》诗一结云："富贵必从勤苦得，男儿须读五车书。"但恐得了富贵，苦便忘却，奈何？《送孟十二仓曹赴东京选》诗："藻镜留连客，江山憔悴人。"下句能令游子下泪。

二十二日(6月21日)　晴。晓起，作书复连旦云，以所荐族兄赓扬，可接二加汝学翁一席。饭后，重读《河东集》二十四卷，注中《元和姓纂》一书，可备查。读书用典之难，予近用《庄子》"勃谿"二字，误以"谿"为"谿"。及查字典，"谿"与"谿"文义各别。"谿"与"溪"同，或作"磎"，水注川曰"谿"。"勃谿"之"谿"，音"奚"，反戾也。《庄子·外物篇》："室无虚空，则妇姑勃谿。"注："勃，争也。谿，空也。"始恍然而知"谿"之不可"谿"矣。圣贤学问，必曰"博学审问"，此即"审"之一端也。下午，读《居易堂集》卷六。先生年十六，补弟子员；二十一岁，登贤书。见《杨隐君寿序》。薄暮，作一书与桂轩侄孙，聊自尽长者之诚，以为然乎否乎，多不计也。(页眉："勃谿"二字考正。)

二十三日(6月22日)　晴。晓起，临苏帖一页，兼理账务。饭后，重读《河东集》卷二十五。下午，读《杜诗笺注》卷十七。"梦尽失欢娱"句，或改作"梦里剧欢娱"，便少味。《津亭留宴》诗："明星惜此筵。"明星本无知之物，岂解惜此华筵？此正以不解解之。《泛江作》："风蝶勤依桨，春鸥懒避船。"老杜晚年，多此闲适之句。若少壮时，断无此种趣味也。《暮春泛舟》诗："春日繁鱼鸟，江天足芰荷。"此专于写景。若上二句，则景中有情。《秋日述怀》诗："星霜元鸟变，身世白驹催。"古人名垂万古，志薄千秋，尚悲伤若是，况予之悠悠忽忽者乎？读至此，令人掩卷。卷十八，《对雪》诗："带雨不成花。"句中含无限凄怆，不仅在流连光景中也。古诗之动人，中有我在，不然糟粕矣。

二十四日(6月23日)　大雨连绵。晓起，成七律一首，盖为二殷之入馆选而作也。饭后，录清《亡姊吴氏孺人哀辞》。此作极意经营，非寻常伤逝之什可比。午前，作书复赵眉山。下午，读《居易堂集》卷七。《布衣张苍眉六十寿序》，引东汉"张邈、度尚、王考、刘儒、胡母班、秦周、蕃向、王章之徒，其行事不少概见，而惟能以财救人"。按，《后汉书·党锢传序》载度尚等为"八厨"。厨者，言能以财救人者也。度尚别有传，胡母班附《袁绍传》。王考，字文祖。秦周，字平王。

蕃向,字嘉景。王章,字伯仪。位行并不显。刘儒自有传,郭林宗谓儒"口讷心辩,有珪璋之质"。补:张邈附《吕布传》。此卷序文,略涉应酬之作。疲剧之时,以《灵芬诗》为颐养之物,亦"食色性也"之意。看古人诗,多费心血;看今人诗,便不觉辛苦,何也?譬之于物,牛胘羊脯,食多难消,不如一羹一汤,反为适口。此中人分量使然耳。(页眉:东汉八厨之名,有显有不显。)

二十五日(6月24日)　阴雨绵绵。晓起,细改近作,尚有不惬意处。饭后,以事至芦区,过祝唐老友瘦竹疏花馆长谭,遂留小饮。下午,至城隍庙内园。时镇上诸童新起一会文局,是日九人而已。沈婿亦在其中。予移上期会卷,在舟中一览,求一出众之才而不可得。到家未晚,重读《居易堂集》卷八。《吴氏邓尉山居记》:"邓尉实吴之奥区。""西则为铜井,为青芝,为真如坞,为元墓。群山逶迤,绵亘数十里,层岩复嶂,丹崖翠阁,掩映无尽。""出港即为上下堰,为虎山,为光福市。""堰之尽为铜坑,外即太湖具区也。""山多植梅,环山百里皆梅也。又饶杨梅、桂树,一岁之中,春初梅放,极目如雪。""夏秋,则杨梅、桂花各擅其妙。"《箬庐记》引高人朱百年前五代、宋人。不应辟命,入会稽南山,惟与孔颛友善。《甲寅重九登高记》,载"涧上草堂"极详。《后邓尉十景记》,后之游山者,当以此为枕中秘笈也。(页眉:邓尉小记。)

二十六日(6月25日)　晴。晓起,写好赵眉山一信,并以《列女》一册、《艺文》一册附缴。饭后,查对租账。适宅前村船户徐李立之子兴邦包揽省试船,即与谭定,来回一切在内,大约二十馀洋,写一承揽而去。下午,查对租账毕,仍以《灵芬馆诗集》为消遣。《二集》卷一中,七古以《哀孽火》《两生相逢行》两首为最。

二十七日(6月26日)　晓起,查清账务。饭后,大雨如注,以事辍读。下午,松琴侄、小园侄孙同来。雨窗无事,阅今科会墨。予最击赏冯桂芬首艺,心细如发,笔快如刃,所谓无微不入、无坚不破者也。灵芬"推"字韵,见《二集》卷二《赠铁生》诗。按,"交推"之"推",

在"十灰"无疑。顷查韵书,多不甚明白,故记出之。

二十八日(**6月27日**)　阴晴参半。晓起,查对租账。饭后,接邱昼翁书,蒙将《清献公日记》一书校过,即作书答之。眉山处书件,附寄舟子,交石桐圃手,以清其事。下午,沈含珠表兄来谈。据云,金陵水马头,只有水西一门,去贡院前大约有二十里。兄去后,仍阅《灵芬二集》。《谢饷梅花水仙》诗:"诗人冰雪陈无己,寒女神仙谢自然。"题作《有许饷梅花水仙者,迟之以诗》,上题落笔误写。卷三《探梅》诸绝句,诗非不佳,望而知为山林野客,所谓"清而不华"者也。读诗之妙,最好相提并论。灵芬少有盛名,然观《二集》中《观潮》之作,以仲则较量,同一七古,已有上下床之别,况其下也者乎? 盖黄作前后两首,纯似太白,飘飘有神仙之气,此时灵芬正在九转未成候也。《二集》卷四中七古,以《钱武肃王小像》一首为最。薄暮,得七律一首。

二十九日(**6月28日**)　晴。晓起,查对租账,至饭后毕。近日取租,不可不亲自检查,况外内账簿,必须合同,庶无差误。每见业田之家,听他人经理,田之肥瘠、佃户之高下、风俗之淳漓,茫然不知,无怪入己者少,饱人者多。欲不困也,得乎? 予虽不逮大兄之精明,尚不致茫然无措,皆一年查对之功也。继我后者,亦不可不知。下午,作书与姚春翁及何端叔。春翁处借抄《稼书先生日记》一书,久而未归。今春已嘱李梦仙抄出,故即寄与端叔转致。凡友朋中,虽一物之微,必须交付明白,方能久要不忘,况其大也者乎? 予平生立志,无宁人负我,不可我负人。此硁硁之怀,尝见笑于通人达士而不顾也。薄暮,接端叔信,从平望寄来,附见赠诗一首,虽不甚清新,然其意亦可嘉也。信中欲索谱经会墨,却好录出一篇,附近作三首寄去。其一即赠与端叔,其二为述斋、谱经作。(页眉:齐家者不可不知。立志如此,可笑可笑!)

六　月

初一日(**6月29日**)　晴。晓起,松琴、桂轩同来。是日会课,文

题:《其君用之,则安富尊荣;其子弟从之,则孝弟忠信》。饭后,重读
《居易堂集》卷九。《封建论》上下两篇,扼一"时"字作主。昔之封建
与今之郡县,皆因乎时之所宜,昔人亦有见到处。惟下篇云:"封建之
废,三代已见之矣,非于秦而然也。禹会涂山,执玉帛者万国。殷之
受命,归者三千焉。周之受命,归者八百焉。则亦削而衰矣。""至于
春秋,而六十馀国矣。至于战国,而七国矣。至于秦,而并为一矣。
夫繇万国而至于三千,繇三千而至于八百,繇八百而至于六十,繇六
十而至于七,繇七而至于一,其势然也。"此论亦读书得间处,前人未
曾论及。《吴王阖庐论》极有深意,似不为阖庐而发,直为古今之乱臣
贼子隐刺其心,特借阖庐作一龟鉴耳。《范蠡论》力斥子瞻好货之说
为非,后却回护,以为子瞻有为言之。作文必如此,方妙。此卷论文,
多有可采。下午,读卷十。《书王咸中乞临曹娥碑后》,此文论晋、唐
楷法极透彻,非深得此中三昧者不能言,读之可悟古人用笔之妙。
《书殷汝劼先生私谥议后》,先生讳献臣,所撰《忠介公年谱》,予家藏
一册。此卷"书后",可见先生之学问,不特胸罗全史,实诊断有特识。
诗题:《问讯东桥竹得"桥"字》。(页眉:封建创论。)

初二日(6月30日) 晴。晓起解维,饭于舟中。午前,过六里
舍王氏,晤珠亭乔梓,约初十日左右见过。午后,过日新堂,二式甥、
选之表侄出陪。喜见大姊尚无恙。选之留饮,与吴肖岩、赵海香同
席。是夜,宿书楼上。近二鼓,雷雨交作。

初三日(7月1日) 破晓,大雷雨。饭后,雨绵绵不止。大姊及
二式甥留予盘桓一日,予亦不能却之也。中午,二式甥复设席见待,
未免多费,予不以为然。酒罢,与海香谈及今科馆选之盛,已有预兆。
平望关帝庙前,相传嘉庆壬戌科,有鹊巢于旗干壶芦上,其大如斛。
是年,程邦宪与费兰墀同授庶常。今年春间,关帝庙前亦有此兆,人
咸卜殷兆铺之必捷南宫。后与其叔寿彭并入词垣,适符前数,真数十
年来所仅见也。先是,圣庙大成殿前,树上有千万胡蜂,合成一窠,大
如栲栳,见者莫不惊骇。地为有司朔望拜谒之所,恐其螫也,嘱武弁

齎之而去，识者惜之。夫蜂虿诚然有毒，而以一科之大，祥或应于吉士，灾或加诸凶人，天生此物，未必有损而无益。惜无有力者为之曲全而矜宥之也。因言蜂窠之大，而附论及之。海香又言，金陵寓所，以怀清桥一带为佳，地近桃叶渡。录遗隔夜，必须唤定一船，进场前，三鼓下船，到院守候，最为舒徐。是夜，大有倦意，及早就寝。（页眉：鹊巢之异。蜂窠之大。）

　　初四日（7月2日）　阴。破晓起来，大姊约九月中过予。早饭后，放舟至梨里，冯婿为予设汤饼，招汝学翁细谈。翁盖方正人也，荐一毛立兄，年约五十馀，即补汝翁之阙。脩金每月一千。下午，便中走候邱昼翁乔梓，并与紫玖订定七月七日吉行之期，匆匆话别，到家尚早。此行三日，幸不致触热，大好大好！夜间，薰儿呈阅会课，松作最佳。

　　初五日（7月3日）　晴。晓起，查清账务。饭后，补录日记。复作一札，覆连旦云。适以事未果。下午，录清去冬入学汇登总簿，以示后世孙曾辈，或有继薰儿而起者，当以此为先路之导。重阅《居易堂集》卷十一。《题倪文正公尺牍后》，文短意长，令人回环往复不厌。《题邵僧弥墨菊》，附录郑所南一诗，绝妙！予家藏僧弥《枯木竹石》一副，亦画中之精品也。郑所南善画兰，俟斋先生善画芝，故集中题跋，独于芝有深契焉。《题画狗》杀有含蓄，不以怒骂为工。《题画册》一篇，于南北两宗极有见解。此卷多题画跋语，盖先生深于画理，故能言之凿凿。薄暮，重阅灵芬《白下集》，序云："席帽麻衣，复寻旧迹。轻烟淡粉，重入欢场。竿木偶然，氍毹久矣。"上四句与予今秋所游，蹊径大不同矣，其佳句自不可磨灭。《莫愁湖雅集》诗云："名士半随双桨到，好山亲送六朝来。"《京口舟次》云："三日过江逢醒少，万花成阵乞诗忙。"《次韵独游过芦墟邨旧宅见怀之作》云："去燕有巢归未得，故人如月近难呼。"时复翁省试失意回来，而诗中多用"下第"二字，似不可借。盖刘蕡下第，乃举人对策事，非诸生所能借用也。

　　初六日（7月4日）　晴。晓起，发信与旦云，并寄还松侄近作及笑山砚匣一副,即前日松琴未曾带去之物。饭后,录清租欠揭要,自东账始。下午,重读《居易堂集》卷十二。《朱先生传》[①]:"故事,吴郡属邑嘉定、崇明不转漕,以二邑无米也。时边食告急,尽须子粒,乃令长洲、吴县、昆山、太仓代二邑输米。时吴中荒旱,飞蝗蔽天,斗米九百钱,道殣接踵。正供无出,况复代输?然无敢言者。先生独慨然首倡免代之议,上书郡邑及缙绅,为四州县百姓请命。文移书疏,一出先生之手。乃自邑郡而上,以迄具题,达之司农,而后得免。止昆山一邑,所免代兑米盖一万二千四百馀石云。"先生名集璜,字以发,昆邑诸生。"南都破,自投于东禅寺之后河。"子四,长子即用纯,尤贤。《葛瑞五传》,父太学君,讳萧,尤昌明古学,刊政经籍,时"葛氏书"满天下。此卷乃征文考献之作,不可不读。薄暮,阅《灵芬二集》卷七。《二月十四日渡钱塘江》云:"春风如海鱼龙静,落日连山紫翠来。"《九秋》诗以《秋潮》为最,通体神完气足,无懈可击。"云扶海立千樯静,雪拥山来万鼓鸣。"尤集中之杰句也。卷八《独游见过并出近诗》云:"萤火光阴如雨坠,酒杯颜色似天青。"《十月十日东庄看菊》七古,亦隽永有味。《饮酒诗》八首,复翁曾书一楮,赠山民待诏,今为予家所藏弄。予最爱"久知世上元无事,渐觉年来爱此身"一联,中有深意,可以意会,难以言传者也。《喜丹叔至武林》云:"意外忽来惊喜杂,客中相见主宾如。"卷九《十九日同人集琴坞旧庐送行,作此留别》,此首七古,颇能操纵自如。黄昏复阴,卧间夜雨。(页眉:明末有代输之令。"葛氏书"。)

初七日(7月5日)　雨。晓起,发信及会卷与宇安侄,竟为雨阻。饭后,大雨绵绵不止,已与去年水势相埒。雨窗无事,仍录租欠揭要。下午,重阅《居易堂集》卷十三。《袁安节公墓志铭》[②],公讳洪愈,字抑之,吴郡长洲人,嘉靖丁未进士,仕至太子少保、吏部尚书。"生有异表,广颡丰颐,疏眉方瞳,唇厚及寸,色如朱,见者知为公辅之

①②③　双圈。

器。"为官四十三年，初忤分宜，既忤新郑，终忤江陵，故始以望重谏垣而例出，继以盛年清卿而致仕，后以朝野宿德，而十四年废籍不起，卒之际会休明，举朝推荐，再岁五迁，竟登八座。"公雅负人伦之鉴。初金宪闽中，海忠介公为延平郡教授，长揖鉴司郡守。尝面折巡按御史，于是见嫉上官，毁言日闻。公独以师礼待之，且争之诸公，为署上上考，因迁县令。及公官太仆，复疏荐之，遂超擢。后海公以直谏名天下，官御史大夫，殁而改谥'忠介'。可见公之知人矣。""司寇王公世贞，当世所称'弇洲先生'也。初忤分宜，在籍久不出。公被南太宰命，疏辞，因举王公自代，谓王公以文章擅海内，而其德性、器识，翻为文名所掩，真不世之才、经世之器也。天子俞公奏，即起王公为大司寇，而天下服公为知言。"此卷墓志文，真能不蹈昌黎之谀，亦可自免中郎之愧者矣。《灵芬二集》卷十中，《题陈仲恬手线缝衣图》七古一首，可见复翁至性过人，勿仅以辞人目之。《姊夫见过》诗，即书以赠先业师袁桐邨先生。先生为复翁姊婿，尝以直谅自负，能面斥复翁之过。翁时年少气盛，不肯自下，遂灭其姓字与？噫！此即翁之过也。先生长复翁十馀岁，面冷如铁，性严若霜，督责子弟，惟恐不逮，至今追想师范，迥不可及。《和丹叔人日迟故园诸子》云："去岁曾同椒酒会，十年谁续草堂诗。"予年年为人日之会，故有感及之。《咏史三首》，末首最有关系。《呈宾谷都转》云："列戟门庭真似水，过江人物望如山。"《寄万廉山明府》七古，时露隽逸之气。《放言四首》，第三一结云："呜呼贫非贱，能贱亦不贫。"此句宜自猛省。《琴坞旧庐画壁歌》③，神似玉局翁。（页眉：特荐海忠介、王司寇二事可纪。贤者之过。）

初八日(7月6日)　阴晴参半。晓起，翻阅复翁时文一卷，总以才胜，不可为法。饭后，仍录租欠揭要，殊不耐烦。下午，重阅《居易堂集》卷十四。《吴子墓志铭》，吴子讳祖锡，字佩远，号稆田，原任吏部文选郎昌时子，为伯父贵州按察司使昌期后。原籍吴江，自按察公始居嘉兴，吴子为嘉兴邑学生。娶于徐，即高士枋之姊也。有天下才，"美姿貌，善接纳，顾瞻謦吐，令人自废。少能急人之困，立捐千金无少惜。结引豪俊，奔走急难，若徇嗜欲。以故天下翕然宗之，趋之若鹜。而每当险厄，出奇应变无穷者。"尝脱徐阁公全发以出，以四万金与镇臣陈洪范，思有所建立，既而不果，遂舍之而去。卒之困厄拂乱，奔走以死。此志士仁人所谓掩卷太息而不能自已者也。《穷窿扩南宏大师塔铭》，师名能宏，字扩南，扬之通州人，族姓吴氏。九岁出家。年十九，渡海，为三峰老人弟子。老人示寂，退隐穷窿，而道风德范，播于丛林。人争延之，于是平望之通济庵，复请主席。平望为吴越之冲，通济以饭众为事。而师之受事，适当崇祯庚辛之岁，岁大祲，道殣蔽野，名山大刹，不能宿饱。而师发广大愿，誓济生死，凡缁素来者，咸留宿食，不以日限；其饿踣于路者，则四出徒众，收瘗水路以千计，而储力裕如也。既复归穷窿，年七十有一，欢喜而逝。时乙巳之十月也。此卷除二篇之外，馀无可采。（页眉：《吴佩远传略》，与前"流寓分湖"可参观。能宏，已见《人物补志》及《平望志》。）

初九日（7月7日）　西北风极大，湖水渐退，天亦渐渐开晴。晓起，与薰儿点缀一讲，极醒豁。予于此道，尚不致茫然，皆先师西轩先生之力也。饭后，仍录租欠揭要，东账已毕。下午，大兄来谈，气色极好。去后，重阅《居易堂集》卷十五。《智公塔铭》："幻化尘劳，皆为实际。虚空世相，尽是真如。"四语极妙。此卷文字多涉内典，而《书仁寿令顾公逸事》一篇，则大有裨于文献，宜记出另看。（页眉：是日小暑。）

初十日（7月8日）　晴。晓起，录清租案，备查。饭后，仍录租欠揭要。下午，重阅《居易堂集》卷十六。此卷皆赋，沉博绝丽，兼有纵横之才。后张公一赋，征引张家故事，已无遗漏。末云："长慧苗以却病，敷忍草而回春。"注：慧苗、忍草出佛书，皆喻性也。《鹧鸪赋》序云："飞必南翔，集必南首。其鸣但南不北，故亦名'怀南'。"卷十七皆古体诗，无暇细读。卷十八皆近体诗，略检阅几首，大不如陈忠裕、夏节愍两公诗。抵暮，仍以《灵芬三集》为消遣。《和退庵见示韵》云："闲

为昼长看野马，心知事过等虚舟。"《次韵退庵过灵芬馆之作》云："酒
人入夏凉先健，诗思如泉雨后多。"《十二日风雨复作，再用前韵》云：
"四序平分疑夏短，一年强半苦阴多。"是夜复雨。（页眉：清晨，虹见
于南方。慧苗、忍草。怀南鸟。）

十一日（7月9日）　晓起，微有雨。是日会期，文题："子击磬于
卫"一节。桂轩侄孙先来，松琴侄后来。饭后，仍录租欠揭要，至下
午，而东南账已毕。诗题：《破屋常持伞得"持"字》，出《苏文忠公集》。
傍晚，仍阅《灵芬三集》。《夜坐书怀》云："一寸烛随乡梦短，二分月为
旅人寒。"七古以《题冷谦细柳营图》及《金粟道人像》二首为最佳。其
《咏芸香》诗云："不登秘省宁非福，肯傍书签定爱才。"的是先生自
道语。

十二日（7月10日）　复雨。晓起，摘录旧案备查。饭后，仍录
租欠揭要，一账已毕。下午，重阅《居易堂集》卷十九。陶弘景，字通
明，丹阳秣陵人，自号华阳陶隐居，晚移积金东涧。见《移居十景图赞
序》中。此卷哀辞、赞语，多有可观。薄暮，仍阅《灵芬三集》。《题钟
馗晏客图》别有隽味，《罗两峰鬼趣图》亦好。《旅食十首》，予取其大
有关系者六首。《暖碗》五排，实能超前绝后，"彻俎迟应得，行厨远不
妨"一联，非灵心慧眼，未易觑破。卷三中佳句，如《寇白门小像》云：
"旧侣丛残多入道，神仙容易见扬尘。"《题墨卿太守重书朝云墓铭》
云："一声河满天涯泪，四句金刚病里禅。"卷四中，如《二十日夜被酒
有作》云："花月荒唐成老境，文章微婉有危词。"时复翁年已四十，正
在忏悔候也。《久不得家讯，独酌有怀》云："秋老莺啼如怨女，夜凉萤
火是单身。"入江西以后之作，多不称意，真如诗中所云："荒略意多金
碧少，正如画到潲中山"也。

十三日（7月11日）　大有晴意。晓起，续成枕上所成之作。饭
后，王珠亭来，补贺薰儿入学之喜，并欲集成一会。予义以不容辞，应
酬一会，所谓亲者无失其为亲也。下午，重阅《居易堂集》卷二十。此
卷《讨虮虱檄》《劾鼠文》，似有为而作；其馀论文论诗几段，亦有深造

自得之处。傍晚,阅《灵芬第四集》。《山塘纪事》云:"公幹疏狂许平视,文通身世易销魂。"此卷七古,以《重五日赋五毒符》《青山观打鱼歌》二首为最;《合酱》五排三十韵,亦此老绝唱,卷一。与卷二《布机》五排同一工妙。卷二中佳句,如《呈康茂园师》云:"汉廷旧识王尊勇,赵将终思李牧贤。"《过德生庵追感秋槎先生》云:"恩怨未忘犹意气,死生能了亦英雄。"七古如《题顾横波画小青像》亦好。薄暮,范姨甥来,以第十期会卷托致桂轩佺孙,约十六日带回。

十四日(7月12日)　淡晴天气。晓起,嘱梦仙至苏,路过吴江,以信件致劳鹤田,以米、油、豆、面送四女兄。饭后,以新科会墨及旧案一册,缴还沈婿。闲中,仍录租欠揭要。下午,《居易堂集》二十卷已阅毕,重阅《河东集》二十六卷。适汝学翁同毛律簧新来,略有应酬,暂时辍读。毛即翁所荐也,脩金每年归六律六吕之数。

十五日(7月13日)　复雨,水灾其不免乎?晓起,以事辍读。饭后,问大兄之疾。时新得血症,积劳所致,大非老年所宜。中午,汉佺同炳文佺孙来,新有交易之事。下午,重阅《河东集》二十六卷至二十七卷。薄暮,始有晴意,未知明日果能云销雨霁否?

十六日(7月14日)　晓起,似有晴意。饭后,湿气薰蒸,物皆汗出,不仅础石之多润泽也。自晨起至中午,清理账务,尚未告竣。下午,重阅《河东集》二十七卷至二十八卷。薄暮,梦仙自苏回,先君墓表传文及仲兄墓志,共裱好三十本,拓好一百四十副,尚缺三十副,俟天晴再拓。约费制钱五十四千文。为人子者,既不能立功立德,足以显扬吾亲;区区文字之末,思托金石以传,内省安能不疚?然先人有美而不彰,日沉溺于求田问舍之中而不知,不孝孰甚焉?继我后者,当其鉴诸。时庚子六月望后,男树芳谨记。返照馀光,复以《灵芬四集》为消遣。卷三中,《湘灵峰用东坡雪浪石韵》以下叠韵共有四首,以《绉云石图》[①]为最佳。七律佳句,如《丹阳舟次》云:"临水女墙颓

---

　　①　三圈。

作岸,经霜人柳老成髻。"《吕城归舟》云:"频欹帆似饥鹰侧,相对人如宿鹭拳。"(页眉:痛心语。)

十七日(7月15日) 晓起,湿云满布,四望皆雨。饭后,大雨绵绵不止,河水顿涨,较去年复增二三寸。至大兄处,以就寝不出来。与兆文兄子言及今秋修葺逊村公墓田丙舍,事不宜缓。七月初,予将送考至白下,一身不能兼顾,此事宜专责诸大兄。近闻上海、乍浦、宁波诸海口甚不安静,盖外洋鸦片烟之流毒已极,夷船多挟贱土以诡取中国厚利,如饮食、嗜欲之不可须臾离。一旦禁绝,不许擅入,非一番大惩创,断不能翦除。此时食肉者,果能出远谋否也? 草野书生,徒抱杞人之忧而已。下午,重读《河东集》卷二十八。复以事辍读。

十八日(7月16日) 晓望大有晴意。饭后,笑山以事归家,嘱梦仙复至吴门、仰山至城中,一为添补嫁事,一为完结粮尾。中午,以事辍读。下午,为薰儿改一讲,尚可去得。闲中,仍阅《灵芬四集》卷四。五古如《偶感三首》《孟东野射鸭堂》,皆杰作也。其《题汪心农守梅山馆图》中云:"呜呼世薄恶,伦纪日以淆。奉身美室宇,计复争锥刀。中庭牡丹大,后院罗绮娇。图书与栖椽,视之等一毛。"苟有仁心,读之能不汗下? 七律佳句,如《中溪阻风》云:"双鸳生命原依水,六鹢前程只畏风。"《题刘哲文寓槎图即送归海昌》云:"岂有参军欲成佛,安知我相不当侯。"《得甘亭讯奉寄》云:"男儿未免钱刀重,此子原知衣食难。"用《顾荣传》语。

十九日(7月17日) 天已老晴。晓起,仍与薰儿看一讲。饭后,录租欠揭要,西南账尚未告竣。中午,适高文翁来。时大兄咳血未净,复招诊视。予亦以肝、胃两家多痰,欲求销导之法,故与文翁长谈,同饭于萃和堂。下午,以事辍读。

二十日(7月18日) 晴。晓起,临苏帖一页,却别有会心处。饭后,以事辍读。下午,重阅《河东集》卷二十九。薄暮,潘启堂表侄来,以三家村袁云高来荐,年约四十馀,向在雪巷多年。

二十一日(7月19日) 晴。晓起,看好一讲,适桂轩侄孙、松琴侄相继而来。是日会期，文题《为之难，言之得毋讱乎》，诗题《交情脱宝刀得"刀"字》。饭后，仍录租欠揭要。下午，重读《河东集》二十九卷。此卷文字，最耐人寻绎。薄暮，仰山同梦仙自吴江回来，粮折老文约廿五日到乡带串来，此言尚未刻实也。

二十二日（7月20日）　晴。晓起，闻金陵水灾，省试有迟一月之信，裕抚军于廿六日决科。饭后，有村学究陈安三来，据云与邱氏有连，其言甚不雅驯。欲晤冯婿、薰儿，予均以出门辞之，其人悻悻而去。下午，以事辍读。小园侄孙以事来，携新拓石刻三种去。

二十三日（7月21日）　晴。晓起，查清账务。饭后，仍录租欠揭要。适沈婿及菊颐侄来，侄问大兄之病；婿以延师之事见商，其意欲请沈愚亭、朱霭堂。二君人品学问，亦诸生中之矫矫者，然从师之道，总在自己发愤，若诲之谆谆，听之藐藐，虽有名师，仍然无益。下午，顾淡春内侄来。闻云泉之子朗山新起一对口疮，未免贫病相连。会卷嘱菊颐侄带致松侄，沈婿携一石刻去。

二十四日（7月22日）　晓起，至高文翁处覆诊。饭后回棹，雷雨交作。舟中，阅《灵芬四集》卷五、卷六。此两卷中，五古多和陶之作，终存自己本色。其《题丹叔韩康卖药图》，庸医见之，当废书而退。其馀如《除夕志感》《武清书事》《齿痛三首》《哭金仲莲五十一韵》，皆五古中之上乘也。五律以《哭兰畦尚书》前二首、《梅花岭》《纪事四首》为最。七律佳句，如《人日招饮》云："老大诗才如地缩，平生酒债有天偿。"《坐起》云："病原常事久生厌，秋到无声听始真。"中午，以事辍读。下午，雨绵绵不止。成《感事诗》三首，盖为夷船而作也。薄暮，阅卷七。七古如《洗兵马》一首，五古如《放言六首》之中选三首，皆必传之作。七律佳句，如《吴门寓斋杂感》云："贫是旧交那忍逐，老如生客苦相寻。云为神女荒唐梦，电是仙人博戏场。"《放言》第六首，甚言洋货之害，以我有用财，贾此无益祸，当时若早禁绝此货，不与外洋通往来，今日鸦片之流毒，断不至此。自古老成谋国，深思远虑，多在万里之外、百年之后，况近在耳目间乎？谁生厉阶，而竟贻至尊忧耶？凡有血气者，宜何如痛心也！读复翁诗，而有感及之。

二十五日(**7 月 23 日**)　交大暑，天气不清。晓起，以事辍读。饭后，吴江有王柜书来，欲预撮下忙条银，悉照前大兄处算法，予开一串去，约廿八日来赍串付洋。下午，重阅《河东集》卷三十，适少湄侄孙来而止。少湄是夜宿于书楼。

二十六日(**7 月 24 日**)　晴。晓起，送少湄侄孙去。阅旧时诸同人考作，可为观摩者，随时理出。饭后，以事辍读。下午，重读《河东集》卷三十一至三十二。薄暮，仍阅《灵芬四集》卷八。此卷只有《明按察司金事金公应奎，以忤分宜、杖太监冯保家奴两事再去官，墓在西湖。其族孙舍人应麟重为封树，来征诗，用柏梁体七古》一首为最佳。卷九多七言佳句，如《谷日立春柬琴坞》云："身世土牛鞭不动，文章刍狗践难堪。"《清明安东道中》云："薄雾得风浑作雨，小桃经烧尚开花。"《独游过访有作，慨然奉答》云："游到博徒非任侠，老为宕子欲依僧。"《退庵以诗为寿，次韵奉酬》云："朋旧皆谙心似水，功名久谢面如田。乡鄙居然推马齿，文章亦未异牛毛。"《次子未韵》云："穷犹著述真风汉，老尚江湖似水仙。末契颇思诸子托，初心岂愿一诗传。"《次韵退庵中天即事》云："心伤屈贾知何益，气恨蛟龙病未能。"

二十七日(**7 月 25 日**)　晴。晓起，录租欠揭要。饭后，冯婿以目疾回去，仍事租欠揭要，于两三日内必须完毕。下午，至大兄处，疾已平复。总由胸襟不开拓，少生人之趣，所谓见理不明耳。吾辈须务其大者、远者，欲速见小，本为圣门所不取也。抵暮，仍以《灵芬四集》为消遣。卷九以《桐绵词》第二、第五、第八，《浴猫犬词》七古；卷十一以《古诗二首哭王阳甫》、《蔼人见过话旧有作》四首、《邗上即事》七绝、《酒碗歌》七古、《题惜抱先生诗册后》二首等作为最佳。《旅馆消寒诗》七律，共四十六首，中多佳句，如"更为后约知多负，便卜他生此已休。""逡巡酒热心先醉，欢喜裙松谶岂诙。""酒后襟怀能喝月，病馀议论尚生风。""行厨常有千人馔，故国都无一亩宫。"谓吴蔼人太史。

"窗外云飞皆野马,瓮中天大有醯鸡。""酒得新方同曲米,诗偷古句出青蓝。"

二十八日(7月26日)　晓起,阴云满布。饭后,倾盆大雨,一刻便止。仍录租欠揭要。潘启堂复来,云袁云高已定见本城金某家。下午开晴,适接子谦亲家信,以白下之行,就目前时势,若竟乔梓同往,家中不可不预为绸缪,亦至戚相关之谊。予遂决意请笑山陪去,即以此事告之。闻黄岩伊总兵带兵来宁,招募渔船千馀只,出洋击破夷船二只,生擒夷匪七人。提督把守蛟门,抚宪已到宁府,人心始定。查黄岩伊镇台,本系拔贡出身,后中武状元,大有肝胆人也。六月十三日,杭州辰刻发。宁地夷船之事,于初六日,共有廿六只突至舟山犯境。于初七日,舟山镇台等拒住,不料夷船即时开炮,舟山措手不及,镇台左腿炮伤,救至镇海调治。舟山城已被占去。初九、初十,提台告急,调兵守住镇海关隘。现在各处调集官兵万馀,尚未交战,乃军器炮火俱未备足,只得守住暂缓。沿海、江一带,俱有官兵守住隘口。上海、乍浦各小口隘,本省制台、提台,亦俱调兵守住。然宁地、鄞、慈镇三县,惊动骚扰,已大伤元气矣。此信系宁波人开张药铺在黎里,本月廿四五间寄来家信。(页眉:伊总兵始见。)

二十九日(7月27日)　晓起,天气晴明可爱。临苏帖一页。饭后,送笑山回去,整顿行李,约七月初八日过来,初九日清晨吉行。中午,录租欠揭要。两账已毕,惟北账尚有三股之二。下午,收拾碑帖。暇时,仍阅《灵芬四集》十二卷。五古如《小病止酒,用梅宛陵韵》一首及《叠韵》一首、《答释虚白》一首,皆可入选。七律佳句,如《迟慈仲不至》云:"错是六州真铸铁,妄疑万物悔为铜。"《子卿太守以黄樱祭两苏公诗索和为作》云:"盖代文章钩党外,千秋俎豆对床中。"《金仁甫为序刻杂著续编,用柬铁门韵》云:"身后何尝知寂寞,生平未免惜居诸。"

三十日(7月28日)　晴。晓起,作书与句容教谕张渊甫,以前刻拙集二册、《秋树读书楼遗集》一部、《忏摩录》十本、家刻三种,计裱好二本,单张头十副,由薰儿省试之便寄去。饭后,以事辍读。中午,有城中张芸仙来,赍串预撮下忙官银,时洋价大松,若执前议,每元要亏六十文一个。予为调停之法,两不吃亏,给制钱一百七十千,馀找洋钱一百十元,仍作一百一十九,渠亦欣然而去。凡处世之道,断不可单就自己一面打算,须略行恕道。推之一家一国,以及四海之内,皆可去得,方为尽善。此予近年来读书有得之处,原不可为俗人言也。下午,翻阅碑帖几种,亦销暑之一法。是日,陈表侄来,欲作札与殷甥,寄去甚便,拟明日清晨动笔矣。

庚子日记五

七月，八月。《河东集》复自三十三卷看起，至四十四卷止。附苏诗备选目录。四十五卷止。

会课，八月初一日止，共十四期。

庚子科主考全单：
江南：文庆，户部侍郎。满洲厢红旗人。壬午。
胡林翼，编修。湖南益阳人。丙申。
浙江：成观宣，通政使参议。江苏宝应人。丙戌。
何冠英，编修。福建闽县人。丙申。
江西：赵光，大理寺卿。云南昆明人。庚辰。
钮福保，修撰。浙江乌程人。戊戌。
福建：慧成。詹事。
路慎庄。编修。
河南：博迪苏，翰林院侍读学士。蒙古正白旗人。癸巳。
汪元方，御史。浙江馀杭人。癸巳。
山东：杨殿邦，通副。安徽泗洲人。甲戌。
林鸿年，修撰。福建侯官人。丙申。
山西：李棠阶，侍讲。河南河内人。壬午。
有庆，户部郎中。汉军正白旗人。丁丑。
湖北：劳崇光，编修。湖南善化人。壬辰。
陈岱霖，编修。湖南善化人。壬辰。

湖南：周顼，给事中。贵州贵筑人。庚辰。

王桂，吏部主事。江苏甘泉人。己丑。

四川：沈兆霖。编修。

卢敦衍。编修。

广东：杨能格，编修。汉军正红旗人。

高人鉴，御史。浙江仁和人。丙申。

广西：黄恩彤，刑部郎中。

林扬祖，刑部员外。福建莆田人。己丑。

云南：叶觐仪，编修。江苏六合人。癸巳。

庆勋，户部员外。正白旗人。己丑。

贵州：蔡振武，编修。

夏廷榘，编修。江西新建人。癸巳。

陕甘：张锡庚，编修。江苏丹徒人。戊戌。

王积顺，中书。浙江仁和人。癸巳。

七 月 闻沈婿己卯十月初一日戌时生。

初一日（1840 年 7 月 29 日） 阴晴参半。晓起，作札与殷甥，以石刻寄去。是日文会，文题《切切偲偲、怡怡如也，可谓士矣》，诗题《月桂高攀弟一枝得"枝"字》。饭后，有戴简书来。本邑奉伊制军札谕，劝各绅富练习乡勇，未免过示张皇。此时宜出以镇静，暗中设伏，不露声色，乃为上策耳。中午，查阅账务，太觉心烦。下午静养，不看书。是夜，倾盆大雨。

初二日（7 月 30 日） 晴。晓起，挈薰儿至芦墟高文翁处诊脉，薰儿可不服药；为予处方，以扶元为主。至祝唐老友处，闻吴江黄老师已故，几至贫无以为殓，伤哉！黄名照，举人大挑出身，于去秋到任。薰儿入学时，予曾晋谒两次，不脱读书人本色。饭后回家，适松琴侄及小园侄孙以田事来谈，草草定见，中饭而去。下午，有皋桥颜客来谈,备述定海镇台之勇,稍失诸粗莽,以致受伤。并闻松江陈提台力保上海吴黄口,愿以一人当之,吾辈可高枕无忧矣。陈为李忠毅公识拔者也。

初三日(7月31日) 晴。晓起,有客来,不动笔。饭后,以事辍读。下午,松琴同小园复来成交。小园以婚事不得不弃田授室,予故破例成全之。不然,今年誓不增田。对此茫茫,岂能甘心受累也耶? 连日东南风极狂,低田圩岸,恐被打破者不少矣。天欲降灾,谅非人力所能挽回,奈何奈何! 是日中午,平望大姊处有人来,再作一札与殷甥。

初四日(8月1日) 黎明即起,时薰儿欲至梨里。去后,予复就寝,至饭后而起。是日,天虽晴明,而东南风更狂,河水有进无退。凡风狂则无夜露之润,水涨则为田禾之害,高乡低区,均为不利,欲望收成,其可得乎? 中午,即事言怀,欲作七律四首,尚未脱稿,亦聊以写吾忧耳。下午,属稿已脱。第一首专为薰儿省试之事,第二首寓所以不往之意,第三首为笑山作,第四首为松琴侄作。自信于此事,尚不干涸,惟不能苦吟,致无进境也。薄暮,薰儿回来极早,冯婿亦来。目疾已去十分之八。

初五日(8月2日) 晴。河水稍退寸许,东南风仍不小。闻圩岸已多冲坏。晓起,写好寄渊甫之札,并以石刻裱好二本、单张十副、前刻《养馀斋诗集》二册、《秋树楼遗集》一部、《忏摩录》十本送去。饭后,安排省试寓中食物,颇形琐屑。暇时,翻阅书田老友尺牍,恐近日无此交谊矣。下午,阅《灵芬遗集》卷一。五古如《讯岑招食蟹》《久不得家书,用前韵寄丹叔》《食蟹有感,再用前韵》,七古如《次韵答听香见慰之作》《得郑瘦山见慰诗,和韵奉答》,皆情深于文,别具一种缠绵之致。五律如《寄梅史武林》第二首、《即事四首》前二首,七律如《送霁青太守入都》一首,皆端庄流丽,不落宋人轻佻习气。予尤爱《题万渊北式好图》第一首,云:"遏末封胡玉树枝,争夸王谢称家儿。累棋蜡凤寻常戏,却是人生最乐时。"情真语挚,恐彭、姚二君集中,无此风调也。

初六日(8月3日)　晴。晓起,写过一信,以字多脱落也,此老年积渐使然。饭后,周玉生表侄来,闻云泉馆地来岁断不仍旧,此事真爱莫能助。下午,阅《(云)[灵]芬遗集》卷二,适沈婿来谈,辍读。连日天气晴爽,水退可望。

初七日(8月4日)　晴。黎明,嘱李梦仙至吴江,切听省试之事。时金陵水发,有改迟一月之信,闻裕抚军已入奏,然无明文告示,值路又不来知照,故特去切听一回。今晨得暇,临苏帖一页。饭后,接得珊信,以茶点赠行。中午,沈婿及吴寄松乔梓,梅桥、子坚两妇侄,同集养树堂,谈心话旧,极欢而罢。薄暮,李梦仙回来,省试决计改迟一月。抚宪行文于初六日到县,值路沈大亦有信来通知,予即嘱人知照松琴侄。此时举子,大得便宜矣。连日酷暑,殊难触热行也。

初八日(8月5日)　晴。晓起,嘱顾友知照船户,约八月初六日清晨放船过来。暇时,临苏帖一页。饭后,作札与耽泉、松琴两侄。阅《灵芬遗集》卷二,未终,适沈秀村来,谈及来年馆地已就黎里蔡芸生之聘。闻平望张瘭堂、吴潮生两家馆地尚未定见,并闻张砚香、陈雨亭多不仍旧。下午,重阅卷二。五古如《哀王井叔》《寿胡古泉》,结构矜严,非寻常应酬之作。七古只有《岳鄂王手简》一首。七律佳句,如《偶闻人言,率尔解嘲》云:"村姬偶然识坡老,盲翁政尔说中郎。"《中秋席散有作》云:"风月佳时人老矣,笙歌散后客醒然。"《寄琴坞》云:"当时抗论无前辈,今日相逢避少年。"《醉中漫成》云:"高牙大纛张京兆,豆饭芋羹翟子威。"《题沧浪亭图》云:"世德园林须作主,官清风月不论钱。"皆言中有物,能自出新意。予尤爱五绝一首、七绝二首,如《题循陔图》云:"一自科名骛,乃漓天性淳。请看力田世,岂有绝裾人。"《题小眉所藏竹垞书罗浮胡蜨诗卷》云:"茧纸番番妙墨留,蛮云海日记前游。未妨小作虫鱼注,史笔平生薄魏收。"《奉寄林少穆廉使》云:"似闻蒿目独忧时,肯向疲氓责茧丝。略有新篇传讽谕,不妨采到白家诗。"人人意中所有,以妙笔出之,便觉花样一新。

初九日(8月6日)　晴。晓起,作《花烛词》七律二首,盖变体也，为六里舍王甥作。饭后，复事租欠揭要，尚剩北账未完。下午热极，作书与子谦亲家、少湄侄孙。阅《灵芬遗集》卷三，挥汗成雨，竟不能动笔矣。看至卷五而止。

初十日（8月7日）　晴。晓起，写好子谦一信。饭后，专人送去，以慰其拳拳之意。暇时，仍事租欠揭要。船户复来，议偿还守候饭食米五斗。下午，得短歌一首。阅《灵芬遗集》，自卷二至卷五。薄暮，得昼翁回信，并二式甥两札，一致大兄。是日立秋。西南风。

十一日（8月8日）　晴。晓起，接松侄信，以畏炎不出，索题目一纸去。是日会期，文题《"子钓而不纲"二句》，诗题《诗杂仙心得"心"字》。桂轩侄孙仍来。饭后，复事租欠揭要。下午，改存近作。仍阅《灵芬遗集》，自六卷至九卷。诗集重翻一遍，究以《四集》为最佳。

十二日（8月9日）　晴。晓起，临苏帖二页。饭后，仍事租欠揭要。下午极热，不能读古书，复以《小谟觞馆诗集》为消遣。卷一注中，有"秀才"故事。《北史·刘昼传》："字孔昭。求秀才，十年不得，撰《高才不遇传》。"《读〈北史〉注》。《北史·杜铨传》："正藏为《文轨》二十卷行世，谓之'杜家新书'。"又，正元"少传家业，举秀才，左仆射杨素怒曰：'周孔更生，尚不得为秀才，刺史何忽妄举此人？'乃手题使拟《上林赋》《圣主得贤臣颂》《燕然山铭》《剑阁铭》《白鹦鹉赋》，曰：'可至未时令就。'正元及时并了，素大惊曰：'诚好秀才！'"按，正元、正藏，俱铨族孙。（页眉："秀才"典故。秀才不易做。）

十三日（8月10日）　晴。晓起，唤冯婿至吴江，时天色黎明。去后，予复就枕酣睡，起来已晚。饭后，仍事租欠揭要。下午，于故纸堆中，搜藏平生师友、亲戚往来尺牍，大半已登鬼箓，若竟饱诸蠹鱼，亲情交谊，尽属子虚，恐非后死者所宜出也。拟欲装一册，以备藏弄。薄暮，作书谢得珊，以其有茶点之馈。

十四日（8月11日）　晴。晓起，临苏帖一页。饭后，与薰儿看一讲，终嫌不甚灵敏。仍事租欠揭要。中午祭先。下午，有书贾来，曾刻《朋旧诗钞》四册，偿制钱二百不售。阅《小谟觞馆诗集》卷二，

《清江浦》注中引明潘季驯治河一段，宜细玩。是晚，冯婿自吴城回来，先子手卷、墓志已裱好。

  十五日（8 月 12 日） 晴。晓起，临苏帖一页。饭后，仍事租欠揭要。下午，高伴山为大兄来诊治调理，予邀至养树堂，为内子诊脉处方。去后，仍阅《小谟觞馆诗集》卷三。是日，笑山尚未到馆。薰儿课题《"博学之"五句》，诗题《云水光中洗眼来得"云"字》。

  十六日（8 月 13 日） 晓起，微有雨，临苏帖一页。饭后，晴。仍事租欠揭要。下午，重阅师友、亲戚尺牍，已故者共得二十人，统计一百卅八页，拟装成册页二本，约费三番之数，庶交谊亲情，或不致顿时磨灭耳。薄暮，阅《小谟觞馆诗集》卷四。

  十七日（8 月 14 日） 晴。晓起，临苏帖一页。与薰儿改一开讲，题系"夫志气之帅"二句。此种题，但要说理明白，便佳。饭后，笑山到馆，会课尚未动笔。暇时，仍事租欠揭要，于今午录毕。下午，成七律诗一首，盖偶有所触也。重阅《小谟觞馆诗集》卷五。薄暮，接殷甥信，以叶二江荐于沈婿。陈表侄来，传闻王铁珊已故，未知的确否？

  十八日（8 月 15 日） 晴。晓起，临苏帖二页。饭后，偶得杀虫之方，不可不记。庚子六月，田禾多被水灾。退后，复有食心之虫生于梗内，良苗日形憔悴，几不可治。近有人自常州来，传一方颇验。其法以明矾打碎研粉，和在湿灶灰内，每一亩田约用矾粉斤半、湿灰两栳栳，将二物拌匀，候早饭时，诸虫吸食晓露，多在苗梢上，以矾灰四布，无不立死。其法费省而人易为力，真杀虫之善策也。尝考害苗之虫不一，大者蝗虫，无论矣；小者如网虫、裹札虫，皆以菜油、花油密洒之，田家谓之"打油"。相传，无骨之虫，见油即死[①]；惟食心之虫，无法可治，以其藏匿苗心中，油不能到，老农束手待毙，实出无可奈何。今得此法，可见人定胜天，真有一半功也。中午，潘启堂表侄来，

---

  ① "相传，无骨之虫，见油即死"原为"无不立验。所谓'无骨之虫，见油即死'者也"，后改。

与连香岭同荐白荡湾陈朗亭，实未悉其人根柢，且俟细细切听为要。下午，重阅《小谟觞馆诗集》，至卷六。按，《诗》："去其螟螣。"《尔雅》云："食苗心曰'螟'，食叶曰'螣'。"（页眉：田家杀虫之方。）

十九日（8月16日）　晴。晓起，临苏帖一页。即作书复二式甥。饭后，清理账务。下午，仍阅《小谟觞馆诗集》卷七。注引《五代史·六臣传》："赵光逢在唐以文行知名，时人称其方直温润，谓之'玉界尺'。"予旧作《木界尺铭词》云："身非玉尺，安敢量人？是夏楚物，有师之尊。"薄暮懒倦，昏昏欲睡，缘此辍读。

二十日（8月17日）　晴。晓起，临苏帖一页。与薰儿看一开讲。饭后，清理账务，殊乏闲趣。下午，接六里舍王甥信，谆谆以《花烛词》索和，回信尚未脱稿，许以中秋节后录奉，谅未晚也。询及舟人，铁珊已故之信始确。回忆去春县试时，同寓云在草堂，相距不过一岁有馀，爰赀与铁珊相继徂谢。人孰不死？彼二人者，同在少壮之年，一无树立，我转为悠悠忽忽悲也。暇时，仍阅《小谟觞馆诗集》卷八，至《续集》卷一。

二十一日（8月18日）　晴。晓起，有钱锦老来，荐直下港张蕙塘。是日会课，文题《举直错诸枉，能使枉者直》。松琴、桂轩皆以事不来。饭后，同任桂老至芦墟，嘱桂老便道至白荡湾，切听陈朗庭之为人如何。予逗留祝唐处，吃其中饭。祝唐近能闭户谢客，劬书善饭，老年知己，大为称快。下午，桂老回，细述朗庭少随其父大春在东乡习业，已历二十馀年，朴实可用。大约质有馀而才或不足，可备一席之用。在舟中不觉暑气逼人，予惟合眼静坐。到家，适高文翁在东邻，复邀其来，为内子覆脉调治。文翁以近八十之年，冒暑奔走，视予之家食安居，恐一旦有事，几不堪撑持矣。古人云："晏安鸩毒，不可怀也。"予近有怀安之心，奈何！

二十二日（8月19日）　晴。晓起，临苏帖一页。饭后，清理账务，至今日始毕。下午，作札与王少吕、陈梦琴，以家刻二本送之。得暇，仍读《小谟觞馆续集》卷二。

二十三日(**8 月 20 日**)　晴。晓起,作札与宇安侄。饭后,至东浜松荫草堂,新晤连岭香,嘱其招陈朗庭来一叙。闻黄兰屏来岁出门,又不果。沈婿出近作见示,尚可去得,惜不能潜心此事耳。遂饭于堂中。下午,至大港松侄处,不遇。适吴寄松自江城来,遂与同舟而返。时晴久忽雨,予驾一小舟往还,毫无遮蔽,适逢寄松之舟,不致衣裳沾湿,亦出门中一奇缘也。少湄侄孙近得一三疟疾,甚重。贫病相连,至此已极,何天之不佑善人耶?

二十四日(**8 月 21 日**)　晴。晓起,临苏帖一页。饭后,作札与松侄。连日为账务所累,至廿二日始得清理葳事。今午,重阅《河东集》卷三十三。此卷惟《贺失火书》可读,馀只一览而已。今晨,接松江姚春木昆季及何古心、端叔书。春翁以哲弟子枢明府将就选入都,欲商贷千金,未免文人视财太易。而古心谬为介绍,亦蹈交浅言深之弊。惟端叔一书,颇有斟酌。友朋固有通财之义,然予近年来昏嫁连绵,入不敷出,安能应人将伯之呼?况明府之内兄张诗舲,原任湖南臬台,闻其官囊甚裕,何舍其亲而疏是谋?总由予家名实不符,外观似乎有燿,内美实在无馀,而反来友朋之喋喋,殊属可虞。以后宜深自晦藏,慎勿驰骛乎酒场欢合地也。下午,圈点《文选揭要》。自今日始,以四五页为则,多恐精神不浃耳。傍晚,接松侄回札。少湄侄孙欲以玉如意、端砚二物出售,聊作薪水之费,惜二物均不适于用。予作意明日别有所赠,仍以原物归之。(页眉:刻责之言。)

二十五日(**8 月 22 日**)　阴晴参半。晓起,作札覆松侄,略赠少湄侄孙病费,双团圆之数,仍以玉如意、端砚归之。饭后,重阅《河东集》卷三十四。下午,圈点《文选揭要》。于极无聊赖时,重读纪评苏诗卷一,至十页,以《入峡》五排[①]、《八阵碛》五古[②]、《白帝庙》五排[③]、《巫山》五古、《神女庙》五古[④]五首为入选,偶然摘出,以备他日倩一善手录清,亦枕中之秘本也。(页眉:苏诗备选。)

[①][②][③][④]　双圈。

二十六日(8月23日)　阴。晓起,临苏帖一页。饭后,重阅《河东集》卷二十五至二十六,此二卷无可读之文。下午,圈点《文选揭要》。适连芗林招予至松荫草堂,面会陈朗庭,外貌却能诚笃。偕其甥袁遇嘉同来,乃雨寰业师之侄孙,甥舅举止,大不相似。遂与朗庭定见,脩金七折串,钱卅二两,约八月初三日去载。归家将及黄昏。

二十七日(8月24日)　晴。晓起,临苏帖一页。饭后,书王甥《花烛词》二首。写过少吕一信,时少吕新抱骑省之戚,故书以慰之。午后,王珠亭来信,去年所携之项,断不能归。予即作书答之,约中秋节过去。新婚词附在札中,渠又来催取也。下午,重读纪评苏诗卷一第十一页至卷二全,以《过巴东县不泊,闻颇有莱公遗迹》五律①、《出峡》五古②、《夷陵县欧阳永叔至喜堂》五排、《荆州十首》五律③、《浰阳早发》五古、《夜行观星》五古④、《上堵吟》七古、《岘山》五古⑤、《鳊鱼》五律、《许州西湖》五古⑥为入选。第一首五韵律诗,唐人多有此格。《荆州》诗第三首实为明月之累,不如删去较净。

二十八日(8月25日)　晴。晓起,临苏帖一页。作《望兰诗》五古十韵,却有深意。饭后,看一讲,终无出色之句。午前,云泉见过,来岁馆地,断不仍旧,遂留午饭而去,以单张家刻附送。闻珍字梗潘慕贤之子极稳妥,有号春园者,行一,习外科,颇有效验,可见为人忠厚之报。下午,重读纪评苏诗卷三,以《辛丑十一月十九日,既与子由别于郑州西门之外,马上赋诗一篇寄之》七古⑦、《和子由渑池怀旧》七律、《次韵刘京兆石林亭之作,石本唐苑中物,散流民间,刘购得之》五古⑧、《次韵子由岐山下》诗凡五绝二十一首,录《鱼》《杏》二首。《太白山下早行,至横渠镇,书崇寿院壁》五律、《留题延生观后山上小堂》七律、《石鼻城》七律、《磻溪石》五古⑨、《壬寅重九不预会,独游普门寺僧阁,有怀子由》七律⑩、《九月二十日微雪,怀子由弟二首》七律、

①②③④⑤⑥⑦⑧⑨⑩　双圈。

《病中闻子由得告不赴商州三首》七律、录第一首。《病中大雪数日,未尝起观,虢令赵荐以诗相属,戏用其韵答之》五古①、《馈岁》《别岁》《守岁》五古三首②、《读开元天宝遗事三首》七绝,共十九首入选。

二十九日(8月26日)　晴。五更起来,放船至盛泽,出吊于王氏。饭后,以信一函、家刻二本致梦琴,缘急欲回棹,不及走候也。午前,过梨里汝梅村处,询及平望张氏一地,已为捷足者先得矣;并闻沈愚亭已就周氏之聘。邱子谦闻予在四宜堂中,特来畅谈。拳拳以薰儿试事为念,其可感也。今午,蒙梅村乔梓留饮,所谓不速之客,仍以五簋为约,极欢而罢。下午在舟中,略有暑气。到家,饱啖西瓜,不食粥。早眠酣睡,人尚不致萎顿。

八　月自三月初一日至八月初一日,薰儿与从子清源、从孙乃春共会十四期,而清源之文较优。

初一日(8月27日)　晴。晓起,适有客来,不及临帖。是日会期,桂轩侄孙先来,松琴侄后来。文题《不可以久处约,不可以长处乐》,诗题《江流天地外得"流"字》。饭后,作札与云泉,关照平望张氏之地,已为捷足者先得矣。作书复何古心、端叔及姚子枢。古心一书最长,颇作意。下午,以事辍读。

初二日(8月28日)　晴。晓起,临苏帖一页。饭后,展诵近日亲朋所寄之信,一一答之,颇费周折。昨日少湄侄孙一信,却能婉笃动人,惜贫病交攻,不克潜心于学,亦我家之不幸也。信中惟用杜诗《花卿歌》:"子璋髑髅血模糊,手提掷还崔大夫。""子璋",误作"千章",未曾深究耳。时少湄有三疟疾,故引用此事。子璋,即绵州副使段子璋也,为花敬定所杀。崔大夫,即崔光远也。下午,重读纪评苏诗卷四,以《次韵子由论书》五古③、《和子由寒食》七律、《中隐堂诗》

---

①②③　双圈。

五律五首①、《次韵和子由闻予善射》七律,《凤翔八观诗》②首首可读,《和子由闻子瞻将如终南太平宫溪堂读书》五古③、《将往终南,和子由见寄》七古、《是日,自磻溪将往阳平,憩于麻田青峰寺之下院翠麓亭》五排、《二十七日,自阳平至斜谷,宿于南山中蟠龙寺》七古④、《是日至下马碛,憩于北山僧舍,有阁曰"怀贤",南直斜谷,西临五丈原,诸葛孔明所从出师也》五古⑤、《扶风天和寺》五律,共廿二首可入选。

初三日(8月29日)　晴。晓起,临苏帖一页。饭后,放船至白荡湾,载陈朗庭。午前,以事辍读。下午,圈点《文选揭要·两都赋》,重读两遍。适陈朗庭来,不及重纪评苏诗。

初四日(8月30日)　晴。晓起,临苏帖一页。饭后,录存清晓不眠之作,昨于枕上得之也。重阅《河东集》卷三十七,皆贺表,无可读。适蕉如婿来,薰儿呈阅海防一策,虽不脱前人窠臼,尚可用。因翻出《明史类稿》中胡宗宪、俞大猷、戚继光三人列传,详载嘉靖中倭寇本末,一一指示,亦知人论世之一端也。胡宗宪谄附赵文华,为严嵩贼党,虽有功,不能掩其罪。而俞大猷、戚继光并有将才,所遇不同。大猷外扼于胡宗宪,内扼于奸相严嵩,平生未竟其用。而继光旋为华亭、江陵两相国所识拔,俾得尽其所长,始于东南,终于西北,天生我才必有用,惟得一知己可以不恨。然而庸臣忌才,奸相误国,如宋之岳武穆,尤令人扼腕长叹,岂独大猷一人而已哉?因读《明史》而论及之。华亭,谓徐阶;江陵,谓张居正。蕉如中饭而去,即以松侄新婚诗寄谱琴、王甥。下午,沈婿来,不及展阅纪评苏诗。(页眉:俞大猷、戚继光小传。)

初五日(8月31日)　晴。晓起,临苏帖一页。饭后,以事辍读。午前,沈含珠表兄来谈。下午,命振凡侄孙至北舍港,切听省试的信。时桂轩侄孙自苏郡回来,必能确实也。傍晚,接桂轩侄孙信,省试并

①②③④⑤　双圈。

无再改之信。江南正主考已差文庆，副胡林翼。并闻江、震宾兴现已议定章程，每人贴五千文，到金陵，由董事给发。犹差强人意。是夜雨，不甚大。

初六日(9月1日)　晴。晓起洗沐，率薰儿在家祠内焚香拜别。饭后，安排行李已毕。仍阅《河东集》卷三十八。松琴侄于上午即来，而船户尚未到，殊属可恼，嘱人专船去追。中午，率薰儿祀先。盖将远出，礼宜展诚一拜。遂邀沈笑山、李梦仙、仰山婿、从子清源、儿子兆薰集饮于养树堂，即作祖荐之地。席罢，适沈婿、琴斋、兄子兆文同来送行。时船户已来，复得倾盆大雨，天随人愿，与笑山诸君喃喃话别，行李陆续下船。黄昏后，皆眠在舟中。同去者，笑山乔梓、李梦仙、从子清源与儿子兆薰，均宜录遗者也。是夜，留沈婿宿西矮楼。

初七日(9月2日)　隔夜熟睡，梦回闻锣声，知考船已开。时候尚早，复寝。晓起，天色已晴。无暇临帖。饭后，嘱沈婿检阅旧时尺牍，抽出李子鸿、张子谦两人之札，均可不存。下午，欲作札覆昼翁而不果，心思烦闷，终觉方寸间，不甚清肃。惟与沈婿论为人之道，毕竟以读书修身为第一，荣名未可幸邀，厚利亦不宜多取，吾家与汝家，全赖先人遗泽，长得食租衣税，福庇无涯，尚何望乎身外之幸获哉？汝其勉之！旁晚，琴斋去。天色开朗，不知今夜考船泊在何所？月淡风轻，画出平安光景矣。

初八日(9月3日)　晴。晓起，临苏帖一页。作书覆邱昼翁，写好待寄。饭后，有故家子陈卓云，系君三之孙，同王道力来，欲预撮迁棺之费，想亦穷极使然。然预付必致延约，故嘱其及早迁出，来取亦未晚也。后中人借转七百文而去，约今冬不迁归还，亦调停之一法。得暇，重阅《河东集》卷三十九。下午，与陈朗庭对账，指示一切，颇费烦恼。旁晚，惊闻昼翁之夫人于今晨未时寿终，择于初九日戌时小殓。明日不可不去一送。

初九日(9月4日)　晴。晓起，料理家务。安排邱氏去探丧礼物：湖锦、绫襄、冥楮、冥洋四种。饭后，至梨里敬承堂邱太亲母灵前一拜。席间，新晤平望吴琛堂，欲索予《秋树读书楼遗集》一部。中午，于敬承堂中，晤盛泽郑又乔，盖循谨士也。午后不及送殓，再拜而去。至四宜堂中，蒙小友汝梅村见惠闽兰一大盆，欢载而归。花有四枝。旁晚，复至吴寄松馆中，求书一挽额。额系"琴瑟罢声"四字，本杜集《唐故万年县君京兆杜氏墓志》；下句"蘋蘩晦色"，究以上句为妥。此番丧事，虽年近七旬之寿母，昼翁尚在，总以夫君为主，额语宜侧重昼翁一边，不可不讲究。寄松明于礼帖，故特以此事托之。归家尚在黄昏前。

　　初十日(9月5日)　晴。晓起，料理家务。饭后，耽泉侄来，接关上松侄所寄之信，船户于初九日饭后过关，甚不妥当。此等船户，以后断不可叫。于四宜堂中借阅《十七年搢绅录》。今年正主考文庆，道光二年壬午进士，满洲厢红旗人；副主考胡林翼，道光十六年丙申进士，湖南益阳县人。下午，以事辍读。

　　十一日(9月6日)　晴。晓起，至梨里敬承堂中范太夫人灵前一拜，送殓礼物：绫额、四色、泉酒、准馔四种，昭其俭也。是日盛泽郑氏，同为儿女至亲，特设祭轴祭馔，外观则有耀，未免华靡成习；当此秋暑未退，兼有暴殄之虞，吾不为也。朝饭，同席有本镇蒯缉岩、陈兰江，款接甚恭。饭后，至芦墟许竹溪处，茶话极久。路遇小园侄孙，同至陈得珊处畅谈。得珊必欲备茶点，予实饱不能啖。出示主考全单，即嘱小园录出。并阅邸报上，七月初九日内阁奉上谕，刘韵珂已放浙江巡抚，闻此公在嘉庆年间已有第一清官之目。下午，至祝唐处，始知来年潘九如断不仍旧，予力荐顾云泉，祝唐以修膳不敷为辞，且俟缓日再商。匆匆而别，到家不过申刻。

　　十二日(9月7日)　晴。晓起，临苏帖一页。饭后，作五律一首：《汝梅村以闽兰见惠，诗以谢之》。重阅《河东集》卷三十九。中午，接云泉信，询及黄氏一地，即作札答之，大意谓祝唐独力难举，必俟附从定见，然后酌商。看来八九月间，未必即能成就也。下午，高文翁来，为内子诊脉，定一丸方。文翁新丧一孙，为近山之长子。老年景况,殊难为怀,无怪其形容憔悴也。谈至黄昏而去。

十三日(9月8日)　晴。晓起,作札与二式甥,托仰山婿寄去。盖为内子须用参,欲于甥处转兑二两。连年服此参,尚能有效。饭后,以事辍读。下午,静养半日。

十四日(9月9日)　晴。晓起,有客来,不及临帖。适大兄来谈,以事见托。饭后,清理账务。下午,招金老富来谈,面加脩金四两,受大兄所托也。时陶庄有袁客在座,号二泉,其父东溪,结客好事,以财自豪。薄暮,沈南乙同其妻弟陈骈生来,南乙以书二种见惠。谈及赵眉山《松陵人物补志》一书,此老急欲付梓,已写样发刻。予实不愿与闻也。出近作《忘妹哀辞》一篇及《清献公日记》一书,一求校正,一求点窜几字,亦吾辈虚心下问之一端。南乙皆携之而归。

十五日(9月10日)　晴。晓起,至芦墟祝唐老友处,招一梓人,定做范太夫人享堂一座,连漆工,决洋两元八角,约廿五日齐备。祝唐留朝饭而返。上午,清理账务,无暇展卷。下午,成七律一首,题云:《中秋月夜,有怀从子清源、儿子兆薰,同应省试,千里睽远,一家骨肉,有不能已于言者》。重阅纪评苏诗卷五,以《和子由记园中草木》五古十首①、《纪梦》五古一首、《楼观》七律一首②、《大秦寺》五律一首③、《仙游潭》五律一首④、《竹䶉》五古一首⑤、《渼陂鱼》七古一首⑥、《司竹烧苇园,因召都巡检柴贻勖左藏,以其徒会猎园下》七古一首⑦、《和子由苦寒见寄》五古一首、《和董传留别》七律一首、《谢苏自之惠酒》七古一首⑧,共二十首可入选。是夜,月明如水,楼头双桂渐开,内子请予玩月,予以醉后酣睡,不及同赏。

十六日(9月11日)　晴。晓起,放船至六里舍。饭后,登颂贤堂,晤王珠亭、孙秋伊,畅谈近事。秋伊出《哭王生诗》五古三首,音节清劲,体格已成。予以家刻三种致之,并致王甥谱琴,复以《秋树读书

①②③④⑤⑥　双圈。
⑦⑧　三圈。

楼遗集》一部、《忏摩录》两册，托致吴珍堂。闻浙江秋闱，头题："望之俨然"三句，二题：《知耻近乎勇》，三题："子不通功易事"至"女有馀布"，诗题：《山色空蒙雨亦奇》。珠亭前项，以婚事在十月十八日，断不能措办，面约来年三月，决不再爽。中午留饮，未免过费。下午，过罗汉寺，与仰山婿匆匆而别。到家，月色已在舟中矣。是夜，接殷甥信，参已寄来，并寄阅近报一封。

十七日(9月12日)　晴。晓起，临苏帖一页。饭后，作好两札，一寄松侄，一寄薰儿。下午，清理账务毕，重阅纪评苏诗卷六，复以事辍读。

十八日(9月13日)　晴。晓起，接松侄信，于十三日傍晚至金陵水西门，不及上岸。金陵近处，水尚未退，惟城中已可行走。连日悬念，至今晨才得稍慰。饭后，作札与邱昼翁，慰其拳拳之意。适冯婿来，即寄与舟人送去。下午，至先子墓旁，相视一番。丙舍中门窗，大兄已略为涂抹，惟宜再加修葺，始为完善，此事应归大兄承办。复放船至大港，晤竹淇、梅溪两侄。询及六嫂，近得三虐，幸不甚重；侄孙蕃官，胎虐近已轻减。予再欲作札与松侄，故必细细问明耳。两侄尚能恂恂自好，予顾而乐之。茶话良久，到家，日已暮矣。是晚接升斋信，欲以南乙荐于沈婿，惜人地大不相宜，予亦安能曲为成就也？是日东南风，最宜。

十九日(9月14日)　雨。晓起，复作札与松侄。饭后，作札复朱升斋，明日由芦墟升禄斋寄去。下午，至沈婿处，以升斋原信及予覆书示之，渠亦所见皆同。复至北舍港宇侄处，以平安家信四封、黄烟一包，寄与桂轩侄孙带去。适送考船回来，阅子芸侄孙家信，寓在夫子庙前红桥南塊陈宅万源酒坊内。闻西文场三四十号，尚有积水一二寸。桂轩定于二十日吉行。今秋省试时，宇侄仍延赵韵园，权课四、五两侄孙，于十六日到馆，特至书堂与韵园一叙。一年不见，此老风采，依旧精神满腹，根器真不可及也。谈至薄暮而返。

二十日(9月15日)　晴。晓起，清理账务，一朝而毕。饭后，欲作诗而未果。下午,收拾卧所,仍自西矮楼迁入内楼。

二十一日(9月16日)　晴。晓起,临苏帖一页。饭后,重阅《河东集》卷四十,此卷少出色之文。下午,登西矮楼,展阅碑帖手卷册页,庶无蠹损之虞,至薄暮而毕。

二十二日(9月17日)　晴。晓起,临苏帖一页。饭后,接鹤田老友信,以前托鲍氏捐监,嗣出三代存殁,尚未注明,便中宜开明示知。凡捐纳三代履历,无论嗣出、本生,或存或亡,须预为呈明,以备封赠、丁艰地步,亦朝廷之令典也。下午,微有雨,以事辍读。

二十三日(9月18日)　雨。晓起,临苏帖一页。饭后,清理账务毕,重阅《河东集》卷四十一。文自此卷止,以下皆诗。下午,查录今秋倒单税契账,无暇展卷。旁晚,天已向晴。夜间,西北风极大,兼有雨,似欲做风潮天气。

二十四日(9月19日)　晓来天已晴明。据老农云,悬前十日,闻雷声,断不做风潮。此番信然。此十日之内,再得露重风恬,木棉稻花,均已结实,真大幸事也。饭后,展阅《河东集》卷四十二,诗凡两卷,除摘出之外,可以不阅。下午,阅《两当诗钞》,七古的是太白。

二十五日(9月20日)　晴。晓起,成五古三十韵。新得《全唐文》,偶为硕鼠啮损,不能无诗。饭后,改存此作,大费苦心。至日中后才得录清。下午,清理账务,未暇展卷。

二十六日(9月21日)　晴。晓起,临苏帖一页。饭后,沈含珠表兄来,谈及十八日大潮生日,刘河镇上,被夷船趁潮进来,掳掠民间钱米牛羊无算,是夜,乘潮而去。似此光景,总有内地人作引子。东南渐渐多事矣。是日,留中饭而去。下午,偶阅朱体仁所撰《平寇始末》,共八卷,亦不甚合意。

二十七日(9月22日)　晴。晓起已晚,不及临帖。饭后,重阅《河东集》卷四十三,适有客来,未及终卷。下午,得七古一首。今秋欲游秣陵,故有此作。

二十八日(9月23日)　晴。晓起,临苏帖一页。饭后,重阅《河东集》卷四十三,至四十四、四十五《非〈国语〉》两卷,不阅。下午,清理账务,辍读。

　　二十九日(9月24日)　晴。晓起已晚,不及临帖。饭后,微有雨,即止。中午,以客来,不及展读。下午,查清账务后,整顿行李,明日将有吴门之行。

　　三十日(9月25日)　晴。五更起来,两舟并发。一船载四姊寿藏,一船与顾友同坐。时晓雾漫空,星斗之光,几难远布,舟人纡回□躅,屡次问津,至日出后,始得直达吴江。饭后入城,先将四姊寿藏寄在八寺中,予仍寓云在草堂。先至周介老处,托裱家刻二十本,尺牍二本,继至鹤田老友处畅谈,幸眠食尚无恙。下午,至顾煦庵处,以田契八纸托税,面决税价洋钱七十元,每千归九十八。税价日增,而投税者日少,即此一端,大非昔年光景矣。闻大潮生日,近宁波地方,夷船进来,陷入沙中,竟为我国人所获。同船七分内人,三分外夷人。可见英夷之敢于窥伺,皆此等负国昧良为之煽惑也,可恨可恨!

庚子日记六

九月,十月。《河东集》于重九日读毕。

舟中所存之物:
线单一条、占单一条,
台单一条、又一条,共一包。
羔皮马挂一件,又背心一件,共一包。
席廿条一捆,又十条一捆,又两条一捆。
南腿三只:古记一,大。二加一,中。六太太一。小。
九子盘两个,内藏长生碗一对、小果累一对。
南货:养树六件,二加四件,大太太一件,六太太一件。
大袜十双一札,小袜六双一件,又一双一札。
镶鞋十双两札,彩袖裙补一大札,大泥一包。
磁器四十件,铜、锡器发来未点。约七十件。
茶叶,一大篓、一小篓,七包一札,连四包一札。纸头一大札,又一本。
绸三包,宫妆一匣,网珠一匣,书一包。
花店内一大篮大帽一个,小帽一个,锦匣四包,连笼,共一札。
蠹灯三对,大门灯一对,仪门灯一碗。
家用中光两对,小灯一对。
又续存:
大小鞋八双,新用息香玉粉一大包,石磬连架一座。
上见息香香珠一札,印帕及幔照一札。
笔洗一札,连座磬。石屏一大箱,大铜瓶一个。连座。

云壁石一座,古鼎一只,连座。红头绳两包。

靴一双一札,垫共廿四个,新火腿一只,冬米一包。

条炭八篓。以上俱已清楚。

九　月

初一日(1840 年 9 月 26 日)　阴。晓起,微有雨,静坐寓中。阅《皇朝经世编》,至一百十一卷,专言江苏水利,多有可采。饭后,至朱局,托局友朱士江倒单过户。中午,至顾煦安处,面付番钱七十枚。下午,至何局,主人到苏,不遇,以改正户头,托其甥朱和卿,予遇雨而返。旁晚,遇学书夏老尚,知录遗案尚未寄来。

初二日(9 月 27 日)　阴。晓起,微雨绵绵。仍阅《皇朝经世编》,至一百十二卷,有张鹏翮《论治下河》云:"下河者,扬之江都、兴化、泰州、高邮、宝应,淮之山阳、盐城七州县,迤东际海之地也。大约下河以兴化为壑,故水多趋之;以运盐河、海沟河为络,故水多径之;以射阳湖为归墟,故水多萃之。"饭后,适吴门船已回,先将行李下船。予欲寻学书夏尚不见,即托劳店梅世兄转致学书,如录遗案来,望留存店内,便中寄示,不必报了。午前放船,却得顺帆,到泖水港,托遇昌妇侄觅一乳牛。内子久患腰痛,医药罔效,今秋不离床褥,心甚忧之。素嗜乳酪,于阳虚之体最宜,故先预为措办。旁晚到家,适子妇已归,呈阅昼翁回信。前两日,陈得珊亦有信来。(页眉:下河大略。)

初三日(9 月 28 日)　阴。晓起,清理账务。饭后,问大兄之疾,在易安楼上细谈。适金陵有信来,始知前月十九日录遗,二十日出案。场规极严,有怀挟者,皆为搜出。薰儿取在第十,松侄第二。予月初在城中,晤学书夏尚,询及录遗信息,渠竟茫然不知,可见学书中实少明达干练之人。今得此信,不啻渴后饮茶矣。即作两信,一致松侄,一致薰儿,封好待寄。下午,专人知照港上两侄。适孙秋伊来谈,据云,王甥明年必能入学。予笑曰:"第恐弟子进,则先生退矣。"相与大噱而去。旁晚,竹淇侄与小园侄孙同来,亦欲寄信至金陵,实未见录遗全案。闻之不胜欢喜,谈至薄暮而去。金陵考寓钞库街钟宅。

初四日(**9月29日**) 阴。晓起,寄信与近邻船户许立章,渠于今晨开船,接考至金陵,可称的便。饭后,作书覆邱昼翁。雨窗多暇,细改近作。予有《次韵寄怀省试诗》云:"去登钟阜全开抱,住近秦淮莫荡舟。"初疑"钟阜"二字不典,近查《建康录》:"始皇凿钟阜为渎,令水贯其中,以泄王气,呼为'秦淮'。"特未知即是钟山之馀支否。复查《广舆记》:"钟山在府治东北,秦淮在上元县治东南。"截然两处。下午,至沈婿处,登餐秀阁中,与寄松长谈。抱读书之质,处读书之境,然终不能潜心媚学,我深为沈婿惜之。此其故端,由无贤父兄在耳。薄暮到家,风雨极狂,将近重阳候矣。

初五日(**9月30日**) 阴。晓起,临苏帖一页。喜得薰儿信,再叠前韵一首。饭后,作札与陈得珊、黄祝唐及二式甥。下午,至大兄处,已得稍健。暇时,开侄女嫁妆零物,颇形琐屑。黄昏,本路沈老大之兄沈四来报录科,开销约千馀文。

初六日(**10月1日**) 晴。晓起,临苏帖一页。饭后,开侄女妆奁细账,照予出嫁三女账有增无减。下午,撰亭子上对联,七言四句,云:"遗挂忽惊犹在壁,微尘欲拂竟空床。华年锦瑟真弹指,经案绳床入定身。"仍以昼翁为主也。旁晚,接昼翁回信,款款深深,是老年悼亡苦况,情见乎辞。看来子妇初九日去时,不得不再放几天,为老人装好绵衣,然后归来也。

初七日(**10月2日**) 晴。晓起,临苏帖一页。饭后,作札覆邱昼翁。暇时,仍开侄女妆奁细账。下午,欲阅《河东外集》,不果。

初八日(**10月3日**) 晴。晓起,写好一札,即寄与昼翁。饭后,阅《河东外集》及《遗集》毕。此六卷中,惟《马淑墓志》一篇可选读。下午,圈点《文选揭要》,至《吴都赋》,未及一半,已觉心烦目眩,随即掩卷而止。韩子云:"可怜无益费精神,有似黄金掷虚牝。"正予今日之谓。

初九日(**10月4日**) 阴晴参半。晓起,临苏帖一页。饭后,安排邱氏去上享亭，子妇约廿一日去载。午前无事，阅《河东集附录》一卷，今日始毕。下午，有怀薰儿在闱中，成七律一首。

初十日（10月5日） 晴。晓起，临苏帖一页。饭后，改存近作，颇费苦心。略举考试之典，如"温卷"二字，出《文献通考》："江陵项氏曰：'风俗之弊，至唐极矣！王公士人，不复求士。天下之士，什什伍伍，奉币刺再拜，以谒于典客者，投其所为之文，名曰"求知己"。如是而不问，再如前所为者，名曰"温卷"。'""锦标"，出《唐诗纪事》："黄颇，宜春人，与卢肇同乡，颇富而肇贫。同日遵路赴举，郡牧荐颇离亭，肇驻塞十里以俟。明年，肇以第一名还袁，因竞渡，即席赋诗曰：'向道是龙刚不信，果然夺得锦标归。'""春关夏课"，出《国史补》："捷而入选，谓之'春关'；退之而肄业，谓之'过夏'；执业而出，谓之'夏课'。其详见《宋史·选举志》。""孙山外"，出《逊斋闲览》："孙山末名得解，有同试者，托探得失，山曰：'解名尽处是孙山，吾兄更在孙山外。'""拔十得五"，出《宋史·选举志》："太宗谓侍臣曰：'朕欲博求俊彦于科场中，非敢望拔十得五，止得一二，亦可为致治之具矣。'""家传魁脉"，出罗公寿《发解谢游守启》："祖孙三世，俱横牛角之经；父子十年，两占鳌头之选。家传魁脉，喜动春闱。""蚁战"，本梅尧臣《较艺和王禹玉内翰诗》："万蚁战酣春昼永，五星明处夜堂深。""蚕食"，本欧阳修《礼部贡院阅进士就试诗》："无哗战士衔枚勇，下笔春蚕食叶声。"眼前习用之典，偶举一二，已不能寻其出处，甚矣！记诵之功，全在少年也。下午，小园侄孙来，不及展卷。

十一日（10月6日） 晴。晓起，临苏帖一页。饭后，查清账务。仍开侄女妆奁细账，是日，已楚楚开毕。俟薰儿归来，必须到苏。下午，圈点《文选揭要》，至《吴都赋》。此赋可阅，不必读。

十二日（10月7日） 晴。晓起，临苏帖一页。饭后，振凡侄孙来，据述，张竹江以病不能进场，昨已回家，其馀在寓之人，均得安善。深慰远念。下午，开列侄女出阁客目，无暇展卷。

十三日（10月8日） 晴。晓起，临苏帖一页。饭后，至大兄处，闻病体日上稍得轻健。回坐养馀斋，沉吟一诗，忽头眩，坐不定，登楼就寝不得，复下楼，时作呕吐状，知中受芜秽之气，顿时骤发，遂服丹丸，命老妪刮痧，一食之顷，乃得稍稍清明，家人咸谓是痧气。下午，查字典"疾"字部，无"痧"字。适少湄侄孙来，问"痧"字出处，渠亦不知。予家藏方书绝少，故亦无从再查。

十四日（10月9日）　隔夜闻雨声极大，晓起，阴云不开。查阅账务，不及临帖。饭后，成《短歌行》一首，寄省试诸子，颇有豪放之气。是日，第三场进场，同试诸君，谅必得意回来，予实有厚望焉。下午，游息半日，使正气稍王耳。

十五日（10月10日）　阴。晓起已晚，不及临帖。饭后，至陈思村杨斗山亲家处贺喜，时有出嫁之事，与顾霭堂同席。闻浙榜已出，嘉善三正一副，其一为钱麟堂先生曾孙，去年入泮，今年十九岁，馀俱不知。下午，至沈婿处，所闻皆同。沈婿近日结一文会，以青浦周铁瓢为之秉笔。第一期《而众星共之。子曰"诗三百"》。此题联络，非书不辨，未知此会如何，若能专且久，必有进境。到家，傍晚时候。

十六日（10月11日）　晴。晓起，临苏帖一页。饭后，补登妆奁细账，颇不耐烦。下午，命侄孙振凡更张堂轴、楹帖。偶检去冬薰儿入泮时亲友所送贺联，以盛泽郑药芸寿南所赠最为工稳。上云："春暖芹宫，欣观鱼化。"下云："秋高苹野，试听鹿鸣。"或集前人见成语，亦未可知。今日三场已毕，且俟归来后，一观文字何如耳，予平生断不敢作此妄想。偶阅楹帖之可存者，而聊记于此。

十七日（10月12日）　晴。晓起，接前任王老师讣闻，于是月二十三日领帖。黄小轩有信致宇侄云："王老师宦况不堪，家口嗷嗷。"阅之殊为恻然，故特缄奠分壹函，附宇侄处送去，照常例略加丰腆。吾辈交情，原不以死生易也。王名照，号仲犀，太仓人，道光元年辛巳恩科举人，壬午会试挑取誊录，充翰林院功臣馆。议叙知县，改选吴江县教谕，于十九年夏间到任，没于今年六月二十八日，年四十有九。夫人徐孺人，先半月卒。一贫如洗，双棺未扶，文人之厄，竟至此耶！

一子,名臣飑。胞侄有四:臣赞、臣翼、臣勋、臣珩。饭后,潘老启表侄来,传述沈婿之意,欲觅一内账。下午,钱安山来,即荐于沈处,渠亦欣然首肯,约廿三日同去,先完结沈处账目,然后经理其事,界限方清。

十八日(10月13日)　阴。五更起来,西风极狂。同冯婿至梨里,饭于舟中。冯婿登岸,予复至六里舍王珠亭家贺喜。是日,为王甥亲迎吉期,予一饭而返。席间,晤陈铁君,云蔡岭香已得北闱捷音。下午,回过梨里,晤冯婿,云周印之亦有北闱中式之信,未知确否。以风大,不及逗留,归家,日已暮矣。

十九日(10月14日)　晴。晓起已晚,饭后至大港。时小园从孙有合卺之喜,予以房长有祭祖之事,礼宜逗留。与吴寄松、俞晓亭两君长谈。中午,亲族两席、邻友四席,坐客极少。下午,谈兴颇浓。闻蔡翰之已过,此不善保身之验。黄昏后,新妇入门,成婚礼毕,特设两席请媒,予为之主。媒系高芦月,小园之舅祖,与予为内表郎舅,谈文娓娓,入闱一十九次,出房三回,竟不得一中,年已五十有七。闻今科中式钱宝青,实年二十二岁,学问渊博,芦月极佩服之。三鼓后,祭祖会亲毕,予始就寝,榻于菊颐侄处。

二十日(10月15日)　晴。晓起已晚,饭后回家,清理家务,明日又要出门应酬。可见单丁之苦,安得孙辈绕膝,再见读书入泮时耶?下午,大港上有人来,以新白米一斗,分送大嫂、六嫂。大嫂病后,六嫂尚在病中,食粥最宜,故有此赠。吾辈安享祖宗馀福,原不欲一人独饱者也。

二十一日(10月16日)　晴。晓起,查清账务。饭后,至东浜沈梅桥妇侄处贺喜。时妇侄孙有完姻之事。中午,与梅桥之妇翁顾公同席。此公善写蝇头小楷,谈及前年吴雪璈及近时朱选楼所办怀挟,皆渠一人手笔。予谓士人窗下读书,终以穷经为致用之具,若专事抄袭,纵得功名,亦属可耻,况事之未可必者乎?下午,急欲回家,棹一小船而归。闻梨里北场,中三正一副,周、蔡已确,其馀尚未知为谁。

二十二日（**10月17日**）　晴。晓起，清理家务。饭后，望省试未回，孤坐无聊，沉吟一诗，竟未改就。下午，至大兄处长谈。适试船已回，笑山乔梓及梦仙、松侄、薰儿，各各安善。昔人相传，省试有三乐：录遗得取，一乐也；三场不贴，二乐也；得老号而坐之，三乐也。今薰儿初次观光，尚不致贻笑大雅，诚厚幸矣，中不中，自有命也。松侄出示近作，约有十馀首。薰儿以首艺呈阅，前半篇机势极旺，惜中后四股，词句未能饱满耳。薄暮，送笑山回去。是夜，船户又是一番面目，予亦不与明言，所谓既往不咎，支空二千馀贯，即与算讫，凡事当留馀地耳。

二十三日（**10月18日**）　晴。晓起，检点金陵所买杂物，以便分送亲友。饭后，命薰儿先至大兄处问安。中午，率薰儿至东浜外姑处问安。予以事逗留，与寄松同饭于书楼下。沈婿出示张晓楼太史江"论笃是与"全章文，深入显出，的是名手，似非时下所宜。下午归家，展阅张渊父覆函，以石刻《学箴》一帖、《容山教事录》一本见惠。

二十四日（**10月19日**）　晴，热极。晓起，作书与邱昼翁，并以薰儿首艺送阅。饭后，安排诸事毕。中午，肃衣冠，率薰儿祭先，是日为先赠公忌辰。下午，接阅松侄头场三艺，未见出色，即专人送至寄松馆中。旁晚，冯婿来，以一信、一包、瓶菜两札寄与舟人，送至昼翁处，谅无不到也。内一札送紫玖。是夜，微有雨。

二十五日（**10月20日**）　阴。晓起，作书与何端叔，略有所赠。春夏之间，为内子两次来医，却金不受，故特以金陵所出贡段套料送之。饭后无事，展阅松侄金陵所作诸诗，次予"舟"字韵云："裁诗先试凌云笔，破浪思乘下水舟。"《泊胥江，三叠"舟"字韵》云："闲评渌酒陈三雅，喜载黄花共一舟。"予此韵共得三首，今侄诗中适符此符，亦竹林中一韵事，故特记出。下午，天色开晴，夜露必重，秋成之候，最难得此风景。

二十六日（**10月21日**）　晴。晓起已晚。饭后，安排行李，明日将至吴门逗留。中午，赵眉山过访，以《江震人物续志》样本见示。先子采在卷三"节义传"中，甚可感也。闻秀水计二田首助刻资，予亦助番钱二十枚，非敢附名，实欲发先人之潜德耳。眉翁极欢而去。下午，大姊见过。自戊戌九月在予家盘桓浃旬，迄今几及两载，年已六十有七，发白齿摇，渐增老态，此番不可不多留几日，故先为大姊说明。是夜，与大姊长谈，二鼓后，始就寝。

二十七日(10月22日)　晴。五更起来，同仰山、梦仙下船，饭于舟中，趁顺帆到胥门，不过午后。泊舟徐万春行前。入城，寓司前世德堂史老玉家。楼居一间三榻，每人房金卅五文，与周有恒同。安排行李毕，至万年楼、开泰庄看货，归寓几及一鼓。刘先生来，《居易堂集》四册已装订好。

二十八日(10月23日)　阴。是日霜降。晓起，走学士街，出吴趋坊，在阊门中市办货。中午，微有雨，饭于月城湾，复进阊门逗留，归寓已点灯候矣。黄昏，与刘先生茗饮，亦闲养之一法。夜间，西风极狂，得雨而止。

二十九日(10月24日)　晴，西风极厉。晓起，出胥门，走南濠，饭于滩桥上，复进阊门，办买物件。下午，仍由学士街归寓。渴极，茗饮畅极。借此消导，于养生亦有小益。灯下，阅张渊甫学博所著《容山教事录》，书虽不多，实能以身率士，非徒托诸空言。恐今世教官中，不可无一，亦不能有二也。

十　月

初一日(10月25日)　晴。晓起，由养育巷至圆妙观前，途遇切庵之子，见予长揖，云："家君现客金山县刘公处。"下午，由东美巷至司前，遇金陵吴先生，拉渠茗饮，谈及往年客慈溪县冯家一年，此县绅富为浙东全省之冠。是日午饭极迟，饥甚，未免多食，夜间肠胃殊不顺适。

初二日(10月26日)　晴。晓起大泻，胃中渣滓不净，聊藉茗饮为消导。饭后，由养育巷至清家坊，走卧龙街，出阊门中市逗留。下午,仍由吴趋坊走学士街归寓。是日因昨晚多食,大泻二次,不食。薄暮知饥,食粥一碗。早眠,甚适。

初三日(10月27日)　晴,热极。晓起,吴先生拉予茗饮,作一小东,予亦情难固却也。饭后,仍由学士街出吴趋坊,至阊门逗留。午后,微有雨,适餐赠物件已楚楚齐办,惟桌面上古玩未看。予急欲归寓,发信与朱丹林,属舟人先将已办之物送至家中,明日清晨开船,订定初六日上来。是日,身子照旧,全赖不食之效。凡有微疾,断不可强进粥饭,即或腹内稍饥,薄粥最妙。此予近年来守身之要法也。是夜,卧闻雨声不绝。(页眉:养生妙法。)

初四日(10月28日)　晴。晓起已晚。饭后,由府前走印马桥,直至乌鹊桥,访俞家针灸不值。复由吴县前纤道至卧龙街,于骨董滩头看古玩,稍有合意,价昂难就,此事殊费功夫。下午疲极,归寓静养。

初五日(10月29日)　晴。晓起,由府前走卧龙街,至圆妙观前旧好徐友处,买古铜瓶一,洋六元;广货大石屏一,洋八元;灵壁石一,洋五元;笔洗一,洋一元。其馀石磬、古鼎,多不甚佳。下午回寓,知船已来。接丹林回信,欣悉家中俱安好,四侄女时疾已平复,曾延高文翁两次,此事未免挂怀。

初六日(10月30日)　晴。晓起,上歌薰桥,走布政使前,出吴趋坊,至阊门中市,尚有物件未齐。下午,归寓静坐。

初七日(10月31日)　隔夜大雨倾盆,晓起尚绵绵不止。予整顿行李,收拾物件,待舟人运下船中。至午前,雨稍止,舟人始来挑去。下午,尚有物件未曾送来,属梦仙追之,予在船静候,至上灯时始来。冯婿以纳宠,未免留恋吴门,予再四劝渠缓商,渠竟坚执不从,只好听之而已。是夜,与梦仙宿舟中。

初八日(11月1日)　四更后,雷雨交作,大非时令所宜。平旦开船,尚有微雨。饭后,到吴江,泊舟西门外,至四姊处,以身子不健,侄女嫁时,竟不来矣。复至寄松处,始知十八日县试。入城,至鹤田老友处,劝予速即开船,似此骤热,风信将作。遂趁顺帆到家,将及点灯时候。闻侄女已就痊,大好大好!此出门后第一欢喜事也。

初九日(11月2日)　微有雨,西风大作。晓起已晚,饭后,查清账务。接陈得珊、何端叔、泉卿回信,皆拳拳属望于薰儿,未知果能得遂否也。下午息养,欲至三古堂,不果。

初十日(11月3日)　晴,西风渐息。晓起已晚,饭后,至三古堂。时三女外孙皆有时疟,正不妨也。午前,至芦墟,晤高文翁。就医纷纷,此翁尚未惮烦。午后,赴陈古愚会酌,同席酒兴极浓,予先饭而返。到家,与大姊长谈。是夜,冯婿已来,尚不至受冻,亦幸矣。

十一日(11月4日)　晴。晓起,成《有感诗》一首,盖为林制军作也。时制军被英夷流言,误中反间之计,竟致左迁,海内同为惋惜,故有是作。饭后,安排奁赠物件,颇费指挥。下午,查清苏办账目,以了结其事。凡一家之中,出入账目,随付随登,殊无发积之虞,亦处家之要道也。

十二日(11月5日)　雨。晓起,录清近作。饭后,漆工来,拂拭奁赠之物,约两日内可以奏功。下午,大兄来,并不问及嫁事,惟谈今岁收租,欲照十七年章程。予一一告之。盖此番侄女嫁事,虽予一人承办,实系两房公事,岂容默然视之。

十三日(11月6日)　晴。晓起,查清账务。饭后,安排奁赠物件,已得楚楚可观。午前,平望殷使来,询及南闱捷音,尚无消息。下午,漆工已毕。均能安顿得宜,心甚乐之。

十四日(11月7日)　复雨。晓起,作书与劳鹤田,欲寄于松侄处。饭后,查清账务。下午,至大港上松侄处,不遇,渠赴北舍港去矣。以鹤田处一信紧要,面寄与竹淇侄,渠于十六日将入城应县试,转致甚便。往返舟中,偶阅《闻湖诗钞》,始知蒋之翘乃明末王江泾人,见卷二中。之翘辑注《河东集》。(页眉:注《河东集》蒋之翘,王江泾人。)

十五日(11月8日)　连雨。晓起,查清奁办账目,一切应出之项,均已付讫。饭后,有人自吴江来云,南闱于十三日夜间报到,城中一叶,忘其名;盛泽一洪、一仲,洪名文益,仲名孙樊,皆龚案入学。我家子侄及侄孙辈,均落孙山之外。惟有志者事终成耳,慎毋汲汲为也。下午,雨绵绵不止,有妨农功。孤坐无聊,惟翻阅《闻湖诗钞》一过,多吴江人,然知名者绝少,可见"实至名归"四字,最难相副,学者惟当孜孜矻矻而已。

十六日(11月9日)　骤晴,恐不能久。晓起,嘱梦仙复至吴门,尚有夜赠未了之物。饭后,命薰儿至笑山处问疾,尚未就痊。予至沈婿处。时沈婿适有疟疾卧床,十八日县试之期,竟不能赴。平素疏于慎守,临期复遭挫折,悠悠忽忽,未知何日得遂老怀。闻吴江一叶,名振声,道光十年申案入学。我邑三人,并列高魁,文风从此一振。相传仲第四,洪、叶六七连名,须见全录方知,然亦不相远矣。下午,偶阅国初董二酉诵孙所辑《吴江诗略》十卷,殊无足取。盖选诗以存其人,必得小传为主,令阅者方有考据,亦知人论世之一端也。不然,但存姓字,未见生平,阅者仍属茫然,亦何关一邑之文献也耶?因翻阅此书,而妄论及之。(页眉:论《吴江诗略》一书。)

十七日(11月10日)　隔夜大雨,终日不止。天降愁霖,害我禾稼,人亦无可如何也。晓起已晚,饭后无聊,将出入总数核查,虽不致有亏,然较诸十年前所用,已增三股之一。以后宜常自节省,慎毋沾染浮华习气。下午,欲作诗而未果。以近日并无好怀,愁肠断难搜索也。

十八日(11月11日)　微有雨,终不能起晴,奈何!晓起,赴以忠从嫂之丧,一拜即返。饭后,复嘱人至梨里,办买夜物。午前,得一诗,用沈佺期落纸事,遍查不见出处。偶检《韵府》"落"字韵,始知出《全唐诗话》,可见读书强识之难。下午,微有晴意,终要西风大作,方能杀断雨脚也。是日县试。吾族从子从孙辈尚有五六人,薰儿已脱泥涂之累,宜倍加策励,不然,昨夜进场,难免酸风湿雨矣。

十九日(11月12日)　微有雨。晓起,查清账务。饭后,命工收稻,约三亩有馀。久在田间,谷将出芽;又以嫁事期迫,乏人看守,故为此不得已之举。然泞泥之中,粒米狼藉,一家如此,他家可知。天既生成之,复从挠败之,何下民之无福也!下午,衾事楚楚安排,惟祝天公开晴三四日最妙。

二十日(11月13日) 阴。晓起极早,静坐养馀斋中。饭后,子谦亲家来贺喜。少顷,媒翁徐洪三、冯辅庭来。是日为侄女上头吉期,即古礼所谓"加笄"是也。中午,媒翁特设一席,命吴甥同兆元侄陪,予陪子谦亲家在养树堂,谈论极欢。下午客散,天亦渐有晴意。黄昏,北舍港宇侄来,家有危症,兑条参一两而去,决番钱十二枚。是夜,灯彩挂齐,点七灯一回,就寝极晚。

二十一日(11月14日) 予五更起来,月明如水。少顷,霁色乍开,即命家人运妆,顷刻已毕。饭后,乐部始行迎铺迎幔,送至大船上,鸣锣解维。时积阴初晴,人多喜色。此去大船三号、快船两号,运妆家人及男从、女从人等,共有大衍之数。吾家衾赠,三世崇俭,惟此侄女,少加丰腆,盖以先兄无出,剩此掌上明珠,岂可作寻常儿女观?以后嫁女,断不可以此为例。午前,顾云泉老友、沈含珠表兄、周玉生表侄同来贺喜,同席于挹翠轩,畅饮极欢。下午,吴蕉如婿来贺喜。是日请邻友,会饮于荣桂堂,共设四席。运妆船回,约有二鼓。予仍食粥。连入大酒肥肉之场,夜间终以淡泊为主,此养生之妙法也。

二十二日(11月15日) 晓起微有雨,饭后开晴。新人开面上头毕,然后祀灶、谒祠、祭先。中午待嫁酒,席设于二加堂,新人南向一席,诸妇东向、西向两席。送嫁亲友,会饮于瑞荆堂,共设四席。此番嫁事,贺客极少,来者惟杨斗山亲家、汝寅斋小友、潘启堂表侄、桂岩表侄孙,其馀或病或考,皆不得来。即北舍港从子从孙辈,惟子芸侄孙一人来。席散尚早。下午,去客纷纷。薄暮,吴寄松乔梓来贺喜,始知沈婿县考竟未报名。一鼓后,迎娶船始来。闻大舟三号、从舟七号,传道而来,仪仗极壮。然一乡一邑之间,殊属不必,凡事以真实为主,徒事外观,无益也。诸礼随到随受,并不担搁。二鼓后,命兆元侄接新婿于二加堂,三揖毕,设茶于瑞荆堂。新婿南向一席,新舅

东向一席。歌吹满堂，催妆三次，命薰儿挟侄女下楼，妆嫁于笔谏堂
内室。新婿行奠雁礼，复与新舅交拜毕，先送彩轿出门，复行相见礼，
然后送新婿出门登轿，传道开船，时已三鼓候矣。是夜就寝最晚，到
枕酣睡，不觉形神疲剧矣。

二十三日（11月16日）阴。晓起极晚。饭后，送云泉、玉生
去，惟留含珠表兄、寄松乔梓饮算账酒。俗例，馆菜办毕后，馆主送算
账酒一二席，馔必丰盛。此番席费不多，馔亦平常。下午复雨，至夜
尚未住点。侄女嫁事，难得不先不后，择此二日，想后福正无涯也，对
此不胜欢喜。是夜，寄松到馆，与沈表兄长谈。

二十四日（11月17日）西风骤发，天将起晴。晓起，清理诸
事，一时骤难了却。饭后，沈表兄来谈，公议侄女望朝，应归二大房、
二二房承办。予本有此意，特未知大兄以为何如耳。中午，延高文翁
来，时子妇邱氏适有间日疟未愈，故特为之诊脉处方，以柴胡为主。
下午日短，竟不能动笔矣。

二十五日（11月18日）西风戒寒。晓起，查清喜事所用账目，
以便结数。饭后，开发诸项，不及十分之三。下午，命家人安排器用
物件，悉照旧时位置。薄暮，始有晴意。

二十六日（11月19日）晴。晓起，嘱账房诸友去发租繇限单，
每外账一人，必同内账一人，逐户对发，庶田中不致舞弊，亦思患预防
之一端也。饭后，开发诸项，均有成竹。除五色送妆男从、女从发出
之外，其馀众家人，分作双单股派：东边家人派单股，西边家人派双
股。盖此番承办嫁事，西人之力为多，不得不略分高下，非别有所偏
袒也。下午无事，成五律诗一首：《先仲兄去世一十九年，庚子十月二
十二日，为兄女遣嫁之期。时久雨初晴，人多喜气，对此不觉悲喜交
集，缘纪以诗，即以告先兄于冥寞云》。诗编入《汰存集》卷五中。是
夜复雨。

二十七日（11月20日）阴。晓起，查清账务。饭后，录清近作
一首，自信颇能沉挚。予于家庭骨肉之间，每有所触，往往痛切言之，

此亦天性使然，未可勉强也。中午，邀大女兄饭于胜溪草堂，酒边话旧，不觉日短事冗。女兄今年六十有七，庶出一甥，与青儿同岁生，历应小试，年已三十有三，尚不肯抛弃举子业，亦有志之士，惜精力不能十分强壮耳，事亲颇能柔顺，此女兄晚年第一蔗境也。下午，欲圈点《文选揭要》而未果。黄昏候，新亲去男从、女从，均已送回，共十二人，约归每人得十两之数。

二十八日（11月21日）　阴。晓起，开发已毕。饭后，圈点《文选揭要》，至《甘泉赋》。下午，西北风大作，能得老晴，尚好。时黄云蔽野，天若再雨，必多腐坏。自道光癸巳年入冬积阴，以后冬无阴雨，已历五年，至此正天道小变时也，人不能预为弥缝耳。

二十九日（11月22日）　晴，西风如吼。晓起，作书与邱子谦。子妇疟疾，连服柴胡而愈。是日，薰儿适值文期，故代为转致。饭后，圈点《文选揭要》，至《藉田赋》。此赋宜古宜今，后学欲习古赋，宜从此种入手。下午，查清账务。

三十日（11月23日）　晴。晓起已晚。饭后，先至笑山处。时疟尚未就痊，形神憔悴。予劝其延医服药，非用柴胡发表，似不能解此疟。予家侄女、子妇，皆以柴胡奏功，此其明验也。回至沈婿处，仍复卧床，今冬小试，似不能应手矣。中午，在餐秀阁中，与寄松长谈，并以薰儿近作就正。相约命题作文，务求直笔，蒙欣然首肯，遂同饭于阁中。下午，趁回家之便，散步田间。稻米登场，不及十分之三。今年虽被水灾，除极低之区，其馀尚有八分收成。惟小春二十日连遭阴雨，未免稍有折损；幸月杪起晴，尚不至腐坏，诚农家之馀庆也。

庚子日记七

十一月,十二月。

十一月

初一日(1840年11月24日) 晴。晓起已晚。饭后多暇,补录一年之事,尚宜删改。下午,何泉卿自王江泾纤道过访。时大兄失血后,病日加增,即请伊诊视,脉案极重,据云,冬至候须要加意扶持,予心窃忧之。泉卿匆匆话别,欲至金泽访赵韵园,大约明年为课弟之计。薄暮,兆文兄子来,予以泉卿之言告之,盖亦情不能隐也。

初二日(11月25日) 晴。晓起,查清账务。饭后,写信与吴寄松。寄松回信,附看薰儿近作一篇,未免太宽,或者鼓舞之一法。午前,接连青霞外翰信,以前借温、李二集见还,并托致赵眉山信件一包。予即草泐一函答之。包内即眉山所著《江震人物续志》三册,随阅青霞所撰序文一篇,予不以为佳。信乎蓄道德而能文章者之难其人也!下午,作信与赵眉山,即以外翰所寄信件,托石桐圃老友,谅无不到也。

初三日(11月26日) 晴。五更起来,率薰儿、元侄至梨里侄女处望朝。俗例,女儿出阁后,或十二朝,或廿四日,本家父兄须备礼物,至婿家团叙,俗谓之"望朝"。予以先兄去世,忝在叔父行,视之犹女,故特为过门。饭于舟中,先至汝梅村处,以信件托石桐圃,转致眉山。随至新亲处。徐氏世居船长浜,泊舟后河,必从庙径衕绕道至前门。若遇雨天,断不能走。今日天气晴明,予率子侄辈步至门首,秀翁乔梓揖客而入。相见后,先设茶三席。坐后,即至新房。楼居三间,极为宽敞。侄女形容,反觉销瘦;侄婿气体单弱,须要十分培养,方能读书成名。中午,以雅奏款待,设独坐三席、陪客三席,菜极丰满。点心后,予即欲赋归,秀翁及芝翁昆季再三挽留,不得已一饭而返。主人送至舟中,始得分手,时斜阳已逝矣。到家不及一鼓,食粥早眠,身子尚不至疲剧。秀翁为侄婿之祖,芝翁为侄婿之从叔祖,号芝庭,本素相识。

初四日(11月27日) 晴。晓起,沈婿嘱顾老镜来,以本路嵌册事相商。此事江学不通,震学尚可商办,约费番钱八枚,予劝其决然从之。饭后,兆文兄子来,询其大兄病体,似乎稍有起色,后事且缓商,予亦深以为然。下午,顾老镜复来,以震邑头题嘱薰儿代作一篇,此亦义不容辞。寄松所出题目纸已寄来,予嘱沈婿文可代作,原卷须要亲笔誊正,以备日后查对,此嵌册第一紧要事也。

初五日(11月28日) 晓起,微有雨。饭后,同冯婿到江,风逆解维。午后,饭于舟中。入城已点灯候矣。晤鹤田老友,知欠单仍未发出。遂至煦安处,嘱渠进署一请,渠首肯之。是夜,宿舟中。

初六日(11月29日) 晴。晓起,先至本路沈老大处,询其嵌册一事。据云,震邑南礼房已经回绝,意欲仍向本邑办理。饭后,江邑正案已出,拔沈熊师为案首,盖孤寒士也。中午,至装潢店周介老处,新晤费云堦,向来游幕在外,于湖北、河南两处留滞最久,老年得意而归,坐享蔗境。见予家刻三种,流连展玩,予即以一册赠之。下午,与冯婿茗饮。黄昏后,鹤田老友云,欠单已请出矣。二鼓后,下船就寝,冯婿欲逗留一日,遂与分手。

初七日(11月30日) 晴。晓起放船,由同里至周庄,饭于舟中。中午,至沈艺生家。时姨甥女病已就痊,今日始下楼来。予同艺生过戴芝香馆中,另有俗事转致。芝香面约来年新正过来。下午,饭于艺生家,予亦情难却之也。到家,尚未点灯。

初八日(12月1日) 晴。晓起,查清账务。饭后,第一日收租。今秋年岁,较去年虽多一斛有馀,尚不能十分收足,宁从宽办理,大例照十八年分。午前，吴婿来。大女撤几之期，择于十四日，吴婿一饭而去。下午，吴寄松来，谈及沈婿嵌册，仍从江邑。灯下，接谱经九月十三日都中所发之信，尚能念及老子，得暇不可不答。

初九日（**12月2日**）　微有雨。晓起收租，饭后陆续而来，以雨故，不至拥挤。下午，作书答谱经，俟暇日写好觅寄。

初十日（**12月3日**）　不寒而晴。晓起收租。是日头限第一日，饭后甚清，略有应酬。下午，冯婿来，代为收租。予得暇写好一信，寄谱经。

十一日（**12月4日**）　西风狂起，天已老晴。晓起已晚。饭后得暇，写过一信。内用"玉局卧游"，改用《宋书》"宗炳卧游"事，较为的切。下午，录清祭田夅产轮当租账，以便查收。

十二日（**12月5日**）　忽转东南风，微有雨。晓起已晚。饭后，收租极清，补《太平庄闲录》第四卷。下午，闻府试十八日取齐，沈婿同寄松先生去。

十三日（**12月6日**）　微有雨。晓起，查清账务。饭后，至沈婿处，病已起身。复晤寄松，蒙将薰儿近作改好。至笑山处，病未就痊，然较前日已渐减矣。下午，补《太平庄闲录》几段。是日，薰儿往平望。

十四日（**12月7日**）　晴。晓起已晚。饭后，补《太平庄闲录》。是日，薰儿在平望，送大女撤几。下午，开欠诸户陆续进来完结，予格外放松，念其贫也。

十五日（**12月8日**）　晴。晓起，查清账务。饭后，补《太平庄闲录》。适小友顾吉生来，遂留小饮而去。下午，薰儿自平川归，询及大女兄阖家，均得安善。谱经信，已寄与二式甥。

十六日（**12月9日**）　阴。晓起已晚。饭后，补《太平庄闲录》。是日，开欠诸户完结者多。处今之世，只好将机就机。下午，以收租，无暇补录。

十七日（**12月10日**）　晴。晓起已晚。饭后收租，较昨日稍多。

中午,接松侄信,备述处境之不佳,亦渠家运使然,予惟嘱"坚守俟命"而已。下午,补《太平庄闲录》,冯婿代为收租。

十八日(12月11日)　晴。晓起收租。饭后,闻沈婿以病不能应府试。午前,收租颇忙,幸冯婿代为料理。下午,有开欠户头进来完结,系故家后人,贫无聊赖,只好草草了结,其人亦欣然而去。

十九日(12月12日)　晴。晓起收租。饭后,各佃蜂拥而来,予与冯婿分任其事,直至一鼓后始毕。是日,头限末日,予特放五日,存仓者已不少。薰儿文期,复从今日起。

二十日(12月13日)　晴。晓起收租。饭后,尚有陆续进来。下午,冯婿代为料理,颇得从容暇豫。

二十一日(12月14日)　晴。晓起收租。饭后,尚有未了。下午,冯婿代为收租,复补《太平庄闲录》。闻寄松已到馆,薰儿近作可陆续就政矣。

二十二日(12月15日)　晴。晓起收租。饭后,命沈仆至梨里侄女处做满月,亦俗例使然也。下午,收租甚忙,冯婿代为料理。是日,薰儿文期。

二十三日(12月16日)　晴。晓起收租。饭后,极清暇,补《太平庄闲录》第四卷毕。下忙诸佃陆续而来,仍以冯婿代之。

二十四日(12月17日)　阴。晓起收租。饭后极清。中午陆续进来,仍以冯婿代之。下午,补《太平庄闲录》第五卷,皆摘取《科名显报录》中事。

二十五日(12月18日)　阴。晓起收租。饭后,微有雨,尚有陆续而来,冯婿代理。下午,雨复不止,租亦停收。盖自开限至今,不过半月,租米已有六分。是日,开欠诸户尽行完结,极苛到八分而止。

二十六日(12月19日)　西风甚厉,天复晴。晓起已晚。饭后,查清账务。午前,冯婿归家,予一人经理租务。是日,二限第一日,甚寥寥。下午,补《太平庄闲录》。

二十七日(12月20日)　大风,天已老晴。饭后,收租寥寥。阅

《科名显报录》毕，入采者六十馀条，决意摘成一卷，入《太平庄闲录》中。是日祭先，祠堂内追祭春江公、怡禅公、心园公三代，皆已祧之祖，以薰儿主之。堂楼下祭高曾祖父四代，树主之。下午散福，颇有酺意。薰儿文期，轮着是日。

二十八日（12月21日）　晴，风加厉。晓起，阅《吴侍讲全集》。集首《兰鲸录》卷三中有《七赠》五言古诗，戈小莲襄其七君中之一也。予家藏《河东集》，卷尾有小莲一跋，初不解何时人，近阅《侍讲集》，始知戈君吴郡太学生，与顾涧蘋、南雅、徐少鹤诸君同时，工古文，惜不得一见。饭后，收租寥寥，补《太平庄闲录》。下午，至大兄处，逢节稍健，大好。平子之言，多不足凭。归，成《冬夜杂书》五律四首、《独酌》一首、《书怀》七律一首。

二十九日（12月22日）　晴。晓起已晚。饭后，收租极忙。下午，尚有未了，至日暮方毕。

三十日（12月23日）　晴。晓起，嘱顾友至芦墟，面会朱三官，将佃户凌安邦交出。凡开欠完结之户，必须及早开放，迟则恐生事端。此业户第一要著，不可不知。昨日，有同里诸生任廷旸，以近稿一册寄予点定，实无暇过目也，先以诗报之。饭后，收租极忙。下午，仍复如是，至夜间方毕。

十二月

初一日（12月24日）　晴。晓起收租，饭后未了。中午，邱氏子妇归。闻府试出案极迟，头覆案首系北舍港五俉孙。下午，洪受甫来送朱卷。洪与邱氏有连，人亦温雅，故特留小酌而去。是夜，接南乙信，托受甫转致。信中言《清献公日记》一书须俟来春缴还。是日文期。

初二日（12月25日）　晴。晓起，作札与沈婿、宇侄，盖为受甫张罗也。饭后，阅寄松为薰儿改本，颇能看题有识，毫不世情。此等业师，为弟子者，果能听其指授，入学何难？何今之少年子弟，往往嚣

嚣自得,辄为陈相背师之事?如是而欲成就,犹南辕而反北辙,断无
到时,我深为少年惜耳!下午,补《太平庄闲录》第五卷。若得一两日
清暇,便可告竣。

初三日(12月26日) 晴。晓起已晚。饭后,补《太平庄闲录》。
午前,收租甚忙。下午,接吴婿信。时云间姚坚香以书索予《秋树读
书楼遗集》,暇时须以此集报之。坚香曾于去秋平望庙园内识之,或
面许此集,后遂遗忘,故有此信。

初四日(12月27日) 晴。晓起,作札答姚坚香、蕉如婿。饭
后,收租甚忙。中午,冯婿已来,代为料理。下午,琴婿来,遂留信宿。
是日,为先太孺人忌日,树以事不与祭,心殊歉然。

初五日(12月28日) 晴。晓起已晚,饭后收租。午后,冯婿代
为料理。下午,琴婿已去,看来府试竟不能补矣。是日,二限末,作意
再放五日。文期。

初六日(12月29日) 雨。晓起收租,饭后尚有远来。下午极
清暇,至餐秀阁,与寄松谈,薄暮始返。

初七日(12月30日) 晴。晓起收租。饭后清暇,补《太平庄闲
录》。下午,至大港,闻六嫂疟疾尚未就痊,三侄仍在床褥,一家骨肉,
未免贫病相连,境遇之不佳可知。归阅寄松改本,极为稳惬。灯下,
阅《吴侍讲全集》。诗宗杜、韩,后学苏长公,骈体与老彭并驾齐驱,间
作散体文,亦能雅健,不失前人规镬。吴下先达,一时难与争胜。庚
子十二月七日黄昏后记。(页眉:论《吴巢松集》。)

初八日(12月31日) 晴。晓起,查清账务。饭后,补《太平庄
闲录》。下午收租,冯婿代为料理。

初九日(1841年1月1日) 晴。晓起,查清账务。饭后,补《太
平庄闲录》卷五终。下午,复将此录后二卷校阅一过。此录共五卷,
前二卷多载亲朋见示之作,间附先达名流、故乡逸事;后二卷多采明
末诸名臣遗闻佳话及有关文献者;末一卷专采《科名显报录》中事,略
寓劝惩之微意云尔。是日文期。第六。

初十日（1 月 2 日） 阴。晓起已晚，饭后，作《太平庄闲录自序》一篇，书于卷首。下午，微有雨。是日，二限末日，来者寥寥，天阴故也。限内将及九分功成，尚可去得。

十一日（1 月 3 日） 晴。晓起，查清账务。饭后，步行至笑山处，病已就痊，静养过年，来春可以到馆。回至琴婿处，与寄松长谭，同饭于书楼下。下午回家，夕阳满地。是日，西风甚厉，予尚可御风而行，咸为予壮之。任茂才诗草一本，已交还梅桥妇侄矣。

十二日（1 月 4 日） 晴。晓起，嘱丹林录清近作。饭后，将《太平庄闲录》后二卷重校一遍。内有苏子英，吴江人，其子哲、熹，俱成进士。历查府、县志，从无哲、熹二人姓氏，不知《科名显报录》中何本，摘出俟考。下午，兆元兄子来，谈及寄松一席，仍属虚悬，可称咄咄怪事。甚矣！读书子弟之难得也。（页眉：苏哲、苏熹，皆吴江人，俟查。）

十三日（1 月 5 日） 晴。晓起，安排行李。饭后解维，先至北舍港，晤宇侄，知府试已经三覆，五侄孙现在第四。并出示林制军左迁后奏章，于舟中读之，大为快事。大意言，臣之获咎犹小，而国体之所关甚大。今日鸦片烟之流毒，如养疽成痈，非出毒不治。议者欲以羁縻之法待夷人，窃恐夷情无厌，得一步，又思进一步，所谓威不克而祸日深。真至言也！中午，饭于舟中。到江，将及点灯后矣。先以米送四女兄，与鹤翁长谈。

十四日（1 月 6 日） 晴。晓起，嘱梦仙至本路沈大处，理薰儿落卷。头场三艺看完，房批："文尚清利，惜后幅与他卷有雷同。"二、三场亦看过。后生初次观光，尚可告慰。吾乡惟顾文标荐足，不知缘何被黜，惜哉！饭后，嘱梦仙留宿云在草堂理由单，予放舟至吴门。有二人附舟，一号李亦巽，行三，年约三旬，今年在吴吾堂家习医；一号李缄三，庠名师默，行六，年二十五，设帐于湖州某家，皆归安人，其父嘉庆辛未科进士，待选不及而卒，与林制军同年。舟中谈兴颇浓。中午已到万年桥下，遂与分手。入城，至北舍港侄孙寓所，晤西宾刘子显及两侄孙,据云,明日有正案。回到舟中,日已西逝。黄昏,与刘先生茗饮。是夜吃饭,以补中午之阙,略借茗饮为消导之方,亦养生之善策也。闻吴元震泽第十。

十五日(1月7日) 晴。晓起,不登岸,重读杜诗。饭后,至清微道院,访杨聋石。时海盐张石匏在座,于盛泽二宜堂中,略有一面。聋石出示刘中丞韵珂奏疏,所陈"八弊",疏通知远,于海上情形,明如指掌,真不愧封疆大臣。急归舟中录出之。下午解维,读杜诗一卷。到江已晚,得诗一联云:"见月思家真咫尺,望灯近市亦辉煌。"拟续成之。枕上,改"极微茫"三字。"亦辉煌"三字不妥。

十六日(1月8日) 晴。晓起解维,饭于舟中,读杜诗一卷,颇有会心。中午到家,闻沈婿于前三日过来,面与寄松业师谈定,来年附徒不带,再加脩资十千,得大衍之数,未知寄松以为何如也。薄暮,大兄过来,甚有不满于沈婿,多为俗事起见,可知周旋世故,亦未易言也。

十七日(1月9日) 晴。晓起,查清账务。饭后,将近作录入稿中。以《读林制军左迁后奏疏》七律一首最有关系,然不可为外人道也。下午,少湄侄孙来,细谈家事,实有爱莫能助之叹。

十八日(1月10日) 晴。晓起,查清账务。饭后,沈婿来,寄松先生来年,决意仍旧,世兄仍复带来,皆出沈婿之自愿,予亦不好相强也。下午,寄松乔梓自大港上回来,深以抱歉为辞,有负学者之意。此寄松之谦辞,真不可及也。谈至夜间而去。

十九日(1月11日) 晴。晓起袋粮,大兄抱病先去。饭后,核查由单,以便报数。下午,天气甚热,须防风起,决意粮米隔夜下船,明日及早开行。是日,薰儿至沈婿家,陪寄松饮燕于"绿满窗前草不除"中,一鼓后始返。予有句云:"熟客休为投辖饮,暮年同抱倚闾情。"以就寝,未成篇。

二十日(1月12日) 阴。五更起来,下船,四舟并发。饭于舟中。午前到江,入城,寓云在草堂。予先至顾煦安家,以由单托渠报数,共卅六户,正米一百八十石〇八斗九升,仍以先君子琇户盖面。

下午,至鹤田家,以家刻三种奉赠。鹤田欲索观刘中丞奏稿,亦今之
有血性人也。闻林制军已被琦中堂保奏,仍在军营参赞,可贺可贺!
府试正案已出,乃桢侄孙拔取吴江县第一,亦合族中一大欢喜事。去
年,薰儿府试忝居第二,今年乃桢独出冠军,叔侄相继而起,予于二子
有厚望焉。薰儿与乃桢侄孙同五世祖,皆君彩公直下裔孙。是朝,在
舟中假寐,得诗一首云:"假寐犹贪一息安,朦胧不见月团圞。夜长顿
忘为时促,冬暖难禁破晓寒。好趁微风一帆健,细思卒岁几家欢。此
行又为官租去,努力①相期及早完。"

　　二十一日(1月13日)　微有雨。晓起,读杜诗十页。饭后到
仓,米发三厫。中午开斛,毛米三百廿八石,完见正米一百八十石○
八斗九升。薄暮竣事,于红月馆中小酌,约费七百馀文。归寓将及一
鼓,作《冬暖诗》云:"西风作意不肯发,忍听鸟声歌滑滑。云为酿雪反
成霖,化工出手终少辣。今冬暖极常若春,人物化被多温存。何时作
气凭一鼓,天威咫尺钦如②神。"盖有所指也。

　　二十二日(1月14日)　西风加厉,天已晴。晓起,核准由单完
数,尚剩正米壹百○三石三斗○二合。今年公账祭产夽田,轮着二大
房烈君名下承办,共九户,多完正米廿三石八斗五升四合,在一百有
零之内。饭后,走候吴吾堂姻丈,以家刻一本奉赠。吾堂命其侄孙兰
夫出陪。兰夫名子相,与薰儿为同案友。中午至仓中,完数寥寥,未
暇逗留而返。连日蕴热,最宜小心解散。下午,至鹤田老友处长谈。
座中晤叶云浦,须鬓皆白,竟不相识。灯下,重读杜诗第二卷。犬云
"黄耳",马亦号"黄耳",见《天育骠骑歌》注。"肃霜",雁也,马亦名
"肃霜",见《沙苑行》注。皆在《杜诗镜铨》卷二中。(页眉:"黄耳"二
名,"肃霜"亦二名。)

---

　　①　"细思"原为"近思","努力"原为"早晚",后改。
　　②　"反成霖"原为"散成雨","暖极常若"原为"暖气蓬若","钦如"原为"仰
若",后改。

二十三日(1月15日)　晴。晓起,作《云在草堂即事诗》一首云:"家居冗杂出门闲,清净无如古寺间。避俗聊为僧退院,读书休待客归山。未参雪色鸿先到,若忆梅花鹤要还。毕竟田园身外物,几时学道叩元关。"予向有栖真之志,此时特未能脱身,故作此以寓意,未卜他日果能得遂老怀否也。暇时,读杜诗第三卷。注中引《韩诗外传》云:"田子方出见老马于道,喟然叹曰:'少尽其力,老弃其身,仁者不为也。'束帛赎之。"此亦人所习见,然其言深有关于世道人心,故偶然录之。饭后茗饮,晤周谢亭,据云,来年岁考,正月廿三日取齐之信已确。中午,米船已来,随至顾煦安处,托渠报数,三百五十袋,廿一户。下午,读杜诗。迟子谦不至,夜间,与鹤翁细谈,其见识终胜予一着。(页眉:田子方之言可采。)

二十四日(1月16日)　阴。晓起,读杜诗卷三。注引《埤雅》:"蝦蟆,一名'蟾蜍',或作'詹诸'。"见《奉同郭给事汤东灵湫作》。饭后到仓,仍发三厫。午后开斛,毛米一百七十二石八斗八升,完见正米九十六石〇四升八合。下午,冯婿已来。竣事后,子谦酌予于红月馆,两席,约费二千馀文,予心终觉不安也。黄昏归寓,冯婿宿于沈春树家。是日中午开晴,极暖。灯前,各家送灶,曝竹之声,不绝于耳,惜予不及与祭。枕上得诗云:"今夜醉司命,焚香送上天。平生不求媚,正直或加怜。我老形为役,儿须膜拜虔。持家谁可继,犹幸祀无愆。"(页眉:蝦蟆,一名"詹诸"。)

二十五日(1月17日)　雪珠抛堕,瓦上有声。天渐寒,大非昨日光景。幸赶紧,可免泥涂之辱。晓起,誊清完漕细数,仍读杜诗卷三。子谦来寓,闻林制军奏漕弊一疏,郡中潘竹卿家曾有奏稿,约检出寄示。子谦携刘中丞奏疏而去。饭后,读杜诗,细雨不止,大约岁底不能干矣。下午,至鹤翁处长谭。适兆文兄子入城来,米已斛竣,惟剩另折七十馀石,兄心可以稍慰。薄暮回寓,冯婿来谈。点灯后,仍至春树家。

二十六日(1月18日)　阴。晓起,补录《腊月二十四日极暖,时在城中,闻海上各隘口仍未撤防》诗:"梅花将放竹将萌,雪意今朝酿不成。入水晴光鱼欲出,未春天气乌先鸣。残年但祝平安火,远戍空传契阔情。海上烽烟何日靖,西风急为扫欃枪。"仍读杜诗第四卷,注中引顾炎武曰:"《北齐书》:'慕容俨镇郢城,城中有神祠,号"城隍神"。俨率众祷之。'此城隍始见史传者。"朱注:"按,城隍之神,祀典不载,后人因其保障民生,以义而起也。"见《送许八拾遗归江宁觐省》诗。中午,梦仙已来,遂同仰山至煦安家,面交由单八户、抄串两户,共正米八十五石二斗二升,净付洋钱二百七十元。相约来春出串时,付与仰山可也。历年粮务,惟今冬完结最早,其中权宜应变,非拘墟家所能见及。下午,复与鹤翁谈,意见相同。灯前回寓,仍阅杜诗。此回留寓,前后共十日。(页眉:城隍神之始。)

二十七日(1月19日) 晓起下船,幸无雨,云仍不开。随即解维,饭于舟中。午后到家,天复雨。薰儿呈阅乃桢侄孙,譬如《为山元作》,颇有内心,恐童子场中,未易得此佳构也。拔置第一,可谓有目共赏。江、震十名前,吾乡各取一人,江六费宝成、震十吴元。灯下,接得珊信,明日宜答出。

二十八日(1月20日) 阴。晓起已晚。饭后,查清账目,颇费心计。下午,天复雨。薄暮,风又起。

二十九日(1月21日) 阴。晓起,接升斋信,欲挈携一百之数,予愧无以应也,即作书答之。蒙惠陈榕门中丞四种书及石刻一种,予以家刻报之。饭后,作书与得珊、祝唐、鹤田三君。午前,至大兄处,大有起色。平子之言,断不验矣。下午,岁底开发,已楚楚了结。夜间,酌账房诸君,席散,将及一鼓。留住过年者,惟李梦仙与毛公二人。是日,雪花飘堕,天渐作冷。

三十日(1月22日) 不寒而晴。晓起已晚。饭后,命沈仆洒扫庭除,张挂先世神像。下午,结算一年出入,虽不致有亏,然费用已较十年前加倍,不可不稍事节省。黄昏后,率薰儿祭先。家燕极酣适,神气颇王,大约酒后之故。

辛丑日记一

正月,二月。《杜诗镜铨》卷五读起,至卷十五。

本年新进案附录在首。

道光二十一年二月岁案,文宗毛式郇。

江头题《如有用吾者》。

二题《君子之所以教者五,有如时雨化之者》。

诗题《仁近于乐得"仁"字》。

盛惟镛、府十名,六。张宝善、县二。陆尧佐、县十名,七。梅观涛。

柳乃桢、府元。袁庚元、沈熊师、县元。陈鸿文。

张福海、孙云桂、王阶升、计桢。县十名,六。

拨府:

费宝城、府六。张芝培。

佾生:

陆寿民、府二。徐泰吉、张广汉。取诗赋经解,默经。

震头题《如有周公之才之美》。二诗同。

王琇、府元。叶振新、府十名。王贻穀、倪鹍程。

刘秉义、府十名,四。吴邦燮、府十名,三。施仁政、吴金堂。

任廷昶、费华轮、周之翰、史悠远。

陈宗澔。

拨府:

闵桂。县元。

佾生：

周蓉镜、董春煦、王与颖。取诗赋。

江一等：十二。

王裕吉、钱耀、叶锦组、周宝琪、倪宝键、陈宗恕。

金华、黄桂苞、朱荣、樊壎、陈福畴、金春渠。

震一等：十三。

周逢辰、王与湜、王与潘、汝鸣球、陈宗群、张梦桢。

赵宗勋、沈镐、钮荣光、赵云衢、沈光鉴、陈宗涛。

倪升。

府学一等：二十二。

吴凤墀、殷汝述、席振逵、顾济乾、张椿龄。

陈魁基、严承豫、夏埔、费福潮、张近三。

盛福潮、刘廷枚、吴本翰、刘心龙、朱龙衢。

赵潢、陈其进、夏兆鳌、顾莹、陈蕙坡。

顾衢尊、诸维德。

道光二十一年岁次辛丑日记

正　月

初一日（1841 年 1 月 23 日）　晴。风从东北来，谚云："岁朝东北，五谷大熟。"晓起，率薰儿焚香拜谒家祠。饭后，大兄率兄子兆文、兆元，团聚于养树堂，以次拜谒先人遗像。礼毕，然后行贺岁礼，一茶而散。下午，检阅去冬朱升斋所惠陈榕门先生所编遗书，较昔年邱昼翁所赠，多《在官法戒遗规》二册。升斋复惠石刻《文昌帝君阴骘文》一帖，乃长洲女史陈筠湘手书，娟秀绝伦，深得云亭楷法，可备案头藏弄。未知陈女史尚在否？榕门先生名宏谋，字汝咨，号榕门，广西临桂人,雍正癸卯进士,官至东阁大学士,谥"文恭",有《培远堂集》。是夜微有雨,予早知其断难老晴。

初二日(1月24日)　雨夹雪,天渐加寒。晓起,结算二加堂一年出入之账,去冬稍有馀资。饭后,命薰儿至东浜贺岁,尚有外姑在堂。午前,大港上诸侄及诸侄孙来贺岁,同集于养树堂,连予得作者之数。下午席散,予微有酣意。薄暮,薰儿归家,述笑山师正月中断不能到馆。

初三日(1月25日)　晴。晓起,封好二分。一送与斗山亲家,今年正月初十花甲初度,不可无以为祝,附寿烛一对。一送与洪受甫孝廉。洪与邱氏有连,故照常加丰,附《秋树读书楼遗集》一部、胜溪草堂家刻三种。饭后,桂轩侄孙来,一茶而去。午前,吴甥来,饭于养树堂。近已止酒,亦大奇事。下午,命沈仆收拾先人神像,夜间祀先。薰儿自大港上贺岁亦回。是夜,兆元兄子从梨里回来,述及徐太亲翁病危,四侄女已择于初六日回门。此事亦不得不俯就也。请启礼帖,均于灯下书就。虽无甚劳,颇觉伙助乏人。

初四日(1月26日)　晴。晓起,封好请启礼帖。饭后,命沈仆随薰儿至梨里送去。新岁得暇,圈点《文选挈要》,或一篇,或两篇,不拘多少,总要悉心缓读,方能有益。午前,西风忽起,天渐酿寒,大有雪意。下午,读《杜诗镜铨》第五卷。天渐开晴,西风之力也。是日,杨文伯来极晚,一饭而去。黄昏,薰儿自梨里回来,述及徐太亲翁病体,于五六日内尚不致有碍。四侄女回门,决意初六日,徐氏办大船送来。

初五日(1月27日)　阴,微有雪意。晓起,命家人扫洒庭除,于二加堂上略为收拾。饭后,作书与冯婿、沈婿,嘱其明日早来。下午,自备账船一只,命沈仆、老姬至梨里,接侄女回门。船内设茶,以备明日大船上款待两新人,尚不致寂寞云。薄暮,薰儿自泮水港贺节归,携示顾少山荐卷,出第十七房江南候补知县李尊手。房批书法极端,楷参颜鲁公、苏玉局之间。(页眉:李明府书法极工。)

初六日(1月28日) 晴。晓起已晚。饭后，诸客陆续而来。午前，徐恒甫新客已到岸。乘轿入门，元侄与薰儿肃客登萃和堂，俟侄女入门下轿。堂上相见毕，然后设茶于茹古堂。中午，仍于二加中堂特设三席，一正二陪。于笔谏堂上，特设两席，一正一陪，款待两新人。下午席散，两新人皆因病翁在堂，急欲回去，予亦不能强留也。是日，诸客来而复去者，汝寅斋、顾淡春；留宿者，顾云泉、徐竹汀及冯婿、沈婿；大港上竹淇侄及小园侄孙，亦以事不能久留。是日，两新人来回极促，虽乏从容暇豫之情，然事出权宜，亦变通之一法。

初七日(1月29日) 晴，大风极寒。晓起，查清公账上一切开消。饭后，与云泉老友畅谈。午前，梦琴来，仍作人日之叙。梦琴以潘君曾沂所刻元和朱绶《知止堂诗录》十二卷见赠，亦案头不可少之书。并言，去秋浙闱中，卷头尽写本科乡试，脱却"恩"字。头场三题：《子不通功易事，则农有馀粟，女有馀布》。二场《诗经》："女执懿筐"三句。好事者遂造作对语云："女布女筐，题目两场多是女；恩科恩榜，卷头万本尽忘恩。"时闻英夷女主当国，来浙滋扰，二场经题，《易》："《履》，和而至；《谦》，尊而光。"《书》："九五福，一曰寿。"《诗》："女执懿筐"三句。《春秋》："天王使石尚来归脤。"故人有"《履》九五，女天王"之谣，真奇事也。予谓士君子恐惧修省，虽在光天化日之中，亦宜随时戒慎，况当国家有事之秋乎？是日，同集者：顾云泉、陈梦琴、冯沈两婿及予与薰儿；席中而至者，戴芝香；期而不至者，黄祝唐。下午，冯婿先去。傍晚，芝香、梦琴亦相继而去。云泉、沈婿仍宿书楼。

初八日(1月30日) 晴。晓起，极寒。饭后，云泉与沈婿相继而去。薰儿至姚家埭、玩墅贺岁。午前得暇，欲作诗而未果。午后，冯辅庭及梅桥妇侄来，遂与同席。薄暮始去。薰儿亦归。是夜极寒，微有雪。河冻其不免乎？

初九日(1月31日) 晓起，微有雪。饭后，命薰儿至梨里外家贺岁，住宿一宵。午前，大雪纷纷堕地。闭门无客来，得《七歌》一首，颇能畅所欲言,可见此事,须于冷淡中作生活也。下午,大雪积地盈寸,展读《杜诗镜铨》第五卷。《遣兴》五首云:"嵇康不得死,孔明有知音。"注引《晋书》:"钟会言于文帝曰:'嵇康,卧龙也,不可起。公无忧天下,顾以康为虑耳。'因谮康欲助毋邱俭,杀之。"《蜀志》:"诸葛亮躬耕陇亩。徐庶言于先主曰:'孔明,卧龙也。将军宜枉驾过之。'先主遂诣亮。"朱注言:"同为卧龙,而遇不遇有异。"(页眉:叔夜本非真龙。)

初十日(2月1日) 隔夜大雪盈尺,晓起仍复不止。予得七绝一首,反用李愬破蔡州事。时闻英夷尚占据定海,故有此作。饭后,雪窗多暇,展阅朱西生《知止堂诗录》。诗品高洁,如其为人。缘题五律一首,以识当日神交之意。下午,读《杜诗镜铨》第六卷。《秦州杂诗》二十首,《别裁》只选四首,取其雄健悲凉之作,然学者不可不全读。如:"牵牛去几许,宛马至今来。""近接西南境,长怀十九泉。"真妙对也。"丛篁低地碧,高柳半天青。""落日邀双鸟,晴天养片云。"真佳句也。不窥全豹,那得知其故耶?是日大雪,至薄暮尤甚。(页眉:《秦州杂诗》,不可不全读。)

十一日(2月2日) 晴。晓起,西风极尖。饭后,改录近作,杀费苦心。暇时,仍读《杜诗镜铨》第六卷。杜诗五律中,五字皆仄,如《送远》诗,"草木岁月晚"对"关河霜雪清",是也。如上句第三字仄声,下句第三字必用平声救转。《苦竹》云:"味苦夏虫避,丛卑春鸟疑。"《除架》云:"幸结白花了,宁辞青蔓除。"《蕃剑》云:"虎气必腾上,龙身宁久藏。"略举一二,以见其馀。七律亦然。《佐还山后寄三首》诗注,引《武陵记》:"两角曰'菱',三角、四角曰'芰'。"午前,姚家埭沈含珠二表兄来,遂命兆文兄子同席追陪。时薰儿自梨里贺岁亦归,平望以雪阻不得去。下午,阅《知止堂诗录》,卷二中有《赠沈传桂》七古一首,中云:"吴中坛坫久不振,乾隆末年益纷纭。金陵寓公鼓唇舌,如一瓦釜聚百蚊。"其攻击随园,不留馀地。窃谓袁公中年甚有雄杰排奡之作,惟晚年渐入颓唐,近于游戏,不可为训,学者当分别观之。

若一概抹杀,恐未足以服作者之心。因阅酉生诗中所品评,而追论及之。卷三《疫诗》:"病多方术乱,俗敝鬼神尊。"二语胜人千百。《偶题》七绝二首,亦寓论诗微意。(页眉:五律中平仄宜讲。"菱"与"芰"有别。论随园诗。)

十二日(2月3日)　晴。晓起,重改近作,所谓"新诗不厌千回改"是也。饭后,嘱梦琴收拾二加堂灯彩、书画毕,适子谦亲家见过,遂集饮于养树堂,极欢而散。下午,展阅《知止堂诗录》卷五,中有一绝,《附寄董国华》云:"十年漫许采华芝,得意花疏月上时。自断此生君莫笑,杂家文格小家诗。"自家分量,明者当自知之,今之好为夸耀者,何也?卷六《怀曹楙坚》五古二首,次云:"西施困负薪,嫫母犹见嫉。"自古英雄气短,志士心伤,多包含在二语中。

十三日(2月4日)　立春,晴。晓起,成七律二首。饭后,欲续成而未果。适吴婿来贺岁,遂集饮于养树堂。下午,有俗客来,无暇展读。薄暮,许竹溪来贺岁,谈及旧冬病贫相连,颇形拮据,予略有所赠而去。是夜,吴婿仍宿书楼。灯下,展阅《知止堂诗录》第六卷毕。

十四日(2月5日)　晴。晓起,吴婿之兄自苏家港回来,遂邀登岸,同集于养树堂,朝饭而去。饭后出门,至芦墟,闻祝唐尚未归家。过访陈得珊,一茶而别。遂集梦琴书楼下酺饮,二子骈生、骊生出陪。席间并见示定海县公呈,英夷肆行无忌,殊堪发指,凡有人心者,皆欲寝处其皮。"谁生厉阶,至今为梗。"参之肉,其足食乎?下午,欲访高伴山,已出门,予亦兴尽而返。梦琴长子行四,号骈生;次子行六,号俪生,义取"骈四俪六"之意。句出《河东集·乞巧文》"骈四俪六,锦心绣口"。眼前习见之文,最易健忘,故为记出。(页眉:骈四俪六。)

十五日(2月6日)　晓起,云阴阴不开。饭后开霁。晴窗独坐,因思去年六月初定海之事,若使督抚大员先事预防,断不致英夷猝然登岸,如入无人之境,卒至引寇入门,定海一城,惨遭屠毒。参之肉,其足食乎?《新年杂咏》诗中,有感及之。午前无事,仍读《杜诗镜铨》第六卷。"仪刑",亦可作"仪形"。《秦州见敕目,寄薛三、毕四,凡三十韵》诗，一收云："秋风动关塞，高卧想仪形。"注："旧作'刑'。从仇本，与前不复。"引《世说》"东海王曰：'闲习礼度，不如式瞻仪形。'"此诗一起有"大雅何寥阔，斯人尚典刑"之句。近人但知"卢骆"，知"富骆"者鲜。《寄高岑三十韵》诗中云："举天悲富骆，近代惜卢王。"引《唐书》："富嘉谟，武功人，举进士，文章本经术。中兴初，官监察御史，卒。"骆宾王、王勃、卢照邻，人皆习见。又云："更得清新否，遥知对属音"祝"忙。"李因笃云："'对属'有二义，词欲其对，情欲其属也。若词对而情不属，虽工无益。"下午，天复阴，以事辍读。灯下，展阅《知止堂诗录》第二册。（页眉："仪刑"，亦可作"仪形"。知"富骆"者鲜。"对属"有二义。）

十六日（2月7日）　晴。晓起，成绝句一首。饭后，至南传，答迮青霞。谈及去冬有委员二人，自浙东军营中来，到无锡办板铁六百斤。闻板铁铸炮，着火打放不碎，未知铁中如何分别。下午，复至大港上，见大嫂、六嫂，均以病体，不能如意。菊颐、梅溪两侄及小园侄孙出陪，馀俱出门。约松侄至昆，于廿一日过来，廿二日同去。

十七日（2月8日）　晴。晓起，录出枕上所成之作。饭后，重读《杜诗镜铨》第六卷。《寄贾严两使君五十韵》诗："宫莎软胜绵。"注："莎，草名。《拾遗记》：'方丈山有莎萝草，细如发，一茎百寻，柔软香滑。'"近闻圆明园中有草如秧针，万绿平铺，柔软可爱，其即宫莎之谓乎？记出俟考。午前，西北风起，天欲酿寒，有妨豆麦。下午，展阅《知止堂诗录》第八卷，中有《题忠雅堂诗集》七古一首，嗜好与予同癖，惜不能起九原而尚论之也。（页眉：宫莎，草名，俟考。）

十八日（2月9日）　晴。晓起，改存近作，共得六首。饭后，重读《杜诗镜铨》第七卷，皆自秦州至同谷，复自同谷至成都，纪行山水之作。下午，淡春妇侄、兆文兄子均自城中来，言日上完数极少，大约月底断不能告竣。是夜极寒。

十九日（2月10日）　晴。晓起，闻汉港有冰，幸日高，河尚不致冻合。饭后，重读《杜诗镜铨》第七卷。《入蜀》五古，共二十五首，纪行之作,实能前无古人,后无来者,妙在移步换形。二十五首,有二十五个面目,笔参造化,刀辟蚕丛,至今而益信。下午,沈婿来谈,以予将至玉峰,托寄楚香信一封,并附送润笔两枚,亦韵事也。灯下,展阅《知止堂诗录》十二卷。各体皆能娟杰隽永,而《新乐府》及七言古体,尤极清醇雅健。吴中坛坫,自归愚宗伯而后,此君实堪步武,莫谓山林中无人主持也。(页眉:论百生之诗。)

二十日(2月11日)　晓起,云阴阴不开。查清账务。饭后,日复出,重读《杜诗镜铨》第七卷。下午,冯婿来。顾、沈两家折数,即托渠转致总上。今日,本畕经友来,树堂领户,已摘出内签,予写一条纸付彼云:"本年柳树堂领户折数,于二十年十二月岁底付总,望查明转致销去为感。"此条虽属无碍,然究以不写为上着。(页眉:吾辈下笔,不可不慎。)

二十一日(2月12日)　晴。晓起,率薰儿拜谒家祠。饭后,安排行李,明日将至玉峰。午前,石桐圃来贺岁,一茶而去。少顷,周表侄、陈表侄来,同集养树堂小饮。下午,松琴、梅溪两侄来。松侄同至玉峰,梅侄便道至三古堂贺岁。薄暮,潘表侄来,一茶而去。是夜,酌账房诸君,命薰儿、松侄出陪。

二十二日(2月13日)　五更起来,残月晴明。率薰儿、松侄下船,趁西南风顺帆而行。饭于舟中。重阅《知止堂诗录》,入选者点出。下午,重读《杜诗镜铨》第八卷。薄暮,已到昆山朝阳门外。登岸入城,访周东尹,神气颇健,惟两目失明,竟不能看书,深以为患。仍作东道之主。是夜,即下榻其家。

二十三日(2月14日)　晴。晓起,发信与朱丹林,嘱舟人回去。松侄以诗见示,即次元韵一首。饭后,重读《杜诗镜铨》第八卷。此卷七古有《柟树为风雨所拔叹》[1]《茅屋为秋风所破歌》[2],上首选诗家多

① 三圈。
② 双圈。

不收。予意为后学示正宗，宁选上首，不入歧途。若下首歌辞，不善学之，必至颓放而不可收拾。浦二田云："前篇峻整，此篇奇矞，不可轩轾。"邵子湘云："诗亦以朴胜，遂开宋派。"盖为下首评也。少陵七绝，以《赠花卿》一首为绝唱。下午，周墨卿自常州阳湖县学中来，谈及广东虎门受困，提督关天培受伤，而林制军仍未复职，皆时事之可太息者，此局不知若何收拾也。夜间，有人自吴郡来云："广东香山县又被英夷占据，县令吴思树已殉难，妻子竟为乱兵冲散。其家干仆潜逃至苏，飞报实信。"吴系乙酉举人，即廷琛之胞侄。（页眉：妄评杜诗，以备去取。）

二十四日（2月15日）　晴。晓起，和松侄昨日同游半茧园之作，即用其韵。饭后，看毛文宗进院，须髯全白，神气颇旺，闻年已七十有六。归寓，重读《杜诗镜铨》第九卷。《寄题杜二锦江野亭》诗："肘后医方静处看。"注引葛洪《抄肘后急要方》四卷。下午，于书肆中新得金坛于庆元所编《唐诗三百首续选》二册，首有许球一序，例言十则，姓氏、小传一百二十五家，所选少狭，未始非初学入门之一径也。薄暮，在北舍寓中与子显畅谈。（页眉：肘后方。）

二十五日（2月16日）　晴，微有风。晓起，闻文宗谒圣已过，命子侄辈作一文一诗，予录清近作。饭后，重读《杜诗镜铨》第九卷。《观打鱼歌》："徐州秃尾不足忆。"注引《诗义疏》："鲩似鲂而大头，鱼之不美者。徐州谓之鲢。""秃尾"殆指此。午前，走晤陈梁叔，闻香山之信未确。老杜《早发射洪县南途中作》："将老忧贫窭，筋力岂能及。征途乃侵星，得使诸病入。"一起四句，唤醒世人不少，此种诗纯从阅历得来。下午，子显同桂轩侄孙来。桂轩欲报优，虽属有益无损，然有志进取者，不在此区区一节也。是日骤热，夜有微雨，五更时雨更大。文童进场，颇愁滑滑矣。（页眉："徐州秃尾"，即鲢鱼之别名。）

二十六日（2月17日）　阴。晓起，松侄以《小游仙诗》见示，欲和而未果。今日时事，付之无可如何，苟可梦游万里，小别千年，亦吾辈寓言之一法。惜乎笔花早退，囊锦难舒，对此茫茫，惟有百端交集而已。饭后,狂风大起,不能出门。重读《杜诗镜铨》第十卷。《涪江泛舟,送韦班归京》诗:"花远重重树,云轻处处山。"宋牧仲云:"二句王摩诘绘成图,杜诗已为当时所重如此。"按,此图见董元宰《画禅室跋语》。《望牛头寺》诗,注引《众香偈》:"转不住心,退无因果。"午前,老友赵海香同殷甥来,一茶而去。下午,孙秋伊来谈,适陈梁叔亦来,相与畅谈近事而去。是日,考文童诗古。赋题《学古有获,以逊志时敏,厥修乃来》,诗题《神清骨冷无忧俗得"人"字》。(页眉:杜诗入画。)

二十七日(2月18日) 晴。晓起极寒,以烧酒浇之,尚未能解。枕上得《反游仙诗》七首。重读《杜诗镜铨》第十卷。《寄题江外草堂》诗:"嗜酒爱风竹,卜居必林泉。"高人心性,往往常作此想。《棕拂子》诗"荧荧金错刀"句,仇注:"金错刀有'钱'与'刀'二者之分。张衡《四愁诗》:'美人赠我金错刀。'此言钱也。《东观汉记》:'赐邓通金错刀。'此言刀也。诗当用之。"午前,走答赵海香,闻诗古案已发,江、震两邑,共取五童。下午回寓,陈梁叔以诗文见示。诗两册,诸体五古最完善,如《兰山》、《济南即事》二首、《空村》①、《莱州省亲》、《夏夜》一首、《题海庙蠡勺亭三十韵》、《铜井》②诸作,沉郁显豁,直能闯古人之室,篇长不录。馀如《入新开河》云:"过江酒忽凉,惊风烛难举。月落转桥阴,犹有归人语。"《江口夜泊》云:"射虎南山空没羽,钓鳌东海忆垂纶。短檠听尽沙洲雨,今夜芦中大有人。"峭拔悲凉,翛然尘埃之外。文一册,尚未展阅。是日,考生诗古。赋题:《河图洛书》,以"河序龙马,洛贡龟书"为韵。诗题:《观风五教宣得"宣"字》。(页眉:金错刀,有"钱"与"刀"二者之分。)

二十八日(2月19日) 晴。晓起,闻昨夜三更候,新阳县东顾姓全被火灾,考客行李,席卷而去。走晤秋伊,寓所尚远。铸堂寓所受惊,幸无恙。饭后,展阅梁叔骈体文一册,序、记、书、论、行状、传、志、墓表、祠碑,后附小赋,共二十六篇,气盛才豪,洵后来作手也。午

---

①② 双圈。

前,梁叔以拙稿见还,颇能直笔,吾党中恐难得其人。吴寄松来过,约明日去答。下午,过梁叔寓畅谈。今年馆松江娄县署中,得番钱六十枚。此君不饮酒,亦出门人一佳处。薄暮,同松侄、薰儿答吴寄松,始闻徐兰卿没于正月望后。上有老母,下有一妻二孤,薄田卅馀亩,仅供赋税,嗷嗷四口,将何恃而不恐耶?兰卿名瑶林,与薰儿为同案友,年只二十有八。是日,考长、元、吴三县新进,题目《曾子曰:"十目所视。"》《颜渊曰:"请问其目。"子曰:"非礼勿视。"》《君子有九思,视思明》,诗题:《蒙以养正得"功"字》。灯下,作书与朱丹林,从顾少山寄去。雨水。

　　二十九日(2月20日)　晴。枕上得七律一首,赠梁叔。晓起剃头,取朝上清净,然来者已纷纷矣。饭后,重读《杜诗镜铨》第十卷。《送陵州路使君之任》一起:"王室比多难,高官皆武臣。"令人废然长叹。朱注:"时诸州久屯军旅,多以武将兼领刺史,法度隳废,侵夺百姓,人甚弊之。"以古仿今,虽不至此,而弊端已起。《送元二适江左》一结:"经过自爱惜,取次莫论兵。"黄生注:"'取次',亦当时方言,犹从容之意。"《薄暮》诗:"寒花隐乱草,宿鸟择深枝。"高人晦迹,宜讽咏此二句。诗有不谋而适合者,老杜《薄游》诗:"病叶多先坠,寒花只暂香。"玉溪生《属疾》诗:"秋蝶无端艳,寒花只暂香。"全用杜语。《严氏溪放歌行》:"肥肉大酒徒相要。"注引《吕氏春秋》:"肥肉厚酒,务以相强,命曰烂肠之食。"一结:"知子松根长茯苓,迟暮有意来同煮。"灵芬诗:"千年不死何堪独,迟子同来煮茯苓。"老杜残羹冷炙,沾溉后人多矣。下午,寄松来谈,同至试院前,晤本路沈老大,始知江邑已进诗古,取三人,一廪两附。天将雨,归寓。是日,文童诗古覆试:《"以义制事,以理制心"论》,诗:《敬德之舆》。(页眉:"取次",作"从容"解。)

二　月

　　初一日(2月21日)　阴。晓起,录清近作二首。重读《杜诗镜铨》第十一卷。《有感》五首,多为藩镇作。按史,广德元年,史朝义既诛,仆固怀恩恐贼平宠衰,请以降将薛嵩、田承嗣、李怀仙等为河北诸镇节度使。朝廷亦厌苦兵革,苟冀无事,因而授之。唐世藩镇之祸,实自此始。后遂失河北,下逮五季,兵火相寻。第三首一结:"不过行俭德,盗贼本王臣。"注:"程元振劝帝迁都洛阳,郭子仪附章论奏,有曰:'明明天子,躬俭节用,则黎元自理,寇盗自息,太平之功,旬日可冀。'"所奏诚是。然此亦不过有国者之一节,当积弊之馀,全在英明刚断,赏罚持平,用一人而天下悦服,杀一人而四夷寒心,则宵小不致窥伺,朝野自然廓清矣。因读杜诗而感论及之。饭后,雨绵绵不止。寓舍无聊,仍读杜诗卷十一。《水槛》诗"何伤浮柱欹"句,引《西京赋》:"跱游极于浮。"注:"三辅名'梁'为'极',作游梁置浮柱上。"下午,梁叔复以散体文四篇见示,以予所好在此。四篇之中,《汉陶室记》为最佳。薄暮,雨中间雪,天不肯晴。灯下无聊,读杜诗有感,得五古十八韵。是日,已进古学覆试,头场新进案已出。已进覆试《政以礼成赋》《观海难为水诗》。(页眉:唐世藩镇之祸,实始于仆固怀恩。论子仪所奏。三辅名"梁"为"极"。)

初二日(2 月 22 日)　阴。晓起,见积雪盈寸,录清昨夜所成之作。饭后,张小憨来,谈及上三县新进招覆,十名前居多,取诗赋、经解亦然,可见传闻之不足凭。雪窗多暇,仍读《杜诗镜铨》第十一卷。《登楼》[①]之作,气象雄浑,笼盖宇宙,乃七律中杰作也。《奉寄高常侍》诗云:"今日朝廷须汲黯,中原将帅忆廉颇。"今日朝廷,岂无汲黯?而中原将帅,谁是廉颇?读此一联,令人放声欲哭。《赠王侍御四十韵》诗:"由来意气合,直取性情真。"吾辈论交,亦复如是。《丹青引》八句一转韵,固属创格;《观曹将军画马图歌》四句一转韵,中间忽用六句,一结忽用八句,神奇变化,原无定法。韩子所云:"气盛则言之短长与声之高下皆宜。"作诗何独不然。《送韦讽上阆州录事参军》诗:"必若救疮痍,先应去蟊贼。"至哉斯言! 今之蟊贼遍地,莫怪疮痍

---

①　三圈。

之满目也。下午复雪，顾姨甥来谈。是日，常、昭、崇三县二场头题
《今天下》《今之孝者》《今吾于人也》。二题《古之人修其天爵》，通场。
诗题《敷纳以言得"言"字》。（页眉：老杜七古用韵，原无定格。）

　　初三日（2月23日）　阴。晓起极寒，以酒解之。适高一林来。
饭后，张容甫、叶楚香来。午前，走晤陈梁叔，复以旧作一卷及近作三
首示之。下午，拉寄松茗饮，归寓畅谈。梁叔散体文中用"乌合之
交"，虽本《管子》，究属欠雅。拙意凡此等字句，必须要改，未知梁叔
以为然乎否也？是日，补岁考，头题《享礼》，经题《始雨水》。《此五者，
君子之所以教天下也》《左右手》。欠两考四篇。

　　初四日（2月24日）　阴。晓起，重读《杜诗镜铨》第十一卷。
《观海上仙山图》三首，第一首一结云："群仙不愁思，冉冉下蓬壶。"王
右仲云："自己有愁，忽想到群仙之不愁，真得味外之味。作诗必如此
落想，方能曲折有味。"饭后，重读卷十二。《营屋》诗："养拙异考槃。"
此句命意绝高，若仅托诸考槃，便非稷契本怀。午前，汝寅斋、史石泉
来。石泉并以周宝彝所画扇头见赠。闻石泉尊甫名善镶，与赤翁为
同堂兄弟，年逾古稀，尚游幕在外，颇得意。下午，梁叔来谈，以拙稿
一卷、近作三首见还。其节删斟酌处，卓然老手，亦寓中一快心事也。
杜诗绝句，如："漫道春来好，狂风大放颠。吹花随水去，翻却钓鱼
船。"神韵绝似太白。过许秋田寓中，知得珊尚未来。是日，考太、镇、
嘉、宝一州三县文童，头题《在邦无怨，在家无怨》《子张对曰："在邦必
闻，在家必闻。"》《"是闻也，非达也。"》《在邦必达，在家必达》，二题
《明乎郊社之礼》，诗题《竹苞松茂得"松"字》。夜，雨绵绵不止，至晓而
罢。有人闻雷声。

　　初五日（2月25日）　晴。晓起，重读《杜诗镜铨》第十二卷。
《三韵》三首，亦五古中之一体，难得古悍峭拔。《去蜀》诗一结云："安
危大臣在，何必泪长流。"反言见意，语似自宽，正隐讽大臣处。立言
必如此，方为得体。《狂歌行赠四兄》有"贤者是兄愚者弟"句。饭后，
沈大来知照，府、元、长、吴、江、震、常、昭八学文生，已悬牌初八日进

场。杜诗《客堂》五古,"屋""职"二韵通用,及《三川观水涨》《别赞上人》《戏赠友》《天边行》《桃竹杖引》《南池》《久雨期王将军不至》《虎牙行》,多以"屋""沃"与"职"字同用,盖亦用古韵也。此诗云:"平生憩息地,必种数竿竹。"可见名士风流,如在目前。《石砚》诗:"联坳各尽墨。"朱注:"谓'尽墨力',犹今云'发墨'也。"下接'多水递隐见。挥洒容数人,十手可对面',形容发墨之状。他手多说不出。《寄韦有夏郎中》诗:"饮子频通汗,怀君想报珠。"仇注:"古人称汤药为'饮子'。《东坡志林》:'沈佺期《回波词》云:"姓名虽蒙齿录,袍笏未复牙绯。"'子美以'饮子'对'怀君',亦'齿录''牙绯'之比也。"《古柏行》①用五韵八句一转,分三段看。下午,寄松来谈,薄暮始去。是日,长、元、吴三县头场新进覆试。文题:《便便言》。经题:《平秩东作》。诗题:《雨湿径花寒》。(页眉:杜诗立言得体。杜诗用古韵法。)

初六日(2月26日)　晴。晓起,重读《杜诗镜铨》第十三卷。汝寅斋来,以其乃祖卓亭翁遗像乞题。卓亭与予家两世交,往还颇密,暇时不可不加意着墨。饭后,得珊、柯亭来,畅谈近事。柯亭回寓,遂拉得珊,约寄松茗饮。下午,过海香寓长谈。闻头牌已放,同至贡院前。是日,江、震、昆、新四县文童末场考试。头题:江《如有用我者》,震《如有周公之才美》,昆《如有博施于民》,新《如不可求》。二题《君子之所以教者五,有如时雨化之者》。诗题《仁近于乐得"仁"字》。答柯亭,晤顾吉生,已出场。薄暮,过王吉人寓,约其业师何竹君,于初九日面谈。予欲招吉人到家,与薰儿伴读,不可无人介绍,故以此事托竹君。

初七日(2月27日)　阴。晓起,书故友卓亭遗像后,重读《杜诗镜铨》第十三卷。饭后,过梁叔寓,不值。晤其堂兄古愚,年已七十,与顾剑峰先生同案,乃五十年前事也。午前,过得珊寓,复与秋伊茗饮,并同过小憨、一林寓中。回至贡院前,闻江、震、昆、新四县学案不

___
① 三圈。

发,未知确否。下午回寓,适梁叔在座,相与畅谈而去。是日,常、昭、崇、宝新进覆试。头题《愿无伐善》,经题《周王寿考,遐不作人》,诗题《林表明霁色》。夜,雨复绵绵不止。予送考不眠,三更后,唤子侄起来。饭后,至桂轩侄孙寓中静候,未免太早。直至五更候,连放三炮,冒雨送入贡院而返,予始就寝,此时东方将白矣。

　　初八日(2月28日)　雨。起来已晚,吾仆尚在酣睡中。偶得《黄陶庵先生全集》,诗文共八卷,后附伟恭诗五十二首。先生入《明史·儒林传》。年十七,补博士弟子,为诸生二十馀年。崇祯十六年,成进士。弘光元年七月二十四日,嘉定城破,自缢于城西僧舍,时年四十有一。尝寄弟伟恭书云:"昔人谓状元三年一个,何足多慕?此至言也。天地间自有数千年一个者、数百年一个者、数十年一个者,今人必不肯为数千年一个的人,而必欲为三年一个的人,已是可笑,况数月一个,又何足言乎?"此言惟先生能言之,他人则妄矣。第三卷诸论①,多发明前人所未言,篇篇可诵。饭后,阅卷四《史记评论》,多有可采。下午,至贡院前候考。头牌已放。头题:府学《"君臣也"五句》,长、元、吴三县《知仁勇》,江、震《诗书》,常、昭《恭宽信敏惠》。经题《舜曰:"咨,四岳,有能奋庸熙帝之载,使宅百揆亮采,惠畴"》。诗题《修词立其诚得"诚"字》。松侄、薰儿四牌出来。末场学案已发,乃桢侄孙取在第五,馀俱不知。(页眉:陶庵先生之言可采。)

　　初九日(3月1日)　阴。晓起,至县礼房,抄江、震两邑全案。回寓,适梁叔在座,以新刻前明陈仁锡所辑《全吴筹患预防录》四卷见赠,予以石刻一本、单张头四副分送与乃兄古愚,并约中秋节过舍畅叙。饭后,招寄松、一林、小憨小饮。午前,与寄松、秋伊茗饮。下午,命薰儿至王甥、史石泉、乃桢侄孙三处寓中道喜。回至得珊寓中畅谈。连日不能静坐,辱在泥涂中,滑滑而行,真可笑也。何竹君两次过寓,谈定其门弟子王吉人今年在予家与薰儿伴读。上午为予抄写

---

　　①　双圈。

诗文,下午读书,文期与薰儿对课,送通足钱贰拾千文。订于三月十
七日到馆,铺陈自行带来。吉人村居牛马墩相近,要问双庙头、施家
湾。是日,太、镇、嘉、宝四县新进覆试。

　　初十日(3月2日)　晓起,有晴色。展阅《陶庵集》卷五,《少司
寇归公传》①载公两疏②,宜录出。《朱君平先生家传》载珩之言可采。
此卷传文虽不多,皆可朗诵。卷六祭文可不阅。饭后,过寅斋寓中,
与沈愚亭昆季、蔡听香三君长谈。回寓,得珊曾见过,不值。午前,重
阅《陶庵全集》卷七,皆杂著之文,可采者少。下午,至贡院前,头场已
进学案尚未发。是日,考昆、新、太、镇、嘉、宝、崇一州六县已进。头
题《恻隐之心,仁之端也》,昆、新《羞恶之心,义之端也》,崇《是非之
心,知之端也》,嘉、宝《辞让之心,礼之端也》,太、镇:经题《君子以辨
上下定民志》。诗题《子产有辞得"辞"字》。黄昏,头场一等已发案,无
源侄、薰儿名,自知此事亦未易言也。灯下,复阅《陶庵文集补遗》一
卷。书、词五篇绝妙。序文中,如《徐宗题制义序》言王弇州晚年颇好
唐宋,而不薄归熙甫,真有特识。以下论、表,皆可不阅。

　　十一日(3月3日)　雨绵绵不止。晓起,成《积雨感赋诗》二首。
阅陶庵《吾师录》③,此录借古考验,乃初学入德之门,宜常置案头,朝
朝展诵一遍。饭后,阅陶庵《自监录》④,此录皆内省反己之学,比前
录更进一层。下午,过寅斋寓,抄江、震、府三学一等案。回至王姨甥
寓,与陈阳君、王友三、孙秋伊长谈。薄暮,冒雨而返。是日,江、震、
昆、新四县新进覆试。头题《学者亦必以规矩》,经题《诗言志,歌咏
言》,诗题《春来遍是桃花水》。

　　十二日(3月4日)　稍有霁色。晓起,录清近作二首。仍阅陶
庵《自监录》第二卷。适周玉生表侄来长谈。予按,《自监录》第二卷

―――――――――

　　①　三圈。
　　②　四圈。
　　③④　双圈。

宜着眼细看,第三、第四卷亦然。饭后,过王甥寓,秋伊出示《授受金针》一册,大有裨于师道,惜教者不肯细阅耳。遂携之而归。下午,家中船已来,接丹林、仰山信,知阖家安善,可慰。时松侄欲先归,适闻二等案将发,仍留宿寓中。黄昏后,始知二等案仍未发。是日,已进头场覆试。文题《"孟子见梁惠王"三节》,诗题《正直原因造化功》。

十三日(3月5日) 晴。晓起,作札与仰山婿、丹林表侄。饭后,松侄趁原船归去。过北舍寓,知等第全案已发。午前,沈大以二等、三等案见示。寒家三生,多屏弃不录。三等取十人,薰儿名在十四。下午,过王甥寓,约秋伊明日游竹溪道院,盖六年前旧游地也。回寓,天又将雨。二月中竟不能起晴,奈何!

十四日(3月6日) 晴。晓起,阅金陵人所刻《授受金针录》,其书目,一曰师范,二曰学训,三曰学堂条约,四曰读书心法。其增辑之书,张文端公《聪训斋语》一篇、周霖公《下笔惜字说》十三条、阮葵生《经书字数》一则、唐翼修《父师善诱法》十二则,极简而明,而教人之法,可谓纤屑无遗。饭后,阅《陶庵诗集》。古诗取法三唐,篇长不录。五言如《过广信,闻铅山寇警》云:"税急农臣苦,年荒米贼生。"《乌江望霸王庙》云:"人怜公百战,鬼阅汉三分。"适孙大秋伊来,同游马鞍山,谒文昌宫,盘桓供养烟云处最久,盖山中一洁净地也。下午,至教场,风渐寒,遂与孙大在西禅寺茗饮而归。灯下,成五古十二韵。是日,已进二场覆试。题目《"滕文公为世子"两节》,诗题《千里马常有得"常"字》。(页眉:《授受金针》目录。)

十五日(3月7日) 晴。晓起,同孙大、薰儿至校场看考武,观者如堵墙。予一览而尽,殊乏意味。回途遇一危桥,几不能过,盖岌岌乎殆哉!以后凡我子若孙,到昆者,除廪生唱保之外,断不可入此地。饭后回寓,适耿泉从侄、慎甫妇侄来谈。下午,与孙大秋伊、王大友山在半茧园茗饮。游人如蚁,千百成群,较诸昨日光景,喧寂大不同矣。同饮中有一人,貌尽儒雅,辞亦温醇,特未知是谁。

后询诸秋伊,此人姓徐名曰淦,号友梅,震泽廪生,住居下横舍,与李谦堂、姚云门皆有连。予虽未相交,知非近时齷齪者流。(页眉:垂戒。择友。)

十六日(3月8日) 复雨。晓起,录清近作二首。仍阅《陶庵诗集》。五律如《水仙花》云:"气清春自还,姿淡月难加。"七律如《岁暮闲居十首》云:"偶好器之真铁汉,兼评庞统半英雄。""世情久怕惊蝴蝶,病体难移疥骆驼。""钱刀满地腾鱼米,银海何时洗甲兵。""元未就时堪笑白,蓝当出处已为青。"时先生方为人师。《九日登虞山遇雨,宿兴福禅院》云:"山当木落先疑雨,院有僧期不愿晴。"《读郑思肖〈心史〉》云:"人间再见陶征士,地上元无沧海君。"内有《和坡公雪诗"盐"字韵》八首,工力悉敌,足征才大。《哭程孟阳先生》云:"讥评去声。小诗如法律,提携晚进胜同游。"《弘光改元,感事书怀,寄钱宗伯五十韵》①所以勉期之者独挚,岂此时先生已能窥其隐耶? 此集后附陶应鲲跋语云:"是集张子德符诸前辈向曾付梓,惜其板久而失传,并有《自监录》暨诗古遗编未登梨枣。今计原存古文六卷、史论一卷、《吾师录》一卷,诗八卷,增刊诗古三卷、《自监录》四卷,又以列传、行状载之卷首。"陶字师尊,高平人。饭后,仍读《杜诗镜铨》第十三卷。《神异经》:"南人有人长二三尺,裸身而目在顶上,走行如风,名魃。俗曰旱魃。所见之国大旱。"《送殿中杨监赴蜀见相公》后云:"难拒供给费,慎哀渔夺私。"今之州县,能以此二语常存诸心,则天理不致绝灭,仁心自然流露矣。《白盐山》云:"白榜千家邑。白榜,以白为榜,今之悬额是也。"《诸将五首》《秋兴八首》②皆在此卷中。下午,过王甥寓,与徐友梅长谈。《授受金针录》已还秋伊。询诸书坊内,吴郡各家,并无刻版,盖金陵人所刊送也。如欲重镌,松侄处尚有副本。是夜极寒,大雪。(页眉:评。去声,见二十四"敬",与八"庚"通。旱魃形状出

---

① 双圈。
② 均为三圈。

处。白榜,即今之悬额。)

十七日(3月9日) 阴。晓起,见积雪盈寸,大非吉兆,未免有妨豆麦。饭后,重读《杜诗镜铨》第十三卷。《咏怀古迹五首》,予最爱第三首,风神摇曳,杜诗律中难得此韵致也。第十四卷,《覆舟二首》:"翠羽共沉舟。"注引《异物志》:"翡赤而翠青,其羽可以为饰。"《吹笛》诗一起四句云:"吹笛秋山风月清,谁家巧作断肠声。风飘律吕相和切,月傍关山几处明。"次联分承风、月,所谓分承格也,本沈佺期《龙池篇》。读《八哀诗》,非先看注释评论,终觉模糊,未甚晓畅,今乃知此书之可宝也。下午无聊,过王寓,适有异乡人,以诗文乞钱,亦不得已之极思。予于侪人广众中,非行善之地,故去而不顾。日间,周东尹谈及长洲县地界有洋城湖一镇,地方极好,居民约五千馀家,富者居多,而读书秀发者亦不少。闻沈归愚尚书曾发祥于此,近如李逢辰、高翔麟,皆生长其间,后乃迁居郡中。噫!近在一郡之内,尚茫然不知,况欲知数千里以外事乎?因有感及之。(页眉:翡赤翠青。律诗分承格。洋城湖一镇。)

十八日(3月10日) 晴。晓起,重读《杜诗镜铨》第十四卷。此卷终《壮游》①一首,共五十六韵,不可不熟读。饭后,读第十五卷。《偶题》②一首,是杜公一生作诗甘苦具在于此,不可不读。《大食刀歌》③逐句用韵,是柏梁体,却又转韵,自成一格。此种体格,亦杜集中有意出奇者。今午淡晴,云酿风柔,或不致再阴。读杜公"碧知湖外草,红见海东云",新晴如画,愈觉此联之妙。此卷七古,予最爱《醉为马坠,群公携酒相看》④一首,风趣横生,辞旨酣畅,杜诗中另有一种光景。下午,收拾行李,候家中船来。申刻,船已到,赶急安排下船,尚未点灯。适耽泉侄来寓。相传定海县于二月初四日英夷已经让还,此信从常州、松江两署中来,信是佳音。是夜,宿舟中。(页眉:

①②④　三圈。
③　双圈。

柏梁变体。)

十九日(3月11日)　平明开船,大风雨,几不能行。饭于舟中。午前,风息雨止。手启篷窗,展阅金坛于庆元《续选唐诗三百首》。虽为初学先路,终嫌窒漏者多。下午,到陈墓,时候已晚,命舟住宿。自陈墓到周庄,不过十二里,出荡却有九里,不如明日及早之为愈也。

二十日(3月12日)　大风雨。晓起,自陈墓放舟,趁顺风挂帆而行,到家不过饭后。安排行李毕,录清近作二首。盆梅已半放矣。下午,查清账务。闻周品五来过,欲托荐一地,此亦大难事也。吾辈虽无济人之术,然苟可位置,无不竭力吹嘘。年来客馆日少一日,徒有虚怀,恐负人亦不乏矣。奈何奈何!

二十一日(3月13日)　阴。晓起,作札与笑山、沈婿、松侄。饭后,接南乙信,中言《清献公日记》平湖故家尚有数本,许于清明节后借观,若合之,则全美矣。下午,校阅《太平庄闲录》卷四、卷五草本,以便录清。刻舟人自东浜来云,笑山欲过廿八日到馆,若再迟,不如过了清明节矣。

二十二日(3月14日)　阴雨连绵。晓起,作札与梦琴、南乙。饭后,命薰儿至平望大姊处,补贺岁之事。午前,圈点《文选揭要》,至《上林赋》。下午,点出旧时尺牍,以便王吉人来录清。

二十三日(3月15日)　晓起,阴雨绵绵,饭后放晴。圈点《文选揭要》《射雉》《登楼》两赋。午前,张芸仙来,预撮上忙条银而去,二百廿四,让十六,二百○四文。算洋作一千二百○五。下午复雨,钱安山来,予以大兄处租米三洋钱二百有零转寄与沈婿。雨窗无事,点出旧时赤牍。黄昏候,薰儿自平望归。灯下,携示广东巡抚怡良奏章①,忠愤之气,溢于行间,满洲中未尝无人也。是夜极寒,复雪。

二十四日(3月16日)　晓起,见万瓦皆雪,檐下滴滴有声,盖春雪断不能久留故也。饭后,写好梦琴、南乙两札,以便明日寄去。暇

---

①　双圈。

时,点出旧时尺牍。下午,兆文兄子来,以其舅王少吕所藏《秋夜宴宝爵斋图》手卷索题,予笑而置之阁中,此时实无好怀也。

二十五日(3月17日)　晓起,阴云仍不开,饭后复雨。草堂愁坐,摘录《陶庵先生全集》中两段,续入《太平庄闲录》卷四中。中午祭先。是日,为先祖妣黄太宜人忌辰。下午,点出近牍,亦无聊中一消遣法也。是夜,连雨不止。

二十六日(3月18日)　雨。晓起,题《宝爵斋秋宴图》五古十四韵。饭后,圈点《文选揭要》《天台》《芜城》两赋。下午,点出近牍已毕。

二十七日(3月19日)　晴。晓起,录清近作。饭后,圈点《文选揭要》,至《海赋》。适松侄来,谈及广东逆夷被经略奕山、参赞杨芳、隆文等大加攻击,逆夷受创而逃,大快人心。嘉兴一带,已有红旗报捷之信,可喜之至。下午,酒后颇有酣意。今辰得此捷音,宜浮一大白。

二十八日(3月20日)　晴。晓起已晚。饭后,圈点《文选揭要》,至《江赋》。景纯出奇制胜,有意与元虚争长,中间多用水旁奇字,相砌成句,殊不为佳。惟收束处“忽忘夕而宵归,咏采菱以叩舷。傲自足于一呕,寻风波以穷年”四句,实一篇之胜。午前,顾朗山来,贫病相连,不能不略为分润。下午,松侄复来,以事相商,予亦如其愿以去。薄暮,陈古愚来,借予陈忠裕、夏节愍两公《全集》而去。陈集十册,夏集两册。(页眉:评论《江赋》。)

二十九日(3月21日)　微有雨。晓起,临苏帖半页。饭后,圈点《文选揭要》《风赋》《秋兴赋》《雪赋》《月赋》《鵩鸟赋》①《鹦鹉赋》,诸赋以《雪》《月》两赋为最佳,然《鵩鸟赋》亦不可不熟读,笔意实超出乎六朝之上,别有一种气味。下午,重读《玉溪生诗》,以便摘录。(页眉:论《鵩鸟赋》。)

---

① 此三篇均为双圈。

　　三十日(3月22日)　复雨。晓起,临苏帖半页。饭后,圈点《文选揭要》《鹪鹩赋》《赭白马赋》《舞鹤赋》。适旧友张蓉圃来,就商大港上菊颐侄处有被诈之事,殊为棘手。予谓当今之世,吾辈居家只好逆来顺受,譬如以水克火,自然有济。蓉圃亦以予言为然。中饭而去。下午,重读《玉溪生诗》第二册。

辛丑日记二

三月,闰三月,四月。三月十四日清明。

散馆一等案附录在首页。

是年,创修家谱事多在此册,乙巳七月杪重阅记出。

廿一年四月初四日(1841 年 5 月 24 日) 外账房柜内存大黑钱三十七千文。

钦命散馆题:

《席珍待聘赋以"与治同道罔不兴"为韵》

《赋得肃时雨若得"霖"字》

一等十七名:

殷寿彭、廉师敏、李承霖、金兆洛、肖时馥、王沇、冯桂芬、郑大城、庄受祺、黄麟祥、车顺轨、卓沄、沈元泰、张百揆、梁同新、许振礽、殷兆镛。

二等卅八名:

吴敬羲第二。

三等四名。

三 月

初一日(1841 年 3 月 23 日) 晓起,微有雨。临苏帖半页。饭后,圈点《文选揭要》《思元赋》《归田赋》①《闲居赋》。平子两赋,一奇一正,极赋家之能事;安仁一赋,文不如序。下午,稍有晴色。至大兄处,兄子兆文自城中回来,传述广东逆夷骚扰之信,竟无佳音。琦中堂槛车入京,已见诸邸报,此事大快人心。大兄今春旧恙不发,可喜之至。回来,重读《玉溪生诗》第三册。

初二日(3月24日) 晴。晓起,临苏帖一页。饭后,圈点《文选揭要》《长门赋》《思旧赋》《叹逝赋》《寡妇赋》《恨赋》《别赋》②诸赋,以《恨》《别》二赋最为炙脍人口,然《思旧》一赋,序文亦极佳。下午,重读《李昌谷诗》,以备选录。薄暮,接桂轩侄孙信,程抚军示期于三月初七日两书院甄别,薰儿已报名在正谊书院内。灯下,作札与松侄,约渠同去。并札致许竹溪,以寄看陈爱溪孝澄诗稿还之,予实无暇过目也。陈名裔采。陈当作程。

初三日(3月25日) 晴。晓起,录清近作。饭后,至东浜,答陈古愚,便过寄松馆中长谈。中午,蒙沈婿留饮,席间晤沈菊亭,系琴婿叔父行,早失怙恃,孑身出门,遨游公卿间,近已怀宝而归,亦经营中之矫矫者。下午归家,始知袁松巢见过,以《湖海文传》五部托售。此书予已收藏二部,恐识者寥寥,亦难觅售主也。灯下,接松侄回信,考书院以事不往。

初四日(3月26日) 复雨。晓起,临苏帖一页。饭后,展阅柯亭所寄抄报,皆去年逆夷占据定海后事。午前,寄松率其爱男、门弟子见过,遂集饮于养树堂。予狂兴复发,酣嬉淋漓,不自知其作何语也。至旁晚始散。是日,阴雨连绵,老晴难卜,麦秋其无望乎?

初五日(3月27日) 连雨。晓起,临苏帖半页。饭后,至玩墅三女兄灵前设祭。吴俗,禁烟时节,凡至戚家,必设祭奠。虽属虚文,聊以志不忘之义云尔。三女兄去世,已逾大功之期,私怀尚不能释然,故有此行。予一饭而返。下午,稍有晴意。薰儿考书院,以雨阻

---

① ② 此二篇均为三圈。

不果行,予亦不强之使去。此事无关实学,近于附名者流,无论不取,即或拔置内课,一月两期,往还须费六日之功,一年便有七十二日。就此七十二日,潜心向学,得寸得尺,自然有益无损。若论取友,今之书院,已非昔之书院,恐益友未至,损友先遇,奈何?况薰儿此时尚非出门订交候也。予故借此示警。

初六日(**3 月 28 日**)　晴。晓起,临苏帖半页。饭后,于丈石山房庭中,命工修一香橼树。凡树愈修愈高,枝无横生,干能直上,犹人之不入歧途,便可自卑升高,一样道理。暇时,书好《宝爵斋秋宴图》五古一首,落墨颇不应手,总由生涩之故。并属丹林画好乌丝两素册页,将为故友汝卓亭书一跋语也。下午,细阅柯亭所寄邸报,有关紧要者,意欲录出。是夜又雨。

初七日(**3 月 29 日**)　晴。晓起,临苏帖半页。饭后,圈点《文选揭要》《文赋》《舞赋》①。此两赋极宜熟读。午前,兆文兄子自城中回来,得读本年正月、二月间奉上谕三道,历指琦善丧师失律,殊堪痛愤,已经革职锁拏来京治罪,其家产先行查抄,大快人心。窃思英夷占据定海一节,一误于乌尔恭阿之缓兵不救,再误于琦善之受意请和,以致养奸成寇,滋扰粤东。参之肉,其足食乎?予有《新岁杂咏》诗六首,第三、第四盖专为此事而作。下午,重读《李昌谷诗》毕。共选四十三首,取其精华显露者,易于揣摩。其他艰深之作,概置不登。是夜复雨。

初八日(**3 月 30 日**)　雨。晓起,临苏帖一页。饭后,作纪事七古一首,盖为琦善咏也。结用李卫公事,深有望于今之将帅。按,《李德裕列传》在一百〇五卷内。其在穆宗朝,上《丹扆六箴》。文宗即位,出为郑滑节度使;逾年,徙剑南西川,乃建筹边楼,筑仗义城,作御侮城、柔远城,于是南诏请还所俘掠,吐蕃维州将悉怛,谋以城降。武宗立,召为门下侍郎,同中书门下平章事,举石雄为将,讨回鹘,平泽、

---

①　此二篇均为三圈。

潞，以功封卫国公。所居安邑里第有院，号起草亭。每计大事，则处其中。不喜饮酒，后房无声色娱。生平论著多行于世云。午前，六里舍王甥来，匆匆而去。下午，重读杜诗卷十六。予欲照《镜铨》批本，选录一册，即从此卷看起。

初九日(3 月 31 日)　晴。晓起，临苏帖半页。饭后，圈点《文选揭要》《笙赋》①《高唐赋》《神女赋》②。《笙赋》体物言情，极为酣畅。《高唐赋》不及《神女赋》之绮丽缠绵。此三赋，校阅《古文辞类纂》、胡刻《文选》两书，颇有异同，总以胡刻为善本。下午，殷甥来，辍读。天又雨。

初十日(4 月 1 日)　雨。晓起，欲校阅近日所抄邸报而未果。饭后，留殷甥再盘桓一日，出去秋赵眉山所赠《五百名贤遗像》石刻示之，约计裱钱二十千，未免太费，然欲宝藏此帖，非装潢不可。下午，久雨闷人，惟与殷甥畅谈时事。吾辈但当恐惧修省而已。

十一日(4 月 2 日)　晴。晓起，查阅账务。饭后，殷甥不能再留而去。圈点《文选揭要》《登徒子好色赋》《洛神赋》③。二赋皆《骚》之遗音。是日，圈点各赋毕。共选三十八篇，计抄一百卅四页，装订一本。若为中人以下选读，尚宜删去几篇。下午，重读《杜诗镜铨》卷十六。

十二日(4 月 3 日)　晴。晓起，安排祭扫之物。饭后，率兄子兆元、儿子兆薰先至先祖考杏传府君墓前祭扫，继至先考逊村府君墓前祭扫。先仲兄秀山府君墓前，则兆元、兆薰主之。时期而不至者，伯兄与兄子兆文。归后，于家祠内中楼下祀先，循旧典也。是年老祭、小祭，皆秀山公分支二大房轮办。中午，阖家散福。连日晴明，始有喜气。下午，校阅近日所抄邸报。署镇江府知府黄冕，颇有干济才。后随裕制军在镇海，兵心大变，皆坏于黄冕之手。

---

①② 　三圈。
③ 　此二篇均为三圈。

十三日(**4月4日**)　午晴。晓起，临苏帖一页。饭后，校阅近日所抄邸报毕，为故友汝卓亭写好一册页。予不善书，卷册往往倩人代写，惟至戚执友，必亲为书之，略存自己真迹。下午，作一札答沈婿。昨沈婿来信，西城倪墨桥欲索予《养馀斋初刻》，此时实无副本，故以丙申年《五十自述诗》、戊戌秋《哭女诗》、去年家刻三种及《忏摩录》一本、薰儿草试一卷寄送，即托沈婿转致。倪名用楫，青浦诸生，现馆于金泽陆氏。是夜又雨。

十四日(**4月5日**)　清明。晓起，微有雨。饭后，率兄子兆文、儿子兆薰在北舍港祖茔前祭扫，先至始迁祖春江公墓，继至长浜里敬湖公墓，回船至木桥头心园公墓，最后至角字君彩公墓。祭毕，群聚于凤辉堂散福，共设八席。是年，老三房之大房轮当，系汉翔从侄主祭，馔极丰盈。下午，天已开晴。回家，日犹未晚。昨兄子自盛泽回来，传闻粤东夷氛甚恶，皆琦善一人弄坏。此等大臣，虽万死不足以赎罪，可恨，可恨！

十五日(**4月6日**)　风，又雨。晓起，临苏帖一页。饭后，重阅前年《读选笔记》，赋外佳文极多，意欲录一两册，以备朝夕讽咏。下午，作《纪事》二首。时闻关提督天培战死，林制军存没杳无的信，草葬微臣，惟有仰天太息而已。傍晚，复有晴意。

十六日(**4月7日**)　阴晴参半。晓起，临苏帖一页。饭后，笑山于今晨到馆。病后分手，不觉半年矣。午后，阅《读选笔记》毕，共选佳文九十四篇。下午，接柯亭信，并以去冬十二月十八日琦善奏章见示。此奏丹林已经抄出一纸，亦不足观，徒令人生气耳。是夜又雨。

十七日(**4月8日**)　略有晴意。晓起，临苏帖一页。饭后，作好一札，答柯亭，并以邸报一卷及予去冬所抄一本寄去，彼此各有所得，互相投递，以广见闻，亦友朋中集益之道。吾辈闭户读书，知古而不知今，何以通达世务？勿以出位而笑之也。午前，徐恒甫侄婿来，留其盘桓数日。下午，于梅桥妇侄处得读二十一年二月初九日上谕一道，抄出琦善家赀：黄金六百八十二斤、银一千七百九十四万、珠宝十一箱。财为祸胎，以致身名两丧，皆贪得一念，锢惑其志气也。傍晚，王吉人到馆，与徐恒甫同席。

十八日(4月9日)　晴。晓起，临苏帖一页。饭后，出家藏卷册示恒甫侄婿，如先子《胜溪小隐图遗像》、为先仲兄作《对床忆旧图》一册。凡至戚后生，皆宜乐观者也。中午，设席于养树堂，酌笑山、吉人两西席。下午，略有醉意，倦倚匡床上。是日，天气晴明，两月中最难得此佳景也。自兹日渐开霁，所谓失诸东隅，或可收诸桑榆耳。

十九日(4月10日)　晴。晓起，临苏帖一页。饭后，仍出手卷示恒甫，以为销遣之计。中午，大兄招恒甫去小酌，予以事不往。下午，录清今年之作，将及一半，适有恶客来而止，所谓败人意兴者也。

二十日(4月11日)　阴晴参半。晓起，临苏帖一页。饭后，仍出卷册示恒甫。午前，将邸报一卷及予所录一本、答信一函，专人送至柯亭馆中，恐有浮沉故也。下午，录清近作一卷，不满二十首，古体为多。是夜风大，又雨。

二十一日(4月12日)　晓起，大风雨。临苏帖一页。饭后，出昔年所辑《分湖小识》一册及《近游日记》一卷示恒甫。刻查《韵府》七"虞"，"雨"字中只有"盲风"，而无"盲雨"，见韩愈《南海神庙碑》"盲风怪雨，发作无节"。此种碑文，予已读过几遍，近忽忘却，可见读书强记之难。诗中偶用此二字，故特查出。下午，出近年来名公卿奏疏示恒甫。顷检独学老人《柳下睨闻》一书，载威勇侯额勒登保，吉林人，不识汉字，每奉廷寄，令左右诵而听之，即知朝旨所在。每定一稿，辄数千言，额侯听之，有所商，未尝不中肯綮也。此事偶忘出处，故摘录于此。阴雨绵绵，重读《杜诗镜铨》卷十七。今日馆课第一期，文题《一日暴之，十日寒之》，诗题《小楼一夜听春雨得"楼"字》。(页眉：文期。韵中只有"盲风"，而无"盲雨"。额侯不识汉字。)

二十二日(4月13日)　微有雨。晓起，临苏帖一页。饭后，作五古十六韵。出《太平庄闲录》示恒甫。下午，略有晴意。低区已被淹没，麦秋无望，槐夏甚长，不知将来作何光景。书到此，不觉又抱杞人之忧矣。灯下，阅今日所作，可不存。

　　二十三日(4月14日)　晴，西北风极大。晓起已晚。饭后，出近时碑帖示恒甫，而以程卍云所书《王岫轩墓志铭》、姚春木所撰《竹斡山人墓志铭》赠之。午前，接得珊信，以其大房胞侄、号天均托荐于徐小园家。予即以此事属恒甫转致。下午，重读《杜诗镜铨》卷十七。《大觉高僧兰若》诗收句："献花何日许门徒。"注引谢灵运《远法师诔》："今子门徒，实同斯艰。"(页眉："门徒"出处。)

　　二十四日(4月15日)　晴。晓起，临苏帖一页。饭后，沈竹堂姨甥来，择于闰三月初三日成婚。午前无事，出闻临褚《圣教》字样两套示恒甫。闻临《千字文》两套，已为琴斋婿所藏。下午，沈姨甥一饭而去。今日，有郡中人来，广东虎门、香港等地已经恢复。连得捷音，此普天同庆者也。

　　二十五日(4月16日)　淡晴。晓起，临苏帖一页。饭后，出《松陵人物续志》及《养馀斋初刻》示恒甫。兄子兆元来云，昨日姚家埭沈表伯自吴江城中来，闻得广东平定之信已确，皆林制军一人为之调度，东南借此可以无事，惜不得近日捷报奏疏为之一读，可见乡居之陋。下午，重读《杜诗镜铨》卷十八。今晚稍暇，同恒甫步至来秀桥，桥首广阳庙倾颓，已不可问，遂由太平庄过卿娘墓，上胜秀桥。桥下刘王庙在焉，入庙小憩。有乡学究课蒙其中，见予执礼甚恭，予亦不之慢也。日暮而归。是日文期："譬如为山"一章，诗题：《恭则寿得"恭"字》。(页眉：文期。)

　　二十六日(4月17日)　阴。晓起，临苏帖一页。饭后，专修北舍港端书公老三房直下世系，自八世至十世，会录一册，发与诸房填写。下午，本图经友来，据云树堂蕴章小查三户另折，俱未截出。是晚，微有雨。

　　二十七日(4月18日)　阴晴参半。晓起，作札与子谦，切听广东捷音。饭后，恒甫侄婿急欲归家，予备舟送去。得间仍修端士公、端明公两房直下世系。午前，松侄来，以事就商，中饭而去。下午，接昼翁代作回书,始知广东大捷确信,可喜之至。即抄出几纸,传示各亲友中。

二十八日(4月19日)　晴。晓起,适有俗事来谈。饭后,仍修老二房世系毕,以老大房世系托宇安志填写,老三房托汉祥侄,老四房托轶镶侄。老二房尚未托出,此房后嗣最衰。下午,作札与殷甥、沈婿及吴柯亭。时沈婿欲招薰儿陪朱蔼堂,予实以明日文期辞之。

二十九日(4月20日)　阴晴参半,东风极大。晓起,作札与邱昼翁,将为陈表侄复乞千硾膏。饭后,老兆以疮痛归家,信未曾发。午前,为侄女开账,将预备夏衣等物。下午,重读《杜诗镜铨》卷十九。适港南浜陈韵九表侄孙以俗事来谈,闻即日欲至梨里,卓翁遗像册页托渠转致寅斋,谅无不到也。是日文期,题目《羿善射,奡荡舟,俱不得其死然》,诗题《益节藕得"时"字》。(页眉:文期。)

闰三月

初一日(4月21日)　晓起,微有雨。临苏帖一页。饭后,命振凡侄孙至北舍港,以老二房世系托鹏起侄填写。得暇,重读《杜诗镜铨》卷十九。《水宿遣兴,奉呈群公》诗有"泽国虽勤雨"句,注引《穀梁传》,言"不雨者,勤雨也",注谓"思雨之勤也",鹤曰:"此言得雨勤数,与《传》异。"下午,查修老大房世系,刻宇侄查来世系,只载明本支九世至十一世,而于八世以上及本房再衡兄直下,皆缺焉不载。即此一事,解人已难索矣,况事之大于此者乎?故特录清一册,嘱渠再为填写。此事亦不厌烦渎也。(页眉:"勤雨"之"勤"两解。)

初二日(4月22日)　晴。晓起,查修老大房世系,至饭后而毕。午前,写好一信,寄与邱昼翁。下午,命振凡侄孙至大义,以老大房世系托如章侄填写。暇即安排行李,明日欲至牛马墩。旁晚,振凡侄孙回来,如章子侄多不在家,原册带回。

初三日(4月23日)　晴,东南风极大。晓起,趁帆放舟,先至八尺,以吉人馆课、信件寄在赵公正店内。饭后,至牛马墩沈姨甥处贺喜,新晤南沙何春林昆季。春林为竹君尊甫,谦和儒雅,长予十年,予当以兄事之。中午同席,必欲推予首坐,予实不敢当也。下午,与淡春妇侄长谈。此外,并无相识之人。沈姨甥前出二兄,长号松泉,颇有应世才;次号云浦,予初相识;三号竹堂,泮水港顾出,即先外舅临没时所托付者也,近已成人有室,予不可无此一来。是夜,宿舟中,热甚,梦回又闻雨声矣。

初四日(4月24日)　晓起,微有雨。放舟至吴江,不登岸,饭于舟中。中午,泊舟万年桥下。入城,寓世德堂。下午,予先至阊门中市,托青莲室求施稻香书款对一副,约初六日去取。由南濠归寓,天已晚晴。昨晚,松泉姨甥谈及春林之长子新赋悼亡,年约四十,前氏一无所出,欲为范姨甥女执柯。此事若得天缘,大好大好,予故于淡春妇侄前极力参赞。平生热肠,往往如此。(页眉:文期。)

初五日(4月25日)　阴晴参半。晓起,至清微道院,候聋石,得读正月二十七日关提台阵亡上谕一道及三月十一日杨参赞击退夷船上谕一道。据聋石云,前有广庄寄来家信,未必的真,总以辕门报为确实。今年会试,总裁正王鼎、副杜受田、文蔚、祁寯藻。头场四书题《"约我以礼"一句》,二《"君子依乎中庸"一节》,三《"王赫斯怒"一节》。诗题《师直为壮得"平"字》。饭后,复至阊门中市,为侄女办夏衣等物。至下午归寓,微有疲倦,拟明日至圆妙观前,亦节劳之一法。在司前徜徉,闻方先生已故,此人于生意场中,尚可去得。是夜骤热,三更后大风雨,至晓稍歇。

初六日(4月26日)　微有雨。晓起,复至清微道院。龙石出示参赞大臣杨侯报捷奏稿,予携归寓所。并以雁门尚书孙忠靖公手书诗册见示,当代多名公卿题辞,册为忠靖七世孙兰溪少府所藏。少府名丰,南翔巡检,以捕盗有功,升县丞。家世山西,少府生长郡中,已为江苏人。闻有胆略,现随裕中丞往定海,曾出洋巡视海面,甚为中丞所器重。饭后,以途滑不至观前,就近学士街,办齐物件。归寓,录清杨侯奏稿,命沈仆送还龙石。尚有黄太守在定海禀词,留在箧中。

下午,与刘先生茗饮片时,亦闲养之一法。吾辈年近花甲,留此有限精神,切不可过用。雨窗多暇,偶书及之。忠靖公名(傅)[传]廷,号白谷山人,事详《明史》列传及《梅村集》。

初七日(4月27日) 淡晴。晓起下船,饭于舟中。午前到江,入城,仍寓云在草堂。作信与丹林、薰儿。原船先回,约明日再上来。时丹林欲归家故也。适兄子兆文同含二表兄先一日来,闻另折已完结,大好大好。下午,走晤鹤田老友,尚无恙。回至西门外四女兄处,情话几刻,约秋间过来。城中亲友,三十年之间,大半零落,无可谈心。因于雷祖殿前茗饮小憩,忽叶铸堂亦来茗饮,遂与畅谈至日暮分手。灯下,与含二表兄长谭,雨声又在耳矣。看来今年难免水灾,奈何!

初八日(4月28日) 阴。晓起,将八寺中情旨簿自嘉庆初年起,至道光十八年止,所有老五房生年卒月,查明数人,最为确实,至饭后而毕。下午,走晤顾煦庵家,许约明日给还米串。旁晚,微有雨,随即归寓。家中船已来,晤丹林,知阖家无恙,惟门前水复来,较前月更大。是夜,又闻雨声。(页眉:文期。)

初九日(4月29日) 阴。晓起,温习《文选揭要》。饭后,至鹤田家长谭。下午,重至顾煦安家,顾串给四张,缺绍先一户,沈串已清。予家米串,复约望后,予亦不欲汲汲也。归寓,天已晚晴。

初十日(4月30日) 晴。晓起下船,饭于舟中。午前,至北舍港宇侄处,询及各房世系,已楚楚查好,老三房汉侄查得最清楚,其馀尚须覆查。饭于亦政堂。下午归家,接阅陈梁叔、沈南乙及邱子谦、徐小园、殷甥诸人之信;梁叔之信必须要答。前荐得珊之胞侄天均,小园以缺满不收用,便中须转致得珊;其馀皆可不答。灯下,薰儿呈阅初四、初八两期之文。《"惟德之不修"四句》题,尚可去得。

十一日(5月1日) 晴。晓起已晚。饭后,查清苏州所办账目。下午,作札与陈得珊。适松侄、梅侄来,梅侄择于四月十二日就婚于嘉兴钱氏,即以此事就商,予亦不能漠然视之也。是日,地气上蒸,木器尽湿，人将决其必雨，然天时难测，却得晴明，可喜可庆。

十二日(5月2日)　晴。晓起，查清账务。饭后，复将各房世系誊清一草本，以便细查。下午热极，龙风大作，大雨倾盆，因展阅梦琴、南乙两信。近以《清献公日记》四卷寄还，外有两册，南乙从平湖故家借来，可补此书之阙。暇时，须细阅一遍，然后属人抄出。是日文期，文题《十目所视，十手所指，其严乎》，诗题《图穷匕首见得"穷"字》。夜间，雨复不止。（页眉：文期。）

十三日(5月3日)　微有雨。晓起已晚。饭后，作札答子谦、梦琴、南乙、梁叔，半日而毕。每出门几日，必有尺牍陈积，不在应酬之内，必须作答，惜无人为之代书也。下午，仍录各房世系。

十四日(5月4日)　阴。晓起，临苏帖一页。饭后，录清各房世系，名多重复，予一一为之改正。凡合族中子姓蕃衍，字与号岂能无犯？惟命名断不可随意，今人多不讲究，何也？彼务农作贾者流，本不足责，窃怪读书游庠之辈，志欲拾取科第，而于本宗祖父行辈、名字，毫不知避，薄俗如此，敦睦之风，安能再见于今日哉？下午，大雨复淋漓不肯休，天欲厄人，亦气数中之无可如何也。夜间仍复如是。（页眉：命名不可不讲究。）

十五日(5月5日)　晓闻雨声如故，起来已晚。饭后，雨复不止。无聊中仍录清各房世系。中午，潘启堂表侄来谭，中饭而去。下午，稍有晴意，但得自此止尚好。

十六日(5月6日)　微有雨。晓起已晚。饭后，老二房、老三房、老四房世系俱录清，惟老大房及老五房世系未动笔。下午，陈古愚为升吉姨甥借项而来，据述，甥妇之意，欲归田完结。予以田不出进，难以俯就，若得归钱，让利还本，决不食言。古愚亦以为然。是日文期，文题《"微子去之"三句》，诗题《桥断僧寻别径归得"寻"字》。立夏节，极寒，连饮火酒三杯，毫无醉意，亦今年时令之愈出愈奇者也。（页眉：文期。）

十七日(5月7日)　晴。晓起已晚。饭后，录清老五房本宗世系。中午，总上顾煦庵信来，截出版串，欲预掇下忙条银。予以银串不符，作札答之，先付洋钱二百六十元，后算。下午，沈婿来，以朱蔼堂考作见示，功夫极好，谈至黄昏而去。

十八日（**5月8日**）　阴。晓起已晚。饭后，录清本宗世系，以事作辍，至下午尚未录毕。先太硕人生于某时，墓志失载，询诸大兄，亦不能记。即此一事，不孝之负罪多矣，其馀尚安问哉？

十九日（**5月9日**）　阴。晓起，即录本宗世系。饭后，先太硕人生于某时，于旧木主上查出，大为幸事。下午，本宗世系已录毕，惟剩老大房尚未查清。宇侄家有迎送入学之事，且俟诸异日也。是日，两邑迎送，天气尚好，我家两科连有入学之人，安得子侄辈接踵而起、年年不断耶？予实有厚望焉。

二十日（**5月10日**）　晴。晓起已晚。饭后，同冯婿至北舍港宇侄处贺喜。时五侄孙有迎送之事，择于今晨请客。中午，与云泉老友、子显西宾同席，饮兴颇豪。下午，听丝竹之音，略作小憩。旁晚，由东浜沈婿处而返。是日文期，文题《伯夷叔齐不念旧恶，怨是用希》，诗题《到处逢人说项斯得"斯"字》。（页眉：文期。）

二十一日（**5月11日**）　阴。晓起，整顿行李。饭后，放船至梨里汝梅村家。时大港上三侄孙在伊家习业，已逾四年，毫无成就，为之长者，不得不督责一番。中午，梅村留饮，与石桐圃同席畅谈，并借《汝氏世谱》六册，以为修谱作一考证。下午，至六里舍王珠亭家住宿，微有雨。（页眉：间。）

二十二日（**5月12日**）　阴。晓起多暇，偶于书架翻阅前明项太史时文，真名家也。饭后，贺客纷纷而来，惟王甥授业之师共有四人，皆迟迟不来。予谓今日芹樽，先生为主，我辈不过乘兴而已。中午，与陈荔裳同席，予未免有玩世不恭之态，酒后宜戒。下午，微有雨，放船至平望殷甥家住宿。大女兄今年六十有八，较昔年更健，可见老年颐养之功，真不可少。是夜，殷甥款待甚殷，予惟食粥而已。华筵徒费，于我何加？凡至戚家，殊属不必。

二十三日(5月13日) 稍有晴意。饭后,至黄溪赵眉山家。时眉山手辑《江震人物续志》,刻至九卷,以乏赀停手,予再助番钱十枚,襄成其事。中午,复至日新堂中食汤饼。下午,与大女兄长谈。夜间,与海香老友谈及与其金上添花,毋宁雪中送炭,盖有为而言。

二十四日(5月14日) 天已晴。晓起,与大女兄约秋间过予。饭后解维,舟中阅《吴中两布衣集》,诗文皆有法度。是集为王砚农所赠,欲再索予所刻《秋树读书楼遗集》一部,约寄于二式处。午后到江,入城,仍寓云在草堂。走晤顾煦安,约明日出还米串。下午,丹林来寓,约明日清晨到乡。

二十五日(5月15日) 晴。晓起,拟家谱"凡例"十条。适有远族侄曾孙号锦堂来见予,自言向住东村,父号崔山,祖号俊千,与若周同辈,从幼出门,及长游幕在外,今老矣,家居,思欲别寻近游,见予执礼甚恭。惜东村一支,与北舍从某公分支,无从稽考也。饭后,至西门外四女兄处,略有所赠。适值瓶罄之时,面许于两日内送五斗米去。回至三天门,遇沈松泉姨甥,茶话片时。下午,至煦安处,见米串未齐,遂与谈定,两年共找洋钱六十二元有零,约明日面交。十九年缺串两户,二十年缺四户,约二十七日晚间可以齐矣,予亦不责以汲汲也。日暮,与鹤田老友长谈。回寓,夕阳满树,颇有霁色,可喜之至。(页眉:文期。)

二十六日(5月16日) 连晴。晓起,作札与薰儿,俟船来带去。饭后,录清家谱"凡例"十条,以待同辈中斟酌。中午,在鹤田老友细谈。适冯婿入城,予以此事已经谈妥,不必为之介绍,即嘱其及早回船,约廿八日清晨上来载予。下午,至顾煦安处,付讫两年另折找头洋六十二元,约明日一定有串。与其尊人顾友老长谈,询及今年已七十八矣,难得难得。回寓尚早,霁色可喜。夜半,复闻雨声,迨晓而止。

二十七日(5月17日) 晴。晓起,细阅《清献公日记》年月,细细查明,录清一纸,以待吉人手抄。饭后,晤湖州李君,忘其号,谈及其乡之士大夫有吴均者,系举人出身,曾仕云南宜良县,后升同知,居官终日坐堂上,博览载籍,或吟咏其间。有来诉者,可解则解之;否则在近地者,即日拘被告来,判其曲直;其远在数十里、百里外者,口授吏胥,持一牌去,限两三日内必须拘到,随到随审,无滞狱也。其以人命诉者,不待其凶人来,骑马到乡,沿途访问,或冤或诬,到相验时,必能立辨。盗贼行保甲法,岁时到乡清查,闾里不得藏其奸。此李君前在云南时,以同乡人真知灼见,谅不诬也。下午,与袁憩梧、李梦仙茗饮,决意明日清晨返棹。晚,晤鹤田老友,谈及刻谱之说,劝予一人独任,亦义举也。此言亦有深意。是夜复雨。(页眉:湖人吴均,为官极清。)

二十八日(5 月 18 日)　晓起,下行李,从行前开船。饭后,西北风渐大,雨亦随至。到家正在午前。适梦书侄孙来医四侄女咽喉,据云无妨也。下午,清理账务,不及开卷。

二十九日(5 月 19 日)　晴。晓起已晚。饭后,大兄来谭,询及另折数目。予以修谱“凡例”及本宗世系质之。午后,子妇归,接子谦信,以齿痛不复作答,心终缺然也。下午,至寄松馆中,以修谱“凡例”商之,渠亦以为可用。夜间,接陈表侄信,贫病相连,不能不为将伯之呼,可怜,可叹。是日,文题《不知命,无以为君子》,诗题《风梭织水纹得“纹”字》。(页眉:文期。)

三十日(5 月 20 日)　晴。晓起,查清账务,饭后始毕。午前,双洲侄孙来送试草,留中饭而去。查来老大房世系,终不若老三房汉侄之清楚,可见留心此事者,温饱中不可多得,即士林中亦难遇其人也。下午,细改老大房十世、十一世中,子姓命名,犯讳者多,均由前无谱牒,后辈何从稽查,而谓此事尚可缓图,我不忍也。

四　月

初一日(5 月 21 日)　晴。晓起,作札答陈表侄,略有所赠。饭后,录清老大房世系,适陈古愚亦以族谱见示,可谓同志有人。下午不动笔，闲憩于养树堂中。向晚，成五古二首、七律一首、七绝一首。

初二日（5月22日）　晴。晓起，录清老大房世系，至饭后而毕。计老二房存丁十三，老三房存丁四十三，老四房存丁十四，老五房存丁二十五，老大房存丁二十四，共计不过一百十九人，已历百有馀年，安得子姓繁衍，有千丁之多，必有出类拔萃，生于其中，预为我家祝也。下午，陈古愚所示族谱，细加校阅，其中多大谬处，一一笺出。因古愚之为人，非近日悠悠者可比。并代为作一小传，入《太平庄续录》中。灯下，改存近作，大费推敲。（页眉：为阖族预祝。）

初三日（5月23日）　晴。晓起，临苏帖一页。饭后，作一信及诗一首、谱一卷，归诸古愚。中午，填清图系，以待分画，其中挂线，必以分明为主。下午，查阅《文天祥传》，在《宋史》四百十八卷中。登第时，无太史所奏五色祥云一段事，再宜细查。接松侄信，始知渠从平川来，述斋、谱经均已考授编修，述第一、谱第五，亦意计中事也。是日文期，题目《"疑思问"三句》，诗题《民生在勤得"勤"字》。（页眉：文期。）

初四日（5月24日）　晴。晓起，临苏帖一页。饭后，补录《墓域考》，如秀山兄葬后，尚未补入也。下午，辍笔静养。补录《三鱼堂日记》一书，吉人于今晨上午动笔。

初五日（5月25日）　东南风极大，微有雨。晓起，临苏帖一页。饭后，阅松侄近作，改存示第一首，馀不过点出几处而已。午前，嘱丹林画世系图，仿汝氏格式，最为清楚。下午，命人送诗、信与松侄。适梅侄来，以就婚诗乞正，却可去得。予惟以专心制义为嘱，诗非进身之具，渠亦唯唯而退。今晨嘱振凡侄孙同陈友去查祖墓坵号，竟得清楚，亦快事也。

初六日（5月26日）　淡晴。晓起，临苏帖一页。饭后，嘱丹林誊清世系。予重录《墓域考》一卷，作为底本。中午，周品五表侄来。自先外祖芸溪公直下，只剩此曾孙一人，渠又不能自立，几至无以为家，可慨也已。下午，略有所赠而去。今日，有朱书贾来，置得《国朝名臣列传》袖珍版十套八十本，计价七千文。此书虽非全豹，聊备查阅，然不可轻以示人。

初七日(5月27日)　阴。晓起，临苏帖一页。饭后，重订《墓域考》一卷，尚有阙疑处。中午，潘寿生过访，予素闻其名，却未相识，以出门辞之。下午，至先府君墓前，重量秀山先兄葬地，不过参前五尺有馀。凡长幼并葬，终以居后为尊，此古法也。是日文题《"〈诗〉三百"三句》，诗题《迹求履宪得"求"字》。（页眉：文期。）

初八日(5月28日)　阴。晓起，临苏帖一页。饭后，重订《墓域考》一卷，至午前录毕。下午，至大港上，细查春江公坟基，的确在上禽圩一百四十七坵上田一分七厘内，当日双南四先兄手录方单底数上，于一百四十七坵一分七厘下，注明老总坟基。并查先大父卒于乾隆三十七年，年五十有九。予但知康熙六十年，近查《东华录》，历数六十有一，以致算错一年耳。旁晚归家，微有雨。

初九日(5月29日)　晴。晓起已晚。饭后，送笑山去，约十一日来。午前，斟酌家乘，于各公小传内加书"讳某、号某"，以便日后检查。删去祭文二篇，增《捐田记》《新葺祠堂记》二篇。下午，以齿牙微痛，静坐。灯下，读《杜诗镜铨》卷十九。《公安送韦二少府匡赞》第二联云："念我能书数字至，将诗不必万人传。"下句灵芬习用，偶记出之。（页眉："将诗不必万人传"句。）

初十日(5月30日)　晴。晓起，临苏帖一页。饭后，细思家谱现成九卷，尚缺一卷，须足成之。因记前年为先仲兄作《对床忆旧图》，相好中惠题之诗，多有可存，略加去取，选成一卷。后之览者，苟能兴起其悌弟之心，未始非教养子弟之一端也。下午，周玉生表侄来谈，询及先外祖芸溪公讳攀龙，虬龙乃外叔祖讳，随即改正，谈至日暮而去。玉生为大兄处俗事而来，予处别无它事。

十一日(5月31日)　晴。晓起已晚。饭后，集录诸同人题辞，尚有酌改处，至午后而毕。下午，望川侄孙来，闻徐小园家缺一知数，欲托予荐其弟在川去。予以半月前曾荐一人，小园已有信回却，兹复再荐，未免事近于渎，不如托大兄荐之为妥，渠亦面托大叔祖而去。今日文题《成己，仁也。成物，知也。性之德也》，诗题《吴季子挂剑得"交"字》。（页眉：文期。）

十二日（6月1日）　晴。晓起，校阅家谱誊清本子，至饭后而毕。午前，开送端午节账，颇形琐屑。下午，作札与鹤田老友。得暇，重校《清献公日记》誊清本子。春间，有顾访溪、沈南乙两君校过，中多酌商处，须重属人录过，刻先阅一卷，王新甫所校，最为精细，不可不心识其为人。（页眉：盛泽王新甫，校书极精。）

十三日（6月2日）　晴。晓起，临苏帖一页。饭后，校阅家谱誊清第二册，酌商处另有签头记出。午前，属丹林代书《幽篁独坐图》及忠烈公铁如意拓本图款洁甫七兄雅照。拓本无款，下书"△△"拜题。题辞。下午，偶录徐问庐《题铁如意拓本》七古一首，结云："曾看东膺遗私印，同上西台哭赵家。""东膺"二字，未知所出。按，"膺"音"儿"。在四"纸"韵，查《佩文》，亦不知所出。刻命兄子兆黄来对读家谱，略有误处，随即改正。旁晚，笑山到馆，明日又值文期。（页眉："东膺"二字，未知出典。）

十四日（6月3日）　阴。晓起，属梦仙至郡中，为侄女办端节景。饭后，作家谱自序一篇，颇能畅发。下午，招曹理和表侄孙来，问其乃祖广廷姊婿究系何名。此种事，可查则查，亦不必拘拘也。文期停一日。

十五日（6月4日）　晴。晓起，临苏帖一页。饭后，作札与松侄，为续书权厝事入谱中。以石刻三种、史集一部、《忏摩录》《左家徐痛》二种送与千墩陈祺。祺为斗山之内兄，以廪生考恩科出贡，来送贡卷，故有此答。午前，重校《清献公日记》，中有甲子十二月廿四阅《泾野集》第七卷，有《柳氏家谱序》，精妙异常，暇时欲觅得此集一观。下午，接鄂侄回条，订于十九日来。阅《仲郢列传》中述"家训"一则，大可采来刻在谱首。今日文期，题目《语之而不惰者，其回也与》，诗题《相看如客对门山得"山"字》。（页眉：文期。《吕泾野集》有《柳氏家谱序》,极妙。吕,明人。家训一则,可采。)

十六日(**6月5日**)　晴。晓起,临苏帖一页。饭后,集录全唐一代吾家人物,以备查考,不贤者删之。下午,因《廿一史》差字极多,复查《全唐文》,极清楚。甚矣!善本之可贵也。旁晚,施倩桥名仁政来送试草,一茶而去。

十七日(**6月6日**)　晴。晓起,临苏帖一页。饭后,全录《柳泽列传》,中有三疏,极恺切。下午,望川侄孙来,欲予再作一札致徐小园,为在川玉成一地,予亦弗能推诿也。前日之札,实大兄出名,小园未曾检点,仍旧示予,可笑可笑。

十八日(**6月7日**)　微有雨。晓起已晚。饭后,跋《唐御史公批家训》后,将此二篇刊在家谱之首。跋语中,予具有深意。近日子弟之愚不肖者无论矣,即贤而知者,一朝骤得富贵,便作趾高气扬之态,予心窃非之。跋语中虽不明言,愿吾家子弟,万一置身通显,宜痛惩之。下午,作札与沈南乙,于端午节内招渠过来,商订家谱一书。草创甫就,不可无讨论饰修之人。予平日遇事虚心,往往如此,断不敢自以为是也。旁晚,梦仙自郡中回来,接聋石答信。中有林制军家信底稿,灯下展阅,痛恨静者之偾事,虽万死莫能赎矣。是晚,又接邱昼翁片纸,夹一报条,乃知盛泽郑药房已故,择于廿二日午时大殓。此种客亲,竟俟治丧候补吊可也。(页眉:薄俗可惩。)

十九日(**6月8日**)　晴。晓起,临苏帖一页。饭后,录柳芳及其子登、冕、孙璟列传。适松侄、少湄侄孙来,同校家谱一遍。中午,饭于养树堂,畅论修谱条例。下午,淡春妇侄来,即以粮串付讫。旁晚,小园侄孙有急就商,予终不能漠然视之也。今午,接梁叔信,词气倨傲,殊乏涵养之功,予特以大度容之。狂生之不可与语,往往如此。是日文题《不逆诈,不亿不信,抑亦先觉者,是贤乎》,诗题《所宝惟贤得"贤"字》。(页眉:文期。)

二十日(**6月9日**)　晴。晓起,校阅家谱二册,嘱梦仙再录一副本。饭后,欲往东浜,不果。以石刻三种、史集一部送与施倩桥,托陈古愚转致,以省往来。下午,查阅《全唐文》,不觉心烦,微有齿痛而止。旁晚,小园侄孙媳李氏竟故了,家运之否塞,抑至于此。

二十一日(6月10日)　晴。晓起,临苏帖一页。饭后,作札与邱昼翁,答其两次来信也。中午,沈婿来谈,同饭于书房。下午,校阅《清献公日记》。

二十二日(6月11日)　晴。晓起已晚。饭后,命沈仆、舟人四、姬二送端节景至徐恒甫家。校《日记》第三卷毕。因查《明诗综》载吕泾野名柟,字仲木,高陵人,正德戊辰赐进士第一,官至南京礼部右侍郎,赠尚书,谥文简,有《泾野集》。又列《明史·儒林传》一百五十九卷中,传载泾野之学,直接河东薛瑄之传。明中叶以后,天下学者,不归王守仁,则归湛若水,独守程、朱不变者,唯柟与罗钦顺云。下午,在丈石山房,查阅《全唐文》。(页眉:柟,音"南",与"楠",同。即交让木也,一年东荣西枯,一年西荣东枯。《泾野集》,明吕柟著。泾野之学。)

二十三日(6月12日)　晴。晓起,临苏帖一页。饭后,展阅昨晚昼翁答信及冯婿所寄邸报。适吴少湄来,以俗事相商,予竟却之而已。下午,始知汝梅村丧其第二子,亦人生大不得意之事。旁晚,望川侄孙同其弟在川来,以予成就小园家一地,故特致谢。予复谆谆告诫之,未知能久长否。《日记》第二校毕。是日文题《赤之适[齐]也,乘肥马,衣轻裘》,诗题《人心如面得"心"字》。灯下,读杜诗。《宿凿石浦》五古一首,始知"青灯死分翳"一句出处。此节共作文十六篇。(页眉:文期。杜诗"青灯死分翳"句,见十九卷二十七页。)

二十四日(6月13日)　隔夜大雨,厥明犹未止。晓起,临苏帖一页。饭后,命薰儿至梨里吊汝怡生。午前,陪媒翁俞望兄。时兆黄兄子所出侄孙女,许字于杨墅金少岩之子,今晨为文定吉期。席设于萃和堂,极欢而散。下午,微有酣意,游息半日。兄子监名兆文,以避曾伯祖学文名改,自今年修谱始。今夜,大港上梅溪侄新娶侄妇,自嘉兴迎归。虽蒙松侄见招,予决意不往,实欲省却一番应酬耳。此番家中概不举动,中人之家,大可为法。十二日就婚于钱氏,贴还花烛之费,不过二十枚洋钱,大好大好。

二十五日(6月14日)　晴。晓起,临苏帖一页。饭后,摘录《南史·列传》中吾家旧事。下午,圈点《玉溪诗选》。

二十六日(6月15日)　晴。晓起,送笑山解节,约五月十一日到馆。临苏帖一页。饭后,摘录《南史·列传》,尚未完。下午,重校阅《文选》,以便摘录。

二十七日(6月16日)　晴。晓起,临苏帖一页。饭后,摘录吾家《南史·列传》毕。下午,重校《文选揭要》。

二十八日(6月17日)　晴。晓起,作札与松侄。饭后,命薰儿至黎里邱昼翁家。范太亲母殁后,新逢夏至节,俗有帐蚊厨之例。暇时,摘录《北史》柳虬、柳桧列传。下午,圈点《玉溪诗选》。旁晚,薰儿便道自大港归。

二十九日(6月18日)　五更候,大雨。晓起,送王吉人去,约五月十三日来。临苏帖一页。饭后,摘录《北史》柳雄亮、柳庆列传。下午,圈点《昌谷诗选》。

吉人所抄《日记》,自初四至廿八,共二十五日,抄得两卷,第一卷廿二页,第二卷十九页。中间,为录出家训、序文、题词,约去五日,又文期四日,净十六日,抄得四十一页。

辛丑日记三

五月,六月,七月半。七月上浣,以目疾,翻阅刘文清石刻四册、娱志居帖二十册。

是册圈点《文选·赋》,极有去取,初学入手可从。乙巳七月晦日重阅记出。

五　月

初一日(1841年6月19日)　晴。晓起已晚。饭后,摘录《北史》柳机、柳述、柳弘、柳旦四人列传。适松侄有信来,兑条参一钱二分去,大约为慈亲用也。下午,有潘书贾来,问渠《吕泾野全集》,价须八两;《三鱼堂全集》价须四两。予买一《题名录》八册,自有明一代至国朝乾隆初年而止,实价二千七百文,以备查阅。雍正八年,岁在庚戌,会试广额至四百名,可谓极一时之盛。见孙嘉淦《续刻题名碑录序》。

初二日(6月20日)　晴。晓起,临苏帖一页。饭后,命薰儿作一赋一诗,即以今年翰林散馆题试笔。摘录《北史》柳肃、柳謇之列传毕。适梦仙所抄家谱副本第一册已装订完好,予先校对一遍。下午,命兄子对读,尚有几处差误,可见校书之难。

初三日(6月21日)　阴。晓起,临苏帖一页。饭后,摘录《北史》柳敏、柳昂、柳遐三人列传。午前,殷甥有信来,始知粤东怡抚军、杨参赞以议抚革职,逆夷仍未安静,不知作何了局。下午,大河港陈表侄抱病而来,情实可闵,予亦不能漠然视之也。

初四日(6月22日)　微有雨。晓起,摘录《北史》柳遐、柳庄列传。饭后,圈点《昌谷诗选》。适南乙来,留宿书楼,以家谱就商。下午,圈点《昌谷诗》毕。

初五日(6月23日)　晓起,密雨不止。阅南乙散体文,以《赵母叶太孺人八十九岁寿序》为最佳。饭后,阅姑苏王止仲行所编《墓铭举例》一书,以韩文所载墓志铭为纲,而附以李文公、柳河东两家之文,用广韩文之例,未知有刻本否。下午,命薰儿至梨里邱昼翁家,明日同其妇翁出吊于盛泽郑氏。灯下,与南乙酌商家谱凡例及宗图挂线,颇能位置得宜。

初六日(6月24日)　晴。晓起,登书楼,南乙已起来,隔夜为予斟酌家乘中几条,颇能惬心。饭后,同南乙至笑山家,茶话片时,复至松荫草堂。谈及《朱文公大全集》^①中古文,可与《陆宣公奏疏》并读。沈婿出《古文渊鉴》中所选文公上宰相王回一书^②,其气盛大流行,真有德之言。中午,沈婿留饮。下午,同南乙至先府君墓前,引入丙舍。南乙为此舍题额,曰"固安之室",却亲切可用。归家,夕阳已满树矣。

初七日(6月25日)　复雨。晓起,检阅《人范》一书,乃乍浦蒋大始元所辑,共六卷。自朱子以下,采录元、明诸儒前言往行,辑成一书,尚未付梓。饭后,南乙为予酌易三记,颇能详悉,因出春木、渊甫、酉生、讱庵四人散体文示之,春木文最为醇厚。中午,沈婿来,同集于养树堂。酒后狂言,究宜谨慎。下午,雨止天晴,不减清和风景。予连日息养,所谓"偷得浮生半日闲"也。

初八日(6月26日)　晴。晓起已晚。饭后,命舟人送南乙至盛泽,相约秋间再聚。连日为予酌商家谱十卷,颇能删繁就简。然草创之始,但能存其大纲,即或疏节阔目,亦自无妨。古人十年一小修,六十年一大修,总要继起有人耳。下午,复将誊清副本,录过一遍。大约秋间付梓,再须誊清一真本为妙。

---

①②　双圈。

初九日(**6月27日**)　晴。晓起，惊闻大港上六嫂于昨夜子时身故，即驾一小舟去探丧。诸孤哀号不止，予不觉凄然下泪也。六嫂于诸嫂中，最能节俭、有礼法，自嘉庆廿三年六房分析以后，中遭多故，一厄于癸未之水灾，再厄于壬辰之火废。先兄去世六载，以积劳成疾，常在床褥，然犹延师教子，门以内独力支持。去秋，又增三疟疾，予劝其早为三侄完姻，今夏四月二十四日，幸得新妇入门，予以事不往。闻六嫂近体如常，或可渐有起色，讵料其竟至于此也！与诸孤定择于十一日成殓。饭后，逗留港上，两兄子来。下午，薰儿自黎里来。薄暮，予率兄子兆元、儿子兆薰先归，留兆黄兄子在港。灯下，阅《分类字锦》"姑侄门"，将为六嫂之堂侄撰一挽联也。

初十日(**6月28日**)　晴。晓起，撰六嫂挽联三副，挽额一只，七言，云："恨乏起居书一纸；敢期述作志千言。"上句用吕本中《寄蔡伯世》诗："还书起居清源君，人间纷纷何足云。"按，赵柟，材仲之母，封清源县君，本中之姑也。下句用杜集《唐故万年县君京兆杜氏墓志》，有一千馀言，即甫之姑也。以小功服侄钱埒出名，埒为故吏部侍郎槭长孙。又云："钟郝礼法能兼有；兰蕙心性成独芳。"又云："植德为基，常守河东家法；丸熊教读，毋忘仲郢母仪。"上句暗用《柳玭传》中家训语，下句用《仲郢传》中事。额用"蘋蘩晦色"四字，本杜氏墓志。饭后，嘱丹林书旌、书额、书对语五副。予因腹痛，暂息半日。下午，同冯婿至大港，忽遇狂风，顷刻而止。六嫂戌时入殓。是夜，予宿菊颐侄处。

十一日(**6月29日**)　晓起，微有雨。予在账房料理。饭后雨止，吊客亦不多。中午，安柩、安位毕，大雨如注，几至不能出门。下午，雨稍歇，予率兄子兆黄、兆元、儿子兆薰回家。据老农云："夏甲子雨，雨水必多。"今春已应其言。昨晤嘉善钱显卿，谈及粤东夷船已退出虎门。如果属实，亦近日之佳音也。

十二日(**6月30日**)　晴。晓起，录清家谱删改处，以便誊真。饭后，切庵老友来，遂留小酌。予与切庵自十九年以后，久不相见，闻其在松江金山县署中课徒，尚可去得。今来一叙，不觉谈兴勃勃。下午，大港上锦侄来，以母病请予过去。予约明日午前来，侄亦欣然而去。黄昏候，送讱庵下船，以林制军家信底稿托致杨聋石。讱庵以番钱十七枚、书目一本寄存。番钱俟渠家有用来取；书目圈出之本，前存在朱春山处，今欲归于我家，以偿昔年摄项三番之数。

十三日(7月1日)　阴。晓起，将家谱上册嘱梦仙再录过一本。饭后，至大港上，看大嫂之病。虽属无妨，然附身衣服，亦宜早办。目前别无生法，惟寄讨租息，尚可通融预撮，为之长者，亦不过如是而已。下午，天又雨，终不能起晴，奈何！无聊之中，圈点《韩诗选》。黄昏，吉人从八尺来，闻湖田尚不能种。

十四日(7月2日)　淡晴。晓起，与陈朗庭查对租账。饭后，约池家湾张老振来，谈一介绍事。下午，查对东账、西账毕，心火上升，齿牙微微作痛，良由水亏之故，以后总宜善自培养。吉人《三鱼堂日记》第三卷从今晨录起。

十五日(7月3日)　晴。晓起，临苏帖一页。饭后，查出入账上，总觉出多入少，大非十年前光景。中午，菊颐侄来，据述，大太太病已危笃，预支租息十洋而去。下午，命薰儿出吊北舍港。时绎如侄妇卒于五月十三日，故有此行。黄昏后，东南风太狂，微有雨。

十六日(7月4日)　雨。晓起已晚。饭后，笑山到馆。中午祀先，补夏至节。下午，与顾友查对租账，南账老祭产已查毕。

十七日(7月5日)　晓起，微有雨。饭后，与顾友查对北账小祭产，略有异同，不如东账之清楚。至中午而毕。下午，天已开晴。有人自上海来云，粤东英夷于四月、五月之交，互有胜负。安得天诱其衷，早剿灭此丑类也。

十八日(7月6日)　晴。晓起，圈点《韩诗选》。饭后，至芦墟高伴山处，斟酌一方。水不制火，总以养阴为主。回至竹堂老友处长谈，适陈古愚、得珊同来，时虎生课其子，遂同集于瘦竹疏花馆中。闻镇上文昌阁日久渐圯，今欲稍事修葺，不能无望于将伯之助，予与竹堂已有成言。下午归家，舟中不胜烦热。节交小暑，热亦宜也。阅韩谱卷六，《小说传》载云："李素代杜兼为河南尹，时韩吏部由河南令转职方归朝，或问前后之政，曰：'将兼来比素。'盖取古诗云：'新人工织缣，故人工织素。以兼持比素，新人不如故'也。"（页眉：新旧令尹之妙喻。）

十九日（7月7日）　晴。晓起，送笑山至八尺，留一文题而去。饭后，圈点《韩诗选》毕。是日，为先府君忌辰，中午祀先。下午，阅韩谱卷六。子厚呼退之"十八丈"者，韩公兄弟皆其父执，见子厚《先友记》。按，子厚平时称退之不曰韩愈，则曰韩生，文人相轻，自古皆然，然退之道子厚不容口，以此见二公之为人也。"十八丈"，见宗元与公《论史书》。（页眉：卷六二则录。韩柳优劣，于此可见。）

二十日（7月8日）　晴。晓起，查清账务。饭后，以事辍读。下午，有雷无雨。是日文期《"当暑"一节》，诗题《以盐洗金得"金"字》。题是"洗金以盐"，顷检《韵府》，引《潜夫论》："攻玉以石，治金以盐，濯锦以鱼，浣布以灰。"《后汉书·王符传》《实贡篇》作"洗金以盐"，一字稍异。（页眉：文期。一字之异。）

二十一日（7月9日）　晴。晓起，查清账务。饭后，作札与高伴山、黄祝唐，以《后汉书·王符传》示薰儿。凡作典故诗题，必须搜寻母家，讲解一番，方有根据。后遇此题，庶不致茫无头绪，此亦父师之责也。否则，与道听途说何异？下午，阅韩谱毕，载公属圹语曰："愈伯兄德行高，晓方药，食必视《本草》，年止于四十二。愈疏愚，食不择禁忌，位为侍郎，年出伯兄十五岁，如又不足，于何而足？且获终于牖下，幸不至失节，以下见先人，可谓荣矣。"东坡云："欧阳永叔、司马君实、范景仁皆不喜佛法，然其聪明之所照了，德力之所成就，真佛法也。"愚于退之亦云。是日，梦仙复抄家谱毕，已三易稿。与冯婿对读一遍，俟秋间写样。旁晚，微有雨。

二十二日（7月10日）　晴。晓起，临苏帖一页。饭后，作札与菊畦侄。适笑山自八尺来。中午，高文翁来，诊治内子、二女之疾，时

大兄亦来就诊。下午,检查"广夏细旃"四字,出《汉书·王吉传》:"广
夏之下,细旃之上,明师居前,劝诵在后。"注:"旃,与'毡'同。"(页眉:
"广夏细旃"出处。)

二十三日(7月11日)　阴。晓起,临苏帖一页。饭后,重阅《文
选揭要》。适袁午亭来,意欲排解一事,予招沈婿过来面谈,亦无可无
不可也。中午,同席于养树堂。下午,午亭先去。天欲雨,窗前已不
能看书。沈婿至黄昏候去。

二十四日(7月12日)　阴。晓起,临苏帖一页。饭后,阅《文选
揭要》。下午,作札与高伴山,明日复欲招之来。二女寒热虽退,尚不
能出门就诊也。是日文期《子不通功易事,则农有馀粟,女有馀布》,
诗题《良玉比君子得"良"字》。黄昏大雨。(页眉:文期。)

二十五日(7月13日)　阴。晓起,临苏帖一页。饭后,阅《文选
揭要》。下午,高伴山来,覆诊二女之病,遂同到大兄处覆诊。据伴山
云,大兄正气大亏,宜及时培养为主。薄暮,雷雨复作。夜半候,大雨
倾盆,风力极猛。予几不能寐。湖田其无望乎?

二十六日(7月14日)　晴。晓起,临苏帖一页。饭后,阅《文选
揭要》。《文选》之可删者,十分之中,约有一分。不知昭明当日,何以
不急为淘汰?予于《读选笔记》中,逐一指出。有目者,断不以予为妄
也。下午,以事辍读。

二十七日(7月15日)　阴。晓起,临苏帖一页。并嘱丹林画好
东村一支宗图一、支图五,以备查考。饭后,阅《文选揭要》。并嘱梦
仙从《离骚》录起,约选九十馀篇,以为家塾课本。中午复雨。下午,
校阅《清献公日记》第一卷。

二十八日(7月16日)　黎明大雨。晓起,临苏帖一页。饭后,
大雨仍复不止。阅《文选揭要》。至日中,雨乃止。下午起晴。校阅
《清献公日记》第二卷。是日文期,文题《乐道人之善》,诗题《冯驩为
孟尝君焚券得"焚"字》。(页眉:文期。)

二十九日(7月17日)　晴。晓起,至芦墟高文翁处,高已出门。

遂至瘦竹疏花馆,与祝唐长谈。写定《文昌阁疏》,大兄捐十洋,予捐二十洋,皆出诸自愿也。饭后归家,以事辍读。下午,作札与劳鹤田,以松侄报本身丁内艰之事托之,内附报底一条,外钱费一千文。校阅《清献公日记》第三卷,未终而止。

六　月

初一日(7月18日)　晴。晓起,亲书一手据,付闻叔婿,以清历年代办之事。饭后,云泉老友来。午前,陆琴泉同沈婿来,予将契券手据交付清楚,以琴泉、兄子兆元为证,遂同集于养树堂。下午,菊颐侄来。薄暮,诸客皆散。振凡侄孙自吴江归,松侄报内丁之事,已托鹤田老友。是日,有壶芦兜沈月波书来,以仇实父所画人物手卷一个、明拓《九成宫》一本求售。予答书云:"逃暑闭门,晴窗枯坐,忽接手翰,恍如觌面。蒙示卷帖两种,非不宝贵,然如鼎彝法物,鉴赏为难,恐不适于时用耳。舍间略有藏弄,近亦不得搜罗,致负雅意,故将原物奉缴,统祈原谅,不一。"噫!今之所贵者,粟米布帛,乃人生不可少之物;至如金银泉弊,已多积累之虞;此外良田广宅,尚不足重,何况区区文房中玩好之物乎?

初二日(7月19日)　晴。晓起,查清账务。饭后,作札与沈婿,戒其粗疏浮躁。昨日遗却一要件,而不收拾,若在别处,便生枝节。予故戒之曰:"世网铺张,举足可畏,是以君子无日不在恐惧中也。"下午,校阅《清献公日记》第三卷毕。嘱丹林订好,将寄与舜湖诸君校阅。刻查毛晋初名凤苞,字子晋,常熟人,曾问业于钱尚书谦益。自群经、十七史以及诗词曲本、唐宋金元别集,靡不发雕,公诸海内,其有功于艺苑甚钜。见《明诗综》八十卷下。

初三日(7月20日)　晴。晓起,作札与陈梦琴、沈南乙,寄校《日记》一书,原册附缴。此时南乙尚在雪巷,故嘱梦琴先致顾访溪馆中。访溪名广誉,平湖廪生,读书谈道,以道学为己任,工散体文,为南乙之师,今年下帷于王新甫家。饭后,重阅《文选揭要》。下午,复将己亥、庚子两年之诗细加推敲，系梁叔删本，多有可从，毕竟韩陵一片石，尚可与语，惜名士习气，沾染太深，少涵养之功耳。是日文期：《君子食无求饱，居无求安，敏于事而慎于言，就有道而正焉》。诗题：《指端出浮图得"图"字》，出《拾遗记》，乃沐胥国人尸罗事。（页眉：文期。）

初四日(7月21日)　晴。晓起，至芦墟就诊，伴山为予斟酌一方，仍以熟地为主。饭后归家，适遇经友曹老，怜其贫也，送米五斗，即亲书一纸，到义茂行内去取。午前，阅《文选揭要》，心神几不能浃洽，殆而昼寝半刻。下午，删阅旧稿，惜无人为之商确。乡居宜于农，而不宜于士，必也一都一邑中，或有可与语乎？然亦不可不择也。

初五日(7月22日)　晴。晓起，查清账务。饭后，重阅《文选揭要》。下午，作札与赵眉山、汝梅村。薄暮，陆琴泉同沈婿来，匆匆数语而去，予终以正言告之。少年立志，往往不能坚定，所以作事先要谋始也。

初六日(7月23日)　晴。晓起，写好两札，寄眉山、梅村。饭后，重阅《文选揭要》，文已选毕，诸赋尚欲重阅一过。下午，删阅旧稿，为销暑之计。

初七日(7月24日)　晴。晓起，临苏帖一页。饭后，寄还黎里汝氏世谱，乃嘉庆中年诸生汝谐所修。午前，重阅《文选》诸赋。班孟坚《两都赋》实冠诸赋之首。予以胡刻《文选》细校，校正文字处极佳。若论读本，毕竟宜从《集评》。下午，删阅甲午年姚春翁看本。首有《江南雪》七古一首，中用"滕娘"二字，乃得诸诚斋诗中，春翁不知所出，易"滕公"二字，非不妥当，可见读书之难。是日文题《默而识之。学而不厌，诲人不倦》。诗题《傍架齐书帙得"齐"字》，杜句。予于少陵诗已翻阅四五遍，此句仍属茫然，博闻强识之功，非上知者，亦难语于此也。（页眉：文期。）

初八日(7月25日)　晴。晓起，有客来，不动笔。饭后，阅《三都赋》，序极佳，宜选读。三赋流览，亦不可废。下午，删改旧稿，终嫌手不辣而学不进。手不辣,难于割爱;学不进,易于自画。过此以往,惟以读书为主,诗虽不作,可也。(页眉:自省语。)

初九日(7月26日) 晴。晓起,以事不动笔。饭后,校阅《甘泉赋》,如古锦陆离,耐人流览。下午,接松侄信,以酒一坛、酬仪一函,托致朱丹林、石桐圃。

初十日(7月27日) 晴。晓起,查清账务。饭后,校阅安仁《藉田赋》,秀色可餐。长卿《子虚赋》,古调独弹,皆百读不厌。午前,接小园信,四侄女病体不轻,欲招予往视。予命兄子兆元先去一问,今晚必归。下午,删改《知误集》卷一、卷二。黄昏,兆元归,述四侄女遍发痧子,病势已定,始得稍慰。

十一日(7月28日) 晴。晓起,作札复徐小园。饭后,校阅《上林赋》,首尾议论,最足动人兴会,中间铺排,正以峭而见奇。扬子云《羽猎》《长杨》二赋,直与《子虚》《上林》抗衡,亦犹《两京》之于《两都》也。下午,校阅己亥、庚子两年之诗。时照梁叔删本,重录一册。是日文题《子贡曰"〈诗〉云:'如切如磋,如琢如磨。'其斯之谓与"》,诗题《不见县门身即乐得"家"字》,唐王建诗《田家行》七古,《别裁》选其诗。傍晚,接小园复信,欲请顾玉田,以其专门痧痘科也。(页眉:文期。)

十二日(7月29日) 晴。晓起,临苏帖一页。饭后,校阅潘安仁《射雉赋》、王仲宣《登楼赋》①、孙兴公《游天台山赋》、鲍明远《芜城赋》②,四赋均宜读,而以《芜城赋》为最佳。下午,删阅旧稿。

十三日(7月30日) 晴。晓起,命振凡侄孙至泮水港顾玉田家,切问四侄女体病情。据述,昨日就诊回来,痧子已回,虽热势未退,不妨也。饭后,接祝唐信,来催《文昌阁疏》,以便须用。午前,有客来,辍读。下午静养,不展卷。

十四日(7月31日) 晴。晓起,作札与小园、祝唐。饭后,查清

---

① 双圈。
② 三圈。

账务。午前,接高一林信,知伴山翁病在危笃,欲分兑条参,约下午来取。予作好一札,分出条参二钱,未知能挽回补救否。下午,至大兄处长谈,看其神色,似有老熟之象,总由赋性不甚洒脱,以至如此。人贵知足,安能长为儿孙计耶?

十五日(8月1日) 阴。晓起,临苏帖一页。饭后,校阅木元虚《海赋》①、郭景纯《江赋》②,此两赋虽有奇字炫人,然前后结构皆好,不可不读。读《江赋》,宜看胡刻《文选》注。下午,接祝唐回信,《文昌阁疏》俱已收到。并闻伴山翁病略觉松动,此八旬寿翁之最难得者也。暇时,仍删阅旧稿。是日文题《仰之弥高,钻之弥坚,瞻之在前,忽焉在后》,诗题《陈牒求判得"求"字》。刻一林来信,取参二钱而去。灯下,接小园回信,四侄女病势仍未平复。又接眉山回信,《人物续志》样本须至中秋寄来。夜间微有雨。(页眉:文期。)

十六日(8月2日) 晴。晓起,以事辍读。饭后,至梨里徐小园家,欣悉四侄女病体昨夜服药有效,神气亦清明,惟胃气尚未通透,似有馀邪留恋。中午,小园乔梓留饮,馔极华腴,惜酒味酸冷,不可食,予一饭而返。下午,便访邱昼翁乔梓,别久畅谈,出家谱就商。《重葺养树堂记》,昼翁亦以"改易枚叔之书"为妥。傍晚归家,尚早。

十七日(8月3日) 晓起,有微雨。客来,不动笔。饭后天晴,检阅《旧唐书·李德裕传》,感成一绝,盖为林制军遣戍伊犁作也。下午,至沈婿处,往魏塘未归。同陈古愚至寄松馆中,寄松略有小极,卧床,与古愚长谈,遇雨而返。

十八日(8月4日) 晴。晓起,临苏帖一页。饭后,至芦墟,闻伴山翁之病有进无退,老年受暑气极深,一时难达,胃气不通,将何恃而不恐耶?回至祝唐处,谈及文昌阁在镇之东栅水中,四面临河,周围砌以巨石,培土极坚固,芦苇几满。创始于乾隆二十三年,向无碑记,不知何人经理。予谓今秋告成,必请一人为之记,庶使后之人有

---

① ② 双圈。

所考耳。中午归家,检阅亡友尺牍,以为消暑之计。下午,阅《淮南子》。此种书只好作闲书看。

十九日(8月5日)　晓有微雨。起,临苏帖一页。饭后晴。接梦琴十三日所发之信,以友人托荐。午前,校阅宋玉《风赋》①、潘安仁《秋兴赋》②、谢惠连《雪赋》③、谢希逸《月赋》④。初学入手,最宜《雪》《月》二赋,然《风赋》直接《离骚》讽谏之旨,《秋兴赋》犹有《骚》之遗音,皆不可不熟。文太隽逸,自是名家妙技,往往不永其年,惠连年只二十七,希逸年只三十六,人才虽由天赋,然涵养总以深厚为主。广陵氏有言,用功深者,其收名也远,旨哉斯言!下午,封好一书、一扇,送与新进史悠远。史号侣荘,乃石泉之子。书系陈榕门所著五种遗规,扇系祝唐所书:以此相贻,亦不为薄。是日文题《庾公之斯,卫之善射者也》,诗题《庭有悬鱼得“鱼”字》。《汉纪》:“羊续为庐江太守,丞馈鱼,受而不食,悬之。后复馈,续出前悬鱼示之,丞惭而止。”《后汉书》六十一卷《羊续传》中载:“府丞尝献其生鱼,续受而悬于庭,丞后又进,续乃出前所悬者,以杜其意。”合两书以观,《后汉书》为佳。(页眉:文期。)

二十日(8月6日)　阴。晓起,临苏帖一页。饭后,校阅贾长沙《鵩鸟赋》⑤、祢正平《鹦鹉赋》。《鵩赋》甚有名隽语,且气味亦好,不可不读。《鹦鹉赋》语实平庸,不读亦可。午前,适沈婿自魏塘来,遂与书房同席。下午,作札与小园、梦琴。

二十一日(8月7日)　阴。晓起,发信与小园。饭后,校阅张茂先《鹪鹩赋》⑥、颜延年《赭白马赋》⑦、鲍明远《舞鹤赋》,三赋惟《舞鹤赋》无甚精意,可不读。下午,校阅甲午年录清旧稿,照春翁看本,复加删改,其中尚多可商处也。随园老人所谓“改诗难于作”,此真甘苦有得之言。傍晚,接小园覆信,四侄女仍有寒热。自十五日南园覆诊

①②⑥⑦　双圈。
③④⑤　三圈。

后，直至明日，始去再请，枳实服过五剂，虽大便已得通利，究非所宜。

二十二日（8月8日）　立秋，雨。晓起，发信与梦琴。临苏帖一页。饭后，校阅张平子《思元赋》①，亦赋中一篇绝大文字。胡刻注"娩"字极明。《说文》："生子二人俱出为'娩'。"《纂典》："齐人谓生子曰'娩'。"予向年《哭女诗》，用"分娩"二字，未知所出，遍查《韵府》、字典，均无明文。今得此注，胸中疑案顿释，可见古书之不可不看。下午，以心烦辍读。阴雨不止，湖水复涨，看来低区断不能补种矣。是夜大雨。（页眉："分娩"出典。）

二十三日（8月9日）　晓起连雨。临苏帖一页。饭后，校阅张平子《归田赋》②，短峭可法。潘安仁《闲居赋》，一序尤佳。下午，大雨不止。重阅《杜诗镜铨》卷二十。《哭韦大夫之晋》五排，有"贡喜音容间，冯招病疾缠"句，"冯招"二字，注引左思《咏史》："冯公岂不伟，白首不见招。"《江阁卧病，寄崔、卢两侍御》诗："滑喜雕菰饭，香闻锦带羹。"朱注："锦带，即莼丝也。"馀无可取。是日清晨，笑山不在馆中，予为拟题《迅雷风烈必变》，因昨夜风雷大作，故拈此题。诗题《田子方以束帛赎马得"仁"字》，亦偶触此事耳，事见《韩诗外传》。案，此书汉韩婴撰，《简明目录》附于"《诗》"类之末。田子方，不知何时人，俟查。夜间，偶记《汉书》杨恽《报孙会宗书》有"段干木、田子方之遗风"，皆魏贤人。（页眉：文期。"冯招"二字极生。"锦带羹"，莼丝也。）

二十四日（8月10日）　天已晴。湖水比去年六月中略增一二寸。饭后，各圩讨装灏钱，已纷纷而来，悉照去年给发。校阅司马长卿《长门赋》，相传后人拟作，细读之，诚然，然尚不失古意，在可读可不读之间。向子期《思旧赋》③，序优于赋。陆士衡《叹逝赋》④，宜古宜今。下午，以事辍读。

二十五日（8月11日）　晴。晓起，临苏帖一页。饭后，校阅潘

_____

①②③④　双圈。

安仁《寡妇赋》①，曼声柔调，善于言情。江文通《恨赋》《别赋》②，与二谢《雪》《月》两赋，可称四美，初学熟读此种，何患不能名家？下午，翻阅昔年所纂《分湖小识》"文学"一门，注明将来续成，须补"马鳌"其人，因遍查分湖旧志、《江震人物补志》及旧时杂录，竟不见此人本传。自家笔记，尚容易健忘，况其外者乎？甚矣！博闻强识之难也。（页眉：要查"马鳌"出处。）

二十六日(8月12日)　晴。晓起，临苏帖一页。饭后，校阅陆士衡《文赋》③，文之利害，惟能文者能言之，老杜所谓"得失寸心知"也。此种赋，学者不可不熟读。偶然将《六臣注》校过一遍，胡刻以李善作主。下午，作《水灾纪事诗》，尚未脱稿。今日天气躁热，石础皆润，恐不能无雨，奈何！是夜，雷电交作，幸雨不甚大，水亦不增，尚可挽回补救。

二十七日(8月13日)　晓起，微有雨。临苏帖一页。饭后得晴。校阅傅仲武《舞赋》，可以不读。潘安仁《笙赋》④，乃绝妙形容，不可不读。下午，重阅《杜诗镜铨》卷二十。是日文题《法语之言，能无从乎？改之为贵。巽与之言，能无说乎？绎之为贵》，诗题《雨云水波得"波"字》。（页眉：文期。）

二十八日(8月14日)　晴。晓起，临苏帖一页。饭后，校阅宋玉《高唐赋》⑤，一序极佳，赋亦古雅清腴，必读，必读。下午，读杜诗卷二十毕。后附论杜几则，予独取王元美、吴齐贤两家。

二十九日(8月15日)　晴。晓起，临苏帖一页。饭后，校阅宋玉《神女赋》⑥、《登徒子好色赋》⑦、曹子建《洛神赋》⑧，三赋皆在必读，而以《好色赋》尤为杰作。中午校毕，共选三十三篇。初学尚宜节去几篇，如《甘泉》《江》《海》《风》等赋，可以缓读。下午虽热，然天气晴

---

①⑥⑧　双圈。
②　此二篇均为三圈。
③④⑤⑦　三圈。

明,或不致再雨,尚可转歉为丰,亦我辈之大幸也。

三十日(8月16日)　晴。晓起,送笑山解节,约七月十六日到馆。遂作书与何竹君。饭后,以事辍读。下午,始阅《昌黎先生集》批本,首列门人李汉序,中有"锵然而韶钧鸣"句,杭本、蜀本作"发"。今按,二字两通,但作"鸣",则句响而字稳耳,故今定从诸本。《新书》本传,注引程子、王氏之言,可细玩。王氏诗云:"纷纷易尽百年身,举世何人识道真。力去陈言夸末俗,可怜无补费精神。"诗极婉约,然韩公岂临川所能议乎? 可笑。(页眉:"发"不如"鸣"。)

七　月

初一日(8月17日)　晴。晓起,临苏帖一页。饭后,读《昌黎全集》卷一。四赋以《闵己》《别知》[①]两赋为佳。下午,以眼红不看书。阅近时碑帖,刘文清书石刻第一册,首书杜诗五律。是夜,风雷交作,雨发点便止。

初二日(8月18日)　晴。晓起,临苏帖一页。饭后,读《昌黎全集》卷一。古诗注中,引王荆公论《诗》,有"《周颂》之词约,《鲁颂》之词侈"二语,可用入制艺作诗一门。下午,看文清公石刻第二册,首书诏书:"方春东作"云云,实不知何代诏书也。偶查头悬梁事,出《楚国先贤传》:"孙敬在太学,编柳为简以写经,睡则悬头于梁。"一事不知,学者之耻。今以眼前故事,问之已觉茫然,可愧可愧。(页眉:"《尧典》多吁词,《舜典》多俞词。"二语可作对。《周颂》二语有录。)

初三日(8月19日)　晴。晓起,临苏帖一页。饭后,以目赤辍读。据故老相传,阅碑帖可以养目。仍翻文清公石刻第三册,首临苏文忠公书:"年四十七,在黄州"云云。第四册,首临一表:"尚书宣示孙权"云云。此四册,为申江王寿康所刻,书田老友昔年赠余者也,幅幅的真,中多竹堂、阳甫两先生跋语,可为明证。下午,阅《娱志居法

---

①　双圈。

帖》第一册,如《娱志居记》、录魏叔子《衷言》十一条、《张氏祭田记》《放生记》,皆可诵,馀诗不甚佳,均以山舟先生书重也。

初四日(8月20日)　晴。晓起,临苏帖一页。饭后,接何竹君回信,并发信与松侄。近得目疾,别无痛痒,右目如鲜血迸流,因查《目科正宗》卷五内,名曰"目血",系老年及有心计的人元神虚惫,倏感风热,一脉上游,真血未归元府,因逼而妄泄,为治颇易,总以补元滋阴为主。午前,阅《娱志居石刻》第二册,首临米兰亭行楷,自书铭词三十二首,古趣横生。《书德清戴翁轶事》《与述庵三札》后附一跋,愚以铭词为佳,如《杖铭二》:"其直不折,其圆不窒。窒犹可也,折则失。""吾老矣,赖有尔。老而死,尔谁倚。嘻。"《娱志居》第三册,山翁多自书古今体诗若干首,并赋一篇,而以《反游仙诗》十章最足耐人讽咏。下午,阅第四册,首书《六一泉三堂祠记》,乃朱相国视学浙江所作,极有关系。以下杂书诗歌,或自作,或他人之作,不一种。注中引《颜氏家训》:"崎岖碑碣之间,辛苦笔砚之役。"盖先生自道也。(页眉:目疾。梁翁杖铭二首。又《反游仙诗》十章。颜氏语可采。)

初五日(8月21日)　阴晴参半。晓起,临苏帖一页。饭后,作书答柯亭,嘱以吾辈遇灾而惧,当退藏于密,勿多谈世事。时柯亭屡次问及粤东近事,予以不睹不闻为幸。下午,阅《娱志居石刻》第五册,首《与张芑堂论书》十一则,最宜细玩,大要不外乎米老"无垂不缩,无往不收"二语。后一札《与墨妙楼主人》亦可看。以下九札,皆与一斋,未知何人。下一跋论画,亦颇有所见。末书《七十自述》诗七绝七首。第六册,首书《重修烟雨楼记》《文星阁记》、《赤壁赋》小楷、《枫泾王氏祠堂记》①,皆可观也。(页眉:米老论书语可参。)

初六日(8月22日)　晴。晓起,临苏帖一页。饭后,目血渐退。作《重修文昌阁记略》一篇。下午,阅《娱志居石刻》第七册,首书正气阁、先觉堂、遗爱堂诸公题名考证,后附一跋,以下书三堂各位神主,

---

①　双圈。

均系楷书，极端正秀劲。第八册，首书《陈圣传敕命》一道，以下皆陈公传文、墓志铭，后附圣传胞弟圣修墓志铭，皆山翁楷书，较前册稍变。闻高翁作于初五日午后。

初七日(8月23日) 晴。晓起，出吊高文翁。三十年老友，不可不亲往一拜。饭后归家，以事辍读。下午，阅《娱志居石刻》第九册，首书《严翁家传》，次书《金氏许杨两恭人合传》①，后"嗟夫"一段议论，极有根柢。末书《谢公墓志铭》，实无足采，书亦稍逊，不及前二篇之端楷。第十册，首书《袁公墓碑》，即随园季父，楷书圆劲。次书《沈封公传》，别作瘦劲一派，皆可学也。论中引王僧虔《诫子》云："吾不能为汝荫，政应各自努力耳。"诚哉是言！凡为子者，宜朝夕猛省。末书《张氏家传》，亦秀挺可法。《徐孺人家传》，另具一种面目矣。傍晚，顾南园来诊妇疾。（页眉：传中亦有可采。王僧虔《诫子书》。）

初八日(8月24日) 晴。晓起已晚。饭后，阅《娱志居石刻》第十一册，首书佛经，以仿董香光一派，予不甚注意。下书《莲池大师普劝戒杀放生说》，却可诵。末附一跋②，盖梁翁与慧照上人往还之语，书极圆妙，文亦恻恻动人，可称双绝。第十二册，首书《杭州孔子庙碑》③，起即引韩昌黎撰《处州孔子庙碑》说入，然韩文皆根据经籍，而议论仍未尝袭前人陈言，故下笔如鱼龙百变，曾、王文字，尚未解此秘，况其下也者乎！次列《重建箬溪书院记》④，书、撰皆出梁公手，是册出色之作，同是楷书，较前更胜。后列《笔花书院记》⑤，系朱公珪撰，梁公草书，均足耐人临摹。第十三册，首书《任逸轩家传》⑥，逸轩之配李太安人，生子泽和，乾隆己酉进士，由县令署杭州府西塘海防同知。曾言十三岁时，于母奁中捡得罗汉钱一枚，手自摩弄。罗汉钱者，宝泉局所铸"康熙通宝"钱，"熙"字间有从"《说文》"体，少左一擎者，市中罕觏，故有罗汉之称。母见之，怒其不先白，叱令长跪，笞而

①②③④⑤⑥ 双圈。

责之。伯母趋至,劝曰:"儿幼,一钱直几何?何遽如许?"母泣曰:"谚云:'小时偷针,大来偷金。'天下事皆由渐而成。一钱虽微,扩而充之,何所不至耶?"某悚然汗下,至今不敢忘。钱大昕撰文,梁同书楷书。此传《潜研堂文集》不载。次列《蒋苕先生墓志铭》①,乃王侍郎昶所撰,序述谨严,不诬不溢,书亦精整。文载《春融堂集》。以下《何公墓志铭》,书法亦佳。《徐君墓志铭》,载徐讳曰纪,浙之桐庐人,弱冠即伉于庠,援例补金华府学训导,膺荐举卓异,奉特知以知县用。训导之用知县,盖自君始。文别有事实可稽。第十四册,首书元遗山诗②五古五首,次书《木棉花》六绝、《珠江竹枝词》,皆《岭南集》诗。次书《铁画歌》七古四首。是册皆草书,以元遗山诗为最佳。下午,作高伴山小传,入《分湖小识》。此老谊行,实出流俗之外。(页眉:评论韩文。罗汉钱出处。母教可法。训导改知县之始。)

初九日(8月25日)　晓起,微有雨。临苏帖一页。饭后乃晴。阅《娱志居石刻》第十五册,首书《新建苏文忠公祠记》、《洞霄宫三贤祠记》③,皆无锡秦瀛撰,同书楷书。次书《张杨园先生栗主入祀分水书院记》④,合肥李廷辉撰,楷书稍变其体。《捐修金华府城记》⑤,吴县严荣撰,乃行书中最为圆劲者,可学也。末书《新安石门陈氏祠堂记》⑥,亦秦瀛撰,楷书与前同一精整。此册金石文字,有用者多,宜不时展阅。第十六册,首书《重兴乌镇社学记》⑦,青浦王昶撰,同书楷书,如钱大,甚可临摹。文载《春融堂集》。《张节母寿序》,陆中丞撰。查《切问斋文集》,不载此序,或系假托,行书亦不甚出奇。末书《王母寿序》⑧,文字与书法皆可阅,文系袁枚撰,查《小仓山房文集》,亦不载。下午,阅第十七册。首书《学记》⑨,楷书绝妙,后有跋。次书《峡山紫微山白刺史祠记》⑩,无锡秦瀛撰,言《峡川志》称,唐长庆三年,居易刺杭,秋八月登此山,望硖石湖,作诗勒石。明孙一元诗有

---

①②③④⑤⑥⑦⑧⑨⑩　双圈。

"白傅断碑樵斧砺"之句，即今紫微山也。顾《志》所载公诗，不见于公集，当是元明间人傅会，而一元沿习传讹，未可遽信。按，此记议论，与予前《纪游诗》所见皆同。次书《后乐园记》①，行书绝妙风神。《书江氏还金亭记》②，文不如书。《石宁斋墓志铭》③，同里吴锡麟④撰，予向见谷人先生骈体文极多，散体文竟不多见，此文笔曲而达，当在铁夫、竹堂之上。此册楷书，以《学记》为最。（页眉：论紫微山白公祠，极有识。）

　　初十日（8月26日）　晴。晓起，临苏帖一页。饭后，阅《娱志居石刻》第十八册，首书《明张忠烈公墓石记》⑤，钱塘邵志纯撰。张公名煌言，字元著，苍水其号，鄞县人，详见黄梨州先生《墓志》。《全吉人祖望神道碑铭》记载冯铨、龚鼎孳曾给美谥，后按名追削；梁云构、卫周祚曾祀乡贤，后廷议撤出。记附秦瀛一跋，小楷精妙。次书《当湖书院义田记》⑥，末书《嘉兴普济堂记》⑦，秦瀛撰。此册皆楷书，可时时展玩。第十九册，首书《章节母传》，稍变其体。次书《烈女孙秀姑传》⑧，钱唐冯景撰，其事与文与书，均足耐人细玩。后附邵志纯一跋，行楷绝妙。末书《孙公墓志铭》，别具一种笔墨矣。第二十册，首书《梁文定公墓志铭》⑨，大兴朱珪撰，楷书精整可法。次书《徐君墓志铭》⑩，此志已见第十三册，而此册楷法尤佳。末书《王筠吉胡宜人合葬墓志铭》，楷书不尽可法，而言有可采。王君名均，字雍士，号筠吉，钱塘人，尝弃儒业贾，与族弟宏川贩缯帛，往来宜兴、溧阳间，二十馀年，后乃分途治生。乐周人急，或以缓急告，脱手赠赀，日削弗顾。时宏川以铜务侨居吴门，君令子文鏊，往习铜事，尝谓文鏊曰："钱者，泉也。泉流汩汩而来，功在润物。吾向与宏川同志，今吾坳堂一杯

────────

　　①②③⑤⑥⑦⑨⑩　双圈。

　　④　吴锡麟（1746—1818），字圣征，号谷人，自署东皋生，浙江钱塘（今杭州）人。乾隆四十年进士。授编修。著有《有正味斋集》。此处"麟"应为"麒"。

　　⑧　三圈。

耳，积而能散。幸与宏川见之，法其生财，更当法其用财也。"其慕义好施如此。《娱志居碑帖》共二十册，皆梁公手书，楷书居十之七八，真墨海中一大观也。今午始得遍阅一过。下午，沈婿自魏塘来，述及近事，愈难了结矣。是夜黄昏候，风雨交作，将及一鼓而止。连日水退不过四五寸，今夜又要加增，低区不知何时退出矣。（页眉：追夺美谥，黜祀乡贤，故事可稽。贾言可采。）

十一日（8月27日）　晴。晓起，临苏帖一页。饭后，为侄女查清田单及办粮的户，以便今秋推立交割。午前，接松侄信，为穆大嫂告借而来。予答信云："凡治家之道，总要节省于前，自能宽展于后。予之不肯浪费钱文者，正为此也。今大嫂贫病交攻，岂能坐视？暂奉大钱七百文，以济燃眉之急。然车薪之火，岂一杯水所能救耶？大嫂盛时，用财如粪土，今老而穷，自贻伊戚，与人何尤？予安能填无底之壑乎？"下午，《清献公日记》后二卷，吉人抄毕，共计九十三页。连前第三卷，共抄六十二日。去文期十日，净五十二日，约一百二十页左右。

十二日（8月28日）　晴。晓起，适有小极，食粥。饭后，校阅《清献公日记》第四卷。下午，以事辍校。偶查《年羹尧传》，系汉军厢黄旗人，见《满洲名臣传》三十二卷中。适有人问及故也。《日记》后四卷，吉人于今晨抄起。是夜，雷雨交作，因风而散。自月初至今，水退不过五六寸，谚云："来如箭，去如线。"信然。

十三日（8月29日）　晓起，微有雨。薰儿请一赋题，出《田子方束帛赎马赋》，以"少尽其力老弃其身"为韵。予命题深有寓意。世俗浮薄，仁道全亡，作此题能从此意入手，便不为题缚。未知薰儿能悟及此否？饭后，校阅《日记》第五卷。先生自家居、出门以及服官，无日不看书，无日不留心经济、学问，所谓"好古敏求，优入圣域"。今中人以下，竟束书不观，何也？下午开霁，终不能常晴，奈何！

十四日（8月30日）　晴。晓起，校阅《日记》第六卷。饭后，有曹、连二君，各以俗事就商，予均为开导而去。午前，接得珊信，知来年旧地已不仍旧。下午,校阅《日记》第六卷,一半而止。适沈婿来,述及近事,虽未完结,可以缓商,大好大好。此事案而不断,最为得体。

十五日(8 月 31 日)　晴。晓起,书《〈三鱼堂日记〉后》草稿。饭后,校阅《日记》第六卷,至日中而毕,即嘱丹林订好。下午,重读《河东集》。

辛丑日记四

七月十六日起，八月，九月。摘阅《淮南子》，自卷九至十一。附阅《五百名贤像》，在下册首。重读《河东集》。

是册附记少湄从孙、仰山婿身后事。乙巳八月十二日（1845年9月13日）重阅记出。

叚作"段"，俗写。

四小姐外荐锭一万〇二百。

七 月

十六日（1841年9月1日）　晴。晓起，临苏帖一页。饭后，笑山到馆。午前，沈婿来，据云，事多翻覆矣。总由少年不周到之故。下午，录清夅田方单办粮细数，尚未毕。

十七日（9月2日）　晴。晓起，临苏帖一页。饭后，作书与沈南乙。午前，录清夅田方单办粮毕，查核细数相符，大可倒单收入北翊庄立徐恒甫一户。下午，重读《河东集》，温故最有味。薄暮，风雨交作，顷刻而止。

十八日（9月3日）　晴。晓起已晚。饭后，封好《三鱼堂日记》两册、信一函，寄与南乙。午前，接珠亭信，知秋伊已分手，可谓"弟子进，则先生退"矣。仍欲举葵邱之会，并想及大兄处亦与一会，何无识若此！下午，重读《河东集》。

十九日（9月4日）　晴。晓起，临苏帖一页。饭后，至芦墟，问祝唐之疾，热势已退，惟胃气不和，尚须清理耳。拉得珊登文昌阁，其仲兄某同往。阁西向，与芦墟东栅相对，南至港南浜，出韩浪荡，北至槐字港，出三白荡，四面芦苇、树木，日渐零落，幸旧时石工、木工，极为坚致，故始基不致败坏。予与得珊昆季流憩最久。饭于舟中，一荤一素而已。下午，与得珊分手，到家尚早，以形劳辍读。是夜腹鸣，共泻三次。

二十日（9月5日）　晴。晓起，临苏帖一页。饭后，将去秋收粮底数，登明置产簿上，亦齐家之要策也。下午，以腹疾微疲，静卧养馀斋中。是日文题《德行：颜渊、闵子骞、冉伯牛、仲弓。言语：宰吾、子贡》，"吾"当作"我"；诗题《雨滴梧桐山馆秋得"秋"字》。（页眉：文期。）

二十一日（9月6日）　晴。晓起，临苏帖一页。饭后，查清账务。适吴婿来，气色极好，看来后福毕竟在此婿。中饭而去。下午，重读《河东集》。

二十二日（9月7日）　晴。晓起，阅独学老人所选《紫阳书院课文第三集》，中有"德行"两段题文，儿辈嗜朱抡作，予独取徐昂作，盖朱作尚庸，徐作极有涵盖。问诸笑山，亦以为然。饭后，读《昌黎全集》卷一。《秋怀》十一首，深得《选》体。午前，周品五表侄来，留中饭而去。下午，孙秋伊来长谈，闻陈荔裳有聘请之意。

二十三日（9月8日）　晴。晓起，临苏帖一页。饭后，读《昌黎全集》卷二。《醉赠张秘书作》，脱尽韩公盘空排奡之气，而隽永多味，令人百读不厌。下午，重读《河东集》。

二十四日（9月9日）　微有雨。晓起，临苏帖一页。饭后，读《昌黎全集》卷二。《县斋有怀作》，最为惬心。下午，至大兄处，闻兆元兄子尚有寒热，总由饮食寒暖之不慎。作札与鹤田老友，专为切庵所寄之物。并作札与喜墨斋刘先生，欲邀吴先生到乡写样。是日文题《太公之封于齐也，亦为方百里也。地非不足也，而俭于百里》。诗题《自起开笼放白鹇得"鹇"字》，唐雍陶诗。陶见《别裁集》卷十六中。（页眉：文期。）

二十五日(9月10日) 雨。晓起,临苏帖一页。饭后,读《昌黎全集》卷二。《荐士》一首,最入选。下午,重读《河东集》,适叶曲江来而止。曲江与余相识十馀年,近闻其医道大行。大兄延之,诊视兆元之病,据云无妨。并为二女诊治,按脉处方,极为详细,甚可交也。是晚,忽闻少湄侄孙无病而亡,可悲之至。少湄一身,为八口所依赖,上有祖母、后母,中有幼弟在家,及生所出一子一女,多在襁褓之中。年来惟以行药糊口,艰苦备尝。今若此,无论二老、诸弟,其如孤寡何?大房家运,可谓否塞已极,睹之不觉寒心。予与大兄均有所助。

二十六日(9月11日) 雨。晓起,临苏帖一页。饭后,读《昌黎全集》卷三。《山石》一首,清刚微妙,百读不厌。下午,重读《河东集》。天雨不止,又逢白露节,低区水高于田,虽有堤防,其足恃乎?

二十七日(9月12日) 阴晴参半。晓起,查清账务。饭后,命薰儿至大港,吊从孙少湄之亡。虽属幼辈,人尚知礼义,故不可无此一揖。予为作《权厝志》,属草稿尚未定。下午,重读《河东集》,亦不能多看,适目血疾复发。

二十八日(9月13日) 雨。晓起,查清账务。饭后,嘱梦仙至黎里,问冯婿之疾。暇即改存《从孙墦权厝志》,颇用心意,欲不没其人,刻入谱中。下午,重读《河东集》。旁晚,梦仙回来,述冯婿病势已退,大象无妨。是日文题《举尔所知,尔所不知,人其舍诸》,诗题《铜雀台瓦得"台"字》。是夜长雨,及明而止。(页眉:文期。)

二十九日(9月14日) 天忽晴。晓起已晚。饭后,改存近作,以目疾辍读。下午,重读《河东集》一卷。问途必于已经,取其熟也,读书亦然,并可少费心血。

八　月

初一日(9月15日) 晴。晓起,阅《紫阳书院课文第三集》,中有《"举尔所知"三句》题文,江昌龄作,后二比颇有议论。饭后,重读《河东集》,以目疾,不敢阅《昌黎全集》。韩集系批本,多蝇头细字,恐易致损目也。下午,接仲博山信,明年仍旧王氏,欲张罗附徒。

初二日(**9月16日**) 晴。晓起,放舟至黎里,问冯婿之疾,仍不轻健。饭后,至冯辅庭家送座。时子舆亡后,已及撤几之期,门庭冷落,大非昔年光景,予故专诚一拜。子舆为先仲嫂之弟,兆元侄之母舅。时元侄以病不能出门。午后,至汝梅村家,闻寅斋考后,从未作文,甚非秀才所宜。今之子弟,幸得一衿,往往如此。下午,至池亭上,走候叶曲江、铸堂昆季。曲江他出,铸堂同其从子出见,约曲江初四日再来覆诊二女。回舟过南玲圩先子墓上,大兄新为涂墍,外观尚属有燿。然五年之外,总宜重加修葺也。到家未晚。是夜,微有雨。

初三日(**9月17日**) 晴。晓起,临苏帖一页。饭后,笑山稍有微疴,送其回去。予同至东浜。沈婿于昨日自魏塘到家,事尚安静,予一茶而返。午后,谨侄来,以家事就商,予亦别无善策也。下午,谨侄已去。予思少湄身后之事,只得将遗产分作七股,养膳悉照前议,庶使孤寡尚可别图生计,不然,再事因循,必至穷无立锥也。是日文题《有不虞之誉,有求全之毁》,诗题《月桂高攀一第枝得"高"字》。(页眉:文期。)

初四日(**9月18日**) 晴。晓起,临苏帖一页。饭后,作书答仲博山。午前,重读《河东集》,适王珠亭来,欲聚一会,予面许一分,遂留中饭。下午,曲江来,诊视二女之疾。谈及英夷于浙闽之间,复来滋扰,此近日海疆之大患也,可虑可虑。

初五日(**9月19日**) 晴。晓起,临苏帖一页。饭后,答博山之札,封好待寄。午前,重读《河东集》。下午,以目疾辍读。

初六日(**9月20日**) 晴。晓起,临苏帖一页。饭后,重读《河东集》十九、二十两卷。前卷《三戒》文,后卷《鞭贾》一篇,皆有为而言,虽非文之正宗,然隽峭可喜,是河东本色。下午,以静养辍读。书贾胡寅生来,言张东甫明府已署长洲县,是廉明素著者也。张名之杲,杭州钱塘人。(页眉:论柳文。)

初七日(**9月21日**) 晴。晓起,临苏帖一页。饭后,重读《河东集》二十一卷,惟《书韩愈〈毛颖传〉后》文为最佳。下午,以目疾辍读。是日文题《信近于义,言可复也》,诗题《冷露无声湿桂花得"花"字》。(页眉:文期。)

初八日(9月22日)　晴。晓起,临苏帖一页。饭后,重读《河东集》二十二卷。《送邠宁独孤书记赴辟命序》,按时势以立言,声色壮丽,极有体裁。下午,以养目辍读。检阅旧时尺牍,其不可存者,急宜删之。

初九日(9月23日)　晴。晓起已晚。饭后,至泮水港。妇侄顾淡春病已就痊,惟南园妇侄以病不能见客。回至芦墟,祝唐虽已起身,然病容瘦削,予劝其急宜努力自爱。下午,过梦鸥阁,竹溪谈及潘寿生没于六月十七日,年七[十]有三,子二,俱能世其业。寿生名眉,字无害,江邑廪贡生,潜心汲古,著述甚富,亦吾党中之矫矫者。惜其人鄙吝未除,每为同辈所口实。今年四月初,曾蒙过访,予以出门辞之,实从未谋面也。是日,归家尚早。

初十日(9月24日)　晴。晓起,临苏帖一页。饭后,松、竹两侄携少湄侄孙遗稿来,予实不忍展阅也。午前,恒甫侄婿来,遂招王吉人同集于养树堂,谈至下午,两侄归去,留恒甫盘桓一日。恒甫出示近作,颇有清机。陈雨亭改本尤胜。时恒甫受业于少岩家,雨亭乃其旧业师也,少岩其从叔。

十一日(9月25日)　晴。晓起,作札与何端叔,时松侄欲就医。饭后,闻冯婿病重,复命梦仙往视之。午前,冯宅有船来,迎二女回去。时二女虽病卧在床,不得不扶持回去。下午,周玉生表侄来,畅谈至傍晚而去。黄昏,梦仙自冯宅回来,述仰山病情,凶多吉少。予于灯下作好一札,明晨嘱梦仙去请端叔,未知尚能支持否。

十二日(9月26日)　晴。晓起,命薰儿同梦仙至黎里,问仰山之疾。饭后,点阅从孙少湄遗稿。自乙未、丙申、丁酉三年之诗,不满二百首,乃其初入手时所作,多佳句而少完善。己亥一年,诗虽不多,风格渐成。如《月夜》云:"一色碧如洗,天空月正明。砌花含露气,庭树裏风声。虫语夜来细,人心贫后清。贪凉闲坐久,莲漏已三更。"
《夜阅韵生兄〈颐斋诗存〉,感题》云:"惨淡灯无色,开编欲断肠。风流
今顿尽,一病竟膏肓。寿岂因才夺,儿还待弟偿。夜台应寂寞,得句
与谁商。"其戊戌及庚子两年之诗,多不存稿,无从寻觅。少湄年未及
壮,穷能固守,诗多清气,一洗肥皮厚肉之态,使天假之年,所造正未
可量,惜乎其竟止于此也!予既作《从孙塽权厝志》,复摘录五律诗二
首,以存其人。塽字石生,号少湄,著有《碧梧小榭诗钞》。下午,黎里
船回来。闻仰山病稍减,端叔约傍晚到黎诊视。(页侧:少湄诗
已录。)

　　十三日(9月27日)　阴。晓起,作札与二式甥。饭后,同吉人、
恒甫至芦墟,先游泗洲寺,继登文昌阁,回泊城隍庙前,饭于舟中。访
梦琴不值,晤其兄鲁斋、嗣君骈生,匆匆不及逗留。复登梦鸥阁,茶话
片时。下午,遇雨而返。接阅端叔昨夜为仰山所定之方,诊已棘手,
奈何奈何!是夜,酌恒甫、吉人,兄子不来,命陈兆祥表侄陪之。予以
仰山病危,竟不饮酒。

　　十四日(9月28日)　风雨连绵。晓起,作札与薰儿。饭后,命
船送恒甫回去,即将奁田内外登簿交出。午前,查清账务,始将小祭
产登簿三册交与二二房。下午,孤坐无聊,觉眼前皆是俗物,惜无素
心人与之剖析也。傍晚,梨里船回,述仰山之病有增无减。是夜,狂
风疾雨,晓犹不止。

　　十五日(9月29日)　晓起,风雨仍复不止。饭后,重读《河东
集》贰十三卷。《送薛存义之任序》①最佳。下午,烈风猛雨,竟不得
冯婿病危消息。孤坐无聊,成诗五首。

　　十六日(9月30日)　阴晴参半。晓起,改存昨日所成之诗。饭
后,锦侄、竹侄同大房二侄孙来,少湄身后之事,已草草分定。午前,
薰儿自梨里归,述冯婿病在危笃,附身之物已备,惟一棺尚未定见,闻

------

①　三圈。

之不觉痛心。下午,略有晴意。予以两侄在,不及展卷。

十七日(**10月1日**) 阴晴参半。晓起已晚。饭后,命薰儿复至黎里,看冯婿之病。明知无益,然终不能释然也。午前,大兄来谈,询及冯婿病情如何,予谓已入膏肓,言之不觉泪下。适接南乙信,知前后日记两册约十月中缴还。下午,重阅松侄所校家谱,尚能用心,酌出几处可从。阖族子侄辈,能商确此事者,竟不可有二,门材寥落,抑至此耶?阅毕,不觉为之掩卷太息也。

十八日(**10月2日**) 晴。晓起,闻冯婿凶问,作于十七日申时。即作札与薰儿,办送殓之物。饭后,内子必欲到冯婿出一探,予亦不能力阻止。仰山在予家居停十年,颇能相助为理,时有热肠。惟因久不得子,去年欲纳一妾,予力为阻扰,实以此身非纳妾之身,时尚可缓,渠坚执不从,未免有妨慈爱,讵料其竟至于此也。午前,复作好一札,命薰儿于二十日至六里舍赴葵丘之会,并有函致端叔。下午,东浜沈、泮水港顾均有附分致仰山家,身多不到,可见两家亲谊之薄。淡春病后可恕。未暮,内子回来,述其家款待尚恭,惟二女不胜哀笃耳。(页眉:论冯婿。)

十九日(**10月3日**) 晴。晓起,送王吉人回去,约九月十三日来。饭后,命舟人至梨里,有信两函交薰儿。午前,校阅《清献公日记》后四卷,未及十页而止。下午,书斋孤坐,念冯婿入殓,正在今晚,实不堪回首时也。

二十日(**10月4日**) 晴。晓起,查清账务。饭后,重校《清献公日记》第七卷毕。作诗一首,重为仰山悲也。下午,兄子兆黄来,言昨日仰山殓事,殊属草草,不觉痛定思痛。明知无益,然终不能释然耳。

二十一日(**10月5日**) 晴。晓起已晚。饭后,重校《清献日记》第八卷毕。此卷内多引《吕泾野文集》中语,极精而醇。下午,以静养辍读。

二十二日(**10月6日**) 晴。晓起已晚。饭后,重校《清献日记》第九卷,中有不满于满人之语,似宜避。午前,陈姨甥女来,以俗事就商,此卷停校。下午,薰儿自梨里回,昨夜仍宿于邱氏。二十日,宿于日新堂中。述谱经家信,于万寿节后,决意南旋,大约重阳节必到家矣。二十一日中午,饭于冯氏,二女病不轻健,亦必然之势。

二十三日(10月7日) 晴。晓起已晚。饭后,重校《清献日记》第九卷毕。午前,校第十卷,至下午而毕。卷十中,不满于余国柱及高士奇、王鸿绪、徐乾学之为人,千秋定论,可谓寒心。

二十四日(10月8日) 晴。晓起,作札与松侄,以参一包寄之。饭后,以事辍读。下午,薰儿以十一日期上之文呈阅。题系《序爵,所以辨贵贱也;序事,所以辨贤也》,是予所拟。是日,忽闻冯婿病危之信,阖家惊皇,以致不能完篇。今日尚能始终其事,亦可喜也。惜先生不知何日到馆耳。

二十五日(10月9日) 晴。晓起,重将《清献公日记》后四卷照原本用朱笔再圈一过。饭后无事,细细校阅,及午而毕。下午,安排行李,明日将入城逗留,惜内顾乏人侙助耳。为亡婿悲,而复为门户虑也。

二十六日(10月10日) 晴。晓起,至雪巷,邀南乙下船来谈,以《日记》原本一册、抄本二册付之,并以近作散体文二篇、七律五首商之。问梁叔之大父,名鹤,进士出身,有《桂门文集》行世,极少。南乙约九月二十后归家。闻唐耳山已过,此席不请矣。饭后,由囤村过同里,到江已在午后。入城候鹤田翁,尚健,谈及冯婿身后之事,如田产一节,以交出为清楚,与予意见相合。日收二纸,一换执照,一报身故,皆托出。问前日切庵所寄之洋,于八月十六日取去。下午,仍寓云在草堂,雨苍师力疾出见。笑山来,不值。

二十七日(10月11日) 晴。晓起,至朱局,为夅田过户之事。饭后,出吊于下塘沈氏,时妇兄岳崝治丧一日。回寓,凡夅田倒单者,皆亲自书明户头及办粮开除,共五十八纸,又祭产一纸。下午,至何局,小主人出门,方单交与朱和卿手,约明日清晨再去面查。归寓,闻笑山又来,不值,傍晚来晤而去,云即日到馆。

　　二十八日（**10 月 12 日**）　雨。晓起，将行李下船，复冒雨至何局，查坵册，一一与单数相符，即交与清泉小主人。饭后开船，舟中重阅《清献公年谱》毕，大约与《日记》相同，惟指摘余国柱诸人罪状，略加删去。下午，到万年桥下泊舟，仍寓司前世德堂。安排定当后，灯下发信与朱丹林，约九月初四日来载。

　　二十九日（**10 月 13 日**）　阴晴参半。晓起，与喜墨斋刘先生议定刻谱之事，言明白版，每百九十，序文图字双算。此番因空页、空行多也。至《日记》一书，仍用梨版。饭后，至清微道院，候杨聋石，乞书版头"分湖柳氏家谱"六字，右首书"道光辛丑年镌"，左末书"胜溪草堂藏版"。谈及夷氛极炽，定海县于八月十七日复失，书恭寿自缢于堂，闻之殊堪发指。下午，在胥门外见兵船陆续而过，询之，乃南京满洲兵，至上海防御者。东南日渐多事，大非承平光景矣。安得大有经济者，为之芟削消磨也。傍晚，晤聋石，谈及子鹤之宦况可怜，今年五十有六，两鬓皤然，家累极重，若非官，几至不能托生者。人生入世，在在当思树立，即或时与愿违，亦宜早为退步，何至日暮途穷，竟不堪回首也耶？吾辈宜借此自警。黄昏，费老玉及妇侄梅桥来谈。（页眉：后闻书公实未曾死。）

　　三十日（**10 月 14 日**）　阴晴参半。晓起，迟聋石不至。阅《淮南子》卷九，《主术篇》多有可取，如："目妄视则淫，耳妄听则惑，口妄言则乱，夫三关者，不可不慎守也。"一。"与其誉尧而毁桀也，不如掩聪明而反修其道也。"七。"禹决江疏河，以为天下兴利，而不能使水西流；稷辟土垦草，以为百姓力农，然不能使禾冬生。岂其人事不至哉？其势不可也。"九。"凡人之论，心欲小而志欲大，智欲员而行欲方，能欲多而事欲鲜。"二十二。"国之所以存者，仁义是也；人之所以生者，行善是也。"二十六。其言甚合予怀，故特录之。饭后，至阊门，买取物件。文会堂中，见范《唐鉴》，六薄本，索价洋钱一元二角，未免太昂。下午，与书贾胡寅生茗饮，适刘先生亦来。闻聋石于上午来过，傍晚复至清微道院，家谱版头书得极古茂。并出吴有堂所校刊《四书》见示,后附《考证》二卷,乃不可多得之书。闻有堂为吴县诸生,潜心经学,穷能固守,近已化去,几无以为殓,予故特出善价得之,悲其贫也。吴名志忠,卒年七十有馀,已移家牧犊。子一,以课蒙为业。(页眉:《淮南子》摘句。卷九至十一。)(页侧浮签:《淮南子》之言多可玩。)

九　月

初一日(10月15日)　晴。晓起,同聋石至吴学温将军庙前吃羊肉汤饼。饭后在寓,阅《淮南子》卷十。《谬称篇》如:"圣人之道,犹中衢而致尊耶?过者斟酌,多少不同,各得其所宜,是故得一人,所以得百人也。"二。"媒妁誉人,而莫之德也。取庸而强饭之,莫之爱也。"四。"夫子见禾之三变也,始于粟,粟生于苗,苗成于穗。夫子,孔子。滔滔然曰:'狐乡邱而死,我其首禾乎?'禾穗垂而向根,君子不忘本也。"五。"故君子能为善,而不能必其得福;不忍为非,而未能必免其祸。君,根本也;臣,枝叶也。根本不美,枝叶茂者,未之闻也。"十一。"周政至,殷政善,夏政行。""老子学商容,见舌而知守柔矣。商容,神人也。"十二。"鹊巢知风之所起,獭穴知水之高下,晖目知晏,晖目,鸩鸟也。晏,无云也。阴谐知雨。阴谐,晖目雌也。"十三。等句皆可取。下午,在司前书坊内查阅,复至观前徜徉。忆去秋与冯婿于此往回,至再至三,不觉心为之痛。归寓,灯下阅《朱子年谱》。

初二日(10月16日)　晴。晓起,杨聋石、费老玉过寓,同邀予在万年楼前食汤饼,聋石复回寓。谈及镇海县于八月二十七日又失,裕制军已殉难。身为大臣,至无可如何之时,只得为国捐躯。是役也,闻鲁山稍涉鲁莽,然平素洁己奉公,已不可多得。饭后,在寓无事,仍阅《朱子年谱》。文公年七十一而卒,门人蔡沈为撰年谱,黄榦为撰行状。下午,重校家谱一遍,如每卷首,增"分湖"二字于"柳氏家谱"之上,以别于他处,且可以该东村、北舍、大港、大胜、大义诸村名。傍晚,过清微道院,聋石出示裕制军奏稿,定海县实失于八月十七日,连伤三镇台，并闻余宫保亦已自缢，浙江惟有刘抚军一人，未知天能默佑否也。（页眉：余公实未死。）

初三日（10月17日）　阴。晓起，阅《淮南子》卷十一。《齐俗篇》如："仁义立而道德迁矣，礼乐饰则纯朴散矣，是非形则百姓眩矣，珠玉尊则天下争矣。凡此四者，衰世之造，末世之用也。"一。"子路拯溺而受牛谢，拯，举也。孔子曰：'鲁国必好救人于患。'子赣赎人而不受金于府，孔子曰：'鲁国不复赎人矣。'子路受而劝德，子赣让而止善，孔子之明，以小知大，以近知远，通于论者也。"二。"夫玉璞不厌厚，角觡不厌薄，角觡，刀剑羽间之覆角也。漆不厌黑，粉不厌白，此四者相反也，所急则均，其用则一也。今之裘与蓑孰急？见雨则裘不用，升堂则蓑不御，此代为常者也。"三。"是故凡将举事，必先平意清神，神清意平，物乃可正。"五。"故公西华之养亲也，若与朋友处；曾参之养亲也，若事严主烈君；其于养，一也。"六。"今屠牛而烹其肉，或以为酸，或以为甘，煎、熬、燎、炙，齐味万方，其本一牛之体。""伐梗楠豫樟而剖梨之。梨，分也。或为棺椁，或为柱梁，披断拨檖，檖，顺也。所用万方，然一木之朴也。""故百家之言，指奏相反，其合道一体也。"十一。"故趣舍合，即言忠而益亲；身疏，即谋当而见疑。亲母为其子治扢秃，而血流至耳，见者以为其爱之至也。使在于继母，则过者以为嫉也。事之情一也，所从观者异也。"此喻最入情。饭后，微有雨。寓中，偶阅《赋钞笺略》，乃王治堂所选，云间雷晓峰琳、张香圃杏滨所笺，自周、汉、六朝、三唐以迄于国朝，共赋一百廿九篇，分作十五卷，初学宜奉为圭臬。中有章藻功，字岂绩，浙江钱塘人，工四六，与陈其年并称。向未悉其人里居，故摘出之。下午，欲作诗而未成。阅庾子山《哀江南赋》，不禁为之惊心也。（页眉：章岂绩出处。）

初四日（10月18日）　微有雨。晓起，重阅《哀江南赋》注。过清微道院，索观裕制军失守定海奏疏，将三总镇阵亡实迹及舒明府殉节缘由录出。回至胥门，见裕制军灵柩船停泊马头，治丧一日，不禁为之心伤。未知以后夷务，何人能了局也。饭后，与刘先生茗饮。下午,待船不至,在寓中静坐。

初五日(10月19日)　晴。晓起,拉聋石吃羊肉烧买。饭后在寓,成《八月二十六日书事》诗,盖专为裕制军谦、余宫保步云作也。裕制军见镇海城已危急,自投于泮水池中,左右急为救起,气尚未绝,扶出镇海县界,至宁波而没。闻余宫保自缢于宁波城中。时事至此,东南保障,将何恃而恐耶?吾辈惟有修身待命而已。下午,家中船已来,接薰儿、丹林两信,阖家平安,惟二女病尚不轻,念予甚切,回家不得不前往探望也。黄昏候,老玉从府署中得信,宁波知府某见镇海已失,知夷匪必来,晓谕阖城各绅富,愿留者留,胆怯者且避其锋。于是城中为之一空,惟留将士六百人,俟其来也。大开城门,首先晓谕之曰:"但杀官,毋伤吾民。"夷匪知事有备,竟不敢前。并闻余宫保从未自尽,退守宁波城,此近日之确信也。予闻之,喜而不寐。后阅刘中丞失守宁波府城奏疏,知老玉所述未确。（页眉:文期。余宫保实未死。）

初六日(10月20日)　阴晴参半。晓起,发行李下船。饭后,同写样吴先生放船出万年桥,至下午到家。接阅赵眉翁、殷甥及何端叔、松侄四人信,时《江震人物续志》一书已有印本,眉翁寄惠二部,真大欢喜事也。灯下,薰儿呈阅《色恶不食,臭恶不食》课艺,笑山改本极清华,予为指示一遍。

初七日(10月21日)　微有雨。查清出门账目。饭后,兆黄兄子来,询及浙省英夷滋事情形,予据实告之,盖本诸裕制军第一奏疏。临去,以查坵册托之,闻将至何局。下午,亲核冯婿取租登簿二册,副本交稚谷,原本存予处,以防万一有遗失。是夜风狂,雨亦不止。

初八日(10月22日)　阴晴参半。侵晓,欲至梨里,适有小极而止。饭后,翻阅《三吴同官录》。林制军今年五十有七,尚能为国家效力,仰奏肤功,未知天心眷顾何如。下午,检阅《江震人物续志》,东序先嫂张氏采入"未旌列女"内,遂于家谱中补书一条,亦表扬之微意也。

初九日(10月23日)　晴。晓起,至黎里,饭于舟中。午前,候李石樵，欲以仰山身后事宜，托石樵转致乃兄稚谷。石樵适往城中，晤其胞弟稺园。遂回至梅寿处，先于仰山座前补吊，行三揖礼。虽属半子，然以数年相聚之情，不可无此一揖也。亲母李太夫人出谢，予即答之。时稚谷他出，予以仰山身后事宜，一一面致李亲母。幸二女病体近日稍减，予特为晓谕一番。我辈作事，总以公正为主，毋得少存一私见，恐女儿性情未必十分领略也。中午，稚谷家留饮。午后，石樵自城中回，即来见答，予一一告之。凡出嫁之女，夫死从子，今既无所出，嗣子又幼，一切取租办赋，饮食起居，非夫兄是托，将谁托耶？予和盘拓出，以省日后枝节。下午，走候昼翁乔梓，茶话而返。舟中，疟疾复来，寒暖交战，到家即眠。是日文期，文题："吾犹及史之阙文也"一节，诗题："雁"字。（页眉：文期。）

初十日（10 月 24 日）　晴。晓起已晚。饭后，大兄来问疾，谈及本村庙疏，宜宽毋刻，亦寓睦邻之意。下午，在楼中静坐，翻阅《国朝名臣传》。裕制军曾祖班公爷亦殉难于军中，裕公真不愧名臣之后。

十一日（10 月 25 日）　晴。晓起已晚。饭后，兄子兆黄来问疾，以讱庵信呈阅，适自吴江来也。已候，疟复来，大寒大热，直至夜半方解，幸有汗，或可就痊。

十二日（10 月 26 日）　晴。晓起已晚。饭后，陈姨甥女同升吉姨甥媳来，必欲以田偿债，冀得稍有馀赏，以为活计，情辞哀迫，几若非此无以为生，予故不得已而颔之，留中饭而去。下午，松侄同小园侄孙来，以少湄侄孙媳合同分据二纸，请予画押。一姑氏顾出名，一长媳李氏出名。其实，姑氏一人出名，分给长媳为妥。然已成之局，亦不必更张也。所分取租田六亩有零，托予代为经理。然三口嗷嗷，除粮银之外，所馀无几，尚须设法调济耳。此事宜默存诸心可也。

十三日（10 月 27 日）　晴。晓起已晚。饭后，疟疾复来，予先在床上等候，寒暖稍轻，至下午始凉。是日文期，《人有不为也，而后可以有为》。诗题：《膝痒搔背得"搔"字》，出《盐铁论》。午前，吉人已来。（页眉：文期。）

十四日(10月28日) 晴。晓起已晚。饭后，大兄率兆元来问疾。兆元侄昨自平川归，谱经已南旋。端叔寓期，自十三日而止。下午，在西箱楼静坐，成《养疴杂感》诗四首。赤牍是日抄起。

十五日(10月29日) 晴。晓起，预作一札，致陈古愚，回绝升吉姨甥媳田事，予决意不办。闻金炳乾来过，适以疾辞之。饭后，姨甥媳同女中及古愚复来，予毅然却之，实以佃户穷极，难以做办。当此连年积歉之馀，而欲与穷佃剥性命，即或花息无亏，于心安乎？否乎？是以宁听其本利无偿，而不愿为此受累之事也。惟念此女流孤寡，方冀田上或有馀资找去，聊备晨夕所需。今既不能，自春及今，往返舟楫，均属虚悬，予心反难过去，酌送白钱二千文，亲则为亲，非寻常钱债比也。书此以示后人，凡处世之道，应得如是。下午静坐，比昨日稍健。

十六日(10月30日) 晴。晓起已晚。饭后，备书本宗履历，并作一跋语，为破寂之计。薰儿之外，勿以示人。下午静坐，近思冯婿为人，固少深沉之识，往往宁为鸡口，羞为牛后，时遭旁观之侧目。然举世悠悠，无关痛痒，原不足责，若同为至戚，悉祈原谅。夫以早年失怙之身，先业无多，来依甥馆，亦出于不得已。较诸坐拥厚赀，无事仰求者，相悬奚啻天壤？人而苟有仁心，此瘠彼肥，相形见屈，必思克己三分，让他一步，即不然，为平等观，作秦越视，亦世态俗情所不能免，而乃怒目于未寒之肉，切齿于已死之身，此其心尚可问哉？天道茫茫，为善者未必有福，为恶未必有祸，然水落则石出，否极则泰来，士君子褒贬宜明，终不欲见此刻薄子弟常在吾党中也。特此剖白示之。（页眉：为亡婿争意气。）

十七日(10月31日) 晴。晓起已晚。饭后，翻阅《秋树读书楼遗集》十五卷。当阳、襄阳前后纪事之作，目击楚氛，心伤殄败，不减少陵乐府。予近日有《养疴杂咏》，多感时事而发，故检阅及之。下午，在箱楼上静坐，偶成《授受金针序文》一篇。是日文期，文题：《子闻之曰："成事不说，遂事不谏，既往不咎。"》，诗题：《相观而善得"摩"

字》。灯下,校阅家谱样本上册。(页眉:文期。)

十八日(11月1日) 晴。晓起已晚。饭后,大兄率兄子兆黄来问,遂留兆黄侄在楼上校对家谱样本,仍多脱写,可见校书不厌数数也。吴甥、陈表侄同来,一茶而去。下午,予欲避烦,仍在楼上静养。阅《授受金针》一书,得教人之法,至简而明,亦详且备,决意重刻,以广流传。灯下,复校家谱,仍有讹字。

十九日(11月2日) 微有雨。晓起已晚。饭后,命薰儿至梨里,为仰山上座亭。俗例,此女儿之职。今仰山身后,男女俱无,为外堂父母,亦不能推诿也。午前,阅《忏摩录》原本,初名《省身录》,后有吕璜一跋,曾经镌版行世,流传绝少,今从子清原家旧藏一册,携以见示,较予昔年所刻复多几段,究竟以晚年删本为善,予各加跋语。下午,招笑山在楼上细谭。予欲重镌《授受金针》一书,笑山云,不如刻过《柽华馆试帖诗》为善,盖此版已带至湖南去矣。黄昏后,薰儿自梨里回来,闻二女病中食物不谨,病复加增。于昼翁处,携示浙抚刘韵珂九月初三日奏疏,宁波城实于前月廿九日失守,逆夷侵犯内地,如入无人之境。浙省武备废弛,竟至此耶? 可叹可叹!

二十日(11月3日) 晴。晓起已晚。饭后,招兆元侄来,面谭四侄女当年事,仍以十月二十日二二房轮起。午前,松侄、梅侄来问疾,饭于书房。下午,复上楼来畅谈,至灯后去,并携家谱样本去校,亦侄辈分内之事。少湄侄孙媳,予曾许每年资助五千文,自廿二年为始,至孤儿十四岁止。日新现年两岁。灯下,阅《柽华馆试帖》,约计有三万馀字,连印工、纸张,须费五十馀千文,未免不合,决意重镌《授受金针》一书,费省而功大,乃为有益耳。

二十一日(11月4日) 晴。晓起已晚。饭后,录清近作,并前作《授受金针》一序。适喜墨斋刘先生有信来,催寄家谱样本去。予作札答之,约月底入城面致。下午,梦琴来,以仿溪、南乙、新甫所校《清献公日记》第一册缴还。访溪有跋语见示,予喜出望外。近日家谱写样将毕,正好接手,无事旁及矣。访溪散体文纡回曲折,如山涧之水,清澈可爱,惜少长江巨河之势,较诸渊甫,尚难并驾。灯下,重阅其文,偶私论及之。予与梦琴久不相见,因留中饭而去。病后第一日下楼,为故人来也。连日有客来,文期停一日。(页眉:停。)

二十二日(11月5日) 晴。晓起已晚。饭后,命薰儿至梨里,问二女之疾。在楼上重校《日记》一书,自卷一至卷三已清楚,可写样。下午,查清账务,不觉疲倦。薄暮,梨里船已回,二女病稍退,仍欲延嘉兴顾医。薰儿逗留邱昼翁家,以待医来。为了出嫁之女,破费薰儿几日功课,甚矣!冯氏之无人也,可叹可叹!

二十三日(11月6日) 晴。微有雨。晓起已晚。饭后,四侄女来,一切嫁内之事,言明俱已清楚。公项所馀,不及十番之数。以公济公,正好开消,凡事须要留有馀地步也。午前,大兄来谈,予以周恤少湄侄孙媳之事告之,兄亦欣然如数乐从,可见天理在人心,终无时泪没耳。下午,重读《河东集》卷二十四。卷首三篇,皆序吾宗事,宜记。灯下,成《重有感》三首,颇觉沉痛。

二十四日(11月7日) 阴雨绵绵,有妨收成。晓起,录清近作。饭后下楼,为先赠公杏传府君忌辰。时薰儿往梨里未归,礼宜亲自检点,一尽膜拜之诚。下午,重读《河东集》卷二十五。此卷序皆平平,惟《送僧浩初序》《送元暠师序》[1]文多杰出,宜选读。

二十五日(11月8日) 连雨。晓起已晚。饭后,录清近作。复成《薄病新愈,步至庭前作》一首。午前,重读《河东集》卷二十六。此卷文字征引典博,非浅学所能窥。惟《全义县复北门记》[2]可选读。下午,读卷二十七,此卷多可读之文,而以《零陵三亭记》[3]为最,笔意微眇,使退之为之,亦未易到,此柳州独得之奇也。凡作文,须别出见解,自成面目,置诸他人集中不得,如韩自为韩,柳自为柳,方能积久无敝,全在读书养气,所谓"理达辞自举"耳,然而难言之矣。黄昏,薰

[1] 此二篇均为三圈。
[2][3] 三圈。

儿自梨里归,述二女之病,顾荣春已看过,大象无妨。然冯婿阖家几无可语之人,奈何奈何! 顾号松坡,居嘉兴北门城内,请封至梨里,一应在内,三十六洋。是夜,西风不透。(页眉:停。)

二十六日(11月9日)　晴。晓起已晚。饭后,重读《河东集》卷二十八,以卷首《零陵郡复乳穴记》①、卷末《永州铁炉步志》②两篇为最佳。下午,家谱样本已抄毕。自初七日起,至廿六日上午止,共二十日,约字三万有馀。予将下册先校一遍,明日同兄子兆黄再校。《陆清献公日记》第一册于今晨上午写起。

二十七日(11月10日)　复雨,低区又在水中,真无可奈何候也。晓起已晚。饭后,命兄子兆黄来,对校家谱祭产中圲号,却少差误。黄去后,予重将九、十两卷《家乘》细校两遍,尚有误字,可见校书如扫落叶,断不能尽净也。下午,作好两札,一与喜墨斋,一与俞恒隆。灯下,复命薰儿校阅一遍,尚有误处。

二十八日(11月11日)　西风起,天将晴。晓起已晚。饭后,以畏寒不下楼。暇将汇录今年之事,入年谱中,日记不可不重阅。下午,封好家谱样本二册及信一函,嘱陈朗庭明晨至苏,面交刘先生,赶紧上版,未知十月中能告竣否? 吴先生明晨回去。

二十九日(11月12日)　晴。晓起已晚。饭后,仍将一年之事细加删录,总以简净为主。下午,在楼上静坐。因思今年之水,自春徂冬,来易去难,邑中低区不但菽麦无收,抑且稻禾无望。其在太湖近地一带,被灾尤酷。而同里之北、芦墟之东,尽属高乡,收成不减去年。同在一邑之内,此瘠彼肥,不知天何心也。是日文期,文题《"子曰:'苗而不秀者'"一节》,诗题《荷尽已无擎雨盖得"擎"字》。灯下,作二札,一与殷甥,一与赵眉翁。是夜又雨。(页眉:文期。水灾。)

---

①　三圈。
②　双圈。

辛丑日记五

十月,十一月。重读《河东集》《五百名贤像》《淮南子》《清献日记》《华野年谱》。

是册后附二女病中事。乙巳八月中重阅记出。

十　月

初一日(**1841 年 11 月 13 日**)　阴。晓起,嘱梦仙至梨里,问二女之疾。饭后,写好两札,待寄与殷甥、赵翁。午前,重读《河东集》卷二十九。《钴鉧潭记》①中有"貿财以缓祸"句,注:"貿,音茂。交易也。"此卷十一篇,篇篇可读。惟卷末《柳州山水近治可游者记》,熟读《水经注》《山海经》两书,方能识得此文之妙,否则断难空中摹仿。下午,录清近作。傍晚,梦仙回来,据述,二女转正三症,可勿药有喜矣。昨日接顾云泉、王珠亭两人信,均未答。(页眉:"貿财"之"貿",宜查。)

初二日(**11 月 14 日**)　阴。晓起已晚,查清账务。饭后,大兄来长谈。午前,作好一札,覆徐小园。重读《河东集》卷三十。此卷以《寄许京兆孟容书》②为第一,宜入选。下午,笑山以事来谈。去后,予在楼上静坐,息养半日。傍晚,陈朗庭自吴门回,《五百名贤遗像》十册已裱好。家谱据刘先生信来云,须至十一月中有样本。吴先生

---

①　双圈。

②　三圈。

停三日,明晨再起。

初三日(11月15日)　晴。晓起已晚。饭后,展阅《五百名贤遗像》。第一册,首有松筠、汤金钊、梁章钜、韩崶、石韫玉、朱方增六公题辞,自周吴季札至宋叶梦得,共五十人。第二册,自宋郑作肃至明刘铉,共六十人。第三册,自明鱼侃至黄云,共六十人。第四册,自明吴一鹏至严讷,共六十人。第五册,自明王忬至伍袁萃,共六十人。午前,吴寄松率其子弟来问,遂同饭于西楼上。下午,畅谈时事,徒付诸太息而已。傍晚,寄松始去。闻沐庄四甥女忽发痫症,此亦四女兄之可忧者。

初四日(11月16日)　晴。晓起已晚。饭后,展阅《五百名贤遗像》第六册,自明申用懋至蔡懋德,共五十人。册中瞿式耜像,有似予者。第七册,自明徐枢至归庄,共六十人。第八册,自明姚希孟至蔡至中,共五十人。第九册,自明顾九思至国朝归允肃,共六十人。第十册,自国朝尤侗至初彭龄,共四十五人。后补十人,宋一、明二、元一、国朝六。共五百六十五人,查核无误。去秋赵眉山所持赠者,今秋装成十册,以备藏弄。下午,吉人所抄赤牍,共得六十三札,长短约有九十馀页,余编成一卷。计抄十八日。(页眉:停一日。)

初五日(11月17日)　阴晴参半。晓起,接吴婿处所寄姚坚香、丁溉馀两君信。溉馀并以近刻诗六卷见示,中有《题〈秋树读书楼遗集〉》诗二首,盖由先友书田处转送也。予与溉馀从未一面,昔年由古心处寄示惠题拙集诗七古一首,藏诸箧中,今又以赤书相通问,是不可无以报也。溉馀为松江府金山县诸生,名繁培,字霁堂,嗜学耽吟,饶有园林之乐,住朱泾镇上,今年已六十二矣。饭后,复将自丁亥以后至庚子年止十四年之诗细加删削,嘱吉人录一清本,以待他年付梓,可得十馀卷。下午,仍在楼上静养。是日文期,文题:《知者乐》,诗题:《一月三捷得“三”字》。(页眉:文期。)

初六日(11月18日)　晴。晓起已晚。饭后,重删旧稿,约存古今体诗九百四十五首,其中可删者尚多,且待付梓时再作推敲也。下午,在楼上静养。

初七日(**11月19日**)　晴。晓起已晚。饭后,查录账务。作札答陈㓥庵。中午祀先。下午,在丈石山房散步。灯下,偶阅㓥庵所寄书目,中有予所欲得者,特为记出:《华野郭公年谱》一本;《平台纪事本末》一本,抄;《临清寇略》《台阳妖鸟》一本,抄;《寿州蛇案》一本,抄;《平夷邸报》一本,抄。以上五种,除《年谱》外,俱在伽安处。(页眉:欲得书目。)

初八日(**11月20日**)　晴。晓起,笑山以事回去。饭后,大港上大嫂来,留中饭而去。下午,在楼上录清今年之事,入年谱中,实不欲虚度光阴也。黄昏,账房内召租回来,据云,秦振山只肯会二亩二分,少二厘五毛。且云,当日自弃原产,与怀锦州对合,其言凿凿,须到港一查。胡介寿不在家,均未入契。

初九日(**11月21日**)　晴。晓起,查清账务。饭后,至芦墟,吊黄也鲁,即祝唐之胞兄,与杨斗山、陈得珊、梅侄同席。中午,至梦琴处贺喜,梦琴必欲留饮。时南乙同在座,相与畅谈时事,不觉为之太息痛恨。归家,日已暮。是日文期,予为拟题《子曰“饭疏食,饮水,曲肱而枕之,乐亦在其中矣”》,诗题《于我如浮云得“云”字》。于芦墟,又接㓥庵初八日所发信,时从上海寻馆不遇,回。(页眉:文期。)

初十日(**11月22日**)　晴。晓起已晚。饭后,嘱丹林录清《从孙埔权厝志》,续写入《家谱》第九卷二十页之后。昨南乙为予斟酌此文,有一二处未妥,仍以己意删之。下午,编录给发家谱字号,共该印五十部。凡《家谱》分房,各给一部,编号为记,以杜冒乱。其未分者,归长收藏,此其大较也。刻接松侄信,以少湄取租底簿见示,秦佃二亩二分二厘半,确凿无差。侄孙媳处分给制钱七百八十五文,以赎脚烟,松侄为之代办,此亦恤嫠之一端也。

十一日(**11月23日**)　晴。西风极狂。晓起已晚。饭后,命薰儿至清如妇侄家贺喜,渠有出嫁之事。午前,冯婿之嗣子名庆桂来谢孝,问其年九岁,八月十三日亥时生,读至《论语·先进》。予随手偶指几字,尚能识得。中午,同饭于胜溪草堂,以风阻留宿。下午,一年之事已录清。

十二日(11月24日)　晴。晓起,至杨墅,晤周玉生表侄。询及理斋一地,已定见丁公矣。杨墅为先祖母黄太宜人生长之地,旧宅已属金姓。追念及之,不胜今昔之感。饭后,至壶芦兜,走候张李仙、小憨昆季。予求李仙书一版头,中书"陆清献公日记"六字,右行首书"道光辛丑年镌",左行末书"胜溪草堂藏版"。中午,泊舟分湖滩关帝庙前,观大富圩上佃农砟水稻,不及十分之三。下午,至大港上,邀谨侄到秦佃处会租。予登楼作札覆陈得珊,以慰其悬悬之望。傍晚,经手人回来,秦佃已入契。

十三日(11月25日)　晴。晓起,有佃来还租。饭后,摘录《淮南子·道应篇》。"材不及林,林不及雨,雨,然后材乃得生也。雨不及阴阳,阴阳不及和,和不及道。"二。"赵襄子攻翟而胜之,取尤人、终人。使者来谒之,襄子方将食,而有忧色。左右曰:'一朝而两城下,此人之所喜也。今君有忧色,何也?'襄子曰:'江河之大也,不过三日;飘风暴雨,日中不须臾。今赵氏之德行无所积,今一朝两城下,亡其及我乎?'孔子闻之曰:'赵氏其昌乎! 夫忧所以为昌也,而喜所以为亡也;胜非其难也,持之其难者也。贤主以此持胜,故其福及后世。齐、楚、吴、越皆尝胜矣,然而卒取亡焉,不通乎持胜也:唯有道之主能持胜。'"四。"昔尧之佐九人,舜之佐七人,武王之佐五人。尧、舜、武王于九、七、五者,不能一事焉。然而垂拱受成功者,善乘人之资也。"五。"王寿负书而行,见徐冯于周。王寿,古好书之人。徐冯,周之隐者也。徐冯曰:'事者,应变而动,变生于时,故知时者无常行。书者,言之所出也。言出于知者,知者藏书。于是,王寿乃焚书而舞之。"自喜焚其书,故舞之。九、十之间。"狐邱丈人谓孙叔敖曰:'人有三怨,子知之乎?'孙叔敖曰:'何谓也?'对曰:'爵高者,士妒之;官大者,主恶之;禄厚者,怨处之。'孙叔敖曰:'吾爵益高,吾志益下;吾官益大,吾心益小;吾禄益厚,吾施益博。以是免于三怨,可乎?'故老子曰:'贵必以

贱为本,高必以下为基。'"十三。"魏文侯觞诸大夫于曲阳,饮酒酣,
文侯喟然叹曰:'吾独无豫让以为臣乎?'蹇重举白而进之,曰:'请浮
君。'君曰:'何也?'对曰:'臣闻之,有命之父母,不知孝子;有道之君,
不知忠臣。夫豫让之君,亦何如哉?'豫让相其君,而君见杀,"亦何如",不
足贵也。文侯受觞而饮醻,不献,醻,尽也。曰:'无管仲、鲍叔以为臣,
故有豫让之功。'故老子曰:'国家昏乱,有忠臣。'"下午,至大兄处,面
议取租章程。予意今年长葑、大富两圩被灾尤酷,宜格外从宽。(页
眉:停。《淮南子》摘句。卷十二至二十。)

　　十四日(11月26日)　晴。晓起已晚。饭后,酌议今年取租章
程,录出一纸,存在账房。下午,展阅陈亦园大谟《寄旷庐图》册页及
《过溪图》手卷,中有可存之作,随手录出,入《太平庄闲录》中。此两
件周玉生携来求售,予以不急之物,故特归原主收藏。是夜,月明如
水。五更后,微有雨。(页眉:停。)

　　十五日(11月27日)　晓起,微有雨。饭后,东北风大作,雨亦
随至。予赴姚家埭姨母之丧,展诚一拜。中午,与金氏弟兄同席。晤
玉生,将卷册缴还。下午归家,舟中阅《淮南子·泛论篇》。"苟利于
民,不必法古;苟周于事,不必循旧。"三。"故圣人所由曰道,所为曰
事。道犹金石,一调不更。事犹琴瑟,每弦改调。"金石,钟磬也,故曰
"调而不更"。琴瑟,弦有数急,柱有前却,故调事亦如之。"古者人醇工庞,
商朴女重,是以政教易化,风俗易移也。今世德益衰,民俗益薄,欲以
朴重之法,治既弊之民,是犹无镝衔橛策錣而御駻马也。"駻马,突马
也。五。"今夫图工好画鬼魅,而憎图狗马者,何也? 鬼魅不世出,而
狗马可日见也。""天地之气,莫大于和。和者,阴阳调,日夜分,而生
物。春分而生,秋分而成,生之与成,必得和之精。"七。"猩猩知往而
不知来,干鹄知来而不知往。"十四。"故剑工惑剑之似莫邪者,唯欧
冶能名其种。玉工眩玉之似碧卢者,唯猗顿不失其情。"碧卢,或云琘
玞。猗顿,鲁之富人,能知玉理。十九。"夫鸱目大而视不若鼠,蚈足众而
走不若蛇。物固有大不若小,众不若少者。"二十五。《诠言篇》:"方

以类别,物以群分。"一。"人能贵其所贱,贱其所贵,可与言至论矣。"二。是日文期,拟题:《揖让而升,下而饮》,诗题:《知者藏书得"藏"字》。(页眉:文期。)

十六日(11 月 28 日) 连阴,微雨。低区砟水稻,不及十分之四。水退复来,春花断不能补种,来岁荒荒之象,不问可知。吾辈惟有恐惧修省而已。晓起已晚。饭后,作札与聋石,索余宫保奏稿,并问浙东近日情形。今午得闲,复作两札,一答朱泾丁溉馀,一答云间姚坚香。下午,安排行李,又要入城逗留。适谱经来,见予下拜,予亦答之。自十九年冬钞别后,迄今几及两载,得一翰院而归,依然旧时情话,遂款留信宿,谈至二鼓有馀,就寝。是夜,出家谱示之,谱经为予序文内易一字,极妥。

十七日(11 月 29 日) 连阴。晓起,以二式、眉山两信、参一包及坚香、溉馀两信、近刻一包,均寄与谱经带去。饭后,谱经急欲至苏家港,匆匆话别。谱经旧时书法不甚工整,自入都以后,日日临帖、作排律诗一首,今见其自书朝考散馆卷,工整秀雅,脱尽平时恒径。予初不信,面试果然斌媚,可见有志者事无不成耳,人何多自暴自弃、自暇自逸也耶?薰儿见之,宜何如策励也?下午不观书,养静半日。雨绵绵不止,竟无好怀。昨谱经谈及朝中中堂、尚书,颇能和衷调济,皇上乾纲独断,竟无亲信之人,气象甚好。同朝诸臣,惟载铨心气不甚和平,然亦无妨。阿哥年十二。

十八日(11 月 30 日) 微有雨。破晓,同吴公、李梦仙下船,饭于舟中。午后到江,入城,寓云在草堂。下午,走候鹤田老友,精神尚健。闻经略于前月十八日出京,至今尚未过,救兵如救火,古语不尽然耶?可叹!灯下,校阅《清献公日记》第一卷样本,尚多差误脱落处。

十九日(12 月 1 日) 阴。西风极狂。晓起,吴公、梦仙趁船至苏州,以兵差捉船故也。予至吴吾堂诊视,谓予肺家多热,必先清理,然后再议滋补之方,相与畅谈而别。归寓,校阅《日记》第二卷样本,至中饭而毕。下午，参阅《清献公年谱》，与《日记》相为表里。灯下，阅张渊甫履所撰《李西园传》。君讳林，字西园，坔亭其号，山东诸城人，乾隆二十二年成进士。谒选得贵州玉屏县，后以卓异升开封府监捕同知，旋檄赴河工。方河事之急也，山东巡抚国泰来协理。国泰素骄，至则督促北岸下埽。时南岸府州距工所远，工料尚未齐备，倘北岸下埽，南岸不能对下，大溜南趋，必有溃决之患。众知其不可，而莫敢言，君独毅然以理争之。国泰议屈，遂怫然曰："东省有大事，虽道府未敢发议，今一同知乃尔耶！"豫抚亦不怿。君虽失二抚意，而所受事皆办，无可为君咎者。越数月，乃以确山令事挂吏议左迁，卒。论者谓昔御史钱沣之劾巡抚国泰也，高宗命同大学士刘文清公及和珅即山东讯之。方鞫狱，国泰忽起立，骂御史曰："汝何物，敢劾我！"刘公大怒，曰："御史奉诏治汝，汝敢骂天使耶！"立命隶人批其颊，国泰惧而伏。时和珅雅与国泰善，遂不敢为之地。狱上，国泰诛死。观此，当时国泰之气焰可知，而刘公之正能克邪，真不可及。近阅廷讯琦善时，王公大臣[①]多不敢发声，惟王相国鼎声色俱厉，心怀愤愤。岂琦善之气焰，更甚于国泰耶？偶阅李君传，而附书及之。是日，徐山寿为先仲兄外荐起忏，结坛于大悲殿，较家居更为洁净。（页眉：阅李君传，有感附书。）（夹页：李公传已录。）

　　二十日(12月2日)　阴。西风虽大，不能开晴。晓起已晚。饭后，校阅《日记》第三卷，至日中而毕。下午，出大东门，遇雨而返。今午又转东北风，安能起晴？寓中无事，阅《淮南子》卷十五《兵略篇》。"故将以民为体，而民以将为心；心诚则支体亲刃，心疑则支体挠北。心不专一，则体不节动；将不诚心，则卒不勇敢。"九。"是以圣人藏形于无，而游心于虚。风雨可障蔽，而寒暑不可开闭，以其无形故也。"十一。"虎豹不动，不入陷阱；麋鹿不动，不罹罝罜；飞鸟不动，不絓网罗；鱼鳖不动，不摆噫喙：物未有不以动而制者也。是故圣人贵静，静

---

①　"王公大臣"原为"自中堂、尚书以下"，后改。

则能应躁。"同上。"是故处于堂上之阴,而知日月之次序;见瓶中之冰,而知天下之寒暑。"十四。"故鼓不与于五音,而为五音主;水不与于五味,而为五味调;将军不与于五官之事,而为五官督。故能调五音者,不与五音者也;能调五味者,不与五味者也;能治五官之事者,不可揆度者也。"同上。"夫飞鸟之挚也,俯其首;猛兽之攫也,匿其爪。虎豹不外其爪,而噬不见齿。故用兵之道,示之以柔而迎之以刚,示之以弱而乘之以强,为之以歙而应之以张。"同上。"故四马不调,造父不能以致远;弓矢不调,羿不能以必中;君臣乖心,则孙子不能以应敌。"十五。此篇专论用师之意,而今之为将者,果何如哉?时经略仍未过境,闻到处逗留,浙东之生民涂炭,岂竟忘之耶?可叹可叹!是夜大风,晦冥异常。

　　二十一日(12月3日)　昨夜西风极狂,今日起晴。晓起极寒。饭后,阅《淮南子》卷十六《说山篇》。一起"魄问于魂"一段极奇。"视日者眩,听雷者聋。人无为则治,有为则伤。"二。"神蛇能断而复续,而不能使人勿断也;神龟能梦元王,而不能自出渔者之笼。"三。"江河所以能长百谷者,能下之也。夫惟能下之,是以能上之。天下莫相憎于胶漆,胶漆相持不解,故曰'相憎'。而莫相爱于冰炭。冰得炭则解,归水复其性;炭得冰则保其炭,故曰'相爱'。胶漆相贼,冰炭相息也。"三。"人有嫁其子而教之曰:'尔行矣,慎无为善。'曰:'不为善,将为不善邪?'应之曰:'善且由弗为,况不善乎?'此全其天器者。"四。"月不知昼,日不知夜。言不能相兼也。""钟之与磬也,近之则钟音克,克,大也。远之则磬音章。物固有近不若远,远不若近者。今日稻生于水,而不能生于湍濑之流;紫芝生于山,而不能生于盘石之上。慈石能引铁,及其于铜则不行也。"五。"鸡知将旦,鹤知夜半,而不免于鼎俎。"六。"千年之松,下有茯苓,上有兔丝;上有丛蓍,下有伏龟。圣人从外知内,以见知隐也。""上求材,臣残木。上求鱼,臣干谷。上求楫,下致船。上言若丝,下言若纶。上有一善,下有二誉;上有三衰,下有九杀。""大夫种知所以强越,而不知所以存身;苌宏知周之所存,而不知身所以亡：知远而不知近。"七、八。"染者先青而后黑则可，先黑而后青则不可；工人下漆而上丹则可，下丹而上漆则不可。万事由此，所先后上下不可不审。"八。"故小人之誉人反为损。"十。"受光于隙，照一隅；受光于牖，照北壁；受光于户，照室中无遗物，况受光于宇宙乎？天下莫不藉明于其前矣。"十。"鲁人身善制冠，妻善织履，往徙于越而大困穷，以其所修而游不用之乡。譬若树荷山上，而畜火井中，操钓上山，揭斧入渊，欲得所求，难也。"十一。"射者使人端，钓者使人恭，事使然也。"十二。"桀有得事，谓作瓦以盖屋，遗后世也。尧有遗道，谓不能放四凶、用十六相是也。嫫母有所美，貌丑而行贞。西施有所丑。貌美而不贞。故亡国之法有可随者，治国之俗有可非者。"十五。"以小明大，见一叶落，而知岁之将暮；睹瓶中之冰，而知天下之寒。"此卷引用极多，宜另看。下午，吴公与梦仙自苏州已回，闻经略于昨日到苏，尚要逗留。接聋石信，并无佳音。遂拉两君于雷祖殿前茗饮，适遇陈切庵，同至寓中畅谈。切庵现无馆地，今冬似难过去，予略有所赠，亦雪中送炭之意也。

二十二日（12月4日）　晴。晓起，下行李，至吴吾堂处覆诊。饭后，同吴公、梦仙下船，泊舟雪巷。札致南乙，闻渠尚未到馆。接张小憨回札。中午，趁顺帆到家，知笑山于十八日到馆。下午，清理账务。是日文期，文题《如其善而莫之违也，不亦善乎》，诗题《水始冰得"冰"字》。（页眉：文期。）

二十三日（12月5日）　晴。晓起，作札与骈生，催取南乙所校《清献公日记》第二册，以便续写样本。饭后，至梨里二女处，看来病势虽不轻，然尚无妨。下午归家。是夜，酬账房诸君，丹林大有酒意。接梦琴、南乙两信，《日记》第二册已寄来。

二十四日（12月6日）　晴。晓起，清理账务。饭后，校阅《日记》第四卷。午前，竹淇、菊颐两侄来，同饭于养树堂。下午，与两侄畅谈，至薄暮而去。是日，接松侄信，欲为小园侄孙请婚于陈兆祥表侄家，未知渠能出配否也。

二十五日(12月7日)　阴晴参半。晓起已晚。饭后,校阅《日记》第五卷,至日中而毕。下午,校阅《日记》第六卷,至薄暮藏事。两册书共六卷,予悉心校读,并无违碍之处,尽可写样付梓。《日记》第一册今晚写完,共廿一日,约三万馀字。

二十六日(12月8日)　转西风,可卜晴。晓起收租。饭后,阅《淮南子》卷十七《说林篇》。"夫随一隅之迹,而不知因天地以游,惑莫大焉,虽时有所合,然而不足贵也。譬若旱岁之土龙,疾疫之刍狗,是时为帝者也。土龙以求雨,刍狗以求福,时见贵也。"一。"失火而遇雨,失火则不幸,遇雨则幸也,故祸中有福也。"三。"水静则平,平则清;清则见物之形,弗能匿也,故可以为正。"同上。"金胜木者,非以一刃残林也;土胜水者,非以一璞塞江也。"四。"牛蹄彘颅,亦骨也,而世弗灼;必问吉凶于龟者,以其历岁久矣。"同上。"乳狗之噬虎也,伏鸡之搏狸也,恩之所加,不量其力。"五。"明月之光,可以远望,而不可细书;甚雾之朝,可以细书,而不可以远望寻常之外。"六。"若珠之有颣,玉之有瑕,置之而全,去之而亏。"同上。"豹裘而杂,不若狐裘之粹。白璧有考,考,衅污也。不得为宝,言至纯之难也。"七。"遗腹子不思其父,无貌于心也。"同上。"蝮蛇不可为足,虎豹不可使缘木,马不食脂,桑扈不啄粟,非廉也。"同上。"日月不并出,狐不二雄,神龙不匹,猛兽不群,鸷鸟不双。"同上。"汤沐具而虮虱相吊,大厦成而燕雀相贺,忧乐别也。"八。"蚕食而不饮,二十二日而化;蝉饮而不食,三十日而脱;蜉蝣不食不饮,三日而死。人食礜石而死,蚕食之而不饥;礜石,出阴山。鱼食巴菽而死,鼠食之而肥。菽,豆总名。类不可必推。瓦以火成,不可得火;竹以水生,不可得水。"同上。"日月欲明,而浮云盖之;兰芝欲修,而秋风败之。虎有子不能搏攫者,辄杀之:为堕武也。堕,废也。"九。"视书上有酒者,下必有肉;上有年者,下必有月:以类而取之。"同上。"橘柚有乡,萑苇有丛。以类聚也。"十。"未尝稼穑粟满仓,未尝桑蚕丝满囊,得之不以道,用之必横。海不受流胔,太山不上小人。"十一。"有山无林,有谷无风,有石无金。林生于山,山未必皆有林。风出于谷,谷未必皆有风。金生于石,石未必皆有金。喻圣人出众人,众人未必皆圣人也。"十一。"善用人者,若蚈之足众,而不相害;蚈,马蚈,幽州谓之"秦渠"。蚈,读"蹊径"之"蹊"也。若唇之与齿,坚柔相摩,而不相败。"十一。"布之新,不如纻;纻之弊,不如布。或善为新,或恶为故。善,犹宜也。"十一。"绣以为裳则宜,以为冠则讥。"同上。"兔丝无根而生,蛇无足而行,鱼无耳而听,蝉无口而鸣:有然之者也。"十二。"爱熊而食之盐,爱獭而饮之酒,虽欲养之,非其道。""心所说,毁舟为杕;心所欲,毁钟为铎。杕,舟尾。读《诗》'有杕之杜'也。管子以小辱成大荣,苏秦以百诞成一诚。"十二。十三。"塞其源者竭,背其本者枯。"十三。"临河而羡鱼,不如归家织网。"同上。"圣人处于阴,众人处于阳。圣人行于水,众人行于霜。水有形而不可毁,故圣人行之无迹。霜雪覆履有迹,故众人行之也。"十三。"有荣华者必有憔悴,有罗纨者必有麻蒯。"十四。"百星之明,不如一月之光。十牖之开,不如一户之明。"十五。"山生金,反自刻;木生蠹,反自食;人生事,反自贼。""巧冶不能铸木,工巧不能斫金者,形性然也。"十五。此卷多习用语。下午,作札覆松琴俿及喜墨斋刘老建。笑山校阅《日记》甚清楚,惜不得再属一人对校。是日文期,文题《古之学者为己,今之学者为人》,诗题《水国初冬和暖天得"冬"字》。(页眉:文期。《日记》第二册,今晨写起。)

二十七日(12月9日)　淡晴。晓起,摘出今冬取租章程,以便检阅。饭后,阅《淮南子》卷十八《人间篇》。"夫言出于口者,不可止于人;行发于迩者,不可禁于远。事者,难成而易败也;名者,难立而易废也。千里之堤,以蝼蚁之穴漏;百寻之屋,以突隙之烟焚。"一。"夫祸之来也,人自生之;福之来也,人自成之。祸与福同门,利与害为邻,非神圣人,莫之能分。"一。"夫再实之木根必伤,掘藏之家必有殃:以言大利而反为害也。""孔子读《易》至损益,未尝不愤然而叹,曰:'益损者,其王者之事与?事或欲以利之,适足以害之;或欲害之,乃反以利之。'利益之反,祸福之门户,不可不察也。"三。"老子曰:

'知足不辱，知止不殆，可以修久。此之谓也。或誉人而适足以败之，或毁人而乃反以成之。上句引太子建及伍奢事，下句引陈骈子及唐子事。"十三。"鲁哀公欲西益宅，史争之，以为西益宅不祥。哀公作色而怒，左有[右]数谏不听，乃以问其傅宰折睢宰折睢，傅名姓。曰：'吾欲西益宅，而史以为不祥，子以为何如？'宰折睢曰：'天下有三不祥，西益宅不与焉。'哀公大悦而喜。顷复问曰：'何谓三不祥？'对曰：'不行礼义，一不祥也；嗜欲无止，二不祥也；不听强谏，三不祥也。'哀公默然深念，愤然自反，遂不西益宅。夫史以争为可以止之，而不知不争而反取之也。智者离路而得道，愚者守道而失路。"十八、十九。"夫徐偃王为义而灭，燕子哙行仁而亡，哀公好儒而削，代君为墨而残。灭、亡、削、残，暴乱之所致也，而四君独以仁、义、儒、墨而亡者，遭时之务异也。非仁、义、儒、墨不行，非其世而用之，则为之擒矣。""夫戟者，所以攻城也；镜者，所以照形也。宫人得戟则以刈葵，盲者得镜则以盖卮：不知所施也。"二十。"夫狐之捕雉也，必先卑体弭耳，以待其来也，雉见而信之，故可得而擒也。使狐瞋目植睹，见必杀之势，雉亦知惊惮远飞，以避其怒矣。夫人伪之相欺也，非直禽兽之诈计也。物类相似若然，而不可从外论者，众而难识矣。是故不可不察也。"此喻尤切中近人情状。下午，重阅《清献公年谱》，颇有校正《日记》处。

二十八日(12月10日)　晴。晓起，阅清献公己未年谱，载《答李生书》[①]："寿圹一事，《仪礼》《家礼》皆无明文，然古人往往为之，似无预凶事之嫌。庶母葬位，原不应与嫡母相并，或另祔于旁，或稍退一二尺。"如此，则与寿圹亦似无嫌。此书可破预凶事之嫌，可正嫡庶之分。饭后，《日记》第一册样本寄在北舍航船上，今晨、下午可到。暇时，仍阅《年谱》。下午，又转东北风，恐天气不能老晴，低区罱水稻，不过十分之六。田家疾苦，至此极矣！可悯可叹！

---

　　①　双圈。

二十九日(12月11日)　西风极狂,似有晴意。晓起,闻雷声,
与立冬日闻雷,均非佳兆。饭后,阅《年谱》,至丙寅年四月有感士风
一条,分注说旃下多收用粗鄙之人,是就入幕者而言,并未将旃下人
说坏,似属可存。下午收租,辍读。傍晚,梦仙自梨里回来,述二女病
体仍复不轻。

三十日(12月12日)　微有雨,至午后,雨夹雪,极寒。予晓起
收租,至晚而罢。灯下,阅《清献公年谱》毕,不载"四大牵""四小牵"
之说,亦是有识。是日文期,文题《事君敬其事而后其食》,诗题《一览
众山小得"山"字》。(页眉:文期。)

十一月

初一日(12月13日)　大雪积地。晓起已晚。饭后,阅《淮南
子》卷十九《修务篇》。"且夫圣人者,不耻身之贱,而愧道之不行;不
忧命之短,而忧百姓之穷。"二。"孔子无黔突,墨子无暖席。此二句与
《韩文》异。""盖闻传书曰:'神农憔悴,尧瘦臞,舜霉黑,禹胼胝。'由此
观之,则圣人忧劳百姓,甚矣。"三。"若夫水之用舟,沙之用鸠,泥之
用輴,山之用蔂,夏渎而冬陂,因高为田,因下为池,此非吾所谓为
之。"四。"今夫救火者,汲水而趋之,或以瓮瓴,或以盆盂,其方员锐
椭不同,盛水各异,其于灭火,均也。"五。"且夫身正性善,发愤而成
仁,帽凭而为义,帽凭,盈满积思之貌。性命可说,不待学问而合于道
者,尧、舜、文王也。"六。以下皆言人不可不学。"若夫尧眉八彩,舜目重
瞳,禹耳参漏,参,三也。漏,冗也。文王四乳。""禹生于石,契生于卵。"
七、八。以上节录。"今欲弃学而循性,是犹释船而欲蹑水也。蹑,履
也。""夫纯钩、鱼肠之始下型,击则不能断,刺则不能入;及加之砥砺,
摩其锋锷,则水断龙舟,陆刭犀甲。明镜之始下型,矇然未见形容;及
其粉以元锡,摩以白旃,鬓眉微豪,可得而察。夫学,亦人之砥锡也,
而谓学无益者,所以论之之过。"八。"昔者仓颉作书,容成造历,容成,
黄帝臣。胡曹为衣,胡曹,亦黄帝臣。后稷耕稼,仪狄作酒,奚仲为车。

此六人者，皆有神明之道，圣智之迹，故人作一事而遗后世，非能一人而独兼有之。"九。"故弓待檠而后能调，剑待砥而后能利。玉坚无敌，镂以为兽，首尾成形，礛诸之功；礛诸，治玉之石。木直中绳，揉以为轮，其曲中规，隐括之力。唐碧坚忍之类，犹可刻镂，揉以成器用，唐碧，石似玉。又况心意乎？"十。"死有遗业，生有荣名，如此者，人才之所能逮。然而莫能至焉者，偷慢懈惰，多不暇日之故。注：谓不学故也。"十。"由此观之，知人无务，不若愚而好学。自人君公卿至于庶人，不自强而功成者，天下未之有也。"十一。"夫以徵为羽，非弦之罪。罪在听者。以甘为苦，非味之过。过在尝者。楚人有烹猴而召其邻人，以为狗羹也而甘之，后闻其猴也，据地而吐之，尽写其食：此未始知味者也。邯郸师有出新曲者，托之李奇，李奇，古之名倡也。诸人皆争学之，后知其非也，而皆弃其曲：此未始知音者也。"十四。二喻切中耳食之徒。"三代与我同行，五伯与我齐智，我，谓作书者。彼独有圣智之实，我曾无有闾里之闻、穷巷之知者何？彼并身而立节，我诞谩而悠忽。"十五、十六。"是故生木之长，莫见其益，有时而修；砥砺磨坚，莫见其损，有时而薄。藜藿之生，蝢蝢然日加数寸，不可以为栌栋；梗、楠、豫章之生也，七年而后知，故可以棺、舟。夫事有易成者名小，难成者功大。君子修美，虽未有利，福将在后至。故《诗》云：'日就月将，学有缉熙于光明。'此之谓也。"十七。下午，以收租辍读。

初二日（12 月 14 日） 阴。晓起已晚。饭后收租。下午，大雪复作。薄暮，积地寸馀，寒甚。闻西乡低区，稻禾尚有八分未收，来岁春花无望，业佃交困，此时事之大可虑者。目前租谷不起，犹其小焉者也。今晨，接张李仙所书版头，不甚合式。

初三日（12 月 15 日） 大雪。晓起已晚。饭后，阅《淮南子》卷二十《泰族篇》。"宋人有以象为其君为楮叶者，三年而成，茎柯豪芒，锋杀颜泽，乱之楮叶之中而不可知也。列子曰：'使天地三年而成一叶，则万物之有叶者寡矣。'"二。此习用事。"夫大生小，多生少，天之道也。故邱阜不能生云雨,涔水不能生鱼鳖者,小也。牛马之气蒸生虮虱,虮虱之气蒸不能生牛马。故化生于外,非生于内也。"三。"茧之性为丝,然非得工女煮以热汤而抽其统纪,则不能成丝。卵之化为雏,非慈雌呕暖覆伏,累日积久,则不能为雏。人之性有仁义之资,非圣人为之法度而教导之,则不可使乡方。"五。"故《易》之失也,卦;《书》之失也,敷;《乐》之失也,淫;《诗》之失也,辟;《礼》之失也,责;《春秋》之失也,刺。天地之道,极则反,盈则损。五色虽朗,有时而渝;茂木丰草,有时而落;物有隆杀,不得自若。故圣人事穷而更为,法弊而改制,非乐变古易常也,将以救败扶衰,黜淫济非,以调天地之气,顺万物之宜也。"六。此段极宜细玩。"物各有宜,轮员舆方,辕从衡横,势施便也。带不厌新,钩不厌故,处地宜也。《关雎》兴于鸟,而君子美之,为其雌雄之不乖居也。《鹿鸣》兴于兽,君子大之,取其见食而相呼也。"七。"秤薪而爨,数米而炊,可以治小,而未可以治大也。"九。"故张瑟者,小弦急而大弦缓;立事者,贱者劳而贵者逸。"九。"人莫不知学之有益于己也,然而不能者,嬉戏害人也。人皆多以无用害有用,故智不博而日不足。以凿观池之力耕,则田野必辟矣;以积土山之高修堤防,则水用必足矣;以食狗马鸿雁之费养士,则名誉必荣矣;以弋猎博弈之日诵《诗》读《书》,闻识必博矣。故不学之与学也,犹喑聋之比于人也。"十七。"语曰:'不大其栋,不能任重。重莫若国,栋莫若德。'国主之有民也,犹城之有基,木之有根。根深则本固,基美则上宁。五帝三王之道,天下之纲纪,治之仪表也。"十八。"夫水出于山而入于海,稼生于田而藏于仓,圣人见其所生,则知其所归矣。"十九。"故舜深藏黄金于崭岩之山,所以塞贪鄙之心也。"同上。"原蚕一岁再收,非不利也,然而王法禁之者,为其残桑也。离先稻熟,而农夫耨之,稻米随而生者为离,与稻相似,耨之为其少实。不以小利伤大获也。""家老异饭而食,殊器而享,子妇跣而上堂,跪而斟羹,非不费也,然而不可省者,为其害义也。待媒而结言,聘纳而取妇,绂纮而亲迎,非不烦也,然而不可易者,所以防淫也。"二十一。卷二十一

《要略篇》：“言道而不言事，则无以与世浮沉；言事而不言道，则无以与化游息。故著二十篇，略数其要。”下午，雪愈大，平地已增至三尺有馀。是日，阅《淮南子》毕。此书大旨近《老子》，而异于《庄》《列》之怪僻，故儒者多援引其说，甚有取也。暇时再摘录一册，自八卷以前未采。黄昏，汝妪自梨里来，二女病已危笃，急欲办后事。（页眉：论《淮南子》。）

初四日（12 月 16 日）　连日大雪，数年来未有之奇。晓起，命薰儿整顿行李。饭后，同梦仙至梨里，为二女办附身之物。凡出嫁之女，应从夫家丧主承办。今仰山已故，冯氏丧主虽有若无，予岂能坐视？故有此行。下午无聊，成五律三首、七绝三首，多感时事而发。是日，文期停。（页眉：停。）

初五日（12 月 17 日）　阴，雨夹雪。不知何日起晴，可叹！晓起已晚。饭后，重读《河东集》卷三十一。此卷以《论史官书》《致段太尉逸事书》《论墓中石书》《论为文书》[1]四篇为最。《答刘禹锡天论书》中：“凡子之辞，枝叶甚美，而根不直取以遂焉。”《答论周易九六说书》中：“君子之学，将有以异也，必先究穷其书。究穷而不得焉，乃可以立而正也。”二段皆可取。卷三十二，《论政理书》《论石钟乳书》《答周君巢书》[2]皆精悍无敌，《与李睦州服气书》[3]文虽工，不易学。下午，吉人尺牍抄一卷有半，计八十七札，长短一百廿七页，共抄廿三日。

初六日（12 月 18 日）　阴。晓起已晚。饭后，重读《河东集》卷三十三。此卷《答沈起书》可览，《贺失火书》[4]可读，馀可不阅。卷三十四，此卷《论师道书》《论文书》《谢示新文书》《上相公陈情书》[5]皆可读。午前，日出甚快。下午，作札与梦琴、南乙。西北风极狂，大有河冻之意。

---

[1][5]　此四篇均为三圈。

[2]　此三篇均为三圈。

[3][4]　三圈。

初七日(**12 月 19 日**)　晴。晓起已晚。饭后,写好两札,寄与陈、沈二君,专为《清献公日记》第三册尚未寄来,故以札催之。下午,改存近作。适薰儿自梨里归,述二女病情虽重,幸附身之物及寿器俱已齐备,尚可稍慰予心。灯下,携示浙省府厅州县公启、致江苏即补知府黄冕信稿。时冕奉裕制军令,偕谢镇台同守金鸡山。镇海之破,实由金鸡山失守所致,冕先弃山而逃,罪在不死,清议所归,可畏、可畏!然此札亦不足存。将来须觅广东按察使王廷兰致福建布政使曾望颜一书,必有可观。

初八日(**12 月 20 日**)　阴。晓起,微有雪。饭后收租,暇时,仍读《河东集》卷三十五。此卷《陈情启》《谢抚问启》《谢委曲抚问启》[①]皆可细玩,馀少节取之处。卷三十六,此卷一览易尽,详在《读柳笔记》中。午前,大雪纷纷复下,今冬不知何日起晴也。下午,查清账务,辍读。(页眉:停。)

初九日(**12 月 21 日**)　晴。晓起已晚。饭后,重读《河东集》卷三十七、三十八。此二卷皆柳州表文,无甚出色,可以不阅。节取处已入《读柳笔记》中。中午祀先,祠堂内薰儿主之,内寝树主之。下午收租,辍读。

初十日(**12 月 22 日**)　晴。冬至。晓起已晚。饭后,重读《河东集》卷三十九。此卷虽非柳文之佳者,然尚可诵。卷四十多祭文,亦有朗然可诵处。下午收租,系头限末日,因雨雪连绵,再展五日。灯下,作札与王珠亭,催取昔年借项也。

十一日(**12 月 23 日**)　晴。晓起,成七言拗体诗一首。饭后,重读《河东集》卷四十一。此卷以《祭宗直文》[②]、《祭崔简文》[③]二篇为可诵,馀取流览而已。下午收租,辍读。

---

①　此三篇均为双圈。
②　双圈。
③　三圈。

十二日(12月24日)　晴。晓起已晚。饭后，重读《河东集》卷四十二。此卷诗，古今体各有所取，详见《笔记》中。下午收租，辍读。傍晚，梦仙自梨里回来，述二女病稍轻。珠亭有片楮来，约十二月底。是日文期，文题《白羽之白也，犹白雪之白；白雪之白，犹白玉之白与》，诗题《投火成白金得"成"字》。（页眉：文期。）

十三日(12月25日)　晴。晓起已晚。饭后，重读《河东集》卷四十三。未终卷，适云泉老友来，留中饭而去。下午收租，辍读。吉人续抄尺牍廿一札，计卅六页，抄八日。

十四日(12月26日)　晴。晓起，送吉人回去，约廿五日来。饭后，重读《河东集》卷四十三。此卷诗古多今少，五古尤佳。以下《非国语》两卷，可不阅。下午，改存近作二首。

十五日(12月27日)　晴。晓起收租。饭后，重读《河东外集》卷一。此卷三赋，体格直是骈俪语之叶韵者耳，全用经史成语，陋甚！皆子厚贞元五年后举进士时作。卷二，《马淑志》①绝妙，令人百读不厌。卷三，《段宏古墓志》可诵。卷四皆表文，可不阅。卷五亦无足观。《遗文》、《扬子新注五则》②尚可阅。下午收租，辍读。是日，接松侄信，欲觅一知数。灯下，作札与陈骈生，催取《日记》第三册。（页眉：应试之作，虽文如子厚，不能出色。）

十六日(12月28日)　晴。晓起已晚。饭后，重阅《河东集附录》。宗元作《故叔父殿中侍御史墓版》云："柳氏之先，自黄帝及周鲁，其著者无骇，以字为展氏，禽以食采为柳姓。厥后昌大，世家河东。"父镇，徙于吴。下午收租，辍读。是日文期，文题《加之以师旅，因之以饥馑》，诗题《柳絮因风起得"风"字》。（页眉：文期。叙柳氏世系，最简而该。）

十七日(12月29日)　晴。晓起已晚。饭后，圈点《文选揭要》

---

①　三圈。
②　双圈。

屈平《离骚经》一首①。下午对雪,忽一联云:"晴窗雨点当阶滴,矮屋冰钗着地长。"此大雪后真景也,拟续成之。《骚经》中,"五子用失夫家巷",注:"同'衕',音'弄',去声。"予《重葺养树堂记》中,用"长巷"二字本此。灯下,阅《郭华野年谱》②,甚有可取,从切庵处借来。

十八日(12月30日)　晴。晓起,命陆妪至梨里,问二女之病,附去燕菜一匣,重二两半,大小十九只,五小条;水梨一篮,重五斤。饭后,圈点《文选揭要》。适松侄、竹侄来,欲觅一取租人。此事断难猝办也,留中饭而去。下午,重阅《郭公年谱》,其已见《吴江县志》者,不复胪列。后为楚督,上《改折南粮疏》《变通藩产疏》《请遵成例疏》③,均有关于国计民生、官坊吏治。暇时,须摘出。(页眉:郭公三疏宜录。)

十九日(12月31日)　阴。晓起已晚。饭后,圈点《文选揭要》《湘君》④《湘夫人》二首。午前,接昼翁乔梓示薰儿札,适薰儿有微疾,予代为答之。下午收租,辍读。

二十日(1842年1月1日)　晓起,日出。饭后,复大雪,日中乃止。适喜墨斋刘建扬以《家谱》印本来,予即续校一过,嘱薰儿再校,却无差误,以样本校对清楚也。凡刻书写样时,校对宜精。下午,小友高一林来。大兄延之视疾,茶话片刻而去。《日记》前三卷,大约刻至月初。予将第四卷嘱笑山细校一遍,原本尚有差误。予于灯下竟不能重校,目力渐衰,自今冬始矣。是日文期,薰儿以齿痛停止。(页眉:停。)

二十一日(1月2日)　晴。晓起,极寒。予作札与陈骈生,今午延视薰儿牙疾。饭后,送刘建扬至北舍港,仍趁航船回苏,《日记》第四卷样本带去。约《家谱》一书装订七十部,做木套五十部,均于十二

---

①④　三圈。

②　双圈。

③　此三篇均为三圈。

月二十日后送来。午前，送笑山解节。中午，黄森甫同恂如侄孙以事来就商。少顷，陈俪生来视薰儿牙疾，遂同饭于养树堂。下午，俪生为薰儿诊脉处方，文理书法，居然可以出手，梦琴真有子矣！难得难得。

二十二日（1月3日） 晴。晓起已晚。饭后，阅寿州三命案邸抄，系老友陈讱庵家藏。此案于嘉庆十二年安徽抚臣初彭龄彻底惩办，已将首犯张大有斩决，恭折具奏。惜后定谳革员周锷受托教供一节，尚未抄入。当日初抚必有奏章，须留心采录也。下午，校阅《华野郭公年谱》。时《日记》第三册尚未寄来，前六卷样本已经写毕。从子清原曾劝予重刊此谱，以广流传，故重为校阅付刊，可附于《清献公日记》后。他日合装一套，亦文献中之双璧也。

二十三日（1月4日） 晴。晓起已晚。饭后，作散体文一篇，《书〈华野郭公年谱〉后》也。此文极意经营，尚可念得去。下午，录清近作。连日河冻，往来断绝，取租更难矣。《年谱》是日写起。

二十四日（1月5日） 阴。晓起已晚。饭后，校阅《清献公日记》第五卷样本，看二十五页而止。午前，大雪复作，下午犹不止。

二十五日（1月6日） 阴。晓起已晚。隔夜甚暖，今晨河冻已开，瓦雪渐融。自此以后，或可冀连晴数日乎？饭后，校阅《日记》样本第五卷中，看二十四页，至第六卷中而止。下午，大富圩佃户来告，田中水稻又被野鸭攒食矣。今冬低区半未收割，一厄于冰雪，再厄于野鹜，此事之愈出愈奇者，亦从前所未有也。

二十六日（1月7日） 阴。晓起，微有雨。饭后，校阅《日记》样本第六卷，至日中而毕。予因样本抬头行款必须讲究，于第五卷第二页十一日条下夹注内"进其诗于上""遂命与使臣同往高丽"，"上"与"命"应得空一格写，拟将"高丽"二字省去；第六卷第九页十二日条下"遂举本来乐体"，"本"字脱去，填补写下，须全局更张。拟将第一行"阅《篑山集》内"，"内"字省去，补一"本"字，尚不致有碍全文。故特为记出，以识后生之妄。下午，录清所作《重刊〈华野郭公年谱〉序》，以俟有识者酌商。薄暮,吉人已来,刻接梦琴信,《清献公日记》第三册从顾访溪处取来,南乙已至雪巷矣。（页眉:《日记》中略有增损处。）

二十七日(1月8日)　阴。晓起,写样吴楚翘以《日记》第六卷第九页上脱肩处补接排下,终空一行,必须添出四字,方能挖全,就商。予于夹注中"张吉,字克修,见《三元考》,成化辛丑进士"内,添"明成化十七年辛丑进士","明""十七年"四字原本所无。此段又查过《题名碑录》。饭后,重阅《日记》第三册,自第七卷至第八卷止。下午复雨。今午,笑山到馆。吉人抄尺牍,自今晨始复续写。

二十八日(1月9日)　晴。晓起已晚。饭后,重阅《日记》第三册卷九毕。下午,阅卷十毕。第二册卷五、卷六样本,笑山重校一遍,尚多差讹。

二十九日(1月10日)　晴。晓起,嘱两经友至大富圩踏看野鹜攒食之稻,如果全白,竟从豁免,亦恤佃之一片婆心也。饭后,梨里有船来,二女病已危笃,必欲望予一见,予实不忍往视;且冯氏自长至幼,全不讲情义,相对徒增懊恼耳。况二女后事,予已代为办理,亦可了却慈怀,销除烦恼。特嘱薰儿往视。同胞姊妹,渠岂能漠然也耶?下午收租,带阅平夷邸抄,此本亦从䜷庵处借来。薄暮,梨里船已回,薰儿因姊病重,逗留。来信,据述二女之言,但得见父亲之面,虽死亦愿。予于灯下作札与薰儿,约初二日清晨来视。未知尚能羁縻否?书到此,不觉泣下。

辛丑日记六

十二月。《贤己编》《汤海秋诗》《魏塘人物记》。

十二月

初一日(1842 年 1 月 11 日) 晴。晓起收租。饭后,展阅嘉善黄太守书,以新刻《贤己编》六卷、《吴谚集》一卷、白石翁沈周行楷石刻一纸、徐紫珊渭仁所校《来斋金石考》两册见惠,由及门樊雨田过访之便寄来,此书不可无以报也。雨田在霅青家一面,后蒙屡次通问,予不过随来随答。前年雨田居父丧时,曾来相商,予略为伙助,以尽一面之交。今又数数而来,未免有极欢尽忠之叹。予故托辞不见,留书一套、砚一方、诗一函而去。下午,接薰儿信,二女必须望予一见。遂放棹至梨里。舟中阅《汤海秋诗集》,乐府、五古两体实能超前绝后,七古不主一家,律诗亦以五言为佳,真卓然可存之集。薄暮,视二女病在垂危,而神识极清,见予惟呼负负而已,予亦不忍久留,命薰儿侍仲姊之疾,予随舟而返,到家不过黄昏时候。是夜,命酒独酌,颓然就寝。

初二日(1 月 12 日) 晴。晓起已晚。饭后收租。暇时,再阅笑山所校《日记》第三册,略有斟酌。如卷七四月廿四一条下,"言今日时势"二句,决意从删;至卷十四月廿三、廿八两条,五月廿六日一条,是千秋公论,毅然可存。午前,周品五表侄来,留中饭,略有所赠而去。下午,封好《日记》卷五、卷六样本,将寄至吴门喜墨斋中。大兄来,询及二女病情,予以不起告之。为之长者,亦无可如何也。是夜,作札与薰儿，由明晨送去。

初三日（1月13日）　晓起，雾极重，饭后开晴。长媳杨氏必欲至梨里视二女之病，亦至情所发，予乌能力阻也？接殷甥前月廿五日信，知馀姚失守，绍郡告急，羽书络绎前来，而奕将军尚逗留吴门，不知此何心也。寄来赵眉翁覆信，知《人物续志》一书，续印十部，俟有便寄来。此翁真诚笃君子哉！下午，沈仆自梨里来，报知二姑奶奶于初二日亥时去世，初五日入殓。予含泪复札与薰儿，告以成服送殓之礼，慎之慎之。是日，《华野年谱》写竣，计十日之功。

初四日（1月14日）　雨。晓起，成《述哀诗》四首，盖为二女作也。饭后收租。下午，与大富圩上各佃再四晓谕，减之又减，渠亦欣然而去。是日，为先慈周太硕人忌辰，仍自与祭。因思青儿及冯婿若在，大可分任其劳。今收租乏人，薰儿又往梨里送殓，予以一人之身，几至拜跪无暇，可慨也已！《日记》第三册于今晨写起。吉人所抄尺牍十九札，计三十二页，共六日之功。今晨另起。（页眉：志慨。）

初五日（1月15日）　西风复起，颇有晴意。晓起，命账船至八尺，设限收租。因忆十六年冬间，冯婿初至八尺，起限收租，五日之内，已得蒇事，咸深以为能。讵意百日之间，冯婿与二女相继夭折，虽始平之不振，实予老年之不幸也。午前收租，辍读。下午，梨里船已回，薰儿以畏风不归。此子原非破浪才也，凡胆气大小，总由天授，非学问所能充塞，亦岂可勉强也耶？

初六日（1月16日）　晴。晓起，作《二女志略》一篇，尚未脱稿。饭后，命舟人至梨里。午前收租，辍读。下午，录清《述哀诗》四首。傍晚，薰儿自梨里回归，述二女殓时，诸事草草，惟棺木较冯婿加厚，幸予之预为筹办也。

初七日（1月17日）　晴。晓起已晚。饭后，改作《二女志略》，极意经营，此文必欲存稿故也。下午，小园侄孙来，问家谱几时可得见。予言，新岁拜贺时，可每房给发矣。

初八日(1月18日)　晴。晓起，录清《二女志略》。饭后，校阅《华野郭公年谱》样本，至原序而止。午前收租，下午收毕。仍校《年谱》。

初九日(1月19日)　东风极狂，微有雨。晓起已晚。饭后，校阅《郭公年谱》样本始竣，尚多差讹处，皆因原本尽从俗写故也。下午，阅黄太守《贤己编》，共六卷，略仿《聊斋志异》而作，尚寓劝惩之意。若《吴谚集》一卷，所谓"言之无文，行之不远"，殊不必作。《编》中如卷三"乩许头衔"一事、"天曹重谷食"一条，卷四"记吴中丞事"①，卷五"炉灰治蚂蝗蛊"一条，卷六"金文简公逸事"一则②、"幕友灭案报"一段③，皆可采入《太平庄闲录》。(页眉：摘《贤己编》。)

初十日(1月20日)　晴。晓起，作札答黄太守。饭后，欲作札与樊雨田而未果。午前收租。下午，接梨里汝氏报条，卓庭夫人于今晨卯时寿终，择于十四日入殓，不可不亲往一送也。

十一日(1月21日)　阴。晓起，作札答樊雨田。饭后，收租极清。检阅平夷邸报，内有凯旋节略一段，极简明可录。下午，封好霁青、雨田处信件。霁青处送《秋树读书楼遗集》一部、《忏摩录》一本、《胜溪草堂石刻》三种、《左家徐痛》一本；雨田处送《忏摩录》一本、《胜溪草堂石刻》三种、番钱四枚，聊作琼瑶之报而已。是日文期，文题《有朋自远方来，不[亦]乐乎》，诗题《布衾多年冷似铁得"年"字》。(页眉：文期。)(夹页：只录金文简、陈幕友、袁彦群三则。)

十二日(1月22日)　晴。晓起，同梦仙至南北斗、荒字两处催租。饭后，赴梨里，吊卓庭世嫂。中午，饭于汝氏。下午，走候邱昼翁，求书版头两页：一条书"陆清献公日记"，右行书"道光辛丑年镌"，左行下书"胜溪草堂藏版"；一条书"华野郭公年谱"，左右两行同。时子谦赴舜湖去矣，匆匆话别。舟中接沈愚亭信，以《新纳姬人韵梅诗》

_____

①③　双圈。
②　三圈。

求和,谅亦情之所钟也与？归舟过大港,以信件寄于竹侄,转致嘉善黄太守。

十三日(1月23日)　阴。晓起,微有雨。饭后,展阅《汤太史集》。其中序文评跋语,有可摘录者,如刘伯埙序云:"国初以来,作者林立。娄东体卑,规摹长庆。虞山律杂,爬罗稗史。秀水病于摭拾粪壤,新城无乃优孟衣冠。"以秀水谓"摭拾粪壤",是贬之太过。鲁一同跋云:"太白仙才,子美地才,摩诘人才,长吉鬼才。""地才"二字极生。湘阴李星沅跋中《赠海秋诗》云:"才子文章空冀北,美人骚怨在湖南。"时海秋尚未锐意为诗也,而其性情藻采已近于骚矣,二语极有先识。长沙熊少牧跋云:"于五古吾见其为《感春》二十首、《秋怀》九十一首,于七古吾见其为《放歌行》四十篇,于五律吾见其《拟归去来》《集杜》百六十首,皆匠心独运而成。"长沙陈本钦跋中赠诗云:"目中久已无馀子,古道犹将属此人。"时海秋尚未通籍,已有不可一世之概。富阳周凯跋中赠诗云:"金钟大镛无细响,光风霁月有馀妍。"是能以天地间真声真色为诗者,安得不传？道州何绍基跋云:"海秋语予曰:'学诗而不求之于《三百篇》,犹植木而拔其本也。'予应之曰:'吾楚人为诗而不求之于《离骚》《九歌》《天问》诸篇,犹数典而忘其祖也。'"晋宁蔡映斗跋云:"读全诗莫名其妙,但取集中《后忼慨篇》'非争墨客词流技,只写仁人君子肠'二语,庶足以见全集本旨。然此亦夫子自道云尔,游、夏何能赞一辞？"益阳赵裴哲跋云:"古今诗才万万,有清丽芊绵之才,有沉郁顿挫之才,有驰骋变化之才。清丽芊绵之才,此以藻采胜者也,一代不过十数人;沉郁顿挫之才,此以诣力胜者也,一代不过数人;驰骋变化之才,此不恃人为而纯以天,不涉形似而纯以神者也,一代不能二三人,甚且合数十代不能五六人焉。"持论甚高。合诸人评语观之,而海秋之诗,自不在子才、兰雪之下。鲁一同,山阳人。刘伯埙,未知何地人。下午得闲,摘录海秋近体。五律如《哭次儿健昭》云:"薄祜遭医拙,精心祷佛难。百年吾渐老,万想夜都攒。"《瑞华宜人殁已周岁,偕新妇暨子女祭之于长椿寺,时次儿殇已一月，并哭之以诗》云："物换存罗带，天寒荐酒浆。"《在御史台一月，以言事回户部》云："臣心无曲折，主德有包荒。"《喜陈登别驾到都》云："世事须肩荷，吾侪岂命遭。"《送江龙门孝廉》云："尘沙低杞梓，风雪老骅骝。"今午连接樊雨田初四、十一两信，于灯下展阅之。贫士生涯，居大不易，然交浅言深，其患在于无识，可不慎哉？

　　十四日(1月24日) 阴。晓起，作札与吴门刘建扬，约渠十九日来。饭后，送写样吴先生至北舍，趁夜航船到苏，相约与其徒同来度岁。暇时，仍阅《海秋诗集》。五律如《送黄香铁孝廉》云："独往无离合，空山少是非。"《送曾晓沧孝廉》云："怀古须眉白，哀时涕泪红。"卷十八。《送乔见斋观察》云："臣志驰驱老，君恩浩荡深。"《寄李碧珊观察，时碧珊遭劾去官，屏居鄂渚》云："青蝇天地有，白璧古今怜。北郭时寻药，东陵且种瓜。"《寄裕如山中丞》云："平时慕侨、亮，持以报青天。自注：中丞以书下问，鹏辄献其愚曰：'今乃公孙侨用猛、诸葛亮用严之时。'中丞以为良然。"《黄树斋兄招饮，即席咏怀》云："世事庄生蝶，才名季子貂。天涯好兄弟，诗句满乾坤。"《挽徐熙荸前辈》云："九重思汲黯，四海重王阳。白眼看馀子，青山失故人。"《读凌荻舟诗》云："杜、韩犹变体，陶、阮自名家。"《送诸孝廉下第出都》云："惨淡谁青眼，艰虞易白头。乾坤悭一第，词赋许千秋。"《酬李生化北、刘生诗桥来见》云："济时徒画虎，闭户老雕虫。"《送怡悦亭中丞》云："崎岖五岭束，瘴疠百蛮开。赤心流古味，青眼折时评。时怡翁移节粤东，故有此作。"此种诗，须读全首，方知其妙。《尺五庄偕李梅生作》云："芰荷千柄合，芦苇万行开。"《花之寺》云："芭蕉无雨打，荷芰有云来。"此题第二首，绝似王摩诘，须录其全。《寄胡羡门明府》云："一县桃花雨，千家麦饭香。"《我思六首，简乔鹤侪水部》云："悲歌不出户，元气自为春。"第五首，纯是老杜之笔，须录其全。《赠左十三》云："问天原是幻，斫地自为歌。"第一首有"途穷骨未贫"句。凡筮仕缔交，皆可作座右铭。《饯罗研荪、赵午桥于尺五庄，时研荪、午桥廷试报罢，将还湖南，用此赋别》云："道力存壶榼，才名堕草莱。"第五首，合李、杜而一之，须全录。《游蕉园，偕李梅生作》云："犬卧犹当户，虫鸣不隔松。"《陆立夫太史入都》云："才名双鬓雪，杯酒百年春。"五律最难雄浑坚卓、缥缈蕴藉，读海秋之诗，八面多到。他如《林少穆中丞入都，喜而有作》四章、《寄怡悦亭方伯》四首、《挽杨忠武》十首、《寄林少穆制军》二首，皆关系国朝诗史，非可以一两句尽也。下午，展阅海秋七律，如《投贺柘农编修》云："贾谊才华新涕泪，虞翻骨相旧风尘。"《闭门》云："一雨放春杨柳绿，百年如梦屋庐深。才能受谤有馀福，诗不闭门无苦心。"此诗须全录。《病起书怀》云："风雨每当怀古哭，肝肠都为望乡枯。亲在湖湘何敢死，君如覆载未酬恩。"《夜坐》云："月色古今如此白，秋声天地不禁寒。"《遣怀》云："天地无言自风雨，古今未了此文章。月缺月圆此河汉，花开花落自埃尘。"《陶然亭》云："西山如幕边云紫，古刹无人木叶黄。"《答友人吊火》云："造物降材安肯忌，东风吹火偶然狂。"《感兴》云："黄阁老翁元测怛，长沙才子自蹉跎。"《岁暮杂兴》云："朱门戚里无消息，赤脚长须有肺肝。"《赠林少穆方伯，即送其之湖北》云："海内莫奇半来往，民间疾苦读襄回。"《检近诗》云："气浩心沉摹杜甫，词粗骨劲抗昌黎。"《再赠唐镜海先生》云："年少或能欺杜甫，道高端不泣杨朱。"《登楼》云："四塞河山千鸟外，万家风雨一秋声。"《简友人》云："必划浮华方见骨，不工感慨岂成《骚》。"卷二十。

十五日（1 月 25 日）　阴。晓起，阅笑山酌易《二女志略》，于字句之间，虽不满五十字，却能妥帖可从。饭后，仍阅《海秋诗》。七律如《憾别》八首，中多无限感慨，第五首云："露青烟碧松楸秀，湖阔山深童叟安。雁户田畴皆菽粟，兔园章句古衣冠。近闻盗贼填闾井，谁报封疆简县官。回首可怜乡俗变，伤心无那夜虫酸。"封疆大臣，不思慎择亲民之官，闾阎安得肃清？读诗至此，不竟为之三叹也。《忆山中故人》十六首，《陈尧农》云："老见雪霜犹雨露，澹于农圃况公侯。"《马秋耘》云："梅福行踪无姓字，井丹经卷岂风尘。"《劳辛陔》云："文章尽可驱鲸鳄，粗粝还应典骕骦。"《赵午桥》云："饱看西日收秔稻，醉倒东风抱薜萝。"《刘访三》云："黄叶闭门无客到，黑髭成雪有天知。"

《廖春泉》云:"白鹭青猿成伴侣,长镵短屐走蒿蓬。"《拨闷》六首,第一云:"怀古不禁清泪堕,出门忽见早梅开。"第二云:"韬养材华且痴钝,折除时命是攀援。"第三云:"料理尘埃有书卷,镌磨芒角此风霜。"第四云:"盛世文章此春气,少年天地独秋风。"第六云:"宿债未偿朋友恕,安眠无梦雪霜深。"此种诗须玩其全。《闻伯父讣,纪哀》二首,第二云:"每思春杖经行处,其奈秋花婉转铺。"此诗须全玩,方知其妙。卷二十一。下午收租,辍读。是日文期:《老弱转乎沟壑》,诗题:《并食而食得"贫"字》。(页眉:文期。)

十六日(1月26日) 晴。晓起,查清一年之账,将汇录登簿。饭后,仍阅海秋七律,如《春日言怀投所知》十首,第一首一起四句云:"今年消息问风雷,倚槛苍然绿破苔。欲醒欲眠春鸟过,忽晴忽雨桃花开。"第二云:"末俗交游多检点,腐儒肝胆易开张。"第三云:"雨急黄鹂无意思,枝高乌鹊有光辉。"第四云:"花枝照眼能娱我,世路怜才却畏人。"《张亨甫到都,饮酒书怀》二首,第二中四句云:"聚散浑如春梦过,悲欢惟有酒杯同。昌黎骂鬼峥嵘际,太白游仙缥缈中。"《初值枢禁》云:"四序有心观化育,八方无事独褰回。"《咏怀》云:"阮籍咏怀千俯仰,陶潜饮酒半悲忻。"第二云:"请看天下无端事,尽是人间最好诗。"《再访陈筠心》云:"不负平生惟澹泊,偶逢知己亦缠绵。"《扇子湖晚行》云:"风如有意低杨柳,水不能波长芰荷。"《书怀,效罗隐体》六首,末首云:"数声幽鸟是非外,一片凉风醉醒间。"《送张诗舲前辈观察山东》云:"此邦子弟能诗礼,吾辈功名岂簿书。"《哀顾南雅丈》四首,第一云:"名著朝廷还旧秩,官贫弟子佐新炊。"第四云:"中外有人收楮墨,乾坤无意问箕裘。"卷二十二。下午,仍阅海秋七律,如《〈拟归去来〉〈集杜〉百六十篇既成,自题其后》,共十首。第三云:"只恐秋风老颜驷,非关天意薄匡衡。"第四云:"天地元机在江海,圣贤本性亦山林。"第五云:"山中种树能调性,野外论诗不费才。"第六云:"摆落四愁能浩浩,护持双鬓莫星星。"第九云:"我乃淮王旧鸡犬,今思范蠡好江湖。"卷二十三中。

十七日（1月27日） 阴晴参半。晓起，将霁青处信件寄与芦墟升禄斋，由夜航船转致嘉兴樊雨田，以了其事。予平生断不肯以刻薄待人也。饭后收租。暇时，仍阅海秋七律诗，如《赠平樾峰明府》三首，第二云："皇心恺悌千人见，臣职经营两鬓催。"第三云："世上萍蓬有离别，才人杯酒本缠绵。"《挽许莱山师》十五首，第九云："燕子有情还识我，棠梨无主不能春。"第十三云："萍蓬身世谁能定，文字因缘总是空。"《再哭瑞华》云："酒因堕泪荒荒醉，雪为伤心故故寒。"《过故居吊瑞华》云："墙根不产延年草，厨下谁斟续命汤。"又云："杨柳深深如此碧，桃花短短为谁妍。"海秋悼亡诗，合古今体共得百首，可谓深于情矣。兹特取其清丽者录之，略见一斑尔。卷二十三终。下午复雨，不解天公是何心也。是日，接城中吴兰士信，以俗事相浼，只好置之不答。此处须要斟酌，断不可随来随答。

十八日（1月28日） 西风极狂，似有晴意。晓起，作札与邱昼翁。饭后，送笑山解节。仍阅海秋七律诗，如《新妇诗》，序云："瑞华弥留时，附耳叮咛，荐女弟琼华为继配，感故妇之能贤，俾劳人之有室，不能无诗。"第一云："东风律啭雄雌鸟，南国春调姊妹花。"《送杨希临孝廉》云："恻恻贾生新涕泪，飘飘季子旧风尘。"《喜何子贞、慧裕亭、胡觊生入翰林》云："骅骝蹋雨三三道，鲸鳄横风六六鳞。"下午收租，辍读。

十九日（1月29日） 晴。晓起，查清账务，了结岁终之事。饭后，仍阅《海秋诗》七律。《咏怀》四十首，第一中四句云："蜩螗着树凄凄绿，鸿雁呼云莽莽黄。曲沼芙蓉千点露，小楼杨柳万枝霜。"第七云："雁为传书常系足，龟能料事却刳肠。"第九云："荐贤岂为私桃李，济物何曾弃菲葑。"似为新安相国而言。第十二云："江都甫上天人策，疏广难陈犬马私。"第十三云："杨震四知存洁白，田差三过厌繁华。""田差三过"要查出处。第二十云："中禁故当储颇牧，清时未可唾孙吴。"第廿一云："君子本能知稼穑，大夫何以富东南。"似为林少穆先生巡抚江南而言。第廿二中四句云："江左夷吾此经纬，汉廷贾谊与裹

回。绿章慷慨人间事,赤手苍茫天下才。"似为陶云汀革除盐官而言。第
廿八云:"松乔那种千龄药,支许空县五戒章。"第廿九云:"天遣才名
试盘错,我应道力镇风霜。"三十云:"我行我法删馀事,才不才间了百
年。"卅四云:"了无臧否嗣宗口,只有悲欢吏部肠。"卅五云:"八代故
无韩愈笔,《九歌》谁见屈原心。"先生殆自道乎? 卅六云:"颠倒齐梁馀
绮丽,飘零汉魏断歌章。"其今日之诗道与? 卅七云:"山王未可排新咏,
绛灌何当惜少年。"卅九云:"百年出入鹅笼影,万事低昂马耳风。"四
十云:"愿以此心待明月,不知何处有悲风。"四十首诗,自将相督抚以
及官政民风、友朋离合之故、文章盛衰之原,无不包举,可谓极七律中
之大观矣。摘录之馀,犹患美不胜收。卷二十四以下皆排律。今扬威
将军奕敬,别号凝峰,亦见此卷中。下午,天又阴,以事辍读。傍晚,
喜墨斋刘建扬携《家谱》来,共印订七十部,内装版套五十部,以备各
房藏弄,可以无虞蠹损,此予之一片深心也。今晨,忽闻竹淇侄妇之
亡,殊出意外。大房一门,今年连丧男女四人,可谓家门之否极矣!
夜,又雨。

　　二十日(1月30日)　雨。晓起,检阅《家谱》印本,尚有脱页处,
因嘱梦仙及新来周世兄检点一过。饭后,刘建扬回去,约《日记》刻完
六卷后,接手《年谱》。嘱丹林印好《谱》上号戳,每部标一梅签,以便
各房给发。下午,以事辍读。

　　二十一日(1月31日)　西风将作,人人望晴,如望岁焉。晓起
已晚。饭后,吴先生以国初孟忠毅公奏疏一套三本、我乡徐澹泉所临
米南宫《真娘墓歌》石刻二页、段文所临《曹娥碑》《洛神十三行》[①]二
帖及近时陶宫保所刻《吴中唱和集》五本、石刻一本、书业堂重刊陈菱
溪所纂《珊网一隅》二册见惠,其意欲稍偿还予师生两人度岁之资,其
情似难却之也。午前,合读韩退之《圬者王承福传》、柳子厚《种树郭

---

　　①　此四种均为双圈。

橐驼传》、苏子瞻《方山子传》①，始信韩柳文章纯从六经得来，苏氏真有《战国策》纵横气。然苏尚可学，韩、柳甚不易学。凡读古人文，合观最能有得。下午，读归熙甫古文，真一代作手。黄昏候，复雨夹雪。（页眉：论韩、柳、苏三家文。）

二十二日(2月1日)　晴。晓起已晚。饭后，整顿行李，明晨将入城逗留。午前，复接雨田十八日信，知十七日所寄之信件尚未收到。下午收租，辍读。

二十三日(2月2日)　阴。晓起，同吉人下船，饭于舟中。中午，送吉人至施家湾，是八尺近地一乡僻村庄，离镇约八九里，进港极浅狭，大舟不能通，且有武夷曲折之势，去盛墩不远。予不及登岸。下午，大雪复作，春花断不能种。到江，将及灯前，仍寓云在草堂。

二十四日(2月3日)　晴。晓起，走候切庵老友，以赵眉山《松陵人物续志》三册分送，切老以汪雨人《魏塘人物记》两册见赠。座间，言及赵伽庵之固穷不可及，适伽庵来，予与略叙寒暄而别。回晤鹤田老友，今冬颇健。饭后，步至雷祖殿，与切老及下塘四妇侄茗饮。中午回寓，以《清献公日记》前三卷送至切老处，嘱渠校对一过。下午展阅《魏塘人物记》，系嘉善教谕山阴汪能肃雨人氏著，自为序，目录分"名宦"第一卷、"搢绅"第二卷、"士人"第三卷、"列女"第四卷、"方外"第五卷、"补遗"第六卷。"名宦"中载倪象占，号九山，象山县优贡生，任嘉善训导，以善教称。诸生文有一别字，即罚一钱，书其名于壁，钱挂其下，至岁终并以归之，曰"某若干""某若干"，诸生愧奋，一年后，竟无书别字者。论曰：昔人言："为文宜略识字。"岂独为文？通经亦必自识字始。然苟能不书别字，其所得必不止于字矣。倪先生之罚诸生旨深哉！"搢绅"中载周升桓，字稚圭，号山茨。乾隆癸酉，同兄鼎枢举于乡；甲戌，同父翼洙成进士，入翰林，仕至广西苍梧驿监道。粤产断肠草，疗民遇忿毒人死，岁常数百计，升桓令犯笞杖者纳

①　此三篇均为三圈。

草以赎，不数年而根荄绝，惨毒之狱遂除。署臬司，以同官移狱事，挂议谪戍。在台六年，恩赐回籍，卒年六十九。书法少宗颜鲁公，晚乃出入宋元诸大家，刻有《仁本堂帖》。今周氏多能书者，有"周无劣字"之谚，自升桓始也。章辂，字乘殷，一字牧石，号质庵，世富阳县人。父兄早逝，遂废书游邠、雎间，习河工幕务。自案牍外，宣访肯要，一一究心，他日所措之裕如者，自言得之老兵、老吏为多。由从九品历升至山东运河兵备道。有自著年谱一卷，具载其治河方略，皆可为后人取法者也。为运河同知时，寿张奸民王伦作乱，辂随河督往剿，闻贼由堂邑窥东昌，即至东昌防守。城上枪炮声不绝，辂曰："贼未来而放枪炮，徒惊民。贼至，而火药若竭，非计也。请止之。"第于四门备红灯为号，贼至则悬之。见红灯，然后开枪，人以始定。登城，见西、南、北三关厢无居民，形势洼下，有临运陡门两座，令所司开通，而闭运河大牐，以关蓄，俾水面抬高，放注洼地，并传令南旺添注汶水，未竟日而沼城水深数尺，贼不能近。城得保全，辂之功也。积劳得鼻渊病，河督奏请回籍调理，卜居嘉善。卒年八十五。子孙入嘉善籍。论曰：天生我才必有用。质庵先生之才，固为河防而生也。虽亦得之学问，然百端万变，非天才不足以肆应无穷。赵括尽读父书，父莫能难，学问可谓深矣，而卒不为父许者，无其才也。才乎才乎，国家之至宝乎！（页眉：倪象占。周升桓。章辂。）

　　二十五日（2月4日）　晴。是日立春。晓起，至吴吾堂处就诊，近体总在上有馀下不足。吾堂言及伊甥周丹亭，前月望前在馀姚县中，目击失守之状，竟至官逃民散，夷人登岸，惟有开城延入而已，可叹！可恨！饭后，核算由单，以待报数。暇时，仍阅《魏塘人物记》。"搢绅"中载钱樾，字抚棠，号黼堂。少时，随父潮北上，馆于保定，以清苑籍应试，入清苑学。乾隆庚寅，顺天乡试中式；壬辰，入翰林。累迁吏部左侍郎，坐失察铨吏，降官编修；复累迁内阁学士，兼礼部侍郎。嘉庆元年，督学江苏。先是，苏州有狱连诸生，士情觝巇，惧罗织。樾奉命会鞫，坐者仅三人。狱雪，所全多知名士，如顾莼、李福等。乙丑，督学山左。丁艰，吉，患肝痛，杜门养疴，屡蒙温谕问疾。甲戌，力疾觐阙，以江北饥民强匄，虑为逋逃薮；江南番钱盛行，易为盗粮赍，奏请严禁，均得议行。年七十三，卒于家。论曰：呜呼！非天子圣哲，简命黼堂先生，则苏州名士一网尽矣。乃知汉、唐、宋、明党祸，皆季世故也。若值我朝，岂有此哉？此于叹古君子之不幸、今君子之幸焉。按，吾苏闹马头一案，同时会鞫者，尚有满洲玉公。公在浙江，黼堂先生在京陛辞请训，睿皇帝面谕到苏，先将士子衣项开复，然后讯明。先生到苏，候玉公三日不来。时秋暑甚炽，先生念士子触暑系狱，情实可矜，况奉圣谕煌煌，故不待玉公之来，尽行开复。后玉公心怀不平，谓钱某徇私故纵，几受处分。幸赖圣恩宽大，仅坐三人，馀皆不问。此先生退归时，确斋先生过从侍侧，偶然问及此事，先生于酒后言之凿凿，并云与同官共事之难如此。确斋，先生之从子婿也。下午，晤顾煦庵，以报数由单托之。书明五百袋，计十四户，正米一百五十七石一斗九升四合。回至杨家桥，问四女兄，幸无恙。走候寄松，相与畅谈而别。途遇海香，云欲过寓。今晨大雪得晴，时交立春，偶成律句云："快雪时晴摹古帖，新春腊月送残年。"灯下，欲续成而未果。（页眉：钱樾。）

二十六日（2月5日）　晴。晓起，仍阅《魏塘人物记》。"搢绅"中载倪景点，字圣与，号检之。十岁丧母，哀毁如成人。长有志经济，耻家食，入赘为布政司经历，分发安徽，借补徽州府经历，署绩溪县。有婆妇家故饶，一日内亲过访，留食至暮，族叔某间执为口实讼氏。氏诉以食客，遵姑命也。族叔讼，欲图产耳。案久不决。景点至，即集两造，先以不引嫌久坐责内亲，复诘其族叔曰："尔知妇室有客而始往乎？"曰："不知。""然则尔何昏暮至婆妇室？图产即非尔意，尔心固不可问也。"某俯首无辞。因厚惩之，案遂结，观者咸服有龙图再见之称。后累升顺天府治中。癸酉，致仕归，卒，年七十。适切庵老友来答，为予校对《日记》前三卷，颇有改正处。《二女志略》节去三句，较净。遂同饭寓中。切庵近不能饮，与予同病。饭后，薰儿同梦仙来寓,述米船已到两只。予即关照顾煦安,决意明日登场。切庵携《家谱》两册去。下午,仍阅《魏塘人物记》。"搢绅"中载孙银槎、铭彝昆季,是吾乡人,宜入《分湖小识》。袁秉直,字子鱼,号柏田,世华亭人。由四库馆誊录议叙县丞,分发浙江,以功能屡擢至江西布政使,归老嘉善。为知县时,值高宗南巡,经理大差总局,规画周详,肆应立办,一切簿籍,成诵于心。或仓卒不及检成例,得秉直一言而立决。大府喜曰:"此边孝先腹笥也。"为杭嘉湖道时,杭州贡院向给盐水,士子每致疾病。秉直创捐淡水,募担白沙泉,广置大缸,东西号皆满。又于号内铺沙,檐际悉加承霤,虽霖雨无泥泞,至今仍之。嘉湖水港庞杂,向多奸民,棹小艇拐子女,至残毁支体令乞食,历数十年,莫之发觉。秉直改装侦缉获之,此患遂绝。为湖北按察使时,有传李氏冤狱,因姑与人口角,头触人门以死,人移尸于池,李氏觅得尸哭之,其族遂诬以弑姑,将定谳矣。秉直以为池距其家颇远,一妇人安能移尸至此?察其枉,请于大府,再三究鞫,精思年馀,乃得血迹于人门,卒平反之。为江西布政使时,会有言秉直年老者,召入京,上察其精神尚健,知言者之过,用为通政司参议,久之乃休致。庚辰八月,闻大行之信,方进食,蹶然倒地,一恸乃苏。哭临日泪竭声嘶,几不能成礼。因过哀致疾,明年遂卒。论曰:柏田先生平生驭下明而能恕,务使各尽其长,故人乐为用。赵司农秉冲赠句云:"易宣明之面,募僚皆有地扬眉;见翳茂之心,州吏亦上堂握手。"可谓写生之笔。(页眉:倪景点。孙银槎昆季,别录。袁秉直。)

　　二十七日(2月6日)　阴。晓起,至仓场。饭后,米发头厫。中午开斛,下午斛毕。遇雨而返,已及点灯后矣。归寓核算,进厫毛米二百五十八石二斗,完过正米一百四十二石九斗五升二合。

　　二十八日(2月7日)　西风极狂。晓起下船,饭于舟中,趁顺帆到家,不过午候。煦庵信已来,欲于予处连大兄预撮洋钱四百元。予作札答之,洋亦付去。下午,闻四里有人来,欲予排解近事,予实无能为役,以病辞之。

　　二十九日（**2月8日**）　晴。晓起，老安来，言明来岁东阳一地已不仍旧。饭后，收拾养树堂下，以洁净为主。下午，开发一切，约计大衍之数。是夜，酌账房诸君，适成饮中之数。

　　三十日（**2月9日**）　阴。晓起已晚。饭后，有佃户来，亦不可不收。下午，查清一年出入之账，虽不致有亏，然遇此歉岁，总以克己为主。《记》后馀尾五页，因摘录《魏塘人物记》。"搢绅"中载周以勋，字次立，乾隆丙午举北闱。投效东河，得知县，屡试剧邑。补嘉祥县，莱阳势豪因争麦场，唆群奴毙其业主，正凶不得，檄以勋会鞫。廉得之，将定案，而势豪内控，钦使按狱，先蓄成见，语侵以勋，以勋不为动，反覆辩论，卒抵势豪罪。以姻亲任按察，回避江苏，补丹徒县。吴江令黄某，杖毙佃户，委以勋往鞫。黄某素获上，尸亲亦愿和矣，以勋谓请检在先，仍提骨亲检，得颡门红晕，乃杖时垫伤肾囊所致，遂直陈大府，免黄某官，同僚咸为咋音"窄"。舌。嗣挂误落职，大府例举政绩保奏，得复官。道光元年，特旨升海门同知，旋署江宁府，以劳瘁卒官。论曰：江南某科，次立先生与分校，主考得一卷，集房官视之，曰："此老手，可元。"先生取视毕，曰："此新进，非老手也。"主考曰："必老手。"先生曰："必新进。"主考怫然，竟以为元。比揭晓，其人甫弱冠，果本年新进者：其评文具眼又如此。按，周公素称强项吏，性亦不甚和平。而吾邑杖毙佃户一案，宜为黄公称冤。当日徐佃受杖之后，事隔两月有馀，以疾验明释放，有人负出堂下，遇雨，连徐佃跌在地上，徐佃仰面受伤，一夕竟死，此阖城共睹之情形也。徐之宗族甚多，显受讼师指摘，纠集上控。其时章中丞与庆方伯为长洲县举人某闹漕一案，章不欲办，而庆实主之。后得杖毙佃户一案，庆不欲办，而章实主之，周公不过能窥见中丞之意耳。若云"颡门红晕，乃杖时垫伤肾囊所致"，似此受伤，焉能迟至两月之久，然后殒命？且以黄公之精明强干，若果杖毙，亦安肯听其提检，不为稍事弥缝乎？在黄公，自信无他，验后跌伤，乃偶不及检耳。后公捐复原官，调仪征县，以不肯媚事上官，复被静者之参革，惜哉！吾邑嘉庆中年诸明府，如黄公与霁山张公，吏治明决，真不可多得。因阅《魏塘人物记》，而更为明辩之。吴遇坤，号禺人。为诸生时，即有盛名。乾隆己酉，选拔入都，试列优等。未及廷试，闻母丧，驰归。吉，屡赴秋闱，不售。益肆力为古文，造诣渊邃，姚姬传先生以今时归熙甫目之。嘉庆戊午，与从弟书城同举顺天乡试。乙丑，以第六人捷南宫，入翰林。戊辰散馆，改广西贵县知县。操守峻洁，爱民礼士，事上官颇强项。甫一载，挂误镌职，复因他事遣戍塞外。遇赦归，贫无立锥，依其堂弟居焉。时年过六旬，患风痹，手颤不能作字，犹日事撰述，口授犹子辈书之，今所存《天昢录》是也。又自订前后所作古文为《隅斋自订文稿》二卷。平生刚直，不苟随流俗，而遇学人杰儒，辄为倾倒不厌。士林敬惮之，识与不识，咸称为"吴三夫子"。书城字拥万，号卧楼，以举人捐内阁中书，入军机，仕至贵道，两署臬司。山阴汪能肃序《隅斋自订文稿》云："国朝古文，以方望溪为正宗，刘海峰继之，姚姬传又继之，皆守归熙甫家法。姬传见隅斋文，曰：'今之熙甫也。'然则直以正宗许之矣。自欧阳黜险怪，宋以后文，遂一归平正，视退之学子云，皇甫、樊、孙学退之，又一法门，敢谓扬、韩非正宗耶？顾王、李嫌宋之弱，欲以汉、唐矫之，而才力不及，往往剽窃，如王莽拟《周诰》，使人笑来。故与其失之伪，毋宁失之弱，此归、方、刘、姚所以为正宗也。姚以后，若隅斋辈，其延一脉于不绝者乎？当亟付剞劂，以视学者。"按，嘉庆甲子、乙丑之间，先从兄鹤巢曾与禺人相识，以小友马月樵诗稿乞禺人作序。后月樵与先从兄相继辞世，诗稿无从访问，未知吴氏后人，尚能藏弆否？今录禺人传文，附记于此。（页眉：周以勋。顒，曰部。吴遇坤。）

癸卯日记一

正月。节录《魏敏果公年谱》。

癸卯,辅廷直年。老祭。

道光二十三年岁次癸卯日记

正 月

初一日(1843 年 1 月 30 日) 晴。晓来西南风,水长一寸。贾人以水之长落,验米价之松长,按日按月为凭,予实未曾考验也。命薰儿先拜谒家祠。饭后,率薰儿至茹古堂,以次拜谒先世神像,然后行贺岁礼。今岁兄子兆元当年,故咸集在大兄处,一茶而返。下午静坐,检阅去年日记毕。

初二日(1 月 31 日) 晴。晓起,改存年谱。饭后,大港上锦侄、松侄、竹侄及小园、成陶两侄孙同来贺岁。予家兆元兄子与薰儿先去。中年,清如妇侄来贺岁,深以习俗为非,予谓:“人苟能卓然自立,习气安能浼我哉?”下午静坐,有东玲马翰青之子,以周庄韩来潮京片、又名崇者条纸,索取《日记》《年谱》各一部而去。

初三日(2 月 1 日) 阴。晓起,微有雨。饭后,命薰儿至泮水港妇侄处贺岁。暇时,查清账务。午前,文容甥来贺岁。下午,重阅益阳胡达源所辑《弟子箴言》卷一毕,圈出廿三条,取其深切著明者,以便检阅。隔岁除夕,金华有京片来,索《日记》一书,予未有以应也。

卷一朱圈十八条。

初四日(2月2日) 阴。晓起,东南风极大。饭后,重阅《弟子箴言》卷二毕,圈出廿三条。徐恒甫、冯宰卿、范姨甥同来贺岁,饭于养树堂。午前,有钱老忠、焕群侄孙来贺岁,一揖而去。下午静坐,阅《弟子箴言》卷三,圈出廿七条。薄暮复雨。灯下,阅《弟子箴言》卷四毕,圈出廿三条。此卷皆慎言语一门,尤为予近日对病之药。卷二朱笔圈出廿五条,卷三圈出廿七条,卷四圈出廿条。

初五日(2月3日) 晴,西北风极大。晓起,阅《弟子箴言》卷五毕,圈出廿八条。朱圈廿六条。此卷多引古人故事,尤足感人志气。饭后,阅卷六,圈出卅一条。卷七,圈出廿八条。下午,阅卷八,圈出三十条。此卷多言远小人之法,尤宜猛省。卷六朱圈十八条,卷七朱圈廿七条,卷八卅一条。

初六日(2月4日) 立春,雨夹雪。晓起已晚。饭后,命舟去载周庄四姨甥女。自去冬艺生夫妇相继徂谢,四甥女竟无依赖,看来日后嫁事,予不得不为之料理也。暇阅《弟子箴言》卷九,圈出三十条。朱圈二十八条。大兄来谈。廷奎侄孙来贺岁。此子少孤,尚能于生计中自立,可取也。阅卷十,圈出卅四条。朱圈三十三条。此卷义利之辨,最宜体玩。徐竹汀率其子、外孙来贺岁,外孙年已十三岁,聪颖可读书,予劝其及早督课为主。下午,偶有所触,作《立春日》诗:"旧恙今朝幸无恙,新诗此日要从新。年华老大宁非福,身世平安便是春。嗟尔土牛出何用,笑他刍狗迹犹陈①。谁能夺得天公巧,花柳无边还袭人②。"薄暮,舟回,四甥女约过清明节来。

初七日(2月5日) 晴。晓起极晚。饭后,邱子谦、沈秀村、陈梦琴、汝寅斋同来贺岁,遂与梦琴、秀村、子谦重作人日之会。寅斋为

---

① "嗟尔土牛出何用,笑他刍狗迹犹陈"原为"一队土牛本何用,万家刍狗迹皆陈",后改。

② "花柳无边还袭人"原为"柳色条条欲绊人",后改。

大兄所留，以当年故也。下午，顾啸庐、云泉、澹春来贺岁，一茶而去。灯下，作《癸卯人日，同人重集养树堂，予病不能饮，作诗示梦琴、子谦暨沈秀村》："多时不见尽欢然①，衰病如予尚觉安。入座但教儿劝酒，登堂惟愿客加餐。交情似水同心印②，世事如云冷眼看。一任韩公悲龌龊，自家怀抱只宜宽。"此诗缠绵意态，尚含不尽之味，似属可存。阅《弟子箴言》卷十一毕，圈出廿九条。朱圈同。此卷后半多引征古名臣谦抑之怀，尤宜体玩。查《荆楚岁时记》，正月七日谓之"人日"，以阴晴卜丰耗，见冯注苏诗卷四十《新年五首》诗注。（页眉：秀村，名钦元。）

初八日（2月6日）　晴。枕上成一小诗，《今春发愿，欲践邓尉探梅之约，以病后不果，作此以告梅花》，晓起录出："香海茫茫欲问津，一重山水一重村。平生从不负人约，却③与梅花有食言。"饭后，阅《弟子箴言》卷十二。尚节俭一门，圈出四十三条。朱圈同。此卷为富贵家子弟尤宜留意，然而能阅者鲜矣。午前，命薰儿至笑山处贺岁，一茶而返。适杨文伯来贺岁。下午，阅卷十三，圈出五十二条。朱圈四十九。此卷与上卷须合看。

初九日（2月7日）　晴。晓起，查清账务。桂轩侄孙率其子塈生来贺岁。塈生年已十三岁矣，闻五经完毕，将学为文，甚可造也。饭后，姚家埭沈表侄来贺岁，系含二表兄之第三子。饭于大兄处。午前，展阅《弟子箴言》卷十四，圈出三十八条。朱圈四十。中午，笑山来贺岁，茶话半日而去。云近日不吃中饭，约十九日来赴会。下午，如章侄来贺岁。去后，展阅卷十五，圈出四十条。朱圈同。此卷多引古人已行之事，可以推广才识，尤见旁通曲证。灯下，阅卷十六，圈出卅三条。朱圈卅四条。

初十日（2月8日）　晴。晓起，作札答赵眉山、顾访溪，此隔年

① "多时不见尽欢然"原为"积时相见复欢然"，后改。
② "印"原为"鉴"，后改。
③ "却"曾改为"近"，后改回。

未了事也。饭后,袁松巢同其弟穆斋来送试草,遂留中饭而去。下午,封好眉山一信,附《日记》两部,内一部转送与陆蕡香。前眉山信来,据述蕡香之意,亦欲索取一部,故以此寄之。

十一日(2月9日)　晴,西风极狂。晓起,写好访溪一札,送《日记》十部,将寄与沈南一。饭后,王少吕来贺岁。大兄邀予同集萃和堂,陪少吕吃中饭。下午静坐,将眉山重校《日记》处记出,以备查考。

十二日(2月10日)　晴。晓起作札,命舟复招梦琴来,为迟孙看赤痱。饭后,作好一札,将寄与姚春木,附送《日记》十部,惜无便鸿,看来要专舟送去也。午前,梦琴见过,为迟孙合药处方,极为周到。吃中饭而去。下午静坐。沈妇侄彦昭来贺岁,茶话片刻而去。傍晚,殷甥二式来贺岁,宿于大兄处。

十三日(2月11日)　晴。晓起,招殷甥、徐外孙、兄子兆黄同集养树堂。饭后,至芦墟梦琴家贺岁。命薰儿至赵田,答袁穆斋。中午,梦琴留饮,同集者:沈南一、袁竹根、张禀兰、梦莲暨鲁斋、骈生。予不能饮,却得欢然而罢。南一示予《寒松堂全集》,予先借年谱一册,以待细细展阅。下午,薰儿自赵田回,遂同舟归家,月色已满照分湖矣。舟中得七律一首,《灯节前三日,重过梦琴家小饮,即席有作,次前人日元韵》:"饮啄由来任自然,谁能到处托①身安。次公今日无多酌,杜老长年得饱餐。坐拥琴书闲里福,卧游山水画中看。暂时聚首重留恋②,天与诗人岁月宽。邓尉探梅之约,且俟明春矣。"

十四日(2月12日)　晴。晓起,作札与顾云泉暨妇侄淡春,招渠十九日来叙。昨南一嘱予作札致刘建扬,时杨芸士、陶锥庵、翁叔均、王新甫各欲印得《日记》《年谱》数部。予札云:"该价若干,望与面定。现钱交易,不必由弟处经手也。"饭后,展阅《寒松堂年谱》,首有太山赵国麟、南通州李玉鋐、吴兴史圌三序,西湖吴廷华题七古一首,

---

①　"托"原为"卜",后改。

②　"暂时聚首重留恋"原为"入春辜负寻梅约",后改。

太原杨二酉跋语一篇。史序最为概括。年谱文字共计八十一页，每页廿行，每行廿个字。系魏公晚年口授，其子学诚、学谦、学谧、学讷等手录。公生于天启丁巳年九月二十日未时，没于康熙丁卯年七月三十日午时，年七十有一。下午，汉翔侄来贺岁，携邦和、邦达两侄孙，所给《家谱》两部去。金泽陆琴泉率其兄子述夫来送试草，一茶而返。傍晚，始闻吴寄松病危实信。斯人有斯，真天道之不可解者。惜予病后，不能到江一视，亦目前之恨事也。

　　十五日（**2 月 13 日**）　晴。西风料峭。晓起，查账务毕。饭后，命薰儿至梨里邱昼翁家贺岁，面谕十七日归家。展阅《魏敏果公年谱》毕。公十九岁入学，二十六岁登贤书，康熙丙戌科成进士，入翰林，时年三十岁。前后立朝二十五年。国初诸名臣奏疏之多，无能出公右者。事关国计民生，知无不言，言无不尽，明良遇合，真千载一时也。《寒松堂全集》不可多得，予将此集中《年谱》一册重加校刊，俾小子后生仰慕公名，亦可知其大概云。午前，王姨甥谱琴来贺岁，匆匆一茶而去。中午，迟南一不至。下午静坐，录出今晨枕上之作："意气消磨尽，多方为养身。低眉成佛子，忍辱学仙人。欲觅安心药，早除烦恼薪。眼前新岁月，吾老物皆春。"一收颇有味。予取从孙名曰"应兴"，盖用《魏书》"陈群为儿时，祖实谓宗人曰：'此儿必兴吾宗'"之意。后检孙之从父行，有名"国兴"者，故改名"应升"，《后汉书》："虞诩祖父经为郡狱吏，案法平允，尝曰：'东海于公，高为里门，而其子定国卒至丞相。吾虽不及于公，子孙何必不为九卿耶？'故字诩曰'升卿'。"古人生子，首重命名，今人多不讲，何也？书此以示兄子兆黄。傍晚，兄子兆黄自平川归，携小儿游药一包、秘方一个，乃殷甥二式所分赠者，可感也。是夜，兄子兆黄宿舟中，将到江问吴寄松之病，未知能无事否？（页眉：《魏敏果年谱》大略。《国朝名臣传》以公为首。此诗宜删。"应兴"，改"应升"。）

　　十六日（**2 月 14 日**）　晴。晓起已晚。饭后，重阅《魏公年谱》。顺治己丑年，公以工科右给事中会试分房，取成性等二十三人。时闻中同人，各期所拔士，或云可相，或云可将，或云可秉节钺任封疆，公曰："愿得理学任，吾道足矣！"榜发，成子冠本房。后以理学清介，特拔给事中，有直声。馀官内外，无一以贪败者。盖自释褐以至簪仕，公无一日不以六字箴相勖。六字者："循理、守法、安命"也。公自掌吏垣以来，凡垣中新任者，问职掌何在，公曰："条陈、参劾二者而已。条陈当计后日之利害，如目前有利，后日有害，不宜言也。参劾当论平日之贤否，如素称贤者，偶有微愆，不必苛也。"闻者皆以公言为是。一日，与冢宰王公讳永吉者，肩舆相遇于途，公例当回避，王公再四谦让，令人相请，公小桥[轿]起，王公乃行。次日，托其同宗某致词曰："每过魏公门巷，见寓门谨闭，若无人然，钦敬久之。此人避我，我心何安？嗣勿再避。"公居言路，从不谒见中堂。有金公讳之俊者，请告去官，时诣伏魔庵辞神，庵与公寓甚近，金公坐老僧方丈中曰："山西魏公，予心慕之而未识面。今将归矣，不知可一见否？"老僧告公，公即趋晤。二公位尊望重，不以公平日淡漠为鄙，乃复谦下如此。存此以见二公雅度云尔。乙未三月，升光禄寺珍羞署署正。九月，升本寺寺丞。是年，公居闲署，退食多暇，且性寡交游，闭门读书而外，一无所事。从前颇嗜词华风雅之书，自是唯求躬行实践之学，遂博采理学格言等书，日夜研穷，至废寝食。取有明诸儒，分为四类，曰"大儒""醇儒""名儒""通儒"，择其语录之切实醒透者，手自论定，名曰《儒宗录》。尚以搜罗未尽，未敢公诸海内。己亥，四十三岁，奉告终养而归。中午，南一、骈生同新进张梦莲来送试草，即张维城之第二子，遂集饮养树堂，尽欢而罢。下午客散，予亦略有酒意。（页侧：录魏公事实自此起。）（页眉：分房得人。魏公名言。二公谦态。《儒宗录》。）

十七日（2月15日）　阴。晓起已晚。饭后，重阅《魏公年谱》。康熙癸卯以后，公家居养母，菽水承欢之馀，不但无声色之好，即琴棋诗酒，总不与焉。惟理学诸书，则嗜慕不忍释手。有一嘉言懿行，则手自抄录，心焉识之，即返而自思，曰："能躬行否？知一字，行一字。

知一句,行一句:予之愿也。"积久成书,曰《知言录》,自有明以至本朝,大抵皆切近入理,可以正人心而挽风化者。若阐发性命、辨析义理诸书,另采入《儒宗录》中,不复载。公读书偶有所得,则返躬体认,自考得失。欲一请质高明,里中颇难其人,惟与都门之孙退谷先生讳承泽、阳城之白东谷先生讳允谦、祁州之刁蒙吉先生讳包、应州之左翼宸先生讳光图、容城之孙钟元先生讳奇逢、柏乡之魏石生先生讳裔介、溧阳之成我存讳性、代州之冯讷生讳云骧称道义交,走书往来,商榷学问,多所取益焉。壬子年,服阕后,大学士冯公讳溥,一疏为荐举贤才等事,内称"魏象枢清能矫俗,才堪任事,用之于内,必能为朝廷振饬纪纲;用之于外,必能为朝廷爱养百姓"等语,部议奉旨魏象枢着来京引见。维时同列荐章者,为兵部主事成性。性江南人也,为公己丑分校所得房首,理学清品,孤介澹宁。先奉旨以科员用。师弟同膺盛典,一时传为美谈。公家居拜命,缘病未痊,不能应召,且虑长安资斧艰难,束手莫措,具呈控辞本州,转详抚军代题。奉旨魏象枢仍着来京引见,公义不敢辞,然终踟蹰未决。有妻兄李恒岳先生讳云华者,仁义君子也,见公,问曰:"公知'召不俟驾'之义,而故迟者,得毋虑及资斧乎?"公曰:"然。长安米珠薪桂之地,俸薪而外,所需甚多。若妄有所取,是青年守节,而白头改嫁,吾耻之不为也。若安我砥执,如费用何?"李公笑曰:"吾为公筹之熟矣,吾当助公三百金,岁以为常。"公辞曰:"公意甚盛,但将安偿?"李公曰:"宰相荐贤之章,天子召贤之典,久不闻矣。吾今上助天子,下助宰相,非助公也,又何偿焉?"公感其大义,遂束装应召而行。自是岁赠三百金,十二年无倦色。公遂得严绝交际,自全节操,实李公玉成之也。是年八月,补授贵州道监察御史,偶于朝班见益都冯公曰:"某与先生,虽同榜成进士,然素无深交,乃何以见知于先生而辱荐章耶?"先生曰:"公居谏垣,赫赫有直谏声,此人所知也。若予之知公,则更有在。忆予为祭酒时,每值丁祭,凡不与陪祀各官,例于前一日瞻拜,公每期必至,敬慎成礼。一日,大雨如注,泥深三尺,同事者曰:'此番必无一人来矣。'言未毕,而公至,肃然瞻拜而去,此外果无一人。予益起敬而深信之,知为至诚君子。即此一节,他事可类推矣。太夫人在堂,未敢有违大孝,今服阙应召而来,此后皆报君之日。公其勉旃!"公闻言,感愧交集。古云:"观人于其所忽。"先生之谓乎? 十四年不入都门,见都门风俗奢靡,人心荡轶,大异于平昔,皆由教化不行之故,具有《教化系国家根本之图》一疏。癸丑十二月,升补都察院左佥都御史;甲寅二月,升补顺天府府尹;四月,升补大理寺卿;七月,升补户部右侍郎;十一月,转补户部左侍郎。一岁五迁,殊荣旷典,愈用警惕,自题一联云:"欺人如欺天,毋自欺也;负民即负国,何忍负之?"公尝语人曰:"户部官我有三不宜做:不善营家,焉能莞计? 一也。年老不能计事,二也。骨相无富贵气,不能聚财,三也。"附存一笑。丙辰,公六十岁。元旦朝贺归,偶作《考试说》,中引昔人云:"以责人之心责己,则尽道;以爱己之心爱人,则尽仁。"二语岂独考试宜然? 凡人之立身处世,均宜三复。丁巳,公六十一岁。是年,有科臣甘文焜疏请清查隐漏人丁,可得银数十万两,敕下户部议覆。彼时军需浩繁,一切议生议节者,多蒙俞允。司稿已定,呈公画题,公力持不可。满司诘公曰:"脱漏户口有罪,宁不当清查乎?"公曰:"人丁固不可遗漏,但朝廷之大典,无竭泽而渔之理。五年编审,非清查而何? 若尽行查报,势亦不能。即如淮扬一带地方,河决为灾,田产尽行漂没,抱儿携女,日则沿途乞食,夜则依堤露处,此辈能纳丁银乎? 近贼之地,被贼蹂躏抢掳,今甫经恢复,惊魂未定,家室荡然,此辈能纳丁银乎? 大兵屯驻地方,百姓供应粮草,运送器械,盖造营房以及刈草喂马等役,无一非民力是用,困苦已极,何忍再加钱粮? 我辈身为户部,原为朝廷养民之官,若此令一行,贻害百姓不小,且恐奸民逃避差徭,乌合啸聚,地方多事,皆不可定。彼时咎将谁归?"满汉同官,皆以公言为是,遂公议不行,奉旨依议。戊午二月,奉上谕荐举博学宏词之士,以备顾问著作之选。公荐五人:汤斌、毕振姬、冯云骧、白梦鼐、王紫绶。八月,具有《吏治渐坏公道宜彰等事》一疏,举清廉知县陆陇其,参溺职粮道刘鼎、贪酷知县曹廷俞,奉有严察议奏之旨。公先于戊午二月升补都察院左都御史,己未四月,奉旨补授刑部尚书。因念谬司风纪以来,持朝廷之宪纲,与中外臣工相砥砺,科道督抚,屡见纠劾之疏,人心世道,颇有警动之机,然贪墨大吏,尚多漏网,乃妄引汉臣汲黯自请为中郎、补过拾遗故事,具疏控辞留任总宪,以报简用之恩。疏上,人皆诧异,乃圣心鉴公无欺,收回成命,于五月初二日,奉旨魏象枢着加刑部尚书衔,仍留原任。是年八月初四日,奉旨会同吏部、三法司查审户部侍郎查库犯赃一案,奉旨定绞。维时吏部侍郎董安国、都察院左佥都御史赵之符皆在坐,及起得查库赃银四万馀两。问:"这银子从何处得来?"查库供称:"有督抚、布、按等官送得,亦有司官出差带回送得,即如赵老爷联宗之山东巡抚赵祥星、董老爷令弟江西总督董卫国,都有交际,就托二位老爷到我家送过数次。"二公一闻此言,出堂跪于犯人之列,随交该司看守,请旨革职。夫行贿如此,冒险联宗如此,受累世人,乃欣然为之而不顾,亦愚甚矣!存此以为行贿联宗者戒。是年十月,具有《遵旨举廉》一疏,满汉共十人,原任嘉定县革职知县陆陇其在内。癸亥,公六十七岁。四月以后,每发头晕之症。甲子,公六十八岁。七月十八日,具有《微臣衰病难痊等事》一疏,奉旨以原官致仕,驰驿回籍。丁卯,七十一岁。七月三十日卒。此其大略也。下午,兄子兆黄自吴江归,惊闻吴寄松没于昨夜酉时。斯人有斯,真不可解!予以病后,未能凭棺一送,亦平生之恨事。然日后扶孤之事甚急,不在此区区一送也。黄昏,薰儿自梨里归,子谦约十九日必见过。是日,微有雨。(页眉:《知言录》。冯公荐举。李公高义。冯公观人。一岁五迁。铭语可诵。名言宜录。魏公所见者远。查库犯赃一案。再举陆清献。)

　　十八日(2月16日)　晴,西北风极狂。晓起,命人收拾瑞荆堂,明日将燕客于此。饭后,封好《日记》三部、家刻二本,王巽斋送《日记》四册,张梦莲、陆实夫各送《日记》、家刻二种,皆今日之新进也。下午,查清账务。

十九日(2月17日)　晴。晓起,风已息,天气清朗。适值迟孙双弥月之期,殊为可喜。饭后,邱子谦家送弥月盘至,衣服廿四件、珠冠四品、胜糕四箱,未免过丰,予心反觉不安。午前祀先。中午,燕客于瑞荆堂,两席适得十二人:顾云泉、淡春、沈笑山、邱子谦、吴蕉如、钱中和、冯仰山之兄子、嗣子、予兄子兆黄、兆元及予与薰儿也。下午客散,惟蕉如婿留宿。夜间,酌账房诸君。

二十日(2月18日)　晴。晓起,作札与梦琴。饭后,蕉如婿明日将开馆,匆匆而去。命薰儿至梨里昼翁家拜谢,便道至平川大女兄家及肖岩家贺岁。昨蒙邱昼翁以寿联见祝,上联云:"高士爱梁鸿,齐眉举案。"下联云:"新声试雏凤,笑口含饴。"款书:"古槎亲家三兄先生近喜弄孙,癸卯春初,复值亲母顾夫人周甲诞辰,拈此以志双庆。七十一龄愚弟邱孙锦顿首。"借对玲珑,妙在本地风光,移到他人不得。午前,潘启堂表侄来贺岁,留中饭而去。下午,有黄铁桥之孙来顾问,系南一馨山门下弟,匆匆一揖而返。暇时,查清账务。(页眉:天穿日。)

二十一日(2月19日)　晴。晓起已晚。饭后,重校《清献公日记》一书,将近日赵眉山所校可从可不从之处,一一注明,以待再补。下午无事,重将《弟子箴言》一书择其中尤警醒者用朱笔圈出,揭录一册,以为教子弟法。闻大兄自平川就医已归,至萃和堂与大兄长谈。星甫有病不出来,复就王又山诊视,昨服药甚妥,与星甫稍异。傍晚,薰儿自平川归。

二十二日(2月20日)　晴。晓起已晚。饭后,重校《日记》,别录一部,将带至喜墨斋,补好讹刊之处。下午,重阅《弟子箴言》,有感寄松之亡,先成一挽诗云:"剥极同占痛及庐①,一门人事集于枯②。

---

　①　"剥极同占痛及庐"原为"剥极从来此事无",后改。
　②　"一门人事集于枯"原为"一门哀痛集于枯","一门"后改为"全家",后改。

张堪妻子将谁托,陶令田园久已芜。谓尊大父黄岩公。贫病相怜知己少①,期功强近独君无②。平生数学难重问,可有遗书且付孤。"寄松自大父黄岩公以上,十一世簪缨华胄,为松陵第二家,所谓"周、吴、沈、赵"者也。尊甫同母弟兄有四,伯叔辈咸无所出,惟寄松同胞兄弟五人,然皆早夭,或娶或不娶,群侄寄松所出为嗣。今遗孤一人,年才十一岁,伯叔辈香火攸关,天其或者默佑而成全。至戚如予,所谓日夜心祝者也。寄松之胞兄友江,出嗣伯父后,即予之姊婿,生女三,近已嫁,惟寡姊尚存,予故知其家世也详。为寄松悲,而复为寡姊痛也。癸卯正月廿二日书。灯下,谨亭侄来,以大房近事就商,十分急迫,予故破例成全之。

廿三日(2月21日)　晴。晓起,命薰儿至金泽陆氏贺寔夫入泮之喜,兼答送试草。饭后,将作札与顾煦庵。适煦庵有信来,米串已截出付来,欲预撮两忙条银,即作札答之。予与大兄凑付洋钱五百元。大兄二百,予三百。顾、沈两家另折数,亦代为付出。来人缪升带去。下午,安排行李,明日将由吴江至苏郡。薄暮,薰儿自金泽归,述及昆山李绣若之为人,舌锋甚利,而吐词却极婉约。一日,见沈某跳荡已极,心甚恶之,适值立夏节,俗有秤人故事,李谓沈曰:"以子之躯,虽若丰肥,度不过二三十斤耳。"言外藏一"轻"字。轻为人贱,沈子受其言而不悟,殊不足责。书此以为轻薄子弟者戒。(页眉:人言可畏。)

廿四日(2月22日)　晴。晓起已晚。饭后,率薰儿下船。舟中无事,仍阅《弟子箴言》一书。下午到江,泊舟长桥下。入城,至鹤田老友处贺岁。回至雷祖殿茗饮,适晤讱庵,遂与长谈,抵暮分手,住宿

---

①　"贫病相怜知己少"原为"清白家声宁至此",后改为"贫病相怜亲戚少",后改。

②　"期功强近独君无"原为"苍黄变态只须臾",后改为"期功强近弟兄无",后改。

舟中。作《晚泊》诗云："秃尽垂杨柳,曾经受折磨[1]。寒芽春意浅,晚饭夕阳多。市近声犹闹,年丰气自和。雪滩如可钓,暇日任婆娑[2]。"（页眉:丁卯。舸。上声,在二十哿。）

　　二十五日(2月23日)　晴。晓起开船,由官塘而行,先过尹山桥,继过宝带桥、觅渡桥,饭后,至葑门,泊舟灵观庙前。登岸,过徐公桥,右转,走横街,过蒋家桥,生匕堂药材店东首,至周白庵家,率薰儿拜白庵为师。予与白庵有连,笑山亦曾受业门下,薰儿本为小门人,师弟渊源,不可无自而来也。白庵留中饭,略尽宾主之欢。下午归舟,复至万年桥泊舟。今午,白庵出示慈溪陈星辉炜著《经传绎义》一书,采群经注疏及子、史、百家之说,分门别类,纂辑成书,共有五十卷,为举业家不可少之书,须到书肆一问。入胥门,至喜墨斋,邀刘建扬著饮,复将《日记》校本嘱建老补好。南采莲巷徐公馆访梦兰不值,以《日记》《年谱》两种,托其及门徐生转致。座间晤长洲江韬叔湜,似较梁叔稍厚重。黄昏,晤凌古泉,借《剿逆说》一册,约归家后去还。按,宝带桥,建始于周文襄忱,邑人朱祥实佐成之,见赵兰佩《江震人物备考》卷三朱祥传中。（页眉:《经传绎义》。）

　　二十六日(2月24日)　晴。晓起,作一小札与白庵,命人去取题目纸。饭后,南一、梦兰同江韬叔见过寓中,匆匆而去。午前,自南濠至大塘,过普安桥、上新桥、猛将堂衖口、应天馨斋,买鼻烟。予左鼻不通久矣,近右鼻亦塞,同辈咸劝予闻鼻烟有效,故有此行。下午,复进阊门,走吴趋坊,由学士街而归,舟中已上灯矣。

　　二十七日(2月25日)　晴。晓起,过清微道院,晤聋石老友。谈及城中士习恶劣,有某孝廉,素为不法,近又私雕假印,被人告发,官吏穷究主谋,上过天枰五次,备极惨楚,寻以监毙。有某诸生,素不

---

① "曾经受折磨"原为"根头缆系舸",后改。

② "雪滩如可钓,暇日任婆娑"原为"到江随意泊,安乐即为窝",后改为"雪滩如可隐,游钓任婆娑",后改。

安分,近以逆伦送官,竟置诸法。此等富贵家子弟,其误在骄奢淫逸中。为父兄者,何可不及早痛惩之也?座间晤硖石戴竹堂父子,见予款接甚殷。闻其子已入泮,年才二十馀,却美秀而文。别去后,至梦兰馆中,适晤海昌杨芸士,年已六十馀矣,近家吴郡城中。述及前年曾于亡友书田处,见予初刻诗集,倾想已久。自愧虚名之误人也。携《日记》一书而去。午前,饭于舟中。仍放船至吴江。下午,泊舟垂虹桥下。入城,至顾煦庵家,以银串付之。回至切庵处,不值。途遇与谈,拉徒居停之说,又不果矣。归舟已晚,不及至四女兄处。芸士名文荪。(页眉:为士林所痛戒。)

二十八日(2月26日) 晴。晓起,至陆爱庐馆中,谈及前年宾兴捐数,共有八千七百千有零,为韩明府倬章移挪填用,后镛等具呈,禀府、禀藩司,均蒙批准追缴。去冬,韩明府央求沈爱遗向同事人等说合,明府情愿立据,将捐数母金暂归借款,缓至廿五年清偿,其廿三、廿四两年子金,按期分票,以备乡、会试时支取给发。其言似属可从,同人咸已应允。明府据上,不但画押,并钤一图书。当日议据期票,同人金谓前年具呈时,以镛列名在前,此番票据应归镛处收拾。今日细思此事,却为官项一面出清,而为公项一人承当,未免落了呆境,万一韩公游宦,不在江苏,岂能远隔数千里之外,寻求追取?可见官吏之趋巧,而我辈之不能藏拙矣。予谓若公事无人承当,岂能成就?不过为官项出清,自己反不能脱然事外,竟受他笼络,此为可恶。然同人必能原谅之也。会课题约寄在劳鹤田处。饭后,率薰儿至杨家桥四女兄处贺岁。继到寄松灵前补吊,不觉凄然泪下。予拜后,嘱其子请出其母范氏夫人一见。询及寄松身后,诸事且弗论,此儿读书曾托人否?范氏云:"曾托先夫之门人陆涵斋带附。涵斋今年馆在金谢塘处,未知主人肯见纳否?须俟我兄去关说。"予谓:"就近读书,朝夕相见,涵斋处最宜。万一不能成就,嫂夫人如何放心?竟在敝馆中读书何如?"范氏首肯面谢,相约果否,总有我兄信来知照。此事予岂肯貌为慷慨,实为四女兄宗嗣起见。盖友江姊婿出嗣长房,其嗣父同祖弟兄四人,惟有寄松所出一子,全家香火攸关,为至戚者,视吾力尚可提挈,极宜玉成其事。若为市恩起见,便君子所不取,我辈亦不为也。午后开船,热极,舟中不看书。连日行动,略觉微疲,暂息半日,殊于身心有益。薄暮到家,闻陈得珊曾来过。(页眉:宾兴捐数略节。为寄松之子读书张本。)

二十九日(2月27日)　阴,微有雨。晓起极晚。饭后,查清账务,却好修容,举头为之一轻。下午,至大兄处长谈,喜近日服药稍健,此王又山诊视之功也。闻陈古愚亦曾来过。

三十日(2月28日)　晴。晓起,作札与蕉如婿,辞其二月中来祝寿,由毛律簧寄去。饭后,重校《日记》讹字,如的确无疑者,即为改正。暇阅《宋史·包拯传》,在三百十六卷内。包拯,字希仁,庐州合肥人。举进士,仕至礼部侍郎。卒年六十四,赠吏部尚书,谥孝肃。有奏议十五卷。"初,知端州,迁殿中丞。端土产砚,前守缘贡,率取数十倍,以遗权贵。拯命制者才足贡数。岁满,不持一砚。""拯立朝刚毅,贵戚、宦官为之敛手。童稚妇女,亦知其名,呼曰'包待制'。京师为之语曰:'关节不到,有阎罗包老。'"下午,云泉重过,始知江泽徐氏一地,已为捷足者先得矣。查《鸡桴粥》诗题出处,见《大戴礼》:"鸡桴粥。粥也者,相粥之时也。或曰:桴,妪伏也;粥,养也。"此段仍不解。

癸卯日记二

二月，三月初四日止。《毛谱》《人物备考》、纪评苏诗卷九起。

《毛谱》宜摘录。

二　月

初一日(1843年3月1日)　阴。晓起，命舟去载吉人。饭后，西北风起。暇作一札与骈生，以绍酒、金腿二物送与梦琴，稍偿前日为迟孙看疢之劳。今午为丹林起一底簿，以备他年核算，题一签头曰："有本可查。"盖为人谋事，须要此身脱然事外，方能无弊。《清献公日记》中所言，真不诬也。下午，西北风更狂。书斋孤坐，将录清壬寅岁一年之事，再加寻绎，终嫌太繁，须待人删节也。黄昏后，舟回，吉人不在家，约初十日送来。

初二日(3月2日)　晴。极寒，河有冰。晓起已晚。饭后，登清账目。治家之道，凡有账目，随到随登，庶无陈积之虞。此身仍得从容，或读书、作诗文、临帖，于家事无荒，全在时时检点。世人总逃不出一"懒"字，吾辈宜深以为戒。下午，重阅《弟子箴言》。暇作《〈后得闲集〉自序》，极用意在隐约其辞。（页眉：齐家一节。）

初三日(3月3日)　晴。晓起已晚。饭后，命薰儿至广阳庵中拜谒文昌。庵中向有文昌阁，后因重修，资斧不继，改易平屋，予尝以此事为耿耿。暇时，录清近作，汇入《后得闲集》。今午接到梦琴前月廿二日所答之信，意极周到，并见和人日元韵诗。骈生亦有小札见答。下午，率薰儿至东浜，答陈古愚、得珊两君。古愚谈及镇上后生，如郁小轩、陈虎生之为人，皆有嚣嚣自得之态；若陆澹渊，尚属循谨。澹渊去冬科试，入秀水学诸生。

初四日(3月4日)　晴。晓起，将白庵所出题目示薰儿。今年馆课第一期，文题《发而皆中节》，诗题《书三味得"三"字》。饭后，录清近作。适大兄来长谈。暇时，重阅《弟子箴言》。下午，静养半日。灯下，薰儿以课文呈阅，一讲及入手总不能动目。(页眉：文期。)

初五日(3月5日)　晴。晓起极晚。饭后，录清一年出入之账，有亏无盈。以后务宜简之又简，近日生计大不易也。午后，作札与殷甥，欲取条参一两，托陈表侄寄去。下午，接夏蓉山信，以其先世事略及三节妇守节年月，托采入《小识》中。夏氏之先有名应龙、字御六者，与兄御天友爱甚笃，白首同爨，并好施与。乾隆二十年，岁大祲，应龙捐米煮粥。邑令某给"孚济怀仁"额，旌其庐。至今杜字圩宅中额尚存。子时彦，字士芳，号南村，从杜字圩迁居南栅。幼与郭清源元灏同笔砚，相爱如同胞。后奉父兄命，弃去习贾，清源泣曰："夏兄去，我谁与同学耶？"其亲爱如此。家中落，兄弟分室，独取其少者。后极意经营，稍积赢馀，即为伯叔及诸兄营窀穸。亲族有孤寡赤贫者，恒周恤无吝容。晚年目不能视，于四书、六经背诵如流。曾孙辈日从塾中归，必令灯下读，有误，辄教正之，初不觉其两目不见也。喜诵先儒格言，令各书一通，为之讲解不倦。卒于嘉庆十九年，年八十有三。查三节妇，已采入"已旌列女"内。薄暮，接到陆爱庐一信，为黄谷卿馆地，前已面谈不荐之故，可无容再覆。又接寄松之夫人范氏一信，决计以孤儿振模见托，予亦不容辞也。杏月初二日，均从劳处寄来。此信亦可不答。(页眉：夏应龙、时彦父子事略。三节妇已采。)

初六日(3月6日)　晴。晓起，成五律一首《今年将招寄松之子振模来予家读书，先以诗志之》："对此苍茫极，如何竟若斯①？全家

---

① "对此苍茫极，如何竟若斯"原为"此子何曾托，吾今任不辞"，后改为"此事苍茫甚，如何竟至斯"，后改。

尽嫠妇①，兼谓振模之两伯母。三世一孤儿。吴氏自曾祖以下，惟剩此子。世少知心托②，人谁③见义为？栽培岂吾力④，天地本无私。"饭后，录清二大房一年出入之账，亦有亏无盈。暇时，重阅《弟子箴言》卷十五"扩才识"一门，多引赵宋一代贤宰相事实，最足益人智慧。下午，校阅《知误集》，可删去者尚多，自己终不能割爱，何也？

初七日(3月7日)　晴。晓起，极寒。饭后，校阅赵眉山《人物备考》一书。卷一《名臣传》载陆从典，仕陈为太子洗马，陈亡入隋，复位著作佐郎。明是二臣，岂可入《名臣传》？下午静坐，校阅《汰存集》。灯下，阅《人物备考》卷二《孝友传》。载盛泽仲泷之子枢、孙周需、曾孙步墀、元孙锦奎、六世孙孙机、孙樊，皆举乡，莫非孝行所感？又载朱孝子铨，道光九年旌，误。实旌于七年，建孝子坊。按，步墀，乾隆二十五年庚辰北闱副贡，馀皆举于乡，详见沈志《科第表》及王鲲《松陵见闻录》。（页眉：陆从典未可入《名臣传》。五世孝廉。）

初八日(3月8日)　晴。晓起，以题目示薰儿。文题《得一善，则拳拳服膺》，诗题《鸡栖粥得"鸡"字》。饭后，校阅《人物备考》卷三《节义传》。杨秋，秋字即古"艺"字。《沈福度传》中，曾携吴阳所佩金鞭归里，藏于华严寺侧潭中。按，华严寺，在东门外江南，有浮图七级，高十三丈，故俗名"塔寺"。又，圣寿禅寺，俗称"北寺"；无碍讲寺，俗称"西寺"：皆邑人之不可不知者也。午前，补录《春日即景书怀》诗："年华老去尽馀生，光景留连尚有情。月上⑤梅花成画稿，春来鸟语即诗声。涵淹圣世仁能寿，参破蒙庄福要平。但愿儿孙安我拙，读书原不为功名。"下午，接柯亭信，欲借平望、闻湖、黄溪、盛泽诸《志》，

---

① "尽嫠妇"原为"多寡妇"，后改。
② "世少知心托"原为"境已伤心极"，后改。
③ "谁"原为"须"，后改。
④ "岂吾力"原为"非我力"，后改。
⑤ "上"原为"里"，后改。

皆案头所未曾有也。至杨宫保《勤劳录》，欲抄一副本嘱托，须至夏间方可。刻用"謍"字，查《玉篇》，音"卫"，引《管子·形势解》："推誉不小之谓'謍'。"又《正字通》："诈也。与'伪'通。亦作'蘁'。《左传·哀二十四年》：'是蘁言也。'注：言不信也。"暇时，答夏蓉山、吴柯亭两信。兆黄兄子来谈，约十二日到江。予欲作札与煦庵，即命渠转致。黄昏候，西南有白虹起，村人云：已见三夜矣。灯下，薰儿以课文呈阅，理题不新颖，恐难动阅者之目。（页眉：文期。謍字解。白虹见于西南。后知非白虹也。）

初九日（3月9日） 晴。晓起，检阅《文献通考·象纬第四》内："妖氛，一曰虹蜺，日旁气也。""《周礼》眡祲氏掌十辉之法，七曰弥，谓白虹弥天而贯日也；九曰隮，谓晕气也。或曰，虹也。《诗》所谓'朝隮于西'者也。""凡白虹者，百殃之本，众乱所基。凡白虹雾，奸臣谋君，擅权立威。凡夜雾白虹见，臣有忧。昼雾白虹见，君有忧。"观此，则昨夜之象，大臣其有忧乎？饭后，作好一札，与顾煦庵。午前，校阅《人物备考》卷四《文学传》。此一卷传中，多文而少行。如补庄元臣、叶燮两传，尤属赘疣。周品五表侄来，予与大兄合送米五斗。下午，查清账务，写好一札，不觉略有倦容。灯下，只好静坐。

初十日（3月10日） 晴。晓起，写好两札，以待寄出。饭后，校阅《人物备考》卷五《隐逸》。《叶茵传》内，"冲雅似仲先，清矫似和靖"。仲先，宜是王仲宣，抑别有仲先其人否？卷六《艺能》、卷七《列女》，蒙采《家谱》中节妇七人，惟李氏、沈氏守节之年尚浅。卷八《释》内，宜采如谷入《小识》中。卷九《名宦》内，盛墩以吴赤乌中司马盛斌得名。斌有功于邑，邑人葬其地，立庙祀之。《寓贤》内宜补袁顺、杨廷枢、徐枋。《别录》内宜补袁颢、袁泽。细查二袁，究宜列入《寓贤》。下午，兄子兆黄来，将入城，即以信一封、番钱五十枚寄之。夜间，接喜墨斋信，以《剿逆说》二册见示，并托荐邱氏刻《石佛图》。《剿逆说》，一为子云从孙携去。（页眉：僧如谷宜采。又见嘉善前《志》。《寓贤》中如杨廷枢、徐枋、二袁宜采。按，袁顺，即杞山。与子灏及杨廷枢俱见沈《志·寓贤》。)

十一日(3月11日) 晴。晓起,作札与邱子谦,为刘建扬刻荐
事。饭后,作一便片与劳鹤田,欲取广东檄文来看。暇,校《人物备
考》卷十《别录》内,谢景温,虽《宋史》有传,然其人品中下,可以不录。
《周震传》内,"兼善珞琭子林开诸书",此句不解。下午,毛律簠以其
先世族谱见示。首列《谱例》十五条,不载碑铭传志等文,却有特识。
谱凡五卷,首制词、次系图、次系表、次列概、次列传,极简而严,乃其
七世孙寿南同其子以煁、以燧所修辑,甚可取也。寿南,万历丙戌进
士,仕至陕西道监察御史,崇祀乡贤及山阴名宦祠。以煁,万历庚子
举人,仕至云南按察司副使。以燧,廪膳生。查"换羊书",出《侯鲭
录》:"黄鲁直戏谓东坡曰:'昔王右军字为换鹅字。韩宗儒性饕餮,每
得公一帖,于殿帅姚麟许换羊肉十数斤,可名二丈书为换羊书矣。'"
(页眉:《毛谱》可法。)

十二日(3月12日) 晴。晓起,以题目示薰儿。文题《"尊贤则
不惑"至"体群臣则士之报礼重"》,诗题《换羊书得"苏"字》。饭后,校
阅《人物备考·别录》。吴秀,见震泽沈《志·名臣传》。隆庆五年进
士,授工部主事,出守九江。后守扬州,其地有平山堂,欧阳文忠所题
额也,已委弃土,秀筑州县传舍于其上,名曰"梅花岭"。午前,煦庵有
信来,并银串一包。予即作札答之,并有信致植中兄子。下午,至大
兄处长谈。回来,静坐半日。灯下,薰儿以课文呈阅。长题终不缩
短,是工夫未到处。(页眉:文期。梅花岭。)

十三日(3月13日) 晴。晓起,笑山自郡中回来。抚军甄别,
已悬牌三月初一日。托袁松巢代为报名,未免两歧。前晤白庵,已托
其报出。须命薰儿作札关照松巢。饭后,校阅《人物备考·别录》。
《吴源起传》中,遂将荐举清献公实事,从公年谱中抄出。复眉山。前
眉山信来,问及此事,谓给事官卑,例不得专摺荐人,意别有显者荐
举,而准庵揄扬之,其实非也。潘思光,字希延,兄葆光,见《孝友传》。
思光有《古文析疑》一卷,以正《析义》之谬。在武林面质林西仲,林极

口叹谢之,见《耆旧集》。赵眉山《备考》十卷,今午校毕。再将无关经济、学问之事,删去十分之二,方为尽善。下午静坐。予自丁亥道光七年以后,成《黄杨集》一卷、《课馀集》一卷、《知误集》五卷、《汰存集》四卷。自壬寅止,廿二年。统计十有六年,成诗十一卷。虽不敢作寿世想,尚不至饱食终日,无所用心耳。自今以后,年衰学退,百病渐作,欲用心而不能。凡我后人,宜及时加勉也。时校毕后复记此。傍晚,接子谦回信,喜墨托荐之说不果。(页眉:《古文析疑》一卷。)

　　十四日(3月14日)　晴。晓起,作札覆喜墨斋。饭后,检阅《毛谱》。凡作谱,善善从长,而恶宜隐焉。此谱列概一门,生卒、葬娶、子女而外,稍存予夺,以垂劝惩,犹见三代直道之公,今世多不行矣。毛氏之先,有号武一者,名字不传,元初,由浙之金华府以医寓居吴江之因渎村。相传始至时,食已,临河涤器,碗没于水,武一叹曰:“吾食禄其落此耶?”遂止焉。是为毛氏始祖。至五世孙衢,始以甲科起家。为世仅三,发科甲者有六,而先世潜德不传,可与?衢字大亨,号六泉,嘉靖癸未进士,仕至四川提学副使,由六都迁居黎里,事详《永康县志》及《黎里志》。少好学,求师不远千里。弱冠,人劝衢出赴儒童试,衢谢曰:“吾须翼成,一举飏去。汲汲青衿,非吾志也。”劝者哂之。后就试,三试皆第一。明年,嘉靖改元,岁壬午,举于乡。明年成进士。自邑试以至登第,不落闲一卷。初,补邑弟子员,学师某索贽不厌,责至二十,衢忿甚,几欲赴诉诸台,傍舍师独邀过,为治具劝慰,且捐金为助,以释其事。前者蜀人,次婺人,衢两宦其地,亦复两酬之,而报德宁从其厚。任永康,治行为天下第一,得内召。当事者已拟铨曹,而时相籍衢名,欲致门下,衢卒不往,竟以是得刑曹。在蜀,忿学政久弛,稍尚严核,秉至公,即抚按不得有所说,而直指使颇以此衔之,衢不为屈,几构,而衢寻卒。此志中所不载者。图南,字宇化,号达庵,衢长子,隆庆戊辰进士。释褐后十日而卒。少时读书楞严寺中,下帷发愤,每至夜分。暑月蚊集体,至血渍几坐,不顾,亦不知。一夕,灯爇其帻,逼顶,始觉。出试时,外父黄门公以建言居里,权势倾一邑，凡所关说，守令无不唯唯。先期率子若婿入谒令，为优取地，图南独不往，曰："吾试岂借外氏力耶？"黄门公闻，咤曰："哈！而父已矣，不外氏借，奚借？"已而案发，图南第一，黄门公乃赓咤，且喜曰："学宪不死矣！生子不当如是耶？"府试第二，院试复第一。图南高才负气，所交尽郡中名士，他郡如茅宪副坤、许少司马孚远、吴京兆歔、徐给谏常吉，并以文章、行谊相切劀。而武进唐中丞荆川先生则北面执弟子礼，先生亦深加赏异，一见许为国器，顾屡试不售，后两摈于学使者，至不得入场屋。迨甲子岁，楚耿公定向来视学政，图南应试居首。是岁，举于乡。明年，复不第归，乃复发愤如前楞严时。夏夜，两足纳瓮中。一日，沈夫人遣饷角黍，傍置侑楪，图南食之尽。出，家人讶其唇墨，视之，则饧故在，向所蘸食者，隃糜汁也。越岁，戊辰成进士。登第甫一月，骤卒。先是，学宪公任蜀时，亲属有走万里为居间者，不遂，忿归。后学宪公卒，其人故不逞，声言将毙其子于一击。时黄门公正熏灼，欲闻之有司，沈夫人先制之，图南力持不可，反阴有以厌其欲，憾遂释。遇疏族必以恩，常曰："族以亲睦来者，吾厚之；以进取来者，吾掖之；即以他事来者，吾亦礼之；若以非法及讼狱来者，吾则拒之。"平生敦气义，重然诺，出自天性。嘉禾徐生，随父流寓江城，图南怜其困，收置家塾教之，与己子等，后生中浙江庚午乡试。图南殁，为服齐衰三年。友人屈生，贫无以娶；吴生死，无以葬：图南各捐赀助之，不给，称贷以授。有姑之子无赖，兄弟同丽大辟，图南伤姑老，率两弟力请于当道，当道素耳图南名，为曲贷其一。至其内行醇备，不侮暗室。尝有所狎客，思所以中图南，意冀得厚利，妻有姿，夜半携之入书馆，慰图南曰："内户已阖，毋虞也。"图南变色曰："独不谓有'四知'可畏乎？"急遣去。于书鲜所不窥，尤好读《史记》，手自丹铅殆遍。为制举义，典雅庄重，体尚台阁，不务纤媚。早年小试不利，亦坐此。下午，兄子兆黄自城中归。吴振模读书之说，已与其母夫人择定于三月十一日送来。（页眉：《毛谱》可取正在此。毛氏之先。毛衢逸事。衢见震泽沈志《名臣传》。毛图南逸事。邑志、里志皆不载。）

　　十五日(3月15日)　晴。晓起，成《悯旱诗》："浩荡春波不见生①,江湖舟楫碍难行。梦中得雨心先喜,那②信明朝又放晴。"饭后,仍检阅《毛谱》。寿南,字宇征,号仁山,衢季子,万历丙戌进士,仕至陕西道监察御史。事详吴江沈《志》及《黎里志》。没后,崇祀山阴名宦祠、江邑乡贤祠。生甫周岁,父学宪公戏书数字指授,一再过臆,应无爽。三岁,授古诗,辄成诵。资敏而勤,诵读必至夜分。母汝恭人庄而慈,虑其伤劳,涕命少息,寿南遂亦若为自宽者,候恭人寝,则篝灯帷中默识焉。十七,试督学首取,籍邑诸生,兄图南博大轩朗,多贤豪长者交,寿南从伯兄交诸长者间。伯以其高迈,季以其醇笃,诸长者外严伯而内益爱重季。"大毛君""小毛君"声隆隆起,每试辄高等,食有司廪。顾试京闱数不利,会神庙登极,覃恩天下郡邑,以高等诸生一人贡成均。首当属寿南,其次为所善友,心欲之而难于言。寿南微知之,托辞以让次者。凡七应乡试,卒不利。以食廪久,与贡试。故事,岁当贡,学官以五人往,必首者得之,馀谓之陪贡。时寿南序居四,既试,学使者耀州王公奇之,置首不录,特拔寿南为阖属第二人。北上试礼部,少宗伯山阴朱公赓,得其文,益加赏叹,为天下贡士第一。廷试第二。寿南既屡试居前,次当谒选,乃曰:"吾少谓功名可立致,今即老,顾握管犹不能后人,宁讵屈首博士业,三十年而以一博士师终耶?姑待之。"是岁乙酉,举顺天乡试。明年,成进士,选当得县。少宗伯朱公,山阴人也,会其邑令缺,属选司必得毛君,遂授浙之山阴。朱公遗书邑父老曰:"若耶谷口间,不闻夜吠声矣!"五年一举卓异、八列荐刻,召拜陕西道监察御史。会倭犯属国,出师援之,一战而捷,举朝称贺。寿南独忧之,上疏言其危,请益兵,且请遣使驰戒当事诸臣,毋轻敌。部覆悉如寿南议,使未至,而我兵以轻进挫矣。金腾兵使李公材,征蛮有功,失按臣指,没其绩,而以妄报首功问。上震

---

①　"浩荡春波不见生"原为"自入春来水不生",后改。
②　"那"原为"不",后改。

怒，下司寇议，置重典。先后救者十数，悉得罪去。寿南上疏详列其
功状，即微误有事之秋，不宜以此解边臣体，上颇然之。李寻得释。
时东北递窥疆，边事急，寿南策时务，无先边才，疏举所知五人。中有
不得中贵意者，格不下。而五人者，寻用其三，并称职。以积劳病，告
归，卒。自其髫年与沈道章交称莫逆，后沈病且亟，寿南临视之，沈目
之曰："吾儿琦甫十三，虽幼，似可教。欲令从事吾子，可乎？"寿南颔
之。既殁，遂身任师保，文章行谊，一以躬行师之，恩同父子，以至成
立为名士，成进士。为名墨绥，亦以治行高等征，名位略相亚，盖所得
于寿南者实多云。生平不沽名，不居德，不图报。邑有赵某者，以事
忤令，令故猛，逮其党五人痛掠之，旦夕致死。人慑令，无敢为关说
者。时寿南以贡当上春官，令有所属于寿南，寿南慨然为五人请命。
既释，五人不知，邑人亦卒莫之知。家既乏，粥产于乡民某数年矣，寿
南日益困，其人日益饶。有欲于中为利者，绐之曰："毛以前直不雠，
且讼若。"其人惧。吴中故有贴价之例，夜怀二十金抵寿南，以冀免。
寿南愕然，询得其由，却之去。以幼赖外大父之训，每言及，辄为掩
涕。遇母党如父党，会汝有以赋役致累者，寿南百计脱之。后有言报
者，寿南艴然曰："而谓吾望而报耶？"少从四明叶先生游，后叶老，贫
且独，寿南迎养于家。当之官，老毛不可致，则倍计岁费，托友人代
养。及卒，丧葬悉自寿南出。故人子郑生，构讼不白，求援于公。时
内召甫至，辞不许。后郑就讯，讯者曰："若父何德于毛公，而毛公勤
若乃尔？"则寿南已阴遗书及之矣。遂得白。疏姻陶某，为王官信使，
不问者二十馀年矣。寿南方在台中，闻其游殊薄，为移书属所在当道
善视之，陶骤蒙拭濯，骇不知所自。后当道出书以示，乃知。寿南之
施德类如此。同年程司理，从台使者按越，暴卒，公哀之如昆弟，治丧
事必诚。复躬至武林，视其遗孤，赙而送之。既行取，将解任，有乡贡
官某，馈一书，题曰方书、曰医书耳，入启之，则虚其中，而置金杯盘凡
四。盖其人适有讼累，寿南为直之而以报者。寿南徐封识如初，作五
言诗一律谢还之，第曰："此书已前有之。"亦终不以语人。会试出太

仓相公门下。相公素贤寿南,会选庶常,令人谕意,寿南谢不往。在邑两值乡举,两以帘官檄来,寿南曰:"民事殷,称职良不易,此非吾职也。"托辞不往。治邑如治家,调停补助,心血为耗。尝标其厅事曰:"万事无锋颖;一心推孝慈。"真能不负斯语云。任山阴,去乡近,交亲狎至,率有所望。寿南延接不少厌倦,曲为处置,即囊无赢资,不皇自恤,人人得所欲去。人或谓寿南曰:"昔困矣,曾获济耶?且若而人未必德也。"寿南曰:"吾乃正忆困时告人难耳,宁任德耶?"只此一念,所以遗后人者何如哉?今之人,当其未遇,贫穷患难中易密耳,一旦得意,作贵人面,视头上进贤冠如希世珍。又如不拔业,知有猎荣腆图封殖为子孙计耳,谁为畴昔友生者?如公之事,以谓非人情,甚且为姗笑资矣。嗟夫!下午不动笔,恐太劳致伤耳。傍晚,阅《毛谱》毕。三毛而外,亦无事可录。(页眉:毛寿南逸事。件件可以风世励俗,故不厌其详。说得好痛快。)

十六日(3月16日)　晴。晓起,以题目示薰儿。文题《"能尽其性"四句》,诗题《指南车得"南"字》。饭后,作札与眉山,缴《江震人物备考》一书。午前,接陈小泉信,蒋砚贻所书桥记、志略均已寄来。予匆匆作答,未及看到。信中云:"桥记书而志略不书。"此言实谬,暇时须再覆之。下午,李梦仙来,仍欲往盛泽。路过谢天港,即以眉山翁信件寄之。眉翁近寓恩辉堂周宅。范姨甥来,闻吉人之尊人大病,所以不到馆。灯下,薰儿以课艺呈阅,说理题尚明晰。(页眉:文期。)

十七日(3月17日)　晴。晓起,束好《日记》四部,分送杨芸士、陈行可、杨祝唐、江韬叔。饭后,仍读纪评苏诗卷九。《新城道中》诗:"岭上晴云披絮帽。"注引韩退之诗:"晴云如擘絮。"杜牧诗:"晴云如絮惹低空。"纪评此诗为"恶句",然如韩、杜二公诗极佳。苏句病在"絮帽"二字。此卷多率笔酬应之作。卷十,《有美堂暴雨》诗:"天外黑风吹海立,浙东飞雨过江来。"此诗为选家所盛称,而纪评谓:"犷气太重,吾不为。"然杜赋"九天之云下垂,四海之水皆立"人皆知之,坡和陶《停云》诗有"云屯九河,雪立三江"之句,亦用此。下午,笑山来长谈,携所旧许而去。刻笑山阅薰儿近课四篇,谓:"能尽其性"四句题文发挥得不透,馀尚妥。黄昏,同看白光一条,自西南直射东北,不知此何兆也。前夜讹传白虹者非。(页眉:絮云。云屯雪立。)

　　十八日(3月18日)　晴。晓起,成《望雨诗》:"一月春无雨,江湖水不生。漕船迟未发①,贾舶②碍难行。泽国宁忧旱,农家转厌晴。何时云大作,夜半走雷声。"时不雨已三十日矣。饭后,重读纪评苏诗卷十一。《贺陈述古弟章生子》诗,冯注"甚欲去为汤饼客"句,引《懒真子》云:"东坡正用刘诗,故谓之'汤饼客'。"必食汤饼者,则世所谓"长命面"也。刘禹锡《送张盥赴举诗》:"尔生始悬弧,我作坐上宾。引手举汤饼,祝词天麒麟。"《元日过丹阳,明日立春,寄鲁元翰》诗一收:"白发苍颜谁肯记,晓来频嚏为何人。"王注:次公曰:"世传为人所思则嚏。《诗》:'愿言则嚏。'"查注《汉·艺文志》有《鼻嚏耳鸣杂占》十六卷。宋马永卿云:"俗说以人嚏为人说,盖古语也。今人嚏,则云人道我。"《虎邱寺诗》共十四韵,后人游其地,多次其韵。今摘出于此:岭、井、耿、黾、矿、猛、骋、哽、顷、冷、永、景、影、请。下午,至丈石山房,检阅《湖海文传》卷四十三"书类",有王元启《答叶太守论谱学源流书》:"后世谱学,悉宗宋欧阳氏、苏氏二家之书。复引震川之论曰:'无小宗,是有枝叶而无干也。有小宗而无大宗,是有干而无根也。'"又云:"为谱者,载其族之世次、名讳而已。其所不可知者,无如之何。其可知者,无不载也。所谓谱图之法,则欧阳氏断自可见之世为始。此论所谓'百世以俟圣人而不惑'者也。欧阳氏之谱,最后为图以表之,则用史表之法,以世次为经,而纬之以兄弟嫡庶长幼之伦,至己身而止。苏氏之谱,先序作谱大意,次为之图,图载六世,自其高祖以下,至其兄弟之子而止。次为之录,止录本支四世,故统贯而成一篇之文,与欧阳氏图后所录小异。其馀所采前代近世各家之谱,多有可取

---

①　"漕船迟未发"原为"粮艘停未出",后改为"龙骧愁未出",后改。
②　"贾舶"曾改为"乌□",后改回。

为法。"灯下,接沈姨甥良甫自硖石寄来问安之信,暇日拟答之。夜闻微雨声,不半刻而止。(页眉:长命面。"噎"字解。坡翁《虎丘诗》韵。作谱定论。)

十九日(3月19日) 阴。晓起,复成《望雨诗》:"遥指云生处,风来雨不来。闻声疑①隐约,作势尚徘徊。安得阶前过,几曾头上催②。春膏宜③霢霂,虽小护栽培。"饭后,重读纪评苏诗卷十二。《青牛岭》诗,文达极赞叹,予却不取。《平山堂》诗一收用"宁馨"二字,纪评:"宁馨,犹言如是,非不佳之谓。"《除夜病中赠段屯田》诗,次韵凡三首,共十六韵。后人次其韵者极多,今摘出之:半、叹、玩、散、伴、旦、案、乱、盥、缓、贯、懦、炭、馆、暖、粲。下午静坐。天复晴,命仆携出闽兰二盆,损坏者多,总由灌溉不得其法。刻查"攙枪"二字,《尔雅》作"欃枪"。"欃"从木。前夜之白光数丈,其即欃枪星乎?(页眉:"宁馨"真解。坡翁《赠段屯田》韵。"攙"字。从"扌"、从"木",皆有所本。)

二十日(3月20日) 阴。晓起,以题目示薰儿。文题《道之以德,齐之以礼》,诗题《寰海镜清得"清"字》,未知出处。枕上得《微雨诗》一首,前《望雨诗》可删:"春膏滋霢霂④,虽小护栽培。点点崇朝过,丝丝入暮来。及时宜菽麦,馀泽润莓苔。病后吟无力,诗成莫漫⑤催。"饭后,微雨连绵,可贺可贺。是日为地穿日,俗传逢雨则旱。暇时,重读纪评苏诗卷十三。《送段屯田》诗"四十岂不知头颅"句,出《摭遗》,载陶宏景《与从兄书》云:"昔仕宦期四十左右,作尚书郎,即

---

① "疑"原为"徒,"改为"空",后改。

② "安得阶前过,几曾头上催"原为"直向眼前过,莫从头上催","直"后改为"瞥","莫"后改为"懒",后改。

③ "宜"原为"滋",后改。

④ "滋"旁有"留"字,后删去。

⑤ "莫漫"原为"且勿",后改。

抽簪高迈。今三十六,方作奉朝请,头颅可知,不如早去。"熟用句亦有所出。《惜花诗》统首是柏梁体,后间一句用韵,体例俟考。《送春诗》一收上句五仄落脚,下句第五字宜用平声。下午,北风甚紧,小雨丝丝而下,麦有秋矣!偶翻《湖海文传》七十卷,鲁九皋《书曾文定公移沧州过阙上殿札子后》可与原文参看。沈德潜《书徐文长集后》可知渭之为人,有才无行。灯下,薰儿呈阅课文,肤廓不精警,前半尚可。(页眉:文期。"头颅"可知出处。律诗韵谱。)

二十一日(3月21日) 晴。春分。晓起极晚。饭后,重读纪评苏诗卷十四。《立春日病中邀饮》诗"黄耆煮粥荐春盘"句,各家注中作"粥春盘",皆是立春故事,惟"黄耆煮粥"自坡翁特创。案,《大观本草》:"黄耆,俗作芪。耆,长也。色黄,而为补药之长。"《七月五日》诗有"避谤诗寻医,畏病酒入务"句,王注:"诗寻医"谓不作诗也,"酒入务"谓止酒不饮也。《送碧香酒与赵明叔教授》诗,"饷"字韵凡三首,而以"一壶往助齐眉饷"句为最佳。《雪夜独宿柏仙庵》诗,纪评谓绝胜尖、又韵,予不以为佳。如五六"稍压冬温聊得健",上句极适意,下句"未濡秋旱若为耕"措意不甚明白,真欲索解而不得也。偶检"四支""辞"韵内,引《北史》"卢士深妻崔氏有才学,春日以桃花靧面,作《靧面辞》。"查"靧"与"颒"同,在去声"十一队"。下午,顾淡春来,粮串付讫,即以位置云泉之说,托渠转致。夜间登楼,观槐枪星,仍不灭,自西南直射东北,长有数丈。据乡人云:"见于月初。"此妖星也,一载于《尔雅》,再见于《史记》。(页眉:立春创典。"寻医""入务"出处。槐枪星。)

二十二日(3月22日) 阴晴参半。晓起,为继室顾硕人作《六十初度诗》七律二首。饭后,儿孙及子妇辈预为内子祝寿,拜星官,上寿酒。予顾而乐之。是日,虽不开筵,阖家食汤饼,用长命面二十五斤,崇俭德也。下午,作札答陆爱庐,有托荐之事。予实无能为役,非漠然坐视,故以此意覆之,并欲取会课题目来。

二十三日(3月23日) 阴,微有雨。晓起,校正《日记》中讹字,

必宜改者,如卷一七页内"等"作"寺",卷三十八页内"府"作"抚"、廿
九页内"知"仍作"和",卷四廿六页"徕"作"来",卷六四页内"注"作
"著",卷七二十页内"此二"仍作"以三",摘出于此,他日展卷瞭然,无
须寻觅矣。饭后,命人去延叶曲江,两媳皆欲调理服药。暇时,仍读
纪评苏诗卷十五。《除夜大雪,留潍州。元日早晴,遂行,中途雪复
作》诗"鹅毛垂马鬃"句,王注引白乐天《春雪》诗:"大似落鹅毛,密如
飘玉屑。"施注引白乐天《房家夜宴》诗"门前雪片似鹅毛",又"雪似鹅
毛飞散乱"。《次韵答邦直子由五首》诗"引睡文书信手翻"句,王注引
白乐天诗"卧枕一卷书,起尝一杯酒。书将引昏睡,酒用扶衰朽。"施
注引白乐天《晚庭逐凉》诗"引睡卧看书"。子瞻与子由逍遥唱和诗,
予却取子由原作二首,查注与冯注皆附载。《初别子由》诗,纪评以为
近腐,予不谓然。此种诗纯从至性中吐出,极真极挚,若绳以道学之
说,恐坡翁亦不肯受也。《答王巩》诗一结云:"爱惜微官将底用,他年
只好写铭旌。"此等句竟入恶道,莫怪后人传为口实也。下午,子谦寄
示《全粤义士义民檄文》,读之快然,胜于钟士季《檄蜀文》、骆宾王《讨
武曌檄》。曲江约明日来。(页眉:《日记》中讹字。雪似鹅毛出处。
书可引睡。苏集亦有恶诗。)

　　二十四日(3月24日)　晴。晓起,以题目示薰儿。文题《好仁
者无以当之》,诗题《不持一砚得"包"字》。饭后,写好一札与姚春翁,
专送《日记》十部,以了前年文字之缘。暇读纪评苏诗卷十六。适吉
人到馆,闻其尊人病已平复,大好大好。午前,曲江来,为内子、薰儿、
两媳诊脉处方,极为周到。中饭而去。下午,静坐半日。夜间,薰儿
文完未誊清,以日中作辍多也。可见此时断不可出来应酬。(页眉:
文期。)

　　二十五日(3月25日)　晴。晓起,命人专舟,送信一函、书十部
至松江西门外秀南桥下姚春木家。饭后,重读纪评苏诗卷十六。《送
李公恕赴阙》诗"忽然眉上有黄气"句,施注引韩退之《郾城晚饮》诗
"城上赤云呈胜气,眉间黄色见归期"。冯注引《玉管照神书》"黄色喜

征"。《虔州八境图八首》诗一序极佳。《送孔郎中赴陕郊》诗,纪评:
"凡七古中间一连对偶格,始于齐梁,而成于初唐。或专目为四杰体,
非也。"《约公择饮,是日大风》诗"儿啼卧路呼不还"句,施注引《后汉
书·侯霸传》"为临淮尹,政理有能名。更始元年,遣使征霸,百姓老
弱相携号哭,遮使者车,或当道而卧。皆曰:'愿乞侯君复留期年。'"
是"留侯"二字可以对"借寇"。《游张山人园》诗"盆里千枝锦被堆"
句,冯注引《益部方物记略》"俗谓蔷薇为'锦被堆花'"。王注不著明。
《次韵潜师放鱼》诗"法师自有衣中珠"句,施注引《楞严经》"譬如有人
于自衣中系如意珠,不自觉知,穷露他方,乞食驰走。忽有智者指示
其珠,所愿从心,致大饶富,方悟神珠非从外得。"中午祀先。今辰是
先大母黄太宜人忌日。下午静坐。两日下半春,多有倦意,总由精神
渐衰之故。以后宜悉心静养也。傍晚,薰儿以诗文呈阅。前半篇及
中二股极清朗,后二股尚欠醒。诗押包韵八,还不致趁韵。(页眉:习
用句宜知出处。纪评可采。"留侯"可对"借寇"。"衣中珠"出处。)

　　二十六日(3月26日)　晴。晓起,嘱友至芦墟,专办菜心,此家
常厨中所不可少者。今春干旱,此物极贵,故至今尚未办齐。饭后,
重过瘦竹疏花馆,时祝唐老友择于廿九日开吊,予将至吴门逗留,不
可无此一拜。同人索予挽词,予即以去年旧作示之。复过许秋田家,
吊其兄燿庭之亡,皆予三十年前旧识也。饭于祝唐家,时同席五人:
许秋田、凌古泉、陈虎生及祝唐之胞侄森甫,畅谈而别。下午归家,舟
中追悼祝唐之亡,已九阅月矣,感成一律。傍晚,接姚子枢回札,春翁
仍客荆州。松江之行,若得风顺舟便,不过一日半可以来回。刻云泉
见过,已与觌面谈定。

　　二十七日(3月27日)　阴,微有雨。晓起,以题目示薰儿。先
一日课,缘明日欲出门也。文题《子使漆雕开仕,对曰"吾斯之未能
信"》。诗题《养之如春得"春"字》。饭后,写好爱庐一札,取会课题。
与白庵一札,附薰儿近课文八篇、诗六首,无非欲其即日动笔改削耳。
下午,安排行李,明日将由江至苏,大约有五六日之逗留。雨窗孤坐,

偶成《春寒诗》:"东风料峭太无端,二月莺花不耐看。未过清明休望暖,细思老大易防寒。闭门谢客情怀减,退院如僧气味酸。裘马谁家年少子,寻春早去旧河干。"诗成,或问予"酸"字韵,古来只有儒酸,未见所谓僧酸者。予笑曰:"放翁诗中不云乎:'杰语豪笔无僧酸。'子未读唐宋以前之诗,而偏执方隅之见以论诗,何足以语此?且子毋乃喜食咸而不喜食酸乎?"客唯唯而退。予尝阅《东轩笔录》,王霄云:"君子喜事酸,小人喜食咸。酸得木性而上,咸得水性而下。"傍晚,薰儿呈阅课艺,通篇墨裁气太多。(页眉:文期。酸咸可以别君子小人。)

二十八日(3月28日) 晴。晓起尚早。饭后,同吉人、朗庭率薰儿下船。中午,饭于舟中。下午到江,命沈仆送信至爱庐处,命舟人送米至四女兄处。入城,过云在草堂,与雨苍师面定礼忏日期。盖为二房子妇病后,了其心愿耳。是夜,住宿垂虹桥下。

二十九日(3月29日) 晴。晓起,自长桥放舟。城河阻浅,由官塘而行,船甚挤,饭后始通,幸得顺帆,到胥门,不过午后。仍泊舟万年桥下。命人先送信及近课至白庵处。薰儿同吉人至紫阳书院,询经承杜某,报名在百数内。予与朗庭同至清微道院,以石刻图章托竹堂,并以《日记》二部赠之。闻小友史励斋在中丞署中挷办刑名,人极安静,深喜故人之有后。下午,定寓在世德堂,以寿联一副、桥记一篇托刘建扬求陈行可书,未知能应手否?傍晚茗饮。灯下归舟。是日,极闲暇。

三十日(3月30日) 晴。晓起,安排行李。饭后登岸,寓世德堂。下午,过梦兰馆中,遇洪受甫,几不相识。梦兰邀予茗饮,时同去者,徐子槎仙、江子韵楼。闻韬叔将入都,作《胥江送别图》,列十七人,以予居首。其实非予所乐就也。

三 月

初一日(3月31日) 晴。晓起,饭于寓中。送吉人、薰儿考书院,紫阳、正谊甄别考友,共有二千四百馀人。予先回寓。午前,同陈朗庭由南濠进阊门，置办物件。下午，仍由旧路而回。傍晚，放头牌，通场一文一诗。文题《至于用力之久，而一旦》，诗题《水上桃花红欲然得"红"字》。一鼓后，两人皆出场。闻坐在清德堂，极宽展，后至者竟有席地而坐，可见万事宜争先也。

初二日（4月1日）　晴。晓起已晚。饭后，薰儿同吉人至白庵处，吉人亦拜白庵为师。予与朗庭复将零星物件置办齐集。暇时，两过清微道院。座间晤先友清如之季君励斋，几不相识。渠执后进礼甚恭。下午，梦兰过予寓中长谈，至傍晚而去。

初三日（4月2日）　晴。晓起登舟，饭后开船。东风极狂。仍由官塘而行，风逆不得上，橹摇纤挽，大费人力。下午，风稍顺。到江，将及薄暮，仍宿垂虹桥下。接爱庐回片，会课题已出来，计七个，决意从四月初一日会起。

初四日（4月3日）　晴。东风仍不小。晓起，自长桥开船。饭后，风愈狂。午前，阻风施家库。登岸，游陀仙庵。阅壁间碑记，恶劣不可读。中有庞兆松楹帖，系乾嘉年间重修。兆松号徕峰，诸生，为友江之母舅，予曾相识，后先友江没，已二十年矣。下午，过长白荡，复冒风而行，至高家港泊舟，作《阻风诗》五律二首。傍晚，风力极猛，即住宿此港中。

癸卯日记三

三月五日起，至四月望日止。纪评苏诗卷十七起，卷二十七止。毛选韩文第一次读。《知止堂文集》宜节录。

三　月

初五日（1843年4月4日）　破晓，微有雨，转西北风。趁顺帆，自高家港开船，到家极早。饭后，大兄约定今午扫墓。予率兄子兆黄、兆元、儿子兆薰先至西房圩先大父杏传府君墓上祭扫，继至南玲圩先考逊村府君墓上祭扫。今春大兄当祭，以微疾不往。中午，在大兄处散福。下午，接到赵眉山二月十九日覆函，始知去冬、今春所寄去信件均已收到。复接二式、谱经两信。谱经之信发于正月十八日，渠家信中，于二月二十日后接到，云泥迢隔，尚能不忘故旧，惠我好音，是不可无以报也。

初六日（4月5日）　晴。清明。晓起，欲动笔而未暇。饭后，率兄子兆黄、兆元、儿子兆薰过北舍港，先至迁吴始祖春江公墓前祭扫，继至长浜里高大父敬湖公墓前祭扫。予于墓前自誓曰："日后如有子孙能得科第者，必于墓前立一拜坛、筑一驳岸。苟食此言，便以不孝论。"盖公墓临水极近，日久必至坍塌，故必早为修筑云。继至东木桥头五世祖心园公墓前祭扫，最后至角字村曾大父君彩墓前祭扫。午后，同至大港上谨亭侄处散福，共有四十五人。是年，谨亭侄当祭。下午归家极晚。（页眉：甲辰三月六日，复邀盛子馀省视。据云，驳岸以不筑为佳。）

初七日（4月6日）　晴。晓起，作札与殷甥，为三女去请王又

山。饭后,命薰儿至周庄,补吊沈艺生夫妇。予至泮水港,约云泉十
一日到馆。时淡春妇侄亦往周庄补吊。午前,予即回棹。下午,查清
账务。收拾冬裘,藏诸箧笥。予所御衣服,多亲自收拾,不喜仆妇代
劳,谅亦习惯成自然也。大兄来谈,今春欲置寿器,将至西塘韩家去
办。予深以为然。大兄今年六十有一,精力渐衰,此事予曾言之。天
其假我数年,若到周甲时候,予亦将置此,断不可稍事蹉跎也。考《玉
篇》:"棺之言完,所以藏尸令完也。"《孝经注》:"周尸为棺,周棺为
椁。"后汉赵咨曰:"棺椁之造,自黄帝始。"又名"椑",《正韵》:"毗亦
切,音辟。亲身棺也。《礼·檀弓》:'君即位为椑,岁一漆之藏焉。'"
是椑亦作入声。今查检韵,只收上平声,见"四支""八齐"两韵内。
(页眉:置椑出典。)

初八日(4月7日)　晓起,微有雨。暇即作札答谱经。殷甥有
覆信来。酉山请封,必得番银四枚,舟金另加。饭后,命兄子兆元、儿
子兆薰至南玲圩先仲兄墓上祭扫。是年,青儿当祭。午前,酉山来,
诊视三女、杨媳之病,咸谓无妨。中午祀先,中堂下予主之,家祠内薰
儿主之。下午,接子谦信,即作札答之,附去《日记》一部。陆赟芗复
来索取,并薰儿考作草稿一篇。翁婿相关,不可无以报也。

初九日(4月8日)　晴。晓起,查《通志》七十四卷"灾祥略·星
类",载长星自汉孝文、孝武时曾出见。隋炀帝大业三年春正月,有长
星竟天,出于东壁,二旬而止。然亦不言休咎。《格致镜原》卷二"乾
象类"载长星,"光芒有一直,或竟天,或十丈,或三十丈,白则将军逆,
二年兵大作"。按,彗、孛、长三星,其占略同,而其形少异。大率孛、
彗为除旧布新火灾,长星为兵革事。《格致镜原》一书,雍正乙卯年陈
元龙所辑,首有元龙《自序》,"凡例"九条,为书一百卷,为类三十门。
"凡例"中载唐宋类书,援据古文,必系以原书出处。明人类书,多不
载原书之名,攘古自益,安知非杜撰? 此说足征明人之陋。又言华亭
黄石牧之隽,曾替予编次。予家藏是书,后分与大兄,实案头不可少
此一种也。饭后,重读纪评苏诗卷十七。《次韵王巩留别》诗,有"不

辞千里远,成此一段奇"句,纪评以为"成此"句太俚,竟用朱笔旁竖。似文达亦未知出羲之帖耳,不然,此句不得为俚,竟用旁竖,安能服古人之心耶?下午静坐,偶得七古一首。时从子清原有《纪异星诗》五古,予少变其体,作歌以襄之。按,《通志·灾祥略》载:长星,汉孝文帝八年夏,有长星出于东方。孝武元狩四年夏,有长星出于西北。予运用此二事于诗中,故记出之。(页眉:"长星"出处。《格致镜原》一书,可备考。纪评之过。)

初十日(4月9日) 晴。晓起,改存昨晚之作,极用意。饭后,以事辍读。中午,云湄侄妇来,以诸侄孙挂欠钱粮已经开追,欲托予择人去办。此事实爱莫能助也。下午静坐,点出《苏文忠年谱》中紧要几段,以便翻阅。今午,松侄有信来云,菊颐侄染时花极重。明日必须遣人一问。偶检《湖海文传》六十五卷中《叶横山先生传》,载先生卒后,新城王尚书阮亭寓书谓先生诗古文镕铸古昔而自成一家之言。每怪近人稗贩他人语言,以佣赁作活计者,譬之水母以虾为目;鳖不能行,得驱驴负之乃行。夫人而无足、无目,则已矣,而必藉他人之目为目、他人之足为足,安用此碌碌者为?先生卓尔孤立,不随时势为转移,然后可语斯言之立云。(页眉:阮亭之言可采。)

十一日(4月10日) 阴。晓起,作札与松侄,问菊侄之病,嘱振凡侄孙带去。饭后,命舟去载云泉。今年,云泉下帷予家,专课寄松之子。暇时,仍读纪评苏诗卷十八。《人日猎城南,会者十人,分韵得"鸟"字》诗"青春还一梦,馀年真过鸟"句,王注:"次公曰:'盖使老杜句"余生如过鸟"。'故谓之真以明之。"施注引张景阳《杂诗》:"人生瀛海内,忽如鸟过目。"古人作诗,虽无关事实,皆有所本。《次韵秦太虚见戏耳聋》诗,用"三耳秀才",出张君房《脞说》,见冯注卷十八二十一页内。午前,同里范钧衡同寄松之子振模来,适云泉亦至,即命振模拜云泉为师。钧衡有事先去。中午,同集养树堂。下午,振凡侄孙自大港回,述菊颐侄病症,竟不起矣,惜哉!五大房家运,何至于此!可怕,可怕!钧衡为寄松之妇侄,住在同里中市里,与顾方成家间壁。

其父号惠遗,在本镇吉利桥袁绣虎家作东席。振模于道光十三年十一月廿八日丑时生,母范氏,惠裔之甥,钧衡之表弟。此段亲串,不可不详。(页眉:三耳秀才。振模之外家范氏。吴生生日。)

十二日(4月11日) 阴。晓起,以馆课题示薰儿。文《"可以与适道"四句》,诗《养之如春得"如"字》。饭后,作《七歌》一首示云泉,并以勖振模。暇时,仍读纪评苏诗卷十九。《和李公择赏花》诗"何时花月夜,羊酒谢不敏"句,王注引韩退之诗"买羊酤酒谢不敏,偶逢明月曜桃李"。纪评:"东坡系狱诗,讥刺太多,自是东坡大病。然但多排诋权幸之言,而无一毫怨谤君父之意,是其根本不坏处,所以能传于后世也。"下午,接周庄沈义生之堂兄号缙生信,以四姨甥女姻事来问。予实未悉其家深浅,不好草率以对也,且俟缓日作札答之。傍晚,作札与梦琴,欲索还拙稿一卷。灯下,偶查编柳写经事。《楚国先贤传》:"孙敬在太学,编柳为简以写经,睡则悬头于梁。"见《韵府》二十五,有"柳"韵。又《吴都赋》:"轻舆按辔以经隧,楼船举帆而过肆。"一鼓后,薰儿呈阅课艺,虽不能独开生面,而局法、机法渐近自然矣。(页眉:文期。诗中"羊酒"出处。纪评深中玉局翁心曲。)

十三日(4月12日) 晓起,微有雨。命人去延曲江。饭后,重读纪评苏诗卷二十。《陈州与文郎逸民饮别,携手河堤上,作此诗》有"春风料峭羊角转,河水渺绵瓜蔓流"句,纪评:"'角'字、'渺'字皆应平而仄,以次句'瓜'字应仄而平,双救之。此唐人定格也。"《正月十八日,蔡州道上遇雪,次子由韵》诗"一朝出从仕,永愧李仲元"句,施注引《扬子》:"或问:'子,蜀人也,请人。'曰:'有李仲元者,人也。不屈其意,不累其身。'曰:'是夷、惠之徒与?'曰:'不夷不惠,可否之间也。'"仲元,世之师也。《陈季常所蓄〈朱陈村嫁娶图〉》诗有"闻道一村惟两姓,不将门户买崔卢"句,施注引《文中子》:"任、薛、王、刘、崔、卢之昏非古也,何以视谱。"唐《高士廉传》,太宗以山东士人多尚阀阅,嫁娶必多取赀,故人谓之"卖昏"。由是诏士廉等撰《氏族志》。太宗曰:"我于崔、卢、李、郑无嫌,今谋士劳臣,何容纳货旧门,向声背实、买昏为荣耶?太上有立德,其次立功,其次立言,其次有爵为卿大夫,世世不绝,谓之'门户',反是岂不惑耶?"《戏作陈孟公》诗有"老居闾里自浮沉,笑问伯松何苦心"句,王注引《前汉书》:"遵少与张竦伯松相亲友,尝谓竦曰:'足下讽诵经书,苦身自约,不敢差跌;而我放意自恣,浮沉俗间,官爵功名,不减于子,而差独乐,顾不优耶?'竦曰:'人各有性,长短自裁。子欲为我亦不能,吾而效子亦败矣。虽然,学我者易持,效子者难将:吾常道也。'"下午,微雨霢霂,久晴之后,终不能酣畅,奈何?迟曲江不至,大约明日来矣。查温庭筠,《旧唐书》有传。《北梦琐言》载:"温庭筠理发思来,即罢栉缀文。"予家藏《温飞卿诗集笺注》二册,卷首皆载。傍晚,曲江来,连诊四人之脉。据云:"三女病情最重。此方须归家后,细细酌拟。"黄昏,食粥而去。(页眉:唐律平仄双救之格。不夷不惠李仲元。买昏陋习,已起于唐。伯松之言可采。)

十四日(4月13日) 晓起,微有雨。饭后,雷雨大作。予适至赵田袁渔溪家贺喜,时其季子穆斋完姻。主人出见,予贺曰:"今日可喜之事,不独一家。天旱不雨,已两月矣,难得此甘霖大沛,正万家欢时也。"座间晤盛泽童志浩,见予执礼甚恭。予初不相识,问其师陈素园,始知之,是己亥年与薰儿同应府试者也。一朝失意,蹭蹬两科,现在居忧。虽一衿之得失,若有数存乎其间,况其大也者乎?后闻别号养涵,以课徒为业,有儒者风。予决其他日必能成就,故识之。中午,与鲁斋同席,兴致极佳。下午归家,闻菊畦侄没于今朝辰时,惜哉!此疾实系痘症,初起时庸医咸谓痧子,误投凉药。后一日,有寓居大义村曹先生者来视云:"此二发痘子也,须头面上齐得来,方无碍。后仅见于手足,毒入肺腑,七日而没。"悉如曹先生所言。向使凉药不投,及早作痘症看,或尚不至此。甚矣,疾之宜慎也!今晚,接曲江所定三女之方,可谓惨淡经营,未知能妥适否?(页眉:时雨。童生必进。痘疾宜慎。)

十五日(4月14日) 晓起,微有雨。饭后,风雨连绵。至黎里,先过汝梅村家,有事面谈,须至秋间定夺。复至徐太亲母家探丧,即恒甫之大母也。中午,与芝庭、云岩、少岩三徐同席。下午归家,天已晴。

十六日(4月15日) 晴。晓起,以课题示薰儿。文题《四时行焉,百物生焉》,诗题《说诗解颐得"匡"字》。饭后,写好答谱经之札,另作一札与殷甥,拟明晨到梨里寄出。下午静坐,作《喜雨诗》草稿一纸,以待暇日细细酌改。凡诗能多改,方有进境。灯下,薰儿以课艺呈阅,后二比尚少透发。(页眉:文期。)

十七日(4月16日) 阴。晓起,命薰儿至大港,送菊畦四侄之丧。予至黎里,送徐太亲母入殓。与陈雨亭、蔡听香、陈禅卿同席。座间,晤蒯缉岩,极致款曲之诚。其侄士芎颇有器器之态,予亦不交一语。士芎为铁崖司马之孙、小崖之子,年约三十馀,前年曾在程抚军幕中,实未悉其客何能也。饭后,晤子谦、味梅。遂同子谦过敬承堂,与昼翁乔梓畅谈。中午,味梅、子玖出陪,主人留饮。予虽戒酒,却能健饭,惟多言,尚觉真气不充。殷信亦已托寄,谅无不到也。下午,天欲雨,予始返。过南玲丙舍,观大兄所置寿器。二三年内,予亦将预为措备。时天复晚晴,归舟得诗四句:"侵晓出门去,归来薄暮天。夕阳乌鹊噪,春水白鸥眠。"未成而止。灯下,作札答周庄沈缙生,颇用意。(页眉:多言伤气,切戒切戒。)

十八日(4月17日) 晴。晓起,西北风极狂。命人至周庄,不果。饭后,闻笑山又至吴门。陈兆祥表侄来,谈先岳、先伯两家之事,令人可惧。先伯后人并无大谬,年来拔其尤者死之,此家运之所以日衰也。先岳只遗一孙,习为匪僻,虽有馀业,断不足恃。为人祖父,欲望子孙之贤,先要深自培养,于根本节目之处,断不可稍存刻削。如是,或积至三世、五世,自有成效。吾未见忠厚传家,而子孙不振者也。下午,改存两诗,一五古,一五律。复作《菊畦从子挽诗》一首,五古十七韵,自谓沉痛有馀。予于此种诗稍有一日之长,亦至性使然也。薄暮,作一短札与曲江,明日为三女、杨媳邀渠覆诊,似乎服药亦有缘也。

　　十九日(4月18日)　晴。晓起,命人至周庄,探望四姨甥女。饭后,重读纪评苏诗卷二十一。《东坡》诗第七首,"古生亦好事,恐是押牙孙"句,施注引《丽情集》薛调《无双传》:"刘振女曰无双,许以妻王仙客。未果,而振授朱泚伪官,无双籍入掖庭。仙客怨慕不已,闻富平古押牙,人间有心人,以情告之,古生作奇法取之,使复为夫妇五十年。"《伯父送先人下第归蜀诗云:"人稀野店休安枕,路入灵关稳跨驴。"安节将去,为诵此句,因以为韵,作小诗十四首送之》末第二诗有"竹笥与练裙,随时毕婚嫁"句,王注引《后汉·逸民传》:"戴良有五女,疏裳布被、竹笥木屐以遣之。"施注引来作"练裳布被",宜查原书考之。下午,曲江来,覆诊杨媳、三女之症,大有起色。薄暮,兆元从子自郡中归,始知两院甄别案已出,乃椿从孙却在取中。灯下,作五古一首赠笑山,时将秉铎凤阳,不可无诗以送之也。闻周庄四甥女瘂子尚未脱然,而其堂嗣兄已择于廿一日要送来矣。(页眉:古押牙,唐之侠客也。戴良遣嫁事。)

　　二十日(4月19日)　晴。晓起,以题目示薰儿。文题《"君子依乎中庸"一节》。诗题《编柳写经得"孙"字》。饭后,重读纪评苏诗卷二十二。《次韵孔毅父集古人句,见赠五首》,王注引尧卿曰:"集古诗,前古未有,王介甫盛为之,多者数十韵。盖以诵古人诗多,或坐中率然而成,往往对偶亲切。其后,人多有效之者,但取数十部诗,聚诸家之集耳。故公此诗美之,亦微以讥耳。盖市人不可使之如儿,鸿鹄不可与家鸡为对,犹古人诗句,有美恶工拙,其初各有思致,岂可混为一律耶?"查注:"傅咸作《七经诗》,其《毛诗》一篇云:'聿修厥德,令终有俶。勉尔遁思,我言维服。'此乃集句诗之祖也。或谓始于王介甫者,非是。"第一首一起,有"羡君戏集他人诗,指呼市人如使儿。天边鸿鹄不易得,便令作对随家鸡"之句,故尧卿言及之耳。第三首一起,有"天下几人学杜甫,谁得其皮与其骨"句,为后人所习用。《橄榄》诗有

"待得微甘回齿颊,已输崖蜜十分甜"句,王注引次公曰:"小说有橄榄与枣争,枣谓橄榄曰:'待得你回味,我已甜了。'"下午,改存近作,颇用心。闻笑山明日欲来,拟设席饯之。灯下,薰儿以课艺呈阅,终嫌一讲太平;入手一段,不能自在流出,馀无大谬。诗未完。(页眉:文期。集古诗出处。小说中有禅机。)

二十一日(4月20日) 晴。晓起,阅昨日课题,去年会元蔡念慈作,不过能纯熟,收束干净耳。饭后,笑山见过长谈,据云:"藩司看验,抚军处领凭,尚须迟至月初。"中午,酌笑山,邀云泉、吉人同饮,予不觉有醺意。下午,笑山去后,予以酒后,未免多食,中怀甚不宽畅,徐步数十次,才得稍安。以后总宜止酒少食,方与养生有益,切记切记。陆淡远绎来送试草,谦和儒雅,无近时少年习气。一茶而别。淡远为朗甫中丞之从子、雨香茂才之嗣君,闻其能潜心好学,或可望发名成业,惜其年已三十一矣。现在馆于奇士港汝氏,秀水籍,世居芦墟镇。一鼓后,狂风骤发,夜半而止。(页眉:止酒少食为贵。)

二十二日(4月21日) 晴。晓起已晚。饭后,重读纪评苏诗卷二十三。《岐亭》诗凡十三韵,后人次其韵者极多,故特为摘出:计一。湿、二。得、三。急、四。鸭、五。幂、六。赤、七。白、八。帻、九。泣、十。缺、十一。客、十二。集。十三。午前,松侄来,以《哭菊畦诗》见质,亦能真挚。梅侄诗尚宜斟酌。下午,补作《止酒诗》:"偶然兴到思斟酌,略有微醺已觉多。怀抱只宜诗布写①,精神莫被酒消磨。"(页眉:《岐亭》诗十三韵。)

二十三日(4月22日) 晓起,以课题示薰儿。文题《"夫孝者,善继人之志"一节》,诗题《举帆过肆得"都"字》。文期应归廿四,因明日欲寄至吴门周白庵处,故先一日作。饭后,重阅纪评苏诗卷二十四。《次韵杭人裴维甫》诗中有"凄凉楚些缘吾发"句,纪评:"宋玉作《招魂》时,屈原犹无恙,故东坡用以比裴诗。后人不考原本,遂以为

---

① "布写"原为"解脱",后改为"罄写",后改。

讳。"《同王胜之游蒋山》诗,施注:"王胜之,名益柔,河南人,枢密使晦叔子也。抗直尚气,喜论天下事。用荫入官。范文正公未识面,以馆阁荐之,除集贤校理。熙宁初,以判度支审院转对。胜之言:'人君之难,莫大于辨邪正。邪正之辨,莫大于置相。置相之忠邪,百官之贤否也。唐高宗之许敬宗、李义府,明皇之李林甫,德宗之卢杞,宪宗之皇甫镈,帝王之鉴也。高宗、德宗之昏蒙,固无足论;明皇、宪宗之聪明,乃蔽于二人如此,以二人之庸,犹足以致祸,况诵六艺,挟才智,以文致其奸说者哉?'"是时,王介甫方用,意盖指之。后卒如其言。《蔡景繁官舍小阁》诗有"使君不独东南美"句,施注旁引《南史·邱仲孚传》:"王俭曰:'东南之美,复见邱生。'"下午,丈石山房紫牡丹盛开,与内子同去一观。偶成断句:"红颜日炙偏愁热,翠袖风翻却耐寒。最好夕阳才过了,有人闲倚赤阑干①。""林墅何如台阁好②,他乡不及故园春。年年③看过今三月,笑倚东风有几人④。"灯下,薰儿以诗文草稿呈阅,拟明日誉清。(页眉:文期。纪评可采。王胜之之言可采。)

二十四日(4月23日) 晓起,微有雨。录清昨晚所成断句二首。饭后,至玩墅吴甥处。时三女兄将撤几矣。俗例,有热座台脚,归上香亭者承办。设席作糕,于座前一祭,予故有此行。中午,吴甥邀质夫来陪,予不饮酒,一饭而返。下午,晤汉翔侄。据述,廿一日夜间,桂轩去应甄别覆试,中途骤遇狂风,几至覆舟。厥明,仍以不到而返。为名乎?为利乎?两无所取也。设有不测,悔无及矣!我辈子弟,终以此等应试为戒。归家未晚,封好《年谱》四本、诗文一卷,托笑山一寄与聋石,一寄与白庵。薰儿文五篇、吉人六篇,诗各四首。近

---

① 此后原有"烟光凝就暮山紫,水影移来夜月新"句,后删去。
② "林墅何如台阁好"原为"留住几分浓艳色",后改。
③ "年年"原为"最难",后改。
④ "笑倚东风有几人"原为"梦醒繁华有几人",后改。

读老泉《审势》《审敌》两论①，与今之所以待英夷者，可作前车之鉴。前篇用威以惩将帅，后篇用战以制夷狄，须合看，方得其情。（页眉：老苏《审势》《审敌》两论，宜反覆熟读。）

二十五日（**4月24日**）　晴。晓起，安排行李，将出门。饭后，放船至梨里停泊，邀汝学翁下船一叙。年已七十八矣，一子颇能孝顺，孙已六岁：此乃汝翁忠直之报。谈及夏二亭事，甚奇怪。与翁饭于舟中，始分手。下午，过六里舍颂贤堂。时珠亭适他出，晤王甥，尚能致力于制举文，予心嘉之。复过平望日新堂，大女兄出见。今年七旬大诞，不开寿筵，予以寿联赠之，上云："种玉卜晚成，指日含饴开笑口。"下云："采兰循孝养，多年视膳得欢心。"时大女兄望孙甚切，二式甥晨夕奉养，颇有愉愉之色，予故作此赠之。是夜，海香不在馆中，予宿书楼。二式甥来陪，意甚勤恳。吴甥振模上《孟》，从"寡人愿安承教"读起。（页眉：读《孟》之始。）

二十六日（**4月25日**）　阴。晓起食粥。予家居，非此则胃不和。饭后，大女兄出谈，约四月中见过。午前，吴婿蕉如来，遂同集于日新堂。予不饮酒，先饭。下午，以雨命舟送蕉如回去。大女兄复出长谈。偶问四女兄八字，乾隆四十六年辛丑，今年六十有三，生于正月初三日戌时，大女兄尚能记及。黄昏，雷雨大作，饭顷乃止。此今春第二番甘雨也，予与殷甥欢甚。是夜酣寝，先睡。（页眉：四女兄生日。页侧浮签：吴甥读书之始。）

二十七日（**4月26日**）　阴。晓起食粥，适高振文斋持朱酉生《知止堂文集》三册赠主人，予攫而得之。饭后，与大女兄话别。闻谱经家眷趁粮船去，及早须至七月到京。其实可以不必。凡妇人，总以家居为是。泊舟梨里，复过敬承堂，与昼翁乔梓谈心话旧。设莼羹，留予吃中饭。乃准四篇之约，自此可以常久。下午始返。到家，闻笑山尚在吴门。

---

①　三圈。

二十八日(**4 月 27 日**)　阴。晓起,以题目示薰儿。文题《"慎思之"两句》。诗题《罢梐缀文得"文"字》。饭后,续成待晓之作,盖在竹香居住宿书楼时所得:"灯暗焰无色,窗明耿不眠。几人平旦气,至老独醒然。入世多歧路,持躬慎少年。谁能同蚤起,为善厉无前。"此诗实有所感也。午前,书梨里夏二亭事,入《太平庄闲录》中,聊示惩创之意。下午,阅《知止堂文集》,中多有用之文,不仅以狷洁著也。灯下,薰儿以课艺呈阅,一讲颇清紧,两大比尚嫌力量不足。(页眉:文期。初论酉生文。)

二十九日(**4 月 28 日**)　晓起,微有雨。适刘建扬以续印《日记》携来。并接陈行可信,桥记于旧册上写好,不以为工,复另选佳纸,重书寄示,甚可取也,异日不可不作札答之。饭后,刘君已去,重读纪评苏诗卷二十五。《孙莘老寄墨》诗,有"故疾逢虾蟹"句,王注谓:"虾蟹善发疾。"已入《笔记》。下午,微雨不止。适张蓉圃来谈,欲以菊畦佃取租事宜见托,予实力不从心也。若在十年前,尚可代办,近以一手一足之力,欲为左宜右有之事,能乎? 不能乎? 所谓爱莫能助者,此类是也。灯下,阅酉生散体文,曲而达,清而婉,时于风俗人心上借题发抒,令人多身世之感。(页眉:再论酉生文。)

三十日(**4 月 29 日**)　晴。晓起,命沈仆洒扫瑞荆堂,为明日文会之地。饭后,重读纪评苏诗卷二十六。《小饮公瑾舟中》诗"坐观邸报谈迂叟,闲说滁山忆醉翁"句,此"邸报"之见于诗者。《金山妙高台》诗,查注引《京口三山志》:"金山初名'浮玉山',亦名'伏牛山'。山之东有'善财石',野鹘多栖其上。有台曰'妙高'。"《次韵王定国得颍倅二首》诗,有"自少多言晚闻道,从今闭口不论文"句,与下《喜王定国北归第五桥》诗"世事饱谙思缩手,主恩未报耻归田"句同一婉笃。下午,曲江来,诊视杨媳、三女之病,已得平复。谈及盛泽仲莲君,老犹好内,买一妾病亡,当追悼不置,近又为纳宠计,缱绻于怀,终由学道未深,以至如此。予以顾亭林先生《规友人纳妾书》①示曲江,曲江亦以为非。然此可为知者道,难与此老言也。（页眉:"邸报"二字见于苏诗。金山略节。诗鉴。）

四 月

初一日(4月30日) 晴。是会课第一期。今年一月朔、望两期,较去年减一课。因省试之前,作文不宜太数,总以馆课为主。晓起,写好题目。文题《夫人不言,言必有中》。诗题《中必叠双得"双"字》。饭后,陆实甫、袁松巢相继而来,而我家从子从孙辈但知溺于燕安,何也?暇时,重读纪评苏诗卷二十七。《次韵子由送千之侄》诗有"白发未成归隐计,青衫倘有济时心"句,尤爱子由原作,云:"京洛东游岁月深,相逢初喜解微吟。梦中助我生池草,别后同谁饮竹林。文字承家怜汝在,风流似舅慰人心。便将格律传诸弟,王谢诸人无古今。"惜复两"诸"字,古人却不拘也。《虢国夫人夜游图》诗附李端叔次韵诗,有"开眼成今合眼古"句,真隽杰语也。下午,重阅《知止堂文集》卷一。《叔姊遗诗后序》中,"焦氏新妇"一段,可补《黎里志》之阙。《乐潜堂诗二集序》中,"金陵寓公"一段,论乾嘉间两朝诗人,颇有卓识。实甫、松巢相继而去,诗皆不作。灯下,薰儿、吉人交卷,诗未誊。（页眉:会课第一期。四人。附子由全诗。"焦氏新妇""金陵寓公"两段皆可采。）

初二日(5月1日) 晴。晓起,有俗务应酬。饭后,写好三札:一与雨苍和尚,一与鹤田,一与丹林,皆系俗事。中午,兆元兄子来,携《日记》四部去,徐竹汀为其戚沈韵楼来卖者。下午,封好会卷课艺,白庵、爱庐处各致一短札。重阅《知止堂文集》卷三,《课农议》《吴中风俗利病说》②二篇多有可采。灯下,阅卷四,《记辛侍郎语》及《戈

---

① 三圈。
② 此二篇均为双圈。

孝子遗墨记》①皆不可不采。（页眉：《课农议》《吴中风俗利病说》多
有可采。《辛侍郎语》《戈孝子记》可以参观。）

　　初三日（5月2日）　晴。晓起已晚。饭后，查登去秋收粮底数，
亦齐家之要务也。下午，以陈行可所书桥记示大兄，劝其摹勒上石。
度兄未必能独任耳，仍携归藏弄。拟欲裱好。薄暮，作札答陈行可，
寥寥数语，却得立言之体。灯下，重阅《知止堂文集》卷五。《〈惠氏四
世传经图〉序赞》②可以得其大略。惠有声，原名尔节，字律和，号朴
庵，前明诸生，贡太学。慨时政阙失，不谒选，通经教授。周惕，字元
龙，号砚溪，有声子，康熙辛未进士，官顺天府密云知县。成翰林时，
年已五十馀，以不谙国书外调。又一年，卒。著有《易传》二卷、《春秋
问》五卷、《三礼问》六卷、《诗说》三卷。士奇，字天牧，一字仲儒，号半
农，周惕次子。母梦东里杨文贞公而生，故名士奇。为诸生，不就有
司试。或讶之，曰："书未读竟，何试也？"经史并进，手自钞写。举康
熙戊子乡试第一。明年，成进士。乙未，试翰詹第一。官至侍读学
士，以病乞归。后三年，卒。晚年尤邃经学，于《易》、于《礼》、于《春
秋》、于《大学》皆有《说》，以续《诗说》之后。子栋。惠氏之学，自学士
而醇，自征君而备。征君名栋，字定宇，号松崖，县学生。乾隆十五
年，诏举海内经明行修之士，大吏以名上，不用，归。笃志稽古，务为
强识。著《九经古义》二十卷、《周易本义辨正》六卷、《汉学》七卷、《古
文尚书考》二卷、《左传补注》四卷、《明堂大道录》八卷、《禘说》二卷，
外有《后汉书补注》十五卷、《续汉书考》《诸史荟萃》诸书，而《周易述》
二十一卷，未成之书也。（页眉：惠氏四世传经大略。《守山阁丛书》
目录载《左传补注》六卷。）

　　初四日（5月3日）　晴。晓起已晚。饭后，查阅租账。今年内
外登簿皆换过，予不得不检点一过。录一总目，以便随时查阅。午

---

　　①　此二篇均为双圈。
　　②　三圈。

前,吉人以其父旧疾未痊回去。何竹君有信来。下午,剑翁散体文拟分上下两卷,约一百四十馀篇,另存廿篇,作《补遗》。查"呼石为兄"出处,《述异记》:"儋耳郡明山,有二石如人形,云昔有兄弟二人,向海捕鱼,化为石,因号'兄弟石'。"究非本题典故。重阅《知止堂文集》卷六,《俞文传》①可以风世励俗。卷七《两章节妇述》,后一论②极有关系,可采。述闻后一段,可为翰林之嗜利者下一药石。《书陈忠事》③可与俞文同采。吴门董个亭封翁,行善于乡,素称长者,其成全李姓姻事,已见前录矣。近阅《知止堂文集》"墓志"内,别书封翁佚事,有二端。方童子时,元旦侍赠公于堂,突有白衣冠者拜堂下,问之,则故人子,母死求殓具。赠公微不悦。封翁贺曰:"今日人间第一日,行第一善事,祥孰甚焉?"助之去。夏雨墙塌,侵邻舍缭垣,踵门而詈,戒勿较矣。未几,其人病卒,家贫无以殡,意欲归屋于封翁,而嫌有风憾。封翁重酬其直,且厚赙焉。嗟乎! 即二事,以和厚者宅心,以敦恤者匡俗,硕德耆望,为士论所推许,信不诬矣! 卷八《高赠翁述略》中,有二事及三轶事可采。《陆损之哀辞》中可采。(页眉:俞文事可采。陈忠事可采。董封翁轶事。高赠翁事可采。)

初五日(5月4日) 晴。晓起,以题目示薰儿。文题《舟车所至,人力所通》。诗题《呼石为兄得"呼"字》。饭后,查阅租账。一茶之顷,便觉心烦意恼,束起不观。走晤徐竹汀从子婿,畅谈一二刻而回。时竹汀为大兄祝寿来也。午前,命舟去延曲江,已出门至吴江去矣,须至初五日方归。竹侄来长谈,吃中饭而去。下午静坐,重阅《知止堂文集·补遗》。《〈读书精舍图〉记》④讲读书之法,特精妙,而仍归真实。《韩君望诗集序》,查君望,名洽,诗见朱氏《明诗综》七十九卷中。同时有韩纯玉,字子蓬,归安人,诗见八十卷下。诗话所载"中吴韩君望、西吴韩子蓬"是也。松侄、小园侄孙来,亦为大兄祝寿。虽属虚文,亦礼之不可废者。大兄概不举动,同胞如予,竟以脱略为先,亦

---

①②③④ 双圈。

视兄之不乐应酬耳。傍晚,舟人自吴郡归,白庵处所阅课艺,笑山已寄于徐万春行内,原船带回,大妙!灯下阅之,快然!黄昏,薰儿以课艺呈阅,尚属端正。(页眉:文期。)

初六日(5月5日)　晴。晓起,查阅租账。饭后,至午前止。下午,偶阅茅鹿门所选《韩文公文抄》,共十六卷。得暇,须潜心展玩一遍。相传"用功深者,其收名也远"二语出公《答刘正夫书》①。暇时,录清夏南村时彦、张皓亭大观、张忆鲈孝嗣三人小传,入"谊行"中。忆鲈前已录入,近因其后人所述较详,故重为补辑。今午骤热,将有大风。

初七日(5月6日)　晓起,微有雨。查阅租账。饭后,有阵头起,少顷,西北风大作。昨日之热,早知今日之寒。凡出门人,须要谨慎。下午,摘录前年二先兄安葬大略。时殷甥将葬其先人,曾来索取底账也。偶阅《韩公文抄》卷七,"欢愉之辞难工,而穷苦之言易好也"二语,出公《荆潭唱和诗序》②。(页眉:立夏。)

初八日(5月7日)　晴。晓起,极寒。饭后,查阅租账,中午而止。下午,曲江来,覆诊三女、杨媳之病。据述,三女肝气平复,惟胃气虚极,须用补剂。杨媳病已十去其九,可补一丸方服矣。曲江顷自城中回来,始知大考翰林之信:述斋一等第二,已升侍讲学士;谱经二等第六。今年省试,两殷必差,可为吾邑生色。然我之所以期望两殷者,原不在此区区已也。

初九日(5月8日)　晴。今晨,薰儿偶有微恙,馆课暂停一期。饭后,作书与子谦,欲录取大考翰林单,并写好答行可之信。午前,接梦琴信,诗稿一卷已交还。南一有名片在内,据云,外家事实,须至端午寄来。下午,抄录墓账,尚未毕。仍读韩文一卷。灯下,检阅辛壬两年诗稿,不觉目昏。以后灯下断不宜看书,恐于两目有碍。(页眉:停。)

---

①　双圈。
②　三圈。

初十日(5月9日)　微有雨。晓起，命舟去取会卷。饭后，查阅租账，午前而止。仍读韩文卷十三，无有佳者。卷十四《尚书库部郎中郑君墓志铭》①隽逸有别趣。《给事中清河张君志铭》②文有奇气，铭极古。下午，胸怀不甚畅达，静养半日，却得一律诗。偶阅南一诗跋中，有"义在食芹"之句，盖取嵇康《与山巨源书》"野人献芹"之意。韩诗云："食芹虽云美，献御固已痴。"用来尚未的切。傍晚，会卷看来，以松巢为第一；薰儿作后二比，改易几句，极妥洽。接子谦回信内，大考翰林单二等中，竟无谱经姓名，未知何故。

十一日(5月10日)　阴。晓起，云泉翁同兄子兆黄出吊杨墅金竹轩，命薰儿权课吴甥。饭后，因三女病不受补，复作札去延曲江诊视。午前，作札与陈小泉，写过两次，多不惬意。下午，展阅韩文卷十六，皆哀辞、祭文，篇篇可读。傍晚，曲江来，诊视三女之病，仍用柔肝和胃之品，未知妥适否。灯下，食粥而去。

十二日(5月11日)　阴。晓起，以题目示薰儿。文题《知其说者之于天下也，其如示诸斯乎》。诗题《天地一指得"庄"字》。饭后，写两片纸，一与子谦，附缴大考翰林单；一与梅村。午前，写过与小泉之札，尚可去得。暇时，查阅租账，中午而止。下午，录先仲兄葬事毕，便中欲寄与殷甥。暇时，重阅《毛选韩文》卷一。《论佛骨表》③必读无疑。《潮州刺史谢上表》④亦可读。灯下，薰儿以课艺呈阅，明晰而未能发皇。（页眉：文期。《论佛骨表》宜选读。）

十三日(5月12日)　晴。晓起，校正《日记》一部，皆初印之未曾补好者。饭后，命舟送信件、《日记》与小泉。仍查阅租账，中午而止。下午，接柯亭信，以朱节妇、陆烈妇两传文示予，属采入《小识》中。当即为之节录。朱与陆本妯娌，文中"妯娌"二字，改用"娣姒"较雅。《尔雅》："长妇谓稚妇为'娣妇'，娣妇谓长妇为'姒妇'。"凡作文

①②④　双圈。
③　三圈。

下字,先要力去鄙俗,方能渐臻古雅。即此可以类推。小泉有回信,甚属望于儿辈,未知果能克副否也。子三亦有片纸来,谢去年陈得珊以其五世祖妣赵节母事实见示,且云未入县志,嘱采《分湖小识》中。刻查沈《志》已载,可不录。便中宜覆之。(页眉:朱节妇、陆烈妇。"娣姒"即姁娌称呼,然雅俗迥别。赵节母已载吴江沈《志》。)

十四日(5月13日) 阴。晓起,成《初夏闲居即事诗》:"午晴夜雨太无端,气候平分①两样看。万户尽燃槐夏火,一天重酿麦秋寒。翻成南部蛙声异,吹醒东风蝶梦阑。吾是阶前不舞鹤,任他鹏翮正扶抟。时值大考翰詹,述斋拔置一等第二,超擢侍讲学士。"饭后,查阅租账。适含二表兄来,谈及世家盛衰无常,即如汤大瀛周、长田殷,皆予至戚,两家家世各不相下,自乾嘉至今,不过六十馀年,何周之衰也若此,而殷之盛也又若彼? 天道远而人道迩,真不可解矣。二表兄饭于大兄处。下午,重阅《毛选韩文》卷二,《后廿九日复上书》②必读之文,前篇《十九日复上书》③亦可读。卷三《与孟尚书书》《应科目时与人书》《与于襄阳书》④三篇在所必读,《与陈给事书》《代张籍与李浙东书》⑤两篇可备读。卷四《与崔群书》《与鄂州柳中丞书》《答李翊书》⑥必读之文,《答刘正夫书》⑦可备读。灯下,作札答梦琴,明日属梦仙带去。(页眉:韩文卷二至卷四,共选读七篇。)

十五日(5月14日) 阴。是日文会第二期。文题《君子欲讷于言而敏于行》。诗题《在水一方得"人"字》。饭后,午亭率其子松巢、其戚郁少彝洪模、孙新甫尔柏来同会,陆实甫亦来,同集五人。吉人以父疾,竟不至。予与午亭长谈,各以读书课子相敦勉。下午,寔甫、新

---

① "平分"原为"终须",改为"还须",后改。

② 三圈。

③⑦ 双圈。

④⑥ 此三篇均为三圈。

⑤ 此二篇均为双圈。

甫、少彝、松巢各交卷而去，诗皆不作。四卷中，寔甫文笔独锐利可畏。傍晚，薰儿呈阅会课，尚能用心结构。诗灯下作。夜间，阅实甫所示仲博山改本，笔气实较胜于受甫。洪以学力胜，仲以天分胜，若能合而为一，可称全璧。惜乎与之角者去其齿，天若常留此缺陷也。然而两君多在少壮之年，所造正未可量。观人者须要彻始彻终耳，论文何独不然？（页眉：文会期。）

癸卯日记四

四月十六起,五月全。读《毛选韩文》《文竹山房杂录》《榆庄杂录》。

附录青霞跋语:

陆清献公之学宗仰程朱,力辟象山、阳明之谬,故与汤潜庵先生同为理学名儒。所著《三鱼堂日记》,始于顺治丁酉,终于康熙壬申,凡嘉言懿行之有关于性理、有补于政教,与夫一文一献之足否臧否,靡不登载。原书二百八十馀页,此卷得诸金闾书肆中,系后人所辑录,虽不及吴太守椒亭本,然已举其要领而撷其菁华矣。壬寅秋日,后学迮鹤寿跋。

青霞又云:

此书所载一切路程,以及摘录一书,连篇累牍,如《左传注疏》《容斋随笔》之类,皆二三十页,自有原书在,可以不必。在原书以备考究,在后人则为数见。今择其至精至要者,存七十馀页,改名曰《三鱼堂日记辑略》。

此书本在雪巷《沈氏丛书》中,迮君青霞为之删辑。后闻予家已有刊本,乃将此书抽出。癸卯五月,沈子南一携此本见示,与予家已刊之本贴合,惟多卷首丁酉、戊戌两年。予即命人录出,以备补刊。在《丛书》中,例从其略;若单行之本,则先贤手泽,字字不可移易者也。后学柳树芳谨识。

四　月

十六日(1843 年 5 月 15 日)　晴。晓起,复将诸同人会卷细阅一遍,毕竟以新甫为第一,实甫为第二。且看爱庐如何。饭后,查阅租账,及午而止。下午,重阅《毛选韩文》卷五。《重答张籍书》言著书之难:"其为也易,则其传也不远。"旨哉斯言! 世之率尔操觚者,可戒矣!《答崔立之书》《答陈商书》《答李秀才书》《答窦秀才书》《答吕䰎山人书》《与汝州卢郎中论荐侯喜状》①,以上六篇,必宜读。《答尉迟生书》②可备读。卷六《送杨支使序》"智足以造谋,材足以立事,忠足以勤上,惠足以存下"四句,可备用。此卷除《送杨支使序》,其馀十篇,首首宜读。昌黎序文,神奇出没,千变万化,龙门后一人而已。今日,闻黎里近村被盗,白日抢劫,并掳掠妇女而去,幸奔告土人,群起截住去路,擒得五盗解官。乌呼! 风俗如此,尚堪问哉! 今之为民上者,何愦愦乃尔耶? 可恨可愧! (页眉:僭论韩文。)

十七日(5月16日)　晴。晓起,有田租事来会。饭后,率薰儿至笑山处一送,笑山于明日长行赴任。出凭文见示,由吏部给发本省抚院。凡教官进院,先作一文一诗,交卷后,然后进见抚军,面领凭文,仪注一跪三叩首。若抚军谦抑,必辞不受:此其大略也。中午,笑山留饮。予率薰儿先至外姑处一拜,补贺年节,亦"礼在则然也"。下午,归家静坐。封好会课、馆课,约爱庐廿一日去取、白庵廿二日去取。

十八日(5月17日)　晴。晓起,安排行李。饭后,开船至吴江,趁顺帆,极快。舟中阅《毛选韩文》卷七,九篇③必宜读,二篇④备读。卷八,必读之文四⑤、备读二⑥。中午到江,泊舟垂虹桥西。入城,走候鹤田、吾堂,不值。闻吉人之尊人疾稍退,可无妨。此事关系吉人读书不小,故询及之。饭于舟中。下午时尚早,趁顺帆开船,到胥门万年桥泊舟,未晚,入城,到喜墨斋,答行可信已寄出。

十九日(5月18日) 晴。晓起已晚。饭于舟中。入城,寓世德堂。午前,走晤聋石、梦兰。聋石同予出门分手。梦兰云:"雪巷沈氏刻成《蛾术编》,在书坊内装订。"遂同去一观,已为杨芸士携去。闻梁茝林中丞序文甚有微辞。中午,修容极快。下午,白庵前看薰儿、吉人文各两篇已取来,就文论文,并不另起间架,最为引掖后进妙法。今年场前,却相宜。若非考试之年,则更有进。此番不见客、不买书,在寓静坐,是养疴第一良方。迟友人不来,重阅《韩公文抄》卷九。《原性》一篇①,创立"性有三品"之说,似近乎偏,后引征叔鱼三段,亦不为无据。《原毁》一篇②,的是创格,后人断不能学。此卷读《争臣论》③一篇。卷十必读之文十一篇④。傍晚,梦兰、笑山及潘表侄来寓,长谈至点灯而去。今日家中馆课,文题《仁者安仁,知者利仁》,诗题《目无全牛得"全"字》。(页眉:文期。)

二十日(5月19日) 晴。晓起,阅《韩公文抄》卷十一。选读三篇⑤、备读二篇⑥。《清边郡王杨燕奇碑》"公结发"一段,极畅茂。饭于舟中。入城,见婺源齐玉溪学裘石刻哀辞,为陈忠愍化成作。下图公像,乃嘉定令练君廷璜嘱人摹写。公论在人,宁为袁燦死,不愿为褚渊生矣。午前,同梦兰、绀云、仙槎游流水禅院,回至元坛庙茗饮。中午回寓,适聋石以大考单见示,恭录纶音一道于左:"奉上谕,此次考试翰詹各员,经阅卷大臣等校阅进呈,朕复详加披览,亲定等第:一等五员、二等五十五员、三等五十六员、四等七员。其开列一等之编修万青黎、殷寿彭,俱着以侍讲学士升用,左庶子张芾着以少詹升用,右中允萧良城着升授侍读,编修罗惇衍着升授试讲。二等之检讨曾国藩着以侍讲升用,编修丁嘉葆着升授侍读,编修郭沛霖、杨能格、方墉、吴敬羲均着以赞善升用。以上各员,现无缺可补者,俱着先换顶木,在任候缺。中允孙铭恩、检讨王东槐、编修徐士毅、金国均、田雨

①②⑥ 双圈。
③④⑤ 三圈。

公均着记名,遇缺提奏。孙铭恩、王东槐、徐士毅、金国均、田雨公、何绍基、福济着各赏大卷八丝缎袍褂料一件、小卷江绸褂料二件。吕佺孙、李承霖、陈宝禾、梁国琮、黄琮、段大章、恽光宸、祁寯藻、赵振祚、蔡宗茂、汤云松、史淳各赏大卷宫绸袍褂料一件。其考列三等之侍讲和色本、侍读景霖,均着以中允降补,左赞善爱仁着以主事改补,左庶子、宗室豫德着以员外郎降补,右中允、宗室英淳着以主事改补,侍讲学士锡祉着以郎中降补,编修刘定裕、黄兆麟着各罚俸半年,编修卓枟着罚俸一年。其考列四等之编修李道生、胡光泰、董似毂俱罚俸二年,侍读学士、宗室桂彬着以主事降补,侍读、宗室和润着以笔帖式降补,仍各罚俸一年。编修吴吉昌、曹炯着以中书改用,仍着罚俸一年。馀着照旧供职。该员其各勤学励行,以付朕培养人材至意。钦此。”下午,恭录纶音毕,已至点灯时矣。即命沈大缴还聋石,以清其事。闻笑山已于午后长行。夜间,费老玉复来长谈。

二十一日(5月20日) 阴。晓起,成《游流水禅居》五古一首,极适意。仍阅《韩公文抄》卷十二,选读二篇①。饭于舟中。午前,命人将《日记》《年谱》书版装载舟中。天雨无事,重阅《韩公文抄》卷十三,无可选读。卷十四,必读之文有三②,备读一③。卷十五,选读三篇④。卷十六,选读七篇⑤。下午,白庵处改本已取来,会课看得最佳。梦兰复来,遂重至元坛庙茗饮,极暮而归。夜间,聋石以书来招,予重赴清微道院。聋石谆谆相劝,谓予东阳事,宜合不宜分。予以缓商谢之。携大考翰詹全单而归,约端节后缴还。阅邸报,署泰州张心渊,复以检验不实革参。宜哉!

二十二日(5月21日) 晴。晓起下船,饭于舟中。午前解维,仍遇顺帆。舟中改存《流水禅居》诗。前落笔时,终嫌率意,此予作诗之大病也。中午到江,命沈大取会卷来。仍以松巢为第一,新甫第

①②④⑤ 三圈。
③ 双圈。

二,薰儿第三,实甫四,少彝五。予前悬定新一实二,皆取其落笔不由乎人,新甫举重若轻,实甫戛戛独造。今午,重阅两甫之文,惟功夫不及松巢耳,实皆儿辈之畏友也。舟中无书可读,故偶论及之,以为他日考验云。入城,重候鹤田,气色极佳。蒙以玉锁、古钱四件宠赐迟孙,足征老友情重,甚可嘉也。下午开船,趁顺帆到家,尚未晚。灯下,薰儿呈阅十九日课艺,一讲终不夺目,馀尚明畅,中二比提空最得势。

二十三日(5月22日)　晴。晓起,以题目示薰儿。文题《"与下大夫言"四句》。诗题《七子赋诗得"诗"字》。饭后,将《日记》《年谱》书版藏好,各为签出,以便续印。午前,大兄来长谈,其以世家子弟为不好。予谓:"为父兄者,多不肯教他认真读书,以致如此。"下午,觉手足滞重,总由气不舒畅所致,静养半日。接周庄沈缙生答信,颇有脱卸之言。此种信只好置之不论不议。灯下,薰儿以课艺呈阅,一讲终不得手,馀尚妥。此题一讲最难。(页眉:文期。)

二十四日(5月23日)　晴。晓起极晚。饭后,作札与耽泉侄、二式甥,皆为葬事起见。午前,陈表侄来谈。近三都西地园上,有内外科张医极行,不下跨塘顾廷纲。近日,不独国家人材难得,即名医亦不能出,不知造物消长何也?下午,仍事静坐。今晚,大女兄过来。接到二式甥、蕉如婿两信,并老友赵海香书信两件。蕉如处即作札答之,海翁处拟缓日答谢,均于殷甥信内附及。

二十五日(5月24日)　阴晴参半。晓起,略有微疴。饭后,翻阅昨日海香所赠《赵氏诗存》,书共十二卷,诗列五十二家,多则百馀首,少或二三首,皆其胞兄海帆作舟所辑。"小传"中载以进士出身者四人,以举人起家者亦四人。门材之盛,虽不逮周、吴、沈三家,然以同族而得五十二人之诗,断非寻常庶姓家所能聚也。午前,大女兄来谈,颜色略瘦于去年,而辞气颇长,虽期颐之年可必,何况八十、九十也哉?中午,兆黄兄子来云:"吴吟桥没于是月廿二日,年六十有一。"皆予总角交也。下午静坐。选读韩文六十七篇,照鹿门本。

二十六日(5月25日)　阴晴参半。晓起,有李君来会。饭后,查阅租账,不及十户,已觉心烦而止。午前,风极狂,微有雨。下午,偶积时痧,命人刮之即愈。予平生少受痧暑之气,近因精神渐衰,诸疾乘隙而入,以后出门,须加意谨慎也。雨窗独坐,作铭以示薰儿:"毋闲谈,毋废时。时者不可失,当其亟勉以赴之。"凡少年子弟,能体玩此铭,取科第如拾芥耳。何独薰儿一人宜留意也哉? 适有感及之。暇时,作札答海香。

二十七日(5月26日)　晴。晓起,以题目示薰儿。文题《"子曰'先进于礼乐'"一节》。诗题《野人与块得"天"字》。饭后,因昨夜稍有微疾,束书静养。下午,有曹升屏、益三叔侄来过割田产事,两人皆诚实,故特以书帖一包托致陆澹渊,予附京片一个。灯下,薰儿以课艺呈阅,一讲浑融,馀少有字句之病。(页眉:文期。)

二十八日(5月27日)　晴。晓起已晚。饭后,录存近日所作尺牍。暇即作札答柯亭,附去杨宫保《勤劳录》及今春大考翰詹上谕一道、等第全单。下午静坐。偶录清"列女"一门,补入《小识》中。

二十九日(5月28日)　晴。晓起,属梦仙录出《文公文抄》六十七篇,照毛选本子。饭后,查阅租账,复以心烦而止。下午静坐。偶阅薰儿所选《天、崇、国初文读本》,为之一快。补录已旌"列女"毕。以后,随到随补,最为便捷。

五　月

初一日(5月29日)　晴。晓起,出示会课题《"若臧武仲之知"四句》《赋得心逸日休得"休"字》。饭后,柏川先来,实甫后至。新到者袁祝庚,为松巢之兄、南州之子。新甫、少彝仍同舟而来。共得竹林之数。新甫自书一笺见惠,字学赵王孙。昨晚,良甫沈姨甥自硖石来,谈及海宁州知州许发和,进士出身,山西某县人,道光二十二年到任。适值英夷入浙,乍浦失守之时,人情惶恐。公出示晓谕,谓:"英夷断不至海宁,尔等毋恐。惟各家宜添设人丁,防御盗贼。"后果如其言。夏秋之间,饥民滋扰富户,几至酿成事端。公带兵弹压,一面严禁抢夺,犯者立死;一面劝谕殷户,出钱赈饥,按户给发:民得无事。下午,袁述夫自北舍来,询其娶于周庄沈氏,即缙生之妹夫。新甫、祝庚先交卷,其馀陆续交出,薰儿最迟。柯亭信件寄与述夫,此人不若松巢之笃实。(页眉:文会期。许知州之事可书。)

初二日(5月30日) 晴。晓起,有俗事来会。饭后,查阅租账。午前,命振凡从孙至大港问小园之病。小园从孙上有慈母,中有寡嫂,前赋悼亡,断而未续,与兄韵生均未有子,千钧一发,所系非轻,故深为悬念。午后,振凡回来,述小园之病不轻。下午,补校《日记》前印之书,其讹处随即校正。

初三日(5月31日) 晴。晓起已晚。饭后,送云泉解馆,约十六日去载。趁此人舟,送良甫沈姨甥至黎里。午前,作好一札与鹤田。大女兄复来长谈,闻十二日大兄处送去。叶松老今年八十有四,尚能行里许之路,食斗碗之饭,真不可及也!吾爱之、敬之。下午静坐。傍晚,封好会卷及一札,明日清晨命沈仆到江送去。会课封面上,注明十二日来取。

初四日(6月1日) 阴。晓起,命舟送吴振模去。此番吴子可以不去,因欲到家中理出五经来读,且置备夏衣正在此时,故有此行。饭后,有以完案相商,予实非所乐闻也。午前,查阅租账,至中午而止。下午静坐。傍晚,微有雨。吴江船已回,会课、信件均送出。

初五日(6月2日) 雨。晓起已晚。饭后,查阅租账。午前,邀吴星甫过来,为予治肝胃之病。中午祀先。下午天晴,予得句云:"天外湿云①如败絮,日中微雨又黄梅。"上句不及下句之自然。查东坡《瓶笙》诗,见四十三卷。今日文期,因端节改至明日。灯下静坐,成《癸卯重五日》七律诗一首。

初六日(6月3日) 阴。晓起,以题目示薰儿。文题《仁者必有

---

① "天外湿云"原为"世外浮云",后改。

勇,勇者不必仁》。诗题《瓶笙得"瓶"字》。饭后,至大兄处长谈。晤清如妇侄,云:"董梦兰在三古堂,今晨欲来。"午前,查阅租账,复以心烦而止。中午,潘启堂表侄同梦兰见过,饭于养树堂,以四篇为约。梦兰索予《分湖小识》底稿一阅,颇有斟酌处。下午,曲江来,为三女复处一方,专治肝病,未知能妥适否?傍晚,梦兰仍至三古住宿,约缓日再来。淡春妇侄来而即去。灯下,薰儿呈阅课艺,一讲终不警策,馀尚清畅。大考翰詹全单,由梦兰寄还聋石。(页眉:文期。)

初七日(6月4日)　晴。晓起,改存一札。饭后,命薰儿至梨里外家,约初九日去载。午前,查阅租账,大女兄来长谈而止。昨午,梦兰携其友人太仓季锡畴旧藏《清献公年谱》见示,今晨始翻阅一过,即金山杨开基所辑旧本,惟字句之间,季君略加润色,较旧本稍完善耳。后增五十四年乙未一段,缺雍正二年甲辰及乾隆元年丙辰两段。杨氏所辑,季君实未曾见过也。下午,方寸间不甚清明,大约正气不旺,饮食之气,亦易蒙蔽。此病急静养为主。(页眉:太仓季锡畴。)

初八日(6月5日)　晴。晓起极晚。饭后,写好两札,一答赵海翁,一与殷甥。下午稍健,补录《袁黄传》入《小识》中。暇仍静坐。至大兄处,问平湖医家朱半樵甚悉,即作札关照薰儿,明日不必到竹汀处打听了。

初九日(6月6日)　晴。晓起极晚。饭后,命舟去载薰儿。午前,查阅租账,及午而止。下午无聊自遣,作七律诗一首。作札与星甫,明日招之来,与商调理之方。前方服过三剂,极妥。傍晚,薰儿归。卜三女卜医,毕竟以曲江为上上,朱半樵、何端叔皆不宜。

初十日(6月7日)　晴。晓起,改存昨日所成之作。饭后,查阅租账,南路已毕。下午,星甫来,为予复处一方,专以清理为主。得珊自馆中来长谈,作半日之叙。渐增老态,今年六十有一。索予《日记》《年谱》及《家谱》三种而去。

十一日(6月8日)　晴。晓起极晚。因黎明时,不能成寐也。饭后,查阅租账。大女兄来,明日欲归去,不可无此一叙。即以两札寄之。下午静坐。曲江在大兄处，邀来为三女再处一方，畅谈而去。查"绿天"二字，出《清异录》："怀素居零陵庵，东郊植芭蕉，亘带几数万，取叶代纸号，其所曰'绿天'。厥后，道州刺史追作《绿天铭》。"

十二日(6月9日) 阴。晓起极早，补录袁颢入"寓贤"、袁俨入"仕宦"。饭后，查阅租账，及午而止。午前，嘱丹林过录季锡畴所寄《清献公年谱》改本及季自跋一篇。下午，将改本重校一过，未及终卷而止，实不敢多用心也。

十三日(6月10日) 阴。晓起，命舟去载吴甥，并取会卷来。以题目示薰儿。文题《"必不得已"至"去兵"》。诗题《绿天得"蕉"字》。饭后，接殷甥回信，知今年考差，须在六月初，因有闰月故也。暇时，重阅季锡畴改本《年谱》，及午而毕，互有更定处。季本如芟去"吕某"两段及照《日记》改正《与汤潜庵赠答书》，极可从。下午静坐，率成七律二首、答梦兰一札，皆兴到即书，不计工拙也。松侄同蓉圃来，为四房取租寄讨之事，予实无能为役也。傍晚，会卷已取来，仍以松巢为第一。吴甥来，言嗣母尚无恙。灯下，薰儿以课艺呈阅，前半颇能动目，后二比尚未能十分透发。此番会卷中，柏川后二比实为会中之冠，新甫前八行分点四比，甚不合法，故抑之。(页眉：文期。)

十四日(6月11日) 晴。晓起已晚。饭后，查阅北账，适大兄来谈而止。薰儿出示《紫阳书院课艺》，《曰去兵》共有五篇，予以洪鼎作最为精实，此有目共赏，非因其取在第一也。下午得雨而未畅。傍晚复雨，却有三寸。此时湖上之田，均可插种矣。(页眉：时雨。)

十五日(6月12日) 晴。晓起，出示会课题《仲尼祖述尧舜》《赋得以德为车得"车"字》。实甫及北舍两侄孙先来。饭后，柏川及祝庚、松巢、新甫、少彝偕来，同集九人。暇时，写好与梦兰一札。仍查阅北账，及午而止。下午，偶有所得，作《喜雨诗》十六韵。傍晚，八人均已交卷而去，我以松巢为堂堂正正之师，柏川以偏师攻之，少彝亦能拔戟自成一队，馀俱平平。黄昏，薰儿以会课呈阅，极意经营，我决其不落在三名之后，惟不能欲速耳。今秋省试犹可，若科岁考，终以速为贵,未知即能跳出否?（页眉:文会期。）

十六日(6月13日) 阴。晓起,天雨不止。饭后更大。命舟去载云泉。雨窗多暇,作札与何端叔。端叔去春为予两次诊脉,从未一谢,故不可无以报之。此札写来极得意,亦兴到笔随之耳。中午,云泉到馆。闻于十四日夜间,又新得一曾孙,名曰应霖,甚可喜也!下午,偶查"窃窃"二字,见《韵府》"九屑"韵中,本《金史·逆臣传》:"护卫将军特思告悼后曰:'唐括辩等因间每窃窃偶语,不知议何事。'"近用此二语,故特为搜根。作短札与爱庐,约过廿五去取会卷。终日之雨,高低各足,后虽有旱,不妨也。（页眉:终日雨。）

十七日(6月14日) 阴。晓起,封好两札及《年谱》、会卷,一与梦兰,一与爱庐。饭后,写好与何端叔之札。暇时,查阅北账,及午而止。今午书房迁于瑞荆堂,文会地迁于丈石山房。下午微疲,只好静坐,读老泉文四五篇。

十八日(6月15日) 阴。晓起极早。薰儿由吴江至吴门,会周白庵、陆爱庐两先生。命舟去后,予复事就寝。饭后,查阅北账,及午而止。下午,招潘启堂表侄来,欲去平湖延医,逆婿竟不肯放他去,其心术可知。南一见过,出沈氏所藏《清献公日记》,尚有顺治丁酉、戊戌两年是予刊本所无者,宜补入之。是夜,留宿书楼。

十九日(6月16日) 阴。晓起,命舟至平湖,去请朱半樵,为三女治肝疾也。饭后,属梦仙补录《清献公日记》中丁酉、戊戌两年。此书予已迟之又久付梓,惟恐其尚有脱漏也。今日复得此两年,事不满十页,必须补刊,方成完书。接陈梁叔信,欲索《日记》十部,予即作札答之。暇时,检池亭叶华川昉升《文竹山房诗稿》四卷,首有《分湖小鼎歌》,阅序文,可与《小识》中白定香炉参观。中午祀先,为先子忌辰。下午,与云泉、南乙清谈半日。大兄托予一事,即与其人面谈,尚未定见。今晨得晚晴。（页眉:停。）

二十日(6月17日) 阴晴参半。晓起,《清献公日记》两年已补录,予为作跋。饭后,写好梁叔一札,与《日记》十部,托南一转致。午前,兄子兆黄来谈,欲觅一师。予谓此是大难之事,须留心延访。下午,查"庋"字,《集韵》:"古委切,音'诡'。"《玉篇》:"庋,阁也。"《集韵》:"庋,阁,藏食物。《礼·内则》:'大夫七十而有阁。'注:'阁以板为之,庋食物也。'《唐书·牛仙客传》:'前后赐予,缄庋不敢用。'"至大兄处,为兆表侄定见今年用脩金四十两。(页眉:庋。音"诡"。)

二十一日(6月18日) 晴。晓起已晚。饭后,南一为予撰次池亭叶氏一门小传,列"仕宦"者十人,"隐逸"一人,"孝友"三人,"文学"三人,"谊行"十一人,俱入《分湖小识》中。中午,耽泉侄寄示江南道监察御史陈庆镛《奏参琦善、奕经两人不应再给顶带》一疏,阅之一快。下午,与南一斟酌旧稿中议芟之处,总以严为贵。平湖船已回,朱半樵约今夜或明晨来。医金一应在内,番钱五十七枚,来时一茶而已。黄昏候,薰儿始归。白庵看本来,爱庐处会卷仍须月底去取。端叔有回信,始知书田叔子号古田,已习医。可见读书之难。

二十二日(6月19日) 晴。晓起,阅白庵看本,修饰点缀之功,亦纯乎技矣。饭后,命舟送南一至池亭。留宿四夜,颇得晨夕之乐。午前,薰儿呈阅白庵之季子朗浦近艺十篇,气体淳厚,真可造之材。惜笔头亦不能纵横。中午,查阅北账,以心烦而止。下午,朱半樵来,为三女治病。极意经营一方,未知能却病否?附看五人,至傍晚而去。年四十二,与吾邑周柳初颇相识。是晚,接柯亭答信。朱半樵居址,住在平湖东门内水洞埭,挂号人刘老洪,看期三、六、九。(页眉:朱半湖居址。"湖"作"樵"。)

二十三日(6月20日) 雨。晓起已晚。饭后,查阅北账,及午而止。下午静坐。偶阅叶华川昉升《文竹山房杂录》,中有诗话十三则,择其尤雅者,采之于后。华川之外祖袁灿,字灿明,明司马了凡公后裔。了凡公居赵田,其一支徙韭溪,有烟云竹树之胜,矮屋数椽,门开见山,距笠泽不数武,真栖隐地也。灿性端方,衣冠朴古,非其义一介不苟。工举子业,屡见弃于有司,且艰于嗣,五十后始得一子。晚以吟咏自适,所著不自珍惜,散佚无存,尝记其有"门对青山长道心"

之句。卒年七十有四。张复斋日华家居鸳湖，年七十，流落不偶。画品苍劲，作诗工雕刻，故集中咏物诗，十得六七，如《咏泥美人》云："人掌偶然成舞态，堕楼依旧是香尘。"《茶炉》云："春泥上筑三峰顶，玉斧傍通小洞天。"此等句殆如盆花片石，亦有可观。郡城朱云帆钧风流潇洒，轻财好客。《移居》诗云："闲居自理名山业，入世须交天下才。"读其诗，可想见其为人。华川之叔父天杓，诗才超轶，落拓忘机，善饮酒，解音律，画宗元人笔意，诗有晚唐风格，如："危峰送雨千层浪，幽谷埋烟一径云。""芦洲月堕横渔棹，枫岸灯移导犬声。""鬓秃尚留春女怨，囊空犹费买书钱。""情缘爱静偏成懒，技不投时便让能。"皆佳句也。张兰度家居莺湖，弱即能诗，惜未冠而卒。今录其七言二首。《晓起》云："欹斜杨柳散轻烟，弄色依依态愈妍。归梦欲随飞絮去，只愁无力到君边。"《送春》云："送春聊以当春游，无酒何妨典敝裘。犹是夕阳春尚在，莫教红到最高楼。"戊子夏，是乾隆三十三年。偶曝书窗下，于敝箧中搜得诗词一册，字迹模糊，上有小跋，知为康熙间人，练川侯女郎所作也，佳句甚多，如："生来芳草愁相似，看到寒花瘦不如。""乱云忽卷天边鸟，急雨俄鸣塔上铃。""古迹"中如"经堂港""梅湾"两段，可采入《小识》中。"村墅"一门，纪事中亦有五则可采，俟明日录之。（页眉：停。袁灿。张日华。朱钧。叶天杓。张兰度。侯女郎。页侧：《文竹山房杂录》及纪事几则皆可采。）

　　二十四日(6月21日) 雨。晓起，以题目示薰儿。文题《"致中和"一节》。诗题《曰雨而雨得"和"字》。饭后，与顾友分手，命舟送回。此人经手七年，租务大可办得，惟人情不服，未免动辄有碍，故与分手。暇时，查阅北账，及午而止。采录《文竹山房杂录》"古迹"内"经堂港""梅湾""梅墩"三段及《榆庄杂录》后"小鸾之墓"一段，均入《小识》中。下午，四侄女来长谈。去后，仍采录《文竹山房》纪事几则。本朝典试官，出于词馆者居多。上必面试诸臣，其文章佳者，始膺其任。辛卯冬，皇太后八旬万寿，诏词臣书佛经若干部进呈。彭云湄元瑞所书最为端楷，太后极加称赏，以侍读加少詹，出主江南秋试。事毕,即命为江南学政;其得隆眷如此。梁少宰阶平国治风神玉立,谦冲处退。少时极贫困,所聘鸾耦有蹇疾,尚未娶也,迨弱冠举进士第一,授翰林院修撰,有讽以别置中闱,梁艴然作色曰:"我终不以鼎俎忘糟糠。"人惭而退。吾郡治平寺,大刹也,僧徒数十,穷极富丽,人莫之禁。盖寺在楞伽山中,下临石湖,登览胜处也。加以翠华频幸,宫殿增新,画船箫鼓,四时不绝。于是莲花座下,竟有桃源之洞;茶坞山边,遂无陌上之归。仙侣同舟,方寻鸥馆;佳人拾翠,常入边楼。岂是维摩入定,不妨以法喜为妻乎?赖吴县邑侯,穷究得寔,搜其巢穴。则曲房奥室,红粉翠黛,以数十计;衣香枕缕,均非人间可拟。时临桂陈大中丞宏谋有妇女入寺烧香之禁。顺治十八年以前,民间未禁裹足。康熙三年,上谕诸王、大臣、九卿、科道会议,元年以后所生之女,禁止裹足。乃至今民间妇女,纤屧轻盈,一动百媚,不知何时开禁。下有"乾隆二十年灾异"一段,可录入《小识》"灾祥"一门。后阅叶肇旸《榆庄杂录》,载"乾隆五十年"一段,亦可采。灯下,薰儿以课艺呈阅,统体清畅,而不能语人所不能语。(页眉:文期。彭云湄典试事。梁阶平不更娶事。治平寺奸僧。本朝裹足有禁。)

二十五日(6月22日) 阴。晓起已晚。饭后放晴。查阅北账,未午而止。下午静坐无聊,检阅近牍,自壬寅新正至癸卯新正,共存五十七札,拟嘱人录清,亦聊以自娱,兼可考证一年之事,实不足外人道也。傍晚,迟新星不至,成《养疴》诗七律一首:"营营逐逐欲何为?静里焚香此日宜。世态无情凉后见,昼眠有味老来知。幽居万事多从简,饱食长年且事嬉①。自顾身非金与石,安能历久不形疲?"虽无警新之句,却有闲适之情,似近香山一派。病后乏精神看书,时得七言、五言,续成全首,亦陶写性灵之一法也。若古体,须有全力,方能经营惨淡而成。(页眉:立夏。)

---

① "幽居万事多从简,饱食长年且事嬉"原为"闭门便觉□从简,饱食何妨且事嬉",后改。

二十六日（6 月 23 日）　阴。晓起，录出枕上所成《夏至夜》五绝一首："入夏时将半，真成一刹那。休嫌今夜短，老梦醒时多。"饭后，查阅北账，略有肝气而止。采录《文竹山房杂录》及《榆庄杂录》"灾异"两段，入《小识》中。下午无聊，摘录《榆庄杂录》中诗话几则。辛亥春，有人携范允临墨迹求售，所书乃一绝句，风致颇佳。诗云："家住夕阳江上村，一湾流水绕柴门。种来松树高于屋，借与春禽养子孙。"耿逆未畔时，幕下有才子十人，每从游燕，后迫授以职，遂有逃匿。吾家学山公《闽中杂诗》云："曲燕抽毫说数公，参谋军事有谁同。淮阴自取夷三族，莫把书生比蒯通。"盖谓此也。学山公无后，诗稿数册，俱在平望程氏。五古长篇极多名作，未经刊刻，可惜也！吾家午梦堂之刻，母女弟兄遗稿共五种，合《伊人思》《彤奁续些》《秦斋怨》《屺雁哀》《窈闻》五种，书凡十集。昭齐、琼章，蚤负盛名。琼章年十七而夭，所著《蕉窗夜记》等篇，艺林传诵。蕙绸诗刻于康熙二十三年，半是伤离、哭死等什。其《哭潮女诗》云："不是情偏泪欲枯，生来食淡更衣粗。最怜病里叨叨说，只问今朝有粥无？""电光搋碎掌中珍，心痛争如陨此身。拚向泉台提抱汝，又怜兄姊未成人。"又《五妹约归晤不果，怅然有寄》云："千亩潭边枫叶丹，今年春去秋又残。只缘兄弟飘零甚，姊妹都教聚首难。"情真语至，其才当不在琼章下。菱芰并称，菱两角，芰四角，似同而实异。而近来吴下风俗，称芰则曰"小菱"。僧人寄居寺院，看经念佛，虽非真修，而法名则必用豁、堂、净、川等字，谓此乃是出家人面目也。近至戚赵文模自陕西来，谓西岳华山庙前后左右环绕俱是僧家，有妻有子，与平民不异。叔父天杓，天资明敏，性好吟，时饶天趣。《舟行口占》云："雨过春江长草莱，小舟摇入绿云堆。浓阴满径无人迹，一个黄鹂去又来。"傍晚，节录《顾卧冈小传》。顾德本，字禹封，号卧冈，世居泮水港。善画兰，每有所得，即展卷伸纸，丛葩怪石，拂拂十指间。远近多有购之者。本吴家骐所撰小传。（页眉：摘《榆庄杂录》。卧冈亦入《别录》。）

二十七日（6 月 24 日）　晴。晓起，命舟至吴江，去取会卷。饭后,查阅北账,未午而止。潘启堂表侄来,予以觅一外账托之。中午,星甫来,为予复处一方。闻三日前偶有微疾,是以中止。与潘表侄同饭于养树堂,下午始去。重摘《榆庄杂录》。岭南黎于岸,居官廉静。辛亥秋,署新阳县事,惟以爱民为己任。甫一年,即迁去,士民送者载道。黎有《留别诗》数章,一时传诵。诗云:"奉檄年来愧雉驯,士民相与乐熙春。息肩此日将行矣,欲别犹怀未别人。""才非制锦漫操刀,抚字何能庇尔曹。只有寸忱还自信,每从午夜念民膏。""丽城洼下患灾祲,偏筑长堤慰我心。愿祝年年书大有,万家耕凿绿杨阴。""讼庭长跽叫青天,一样官骸剧可怜。纵有案头三尺法,忍将活火向人煎。""何须敲扑吏人催,踊跃输将恐后来。因是民和感天瑞,飞蝗过境不为灾。""甲第云何逊昔年,绕隍玉带濬宜先。只缘瓜代成虚愿,还望同心猛着鞭。""公馀雅爱访名才,惠我诗文细剪裁。此后相思更相望,漫山桃李向春开。""征漕谁说士风顽,草偃风行若转圜。遇有广平贤令尹,会看稂莠一齐删。"诗虽平平无奇,以其人存之。黎之居址、出身,且俟到昆访之。楼钥《〈耕织图〉后序》:"高宗皇帝绍开中兴,备知民瘼。伯父璹音"受",玉名。又音"导",义同。时为於潜令,念农夫蚕妇之作苦,究访始末,为耕、织二图。耕自浸种以至入仓,凡二十一事;织自浴蚕以至剪帛,凡二十四事。事为之图,系以五言诗。赐对之日,遂以进呈。玉音嘉奖,宣示后宫。"赵孟頫有《题〈耕织图〉》二十四首,奉懿旨撰。傍晚,接爱庐回信,刻有海门之行,扶其兄柩回来,来往约须十日,会卷须至下一期去取。亦败人意兴之事也。(页眉:黎于岸。《耕织图》出处。海门县,属扬州府。)

二十八日(6月25日) 阴。晓起,以题目示薰儿。文题《发强刚毅,足以有执也》。诗题《耕织图得"图"字》。饭后,代范姨甥女写一吉庚,出于南传顾省山之子。据述,此子年二十五,新断弦,有一子。查阅北账,及午而止。采《文竹山房杂录》及《榆庄杂录》"风俗"各一条入《小识》中,似有关于惩创者,故存之。下午,雨窗静坐,复采《榆庄杂录》中诗话一则。比年来江、震两邑县试,考者七百馀人,较之四十年前，三分已减其一，而怀挟、传卷、代倩诸弊依然。赵海香汝砺有《县试口嘲》十绝，描写人情，可博一粲。诗云："满路衣冠走接连，亲供花押大家填。苜斋休笑无滋味，明日开销打印钱。""阅卷秉公理正该，十名相拟拔清才。仪门先日书回避，怕有绅衿请托来。""曲折还推承发房，兵刑坐地也深藏。两廊桌凳团团看，红纸新书折桂堂。""搭连赶做莫迟淹，笔袋还教素手拈。考果殷勤添料理，蛋糕香间蜜糕甜。""怀挟窗稿一旦空，无分白叟与黄童。唱名尽是伛偻应，只为文章满腹中。""封门已毕透阳乌，朱笔轻挥字判朱。满院喧哗题到了，卖茶人把状元呼。""香墨轻磨转似圜，搔头摸耳又揩颜。沉吟一讲先无计，搁笔同登饭颗山。""文卷淋漓染墨痕，勾股点句睡昏昏。朦胧换尽牛油烛，不觉烧残第五根。""鼓角无声冷气冲，七牌急赶走匆匆。暗中认得龙钟仆，执着灯笼叫相公。""绣被薰馀暖意生，谯楼悄听鼓连声。关心检点文中错，残梦如何做得成。"以文言道俗情，亦是令人解颐。惟"稿""股"二字通作平声用，未见所本。傍晚，鼻血涔涔下，似稍用心所致。以后除家务之外，拟半日读书、半日静坐，是于身心有益。闲中有悟，得七律诗一首，中有二句云："贱日何嫌僮仆傲，老来始觉弟兄亲。"三年前，有一仆极落魄，来投奔，予收用之。近以旧主新擢四品头衔，舍予而去，予实不为怪也。大兄于五年前误听妇人之言，尝与予不甚欢洽。近日相见，颇有融融之态。予今年五十有七，大兄今年六十有一，白头相对，但愿友于之义，老而弥笃，是日夜心祝者也。此首诗实非无为而作，故私识之。灯下，薰儿以课艺呈阅，虽不能发挥透辟，然通体尚觉明晰。是夜风风雨雨，直至天明。（页眉：文期。《县试口嘲》诗。诗非无为而作。）

　　二十九日（**6月26日**）　雨。晓起，因昨夜肝气大发，不动笔。饭后，在丈石山房内收拾碑帖。阅薰儿《耕织图》诗，尚能工稳。补录池上吴节妇入《小识》"已旌列女"内，又张氏、毛氏、顾氏三节妇入"未旌"内。下午，顾煦安有信来，欲借洋钱贰百元。为数不多，予、大兄各应酬一百番，即作札答之。

三十日(6月27日)　阴。晓起,命人洒扫丈石山房,为明日文会之地。饭后,查清账务。三女手足麻木,延屠三先生来针之,亦不过外治之法耳。松、竹两侄来长谈,同饭于书房内。下午,略有晴意。书斋孤坐,有感近事,作七律一首:"花开花谢太无端,薄暖如何又薄寒。宕子不归春寂寂,离人长叹夜漫漫。缠绵忽①积三生恨,贫贱犹争百岁欢。忘却绸缪天未雨,燕巢只解片时②安。"傍晚又雨。

道光廿一年十二月三十日寅时,又廿二年十一月十四日酉时。

---

①　"忽"原为"空",后改。
②　"片时"原为"目前",后改。

癸卯日记五

六月,七月。重读韩文、老苏文。重读纪评苏诗,二十八卷起,三十八卷止。

浮签:此册与《太平庄闲录》无涉。以后三册同。

六　月

初一日(1843 年 6 月 28 日)　阴晴参半。晓起,五侄孙先来,出示会课题《"不得中行而与之"一节》《赋得轩然谈笑一舒眉得"舒"字》。饭后,实甫来,柏川不来。接少彝信,以松巢有事牵连,不得同来,极为周到,不可无以答也。午前,嘱陈朗庭同钱中和至西塘,为三女置椑。看来病势凶多吉少,故有此行。暇作《孤负诗》一首,聊以舒怀。中午祀先,补前月廿五日夏至节。寒家相传,或先或后,不必拘定是日。农家有"了田过夏至"之说。老大房二侄孙自苏家港回来,遂同饭于书房。下午,欲至大兄处,不果。与二侄孙细谈家事,言柏川一门极和睦,此是瑞征。傍晚,三人陆续交卷。实甫后胜于前,双州中权为最,薰儿通体尚匀称,看来三卷毕竟以薰儿居首。云泉亦以为然,非有所私也。(页眉:文会期。)

初二日(6 月 29 日)　晴。晓起,至大兄处。大兄荐外账金荣廷,即老富之胞兄,现在鸭头湾王氏,曾在许庄居停多年。饭后,至南玲圩丙舍,门房西箱内尚可位置一寿器。复至大港,视小园从孙之病,予略有所赠。松侄欲留予中饭,予以有事而归。小园从孙在诸从孙中尚能循谨自好,兄亡嫂寡,无以为后,母氏年逾始衰,望孙甚切,此身关系甚重,予故力劝其早为就医,勿再蹉跎也。下午,收拾堂楼下书籍,丈石山房书架上,存《秋树读书楼遗集》廿部、《清献公日记》亦廿部。得间,仍事静坐。傍晚,作札答郁少彝。西塘已回,三女寿器暂贮南玲丙舍中。三女虽遭厄境,然尚有外家可归,预办后事,亦人生不易得之境。惟逆婿之作孽,不可活耳,可恨可叹!

初三日(6月30日) 阴。晓起,查清账务。饭后,云泉以事至雪巷。今日稍健,查阅北账,然此心总觉把握不定,写来不及十户而止。今日劝三女行一善事,渠亦欣然从之。不读古书,便觉心中不快。今午,读韩文十四篇,胸中浩浩落落,别有一种趣味,真不可解也。下午,微有雨,仍事静坐。偶展纪评苏诗二十八卷,此卷名作绝少,选得四首。

初四日(7月1日) 晴。晓起,查清账务。饭后,云泉已来,昨夜住宿家中。午前,查阅北账,及午而止。中午,师古浜金廷荣来会,问其年卅九,观其貌似非狡猾者流。下午,四侄女来商,欲与三女合请朱半樵,予深以为然。明晨即嘱李梦仙去,此不过极尽人事耳。

初五日(7月2日) 晴。晓起,以题目示薰儿《"子曰'〈诗〉三百'"一节》《赋得众心成城得"心"字》。饭后,查阅北账,不及十户而止。至大兄处,约金廷荣,是否总在七月回覆。中午,以事辍读。下午,读韩文十三篇,为之一快。傍晚,接子谦示薰儿答信,昼翁仍有尿血之症,大非老年所宜。今午,得诗一联云:"栽培身后惟元善,浇灌胸中赖古书。"颇得意,后续成之。薰儿以课艺呈阅,一讲及中二比颇合式,后二比前半尚嫌落空。夜闻雨声两次。(页眉:文期。)

初六日(7月3日) 阴。晓起,改存一诗。饭后,查阅北账毕,终觉心烦意恼,可见此事勉强不得。午前,天放晴。读韩文十一篇,极快。予虽病中,读书不觉其烦。一到账目,便不能多看,何也?可知我辈原非求田问舍中人。下午静坐,偶阅纪评苏诗卷二十九。此卷选六首,五古极佳。卷后总评云:"此卷多冗杂潦倒之作。始知木天玉署之中,征逐交游,扰人清思不少。虽以东坡之才,亦不能于酒食场中吐烟霞语也。"夜间,三女以太热致昏,凉后便清,然心营空虚已极,病不受补,将何恃而不恐耶?可危可叹!(页眉:纪评可玩。)

初七日(7月4日) 阴晴参半。晓起,闻沈荫常妇兄已故。饭后,至三古堂探丧。见诸妇侄,并不向予作揖,惟立乔妇侄尚能不废此礼。予不欲久留,命舟即返。午前,读韩文十三篇。内《读〈仪礼〉》《读〈墨子〉》①二篇,本不在选中。下午,写好与爱庐一札。并作札与王吉人,俟初十后送去。梦仙自平湖回,朱医约初十日来,请封照旧,惟酒食是议耳。可笑。

初八日(7月5日) 晴。晓起,查登账务。饭后,摘录租账之紧要者,以示新来之人。午前,大兄及兄子兆元叠来问三女之病,大港上竹侄、梅侄亦来问。中午,有梨里东岳庙羽士持子谦信来,闻予家有旧藏大木二根,欲求售一根,实系传闻之讹,予即写一片纸答之。陈揽香索取《日记》一部去。有狂风从西南起,极可骇,得雨而止。下午,袁祝庚从东浜来,畅谈片时而去。展阅纪评苏诗卷三十,中有七古极佳。

初九日(7月6日) 晴。晓起,以题目示薰儿。文题《"修己以敬"至"修己以安百姓"》。诗题:《恭则寿得"铭"字》。复至东浜,送荫常妇兄之殁,与古愚、得珊、祝庚同席。饭后即归。三女之姑率其女及外孙女同来视疾,至今已三次矣。堂上之恩,不可为不重,而逆婿之恩断义绝,是诚何心哉?午前,顾礼田妇兄来劝予送三女回去,予付之一笑,渠亦会其意而去。下午静坐,读韩文四篇,以热极而止。傍晚,薰儿以课艺文呈阅,气尚蓬勃。此题虽一头两脚,以滚做为是。(页眉:文期。)

初十日(7月7日) 晴。晓起,改存一诗。饭后,摘录租账。适松侄率其从孙坫来就医,遂与长谈,同饭于书房。下午静坐。迟朱医不至,留松侄及从孙坫住宿书楼。傍晚,半樵始来,为三女诊脉处方,

---

① 此二篇均用△。

却不回绝,惟云四侄女之病不易治,松侄及侄孙站两方尚能用意。二鼓后,吃茶点而去。松侄及从孙仍未住宿,幸离家不远也。

十一日(7月8日)　阴。命小舟去送会卷,并至吉人处一问。晓起,查清账务。饭后,摘录租账,及午而止。午前,雷雨大作,有重做黄梅之象。下午,大兄来问三女之病。去后,读韩文六篇,极畅快。傍晚,第四期会卷已来,仍以松巢为第一。吉人约望前来。(页眉:小暑。)

十二日(7月9日)　雨。晓起,闻三女昨夜服药甚妥适,朱医不愧名手,从此可望转机矣。饭后,摘录租账,未午而止。下午,始有晴意。读韩文八篇毕,嘱人从毛选抄出者。傍晚,竹侄写信来问三女之病,予即随笔答之。偶阅辛丑年哭仲女诗,有"得全完璧慈怀了"句,老友㓪庵见之,指出"全完"二字似有语病。今见《旧唐书·音乐志》有"贞璧就奠,元灵垂光"二句,因改作"得归贞璧慈怀了",他日质诸㓪庵,以为何如也？接子谦示薰儿信内,得读御史苏廷魁奏疏[1],胸中为之一快。今之相臣,但知保全禄位,何耶？可叹！(页眉:"贞璧"出处。)

十三日(7月10日)　阴。晓起,以题目示薰儿。文题《宜民宜人,受禄于天》。诗题《夺锦标得"标"字》。饭后,摘录租账,南路毕。暇时,展阅纪评苏诗三十一卷。此卷杰作甚少,惟《周茂叔先生濂溪》诗[2]刻意做出,语语深警。纪评云:"东坡倾倒于茂叔如是,而与伊川不免龃龉,则伊川有以激之也。"下午,天放晴,以骤热辍读。傍晚,薰儿以课艺呈阅,尚能畅茂条达。(页眉:文期。纪评可录。)

十四日(7月11日)　阴。晓起湿热,熏蒸之气,几不可耐。饭后,摘录租账,及午而止。中午,吉人始来,忽忽已七十日矣。问其尊人,已得就痊。此关系吉人功名不小,可喜之至。今午放晴,仍躁热,恐有大雨。下午,翻阅纪评苏诗卷三十二,此卷亦少杰作。傍晚,看

---

①②　三圈。

三女病势,终觉有增无减,今夜须要小心防守。黄昏,倾盆大雨,食顷而止。

十五日(7月12日)　晴。晓起,问三女之病,尚不致加重。北舍港两从孙先来,出示会课题《"南人有言曰"一节》《赋得凤鸣朝阳得"阳"字》。饭后,实甫、柏川先来,二袁及少彝、新甫继至,共得十人。吉人昨已到馆也。午前,作札与曲江,明日欲与斟酌一番,然后再服朱方。下午,以热极辍读。傍晚,陆续交卷。予以少彝作为最,松巢、新甫两作亦好。薰儿作虽无大谬,而于"善夫"二字神理做得不足,恐难列三名之前。(页眉:文会期。)

(夹页:

古查尊兄:　　　　　　　　　　　　　　　　　廿一日

愚弟陈来泰顿首。起文书不可迟缓,俟杭友信来,恐不及矣。现今实一无措办,不识能暂假两洋以济此事否?到金陵即可奉还,不食言也。如不能,亦无庸赐覆。干求无已,惭甚。此候,不一。尊著甚佳,妄加点窜。

幸恕幸恕。四二)

十六日(7月13日)　晴,躁热。晓起,看三女之病,危在旦夕。曲江不去延请,恐徒劳往返耳。饭后,收拾堂楼下。兄子兆黄、兆元来视三女之疾。午前,三女之嫡姑、庶姑重来视疾,予告以三女身后成服出帖是汝家事,成殓是吾家事。事已如此,界限处置,不可不明白。下午无聊,预开三女身后之账,不觉为之长叹。予动遭逆境,前年青儿之亡,无论矣;大女最灵敏,先亡;次女同女夫在予家,甚相得,百日之间,相继亡。今三女默受逆婿之凌辱,已非一日,见予不发一言。去冬,逆婿习为匪僻,三女苦谏不从,闻将置之死地,予不得已挟归予家,方期所出一子一女抚养长成,或尚有展眉之日,讵意一病至此!孽由谁作?恨实难销。死而有知,岂能如生前抑郁不发也乎?此子逆伦悖理,天地鬼神共将殛之,女亦可以含笑于地下矣。究之,能顺事者,不失为吾家之淑女;力反常者,适成为沈氏之梼杌。太甲自作之言，岂欺我哉？予亦毫无闷焉。人但当修身以立命而已，书此以示薰儿。（页眉：惩创之言，不可不记。）

十七日（7月14日）　晴。晓起，视三女之病，惟存一息而已。饭后，预作挽联，聊以宣抑郁之怀。午前，清如、敦仁、慎甫三妇侄来，为言三女身后，即欲迎柩回去。予谓如此未免草率，应俟择地做好殡堂，然后接去安厝，方为妥适。凡事须要从容也。渠皆唯唯而退。下午，得《闻蝉》诗五律一首，盖为三女作也。是日热极，得晚风而解。

十八日（7月15日）　晴。晓起，预作三女哀辞，宣导其抑郁之忱。盖三女病在垂危，口口称冤，欲予讼之。予作此文，胜于五刑之辱，彼轻薄儿亦何足校哉？适成为宗党罪人而已。饭后，重读韩文，借书作杯酒浇灌，胸中愤懑之气，从此消除耳。下午，以热辍读。查"保三鉴"，见《唐书·魏征传》。若欲便于翻阅，检《佩文韵府》"三十陷"。是夜，三女极危笃，至黎明而复醒。

十九日（7月16日）　晴。晓起，命舟去取会卷，并送望日一期去。以题目示薰儿。文题《洋洋乎，发育万物，峻极于天》。诗题《保三鉴得"三"字》。饭后，重读韩文，以《钦定全唐文》对校。中午，陆述甫来取会卷。此子可称熟极，我知其必能进取，断不以一衿终也。下午热极，偶阅纪评苏诗三十三卷。《次韵杨公济奉议梅花十首》选二，又阅冯注引施注："杨公济，章安人，举进士，能诗。《题金山》云：'天末楼台横北固，夜深灯火见扬州。'欧阳文忠公《读公济章安集》诗云：'苏梅久作黄泉客，我亦今为白发翁。卧读杨蟠一千首，乞渠秋月与春风。'"此段诗话极佳，故录之。此卷五古多佳作。傍晚，第五期会卷已来，述甫第一，薰儿第二。述甫实以笔胜。是夜，三女竟于亥时身故，年二十有九。呜呼哀哉！（页眉：文期。杨蟠诗话。）

二十日（7月17日）　晴。晓起，嘱账房诸友分办三女殓事，兼命舟通知至戚及本宗近房。饭后，诸戚族纷纷来唁。惟逆婿坚执不来，可见丧尽良心，全无一厘一毫伉俪之情，肺腑毕露。否则，狂奔尽气，虽受予大小之杖，亦不辞也。下午，天暑酷极。傍晚，诸事毕备。

三女于黄昏戌时入殓。送者：外家惟青如、慎甫两妇侄，予家竹侄、梅侄及大兄两犹子，予与薰儿，共七人。从今了此情怀，打开墙壁，且看逆婿如何结局耳。是夜，熟睡至天明始醒。（页眉：逆婿情状毕露。）

二十一日（7月18日）　晴。晓起，命人和裱楹帖。饭后，尚有陆续来探者，予一一应酬。下午，热暑酷甚，幸得昨夜成殓，尚不致血肉模糊。人生一臭皮囊，男子成忠孝，女子成节烈，自有不亡者在耳。悠悠之辈，何足言哉？是夜早眠，至五更而起。

二十二日（7月19日）　晴。晓起，诸事已集。饭后，亲族陆续来送。午前，暂停三女之柩，在下场空房，人迹不到之所，亡灵亦可少安。下午，诸亲族多去，予亦可以少息。是夜，予设荤席，聊酌同事诸君，所以劳之也。是夜稍凉。

二十三日（7月20日）　晴。晓起已晚。饭后，将三女小殓内工人、下人及病中服事诸妪，一一开发，以了其事。三女历受苦楚抑郁，此恨难消，而予之待三女，养生送死，不为不厚，父女之情，从此了结。惟不能放过者，此逆婿耳！中午倦极，垂头半刻而醒。《汉书》有言："神大用则竭，形大劳则敝。"此语不可不三复也。下午大雨，顷刻而止。是日馆课，以事后停一期。黄昏复雨。（页眉：停。）

二十四日（7月21日）　晴。晓起极凉，予有所作而未就。饭后，重读韩文，聊以消释胸中块垒耳。下午，读纪评苏诗卷三十四。《晋书》："王羲之有七子，知名者五人：元之、凝之、徽之、操之、献之。"见《次韵赵景贶督两欧阳诗》。纪评《聚星堂雪》诗："句句恰是小雪，体物神妙，不愧名篇。"此意却无人见到。此卷名作最多。

二十五日（7月22日）　晴。晓起，查清账务。饭后，重读韩文。午前，成《述恨诗》三首，多不惬意。下午，读纪评苏诗卷三十五。《上巳日与二子迨、过游涂山》诗，自注："淮南人相传，禹以六月六日生。"《次韵林子中春日新堤书事见寄》诗有"为报年来杀风景"句，施注："李义山《杂纂》有十三杀风景事。"冯注引《西清诗话》："晏元献诗：'未见人间杀风景。'王荆公诗：'但怪传呼杀风景。'自此，'杀风景'之语颇著于世。"傍晚,改存《纪恨诗》三首,颇得意。可见此事如剥茧然,愈剥愈新,断不可率尔从事。(页眉:大禹六月六日生。"杀风景"出处。)

二十六日(7月23日) 晴。晓起,作札与子谦,缴还苏侍御奏疏,并附录《纪恨诗》三首。饭后,查清账务,并将《纪恨诗》录入稿中。下午,读纪评苏诗卷三十六,此卷五古尽多杰作。傍晚,偶于《纪恨诗》中改易几字,极醒豁,真老杜所云"得失寸心知"也。

二十七日(7月24日) 晴。晓起,以题目示薰儿。文题《居敬而行简,以临其民,不亦可乎》。诗前题。饭后,命兆元兄子至黎里徐小园家。时四侄女产后,病已拖重,现在予家,看其日增一日,故特转致小园乔梓,勿以他疾视之也。午前,有张言镇沈品莲来会,欲在予家效劳,一茶而去。下午,作札与朱霭堂,将逆婿一节细细告诉,所谓"弓在弦上,不得不发"。傍晚,接松侄信,荐木家港沈昌元,皆未悉其根底也。傍晚,兄子回来,与小园斟酌,决意延叶曲江诊视。薰儿以课艺呈阅,通体无大谬,然此种题总要推陈出新,场中方能动目。接子谦回信,极感其慰藉之忱,然予心上终不能释然,何也?(页眉:文期。)

二十八日(7月25日) 晴。晓起,命舟去取会卷。饭后,查清账务。午前,恒甫来。接陈遇青姨甥信,曾卖舟去载乳娘,其夫不许出来中止,舟金不可偿还。中午,接笑山五月廿五日所发之信,宦况不甚佳,且今秋省试可以不到,未免又少一番聚首耳。下午,曲江来,诊视四侄女之病。据云,现在之热,决系是外感,非从内发也。询及三女身后之事,予以与霭堂一书示之,并《纪恨诗》三首,嘱其带去传观,亦少泄胸中之忿忿耳。傍晚,会卷携来,以少彝第一,松巢第二,五侄孙第三,薰儿第四,新甫第五,自第六以下,圈子一样,惟圈点少异耳。是夜,恒甫仍宿书楼。

二十九日(7月26日) 晴。晓起,重阅望日会卷。以少彝居首,确然无疑,而以祝庚为殿,尚未心服。盖就文论文,祝庚气机尚清,桂侄孙难免"冗杂支离"四字。饭后,写好与霭堂书,共计六页,明日寄与松巢转致。午前,接柏川信,金陵之行,决计同往,即作札答之。下午静坐,与恒甫闲谈。黄昏大雨,顷刻而止。

七　月

初一日(7月27日)　晴。晓起,出示会课题《尼仲曰:君子中庸》《赋得濯足万里流得"流"字》。述甫先来。饭后,松巢、少彝、新甫同来。惟祝庚、柏川咸以微恙中止,两侄孙不知何故不来。午前,作札答笑山。中午,恒甫饭于大兄处。下午,闻范翠峰友婿殁于北舍客馆,予作挽额送之,取"袂连中断"四字,用《潜确类书》:"范仲淹、郑戬皆自小官布衣选配李参政昌龄女为连袂。"又"李晋卿有二女,其子与岳州判官王乐道、布衣滕元发相善。李死,语家人云:'长女配乐道,次女配元发,二婿足矣!'二人遂连袂。不日,相继翰林,遂为两府。世传李氏女多贵。"傍晚交卷,吉人作最为清晰,薰儿用笔太重,大非场屋所宜。(页眉:文会期。友婿故事。)

初二日(7月28日)　晴。晓起,至北舍港,吊范翠峰。闻临终时,神气极清,此缘平素胸中寡欲所致。舟中接李竹卿之弟手书,欲借印《清献公日记》一百五十部,惜此版已收回矣。以杜诗批本见示,予实无暇寓目也。饭后归家,恒甫急欲旋里,命舟送回。路过池亭,再延曲江,诊视四侄女之病。下午,松侄来,为小园服药调理事,予亦断难坐视也。梨里舟回,曲江须明日上午来。

初三日(7月29日)　晴。晓起,复至北舍,送范翠峰之殡。晤淡春妇侄,据述劳诵斋于前月廿四日病故。此信若确,鹤田老友之晚境,大不堪矣。饭后,为小园侄孙田事至长葑,随即归家,查清账务。午前,定见一杨友,接手顾友之账,约廿一日去载。中午,曲江来,复诊四侄女之病,始知是骨蒸内热,非外感也。下午,同曲江至大兄处,时大兄偶有腹泻之疾。大兄禀质稍弱,予气体太刚,咸有大过不及之弊。曲江谈至傍晚而去。

初四日（7月30日）　晴。晓起，写好答笑山一信。饭后，作札与李竹卿，即答其季弟之信。伊弟名师默，别号未知，故先为一问。别录《纪恨诗》三首，寄与刘建老，照前年《五十自述诗》样本发刻。下午热极，辍读。沐浴，澡其身，今夏第二次。傍晚少凉，作好一札与子谦，为迟孙所唤乳娘，拖带一女，欲入诸育婴堂中，恳求子谦一札。然后命舟送去，谅无不允也。

初五日（7月31日）　晴。晓起，命舟去送会卷于陆爱庐，送近课于周白庵。以题目示薰儿，文题《"宗庙之事"四句》。诗题《仁寿镜得"岩"字》。查《韵府》"二十四敬"，"镜"字内引《晋书·陆机传》："仁寿镜①殿前有大方铜镜，高五尺馀，暗著庭中，向之写人形体。"偶检《晋书·陆机传》，无此一段文字。又检《广事类赋》"镜"字一门引此段，乃陆机《与弟云书》："仁寿殿前有大方铜镜，暗著庭中，向之写人，形体了了。"又检《锦字笺》，皆同。其押"岩"字，或系处州仙都山，山之半有洞口，下望之如鉴，目之"镜岩"。见皮日休《寄题镜岩周尊师所居》诗序。饭后，摘录租账毕。下午酷暑，较昨日更甚。傍晚，接殷甥二式信，于前月杪已得一男，可喜之至。薰儿呈阅草稿，一讲终不动目，馀尚条鬯。晚雨，不大。（页眉：文期。《佩文韵府》征引之误。）（页侧：未看之文，于是日起。）

初六日（8月1日）　晴。晓起，写好与子谦一札，并作札与徐恒甫，均于明日清晨送去。饭后，作一京片，与吴新甫，约明日午前过来，为内子一诊视，因连日有寒热也。托沈鸣老寄去。午前，以事辍读。下午，重读纪评苏诗卷三十七，不及十首，鼻血淋漓下，随即掩卷而止。大约暑热心烦，阳明易致上升。仍需加意静养为主。

初七日（8月2日）　晴。梨明，唤万妪起来，领乳娘之幼女下船，命人由梨里载至盛泽育婴堂中安置，亦幼幼之一端也。去后就寝，适新甫破晓而来，为内子诊视，同饭于养树堂。午前，看四侄女之

---

①　原文如此。此"镜"字当为衍字。

病,有增无减,心窃忧之。复至大兄处长谈。适云泉亦来,茶话片时,遂与云泉同到书房,面定来年仍旧之说,脩金每节送三千文。此事不过为吴甥极尽人力耳。下午,接戴芝香表弟信,周庄陶氏之馆已辞,托予欲觅一地,予实无以应之也。连日鼻红,不能用心读书,聊借《元遗山诗》为排遣。黄昏,原船回来,接子谦、小园覆信。乳娘幼女已安置盛泽育婴堂。小园信代恒甫作。三女神像已收到。

初八日(8月3日) 晴。晓起,有南桥胡客来买米。饭后,看出仓。中午,送云泉解节,约廿五日到馆。下午热极,静坐。傍晚,倾盆大雨,约有寸许。予得句云:"浮云昨起山为户,凉雨能来喝者恩。"

初九日(8月4日) 晴。晓起,至大兄处,欲命兄子兆元至徐小园家,订定明日备一大舟,来迎归四侄女去。予看来侄女病势十分沉重,故有此行,亦预为安排计也。出题目示薰儿,文题《"〈诗〉云:予怀明德"至末也》。诗题《先中中得"先"字》。饭后,兄子兆元至黎里去。新甫来覆诊,仍同早饭。午前,读韩文,大快。下午,重读纪评苏诗卷三十七。《紫团参》诗,见此卷中。傍晚,薰儿以课艺呈阅,通篇充畅,惟嫌太长。薄暮,兄子兆元归,已约定小园家明晨以大船来。接松侄信,以哭三女诗五律二首见示。又接殷甥信,以两广及福建三省主考单见示。(页眉:文期。参之见于诗者。)

初十日(8月5日) 晴。晓起,徐恒甫已来。饭后,四侄女尚能下船,然形神憔悴极矣,未知此去何如。言之不觉心动。午前,陈古愚来。来年下榻于大兄处,面定甲辰年脩金节仪通足制钱三十千文,从学一男二女。予为介绍送约,中午同饭于养树堂,下午归去。今午,接袁梅春信,即朗庭之甥,暇须作札答之。偶阅《金诗选》,得佳句三四联。胥和之鼎《送弟有之》云:"世事正须高着眼,宦情休厌少低头。"张伯升潜《寄人宰县》云:"不存忧世志,底用读书功?"元德明《送德温同舍赴帝试》云:"皇家结网未曾疏,亦有佳人在空谷。"予尤爱辛敬之愿《山园》绝句云:"岁暮山园懒再行,兰衰菊悴颇关情。青青多少无名草,争向残阳暖处生。"傍晚,吴门船已回,白庵处课艺看来,薰儿与吉人共文十五篇、诗十二首,于三日内阅毕,可谓勤且敏矣。《纪恨诗》刻印二百张,分送亲友,尚留馀地。若《哀辞》一篇,则大书特书,庶使宗党中逆伦子弟无所逃于天地间矣。（页眉:金诗可采。）

十一日(8月6日)　晴。晓起,查清吴门所办零星物件。饭后,陈朗庭归家,以《纪恨诗笺》四张付之,分送陈氏诸君。暇时,细阅白庵看本,可谓善于修饰。往年笑山阅文,无当意者;今年白庵阅之,篇篇看好,未免有太过不及之弊。可见从师一道,欲得中行最难。然二先生皆庸流中之矫矫者也,我辈断不可易视。下午,作札覆二式甥,明日由梨里汝泰源寄去。予《哀辞》中用"孽海"二字,遍查无出,因易"业海",本《四十二章经》注:"罪始滥觞,祸终没顶。恶心不息,业海转深。""孽"当作"业"。（页眉:"孽海"当作"业海"。）

十二日(8月7日)　晴。晓起,命舟送吴甥去,梦仙同往,并去取会卷。饭后,摘录账目,至中午而毕。下午静坐。重读纪评苏诗卷三十八,此卷多杰作,乃坡翁谪惠州时也。暇时,作好一札与白庵,专为逆婿而发。接小园信,知侄女病体尚不致加重,欲予作札延端叔。傍晚,吴江船已回,会卷尚未看好。接讱庵信,渠于前月二十日自杭垂橐而归,境遇可知,不能不为将伯之呼,并以近稿、日记见示,予亦安能默然视之也?

十三日(8月8日)　晴。晓起,以题目示薰儿。文题《"践其位"三句》。诗题《怀为夹得"怀"字》。饭后,展阅讱庵今年日记,载予刊《陆清献公日记》十四卷,乃一时误记,其实不过十卷。又载予冬仲曾订今年下帷予家,为秋赋之举,其意殷勤良厚,因诺之。正月廿七日复来,托词谢去。某为人诚悫,久要不忘,今忽食言,由予命运迍邅,事乃不谐也。此事虽中止,予心终觉阙然未报。又载,永新贺子翼贻孙《水田居士集》五卷,朱铁门得之金陵书摊上,命予抄一通,后袁江汪慎刊行之,今从赵菊斋丙奎借得刊本,复为翻阅。其文畅所欲言,得力于老泉、东坡。晦没二百年,今乃明于世,铁门之功大矣。贺为国初遗老,此集宜再问之南一。又载,徐澹人殁已七年,今年正月,令兄醉仙以其诗稿誦逶删定,因为钞存二卷,计一百二十馀篇,并为作弁言。又载,瞿颖山瑛以张方平《刍荛奥论》乞校,凡十八篇、总论一篇,所言皆立政用人之要。《乐全集》四十卷中所无,《玉堂集》二十卷久佚,此书不知旧在集中否。卷首标题"新刊大字单编刍荛奥论",下署"乐全先生张方平著",则知旧有刊本。此本鲁鱼帝虎,舛讹甚多,校阅终日方竟,并为代题跋语归之。又近作八首,《赠严子通》云:"时艰漫论人间事,陈迹相看卷里诗。"《樊谢山民南湖花隐图三绝句》最佳,因全录之:"人生难忘是家乡,况复南湖引兴长。一代词人还落魄,画中心事剧苍茫。""山馆玲珑主亦贤,著书正好送华年。无端一夕乡心起,明月满湖人采莲。""尚留画帧未模糊,为问先生识我无?我已无家何处隐,年年踪迹托西湖。"读其诗,可以悲其遇矣。切庵赋性疏直,有古丈夫态,惟嫌名士习气太深,多狂者之志,而少狷者之节,所谓"落拓便饥寒"五字,切庵殆不能免。因阅其诗,而偶论及之。下午,作札覆小园,并代致端叔一札。写好一京片,明日招曲江来,视内子之疾。今晨未时立秋得雨,可惜不大。午后,得二式甥妇去世报条,不觉为大女兄一喜一悲。然此事尚属顺境,未知弥甥日上如何。灯下,薰儿呈阅课艺,清畅而少书卷穿穴。(页眉:文期。贺子翼《水田居士集》。张方平《刍荛奥论》。论切庵之为人。)

十四日(8月9日) 晴。晓起,命舟去延曲江。饭后,检阅《禊湖书院课艺》,有昨日题文。周宪曾作,后二比独能畅发,不为题缚,甚可取也。暇时,重读韩文。午前,接叶绥卿信,始知曲江刻有腹泻之疾,不能出门,幸内子寒热亦渐和,或可勿药有喜。下午,有南桥镇郁客来买米,以出仓辍读。

十五日(8月10日) 晴。晓起,北舍两侄孙先来。出示会课题《"子曰:回也其庶乎"全章》《赋得泽润生民得"民"字》。饭后,柏川先来,松巢、少彝、新甫相继而来,惟祝庚、述甫不来。午前,重读韩文。中午祀先。下午,接得珊信,仍以馆事见托。作札与柯亭,明日清晨命舟去请,为内子视疾也。傍晚,兄子兆黄自平川归,述及甥妇产后吃庸医之泻药而亡,可见延医不可不择。今日同会中交卷略迟,予以少彝文为第一,薰儿文气清楚,惟不能跳脱耳。是夜,微有雨。(页眉:文会期。)

十六日(8月11日)　晴。晓起,查清账务。饭后,重读韩文,一篇未终,适柯亭来,为内子诊脉处方。专治暑温,与星甫大同小异。闻来岁馆于逆婿处,虽为贫士饥驱,未免太不择人。遂同饭于书房。中午,接小憨信,前款断不能应期,此事本在意计之中。济人缓急,亦大难事。近日用财,往往通而不通也。下午,命舟送柯亭回来。连日大风微雨,天气渐凉,此时寒暖极宜小心。

十七日(8月12日)　晴。晓起,查清账务。饭后,摘录八尺田报户头办粮细数。午前,作札答得珊,适镇上陈瑞祥来,即寄与转致之。下午,安排行李,明晨将入城。

十八日(8月13日)　晴。晓起下船,饭于舟中。阅朱长孺《杜诗笺》批本,颇有会心。午前到江,先至切庵处。予载米而往,聊通缓急。切庵抱病出见,形容憔悴,虽迫于境遇,终少涵养之功,殊为可惜。分送《纪恨诗》四张,并以一《哀辞》、一书示之。中午,命人送会卷与爱庐。前期会卷看来,仍以松巢为第一,吉人第二,薰儿第三。下午,至爱庐馆中长谈,闻宾兴一项,吴江县五百千文,由七人给发。七人者,惟盛坚堂为予相识之人,震邑尚未定见。回至鹤田处,慰其丧明之痛。七十馀岁老翁,而忽遭此逆境,较予近日所遇,又有天渊之别。可见人生知足为先,予亦可以涣然冰释矣。傍晚,仍寓云在草堂。是日,家中吉人与薰儿约课,题系茜墩陈二璋所出:《"见善如不及"至"行义以达其道"》。约三四十人,看过极严。后闻梦兰见过相慰。

十九日(8月14日)　晴。晓起,招慎甫妇侄来寓。据述,三女领帖,已择于闰七月初六日。适爱庐来,慎甫去。爱庐谈及前年在都中亲见二殷之好学不倦,立志如此,安得不发?然二殷之精神,亦不可及。饭后,秋伊来寓。闻伊叔松崖在家,邀同茗饮最久。闻同门孙雨香馆地,在长田殷氏。下午,雷祖殿前,复与讱庵茗饮。讱庵细谈家中子妇不和,为阿翁者,只好痴聋过去。途遇海香,同到寓中长谈。海香明于医理,今年六十有六,复得一男,产母大病几危,连遭喘诀,服上开下纳之药,用炒松熟地八钱而止。并言凡妇人产后,断无用泻、用凉、用散之理,此事不可不知。傍晚始去。今日家中文期,因昨约课,拟间一日。

二十日(8月15日)　晴。晓起,行李下船,命舟先去载吴甥。予重至讱庵处。讱庵为予斟酌散体文中几字,极古雅,甚可感也。饭后,同吴甥下船。舟中无事,检阅拙稿中,讱庵留一片纸,欲暂假番钱两枚,作为起文书之费。予不及检点,粗疏已甚,不知者几疑予为有意也。中午到家。闻四侄女血症大发,可危之至。为翁婿者,不早延一名医,专心调治,徒务外治之功,此病安能延年过去?四侄女亦何不幸而空遇此富厚之境也耶?可叹!下午,鼻血淋漓,静坐辍读。今日文期《"孝慈则忠"两句》《赋得诗有别肠得"肠"字》。(页眉:文期。)

二十一日(8月16日)　晴。晓起,薰儿呈阅课艺,以双峰立局,终嫌力量薄弱,非场中所宜。饭后,至大港,松侄及小园从孙吴门就诊已回。松侄病体尚轻,小园已成虚损之疾,断难脱体,心窃忧之。中午回家。下午,查清账务,仍事静坐。

二十二日(8月17日)　晴。晓起,查清账务。饭后,作札与小园,为四侄女病重,不得不发。重读韩文,至"碑铭"等篇。下午,作札与梦琴、南一,分送《纪恨诗笺》,并以一书、一《哀词》示南一,托梦仙转致。

二十三日(8月18日)　晴。晓起,查清账务。饭后,有奉贤县李客来卖米,辍读。下午,作札与鹤田、讱庵,俟廿六日送去。傍晚,接徐小园信,侄女病体,据云不增不减,看来有日增之势。明日之信,不可不发,所谓极尽人事耳。

二十四日(8月19日)　晴。晓起,因薰儿昨夜略有肝气,文期暂停一日。饭后,查清账务。重读韩文。闻曲江在大兄处,邀之来,为内子诊脉处方,专用清补;为薰儿处一方,专治肝气,药用磨冲之法,以便带至金陵。下午热极,辍读。偶展《金诗选》。党怀英《送人之登州》诗,一起:"少陵兄弟盖三人,坡老相知只卯君。"此二句大可引用。接得珊信,询及本邑宾兴银,即作札答之。傍晚,小园有回信来,始欲请何端叔或顾廷纲。(页眉:停。)

二十五日(8月20日)　晴。晓起,与新友对账。饭后,接梦琴见慰之信,具征良友情重。梁叔亦有答信来,《日记》已收到。午前,云泉到馆。下午,南账对毕,仍事静坐。暇再作札与小园,明日送去。

二十六日(8月21日)　晴。晓起,查清账务。饭后,与新来杨友查对租账,及午而毕。下午无事,重读毛选韩文毕,与《钦定全唐文》篇篇校对过。接小园回信,医家仍未请定,可叹!闻紫庭于今晨物故,深为可惜。徐氏一门,惟紫庭最为和平中正,每相见时,多款曲语,亦平生一心契人也。年逾花甲,长子名泰吉,颇聪颖。前年岁试时,毛文宗备取佾生;去冬科试,复被黜;今秋又遭此变。一衿之微,尚多蹭蹬,其不能预期若此。可见教子读书,但当极尽人力,功名成不成,亦听之于数而已。

二十七日(8月22日)　晴。晓起,命舟至吴江,去取会卷。复命振凡侄孙至大港,问梅侄之病。饭后,再作一札,覆得珊。暇时,重检阅老苏文。午前,振凡回来。据述,梅侄实系痧子,遍身发出,然神色不清,脉又宏大,尚不平正,恐有变迁之虞。下午,检阅老苏文,共读过十五篇。傍晚,会卷携来,仍以松巢为第一,薰儿第三。

二十八日(8月23日)　晴。晓起,闻大港上梅侄之亡,深为悲悼。五大房一门,家运否塞,至于此极,盛衰无常,不过三十年间耳。虽曰天命,大半亦由人事,人可不修身以立命也耶? 以题目示薰儿:《"子谓子夏曰"一节》《赋得五经指南得"南"字》。饭后,吉人抄录《寸心楼遗文》毕。予分为二卷,上卷七十二篇,下卷六十二篇,后附一卷,二十篇,悉照先生及身自定草稿底本录清。未免尚多差讹,俟讱庵、梦兰二君校之。二君皆喜阅先生文者也。下午,校阅老苏《审势》

《审敌》二论①。薰儿至大港探丧回来,所述实不忍闻。松侄嘱撰挽联,即成二副,中有七言云:"秋到又摧兰玉去;老来渐少竹林游。"兼为菊畦从子而发。(页眉:文期。《寸心楼文稿》。)

　　二十九日(8月24日)　晴。晓起,查清账务。饭后,命薰儿同兆元从子至大港,送梅侄之殡。暇复作札与松、竹两侄,慰之,正所以勉之也。下午,校阅老苏文,共六篇,以秋热而止。是月十八日,梦兰以诗见示,久未展阅。今晚阅之,颇有情味,与前年所见,自当刮目相待,所谓"学人无浅语"也。偶录七律一、断句三,以识一时鉴赏云。《酬刘彦冲咏之》:"春秋多暇赋闲居,欲遣穷愁剩著书。地僻营栖思水竹,家贫供顿惜园蔬。时谋巢垒身疑燕,性乐江湖梦化鱼。羡煞循陔君奉母,萍蓬漂荡渺愁余。"来诗云:"想见春秋日,渊言好著书。"故有首二句。《重过沈氏江曲书庄,追悼亡友六琴宸凤》:"楼外澄湖浪接天,凭栏数遍往来船。布帆叶叶都无恙,只少书传破冢篇。""年来我已鬓丝秋,禅榻茶烟忆旧游。地下伤春情更苦,知君应白少年头。""匆匆短梦十年过,记斗新词共踏莎。栏角重寻旧行迹,青菭井塌水无波。"合观四首,尤以断句为上乘。黄昏,薰儿自大港回来。述及三侄媳欲死情形,不觉凄然。看来此妇亦不久矣。(页眉:处暑。梦兰诗。)

---

　　① 双圈。

癸卯日记六

闰七月,八月十五止。附《金陵日记》。读杜诗朱注至卷十二。

《"子谓韶"一节》《稼穑维宝得"成"字》。
《"耕者九一"两句》《古训是式得"侯"字》。
以上会课题。
《"子路问事君"一节》《气与三山壮得"山"字》。
《"畏大人"两句》《桂馨一山得"颜"字》。
《"朝聘以时"两句》《斫梓染丝得"功"字》。
以上馆课题。
《文心雕龙》:"才有天资,学谨始习。斫梓染丝,功在初化。器成彩定,难可改移。"

沈休文《钟山诗》有其一至其五,各成八句。其二云:"发地多奇岭,干云非一状。合沓共隐天,参差互相望。郁律构丹巘,峻嶒起青嶂。势随九疑高,气与三山壮。"三山,即《汉书》曰蓬莱、方丈、瀛州三神山也。

差出主考
云南:龚宝莲。翰林院编修。顺天人,丙申。段大章。山东司郎中。二。四川人,乙未。
贵州:龙元僖。同上。三。广东人,乙未。王桂。吏部员外郎。江苏人,癸巳。
广东:翁同书。二。癸巳。邓尔恒。二。江宁人,癸巳。

广西：李承霖。翰林院编修。二。镇江人，辛丑。钟保。汉军，己丑。

福建：博迪苏。丙戌。徐相。三。作桐。四十八，广西人，壬辰。

四川：曾国藩。二。第一。湖南人，戊戌。赵揖。镇江人，丙申。

湖南：陈枚。三。浙江人，三十三，乙未。甘守先。三。第一。河南人，壬辰。

湖北：萧时馥。三。贵州人。第三。戊戌。沈源泰。浙江人，戊戌。

浙江：侯桐。壬辰。杨能格。二。第四。丙午。

江西：张芾。一。陕西人，第二，乙未。匡源。三。三十，丁丑。

陕甘：王履谦。工部右侍郎，编修。大兴人，戊戌。吴敬羲。编修。浙江人，庚子。

江南：贾桢。工部右侍郎。山东人，丙戌。徐士毅。翰林院编修。江西人，丙申。

山西：方塘。编修。浙江人，戊戌。庄受祺。编修。江苏人，庚子。

山东：罗惇衍。编修。广东人，乙未。钟音鸿。编修。江西人，戊戌。

河南：

顺天：麟魁。许乃普。花沙纳。

同考官

万青黎。厉恩官。谢荣埭。

支清彦。江国霖。龙启瑞。

边宝树。金肇洛。晏端书。

王通照。冯桂芬。陶恩培。

胡美彦。瑞常。黄兆麟。

司徒煦。孙翔林。毛鸿宾。

（页眉：江南内帘官）

王爱相。署舒城县。杜凤梧。泾县。万飞霖。署太平县。

王日川。署南陵县。宋培之。霍邱县。高炳望。泗州州同。

朱恭寿。六合县。白联元。署江浦县。尹宗淳。高淳县。

葛起元。东台县。王检心。兴化县。周朴。赣榆县。

范士義。一作"义"。如皋县。王清榘。娄县。金镕。阳湖县。
张铭尧。金匮县。周沐润。加定县。

闰七月

初一日(1843年8月25日)　晴。晓起,出文会题《"见贤思齐
焉"两句》《赋得五言长城得"言"字》。饭后,松巢、少彝、新甫来,柏川
不来,馀皆将往金陵录遗矣。午前,潘启堂表侄来,携三女神像去。
暇时,作好一札,与陆爱庐。下午,校阅老苏文毕。傍晚,诸同人均已
交卷。此番会课,皆可看得。黄昏,顾妪自梨里回。四侄女病体,于
前月廿八日何端叔诊视过,方纸并不寄来,亦无音信。小园乔梓,何
漠视乃尔?可叹!(页眉:文会期。)

　初二日(8月26日)　晴。晓起,作札与松侄,为小园侄孙事。
饭后,封好一信、一润笔,并会课、日记两件,明日将由兄子兆黄入城
寄与爱庐。午前,曲江来,为内子诊脉处方,纯用补剂;为薰儿处一丸
方,合好,可带至金陵。同饭于养树堂,畅谈而去。下午,柏川来,云
昨以事羁身,今来订定金陵之行,择十六日清晨吉行,分舟同会于吴
门万年桥下。

　初三日(8月27日)　晴。晓起,清理家务。饭后,欲作梅侄挽
词而未成。午前,周玉生表侄来,谈及后起之衰,莫有盛于今日者。
先外祖芸溪公直下,只有品五表侄一人,品五又无出。先外伯祖直
下,只有玉生父子四人,玉生长子又不肖,仲子年才十二,季子四岁,
亦难骤望其有成。世家衰替,虽曰人事,岂非天哉?下午,与吉人谈。
今秋望其必中,蛟龙得云雨,终非池中物,予家岂能再屈也耶?勉之,
望之!

　初四日(8月28日)　晴。晓起,命舟送吉人去,约十四日来。
以题目示薰儿,文题《"夫仁者"两节》。诗题《贤为圣译得"贤"字》,出
《潜夫论》。饭后,录存烈妇事实。唐氏,震泽县二十四圩无字圩简村
农人施汉祥妻,年二十一岁。汉祥卒十日,氏绝粒而亡,时嘉庆廿三

年四月间事。此系何竹君天衢所采,托其门人王吉人见示,可入赵眉山《人物备志》。下午,写好一札,与白庵。兄子兆黄自吴江回。据述,一信、一润笔及会卷、日记交与黄补生手,时爱庐不在馆中。前寄讱庵信,鹤田交与其子收拾。(页眉:文期。唐烈妇。)

初五日(8月29日)　晴。晓起,薰儿以课艺呈阅,不甚出色。饭后,封好与白庵一信,内附《纪恨诗笺》四张,薰儿与吉人、松巢课艺共二卷,拟于初七日送去。昨成《哭梅侄诗》二绝句,今录清之。中午,蕉如婿来,遂留宿书楼。下午,天气渐凉。录清一近牍,多为逆婿而发。古人诛奸谀于既死,逆婿虽非其伦,然其偷生犹死,予断不能为之曲贷也。可恨可杀!

初六日(8月30日)　晓起,微有雨。命子侄辈至三古堂中,祭三女之灵。饭后,子侄辈愤极回来。逆婿非但不情,大肆猖獗,予即率同子侄辈复至三古堂前,大加伸斥,逆婿藏匿不见。时三党至戚咸在,逆婿之逆伦悖理,共见共闻。古者刑人于市,取其彰明较著,予亦难得此一番发泄也。以慎甫妇侄力劝而返。中午,诸侄咸集于养树堂,陪云泉、蕉如小酌。闻东阳迎柩之船已来,子侄辈遂送三女之柩登船,权厝于二十九都大胜圩。闻享堂极坚固,皆青如、慎甫两妇侄主裁,其可感也。下午,三女丧事已毕,雷雨交作,大有倾盆之势。予谓云泉诸君曰:"三女虽无人缘,尚有天缘。今晚之雨,亦可消释胸中垒块矣。所可恨者,逆婿之有腼面目耳。"

初七日(8月31日)　晴。晓起,嘱朗庭由看湖田至苏,办考用之物,并送信及课艺与周白庵。饭后,命薰儿夫妇至梨里外家。时昼翁仍有微恙,故先去一问。午前,作《季女权厝志》,尚能借题发挥。下午,检阅《古文辞类纂》中,归震川先生有圹志二、葬志一,刘海峰先生有权厝志一,皆前人未有之文,回环雒诵而不忍释。暇时,作札答梦琴,即将逆婿昨日情节告之。梨里船回,昼翁欲多留一日,约初九日清晨去载。

初八日(9月1日)　阴晴参半。晓起已晚。饭后,作札答戴芝香,亦应酬中之不可废者也。重读纪评苏诗卷三十九。《寄邓道士》,此诗和韦苏州《寄全椒山中道士》诗韵,评云:"绝唱诗不必和,昔人已尝论之。此诗若不言和苏州,诗固未尝不佳。"《游罗浮道院及栖禅精舍》诗有"寄书阳羡儿,并语长头弟"句,上句谓迈,下句谓迨。予前年题友人《秋夜读书图》,曾引用长头儿事。《赠王子直秀才》诗,评云:"宛然剑南之先声。王粲《七哀》,既开少陵之派;鲍照《行路难》,已导太白之前。文章与世变更,而机括往往先露。如此之类,指不胜屈,作者亦莫知其所以然也。"《真一酒》诗有"稻垂麦仰阴阳足"句,冯注极明,可采。此卷《和陶诗》,首首极佳。下午,大雨频行,高低各足,丰年之兆可必。我辈坐拥仓箱,虽贱何损?君子务其大者、远者,勿以屑屑计较也。傍晚,写一信与薰儿。寄出梦琴一札,并以《季女权厝志》转求昼翁乔梓一阅。是夜三更后,狂风暴雨交作,至天明尚未息。予成《悲秋诗》一首。(页眉:纪评可采。冯注可采。)

　　初九日(9月2日)　晓起,西北风极大,有排山倒海之势,雨亦绵绵不止,未免有妨禾稼。饭后,仍复如是。因思薰儿若昨日早归,断不遇此风雨。一日蹉跎,便致稽迟时刻,凡事切不可因循过去也。古人分寸自惜,良有以哉!雨窗无事,重读纪评苏诗卷四十。此卷名作,纪评多不谓佳,如《次韵高要令刘湜峡山寺见寄》诗、《撷菜》诗、《白鹤峰新居欲成,夜过西邻翟秀才二首》、《白鹤山新居凿井四十尺遇磐石,石尽,乃得泉》诗,可见名人嗜好亦有不同。下午,风息雨止,大有晴意。早禾未免受伤,木棉亦难望十分收成,天时不和,是谁之咎与?

　　初十日(9月3日)　晴。晓起,命舟去载薰儿夫妇。饭后静坐,不看书,惟检点出门衣服,会集一箱,及应带书籍,以备舟中、寓所检阅。中午,薰儿夫妇已归。接沈愚亭信,来年开门聚徒,托予张罗门弟子,予尚无已报也。下午,李梦仙来。接梦琴、南一信。文钞二篇,南一为予斟酌几处,极古雅。如《哀辞》序文中,不应用"汝",恐类于祭文;书中三"渠"字,是通俗所用,不得入古文:皆有讲究,非漫然涂

抹者。昼翁乔梓及南一皆劝予文钞二篇且缓刻，予亦深以为然。是
日中午，尚有微雨。

十一日(9月4日)　晴。晓起已晚。饭后，嘱梦仙录清文钞三
篇，合装一册，题曰《惩创编》。纵不付梓，当传观亲友中，然非知己不
可示也。暇时，再作一札答梦琴，南一亦在附答之中。午前，朗庭自
吴江回。接爱庐答信，会卷已看来，以少彝为第一，薰儿第四。下午，
接得珊信，决意同旦云诸君同往。见托一信，寄与沈老大。傍晚，曹
理和来见慰，即以梦琴一信寄之。是夜复雨。

十二日(9月5日)　晓起，微有雨。赵田送西塘约课来，共取八
卷，以朱霭堂第一，吉人第八，薰儿不在取中。阅霭堂作，已十分火
候，不愧冠军。饭后开晴，予收拾金陵去所带之物，已觉楚楚。中午，
风复雨。予率儿辈将赴白门，先以诗纪之，得七律二首。下午，至大
兄处长谈。予将出门，盖有所嘱托故也。潘启堂表侄以事来，予即作
札答得珊，托渠送出。傍晚，阅西塘约课，陈孝廉二璋所看，极有讲
究，不徒以攻瑕摘颣为能手。是夜，风又雨。

十三日(9月6日)　晓起，风未息。饭后，始有晴意。命舟去送
西塘约课与凌柏川，复至赵田，薰儿有札致松巢。午前，文容甥来，述
及伊姑夫铁荔龛庆成，自新安作教回来，今年七十有一，老而益困，以
卖画作酒资。长子客况颇佳，怡然不顾；幼子以课蒙为业，几不能自
存。回忆四十年前，予与荔龛同在吴甥家，连床夜话，时荔龛年壮气
盛，有不可一世之心，谁知今日之逼侧也哉？荣悴无常，深为可虑，予
故借以自警焉。午后，风复狂，有妨禾稼，看来秋成断不能实足矣。
下午，寻觅几种未刻之书，以便舟中查阅。得先业师沈云巢先生《绮
语》一册，其中略附金陵古迹几处，可为先路之导。

十四日(9月7日)　风息雨止。晓起，大有晴意。饭后，命舟去
载范姨甥。予出门后，书房内师老弟幼，无人伴宿，欲招五姨甥来，与
云泉连床，借以照应门户，亦一举两得之事也。中午，沈澂甫来，以其
尊甫笑山朱卷廿本，托致韩又白。韩名抡元，镇江廪贡生，曾署凤阳

副教授,今秋送考至金陵,可以一叙。下午,接二式甥信,知大女兄疟疾已就痊。信中不及述斋、谱经出差之信,想此番竟虚所望矣。是夜,微有雨。

十五日(9月8日)　晴。晓起,率薰儿拜谒家祠。饭后,行李齐集。迟吉人不至。今晨西南风,望日,又交白露节,风色不甚佳。吉人西来,却遇顺帆。中午,吉人来,遂同集于养树堂,预作中秋之会,非饯行也。同席五人:云泉、吉人与予,及吴甥、薰儿。予久不饮,是日开戒,极欢而罢。下午,先发行李下船。吉人、梦仙住宿舟中,予与薰儿仍在厅楼住宿。范五姨甥来,住宿书楼。以后有作,附存日记中。(页眉:白露。)(页侧浮签:金陵日记之始。)

《癸卯闰七月望日,率儿辈将为白下之游,先以诗纪之》

名山须趁健时游,老我平生愿未休。此去大江犹故土,请看明月即中秋。百年事业真难了,四海声闻岂易求。惟劝汝曹宜努力,迩来吾已雪盈头。

阿翁去不为功名,晓泛秦淮暮石城。休说阮侯曾曲宴,剧怜褚相亦虚生。有时吊古伤怀抱,是处论交孰老成。年少快登龙虎榜,纷纷馀子未堪轻。

十六日(9月9日)　晴。晓起,率薰儿偕吉人、梦仙下船,解缆,遇西北风。舟中,读朱注杜诗至卷二。予最爱《夏日李公见访》诗,随笔写来,多成幽趣,是老杜中别成一格。下午,抵吴门,泊舟万年桥。入城,晤聋石,不及深谈。抵暮,至舟中,柏川已来①。书肆中见《苏文忠公编注集成》,系武林王文诰见大辑,近日新印,发价洋钱三元②。

《早行》

苍茫起视少同舟,望气谁能辨斗牛。月影和烟低入水,虫声

---

① 此后尚有"相约明日清晨同去唤船"一句,作者删去。

② 此后尚有"以匆匆不及买"一句,作者删去。

如雨唤成秋。行人有喜闻乌鹊,导我无言先鹭鸥。三尺青萍横出匣,看他锋锷及时投。时与省试诸子偕行。

十七日(9月10日)　晴,风色如昨。晓起,唤定常州蒲鞋头船,船户王兆英,言定包送到,正数洋钱十元,外加煤炭、旗灯、赛神三项钱一千九百文,准于明日清晨吉行。饭后,检点行李过船。日午,至清微道院,与聋石长谈。聋石询及逆婿事,予以近成《惩创编》示之,聋石始信前事之不谬,爽然若有所失。下午,与刘建老茗饮。回至舟中,命来船于明日早行,剑峰先生《寸心楼遗文》三册带回。闻梦兰以疟疾归家,此文无人校勘也。是夜,同宿蒲鞋头船。

十八日(9月11日)　晴,转东北风。晓起,自阊门开船,出枫桥。饭后,抵浒墅关。出关,由望亭至无锡泊舟,日已晚。舟中,读杜至卷三。

《出枫桥道中作》

云开养晴日,风起触微波。香稻一番熟,青山半面多。纤丝从直下,帆影掠空过。来往人如织,谁能解细哦。

《晚抵无锡》

不觉野凝紫,行人早出关。回头看落日,对面露青山。老我桑榆景,游心水石间。乍来太仓卒,登眺亦须闲。

《舟中看月》

仰窥明月升,俯视明月沉。月升在天沉在水,两重色相高且深。在天成形,在水成影,形能生影雨而化,朗照宇宙无古今。惜哉世无李太白,扣舷相对空沉吟。

十九日(9月12日)　晴。晓起极凉。自无锡开船,西风转北,舟子挂帆极快。下午,过常州,花木深秀,慨想北宋诸贤遗迹,犹有存者,惜不及登岸。行至奔牛泊舟,时已二鼓。舟中,读杜至卷四。

《过常州有怀》

平生快读大苏诗,遗迹重寻若旧知。筑室毗陵公去久,买田阳羡我来迟。人怀北宋风犹古,水向西流湟易淄。花木业微文物美,百年钟毓盛于斯。

二十日(9月13日) 晴,北风如昨。五更,自奔牛开船,过吕城镇。午前,抵丹阳。一塔巍然,城垣坍废不可问。自此,岸渐高,水在其下,地多围田,依圩岸如长城,盖去润州无百里矣。舟中读杜,卷四中《逼侧行》一首,愚欲删去"实不是爱微躯,又非关足无力"二句,此意已见上二句,且句法亦不佳。是夜,行至丹徒泊舟。

《望丹阳作》

青青柳色渐微黄,短驿长亭露未霜。垂老卧游怀白下,濒行闲伫近丹阳。当头一塔锋先露,极目颓垣日就荒。此去润州无百里,重门击柝要堤防。

《自丹阳夜行至丹徒,舟中书所见》

两峰巉如壁,中流浊似泥。风帆利南北,灯火列东西。出者谁星使,行人半水栖。我劳心自逸,有笔任提携。

二十一日(9月14日) 晴。破晓,自丹徒开船,出镇江口极早,趁东北风,片帆飞渡。北固山在府治之北,相去不过咫尺间。遥望金山,凿翠巍然,如伟人之在目前,令人不可逼视。走新开河,如履平地,长江天堑之雄,渺不可见。舟中,读杜至卷五。《赠卫八处士》诗,朴质老到,如家常闲话,萧然在尘埃之外。抵晚,风愈利,过龙潭,直至栖霞泊舟。

《过古润州有感》

铁瓮城自高,京口兵可用。如何去年夏,偏任逆夷纵。惜哉玉石焚,一炬殷抱痛。以彼狼性贪,伤我犬牙众。岂无干城资?皋比徒托讽。平时疏《六韬》,临事笑一哄。谁能预为防,职司早慎重。天险纵可凭①,人谋亦须中。江山固依然,怀古聊目送。

---

① "天险纵可凭"原为"设险从天开",后改。

《自新开河放舟至栖霞》

短短黄芦曲曲湾，片帆飞渡捷如鹛。居然坐我青山下，亦欲盟心白水间。往日情怀休懊恼，暂时福分占清闲。桂花香处重来候，拟向层峦绝顶攀。

二十二日（**9月15日**）　晴。晓起，自栖霞开船渡江，买一红船带过，费青蚨钱七百文。时东北风乍起，两船相辅而行，帆腹初饱，波心不平，两船曲折驶去，了无倾侧，最为使船神手。江北诸山，缥缈不可辨；江南之山，近在舟楫间。真杜诗所云："青惜峰峦过。"①令人应接不暇。予与省试诸子，登红船，揖青山，放怀吟眺，亦平生之快事也。饭后，入燕子矶，过龙江关，抵金陵无两舍远。舟中，读杜至卷六。午后，至水西门泊舟，即三山门。入城，寓利涉桥南首东埭陈宅，赁屋三间，房价洋钱十二元。薄暮，仍至舟中住宿。杜诗卷六中，《西枝村》以下诸作，规模陶、谢，而能自成面目，所谓"熟精《文选》理，下笔如有神"也。

《渡江》

世上平如水，江中水不平。高低无定候，敧②侧此横行。风顺易为力，日高欢得晴。放怀自今始，不记万山名。杜诗《最能行》有"敧帆侧舵入波涛"之句。

二十三日（**9月16日**）　晴。晓起，进三山门，食汤饼。饭后，唤划子船两只，驳行李，船钱六百四十文。午前登岸，舍馆粗定，同饭于客馆。午后，至王甥谱琴寓中，晤徐少岩、叶绶卿、邱少岩，始知五从孙乃桢录遗，取在第二。复至江震办考寓所，关照本路沈老大，因陈得珊有所托也。回至寓中，静坐。夜间，与主人细谈，询知名钺，号子扬，江宁府庠生。述及去年夏六月，逆夷滋事时，城门紧闭，音信不通，子扬适在吴门，老妻惊死，诸子逃生，至今追想，犹令人凄然也。

---

① "真杜诗所云：'青惜峰峦过'"原为"如山阴道上"，后改。
② "敧"原为"转"，后改。

二十四日(**9 月 17 日**)　晴。连日形劳神疲,晓起极晚。饭后,徐少岩、叶绶卿、邱少岩与王甥谱琴同来。中午,虞山周香初与本城人毛文涵同来,相约月杪同游清凉山。周寓丁管营巷。下午,在寓静坐。

二十五日(**9 月 18 日**)　晴。晓起极早。饭后,同梦仙至句容县教谕公馆中,晤副斋成芝庭,系宝应人。询及今秋送考,张渊甫不来。午前,周虹桥来,谈及随园相近,有妙相庵,极亭台池馆之胜,不可不游。下午,询及主人陈子扬,云此庵系陶宫保昔年所修葺①。

二十六日(**9 月 19 日**)　晴。晓起,作书与张渊甫,并以新印《清献公日记》十部及芽茶、山笋二种赠之。饭后,走候句容学副斋成芝庭,以信件、《日记》托致渊甫。回寓,读杜至卷六。下午,在寓静坐。

《与渊甫尺牍》

渊甫先生阁下:客岁初冬,曾修书奉答,托容甫茂才转致,谅必收到矣。近想起居安善,定能如颂。今秋送考,满拟一识芝颜,快图良会。及晤贵同寅成芝庭先生,始知竟不果来,殊为怅快。兹因《清献公日记》新印,特检送十部,外附送芽茶、山笋二种。物薄意诚,希笑留之。草此布泐,顺请道安。不备。

二十七日(**9 月 20 日**)　晴。晓起,读杜至卷七,适仲荫庭来。饭后,至凤阳府教授公馆中。笑山送考不来,晤副斋韩又白,谈及学署中并无别款可筹,惟有新进入学赞仪而已。始信笑山前札所云,真不诬也。下午,同梦仙至书肆中,见康刻《古文辞类纂》,索价洋钱两元;杭刻《苏诗编注集成》,索价洋钱三元。回寓,闻周香初复来,所画吉人、薰儿扇头上兰花绝妙,并代为索取席梅生画竹菊,极得写生之法。又闻陆谱琴与述甫同来。

二十八日(**9 月 21 日**)　晴。晓起,以题目示薰儿:《"子路问事

---

①　此后尚有"亦不甚耐人寻览"一句,作者删去。

君"一节》《赋得气与三山壮得"山"字》。复作书与笑山,即托副斋韩又白寄去。饭后,读杜至卷七,王甥谱琴复来。下午,同梦仙至书肆中,买杭刻《苏诗编注集成》,制钱三千二百文;康刻《古文辞类纂》,制钱二千三百文。此二书皆案头所宜备览者也。

《与笑山书》

　　笑山老姨甥足下:前七月初,曾修书奉答,由尊处家信内转寄,谅已收到矣。仆于闰七月廿三日率儿辈抵金陵寓中,馆舍初定,即走访贵同寅韩君又白,询及足下起居安好,大慰远念,惟云地方苦寒,除新进入学贽仪而外,并无别款可筹,诚如前日尊札中所云,殊为挂念耳。今秋省试,正主考贾公,实系贵同年,想棘闱彻后,贾公必盘桓几日,足下何不仍赋来游,快图一见,或可藉筹生法。官场年谊最重,断不漠然置之也。未识尊意以为何如?专此布泐,顺请升安,不一。

二十九日(9月22日) 晴。晓起,答虞山周香初,云近日新开河阁浅,皆由太平港渡河而来,即□港。饭后,重游贡院,见号房内多《关帝觉世尊经》文字,大约好善者为之,刻以送人,然随风飘堕,混入芜秽中,正复不少。是欲救世,反致亵神,何如不刻之为愈也。下午,朱霭堂来,谈及郁少彝之为人,颇能温厚和平,与孙新甫大相径庭。抵暮,答霭堂不值,晤周荫堂、陈云卿。

三十日(9月23日) 晴。晓起极早。饭后,率薰儿同香初、吉人、梦仙走访城南毛寄斋,年已六十有二,自言原籍苏州,后因乾隆初年分藩江宁,移家至此,年才十三,裕后承先,仅能自立。见予款接甚恭,命其少子文涵同去游山。遂于东水关,唤一划子船,所过大同桥、复春桥、西华门桥、竺桥、太平桥、桴桥、同心桥,由秦淮河自南而北,直至莲花桥下泊舟。登岸,去清凉山尚有十馀里。山下先游小桃源,近已改为东岳庙,有江宁府教授合肥沈迪菘所撰碑记陷壁间。出庙,至随园。入门,一径幽通,万篁森立,旧时群玉山头、柳谷、双湖诸胜迹,尚无恙;惜不得入二十四间老屋,深以为憾。出园,至古林律院,云正殿上,梁系桲香,栋系檀香木所构,未知此语真能不妄否？殿后一壁海棠花、半空天竹子,是院中绝妙秋色。循径至寺巅,御书"印心石屋"四大字在焉。出寺,至隐仙庵。庵僧重门深闭,予亦不复叩。时日已过午,鼓勇至清凉山绝顶,登翠微亭,遥望长江,江北诸山若隐若现,近视莫愁湖,在咫尺间,真所谓"三山半落青天外,二水中分白鹭洲"是也。考陆应阳《广舆记》,清凉山上复有"不受暑亭",李后主建。问诸土人,近已圮。予与诸同人出清凉寺山门,由御道下山。时斜阳满地,翠竹参天,游人应接不暇,几忘其路之远近。闻妙相庵去随园不过数百步,复寻径而入,亭台池馆之胜,甲于山中,惜日晚,不及逗留。回想胜游,此庵尚思重过也。步至莲花桥下,仍下原船而返。归寓,已点灯后矣。闻得珊曾来过。陈礽庵有信来,以乏赀不能应试,并有信与汤雨生,托予寄去。（页眉:迪。当作"遇"。）

《游随园》

先生归去我来游,乔木苍然忆故邱。笔底曾开花四季,山中长照月千秋。清凉世界忘炎热,红粉门墙礼白头。谓教授女弟子事。休说神仙太游戏,当时海内重瀛洲。

《古林律院》

深院藏秋色,清泉出井华。半空天竹子,一壁海棠花。过客常斋饭,禅房自在茶。我来思渴饮,留憩梵王家。

《游清凉山,登翠微亭》

远山望不高,近山隐不见。窈窕①一径通,缥缈诸刹现。叠嶂寓文心,匡庐得真面。兹山本平坦,苍翠馀竹箭。当年溯南唐,片瓦不留殿。一亭尚巍然,万象争叠献。浮玉一盘螺,长江千匹练。惜哉气莽苍,落日低双雁。归途太匆匆,馀景犹恋恋。他年重入山,可许腰脚健。

---

① "窈窕"原为"曲折",后改。

《归途游妙相庵》

问途必已经，选胜忽嫌暮。譬如万匹马，群未空一顾。犹幸入其曹，此来肯错误。归心休苍黄①，清景若追捕。寸阴抵千金，浮生能几度。应笑忙里人，捷径徒窘步。

八月初一日(9 月 24 日)　晴。晓起，成纪游诗四首。主人以鸭、肉、酒、糕四种见饷，约值五百文，予偿还制钱一千文。是日，省试诸子设只鸡块肉，祭关帝及周将军，亦场前常例也。予虽不应试，首行膜拜礼。饭后，以齿痛不出游，在寓静坐。下午，得珊复来，抵暮而去。寓察院前东钓鱼巷②。黄昏候，夜凉灯火，最宜读书。予老矣，不能再作儿时事，吾愿少年子弟，慎毋以清华岁月半消磨于悠忽中也。

初二日(9 月 25 日)　晴。晓起，同寓云间张春泉文珽、陈兰如瑞堃来谈，以华亭姜熙所刻《姜尧章先生集》十卷③见赠。饭后，率薰儿答得珊，晤钱竺生、连旦云、夏谦斋。午前返寓，读杜至卷八。《暮登四安寺》诗："孤城返照红将敛，近市浮烟翠且重。""红敛翠重"四字所本。又"故人相见未从容"，即《灵芬馆诗集》中"美人相见要从容"出处。《漫成》第二首诗："读书难字过。"即不求甚解之意，此为真读书人。必欲识得几个难字，亦不适于用④。下午，昆山周东尹以其先世高大父所著《苏松财赋考》一书寄惠。书凡二卷，前有图，后有说，真有用文字，不可不藏。东尹之子星桥，现应省试，寓在西钓鱼巷。途遇周香初、席梅生，同去茗饮。回寓，闻王甥谱琴录遗，已补出。灯下，香初同伊甥卢兑庵来。同寓席小米，为梅生之族弟，先世由虞山移家云间，入华亭籍，为张柳泉太守之东床。其叔岳石

①　"苍黄"原为"迫促"，后改。
②　此后尚有"第一条衖"一句，作者删去。
③　此后尚有"及近时善书两种"一句，作者删去。
④　"亦不适于用"原为"亦出于无用"，后改。

春,年已七十有二,尚能生子。前年曾于姚春木家相叙两次,故附记之。

　　初三日(9月26日)　晴。晓起,命薰儿同柏川、吉人至五侄孙寓中问疾。回至关帝庙前江震公所,取宾兴会中捐项所出子金,每生有科举者,给四千五百有零;录遗者,多一千有零。予在寓静坐,读杜至卷八。《琴台》诗:"酒肆人间世,琴台日暮云。"读此可悟怀古之法,一涉议论,便非。《水槛》诗:"细雨鱼儿出,微风燕子斜。"语语体勘入微,无一字直写,却自浑成。《后游》诗:"寺忆曾游处,桥怜再渡时。江山如有待,花柳更无私。"句句是后游情景。时仲荫庭复来。饭后,率薰儿同主人子扬及香初、文涵、柏川、吉人、梦仙去游莫愁湖。先至清溪口、桃叶渡头,唤一划子船,出利涉桥、文德桥、武定桥、朱雀桥、新桥、上浮桥、下浮桥,到西水关泊舟。登岸,出三山门,过觅渡桥,右转,望村墅而行。数百步,入华严庵,直上胜棋楼,明中山王徐达神像在焉。下楼,至后轩,轩三楹,水槛临莫愁湖。北望清凉山,苍翠玲珑,如在几案。其东则钟山黛色,越城而来,掩映丛槛间。西望水田漠漠,外为大江。自道光辛卯后,连遭大水,水痕及半扉而上,台榭倾圮,有妨登眺。近年始加修葺,朴质无华,然湖山之胜,自足耐人流憩。中悬莫愁小像,是白描高手,惜不署姓名。旁悬王梦楼太守所书楹帖最佳:"一种湖光比西子;千秋乐府忆南朝。"实能传诵人口。过午下船,复至朱雀桥边泊舟。出聚宝门,过报恩寺,望琉璃塔,不甚注意。遂游聚宝山,望雨花台、木末亭,谒方正学先生祠。祠系嘉庆初年重修,中堂碑记林立,多漫漶不可读,惟前明钱塘葛寅亮及国朝桐城姚鼐所撰文字,尚可识。诸同人复至永宁泉茗饮,为天下第一泉。予饮之,大不如武林白沙泉之甘冽也。时日色就晡,复入聚宝门,下原船而归。灯下书此,以志一时之清兴云。

《莫愁湖》

　　儿女寻常事,如何艳莫愁。湖山留一角,花月亦千秋。吾欲比苏小,谁家记阿侯。多风复多水,惆怅此芳洲。

《登胜棋楼》

巍然高峙此平坡①,胜败当年一刹那。白板楼台经水洗,自道光辛卯后,连遭大水,水痕尚在壁间。朱门岁月历秋多。眼前几见楸枰换,头上难禁燕子过。指点徐家汤沐地,一湖烟水尽恩波。

《聚宝山中谒方正学先生祠》②

忠臣发愤事难③为,绝命祠成④大可哀。十族网罗从此触,一朝气节仗公开。长干里外风犹古,木末亭边日就颓。太息当时⑤年尚少,千秋⑥遗恨贾生才。

初四日(9月27日)　晴。晓起,成近体诗二首。适周星桥来,云近已移家昆山县东乐输桥边。闻其课徒读书,颇能潜心好学。饭后,欲作一《谒方正学先生祠堂》诗而未就。此题颇难下笔,须刻意为之。下午,本路沈大复来,给卷册费洋钱两元,云:江、震两邑,今秋下场共有一百五十七人。抵暮,至书肆中,见有重刻《吕泾野先生文集》两套,索价洋钱一元六角。

初五日(9月28日)　晴。晓起,同柏川至五侄孙乃桢寓中。五侄孙昨已起来,大可进场。晤青浦沈杏亭。饭后,王甥谱琴、陈星甫同来。予与梦仙唤一划子船,至枰桥泊舟,到古纱帽巷,访汤雨生贻汾,一见如故。问及㓅庵近况不置,㓅庵先有书致之。予以扇头乞为

---

① “巍然高峙此平坡”原为“前朝遗迹渺山河”,后改。

② 此诗原为:“苍茫文字胎祸成,志士仁人尽可哀。十族网罗从此触,一朝气节仗公开。□野棠梨墓犹隔,墓在聚宝门外。木末亭边日未颓。惜我来游太迟暮,读书怀古□心灰。”后改为:“《聚宝山中谒方正学先生祠》:苍黄形势莫依违,志士仁人折不回。十族网罗从此触,一朝气节仗公开。长干里外风犹古,木末亭边日就颓。惜我来游太迟暮,读书怀古正徘徊。”后删去。

③ “事难”原为“也能”,后改为“那能”,后改。

④ “成”原为“中”,后改。

⑤ “当时”原为“先生”,后改。

⑥ “千秋”原为“古今”,后改。

书画,雨生云:"书尚可作。画以两眼昏花,不能应酬。"盖今年六十有
六矣。予欲重游妙相庵,不能久留,一茶而别。复至莲花桥下泊舟,
过桥转西,庵在半村半郭间。内有楚三闾大夫屈子祠,庵僧修本,盖
为其师江宁诸生金君梅峰而作。金君平生,教授庵中,郁郁不得于
怀,投池而死。修本追念不置,借三闾大夫作祠,而以其师金君配享
焉。祠内堂榭修洁,池台高深①,无一点金粉气,而有数亩水竹之华,
颇能引人入胜。桐城王正鋆有碑文在壁间,予与梦仙盘桓久之。下
午归寓,得珊先在,后闻虹桥复来。抵暮,至步月楼中,买《吕泾野先
生文集》,书价一千三百文。

　　初六日(9月29日)　晴。晓起,卢兑庵复来。去答周虹桥,晤
吴门彭楚乔及其侄第九。饭后,同人至状元境,看迎试官。乘显舆者
六人,前两观察,一方伯,中两主试,最后则监临毛公也。今年上江抚
军以办水灾,无暇兼理,奏明在前,钦奉上谕,以学宪代作监临。闻昨
日考帘官极严,文题《公则悦》外,有一经文、一策文、一诗。清晨进
院,竟至五鼓出场,尚有未曾完卷者,真可笑也。下午,毛寄斋来答,
云间陈兰如以金山钱锡之熙祚所刻《守山阁丛书目录》见示,总分四
部,为目百有十,为卷六百五十有二,盖本昭文张若云海鹏《墨海金
壶》一书,而增损之。张氏全书,遽毁于火,此书出,颇能复还旧观。
兹择其宜备阅者:经部,江永所著《周礼疑义举要》七卷、《仪礼释
例》一卷、《礼记训义释言》八卷、《律吕新论》二卷、《古韵标准》四
卷,惠栋所著《左传补注》六卷;子部,王锡阐所著《晓庵新法》六卷、
《五星行度解》一卷、江永所著《数学》九卷、《推步法解》五卷。抵
暮,雨生惠书扇头,录近作七律四首见示,多感时事而发,回环读
之,信是老手②。

---

① "祠内堂榭修洁,池台高深"原为"祠内池馆亭台",后改。
② "回环读之,信是老手"原为"阅之,若予亦同此怀抱也",后改。

《重游妙相庵，谒三闾大夫屈子祠》

妙文不再读，掩卷终茫然。名园不再探，去后来何年。今晨重发兴^①，仍唤划子船。去无一舍远，行有三人焉。一客、一仆及予。近山展遐观，万绿参诸天。到门悟佛地，登堂知水仙。水仙久不作，灵气长缠绵。能使百世士，异方仰前贤。金君偶配享，抱恨同沉渊。事见桐城王正鋆碑文。当时邑郁死，否塞无人怜。讵意身后祀^②，大开享林泉。林泉妙结构，金粉全弃捐。如读《离骚经》，幽折工盘旋。清芬挹水竹，缥缈皆云烟。平生数游览，亦欲穷大千。弃置勿复论，此园终拳拳。归途空摹拟，越宿方成篇。篇^③成桂花发，露气朝华鲜。

初七日（9月30日）　晴。晓起，成五古一首。饭后，俞少亭来，询及张容甫已故实信，殊为可惜。容甫为鲈江先生少子，入学极迟，以课徒为业。予于己亥年相识于吴门，每到玉峰，时相过从，言色之间，温诚恳到，盖笃学士也。以多病摧折，未知后人尚能继起否？容往访之。午前，读杜至卷八。《百忧集行》，神似太白，一起尤佳。《赠别何邕》诗起句："生死论交地，何由见一人。"语淡而悲，非老手不能。《鸂鶒》诗起句："故使笼宽织，须知动损毛。"如此发端，用意极锐。《畏人》诗："畏人成小筑，褊性合幽栖。"所谓"自病自得知"，入世可无病矣。《屏迹》三首，皆眼前语，然非明眼人不能道，亦非阅历深不能作。《少年行》二首及《少年行》一首，皆杜诗绝句中之最佳者。下午，以肝气不清肃，在寓静坐。

（夹页：《舟回，夜泊常州》）

客已成仓卒，舟犹滞郭门。云山辞白下，星火闹黄昏。野草花为朵，黄杨树琢根。市中多置草花、黄杨笼，试士南回，无不过而问焉。安能市

① "今晨重发兴"原为"今朝忽发兴"，后改。
② "祀"原为"事"，后改。
③ "篇"原为"诗"，后改。

无伪,真实与谁论。)

初八日(**10月1日**)　晴。晓起,闻同寓松江府学及华亭、奉贤、娄县三县诸生极早进院。阅前林中丞监临时所定点名单,按时递进,分三路入点,东边门。以寅初点松江府,而以巳正、午正点苏州府九县诸生,最为舒徐不迫。后之当事者,咸奉以为法。饭后,在寓静坐。至巳正,送薰儿及柏川、吉人进院,已有拥挤之虞。时狂风忽起,尘沙扑面,幸天不雨,尚不致泥涂滑滑也。下午,接渊甫回信,从王赋梅处寄来。读杜,至卷九。《奉酬严公寄题野亭之作》不亢不卑,可谓上交者法。《悲秋》诗第三联:"愁窥高鸟过,老逐众人行。"中有无限感慨,却说得浑融。《客夜》诗第三联:"计拙无衣食,途穷仗友生。"不说友生之难仗,便是诗人温厚之旨。《相逢行》一结:"垂老遇君未恨晚,似君须向古人求。"后人袭用此句,几忘其出自杜集也。酉正闻炮声,贡院始行封闭。今秋省试,共有一万六千一百八十六人,下江分八千九百九十九人。是夜,微有雨,风仍不息。

初九日(**10月2日**)　晴。晓起,风犹不止。成七律一首,赠汤雨生。写就,即命人送去。饭后,出聚宝门看船,船户周文元不值,遂重游聚宝山,登木末亭。天风四起,凛乎不可久留。下山,再谒方正学先生祠。祠之南轩,有王吏部澍所书先生绝命词,端楷古茂,令人瞻玩久之。祠旁道院内,复有祠,祀海忠介公,惜羽人不事修葺,满地芜秽。山下有二忠祠,东三楹祀宋文公天祥,西三楹祀杨公邦乂,皆僧人主之。祠后有屏山阁,城外诸山,朗如眉目,邑人秦大士书之。中午,复入聚宝门,过三山街,三面成市,万户千门,俨然一大都会。下午在寓,适船户周文元来,谈定包送到家,一切煤炭、旗灯、赛神三项多在内,共钱十一千二百文,准于十七日清晨吉行。是夜,风定月明,清景如画①。予以劳顿,就眠极早。

---

①　"风定月明,清景如画"原为"月明风定,最难得此清景也",后改。

《癸卯中秋,偶客金陵,走访汤雨生都督贻汾,以扇乞书。越日书就,以近作录示,有感予怀,作此代简①》

飘然缓带此风流,盈尺阶前客尽投。垂老相逢尘世外,如君合向古人求。郑虔才大惊②三绝,平子归来倡《四愁》。眼看沙虫多变幻,休伤猿臂不封侯。

初十日(10月3日)　晴。晓起,接雨生信,以《孤笠图》索题,并有信答讱庵。头场放牌极早,头题《颜渊问仁,子曰:"克己复礼为仁。"》。二题《上律天时,下袭水土。辟如天地之无不持载,无不覆帱》。三题《〈诗〉云:"雨我公田,遂及我私。"惟助为有公田》。诗题《政如农功得"农"字》。饭后,柏川先出场。中午,薰儿与吉人相继出来。下午在寓,得五律一首。

《题汤雨生都督〈孤笠图〉,图为其亡友周保绪教授作》

生死论交地,杜句。千秋有几人。汤侯敦气义,周子痛沉沦。我亦孤吟客,谁堪共饮醇。披图重太息,犹见范张伦。

十一日(10月4日)　晴。晓起,读杜至卷九。《早发射洪县南途中作》字字惊心,语语夺目,尽是③老境,却无一毫颓唐气。《过郭代公宅》,大苏集中有《过寇莱公故居》诗,极似此作,而少变其体。《薛少保画鹤》诗,公集中写马得其神骏,写鹤得其高远。笔参造化,学究天人,惟公诗可以当之。午前,送薰儿及柏川、吉人进场,遂同梦仙至金谷园中茗饮,以体倦返寓。下午,写好《孤笠图》,并作札答雨生。抵暮,复至贡院前,正在封门之时,闻头场贴出五十馀人,上江最多。

《答汤雨生书》

雨生先生阁下:连日在寓,略有应酬,今晨稍得清暇,因于尊

---

① "作此代简"原为"率成一律",后改。
② "惊"原为"成",后改。
③ "尽是"原为"已入",后改。

卷上草草加墨，未免佛头之秽，幸弗见责。本拟逗留一日，再卜良晤，缘诸同伴归心甚促，不能为贾胡之滞。他日或乘兴而来，即千里相访，亦未可定。先此告别，顺请崇安，不宣。

弟功柳树芳顿首

附录雨生诗

《哭周保绪，即自题〈孤笠图〉》

一笠飞上天，一笠老江边。江流正无已，山色故依然。野鹤知幽处，苍松记别年。笛声听不得，深巷锁寒烟。

三十六闲鸥，秦淮古渡头。思君应有梦，老我竟无俦。画舫红襟燕，春灯紫绮裘。云烟销歇尽，何处独埋愁。

落日卢始巷，红桥枕碧湍。莺花三月主，琴鹤再辞官。汉水长流恨，芸编剧呕肝。定文惭后死，老泪溢毫端。

昔年诗咏地，妇子亦徜徉。月满闻筝夜，风回扑枣廊。道南芜棘枳，砚北语蛮蛩。双笠空千古，风前几断肠。

《又次"天"字韵、"鸥"字韵二首》

幕府悲秋日，红亭望远时。雁回书不见，君病我安知。空首牵萝婢，孤舟脱襁儿。铜官三尺土，未能乞铭辞。

少小工游戏，鱼监复绮罗。画眉珍落雁，书练值笼鹅。定有才文武，而终遇坎轲。青毡是何物，豪气更消磨。

十二日（10月5日）　晴。晓起，录雨生自题《孤笠图》五律四首，即命人送还行看子。饭后，读杜至卷十。《春日梓州登楼二首》："江水流城郭，春风入鼓鼙。"下接"双双新燕子，依旧已衔泥"，悲语以春情出之，最足令人讽咏。下《泛舟送魏十八仓曹还京，因寄岑中允、范郎中》诗："帝乡愁绪外，春色泪痕边。"又《伤春》诗："春色生烽燧。"一样情景。《甘园》诗一结："后于桃李熟，终得献金门。"如此怀君，方为得体。《倚杖》诗："狎鸥轻白浪，归雁喜青天。"上句人犹能道，下句非具忠君爱国之诚，断不能出此语。太平可望，归日有期，均于言外见之。《寄题江外草堂》诗，顺序安适，中得"干戈未偃息"以下一段，便觉全首精神俱振。下午热极，复至金谷园中茗饮。返寓，接雨生答信，为薰儿书一扇头，极妙。十一日夜间，关帝庙前旧王府客寓失火，烧死一考客、一仆人。闻此客于二场得病出来，适遭此劫，真异事也。

　　十三日(10月6日)　阴晴参半。晓起，二场放牌更早，吉人、柏川相继出场。经题：《易》：《圣人以顺动，则刑罚清而民服》。《书》：《敷纳以言，明庶以功，车服以庸》。《诗》：《绥万邦，屡丰年》。《春秋》：《季孙斯、仲孙何忌帅师堕费定公十有二年》。《礼》：《修礼以耕之，陈义以种之，讲学以耨之》。闻内帘官溧水县李蕚，卒于院中，又，溧阳县诸生孙，卷已交出，复至号中缢死。谁曰天命？总由人事自己做坏耳，可不戒哉？午前，薰儿出来，较正场略早。下午，俞少亭复来，订定附舟。张小憨携头场文字来见示，一讲颇能制胜，惟嫌入手一段稍平。读杜至卷十。《王阆州筵奉酬十一舅惜别之作》一起："万壑树声满，千崖秋气高。"发端陡健，如谢宣城，馀亦老气纷披。《严氏放歌行》，如"肥肉大酒徒相要"及"知子松根长茯苓，迟暮有意来同煮"等句，皆为后人所习用。朱注引《吕氏春秋》："肥肉厚酒，务以相强，命之曰'烂肠之食'。"可见《七发》中亦有所本。《冬狩行》："使君五马一马骢。"此种句法，明李献吉屡效之，如"古城十家九家空""可怜笑声水声中"之类是也。《将适吴楚，留别》诗："常恐坦率性，失身为杯酒。近辞痛饮徒，折节万夫后。"想杜公少年使酒骂座，亦所不免。近乃折节自下，消除豪气，此真本色语也。语本古诗"失意杯酒间"。

　　十四日(10月7日)　阴晴参半。晓起，闻三场点名愈早。饭后，即送薰儿及柏川、吉人进场。午前返寓，读杜至卷十一。《陪王使君晦日泛江》诗"江流不肯平"，与"秋天不肯明"句，两"不肯"字皆有妙理。《滕王亭子》诗："古墙犹竹色，虚阁自松声。"盛衰之感，以虚字斡旋得妙。《自阆州领妻子却赴蜀山行》诗："行色递隐见，人烟时有无。仆夫穿竹语，稚子入云呼。"千里程涂，均于一起写出。《赠王侍御四十》诗中押"筋"字、"勤"字，俱在"殷"韵，此并与"真""淳""榛"

合,乃知"殷"韵唐人以其部窄,多与"真"通,不与"文"通也。下午,在寓静坐。闻二场贴出二十馀人,江、震却无。

十五日(10月8日) 阴。晓起,收拾行李,以备明日清晨下船。饭后,读杜至卷十二。《莫相疑行》,觉今之少年,侮谤前辈,自古已然,亦不足怪。看下《赤霄行》一结:"丈夫垂名动万年,记忆细故非高贤。"则虽受裤下之辱,亦可以无憾矣。《宴戎州杨使君东楼》诗,胸有奇气,凭高则发,半得之于学问,半得之于登临。中午,云漠漠欲雨,似酿寒天气。午后放牌,柏川先出场。策第一道问五经干支,第二道问《孝经》,第三道问紫阳《纲目》,第四道问农,第五道问蚕。下午,微有雨,顷刻而止。黄昏后,吉人、薰儿先后出场,同小酌于寓中。是夜无月,不出游。

附录张渊甫诗

《题汤雨生都督〈孤笠图〉》

周子志本豪,汤侯识亦旷。团团双笠影,放浪江湖上。江湖放浪足平生,忽成死别难为情。几编青史嗟散佚,两行红粉愁飘零。眼前诸子尽酸腐,奇气何人同一吐。颓然老矣故将军,梦中独射南山虎。

癸卯日记七

八月,九月,十月。朱注杜诗。十五卷起,卷末止。十一月十五日止。

四兄女故后时节,记在十月二十五日下。

北场
解元:金萼衔。宛平。
南元:李德义。新阳。曹炳燮。江南。浦毓江。江南。苏文梅。常熟。沈桂芬。宛平。芝堂之孙,雨香之子。潘遵祁。吴县。夏大渊。江南。陈文田。江南。汪寅。吴县。杨汧孙。常熟。

十一月下浣,沈纯甫携参四钱,当收洋钱两元,少一元六角,此洋归内收。十一月十四日收讫。

十一月十四日,收存沈纯甫参洋五元,一千二百九十五。钱五百十八文。新正要还二式甥讫。

癸卯冬,震泽县试十名前:
王澜、赵穗稼、金作霖、吴宗莲、朱文鼎、钮煦照、董士镛、费凤莹、王树稔、钮宝森。
又,吴江县试十名前:
赵清晏、吴复亨、童志浩、吴家鳌、高辛斋、许兆蓉、陈清桂、吴谦受、殷兆铨、闾梅。

八 月

十六日(1843 年 10 月 9 日)　晴。晓起极早,收拾行李。少亭来。饭后,唤一划子船驳行李,发制钱六百文。仍出水西门,行李交付船上讫。下午,重入三山门,行至半途,兴尽而返。是夜,同宿舟中。

《中秋夜无月,在白门寓中作》

今夜幸无月,沉沉但欲眠。不然千里隔,孤负一天悬。雁滞书难达,花开梦未圆。别离多少事,满眼尽云烟。

树老花全放,今年事更奇。零星留一朵,摧折第三枝。几岁为人妇,全家哭女儿。月圆知有恨,不使夜相窥。有感季女之亡,故咏及之。

怀抱今宜释①,寻游乐暮年。江山如有待,杜句。花柳本无缘。量浅犹思酌,诗成不尚妍。何时成结构,到处必林泉。

十七日(10 月 10 日)　晴。晓起,成五律三首。饭后,迟舟子不至。读杜至卷十三。下午,舟子来,自三山门开船,行至燕子矶泊舟。时千樯云集,孤月水澄,最难得此清景也。

《夜泊燕子矶》

夕阳才解缆,明月此连宵。灯火千樯集,云山一梦遥。身安方就枕②,风定不通潮。时或隔烟语,闲停古渡桡。

十八日(10 月 11 日)　晴。舟子夜半出江,走大洋。时浪静风恬,不半日,飞棹而过,直至金山脚下泊舟。初入山,如履平地,盘盘而上,石级千层。一路天香,风飘云外,实不知桂在何处也。一僧引予至山巅,御制碑亭在焉。江南江北诸山,多在凭眺中。下山,买一

---

① "释"原为"放",后改。
② "枕"原为"寝",后改。

渔舟而返,复从北固山下走镇江西门外登船。下午,舟中成七古一首。行至桃庄泊舟,离镇江城五十里。

《游金山》

纤尘不动江无波,万舟齐发声如鼍。我舟直傍山脚住,扶摇而上先平坡。层峦叠嶂尽佛地,诸天欲入迷从过。老僧导我频指点,盘盘曲曲如旋螺。鼻观香触不知处,木稚花发丛林多。珠宫贝阙莫窥测,外观金碧聊婆娑。一亭高踞山之巅,江南江北全搜罗。出门大笑斯为最,世外安乐无此窝。他年佛龛老同住,重看大字摩蚪蝌。

十九日(10月12日) 晴。晓起,自桃庄开船。读杜诗卷十三,如《诸将五首》《秋兴八首》及《咏怀古迹》诸作,皆在此卷。饭后,舟中无事,惟与诸子清谈而已。下午,过奔牛镇,舟子劝予沽奔牛酒,予笑而领之,引壶觞以助兴,味太甜熟,亦酒中之乡愿耳。是夜,泊舟常州。

二十日(10月13日) 晴。晓起,自常州开船。读杜至卷十四。饭后,得顺帆,倚樯而观。两岸古寺中,桂花齐放,天香多从鼻观来也。下午,抵无锡,过黄埔墩,不及登览,复舍舟,徒步至惠山麓下。一桥横锁,流水曲曲前通,两岸画舫,不减虎阜山野舫浜风景。予与诸同人鼓勇而登,砂砾草蔓,不见所谓第二泉者。一老妪指点而入,方池曲水,清澈见底,金鲤跃跃潜行。中有一堂,极爽垲,前后皆有轩,上有御制碑亭,亭下真泉在焉。四围石栏,供人流憩。池之旁,有一碑陷壁间,邑人顾皋作记,孙尔准书丹。时诸同人渴饮第二泉茶,茶味甘冽,如在尘埃中,忽入清凉世界,乐莫甚焉。惜日暮,不能久留,仍买一小舟而返,登船已在黄昏候矣。是夜,泊舟缸尖上。地以缸为市,故名。在无锡西门外。

《游惠泉山》

日斜风送凉,秋半树全绿。野色晴未阑,游情老尤笃。眼前九龙山,今晚才驻足。穿林入窈窕,径似九疑曲。向背阴阳分,旋转左右伏。一泉出山腰，万斛藏在腹①。欲知②源源来，积久多蕴蓄。酿成林木奇，秀气直干触。是邦盛群英③，端借此钟毓。择邻瀼东西，结客歌信宿。何不移家来，小住拓林屋。钓游记平生，迟暮尚可卜。

二十一日（10月14日）　阴。晓起，自无锡开船。成五古一首。饭后，读杜至卷十五。下午，入浒墅关，雨绵绵不止。行至阊门外山塘泊舟。是夜，晴久不雨，床床点滴，如在屋漏中。枕被沾湿，诸同人多交责舟子，不能先事绸缪。予笑曰："今夜之眠，较诸矮屋中，劳逸何如④？万事终须退一步，幸毋为此窃窃也。"复就寝，至天明，雨稍歇。

二十二日（10月15日）　雨。晓起，冒雨登岸，望通贵桥北首而行。过恒和栈申子峰寓中，子峰为予设汤饼，并留中饭。下午，至锦源馆观剧。于乌合之中，争喧杂处，殊不耐人听闻。黄昏后，兴阑茶罢，复至子峰寓中小酌。时同集者七人：少亭、柏川、吉人、梦仙、子峰及予与薰儿也。是夜，与少亭分舟而宿。

二十三日（10月16日）　晴。晓起，自阊门外开船。饭后，过吴江西门外，望官塘而行。下午，抵八尺镇，送吉人登岸。舟行汊港中，见田禾憔悴，闻有虫伤。过鸭头湾，离家不过五六里。舟子若有难色，以日暮为辞，幸有徐仆，熟悉水村，一路指点，尚不致误入迷途。到家已一鼓后矣。是夜，与柏川分手。

二十四日（10月17日）　晴。晓起已晚。饭后，检点行箧中，毫无遗失，惟薰儿失去时文读本一包，大约杂在吉人、柏川行箧中。下午，展阅史侣荘所寄之信，欲索取《秋树读书楼遗集》两部，即写一京

---

① "腹"原为"腰"，后改。

② "欲知"二字旁，批有"其中"二字。

③ "英"原为"贤"，后改。

④ "何如"二字旁，批有"有殊"二字。

片,检出此集寄去。大兄及两犹子咸来问讯。大兄于前月十八日巳时复得一孙,系兆元兄子所出。闻梨里四侄女病在垂危,明日清晨,必须往问。

二十五日(10月18日)　晴。晓起,惊闻四侄女于昨夜戌时身故,已不及一视。先仲兄身后,只此一女,出嫁甫及三年,忽得危疾以死,殊堪痛惜,予不忍往视。饭后,命薰儿至梨里,逗留一日。明晨,送四侄女入殓。暇时,查清积务,堆案相仍,动多烦恼,半日而毕。下午,竹侄来。先从嫂钱氏,择于二十七日治丧,是晚撤儿。

二十六日(10月19日)　晴。晓起,命舟送丹林到江。雨生一信,即命人送交讱庵。饭后,补录《金陵日记》,及午而毕。下午,录清渊甫所题《孤笠图》,系七言古作。渊甫诗不多见,故附录之。灯下,吴江舟回,接讱庵信,复至武林去矣。并录《自讼诗》四首见示。

二十七日(10月20日)　晴。晓起,赴大港六从嫂之丧,时元侄、薰儿咸赴梨里四侄女之丧,惟予与黄侄同至大港。饭后,晤陶庄袁春湖,几不相识,别后已八年矣!闻居家课徒,不能笃志于学。约重九日同松侄见过。此番先从嫂之丧,吊客极稀,有应到而不到者。风俗浇漓,亦不足怪。凡在至戚,不应如是。下午,与盛泽孙鹤洲长谭。鹤洲为松侄友婿,秀水诸生。黄昏撤儿,即送入祠。予与黄侄一鼓而返。

二十八日(10月21日)　晴。晓起,命舟去载薰儿。饭后,沈纯甫以予归自白下,特来问讯。元侄昨晚自梨里回,述及徐小园薄待子妇①。第一,棺木不堪,其馀概可知矣。可叹,可痛!下午,张蓉圃来,为菊畦侄酌请一知数,实难其人。抵暮,薰儿回。所述徐氏一节,与元侄同。旁观咸为不平,然总由四侄女之福薄耳。

二十九日(10月22日)　晴。晓起,嘱陈、杨二友去看稻。今秋田禾,两次遇风,又被虫伤,高低不等,故必分别观之,佃户庶不致蒙

_____

①　"子妇"原为"四侄女",后改。

混耳。饭后，录出《金陵日记》副本，以便亲友索观。下午，检阅苏诗冯注及《集成》。东坡至常州，借居顾塘桥孙氏之馆，并未筑室，自云："某岭海万里不死，而归宿田里，有不起之忧，非命也耶？"靖国元年七月丁亥，卒于常州，因易诗中"筑室"二字为"归宿"。

九　月

初一日(10月23日)　晴。晓起，查清账务。饭后，录出日记副本，略有增损。下午，检阅《吕泾野先生集》，系道光壬辰富平杨浚重刊，首有长白鄂山序，后附北地李桢原序。

初二日(10月24日)　晴。晓起，西北风，始有冷意。饭后，录日记副本。适袁午亭以信来，录示松巢考作头篇，极合中式体裁。予即写信答之，以薰儿三艺及诗寄去，系草稿底本，匆匆不及誊清也。下午，检阅《泾野先生文集》。

初三日(10月25日)　晴。晓起，赴芦墟高伴山之丧。饭后，至黄森甫处，重过瘦竹疏花馆。主人延陈虎生课其弟，即祝唐之幼子，年甫十岁。闻资质尚可读书，惟幼年失怙，终不能十分严督耳。森甫留予中饭，情谊极恭，不愧祝唐之犹子。谈至薄暮而返。沈含珠表兄以事迟予，遂留信宿。

初四日(10月26日)　晴。晓起，与含珠表兄细谈近日治生之难，多由岁比不登，如人元气难复，必如老兄之谨守，才能立脚。饭后，沈表兄已去。仍录日记副本，至下午暂停，然尚有二十餘页。

初五日(10月27日)　晴。晓起，录日记副本。饭后，接白庵与薰儿信，考作三篇均看好，似乎有望；并次韵和予《纪恨诗》三首，此题极难措辞，今能妥帖排篹，非老手不能作。午前，接煦庵信，即写一京片覆之。下午，作札与爱庐，以松巢及薰儿考作寄去求正。复作札与鹤田，有俗事相烦也。均寄与兄子兆黄带去。是日，颇有应酬，《日记》录出无几。此种笔墨，惜无人代写。

初六日(10月28日)　晴。晓起，录《日记》副本。饭后多暇，此本已录出三分之二。下午静坐。

初七日(**10月29日**)　晴。晓起,率兄子兆元至东浜外姑处问疾,已得轻减,今冬或可无事。然年已八十有七,对此目前景况,亦大难为怀,只好付之不见不闻而已。饭后,命舟送迟孙同母氏至梨里外家去。天气极佳。云泉亦于是日解节。中午,《日记》副本录毕,尚须斟酌,方可出示。下午,以事不得少闲。抵暮,以讨单数托兄子兆黄去取,约十一日去载丹林同归。

初八日(**10月30日**)　晴。晓起,命薰儿至金泽陆晓山处贺喜,伊孙有完姻之事。饭后,重事家谱,备载薰儿同高祖以下,汇录一册,以便检阅。下午,薰儿自金泽回,闻黄蕉园从白下归家,据述十一日出榜。

初九日(**10月31日**)　阴。晓起,日中有云起,正值重阳风信候也。饭后,读杜至卷十五。《往在》诗:"疚心惜木主,一一灰悲风。"注:"天宝末,两都倾陷,神主亡失。肃宗既复旧物,建立作庙于上都。其东都神主,大历中始于人间得之。"此"木主""神主"见于诗书者。下"合昏排铁骑"句,注:"合昏,黄昏也。"午前,迟袁春湖不至。中午开晴,率薰儿祀先。下午,陈得珊与王甥谱琴相继而来,各以考作见示。予欲款留一宿,咸匆匆小酌而去。(页眉:木主,神主。合昏,即黄昏也。)

初十日(**11月1日**)　阴。晓起,至大兄处,闻梨里大兄女患病已久。饭后,钱中和来长谈。闻薪价大长,谚语:"柴贵荒年到。"不信然耶? 下午,在账房静坐。微有雨,不久将有风信。夜间,雨绵绵不止。

十一日(**11月2日**)　阴。晓起,命舟至吴江,去载丹林及兄子兆黄。饭后,录一要件,亦无聊中排遣之一法。下午开晴,命薰儿作好一札,与松巢,明日清晨寄还考作。刻有人自芦墟镇上来,浙江尚未报罢。抵暮,兄子同丹林自吴江回。爱庐所看松巢及薰儿考作,均有可望,未知果能中式否? 灯下,接殷甥信,内附谱经寄答之信,于七月廿六日都中发出,已经两月有馀,何迟滞乃尔耶?俟省试放榜后,再作一信寄之。

十二日(11月3日)　晴。晓起,收拾新倒清单。饭后,重录要件,及午未完。下午,潘启堂表侄来长谈,抵暮而去。昨成《即事》诗一首,今录存之。灯下,传闻张小憨报捷之信,且喜且疑。若前云十一日出榜,断无如此快船飞报到乡。明日须往访之。(页眉:讹传。)

十三日(11月4日)　晴。晓起,命舟至壶芦兜,切听小憨捷音。饭后舟回,实系传闻之讹。小憨此番或得此预兆,竟能获隽,亦未可知①。予且拭目俟之。下午,读杜至卷十五毕。此卷诗,五古取《壮游》一首,五排取《秋日夔府咏怀,奉寄郑、李一百韵》一首,咸宜精熟诵之。

十四日(11月5日)　晴。晓起,欲作哭四兄女诗而未就。饭后,得袁松巢南闱捷音,殊为可喜。下午,成四兄女挽词四首,尚须删改。今晨,耽泉从侄来。据云,十三日下午,有人在吴门,江南尚未报捷。今复逾一昼一夜,何竟音信杳然若此?灯下,午亭寄浙江全录来,共中式九十六名,松巢名次二十九。

十五日(11月6日)　晴。晓起,录清四兄女挽词,改作三首。饭后,命薰儿至午亭处贺喜。午前,云泉到馆。范五甥自北舍回。苏州航船上,仍无消息。中午,冯外孙备礼而来,为内子六旬补祝。遂具小酌,予与同席,不及五六杯酒,予大有醋意。下午,以事辄[辍]读。抵暮,薰儿自赵田回。据述,开发极丰,拆弥封十二元。闻江南须至今日出榜,所以各处无信。

十六日(11月7日)　阴。晓起极晚。饭后,属丹林誊清《南游日记》。读杜至卷十六。《竖子至》题,携柰而至也。注引《蜀都赋》:"朱樱春熟,素柰夏成。"《广志》:"柰有青、赤、白三种。"《本草》:"今名'频婆'。"又,潘岳《闲居赋》:"二柰曜丹白之色。"又,徐铉曰:"假借为

---

①　"亦未可知"原为"最妙",后改。

奈何字。"又,《广韵》:"那也。奈、那通。"《园人送瓜》诗,注引《广雅》:
"土芝,瓜也。"晋嵇含《瓜赋》:"其名龙胆,其味亦奇,是谓'土芝'。"下
午,偶查雨生"袖中安得铁椎肥"句,大约用韩诗《征蜀联句》"椎肥牛
呼牟,载实驼鸣圌"句中字。《说文》:"牟,牛鸣也。"《广韵》:"圌,骆驼
鸣也。"抵暮,补作《秣陵归家》诗七律一首,盖前欲作而未成者。灯
下,闻南闱于十五日报捷,江、震两邑,只中赵云衢一人。赵号云门,
为沈慎甫至戚,曾受业于笑山者也。(页眉:"频果"出典。西瓜,一名
"土芝。" 讹传。)

十七日(11月8日)　晴。晓起,作札答殷甥,寄与陈兆祥表侄
带去。饭后,作札答䀤庵、谱经;并有信与梦琴,约月初去访。下午,
有人自金泽来,朱霭堂竟落孙山外矣。抵暮,得报船实信,江、震共三
人:夹河一黄,大约谷卿;同里一任;梨里一沈。昨日赵龙门之说,尚
属讹传,可笑。

十八日(11月9日)　晴。晓起,查对南账限单。饭后,写好梦
琴、䀤庵、谱经三君之信,以待便中寄去。下午,闻梨里中式实系沈愚
亭,遂作札与汝梅村,去索沈处全录。抵暮,曹经友来,以䀤庵信托致
劳家寄去。同里一任,究不知为谁,我辈遂为乡僻所限。

十九日(11月10日)　晴。晓起,始有寒意。昨夜西风极厉,可
畏。饭后,查对东账限单毕。读杜至卷十六。《赠李八秘书别三十
韵》诗:"新文尚起予"句,注引《韵会》:"余,旧韵亦作'予'。""予"本无
"余"音,《刊谬正俗》曰:《曲礼》:'予一人。'郑康成注云:'余,"予"古
同字。'"因郑此说,近代学者遂皆读"予"为"余"。今公以"起予"叶平
声用,盖亦从后人读耳。查"余"字入平韵"六鱼","予"字入去声"六
语"。《韵略》"予"韵注:"推予也,赐也。一曰'我'也。"《诗》:"或敢侮
予。""将伯助予。"《楚词》:"眇眇兮愁予。""何寿夭兮在予。"皆无平
音。颜师古读,可两存之。又,卷十七《秋日闲居三首》有"薄俗防人
面,全身学马蹄"二语,要看《杜诗镜铨》注解最妙。中午,《南游日记》
已抄毕。下午,校阅一过。接梅村回信,以全录见示。黄增禄中式四

十九名,任廷旸五十一名,沈镐五十八名。苏州一府,共中十一人,亦不为多。他邑之有名望者,如常州秦丽昌、华亭雷鋆,皆在表之中。(页眉:"余""予"古同字。)

二十日(11月11日)　晴。晓起,删改近作,颇有进境。饭后,检阅旧时契券,其已过割者,检出投税,亦处家之要务也。下午,大兄来谈,酌议今冬取租,非大让,恐不能进场。予亦深以为然。

二十一日(11月12日)　晴。晓起,录一税契底账存查。饭后,读杜至卷十七。《又呈吴郎》诗一起:"堂前扑枣任西邻,无食无儿一妇人。"注引《汉书》:"王吉居长安,东家有大枣树,垂吉庭中。吉妇取枣以啖吉。吉知之,乃去妇。"首句暗用其事。近得雨生《哭周保绪》诗:"昔年诗咏地,妇子亦徜徉。月满闻筝夜,风回扑枣廊。"末句兼用杜诗与《汉书》,妙在无使事痕迹,真能以神运也。《即事》诗用"马卿"二字,注:"按,公诗'葛亮''马卿',或疑不当截字用。然六朝人已有之。庾信碑文:'渡泸五月,葛亮有深入之兵。'薛道衡碑文:'尚寝马卿之书,未允梁松之奏。'"下午,复作一札与殷甥,即以答谱经札寄之。灯下,重读杜卷十七。《月》诗:"四更山吐[月],残夜水明楼。"此咏将尽之月,遂为千古绝唱。(页眉:古人截字用法。)

二十二日(11月13日)　阴。晓起,写好四兄女挽词三首,首有序。饭后,作札与恒甫侄婿,即以挽词六页寄之。午前,检阅行箧中,见有王少吕与大兄书,近欲校刊先人《盛湖诗萃》一书,旭翁可谓有子。书中欲借《历朝诗集》、张雪窗《松陵诗约》、顾雪滩《松陵诗略》、周笠川《吴江诗粹》等书,予家惟有《诗粹》,他日拟转致之。下午,至大兄处,以平望两信、恒甫处诗、信,命兆元兄子于廿五日带去寄出。是夜,将至吴门,宿舟中。雨绵绵不止,直至二鼓后就寝。

二十三日(11月14日)　晴。晓起,重校《南游日记》,尚有讹字。饭后,读杜至卷十八。《虎牙行》诗,注:"《南史》:'齐鱼复侯子响,勇绝人,开弓四斛力。'"雨生《咏史诗》"饮羽何人四斛弯"所出处。《郑典设自施州归》诗"刺史似寇恂,列郡宜竞借"句,"借",蔡读"咨昔切"，他本作"惜"。按，"竞借"从草堂本为正。谢灵运《山居赋》："怨浮龄之如借。"叶入声，音"迹"。下午，舟中得句云："身世逆风休快意，情怀止水不生波。"拟续成之。抵暮，泊舟莺门。登岸，至白庵处，时虹桥亦在家，遂留小酌。晤其门弟子吴春波，予以《南游日记》及《惩创编》示白庵，未知能为我动笔否？归舟已在黄昏后矣。是夜，雨绵绵不止。（页眉："借"字叶入声所本。）

二十四日(11 月 15 日)　阴，微有雨。晓起，自莺门放船，至胥门泊舟。饭后登岸，入城，由学士街出阊门，走南濠而返。下午，至中采莲巷徐公馆中，闻梦兰以嫁事旋里。回至元坛庙中茗饮。过清微道院，与聋石长谈。座间晤王江泾沈子墙与史励斋，同从唐楷之习刑名。励斋已出手，现在浙江萧山县中，可谓故人有子。抵暮，至船中。今晨在会莲室，始知吴江沈述斋居停在内，并为其兄爱遗七旬祝寿。爱遗今秋在梨里，同人咸为捧觞，大约老年生法之一端。然不在家中，而在别处开筵，可见城中之景况矣。

二十五日(11 月 16 日)　晴。晓起，在舟中阅江南闱墨，尚能清真，然多刻削，未免有妨风气。饭后，重过清微道院，始知北场中式沈桂芬，乃芝堂之孙，入宛平籍。中午，在书肆中，买《切问斋文钞》八册，以其初印，毫无滥版；又《惠研溪诗文集》两册，字样颇佳；又抄本《五代史补》五卷、《五代史纂误》三卷、《辽小史》一卷、《江南馀载》二卷、《五代春秋》二卷，共合洋钱一元。下午，回舟中，白庵处拙著两册，皆不动笔，惟惠题《南游日记》上五古一首。适梦兰已到馆，特来舟中长谈。据述，任荣卿颇能作散体文，生有异才，独不长于制艺，今科以足墨卷获隽，亦奇事也。谈至抵暮而去。

二十六日(11 月 17 日)　雨。晓起，自吴门开船。饭后，至吴江。入西门，寻沈慎甫妇侄，不值。回晤周文若，借伞冒雨而行。先至鹤田处长谈，复至煦安处，托出投税之事，面定九十六。下午，至爱庐馆中，言及谷卿拆弥封八洋，似乎太丰；北场沈桂芬不过六洋，似乎太俭。此等事原无定例，总由本人作主耳。抵暮，爱庐来答。谈及宾兴一款，前韩公票据等件，意欲呈府，饬传原董收拾，亦是一见。今晨询知邑侯方公，桐城人，由秀才捐职县丞，名心简，年约六旬，四子，一子某科进士，现在作县，馀尚在读书应试。

二十七日（11月18日）　晴。晓起，自长桥开船，由同里而行。舟中，读杜至卷十八。《舍弟观自蓝田迎妻子到江陵，因寄三首》第二首一结："巡檐索共梅花笑，冷蕊疏枝半不禁。"第三首一结："比年病酒开涓滴，弟劝兄酬何怨嗟。"此两结语，皆为人所习用。《人日》诗"春寒花较迟"句，后人应制诗中多有是题，首尾须切"人日"。《送大理封主簿五郎亲事不合，却赴通州。主簿前阆州贤子，余与主簿平章郑氏女子，垂欲纳采，郑氏伯父京书至，女子已许他族，亲事遂停》，此种诗题，近时集中罕见，故备录之。"平章"字，又见《太平广记》，盖唐人语媒之替身字眼。饭后，挂顺帆，不日中已到家。下午，至大兄处，议今岁取租章程。兄子兆黄出各圩让单就商，予即携回，与同事诸友斟酌，稍有增损。（页眉：平章婚事。）

二十八日（11月19日）　晴。晓起静坐。饭后，封好沈外孙入学代仪：笔一枝、银四锭、桂圆三个。取"笔定三元"之意。逆婿之恩断义绝，固不足言，总为三女身后起见耳。下午，青如、慎甫两妇侄来，偿还三女医药、成敛之费，奉堂上之命也。慎甫曾荐赵龙门为薰儿伴读之友，予约以来岁正、二月回覆。

二十九日（11月20日）　晴。晓起，录清两札，入尺牍中。饭后，将汇录一年之事，入年谱中，总以日记作底本。下午，展阅近时乌程李缄三师默所赠《玉局人谱》八册，亦是理学之书，末册附录经典、方外，未免杂而不纯。李缄三，一号敬庵，归安诸生。

三十日（11月21日）　阴。晓起买舟，送四姨甥女至周庄。饭后，仍录一年之事，至闰七月止。下午，青如、慎甫两妇侄复来，了结三女成敛之费。慎甫别有事来诉，恐难为之周旋也。今晚，接得珊信，欲借阅《闱墨全录》。

十　月

初一日(11月22日)　阴。晓起,以题目示薰儿。文题《宽柔以教,不报无道,南方之强也》。诗题《斫梓染丝得"功"字》,出《文心雕龙》。饭后,作札答得珊,以《闱墨全录》寄之。下午,收拾行箧,以便明日清晨出门。灯下,薰儿以课艺呈阅。久不动笔,尚不致生涩。(页眉:文期。)

初二日(11月23日)　晴。晓起,雾极重。放舟先至梨里,舟中读杜至卷十八。《行次古城,泛江作》:"风蝶勤依桨,春鸥懒避船。""勤""懒"①二字,体物甚工。饭后,走晤邱昼翁乔梓,以《南游日记》及近稿示之,一茶而别。遂至冯稚谷家贺喜,伊子有完姻之事。复至沈愚亭处贺喜,啸梅先出来应酬,愚亭随即出来,欢然握手。询及拆弥封八洋,报全录四洋,常州提塘报及官报、学报三项,共二十八洋,已经开发,却得丰俭适中。愚亭必欲留饭,予婉言谢却。中午,稚谷特设一席酌予,与徐双螺、陈雨亭畅谈。双螺新识面,丰采极佳,不知其为五十二岁也。下午顺帆,至平望殷甥处尚早。大女兄出见,颇健,一孙哇哇作笑语,殊为可喜。惟二式甥今夏赋悼亡,未免美中不足耳。是夜,宿书楼,与海香长谈。今年六十有六,四公子年十二,《四书》之外,已读《易》《诗》《书》三经,大约十四岁可以动笔。

初三日(11月24日)　阴。晓起,与选之表侄、二式甥谈,勉其经管家务之外,须发愤致力于小试文字。乃兄门面,亦要有人继起也。饭后,放船至盛泽。舟中,读杜至卷十九。中午登岸,梦琴乔梓在寓,笠君、南一、叔平昆季,相继出见。下午,与梦琴长谈。询及俪生亲事,已有所属。灯下,与梦琴、南一酌商《南游日记》,毕竟易《白门游记》为妥。是夜,宿南一书楼下,梦回闻雨声不止。

初四日(11月25日)　雨,东风如昨。晓起,梦琴、南一留予食

---

①　此二字均为双圈。

汤饼。予因南一应酬极忙，不欲逗留，随即下船。梦琴、南一冒雨送至船边，梦琴约予十三日同到午亭处再叙。舟中，读杜至卷十九。《遣闷》五排，"行云星隐见，叠浪月光芒"一联，每于夜行时，见两句之妙。《宴王使君宅》诗："自吟诗送老，相对酒开颜。"他年拟编诗为《送老集》。《夜闻觱篥》本短七古，两韵共八句，愚欲删去上四句，只存"积雪飞霜此夜寒，孤灯急管复风湍。君知天地干戈满，不见江湖行路难"，竟改作一绝句，大妙！中午，舟过平望，不登岸。复至梨里。下午，过昼翁家留宿。夜间，剪烛闲谭，就寝已一鼓馀矣。

初五日（11 月 26 日）　雨。破晓不寐，枕上得句云："杀虫须要经风雪，养鸟安能足稻粱。"似有所感也。起来极晚。饭后，与昼翁乔梓订定于十六日送子妇、迟孙归家。惟迟孙周岁后，昼翁之意，再欲迎子妇归宁几日，予亦无不可也。子谦约予至蒯茸岩家看菊，予不果行，急于返棹。舟中，读杜至卷十九。《过南岳，入洞庭湖》诗："鄂渚分云树，衡山引舳舻。"注引《说文》："舳，舟尾。舻，舟前也。"此卷诗，自《登岳阳楼》以下诸作，五古尤佳。中午，过大港，问松侄之病，实系类疟，暑湿留恋肠胃之间，尚属肤浅，可勿药有喜。下午归家。记昨夜灯前，昼翁为予诵昔年《丹阳即景》诗云："隔水岸藏塔，栖枝乌下墙。"刻画丹阳风景绝妙，句法似黄山谷。又，为人写一楹帖云："缓带轻裘羊叔子，高文典册马①相如。"以"马"对"羊"，巧语玲珑。予谓此联可书赠汤雨生，然遇拘牵之人，断不可书，直以羊、马视之矣。是日文期《质胜文则野，文胜质则史，文质彬彬》《赋得冰壶玉尺得"黄"字》。灯下，薰儿以课艺呈阅，一讲及中二比过渡处，未见清浙，馀尚妥。（页眉：文期。"舳舻"字解。）

初六日（11 月 27 日）　阴。晓起已晚。饭后，招钱中和来谈杨友事，仍未去完结。下午，补录一年之事，底稿已草就，俟明日录清。大兄来谈昨日北舍港耽泉从子七秩寿诞，大开华筵，而予家老五房无

---

①　"羊""马"二字均为三圈。

一人去捧觞,可见子侄辈亦无好事者,载酒相从,族谊未免日趋于薄,总由平日性情不能和洽耳。(页眉:敦睦之难,一端可见。)

初七日(11月28日)　阴。晓起极晚。饭后,录清一年之事,只及一半而止。中午祀先,是十月朝节。杜诗卷十九尾页,《回棹》诗注引《南史》:"梁刘慧斐尝游匡山,遂有终焉之志。因不仕,居东林寺,于山北构园一所,号'离垢园'。"下午静坐,适袁松巢以《浙闱全墨》一卷、《题名录》一册赠薰儿,予即书一京片覆谢,请启上决定在十四日大兄处亦请。夜闻雨声不止。(页眉:离垢园。)

初八日(11月29日)　阴。晓起极晚。饭后,录清一年之事,至九月而毕。下午静坐,雨绵绵不止。适吴质夫、梦书从孙以俗事来谈,两家均有纠缠之事,总由平素不能清理所致。夜,雨不止。

初九日(11月30日)　阴,西风发而不透。晓起,以题目示薰儿:《畏大人,畏圣人之言》。饭后,查录一年出入之账,自十月上浣止。下午静坐,开限近在目前,必须加意珍摄,方可应用。今日馆课诗题:《读书破万卷得"书"字》。灯下,薰儿呈阅课艺,一讲不动目,馀尚明晰。(页眉:文期。)

初十日(12月1日)　晴。晓起极晚。饭后,查阅租账,及午而止。作札覆梦琴。下午,至大兄处,闻明日欲到吴江,催差友下乡。

十一日(12月2日)　晴。晓起极晚。饭后,查阅租账,及午而毕。下午静坐。抵暮,差友已来,换一新夥,予不得已,将计就计,明晨先当。接讱庵乔梓信,讱老仍未得馆,奈何,奈何。灯下,做好两札,一与昼翁,一与梅村。

十二日(12月3日)　晴,西风加厉。晓起极晚。饭后,有行欠完结之事。下午静坐,写好与昼翁、梅村两札,明日送去。查"真珠船"出处,本《困学纪闻》:"观书每得一义,如得一真珠船。"

十三日(12月4日)　晴。晓起,以题目示薰儿:《无情者,不得尽其辞》《赋得太极图得"图"字》。饭后,特命舟送信至梨里。下午,作札与桂轩侄孙。抵暮,接昼翁回信,亦极周到。灯下,薰儿以课艺呈阅,通篇尚觉清畅。(页眉:文期。)

十四日(12月5日)　晴。晓起,陶庄袁春湖寄示《清宁院道谱》一册,予未暇展阅也。饭后,率兄子兆黄至赵田袁午亭家贺喜。朱霭堂以前明《陆文定公诗文集》见示,抄本共十六册,书法端楷极精,未知有刊本否?陆名树声,与张居正同朝,《明史》有传。中午,与周庄诸古愚同席。询及西轩业师之孙有二,一务农,一习业,可见读书继起之难。下午席散,归家已点灯后矣。查《明史稿》,陆树声在二百〇三卷内。(页眉:陆树声。)

十五日(12月6日)　晴。晓起已晚。饭后,有收租事。下午,作札答讱庵,并以《白门游记》一卷就商。

十六日(12月7日)　阴。晓起,收租。饭后,陆续进来,看灾者格外让些。中午,子妇率迟孙归。天气尚好。下午,大兄来谈,未免略有心事。

十七日(12月8日)　雨。晓起,收租。饭后,写好讱庵一札,并作一禀词草稿。午前收租,至下午而毕。抵暮,接吉人信,约月底到馆。灯下,作札与鹤田,即以禀词底寄之。文期停一日。

十八日(12月9日)　雨,西风仍不起。晓起,以题目示薰儿:《〈秦誓〉曰“若有一个臣”》《赋得真珠船得“船”字》。饭后收租,抵暮而止。灯下,以讱庵、鹤田两处信件,由差船上寄去。灯下,薰儿呈阅课艺,尚无大谬。(页眉:文期。)

十九日(12月10日)　阴,幸无雨。晓起收租,直至黄昏而止。约收一百三十馀石,存仓尚有四五十石。是飞限满日。

二十日(12月11日)　雨绵绵不止。今晨,江、震两邑县试,黎明进场,难免遇雨。饭后,作札与梦琴。午前,尚有收租之事,皆隔夜存仓者。今日头限第一日,竟为雨阻。下午,有平湖新中孝廉王大经,号梦莲,来送朱卷,予以事不见,命薰儿出陪,一茶而去。(页眉:初限。)

二十一日(12月12日)　雨。晓起极晚。饭后,收租寥寥。阅浙江闱墨，可谓无奇不有。中式五十五名高三祝，首艺侧重"补过"，通体用《虞氏易》串插；次艺纯用《书经》成语成文，却无诘屈聱牙之态，断非老师宿儒不能。下午，查浙江题名录，高三祝年四十一，平湖县附生。

二十二日（12 月 13 日）　阴。晓起，以题目示薰儿：《所求乎臣，以事君未能也》《赋得有孚盈缶得"盈"字》。饭后，沈诚甫来，以大母病在危笃，携条参二钱而去。午前收租，抵暮而止。约收五十馀石。灯下，作札答李缄三，系湖州人，归安诸生，名师默。薰儿以课艺呈阅，后二比颇切，前半尚少出色。（页眉：文期。）

二十三日（12 月 14 日）　晴。晓起收租，抵暮而止。约有五十馀石。下午，同里任卫封家有报条来，元配杨氏于今日身故，即斗山之幼女。卫封之父尚存，事由家长，应得其翁出名；今报条上由夫出名，是灭去家长：可见同里人家之不讲究。

二十四日（12 月 15 日）　破晓西风，起晴。饭后，佃租又为风阻。重读杜诗卷二十。《湘江宴饯裴二端公赴道州》诗："白团为我破，华烛蟠长烟。"注："白团，团扇也。何逊诗：'逶迤摇白团。'"《奉赠卢五丈参谋琚》诗："天子多恩泽，苍生转寂寥。"以古例今，何独不然？《暮秋枉裴道州手札，率尔遣兴，寄递苏涣侍御》诗一起："久客多枉友朋书，素书一月凡一束。虚名但蒙寒暄问，泛爱不救沟壑辱。"四句可采。《别张建封》诗"眼中万少年"句，言眼中几万少年，不如建封其人也。下午，略有收租之事。曹理和来，以附读见托，予即为之关说，不果。

二十五日（12 月 16 日）　西风已息，是淡晴天气。晓起收租，饭后，陆续而来。午前，从子婿徐恒甫来，予以收租事忙，不出见，命薰儿陪之，中饭而去。旧例，小公账当年，以十月二十日为度，应归兆元兄子款留，予性善忘过去，以后仍照旧例为上。下午，竹淇侄来，述及续娶吉期，择于十一月廿二日。松侄寒热虽止，尚未起来。是日，共收四十馀石。四兄女故后，曾与兆元兄子说定，上座亭应归公办，其馀各自认开。五七上亭祭菜、方糕以及来年七月半、十月朝两节，归二二房承办；将来撤几时祭菜、方糕，来年清明、夏至两节，归二大房承办。恐日后两忘，故附记于此。（页眉：四兄女身后时节注明，庶无推诿。）

二十六日（12月17日）　晴。晓起，以赋题示薰儿：《子产不毁乡校赋以"是吾师也，若何毁之"为韵》《红叶》七律。饭后收租。沈纯甫复来，大母病已去其七，服参甚有效，再会条参二钱而去。下午，佃租寥寥，约收五十馀石。（页眉：赋期。）

二十七日（12月18日）　阴。晓起收租，抵暮而止，不及六十馀石，咸以看灾为辞，故不能早为结束。灯下，薰儿以赋稿呈阅，云泉点缀得极妥。

二十八日（12月19日）　晓起，微有雨。还租寥寥。饭后雨止，佃户陆续而来，抵暮而止，约收六十馀石。

二十九日（12月20日）　晴。晓起收租，抵暮而止，共收一百三十馀石，尚有存仓。是日，头限已毕，予因天气连阴，再放五日。下午，闻吉人已来。接沈纯甫信，托予作札致殷甥处，兑参六钱。灯下，即作好一札致之。

十一月

初一日（12月21日）　晴。晓起，以题目示薰儿：《好谋而成者也》《赋得〈宵雅〉肆三得"三"字》。饭后，收租寥寥，看灾者格外从宽。下午，晤吉人，补费洋钱四十六元，大得便宜。闻今冬县试，江邑文童二百九十有零，震邑二百有零。考数日减一日，总由两邑生计日蹙，贫者无力读书，富者不肯读书故耳。灯下，薰儿以课艺呈阅，前八行及中权颇能认真作意，后二比则太放松矣。夜深观书，两眼渐昏，奈何，奈何！（页眉：文期。）

初二日（12月22日）　晴。晓起已晚。饭后，间有还租，欲作书，未暇。下午收租，两日共有五十馀石。灯下，写好一札，答李敬

庵,即号缄三。清暇作书,便能惬意。始知堆案相仍,原非吾辈下笔
时也。中午祀先,祠堂内予主之,中楼下薰儿主之。(页眉:冬至。)

初三日(12月23日)　晴。晓起收租,饭后寥寥。读杜至卷二
十。《奉赠萧使君》诗:"王凫聊暂出,萧雉只相驯。"注详诗语:"萧盖
除郎官,以他事贬县令,旋复入为郎,故云'萧雉只相驯'。"案,此盖借
用《汉书》鲁恭事。下"张老存家事,嵇康有故人",注:"张老,晋大夫
张孟。"《舟中夜雪有怀》诗:"烛斜初近见,舟重竟无闻。"下句形容舟
中遇雪,惟静者能知之。查《汉书》,鲁恭为中牟令,有驯雉之异。下
午,读未终卷而暮。灯下,阅《玉局人谱》一书,或十页,或二十页,颇
于身心、学问有益。惟每卷尾后,时杂禅语,终觉驳而未纯。吾儒著
述,断不可流入异端,全在平素择执上做工夫。熟玩四子书,便无此
弊矣。(页眉:萧雉,借用《汉书》。)

初四日(12月24日)　晴。晓起极闲。饭后,仍读杜诗卷二十。
《酬寇十侍御锡见寄》诗,注引《魏略》:"殿中侍御史,簪白笔,侧陛而
坐。帝问左右:'此何官?'辛毗曰:'此谓御史。旧时簪笔以奏不法,
今直备位,但珥笔耳。'"《汉书》注:"簪笔者,插笔于首也。"下午读毕。
朱注以史志为正。子美卒于耒阳,殡于岳阳,皆在湖南。今晨,接殷
甥答信,笑山家参已取来六钱,合洋五元四角。(页眉:簪笔注解。)

初五日(12月25日)　晴。晓起,以题目示薰儿:《善人教民七
年》《赋得得句将成功得"成"字》。饭后,读杜至卷末。《遣闷戏呈路十
九曹长》诗:"晚节渐于诗律细,谁家数去酒杯宽。"公诗有"老去渐于
诗律细",句不嫌复。午前收租,抵暮而止。连初三、四两日,约收一
百卅馀石。今晨,接袁午亭信,江邑上匭,订定于十二日。又接刘子
显信,以震邑邱竹仙老师元配曹夫人于十七日领帖,官冷囊空,托为
张罗,此事不可不应酬也。灯下,薰儿以课艺呈阅,的是考卷,脱去墨
裁。为岁考计,不妨避难就易。(页眉:文期。邱老师名梦龙。)

初六日(12月26日)　阴,晓雾极重。饭后,收租寥寥。中午,
吴江有船来,四女兄病极重,予命吴甥随船先去,即以附身之物付之。

下午，作札与鹤田，明日由兄子带去。抵暮，至大兄处，谈及明日决意亲到吴江，问四女兄之病，大好大好。灯下，作札覆午亭。

初七日（12月27日）　晴。晓起已晚。饭后极闲，作札答刘子显，即以邱老师处慰分寄之，与大兄合出。昨午亭札中，有"礼数未闲"句，薰儿见之，谓"闲"似宜作"娴"。刻检韵书，闲："防也；习也。"娴："雅也。"字义各别。今流俗往往"闲"误作"娴"，大谬。杜集卷末，《哭台州郑司户、苏少监》诗，注引《苕溪渔隐丛话》："律诗有扇对格，第一与第三句对，第二与第四句对，如少陵《郑司户苏少监》诗云：'得罪台州去，时危弃硕儒。移官蓬阁后，谷贵殁潜夫。'东坡《和郁孤台》诗云：'邂逅陪车马，寻芳谢朓洲。凄凉望乡国，得句仲宣楼。'之类是也。"中午，阅秋田与吉人信，始知吴江案元赵清晏、第三童志浩，可见考政之有凭。下午收租。抵暮，接子显回信，震泽案元王澜，即前考名王文澜；乃栋侄孙取在十八。（页眉："闲"与"娴"字义迥别。）

初八日（12月28日）　晴。晓起，检阅庚子夏五月挽三女兄楹帖云："休说燎须亲煮粥；空教设饭暗留钱。"上句用《唐书》李勣事，下句用《后汉书》范冉事。又云："不见秭归复何日；尚思母事奉连年。"上句用《水经注》屈原有贤姊事，下句用《唐书》杨慎矜事姊如母事。饭后，读杜诗卷末，《避地》诗："诗书逐墙壁，奴仆且旌旄。"形容乱离之景，可叹。"逐"，一作"遂"。鄙"逐"字好。《送惠二归故居》诗："皇天无老眼，空谷滞斯人。"的是老杜气息。《军中醉歌》诗起句："酒渴爱江清。"深得隽永之味。朱注杜诗，于今午读毕。午后，大兄自吴江回来，四女兄病体尚可迁延过去，大好。接切庵答信，为予点窜《白门游记》，颇当。并接鹤田老友所办之件，极为周到，甚可感也。

初九日（12月29日）　阴，西风戒寒。晓起，以题目示薰儿：《不学〈诗〉，无以言》《赋得静者心多妙得"心"字》。饭后，收租寥寥。阅《玉局人谱》，至《慎终篇》。中午，邱昼翁家来为迟孙做周岁靴、帽、袍、套、衣服共八件，镀金项件及鞋袜一幅，米饼四盘，羹果捌盒。并接子谦信。下午收租，几无闲刻。灯下，作札答子谦。来人逗留一夜,才得从容下笔也。薰儿以课艺呈阅,不及吉人作,取其文笔清利。
(页眉:文期。)

初十日(12月30日)　阴。晓起极闲。饭后收租,抵暮而止。
黄昏后始雪。

十一日(12月31日)　阴。晓起极早。饭后,命薰儿至吴江,以
应明日上匾之期。此种公事,甚不乐闻,偶为同人牵率耳。午前开
晴,阅《玉局人谱》中《黄孝子寻亲记》,令人下泪。孝子名向坚,号端
木。父名孔昭,崇祯癸酉举人,为云南大姚令,罢官阻兵,不得归,流
寓白盐井,教授自给。向坚去来行二万五千馀里,年逾二载,竟得迎
养归家。菽水承欢,二十馀年,可谓孝之至矣! 同时归庄有《黄孝子
传》。归为孝子执友,故知之甚悉。下午收租,虽属寥寥,竟不得闲。
夜坐得一律云:"四顾云无缝,沉沉欲雪时。夜寒先手足,老病入腰
肢。世事翻多覆①,情怀梦若痴。悲欢两无恋,可许到期颐。"此昨夜
雪后作也。

十二日(1844年1月1日)　晴。晓起,补录初十日夜坐所成之
作。饭后,阅《玉局人谱》中《名人言行录》,适竹淇侄来而止。午前收
租。下午极闲,与竹侄细谈。并接松侄一信,病体尚未脱然,总由禀
质不甚强旺耳。

十三日(1月2日)　雨。晓起,作札答忉庵。饭后,范姨甥来。
适有人馈熟鸭一大盆,遂与云泉、吉人、范四甥小酌,略有酣意。下
午,阅朱子《名人言行录》,乃是《人谱》中删本。灯下,阅李士英《名人
言行录》,中引朱子"为善最乐,读书更佳"二句,上句系后汉东平王
语,不知下句出于何书? 俟查。(页眉:为善最乐,读书更佳。)

十四日(1月3日)　晴,已转西北风,不过不透耳。晓起极闲,
查黑鸦军,李克用所将。饭后,阅李士英《名人言行录》。陆象山先生
尝谓:"人家要有三声:读书声、孩儿声、纺绩声。最可厌者:妇人詈骂

---

① "世事翻多覆"原为"身世水投石",后改。

声、饮酒喧呶声、街巷笑谈声、妖冶歌唱声。与其闻此,不若聆犬声于夜静、听鸡声于晨鸣,令人有清旷之思。"午前收租,适高一林以信来,予无暇沥复。下午,清如妇侄来,为笑山母夫人病费,撮去洋钱三十元。此事不可不少通缓急也。抵暮,接笑山九月十九日所发之信,并以今科省试拟作及其门下士临淮廪生陈盘书试作见示,阅之为一快。笑山拟作,颇能精实,后二股尤蹊径一新。陈中七十一名,年二十六岁。(页眉:人家要三声。)

十五日(1月4日) 晴。晓起,作札答高一林。饭后收租,抵暮而止。薰儿自吴门归,路过杨家桥,问四女兄之疾,可无恙。并述十二日,为邑侯方公上匾,共得十七人。

中国近现代稀见史料丛刊【第十一辑】

张剑 徐雁平 彭国忠 主编

本辑执行主编 徐雁平

柳树芳日记（下）

（清）柳树芳 著

张知强 整理

凤凰出版社

癸卯日记八

十一月十六日起,十二月终。阅《玉局人谱》毕,《吕泾野文集》至二十五卷。

首附题目:
《举网得鱼赋以"状如松江之鲈"为韵》
《扑满赋以"人道恶盈而好谦"为韵》①正月廿九日。
《文与可画竹赋以"渭川千亩在胸中"为韵》
《灯花》七律②
甲辰正月寄来题:
《天地位焉》《"朝聘以时"两句》
《合外内之道也》二月初七日。③《纯亦不已》
《知者利仁》《"端章甫"两句》
《黄绢幼妇碑》《目无全牛无》
《陈牒求判书》④《一客荷樵樵》

十一月

十六日(1844年1月5日) 晴。晓起,东南风,太暖。饭后,接一林答信,尚知自悔。阅孙退士《名人言行录》。钱鹤滩《柬友书》云:"天下有'二难':登天难,求人更难。有'二苦':黄连苦,贫穷更苦。人间有'二薄':春冰薄,人情更薄。有'二险':江湖险,人心更险。"知

---

①②③④　单圈。

其难,守其苦,耐其薄,测其险,可以处世矣。下午,有收租事。二鼓后,微有雨。夜半风起。(页眉:"二难""二苦""二薄""二险"之说可采。)

十七日(1月6日)　晴,西北风极狂。晓起已晚。吉人与梦仙同至八尺,竟为风阻。饭后,阅《玉局人谱》中王阮亭《古欢录》:"沈麟士,吴兴武康人,隐居吴羡山。征北将军张永为吴兴,请入郡。麟士闻郡后堂有好山水,乃往。永欲请为功曹,麟士曰:'明府德履冲素,留心山水,是以被褐负杖,忘其疲病。必欲饰浑沌以蛾眉,冠越客以文冕,请蹈东海,不忍受此黔劓。'"周茂叔《爱莲说》:"水陆草木之花,可爱者甚蕃。晋陶渊明独爱菊。自李唐来,世人甚爱牡丹。予独爱莲。予谓菊,花之隐逸者也;牡丹,花之富贵者也;莲,花之君子者也。菊之爱,陶之后鲜有闻。莲之爱,同予者何人?牡丹之爱,宜乎众矣!"世传《易》学在蜀,如郭曩氏及箦叟、酱翁,皆精于《易》。见谯定、程珦二段事中。下午,阅陈继儒《尚论录序》,后一段可取:"夫天下大事,全赖文章节义人担却,然不可不讲明学问与吏事。学问如切脉,吏事如药方,知脉审方,然后国家之沉疴痼疾,应手即除。不然,未识病夫之生死,不辨庸医之是非,或因循以待亡,或执拗以速祸。是果谁之咎哉?此《读书镜》之所以作也。"灯下,作札答讱庵,以顾剑锋先生遗文原本二册、誊清本子三册寄之。(页眉:麟士之言,婉而谑。短篇极有层折。)

十八日(1月7日)　晴。晓起,西风极厉,水始冰。饭后,阅《玉局人谱》中《尚论录》:"黄鲁直劝人养一佳士,以教子弟,其说可取。尝云:'座有佳宾,家虽贫,吾知其必兴。门无国士,族虽大,吾知其必败。'""谢上蔡云:'透得名利关,方是小歇处。今之士大夫,真能言之鹦鹉也。'朱文公曰:'今时秀才,直会说廉、说义。及到做来,只是不廉不义。'此即'能言鹦鹉'也。而或者见能言之鹦鹉,乃指为凤凰鸾鸑,惟恐其不在灵囿间,不亦异乎?"下午,以事辍读。天复阴,大有雪意。灯下,复阅《尚论录》数页,为之一快。此书大有裨于身心、学问。

二鼓后,始雪。(页眉:谢、朱二公之言可玩。)

十九日(1月8日)　雪。晓起,以题目示薰儿。文题《诚之不可揜如此夫》。《赋得鸣鹤在阴得"鸣"字》。饭后,至东浜,问外姑之病,已不起矣。年至八十有七,尚复何望?所可惜者,后起不振耳。予一望即返。阅《尚论录》:"华阴县民有以甘露降告县者,县令因出自接之,有道人笑焉。县令怒,械系之。道人曰:'譬如人身,精液流通,可至六七十年。若其寿短促,则漏进于未死之前矣。此木盖将稿[槁]故耳。如不信,请留我以待,明春此松必不复荣也。'县令如其说,果验焉。然则后生词彩绚然、宣泄太尽者,盖甘露之类也。客曰:'功名亦然。'""苏子瞻居黄州,时与邻里往还。既绝俸,而往还者亦多贫困,仿温公真率会,而复杀为三。自言有'三养',曰:'安分以养福,宽胃以养气,省费以养财。'"按,温公真率会,相约酒行、果实、食品,皆不得过五。中午收租,竟有冒雪而来者,皆良佃也。下午,雪窗静坐,颇得清冷之味。夜雪纷纷。灯下,薰儿以课艺呈阅。说理题,未能冰雪聪明。(页眉:文期。甘露之喻可省。东坡"三养"。)

二十日(1月9日)　大雪纷纷,较昨日更多。予无事晚起。饭后,阅《玉局人谱》中刘宗周《养气编》,说理不入于腐,便能提撕警觉人。又,《集义编》:"解大绅曰:'处其心常在熙春丽日之间,则天下无可恶之人。'"午前,竹淇侄来,借皮袍套一副而去,渠于廿二日续娶枫泾谢。下午,雪更大,屋瓦上已积三四寸。"文衡山素不到河干拜客,严嵩语顾东桥曰:'不拜他人犹可,我过苏,亦不答拜,殊可怪。'东桥曰:'此所以为衡山也。若不拜他人,独拜公,成得文衡山乎?'"张文节公尝言:"人之常情,由俭入奢易,由奢入俭难。"此居官名言,不可不常记于心。富郑公年八十,书座屏曰:"守口如瓶,防意如城。"《养气》《集义》两编,宜参观得失。《四时读书乐》,乃宋季儒人翁森作,在《人谱》第五册卷末。夜间,雪犹不止。(页眉:文衡山之不可及在此。居官名言。富郑公语。翁森《四季读书乐》诗。)

二十一日(1月10日)　晓起,雪如昨。饭后,成五言六韵、七言绝句一首。仍阅《人谱》中《忏摩录》，此录节删太略，不如原本《省身录》及寒家重刊本。下午，阅《敬庵随编》，载国朝江苏鼎甲之盛，自吕宫至吴信中，鼎元共计四十人，内三元一人：钱棨。海内各省，多不能及。（页眉：江苏鼎元之盛。）

二十二日（1 月 11 日） 晴，西风极厉。晓起，作好一札，与子谦。饭后，阅《玉局人谱》中《悔庵随编》，中有冯景所记汤中丞事①及沈德潜所书《琐缀录后》②，宜录出。午后复雪，加寒。下午，阅沈德潜《先姚事状》③，极真挚，可为法。（页眉：汤中丞逸事宜采。）

二十三日（1 月 12 日） 晴。晓起，命潘四赍洋十六元、便信一函，送至汝梅村处。以题目示薰儿：《亲亲之杀，尊贤之等》《赋得其臭如兰得"如"字》。饭后，阅《玉局人谱》中嘉兴高采菽道淳所辑《最乐编》。汪少宰闲斋尝语云："人家富贵如牡丹，今春既盛开矣，复当培之，以为来春之计。苟尽其气数，而不加培护，岂能使花之常开乎？"此一段语可谓先得我心。午后，接子谦信，昼翁病已平复。梅村信、燕窝已寄来，尚馀一洋。下午，复接梅村前日所寄之信，大港上三侄孙来年断不用了，莫怪。阅《最乐续编》，载顾亭林先生《与友人辞祝书》④，可取为法。《规友人纳妾书》⑤，已见《切问斋文钞》中。抵暮，有浙江举人沈绍洙寄朱卷来，与徐竹汀从子婿有连。沈号子宣，住王江泾，为韵楼之子、再祁之孙。灯下，作好一札，答笑山。并作一札与松侄，为三侄孙习业不成事，可叹。薰儿以课艺呈阅，尚能运用书卷。闻冯咏有三句题文。（页眉：文期。汪公牡丹之喻，可细玩。《辞祝书》可法。）

二十四日（1 月 13 日） 晴。晓起极晚。饭后收租。下午，阅《玉局人谱》中《知本录》《随园杂钞》及陶文简公《放生辨惑》，未免文多意少，不存亦可。

二十五日（1 月 14 日） 晴。晓起，以鹤田信、切庵信、《寸心楼

---

①②③④⑤　双圈。

文稿》原本二册、抄本三册及粮串一纸，交兆元兄子，带至吴江。饭后，阅《玉局人谱》中彭凝祉定求《质神录》。中午收租。访得一节妇朱氏，嘉善县北胜村民沈永年妻，廿九岁。夫亡，一子号士法，才五岁，氏抚之成立。至道光二十三年，氏年五十有九，士法年三十有四，曾佃予家荒字圩，常来予家还租，故知之也详。下午，《质神录》阅毕。后附黄石斋先生《讲习录》，有"三辟""五禁""七辨""九证"共二十四则，于性理多所发明。后附刘念台先生本传①，宜重读一过。是夜，《玉局人谱》阅毕。（页眉：节妇朱氏。）

二十六日(1月15日)　晴。晓起，命薰儿至金泽，吊陆华峰。青儿与其某孙同娶于杨斗山家，故有此讣。饭后，阅《明吕泾野先生文集》，首有长白鄂山序②，最为明晰。卷一，《高陵县志序》后云："人物之志，凡以示后学耳。生如株木，殁如秋草，恶乎传？"此言可不惧哉？《晦庵朱子文抄序》③，说得最明畅。卷二，《江阴刘氏家乘序》引卜子尝云："大夫及学士始知尊祖，求其人而不得。"今世士大夫亦然。卷四，《南垣便养图序》："吾闻孝有五志，忠有七经。"二语不知何本。下午，薰儿自金泽归，述华峰之丧极丰盛。刻检《国朝鼎甲通考》，就江南下江而论，自吕宫至吴信中，鼎元竟有四十人，始信《敬庵随编》所载不爽。灯下，检葫芦中《汉书》，乃《南史》萧琛事。史中云："文字多如龙举之例。"此句不知何解。琛见《南史》"列传"十八卷中，附《萧思话传》后。此传萧氏共有十人。（页眉：阅《吕泾野先生文集》自此始。）

二十七日(1月16日)　晴，太暖。晓起，查清账务。饭后，阅《吕泾野先生文集》卷五。《寿凤山程公序》云："人子之寿亲也，显亲为上，其次悦亲，其次养亲，其次荣亲，其次逸亲。逸亲者，力可能也。荣亲者，贵可能也。养亲者，富可能也。悦亲者，贤可能也。"可见显亲之不易。《寿对山先生康子七句序》云："去岁还山，辱先生枉问予

---

①②③　双圈。

北泉精舍，因论及用人事，先生曰：'若任此责，当先进君子，其小人不须搏激则自潜消默化矣。'"此论甚合"舜、汤举皋、伊而不仁者远"之旨。《醉泉朱公寿序》后云："今夫火，尽露其魄，不久而化，若潜之于物，养之以固，则虽甲夜种旦，日求无弗继者矣。"此可为善藏者喻。下午静坐。近日鼻塞尤甚，或缘肺热之故。（页眉："寿亲"一段可录。论火可录。）

二十八日(1月17日)　晴。晓起极暖。饭后，阅《吕泾野先生文集》卷七。《赠浚川王公诏改左都御史序》①，通篇以"诤""誉"二字作主。论司马君实一段，极有深识。《赠王扶风汝言序》②，能以直笔附书刘瑾事。下午，乘暖修容，大快。卷九，《赠何嘉兴序》甚言嘉兴之难为，可参阅。《赠曹宁波序》中云："赠镜者何？曰：贼仁之人，其容白；残义之人，其容赤；侮礼之人，其容元；寡智之人，其容黄；不信之人，其容青。"五句终有所本。灯下，写好答笑山之信，共计五页。并作札答梅村。（页眉：五句必有所出。）

二十九日(1月18日)　晴，西风作冷。晓起，以赋题示薰儿：《壶芦中〈汉书〉以"班固真本，萧琛得之"为韵》。诗题《问潮馆》七律或七古。饭后，阅《吕泾野先生文集》卷十。《赠博野掌教邢君序》："夫民生之不厚，皆由士习之不良；士习之不良，皆由师道之不立。"此四句切中今日世弊。《赠石泉潘公考绩序》③议论极宏畅，专为国家用人起见。《赠黄伯元考绩序》④谓："朝廷立法，虽以三年、六年、九年之绩为考；士君子立身，则以百年、千年之绩自考也。"此不磨之论。通篇文法皆妙。卷十一，《赠余行甫考绩序》引明道程子"在神宗时为御史，进说以正心窒欲、求贤育材为先，以至诚仁爱为本。常言人主当防未萌之欲，不可轻天下士。其尤极论者，辅臣不同心，小臣与大计，兴利之臣日进，尚德之风浸衰。神宗至俯身拱手以听"。《赠成秀卿考绩序》，直言"正德戊寅之际，江彬用事，蛊惑先帝，导之游幸，颐指

①②③④　双圈。

文武诸臣"等语。《赠杨容堂致政序》^①，以"兵""食"二政作主，一篇大文字。下午，阅《赠董正郎致政序》，云："黄金横腰，绯衣华躬，世之士大夫多冀此以为荣美。"后云："士大夫一致仕还里，辄曰：'司言者不吾劾也，执礼者不吾绳也，持法者不吾律也。'日以买田问舍为常，诗舍酒会为高，遂使士风沦替，后进淫惰，愿者多在位，娄者多在职，皆前偷教之也。故曰：'乡无善俗，则世乏良材。'"读此文，不禁为之慨然。灯下，薰儿赋稿完，尚未誊清。阅旧稿《次韩公赠无本韵》"日听兼数览"句，要查。（页眉：赋期。四句切中时弊。考绩之说。程子之言。董序可录。）

三十日（1月19日）　晴。晓起，属丹林誊清今年诗稿。残冬且辍此事，俟来春再看老兴何如耳。饭后，阅《吕泾野先生文集》卷十二。《积德之什序》引司马温公常言曰："积德冥冥之中，以为子孙长久之计。"《渔石之篇序》云："当其道之可升矣，进愈速则愈美；当其道之未可升也，进愈迟则愈嘉。"予欲节其语，为迟孙取一字曰"望嘉"。《多士赠言篇序》云："世有亲受业于师长之门者，岁月既久，训诲亦深，恩义如父兄，亲厚如胶漆。比其后也，一语不合，百怨即生，或毁于人，或雠于己，如吕步舒之于董门，邢和叔之于程门，操戈入室，面从背违者，代有其人也。"午前，兄子兆元自吴江回，由单已理大半，刧庵处书信亦寄出。下午，作札与午亭，关照松巢送朱卷，约望后来。灯下，封题目纸两个。初三一期，十五一期。（页眉：温公之言。《赠言序》。）

十二月

初一日（1月20日）　晴。晓起，安排行李，明日将入城。饭后，唤定运粮船，预订初四日下米，初五日上来。中午祀先。初四日为先妣周太硕人忌辰，因欲出门，预为拜享。然于心上终阙然也。下午，薰儿呈阅誊清赋本，尚能步武不乱。

---

① 双圈。

初二日(1月21日)　晴。晓起开船。饭后,舟中阅旧稿一卷。中午到江,寓云在草堂。下午,至四女兄处问疾,尚未起身。面谈存项,已支用过一千三百千有零,其馀只剩银账上三百千文,殊难催取。四女兄之意,欲将此项三股分派:一股与吴甥;一股两甥女对分;留出一股,以办葬事。所言诚善。其如尽在账上何?须俟设法催取耳。抵暮,至鹤田老友处长谈。接讱庵答信,《寸心楼文稿》已校毕,信中殊不满予"惩忿窒欲"四字。

初三日(1月22日)　阴。家中馆课:《知耻近乎勇》《赋得惟精惟一得"中"字》。晓起,理齐易知单。至讱庵处,约明日来寓。饭后,至雷祖殿茗饮,晤鹤田、述甫、森甫。下午,至煦安处,收回红契十八纸,账亦算讫。复至鹤田处长谈,抵暮而返。闻兄子兆黄曾来过,米已运到,明日可登场。(页眉:文期。)

初四日(1月23日)　阴。晓起,阅《吕泾野先生文集》卷十三。《送何柏斋北上序》:"夫木变于冬,鸟变于秋,人变于长老,位变于崇高,岂惟其气使之然哉?"甚言不变之难也。《送林侍御之南京序》:"或曰:号直言不避者,汉言聪马御史,唐言胆落御史,宋言铁面御史,从事大本者,又自目哑御史,云从何宅焉?"《送黄广东序》:"曰:吾见今之迁官者矣,骄浮于惧,满浮于歉。"二语切中今之为官者。讱庵来在寓中小酌,未竭壶,大有酣意。饭后长谈,携予旧稿十卷而去,盖将严加删剃也。予前刻八卷,自悔删之不严,此事须多经巨眼看过,方可历久无瑕。下午,阅卷十四。《送赵温州序》:"昔有齐人怀千金者矣,之楚而买荆山之玉。裹以锦绮,载以舳舻,中流而遇暴客,并千金亦失焉。使不之楚,其千金固在也。郑人获良马数十匹,不自用,散诸宗戚比邻,而自留其一驷。乡人皆以为愚也。他日,厩焚驷毙,宗人归一良焉,戚人归一良焉,比人各归一良焉,不数年而前马俱至,无缺乘。使其初也,良马皆在闲厩之下,今为灰烬久矣,虽欲求一骑,不可得也。是故,知退者,知进者也;知降者,知升者也。"前两喻极妙。《送林太平序》:"是故君子宁为铜镜,不为玉杯。玉杯虽贵,止于玩物;铜镜虽贱,可以照人。"四语必有所本。灯下,阅卷十五。《送崔开府序》:"今之乱经者又多矣。以权者假,以术者贼,以功利者叛,以辞赋者荒,以章句者支,以记诵者浅,以静虚者俗。"此七句可入时文。是夜极暖。(页眉:不变之难。迁官气象。买玉、散马之说可录。贵镜贱杯。)

　　初五日(1月24日)　晴。晓起,阅《泾野文集》卷十六。《门墙拜别诗序》:"骤雨时行,其至之地熟,其不至之地荒。若夫同云霡霖,则无复不稔者矣。故君子公则和而广,比则庆而隘。"卷十七,《夏县重修大禹庙记》:"柟闻禹有九手,故不偻;禹有九足,故不痹。吾闻禹之治水也,左钟右鼓,前轉后罄,夙夜悬铎,故能以九州人手为手,以九州人足为足,是以不行而至,不疾而速,若是神也。"《重建薛文清公祠堂记》,如读本传。《李氏家庙记》引宋"程氏礼,冬至祭始祖,朱子曰:'熹则不敢。'故《家礼》止祀四世。柟谓:如《家礼》之说,援古则似僭,通众则尊卑混淆,故程氏礼则近经。"饭后,兄子兆黄来寓,予以折数扣除之说告之。今晨难得风恬日朗,运粮船来,快遇顺帆,可喜可贺。补昨晚《投宿云在草堂》诗:"行囊简得一身轻,垂老光阴几变更。残雪未消停北户①,斜阳返照射东荣。微闻香篆通禅理,却爱梅花少热情②。欲③借维摩方丈地,暂时留恋息劳生。"中午,运粮船已到,遂率薰儿至煦庵处报数:六百袋,十九户,正米一百七十一石八斗七升九合。下午,返寓静坐。闻吉人仍未到馆,可笑。(页眉:云雨之说可录。禹有九手九足。程朱家礼可录。)

　　初六日(1月25日)　阴。晓起,至仓场,米发三厫。晤子谦、味梅。饭后,运米进厫。午前开斛,一切照旧。下午斛毕,已完三分之二。予与同事诸友饭于虹月馆,未夜先返。灯下,蒙子谦来寓。两日

---

①　"户"原为"陆",后改。

②　"少热情"原为"不世情",后改。

③　"欲"原为"好",后改。

天气太暖,不遇风雪。昨夜虽雨,地上已干,此出门一大幸事也。予命薰儿初九日再上来,带洋饼十五元,钱三千。如落卷及近课,吉人已带来,命渠携至寓中,予急欲一观。

　　初七日(1月26日)　微有雨,西风发而不透。晓起,成《冬阴诗》:"暮暮朝朝冷眼看,云犹漠漠雾漫漫。西风将作冬先暖,大雪重飘岁复寒。义气何曾天好杀,忍心其奈物相残。可怜已入纷争界,人世多劳我独安。"此种诗可以不存。饭后,阅《吕泾野文集》卷十八。《河中书院题名记》后云:"若乃生如春华,没如秋草,虽题名太行之上,人亦弗之视矣。而况或长恶不材,处则蠹乡,出则病国,则兹石之名,召诟速戾莫甚焉。"读此等文字而不警省者,必是真小人、真庸人。卷十九、卷二十中,诸游山记多可采取。《游卢龙山记》:"旁有藤萝,附松而生,绸缪松身,蒙蔽其顶,且着花焉。此树本松也,被他物缠绕,遂并己身亦不能辨。昔横渠谓:'人被流俗习染,如直木为藤萝牵扯。解去支蔓,自可寻向上去。'"此喻极妙。下午,风雨绵绵,寓中静坐。(页眉:《题名记》可录。"松为藤萝所蔽"可录。)

　　初八日(1月27日)　晴。晓起,改存一诗,题系《入城有感作》:"人世劳劳我独安,平生知足须①常宽。随僧粥饭原非易,小隐林泉亦大难。畎亩无多宜种德,子孙虽好莫求官。眼前敲扑忍流血②,试问今朝午未餐。时闻震泽左邑侯用刑极严。"饭后,阅《泾野文集》卷二十一。午前,走候吴吾堂,问及鼻塞之病,究系肺热,未知何物可以解释否?吾堂劝予常服桑白皮汤,此药亦甚易。回至雷祖殿,与鹤田茗饮。鹤田屡劝予节劳,亦良友见爱之诚。复至切庵处,适拙集十卷已阅毕,其删节及入选之作,甚合鄙怀,共选六百〇一首,已不为少。他日续付手民,即以此为定本亦可。下午,返寓静坐。灯下竟不能看书。(页眉:桑白皮。选诗之数。)

---

①　"须"原为"境",后改。
②　"忍流血"原为"谁家子",后改。

初九日(1月28日)　晴,西风狂甚,极寒。晓起,阅《泾野文集》卷二十一。《答山阴朱守中道长书》:"是故琢玉之家,不畜碱砆;炼丹之室,不积烈火。何者? 火烈则丹飞,玉、碱砆之皆畜,则玉之琢也必不精。""惟仁人为能爱民,惟义士为能报国。仁莫大于进诸司之贤,义莫急于黜庶司之恶。"卷二十二,《答朱子仁书》:"欲求未发之中,且于已发处着力。大抵天下事,若不谙练,遽欲中节,将恐陷于助长。世有设为过高之语者,不可不细论也。"此二卷尺牍,非寻常应酬可比。讱庵复来,同饭于寓中,携予《后得闲集》一卷而去,予稍赠度岁之贽。中午,重阅卷二十三、二十四。《别纪豫之语》:"惟是燕友足以忘其勤,伪友足以忘其诚,傲友足以忘其敬,侈友足以忘其守,禅友足以忘其真,谄友足以忘其介,游友足以忘其业。"此"七友"多不可近。《薛惟亚送至南寺留别语》:"司马君实言如人参、甘草,行如菽粟、水火。"二语必有所本。《赠别王伯启语》:"夫为河者,能受泾、渭、漆、沮诸水。为江者,能受沱、汉、溧、澧诸水。若先为泾、渭、沱、澧,而欲受河与江,其得乎?"即大能容小、小不能容大意。二十五,《书东郊精舍语》:"东郊精舍者,忍庵童君所构,居其子友仁而诲之者也。"《答朱子仁语》:"今有东农、西农于此。东农卤莽而耕,灭裂而耘,其获也,非莠则秕,计百亩之入,不及釜庾之多。西农则不然,未雨而耕,先莠而锄,耒入既深,荼蓼亦朽,引水以区灌,潴粪以稔治,及其秋也,其实栗栗,以为饔飧,罔不嘉羡,数口之家,岁有余储。然后知以实为者,以实获;以虚为者,吾未见其能有所获也。夫学亦犹夫农也。"此三卷多是赠语,除录出外,亦少可取。下午静坐。是夜极寒。(页眉:"七友"不可近。司马君实之言有本。东农、西农之分。)

初十日(1月29日)　阴而复晴。晓起,陈朗庭、钱中和来寓,始知米船昨晚黄昏到齐。薰儿以外祖母张太硕人殁于初八日夜间,故不上来。予即入仓场,到三厫上报数。饭后,进厫米一百五十五石,斛见正米八十五石六斗八升,约馀米二斗五升,归平斛一石八斗有零。下午,钱中和邀予虹月馆吃夜饭。归寓,月色已满地上矣。灯下,阅白庵看本,仍以修饰为工。闻吉人初七日到馆,落卷仍未领出,明日须寻本路沈大舟一问。

十一日(1月30日)　阴晴参半。晓起,至学前,寻本路沈大舟,适晤其弟大海,云:"我兄尚在郡中办考,落卷多在行箧中,须至岁底送来。"饭后,切庵复来,见惠诗序,颇能道予所欲言。并阅薰儿近课四篇,荷蒙推许可望。中午,复至四女兄处,收回附身之物,恐其置诸质库也。下午,率兄子兆黄至顾煦安处,付出今冬折数。回寓静坐。是晚,闻沈外姑于明晨成殓,遂即解维夜泛,归家已二鼓后矣。

十二日(1月31日)　晴。晓起,率薰儿、元侄至三古堂,时外姑尚未入殓,颜色如常,不觉泪为之下。饭后,予在灵前,率子侄辈谢客,亦礼在则然,非谬为恭敬也。中午,送外姑入殓。凡衣衾、棺椁,丰俭得中,莫非外姑之福。所惜者,继起乏人耳。下午无事,与陈古愚、得珊、小泉及沈莲坡长谈。莲坡述黄云帆已故,多不自爱惜,以致有用之才,竟消磨于烟花队中,未知何故。互相叹息而止。抵暮始返。

十三日(2月1日)　晴。晓起已晚。饭后,命舟送吴甥归家,明日有葬亲之事。午前,查登完漕底数,及午而止。下午静坐,接左石侨老师讣闻,择于十二月二十日领帖。桐城优贡生。抵暮,松巢来送朱卷,遂留信宿。述及自盛泽归,接南一便信及《白下游记》,看得极草率,大约日在征逐中,故无好怀也。薰儿落卷,今晚领出,看完头篇及诗,批语十个字。今晨答笑山一信,命人送至其家,附家信内寄出。

十四日(2月2日)　晴。晓起,与松巢谈入都之事。饭后,松巢回去,大约新正望前启行。查"玉山佳处",见《元诗选》顾瑛小传及《苏州府志》"宅第"内。文笔峰,见卷四马鞍山下。下午,竹淇侄来,为书林三侄孙事。松侄以《曝书亭诗集》卷十三内《题蔡修撰〈早朝图〉》诗:"绣墼只许狸奴卧。""绣墼"二字未知所出。查"墼"与"墩"同,在《佩文韵府》"十三元",出《传灯录》。(页眉:"绣墼"出处。)

十五日(2月3日)　晴。晓起,查清出门以后账目。饭后,至大兄处长谈。下午静坐,补录近作五首。

十六日(2月4日) 晴。立春。晓起,东南风。以赋题示薰儿:《玉山佳处赋以"爱汝玉山草堂静"为韵》,诗题《文笔峰》七律。饭后,命丁童洒扫瑞荆堂。一冬不收拾,便觉芜秽不治。古人明窗净儿,方为读书福地。即速舅娱宾,亦须几筵楚楚。世家子弟,多付诸不闻不见,何也?午后复阴,似有雪意。下午静坐,微有雨,即止。灯下,圈点《白门游记》,略有节删处。(页眉:赋期。)

十七日(2月5日) 阴。晓起,查清账务。饭后,戴芝香来,以事相商,予实不能应酬也。下午,删阅切庵看本,其中有可从,有不可从,得失终由寸心知也。竹俟复同贰俟孙来,携示陈品荣一信,已为三俟孙转致梅村,尚可成就,惟欲得予一信耳。此事亦不得不为之一言也。是夜,嘱吉人宿舟中,明日送其回去。

十八日(2月6日) 阴,微有雨。晓起,作札与梅村,为三俟孙事。饭后,删阅续编,至卷四。下午,云泉面谈,欲带附其曾孙,予力却之。今年,招云泉下帷予家,一半为吴甥读书,一半为老友闲居,从此两全其美,非世俗家延师可比,故毅然却之,不能稍为含糊也。人贵知足,何所见之不明若是耶?凡出门人,须要看得清楚,方能不落空言。全在平素读书明理,再能勘破世情,所谓"竭忠尽欢",吾知免矣。

十九日(2月7日) 晴。晓起,收拾行李,将重至吴江。饭后,送云泉回去。予与梦仙下船解维。舟中,重读毛选韩文。午后,过同里,至梦兰家,尚未解节。见其母夫人,予一揖即返。抵暮,至长桥泊舟,晤桂轩从孙。

二十日(2月8日) 晴,极暖。晓起,吊本学老师左石侨。晤陆爱庐,一茶而返。饭后,至西门外,晤赵二水,询及谱经家震邑粮米,悉照旧章,可见传闻之讹。回至震邑仓场上,晤子谦、子玖昆季。米已验进厫内,予复至切庵处长谈。下午,与切庵在雷祖殿茗饮,述及吾乡迮卍川先生逸事,予寔未之知也,暇当记之。闻府试第一童养涵,第二凌海香,第十陈虎生。

二十一日（2月9日）　晴。晓起，自吴江放舟，至跨塘，约四十里。予欲就顾恕堂医，不值，闻已至松江。饭后，复至胥门，泊舟万年桥。入城，晤聋石，谈及北边科场事，荣阳相国第四子，以代倩发觉，革去举人，杖八十，不准收赎，可谓求荣反辱，可不戒哉！下午，在学士街茗饮，东北风狂发，抵暮归舟。薰儿文赋，已命王大送至白庵处。是日，家中文期：《肫肫其仁》《赋得学古入官得"官"字》。《立春后五日，舟中不寐作》："已觉年①头露，犹留岁尾残。梅开未全白，霜重不知寒。世事如棋局，人心似激②湍。老怀徒耿耿，岂作井中观。"（页眉：文期。）

二十二日（2月10日）　阴，东北风大作。晓起，自吴门放舟，仍至吴江长桥下。饭后解维，舟中删存《知误集》毕。下午，天色渐寒，微有雪。抵暮到家。灯下，接姚春翁中秋节荆州所发之信，并寄惠《〈清献公日记〉后序》一篇，清言娓娓，中皆有物，真不愧作手也。子枢亦有信来，均从朱霭亭处寄至。霭亭亦有信。得暇须一一答出。

二十三日（2月11日）　大雪连朝。晓起极晏。饭后，至大兄处，与钱中和调停一事，仍不果。下午，查清账目。雪更大。灯下，薰儿呈阅课艺，尚能圆熟。是日奇寒，要防河冻。

二十四日（2月12日）　晴。晓起极晏。饭后，黄谷卿来送朱卷，一茶而去。予送薄赆一番、《日记》一部，面致谷卿，最为便捷。中午，接史励斋、侣荘两信。励斋欲托予印订乃祖遗集，寄资四番，约寄在侣荘处。予即作札答侣荘。下午，偶阅冯景澄朱卷，文太浅薄，未免有坏风气，不足存也。黄谷卿朱卷颇能刻挚，大好揣摩。《小除日》："一番风雪了残年，万户重开喜霁天。幸得今朝小除夕，碧翁净扫旧云烟。"

二十五日（2月13日）　阴。晓起，闻河冰不冻。饭后，命薰儿

---

①　"年"原为"春"，后改。

②　"激"原为"沸"，后改。

至赵田答松巢。暇,作札答霭亭。并有信致梦琴,删存《汰存集》二卷。下午,薰儿自赵田回,松巢不值,午亭留饭,与孙新甫同席。

二十六日(**2月14日**)　晴。晓起,以题目示薰儿:《泛爱众,而亲仁》《赋得为此春酒得"春"字》。饭后,为大兄处一事,已与钱中和调停结束。凡事能忍,终可销除,此处家第一要策也。下午,删存续编已毕,约去六十馀首,并作跋语。灯下,薰儿以课艺呈阅,一讲最警策,馀尚妥。(页眉:文期。)

二十七日(**2月15日**)　晴。晓起,收拾堂楼下废纸。饭后,陈畹香来,以缓急相商,予实不能应酬也,留中饭而去。下午,开发年底所出,约有百馀番。夜间,酌账房诸君,命薰儿陪之。

二十八日(**2月16日**)　晴。晓起,命舟送账房诸友回去。饭后,戴芝香来还租米,以《庾子山集》八册、王阮亭《古诗笺》十四册准租米,亦异事也。下午,张挂先人遗像,在养树堂中。明年,老公祭轮着,即以除夕为始。

二十九日(**2月17日**)　晴。为春丁卯,天气极佳。饭后,总核一年出入,少有赢馀。然今冬又逢歉收,来岁必亏无疑,宜暗自节省。近日处家,不得不如此。下午静坐,天气骤暖,恐不能久晴。黄昏祀先。今宵家宴,多迟孙一人,侍立于旁,顾而乐之。枕上,成七律一首。(页眉:春丁卯。)

癸卯出门日记草稿

周子志本豪，汤侯识亦旷。团团□笠影，放浪江湖上。江湖放浪足平生，□成死别难为情。几偏青史嗟□伤，两行红粉愁飘零。眼前诸子□酸腐，奇气何人同一吐。颓然老□故将军，梦里独射南山虎。

《中秋夜无月，在金陵寓中作》

今夜幸无月，沉沉但欲眠。不然千里隔，孤负一天悬。雁滞书难达，花开梦未圆。别离多少事，满眼尽云烟。

树老花全放，今年事更奇。零星①留一朵，摧折第三枝。几岁为人妇，全家痛女儿。月圆知有恨，不使夜相窥。

怀抱今宜放，寻游乐暮年。江山如有待，花柳本无缘。量浅犹思②酌，诗成不尚妍。何时成结构，到处③必林泉。

《夜泊燕子矶④》

夕阳才解缆，明月此连宵。灯火千樯集，云山一梦遥。身安方就枕⑤，风定不通潮。时或隔烟语⑥，闲停古渡桡。

---

① "零星"原为"如何"，后改。
② "犹思"原为"□宜"，后改。
③ "到处"原为"一任"，后改。
④ 此前原有"晚自三山门外放舟"一句，作者删去。
⑤ "身安方就枕"原为"□□□出院"，后改。
⑥ "时或隔烟语"原为"□□□□耳"，后改。

《游惠泉山》

日斜风送①凉，秋半树全②绿。一。野色晴未阑，游情老尤③笃。二。眼前九龙山，今晚才④驻足。三。穿林入窈窕，径⑤似九疑曲。四。向背阴阳分，旋转左右伏。五。一泉出山腰，万斛藏在腹⑥。六。欲知源源来⑦，积久多蕴蓄⑧。七。茶话宜⑨流连，天香⑩浓馥郁。八。⑪何不移家来，小住拓林屋。九。钓游记平生⑫，迟暮尚可卜。十。

欲知源源来，积久多蕴蓄。酿成林木奇，秀气直⑬干触。是邦盛文章，端借此钟毓。择邻瀺东西，结客歌信宿⑭。

陈湍塈。席元章。彭箫九。○⑮楚乔。

十五日(1843 年 9 月 8 日)　船上人来，先发搭联一只、内锡瓶两个。紨包一个。

---

① "送"原为"微"，后改。
② "全"原为"犹"，后改。
③ "尤"原为"弥"，后改。
④ "才"原为"始"，后改。
⑤ "径"原为"路"，后改。
⑥ "万斛藏在腹"原为"万乳□其腹"，后改。
⑦ "欲知源源来"原为"始知蕴蓄深"，后改。
⑧ "积久多蕴蓄"原为"□□无断续"，后改。
⑨ "宜"原为"多"，后改。
⑩ "天香"原为"花香"，后改为"天子"，后改。
⑪ 此后原有"此间乐可知，得陇不思蜀"一句，作者删去。
⑫ "记平生"原为"无□年"，后改。
⑬ "直"原为"□"，后改。
⑭ "结客歌信宿"原为"择地□起复"，后改。
⑮ "○"原文如此。

《癸卯中秋,偶客①金陵,走访汤雨生总戎贻汾,以扇乞书。
越日书就,蒙以近作见示,有感予怀②,遂以诗简之》

飘然缓带此③风流,盈尺阶前客尽投。垂老相逢尘世外,如
君合④向古人求。郑虔才大成三绝,平子归来咏⑤《四愁》。眼看
沙虫多变幻⑥,休伤猿臂不封侯。

《癸卯闰七月望日,率儿辈将为白下之游,先以诗纪之》

名山须趁健时游,老我平生愿未休。此去大江犹故土,请
看⑦明月即中秋。百年事业真难了⑧,四海声闻岂易求。惟劝⑨
汝曹宜努力,迩来吾已雪盈头。

阿翁⑩去不为功名,晓泛秦淮暮石城。休说阮侯曾曲宴⑪,
剧怜褚相亦虚生。有时吊古伤怀抱,是处论交孰老成。年少快
登龙虎榜,纷纷馀子未堪轻。

十六日(9 月 9 日) 晴。晓起,率薰儿偕吉人、梦仙下船,解缆,
遇西北风⑫。得句云:"月影和烟低入水,虫声如雨唤成秋。"时薰儿

---

① "偶客"原为"予在",后改。
② 原文此前尚有"读之"一句,作者删去。
③ "此"原为"自",后改。
④ "合"原为"须",后改。
⑤ "咏"原为"拟",后改。
⑥ "眼看沙虫多变幻"原为"眼见沙虫多猝变",后改。
⑦ "请看"原为"眼前",后改。
⑧ "了"原为"老",后改。
⑨ "劝"原为"愿",后改为"属""策",后改。
⑩ "阿翁"原为"老夫",后改。
⑪ "休说阮侯曾曲宴"原为"休说阮郎留曲宴",后改。
⑫ "晓起,率薰儿偕吉人、梦仙下船,解缆,遇西北风"原为"予交五更即
起",后改。

闻予声,即起①,吉人、梦仙相继起。东风渐启明,相率下船。舟中,读朱注杜诗,至卷二。《戏简郑广文》诗:"才名三十年,坐客寒无毡。"予今年《送笑山司铎凤阳》诗曾用其语,诗云:"应笑寒毡寒。"盖本于此。此卷中,予最爱《夏日李公见访》一首,随笔写来,多成幽趣,是杜诗中别出一格者。下午,至吴门,泊舟万年桥。入城,晤聋石,不及深谈。傍晚,至舟中,柏川已来,订定明日清晨同去唤船②。书肆中见《苏文忠公编注集成》,系武林王文诰见大著,近日新印发,价三洋。(页眉:八月十四日,阴晴参半。晓起,闻三场点名愈早。饭后,即送薰儿及柏川、吉人进场。午前返寓③,读杜诗至卷十一。《陪王使君晦日泛江》诗:"山豁何时断,江平不肯流。"杜诗"秋天不肯明""江平不肯流",两"不肯"字,皆有妙理。《滕王亭子》诗:"古墙犹竹色,虚阁自松声。"盛□之感,以虚字□旋得妙。《自阆州领妻子却赴蜀山行》诗:"行色递隐见,人烟时有无。仆夫穿竹语,稚子入云呼。"千里程涂,均于一起写尽。《赠王侍御四十》诗中押"筋"字、"勤"字,俱在"殷"韵,此并与"真""淳""榛"合,乃知"殷"韵唐人以其部窄,多与"真"通,不与"文"通也。下午,在寓静坐。)

十七日(9月10日)　晴,风色如昨。晓起,唤定长州蒲鞋头船,船户王兆英,包送到,言定正数洋钱拾元,外加煤炭、旗灯、赛神三项,钱一千九百文,准于明日清晨吉行。饭后,命人至葑门白庵处,取薰儿、吉人课艺。午前,课艺已取来。检点行李过船。午后,至清微道院,与聋石长谈。聋石询及逆婿事,予以《惩创编》示之,聋石始信前事④之不谬,爽然若有所失。下午,与刘建老茗饮⑤。回至船中,命来

---

① "时薰儿闻予声,即起"原为"时薰儿亦早起",后改。
② 原文此后尚有"是日虽不雨,仍复西北风"一句,作者删去。
③ 原文此前尚有"却在正好时候"一句,作者删去。
④ "始信前事"原为"始知此子",后改。
⑤ 原文此后尚有"留憩最久"一句,作者删去。

船于明日早行,剑峰先生文稿①带回。闻梦兰以疟疾回家,此文无人校勘也。是夜,同宿蒲鞋船②中。(页眉:十五日,阴。晓起,收拾行李,以备明日清晨下船。饭后,读杜至卷十二。《莫相疑行》,觉今之少年,侮谤前辈,自古已然,亦不足怪③。下《赤霄行》一结云:"丈夫垂名动万年,记忆细故非高贤。"则虽遭裤下之辱,亦可以无憾④矣。《宴戎州杨使君东楼》诗一起:"胜绝惊身老,情忘发兴奇。"胸有奇怀,凭高则发,半得之学问,半得之登临也。中午,云漠漠欲雨,似酿寒天气。午后放牌,柏川先出场。策第一道问五经,第二道问《孝经》,第三道问紫阳《纲目》,第四道问农,第五道问蚕。)

《早行》

　　苍茫起视少同⑤舟,望气谁能辨斗牛。月影和烟低入水,虫声如雨唤成秋。行人⑥有喜闻乌鹊,导我无言先鹭鸥。三尺青萍横⑦出匣,看他锋锷及时投。时与省试诸子偕行。

十八日(9月11日)　晴,转东北风。晓起,自阊门出枫桥,抵浒墅关。出关,由望亭至无锡,泊舟,日已暮。舟中,读杜诗至卷三。(页中小字:十六日,晴。晓起极早,收拾行李。少亭来。饭后,唤一划子船,制钱六百文。出水西门,将行李检点登船上。下午,重入三山门,行至半途,兴尽而返。是夜,同宿舟中。)

---

①　原文此后尚有"清本连草本共五册"一句,作者删去。
②　"蒲鞋船"原为"客船",后改。
③　"亦不足怪"原为"亦□□憾恨,不足怪",后改。
④　"无憾"原为"涣然冰释",后改。
⑤　"同"原为"行",后改。
⑥　"行人"原为"出门",后改。
⑦　"横"原为"重",后改。

《出枫桥道中作》

云开养晴日,风起触①微波。香稻一番熟,青山半面多。纤丝从直下,帆影掠空过。来往人如织②,谁能解细哦③。

《晚抵无锡》

不觉野凝紫,行人早出关。回头看落日④,对面露青山。老我桑榆景,游心水石间⑤。乍来⑥太仓促,登眺亦须闲。

《舟中看月》

仰窥⑦明月升,俯视⑧明月沉。升在天,沉在水⑨,两重色相⑩高且深。在天成形,在水成影⑪,形能生影雨而化,朗照宇宙无古今。惜哉世无李太白,扣舷相对空沉吟。

十九日(9月12日) 晴。晓起极凉。自无锡开船,西风转北,舟子挂帆极快。下午,过常州,花木深秀,慨想北宋诸贤遗迹,犹有存者,惜不及登岸。行至奔牛泊舟,时已二鼓。舟中,读杜至卷四。(页眉:杜诗卷四《宣政殿退朝晚出左掖》一结:"侍臣缓步归青琐,退食从容出每迟。"予迟孙可字"望青"。十七日,晴。晓起,成五律三首。饭后,迟舟子不至。读杜至卷十三。下午,舟子来,自三山门开船,行至观射门泊舟。十八日,晴。夜半出江,走大洋,时风恬浪静,飞棹而

---

① "触"原为"蹙",后改。
② "来往人如织"原为"欲绘中秋景",后改。
③ "谁能解细哦"原为"□窗□□磨",后改为"谁知□手摩",后改。
④ "看落日"原为"近红日",后改。
⑤ "游心水石间"原为"从人舟楫间",后改为"游人水竹间",后改。
⑥ "乍来"原为"惜哉",后改。
⑦ "窥"原为"看",后改。
⑧ "视"原为"看",后改。
⑨ "升在天,沉在水"原为"明月在天复在水",后改。
⑩ "色相"原为"月色",后改。
⑪ "在天成形,在水成影"原为"形在天,影在水",后改。

过，直至金山脚下泊舟。初入山，如履平地，盘盘而上，石级千层。一路天香，风飘云外，实不知桂花在何处也。一僧引予至山巅，御制碑亭在焉。江南江北诸山，多在凭眺中。下山，买一渔船而返，复从北固山走镇江西门外登舟。下午，舟中成七古一。）

《过常州有怀》

平生快读大苏诗，遗迹重寻若旧知①。筑室毗陵公去久，买田阳羡我来迟。人怀北宋风犹古②，水向西流湼易淄。花木业微文物③美，百年钟毓④盛于斯。

二十日(9月13日) 晴，北风如昨。五更，自奔牛开船，过吕城镇。午前，抵丹阳。一塔巍然⑤，城垣坍废不可问⑥。自此岸渐高，水在其下，地多围田，依圩岸如长城，盖去润州不及百里矣。舟中读杜，卷四中《逼侧行》，愚欲删去"实不是爱微躯，又非关足无力"二句，此意已见上二句，且句法亦不佳。是夜，行至丹徒泊舟。

《望丹阳作⑦》

青青柳色渐微黄，短驿长亭⑧露未霜。垂老卧游⑨怀白下，濒行□□⑩近丹阳。当头⑪一塔锋先露，极目⑫颓垣日就荒。此

---

① "若旧知"原为"欲问谁"，后改为"若个知"，后改。
② "人怀北宋风犹古"原为"人□北宋怀犹古"，后改。
③ "文物"原为"风俗"，后改。
④ "钟毓"原为"文物"，后改。
⑤ "巍然"原为"极高"，后改。
⑥ "不可问"原为"不只一处"，后改。
⑦ 此题原为《望丹阳有作》，后改。
⑧ "短驿长亭"原为"自出门来"，后改。
⑨ "垂老卧游"原为"屈指几年"，后改。
⑩ "濒行□□"原为"欢心此日"，后改。
⑪ "当头"原为"凌空"，后改。
⑫ "极目"原为"积久"，后改。

去润州无百里,重门击柝要堤防①。(页眉:十九日,晴。晓起,由桃庄开船。读杜至卷十三。饭后,舟中无事,惟与诸子清谈而已。下午,过奔牛,舟子劝予沽奔牛酒,予而颔之。)

《自丹阳夜行至丹徒,舟中书所见》

两峰巉②如壁,中流浊似泥。风帆利南北,灯火列东西。过者谁星使③,行人半水栖。我劳心自逸,有笔任提携④。

《过古润州有感⑤》

铁瓮城自高,京口兵可用。如何去年夏,偏任逆夷纵。惜哉玉石焚,一炬殷抱痛。以彼狼性贪,伤我犬牙众。岂无干城资⑥? 皋比徒托讽。平时疏《六韬》,临事笑一哄。谁能预为防,职司早慎重。设险从天开,人谋亦须中。江山固⑦依然,怀古聊目送。

二十一日(9 月 14 日)　晴。破晓,自丹徒开船,出镇江口极早,趁东北风,片帆飞渡。北固山在府治之北,相去不过咫尺间。遥望金山,凿翠巍然,如伟人之在目前,令人不可逼视。走新开河,如履平地,然长江天堑之雄,渺不可见⑧。舟中,读杜至卷五,《赠卫八处士》诗朴质老到,如家常闲话,萧然却在尘埃之外。傍晚,风愈利,过龙潭,直至栖霞泊舟。

---

① "堤防"原为"□装",后改。
② "巉"原为"峭",后改。
③ "使"原为"出",后改。
④ "有笔任提携"原为"目击尚堪稽",后改。
⑤ 此题原为《过镇江感怀赋》,后改。
⑥ "资"原为"寄",后改。
⑦ "固"原为"本",后改。
⑧ 原文此后尚有"□觉交臂失之"一句,作者删去。

《自新开河放舟至栖霞》

短短黄①芦曲曲湾，片帆飞渡捷如鹓。居然坐我青山下，亦欲盟心白水间。去日情怀休懊恼，暂时福分占清闲。桂花香处重来候，拟向层峦绝顶攀②。

二十二日(9 月 15 日) 晴。晓起，自栖霞开船渡江，买一红船带过，制钱七百文。时东北风乍起，两船相辅而行，帆腹初饱③，波心不平，两船曲折驶去，了无倾侧之虞，最为使船神手。江北诸山，缥缈不可辨；江南诸山，近在舟楫间。如山阴道上，令人应接不暇。予与省试诸子，登红船，揖青山，放怀吟眺，亦平生之快事也。饭后，入燕子矶，过龙江关，抵金陵无两舍远。舟中，读杜至卷六。午后，至水西门泊舟。入城，寓利涉桥南首东堍陈宅，赁屋三间，房价洋钱十二元。傍晚，仍至舟中住宿。

《渡江》

世上平如水，江中水不平。高低无定候，转侧此横行。风顺易为力，日高欢得晴。放怀自今始④，不记万山名。

二十三日(9 月 16 日) 晴。晓起，入水西门，吃水饼。饭后，叫驳船过行李。午前登岸，舍馆粗定，同在馆中吃饭。午后，至王甥谱琴寓中，晤徐少岩、叶绶卿、邱少岩，始知五侄孙乃桢录遗，取在第二。复至江震办考寓所，关照沈大□，卷册宜先为办出，因得珊所托也。回至寓中静坐。夜间，与主人细谈，询知名钺，号子扬，江宁府庠生。述及去年六月中，逆夷滋事时，城门紧闭，音信不通，时子扬适在吴

①　"黄"原为"青"，后改。
②　"桂花香处重来候，拟向层峦绝顶攀"原为"此身何必出家去，学道深时便闭关"，后改。
③　"初饱"原为"饱满"，后改。
④　"始"原为"日"，后改。

门，老妻惊死，诸子流离①，至今追想，犹令人凄然。

二十四日**(9月17日)**　晴。晓起极晚。饭后，徐少岩、叶绶卿、邱少岩与王甥谱琴同来。中午，虞山周香初与本城毛文涵同来，相约月杪同游清凉山。周寓丁管营巷。下午，在寓中静坐。

二十五日**(9月18日)**　晴。晓起极早。饭后，同梦仙至句容县教谕公馆中，晤副斋成芝庭，系宝应人。询及今秋送考，张渊甫不来②。午前，周虹桥来，谈及随园相近，有妙相庵，极亭台池馆③之胜，不可不游。下午，询及主人陈子扬，云此庵系陶宫保昔年所修葺，亦不甚耐人寻览。

二十六日**(9月19日)**　晴。晓起，作书与张渊甫，并以新印《清献公日记》十部及芽茶、山笋二种赠之。饭后，走候句容学副斋成芝庭，以信件、《日记》托致渊甫。回寓无事，读杜诗至卷六。成寓武陵桥南首学台考院之右。下午，在寓静坐。

渊甫先生阁下：客岁初冬，有小札奉托容甫茂才转致，谅已收到矣。近想起居安善，定能如颂。今秋送考，满拟一识芝颜，快图良会。及晤贵同寅成芝庭先生，始知竟不果来，殊为怅怏。兹因《清献公日记》新印，特检送十部，外附送芽茶、山笋二种。物薄意诚，希笑留之。草此布泐，顺请道安。不备。

二十七日**(9月20日)**　晴。晓起，读杜至卷七，适仲荫庭来长谈。饭后，至凤阳府教授公馆中，晤副斋韩又白，谈及笑山学署中并无别款可筹，惟有新进入学贽仪而已，殊难过去④。下午，同梦仙至书肆中，见康刻《古文词类纂》，索价两洋；王文诰所辑《苏诗编注集

---

①　"诸子流离"原为"□之殊为可恨"，后改。

②　原文此后尚有"予有新印《清献公日记》、物件送与渊甫也"一句，作者删去。

③　"亭台池馆"原为"亭树花木"，后改。

④　"殊难过去"原为"殊为可虑"，后改。

成》,索价三洋。回寓,闻周香初复来,求画扇头上兰花绝妙①,并代为取索席梅生画②,甚可佳也。又闻陆谱琴、述甫同来。

二十八日(9月21日)　晴。晓起,以题目示薰儿:《"子路问事君"一节》《赋得气与三山壮得"山"字》。复作书与笑山,即托其副斋韩又白转致。饭后,读杜至卷七毕,王甥谱琴复来长谈。下午,同梦仙至书肆中,买杭刻《编注集成》,制钱三千二百文;康刻《古文辞类纂》,制钱二千三百文。此二种书,皆平生所愿见者也。香初家于……

二十九日(9月22日)　晴。晓起,答虞山周香初,云近日新开河阁浅,皆由太平港渡河而来。饭后,重游贡院,见号房内多《关帝觉世尊经》文字③,大约好事者为之,刻以送人。然随风飘堕,混入芜秽中,正复不少。是欲救世,先致亵神,何如不刻之为愈也。下午,朱霭堂来,谈及郁少彝之为人,颇能温厚和平,与孙新甫大相径庭。云明日亦欲游清凉山。抵暮,答朱霭堂,不在寓,晤周荫堂、陈云卿。

三十日(9月23日)　晴。晓起极早。饭后,率薰儿同香初、吉人、梦仙走访毛寄斋,年已六十有一,自言原籍苏州,后因乾隆初年分藩江宁,移家至此,时年不过十三,裕后承先,聊以自立。见予款接甚恭,命其少子文涵同去游山。遂东水关,唤一划子船,所过大同桥、复春桥、悬心桥、竺桥、浮桥、同心桥,自南而北,直至莲花桥泊舟。登岸,去清凉山尚有十馀里。山下先游小桃源,今改为东岳庙,邑人沈迪菘有碑记。出庙,至随园。入门,一径幽通,万篁森立,旧时群玉山头、柳谷、双湖诸胜迹,尚有存者;惜不得入二十四间老屋,深以为憾。出园,至古林律院,云正殿上,梁系桴香,柱系陈香,未知此语真能不谬否?殿后一壁海棠花、半空天竹子,是院中绝妙秋色。循径至寺巅,御书"印心石屋"四大字在焉。出寺,复至隐仙庵。庵僧重门深

---

①　"求画扇头上兰花绝妙"原为"扇头上所画兰花绝妙",后改。

②　原为此后尚有"□景"二字,作者删去。

③　"文字"原为"刻印纸张",后改。

闭，亦不复叩。时日已过午，鼓勇至清凉山，登翠微亭绝顶，下视长江，真所谓"三山半落青山外，二水中分白鹭洲"是也①。下山，斜阳满地，翠竹参天，游人应接不暇，几忘其路之远近。闻妙相庵去随园不过数武，复寻径而入，亭榭花木之胜，实能甲于山中。惜日晚，不及逗留。此境尚思重过也②。到莲花桥下，仍下原船而还。归寓，已点灯后矣。闻得珊曾来过，并接讱庵书，内有与汤雨生一札，托予寄去。

《游随园》

先生归去我来游，乔木苍然忆故邱。笔底曾开花四季，山中长照月千秋。清凉世界忘炎热，红粉门墙礼白头。谓女弟子事。休说神仙太游戏，当时海内重瀛洲。

（夹页：《经传绎义》共五十卷。慈溪陈星辉、名炜著。

《古文辞类纂》。粤东康绍镛刻。

《集注苏诗》。要杭刻。）

《古林律院》

深院藏秋色，清泉出井华。半空天竹子，一壁海棠花。过客常斋饭，禅房自在茶。我来思渴饮，留憩梵王家。

《游清凉山，登翠微亭绝顶》

远山望不高，近山隐不见。曲折一径通，缥缈诸刹现。叠嶂寓文心，匡庐得真面。兹山本平坦，苍翠馀竹箭。当年溯南唐，片瓦不留殿。一亭尚巍然，万象争叠献。浮玉一盘螺，长江千匹练。惜哉气苍莽③，落日低双雁。归途太匆匆，馀景犹恋恋。他年重入山，可许腰脚健。

---

① "是也"原为"惜不得□□□□"，后改。

② "惜日晚，不及逗留。此境尚思重过也"原为"惜天色渐晚，匆匆一过，□□未穷其妙处也"，后改。

③ "苍莽"原为"苍茫"，后改。

《归途游妙相庵》

问途必已经,选胜①忽嫌暮。譬若万匹马,群未空一顾。犹幸入其曹,此来肯错误。归心休迫促②,清景若追捕。寸阴抵千金③,浮生能几度。可怜世上人,那得知其故。

八月初一日(9月24日) 晴。晓起,成纪游诗四首。主人以鸭、肉、酒、糕四种见饷,约五百文,予偿还制钱一千文。是日,省试诸子设只鸡、块肉,祭关帝及周将军,亦场前常例也。予虽不应试,首行膜拜礼。饭后,以齿痛不出游,在寓静坐。下午,得珊复来长谈,抵暮而去。寓钓鱼巷,不可不答。黄昏候,夜凉灯火,最宜读书。予老矣,不能再作儿时事,凡少年子弟,慎勿以清华岁月半消磨于悠忽中也。

初二日(9月25日) 晴。晓起,同寓松江张春泉、陈兰如来谈,以华亭姜熙所刻《姜尧章先生集》十卷及近时善书两种见赠。饭后,率薰儿答得珊,晤钱竺生、连旦云、夏谦斋。午前返寓,读杜至卷八。《暮登四安寺》诗:"孤城返照红将敛,近市浮烟翠且重。""红敛翠重"四字所本。又"故人相见未从容"句,即《灵芬馆诗集》中"美人相见要从容"所出处。《漫成》第二首诗:"读书难字过。"即不求甚解之意,此为真读书人。必欲识得几个难字,亦出于无用。下午,昆山周东尹以其先世高大父所著《苏松财赋考》一书寄惠。书凡二卷,前有图,后有说,真有用文字,不可不藏。东尹之子星桥,现应省试,寓在西钓鱼巷。途遇周香初、席梅生,同去茗饮。回寓,闻王甥录遗,已补出。灯下,香初同伊外甥卢兑庵来。同寓席小米,为梅生之族弟,先世由虞山移家云间,入席华亭,为张柳泉之东床。其叔岳石春,年已七十有二,尚能生子。前年曾于春翁席上相识,故附记之。

初三日(9月26日) 晴。晓起,命薰儿同柏川、吉人至五侄孙

---

① "选胜"原为"即景",后改。
② "迫促"原为"缠绕",后改。
③ "寸阴抵千金"原为"一刻值千金",后改。

寓中问疾。回至关帝庙前江震公所，取宾兴捐项所出子金。每生有科举者，给四千五百有〇；录遗者，五千五百有零。予在寓静坐，读杜至卷八。《琴台》诗："酒肆人间世，琴台日暮云。"读此可得怀古之法，一涉议论，便非。《水槛》诗："细雨鱼儿出，微风燕子斜。"语语体勘入微，无一字直写，却自浑成。《后游》诗："寺忆曾游处，桥怜再渡时。江山如有待，花柳更无私。"句句是后游情景。适仲荫庭复来，止。饭后，率薰儿同主人陈子扬及周香初、毛文涵、凌柏川、王吉人、李梦仙至桃叶渡头，唤一划子船，出利涉桥、文德桥、武定桥、朱雀桥、新桥、上浮桥、下浮桥，到西水关泊舟。登岸，出水西门，过觅渡桥，右转，望村野而行。数百步，入华严庵，登胜棋楼，中山王神像在焉。下楼，至后轩，轩三楹，水槛临莫愁湖。北望清凉山，如在几案。其东则钟山翠色，越城而来，掩映丛樾间。西望水田漠漠，外为大江。自道光辛卯以后，连遭大水，水痕及半扉以上，楼台大半倾圮，近年始加修葺，朴质无华，然湖山之胜，自足耐人流憩。王梦楼所书楹最佳："一种湖光比西子；千秋乐府忆南朝。"犹悬诸轩中。过午，复下船，至朱雀桥泊舟。出聚宝门，过报恩寺，望琉璃塔，不甚注意。遂游聚宝山，望雨花台、木末亭，谒方正学先生祠。祠系嘉庆初年重修，祠内碑记林立，多漫漶不可读，惟前明钱塘葛寅亮及国朝桐城姚鼐所撰文字，尚可识。诸同人复至永宁泉茗饮，系天下第一泉。予饮之，大不如武林白沙泉之清冽也。时日已就晡，复入聚宝门，下原船而归。灯下书此[①]，以志一时之清兴云。

《莫愁湖》

　　儿女寻常事，如何艳莫愁。湖山留一角，花月亦千秋。吾欲比苏小，谁家记阿侯。多风复多水，惆怅此芳洲。

---

　　①　"书此"原为"记之"，后改。

《登胜棋楼》

前①朝遗迹渺山河,胜败当年一刹那。白板台楼经水洗,自
道光辛卯后,连遭大水,水痕犹在壁间。朱门岁月记秋多。眼前几见
楸枰换,头上难禁燕子过。指点徐家汤沐地,一湖烟水尽恩波。

《聚宝山中谒方正学先生祠》

苍茫文字祸成胎,志士仁人尽可哀。十族网罗从此触,一朝
气节仗公开。野棠梨下墓犹隔,墓在聚宝门外。木末亭边日未
颓。惜我来游太迟暮,读书怀古未心灰。

初四日(9月27日)　晴。晓起,成近体诗二首。适周星桥来,
云近已移家至昆山县东乐输桥边。课徒读书,颇能潜心好学。饭后,
成《昨日谒方正学先生祠》七律一首,甚不惬意。此题颇难出色,尚须
经营改作②也。下午,本路沈大复来,给卷册费洋钱两元,云江、震两
邑,下场共有一百五十七人。抵暮,至书肆中,见步月楼中有重刻《吕
泾野先生文集》两套,索价洋钱一元六角。

初五日(9月28日)　晴。晓起,同柏川至五侄孙寓中。云昨日
已解,尚可进场。饭后,王甥谱琴、陈星甫同来。予与梦仙唤一划子
船,至桴桥泊舟,到古纱帽巷,访汤雨生总戎,一见如故。问及切庵近
况不置,切庵先有信致之。予以扇头乞为书画,雨生云:"书犹可作。
画以两眼昏花③,不能应酬。"盖今年六十有六矣。一茶而别。复至
莲花桥下登岸,重游妙相庵。庵内有楚三闾大夫屈子祠,庵僧修本,
盖为其师江宁诸生金君而作。金君平生教授庵中,郁郁不得于怀④,
投池而死。修本追念不忘,借三闾大夫作祠,而以其师梅峰配享焉。
祠内亭台池馆,消除金碧之气,颇饶水竹之华,故能引人入胜者,在

---

① "前"原为"胜",后改。
② "改作"原为"锻炼",后改。
③ "画以两眼昏花"原为"画久搁笔矣",后改。
④ "怀"原为"世",后改。

此。桐城王正鋆有碑记可考,予与梦仙盘桓久之。下午归寓,闻得珊、虹桥复来。抵暮,至步月楼中,买《吕泾野先生文集》,书价洋钱一元。

《重游妙相庵,谒三闾大夫屈子祠》

妙文不再读,掩卷终茫然。一。名园不再探①,去后来何年②。二。今朝忽发兴,仍唤划子船。三。去无一舍远,行有三人焉。一客、一仆及予。四。近山展遐观,万绿参诸天。五。到门悟佛地,登堂知水仙。六。水仙久不作,灵气长缠绵。七。能使百世士,异方仰前贤。八。金君偶配享,抱恨同沉渊。事见桐城王正鋆碑文。九。当时邑郁死,否塞无人怜。十。讵意身后祀③,大开享林泉。十一。林泉妙结构,金粉全弃捐。如读《离骚经》,幽折工盘旋。十二。清芬挹水竹,缥缈皆云烟。十三。平生数游览,亦欲穷大千。十四。弃置勿复论,此园终拳拳。十五。归途尚摹拟,越宿方成篇。十六。诗成桂花发④,露气朝花鲜。十七。

初六日(9月29日)　晴。晓起,卢兑庵复来。答周虹桥,晤吴门彭楚乔及其侄第九。饭后,同人至状元景,看迎使官。乘显舆者六人,前两观察、一方伯,中两主试,最后一中丞,盖鉴临毛公也。今年上江抚军以办水灾,无暇兼理,奏明,钦奉上谕,以学宪代作监临。闻昨日考帘官极严,文题《公则悦》外,有一经文、一策文、一诗。饭后进院,直至五更出来,尚有未曾完卷者,亦奇事也。下午,毛寄斋来答,云间陈兰如以金山钱熙祚锡之所刻《守山阁丛书目录》见示,总分四部,为目百有十,为卷六百五十有二,盖本昭文张若云海鹏《墨海金

---

① "探"原为"游",后改。
② "去后来何年"原为"重来卜何年",后改。
③ "祀"原为"事",后改。
④ "诗成桂花发"原为"篇成蝉蜕饱",后改为"篇成不觉晓",后改。

壶》一书，而增损之。张氏全书，遽毁于火，此书出，颇能复还旧观：经部，江永《周礼疑义举要》七卷、《仪礼释例》一卷、《礼记训义释言》八卷、《律吕新论》二卷、《古韵标准》四卷，惠栋《左传补注》六卷；子部，王锡阐《晓庵新法》六卷、《五星行度解》一卷，江永《数学》九卷、《推步法解》五卷。

初七日（9月30日） 晴。晓起，成五古一首。饭后，重读杜诗卷八。俞少亭来，询及张容甫于夏间已故，殊为可惜。容甫为鲈江先生少子，入学极迟，以课徒为业。予于己亥年相识于吴门，每到玉峰，时相过从，言色之间，温诚恳到，盖督学士也。以多病摧折，未知后人尚能继起否？《百忧集行》，神似太白，一起尤佳。"秋水为神玉为骨"对"芙蓉如面柳如眉"，上句杜诗《徐卿二子歌》，下句白香山《长恨歌》。《赠别何邕》诗起句："生死论交地，何由见一人。"语淡而悲，非老手不能。《鸂鶒》诗起句："故使笼宽织，须知动损毛。"如此发端，用意极锐。《畏人》诗："畏人成小筑，褊性合幽栖。"所谓"自病自得知"，入世可无病矣。《屏迹》三首，皆眼前语，然非明眼人不能道，亦非阅历深不能作。《少年行》二首中第一首及单首《少年行》，皆杜诗绝句中之最佳者。下午，以肝气不清肃，在寓静坐。

初八日（10月1日） 晴。晓起，闻同寓松江府学及华亭、奉贤、娄县三县诸生已进院。阅前林中丞所定点名单，按时递进，以寅初点松江府，而以巳正、午正点苏州一府，最为舒徐不迫。后之当事者，多奉以为法。读杜至卷九，《奉酬严公寄题野亭之作》不亢不卑，可谓上交者法。饭后，在寓静坐。至巳正，送薰儿及柏川、吉人进场，已有拥挤之虞。下午，接渊甫回信，从王赋梅处寄来。王寓东钓鱼巷青溪头。《悲秋》诗第三联云："愁窥高鸟过，老逐众人行。"中有无限感慨，却说得浑融。《客夜》诗第三联云："计拙无衣食，途穷仗友生。"不说友生之难仗，便是诗人温厚之旨。《相从行》一结："垂老遇君未恨晚，似君须向古人求。"后人袭用此句，已不可枚举。酉时，闻炮声，贡院已封好。今秋省试，共有一万六千一百八十有六人，下江分八千九百九十。

初九日(10月2日) 晴。晓起。成七律一首，赠汤雨生。饭后，出聚宝门看船，船户周文元不值①。遂重游聚宝山，登木末亭。天风四起，凛乎不可久留。下山，再谒方正学先生祠。祠旁道院内，复有祠，祀海忠介公，惜羽人不甚修葺。山下有二忠祠，东三楹祀宋文公天祥，西三楹祀杨公邦乂，皆僧人主之。祠后有屏山阁，城外诸山，朗如眉目，邑人秦大士书之。中午，复入聚宝门，过三山街，三面成市，万户千门，俨然一大都会，真不诬也。下午在寓，适船户周文元来，谈定包送到家，制十一千二百文，旗灯、煤炭顺风一应在内。准于十七日清晨吉行。

《月夜有怀入闱诸子，时八月九日》

月明风定烛千枝，正是春蚕食叶时。偶尔浅深双黛合，居然得失寸心知。

生死论交地，杜句。千秋有几人。汤侯敦气义，周子痛②沉沦。我亦孤吟客，谁堪共饮醇。披图重太息，犹见范张伦。

《题汤雨生都督〈孤笠图〉，图为周保绪教授作》

生死论交地，借用杜句。千秋有几人。自从李杜后，谁是范张伦③。独有④孤吟客，真堪共饮醇。惜哉云雨判，愁绝楚江滨⑤。

生死论交地，杜句。千秋数⑥几人。自从李杜后，谁是范张伦。独有孤吟客，真堪共饮醇。惜哉云雨判，愁绝楚江滨。

初十日(10月3日) 晴。晓起，接雨生信，以《孤笠图》索题，并有信答讱庵。头场放牌极早，头题《颜渊问仁，子曰"克己复礼为

---

① 原文此后尚有"约明日清晨来"一句，作者删去。

② "痛"原为"忽"，后改。

③ "自从李杜后，谁是范张伦"原为"汤侯敦气义，周子忽沉沦"，后改。

④ "独有"原为"我亦"，后改。

⑤ "惜哉云雨判，愁绝楚江滨"原为"披图重太息，犹见范张伦"，后改。

⑥ "数"原为"有"，后改。

仁"》。二题《"上律天时"合下四句》。三题《"〈诗〉云'雨我公田'至
'为有公田'"》。《赋得政如农功得"农"字》。饭后,柏川先出场。中
午,薰儿与吉人相继出来。薰儿坐西"阳"字四十九号。下午,至得珊
寓中长谈。

　　　渊甫先生阁下:去冬有小札奉答,托容甫茂才转致,谅已收
　　到矣。近想起居安善,定能如颂。今秋送考,满拟快图良会。及
　　晤贵同寅①成芝庭先生,始知竟不果来,殊为怅怏。兹特检②送
　　新印《清献公日记》十部及土物二种,希笑留之。草此布泐,顺请
　　道安。不备。
　　《张杨园先生年谱》

　　十一日(10月4日)　晴。晓起,读杜至卷九。《早发射洪县南
途中作》字字惊心,语语夺目,已入老境,却无一毫颓唐气③。《过郭
代公故宅》,大苏集中有《过寇莱故居》诗④,极似此作,而少变其体。
《薛少保画鹤》诗,公集中写马得其神骏,写鹤得其高远。笔参造化,
学究天人,惟公诗可以当之。午前,送薰儿、柏川、吉人进场。今晨点
名极快。午后,同梦仙至金谷园茗饮,以体倦归寓。下午⑤,将《孤笠
图》写好,并作札答雨生。抵暮,复至贡院前,正在封门之时,闻头场
贴出五十馀人,江、震独无。

　　十二日(10月5日)　晴。晓起,录雨生自题《孤笠图》五律四
首,即命人送还。饭后,读杜至卷十。《春日梓州登楼二首》:"江水流
城郭,春风入鼓鼙。"下接"双双新燕子,依旧已衔泥",悲语以春情出
之,最足令人讽咏。下《泛舟送魏十八仓曹还京,因寄岑中允、范郎

───────────────

① "及晤贵同寅"原为"后□副斋",后改。
② "检"原为"奉",后改。
③ 原文此后尚有"那得不独有千秋"一句,作者删去。
④ 原文此后尚有"即会其意而作"一句,作者删去。
⑤ 原文此后尚有"读杜至卷十"一句,作者删去。

中》诗:"帝乡愁绪外,春色泪痕边。"与"春风入鼓鼙"一样情景。《甘园》诗一结:"后于桃李熟,终得献金门。"如此怀君,方为得体。《倚杖》诗:"狎鸥轻白浪,归雁喜青天。"上句人犹能说,下句非胸中别具乾坤者,不能道此语。《寄题江外草堂》诗,顺序安适中,得"干戈未偃息"以下一段,便觉诗境不平,特开生面,全首俱振①。《棕拂子》一起:"棕拂且薄陋,岂知身效能。不堪代白羽,亦足驱苍蝇。"宰相若能②同心,天下必无弃材。增二句。下午热极,至金谷园中茗饮。返寓,接雨生答信,为薰儿书一扇头极妙。

十三日(10月6日) 晴。晓起,放牌极早,吉人、柏川相继出场。始知五经题目:《易》:《圣人以顺动,则刑罚清而民服》。《书》:《敷纳以言,明庶以功,车服以庸》。《诗》:《绥万邦,屡丰年》。《春秋》:《季孙斯、仲孙何忌帅师堕费定公十有二年》。《礼》:《修礼以耕之,陈义以种之,讲学以耨之》。闻内监司某及内帘官朱恭寿、李尊先后没于院中,诸生有缢死于□门者,有勒死于号房者,虽曰天命,总由人事自己做坏耳。午前,薰儿出来,较正场略早。下午,俞少亭复来,决意附舟。张小憨携头场文字来见示,一讲却能制胜,惟入手一段稍平。读杜诗卷十。《王阆州筵奉酬十一舅惜别之作》一起:"万壑树声满,千崖秋气高。"发端陡健,如谢宣城,馀亦老气纷披。《严氏溪放歌行》如"肥肉大酒徒相要"及"知子松根长茯苓,迟暮有意同来煮"等句,皆为后人所习用。朱注引《吕氏春秋》:"肥肉厚酒,务以相强,命曰'烂肠之食'。"可见《七发》中亦有所本。《冬狩行》"使君五马一马骢"句法,李献吉屡效之,如"古城十家一家空""可怜笑声水声中"之类是也。《将适吴楚留别》诗:"常恐坦率性,失身为杯酒。近辞痛饮徒,折节万夫后。"对"失意杯酒间",同一警世之言。(页眉:捷。)

十六日(10月9日) 晴。晓起极早,收拾行李。少亭来。饭

---

① 原文此后尚有"读诗必于此处着眼"一句,作者删去。

② "若能"原为"如此",后改。

后，唤一划子船驳行李，发制钱六百文。仍出水西门，行李交付，坐船上[①]。下午，重入三山门，行至半途，兴尽而返。是夜，同宿舟中。

　　十七日（10月10日）　晴。晓起，成五律三首。饭后，迟舟子不至。读杜至卷十三。下午，舟子来，自三山门开船，行至观射门泊舟。时千樯云集，孤[②]月水澄，最难得此清景也。

　　十八日（10月11日）　晴。夜半出江，走大洋，时浪静风恬，飞棹而过，直至金山脚下泊舟。初入山，如履平地，盘盘而上，石级千层。一路天香，风飘云外，实不知桂在何处也。一僧引予至山巅，御制碑亭在焉。江南江北诸山，多在凭眺中。下山，买一渔舟而返，复从北固山下走镇江西门外登舟。下午，舟中成七古一首。行至桃庄泊舟，离镇江城五十里。

---

①　"行李交付，坐船上"原为"将行李检点在船上"，后改。
②　"孤"原为"一"，后改。

汰存集

辛丑草本。有得即录。壬寅附。

甲辰日记一

《吕泾野集》从二十六卷起，至三十八卷止。前编已毕。

来年筑墙账在首页。

十五年，范□籴菜子，斛口出六升。

船钱加六文，一担外拆，宜偿还。

第一回拆三人，第二回拆两人，第三回拆人同。

四年四月廿四日，吴义茂送菜子，平斛出三升。净洋一千四百五十六，一百三十。

第四回拆四人。

足六十两，大□光三万　两元。

足四十两，中□光万五千　一元一角。

足三十两，小□光五千　七角。

先送足六十三斤大瓦，万五千　六角。

足三斤，大并方三千　一元四角。

定胜并方两样找载同。　一元一角。

大寔上兰翠桥

张福全窑户，号选斋

麻皮九十斤　八

轻烸十

线膏四斤

纸脚五十五斤

片棕十

准衣四付牵一洋一百。

大锡箔十三

小二万　六十

蒋清泰，号斗眉，一字子三，行一，住西百花巷自皋桥之东申衙前后巷。

道光四年，买张佩青大富圩上田三△①半、玉字圩上田四亩。契价足钱一百四十二千五百文，归十九，绝五千六百五十七，绝价一千○九十八。

筑墙

西边五丈　六十两，彭光，三万 二个

东边五丈　彭光，四十两，单，一万五千 一六△

南边十六丈　彭光，三十两，单，八 五千 七△

　　　　　大瓦足十三 一万五千 六△

　　　　　大并方找船载足三斤，一四△。定胜。一六△。

　　　　　大窑上兰翠桥窑户张福全行，别号选斋。

道光二十四年二月，张文宗带岁试。

吴江《不曰坚乎》。二题《朝秦楚》，诗《好雨知时节得"春"字》。

拨府另行写

吕鸿宝一。梨。严照。拨府。同△。童志浩。同上。盛△。徐宝浣。二。梨。徐曾俨。五。盛。张文璿。四。壶芦兜。朱金相。十。苏家港。宋兆祁。十一。同。张清源。十二。枫里桥。钱光祖。三。东路村。陈宗勋。六。同。张濬源。八。枫里桥。金兆榜。七。同。赵清

---

① "△"原文如此。下同。

晏。九。平。

震泽：《不曰白乎》。二、同。诗。同。

陈鸣锵。二。梅堰。王澜。拨府。梅堰。△。徐清晏。十一。城。程庆桢。三。震泽。钱蓉第。四。城。潘遵义。十。城。庄元植。十二。十户。李协勋。五。茂才港。苏逢辰。九。城。徐汝桢。八。震泽。钱常生。十三。城。严上埔。六。同。陈宗良。七。城。俞树湘。开洋桥。

摘杜句

检书烧烛短。下句：说剑引杯长。

《夜宴左氏庄》第三联。

杂花分户映。下句：娇燕入帘回。

《李监宅二首》第二首第二联。

元韶巷歌，黄发击壤。

《张景阳七命八首》第八首。极言晋治之盛。

古之治天下，朝有进善之旌、诽谤之木，所以通治道而来谏者也。

《汉文帝诏》

短衣匹马随李广，看射猛虎终残年。

《曲江三章》末首。"自断此生休问天，杜曲幸有桑麻田，故将移住南山边。"此上三句。

思飘云物外，律中鬼神惊。毫发无遗憾，波澜独老成。十字尽学诗之秘。

《敬赠郑谏议十韵》

采庶子之春华，忘家丞之秋实。

出《魏志・邢颙传》。按，"庶子"，刘祯自谓。"家丞"，谓邢颙。

顾氏，江庠生宗海女。幼有淑德，事父母以孝闻。年二十一，适芦墟镇曹成平。成平绮年嗜学，寒暑不辍，业师倪广文倬决其必成。

后得时疾,年二十九而亡,遗子女二。时氏年亦二十九,痛不欲生。宗党劝以抚孤为急,乃强起进饮食。遗孤才六岁,即教之读书,不稍宽贷。年近弱冠,忽又夭折。女嫁二载亦卒。氏抚侄子为夫后,茹茶含辛,守节至道光二十四年,年已五十有三,犹能勤苦自励云。顾宗海所述。

(页侧:咪唎简国。)

二　月

二十二日(1844年4月9日)　晴。晏起①。饭后,查清账务,明日将出门。午前,东邻老妪复欲向大兄处滋扰,予略加安排而去。下午,整顿行李后,少息片时。抵暮,复接笑山信。薰儿窗课三篇,看好两篇、考作一篇,如燃犀照水,毫无遁情。非明眼人不能至此②,佩服,佩服!

二十三日(4月10日)　晴。晓起,下行李。饭后,回钱中和船,遇顺风。舟中,作札答笑山。

　　笑山老姨甥足下:二月望后,两接瑶函,备承锦注,谢谢。时从玉峰旋里,适值家兄处有事,料理③甫毕,又作吴门之行,是以迟迟未报。今晨稍得清暇,欣悉潭安近吉,深慰鄙怀。蒙示韩、尤两君朱卷,曾展阅一过。尤君之文,纯从古名家得来,诚不易学;韩君之文,虽从时墨中揣摩而成,然能自树风骨,亦非近时庸滥可比,甚可取也。薰儿考作,荷蒙足下指示④一番,如燃犀照水,毫无遁情,非眼明似镜者,断不能到此,极感极感!窗课三

---

①　"晏起"原为"起来极晏",后改。
②　"非明眼人不能至此"原为"非眼明若镜,断不能抵□如此",后改。
③　原文此后尚有"一切"两字,作者删去。
④　"指示"原为"批剥",后改为"批驳",后改。

篇,承长者之鼓舞,其实不能篇篇如是耳。今年岁试,幸列二等。春夏之间,仍欲结一会课,大约就正于周峙亭先生。平居伴读,适有薰儿同案周星桥者,昆山人,愿来寒家读书,仍就吉人一席,其文字功夫,毕竟出吉人之上,亦观摩中之一得也。窗课仍从白庵先生看,诚如尊札所云,须时时过从领教,乃为有益耳。今岁吴江府县十名、廿名前,尽行不录,惟进案元两人,亦近年来所罕见者。仆于去冬岁暮,偶患鼻痔之症,近日加意静养,稍得轻减,藉可告慰。兹因尊眷到署,想一路平安,定符□颂。借此布复,顺请道安。不一。

《又与沈笑梅》

　　笑梅二兄先生足下:二月望后,自玉峰旋里,接奉令兄手翰,并朱卷三本。荷蒙锦注之雅,相契弥深。仆与令兄交好有年,原不在区区形迹之间,以后终以脱略为贵耳。兹奉近刻一种、薄赆一函,希笑留之。俟南宫报捷后,再来趋贺,面听好音。不尽一一,先此布复,顺候日安。不一。

到江不过中午,先至顾煦安处□讫另折条银。下午,至慎甫妇侄处,不值。回至云在草堂,晤大兄、沈含珠表兄,据述,差房尚未谈定。抵暮,至鹤田老友处长谈,归舟已在点灯时矣。夜间,梦琴乔梓及凌古泉、袁述夫咸来舟中长谈。是夜三更后,风雨复作,殊恼人怀。

二十四日(4月11日) 晴。晓起,同凌星斋、桂轩侄孙先晋谒方在庭心简明府,款接温和,俨然一慈父母也。予以《清献公日记》《郭华野年谱》及《忏摩录》三种书赠之。饭后,仁各绅士齐到公所,为方明府上匾称颂,匾书"政协情□"。中午,平望、盛泽、梨里、同里、芦墟五镇诸绅士已集,同到仓厅上,方明府出署东向,诸同人北向。公揖,执爵恭祝者,连青霞、郑文乔及予,李翔生执壶,礼毕,一揖将退,方明府复邀诸同人进署款茶,约有十馀人。出署后,顾煦安必欲邀诸同人一叙,同席共有三十馀人。方明府特请李二尹为之主,设馔极丰,尽欢而罢。下午,与钱中和在雷祖殿茗饮,从容暇豫,聊尽出门颐养之方。所不能释然者，大兄之事，尚未了结耳。是夜，欣悉大兄之事，方明府特传原案人等出结完案①，可书"官清民乐"四字帖之。

二十五日（4月12日）　晴。晓起，大兄必欲邀钱中和回去，遂与分手。予即挂帆至吴门。饭后，展阅庞韫山、徐兰浦两信。韫山欲索予题《鹿山松荫图》；兰浦以旧稿见示，欲索予题辞：此事尚须缓日动笔也。舟中，阅《泾野集》正编卷一。《慈寿堂序》："天之生人，将正弗平。世有举族累叶，蔑一闻人；而才美充盈，咸在一门之内。"《寿判簿崔先生序》："天下有道，诸司崇礼；天下无道，诸司崇法。天地和，伏生之辈寿；天地不和，颜子之辈夭。太和之气，文明之化，于今日见之矣。"《乡试录前序》："昔者孔子之取士也，然雍之言，是偍之言，中损之言，不幸赐之言，不信予之言，由是道也。"前文。"是故，憝士之言如矢，惠士之言如春，逆士之言如鸥，贪士之言如錾。"《武功县志序》："虽然，政不必皆官，识法者即可为；教不必皆师，见道者即可立。故王烈之教，亦行太原；绵驹之歌，能教齐右。"此卷有为日记所采。中午，抵葑门，泊舟灵官庙前，由徐公桥右转，至横街，过蒋家桥、生□堂西，候周白庵。时白庵新丧其长媳，二女病危，几死复生，心境恶劣，故薰儿之文约缓日去取。下午，复至胥门，泊舟万年桥。入城，先至清微道院，晤杨聋石。回至喜墨斋，见方明府之第四子，名奎煐、号義甫者，有诗稿一卷付梓。诗皆登临之作，颇有才气。回舟次，适晤殷竹篱姻丈，别已四年，词气、颜色不减于昔，今年已七十矣。遂与快谈，片时而别。

二十六日（4月13日）　阴。晓起，微有雨。饭后开船，至枫桥有二十里。午前，就陈莘田医鼻痔，诊脉处方，极为详细②，人亦文少质多，可取也。中午，回泊万年桥。舟中，阅《泾野集》正编卷二。《萱

---

① 原文此后尚有"大快大快"一句，作者删去。
② 原文此前尚有"非顾恕堂可比"一句，作者删去。

日图序》："董子曰：'欲忘人之忧者,赠之丹棘。'丹棘者,萱也。扬子曰：'孝子爱日。'栩今欲学董子,而应韶为扬子则有馀。请赠子以《萱日图》焉。""夫日有三德,一曰生,二曰明,三曰健。"下午,命人至白庵处取题目。抵暮,至抚、布两院前,始知书院甄别,尚未悬牌。题目已取来,考作先看好一篇。

二十七日(4月14日) 阴。晓起,东风大作,微有雨。自胥门开船,至吴江,约有四十里。舟中,阅《泾野集》正编卷二。《断金会序》："夫金于五行独坚。水易决壅,火易扑灭,木可指折,土可芥取,惟金秉乾之性,为艮之精,虽佛氏亦以为难者也。"①《正学书院志序》："夫书院自唐宋以来,其在天下者,或以洞名,或以岳名,或以地名,或以水名,未有以学名者也。莫非学也,未有以正名者也。"《送玉溪王公考绩序》："夫天下莫大于纲纪,莫急于风俗。纲纪振,则万目张;风俗美,则比屋醇。"《蒲津话别序》："夫士患夺于外者,志弱也;患纽于近者,见小也。"《贺南冈唐公陞方伯序》："夫陕西内治八郡,外饷三边。昔者夔能乐而不能礼,故以此名传;垂长于工而短于虞,故以能指传。若禹宅百揆,则工可也,虞亦可也;乐可也,礼亦可也。"此卷多至六十馀页,有宜重阅者,或点、或圈记出。中午,泊舟关帝庙前,至秋伊馆中。邀金小山,去候周峙亭,峙亭以病辞。据小山所述,吾师去秋病后,会课、约课,概行谢却,惟欲受业门下,尚可添一二人,脩金、节仪、贽仪须得二十二番之数。小山欣然以峙亭看本见示,予携至舟中。下午,至云在草堂,兄子已归。复至鹤田处,有信托寄。叶莼泉以其弟名淦成者考作见示②。前晤莼泉,曾经索取,料其未必能寄示。今得此文,大可为儿辈观摩。暇时,邀切庵茗饮。切庵戚戚以身之不能永年,万一溘然,欲以一棺见托③,盖信予之不肯负人也。

---

① 原文此后尚有"《西州别使后序》云'为政易,为教难'"一句,作者删去。

② 原文此后尚有"予喜出望外"一句,作者删去。

③ 原文此后尚有"予诺之"一句,作者删去。

予竟已诺之。归舟,阅崎亭改本,不高不低,真是命中之技。叶淦成作[1],后二比尚可取。

二十八日(4月15日)　淡晴。晓起,迟吴甥下船,即解缆。饭后,复遇顺帆。出门往返,最为难得。舟中,得《劳劳诗》一首:"劳劳身世欲何求,惭愧平生老未休。赋性难忘伦纪事,读书却为子孙谋。承先有后穷犹乐,知己无人愿莫酬。且作百年培养计,种成□果自然收。"中午归家,闻周星桥于昨日到馆。下午,至大兄处,晤徐竹汀从子婿。据述,嘉善县四举人一案,梁中丞断不肯办,未知确否。雨窗无事,补作二绝句。题云:《二月杪,以事至吴门,往返多遇顺帆,诗以志喜,亦以自警云》:"休将身世论穷通,恬退如予气渐融。差喜今年多顺适,出门来往一帆风。""顺中有逆也须防,得意从来喜莫狂[2]。我亦渡江观海者,收帆难得此慈航。"

二十九日(4月16日)　晴。晏起。饭后,命舟去载云泉。以病不能来,约初二日去载。接子谦示薰儿信,盛子馀约二月初五日来。复接王珠亭及陈得珊信。下午,作札与袁午亭。

　　午亭贤侄孙倩足下:新正曾蒙见过,诸多简亵,并承惠贶多珍,谢难屡述。比稔潭福新嘉,悉能如愿为慰。昨在江城晤令贤郎述甫,嘱问书院甄别之期。仆于廿七日傍晚亲至抚、布两院前看过,并未悬牌。并切听书吏,咸云未有定期。兹于廿九日旋里。先此布复,顺候日安。不一。

　　再,舍间文会之期,定于三月十五日聚起,务望令郎、令侄辈及少彝、新甫,届期及早见过,至嘱、至嘱。

此信写毕,适接午亭来信,问及此事,可见心心相印之处,借以真达。闻陈又莪诸君大有松机,可贺之至。

---

　①　原文此后尚有"自然出薰儿之上。凡事须要真知灼见,文字亦然"一句,作者删去。

　②　"得意从来喜莫狂"原为"保泰持盈乐未□",后改。

喜墨斋以新刻佛家文字四种见惠：

一、《憨师净土文》，分上下两卷；

一、《大阿弥陀经》，亦分上下两卷；

一、《无量寿经》，分上下两卷；

一、《金刚经解义》一卷，后附录一卷。

皆古吴周孝垓所刊。

三十日（4月17日）　晴。晓起，作札与子谦，并佛书四种赠之。饭后，写好答笑山、笑梅两札，俟有便寄去。下午，大兄处延叶曲江，予以陈莘田所定之方示之，曲江嫌升麻太重，何不用薄荷叶四分代之[①]？抵暮，接子谦回信。

三　月

初一日（4月18日）　晴。晓起极早。以题目示薰儿：《"□□好学"两句》。诗题《受飧反璧得"飧"字》。饭后，至沈纯甫处，询及家眷出门，须至此月中定期，予以答信寄交笑山。午前，至南传，访迓青霞广文。因今岁闲居，欲以文会课卷就正，青霞亦欣然诺之。中午，至芦墟镇，晤得珊，以今午到馆，携示等第考作，甚不合意。复至许秋田处长谈。下午归家，适松侄、小园侄孙同来，问及嘉善四举人案，已发杭州府学收管，即此便是松机。（页眉：文期。）

初二日（4月19日）　阴。晓起，微有雨。饭后，录清日记。午前，载云泉到馆。适沈纯甫同其仲弟来，乃弟新从凤阳归，特来问候。询及笑山宦况，尚可过去，惟家眷须至来年稍有馀资，方可作来迎之计，此时尚不能安顿也。下午，叶曲江、陈古愚来长谈，闻书院甄别有初六日之信。

初三日（4月20日）　阴。晓起极寒。饭后，接桂轩侄孙信，知两书院甄别，抚宪已悬牌初六日。即作札与午亭及松侄。下午静坐。

---

① "代之"原未"为和平正"，后改。

灯下，复作札与笑山。

> 笑山老姨甥足下：前札尚未奉达，适值令贤郎三世兄归家，即蒙见过。询及老姨甥起居安善，深慰悬念①。惟闻尊眷须至明年到署，路隔千里□遥，所费不赀，不可不预为筹备②。缓至来年，具征胸有定识，凡事应宜如是也，佩服之至。薰儿自岁试后，必欲以考作就正先生，兹特缮写呈上，得暇时仍望严加绳削，指点一番，庶几得长者之品评，以验功夫之进退，非场屋中可比耳。专此布恳，顺请道安。不一。

初四日(4月21日)　晴。晓起，命舟去考书院。饭后，薰儿与松琴、周星桥同去③。午前，接殷甥信，以续娶喜事见招，择于廿一日夜间待媒，廿二日清晨去迎娶。予即作札答之。

初五日(4月22日)　晴。晏起。饭后，阅《泾野集》正编卷三。《送检庵马君考绩序》："昔者禹有九手九足，故治水如神；舜有四耳四目，故恭己无为：何谓也？曰：'禹以九州之手足为手足，故不行而至；舜以四方人之耳目为耳目，故不见是图。'"《北山书屋序》："千石之钟，其声不石；万钧之弩，其发必中，盖以言夫诚也。眸子粒大，而纳万里之远；镜厚不盈寸，而照重渊之下，盖以言夫明也。"《南山类稿后序》④论诗有特识，可重读。《荆人父母篇序》："故君子之于民也，宁为亲父，无为三父；宁为亲母，无为八母。虽则亲父也，尚有见贤而恶、见不肖而溺爱者矣，况三父乎？虽则亲母也，尚有见甘旨而悦、见糟糠而疾者矣，况于八母乎？"午前，盛子馀见过，接谈，人极真率。中饭后命舟，同至先子坟上，看得极细；继至先大父坟上。据述，两地相较，西房圩尤胜。回至住宅，周回循览，以西为上。抵暮，曲江复见

---

① "深慰悬念"原为"大慰鄙怀"，后改。
② "不可不预为筹备"原为"本难顿时猝办也"，后改。
③ "同去"原为"下船解缆"，后改。
④ 双圈。

过，为予斟酌一方，极妥，可感也。是夜，子馀留宿书楼。

　　初六日(4月23日)　晴。书院甄别。晓起，子馀为迟孙排一八字。据云："可读书。十八岁至二十八岁，十年功名，大有生色。"饭后命舟，同子馀先看始迁祖春江公墓及五世祖心园公墓，均不甚佳。继至高祖敬湖公墓，据云，局面虽不大，然财、丁、秀三者，始终不败，正吉地也。复至曾祖君彩公墓，据云，局面甚好，尚须至二十年后得气。下午回家，以吴甥及二从孙八字属子馀排过，据云，吴甥可得一衿，二从孙尚不祇于此。

　　初七日(4月24日)　晴。晓起，子馀谈及王江泾计二田之为人，颇能厚重简默，惟有嗜饮之癖。五子入学二人，乃孙已多读书。二田年不过四十二岁，真不可及。饭后，大兄邀子馀去看寿藏。中午回来，据述，先大父墓南有吉地。下午，同子馀至南陆庵，庵向有文昌阁，后因重修，改为平屋，仍供文昌、关帝二神于其中。子馀云："此处是直南方，供文昌帝君神，本不宜阁。若是东南巽方，必须建杰阁。"灯下，考书院已归。文题《"修己以安百姓"句》。诗题《鸣鸠乳燕青春深得"深"字》。三人皆考紫阳。闻袁述甫云，嘉善四举人一案，仍无松机。

　　初八日(4月25日)　晴。晓起，子馀为画西房、南玲两圩坟图，谓西房圩土气极厚，南玲圩似稍薄平，然皆安，可作寿藏。予亦不事远措也。南玲圩今年不作，须至二十七年。饭后，命舟送子馀回去。予偶有所触，题《鹿门松荫图》："松风谡谡作先声，偕隐曾传遗逸①名。高士子孙无俗累，德门夫妇有同情。青山大好藏身固②，白水依然旷世清。我亦年来结遯想，林栖渊宿寄平生③。"下午，翻阅《后汉书·庞公传》："赞曰：'远性风疏，逸情云上。'"真不可及。补作《重游西庵》诗："庙野人都野，僧贫佛亦贫。地荒沉玉佩，庵有牡丹房，近已

---

　　①　"遗逸"原为"千载"，后改。
　　②　"藏身固"原为"将身托"，后改。
　　③　"林栖渊宿寄平生"原为"千岩万壑足平生"，后改。

圮。儿戏剥金身。衰替寻常事①,荣华去复春。谁能力振起,绝大要通神。"刻有人自吴江来云,前月廿三日,震泽误拿客商、诬良为盗一案,均已释放,共三十二人,住合肥县。抵暮,有寒热,即眠。予近年心营大亏,一少用心,已觉立脚不住。甚矣,老病之多休也!

初九日(4月26日)　雨。隔夜,心神不交,似卧非卧。晓来大渴,饮蔗浆而解。饭后,寒热未凉,仍伏枕而卧。下午起来,迟曲江不至。偶题徐兰浦诗稿云:"斥弃田园累,翛然福分清。吟成多慧业,修到是前生。此道通仙佛,其源出性情。纷纷涂□者,虽好莫能争。"

初十日(4月27日)　晴。晓来才觉清爽,因夜间得安寝也。饭后,命薰儿至梨里,先过汝梅村家贺喜,继至徐恒甫家送四兄女出殡。午前,予始起来,静坐西矮楼上。下午,大兄及兄子兆文陪叶曲江来看予今日之病,外感轻而内损重,须要离却家事也,然亦谈何容易?惟当随事节省耳。

《立夏前十日作》

莺花三月自年年②,雨细风狂气候偏③。寒暖酿成多病界,阴晴断送暮青天。蝶蜂热闹身□梦,燕雀欢娱命苟全。安得游心云物外,骖鸾驾鹤邈如□。洞口碧桃开过了,无人接引到溪前④。

十一日(4月28日)　晴。晓起食粥,复就枕而卧。午前,予始起来,反觉疲软,总由正⑤气未复耳。中午,薰儿自梨里回,述四兄女

① "衰替寻常事"原为"指点循环理",后改。
② "自年年"原为"正堪怜",后改。
③ "气候偏"原为"又一年",后改为"最可怜",后改。
④ "蝶蜂热闹身□梦,燕雀欢娱命苟全。安得游心云物外,骖鸾驾鹤邈如□。洞口碧桃开过了,无人接引到溪前"原为"问安心法除烦恼,论养生方保寸□。不见农家时灌溉,种成嘉谷自绵绵",后改。
⑤ "正"原为"真",后改。

灵柩于昨晚黄昏权厝于薛作兜坟,堂屋内尚觉安稳。曾与徐少岩深谈,少岩论前日书院甄别题,上句宜重做"修己",下句宜重"安百姓",题之界限方能画清。予闻此言,不觉倾佩之至。凡从师讲解,须得如此乃有益。下午,精神稍健,录清日记,聊作排遣之方①。

《枕上得静坐诗》

除却观书万事休,闲来须②向静中求。思深道力常窥壁,怕触尘缘懒下楼。敢冀③寿容方只眼,任从老态雪盈头。茫茫世界谁收拾,此外区区不足忧④。

十二日(4月29日)　晴。晓来食粥,即起,仍觉疲软。饭后,伏枕而卧。中午,始至西厢楼上静坐。下午,大兄及兄子兆文来,为予调停一事,约明日与谈⑤,无非受田园之累耳。

十三日(4月30日)　雨。晓起,命舟去请叶曲江。予食粥后,始觉爽健。起,录近作三首。饭后复卧,闻曲江来,起。曲江看予近日之病,总由心、肝、肾三藏大亏,而心为尤甚,且下清补之品,滋腻不得。处方后,同饭于楼上。下午客去,仍以静坐为主。偶阅徐兰浦《板桥书屋诗钞》,五律最佳,惜尚有未完善处。今录出二首于后。

《十月移居梅氏之猗亭》四首之一

小阁凭虚起,窗棂面面开。遥从烟树里,时见片帆来⑥。旧恨题红叶,新诗刻翠苔。荻芦秋瑟瑟,放鸭棹舟回。此一结必须改。

---

① "排遣之方"原为"消闲之计",后改。
② "闲来须"原为"功夫全",后改。
③ "冀"原为"希",后改。
④ "此外区区不足忧"原为"似此身家不足忧",后改为"此外真如水上沤",后改。
⑤ "约明日与谈"原为"尚未实见",后改。
⑥ 此两句单圈。

《垂虹晚眺》

垂虹烟水阔，出郭兴堪乘。远浦静闻笛，疏林时见灯。楼高多醉客，寺近有归僧①。最好春和候，桃花浪几层。一起须改。

十四日(5月1日) 晴。晓起，以题目示薰儿：《"子谓《韶》"三句》。诗题《鲁作之得"鱼"字》。饭后，予始起来。摘录徐兰浦五律二首，略为改易几字。凡能为人成全一诗，亦是绝大功德。重阅《五百名贤神像》。予容绝似瞿公式耜，在第六册末第三页内，他日大可临摹作神像也。虽不能之，心向往之，亦古人私淑之意云尔。下午，大兄与陈古愚为予调停一事，其人已去。处今之世，只好放开怀抱，宽一分，便多一分受用，会计精不得也，切记切记！

十五日(5月2日) 晴。晓起，命舟至来秀桥南陆庵内观音大士前拜求一签，得廿二竿上吉句云："四郊田亩皆枯竭，久旱俄然三日霖。花果草芽俱润泽，始知一雨值千金。"时为薰儿欲从周崎亭先生看文，心上尚有未定处，今得此签，受业无疑矣。饭后，大兄处有喜事，命薰儿去应酬，予实怕烦故也。下午，陈古愚同松侄来问，松侄即返。古愚谈及去冬力葬舅氏一段，真能不负所托。又言其门下半聋之为人，尚能不忘其师。

十六日(5月3日) 晴。文会第一期。晓起，松侄及两侄孙先来。饭后，吉人、实甫同来，共得七人。文题《"子使漆雕开仕"一章》。诗题《席珍待聘得"珍"字》。闻张文宗考松江府，竟有放又三等者，一府统计五十馀人，此事未免太不近情。下午，会中文完，诗多不作。（页眉：文会期。）

十七日(5月4日) 阴。晓起极晏。饭后，命舟送会课至青霞处。予率薰儿下船，将至吴江。舟中，阅《泾野集》正编卷三。《送九峰山人邹君还山序》："山人曰：'璧五十四以前，亦颇弱；五十六以后，日

---

① 此两句单圈。

健一日。'昔伊川言：'五十以后加健。'予亦有疑，今及验之于山人乎？"
中午，泊舟关帝庙前。闻秋伊不在馆中。至金小山家，小山卧病，不能
见客，托同门徐鲁卿为之介，转达周峙亭一切脩金、节仪，预为谈定。
下午，予率薰儿同鲁卿至峙亭家，拜从为师，分看文字。予与峙亭本未
相识，一见如故，谈文娓娓不倦。今年六十有七，气色尚好。薰儿备受
业门人名帖一个，送贽仪一函。谈至薄暮而返。是夜，宿舟中。

　　十八日(5月5日)　晴。晓起开船，饭于舟中。趁顺帆到家，不
过午前。下午静坐，得一绝句云："春色何曾去，犹留锦被堆。群芳谁
作殿，不愿早为魁。"

　　十九日(5月6日)　晴。晓起，始进饭。予自壬寅冬病后，癸卯
一年至今，蓐食必粥，中午始饱一餐，夜间仍粥。近因食淡无味，故下
之以饭。午前，录清近作，复校阅《白门游》一卷，时属辛峤重录一副
本。下午静坐。

《病后》

　　　　病后消磨气渐平，千金身重万缘轻。问安心法除烦恼，论养
　　生方忌大烹。口腹老饕都是欲，肝肠荡涤自然清。伊川五十年
　　加健，学道功多百炼精。

　　三月廿九日馆课：《知其说之于天下也》《赋得智欲员而行欲方得
"方"字》。出《淮南子·主术篇》。

　　二十日(5月7日)　晴。晓起静坐。饭后，命薰儿至壶芦兜张
新进文潜家贺喜，时有芹榇之招。暇，检"伐性之斧"出处，先见《韩诗
外传》："侥幸者，伐性之斧也；嗜欲者，逐祸之马也。"后见枚乘《七
发》。午前，东路村钱松村光祖家来送喜单，称外侄孙大约与寒宗有
连。下午，命舟至青霞处取会卷来，以"众仙同日咏霓裳"为次第，吉
人得"众"字，薰儿得"仙"字，看得尚属平正。黄昏，微有雨。夜半后，
雷电交作，大雨即止。

　　二十一日(5月8日)　阴。晓起，安排行李，予将至平望。饭
后，命薰儿至梨里冯稚谷家，明日仰山夫妇开吊，即于是夜撤几，不可

无此一行。予亦下船解维,舟中惟有静坐之一法。中午,过日新堂贺喜,二式甥、选之表侄出见。时殷甥有续娶之事,贺客极少,惟晤赵海香、朱莲石、王云墅、唐兰皋四人而已。入见大女兄,颜色瘦于去秋,幸起居尚健。今年七十有一。是夜酌媒,设三席,海香首座,予次之。同宿书楼。

（夹页:

毋多谈,毋废时。时者不可失,尚其黾勉以赴之。

癸卯四月下浣,粥粥翁为儿辈铭。

吴江后学柳树芳敬观。

初去难进腻,补治以心、肝、肾三藏为主,而清利湿热之品亦不可少。拟方候教。照方各包三帖。

大生地,海石粉□炒,四钱。麦冬,烹炒,三钱。元参,三钱。石决明,生□,八钱。肥知母,□炒,三钱。云神,三钱。枣仁,炒,三钱。连乔心,三钱。福泽泻,三钱。车前子,□炒,三钱。小川连,□焙,四分。青黛,绢包,一分。竹卷心,三钱。灯心一束。十三日。

古翁先生　　十三日诊

肺主一身之气,鼻痔多年,肺气窒塞,湿热阻遏,上焦不能运化。其故皆由于心阳上逆,有升无降,积久不愈,伤及肝、肾二经。本元既亏,所感之邪虽退,而精神疲倦,未能骤复。舌红底黄苔,脉两寸不大,两关弦左尺较甚。病之标在肺、胃,病之本在肝、肾,所以使之然者,心为之也。客邪。)

二十四日(5月11日)　晓起,复雨。少顷,殷甥亲迎船已回,随舆新人登岸。结亲吴氏,送亲有三人:一号桐春者,为殷甥之从兄,□捐重九品;一号少伯者,为殷甥之内侄,入乌程学;其一则忘之①。饭

---

① 原文此后尚有"一茶而返"一句,作者删去。

后,晤范湘槎,王又山来贺喜。中午,海香谈及今年岁试时,吾宗有名某者,诗文皆看好,忽墨渍透纸背,阅卷时为风所污,张文宗特批出。一秀(水)［才］耳,竟被如此磨折,已属可异,况出于素行端谨之士,真事之不可解者也。下午,略有赏给,亦我辈中不得删除之事。夜间,殷甥复设两席燕客,予虽不饮,尽欢而罢。就寝已二鼓矣。

二十五日(5月12日)　晓起,发行李下船。饭后,予面辞大女兄,解维而返,女兄约秋间过来。昨午闻王又山闽中用火酒之法,须制一紫铜酒杯及杯架一副,即于金陵肆中铜店内打成。凡烧饭煮药,以铜罐置诸酒杯上,无不立就①。惟火酒必得阊门外禄荣坊巷方吉太店买之,方能得法。每场用二斤,以竹筒贮。暇时,须预为试法也。中午,过池亭,就曲江覆诊。时铸堂家有喜事,予与叶氏昆季往还多年,从未行庆贺礼,故竟从其略。曲江、铸堂及绶卿咸出见,曲江为予照前方增减其间,以其家有喜事,不能久留。归家已午后矣。

二十六日(5月13日)　晴。晏起。饭后,录清日记。下午,以邱昼翁家所藏《江震学册》嘱梦仙录一副本。《江震学册》予家曾有录本,然不如邱氏所录之详,故特借抄一过。

二十七日(5月14日)　晴。晓起,腹中肝气大作,或系昨服川连之故,不如不服药为半医也②。饭后,阅《泾野集》正编卷三。《送朱秋崖考绩序》:"予久得史官,兼守州判,专习文墨,不闲吏情,是非爽实,贤愚迷真,宜其然也。"又云:"朱紫既淆,玉石亦混。夫为政之道在安民,安民之道在知人,虽虞皋陶之告大舜,亦以此为当务之急也。"秋崖,名纨,苏之长洲人,起家辛巳进士,见《苏州府志》五十六卷"人物志"中。嘉靖二十六年七月,倭寇起,提督浙闽海防军务、巡抚浙江,清强峭直,勇于任事,欲为国家杜□源,乃为势家构陷。自纨死,中外不敢言海禁事,撤备弛禁,海寇大作,毒东南者十馀年。纨

---

①　原文此后尚有"顿时即熟,最为便捷"一句,作者删去。
②　"不如不服药为半医也"原为"决意自后断不服药",后改。

《明史》有传。下午，以事辍读，身子疲倦，欲眠不得，可慨也已。

二十八日（5月15日） 晓来风雨大作。饭后，风仍不息。时青霞有约过我，想为风雨所阻也。下午，风息，雨复绵绵不止。至大兄处，以昨日之事交出。大兄有事，不能多谈。暇，阅《泾野集》正编卷三。《宝制堂私录序》："是故靡辞不足以阐幽，冶辞不足以适治，游辞不足以贡俗，艰辞不足以辩理，故叔孙豹谓臧文仲之言立，而孔子谓子产之辞不可已也。"《杭泽西八十寿序》："太学生宜兴杭锡贤持《日惺卷》索题。夫'惺'也者，心之星也。是故衡有铢、两、钧、石之星也，若为尘垢所掩，则不可得而辨矣。天有斗枢、三垣、五纬、二十八经之星也，若为云雾所障，则不可得而辨矣。夫人心之有星，亦犹天与衡也。"《寿林母吴孺人七十序》："昔者颜子之养亲也，先以其箪馈之亲，而后馂其箪，其亲不以其箪为贫也，颜子乐之。先以其瓢饮其亲，而后啜其瓢，其亲不以其瓢为薄也，颜子乐之。故使其父路、母姜，至今数千岁犹寿也。如使其父母不悦于箪、瓢，乃颜子自以为乐而不改，则虽夫子不敢称其贤，而颜子又焉能使其亲寿至今存耶？"《少保工部尚书俞公七十五寿序》："人方争炎，己则守凉。人方争荣，自云非枯。其视权势通显泊如也。"（页眉：此段议论无人见到。）

午亭贤侄孙倩足下：久欲诣府，作一日谈，实因前月中适有小极，且多应酬，以致疏于走候。想起居安善，定能如愿也。前十六日文会之期，共得七人，题目："子使漆雕开仕"一章。是日同会诸君，咸以尊处不来，殊为少兴。此月初二日会期，务望令郎、令侄辈同郁、孙二君及早光过，不特儿辈观摩有益，即诸同人无不以多士为善也。专此敦请，顺候日安。不一。

二十九日（5月16日） 晓起，以题目示薰儿：《知其说者之于天下也》，峙亭所出。《赋得智欲圆而行欲方得"方"字》，出《淮南子》卷九《主术篇》，予所拟。饭后，含二表兄自吴江归，述及大兄处命案于廿七日详出备文，五角府道司两院。午前，兄子兆黄以抄详呈阅，极为周到。官清事无不清，可喜之至。下午，作札与午亭，招其子侄辈及郁、孙二君同来会文。(页眉:文期。)

　　柏川大兄足下:前月十六日文会之期,共得七人,伫候文从不至,殊深怅怅。此月初二日会期,务望及早见过为要。凡应试之事,或小屈于前,焉知不大伸于后? 愿与足下共勉之。专此敦请,即候元安。不一。

四　月

初一日(5 月 17 日) 　雨。晓起,作札与百川,招其来文会。饭后,阅《泾野集》正编卷三。《寿余封君诗序》:"且谓程太中何时生人乎? 曰:'多淳化、至道间人。'曰:'此其人自淳化至今且千年,然犹长视文履,存而不殁,比于朱颜黎首,尤强壮焉。'""夫太中之永寿者,以伯淳为之子耳。伯淳之为御史也,神宗召对之日,进说甚多,大要以正心窒欲、求贤育材为先,以至诚仁爱为本,不饰辞辨,不急功利。常言:'人主当防未萌之欲,不可轻天下士。'其极论者,辅臣不问心,小臣与大计;兴利之臣日进,尚德之风浸衰。神宗至俯身拱手以听。"《送郑成游知临江序》:"夫时有迟速者,在天之数也;道无损益者,在我之真也。古之人有速者矣,一岁而三迁,今岂以为尽然乎? 古之人有迟者矣,十年而不调,今岂以为尽非乎? 如其在我者之已真也,虽一岁三迁,不为速;如其在我者之未真也,虽十年不调,不为迟。故君子求诸我,不求诸天;守其真,不泥其数。"《赠张公陞按察序》:"今夫登太山者,方其迤逦梁父之间,徘徊石间之际,则固高步接武,不以为难。若夫三观之颠,天门之上,崎岖乎鸡笼、莲花之峰,跋涉于酆都、马棚之崖,则非益著其力,更进其勇,不可至也。"《送大理少卿石崖林公北上序》:"夫古之明王,登崇贤智以为卿相,必于乡焉举,必于里焉选者,诚以不能于家,则不能于国;不能于乡,则不能于天下。盖以先其本也。""诚得如吾石崖有乡行、里德者以往,又何难焉?"《贺李君尚友升车驾主政序》:"燕赵之人善为车,若使为舟,则于舳舻樯柁,皆莫能措手矣。吴楚之人善为舟,若使之为车,则于毂輢轵轴,皆莫能用

巧矣。是故君子舟车咸宜,水陆皆可。"(页眉:轚,培堂。《周礼·冬
官·考工记》注:"谓车舆轩立者也。立者为轚,横者为轵,在式木之
下,对人为名耳。")

初二日(5月18日) 雨。晓起,五侄孙先来。题目《"敬事而
信"三句》《赋得若网在纲得"修"字》。阅《泾野集》正编卷三。《贺雷州
知府易后斋七十序》:"昔者许仲平年七岁,受学于乡师。一日,问其
师曰:'读书欲何用?'师曰:'应举取科第耳。'曰:'如此,可为致君泽
民、扶持斯道乎?'师大惊,谓其父通曰:'贤郎颖悟非常,他日必有大
用,吾不能为子之师。'后仲平果拜相,遂成用夏变夷之功,以续周、
程、张、朱道统之传。使其父通至魏国惠和公,寿到于今数百年未已
也。"仲平,名衡,有传。饭后,午亭同孙新甫并率其子述夫来会。吉
人、实甫以考书院不来。闻松侄、薰儿均取在附课中。午亭出示松巢
家信,今岁会试诸举人,概不覆试。明年恩科,遵于二月十五日概行
覆试,已有明文。会试总裁,差陈官俊、杜受田、徐士芬、文庆。头题
《"下学而上达"两句》。二题《有所不足,不敢不勉》。三题《"而以为
未尝有材焉者"两句》。《赋得白驹空谷得"声"字》。嘉善四举人一案,
仍无下落,然连审已二十五堂矣。一念之差,受了无数苦楚。甚矣,
时势之不可不识也!下午,兄子兆黄来,□薰儿诗文一卷,寄与周白
庵。渠欲赴郡逗留,故有此便。阅今日会卷,新甫之作最为松利,述
夫文笔亦佳,所欠者功夫耳。午亭并述霭堂之意,亦欲来会,惟要予
作札招之耳,暇日当修札候之。(页眉:文会期。)

青霞先生阁下:谒别未久,想潭安近福,定能如祝也。前月
二十八日之约,竟为风雨所阻,可见一觞一咏,亦有定数,未可相
强。以后台从如能光过一叙,望先示一音为感。兹奉会课五卷,
仍望严加绳削,编定甲□以教之,至谢莫可言。专此布复,顺请
道安。不宣。

霭堂大兄先生足下:别又半载,想汲古功深,正儒者养到候
也。此时暂作六月之息,一转瞬间,□见高飞直上耳,预贺预贺。

儿辈文会之举，正欲得名师益友严□切磋，以相与有成。第以足下之问学文章，儿辈只宜以师事之，敢以"以文会友"之说谬相敦请。昨午亭见过，述及足下虚怀若谷，竟能惠然肯来，弟闻之不胜欢喜。即此一端，便是不可及处。以后文会，准于初一、十六为期，伫候足下同来会诸君及早光过，不特儿辈幸甚，即诸同人，无不乐以雅教也。专此敦请，顺候道安。不宣。

初三日(5月19日)　晴。晓起，作札与青霞。饭后，命舟送会卷去青霞，约初六日来取。暇时，作好一札与朱霭堂。中午静坐。下午，阅《泾野集》正编卷三。《赠侍御杨德周考绩序》："德周名叔器，福建侯官人，嘉靖二年进士。曾为吴县。"宜查《府志》。《赠叶敬之考绩序》，论萧何、诸葛孔明优劣，却是创论。《赠宋潞安府序》，言"今之守令"一段，可谓曲绘仕途中恶习。

《喜霁》

淫雨三日麦将坏，今晨开晴众①称快。豆萁菜薪②尚有收，折损几分幸无害。去冬岁歉哀此穷，当今民力甚矣惫。良善③无措盗横行，白昼攘④夺不为怪。天心转祸欲为福，但得年丰民⑤有赖。五风十雨征□祥，一炷心香下阶拜⑥。

初四日(5月20日)　晴。晓起，作《喜霁诗》七古一首。时连雨不止，有妨春熟，幸昨日开晴，今晨连霁，或尚冀其有收也。饭后，以事辍读。下午，查"如骖之靳"，出《左传》："齐侯伐晋夷仪。东郭书与

---

① "众"原为"农"，后改为"各"，后改。
② "薪"原为"岐"，后改。
③ "善"原为"民"，后改。
④ "攘"原为"争"，后改。
⑤ "民"原为"人"，后改。
⑥ "五风十雨征□祥，一炷心香下阶拜"原为"十日一雨五日风，扫地焚香愿下拜"，后改。

王猛息。猛曰:'我先登。'书敛甲,曰:'曩者之难,今又难焉!'猛笑曰:'吾从子如骖之靳。'"注:"靳,车中马也。"猛不敢与书争,言己从书,如骖马之随靳也。

初五日(5月21日)　晓有雨。以题目示薰儿:《"造次必于是"二句》《赋得如骖之靳得"骖"字》,白庵所出。饭后,补辑《分湖小识》,至"仕宦"一门,增杨任、叶芳、叶緪、叶允、叶重第、袁黄、袁俨、叶绍冕诸公传。叶氏诸传,皆南一所采辑。中午开晴。下午,静坐养馀斋。以后无事,总归上午读书,下午静坐。(页眉:文期。)

《晓望》

暗暗浓垂地,茫茫绿满天。一声黄鸟唤,几处白鸥眠。早作兴农事,闲情乐暮年。春来筋力惫,已谢祖生鞭。

初六日(5月22日)　阴。晏起。饭后,命舟去取会卷。补辑《分湖小识》,"隐逸"增叶舒瓒,"孝友"增叶可与、可畏、叶树伟,"谊行"增叶夔、叶振德、张大观、夏时彦。中午,会卷已取来,以"卓荦观奇书"为次第,薰儿得"卓"字,五侄孙得"荦"字。荦卷删得极净,真老手也。

初七日(5月23日)　晴。晏起。饭后,补辑《分湖小识》,"文学"增叶舒璐、叶昉升、潘□,"□寓"增袁颢、袁泽、杨廷枢、徐枋、魏坤,"释道"增如谷。下午,兄子兆黄自郡中回来,述及三房俱已谈定。府房陆充之,番洋十六元;司房柳敬庭,番洋十六元;院房朱愚泉,番洋十元:皆丁锡岩为之介绍也。此番为数,殊觉平允,全在经手之人公正,自然不致吃亏耳。

初八日(5月24日)　晴。晓起极早。饭后,补辑《分湖小识》"列女","已旌"增吴氏、两徐氏、李氏、朱氏、虞氏、陈氏,"未旌"增沈氏、陆烈妇、池上三节妇及《家谱》中俞氏、陆氏。下午,录清近作,静坐。

初九日(5月25日)　阴。晓起,以题目示薰儿:《"子路、曾晳、冉有、公西华侍坐"至"则何以哉"》,峙亭所出。《赋得娇燕入帘回得

"帘"字》,杜公《李监宅》诗,予所拟。饭后,补辑《分湖小识》,"别录上"朗夫先生轶事两段及袁兰、顾德本、大本、高鹤鸣、柳□、□骥七人事,"别录下""风俗""□□""灾祥"前后各两段。

初十日(5月26日) 阴。晓起,录清一《分湖小识》"人物"目录。饭后,阅《盍簪集》,中有昨日课题文,前半冠冕堂皇,后二比并能关动下文。场中得此艺,我决其必中。

《述往初夏闲居无事①,重辑《分湖小识》成,遂书□律于后。》

无佛山中敢自尊,老农老圃亦堪论②。坡翁晚岁留三养,摩诘当年不二门③。抗志重将文献续,传家尚有典刑存④。平生久矣轻温饱,略把诗书饭后昆。

编辑经今三十年⑤,升沉荣悴听诸天⑥。敢云鬼录师兼友,直作名经佛又仙。忙⑦过一生留几许,老来万事堕茫然。草堂病起欢⑧无恙,休被尘途世网牵。

---

① "初夏闲居无事"原为"病后",后改。

② "无佛山中敢自尊,老农老圃亦堪论"原为"宝俭曾传道德门,前贤遗训至今□",后改。

③ "摩诘当年不二门"原为"北海当年满几樽",后改。

④ 此后尚有"任他举世滔滔下,和气长教薄俗衰。□□豪华非易事,切身经济亦难言。人生何者为为福,瓢饮犹宜思水源",作者删去。

⑤ "编辑经今三十年"原为"此事曾经三十年",后改。

⑥ "听诸天"原为"□茫然",后先后改为"□堪怜""□怆然",后改。

⑦ "忙"原为"闲",后改。

⑧ "欢"原为"真",后改。

甲辰日记(草本二)

东六十五,南六十二,北五十八,菜约五十。

顾英,康熙四十年科试入学。

张方湛,雍正五年岁试入学。

顾思虞,乾隆三年科试入府学。

陈汝树,乾隆十三年科试入震学。

按,汝树,字庭嘉,号兰崖,震庠生。文行兼修,为我乡名宿,惜无实事可征耳。兄汝霖,字泽寰;汝棠,字召安;弟汝懋,字克修,俱国学生。暇日,宜问诸陈古愚。

胡一珠,乾隆廿三年科试入震学。

查芦墟陈氏之先:

陈桂,字保元,白荡湾人,康熙五十六年丁酉中青浦籍举人,仕永康知县。

陈镳,字云门,芦墟人,康熙四十七年戊子岁贡生,仕全椒训导。十八年入学。

附查:《湖州府志》分大房,乾隆廿三年修。《嘉兴县志》同,嘉庆六年修。

周道生,字人宏,芦墟人,康熙五十七年戊戌嘉兴籍岁贡生,仕湖州府训导。

补:

陈亮,字寅仲,芦墟人,崇祯三年庚午副贡生。

叶舒鹭,大约即"璐"。康熙二十八年科试入学。

马鳌,康熙三十八年特恩六名入府学。邱《册》误作"冯鳌"。

迮灏,庠姓"王"。康熙四十五年岁试第一入学。

金书升,雍正八年岁试入震学。

陈文星,康熙三十六年岁试入学。

叶振德,乾隆二十年科试入学。

郁文是年入震学。

沈翼苍,乾隆二十二年岁试入江学。

顾学周,乾隆二十五年岁试入江学。

吴之湄,乾隆二十六年科试入江学。

袁兰,乾隆三十年科试入江学。

夏廷松,乾隆四十三年岁试入江学。

顾雪梅,乾隆四十四年科试入江学。

沈璟,乾隆四十六年岁试入江学。

郭廖,乾隆四十七年科试入江学。

郭学洪,乾隆四十九年岁试入江学。

龚蟠,乾隆五十三年科试入江学。

潘眉,乾隆五十五年岁试入江学。

张大观、张鸿、袁腾涛拨府,乾隆五十八年岁试入江学。

四　月

十一日(1844年5月27日)　晴。晓起,成七律诗二首。时补辑《分湖小识》成,故有此作。此番已第四易稿。饭后,翻阅家谱中应黄从兄,其固穷一节,已为时俗所罕觏①,特采入"别录·轶事"内。兄名钟,嗣锋胞兄。下午静坐。

十二日(5月28日)　晴。晏起。饭后,重校《分湖小识》三卷,将属辛峤录一清本。下午静坐。是日,年谱辛峤已抄完。

十三日(5月29日)　晴。晓起,以峙亭所出题目示薰儿:《"巍巍乎"至"而不与焉"二句》。诗题:《一日看遍长安花得"郊"字》,予所

---

①　"已为时俗所罕觏"原为"已不可多得",后改。

拟。饭后，重校《分湖小识》毕。"灵异"内增乾隆十年六月、九月两条，采《分湖志》"旧闻"内，明日属辛峤录起。下午静坐，检阅沈《志》"文学传"，屈运隆附见《叶燮传》内。可见一邑之中，专传亦非易事。

十四日（5月30日） 晴。晏起。饭后，以事辍读。下午，校阅辛峤所抄年谱，一半而止。

十五日（5月31日） 晴。晓起，作札与周峤亭。饭后，写好《鹿门松荫图》素册一页，并题就《板桥书屋诗稿》，即作札答庞韫山、徐兰浦。

十六日（6月1日） 晴。晓起，出示会课题：《"孔子于乡党"一节》《赋得敬恭桑梓得"根"字》。五侄孙已来。今晨，得殷柏庭南宫捷音。柏庭于述斋昆季中，最为仁厚①，灵气所钟，竟在一门，其实不过能发愤自立耳②。饭后，朱霭堂、孙新甫、袁述甫、凌柏川相继而来，共得七人。重阅《泾野集》"正编"卷四。《双萱并茂诗序》为昆山沈廷材作，廷材成进士，为县令，宜查《府志》载其人否。《封君木先生暨配杜宜人八十寿序》引郧人张殿中丞、汴人程大中公，已见《清献日记》中。《柳氏家谱序》，《日记》中盛称之，所见者大，立论自然宏通，扫尽一切庸近语。《赠招芜湖考绩序》："守令之设，凡以父母斯民也。民饥则思食之，民寒则思衣之，民劳则思逸之，民愚则思导之，民危难则思安，民强悍盗窃则思惩而除之。有父之严，有母之亲，斯可为守令矣。然必本之以忠信，敦之以慈祥，优之以宽厚，守之以廉洁者，而后能之也。昔者仇香之长蒲亭也，宁忧鸾凤之不足，不求鹰鹯之有馀，故不孝虽如陈元，亦皆化之。"《寿封君省庵邱公序》："且己之第，与诸门人之第，孰乐？己之第，与子之第，孰乐？于此有树花焉，其英萼皆著于千枝百干，而其本则不一著，谓英萼非本之所有，则不可也。"《赠地曹黄日思考绩序》："今夫直有六难：言直人难与语，色直人

---

① "仁厚"原为"循谨"，后改。
② "其实不过能发愤自立耳"原为"两邑实罕其匹"，后改。

难与亲,立直人难与并,行直人难与随,好恶直人难与同,取与直人难与偕。是故直有二美,亦有二疵:以义直谓之正直,不以义直谓之婞直;以道直谓之谠直,不以道直谓之绞直。"《赠汀州知府刘文韬序》,文韬,名炯,起家癸未进士,长洲世族,宜查《府志》。

《初夏即景诗》

朝朝暮暮赋闲居,风景清和画不如①。待燕归来窗闭晚,闻莺唤起梦醒初。生前嗜好曾留癖,事外□天在读书。可惜向平婚嫁愿,如何朝夕尚沉吟②。

近日得诗两句,云:"待燕归来窗闭晚。"又云:"见月易添欢喜色。"皆惜无对句。

十七日(6 月 2 日)　雨。晏起。饭后,命舟送会卷至青霞处,约廿一日去取③。阅《泾野集》"正编"卷四。《赠顾广东序》:"昔者诸僚曾饮于鸡鸣寺之凭虚阁,是日予未能辞爵,醉彻面目四股,行不能正履,语不及常,□月吟马上而归。旦日醒,甚悔之。"顾名梦春,字雍愚,苏之昆山人,起家嘉靖癸未进士。《赠林琼州序》:"君子之治庶民,犹天之于万物,父母之于子也。天之于万物也,以三时生之而不足,以一时杀之而有馀。父母之于子也,自少抚育教训之,濒老或不用一荆。故君子与其威浮于恩也,无宁恩浮于威;与其义浮于仁也,无宁仁浮于义。""故曰:知慈而不知严者,母而不父,民斯玩;知严而

---

①　"朝朝暮暮赋闲居,风景清和画不如"原为"囊中徒抱不弦琴,静里犹求寂寞音",后首句改为"闲从物外试搜寻","求"改为"传",后改。

②　"待燕归来窗闭晚,闻莺唤起梦醒初。生前嗜好曾留癖,事外□天在读书。可惜向平婚嫁愿,如何朝夕尚沉吟"原为"待燕归来窗闭晚,听莺啭处树藏□。闭门差觉少尘事,面壁始知多道心。敕断家人关白未,闲从物外试搜寻",后改。

③　原文此后尚有"此番会课,愚以霭堂第一,薰儿第二,辛峤第三,存此以作考验",作者删去。

不知慈者,父而不母,民斯携。夫玩而不合于矩度,然犹有民也;至于携焉,民斯去矣。"《赠少参栋塘陈君序》,论大禹之菲衣恶食,最合"精一执中"□旨。下午,成《孟夏闲居述志诗》:

怀人感旧费搜寻,独学无聊执示箴。见月常思千里驾,种花难称百年心。谁家子弟倾王谢,老我田园志向禽。只有亲恩终未报,雪霜屡叹①鬓毛侵。二。

几间老屋树扶疏,风景清和画不如。梁燕待归窗闭晚,晓②莺唤起梦醒初。天生怀抱难忘世③,事外功夫且④读书。可惜文园近多病,欲将旧业□删除。其一。

趁此华年再课儿,草堂本为读书基⑤。但期发愤时来验,莫使成名地下知。当日毋忘尔⑥祖志,旁观争笑阿翁痴⑦。寡闻浅见难为⑧道,文会友先直谅宣。三。时薰儿新结文会。

槐树花黄梦昨⑨昏,纷纷举子黯消魂。时得南宫报罢之信。谁为风汉早登第⑩,岂有男儿忘报⑪恩。一代几人能守⑫节,千秋万

---

① "叹"原为"见",后改为"鉴",后改。
② "晓"原为"闻",后改。
③ "天生怀抱难忘世"原为"生前嗜好曾留癖",后改。
④ "且"原为"要",后改。
⑤ "草堂本为读书基"原为"敢将拾芥视□细",后改为"敢云科第摘领□",后改。
⑥ "尔"原为"乃",后改。
⑦ "旁观争笑阿翁痴"原为"旁观任说而翁痴",后改。
⑧ "难为"原为"何须",后改。
⑨ "昨"原为"欲",后改。
⑩ "早登第"原为"与科第",后改。
⑪ "报"原为"义",后改。
⑫ "守"原为"死",后改。

岁怕①重论。家国养士期无多②，此事全凭学道③尊。四。

十八日（6月3日）　阴。晓起，微有雨。改存昨日所成之作。饭后，阅《泾野》"正编"卷四。《寿山福海图诗序》："他日道源复过鹭峰东所，且曰：'明道之学何如？'曰：'惟仁耳。''然则何以能仁乎？'曰：'必有事焉可也。盖凡物之所至，人之所援，念虑之所起，虽一衣之解结、一语之出纳，皆当见夫此仁而勿忘焉，斯为有事矣。''然则有时而或忘者，何也？''此必有其根焉。夫人之病各不同，而其为忘之根也亦以异，好诗者以诗忘，好文者以文忘，好名者以名忘，好势利者以势利忘。人苟各随其所忘之根而除之，则其有事于仁也，自无终食造次颠沛之违矣。'"《西山类稿序》："夫溉，西山君之孙也；祊，西山君之外孙也。古之君子抱孙者，良欲有所授耳。故《下武》之诗，以绳其祖武为美；而《小过》六四［二］'过其祖'者，于其称则宜也。雨生诚审于是焉，再起西山君之道而光大之，则可谓不独行其《类稿》，又能行其家学矣。"《蕴斋陈翁八十寿序》："晋人有积粟数万钟者，偶见越人之犀象、翡翠而爱焉，尽出其粟而易之。未几，天久不雨，方数千里旱，年无粒米入，犀象不可饔，翡翠不可飧，乃遂困且饿：然后知粟之贵于犀象、翡翠也。"

十九日（6月4日）　晴。晓起，命舟送馆课至吴江周崎亭处。饭后，查"进善旌"，出汉文帝诏书；"元髻巷歌"，出张景阳《七命》末首。阅《泾野集》"正编"卷四。《杨母尹氏六十寿序》引二程夫子之母侯氏为勖。《章母朱氏七十寿序》："问用功之约，曰：'穷理以知言，集义以养气。'盖即以孟氏之学勉其子，而使其母为仉氏也。"《北村刘先生集序》："故《诗》有五材，惟君子为能举焉：献俗而不俚，列政而彰义，极幽而不隐，贡善而不谄，刺恶而非怒。昔者，李伯药见王文中子

---

① "怕"原为"莫"，后改。
② "期无多"原为"□收□"，后改。
③ "学道"原为"德业"，后改。

论《诗》，王子不答，伯药退谓薛收曰：'吾上陈应、刘，下述沈、谢，分四声八病，刚柔清浊，各有端绪，音若埙篪，而夫子不答者何？'收曰：'尝闻夫子之论《诗》矣：上明三纲，下达五常。于是征存亡，辩得失。故小人歌之以贡其俗，君子赋之以见其志，圣人采之以观其变。今子营营驰骋于末流，是夫子之所痛也。'是故《诗》以言志，虞廷所以昌也；或以眩藻，六朝之所以衰也。'"紫崖公常言先生捐馆后，裒集遗稿，得二十卷，未及锓梓，仕路奔驰，恒携以随。及转南礼，发箧，顿亡百计，究寻不获，懊恨至成疾。以为先人田庐器物，虽或废，犹可再理，惟兹遗集，精蕴所发，一失难复，深自追咎不已。给由过家二子访诸乡曰，四振散逸，亦誊镵石，方有今编，才十一二耳。"紫崖公名舜乡，北村刘先生长子。

二十日(6月5日) 晴。晓起，以题目示薰儿：《"中立而不倚"两句》《赋得进善旌得"旌"字》，白庵所出。饭后，阅《泾野集》"正编"卷四。《紫岩文集序》："昔宋嘉祐之间，学者争务奇僻艰涩之词，文体大坏，识治者惧焉。及欧阳永叔者出，敦尚平实，其典文衡，崇雅黜浮，顿革士习。今天下文风多好魏晋齐梁辞赋，议论渐入虚寂，卫道之士，数有隐忧。"时当嘉靖中奕。"欧阳子于范仲淹之谪饶州，作《朋党论》，豫思党锢之祸，其事父观兄眄，孝敬兼至。"《广文选序》"王坟或隐，乃索多支"二语，可入时文。《赠朱葵轩应诏北上序》："后世将之于夷，如羊之畏虎，一入辄惊，不敢与战，任其掳掠，既退而返。稍获数级，即奏上功，以获厚赏。"

拟《吴鸣钧小传》，入"别录"中。

吴鸣钧，字振丰，号云璈，居芦墟镇，府庠生。少具干济才，事至立断，尤好为人排解，同辈中实罕其伦。后得①瘵疾，年未四十而殁，人多惜之。诗亦婉约有致，著有《盍簪书屋诗稿》。参《灵芬馆诗话》。

二十一日(6月6日) 雨。晓起，补《吴鸣钧小传》，入"别录"

---

① "后得"原为"惜以"，后改。

中。云璇①名心极热,志在必得,未免务外。然其应世之才,真不可及。惜未竟其用耳,故录之以存其人。饭后,阅《泾野集》"正编"卷四。《赠叶东平序》:"君子之于天下也,虽义以为质,信以成之,然非礼以行之,逊以出之,则其事虽济,亦不免于道之议。盖能者,怨之府也;直者,忌之地也,故君子已能而不有,虽直而不居,则得其道矣。"

二十二日(6月7日) 晴。晓起,重读《杜诗镜铨》,不拘几首几页,总以兴尽而止。饭后,阅《泾野集》"正编"卷四。《赠冯临安序》:"夫明时以华夷为一家,选其贤者于远且难,以免外顾之忧,厚望之也;选其不贤者于近且易,以免内顾之忧,轻视之也。""虽然,奉身固贵乎直,不直则道不见;驭夷固贵乎柔,不柔则政不立。柔之道,因其俗,勿变其常;通其情,勿泥其经。有不火食者矣,从其猎较可也;有不粒食者矣,从其犬羊可也。"

二十三日(6月8日) 阴。晏起。饭后,写信与五侄孙,去取会卷。前桂轩侄孙携去时,嘱其于明日必须专舟送来。近时虽在农忙,然以宇侄家人舟极便,非贫士可比。且此会予一人主之,并不破费同人一草一木。区区一苇之行,何竟默然置之耶? 可见略行恕道之难。阅《泾野集》"正编"卷四。《送少司空新山顾公致政序》:"天下之事,有求之而不得者,有不求而自至者,不惟可以语命,亦可以观义也。""义也者,命之本也。命也者,义之符也。义不明,则命不明;命不立,则义不行。""昔者孟子言孔子之退也,则以义,其于位之得不得也,则曰'有命'。"此卷共八十页,皆序文,有宜重阅者,皆标记②。卷五,《雒氏重庆堂记》:"孟子曰:'父母俱存,一乐也。'昂父母、王父母俱存,昂乐矣。请为昂作《重庆堂记》。曰:'人之有此乐者亦多矣,胡孟子言之难、吾子知之深耶? 人少不知学,长而无闻,不足为父母喜。又其甚者,邪侈颇越,蛊心毒身,仇戚贼党,为父母忧,此虽父母存,又何乐之

---

① 原文此后尚有"结客好事"一句,作者删去。
② "标记"原为"圈点在题目下记出",后改。

有？故孟子次第三乐,言必得二乐、三乐,然后为能知一乐也。'"

二十四日(6月9日) 阴而复晴。晓起,以题目示薰儿。饭后,阅《泾野集》"正编"卷五。《瑞谖记》:"初,史旸家树龙爪,数年不花。戊午秋,茎突然起,花繁硕,旸举应天。戊辰正月,家折梅插瓶,无本也。二月花,三月实,旸及第。"《重建米脂县文宣王庙儒学记》:"宏治壬、癸间,陕西提学副使阳公令知县某建。""正德七年夏,延安知府赵君楫曰:'米脂初无举人,学建而举,高堂阳公之功也。'予曰:'先生作学,诞不止此。夫圣人之教有四:举文则道明,举行则性尽,举忠信则道定,而命能至矣。穷益于乡,达泽于世,圣人之道。'兹用有光,是作者之意也。"

兹因沈、顾两家折数,经友向其家催取。仆于前正月二十日赍由单及洋钱四十五元,附信一函,命兄子、一溪入城面致,谅无不到。惟闻今春折数加者多而不加者少,无亲处为数无多,如或不能过去,仍俟大才酌加截出,以清其事。仆为人谋,亦欲两边可以去得也。先[此]布复,馀容面找,顺候侍安。不戬。(页眉:檼。音"隐"。《广韵》:"屋脊也。"赍。音"赍"。持也,付也,装也,遗也,送也。俗作"赍""赍"。)

二十五日(6月10日) 雨。晓起,读《杜诗镜铨》卷二。《前出塞九首》"附书与六亲"句,引《汉书注》:"六亲,父母、兄弟、妻子。"饭后,命薰儿同兆黄兄子至玩墅,吊文容甥之亡。阅《泾野集》"正编"卷五。《赠太师左柱国谥端毅吏部尚书王公祠堂记》:"公奏免苏、松、常、镇、应天、太平诸府秋粮六十五万,[①]湖州府粮二十六万,其马草亦迄是,而民莫之知也。世之致位通显者,匿天变而不告,忽民隐而不恤,以为固宠尔也。公曰:'恶用是人臣者哉?'""公以其馀力著《历代谏议录》百有二十卷,并《奏议》二十卷、《漕河通志》二十卷。其言近而达于理,实而适于用,大而关于治体。顾山林隐逸,纂艰深书,骚

---

① 原文此处尚有"此篇前后事实多不贯串,似有误处"一句,作者删去。

人墨客,作浮华文,以骇世而谄俗者,真废物耳。"□卷中如《河东运司学举人题名记》①《重修华州学宫文庙记》《华州疏水渠记》,皆能风世励俗,卓然有用之文。

二十六日(6月11日) 雨。晓起,检学册上科分,以为诸先辈次第张本。若有科第者,则检《县志》"科第表"。饭后,阅《泾野集》"正编"卷五。《重修天王寺记》②不斥佛,亦不佞佛,深得吾儒立言之本。《重修清真观记》:"清真古观,不知创自何代。西魏文帝尝游过观中,观中石槽围方,不及二寻,槽水常盈,以饮随驾马千馀匹,不减升斗。文帝异而问焉,观主对曰:'臣有饮马珠在内,水故不竭。'遂顿首献珠焉。文帝受之,敕建此观。"《河南太守周君防洛记》:"夫河南省以开封为首郡,至其名省,乃不以开封而以河南,则此河南,虽郡犹省也。洛不防,殃及河南矣,则此防洛,岂直一郡之烈哉?夫天下之水,莫大于河,而郡适当其南;天下之地,莫中于洛,而附郡县,适际其北。则此防洛,岂直一省之烈哉?"《重修束鹿县护城堤记》:"令曰:'三人为囤填决壑,得千人,昼夜填,填口愈狭,水愈急。德辉乃告于河曰:"嗟乎!滹沱乃欲鱼鳖吾束鹿赤子乎?"有顷,决合。自始填,凡五日。束鹿人曰:"神相之也。"'"郡守阳武王君德辉,名光,正德戊辰进士。"《董氏祠堂记》③引昔者孔子谓宰予曰:"子孙之守宗庙者,其先祖无美而称之,是诬也;有善而弗知,弗明也。知而不传,不仁也。"本《祭统》。近日塾师多删去,其实不可不读。

(夹页:

陈元其,一百〇四,八十八,少五斗,该一百五十七。

陈元□,四斗,十四。

陈永林,二斗,十三。

王祥发,全□。

陈寿昌。

---

①②③ 双圈。

杨国□,五斗,十三。

杨付堂,一洋,十五。

朱玉义,一石五斗。

朱圣民,九斗,十二。

朱圣尧,四斗五升,十四。

蒋元发,六斗。

六凤祥,六斗,十四。

十一月初四,叶松年利,一千□□六十二两。

廿八,怀培方利,白米一石五斗,三千,四千四百八十。

细看此账,不是侵食。

大胜圩潘纪昌决实折租,洋钱十七元。三月中归照三十五少
二△。

韵生侄孙兑参一枝,计重一钱八分十六。

曹千九,九年□□。洋一元□分,五月四日。　十年十月五日,
□□□□□□。　存杨□□□米二斗,□□□□八斗。

凌采生,九年□□。洋一元□□,□十九。

孙仁祖,十千〇六百□□。洋□元□□□七元□□。　又,二月
□□,借二□□一元。　存□□□米□□一斗。

玲龙,九年。洋三元□□□,十年□□。　十一,三月。又借洋
两元,□□□洋三元。十二,又,借洋两元。　十二,存定□□米。

胡上发,租米□,四月六日。十一月十二日。六月初□。　十
一,二月初九,借□洋□□。　十五,□□□拨白米六斗。十六,二月
廿三□登账。

杨上珍,□□□□,十年□。　十二。二月初九日,借杨松泉洋
钱三元。九十七。十五,□□□□□二千。四十□,存杨松泉米一石
二斗。

六茂林,米九□九□。　十三。三月,存杨文高米二斗□升。□于年,米五斗。　又。存杨七房米二□二升。

殷天求,洋□元□□□□。　又。存木立朝□□□□。

郁□发,□□。洋□元□□□九□。　又。存顾士通□钱二百八十六。

金二□,□□□□一月本月一百〇□□□□房□□□□□□□□□。　十四。二月。朱□廷洋一元。　十四。四月。借马松□洋一元。四百一十五□米五斗。

王大□,□□□□□。

徐凤岐,十年□□租□□。　又,□六斗。□□□□用。　十四。八月。账□□米八斗。□在顾秀发□□□□。

周文□,□□洋一元。　□□□□

木□□,洋□元□□□。　王云龙,洋一元□□,付洋一元。

□二□房□□□至十一年三月止,□□□□□□一□□□□□。

柳荣奇,一千。

□叙盛,洋□元,□□□。　六天元,六斗。

又,王大成,□□□□。　汝治风,□□斗。

十一年八月二观粮□洋□元。　严如章,□八斗□□□□付米。

沈君佑,十一,十二月,洋两元。十二,二月,洋二元。十三,一月,洋两元。三月,付□利一年。　顾秀发,十三年代应已登账,十四年收乞未登账。

王在林,十三,三月,租米一石。

顾应山,十三,三月,租米二石四斗。

柳立中,十三,二月,租米五斗。

顾上章,十二,租米一石八斗。

薛龙其,十三,租洋一元,九百八十五。

沈心传,十三,租米二石二斗。十三,借□八斗。□□□。

王祥发,十三,又,钱一千。

翁大春。十三,田租本□洋□元,□□□一元。□□□□□斗。

顾上章,十二年,一石八斗。

六茂林,十年,一石。

王在林,十二年,一石。

柳立中,十三年,五斗。

沈心传,九斗六升。

马秀昌,十四,五斗。

吴圣揆,十五,三斗。

李恒山,十五,一石七斗。

程二方,十五,三斗。

费仁天,十五,二斗五升。

缪元明,十五,八斗。

共米九十一斗一升。

柳文明,十五,两洋。

马秀昌,十四,一□□六斗。

王祥发,十三,一千。

翁大春,十三,一洋。

薛龙其,十三,一洋。

胡上发,九年,一千一百卅。

徐凤其,十年,利两年。

潘圣叙,十五,一洋。

王岳林,十五,四斗。

共约□一百二〇。)

十二月十八日,署两广总督琦奏为英夷占夺沙角炮台,并将大角炮台攻破,旋又即于水师提臣处投文请商,暨先以发文诘问缘由,恭折由六百里驰奏,仰祈圣鉴事。窃前奏英夷不候回文,直击炮台师

船,尚在彼此相持,无分胜负,系据水师提臣关函报驰奏。旋又接准
该提臣函称:该夷即于本月十五日复驶来大小兵船二十馀只,分攻大
角、沙角两炮台,炮火较前(培)[倍]增,直至申时方息。随得大角炮
台前面灰沙炮墙已被打倒数段,山后围墙亦被打坍数处,又打坍炮耳
六位,火药局被炮打穿,火药轰发,药局被焚,并延烧兵房十四间,打
倒兵房三间。该夷又另拨夷兵、汉奸约数百名,由大角山后缘山而
上,从墙缺处打进炮台,经陆路官兵打死夷人、汉奸十数名,无如众寡
不敌,守台千总黎志安身受多伤,因恐炮位被其搬去,将好炮十四位
推落海内,负伤打出,众夷亦均回船,仅存破烂空台,此大角炮台之大
略也。又,沙角炮台于被攻之际,该夷另拨黑夷一千馀名、汉奸数百
名,由穿鼻湾登岸,兵船则攻打台面,黑夷即抄山后,夺陆路营盘,被
飞炮火沿焚各兵车棚。打仗一时之久,我兵二面受敌,遂致不支,副
将陈连升、守台千总张清龄俱已阵亡,守备陈步韩受伤甚重,兵丁死
伤过半,炮台遂为夷目义律所夺,此沙角炮台之大略也。又,守口师
船十只,先经该夷开放火轮船,复纠约大小三板船数十只,复续来攻
击,其三板船中全用鸟枪、火药、火罐等械,其火轮船均用空心飞炮,
铁弹打落船中,即行炸裂,子内藏有火药,炸散焚烧,致我兵官弁兵
丁,有放枪炮击毙者,有被火烧死烧伤者,船只亦有被烧毁者。又,前
雇拖船二十只,现被抢去二只,其尚未查明。此师船、拖船之大概情
形也。据该提督臣请奏参从重治罪。又,请将该夷前次来文,仍从权
再行照覆,藉作缓兵之计,庶可量为布置等情函致前来。复查此间水
师兵械技艺,废弛已久。该夷所用飞炮子内藏放火药,所致炸裂焚
烧,不独为我军所无,亦该兵械中尚所未见。经此猖獗之后,我师势
必益形气馁。为今之计,必须先行设法,止住夷兵,俾得再行筹办。
而夷前日来文内,本有战后再商之说。正以该夷如果续有所请,其来
文接收与否,颇觉两难。若如该提督所称,将前日夷书仍行从权照
覆,而此情形已与前日不同。该夷既不候炤覆,此间更直覆伊前日之
文。惟思该夷前日投具夷书后,总应听候回文,何以辄先滋扰? 不若

借此作为诘问之词,令其将是何意见再行登覆。庶此后续自来文,系其奉覆文书,既于国体无伤,或仍得设法羁縻。甫经备文饬发去后,续接提督臣函称:十六日辰刻,该夷将护我营兵何一魁令其带致该提督夷书一件,经提督答复后,该夷随又一书到,明请求各款,称候于三日内炤覆各等情。随代提督臣拟其夷覆文稿,寄交缮发,告以业经行文诘询后,该夷登覆再办,现未据回报。所有该夷两致提臣夷书,并提臣寄到覆夷文稿,暨代抄底稿,谨一并进呈御览。至提督臣关,身膺水师统辖,督率无方,据请奏参,从重治罪,相应据请具奏,听候谕旨。奴才钦奉简派此查办夷务,正在筹办之际,该夷不候回文,辄先滋扰,大角、沙角两炮台亦本系孤县海外,然不能驾驭贴服,致令占夺炮台,伐伤兵弁,实深惶惧,相应请旨,将奴才交部议处。再此仍据提臣来函具奏,虽续准到咨文,以尚在仓猝之间,其阵受伤官员、兵丁及被枪、被焚各船只确数,未据逐一查明,已飞确查。原调官兵若干,现在阵亡若干,尚存若干,并被伤各项船只数目,暨受雇拖船水手,有无受伤,逐细详查,到日另折具奏,请旨照律办理,并候该夷义律如何登覆,再行驰报外,所有大概情形,谨恭折六百里驰奏,伏乞皇上圣鉴谨奏。①)

二十七日(6月12日)　晴。晏起。饭后,阅《泾野集》"正编"卷五。《绛州重立古法帖第一记》②,可谓弃本逐末者戒。《东楼书院记》:"夫士之仕也,其闲于法者,常弃经不治,以为腐也;其专于经者,又率薄其法,以为俗也。乃公明于法之用,而不忘经之体,岂可得哉?《马氏祠堂记》:"卜子云:'都邑之士,始知敬其父母;大夫及学士,始知敬其祖。故程伯淳以厚于自奉、薄于奉先为非道。'"《直隶童

---

① 按,此奏折与道光二十年十二月二十八日《钦差大臣琦善奏报沙角大角两炮台失陷及义律来文等情折》文字略有出入。见中国第一历史档案馆编《鸦片战争档案史料》第2册,天津古籍出版社,1992年,第770页。

② 双圈。

关卫重修学宫文宣庙记》：“潼关卫学属陕西，而卫则直隶兵部，盖陕西之东境，河南、山西之西塞也。学宫在卫之○①，宣庙在学宫之左，岁久圮坏漏敝，于是卫指挥使孙君懋勋丞宣重葺理焉。”“且夫潼关险闻天下，而壮固全陕，自成化至正德，年来流贼毒遍九省，而关中不扰，岂真以其山岩之崒嵂、兵革之锐哉？则孙氏世守之绩，亦未可少也。”《张氏佳城记》：“往尝闻庐墓孝子多寒士穷人，如王衰、徐积辈，与其亲同○②苦，其疢疾动心忍性而然者也，乃仪正，刑部侍郎之孙、山东参政东谷之子、翰林修撰对山康子之婿，且处豢养，掇巍科，而兹行岂非性有所见之明，学有以变其居乎？则又非寒士穷人比矣。”仪正名之榘，华州举人。（页眉：籀。音“胄”。史籀，周宣王太史名。）

“飞蓬不宾，马鸣中律。”

“心如槃水。”

《韩诗外传》：“古者天子将出，马鸣中律。驾者有文，御者有数。”

《管子》：“飞蓬之问，不在所宾。”注：“飞蓬因风动摇不定，喻二三之声问，明主所不宾敬。”

二十八日（6月13日）　阴。饭后，阅《泾野集》“正编”卷五。《新甃运城西南面及广郭门记》：“柟尝数谒侍公，论治即人情而不私，论学据天理而不浮，论文明道理而不险。”“公谓潜江初公也。公名杲，字启昭，湖广潜江人，起家嘉靖辛巳进士。见《河东乡贤祠记》。”《贞节熊四之女记》：“熊四名庆泽，字必悦，苏州吴县人。生女寿，方五岁，字于无锡人秦汉。汉暴病死，女闻讣哭痛自缢，赖婢子救免。父母怜其少且贤也，欲夺其志，则又自缢。屡夺屡缢。乃潜凭且荆，以明厥志，父母始惊信之。详见《少传大学士守溪先生传》，见《府志》。”是日，卷五阅毕，共五十八页。《临汾县重修文庙学宫记》《省克堂记》《观氏柱记》，③此三篇皆说理讲之文，不可不重读。

---

①② “○”原文如此。

③ 此三篇均为双圈。

二十九日(**6月14日**)　晴。晏起。饭后,补书"分湖小鼎"及"贞丰近村毒事"入《分湖小识》"灵异门"。道光甲辰夏,村北古冢□雷电击死一毒蛇,竟大如股①,背上赤鳞坟起,毙犹照耀旭日中②。村人目击其状,归以告予,乃作《纪异》云:

> 为虺弗摧将为蛇,荒冢丛集蛇为家③。一。涵淹卵育久蟠据,岁④深雄长争磨牙⑤。二。曲直横吞泉下蚓,大小毒噬田间蛙。三。野人樵采弗敢入,时有踪迹惊横斜。四。嗟尔生成⑥亦非易,天地覆载真无涯。五。但得饱餐无他嗜⑦,阒然潜伏不汝瑕⑧。六。一念之妄思啮人,安能⑨容尔当道遮。七。昭昭者天人或昧,霹雳一声毫无差。八。灰化为⑩烬汝之骨,其害乃灭成泥沙。九。不然流毒尚无已,蔓延草野深足嗟。十。⑪(页眉:谽呀。)

三十日(**6月15日**)　晓起,微有雨,后淡晴。饭后,阅《泾野集》"正编"卷五。《临淮县重修文庙学宫记》:"临淮,古钟离之地。当濠梁之上、江淮之间,昔惠、庄二子之所游处,淮南宾客之所招集,风流

---

①　"竟大如股"原为"长二丈有馀,其粗如臂",后改。

②　原文此后尚有"尾垂竟亩,头犹昂然在古冢上"一句,作者删去。

③　"荒冢丛集蛇为家"原为"荒冢为穴安厥家",后改。

④　"岁"原为"年",后改。

⑤　"争磨牙"原为"邱中麻",后改为"磨齿牙",后改。

⑥　"嗟尔生成"原为"嗟哉生长",后改。

⑦　"无他嗜"原为"尔亦足",后改。

⑧　"阒然潜伏不汝瑕"原为"向能潜伏人谁瑕",后改。

⑨　"能"原为"肯",后改。

⑩　"为"原为"作",后改。

⑪　"灰化为烬汝之骨,其害乃灭成泥沙。不然流毒尚无已,蔓延草野深足嗟"原为"村人咄咄传异事,此辈么麿何足嗟。九。尾大不掉首犹昂,悍目蟠腹张齿牙。十",后改。

波荡，文词并兴，凡以排孔孟而诋坟典，阴遗两晋、六朝之乱者也。宋苏轼乃言：'庄子之于孔子，实予而文不予，阳挤而阴助。'欲援孔而入庄，是何道也？""临淮，凤阳属县。"《游省中南竹坞记》①，中多事实，可参观。《游白鹤道院记》："坐定，馔有新笋，亦新自临桂来，其味极清。问之双山，曰：'此毛竹笋，他处无，惟广西有，其心实也。'予曰：'心实，故味美。'五山又言：'浙中亦有实心笋，可作盐笋，又可为箭筍。'予曰：'惟心实，故能直。'盖美二君言也。"《仰止亭记》②，论阳明之学，最为平允。《五溪书院记》："世传江南之山，莫秀于九华。九华之胜，莫过五溪。盖结吴楚之美，而钟江湖之英者也。""九华者，古九子山也。今兹之名，则唐李白之所改也。白与高霁、韦权兴尝访道江汉，以兹山旧云'九子'，按图征名，无所依据，于是始改为'九华'。有联句云。吾甘泉先生之遣尹周也，其诗则曰：'人人有真源，自酌乃自得。'送周、吕也，其诗则曰：'神物贵变化，九仞安可停。'彼李白之访道，曾至此乎？""诸君之于九华，察之隐微之际，验之于饮食、男女、人伦、事物之间，久当见五溪同出一源、九华生于一本也。"《镜阁记》，为昆山顾公孔昭作。公名潜。

五　月

初一日（6 月 16 日）　雨。晓起，出示会课题：《夫子不答，南宫适出》《赋得笙磬同音得"谐"字》。松侄及五侄孙先来。饭后，霭堂、新甫、述夫同来。阅《泾野集》"正编"卷五。《村前彭氏二堂记》："士之有家，犹王侯之有国也，宾祭固其大者耳。是故，不祀其先者，是无后者也；不敬其宾者，是无主者也。故君子笃于尊祖敬宗，以教子孙；厚于礼宾酬客，以教长幼。昔者，夫子谓仲弓曰：'出门如见大宾，使民如承大祭。'夫仲弓无南面之居，而于使民、出门之间，且如宾祭之敬，而况吾因迁举进士，将有事官守，尔乃合九族之人，为二堂之事哉？"

---

①② 双圈。

"二堂,一曰'祀先堂',一曰'集宾堂'。"《钱氏重建祠堂记》:"嗟乎!自叔季以来,风流寝下,人不念始,率重于婚姻,而薄于祖先;腆于燕会,而疏于祭享。甚至名登仕版,主尚未立;官至卿士,祠或未建。闾阎细民,何足异乎?"《重修灵应观记》:"祀宋敕封英济武烈广利王王公讳盖之神,即王灵官是也。"《三近斋记》:"三近斋者,古庵毛君式之之斋扁也。""古庵复邹在郭之书,有曰:'资禀高者,蚤年卓立,其次必积累。宪三十以后,思三十前事而悔。四十、五十,亦莫不然。今至六十,悔益切,而心渐平,勉求寡过,然亦晚矣。'""古庵,常州武进人,起家正德辛未进士,仕为礼部左给事中,旋弃去,归隐。"

《幽居》

别筑旁无地,幽居近在郊①。蛙声欢得雨,燕语贺成巢。闲课耕耘事,文联②道义交。是日适值文会。慎毋弃根本,墙角竹方苞。

初二日(6月17日)　晴。晓起下船,饭于舟中。至梨里,赴黄快亭之丧,晤邱味梅、子玖,席间复晤邱子谦、汝寅斋、徐树香。午前,过敬承堂,时昼翁以病后不出见客,与子谦长谈。中午留饮,与岱生同席,子谦邀味梅、省斋出陪。予不能饮,惟进饭两次。下午,过汝梅村家,询知大港上三侄孙仍复故态,且无端出游青浦,托言求亲,吾无如之何也,已矣③!梅村今年四十九,孙已六岁,后福正未有艾。薄暮归家。今晨,送云泉解节,约二十日到馆。送会卷至青霞处,约初六日去取。今岁大挑,吾邑陆爱庐、潘云浦、沈戟门、周宇春均得二等。

初三日(6月18日)　晴。晓起,录清日记。饭后,收拾前刻诗版及《清献公日记》《郭华野年谱》两书版子,重加刷印,每种各印百

---

① "近在郊"原为"却近郊",后改。
② "联"原为"敦",后改。
③ "吾无如之何也,已矣"原为"不知作何了局也",后改。

部。下午,检阅《日记》中讹字。卷三十一页第十一页①"牧民志告"句,"志"当作"忠";二十九页第二行"和颉利"句,"和"当作"知"。前刻《竹枝词》八页第五行"吞月"之"月"当"越"。此番重印,急宜补正。

  初四日(6 月 19 日) 晴。晏起。饭后,阅《泾野集》"正编"卷五。《荣养堂记》言孝子之事亲,如仁人之事天。经曰:"仁则荣。"盖谓此耳。《耕云堂记》:"古不云乎? 聚之以仁,种之以义,耨之以学,播之以乐,凡以为耕道也。是故,心耕为上,力耕为下。力耕则莨莠除而嘉谷茂,心耕则私欲退而天理深。"《新建王官书院记》:"盖唐司空表圣辞朱梁之诏,选兹胜地,隐居之所也。予谪解州时,尝参表圣祠,过三诏亭,读《休休传》,问了了庵,登天柱峰,宿石云洞,坐钓贻溪,欣然忘反,遂有诗:'此心已与兹山约,日过东岩不肯归。'"《重修南京詹事府右春坊记》:"《诗》云:'洒扫庭内,维民之章。'夫庭内一洒扫,且为民之章表,况于已废之址复立庭堂者哉?""昔《春秋》讥毁泉台,见先人之业,不可废也。《鲁颂》乐泮水之游,乐治人以文,不可忽也。"

  (夹页:

  柳树芳:此册上求书"尺牍必珍"四字,拟款一条,未知妥否?

  古查△△②属予隶此四字,盖本潘黄门《诔杨荆州》语也。

  段

  灵芬《旅馆销寒诗》有"瓮中天大有醯鸡",予近诗用"瓮中天"三字,继又改去。今复此诗,始知记性大退也。)

  初五日(6 月 20 日) 晴。晓起,查清账务。饭后,阅《泾野集》"正编"卷五。《重建泰州文庙学宫记》:"昔者尝与二三友论夫子之道矣,惟始于夫妇焉。盖夫子以二南示伯鱼,而伯鱼又以造端示子思,

---

  ① 按,"页"似当为"行"。

  ② "△△"原文如此。

父祖子孙，家传庭训，惟此真切。其教门人，亦不外此。此而得之，家国天下，可从而理矣。往虽尧舜之道、文王之圣，亦皆以刑者为本也。"《严氏家庙记》："盖太宗伯介溪严公之所建也。"大约嵩之先世，宜查。《王氏祭田记》："其当年粮税，则四支子孙均办。""当年"二字所本。卷五阅毕，共一百十五页。

《种竹》

平生颇①爱竹，今日始成林。好待②群贤集，苍然③一径深。柳蒲无劲节，松柏有同心。静夜多风月，孟□刻意吟④。长夏宜消遣，炎光不受侵。

初六日（6月21日）　雨。晓起，命舟去取会卷。饭后，会卷已来，以"黄鹤楼中吹玉笛"为甲乙，霭堂得"黄"字，百川得"鹤"字⑤，五侄孙得"楼"字，薰儿得"吹"字。百川迟一日来，补作。阅《泾野集》"正编"卷六。《南京国子监典籍李舅之配魏氏岳母合葬墓志铭》，不称"外姑"，从俗称。《姚进士墓志铭》，铭词极佳："石破璞出，光彩夺目。倏尔没土，人未可得，我心用恻。"《松崖谢君墓志铭》："君子曰：'多财而利，不如饿死。多财而义，不愧卿士。'吾于谢氏有采焉。"

言理透亮。季孙、阳货为后来之枭、羿。禹、稷有一代之天下，孔子有万世之天下。南宫发问之义，如此而已。

霭堂大兄先生足下：会卷于初六日取到，以"黄鹤楼中吹玉笛"为甲乙，尊卷得"黄"字，批语："言理透亮。"又云："季孙、阳货

---

①　"颇"原为"最"，后改。

②　"好待"原为"□冀"，后改。

③　"苍然"原为"居然"，后改为"斐然"，后改。

④　"柳蒲无劲节，松柏有同心。静夜多风月，孟□刻意吟"原为"何曾风折节，别具岁寒心。要识□□意，多从□寸寻"，后改。

⑤　原文衍一"字"字，删去。

为后来之累、羿，禹、稷有一代之天下，孔子有万世之天下。南宫发问之义，如此而已。"多批在尊卷后。现已为舍侄及侄孙辈携去，故不及奉览。草此布复，即候元安。不一。

十六日望同吉人、寒甫过来，伫候伫候。

初七日（6月22日） 晴。晓起。命薰儿至吴江谒峙亭师，明日至蓉门谒白庵师，两师皆有呈正课艺未曾发还。饭后，作札与霭堂。阅《泾野集》"正编"卷六。《处士任君墓志铭》："子五。次舜臣，登正德辛未杨慎榜进士，任苏州府长洲县知县。"《周孺人邹氏墓志铭》有"细姑归宅"句，"细姑"二字不解。《灵岩先生耆德官马公墓志铭》注："公尝诲诸子曰：'昔元乱，人莫敢学。先君时以草茎画地学书，先生母惧祸，辄没其迹。先君学不衰也，卒成名儒。'予少时亦尝燃薪读书，尔曹宜嗣先光。又尝谓理曰：'勤俭，起家之本，以富天下可也；忠信，修身之本，以化天下可也。'又曰：'正以居官，民斯可得而治矣；廉以立身，心可得而正矣。'"铭曰："灵岩先生寿且德，殁而葬之嵯峨侧。"《奉直大夫温州知县员君墓志铭》①中折狱之事可采。

初八日（6月23日） 晴。晓起，读《杜诗镜铨》，至《渼陂西南台》。阅《泾野集》"正编"卷六。《南京国子监典籍李丈人墓志铭》，即泾野之外舅，称"丈人"，亦从俗云。《史给事中母孺人冯氏墓志铭》，铭曰："嗟乎！知足恒泰，知惧恒安。此丈夫之鲜，而孺人不难。昔给事君之举于乡也，州赆礼宽，孺人曰：'吾得其喜，人得其怨。'此不亦知足耶？及其家之既富也，孙子罗前，孺人曰：'用慎尔后，式似尔先。'此不亦知惧耶？夫知惧斯勤，知足斯俭。勤则子业大，俭则孙谋远。此孺人所以为闺壸之师，诚女流之贤也！我铭斯石，后必其然。"会卷寄与凌百川，由朗庭带至芦墟，专托顾肉店。

初九日（6月24日） 晴。晓起，查清账务。饭后，阅《泾野集》

---

① 双圈。

"正编"卷六。《工部郎中进阶奉政大夫华阴张公墓志铭》，铭曰："世之仕者，率以出身资格自贬，故举人耻与进士同朝，岁贡惧与举人同选。而上之待之者，亦有贵贱。拔乎流俗，百无一二。若都水公者，秉此刚方，执此勤俭，主此忠真，抱此谙练，穷不与达殊，老不与壮变。洪洞韩司徒所谓：'古之君子者也，岂科目所限？'"《诰赠左副都御史谥忠节江西按察司副使许公墓志铭》①，即许逵也。"予尝谓天下之事，奸巧者酿其祸，忠贞者婴其败，自古及今，其轨一揆。则予于忠节许公之死，未尝不痛恨而流涕也。"又引郭价夫曰："国无忠义曰乱，臣无忠义曰贼。公之死，可谓国之光而臣之防矣。"公死难时，年才三十六。

《甲辰重五日作，即次去年之韵》

菖蒲休把一尊开，近日止酒。清景仍从笔底来。摇绿波光风绉水，深红物色雨肥梅。但能身健便为福，安得年丰不告灾。今日课晴天气正，青②秧插遍大江隈。

济匮恤穷。

初十日(6月25日)　晴。晓起，成七律一首，盖补重五日作也。饭后，阅《泾野集》"正编"卷六。《诰封奉直大夫刑部郎中员外郎朴庵屈公、配宜人李氏、继配宜人刘氏合葬墓志铭》，此可以风世励俗。是卷七十馀页。

十二日(6月27日)　雨。晏起。饭后，阅《泾野集》"正编"卷七。《明赣州知府王君之配安人毛氏墓志铭》："他日赣州女弟于归，装奁或缺，乃发己筐，选美与具，了无靳容。又善办理家务，极其周悉，燕祭昏丧，罔有不给。其调贫恤病，拯困救厄，志同赣州，故内外宗戚盖千百指，举无怨言。"《明授八品散官袁君暨配王氏墓志铭》③，此文可以风世励俗。《南崖处士王君暨配倪氏、继朱氏墓志铭》："尝

---

①③　双圈。
②　"青"原为"稚"，后改。

痛家乘之坠落，奋缵戎之积志，敦延硕儒，编纂世谱，以合厥族。费虽浮常，咸出于己。"《明赠工部主事云峰先生方君、配许氏、继马氏墓志铭》："他日从弟贵殁，贫欲傸屋，亲兄生有阋墙，见若不知。君即往与棺殓，收其二孤鸽、鹤，抚如己子。虽于族属戚党、乡间仆众，拯困救危，恤孤化酗，崇德敬齿，皆出质实。夫士选于乡校，治经读礼，至事亲处弟，间或愧诸，则君岂常人哉？君尝谓其大曰：'光明正大，父祖家法也。若不遇，要使本心无愧，则可以占君子之道矣。'"其大名鹏，嘉靖丙戌进士，仕工部主事。

《雨窗偶成》

便抛尘事赋逍遥①，鹏在天池鹤在皋。昂首云霄歧路塞②，闭门风雨托身高。读书易解③升沉感，齐物何分贵贱遭。老我生涯快④知足，迩来能逸不能劳⑤。

十三日(6月28日)　晴。晓起，成七律一首。饭后，阅《泾野集》"正编"卷七。《明封太孺人罗母王氏墓志铭》，文中称："江宁罗公之次室，任邱人。王翁俸有女。"是姜亦得书其外家，母以子贵也。"事无废阁，奉身尤凉，一钱尺帛，用必有经。"《乡贡进士梅庭徐君墓志铭》，载弘治己未会试，"言官华昹劾学士程公家人鬻题于徐经、唐寅家，诬及于君，乃与昹同下诏狱，覆视朱卷，在不取列，其事乃白，然卒登黜名。"《太医院冠带医士盛斯兆墓志铭》："予尝谓斯兆曰：'心不可太劳，太劳心则损气，损气则伤神。神气既亏，形容无独全理。乃予弟不用予言，日夜焦劳，以有今日。'"《封邱知县王君配封孺人陶氏

---

① "便抛尘事赋逍遥"原为"消磨意气那能豪"，后改为"便抛人事赋逍遥"，后改。

② "昂首云霄歧路塞"原为"奋翮云霄家□□"，后改。

③ "解"原为"释"，后改。

④ "快"原为"早"，后改。

⑤ "迩来能逸不能劳"原为"快须晨夕乐陶陶"，后改。

墓志铭》:"居常不设藩篱,马牛恒丧于盗,亦不大怒。他日有盗夜至门者,砺刃以待,君曰:'我与若得生聚此土者,赖无伤害也。今以六畜之故而杀人,其能以生聚乎?'盗闻而去。有贷者,力不能偿,焚其券。后贷者不知君之心也,鬻其子以偿。君闻之,捐其物,令赎其子以归。身虽未仕,所尊敬惟廉吏。若亲故中有厚载而归者,尝为诗以薄之。他有横逆诽谤之来,君不与面白也,为文以质诸神。其横逆诽谤者,或伏辜求解,或遂沦没,于是乡人皆以君为通鬼神云。""配陶孺人,受性慈良。侧室陈氏,有娠将免,封君方他出,嘱其家人曰:'女则举,吾且厚嫁之;男则勿举,以祸吾家。'既免矣,则男也,家人不敢举,孺人亟举之,曰:'如之何欲庇其子,而杀人之子乎?'比归,家人以其言告封君,乃已。比数月,则率陈母子矢诸天,曰:'吾造家甚难,慎勿为厉阶儿! 能光王氏耶,则生,否则反是!'因名其儿曰'光祖'。光祖后果有美志云。"

十四日(6 月 29 日)　雨。晓起,阅毛叔美《西河悼逝集》,与予前年《孤唱集》同意。饭后,阅《泾野集》"正编"卷七。《封南京太仆寺主簿俭庵童君墓志铭》:"君讳应祯,字元吉,号俭庵,南京钦天监籍。""丙午大比,以钦天监籍应小试,宗伯华容黎公面试曰:'阴生夏至,奚为暑? 阳生冬至,奚为寒?'君对曰:'阴推出阳故暑,阳推出阴故寒,此屈伸相感之机。'黎公大许之。"《散官南圃邱君公望墓志铭》:"君讳云,字公望,别号南甫,吴江儒林里人也。""主政毛君衢,称为一乡善士。"查屈《志》"乡都",儒林村在六都,去县西南一百馀里。此卷共五十七页,皆墓文。

《五月望前两夜,月色颇佳,爱玩不置①,枕上成五古一首》

雨后花木长②,月出水天朗。清景能③娱人,暇时惬幽赏。

---

①　"不置"原为"久之",后改。

②　"长"原为"新",后改。

③　"能"原为"多",后改。

梅天炽郁蒸,避湿思高仰①。如何暑正伏②,忽得此阴爽。今夏晴复佳③,插秧遍三壤。补兹④积歉馀,画出太平象。吾侪纵流连,时作丰熟⑤想。苏辙诗:"秋田雨已足⑥,已作丰熟想。"

《答王砚农》

砚农征君执事:多年阔别⑦,想风雅好古,久而弥笃,益令人倾佩不置。昨于端节后接奉手翰,并蒙诸君子见赠之书,已一一检入⑧。惟于病后,竟不克细细披读,未免抱歉,望先为致谢。所须《清献公日记》一书,现在吴门按察司前喜墨斋中重加刷印,今作名片奉上,如赴郡中,径到喜墨斋中取出五部,分赠诸君,最为快捷。仆处转寄,殊不便也。仆年近六旬,精神大耗,积成鼻痔之症,或稍用心血,复淋漓不止,一切诗文,概置不观。兼之岁歉时艰,撑持门户,大非易事。霞竹翁之事,竟不敢与闻,恐劳悬望。特此布覆,并请升安。不备。

十五日(6月30日) 晓起大雨,饭后不止。作札答王砚农。阅《泾野集》"正编"卷七。《明拙庵处士朱长公墓志铭》⑨:"长公讳廉,字天祐,一字馀庆,扬州仪真县人也。""居常称曰:'勿为机事,将戕汝身;勿为机心,将损汝神。巧者浇漓,拙者混沌。'盖伤世俗之偷也,因自号'拙庵翁'焉。"《太学生潘汝亨墓志铭》:"汝亨每诵梅圣俞《白驴

---

① "思高仰"原为"思独往",后改为"高山仰",后改。
② "暑正伏"原为"孟夏月",后改。
③ "今夏晴复佳"原为"今岁晴独佳",后改。
④ "兹"原为"其",后改。
⑤ "熟"原为"稔",后改。
⑥ 按,原诗应为"秋田雨初足",见苏辙著,陈宏天、高秀芳点校《苏辙集》,中华书局,1990年,第1166页。
⑦ "多年阔别"原为"久不相见",后改。
⑧ "已一一检入"原为"已一一检收收拾",后改。
⑨ 双圈。

诗》,欣然有得。"宜查《圣俞集》。《草亭处士束君墓志铭》:"先世本汉
疏之后,新室之乱,自东海避居沙鹿山南,故去'足'而为'束'。至晋
束皙,尤显名焉。""嗟乎! 自汉两疏之后,知足风微,世之贪冒于富贵
者多矣,其行不足称也。自晋束皙之后,补雅教亡,世之雕琢于词赋
者多矣,其才不足称也。今观草亭有才行如此,将无尚有一二汉晋之
遗乎?"

　　十六日(7月1日)　晴。晓起,出示文会课题目:《子游为武城
宰。子曰:"女得人焉尔乎?"曰:"澹台灭明者。"》《赋得在水一方得
"贤"字》。松侄先来。饭后,同会诸子皆以事不来,只得两人。阅《泾
野集》"正编"卷七。

　　十七日(7月2日)　晴。晓起,作札与青霞。饭后,命舟送会卷
去。命人迁书室于荆瑞堂,文会迁于丈石山房。

　　十八日(7月3日)　晴。晏起。饭后,阅《泾野集》"正编"卷七。
《明江西举人小山樊以楫墓志铭》:"尝谓其友曰:'吾党斯文,情虽密
迩,往来尚疏。此后少革前弊,必须会数礼勤,相观而善,庶德业各有
裨益。'当其意,真有志于曾子所谓'以友辅仁'者乎?"《明诰封宜人南
京工部郎中李时昭之配孟氏墓志铭》:"及时昭二守巩昌,侧室宋氏有
女将笄,乃留家,宜人抚之,愈于己出。或唆之曰:'二十年糟糠之苦,
既荣官矣,乃不随任,享其逸乐耶?'宜人正色斥曰:'吾夫起自寒儒,
幸有今日,吾复偕行,诸子失训,故吾以绵微之力,受重大之托,谁为
遗糟糠耶? 况宦中更清苦乎! 彼俗以官为荣、忌妻妾者,吾不为
也。'"《明橘泉处士魏君配赵氏墓志铭》:"橘泉处士,苏州昆山县之
真义里人也,讳璧,字仲文。精医及农事,遂大起家,雄于昆山。"

　　张京山、姚诗城、朱学士筠。

　　陈敬,字敬颐,号退斋。生二岁而孤,母夫人沈抚之成立,由白荡
湾迁居芦墟镇。当熙、雍之间,士之习武者多工文艺。敬入武庠生,
犹孜孜好学,购藏经史三千馀卷,亲加丹黄,以遗后人。继念母夫人
苦志守节,特请于大吏,得奉旨建坊于门首,今所传石牌楼陈氏是也。

性好施与,凡亲族之待以举火者不一家。乾隆辛酉岁,邑侯李劝令备谷贮仓,以待赈济,敬慨然乐输无吝色。或值米价腾贵时,率先平粜。乙亥冬岁大饥,当事者设厂赐粥,敬特捐米数百石。尝曰:"我宁俭于自奉,厚以泽人也。"卒年六十有五。著有《退斋吟草》。仲子汝树,字庭嘉,号兰崖,震泽邑庠生。文行兼修,为里中名宿。著有《自怡轩诗草》。幼子汝懋,字克修,号月舫,国学生。自幼多病,遂隐于医。好善乐施,得养生术。性嗜菊,尝手植数百本,吟咏其间,自号"枫江渔者"。卒年七十有四。著有《养生编》《丹桂轩诗稿》。

郁吴邑,字若郁,号省斋,居芦墟,籍入钱唐学,廪膳生,工文词。与从弟齐名。喜结交当世贤豪长者,如元和惠征君栋、仁和沈臬使廷芳、大兴朱学士筠、同邑沈征君彤,咸以文字相□契。乾隆辛酉、六年。丁卯、十二。壬申十七。间,连荐不售,遂绝意进取,专业于诗。师事沈宗伯德潜①,皆清真雅正,不作靡曼之音。殁后,遗稿散佚,流传极少。族侄圮传,字受书,号石公,颖隽多才,工诗及画。病后,废举子业,卖药自给。虽囊橐萧然,吟声时彻户外。著有《石公吟稿》。

---

① "师事沈宗伯德潜"原为"师事朱学士筠、沈宗伯德潜",后删去"朱学士筠"。

甲辰日记(草本)^①

借曹老一归,图交回钱先生手。

沈氏,白荡湾监生陈正寅妻。年二十二,夫亡,守节四十二年。雍正二年题旌。

陈鑛,康熙十八年入学。在四名之外,共一百四十百两。

沈北溪先生辑《分湖分^②》,尝言应增之传,如郭招翁、陈寅仲、周宁野、陈双清。

迮青霞先生辑家乘,尝言:"吾族宜立传者,如迮霓、迮凤音。字美西,自号天放翁,邑庠生。"

洋一元八角。刀钱九十八。洋钱两元。该找出一百五十八文。一百二十八。

栈用栲栳卅只。每一百四十五。二斗半起斗。两只,十二。一斗半,一只□。

天字仓一半翻宝字仓,物字仓三股之一^③。翻茶厅上。

张客定一百〇三,出落十四。

---

① 按,《苏州博物馆藏近现代名人日记稿本丛刊》影印本中,《甲辰日记(草本)》位于《甲辰日记一》《甲辰日记(草本二)》之前。今根据日记内容,将《甲辰日记(草本)》移至《甲辰日记(草本二)》之后。

② 原文如此。

③ "天字仓"旁有"消去"二字,"宝字仓"旁有"同"字。

存书〇御〇〇，南栈八十一根筹，算错十根。陈升字仓人，一栈一百一十三出落。

数字仓一半翻大间内两栈。

射字仓翻天字仓，栈内错五担，该洋钱五元。一百二十八。钱五百十八文。

金如意一只，重九钱，扣去宝案药二钱，净重八钱七分，每钱洋二十四，计洋钱廿元一百二十八。八角八分，作钱廿七分。

入"谊行"

陈退斋小传　鉴怀合项约九月

陈敬，字景颐，号退斋。生二岁而孤，母夫人沈抚之成立，由白荡湾迁居芦墟镇。当熙、雍之间，士之习武学者兼工文艺，敬入武庠生，犹孜孜好学，购藏经史三千馀卷，亲加丹黄，披阅忘倦①。念母夫人苦志守节，于雍正二年请旌建坊，事详沈《志》②。性好施与，凡亲族之待以举火者不一家。乾隆辛酉岁，邑侯李劝令殷户买谷贮仓，以备赈饥，敬慨然乐输，无吝色。或值米价翔贵时，率先平粜。乙亥冬，岁大饥，当事设厂赐粥，敬特捐米百斛。尝曰："吾宁薄于自奉，厚以泽人也。"卒年六十有五③。敬第三子汝树，字庭嘉，号兰崖，震庠生。文行兼修。尝九入棘闱，三邀鹗荐④。竟不得登贤书，士论惜之。平

---

①　"披阅忘倦"原为"以遗后人"，后改。

②　"于雍正二年请旌建坊，事详沈《志》"原为"特请于大吏，得奉旨，建坊于门首。今所传石牌楼陈氏是也"，后改。

③　此后原有"著有《退斋吟草》"一句，作者删去。

④　"尝九入棘闱，三邀鹗荐"原为"为里中名宿"，后改。

生友爱甚笃,胞弟丽斋早世,遗产颇厚,孤子才三龄,汝树代为经理,历二十年之久,毫不染指。胞侄骏烈,惮之如严父焉。汝懋,字克修,号月舫,敬第五子,国学生。自幼多病,遂隐于医,得养生术。好善乐施。宅南面河,为往来要道,向因坝阻,行旅不便,乃与同人商议,开坝立桥。捐数不敷,复解囊竣事,成此善举。他若惜字、施药、戒杀、放生,特其馀事耳。性嗜菊,尝手植数百本花,时吟咏其间①。卒年七十有四。著有《养生编》《丹桂轩诗稿》。汝树之子世耀,字映辉,号寿门,江庠生。立品高洁。乾隆甲辰岁试,已列一等第三名矣,有天水生素通关节,来索贿曰:"若与我五十金,名次可不更动。否则,退甲进乙,幸无悔。"世耀正色拒之。后出正案,世耀名列第七,竟如其言。七应南闱,不售。卒年五十有七。曾孙塈所述。

郁省斋小传　入"文学"

郁吴邑,字若郇,号省斋,居芦墟,占籍钱塘学,廪膳生。工文词,与从弟文齐名。平生喜结交当世贤豪长者,如仁和沈臬使廷芳、大兴朱学士筠、元和惠征君栋、同邑沈征君彤,咸以文字相契合。乾隆辛酉、丁卯、壬申间,连荐不售,遂绝意进取,专业于诗。师事沈宗伯德潜,派别清真雅正,不作靡曼之音。惜②遗稿散佚,流传绝少,惟有《四书文》行于世。族侄圮传,字受书,号石公,英敏③多才,工诗及画。病后,废举子业,卖药自给。虽囊橐萧然,吟声时彻户外。著有《石公吟稿》。陈塈所述。

二十日　阴。晓起,以题目示薰儿:《"洋洋乎如在其上"合下一节》《赋得心如檗水得"心"字》。白庵所出。饭后,阅《泾野集》"正编"

---

① 此后原有"又号枫江渔者"一句,作者删去。

② "惜"原为"殁后",后改。

③ "英敏"原为"颖隽",后改。

卷七。《明南京工部右侍郎中梁张公墓志铭》①，公讳羽，字伯翔，号中梁，是大有经济人，宜重阅。《胡仲德墓志铭》，胡仲德者，太学生儒道之仲兄，讳大用，仲德其字。儒道言，始祖幹五公迁居霞阜，至祖讳俨然，庶母程氏所生也。三岁而孤，诸嫡兄弗恤，于金帛田宅，尽取其美，遗瘠田以归祖。其服食聘葬之需，皆取办于程氏祖母。他日，亲友谓祖曰："子无嫡庶，折产宜均，子奚不鸣之有司?"对曰："某力使人无讼，又可自讼耶? 且兄弟一体而分，彼之所有，即某之所有也。"当是时，还霞阜居者六百户，殆万馀人，凡大小事有讼，不之府邑，皆得其平。《明故奉直大夫刑陕西司郎中黄君墓志铭》②，此文与前《中梁张公》文同看。《明江西布政司参政兰峰先生程公墓志铭》③（页眉：文期。）

《夜眠》此首可删

初眠觉微热，夜半寒始生。此时阴气极，阳光多未明。薄被手加体，再眠穷五更。晏起殊有味，暂时息劳形。天其佚吾老，身外皆虚名。

《有感书》

蛙声太浊蚓声清，各向泥涂得意鸣。出水迁乔凡几个，好春已去④不闻莺。

书逸事

胡木斋，初名大烈。入学之岁，填注册给，有一蜘蛛悬于案头，以为吉征，遂改名一珠。是年，果入泮。初从同里张京山游，张名兆珠，入籍海盐县学。雍正六年推归吴江，乾隆辛未岁恩贡生，为里中名宿。至今梗概已不传矣⑤。

---

①②③　双圈。
④　"去"原为"过"，后改。
⑤　"至今梗概已不传矣"原为"至今后人已无从访问矣"，后改。

二十五日　阴。晓起,查阅□册。饭后,阅《泾野集》"正编"卷八。《阌乡薛立墓碣》,张整者,里人也,当丧服弗克窆,厚赙,整获举。郭秀壮而无室,不能具奠雁币,与营六礼,得之鳏。嗟乎！民俗之坏,习职之也。故都不逮省,省不逮府,府不逮州若县,州若县之市井居者不逮野,嗟乎！薛立宣惟野,一者学也。《处士秦君配赵氏墓碣铭》,成化末年岁凶,君大有所积,客有说君懋易以殖货者,君愀然流涕曰:"人皆死,我独生,古无是理,又安忍论利也?"遂出所积,以尽拯戚党间里之乏者,所活殆百有馀人。

《题小琼海诗集》

髯苏风貌露修修,今古人才隘九州。放出头来开几面,消除春梦定千秋。悲歌燕士力烹狗,堕地男儿气食牛。天大长安居不易,江湖穷老此生休。

曾见于思去复来,两家出入重低回。予少时曾见二赤翁于沈外舅家中,后二十年,复相遇于殷谱经座上[1]。论文把酒终无分,多病吟诗愧不才。年少敢轻天下士,结交惜少石生媒。与翁落落真难合,自笑孤芳冷似梅。

二十七日　晴。晓起,改存近作。饭后,阅《泾野集》"正编"卷八。

二十八日　晴。晓起,以题目示薰儿:《问管仲,曰"人也"》《赋得诗有别肠得"肠"字》[2]。饭后,阅《泾野集》"正编"卷八。《明节庵处士孙君墓碣》,他日乡人路遗,君且收之,同行者欲分用,君曰:"凡物非我所有,必致祸。"遂归原主。由是乡大夫皆曰:"孙致和,义士也!"初,父与马胜友善,每过其庐,曰:"养女当择婿。令器如此,我有弱息,愿为之配。"既而马氏归于君,孝舅姑,善女红,持家有法,阃门整

---

① "座上"原为"斋头",后改。

② 原文此后尚有"非关学也"一句,作者删去。

肃。后马公不嗣,君移于家三十馀年。既卒①,衣衾、棺椁,以礼合葬焉。乡人谓马公有知人之明云。

午亭贤侄孙倩足下:前月三贤郎入学喜事,极宜命儿辈早来趋贺。实因考前必应坐定,虽不敢作鹏游之妄,想亦暂学六月之息而已。径俟秋凉后,仆当造访,作竟日谈,藉以补贺②,幸原谅之。月初文会之期,诸同人大约畏暑不来,下期若得稍凉,务望及早见过为感。先此布沥,即候暑安。不一。

峙亭先生阁下:前月节后,特命薰儿晋谒,极承大教,指示精详,不啻同堂授受。此种善诱法门③,即求诸古人中,已难多得,而况于今人也耶?后接手翰,细细读过,阁下改本,文如大将登坛,指挥如意;法似老吏断狱,毫无遁情。窃喜儿辈得一名师④,又惟相从之日晚耳。薰儿质鲁学浅,骤难速化,幸得阁下之栽培,期以十年为度。今秋考后,惟当勖其多读书、多看文,终不敢存一欲速想⑤。故鄙意如此,未识大雅以为何如也?兹奉近课几篇,费神之至,专此布达,顺请道安。不备。

《今年夏暑酷甚,楼居夜不能寐,赋此自道》⑥

楼居宜春不宜夏,大火司天于可怕。郁蒸暑气团一房,冰簟如焚热难化。忆昔老屋都向西,石壁翻照如虹霓。直射房栊及帷褥,火攻入夏惊山妻。前室沈氏每逢夏间,避暑归家。予时秉性不受暑,独卧茅堂自容与⑦。夜凉风露□思生,人静空此太古

---

① "卒"原为"葬",后改。
② 原文此后尚有"鸿喜□"一句,作者删去。
③ "法门"原为"深衷",后改。
④ "窃喜儿辈得一名师"原为"为儿辈庆得一名师",后改。
⑤ 原文此后尚有"忝在交好"一句,作者删去。
⑥ 此题原为《夏夜暑气逼人,赋此自道》,后改。
⑦ "自容与"原为"□□所",后改为"历年所",后改。

□①。如今与昔相悬殊②，更诸爽垲逃空虚③。劝君且作六月息，天池溟④海非尔居。

补辑陈崖州小传 书在叶缵之后

陈尧恩，已见沈《志》"别录"。字汝济，号荻洲，白荡湾人，正德庚午举人。初任广西永安知州，丁内艰归，服阙，起补广东崖州知州。崖州滨海，土官恣横，前刺史皆被掣肘，尧恩独毅然曰："岂有天子命官而竟受制于土酋乎？"乃申请抚按诸司，奏状其罪。世宗震怒，发兵讨捕，歼厥渠魁，遂平其土地，均其赋税，至今州人犹颂德焉。居乡，敦厚正直，性不佞佛，力毁淫祠，风俗为之一变。里中无力读书者，为设义塾，以广栽培。卒年五十有三。本《颖川族谱》。

按，尧恩，屈《志》载在"科第表"；叶《志》不载；沈《志》本《广西通志》，只载永安政绩，而不及崖州事，故本其裔孙元堃所述，而补入之。

初六日 阅《泾野集》"正编"卷八。《汾阴处士孔君暨配淮氏墓碣》，此文可以风世，宜重读。《监察御史玉崖陆君墓表》，君在娠七月，禀受近弱。比长，气宇清莹，强直过人。大约胎气不足者，若能成立，多得乾坤清气，陆君其验也。《沪溪处士毛君墓表》，君事嫡母林氏、生母郑氏，孝道一致。兄禧恃嫡，析产厚取，君隐学薛包，让而不校。有族侄本者常诬，故产为君父所并，因规大利。君挺然诣县辨对得直。○正德中，东乡寇起，君倡气策御，居民赖宁。虽逆濠之变，诸县云扰，沪溪社人倚君不震。○夙奇凤仪，择师授《易》。及凤仪应考，屡冠邑士，不以为喜；十屈场屋，不以为戚。恒曰："德业在己，穷

---

① "夜凉风露□思生，人静空此太古□"原为"本无热客来相投，只有寒郊可与语"，后改。
② "如今与昔相悬殊"原为"如今夏屋歌渠渠，"后改。
③ "逃空虚"原为"与昔殊"，后改为"临阶除"，后改。
④ "溟"原为"大"，后改。

达在天。行法俟命，学者之常。”

《答沈笑山》

笑山老姨甥足下：五月杪接奉手翰，藉悉宦况清嘉，足慰悬念。薰儿考作，极承严加指摘，感佩弥涯。凡从师看文，须得如此，方为有益。徒事圈圈点点[1]，与作者痛痒毫不相干，甚无取也。今春白庵先生连丧两媳，大不如意，寄去课艺，亦不能多批多改。是以薰儿文字复从周峙亭先生分看一半，现已阅过十馀篇，改得极认真，讲得极透彻，洵是斫轮老手。窃喜儿辈复得一名师，故特为知己告耳。仆今夏养疴无事，复将旧时《分湖小识》一书重加补辑，聊以消磨岁月，颇费丹铅，此事告成以后，亦无精神再作著述想矣。屡蒙锦注，近得□安，尚[2]可告慰。专此布复，并请道安。不备。无聊之极思。

《老子》“知其白，守其黑，为天下式”，即道家元之又元之意。

《再答笑山》

笑山老姨甥足下：昨日所答之信，谅未寄到。今晨又接奉手翰，蒙以潘相所奏之事托致都中相好一问。暇当作札与谱经，俟有确信来，奉复可也[3]。再，今科大挑二等，江、震得四人：周宇春、陆爱庐、沈戬门、潘云浦。就四人之中，必有确信，便中入城，先代为访问。馀具前札中，不及缕缕。专此布覆，即候升安。不备。

《观物》

梁间乳燕多生子，帐外饥蚊酷噬人。虫鸟自分得失然[4]，任他欢喜任他嗔。

---

[1] “圈圈点点”原为“徒事圈点一番”，后改。
[2] “尚”原为“故略述近状，藉”，后改。
[3] “奉复可也”原为“再为泐复可也”，后改。
[4] “虫鸟自分得失然”原为“虫鸟居然分得失”，后改。

左思《招隐诗》："峭蒨青葱间，竹柏得其真。"一起上四句："经始东山庐，果下自成榛。前有寒泉井，聊可莹心神。"下接"峭蒨"二句。胡刻注："峭蒨，鲜明貌。"孙卿子曰："桃李蒨粲于一时，时至而后杀；至松柏，经隆冬而不凋，蒙霜雪而不变，可谓得其真矣。"

《覆宇安侄》

前接我侄手翰，适值有客在堂，未暇泐复。兹有不得不为我侄言者：大凡调换田亩，事属寻常，虽非族属亲戚，即在里党之间，苟可通融，何妨相让？惟物各有主，田从主断，亦古今来不易之恒理。朱士岐既欲调换，应得告禀业主，相诉情形，各从其便，愚亦断无不允。今乃因无业主，自作主张，此种习气，急宜痛惩。然既与我侄调定，若再向士岐伸斥，未免与我侄面上难以过去。愚此番竟为我侄含忍，非糊涂了事也。查此田尚未过割，万一原主回赎，泯于无言，愚亦断不向外人说话矣。老维一项费神之至，今将一百卅两原契单检出奉交，存在侄处，其归本能早最妙，否则，竟遵前札所云，向至十月中在我侄处归取可也。专此布复，即候近安。不一。

《与殷谱经》

谱经贤表阮足下：一年不通音问，云泥虽隔，企望殊深。比稔老贤阮校书东观，濡翰面清，地既深严，官又清美，那得不令人倾羡也耶？仆于上年心境恶劣，束书不观，今夏多得清闲，重加增订①，将旧时《分湖小识》一书编成六卷，大约来春可以付梓矣②。薰儿文字，复从周崿亭先生看，改得极认真，讲得极透彻，洵是斫轮老手，故为知己告。素蒙雅爱，特以奉闻。兹有恳者：

---

① "增订"原为"编辑"，后改。
② 此后原有"此事告成，聊使一乡文献，不致淹没无传。知我罪我，多不计也"一句，后改为"以征文考献，略尽后生之责。传与不传，知我罪我，多不计也"，后作者删去。

昨笑山自凤阳来信,据云,今春潘相国奏定教职章程,自兹以后,凡上江学缺出,即以上江人选补;下江学缺出,即以下江人选补。此信未知确否?欲烦足下查明示知。如有原奏及上谕能得抄出寄示,更妙。凤阳离吴江已有一千三百馀里,笑山以地远亲老,迎养颇艰①,思得改发近处,故有此问。如接到后,幸早示一音为感。专此布泐,顺候升安。不一。

《原壤》

长后无闻今②已矣,老而不死欲何为?伤风败俗皆尔等,厥罪③难逃圣世笞。

静中观物极微芒,触我吟怀便不忘。暗室多蚊群小聚,密④林有鸟独身藏。

(夹页:

桂花折损第三枝,老兔寒蟾共泣时。生有隽才天亦忌,医无活计疾常危。人怜此子成麟角,我悼君家丧马眉。未忍登堂同一哭,白头黄口正含悲。君有偏亲在堂,两郎皆幼。

丙申秋初,哭挽子谦三世阮灵右。柳树芳初稿)

闲居但要门如水,忍事还须腹似囊。入世休开臧否口,嗣宗毕竟未曾狂。静中观物极微芒,枨触吟怀想便忘⑤。暗室多蚊群小聚,密林有鸟独身藏。

(屈原《离骚》:"求榘矱之所同。")

《与青霞》

青霞先生阁下:日前两接手翰,蒙示作文之法,具征先民矩

---

① "颇艰"原为"不便",后改。
② "今"原为"生",后改。
③ "厥罪"原为"策杖",后改。
④ "密"原为"深",后改。
⑤ "枨触吟怀想便忘"原为"触我吟怀便不忘",后改。

燹犹存，后辈可奉为圭臬，近日荡然多不讲矣。昨日会课，共得六卷，内两人咸以疟来，草草完卷，并有代为誉清者，兹特一并奉阅，幸原谅之。仍望严加笔削，编定甲乙为感。再，大港上竹琴舍侄有近作两篇，禀求指教。渠于此道学植浅薄，素非专业，近日屡加策励，属其考前多作几篇，以应省试①。想长者闻之，断不弃诸门墙外也。

细葛香罗软且轻，几人曾被圣恩荣。布衣却胜丝衣暖，寄②语书生勿事③更。

《夏日戏咏白布衫》

细葛香罗软且轻，粗疏文理织先成④。布衣却胜丝衣暖，寄语书生勿事更。

《叹老》

便登大耋已蹉跎，悔过知非奈老何？去日苦长来日短，梦时常少醒时多。慵开双眼低眉佛，莫⑤作多心烦恼魔。

子谦亲家大人阁下：自交大暑节后，天气渐凉，想潭庭畅遂，福履绥和，定符臆颂。蒙借学册，已抄出二本，其第三本，因梦仙以事归家，尚未写毕⑥。兹特先奉二本缴还，望即检收为祷。《小琼海诗集》昨曾翻阅过，就两邑近时诗人而论，除赤翁、频翁而外，几无敌手，洵是才人之笔。然此集欲得者已绝少，可见知己之难。弟与二赤翁连次相逢，未通款曲，尝若耿耿于怀，今读其□集，不觉怦怦心动，率成题辞三首，录奉求正，未识有当否

---

① “省试”原为“秋闱”，后改。
② “寄”原为“好”，后改。
③ “事”原为“再”，后改。
④ “粗疏文理织先成”原为“几人曾被圣恩荣”，后改。
⑤ “莫”原为“休”，后改。
⑥ “写毕”原为“告竣”，后改。

也？适因尊姬来舍，草此布复，顺请侍安。不备。

《读苏诗有感》

绍圣以后，坡翁被谪海南，呻吟多病。子由尝劝其不读书，故有"萧然清坐，乃无一事"之语。予病后，不能读书，却无人为之劝解，枯坐无聊①，率成一绝。盖去先仲兄没时已二十馀年矣。

廿载遥怜骨肉寒，弟今无恙病犹欢②。问谁劝我书休读，清坐萧然忆阿干。

《和渊明〈止酒〉》

嗜好真无涯，吾生却有尽。当其未尽时，众起念能忍③。理胜欲自消，如刀快截倒④。三。熊鱼本难兼，水陆亦曾窘。四。苟可充我肠⑤，肉食等蔬笋。五。何曾十万钱，羊酒谢不敏。

得饱常思饥，衣暖常思寒⑥。一。饥寒纵未至，动⑦作如是观。二。不忘忧患来，乃能处□安。三。□□□□□，猝然皆可干。四。不见六月荷，未秋花易浅。五。

有酒良足佳，无酒亦称快。一。胸除得失怀，荣辱何足芥。二。人欲轻千驷，必先严一介。三。廉洁目我操，豪华任物坏。四。众狂我独醒，万事眼不挂。五。

六　月

二十六日(1844 年 8 月 9 日)　晴。晓起解维，先至叶宅湖滩村

---

① "枯坐无聊"原为"感触予怀"，后改。
② "弟今无恙病犹欢"原为"病躯犹在□多欢"，后改。
③ 此句旁尚有"日日刀几赤，吾今起念在能忍"一句。
④ "截倒"旁有"克制"二字。
⑤ "苟可充我肠"原为"苟能充我腹"，后改。
⑥ "得饱常思饥，衣暖常思寒"原为"饱则常思饥，暖则常思寒"，后改。
⑦ "动"原为"同"，后改。

庄,名大濠里,是庞氏故居。晤见若山甥婿,询及四女兄葬事,灰料已粗粗安排,即以葬资洋饼五十枚付之。时同其堂弟砚香下船。饭后,至吴江,入城,寓云在草堂。属陈朗庭赴吴门,取新印日记回①。峙亭处课艺已送去,前期亦看来,并接其答信,谆谆以作文之法示薰儿,真可感也。寓中,展阅峙亭看本,令人执玩无厌②。下午,晤周庄木笠农,时以事同寓在寺中。闻有试草一卷,寄在柯亭处,却未接到③。抵暮,至四女兄旧居,晤见四甥女,遂同至寄松夫人处。谈及吴甥读书,来岁决意在家附读,云泉只好辞去矣。回至顾煦安处,不值。晤尊人,年已八十一矣。

二十七日(8月10日)　晴。晓起,至峙亭处长谈,谓薰儿之文,总误在多读闱墨。盖闱墨之弊,显而易斥,千人皆见,若能命意练局,纯从古名家④得来,即或功夫未到,一时□□蕴测⑤。近日主试家⑥浅薄者多,实不过晓得几篇闱墨耳,文有少异,便可动目⑦,其源全在天、崇中探取也。持论却有深识⑧,故特记之。昨文已看好三篇,携归⑨细阅,无一处肯轻放过。此种看本⑩,真不易得。饭后,去寻陈切庵,晤其大郎,据云,须至中秋节解馆。下午,畏炎不出,在寓静坐。抵暮,吴门船已回。

---

① "回"原为"七十七部",后改。

② "执玩无厌"原为"三复不置",后改。

③ "接到"原为"送去",后改。

④ "古名家"原为"古名家大家中",后改。

⑤ "一时□□蕴测"原为"阅者一时□易窥测",后改。

⑥ 原文此后尚有"根底"二字,作者删去。

⑦ "动目"原为"制胜",后改。

⑧ "持论却有深识"原为"真深于阅历之",后改为"真得文中三昧者",后改。

⑨ 原文此后尚有"寓中"二字,作者删去。

⑩ "无一处肯轻放过。此种看本"原为"无一□情之处,佩服佩服",后改。

《晓行》

经旬不出倦于游,身世难忘老未休。残月到窗天送曙,野风入袂客知秋。谁家兰玉早成干,无主荷花并出头。过了庞湖到江未?芦菰深处此行舟。

二十八日(8月11日) 晴。晓起下船,饭于舟中。风逆,不得快,中午抵家。检点《日记》,纸张好者剩廿七部,次者五十部。下午,收回胜溪草堂石刻三种,藏于养馀斋。《清献公日记》书版,仍置诸①二加堂中。是日文期《与命与仁》《赋得重与细论文得"论"字》。(页眉:文期。)

二十九日(8月12日) 晴。晓起,与云泉面谈,来岁吴甥在家附读,此席竟不设矣。饭后,适有便舟来,嘱其送会卷至五俋孙处。复作札答陈得珊,寄与沈鸣老。下午,云泉到养馀斋中长谈,决意明日解节。(页眉:抵暮,有微疾,就寝。)

青霞先生阁下:前接尊谕,得悉善堂银米已蒙题奏豁免,大是美事!谕以经费不敷,还望同人补助,此亦党乡中应得之事。惟前年堂中舍间曾捐田十一亩,俱系精产,似每年所入,就近日时价而论,可得二百馀千文,于堂中不为无助。今日之事,未免有妨同人之意②,统祈原谅,草此布覆,即请道安。不宣。晚学弟功。

三十日(8月13日) 晴。隔夜寒热已凉③,以疲倦就寝。饭后,命薰儿送云泉解节。中午稍健,下楼。接松巢信,新甫以疟疾回家;述甫亦有感冒,明日会期,多不来矣。作好一札,答青霞④。下午静坐,抵暮,疾复作,就寝。

---

① "置诸"原为"安排",后改。
② "今日之事,未免有妨同人之意"原为"弟□此番,是以有妨尊命",后改。
③ "隔夜寒热已凉"原为"破晓,寒热已解",后改。
④ 原文此后尚有"以有事"一句,作者删去。

七　月

初一日(8月14日)　晴。晓起，命舟去载松侄，渠人舟实在不便也。出示会课题《"三年学"一章》《赋得(代)[伐]檀河干得"餐"字》。五侄孙已来，同集四人。予以热寒未凉，不下楼。饭后起来，仍在楼中静养①。下午热极，松侄及五侄孙同上楼来一问，面订②十六日再叙一期。黄昏后，狂风骤起，雨不甚畅，然暑热已消释一半矣。

初二日(8月15日)　晴。寒热已凉。晓起，命薰儿代写一信，与青霞。饭后，大兄来问，即以古愚仍旧之说托致。午前，命舟去送会卷，约初六日去取。下午，仍在楼上静坐。黄昏后，仍有狂风骤雨，顷刻而止。

初三日(8月16日)　晴。晏起。饭后下楼，适沈秀村来，畅谈半日，饭于书房。下午静坐。抵暮，仍上楼就寝。

> 人生同一死，泰山与鸿毛。辨析在平素，义利分秋毫。见利昏□下③，志昏肤受挠。无怪多枉死，死亦徒见嘲。末路悔已晚，此身如蓬蒿。退哉④忠义士，名与山争高⑤。

初四日(8月17日)　阴。晏起。饭后，身子疲倦，仍事昼寝。午前，雷电交作，大雨淋漓。午后下楼，查清连日账务，却不为劳。成五言杂诗一首、七绝一首。

《卧闻雨声，喜成断句一首》

> 红衣翠盖绿芭蕉，忽听风来影动摇。秋暑欢逢连夜雨，此身

---

①　"静养"原为"坐卧参半"，后改。

②　"面订"原为"□决意"，后改。

③　原文此后尚有"见义明思高。多由一念间，亡舍存于□"四句，后改为"罪至无可逃。一朝辄枉死，往往"，作者删去。

④　"退哉"原为"不见"，后改。

⑤　"名与山争高"原为"名争日月高"，后改。

虽病热全消。

昭灵侯庙,祀唐苏州刺史李明,详见邑志。在芦墟镇。初建无考,自明及国初,设立于槐字圩,割东圣堂半弓之地,权栖神主。康熙年间,里人以其狭陋,卜地于非角圩东岳神祠之左,创立庙宇,堂寝门庑,略具规模。乾隆晚年,复得庙旁隙地,小筑园亭,杂植花木,以备游观之所。道光初年,日就坍塌,里人施光裕、吴若珩等,广为募建,视前更加宏敞。又于神寝殿堂之外,添设戏台。经始于道光三年冬,落成五年秋。

东岳庙,奉东岳泰山之神。初建无考。旧址在非角圩,与城隍庙并列。神座设于中堂,后无内寝,堂左上有斗母阁。相传为陈氏旧居,现有陈琳匾额,悬于阁中。道光三年,里人于此设立同善堂,乃迁神庙于河南,筑室两重,视前稍加式阔。命道士主持香火。经始于道光六年,落成于七年之冬。里人施光裕、吴若珩之力居多。

古迹内宜改祠庙。寺、观、野庙附。

按,沈《志》载,昭灵侯庙,其在乡都者凡七,芦墟其一也。建置亦未载。

按,沈《志》载,东岳庙之在吴江者,惟宋高宗所建为合礼。庙在梅墩,已详邑志,故不复载①。

《再与迮青霞》

青霞先生阁下:日前适抱微疴,命儿辈代草奉覆,谅邀青照矣。比稔起居纳福,颐养饮和,定符私祝。兹奉会课两期,以做完所出题目而止,就会中文字而论,能入得尊眼者,殊属不易。然既蒙乘兴而来,各尽一日之功,为之长者,不得不加批给发,以了其事耳。屡费清神,本拟造府面谢,实缘贱体尚未复元,艰于出趋,统祈原宥。附送菲敬一函,希留之。专此布泐,顺请道

---

① “故不复载”原为“故此不复再登载”,后改。

[安]。不宣。

（夹页：立顶契，柳为因乏人耕种，央中将大既圩坵内田面贰亩柒分出顶与倪处耕种，还租凭中议得，时值顶价七折四，底钱拾捌两正，当日一并收足，并无折除。如有人言，顶主理直，言定五年之后，任从对月回赎。如有缺欠租米，顶价扣除及米色潮杂，不论年月，随时取赎。尤恐无凭，立此顶契存照。

道光拾叁年叁月，日立顶契柳养树堂[“养树堂”朱文印]

洋照荸塔车价	潘在明[画押]
顶价收足	吴文容[画押]
陆芳林	
倪世盛	
倪容春[画押]）	

《再与周峙亭》

　　峙亭先生阁下：日前走候，快领麈谈，所谓“与君一夕话，胜读十年书”，真不虚语也。比稔①潭安近吉，必能如颂。考前极宜薰儿诣府禀辞，借领训诲。现择于廿三日起行，未免为同人所牵率，不及来谒矣。统祈原宥。兹因舟人赴苏之便，再奉近课三篇，望即改正，大约回舟须至二十日来取，可与前期一齐订下。屡费清神，心感之至。草此布泐，顺请升安。不备。

《七月八日，四女兄安葬于二十五都十五啚里海圩②，诗以志之》

　　半年骨肉渐生③寒，既④葬能令魄就安。地下幸无田赋累⑤，

---

① “比稔”原为“近想”，后改。
② 此后尚有“予以病后未曾亲为执绋，阙然于怀”一句，作者删去。
③ “渐生”原为“未曾”，后改。
④ “既”原为“草”，后改为“卜”，后改。
⑤ “田赋累”原为“话租事”，后改。

生前并少室家①欢。《后汉书·孔僖传》："僖拜临晋令,崔骃以《家林》
筮之,谓不吉,止僖曰:'子盍辞乎?'僖曰:'学不为人,仕不择官,凶吉由
己,而由卜乎?'在县三年,卒官,遗令即葬。"《家林》即《易林》也。嫠居霜
雪千愁积,麦饭春秋一脉单。谓嗣子整模,兼祧各房。赢得婿乡望
相近,墓文盖石不须刊②。四女兄在时,深受退呼之迫,自友江姊婿故
后二十年,荼苦备尝,不堪回首。墓在庞若山甥婿旧居之旁。

诗休作,书缓读。养精神,时闭目。年六旬,尚何欲? 甲辰
七月中浣铭。

《避蚊》

避蚊盛衣冠,宵小不敢入。我无隙可乘,口众亦难及。凡事
慎堤防,此身反宜蛰。草野伏莽多,露行戒洇洇。徒令早闭门,
旦晚□篱缉。

《秋夜同内子玩月》

偕老双修福分清,每逢良夜几番经。美人多爱楼头月,处士
谁为天上星。依白廉栊重卷启,望秋蒲柳未飘零。盈亏也是寻
常事,何物长留竹柏青。

熙庵大兄足下:日前走候起居,以未得把晤为歉。刻接手
翰,借悉此月中邻近失火,尊处实被福星光照,即吴回氏亦为之
退避三舍,保全无虞。此事③真可喜可贺。来至所云,暂撮洋钱
五百元。弟与大家兄勉力凑成,以应所需,其实囊头未必有馀,
素以交情为重耳。统祈原谅,草此布覆,即候日安。

《戏述》

碧海青天高且深,荒唐旧梦复相寻。情人易堕伤春泪,名士
难忘好色心。子建怆怀投以枕,相如放诞寓于琴。茫茫二十年

---

① "室家"原为"暂□",后改。
② "墓文盖石不须刊"原为"不须盖石墓文刊",后改。
③ "此事"原为"弟闻之",后改。

前事，一度魂销①两鬓侵。

宋孙叔静，名謦，钱塘人，徙江都。

查"謦"字，即《大雅》"謦鼓弗胜"之"謦"。音"皋"。

《甲辰秋，薰儿再②应省试，有感予怀，不能无诗以寄③之》

又见一年秋，而翁半白头。此行非得已，及早自为谋④。门户何劳计，田园隐抱忧。赋成日增势，胥吏快恩雠。

今且渡江去⑤，乘风弄弱翰。妄希三战捷，直⑥作九霄搏。拾芥谈何易，探囊取亦难。文章本无价⑦，幸遇⑧点头看。

借酒得眠真片刻，插花供养岂常情。

去燕护巢存故垒⑨，杀虫扶柱寓微权。

《欹器铭》

虚则敧，中则正，满则覆。

《德充符》

知为孽，约为胶，工为商。

《大宗师》

礼为翼，知为时，德为循。

《杂书》

梦回残月照三更，诗句飘然⑩枕上成。借酒得眠真片刻，插

---

① "一度魂销"原为"重□刘郎"，后改。
② "再"原为"重"，后改。
③ "寄"原为"勖"，后改。
④ "及早自为谋"原为"自立那能休"，后改。
⑤ "今且渡江去"原为"且向江头去"，后改。
⑥ "直"原为"顿"，后改。
⑦ "文章本无价"原为"穿杨如或中"，后改。
⑧ "遇"原为"作"，后改。
⑨ "故垒"旁有"白业"二字。
⑩ "诗句飘然"原为"多事诗从"，后改。

花供养岂常情。《解嘲》反覆①炎将灭,蒙说神奇②福要平。合眼自知宜□泊③,肯随草木暂争荣。

白露横空④又一年,闭门燕寝⑤得天怜。聊成著录名何有,敢说穷愁志益坚。去燕护巢存旧业,杀虫扶柱寓微权。家居岂少真经济⑥,羞向空王遁入禅⑦。

眼前安乐即为窝,暮暮朝朝且放歌。太岁幸逢丰有兆,老年最怕病来磨。有怀云泉、昼堂两病翁。入秋凉爽身宜⑧健,得饱欢娱物⑨自和。我学李聃早知足,一池清水酌无多。

《七月二十七日,接从子清源书,知秋伊
于吴江舟次以病先归,诗以慰之》

几行雁影⑩快高飞,莘老如何愿却违。身体由来万分重,功名世界一尘微。偶然垂翅知无⑪恨,若个排风识所依。病里年华小磨折,抱琴莫叹赏音稀。

《答陈得珊》

得珊三兄先生足下:久不把晤,想起居安善,定能如愿也。昨接手翰,借悉来岁坐址,已受黄氏之聘,可谓人地相宜矣。薰

---

① “反覆”原为“扬子”,后改。
② “蒙说神奇”原为“贪□蒙庄”,后改为“蒙说荒唐”,后改。
③ “合眼自知宜□泊”原为“两眼明□清似水”,后改为“合眼垂眉勿轻视”,后改。
④ “白露横空”原为“暑□凉生”,后改。
⑤ “燕寝”原为“株守”,后改。
⑥ 此句旁尚有“□督□挂虫□急”一句。
⑦ “遁入禅”原为“老学禅”,后改。
⑧ “宜”原为“犹”,后改。
⑨ “欢娱物”原为“农工气”,后改。
⑩ “几行雁影”原为“联群接翼”,后改。
⑪ “无”原为“何”,后改。

儿于廿三日解维，同去五人，行至吴江舟次，秋伊以病先归，未免败人意兴①，幸目前病亦无妨，塞翁失马，焉知非福？可见②功名成就，断难自主，况儿辈质鲁学浅，恐难赴长者之期望，惟有努力自爱而已。

《新置闽兰二盆，花时已过，作此自解》

时荣③人争趋，时悴④人争弃。一。谁于零落⑤中，别寓栽培意。二。闽兰盛东南，供养群宠异⑥。三。欣赏豪华□，出入佳丽地⑦。四。当其竞买时，端在酷暑际。五。静极自生凉，香中别有味。六。天日恒炎曦，此花正未艾⑧。七。无端秋风来，数丛一夕败。八。纷纷外于庭，往往委诸砌。九。寂寥暗自伤，摇落行增替⑨。十。我见心恻然，忍听坐荒废⑩。十一。破费聊解囊⑪，载归请入第。十二。此花岂⑫凡材，但要工树艺。十三。重开非无时，一吐平生气。十四。奈何耳食徒，仅作目前计。十五。

---

① "未免败人意兴"原为"不能不怅□于怀"，后改。

② "幸目前病亦无妨，塞翁失马，焉知非福？可见"原为"幸目前病亦平□，可无顾虑"，后改。

③ "荣"原为"来"，后改。

④ "悴"原为"过"，后改。

⑤ "零落"原为"闲散"，后改。

⑥ "群宠异"原为"佳丽地"，后改。

⑦ "欣赏豪华□，出入佳丽地"原为"往往豪华家，藉以消暑气"，后改。

⑧ "正未艾"原为"□不敝"，后改。

⑨ "摇落行增替"原为"飘摇嗟行替"，后改。

⑩ "忍听坐荒废"原为"不忍便轻废"，后改。

⑪ "破费聊解囊"原为"抛却青蚨钱"，后改。

⑫ "岂"原为"非"，后改。

《新置闽兰二盆,花时已过,人笑之者,作此自解》

花开①人争趋,花谢②人争弃。谁于零落中,特寓栽培意。
闽兰盛东南,供养群宠异。一。欣赏豪贵家,出自③佳丽地。二。
当其声价高④,端在盛暑际。三。一花数十金,常竭中人费。四。
携来婉约姿,朝开夕犹闭。五。静极目生凉,香中别有味。六。
天日恒炎曦,此花正未艾。七。无端黄金枝⑤,数丛一夕败。一。
纷纷降⑥于庭,往往委诸砌。二。寂寥暗自伤,幽独向谁媚⑦。
三。我见心恻然,忍听坐荒废。四。酬值聊⑧解囊,载归请⑨入
第。五。此花岂凡材,但要工树艺。六。重开非无时,吐露郁郁
气⑩。七。奈何耳食徒,仅作目前计。荣悴本无常,兹物少真契。

　　子谦亲家大人阁下:前月令爱少奶奶省亲归来,述及太亲翁
贵恙渐渐复平。迩来又十馀日矣,未知眠食若何? 起居奚似?
殊为挂念,极宜亲诣华堂,一瞻颜色⑪。恐有病人家,客来反多
动扰,故藉子墨以为问望,细细见示一音为感。薰儿于廿三日饭
后解维,同去五人,行至吴江舟次,秋伊以病先归,幸有松琴舍侄
同去,诸事尚能料理,可无劳厪念也。专此布泐,顺请日安。
不一。

---

① "花开"原为"时荣",后改。
② "花谢"原为"时悴",后改。
③ "自"原为"入",后改。
④ "当其声价高"原为"当其竞买时",后改。
⑤ "黄金枝"原为"秋风来",后改。
⑥ "降"原为"外",后改。
⑦ "幽独向谁媚"原为"摇落行增替",后改为"冷落多失爱",后改。
⑧ "聊"原为"请",后改。
⑨ "请"原为"迎",后改。
⑩ "吐露郁郁气"原为"一吐平生气",后改为"一吐芬馥气",后改。
⑪ "极宜亲诣华堂,一瞻颜色"原为"极宜趋诣府问候",后改。

《和友人闽兰诗》

的的今朝放①，枝枝昨夜添。香中别有味，清极顿忘炎。庭院东西判，壶觞主客兼。此时难独醒，不觉醉乡甜。

《百年》

百年未满鬓毛侵，举世谁能惜寸阴。古往今来千貉聚，天高地厚一虫吟。立身敢作虚无想，好古深求正始音。喜得杜诗真骨髓，老来不厌再三寻②。近日杨西河伦所辑《杜诗镜铨》一书，汇集诸家之长而□□之，真善本也。

不厌费搜寻。

《庭前早桂盛开，诗以志之》

丛丛簇簇细③成斑，地僻居然似小山。一任兔儿高处折，老夫且向自家攀。今秋适逢恩科省试，薰儿己卯生，故以兔儿戏之。

《题马节母李孺人遗象》

忆④昨辑里志，贞节登尤勤。一。谓其荼蘗苦，没世嗟无闻。二。采到马节母，推原⑤李孺人。三。讵意⑥白屋底，常留松柏春。四。松柏遗荫茂⑦，其下产兰荪⑧。五。当时岂望报，独自全其真。六。何为苦节后，类多贤子孙⑨。七。痛母冰雪操，念母

---

①　"的的今朝放"原为"何物堪消夏"，后改。
②　"老来不厌再三寻"原为"老来重向此中寻"，后改。
③　"细"原为"灿"，后改。
④　"忆"原为"予"，后改。
⑤　"原"原为"崇"，后改。
⑥　"讵意"原为"不谓"，后改。
⑦　"遗荫茂"原为"有本性"，后改。
⑧　此后尚有"报施多不爽，征诸贤子孙"一句，"多不"后改为"无或"，作者删去。
⑨　"贤子孙"旁有"劬劳恩"三字。

教育恩①。八。征诗遍士族，罗列崇搢绅②。九。自愧③腕力弱，阐扬④非其伦⑤。十。

《题马节母李硕人遗象》

忆前辑里志，贞节登尤勤。一。谓其茶蓼⑥苦，没世嗟无闻。二。采到马节母，推崇李硕人⑦。三。讵意白屋底，常留松柏春。四。松柏遗荫茂，其下产兰荪。五。当时岂望报，独自全其真。六。何为苦节后，类多贤子孙。七。痛母冰雪操，念母劬劳恩⑧。八。征诗遍士族，濡翰罗⑧搢绅。九。自愧腕力弱，阐扬非其伦。十。

《中秋前雨夜作》

迢迢河汉暮云微，滴滴梧桐雨亦稀。去燕多情留再宿，来鸿远道必双飞。天香飘下风穿树，人影追随月上衣。几个白袍得欣赏⑨，同时圆满赋将归。

《顾云泉挽词》

曼倩诙谐久，嗣宗礼法惩。老来贫病死，裕后子孙曾。末路嗟谁托⑩，英年赋见称⑪。传家惟一砚，滴水莫成冰⑫。

宗海，字银润，号云泉，江庠生。幼年小试，以诗赋见称，连取古

---

① "痛母冰雪操，念母教育恩"原为"天道无或爽，何分贱与尊"，后改。
② "罗列崇"原为"往往多"，后改。
③ "自愧"原为"惜哉"，后改。
④ "阐扬"原为"自愧"，后改。
⑤ "非其伦"旁有"襃美先"三字。
⑥ "蓼"原为"蘖"，后改。
⑦ "推崇李硕人"原为"推原李孺人"，后改。
⑧ "濡翰罗"原为"襃美先"，后改。
⑨ "得欣赏"原为"最心赏"，后改。
⑩ "末路嗟谁托"原为"暮气无多杂"，后改。
⑪ 原文此后尚有"豪华非昔日"一句，作者删去。
⑫ "传家惟一砚，滴水莫成冰"原为"徒为温饱计，铁砚任磨□"，后改。

学，始得补博士弟子员。后家道中落，以课徒为业①。卒年七十有六。诗不多作，著有赋稿一卷。（页眉：十。）

按，《天禄识馀》分注中载②，明洪武初，每县分人为哥、畸、郎、官、秀五等，督率运粮，家给发户由一纸，哥最下，秀最上，每等中又各有差钜，富者谓之万户三秀，如沈万三秀，乃秀之三者。

《庭前作》

节序平分后，团团露未霜。风翻荷叶白，雨润桂花黄。飘荡叶初堕，删除草不荒。

《咏庭前桂花》

年年看遍桂花黄，冷露无声夜未霜。万粟生成同日铸，千金细碎密林藏。

连氏，芦墟陈勉旃妻，莘塔庠生连尚志女。年二十三而寡，无子，即欲自殉③，以父母劝谕，免一死。上事姑嫜，克循孝道，苦节五十一年，卒年七十有四。以胞叔楚材长子焕文为后。以下皆陈堃所采。（页眉：已故。）

于氏，芦墟陈鸿逵妻，东宁浜于瑞章女。年二十九而寡，子女俱无出，以胞伯建安季子允显为后。氏性和平，夫好博，每败北归，迁怒于妇，时加鞭挞，旁观且为不平，氏处之如常，绝无怨言。后夫病没，氏居丧尽礼，时时饮泣。资产为夫荡尽，因寄食伯氏，椎髻晨炊，篝灯夜绩，不辞劳瘁④，卒年四十有九。（页眉：二。已故。）

叶氏，芦墟府庠生陈藜照继室，池亭江庠生叶肇元女。年二十六夫亡，子女俱无，以胞叔学坡子奉三为后。与叔姒王，同居共爨。王亦

---

① 此后尚有"犹得前辈教法。贫乏几不能自存"两句，作者删去。

② 原文此后尚有"万三，名富，字仲荣，行三。元末，富甲江南"一句，作者删去。

③ "即欲自殉"原为"痛不欲生"，后改。

④ "不辞劳瘁"原为"必至宵分乃寝"，后改。

早寡,相依为命。晨炊夜绩,疏布自甘。积有馀资,上为翁姑营葬,下为嗣子授室。守节至道光二十四年,年已六十有六。(页眉:六。尚在。)

吕氏,芦墟沈松龄妻,○○○○○①女。年三十而寡,两子皆幼。家道日微,几难度日。粝食粗衣,抚孤成立。长子复初,于道光十年呈词请奖,陶中丞澍给"怀清履洁"扁额,以旌其庐。寿至八十有四,守节五十四年。(页眉:三。已故。)

张氏,芦墟吴振寰继室,两弯浜张惠如女。年二十九而寡,子女俱无,以侄孙南皋为后。衰舅龙钟,嗣孙蒙稚,摒挡家务,一身兼持。迨孙授室,精力已衰,始谢厥职。卒年七十有三。(页眉:四。已故。)

陈氏,芦墟赵希韩妻,同镇陈鲁祥女。年二十四,夫亡无出。资产荡尽,赁屋一楹,以纺织为生。自甘藜藿,事姑以孝,无事不逾闺阃。间遇亲戚,绝无怨言。即至饔飧不继,从不乞怜于人。苦节至道光二十四年,年已五十有二。(页眉:七。尚在。)

陈氏,芦墟胡万钟妻,吴家村陈圣麟女。年二十五夫亡。上有孀姑,下无弱息,双寡零丁,相依为命。后姑辞世,殡殓成礼,悉由氏手措办。守节至道光二十四年,年已七十。(页眉:八。尚在。)

杨氏,赵田陶○○妻,陈思村杨○○女。年甫十八而寡,子女俱无,以胞伯席珍次子怀新为后。氏自幼为养媳,代姑操作,能得欢心,中馈之事,悉以委之。迨年甫二九,毕姻半载,夫患暴疾而亡,欲以身殉,舅姑以妇贤,百计劝解,始得全生。贞守至道光二十四年,年已八十有二。(页眉:九。尚在。)

郭氏,芦墟胡星偕妻,同镇郭德延女。年二十五夫亡,一子尚幼。家业萧然,惟恃十指之力,夜绩篝灯,兼以课读。迨子成立能养,终岁勤劬,犹不稍息。守节至道光二十四年,年已六十馀矣。(页眉:十。尚在。)

---

① "○"原文如此。下同。

陈氏，芦墟武庠生徐〇〇妻，同镇陈楚珍女。年二十七而寡，一女、无子。堂有嗣姑，家徒四壁，姑又年老多病，常在床蓐，奉侍汤药，不离左右。及姑辞世，尽典钗环，措资营办，乡党莫不称贤。后夫二十三年而卒。（页眉：五。已故。）

杨氏，芦墟陈济勋妻，杨家浜国学生杨庭槐女。年二十八夫亡，无出，以胞叔观澜子绍先为后。上事高堂，下抚弱息，纺织辛勤，支持门户，调和妯娌，从无间言。贞守至道光二十四年，年已五十有九。（页眉：十一。尚在。）

吴氏，芦墟陈大原妻，同镇吴廷简女。年二十有二而寡。姑老在堂，子该在抱，家无长物，资产荡然。氏痛不欲生，亲戚屡劝得全。仰事俯育，全凭纺织为生。守节至道光二十四年，年五十有三。（页眉：十二。尚在。）

徐氏，为北珊圩村民陈三贵妻，年二十二而寡，无子，以从侄绍堂为嗣。授室数年，绍堂又殁。氏长斋奉佛，苦节终身。贞守至道光二十四年，年已八十。

南游日记

癸卯秋。改作《白门游记》。

草稿杂记(甲辰冬起)

十一月初一日(1844年12月10日) 查存飞限折租洋钱一百八十七元,内二加十七元,古一百七十元。

外记张发才暂□洋钱十元,以下另起头限。

初五日(12月14日) 折租洋钱三元。

初十日(12月19日) 东账折租洋钱九元。共十二元。又,北账折租洋钱十二元。

十三日(12月22日) 北账折租洋钱一元。共十三元。

十四日(12月23日) 北账折租洋钱两元。共十五元。

十五日(12月24日) 大账折租洋钱三元。共十五元。老账。

十六日(12月25日) 东南账折租洋钱四元。共老账洋钱十九元。又,同日北账折租洋钱一元,共二加洋钱十六元。

十七日(12月26日) 东账折租洋钱两元。共老账洋钱廿一元。又,北账折租洋钱两元。共十八元。二加。

十九日(12月28日) 收张发才相项洋钱十元,折租内相出,共老账卅一元。

廿八日(1845年1月6日) 收东账折租洋钱三元,老账共存卅四元。

又,收北账折租洋钱一元。二加共存十九元。十九元。

廿九日(1月7日) 收南账折租洋钱六元,老账共存四十元,入账。

又,收北账折租洋钱三元,二加共存廿二元。同上。

《续成有序》

予于乙□秋有"看人子弟渐成名"句,以诗不□意①,删去,迄今又十年矣。亲朋故旧中,积薪而起,不乏英奇傀傥之才飞鸣直上②,独吾家子弟无闻焉。追忆前诗,续成此句。薰儿以外,勿以示人。

当年岂愿以诗鸣,志气消磨了半生。老我田园聊晦迹,看人子弟渐成名。出身未免尊科目,学道还须养性情。力欲栽培非易事,眼前若③个是豪英。

《补刊〈清献公日记〉跋》

树家刊成《清献公日记》已三年矣。癸卯五月,沈子南乙复携旧抄见示,与树家刊本若合符节,惟卷首多丁酉、戊戌两年,急④命人录出,以待补刊。阅旧抄中,多事删节,当时或欲与他书并刊,限于卷帙与⑤? 若单行之本,则先儒手泽,字字当作布帛粟菽观也。后学柳树芳谨识。

《与梁叔》

梁叔大兄足下:玉岸别后,契念殊深。近于友人处抄得全录,阅之始知大名前列虎榜,狂喜之至。此科颇能识拔真才,就一府九县而论,不乏知名之士,他邑可知。人特患不肯发愤耳,有志者事无不成也。近北闱已放,我邑中式四人,或云五人,传说不一。尊处如有北场全录,乞借一观为要。先此走肃奉贺,仍候元安。不一。

---

① "以诗不□意"原为"以全通首不称",后改。
② "直上"原为"而去",后改。
③ "若"原为"几",后改。
④ "急"原为"遂",后改。
⑤ "限于卷帙与"原为"限于卷帙,故以简为贵与",后改。

　　为霸占难堪,叩求饬案另提惩究事,切望开禀。许孝章与袁如章等,互揩租借,蒙饬圩分别刈稻,着追在案。近奉台差,刈稻先到大富圩顾玉楷田内,协同圩甲顾桂春领刈。无如顾桂春恃蛮不领,复到六锦高、六锦林田内议分,骇见锦高、锦林田内挑成一潭。生穷诘根由,均被圩甲顾桂春挑掘,变成荒潭。窃思圩甲深悉田爿坐落,必得指点,方能无误。今顾桂春非但不肯领刈,复将生业租田任意挑掘,是诚何心? 况顾桂春均佃生田,开追在案,显系图霸占结抗图吞①。若不另提惩究,历年佃租,一被霸住,一被占据,赔累何堪! 为此据实禀叩,伏乞〇〇〇②立提圩甲顾桂春到案,着返挑复白田,感德上禀。

　　计开案内
　　顾玉楷佃大富圩三角三分
　　陆锦高佃五分
　　陆锦林子佃五分

《患盗》(旁批:此诗太露,不可存。)

　　年③丰转多盗,世变愈出奇。问盗所由始,请为前致词。官吏讳言盗,盗乃逞所为。甘心质库家,彼聚吾④劫之。其馀厚藏者,日夜相撑持⑤。乘间即攘夺,旁观咸为危。商旅偶不戒,掳掠全无遗。早晚行不得,何况昏黑时。呜呼承平界,破坏何至斯! 我闻郑子产,猛作众母慈。又闻汉诸葛,严刑蜀以⑥治。乱

---

①　"显系图霸占结抗图吞"原为"蓄意图吞",后改。
②　"〇"原文如此。
③　"年"原为"岁",后改。
④　"吾"原为"我",后改。
⑤　"相撑持"原为"群窥伺",后改。
⑥　"以"原为"大",后改。

起小不忍,杀与生相资。必先政刑立①,然后德可施。毋徒事姑息,敬②告贤有司。杜公《村雨》诗"盗贼敢忘忧"句,说得含蓄。

秋、裘、忧、游,《村雨》五律四韵。牢。

《读杜至〈村雨〉诗,有"盗贼敢忘忧"句,忽③触予怀,敬次其韵》

隔岁逢凋敝,今年大有秋。空怀杜陵厦,未展洛阳裘。渤海终多盗,长沙隐抱忧。田园如可弃,拟泛五湖游。

《答陈梁叔》

月之十九日,自黎川归,得悉足下同骈生见过,有失迎迓,抱歉殊深。灯展诵手不及,朱卷一本,知拳拳之私,彼此同之,惜不得把酒论文,作一番畅叙也。闻十一月中,足下在舜湖逗留,极宜专诚奉答。奈此时收租极忙,不克如愿。我辈订交,终④以久要为贵,原不在一时一日见也。残冬风雪多寒,想束装北上,不得不早⑤,务望努力自爱,惠我好音⑥。兹奉薄赆一函,聊为旅人添一软脚筵耳,希笑留之。草此布复,仍候元安。不备。

《实背铭》:"阿翁诗自误,不复诏于庭。矻矻穷年久,毋徒守一经。读书须致用,养性默通灵。朴质何嫌木,多言……"

《与顾访溪》

访溪先生阁下:月杪接诵大作及令弟朱卷一本,具征宏才实学,萃在一门,倾佩之至。极宜为令弟稍事张罗。无如敝乡风俗薄恶,无可与言,此亦时势使然,惟弟心上终觉歉然耳。兹奉薄

---

① "立"原为"树",后改。
② "敬"原为"谨",后改。
③ "忽"原为"有",后改。
④ "终"原为"总",后改。
⑤ "想束装北上,不得不早"原为"不得不束装北上,急宜先行",后改。
⑥ "惠我好音"原为"不胜盻望之诚",后改。

赆一函,望即转致令弟。尊诗奉璧。草此布达,顺请尊安。不宣。

付朱祥法洋钱一百十一元。六大椿中肖两元,如冈一元。

《楼居杂咏》

　　冬暖酿成雨,晓寒飞下[①]霜。最难平气候,且善[②]退潜藏。家事勿关口,吾年渐老苍。惟馀文史癖[③],执卷尚无忘。

　　当日宁都魏,人才聚一门。家承积累厚,峰岊翠微尊。四海为兄弟,千秋当子孙。大名推仲氏,一任盖棺论。时阅魏氏五子文集,叔子文最佳,而无嗣。

　　寂寞名何有,蹉跎[④]岁几曾? 典型及时数,谓辛丑年修谱事。文献尚堪征。今年辑成《分湖小识》六卷。终觉门材俭,徒为乡里称。欲交天下士,我老愧无能。

　　能散始能积,财为造物公。慎毋自封殖,不与世流通。几见破巢子[⑤],空怜足谷[⑥]翁。吾今作庭诰,哀此四民穷。

道光二十四年甲辰,五十八岁。正月二日,忽闻四女兄病在垂危。明日清晨,急往视之,已于昨日辰时寿终。予不觉心为之恸,以诗哭之。初五日清晨成殓,同送者:嗣子、两女及两婿、一甥而已。婿为庞若山、华松琴,甥为庞砚香。八日,梦琴见过,以姚石甫观察莹奉逮入都上刘中丞言别书见示,事在癸卯四月。予即荐人录出记之。二十六日,挈从子清原、儿子兆薰再应玉峰岁试,寓居七塔寺前陈宅。文宗张公名芾,年未及壮。先考新进,江、震、昆、新仍挨在第四场。

---

① "飞下"原为"堆积",后改。

② "且善"原为"却好",后改。

③ "癖"原为"好",后改。

④ "蹉跎"原为"苍茫",后改。

⑤ "几见破巢子"原为"休语绮纨子",后改。

⑥ "足谷"原为"田舍",后改。

吾乡招覆三人：张文璿、朱金相、钱光祖。江邑府试十名、廿名前，除案首外，一概不录，亦异事也。二月十二日，始考府学、长、元、和、江、震、常、昭八学文生。头题：府学、长、元、和：《"法语之言"三句》；江、震、常、昭：《"巽与言"三句》。经题：《筱簜既敷》，诗题：《舞雩归咏春风香得"风"字》。十六日，予挈子侄辈先归。至二十日，始知原侄、薰儿均取在二等。二十四日，阖邑绅士为方明府上匾，招予同往。予先一日入城。清晨，同乃椿从孙晋谒明府，款接温和，俨然一慈父母也。明府名心简，号在庭，桐城人，居官公正。去冬办漕，邻邑倍收，而吴江不加。今春二月中，大兄处有仆妇跌死，报知明府，于十八日相验，二十四日夜间审结，毫不拖累，真善政也，故附记之①。三月初，招昆山周辛峤下帷予家，录清《分湖小识》一书，编成六卷。暇与薰儿伴读②。是月十六日，招同人及从子从孙辈，仍结一文会，一月两期，就正于迮青霞广文，蒙金泽朱霭堂启华亦来与会③。十七日，予率薰儿至吴江，拜从周峙亭先生为师。峙亭榜名省焘，后改嘉福，嘉庆戊辰科举人，前任江宁县训导，今年六十有七，论文娓娓不倦。前见峙亭看本，审题如老吏断狱，毫无遁情，改处如大将登坛，指挥如意④，真射雕手也，故决意命薰儿从之。今年春夏之间，专阅《吕泾野先生文集》，□得即录入《日记》中。六月秒，始得谱经湖北副主考之信，正系仓景恬。七月初八日，四女兄安葬于二十五都里海圩。予以事不往，命兄子兆黄代送。予以诗志之。是月二十三日，薰儿同从子清原、从孙乃桢复应省试，予有诗送之。先是，孙秋伊楷曾订同往，至是以病

---

① "真善政也，故附记之"原为"亦命案中所罕见者也"，后改。

② 原文此后尚有"专攻制艺"一句，作者删去。

③ 原文此后尚有"会至七月十六日止。时在赵田袁午亭家课徒，袁氏子弟受其栽培者居多"几句，作者删去。

④ "审题如老吏断狱，毫无遁情，改处如大将登坛，指挥如意"原为"颇能攻瑕摘颡。每一题有讲究，改处极得春夏之气"，后改。

不赴,予作诗奉慰。八月十五日,老友顾云泉病故,予哭之以诗,并采入《分湖小识》"别录"中。二十一日,原侄、薰儿试船已回。闻金陵水发,场中号舍,低处有水,幸儿辈所坐老号,尚不致沾湿。三场完毕而归。中不中,是有命也。辛峤于七月初十日以父病回去,至是从金陵寄信来云,父病不能远离,所以中止。后闻嘉定县史公聘为记室。《分湖小识》,剩一卷未抄,属丹林续抄之。复属梦仙录一副本,以备同人校阅。吴甥读书,寄在古愚馆中①。古愚课徒,颇能循循善诱,寒暑无间。今年在大兄家课从孙应祉,晨夕聚首,征文考献,于《小识》一书,增订颇多,古所谓笃行士也。故特志之②。九月中,闻江、震两邑南北场共中式十人,可谓极盛。南场中周元圭、徐宝治、□光鉴、金宝忠,北场中周星垣、陈景辂、邵亨豫、杨庆麟、蒯贺荪、顾榆。自分县以来,从未有此盛举也。此外,相识者复有元和陈克家,薰儿同案友;崇明施起麟。其馀知名之士,就一府九县而论,此科最多。予作诗示薰儿,有"学业沉潜久必昌"之句,盖勖其毋事欲速也。十月十七日,闻邱丈昼堂殁于昨夜戌时,予命薰儿同子妇先往,予于十八、十九两日亲往送殓。昼翁居家行事,与予极合,所不同者,崇信佛教耳。予有五排三十韵哭昼翁,述其生平事实綦详,独不及禅家一语,盖别有微意存乎其间,外人未必知也。是月二十一日,忽得脾泄之疾,凡四昼夜而止,幸无寒热,坚持不服药,为中医之说,楼居静养。始得专阅《魏叔子文集》,或每日一卷,或半卷而止,颇有相得处。盖叔子之文,熟于朝章国故,风俗人情□之变,虽短篇尺牍,往往借题发泄,感慨淋漓,令人执玩不能释手。此真有用之文,非空言也。今冬,顾访溪见惠《张杨园先生年谱》二册,一为陈梓所订原本,后平湖方子

---

① 原文此后尚有"自重阳节前始"一句,作者删去。

② "故特志之"原为"予实心契其为人",后改。

春□与访溪重订者也①；一为桐城苏惇元重编，而陈本较详。谱中均载先生之婿尤介伤狎娼毒妻事，阅之令人气忿。然介伤自幼读书，从先生游，补博士弟子员，故以女字之。讵意一变不可收拾，狂悖至此。择婿亦难矣哉！因有感及之。

张见怀

合一百廿千。三月十七。大升。三，七十。

古八十千，每月。十三。十八年十一月期。当小前利八〇。

二加一百廿千，长。十三。十八年四月期。馀收五千五百四十五。

今年收成虽不及壬寅年，而阖邑高低各足，大非去冬光景。惟盗案颇多，当事一味姑息苟且，晦疾忌医，恐难免养疽成痈。予感而作《患盗诗》五古一首。吴江漕粮缓征二分一厘，章程照旧。

《寄慨》

亲朋凋谢岁寒深，寂寞休弹壁上琴。阅世太多难寓目，对人寡合倍伤心。穷冬浊水鱼潜蛰，满地斜阳鸟入林。我欲退藏事幽密，苍茫独立费沉吟②。

《冬日养疴即事》

怡养从容幸岁馀，非仙也自好楼居。听风听雨兼听雪，看画看诗又看书。因病得闲苏玉局，倦游归卧马相如。平生阅历多成世，休忆当年少壮初。

（夹页：《募劝水陆愿单》③

谨启者：各省被难孤魂，惨不忍言。叠蒙江浙两省大建水陆道场，济孤救苦，即所以弭劫消灾。吾镇幸得安堵无恙，衲谨遵各郡邑

---

① "后平湖方子春□与访溪重订者也"原为"前四句及附录一卷是也，后四卷"，后改。

② "我欲退藏事幽密，苍茫独立费沉吟"原为"我欲退藏寻密室，无端倚柱费沉吟"，后改。

③ 按，共有三张，内容相同。

章程,择于明年二月初一日启,至初五日竣。敬念万德洪名,五日设放瑜伽焰口一堂。伏愿诸善士各自发心,或诵佛号,或念经咒,或捐银锭,多多益善,一一书明,在本寺汇集登疏,以资冥用,以保升平。此启。

佛

经

咒

锭

延龄信　　　敬助

咸丰六年　月　日,盛泽镇圆明寺衲道昌叩募。)

陈克家。

《一阳生日作》

郁久终须达,飞灰得气先。重逢建子月,试问[1]老夫年。默数穷通理,全凭剥复天。蜡梅春前早,风雪亦堪怜。

《题弄孙图》

迟暮生孙养易娇,双眉如画倩谁描。义方自有而翁训,爱玩何妨略带骄。

一声堕地已三年,晨夕频垂大母怜。学得乔来终[2]有望,请看我砚及生传。

《西风》

西风摧击利无前,意气全凭土块宣。以杀为生真妙用,欲舒将惨寓□权。冰霜要识冬心苦,梅柳重开腊底天。寄语么麽勿蠢动,乾坤此日正回旋。

---

[1]　"试问"原为"争颂",后改。

[2]　"终"原为"如",后改。

《甲辰①岁暮，复得姚子寿荆州书，先以诗奉怀》

两度音书滞②岁华，故人踪迹尚天涯。客中风雪隔千里③，海内文章剩几家。别久谈心笔难罄，老来会面事犹赊。他年归结沧江伴，尚有馀情共暮霞④。

《答子寿书》

腊月中旬，接奉三月中手书，具悉台从眠食如常，宾主相得⑤，大慰悬念。尊作《日记后序》当即付梓⑥，重印百馀部，以路远不便邮寄⑦，兹复检送一部，以备案头清览，何如？承示杨订《年谱》一册，舍间旧藏亦有此本，曾与顾君访溪商之，尚未定见。故将尊藏一册先行奉缴，以后年谱如有定本，即当寄览，以便校勘耳。别后诗文，毫无可述⑧，惟于辛丑年修成《家谱》十卷，今岁多暇，重辑《分湖小识》六卷⑨，惜不得大手笔一经删定，终觉歉然耳。两书曾费三十年之采访。△年衰多病，儿辈不得不分心家务，学问一道，精进颇难，未识何日稍慰长者之期望耶？吴中年岁尚好，而盗贼蜂起，夜间竟断行舟，殊非佳兆。就近日时势而论，不特贫者日贫，即富者亦贫。田为累事，我辈将何恃而不恐耶？久不相见，略近状如此，先生其何以教我也？专此布复，顺安台安。不一。

---

① "甲辰"原为"今年"，后改。

② "滞"原为"逼"，后改。

③ "客中风雪隔千里"原为"客途留滞动千里"，后改。"雪"旁有"月"字。

④ "他年归结沧江伴，尚有馀情共暮霞"原为"云间吴下无多地，他日过从愿正赊"，后改。

⑤ "具悉台从眠食如常，宾主相得"原为"具悉阁下近状尚好，主人颇厚"，后改。

⑥ "当即付梓"原为"重刻"，后改。

⑦ "不便邮寄"原为"不及寄奉"，后改。

⑧ "别后诗文，毫无可述"原为"别久，毫无善状"，后改。

⑨ 原文此后尚有"拟于来岁梓行"一句，作者删去。

《答姚子枢》

子枢先生阁下:腊月中接奉手教,并得令兄信函及《清献公年谱》一册,欣慰奚似! 并读文郎试艺,清利无前,将来必能脱颖而出,实可喜可贺。今作一札,寄与令兄,便中望即转致为感。外奉书仪两件,希笑留之。馀具令兄札中,不能多及。草此布复,即请年安。不一。

《答何鸿芬》

鸿芬世阮足下:腊月初接到手翰,并姚氏昆季信件一包,均已检入。前晤令兄端叔,知足下行药吴门,书法极工。今阅之,颇似苏髯翁,将来必能成家,可喜之至。兹有信件一包,望即寄与子枢翁,幸勿久留在案头也。草此布复,并候文祉。不一。

泉卿、端叔两令兄,望各致意。

《酿雪》

为云为雨两无心,欲雪天公积暮阴①。纤②入溟蒙飞③点点,密参消息听④沉沉。残冬岁月经⑤磨炼,大块文章伏纵擒。一腊未曾见三白⑥,及时酝酿也成霖⑦。

《守岁》

年年听之去;此去不再来。一。今年且⑧少待,细⑨酌屠苏

---

① “欲雪天公积暮阴”原为“迟暮今朝又积阴”,后改。
② “纤”原为“间”,后改。
③ “飞”原为“留”,后改。
④ “听”原为“漏”,后改。
⑤ “经”原为“工”,后改。
⑥ “见三白”原为“三见白”,后改。
⑦ “及时酝酿也成霖”原为“者番成就却先霖”,后改为“者番功不让甘霖”,后改为“天公蓄意自然深”,后改。
⑧ “且”原为“姑”,后改。
⑨ “细”原为“且”,后改。

杯。二。吾病久止酒,破例今宵开。三。差喜免劝饮,复见孙尚孩。四。欢声杂笑语,意气浮樽罍。五。寸寸烛见跋,□□心未灰。坐久顿忘倦,兴豪那顾衰。六。安知廿年后,不作梁灏才。七。龙头□成属,舍我其谁哉!八。醉后言辄妄,逢人善谐诙。九。惜哉驹过隙,又听鸡声催。十。明年五十八,尚欲兄事梅①。

《新正五日作》

细数阶前②松竹梅,草堂岑寂不须开③。新年败兴多风雨,旧友伤心半草莱。谓云泉、竹堂诸君。人日有谁相忆作,天涯几处合欢杯。故乡幸赖④陈无己,拟欲⑤冲寒访木来。

《人日前一日,有怀诸故人,先以诗寄梦琴》

春到梅花倍可怜,草堂相对思缠绵。江湖一别数千里,云树重看咫尺天。海内故人谁忆我,帙⑥中诗句枉连篇。清寒幸有陈无己,明日亲携访木船。

《答王吉人》

吉人大兄足下:久不相见,契念殊深。忽于岁朝接奉手翰,具悉拳拳之思,彼此同之,并以潜[心]好学,不以小挫小屈稍有介意,足征志大心虚,将来必能远到,我辈预当拭目俟之。仆于去冬⑦本无大病,偶患脾泄,正气大耗,遂致养疴两月有馀,才得下楼。一切取租办赋,不得不命薰儿代为料理,顾此失彼,荒落可知。今春仍命其重理旧业,蒙招约课,得亲名师益友,严□切

---

① "尚欲兄事梅"原为"□告庭前梅",后改。
② "阶前"原为"草堂",后改。
③ "草堂岑寂不须开"原为"离群独立感怀来",后改为"离群独立向莓苔",后改为"离群独立未曾来",后改为"草堂岑寂为谁开",后改。
④ "幸赖"原为"只数",后改。
⑤ "拟欲"原为"尚拟",后改。
⑥ "帙"原为"篋",后改。
⑦ 原文此后尚有"十月中"一句,作者删去。

磋,深合鄙怀。惟同课中若何规条,不知几日交卷,何处□题,大股六番若何看法,望一一示知,以便赴约。此事若得举行,舍间文会可以不设矣。光阴迅速,转盼秋间又逢科试。传曰:"为者常成,行者常至。"愿与足下共勉之。专此布复,并祈为学自重,不尽一一,即候年安。不备。

《题陈鲁斋家庆图》

风俗何以衰,多由伦纪薄。一。《论语》弟子篇,熟读毫无著。二。妄云能治世,半部尽伪托。三。若辈苟致身,患端从此作①。四。其上悖君亲,其下遭民瘼。五。何如草野中,尚有人守恪。六。我乡太丘陈,旧德友②磅礴。七。至今一门内,饶有埙篪乐。八。其季我故交,伯也善谈謔。九。每逢燕会时,群以一斗酌。十。弟劝兄复酬,轰饮不落寞。十(二)[一]。朋欢□无既,内行真不怍。十(三)[二]。我今题此图,随笔任挥霍。十(四)[三]。风世吾何敢,观者勿惊愕。十(五)[四]。

《上元前一日,同梦琴、松巢访问朱升斋之疾,尚能见客接谈,予不觉欣喜过望。是日,霭亭留饮而返》

老矣朱公叔,相违已六年。是月疑若木,君面尚如田。一病消诸妄,多生③赖后贤。谓令似莲卿、莲石。升沉姑弗④问,旧德□绵绵。

慨想竹林游,阿咸出一头。清谈忘尔我⑤,白眼看沉浮。未养千年鹤,霭亭欲蓄一鹤而未果。相逢几队鸥。怜予归思切,风雪满行舟。

熙安大兄足下:献岁发春,诸多吉祥。刻接手翰,若蒙颂祷

---

① "若辈苟致身,患端从此作"原为"悖逆从此起,大患塞寥阔",后改。
② "友"原为"直",后改。
③ "生"原为"男",后改。
④ "弗"原为"勿",后改。
⑤ "忘尔我"原为"遗世界",后改。

之私,彼此同之。并来截出米串,均已收到。所云预撮两忙银条,仆与家兄会商,虽乏另存之项,聊为不时之需①,各凑洋钱三百元,如数奉上,有图书为记,望即检收。外奉舍亲顾、沈两家另折,计由单四户、抄串两户、洋钱五十四元,均系代应之物。统祈原谅,并贺新喜。不一。

《与沈笑山》

　　笑山老姨甥足下:半年不通音问,殊切怀思。时于尊处家报中,询及起居纳福,阖署迎休,稍慰悬念。补经处曾于去年夏、秋之间两次专函驰讯,适以出差在外,未经接到。兹于正月下旬接其来信,始悉教官上下江之分,系春间吏部奏定,并非潘相国事。现任者不能改发,俟有事故,开缺方归本省。谱经向吏部查明,即以彼处回字寄奉,览之可晓然也。足下素抱清廉②,居官俭约,即所入无多,亦可相安③,况前札所云"尚能敷衍过去也"耶?仆于去冬十月中忽患脾泄,缠绵二十馀日,精气大衰,一切取租杂务,不得不命薰儿代为料理。秋间省试归来,坐荒四月,未作一文,未看一书,蹉跎岁月,亦付之无可奈何事耳!以后一年之内,冬间三个月,断不能坐定④;惟春、夏、秋三季,尚可勖其用力,所嫌学不沉潜,文不加进,有负长者之期望耳。六令郎文笔如何?八郎、九郎书尚肯读否?吾党中后起不可无人,全在父师加意栽培。报施不爽,人定胜天⑤,愿与足下共勉之。握别三年,了无好怀,惟今春正月中复得一孙,尚可为知己告。专此布覆,顺请道安。不戬。

---

① "聊为不时之需"原为"屡蒙锦注",后改。
② "足下素抱清廉"原为"足下廉洁冰清",后改。
③ "相安"原为"过去",后改。
④ "冬间三个月,断不能坐定"原为"四个月不得不抛弃",后改。
⑤ "报施不爽,人定胜天"原为"自有实效",后改。

丁未日记一

二月,三月。玉峰岁试。阅《历代名臣言行录》,至卷十二下。伯兄殁于三月十七日卯时。

丁未,老三房值年。

丁未二月初六日(1847 年 3 月 22 日) 考文生诗赋。

初九日(3 月 25 日) 出案。

江:正取四名,次取三名。

周宝琨、金华、汝鸣球、陈钟英;揽香。柳兆薰、张宝善、陈福畴。

震:正取三名,次取五名。

王与湜、铁梅。陈宗群、宣绪,号仙序。王与潘;吉门。蔡召棠、次内。王树年、邱彭寿、李王猷、沈戌生。

柳三太爷台安:

大太爷近日轻健否? 念念。

制顾裕堂顿首。本月廿七日,城中绅士会同各镇,与吴明府上匾,托晚转请光临,勿却。泐此飞布,即请。

每分一元。

二 月

初一日(1847 年 3 月 17 日) 晴。隔夜,率薰儿及邦崇侄孙宿舟中,厥明开船。舟中,阅《况太守集》,不觉风来之逆。抵暮到昆,舟泊南门。入城,寻寓七塔寺前邱宅。三间独灶,连下人七榻,洋钱六元。是夜,仍宿舟中。

初二日(3月18日) 晴,东风极狂。饭后,运行李到寓。午前,部序已定。适子谦、子玖亦来,此番同寓。下午,王梅生、徐仲宝相继来寓。梅生为秋水胞侄,仲宝为山民文孙。是夜,风声如虎,至晓才息。日间,成七律一首:《重至玉峰,寓中迟子谦、子玖昆季诗》。

初三日(3月19日) 晴,时渐热。阅《况太守集》,至卷十三。下午雷作,微有雨。成五律一首:《雨后野望诗》。

初四日(3月20日) 阴,晓寒。阅《况太守集》,至卷十五。况公《示子侄诗》云:"膏腴竟作儿孙累,珠玉还为妻子瑕。"可为我辈子弟作韦弦。未刻,文宗进院。闻先考太属。今日,叶铸堂、绥卿、吴柯亭、戴芝香、陈得珊、周虹桥、顾馨山来过。虹桥欲葬其外祖钱念坡以下两世,闻坡字圩田单抵在予处,托予查明。此事不可不成人之美也。

初五日(3月21日) 晓雨倾盆,顷刻即止。阅长沙顾震涛所著《吴门表隐》一书,共二十三卷。虽无体例,文献可征,亦不可废。卷九载张介祉墓,在潭东,去春曾过其地,傍有瞻云阁,惜已圮。今日,蔡听香、张小海来过。抵暮,张石云、王湘云同来。周星桥亦来过。(页眉:晓雨。)

初六日(3月22日) 阴。晓起,送子玖、薰儿进场考诗赋。辰初封门,较往年却早。阅《吴门表隐》,至卷十四。午前,走候赵海香、孙秋伊,不值。便道答叶铸堂、顾馨山、吴柯亭、陈得珊,馨山不值。中午,与柯亭、得珊茗饮最久。回寓,闻赵海香、张砚香、叶少湘、冯韵堂、朱古馀、沈缙生俱来过。下午,周子心在寓长谈。赵海香复来过,叙谈半刻而去。申刻,放头牌,《先从隗始赋》《赋得忽逢佳士与名山得"华"字》《拟石鼓歌》,赋以"剧辛赵"至"邹衍齐来"为韵。出场后,夜间,与子玖、薰儿辈小阁茗饮。新晤陈宣序,名宗群,欲索予《清献日记》《华野年谱》。后闻盛坚堂亦欲索一部。

（夹页：检出丙午日记来看。）

  初七日（3月23日） 晴。晓起，送子谦进场补考。阅《吴门表隐》。午前，至海香寓中，晤王酉山、赵纯甫、殷选之。回寓，闻吴益甫来过。中午，凌柏川、孙秋伊来寓。下午，吴柯亭、陈得珊来长谈。殷选之表侄来过。子谦出场。今晨文题《是知其不可而为之者与》。经题《有鸣仓庚》。《赋得年年春色为谁来得"来"字》。是日热极，似四月天气。夜半，大风起，天又寒。

  初八日（3月24日） 阴，寒甚。太属、昆、新七学文生进场极早，寅末封门。笔信快者，至天明时可得一篇。较前文宗日出封门，大不同矣。早粥后，同子玖去答吴益甫，晤其兄友学。回寓，成七律一首：《同子玖访吴益甫诗》。午后，雷大作，小雨绵绵，却宜菽麦。下午，至柏川寓中，不值，冒雨而回。申刻放头牌，七县分题。昆：《万物载焉，今夫山》。新：《汤之〈盘铭〉曰"苟日新"》。太：《武王缵太文王之绪》。镇：《"洋洋乎如在其上"两句》。嘉：《知止而后有定》。宝：《宝藏兴焉》。崇：《"敢问"至"辨惑"》。经题：《"桃始华"两句》。《赋得春寒细雨出疏篱得"寒"字》。《圣谕广训》及经不录。是晚大雨，出场者深受泥涂之滑。夜雨，大风，至晓才息。（页眉：号友霞。）

  初九日（3月25日） 阴，寒甚。晓，闻文童诗古入场。枕上得七律二首，一《赠子玖》，一《鹿城即事》，用进退格。重阅《吴门表隐》，至卷十八。中午，天开晴。下午，走候金臞甫，晤严迁堂之侄孙某，谆谆索予初集，惜忘其号。继答王湘云，不值。回寓静坐。薄暮，诗古案已出。江取七人，震取八人。薰儿、子玖，同在其中。十一日覆试。

  初十日（3月26日） 晴。夜半起来，饭罢，送子谦、子玖、薰儿进场，封门不过丑末。今辰二场，考府学、长、元、吴、江、震、常、昭八学。寅初回寓，鸡声喔喔，竟不能寐。阅《吴门表隐》，至卷十九。午后，张石云陪太仓季菘耘来访，予愧未能答也。二牌内，子谦、子玖相继出场。薰儿候至四牌出来。八学题目，府：《"有德"至"有人"》；长：《"有人"至"有土"》；元：《"有土"至"有财"》；吴：《"有财"至"有用"》；

江:《"若有一个臣"至"无他技"》;震:《"无他技"至"其如有容焉"》;常:《"其如有容焉"至"若己有之"》;昭:《"寔能容之"至"尚亦有利哉"》。经:《日夜分,同度量,均衡石》。《赋得下笔如有神得"神"字》。

十一日(3月27日)　阴。晓起,子玖、薰儿进场,诗古覆试。朝粥后,潘启堂、徐恒甫、仲荫庭相继来过。荫庭有时文一卷与薰儿。午前,周少蓉礼来答子谦,予亦旧识,曾以胞侄号谷贻者托荐,年约三旬。少蓉有二兄,仲号吟樵,季号墨卿。中午,冯韵堂复来。王甥补琴、夏蓉山相继来过。午后,刘子显率其徒双洲侄孙来过。下午,同秋伊茗饮。步至半茧园,予与秋伊、子谦问相于孙九皋,却有八九分道理。孙系苏城人,江湖老客,名不虚传,此事亦奇矣哉。薄暮,家中船已来,只好留住一日。子玖先出场,《贫于一字赋》,以"贫原宪,老服虔"为韵;拟苏东坡《黠鼠赋》《秧马歌》,东坡原韵八"齐",二十八句,用柏梁体。《和欧阳公〈沧浪亭怀古〉》《书〈甫里先生传〉后》。往年诗古覆试,不过一赋一诗,此番两赋,真创格也。薰儿因等齐出场,已在灯后。

十二日(3月28日)　晴。长、元、吴三县童生进场,封门极早。午前,命薰儿去答诸亲友,予略置应用之物。是日骤热,在寓静坐。薄暮,耽泉侄及选之表侄相继来寓。今日头场题目,长:《"舜其大孝也与"两句》;元:《"子孙保之"两句》;吴:《"奏其乐"两句》;《赋得李白〈春日燕桃李园序〉得"游"字》。闻头场已进取诗赋者,皆在一等。星桥不考古学,却得一等第二,第一是廪,此番可顶补矣,恭喜恭喜! 诗通场,二题多不明白。

十三日(3月29日)　晴。今晨,童生诗古覆试。阅《吴门表隐》毕。他日得暇,须将有关文献者点出,以备参考。午前,周阆圃来过,询昨日头场贰题,长:《孔子曰"其义"》;元:《其文则史》;吴:《其事则齐桓、晋文》。中午,陈雨亭同汝寅斋来过。下午,命丁大去相面,以试孙九皋,全然不着。可见此事,惟属皮相,亦大不异。秋伊复来,以家信见托,欲转致世珍手,到家即命人送去。薄暮,一等案已出,子玖、薰儿同在取中。今晨,闻赵龙门来过。周阆圃第二,可顶补。

十四日(3月30日) 晴。晓起下船,予先归。舟中,阅《历代名臣言行录》,共二十四卷,浯村朱桓拙存氏编辑。《自序》中引伊川程夫子曰:"闲过日月,即是天地间一蠹鱼,可不自警也哉!"至"汉"卷二上。是日风逆,到家月色已满窗矣。

十五日(3月31日) 阴,寒。较昨天气,相悬两个节候。接到姚春翁、赵静香、殷甥之信。顾煦庵复有信来,兄子兆黄答之。上午,至大兄处,适锦云侄来,取捐田上祭扫之费,予照旧例付之。下午,查清账务,始得稍息。至古愚馆中,蒙以和韵诗见质,携归为之斟酌一番,亦友朋直谅之义。灯下,作札答静香,并与孙啸林。

十六日(4月1日) 晓晴,午后微有雨。至大兄处问疾,大有老熟之态。下午,延曲江调治,用参麦散。及早扶持,或尚可延年过去,否则,其如夏令何?闻朱升斋于昨日身故,明日小殓。乡里称善人,可以此语赠之。惜老病偏枯,大不受用。我辈宝身如宝玉,总以节饮食、减嗜欲为主,可不慎哉!可不慎哉!

十七日(4月2日) 阴。晓起,安排行李。饭后开船。舟中,阅《名臣言行录》,至"汉"卷二下。中午到平,于大女兄灵前设祭,予专诚一拜,殷甥款待极恭。闻赵竹安灵柩已归。竹安于道光壬辰年,以从九品分发四川省效用,至乙巳年,才得补授简州龙泉司巡检,即于明年正月初十日身故。以九品之官,作万里之鬼,名与身孰重?实则两无取焉。是夜,留宿厅楼上。

十八日(4月3日) 阴。晓起,阅《嘉兴徐石卿墓志铭》,是殷谱经所撰,却可看得。饭后,由平川返棹。路过梨里,走候子谦、子玖昆季,蒙招汤小芸来小酌,订定于三月初九日到馆。小芸今年三十有七,举止端正,却无近日浮嚣习气。下午归家,路过西房圩,大兄新营生圹将及告竣。是日,舟中阅《名臣言行录》,至"汉"卷三上。

十九日(4月4日) 阴。晏起。饭后,有贫佃退田事,不惟租米无偿,予反给安厝钱,命其棺木骨墩聚在一处,存殁两便。午前,至大兄处问疾。自服曲江之药，夜得安寝，惟饮食仍不能稍加耳。予劝其急延何端叔，宜及早调治为主。下午静坐，欲改存一诗而不果。灯下，得七律一首：《赵少府挽词》，用陈子昂《送齐少府序》："黄绶位轻，青云望重。""黄绶"二字切少府。

二十日（4月5日）　阴。清明节。饭后，率兄子兆元至北舍港扫墓。始自始祖坟起，至曾大父止。中午，同集锦云侄家中，散福共有四十馀人。适桂轩从孙自玉峰送考归，述及吴江县府案首逆婿沈畜生扣考不入场。此事不必究问何故，即其平日逆伦悖理，视父母妻子为何物，天既劫其财，继复夺其名，庶使悖逆子弟闻之寒心。造化之弄人，亦巧矣哉！予岂幸人之祸？不过借此为炯鉴耳。下午，同耽泉侄至始迁祖春江公墓前相视，临河日渐侵削，大有碍事。侄意欲筑成一石驳岸，约有十二三丈，经费必得二百千文，请予合出。予曰："此义举也。侄肯解囊，予岂不能相助为力也耶？惟侄任其事可也。"遂与定议而归。（页眉：大快事。义事毋推。）

二十一日（4月6日）　晴。晓起，检点香烛、楮锭及祭菜三席。饭后，率兄子兆黄、兆元及应迟孙至先大父、先子、先仲兄三处墓上祭扫。今春二大房轮祭，予代为经理。中午，命两兄子来散福，大兄以病不与，薰儿在玉峰未归。下午洗足，极快，仍事静坐。作一札与潘桂岩，并预作一札与薰儿。

二十二日（4月7日）　阴。晏起。饭后，内子率沈寄女至泮水港，时淡春妇侄复有续婚之事。午前，至大兄处问疾。虽值春寒，尚拥重裘而坐。真阳大亏，我不知何恃而不恐耶？闻廿八日饭后，唤一艄飞船，就医吴门，力劝兄延请何端叔到家，兄坚执不肯。未免视利太重，视身太轻，窃为兄惜之。今午，课迟孙理字二百、理书三页。以后及午而止，予亦无暇终日为之督课也。下午，录清古愚见和之作，其中改易几处，尚有未妥。原本病在一"杂"字，古愚不得志于小试，其病亦在此。甚矣！此道之难言也。曾大父君彩公曾筑绿荫堂，成于乾隆初年，相传匾额、楹帖均系顾国基手笔，不过借王虚舟出名耳。

然银钩铁画,神在欧、柳之间,今之工楷法者,不能过也。查国基,字惟勤,雍正十一年,张文宗岁试入吴江学;乾隆六年,考过一等第四;后遂冥没无闻。甚矣!一乡一邑之传,亦未易言也。堂今归于耽泉侄,为君彩公元孙。君子之泽,已五世矣,难得难得。(页眉:顾国基。)

二十三日(4月8日)　晴。晓起,命人曝衣。饭后,课迟孙理字一百、理书三页。有芦墟曹小圃信来,以旧藏书集及斋额求售,予实无所用之,不能应酬。陈协三表侄孙来,始知芦墟镇上今岁又脱科,可笑之至!里中时文,久无领袖,少年子弟,往往好誉恶直,文未清顺,便欲揣摩考墨,万一县、府试幸列前茅,及至院试,不能入学者多矣,岂独一乡为然哉!作文入手,必得一名师开导,自然投无不利。我家后人,尤宜谨之也。下午,阅《名臣言行录》卷三下,至"巾帼名臣"。《班婕妤传》[1]:"后赵飞燕姊弟皆有宠,谮班祝诅主上。上考问,对曰:'妾闻死生有命,富贵在天。修正尚未蒙福,为邪欲以何望?使鬼神有知,不受不臣至诉;如其无知,诉之何益?故不为也。'上善其对,赦之。"(页眉:近日少年文章,易蹈此弊。)

二十四日(4月9日)　晴。晏起。饭后,课迟孙理字三百、理书一遍。阅《历代名臣言行录》,至卷四"东汉"上。《阴兴传》:"与同郡张宗不相好,知其有用,称其所长而达之。友人张汜、杜禽与兴厚善,以为华而少实,但私之以财,终不为言。世称其忠。"下午,捣马兰头汁,磨去象牙粉,敷在鼻痔上,未知效否。(页眉:《汉书》作"汜"。单方。)

二十五日(4月10日)　晴。晏起。饭后,课迟孙理字三百,以事中止。中午祀先,家祠内补清明节,厅堂下为先大母黄太宜人忌日设祭。下午,阅《名臣言行录》,至卷四上。东汉时亦有刘昆,字桓公,陈留东昏人。《昆传》内有"虎北渡河"事,与《宋均传》内"虎东渡江"

---

[1]　三圈。

事相类,均为九江太守,昆为宏农太守。又,《均传》内有"飞蝗至九江界者,辄东西散去",与《鲁恭传》内"螟不入中牟"相类,恭为中牟令。

二十六日(4月11日) 晴。晓起,嘱潘桂岩饭后赴昆山,大约抵暮可到。至大兄处问疾,身躯一举一动,须人扶持,尚不肯延医到家。予谓兄曰:"身与利孰重?"兄亦默然不语,然骑虎之势,不能复下,奈何,奈何! 午前,课迟孙理字一遍、理书第二回。下午,查清账务,不能展卷。闻震泽新进唐起鸿,即号兰皋,为谱经之妹婿。其家虽属崛起,相传祖若父咸能循谨自好,人有唾其面者,竟不与校,即此一衿,亦征忠厚之报云。《和邱味梅五十初度诗》四首,今日草稿始成,虽无警人之句,却能赠人以言,不作寻常套语,似可存也。

二十七日(4月12日) 晴。晏起。饭后,课迟孙理字三百,第二遍;理书一遍。耽泉侄来,以始迁祖墓前今春向方不空,须至腊底动工。据云,驳岸包出,青石底,金山石盖面,内填石一皮,每丈十一千文,连转角约十四丈。予谓:"此事亦不甚要紧,惟侄家宜早为分析,庶无后言。"侄竟以他语撇开,看来终不肯放手也。下午,阅《名臣言行录》卷五,至"东汉"下。

二十八日(4月13日) 晴。晓起,送大兄至吴门就医,兆黄兄子陪去,予心甚以为不然也。饭后,课迟孙理字三百、理书一遍。中午,沈姨甥从泖水港来,遂留信宿。闻王吉人今年馆于近地钱省斋处,钱亦诸生。沈竹堂一号良甫。

二十九日(4月14日) 晴。晏起。饭后,课迟孙理[字]三百、理书一遍。中午,阅《名臣言行录》卷五,至"巾帼"。《明帝马皇后传》①:"太后曰:'尝观富贵之家,禄位重叠,犹再实之木,其根必伤。吾计之熟矣。'时言者欲请封外戚,故太后为此语。"节录奏议书疏,樊准《请举隐逸选博士疏》:"光武皇帝受命中兴,不遑启处,然犹投戈讲

---

① 三圈。

艺,息马论道。"左雄《请久任长吏疏》^①。事在顺帝阳嘉元年。崔寔《政论》^②:"盖为国之法,有似治身,平则致养,疾则攻焉。夫刑罚者,治乱之药石也。德教者,兴平之粱肉也。夫以德教除残,是以粱肉治疾也;以刑罚治平,是以药石供养也。"下午,薰儿率邦崇侄孙自玉峰归,即命人送邦崇回去,约三月初八日自来。

三 月

初一日(4月15日) 晴。晓起,阅岁案试艺,毕竟以陈雨亭作为杰出,张小海作次之。饭后,课迟孙理字三百、理书一遍。适徐恒甫侄倩为大兄抱病来问,予时有客在座,遂留同饭。下午,阅《名臣言行录》卷六,至"后汉"。薰儿呈阅周香初信,自其甥卢兑庵处寄来。兑庵之弟,今年又新入泮。他日答香初信中,必须道贺。

初二日(4月16日) 晴。晓起,命舟送沈姨甥竹堂至八尺。饭后,课迟孙理字三百、理书一遍。阅《名臣言行录》卷六,至"曹魏"。《王昶传》中有《戒子书》,当与马伏波《戒兄子书》并读。《董遇传》^③:"人有从学者,遇不肯教,而云:'必当先读百遍。'言:'读书百遍,而义自见。'""三馀"读书,亦是遇言。午后,闻大兄就医回,即趋问起居,幸得无恙。端叔应岁试去,就金医诊治,服药尚妥。据云:"浮瞳不可上升,若中宫不满,还可及早调治。"此言非孟浪者。(页眉:董遇读书须百遍。惜无对句。)

初三日(4月17日) 晴。晏起。始携盆兰于中庭。饭后,课迟孙理字四百,第三遍;理书一遍。阅《名臣言行录》卷七,至"西晋"。《杜预传》^④:"预身不跨马,射不穿札,而用兵制胜,诸将莫及。在镇数饷遗洛中贵要,或问其故,预曰:'吾但恐为患,不求益也。'"凡为将

---

①③ 双圈。

②④ 三圈。

者,宜以此为法。《孙登传》①:"嵇康从之游三年,所问皆不答。将别,谓曰:'先生竟无言乎?'登乃曰:'子识火乎?火生而有光,而不用其光,果在于用光;人生而有才,而不用其才,而果在于用才。故用光在乎得薪,所以保其耀;用才在乎识真,所以全其年。今子才多识寡,难乎免于今之世矣!'康不能用,果遭非命。"下午,古愚来,长谈而去。

初四日(4月18日) 阴。晏起。饭后,课迟孙理字三百,书以事停止。午后,阅《名臣言行录》卷七,时有微雨不畅,至"东晋"。《颜含传》②:"桓温求婚,以其盛满不许。惟与邓攸深交。或问江左群士优劣,答曰:'周伯仁之正,邓伯道之清,卞望之之节,馀则吾不知也。'其雅重行实、抑绝浮伪如此。"下午,至大兄处问疾,兼答古愚。夜半,闻雷雨声,惜不畅。(页眉:夜雨。)

初五日(4月19日) 晴。晓起,命薰儿至吴江,先谒周峙亭师,面呈近课试艺;继至吴门,谒周白庵师。钱氏契券、田单附去,竟不责偿,还之可也。闻钱念坡后嗣只有孤孙一人,且在襁褓之中。白庵既肯葬其两世,予亦何惜此区区逋负,必欲责偿,非君子成人之美,即此可以类推。念坡,白庵之外舅,予之从外兄也。饭后,课迟孙理字三百、理书一遍。阅《名臣言行录》卷八,至"伪汉"以下十六国。下午,古愚复以改本见示,非"複"即"褉",总由少讲究之故。予重为之斟酌一番,实不敢负其来意耳。抵暮,顾煦庵复有信来,欲借转洋钱六百元,予即作札却之。

初六日(4月20日) 热气薰蒸,欲雨不雨,似四月天气。饭后,课迟孙理字三百、理书一遍。适内子率四寄女自泮水港归,闻淡春续娶之妇极贤淑,此家人卦中第一吉祥事。下午,以心烦不看书。是夜,雷雨交作,春熟最宜。(页眉:夜雨。)

初七日(4月21日) 阴。晏起。饭后,课迟孙理字六百,第四

---

① 三圈。
② 双圈。

遍。闻含二表兄在大兄处问疾,特走候之。下午,兄子兆黄来,述堂上之病,今晨加重,明日决意去请何端叔。此事予窃忧之。

初八日(4月22日)　晴。晓起,至大兄处问疾,外貌尚清,然内精疲乏已极,将何恃而不恐耶?饭后,课迟孙理字五百、理书一遍。中午,陈思杨、梨里邱送迟孙入学礼来,未免已觉繁缛,此种事总以脱略为贵。下午,仍不看书,静坐。邦崇侄孙先来,今岁在予书房肄业。

初九日(4月23日)　晴。晓起,命舟去请汤小芸。饭后,阅《名臣言行录》卷九,至"前五代宋"。《谢宏微传》①:"宏微少孤,事兄曜如父。宏微口不言人短长,而曜好臧否人物,每言论,宏微常以他语乱之。""子庄,字希逸,有文名。袁淑见而叹曰:'江东无我,卿当独秀。我若无卿,亦一时之杰也。'""庄子朏,字敬冲。宋禅齐,朏独称疾不出。""朏子谖,不妄交接,门无杂宾。有时独醉,曰:'入吾室者,但有清风;对吾饮吾者,惟当明月。'"午前,邱子谦见过。中午,小芸已到,命薰儿接陪。一茶后,命吴甥、迟孙拜师,各具受业门人名帖,送其入学。迟孙识"小""状""到""式"四字。检刻式,四声,方字之未识者补识,约有一千七八百。午后,在养树堂中酌小芸,同席七人:陈古愚、邱子谦及吴甥、邦崇侄孙、予与薰儿也,极欢而散。子谦仍不肯逗留,匆匆而去。是日,赵眉翁复寄《江震人物续志》三册,"补遗·孝友"内陶塈及"未旌列女"内李氏,仍未削去,可叹。

初十日(4月24日)　晴。晓起,至大兄处问疾,略有起色,或者可以扶持。饭后,作札答周香初。潘启堂表侄来长谈,留中饭而去。下午,启堂以陆中丞墨迹册页见示,乃公手书《官箴》三则,言虽激烈,意实深长,不独居官者宜铭诸座右也。后有钱大昕、魏成宪、孙星衍、唐仲冕、李荣、胥绳武、陆蓉、陈文述、杨续时、陈预、张秉锐、刘星轸、陈志宁、吴俊、董国琛、赵曾、贺长龄诸公题跋,张廷济题五律一首,赵希璜题七古一首。拟欲录出,亦征文考献之一端也。

---

①　双圈。

十一日(4月25日)　晓起,微有雨,饭后开晴。至大兄处,闻端叔今晨须至午后到,随录朗夫先生手书《官箴》二则。中午,复接煦庵信,说得情词哀切,令人不得不为之心动,与大兄共凑洋钱五百元,作札答之。适端叔已来,同至大兄卧所诊脉。端叔云:"老年两足浮瞳,实无药可治。勉拟一方,但祈胃气稍增,方可再议调治。"匆匆一两杯而去。下午,袁午亭来,始知书院甄别,悬牌十五日。谈至薄暮而去。

十二日(4月26日)　晴。晓起,至大兄处问疾,仍不轻减。饭后,录出陆中丞手书《官箴》一则,以事辍读。下午,咳呛频频,似有感冒。

十三日(4月27日)　阴。晓起,至大兄处问疾,竟有日增之势,奈何,奈何! 饭后,薰儿同袁憩棠至吴门,去考书院。今日稍健,仍阅《名臣言行录》卷九"五代宋纪"。《虞愿传》:"泰始七年,帝以故第为湘宫寺,备极壮丽。新安太守巢尚之罢还,帝谓曰:'卿至湘宫寺未? 此我大功德。'愿侍侧,曰:'此皆百姓卖儿贴妇钱所为,佛若有知,当慈悲嗟愍。罪当浮图,何功德之有!'侍坐者皆失色。帝大怒,使人驱下殿。愿徐去,无异容。"文帝《与江夏王义恭书》①:"吾于左右,虽为少恩,如闻外论,不以为非也。以贵凌物,物不服;以威加人,人不厌。"应召陈言,录事参军周朗上言,曰:"举天下以奉一君,何患不给? 一体炫金,不及百两;一岁美衣,不过数袭。而必收宝连椟,集服累笥,目岂常视,身未时亲,是椟带宝、笥著衣也。"周朗之言,通篇多有可采。"齐纪",《陆慧晓传》②:"治身清廉整肃。僚佐以下造诣,趣起送之。或曰:'长史贵重,不宜妄自谦屈。'答曰:'我性恶人无礼,不容不以礼处人。'未尝卿士大夫,或问其故,曰:'贵人不可卿,而贱者可卿,人生何容立轻重于怀抱。'终身常呼人位。"字叔明,吴郡吴人。《孔稚圭传》③载两表,极妙。"门无杂宾",亦见《稚圭传》中。"梁纪"。下午,敬侄、松侄、竹侄在大兄处问疾,特来长谈。松侄借《灵芬馆全集》而

---

①②③　双圈。

去,计十八册。是日,属玉生表侄再去请何端叔,所谓极尽人事耳。

十四日(4月28日) 阴。晏起。饭后,至大兄处问疾,谆谆以后事见嘱,不觉为之泪下。下午,周庄诸古愚家送报单来,名文焕,入元和学十二名,系向德之文孙。

十五日(4月29日) 阴。晓起,至南陆庵叩求观音签,一为大兄病兆极凶,一为置办当房不吉。饭后,作札与淡春妇侄,适含二表兄亦来就端叔医。中午,端叔来覆诊大兄之病,明知无益,实难坐视。前方用参麦散,再以附桂及熟地作丸冲服,未知能救急否。下午客去,作好一札与煦庵,为顾、沈两家折数而发。是夜热极,雨声浪浪不止。三更后,风渐起。

十六日(4月30日) 阴。破晓,西风极狂,饭后稍息。走视大兄之病,危在旦夕,断不能延至立夏,此亦事之无可如何者也。下午无事,阅《名臣言行录》卷九,至"陈""隋"二纪。苏威、王通二传①,宜重阅。薰儿考书院已归,文题:《"〈诗〉云'在彼无恶'"一节》。诗题《一院有花春昼永得"春"字》,五言八韵。后闻"君子未有不如此"住,下句截去。是夜,命薰儿住宿舟中,明日往吊吴吾堂,并有信及顾、沈两家折数洋钱五十二元面致煦安。

十七日(5月1日) 晴。夜半后,大兄病势危笃,仅存一息,延至卯时而殁,痛哉!辰后,发出报条,通知亲族。择于十九日未时入殓,二十日受吊一日。予撰挽联二幅,其一云:"平时陶侃精勤,常觉寸阴多可惜;隔岁向平愿毕,退思五岳未曾游。"其二云:"一忍字便能容得世间许多荣辱;三思行未免耗尽生前有限精神。"馀皆陈古愚所撰。

十八日(5月2日) 晴。亲族陆续来吊,惟予与邦崇侄孙应酬。午后,薰儿同朱丹林回来,即以对额铭旌嘱渠书之。是夜,竹淇侄留宿书楼。

十九日(5月3日) 晴。迟孙识字,暂停两日。蒙汤小芸偕古

---

① 双圈。

愚出来应酬,甚可感也。午后,诸事齐集,未时成殓,予不觉大恸。同胞七人,仅存予一人而已。天纵假我数年,骨肉渐稀,虽在人间,殊乏生趣,安能破涕为笑也耶? 是夜,王少吕谈及传神某客,颇能曲肖,惜忘其号,异日拟再询之。

二十日(5月4日) 晴。吊客纷纷,及午而止。分湖司巡检沈公不期而来,年少工书,为樾峰明府之东床。选之表侄,予忘却未报,特来一拜,具征故人之有后。是夜,设五席谢客,亦丧礼之不可废者。

二十一日(5月5日) 阴。至戚皆一饭而去,予亦微疲,不能应酬矣。迟孙识字,复以今日为始,幸无难色。此子尚与读书有缘。今晚,始展阅倪墨侨所书诗册及信函,暇时宜答一信。

二十二日(5月6日) 阴。晓起,阅《名臣言行录》卷十,北魏《太祖道武帝拓跋珪纪》:“置五经博士。问博士李先曰:‘天下何物可以益人神智?’对曰:‘莫若书籍。’”《高允传》①:“魏主问允:‘万几何者为先?’允曰:‘臣少贱,惟知农事。若国家广田积谷,公私有备,则饥馑不足忧矣。’时魏多禁封良田,故允及之。”《韩显宗传》,为中书侍郎时,上书多有可采。内“古者四民异居”一段,尤足令人警醒。《李彪传》,彪上封事内,有“擢其门才”“引令赴阙”“随能序之”等语,是“门才”二字之见于史者。《杨椿传》②:“不听,与势家作婚姻。”又:“吾兄弟在家,必同盘而食。若有近行不至,必待其还。亦有过中不食,忍饥相待。吾兄弟八人,今存者有三,故不忍别食也。”言多至性。

二十三日(5月7日) 阴。晓起,成挽诗四首,盖为大兄而作。饭后,阅《名臣言行录》卷十,至“北齐”,只载三人,以《王晞传》③为最佳。《周纪·苏绰传》④为诏书六条,多有可采。“为人君者,必心如清水,形如白玉。”又:“语曰:‘官省则事省,事省则人清;官烦则事烦,事烦则人浊。’”又:“圣人之大宝曰位,何以守位曰仁,何以聚人曰

---

① 三圈。
②③④ 双圈。

财。"《韦夐传》："宣帝问立身之道，对曰：'俭为德之恭，侈为恶之大。'"下午，查清另折粮米及预完两忙银数，以便入城了结其事。

二十四日(5月8日) 晴。晓起，适南一来，闻将至松江府署中，便道见过。各出近诗，互相质正，一饭而去。午前，命人至姚家埭，问含二表兄之疾。午后回来，今晨就医吴门，病亦稍退，实慰予心。下午，改存大兄挽诗五首。闻周庄新进木肇晋，今日芹樽设席极恼闹，予送《江震人物续志》一部、古碑一则。

二十五日(5月9日) 阴。晏起。饭后，安排行李，今夜将住宿舟中。阅《名臣言行录》卷十一上，至"唐纪"。《傅奕传》①辟佛一疏，实开韩公之先。《姚崇传》②上言佛图澄不能存赵，鸠摩罗什不能存秦，齐襄、梁武，未免祸殃。遗令曰："昔周毁经像而修甲兵，齐崇塔庙而驰刑政，一朝合战，齐灭周兴。汝曹勿效儿女子终身不悟，追荐冥福。"中午，顾煦庵专足来请廿七日为吴明府上扁，此亦应酬中之不可却者。

二十六日(5月10日) 阴。晓起开船，饭于舟中。阅《名臣言行录》卷十一下，至"唐"。如杜景俭、陆象先、卢怀慎三人传中，宜摘出几段，或几句。中午到江，先至峙翁处，以薰儿近课三篇质正。考作一文一赋，已看好。继至煦庵处，了结银米找头讫。复至鹤田老友处，询及监生报身，故须至南礼房，监单尖角上，自注细书某人故照，以便截角记认。旧费四百廿文。监生丁艰，如匿不报，本人杖一百，详革，此事极重③。旧费七百文。本人出一禀词。今何清泉所办一身故、两丁艰，一洋半，所费不多。下午，出北门，至徐氏梦生草堂，登丰草亭，百年花木，郁然可观，惜少倾圮耳。时孙秋伊课徒其中。据述，今年恩贡，由学台以贡卷知礼部，复由礼部转详吏部，以州判用。今欲改就教谕，未知所费若干、贡照须要呈验否？烦便中问诸谱经。

<hr>

① ② 三圈。
③ "极重"原为"不可不报"，后改。

秋伊复同予至大悲殿,登挹秀阁,湖山胜景,踊跃而出,尤于菜花时节为宜。予与秋伊凭眺最久,至日暮时才分手。此景朱霭亭曾为予言之,今霭亭楹帖犹存,不胜人琴之感。

　　二十七日(5月11日)　晓起,微有雨。阅《名臣言行录》卷十一下,至"唐"上。《辛替否传》①谏营造佛寺一疏②,辟佛而不毁佛,甚得臣子立言之体。饭后,同人咸集于文昌宫,为吴明府上匾,取"慈和均被"四字。明府曾任震泽县,故云。新识者:本城邱浚川,今年新进名鸿之父;金仰山,即谢塘之长君;盛泽仲子仙;梨里沈月帆,即愚亭之季弟。吾乡惟予与迮青霞两人而已。金养恬,八年不聚首,尚能识予,特来应酬。此深于世故者之所为,予亦不能落落也。中午,事毕即返,放舟至吴门。下午入城,寓司前世德堂,主人已换田老三,每夜每客卅五。闻昨日书院考案已出,即至院前看案。薰儿取在八十九名,尚可望内课,故作札命渠上来。是晚,董梦兰同朱瘦人来寓。

　　二十八日(5月12日)　晴。晓起,记昨阅《张九龄传》③上言"六合元元之众,悬命于县令,宅生于刺史"一段,是宰相治天下之本。卷十二上《李泌传》④:"上曰:'建中之乱,术士预请城奉天,此盖天命,非杞所致。'泌曰:'天命,他人皆可以言,惟君相不可言。盖君相所以造命也,若言命,则礼乐刑政皆无所用矣。'"饭后,走候袁渔溪,相遇于全福堂。述松巢在山东路上为大雨所阻,轴坏驴疲,不及打尖,主仆露处一夜,饥寒交迫,真大苦事,幸行李无恙。安知非天之摩厉人材也耶? 今春忽得一子,予为之一惊一喜。中午,欲游沧浪亭,以抚军宴客,不能入门,废然而返。下午,阅《陆贽传》⑤,言能感人,我于宣公奏议益信。途遇刘半溪,邀予至馆中,今在柳之文家课徒。黄昏,费老玉来寓,同去茗饮、长谈。

　　二十九日(5月13日)　晴。晓起,刘半溪来过,予适他出,不

_____

①②　双圈。
③④⑤　三圈。

遇。阅《名臣言行录》卷十二下"唐",柳公绰、公权两传①,宜三复读
之。饭后,至孔夫子巷,候杨芸士。时董梦兰下帷其家,课其八岁孙。
谈及《国朝文征》,专刻吴枚庵所选,南一所续,竟成画饼矣,可见与人
共事之难。芸士曾于五年见之,意兴颇浓,今兹相聚,无复曩时颜色
矣。予一茶而返。欲候履卿而不果。下午,薰儿已来寓,决意命船回
去,并作一札与丹林。

（夹页：

余从祖赓仲先生病痞四年矣,而饮食不减,食可倍人,且必肥醇。
忽股中痛殊殆,延医莫效。后吴江张石顽先生诊治,曰:"是为胃气壅
塞,虫与腻积为患也。幸真元不甚惫,□下之。"乃用大黄雷丸两味,
服五日后,大泻,多如鱼脑,或如烂肺,赤白不等,半月乃愈,而痞亦从
此告止。古人云:"甘脆肥脓,腐肠之药。"良不诬也。而张君之医,可
谓神矣。张君名璐,字路玉,又字路公,号石顽。少好剌术,壮乃折节
读书,好为诗,得七子遗习,有《石顽吟草》四卷。医最有名,所著有
《医通》十六卷、《本经逢原》四卷、《诊宗三昧》一卷、《伤寒缵绪论》四
卷。康熙乙酉,圣祖南巡,子以柔恭进,得旨留览。其《医学编》有云:
"夫得心应手之妙,如风中鸟迹,水上月痕。苟非智慧辨才,乌能测其
微于一毫端上哉?"诚为医之妙谛。识此,用告世之医者。（页眉:□
文下有□五字,确□可考□之。）

右录《续明斋小识》一则,系青浦诸亩香名联所著。

丁未六月三日,鸿舫属弟石根录。

《分湖小识》底稿 十一本。）

---

① 三圈。

丁未日记二

四月，五月。《历代名臣言行录》自卷十二至二十三卷上。

四 月

初一日(1847年5月14日)　晴。晓起，阅《名臣言行录》卷十二下。"掺绿""杜黄裳"，见潘炎妻刘氏传。饭后，袁渔溪、凌古泉来寓，复同去茗饮最久。中午，率薰儿游沧浪亭，途遇张梦莲。梦莲考正谊，覆在四十名。下午，梦兰复来长谈，述及芸士之令子号柯亭，诸生，去秋曾出房。

初二日(5月15日)　晴。晓起，送薰儿至抚院署中覆试。晤周庄戴子式、昆山周星桥。辰刻回寓，阅《名臣言行录》卷十三，至"后五代·后周"。《周行逢传》①："其婿唐德求补吏，行逢曰：'汝材不堪为吏，吾今私汝则可矣。汝居官无状，吾不敢以法贷汝，则亲戚之恩绝矣。'与之耕牛、农具而遣之。"(冯)〔冯〕道对明宗语，亦有可取。午前，杨芸士来答，一茶而去。下午，重游沧浪亭，得一绝句云："能遗身世尽鸿毛，胜地何妨满径蒿。一面湖光三面石，绿阴围住一亭高。"回寓，薰儿已出场。文题《清斯濯缨，浊斯濯足矣》，《赋得倚树听流泉得"清"字》。袁渔溪复来长谈。

初三日(5月16日)　晴。晓起出门，饭于阊门外。中午，挈薰儿至大生桥，在宝元馆中观剧，予不觉为之泪下。思伯兄一生，年过花甲，从未一至快乐场中陶写性情，虽自苦乃尔，未知子孙果能记得

---

①　三圈。

否也。抵暮,至万年桥,家中船已来。冬米存出。即命薰儿住宿舟中,明日早开,必须到家。今日往还,予幸尚不至告疲。灯下,老玉复来长谈。

初四日(5月17日) 阴。晓起,至府东小桥头,答袁渔溪。蒙示曹注钟奏章,所言切中时弊。携归,拟嘱人抄出。复至圆妙观中,寻嘉善朱瘦人,不值。中午,饭于馆中。回寓,渔溪复来,谈及太仓钱宝青办粮有七千馀石,去冬正供之外,复贴还掷费每石洋钱两元二角,大受严刺史之抑勒。闻往年正米,每石折色不过两元一角。钱尚如此,其他浮收,真不待言,可叹!下午,至万年桥万春栈内,晤张竹江、雪斋昆季及小六侄孙,遇雨而返。

初五日(5月18日) 晴。晓起,借阅《两般秋雨盦随笔》,共书八卷,系钱塘梁绍壬应来所辑,考古论今,事多解颐。饭后,买一小舟,游山塘,登虎邱仰苏楼,已被当道封闭,山寺坍塌者多,不堪寓目。回至白公祠,亦非十年前光景。下午,买一建兰而返。

初六日(5月19日) 晴。晓起,阅《秋雨盦随笔》,至卷四,有梁君悼亡自撰挽联,极真挚可颂。饭后不出门,收拾行李,专候船来。下午船来,不及开,仍宿寓中。

初七日(5月20日) 阴。晓起,梦兰复来,欲附舟至同里。予以今日先过吴江停泊,不便辞之。午前开船,下午到江。命仆先至峙翁处,取回看本。予至朱局,谈定给照一事,每张三洋之外,复总加一洋。以日晚,不及解维。灯下,阅峙翁改本三首,不肯一处放过,真名师也!(页眉:文期第一。)

初八日(5月21日) 晴。晓起开船,舟中阅《秋雨盦随笔》,已一一过目,大约后不如前。午前到家,春花尚未登岸。下午,命仆扫除一室芜秽,心目为之一快。

初九日(5月22日) 雨。晏起。饭后,查清出门以后账务及去冬今春银粮底数,一一书明,以备检查。下午静坐。

初十日(5月23日) 晴。晏起。饭后,至姚家埭,问含二表兄之病,尚未就瘥,神气言论,幸无大谬,可望起来。留中饭而归。下午静坐,偶参苏门孙征君语,题常熟马子琐《空空如也图》,语见《秋雨盦随笔》卷五第五页中①。

十一日(5月24日) 晴。晏起。饭后,命舟送汤小芸至梨里,约十五日去载。命邦崇侄孙为迟孙每日代理熟字,予重校《分湖小识》一书,将命人写样也。下午,命人驱逐麻爵,虽毁巢破卵,有所不顾。爵逐燕,据其巢;人驱爵,毁其巢。甚矣,小人之为害,深矣!昨接蕉如婿信,约是月廿六日来载晚大小姐。薄暮,叶曲江特来谢吊,予以出门辞之。前初五日有母之丧,予命薰儿往吊。

十二日(5月25日) 晴。晓起,以题目示薰儿:《性相近也,习相远也》《赋得诗书敦凤好得"敦"字》。饭后,有朱、吴两书客来,携岳刻《左传》,系陆稼书先生批本;《东林列传》,亦有人批过。两书可称善本,惜索价太昂而止。置吕晚村所辑《质亡集》八册,价四千六百五十文,以备薰儿流览,计文四百八十七篇,共七十六家。下午,微有雨。吴四甥来长谈。接沈缙生信,明日以事不来。虽非至诚,尚可周旋过去。(页眉:文期第二。)

十三日(5月26日) 阴。晏起。饭后,校阅《分湖小识》,至"未旌列女"。适陈梦琴家送四姨甥女文定至,两媒:一陈古愚,一为梦琴之侄陈古缘,即晋美之子。中午,同席于养树堂,清谈小酌,脱尽世间俗套。下午,古缘同盘船回去,古愚仍到馆中。

十四日(5月27日) 阴。晏起。饭后,校阅《分湖小识》毕,尚多差误处。下午静坐。

十五日(5月28日) 阴。晓起,命薰儿出吊曹理和。饭后,命舟去载汤小芸,复将《分湖小识》副本校阅一过。接秋伊所寄《泂溪道

---

① 查《两般秋雨盦随笔》卷五,有"孙征君语"条:"苏门孙征君钟元先生奇逢尝题壁云:'人生最系恋者过去,最希冀者未来,最悠忽者现在。'此三语真世人药石也。"见梁绍壬《两般秋雨盦随笔》,上海古籍出版社,2012年,第176页。

情》一册,内有便简。午后,小芸已到馆。闻江、震迎送,有五月初二日之信。偶阅《历代名臣言行录》卷十四,北宋诸臣。《陈抟传》[①]:"尝自规曰:'优好之所勿久恋,得志之处勿再往。'尝戒种放曰:'名者,古今之美器,造物者深忌之。天地间无完名。'"(页眉:陈抟之言,可三复。)

十六日(5月29日)　晴。晏起。饭后,作好一札与子谦,明日子妇欲率远孙至梨里。阅《名臣言行录》卷十五。《韩琦传》[②]:"庆历中,与希文、彦国同在政府,上前争事,议论各别。下殿,不失和气,如未尝争也。常言:'保初节易,保晚节难。'故晚节事事著力,所立特全。"《富弼传》[③]:"家居一纪,年八十,书座屏云:'守口如瓶,防意如城。'"下午静坐。

十七日(5月30日)　晴。晏起。饭后,录清去秋倒单局收办粮底数及推出之粮,于置产簿上一一注明,此事断不可糊涂。下午静坐。偶阅《历代名臣言行录》卷十五。《欧阳修传》[④]:"学者求见,所与言未尝及文章,惟谈吏事,谓:'文章止于润身,政事可以及物。'常曰:'以纵为宽,以略为简,则政事废弛,而民受其弊。吾所谓宽者,不为苛急;简者,不为繁碎耳。'"梨里船回,会场仍无音信。(页眉:欧公名言。)

十八日(5月31日)　晴。晓起,以题目示薰儿:《"夫子时然后言"至"人不厌其取"》,《赋得林园无世情得"园"字》。上午,倒单局收,已一一注清。昨夜,梦口齿落尽,有骨肉分离之兆。予旧冬抱大女兄之憾,今春伯兄忽又去世,同胞七人,惟予在焉。或亦心之所感,应在梦中,未可知也。中午,作好一札与沈笑山。下午静坐。(页眉:文期第三。)

十九日(6月1日)　阴。晏起。饭后,薰儿呈阅课艺,尚清楚。振凡侄孙自芦墟来,闻沈愚亭南宫捷音,于十七日夜间报到家中。皇

①②③④　三圈。

天不负苦心人,我于愚亭益信。下午,命工修一露台,约有十洋之费。因举汉文帝不肯筑露台,督告迟孙,万事总以崇俭为主。文帝惜百金之费,罢作露台。事见《纪》后一赞中。

二十日(6月2日) 雨。晏起。饭后,嘱丹林将《分湖小识》字数检点一过,以便付梓。前集诗稿八卷,删存四卷,亦思刻过。午前,阅《历代名臣言行录》卷十五。《范镇传》①:"字景仁。青苗法行,镇上疏曰:'民犹鱼也,财犹水也。养民而尽其财,犹养鱼而竭其水也。'疏五上。以户部侍郎致仕,表谢略曰:'愿陛下集群议为耳目,以除壅蔽之奸;任老成为腹心,以养和平之福。'天下闻而壮之。少时,赋《长啸却胡骑》。晚使辽,辽人相目曰:'此长啸公也。'"《司马光传》②,其论青苗之害,反覆数千言,可谓明白晓畅,其如神宗不悟,何也?下午,计《分湖小识》字数,共五万四千五百八十六个,序文、目录,皆在其中,约费刻资五十千文。闻青浦熊其光今科连捷,此人相传颇有干济才,未知能出于正否?(页眉:善譬,入人者深。司马光、范镇两公传文宜重读。)

二十一日(6月3日) 晚晴。晏起。饭后,率薰儿至兄子兆黄处。伯兄没后,已届五七之期,今日婿家上座亭。午前,竹汀倪婿一人来,设荤肴一席,糕两盘,于座前拜祭。予以一揖谢之。中午,同席四人:竹汀父子、予与薰儿也。下午客去,接子谦答信,颇周到。昨寄笑山之信,交于大郎手。

二十二日(6月4日) 晴。晏起。饭后,录清前刻自序,列在卷首,照《初》《有学集》及近时灵芬馆刻式。卷首新以"养馀斋初集"编次,自一卷至四卷止。阅《历代名臣言行录》卷十五下。《傅尧俞传》③:"字钦之。厚重寡言,遇人不设城府,人自不忍欺。司马光谓邵雍曰:'清、直、勇,人所难兼,吾于钦之见焉。'雍曰:'钦之清而不

---

①② 三圈。
③ 双圈。

耀,直而不激,勇而能温,是为难耳。'"《范纯仁传》①:"字尧夫,文正
公次子。既相章惇,疏奏,遂落职,徙知随州;明年,永州安置。时因
疾失明,闻命怡然就道,诸子冀得免行,纯仁曰:'有愧心而生者,不若
无愧心而死。'尝曰:'吾生平所学,得之"忠""恕"二字,一生用不尽。'
每戒子弟曰:'人虽至愚,责人则明;虽有聪明,恕己则昏。人能以责
人之心责己,恕己之心恕人,不患不至圣贤地位也。'弟纯粹在关陕,
虑其于西夏有立功意,与之书曰:'大辂与柴车争逐,明珠与瓦砾相
触,君子与小人斗力,中国与外邦较胜负,非唯不可胜,亦不足胜;不
唯不足胜,虽胜亦非也。'亲族有请教者,曰:'惟俭可以助廉,惟恕可
以成德。'"下午静坐。往阅《通艺阁诗录自序》云:"抑近儒昆山顾氏
炎武有言:'士一称为文人,即不足观。'"近阅《名臣言行录》卷十五下
《刘挚传》②:"教子孙先行实、后文艺,每曰:'士当以器识为先。一号
为文人,无足观矣。'"则此文人一言,不自顾氏始矣。(页眉:三德能
兼清、直、勇。尧夫有圣贤学问,人但知其功业,则浅已。引用多遗
漏。刘挚语,又见《福寿全书》"诒谋"一门。第九册。)

　　二十三日(6月5日)　晴。晓起,以题目示薰儿:《"故君子名
之"至"必可行也"》《赋得白云抱幽石得"幽"字》。午前,阅《历代名臣
言行录》卷十五下。《邹浩传》③:"所与游田昼、王回,皆良士也。"
"昼,阳翟人,与浩以气节相激厉。邸状报立后,昼谓人曰:'志完不
言,可以绝交矣。'浩得罪,昼迎诸涂。浩出涕,昼正色责之,曰:'使志
完隐默官京师,遇寒疾不汗,五日死矣。岂独岭海之外能死人哉?愿
君无以此举自满,士所当为者,未止此也。'浩茫然自失。"《邵雍传》
④:"熙宁时,行新法,或投劾去。雍曰:'此贤者所当尽力之时。新法
固严,能宽一分,则民受一分之赐,投劾何益耶?'疾亟,程颐就之诀,

---

① 　四圈。
② 　双圈。
③④ 　三圈。

雍曰：'面前路径须令宽，路窄则自无着身处，况能使人行也？'""安乐窝"亦雍故事。《徐积传》①："字仲车。为文率用腹稿，口占授其子。"十五卷以前，乃宋八朝事迹；十六卷以后，乃中兴四朝事。前为朱子所编，后为李氏原本。下午静坐，嘱丹林写好《和邱味梅五十初度诗》笺，工整有馀，惜少苍劲，总由平素不肯临帖耳。（页眉：文期第四。习见语，易忘出处。徐积为文多腹稿。）

二十四日(6月6日)　晴。晓起，薰儿呈阅课艺，极欲发挥，胸中终少数百卷书耳，故说来未畅。饭后，吟老来，述含二表兄之病，仍不松动，恐防老熟。阅《历朝名臣言行录》卷十六上。《洪皓传》②："退见秦桧，语连日不止。桧不怿，谓其子适曰：'尊公信有忠节，得上眷。但官职如读书，速则易终而无味，须如黄钟、大吕乃可。'"《朱弁传》③："正使王伦归，以弁送徽宗大行之文为献，其词有曰：'叹马角之未生，魂消雪窖；攀龙髯而莫逮，泪洒冰天。'帝感泣，官其亲属五人。"《张叔夜传》④，擒降宋江事甚易。《杨邦乂传》⑤："字晞稷。少处郡学，目不视非礼。同舍欲堕其守，拉之出，托言故旧家，实倡馆也。酒数行，倡女出，邦乂愕然，疾趋还舍，解其衣冠焚之，流涕自责。"下午无事，与北寺僧闲谈，极赞金小山之为人。前世一小沙弥，故临殁时，拜辞父母，颇能知往知来。（页眉：此喻亦可取。可谓有守。）

二十五日(6月7日)　雨。晏起。饭后，查清账务，不看书。下午静坐。阅《历代名臣言行录》卷十六下。《韩世忠传》⑥，见"莫须有三字"一段。《吕本中传》⑦："学者称为'东莱先生'。《童蒙训》中有曰：'当官之法，惟有三事：曰清、曰慎、曰勤。知此三者，则知所以持身矣。'"读宋南渡以后诸臣传文，惟岳飞一传⑧，令人呜咽不能自已，"莫须有"三字，互见此传中。

---

①④⑦　双圈。
②③⑤⑥　三圈。
⑧　四圈。

二十六日(**6 月 8 日**)　阴。晏起。饭后,重检《宋史》三百六十五卷《岳飞传》读之,"或问天下何时太平,飞曰:'文臣不爱钱,武臣不惜死,天下平矣。'"此四句,《名臣言行录》中删去。死时年三十九。子云,养子,年十二,从张宪战,多得其力,死年二十三。《刘锜传》①:"兀术怒曰:'刘锜敢与我战,以吾力破汝城,直用靴尖趯倒耳。'"卷十七"外集",《程颐传》②:"尝言:'无功泽及人,而浪度岁月,晏然为天地间一蠹。惟缀缉圣人遗书,庶几有补耳。'"下午,题《空空如也图》,以践常熟马子玙之约,即嘱丹林书之。

二十七日(**6 月 9 日**)　晴。晓起,命圬者修葺墙屋。昨夜,一墙上无端自坏,急宜砌好,已近黄梅故也。饭后,阅《历代名臣言行录》卷十七"外集"。《吕希哲传》③:"公著长子。公方十馀岁,内则父母教训之严,外则焦先生化导之笃,故公德器成就,大异众人。尝自言:'人生内无贤父兄,外无贤师友,而能有成者,少矣!'"《胡安国传》④宜重读。《朱熹传》⑤亦宜重读。下午静坐。

二十八日(**6 月 10 日**)　晴。晓起,以题目示薰儿:《"信乎朋友有道"至"不信乎朋友矣"》《赋得怀新道转迥得"新"字》。饭后,重阅《宋史·朱熹传》⑥,在四百二十九卷中,未免太烦,不若录中之简要。《吕祖谦传》⑦:"少褊急。一日,诵孔子言'躬自厚而薄责于人',忽觉平时忿懥涣然冰释。朱熹尝言:'学如伯恭,方是能变化气质。'"下午,叶曲江为嫂氏看病而来,见予叩首谢孝,盖为其母夫人前日受吊故也。即于大兄座前补吊,皆礼之不可废者。闻今年南宫报捷时,有中式宛平籍沈桂馥,误传沈桂芬者,究不知桂馥为谁。曲江因谈及沈桂芬之为人,不特文章华茂,抑且器度端凝,将来必大发、成大器也。此等可称佳子弟。灯下,毛律簧又言曲江之孝于母亲,自少至老,久

---

①③　双圈。
②④⑦　三圈。
⑤⑥　四圈。

而益笃,最为难得。母夫人系毛氏,故信其言不谬。(页眉:文期第五。刻查《会试录》,沈桂馥,顺天籍,七十九名。)

二十九日(**6 月 11 日**) 风又雨,恰好黄梅天气。饭后,薰儿呈阅课艺,通体尚属妥适。是题施愚山先生曾有一篇,选在《国朝文醇二集》中,系乾嘉之间黎里蒯氏所选刻二宜楼课本。顷检读之,说得至情切理,婉约多风,真射雕手也!午前,作好一札与峙翁,计文六篇、诗六篇。阅《历代名臣言行录》卷十八"续集"上。下午风雨,闭门作诗,得七律一首。

三十日(**6 月 12 日**) 晴。晏起。饭后,先友书田之第三子鸿芬来候,并以乃侄光藻新入学喜单、试草送来。予留小酌,畅谈久之。书田尚有幼子二,咸习举业,年已弱冠,成婚;惟两女未嫁。田园不足恃,鸿芬仍习旧业,寓在平望,以一月七八为期,亦生计之不得不然者也。下午始去。春翁去春二月中一信及《和陶诗》一册,近始接到,夏间不可不答。今午,接姚家埭报条,含二表兄于今晨卯时寿终,择于五月初二日成殓。明日不可不先去探丧。

五 月

初一日(**6 月 13 日**) 晴。晏起。饭后,至姚家埭,含二表兄灵前一拜。死生长别,殊难为怀。午前即返。舟中,阅姚春翁《和陶诗》两卷,处处留自己性情面目,不肯依旁他人,诗之佳处在此。下午静坐,作诗答何鸿芬,成七律二首。

初二日(**6 月 14 日**) 雨。晓起,命薰儿至姚家埭,送含二表兄入殓。饭后,命丁仆洒扫养馀斋。连月为燕泥所污,今日乳燕多飞出去,毁其巢,全其卵,亦仁者所宜爱及也。午前,阅《历代名臣言行录》卷十八"续宋"上。《刘光祖传》[①]:"人对,论人主有六易、六难,其言皆直捷痛快,上为之悚然。"下午静坐。

---

① 三圈。

初三日(**6 月 15 日**)　晴。晓起,作札与淡春妇侄,米串附缴,以清其事。饭后,阅《历代名臣言行录》卷十八。《罗点传》①:"上封事,谓今日'无所可否,则曰得体;与世浮沈,则曰有量;众皆默,己独言,则曰沽名;众皆浊,己独清,则曰立异。此风不革,陛下虽欲大有为于天下,未见可也'。"又言"君子得志常少,小人得志常多"一段,最说得明白晓畅。《黄裳传》②奏疏更觉明白条达,与罗点齐名。《吕祖俭传》③:"祖谦弟,公著之孙。尝言因世变有所摧折,失其素履者,固不足言;因世变而意气有所加者,亦私心也。"《真德秀传》④:"因经筵侍上,进曰:'人主以一心而受众攻,未有不浸淫而蠹蚀者。惟学可以明此心,惟敬可以存此心,惟亲君子可以维持此心。'"《赵方传》⑤:"知青阳县,告其守史弥远曰:'催科不扰,是催科中抚字;刑罚无差,是刑罚中教化。'人以为名言。"下午,收拾书籍,几被蠹损。

初四日(**6 月 16 日**)　阴。晓起,吴门喜墨斋陆松亭同吴楚翘来。时予将刻《分湖小识》,先属楚翘来写样。午前,阅《历代名臣言行录》卷十八。《李燔传》⑥:"尝曰:'凡人不必待仕宦有位为职事,方为功业,但随力到处,有以及物,即功业矣。'"此真读书有得之言。《李方子传》⑦:"初见熹,熹曰:'观子为人,自是寡过。但宽大中要规矩,和缓中要果决。'方子遂以'果'名其斋。"《陈埙传》⑧:"史弥远当国,埙上封事,弥远召谓曰:'甥何为好名?'埙曰:'好名,孟子所不取。然求士于三代之上,惟恐其好名;求士于三代之下,惟恐其不好名耳。'因力请外。"下午静坐。今晨,薰儿文期。题目:《千岁之日至,可坐而致也》《赋得漠漠水田飞白鹭得"飞"字》。薄暮,检阅储在文"千岁之日至"一句文,气笔健,数典以精意运之,便觉千古常新,真老手也。薰儿此种题,本非得手,不过欲得先生之改本耳。峙翁动笔,必有可

①②⑤　三圈。
④　　四圈。
⑥⑦⑧　双圈。

观。（页眉：文期第六。）

　　初五日（6月17日）　雨。晏起。饭后，查端午故事之在人耳目，以示迟孙。午前，阅《历代名臣言行录》卷十九。《陈元桂传》①："累官知临江军。元兵至，死之。初，亲戚有劝其移治者，元桂曰：'时事如此，与其死于饥馑、死于疾病、死于盗贼，孰若死于守土之为光明俊伟哉？'"此言真看得清。中午祀先。小酌汤小芸于养树堂中。下午，弟子放学半日，予亦略有酣意。

　　初六日（6月18日）　晴。晓起，料理家务。饭后，命薰儿至赵田，候松巢，闻于初三日到家。阅《历代名臣言行录》卷十九。《赵昂发传》②："咸淳十年，通判池州。有问以提身之道，昂发曰：'忠义所以提身也。'元兵薄城，昂发晨起，书几上曰：'君不可叛，城不可降，夫妻同死，节义成双。'遂与妻雍氏同缢死从容堂。昂发始为此堂，名以'从容'。及兵遽，指其扁示客曰：'吾必死于是。'古人谓：'慷慨杀身易，从容就义难。'盖其兆也。"昂发字汉卿，昌化人。《文天祥传》④宜重读，观其对博罗之言，堂堂正正，千载下如謦咳之声。下午静坐。昨阅周虹桥覆薰儿信，甄别覆试，外课取在第九，与虹桥连名。进士沈桂馥即沈桂芬，闻其家信已到。偶翻《钦定四库全书总目》一百〇五卷，"医家类"载《张氏医通》十六卷，系国朝张璐撰。璐字路玉，号石顽，吴江人。同在一邑之内，一代之中，访其姓氏已不可问，何况上至千秋、中及四海，焉能记忆？甚矣，知人论世之难也！抵暮，薰儿自赵田回来，松巢约十三日过予胜溪草堂。（页眉：张璐，吴江人。张公又见青浦诸亩香联《续明斋小识》中，有录稿，另存。）

　　初七日（6月19日）　晴。晓起，检阅《分湖小识》，至"桥梁"一门。"胜秀桥"第五行，康熙六年"改"字下脱一"造"字。饭后，薰儿至梨里妇翁家去。阅《历代名臣言行录》卷十九"巾帼名臣"。杜太后、

---

①　双圈。

②③④　四圈。

曹皇后、高皇后①三后之德，不愧为天下贤母。余靖《请留范仲淹疏》②："汲黯在廷，以平津为多诈；张昭论将，以鲁肃为粗疏。汉皇、吴主，两用无猜，岂损令德？"滕甫《论朋党》③："君子无党。譬之草木，绸缪相附者，必蔓草，非松柏也。"常安民《贻吕公著书》④宜重读。《日食崔鸥应诏直言疏》⑤，犀利无前，所以入人者深。陈公辅《斥王安石疏》⑥，极痛快。下午，收拾书籍，微有蠹损，今夏急统翻一遍。梨里船回，薰儿初十日去载。（页眉：脱一"造"字。）

初八日（6 月 20 日）　晴。晓起，校阅《分湖小识》，至"宅第"一门。饭后，阅《历代名臣言行录》卷二十上"辽"。《萧韩家奴传》⑦对策中引唐太宗问群臣治盗之方，皆曰："严刑峻法。"太宗笑曰："寇盗所以滋者，由赋敛无度，民不聊生。今朕内省嗜欲，外罢游幸，使海内安静，则寇盗自止。"此数言为治世则可，若叔季之世，治盗若如猛。"金""元"。《史天泽传》⑧："拜相之日，门庭悄然。或劝以权自张，天泽举唐韦澳告周墀之语曰：'愿相公无权。爵禄刑赏，天子之柄，何以权为？'因以谢之。言者惭服。"《耶律楚材传》⑨："楚材每陈国家利病、生民休戚，辞色恳切。太宗常曰：'汝又欲为百姓哭耶？'每言：'兴一利不若除一害，生一事不若减一事。'人以为名言。"《廉希宪传》⑩："谓之廉孟子。"后戒子之言，可三复。《许衡传》⑪："七岁入学，授章句，问其师曰：'读书何为？'师曰：'取科第耳。'曰：'如斯而已乎？'师大奇之。后号鲁斋，字平仲，从祀孔子庙庭。"《刘秉忠传》⑫可与《耶律楚材传》并读。下午静坐。补阅《张雄飞传》⑬："群臣上尊号，议欲肆赦。雄飞谏曰：'古人言："无赦之国，其刑必平。"故赦者，不平之政也。圣明之世，岂宜数赦！'帝嘉纳之。"

---

　　①　此三篇均为三圈。
　　②③⑦　双圈。
　　④⑤⑥⑧⑩⑪⑬　三圈。
　　⑨⑫　四圈。

初九日(6月21日)　阴。晏起。饭后,阅《历代名臣言行录》卷二十下"元"。《不忽木传》①宜重读,多有可采。《董文用传》②:"时中书右丞卢世荣以言利进用,自谓用其法,当赋倍增而民不扰。文用曰:'此钱取于右丞家耶,将取之民耶? 取于右丞之家,则吾不知;若取于民,则有说矣。牧羊者岁常两剪其毛,今牧人日剪其毛以献,主者固悦其得毛之多,然羊无以避寒热,既死且尽,毛又可得乎? 民财有限,右丞将尽取之,得无有日剪其毛之患乎?'世荣不能对。"《陈天祥传》③:"右丞卢世荣以掊克聚敛,骤升新政,权倾一时。天祥上疏曰:'国家之与百姓,上下如同一体。民乃国之血气,国乃民之肤体。血气充实,则肤体康强;血气损伤,则肤体羸病。未有耗其血气,能使肤体丰荣者。'时盗贼群起,诏求弭盗方略,疏曰:'盗贼之起,各有所因。中间保护滋长之者,赦令是也。赦者,小人之幸,君子之不幸。彼强梁之徒,执兵杀人,有司尽力以擒之,朝廷加恩以释之。且脱系累,暮即行劫,既不感恩,又不畏法,凶残悖逆,诚非善化所能移,惟严刑可制。'"《拜住传》④多有可采。其浅而易见者:"有言佛教可治天下,帝问之,对曰:'清净寂灭,自治可也。若治天下,舍仁义则纲常乱矣。'""帝幸五台,奏曰:'钱谷,民之膏血,多取则民困而国危,薄敛则民足而国安。'帝善其言。"《吴澄传》⑤:"不肯作佛序。所奏极有条理,学者称为'草庐先生'。"《孛术鲁翀传》⑥,其对帝师之言,所谓正能敌邪。《虞集传》⑦,其上学校议,首言"师道立则善人多"二句,未知即本于虞集否?《揭徯斯传》⑧:"诏修宋、辽、金三史,丞相问:'修史以何为本?'曰:'用人为本。有学问文章而不知史事者,不可与;有学问文章知史而心术不正者,不可与。用人之道,又当以心术为本也。'"《盖苗传》⑨,疏谏崇兴佛寺一篇,宜重阅。下午,校阅《分湖小识》,至"寺观"一门。"周相墓君弼"之"弼",误写"弻"。陶振墓,注"因"

---

①②③⑥⑦⑧⑨　三圈。

④⑤　四圈。

字误作"四"字。小鸾墓。注"凿"字写从破体。作一便札与薰儿，明日嘱其必须回来，因馆中只有吴甥一人耳。（页眉："弼"误作"弼"。"因"误作"四"。"凿"从破。）

　　初十日（**6月22日**）　雨。账房有事，蚤起。饭后，命舟送小芸至黎里，时将应岁试去。午前，课迟孙理字三百，皆小芸所教者，尚能记得。两月功课，共识一千三百个字，在不宽不猛之间。阅《历代名臣言行录》卷二十下。元末死节之臣，以余阙、褚不华为第一，然如泰不华之没海上、李黼之陨九江、李齐之死高邮，真不愧为大科三魁。下午静坐。三大侄孙已来，薰儿须至十贰日送来。（页眉：夏至。小云是日回去。）

　　十一日（**6月23日**）　晴。晏起。饭后，命三大侄孙与迟孙理字。三百个，每日理。二千一百馀，分作两日理。阅《历代名臣言行录》卷二十一，起至卷末，为有明一代之书，系昆山徐开任原稿。首列开任自序一篇，议论颇正大。下午静坐。连日耳鸣，只得少看书，庶心火不致上升耳。

　　十二日（**6月24日**）　晴。晏起。饭后，作好一札，答姚春翁，颇用意。翁去春一札，因隔年寄到，未答，今春复有信来，岂可置之不问？中午，薰儿自梨里送来，闻沈镐三甲第八，沈桂馥二甲第八。下午静坐。

　　十三日（**6月25日**）　晴。晏起。饭后，周庄戴肇晋来送试草，系长洲学，一茶而返。阅校《分湖小识》，至"仕宦"一门。适松巢见过，畅谈都中事。中午小酌，盛称沈愚亭之为人，毕竟是诚笃一边。下午，陈骊生来，欲寓北舍港行医，约十六日同振凡侄孙去，作意寓在宏化庵，与庵僧面谈房金。抵暮，松巢复至冠溪。

　　十四日（**6月26日**）　阴，微有雨。晓起，命薰儿至吴江，谒峙亭师，便道至郡中。饭后，与陈朗庭对阅东账。今年新换租簿，不可不亲为过目，及午而止。下午静坐。昨日，松巢见过畅谈，以诗赠之。

　　十五日（**6月27日**）　晴。夜半风雨极狂，及晓而止。饭后，与潘桂岩对阅南账,未及午而毕。下午,兆元兄子自东浜来,顾氏硕人头发一疽,近已腐溃,亲者多劝其家急延一名医诊治,讵意逆子不惟坐视,反至有意阻扰,不肯延治,天良丧尽,竟禽兽之不若,可叹!可恨!总之,姑息养奸,天下事岂独母子之间为然哉?因有感及之。校阅《分湖小识》,至"孝友"一门。

十六日(6月28日)　破晓大雨。饭后,内子视其姊疾去。予与桂岩对阅北账毕。午前,内子视疾回来,述顾硕人之头疽,或尚可绵延过去。始知昨日兄子之言未免太过。下午静坐。薰儿自郡中归,接峏翁覆函,谆谆以薰儿文字尚多疵累为戒,与面从何异?甚可感也。《小识》卷一样本已交出。

十七日(6月29日)　阴。晓起,阅峏翁改本,其绝妙处,直是神品。饭后,命薰儿至芦墟,贺周粟香入泮之喜,兼谒得珊师。阅《历代名臣言行录》卷二十一上"明"。《宋濂传》①:"间召问群臣臧否,濂惟举其善者,曰:'善者与臣友,臣知之;其不善者,不能知也。'"此对极善。《钱塘传》②:"帝欲罢孟子配享,塘力谏得复。"《杨士奇传》③:"广东布政使徐奇,载岭南土物馈廷臣,或得其目籍以进。帝阅无士奇名,召问,对曰:'奇赴广时,群臣作诗文赠行,臣适病弗预,以故独不及。今受否未可知,且物微,本无他意。'帝遽毁籍。"《周新传》④发奸摘覆如神,宜重阅。午前,任凌云来。据述,梅竹友欲请盛子馀来看,求予一札而去,札中书明酬仪两洋。下午静坐。薰儿自芦墟回,饭于得珊馆中,主人森甫之意。

十八日(6月30日)　晴。晏起。饭后,以事辍读。下午静坐。

十九日(7月1日)　晴。枕上得寿诗四首,为峏翁作。饭后录出,共得五首,尚须细细推敲。今日,为先子忌辰,儿竟忘却,罪罪!

---

①② 双圈。
③ 三圈。
④ 四圈。

急宜明日补祀。下午静坐。身不轻健，便觉两足滞重，大约傲凉之故。夜间出汗而愈。（页眉：重起。）

二十日（7月2日）　晴。晓起，校阅《分湖小识》样本，至"谊行"一门。饭后，命丁仆浇兰花。录清寿诗五首及追悼诗一首。中午祀先，以补昨日缺典。下午静坐。

二十一日（7月3日）　晓雨极骤。俗传是日雨，要防水灾。今夏五月，荷花大开，物已示兆，能不验最佳。饭后，复得诗一七律、一七绝。阅《历代名臣言行录》卷二十一下"明"。《宋礼传》①，命开会通河，以利漕运，礼之功居多。传中惟详载此事。《陈瑄传》②，始终有功于漕运，传中极详。午前，陆琴泉来过。闻吴江沈子实现馆于大桥头袁云槎家，课琴泉之婿有年矣。下午静坐。

二十二日（7月4日）　骤晴，燥热。晏起。饭后，写好春翁一信，附《忏摩录》十本、《泂溪道情》一本，封好，将寄与何鸿芬。鸿芬处亦有一信与之。下午静坐。校阅《分湖小识》样本，至"文学"一门。

二十三日（7月5日）　淡晴。晓起，以题目示薰儿：《加我数年，五十以学易》《赋得岩高白云屯得"湖"字》。饭后，复将"列女"一门年分略加编排。阅《历代名臣言行录》卷二十一下"明"。《周忱传》③，此大有功于江南者。铁斛之颂，起自文襄赞中。"殚心以体国，而才力足以济之。"二语宜细玩。《薛瑄传》④，为有明一代讲学之首，气节经济，亦不可视作第二人。下午静坐。陈古愚来谈，新丧六岁孙，老怀悲悼，情何能已！予谓此亦前债未了，我辈总以达观为主。借予《圣武记》十二册去，此亦消遣之一物也。薄暮，梨里送喜单来，愚亭竟得主事，大约以年貌故，不能入翰林班耳。校阅《分湖小识》，至"流寓"一门。陈士楷，字端笏，江庠生，为文星、字不村子。古愚欲予附在《文星传》后，惜样本已写就，不能添入，故记出之。薰儿呈阅课艺，平妥不出色。（页眉：文期第七。陈士楷，宜查学册。）

————————

①②③④　三圈。

二十四日(7月6日)　晴。晏起。饭后,陈兆祥表侄来,以姚、何信件寄之。闻廿八日往平,适值鸿芬期上。阅《历代名臣言行录》卷二十一下"明"。《徐溥传》①,奏疏极婉笃可诵。《邱濬传》②,补辑《大学衍义》一书。刘健、谢迁、李东阳三公之传③,宜重阅。三相同时,时人为之语曰:"李公谋,刘公断,谢公尤侃侃。"天下称贤相焉。赞中云:"有明贤宰辅,自三杨外,前有彭、商,后有刘、谢。东阳虽以依违蒙诟,然善类赖以扶持,所全不少。"正未可厚非也。下午静坐。松侄有信来,即随手答之。

二十五日(7月7日)　晴。晏起。饭后,阅《历代名臣言行录》卷二十三上"明"。《杨继盛传》④,有明培养士气,百折不回,是操何道而能得之?后之读史者,抚今追昔,不禁为之掩卷长叹也。《冯恩传》⑤:"彗星见,诏求直言,恩极论大学士张孚敬、方献夫、都御史汪鋐之奸,谓:'孚敬,根本之彗;鋐,腹心之彗;献夫,门庭之彗。三彗不去,虽欲弭灾,不可得已。'"《叶向高传》⑥,有明国本坏于万历年间,阅《向高传》,不禁为之三叹也。下午静坐。陆中丞手书册页,拟欲择其尤者,钩出几段。再作好一札与峙翁,附录寿诗五首,以峙翁素能直笔也。

二十六日(7月8日)　晴。晓起,校阅《分湖小识》样本,至"释道"一门。写毕第三卷,共计字二万九千七百二十九个,写廿一日。饭后,阅《历代名臣言行录》卷二十三上"明"。《艾穆传》⑦:"时居正法严,决囚不如额者罪。穆与御史议,止决二人。御史惧不称,穆曰:'我终不以人命博官也。'还朝,居正盛气谯让。穆曰:'主上冲年,小臣体好生之德,佐公平允之治,有罪甘之。'揖而退。"穆,居正乡人也。

---

①②　双圈。

③　此三篇均为三圈。

④　四圈。

⑤⑥⑦　三圈。

今午，子妇率远孙归。接阅子谦示薰儿信，并以前日联句诗六十韵缮写一纸索和。予近日岂能枉费此精神，为无益用耶？退藏于密，最为上策。下午，作好一札与殷甥，代陆琴泉取参。今日小暑，起晴。（页眉：小暑。）

二十七日（**7月9日**）　晴。晏起。饭后，阅《历代名臣言行录》卷二十三上"明"。《孙承宗传》①，其大略具在赞中。赵南星、邹元标②辈，明季大有人在，而卒之不可挽回者，以小人之排挤多也。以下从二十二卷上下看起，偶然失检之故。《王恕传》③，宏治二十年间，众正盈朝，职业修理，号为极盛者，恕之力也。《马文升传》④："文升有文武才，长于应变，朝端大议，往往待之决。功在边镇，外国皆闻其名。"与恕皆以正直任天下事。《刘大夏传》⑤："尚书周经谓曰：'公毋以刚贾祸。'大夏曰：'处天下事，以理不以势，俟至彼图之。'时命往理宣府兵饷。大夏尝言：'居官以正己为先，不独当戒利，亦当远名。'又言：'人生盖棺论定。一日未死，即一日忧责未已。'"午前复雨。中午，校阅《分湖小识》序文、凡例、目录样本，添校勘姓氏一纸。下午静坐。

二十八日（**7月10日**）　雨。晓起，以题目示薰儿：《如会同，端章甫》《赋得微云淡河汉得"秋"字》。饭后，陆中丞手书册页钩出，但择其文之有用者，如钱大昕⑥、孙星衍⑦、唐仲冕⑧、李莪⑨、胥绳武⑩、陈预⑪、吴俊、赵曾⑫、贺长龄⑬诸公，皆言之有物者也。阅《名臣言行录》卷二十二卷上"明"。《雍泰传》⑭，任吴县知县，见《苏州府志》三十三

---

①⑤　四圈。
②　此二篇均为三圈。
③④⑥⑧⑩⑫　三圈。
⑦⑨⑪⑬⑭　双圈。

卷"职官表"五页首,有传。《胡居仁传》①《罗钦顺传》②,此两公道学悉宗朱子。中午大雨。下午静坐,雨绵绵不止,似有重做黄梅之兆。(页眉:文期第八。)

　　二十九日(7月11日)　阴。晓起,编辑《养馀斋二集》,《黄杨》《课馀》两集并入一卷。饭后,阅《历代名臣言行录》卷二十二上"明"。《吕柟传》③:"时天下言学者,不归王守仁,则归湛若水。独守程朱不变者,惟柟与罗钦顺云。"《罗洪先传》④:"嘉靖八年,举进士第一。外舅太仆卿曾直喜曰:'幸吾婿成大名。'洪先曰:'儒者事业,有大于此者。此三年一人,安足喜也?'"此与黄陶庵先生集中《答弟书》同一志向。《罗伦传》⑤,上疏论大学士李贤夺情起复一疏⑥,所谓词达理举,岂河汉其言,所能仿佛哉?《邹智传》⑦,其中奏疏,皆勃勃有生气。此卷自胡居仁以下,皆讲学之儒,从祀文庙者,居仁与陈献章两人。下午静坐。严删《养馀斋二集》。鸿芬自平望重来过予,借《小谟觞馆诗注》八册而去。陈表侄处诗、信,昨日雨阻未到。

---

　　①④⑤　四圈。
　　②③⑥⑦　三圈。

丁未日记三

六月，七月。《历代名臣言行录》卷二十二下起，二十四下止。《左传》"襄公八年"起，"昭二十二年"止。《福寿全书》带阅。

《曝书附记》在前。
丁未夏六月，曝书记出。
《前汉书》第一、第二两套有蠹损。
《三国志》第二套同。
《晋书》第二、第三、第四三套皆有蠹损，末套尤甚。
《宋书》第三套有损，第四套大损，补好。
《北魏书》第三、第四两套略有损。
《南史》第二套十三册中，有旧蠹损廿馀页。
《唐书》第五套第二册中有四十馀页白蠹损。

顾小园请封
第一回，四钱。舟一钱。第二回加六钱，舟一百。第三回，七月二十。

吴江新进徐岭香，送《日记》一部、家刻三种。未裱。七月廿三日，寄与孙秋伊之子。
黄溪陆赟香令郎入学，送《试策法程》四册、家刻一本。
重固里何平子文郎名光藻者入学，送《居易堂文集》一部、《枫江渔父图题词》石刻一套、风字砚一匣、京刀一把。约四洋之数。

六　月

初一日(1847 年 7 月 12 日)　晓来微有雨。饭后,编辑《养馀二集》为四卷,辛、壬两年合一卷,癸、甲两年合一卷,乙未一年为一卷,合前《黄杨》《课馀》两集为一卷。后三卷多在《知误集》。下午静坐。与薰儿对读"已旌列女"样本。《二集》卷一一百卅首,卷二一百四十三首,卷三一百四十四首,卷四八十首。四百九十七。

初二日(7 月 13 日)　晓有雨。饭后,阅《历代名臣言行录》卷二十二下"明"。《况钟传》①附载吴江平思忠事。思忠亦以吏起家,见沈《志》"名臣传"二十六卷中。《张昺传》②,善治狱,略涉怪异之事。《黄巩传》③:"尝叹曰:'人至公卿,富贵矣,然不过三四十年。惟立身行道,千载不朽。世人顾往往以此易彼,何也?'巩字伯固,莆田人。宏治十八年进士,仕至郎中。上疏谏南巡,廷杖,斥为民。世宗立,召为南京大理丞。卒于京师。天启初,追谥忠裕。"《杨廷和传》④:"初,廷和入阁,李东阳谓曰:'吾于文翰,颇有一日之长;若经济事,须归介夫。'及武宗之终,卒安社稷者,廷和力也,人以东阳为知言。子慎另有传。"《杨一清传》⑤:"楚有三杰:刘大夏、李东阳、杨一清也。尝曰:'无事时当如有事堤防,有事时当如无事镇静。'其才一时无两,人比之姚崇云。"《王守仁传》⑥:"终明之世,从祀文庙者,止守仁等四人而已。"谓薛瑄、胡居仁、陈献章及守仁也。孙燧、许逵两公之传⑦,宜重阅。《伍文定传》⑧,亦宜重阅。《杨爵传》⑨,奏疏最为切直。后附浦鋐、周天佐、周怡三公之疏,亦有可观。下午静坐。

初三日(7 月 14 日)　晓来微有雨,饭后开晴。午前,编辑《养馀斋三集》,以丙申、丁酉、戊戌三年为一卷,共有一百五十六首。此卷太多,尚宜酌删。午后复雨。下午静坐。前卷复删四首。

①②③　三圈。
④⑤⑥⑦⑧⑨　四圈。

　　初四日(7月15日)　晴。晓起，以题目示薰儿：《纣之不善，不是之甚也》，薰儿禀请此题非场所宜，换《天命之谓性》；《赋得牛渚咏月得"江"字》。饭后，写好与峙翁札。编辑《养馀斋三集》，以己亥、庚子两年为一卷，共一百〇一首；以辛丑、壬寅两年为一卷，共七十三首。原编《汰存集》四卷，删作三卷。下午静坐。薄暮，倾盆大雨，霎时即止。（页眉：文期第九。）

　　初五日(7月16日)　晴。晓起，作札与朱士江，并为吴楚翘写一扇头，勉强作书，多不适意。饭后，编辑《养馀斋三集》卷四，以癸卯、甲辰两年为一卷，共一百廿四首；卷五以乙巳年为一卷，共一百十首。下午静坐。卷四又删一首，卷五又删一首。

　　初六日(7月17日)　晴。晓起，曝衣及冠履等物。饭后，编辑《养馀斋三集》卷六，以丙午年为一卷，共六十八首。张书客来，有《韩慕庐诗文集》八册、《王渔洋诗文集》二十册，纸张极好，索价太昂，不果得。买《厉樊榭文集》二册，不过二百四十文。下午静坐。昨夜，薰儿偶举渔洋山人《秋柳诗》，如"蒲里青荷中妇镜，江干黄竹女儿箱"二句作何解说？予曰："此不过为秋柳作衬笔耳。"今观《精华录笺注》中，亦未有确凿疏证。旨哉！归愚宗伯之言："山人《秋柳诗》，乃英雄欺人之语。其实不切秋，并不切柳。"得此言而疑案顿释。今日，吴江小杨家桥新进徐尧寿，字盛唐，号岭香，寄试草来，乃斗山之弥甥、秋伊之门人，将来或以书帖答送，寄在秋伊处，断无浮沉之理。《三集》五卷，计存六百三十首。（页眉：渔洋《秋柳诗》确评。徐新进。）

　　初七日(7月18日)　晴。晓起，嘱陈朗庭由吴江至苏州，一为费姓给照事，一为喜墨斋刻书事，带送信件、文字于峙翁处。饭后，与薰儿对读"未旌列女"一门。此门古愚采得极多，其中叙述之处，已删之又删。今重阅一过，终觉词费，不简净，然亦不能再事删削矣，此一书中缺陷事。《养馀斋三集》及今未写样，复加推敲，总以"多改不如多删"为要。下午静坐。偶检馄饨故事，陆游《南唐书》："某厨者，失其姓名，唐长安人也。其食味，有红头签、五色混沌、子母馒头。"《清异录》:"金陵士大夫家,馄饨汤可注砚。"方回诗:"争似梢公留口吃,秀州城外鸭馄饨。"《正字通》:"今馄饨即饺饵别名。"《食物志》:"馄饨,或作'餫饨'。餫饨,象其圆形。"(页眉:《小识》中未尽善处。馄饨故事)

初八日(7月19日) 晴。晓起,灌花。饭后,重将古愚所采"未旌列女"事实严加删削,如遇人不淑,尚可言也;舅虽不贤,子妇只好含忍,秉笔者直斥其咎,岂可示人以传后世? 予本不以为然,昨薰儿力请删去几段,今从之。阅《历代名臣言行录》卷二十三下"明"。《孙慎行传》①,观疏中力斥首辅方从哲特进红丸之罪,则从哲之为相,可知矣。《高攀龙传》②,疏中亦力诋从哲之罪。《杨涟传》③,疏劾魏忠贤二十四大罪,身虽死狱中,至今千载下,令人读之,字字有生气。我闻其语,惜未见其人。《左光斗传》④,名与杨涟并传万古,真不虚也。下午,略翻碑帖,已有蠹损处,不可不防。接赵翁信,以旧时友朋尺牍装成二册索题,拙札亦有三函。此翁可谓好事,不可无以为报。赵字下脱一"眉"字。

初九日(7月20日) 晴。晏起。饭后,复将"未旌列女"样本,自张氏郁文妻以下,删改用朱笔钩出,须写过十页,从陈氏赵希韩妻始。今晨,馆课题:《有所不足,不敢不勉;有余,不敢尽》《赋得郝隆晒书得"衣"字》。午前,仍阅《历代名臣言行录》卷二十三下。《魏大中传》⑤,所谓"六君子"者,未知即是大中与杨涟、左光斗、袁化中、周朝瑞、顾大章否? 俟考。《周起元传》⑥:"忠贤欲杀高攀龙、周顺昌、缪昌期、黄尊素、李应升、周宗建六人。所谓'后六君子'也。"下午静坐。题赵眉翁所藏尺牍一跋。鸿芬复来谭艺,食粥,迟至黄昏而去。吴郡船已回,朱局仍未批出。喜墨斋尚未动手,虽约七月望前有样本三卷带来,其势未必应信,还要去催。峙翁有回信,前一篇已看来。(页

---

①⑥　三圈。
②③④⑤　四圈。

眉:文期第十。)

　　初十日(7月21日)　晴。晓起,看峙翁改本,数典清疏,尚有几处未晓出处,嘱薰儿须检查考究一番。饭后,接俞敬亭邦英信,以俞节妇托采,事实极好,惜忘其某氏,须写一信问之。沈黻堂有信来,册页已写好,并以《菊屋寻诗图》索题,此事不可无以为报也。阅《历代名臣言行录》二十三卷下。《周顺昌传》①,虽是百练之刚,百折不回,然当时已不在位,即少避其锋,不害明哲保身之义,此其所以不可及也。下午静坐。昨日客来,不觉烦恼。至食粥后,鼻观始通,大约总以平心降气为主。晚间,作好一札,与俞敬亭。

　　十一日(7月22日)　晴。枕上得断句四首,起录出之,即题绂堂《菊屋寻诗图》。饭后,命舟送信至俞敬亭馆中。阅《历代名臣言行录》卷二十三下。《李应升传》②,应升奏疏极痛快。《万燝传》③,奏疏亦极快畅。《朱燮元传》④,平定奢安之乱,西南由兹永宁,厥功甚伟。浙江山阴人。接敬亭回条,亦不知为某氏,且俟解馆查覆。恐样本发刻,不能专候,或空一字写亦可,惟欲不没其苦节耳。下午静坐。重改枕上断句二首,略得"寻"字意。

　　十二日(7月23日)　晴。晓起,命薰儿至角字,出吊潘启堂表侄之妻。饭后,录俞节妇事实,入《小识》中"未旌列女"内,此妇不可不采。阅《历代名臣言行录》卷二十四上。《卢象升传》⑤,如此将才,竟为杨嗣昌困抑战死,天欲明亡,鼠辈亦何足责?独惜天既生之,不能成之,何也?象升死时,年才三十九。《吴麟征传》⑥:"言:'古用内臣以致乱,今用内臣以求治。君之于臣,犹父之于子,未有信仆从、舍其子,求家之理者。'又言:'安民之本在守令。郡守廉,县令不敢贪;郡守慈,县令不敢虐;郡守精明,县令不敢丛脞。宜仿宣宗用况钟故事,精择而礼遣之。'时不能行。"后附祝渊事。下午静坐。作好一札,

------

①②③④⑤　四圈。
⑥　三圈。

答赵眉翁。并作一跋语，俟全稿刻竣，置诸集首。抵暮，接子谦信，小云明日自唤舟来。并接盛子馀托寄梅氏一信。（页眉：祝渊凡三见。）

十三日（7月24日）　晴。晓起，晓起，校阅《分湖小识》样本，至"轶事"一门。饭后，命舟送信与梅竹友，受子馀之托也。阅《历代名臣言行录》卷二十四上。《周凤翔传》①："京师陷，不知帝所在。趋入朝，见李自成据御座受朝贺，大哭而归。作书辞二亲，题诗壁间，自经。诗曰：'碧血九原依圣主，白头二老哭忠魂。'天下悲之。"《刘理顺传》②："城破，妻万、妾李请先死。既绝，理顺大书曰：'成仁取义，孔孟所传。文信践之，吾何不然？'遂投缳。仆四人皆从死。"《汪伟传》③，《上江防绸缪疏》④极有作用。《吴甘来传》⑤："西北大旱，秦、晋人相食，疏请发粟以振，而言：'山西总兵张应昌等半杀难民以冒功，中州诸郡畏曹变蛟兵甚于贼。陛下生之而不能，武臣杀之而不顾，臣实痛之。'"《许琰传》⑥，吴江人，宜查邑《志》。《史可法传》⑦，奏疏令人百读不厌。中午，复接敬亭信，节妇系赵氏，并以"逼嫁"二字宜改"劝嫁"，此人可谓诚笃君子。后小云亦来，自杭州考后，至初十日才到梨里。闻葬地已择定，今冬欲办，大约又有逗留矣。下午静坐。始浴，大快。（页眉：浴。小云来。许琰，吴江人。）

十四日（7月25日）　晴。晓起，以题目示薰儿：《贤者在位，能者在职，国家闲暇》《赋得指佞草得"尧"字》。饭后，写好答眉翁一信及尺牍跋语，封好，以便觅寄。阅《历代名臣言行录》卷二十四下。《巾帼名臣传》一卷⑧，叙述颇佳。"书艺"门内有张悦《训子弟诗》⑨五古一首，宜别纸录出。下午静坐。偶阅云巢业师庚申科朱卷，只刻三代：曾祖建宇，国学生；祖应瑞，乡饮介宾；父翼苍，邑庠生。族属极少，只载胞弟兄以下。此卷从小云处借来，故特为记出。（页眉：文期

①②③④⑧　三圈。
⑥　双圈。
⑦⑨　四圈。

十一。大暑。)

十五日(7月26日) 晴。晓起,写过跋语,凡三次。饭后,重读《左传》,自襄公八年起。下午静坐。兆元兄子来,予以前日置屋一事,力言可以缓办,盖就近日时势而论,宜收敛,不宜发舒也。

十六日(7月27日) 晴。晏起。饭后,作札答沈绂堂,并《养馀斋总目弁言》一则。下午静坐。薄暮,倾盆大雨,食顷乃止。(页眉:大雨。)

十七日(7月28日) 晴。晏起。饭后,写好一信,及册页一方,将寄于赵田。读《左传》,至襄公十年。"灭逼阳"一段,词令最婉约。以事而止。下午静坐。校阅《分湖小识》样本,至卷六毕。《养馀斋初集》四卷,于今晨饭后写起。(页眉:《初集》写起。)

十八日(7月29日) 晴。晏起。饭后,读《左传》,至襄公十一年。"魏绛和戎"一段①,说得安不忘危。《左绣》评语,极有深意。下午静坐。小云校"风俗"一门,摘出"丝肉"之"肉",当作"竹",洵不诬矣。然自来"丝竹肉"三字连用,未知何故。因检《韵府》"竹"部,《晋书·孟嘉传》:"桓温问:'听妓,丝不如竹,竹不如肉,何谓也?'嘉曰:'渐近使之然也。'"阅此,疑案顿释。又查《字典》,"木"部只收"椴"字,"竹"部不收"簖"字,何也?《韵府》亦然。当作"断",无竹字头,去声,收"十五翰"。《字典》收"斤"部。(页眉:"丝竹肉"三字出处。"簖"字,《字典》《韵府》不收。)

十九日(7月30日) 晴。晓起,以题目示薰儿:《吾无隐乎尔,吾无行而不与二三子者》《赋得万里同阴晴得"雪"字》。饭后,成七律二首。读《左传》,至襄公十四年。"会于向"②乃一篇好词令,可见何地无才,勿以戎人而弃之也。下午静坐。钱老玉来,始知张蓉圃于十七日饭后猝病而亡,此种人近日乡里中已不可多得,惜哉!今年平头六十。(页眉:文期十二。)

---

①② 双圈。

二十日(7月31日)　晴。晏起。饭后，录清近作。读《左传》襄十四年。"师旷之对晋侯"①，深得提空展局之法。十五年，"师慧过朝将私""宋人献玉"②两段，多是绝妙好词。十六年止。下午静坐。兆元兄子来，复以置宅就商，予力阻之。此事予尚不欲办，况以孤露之身，毫无树立，终非万全策也。薄暮复雨，不大。

二十一日(8月1日)　阴。晏起。枕上得诗，少一结。饭后，足成之。《左传》襄公十七年。"国人逐瘛狗"③及"泽门之皙"④，文字极有风致。十八年，"齐侯伐我北鄙"⑤，乃一篇绝大文字；"楚公子午帅师伐郑"⑥，叙述亦好。十九年，"盟于督扬"⑦，一结极有致，乃宣子语。下午静坐。薄暮，微有雨。

二十二日(8月2日)　晴。晏起。饭后，查《前汉书·终军传》⑧，在六十四卷下。年止二十，没于南越。《左传》襄二十年，"卫宁殖将死之言"⑨，可怜不足惜。二十一年，"臧武仲对季孙不可诘盗"⑩一段，最为爽快；"晋栾盈出奔楚"⑪一段，正传之中有寄传，宾主顺逆，一笔不乱；"齐庄公指殖绰、郭最"⑫一段，游戏之事，便以嬉笑成文，妙绝。下午静坐。偶阅《毛生甫诗文集》，诗太坚深，未能显豁呈露，文笔曲而能达，并时实罕其伦。

二十三日(8月3日)　晴。晓起，改存一律诗。饭后，重读《左传》襄二十二年。御叔饮酒之言，即灌夫使酒骂座情形；"晋人征朝于郑"，是子产出头之时；郑子张临没之言，贵而能贫，生不在富，保身保家，真药石之言；子南、子冯合传一篇⑬，冯评云："两事相对相反，三泣不能全父子之恩，三困独能全朋友之义。父子伤而君臣亦伤，朋友全而君臣亦全。处人伦之变，可以观矣。"此中见人作用，小忠小信，无益也。下午静坐。谨侄、松侄同来，闻黎里陈氏端本堂要出售矣，

---

①④⑤⑥⑨⑩⑪⑫⑬　三圈。
②　此二篇均为三圈。
③⑦⑧　双圈。

万物无常,多作如是观。抵暮,大雨倾盆,约有二三寸。兆黄兄子明日将至黎里,以眉翁信件寄与徐竹汀之弟越卿。(页眉:大雨。)

二十四日(8月4日) 晴。晓起,以题目示薰儿:"南人有言曰"至"不占而已矣";《赋得终军弃繻得"繻"字》。饭后,读《左传》襄公二十三年。"栾盈复入于晋,入于曲沃。""晋人杀栾盈。"栾氏得人而终败,以其逆天也。"臧孙纥出奔邾。"季孙之爱我,不如孟孙之恶我。美疢、药石之喻,千古名言。"齐侯袭莒。"华周之对,杞妻之辞,可为事君、事夫者法。臧武仲不受赉田,是矣;而以鼠比君,是何言也?二十四年,"叔孙豹如晋。"穆叔"三不朽"之言,虽是常谈,却是千古以来,为人之道,逃不出此三者。"子产寓书"一篇,所谓曲而有直体,更妙在一结,陡然而止。晋张骼、辅跞踔转鼓琴,事奇,笔亦更奇。下午静坐。晚,接陆赟香之子试草两卷,名鸿,号子选,入秀水县学。此事不可不答。(页眉:文期十三。)

二十五日(8月5日) 晴。晓起,薰儿呈阅课艺,用《虞翻易疏》,题以"恒"作主,尚不致孟浪。饭后,读《左传》襄二十五年。"齐崔杼弑君"一篇①,前后夹叙许多死亡事,全以晏子议论为主。"赵文子为政"②,薄币重礼,兵可以弥,晋之霸业,从此一新。"子产献捷于晋"③,其中问答,"非文辞不为功",宜为仲尼所称许也。然明之对子产、子产之对子大叔④,为政之道,不外此矣。"宁子视君不如弈棋"⑤,与臧武仲视君如鼠⑥同一妙喻。下午静坐。《初集》卷一共廿九页,写毕,细校一过,误写、脱落不少,删去十五首,连附两首。晚又雨。

(夹页:

陈良录

———————

① ② 双圈。

③⑤⑥ 三圈。

④ 此二篇均为三圈。

泉东里内涨山铺。)

二十六日(8月6日)　晴。晏起。饭后,以事辍读。今日曝书起。无蠹损者,每本翻一遍;有损,记出。下午,收拾书籍。

二十七日(8月7日)　晴。晓起,重阅薰儿所校《初集》。卷一中"麻"字,宜作"厤"字,大误。查字典,"厤"字即"历"字。可见此事虽小,不可卤莽。饭后,读《左传》襄公二十六年。"秦伯之弟鍼如晋修成"①一段,子朱之抚剑、叔向之拂衣,所谓力争于朝也。晋之不竞,于此可见。卫宁喜弑君一篇,极写宁喜之贪。子鲜之言:"苟反,政由宁氏,祭则寡人。"乃切中宁喜心里语。午前,潘启堂表侄来过。兆元兄子复以得屋事来恳,总由利心太重,未免唤不醒耳。下午,接殷甥回信,条参两包,固封以手巾缝好,明日将原封致之可也。《宋书》第四套末两册,蠹得极破碎,即嘱丹林补好。

二十八日(8月8日)　晓闻微有雨。饭后,读《左传》襄公二十六年。孙林父入于戚以叛,下断之曰:"义则进,否则退。"立千古人臣事君之防,不外此二语。"卫侯入国"②一段,自"大夫逆于竟者"至"颔之而已",千古骄情傲态,活现纸上,真摹神妙手。"子产辞邑"③,所谓让不失礼。伯州犁之问囚,先"上其手","下其手"云云。与前"卫侯入国"一段相反,一是敖睨,一是求媚,均摹写入神。末俗世态炎凉,多被盲左看破,穷形尽相,奇文妙文。"宋芮司徒生女子,赤而毛。"亦一尤物耳。使为杀大子痤,立案,寺人伊戾之言,"小人之事君子也,恶之不敢远,好之不敢近"等语,毕竟是小忠小信。此篇叙事最简洁。楚复伍举,一篇大文字。以"楚材晋用"句作主,以后反覆说来,真是动人听闻,皆从此句写出,行文高出《国策》,不可以咫尺计。楚子伐郑。子产曰:"是昧于一来。且言小人之性,衅于勇,啬于祸。"后世动开边衅者,多自小人启之也。下午静坐。申时立秋,陪小云小

---

①③　三圈。
②　双圈。

酌、畅谈。夜间,得诗一首。今午,周玉生表侄来过。(页眉:立秋。)

二十九日(8月9日)　晓起,薰儿有肝疾,文期停一日。饭后,翻阅廿一史,如《北齐书》《周书》《隋书》《北史》,皆完好,无蠹损。午前,读《左传》襄二十七年。"春,胥梁带使诸丧邑者,具车徒以受地,必周。"注,周,密也。必密来,勿以受地为名。"必周"二字极生涩。齐庆封徒美其车,所以赋《相鼠》而不知也。卫公孙免馀请杀宁喜,曰:"臣杀之,君勿与知。"是真能任事人,所以能辞邑。子鲜曰:"逐我者出,纳我者死。"有多少不平心事在。出奔不仕,宜也。"宋向戌弭兵"一篇①,乃春秋之变局,亦左史之变体也,其中句法,多有可采。如"参以定之""单毙其死""食言者不病""吾因宋以守病""楚为晋细""以为宾荣"等句,极生辣。下午,翻阅《南史》《唐书》《五代史》《宋史》,至五套,皆完好,间有旧蠹损,不妨也。秋后暑氛极炽,殊不耐烦。(页眉:《诗品》第一日起。)

三十日(8月10日)　晴。晓起,以题目示薰儿:《"斯民也"两句》《赋得轻罗小扇扑流萤得"秋"字》。饭后,复作七律一首,答小云。予前诗率尔,正在改罢长吟之后,昨小云次韵见和,不觉感愧交并,故有此作,亦聊以解嘲耳。午前,读《左传》襄公二十七年。宋子罕之论兵不可弭,所谓"天生五材,民并用之",却是正论。卢蒲嫳曰:"崔之薄,庆之厚也。"庆封之对崔杼曰:"崔、庆一也。"似亲而实毒,彼昏不知,安得不自缢?二十八年。鲁梓慎预知宋、郑之将饥,郑神灶预知周、楚王之将死,虽曰天道,总由人事耳。蔡侯之不敬,淫人往往如此。末云:"恒有子祸。""子祸"二字,可为不父者垂戒。下午,翻阅《宋史》十一套,共四百九十六卷,皆完好。第一套套子要修过。重作《蠹鱼诗》五古一首,共十二韵,六韵一转,略变其体。(页眉:文期十四。)

---

①　四圈。

七 月

初一日(8月11日) 晴。晓起,翻阅《辽》《金》《元》三史,共九套,皆完好。抄本《南疆逸史》及《东华录》亦无蠹损。饭后,录清《蠹鱼诗》并叙。读《左传》襄二十八年。"子产相郑以如楚,舍不为坛。子产曰:'苟舍而已,焉用坛?'"一肚皮不合时宜,多在言表。下分"五美""五恶",文辞曲而有直体。"齐庆封好田而嗜酒,与庆舍政。"此篇叙事最精洁,文亦美不胜收。晏子辞邑,曰:"非恶富也,恐失富也。"此一段文字最有味。下午静坐。

初二日(8月12日) 晴。晓起,复成诗一律。饭后,吴楚翘来,谈定诗集,情愿减价承办,梨版每百八十文,当付定洋十元,徐俟样本阅后,然后付清。午前,读《左传》襄二十九年。"楚郏敖即位。王子围为令尹。郑行人子羽曰:'是谓不宜。松柏之下,其草不殖。'"所谓"物莫能两盛"也。郑饥饩粟,宋饥出粟。叔向闻之,曰:"郑之罕,宋之乐,其后亡者也。"子皮以子展之命,归美于亲;子罕请于平公,归美于君。两人合传,宜哉!齐高子容与宋司徒见知伯,司马侯言于知伯曰:"二子皆将不免。子容专,司徒侈,皆亡家之主也。"二人与前子皮、子罕一正一反。晋女叔侯曰:"何必瘠鲁以肥杞?"后人句法,多从此出。"吴公子札来聘"[①]是一篇绝妙文字,开端见叔孙穆子,谓曰:"子其不得死乎?好善而不能择人。"此一句千古为臣为友之道,尽于此矣。小本韩批可参玩。下午静坐。

初三日(8月13日) 晴。晓起,以信及《小识》卷四寄吴楚翘,渠欲趁船至吴门。饭后,翻阅《通考》第九、十、十一三套,无蠹损。读《左传》襄三十年。"绛县老人与食"[②]一篇,真奇奇怪怪之文,注中尚有疑窦不解处。"或叫于宋大庙,曰:'嘻嘻!出出!'"此种起笔,最易吓人。"郑伯嗜酒,为窟室"二句,是一篇之主,以下许多事,皆从此生

---

①② 四圈。

出。家有酒徒,实门上之莠,不亡,得乎?"郑子皮授子产政",郑之存亡,在此一举。子产为政,开口便云:"无欲实难。"真是相臣器度。首在包荒,水清,鱼不生。廉为成人之一,未可以该相臣也。下午,校阅《初集》卷二样本,共误写八个、脱写六个。

初四日(8月14日)　晴。晓起,翻阅《通考》三、四、五、六、七、八共六套,皆完好。饭后曝书,改成断句四首。下午,以事辍读。

初五日(8月15日)　晴。晓起,查清账务。饭后,翻阅《通考》一、二,《通志》十一至十五,共七套,皆完好。读《左传》襄三十一年。鲁穆叔能知人之死,卒如其言,皆从赵孟、孝伯两人词气上看出。昭公"在戚而有嘉容",犹有童心,是以知其不终也。"子产毁晋垣"一篇①,诚如魏禧所云:"词令典质,与他篇员活擒纵者又不同。"子产择能而使,是相臣之能官人;其不毁乡校也,相臣之能容众;其与子皮论尹何为政一段,大公无我,后世惟诸葛武侯有此作用、有此襟怀,相臣亦难得矣哉! 下午,小云以事回去。古愚来长谈。

初六日(8月16日)　晴。晓起,以题目示薰儿:"夫如是,故远人"至"则安之",《赋得古镜照神得"神"字》。饭后,至古愚馆中,面定来岁仍旧之说。忆大兄在日,必先期来知照。今晨,予关照兆黄,然后托予转致。翻阅《通典》一、二、三、四及《通志》一、二,共六套,皆完好。午前,以事辍读。下午,收拾书籍,颇形劳顿。薄暮,有吴门王樵云来访,予以他出辞之,实未曾一面也。(页眉:文期十五。)

初七日(8月17日)　晴。晓起,翻阅《通志》,自三至十,共八套,皆完好。饭后,读《左传》昭公元年。子产辞围逆女②,正文却在"会于虢",选家取前删后,断不可从。叔孙豹不贿乐桓子③,以"伐莒,取郓"起,以叔孙归结,选文自成片段。魏禧谓:"僖、文以前,文简而味深;宣、成以后,事详而文散。"阅之,诚然。《左绣》眉批赵孟一

───────────

①②③　三圈。

段①,极可取。下午,作一便简与峙翁,明日送近课去看。

初八日(8月18日) 晴。晓起,命一舟送文至吴江,一舟去载小云。饭后,收拾书籍。读《左传》昭元年。子产逐子南②,子南已聘之妇,子晳强委禽焉,其曲本在子晳,子产先逐子南,正为杀子晳地步。待凶人不可无术。后子奔晋③,智能料赵孟之"玩岁愒日",不久将死,全不思居宠思危,惧而出奔,盖不学无术人也。子产论实沈、台骀④,与医和之论"淫生六疾"⑤,同一至精至微语,良医、良相合传,宜也。昭二年。"韩宣子来聘"⑥,《经世》不选,未知何故?下午,小云已到馆。接子谦示薰儿信,来岁仍旧之说,转致小云面定矣。薄暮,吴江船已回,前期文峙翁已改来。闻峙翁小腹上起一小瘰,现在延郡中外科医治。

初九日(8月19日) 晴。晓起,看峙翁改本三篇,无一处轻放过。此种名师,宜以长生祝之。饭后,读《左传》昭三年。晏子、叔向论齐晋之衰⑦,良臣蒿目时艰,不觉对知己吐露,语语切中,可谓伤心,然究不能弥缝匡救,何也?婴、肸之才,不如子产,想亦无能为役。春秋田氏代齐、三卿分晋,此其中盖有天焉。齐公孙灶卒⑧,文虽短而情味实长,魏氏却不选。下午静坐。吴先生晨来。

初十日(8月20日) 晴。晓起,灌花,似有秋旱之象。饭后,以事辍读。午前,秋园侄媳来,以家事相诉,予劝其只宜含忍。盖目前尚可过去,即吃亏几三分,总在同堂受用。一不相容,恐日后诸多掣肘也。下午静坐。

十一日(8月21日) 晴。晓起,以题目示薰儿:《言中伦,行中虑》《赋得已凉天气未寒时得"凉"字》。饭后,因远孙寒热久缠,命人去请顾小园,即玉田之季子。今午,以事辍读。中午,微有雨。下午静

①③ 双圈。

②④⑤⑥⑧ 三圈。

⑦ 四圈。

坐。顾小园来,诊视远孙之疾。据云,吸受暑湿之邪,切忌西瓜、虾蟹等物,处一方而去。竹安甥问及前存诗稿,未知动笔不?予已健忘之矣。暇时寻出,须过目一遍为妙。刻已阅过,尚有可取之句。(页眉:文期十六。)

　　十二日(8月22日)　阴。晏起。饭后,读《左传》昭四年。"椒举如晋求诸侯"①,合下"会申"②为一篇。魏选往往如此,以成片段。申丰论雨雹③,魏引胡安国之说极详。楚子戮齐庆封④,是满则将覆之候。"子产作丘赋"⑤,虽是权宜救急之法,然能"苟利社稷,死生以之",千载下如见相臣之心。穆子死,昭子杀竖牛⑥,竖牛不足责,惜叔孙贤者,一外淫,遂致身死,二子杀逐,可不戒哉?下午静坐。今晨七月半节前,大兄两子婿来灵前设祭,薰儿应酬去,予实以病肺不能陪客也。竹安甥诗,已点出加评,以了其事。

　　十三日(8月23日)　晴。晏起。饭后,命舟去请顾小园。远孙寒热已凉,是药之功也。读《左传》昭五年。蓬启强论晋不可辱⑦,是《左传》第一首警快辩驳文字。中分三大段,先论理不可耻,次论势不可耻,末论情不可耻⑧。魏氏云:"透确条理,可为奏疏之法。"蹶由对楚⑨,魏氏谓:"与'阴饴甥会秦伯''烛之武退秦师'⑩俱辞令妙品,至'展喜犒齐''知罃对楚子',亦是善辞,终不得比。"今读之,信然。下午,作《养馀斋诗集总目自序》一篇及《知止集自序》一篇。予此番刻诗,并不乞人作序,并从前序文,一概删去。须知诗之能传与否,不由他人见重,全在责诸己耳。顾小园来覆诊,处一方,与前大同小异。

----

　　①②④⑤　三圈。

　　③⑦⑨　四圈。

　　⑥　双圈。

　　⑧　"理""势""情"三字均为三圈。

　　⑩　此二篇均为三圈。

十四日(8月24日)　晴。晓起,曝书。饭后,读《左传》昭公六年。子产铸刑书①,治乱国,须用重典,子产亦不幸生叔季之世乎?华合比奔卫②。坎埋书,伊戾以诬大子痤,寺人柳又以之诬华合比。平公已知前事,而仍信之,盖闇者多疑,多疑者人易欺。楚弃疾过郑③,所谓以德报怨,最足感化愚悍。魏评"若后世"一段④,可参观。七年。楚申无宇断王旌,执人于王宫⑤。楚灵王曰:"盗有宠,未可得也。"横人乃作此趣语。子产立公孙泄⑥,是一篇鬼说,却论得至精至微,前半处置尤当。孟僖子属子学礼于仲尼⑦,时孔子年三十有五,《左绣》俞宁世眉评可细玩。中午祀先。下午静坐。

十五日(8月25日)　晴。晓起,曝书。饭后,读《左传》昭八年。师旷论石言⑧,石言于晋,经不书,怪也。王使桓伯让晋⑨,此时周天子尚有生色。九年。"夏四月,陈灾。"⑩《传》言:"陈,水属也。火,水妃也。"注:火畏水,故谓之"妃"。总是柔能克刚道理。妃,音"配",去声。屠蒯请佐尊⑪,与《檀弓》各有妙处。《檀弓》文布景极灵,左氏说理极精,未可分优劣也。十年。齐逐栾、高氏⑫,为陈氏得国之始,实天命所归,与晏子何尤? 晏子所言,皆有至理存焉,如"凡有血气,皆有争心"及"蕴利生孽"等语,皆可三复。寺人柳炽炭一事⑬,嬖人以饵人主,庸主多受其饵,可不戒哉? 下午,收拾书籍。适谨侄、松侄同来,梨里端本堂钱项已定见,公账归九百廿千,六股分派。另外两侄出来,主张其事,谨侄多二百千,松、竹两侄多一百千。予力劝谨侄速葬嗣父母,未知能听我言否也。

十六日(8月26日)　晴。晓起,灌花。今晨薰儿文期,以昨晚有小恙,改至明日做。饭后,读《左传》昭十一年。泉丘人女,奔僖子,

---

①③④⑦⑩⑪⑫⑬　三圈。
②⑤　双圈。
⑥⑧⑨　四圈。

僖子使助薳氏之簉,簉,副妾,音"凑"。生懿子及南宫敬叔。弃疾为蔡公①,申无宇曰:"臣闻五大不在边,五细不在庭。""末大必折,尾大不掉,君所知也。"此皆名言。十二年。南蒯以费叛②,子服惠伯曰:"忠信之事则可,不然必败。"此千古问卜不易之论。偶检近科直省试策法程,共订四册,前有东麓刘坦之序,有目录,起乾隆丙子、己卯、庚辰、壬午四科试策,附补编,文共一百〇六篇,有凡例八则。系薰儿入学时,亲友所送。兹欲转送于陆赞香之子,故记出之。下午,校阅《初集》第三卷样本,误字却少。(页眉:"簉室"出处。试策法程。)

十七日(8月27日) 晴。晓起,以题目示薰儿:《"不降其志"至"叔齐与"》;《赋得脱帽看诗得"疏"字》。饭后,读《左传》昭十三年。费叛南氏③,《左绣》眉评,孙执升之言可采。楚平王即位④,所谓彼以暴,我以仁,自然得国。魏氏文后两论宜细玩。叔向论平王有国⑤,其中得失可鉴。叔向数叔鱼之恶⑥,凡处家庭骨肉之变,苦衷难诉,处置得宜,虽圣人亦有无可如何之事。彭家屏所论,宜细玩。下午静坐。(页眉:文期十七。)

十八日(8月28日) 阴。晓起,写一租欠禀词,将便中送县,亦年年老例也。饭后,录清切庵和作,附在《三集》中。此老所作,毕竟让他一筹。薰儿呈阅课艺,就题中应有之意发挥,不蔓不支,此篇较胜。俟质诸峙翁,以定眼力。顷检《佩文韵府》"十贿"汇韵,无"万""株""汇"三字。如无出典,究系趁韵,他日宜问诸切庵。下午静坐。翻阅旧藏碑帖,适古愚来谈而止。闻吴江前任已卸事。夜闻微雨不大,时秋晴已二十余日矣。(页眉:"万""株""汇"三字宜查。)

十九日(8月29日) 阴。晓起,阅薰儿所校《初集》第三卷,尚能细心。饭后,读《左传》昭十四年。费无极去朝吴⑦,不过"在蔡,必速飞。去吴,翦其翼",寥寥两三言,已能中平王所忌,无非以利害动

---

①②③⑦ 三圈。

④⑤⑥ 四圈。

之耳。人君而不为利欲所动,虽百费无极,无能为役。平天下之君子,所以贵乎仁人也。荀吴克鼓①,前不受叛,后乃袭之,兵不厌诈,全在沉机观变耳。下午,翻阅碑帖。

二十日(8月30日) 阴。晓起,改存近作二首,欲为切庵易"万""株""汇"三字而未得。甚矣,改诗难于作也!饭后,读《左传》昭十六年。子产不与宣子环②,韩批"惟善人能受尽言"一语,可谓先得我心。今晨,远孙仍有小恙,去延顾小园。午后,小园来诊远孙。据云,暑湿未清,兼有食积,处一方而去。下午,收拾书籍。暇时,即看陈山人《福寿全书》十馀页,颇有益于身心。中引《人伦要鉴》云:"无药可延卿相寿,有钱难买子孙贤。"予最爱此种诗,道而不入于腐,惜不知何人所作也。夜间,微有雨。(页眉:《福寿全书》所引之诗。)

二十一日(8月31日) 晓起,收拾书籍。饭后,有雨,不大,东北风颇狂。读《左传》昭公十八年。子产不禳火,郑灾③。此篇从十七年冬起,至十八年七月"其敢有二心"止。总以"天道远,人道迩"两句作主,子产深得相臣器度。闵子马论学④,彭家屏所评,与《左绣》眉评俞宁世所言,大同小异。许悼公卒,书曰:"弑其君。"⑤后之论者聚讼纷纭,总以不能夺笔削之权。父疾忌医,进药而死,其心尚可问哉?齐师入纪⑥,莒寡妇以缧度城,与樊若水以丝量江同一深沉智谋。郑龙斗⑦,子产对国人之言,已开后世淳于髡、庄周一辈议论。下午静坐。暇,阅《福寿全书》"种德"一门。张汤一酷吏,而史称其推贤扬善,固宜有后;陈平一贤相,而史述其多阴谋,后世即废。皆迁、固识大体、关世教处,此理正宜三思。至古愚馆中,古愚出示《哭孙诗》七律七首,极真挚。适有去秋朱昌颐所奏漕弊一通,携归,将录出之。

二十二日(9月1日) 晴。晓起,以题目示薰儿:《"素富贵"至"行乎贫贱"》;《赋得密雨斜侵薜荔墙得"城"字》。饭后,校阅《初集》第

---

①⑤⑥⑦　三圈。

②③④　四圈。

四卷,共有三万九千三百四十七个字,写廿八日毕,约归每日一千四百有零。读《左传》昭二十年。楚杀伍奢,伍员奔吴[1],伍尚之言曰:"我能死,尔能报。"二语劲气直达。伍尚亦人杰矣哉!卫齐豹之乱[2],宗鲁之为人,虽见斥于仲尼,然有人如此,亦复难得,惜事非其主耳!下午静坐。御史朱昌颐所奏,已录出,阅过。远孙大便已解,但要避风、节食,可"勿药有喜"矣。(页眉:文期十八。《二集》今晨写起。)

二十三日(9月2日) 阴,微有晓雨。饭后,至芦墟陈得珊馆中,属黄森甫书《分湖小识》及《养馀斋初、二、三集》版头四个。适松巢、述甫同在,予拉松巢至许竹溪梦鸥阁,竹溪出示柏庭诗序,虽不古,却不俗。中午,同松巢昆季饭于森甫处,克遵四簋之约。下午,遇雨而返。今晨,芦墟有文会,题《行人子羽》,朱霭堂秉笔,新进约二十馀人,一月两期,初八、廿三。拟欲命邦崇侄孙去赴会,故记出之。卧闻雨声,终夜不止。

二十四日(9月3日) 雨。晓起,重阅《初集》卷四,尚有误处。饭后,读《左传》昭二十年。晏子论祝诅、和同。一人之言,前后不同,前典实,后扶疏,各尽其妙。子产论宽猛[3],彭家屏所评,后有不满子产处。宋华氏之乱[4],头绪极多。阅《左绣》眉批,孙执升所评[5],眉目毕清。下午,阅陈山人《福寿全书》"雅量"一门,戒酒后语、忌食时嗔。又引内典曰:"忍含百善,嘿定千差。"尤隐括奥妙。今日得晚晴。(页眉:《孝经》第一日起。中午,大雨两刻。佛语可从。)

二十五日(9月4日) 晴。晓起,成断句七首,慰古愚,近有哭孙之事。饭后,读《左传》昭二十二年。鲁取邾师[6],叔孙婼如晋,见执,不屈,与其豹同一守正。有臣如此,昭公不与共图国事,鲁之不

---

①③　四圈。
②⑥　三圈。
④⑤　双圈。

振,宜哉! 吴败楚于州来①,全仗吴公子光好谋善战。楚之弱,吴之强,乃春秋后局之一变者也。楚子常城郢②,凌稚隆之论最透彻。下午静坐。(页眉:䢵。音"绰"。)

二十六日(**9月5日**) 阴。晓起,改存昨日所成之作,终无佳思佳句,奈何! 饭后,以事辍读。下午静坐。有怀周峙亭翁,得五律一首。暇,阅《福寿全书》"口德"一门。蝉之为物,吟风吸露,最称无求,犹不免螳螂之患,为其噪也,故君子不以清高而忘慎密。此段譬喻得最醒。黄昏,倾盆大雨,雷电交作,未到一更即止。(页眉:蝉噪之喻极醒。)

二十七日(**9月6日**) 晴。晓起,命薰儿同丹林、吴甥至吴江。丹林、吴甥以事回家,薰儿特至先生处问疾。饭后,查摘南账,及午而止。下午静坐。

二十八日(**9月7日**) 晴。晓起,改存一诗。饭后,查摘南账,及午而止。薰儿自吴江回,接峙翁前月覆信,近于阴囊毛际,陡起一块,如鸭卵大,并不痛楚,欲求阳和膏及红毛膏。此事须托午亭乔梓,必须办得为要。下午,更张楹帖堂画。暇,读峙翁改本,令人心悦诚服。薄暮,三大侄孙来,亦有近日改本请阅,较去年甚有进境;惟虚缩题全不知盘旋之法,急宜留心。

二十九日(**9月8日**) 阴。晓起,改存近作,似较原本稍胜。饭后,作好一札与午亭,为峙翁托求红毛膏药。暇时,仍查摘南账,未午而止。下午,古愚复以《哭孙诗》清本见示,有触予怀,再作长句以慰之。

---

① 三圈。
② 四圈。

丁未日记四

八月，九月，十月十四日止。阅《福寿全书》《吕子节录》。兄嫂钱没于九月十二日未时。

正数四十句，二百八十个。注加三十个，双行写。落款配四行。

"蒙卦六爻，以子克家为吉；箕畴五福，得考终命而全。"此近日两邑侯挽竹里翁楹帖也。

偶阅《宋史》周子传，黄庭坚称其："人品甚高，胸怀洒落，如光风霁月。"四字恰好，当之者极难。

八　月

初一日(1847年9月9日)　晴。晓起，以题目示薰儿：《"出门如见大宾"两句》《赋得寒雨连江夜入吴得"楼"字》。饭后，查摘南账，及午而止。中午，迟孙始把笔写字。下午，校阅《二集》卷一样本，差误极多。（页眉：文期十九。）

初二日(9月10日)　晴。晓，阅《福寿全书》"内省"一门。如"'矜'字从'矛'，'伐'字从'戈'"二语。汉武帝因不移步识霍光，因不转眄识金日磾，是其静定凝重处。"王陶微时"一段。"国家设官"一节。康节诗："立身要为真男子，临事无为浅丈夫。""东坡谪海南"一段。"陈祭酒询谪安陆州同知，同僚出钱，倡为酒令"一段。顾江东举壬子解元，北上寄同学一书，非寻常尺牍可比。李文节《燕居录》云："翰林官能坏人。"说得极真。凡此皆足发人猛省也。饭后，查摘南账，以事停止。下午静坐。

初三日（9月11日）　晴。晓起，作信与古愚，并将前诗书过改过。前第二首意拙词晦，断不可存，乞付丙丁为要。以后与人诗，慎勿轻易发出，授人笑柄也。饭后，查摘南账。中午，子谦有信示薰儿，访问于烈女事，予即录一草稿与之。此事于昨日专属潘桂岩到其访问确凿，拟续采入《分湖小识》中，附在"未旌列女"之后。下午静坐。阅《福寿全书》"守雌"一门。《老子》曰："文好者皮必剥，角美者身必杀，甘泉必竭，直木必伐。"故凡人之道，心欲小，志欲大，智欲圜，行欲方，能欲多，事欲少。宰相归山，觉德机之俱杜；儒童应试，每气焰之横飞。功名途本无涯，见惯浑如闲事。有道之言。明而晦用之，刚而柔用之，此经世妙策也。李若拙自以浮沉许久，作《五知先生传》，谓知时、知难、知命、知退、知足也。

初四日（9月12日）　阴。晓起，重阅《二集》卷一。小云、薰儿所校，疑似之间，如"戚"当作"戚"，"殁"当作"没"，"振"当作"桭"，皆一一查正。饭后，查摘南账，及午而止。是日，南账毕。下午静坐。阅"守雌"一门。"元末吴有陆叟"一段，即沈万三之居停主人。葛可久、朱彦修皆名医。葛脉一人，曰："子三年疽发背，不救矣！"朱教以日饮梨汁，不致大害。后果无恙。葛知其故，叹曰："竟出朱公下，何医为？"悉取平生所论著焚之，曰："留之适以祸人。"莲之始开也，暮则复合。至不能合，则落矣。予语张棽之曰："人家富贵，如莲始开。使尝有收敛意，尚可长久。若一开不可复合，吾惧雕落之不远也。"此喻较诸牡丹花，更觉令人猛省。至古愚馆中，古愚复有诗见示。此老可称健笔。（页眉：殁。古文字。莲开复合之喻宜玩。）

初五日（9月13日）　晴。晓起，录清于烈女事，附在《小识》"未旌列女"后。饭后，查摘东账，及午而止。下午静坐。成怀人诗二首，一为周崎亭学博，一为沈笑山教授。

初六日（9月14日）　阴。晓起，以题目示薰儿：《"道不远人"至"犹以为远"》《赋得梯云取月得"生"字》。饭后，查摘东账，及午而止。下午静坐。天复雨，寒甚，有妨秀稻时节。是夜，雨声浪浪，至晓不止。（页眉：文期二十。）

　　初七日(9月15日)　雨。晓起，录清于烈女事实，后加跋语，附入《小识》中。饭后，查摘东账。午前，作好一札与殷甥。下午静坐。天有晴意。阅《福寿全书》"静观"一门。桑维翰谓交亲曰："居宰相职位，有似著鞋袜，外望虽好，其中甚不快活。"正统中，刘忠愍公球以直谏为王振所诬死。先是，球与同馆钟复雅厚，封事实约与偕，疏成，为妻所窥，泣劝乃止。明日，球如其家，复他往，妻大骂曰："汝自干事，何累及他人乎？"球惊叹曰："钟固谋妻孥耶？"遂独举。未数日，复病死，妻每号，辄曰："蚤知如此，曷与刘侍讲同死？""蜀杨廷和当国"一段①，及司马温公荐刘元城充馆职事②，皆可覆案。李燮状甄邵事③，亦快人心。午后，朗庭同玉生到八尺修市房。（页眉：新鞋袜譬喻，极有内省。）

　　初八日(9月16日)　晴。晓起，命薰儿陪三大侄孙赴芦墟文会。予于枕上得七律诗一首。饭后，查摘东账，及午而止。时晴时阴，看来天气尚不能老晴。下午静坐。阅《福寿全书》"坦游"一门。司马温公讲书，而不能答父老之问，可见智者亦有所不知。历代缙绅之祸，多肇于言语文字之激。是故诽谤激坑焚之祸，清谈激党锢之祸，台谏激新法之祸，清流激白马之祸。祸生于激，何代不然？人有偏才，相得交济。昔寇至人窜，独遗躄者、盲者待死耳。然躄者指盲者，盲者负而走，两人皆免。乃知两相为用，则无偏废之才。能与善人居，不能与恶人处，毕竟是学力未到。夫恶人如蛇蝎猛兽，戾气所钟，造物犹不能绝，第当善待之，使不能为害；而或介介疾视，若旦夕不可容，多见其不广也。天下之乱，庸庸者酿成之，皎皎者激成之。嗟乎！庸庸者何足责，皎皎者又托于君子而不可责，可若何？待君子易，待小人难，待有才之小人则又难，待有功之小人则益难。（页眉：仆不能与恶人处，故摘出之，以自警焉。）

————————

　　①②③　双圈。

（夹页：

柳老爷：

迓鹤寿明日一叙,定一自办之说,再俟别局□功既不克降临,弟当后日到府商议。)

初九日(9月17日)　阴。晓起,接何补之前后两信,并以便面惠薰儿,书法极古雅,画亦秀润,真隽才也。饭后,查摘东账,未午而止。心不欲为此事,便思投笔,年老,自己亦把握不定也。下午静坐。阅《福寿全书》"闲逸"一门。"吾辈今日,只宜读书静炤,明理观时"一段,正近日文士中就医良药,急宜书一通置座右。今午,兄子兆黄为母病延补之诊治,补之过予长谈,至黄昏,食粥而去。询及峙翁,近于小腹下结成一块,如鸭卵大,此何症也? 据云:"此乃疝气,断非流痰。痰自大腹以下,从无存积之理。切忌攻打寒凉等剂,宜以温通疏散为主;或逍遥自在,听其自散亦可。"所言极有道理,故记出之。

初十日(9月18日)　晴。晓起,闻钱中和之嫡母寿终。饭后,特至其家探丧。以八十寿母,分属平等,岂可使儿辈应酬? 午前,摘阅东账,及午而止。下午静坐。

十一日(9月19日)　晴。晓起,以事辍读。饭后,查摘东账,未午而止。心上不甚恬适。下午静坐。改存近作,终觉苦难。子才云:"改诗难于作。"真甘苦之言。

十二日(9月20日)　阴。晓起,命薰儿出吊于钱氏。今日,心识之母小殓,因欲出门,故先去一拜。饭后,薰儿同小云至梨里,大约有五六日之逗留,订定十八日清晨去载。迟孙命三大侄孙权课,每日理完熟书,再理字五百,写描朱字一页,即放学。生书且停上。暇仍查摘东南账,及午而止。上午,《二集》卷二样本写好。下午静坐。适有张妪欲至吴江,即写一信与峙翁,述鸿芬之说告之,亦热肠所发。简房沈大,持朱明府谕帖来,现在重修大成殿,合邑举董劝捐,芦墟谕迓青霞、沈翠岭、予及桂轩侄孙。看来此事,须向青霞一议。校阅《二集》卷二样本,至十页止。

十三日（**9 月 21 日**）　阴。晏起。饭后，出吊钱心识之母。今日领帖，予一茶而返。午前，校阅《二集》卷二，下午校毕。静坐。欲作《於烈女诗》，成五古一首，颇得意。毕竟题佳，有发挥。诗不可无为而作，信然！

十四日（**9 月 22 日**）　阴。晓起，录清《於烈女诗》，尚多不惬意处。饭后，潘启堂表侄来，知柯亭已仍旧了。下午静坐。阅《福寿全书》"诒谋"一门。唐仆固怀恩反，母曰："我戒汝勿反，国家酬汝不浅。"提刀逐之，曰："吾为国家杀此贼，取其心以谢军中。"李怀光初蓄异志，其子璀从帝启曰："臣父必负陛下，愿早为之备。"及怀光败而璀死，君子谓："怀恩有母，怀光有子。"张安世长子千秋与霍光子禹俱为中郎将，将兵随度辽将军范明友击乌桓。还谒大将军，光问千秋战斗方略、山川形势，千秋口对兵事，画地成图，无所忘失。光复问禹，禹不能记，曰："皆有文书。"光叹曰："霍氏衰，张氏兴也！"苏叔党过，尝读《南史》，东坡卧听之，因语叔党曰："王僧虔居建业中马粪巷，子孙贤实谦和，时人称马粪诸王为长者。东汉赞论李固云：'观胡广、赵戒如粪土。'粪之秽也，一经僧虔，便为佳号，而比胡、赵，则粪有时而不幸，汝可不知乎？"又，"敦本"一门，钱塘吴恺洪武间官四川，其父敬夫思之，作诗有云："落叶打窗风似雨，孤灯背壁夜如年。"敬夫卒，恺始以丁忧还家。又，"广慈"一门，载明仁宗两段，不愧圣明之主。（页眉："诸王马粪亦馨香"，惜无对句。）

十五日（**9 月 23 日**）　阴。晓起，成一律诗，题系"旁观"二字，盖为汝南昆季发也。饭后，查摘东南账，及午而止。下午静坐。微有雨，今夜断无月色矣。一更后，云消月出，直到天明，殊出人意外也。（页眉：夜有月。）

十六日（**9 月 24 日**）　晴。晓起，录出昨夜《迟月诗》七古一首。饭后，查摘东南账，及午而止。下午静坐。闻芦墟镇上沈家昨夜跌死一人，与前年伯兄处事相类。祸之来也，凭空而起，人可不随时修省也哉？是夜，酌账房诸君，尽欢而散。月明如水，较昨夜清景更佳。

（页眉：同上。）

十七日（9月25日）　晴。晓起，欲改存一诗，以事而止。饭后，至南传村，候逆青霞先生，酌商劝捐一事。与愚见相同：约十九日到江，先去见朱明府，然后再议章程。闻芦墟镇上谕三董，惟曹蔼亭相识。章练塘谕曼古香一人，欲并入芦墟办，恐不相联络，皆宜更定者也。中午始返。下午静坐。古愚来长谈。去后，作一信示薰儿，命舟明日去载。

十八日（9月26日）　晴。晓起，命舟去载薰儿及小云。饭后，查摘东南账。午前，有盛泽朱芹泉来成年字仓冬米，格外减价卖之。约二十日来下。下午静坐。今晚，薰儿与小云、梦仙同来。

十九日（9月27日）　晴。晓起，有感近事，作七律一首。饭后，查摘东南账，适吴婿来而止。下午，鸿芬复来诊治大嫂之病，并邀至丈石山房。杨亲母适在予家，亦以病就诊，匆匆而去。今晚，校阅《二集》卷三毕。

二十日（9月28日）　阴。晏起。饭后，检点出门账务，颇形琐屑。中午，酌小云，予父子同蕉如、梦仙陪之。下午，以事不动笔。

二十一日（9月29日）　阴。晓起，同毛老、吴婿下船。饭后，过梨里，毛老回家。午前，至平望，吴婿欲留予一饭，予力辞之。遂过怀新堂殷甥处，先入书房，晤赵海香，教弥甥识字，一见欢甚。二式甥出见后，即以先姊《行略》一通见质，其惓怀母氏之忱，足征先姊之有后。予略为酌易几字，大段可用。中午，特设一席酌予，未免过费，其实可不必也。下午，与海香畅谈。予出示《哭先姊诗》，海香为予酌易"痕"字韵，极妥。并言：吴江前辈，如赵振业，号虚白，著述极富。《左传匡谬》一书，久留在杨能格处，未见付梓。又有吴锦驰者，工诗，老于诸生。某年艰于秋试，尝作一绝云："匝地骄阳暑不堪，舍东西北梦方酣。也知三面凉风好，其奈柴门只向南①。"其寓意亦可悲矣。著有

---

① "其奈柴门只向南"原为"只为柴门户向南"，后改。

一书，惜忘其名。是夜黄昏，选之赴燕回，特来畅谈，至二更候，予方就寝。今日，惊闻海香复有丧明之痛，第四子今年十六，六月中忽得暴疾而亡。又，殷甥之内侄号吴少伯者，乌程县廪生，历试高等，今夏岁试复一等第一，明年的拟选拔，亦于六月中病亡，年只三十有一。又，城中廪生王吉门亦故。年少多才，不幸夭折，天既生之，不能成之，何耶？（页眉：大约名《松窗掌记》三卷。）

二十二日（9月30日）　晴。晓起，《先姊行略》中，甥意必欲详载予家世系，特书一纸示之，只及始迁祖及祖父两世，此处总以简净为主。饭后，予不欲逗留，即解维去。过八尺，午后到江。入城，寓云在草堂。予以六十已过之年，欲荐祖礼忏，设在大悲殿上，与雨苍僧约定廿四日起忏，廿六日圆满，故作意逗留一日。嘱丹林明日先回，并作一札与薰儿，命舟廿六日来载。晚，过峙翁处长谈，其精神气宇，不殊于昔，虽小腹中新起一核，将及三月，未见作恶，可勿药有喜也。予觅得单方一个授之，用橘核及荔枝核三个，分两相等，炙灰，陈酒冲服，高年分作两服吃。服后必泻，亦无方；或稍倦，略服参须钱许。如有效验，来岁大伏中必须再服。峙翁必欲留予一饭，予力却之。灯下，阅峙翁改本，为之一快。

二十三日（10月1日）　阴晴参半。晓起，至何局，宋老尚未到局，一切皆渠经手也。饭后，至鹤田处，复晤大雅堂中周芝田，今年八十四矣，耳目聪明，最为难得。鹤田于七月初腹泻，寒热甚重，得汗而解。近见颜色，尚不致憔悴。约予午后雷祖殿吃茶。复至朱局，前单均已收讫，略有推收检查，有对有不对。予重至何局，晤宋老，前单亦已收讫。中午回寓，即将底数录清，因近日健忘故也。下午静坐片刻，出门散步，晤赵龙门、王梅生。装潢店内，晤倪兰庄，即蕴山外甥婿之胞叔，见予款接甚恭。最后，在雷祖殿茗饮，晤切庵老友。谈及崇明县今年新进黄逢辰，真美才也，必发无疑。抵暮归寓，闻周芝田老辈云，金瑶冈之第四子，号藕农者，为人最为宽厚，故后起多而且贤。

二十四日（**10 月 2 日**）　阴。晓起，至县署前，观生童进场。今日朱明府观风，合两邑生童，约有三百馀人。乡间闻信极迟，故儿辈未曾上来。回寓，特至大悲殿上虔诚叩首，奉佛即以敬祖也。朝上，与诸僧同斋一次。午前，重至朱局，以倒单之事托之。路过鹤田处谈心，大以去冬岁底在雷祖殿上痛斥逆婿之言为已甚，予事后追思，亦是口过，以后置诸不论不议，最为得体。下午静坐。桂轩侄孙来谈，据在苏州寓中，曾晤叶地师，言多孟浪。予曰："走江湖人，往往如此。"薄暮，在雷祖殿茗饮。闻今日观风题《"三军可夺帅也"两句》，童题、诗题皆不知。《"诗可以兴"两句》。（页眉：文期二十一。是日破戒。）

二十五日（**10 月 3 日**）　晴。晓起，同切庵食汤饼。继至雷尊殿茗饮，晤徐北海、沈慎甫。有吴门蔡姓者，寓在殿上，谈邵子铁板数，取钱八十四文，以价廉尝试之。午前回寓。午后，重至雷祖殿，阅蔡客所算命数，毫无道理，乃骗人之法，断不足信。适遇沈良甫姨甥，邀同茗饮，复回至寓中长谈，下午始去。寓居清暇，酌成一小序，即托劳兰生录清，鹤老之季子也。薄暮，慎甫妇侄来长谈。灯下，展阅峙翁改本两篇，理题雪亮，便是制胜之技。

二十六日（**10 月 4 日**）　阴。晓起西风，极有冷意。饭后，重至峙翁处长谈，以自序质之。"亦以加选择焉"以下数言删去为净；烈女记述中，酌易几字，亦极妥当。中午回寓。下午，在寓静坐。薄暮，步至雷祖殿上，适遇盛一亭，乃四十年前旧识，今年七十有七。两子：一读书，补廪，名坎吉；一习幕客外。邀予茗饮，谈邵家事甚悉。予表姊周孺人殁于道光四年；表外甥邵宇涵殁于六年，与予同庚生，自少至壮，往还甚密。三四年间，母子相继去世，踪迹遂疏。近闻表甥媳周氏颇能支持门户，力葬舅姑以下两世之棺，教嗣子读书，虽未见成立，恐今之为丈夫者，竟有时不若也，故特记之。回寓，晤朱鸿图，乃丹林之堂弟；朱锦道，乃其异母弟。家中船已来。接青翁信，学宫公事，将来欲分办一处，所见皆同。

二十七日（10月5日）　晴。晓起，同吴甥下船，饭于舟中。午前到家。闻周粟香送试草已来过。松巢有信与薰儿，托办红毛膏药，竟无从寻觅。又闻前月廿三日文会，三大侄孙竟取在第二。下午，查清积务，为之一快。

二十八日（10月6日）　晴。晓起，覆阅小云、薰儿所校《二集》卷二，如原本不差者，"嚮"与"享"同、"款"不作"欵"之类，皆在疑似之间，容易传误，故特为记出。饭后，喜墨斋陆松亭携《小识》样本来，二卷尚缺两页，可谓庸懦之至。午前，循俗散经，家人特延紫筠庵蓉塘僧来主其事，尚为诚笃。今晨，复接陆赟香信，必欲求春木先生题卷，至再至三，其意可谓诚矣，俟到松后，必须覆之。下午，诸事料理，静坐，极妙。

二十九日（10月7日）　晴。晏起。薰儿补作观风题。饭后，校阅《二集》卷三、卷四，如"槎枒"当作"查牙"，"儵"与"倏"通，"遊"与"游"通，皆一一考正之。午前，敬侄、松侄同来，以侄孙辈不知尊卑，语言犯上，特来相诉，请予到港面斥一番。予谓："此等不肖子弟，为叔父者苟能正直无私，即以家法处之可也。予老矣，只好置诸不论不议之列。"两侄复请予写一信与竹淇侄，嘱其明日同成陶侄孙来，面谕一番何如？予颔之。两侄吃中饭而去。下午，校阅《二集》毕。适古愚来谈。薄暮，鸿芬复来，谈至黄昏后，食粥而去。予以峙翁寿诗，属渠写单条两幅，要楷书，渠亦欣然首肯之。（页眉：文期廿二。）

三十日（10月8日）　晴。晓起，写一信与竹侄，来与不来，予亦听之而已。饭后，料理杂务，明日又要出门故也。午前，竹淇同成陶侄孙来。予细问缘由，种种不直落之处，自贻伊戚，予亦不好偏断，为叔者理应周急，为侄者自宜请罪。即嘱竹淇将此意转致松侄，嘱成陶训斥其弟可也。中午，陈小泉来，谈及今冬为儿完姻。欲聚一会，十人，四百千之数。予扶持一会，以后不出不交，渠亦欣然而去。下午，欲静坐而不得，安排行李，暂息片时。

九　月

初一日（**10月9日**）　晴。晓起，率薰儿下船，饭于舟中。校阅《小识》卷一、卷二，差误者少，惜卷中、卷尾共阙四页。下午到苏，泊舟万年桥。入城，仍寓周有恒家，房屋焕然一新，大非十年前光景。闻房价仍旧，每客五分。予两主一仆，计三榻。

初二日（**10月10日**）　晴。晓起，率薰儿下船，饭于舟中。放至葑门，走候周白庵乔梓。今年书院中，薰儿考取外课，自开课以后，皆托朗圃代庖，面议酌分，已与谈定。明日自课，以后仍托朗圃始终其事。闻两书院山长，一故一辞，朱老师有《留别诗》七律四首，非擅长之笔。白庵必欲留中饭，畅谈良久而别。下午回寓，途遇刘半溪，仍馆于柳子文家。

初三日（**10月11日**）　晴。晓起，薰儿赴紫阳书院官课。饭后，予至阊门，略办家用之物。午前回寓，始知紫阳课题《"子罕言利"全章》《赋得永祚亿龄得"荣"字》。刘半溪来过，并有一信，托荐书馆。下午，至子文家答半溪。薰儿抵暮交卷。黄昏后，予已就寝，桂轩侄孙来寓，以家事相诉。其中各有不均之处，不问可知。惟宇侄今年七十有四，有子有孙，咸已成立，家计富有，必宜成功者退，此时尚不肯息肩，何耶？予谓桂轩："汝父不肯放手，总为汝曹起见。为人子者，苟能善体此意，何事不可过去？慎毋喋喋为也。"谈至深更而去。

初四日（**10月12日**）　晴。晓起无事，专候喜墨斋刻印三卷之书。饭后，重至朱东阳兑食燕两种。予年来肺中有热，最宜此物。午后，回寓静坐。喜墨斋刻工陆松亭复以三卷书尚剩几页，未能速竣，必须缓至初八日寄到北舍，风雨无阻。予亦只好听之而已。下午，桂轩复来。灯下，费老玉来寓，谈及潘功甫之为人，真不可及。其从弟顺之，壬寅秋，曾相遇于玉峰旅舍，予已心重其为人；自入词垣，散馆后，即乞假归里，振顿义庄规条，历修合族坟墓，居家内外整肃，和而能介，殆荣阳相国之替人与？老玉居停汪氏多年，汪与潘有连，故能知其详,非虚语也。谈至一更而去。(页眉:《学而》是日读起。明日先生回去,停上。)

初五日(10月13日)　晴。晓起,将行李下船。饭后解维。予以心烦不看书。趁顺帆到家,将及点灯候矣。灯下,阅笑山信,以第六子读书见托。此亦义不容辞也。(页眉:小云是日回去。)

初六日(10月14日)　晴。晓起,料理积务。饭后,补书连日以来之事。下午,命薰儿至笑山家,回覆第六子在予家读书之事。接青霞信,沈翠岭约同人于初十日到莘塔城隍庙中公议分修文庙一事,予即以名片复之。笑山之第六子复来,面订十月初一日到馆。予告以读书则在予家,看文则从汤小云,每节一千,再不可减。渠亦欣然而去。俟得暇时,宜作一札覆笑山。

初七日(10月15日)　晴。晏起。饭后,查摘北账。午前,校阅《三集》卷一,至午后而毕。下午静坐。

初八日(10月16日)　晴。晓起,命薰儿陪三大侄孙赴芦墟文会。饭后,课迟孙理《孝经》,不免浮滑,须督课之。中午,陪两侄婿吃中饭,预为先伯兄十月朝来也,俗谓之"翻绵被"。下午,校阅《三集》卷二毕。今晨,接鸿芬信,所书峙翁寿诗,极工整秀雅,真不可及。抵暮,薰儿回来,文题《壹是》,诗题《程子作字宜敬得"临"字》。题目极好。

初九日(10月17日)　阴。晏起。饭后,作好一札与青霞。适云生侄婿来谈,闻沈硕堂中年悼亡,誓不再娶,居常家法极严,故能栽培愚亭昆季出来。中午,钱中和来,谈及今冬粮米,渠仍欲将的户盖面,不肯混入沈姓花户,却有识见。下午,在兄子处候鸿芬来。抵暮,鸿芬来矣,诊视兄嫂之病,十分危笃。勉拟一方,未知能挽回否。黄昏,招鸿芬来,持螯共酌,清兴颇佳。予本欲东往,由重固里至云间,以嫂病危而止。复约十月初一为期。

初十日(10月18日)　阴。晓起,查阅"尒"字,在字典"小"部,音"迹",通作"尔",尒,汝也。又姓,《北史》有《尒朱荣传》,见四十八卷。昨袁憩棠以此字来问，故检出之。饭后，查阅北账，未午而止。下午，重阅《自撰年谱》，删去两段，较净。

十一日（10月19日）　晴。晓起，查阅北账。饭后，以兄嫂钱硕人病危而止。午前，松侄来，自悔前事之大谬，然已无及矣。作事谋始，可不慎哉！下午，作好一札与小泉，明日断不能赴约也。

十二日（10月20日）　晴。晓起，校阅《三集》卷三，未终卷。饭后，兄嫂危在顷刻。嘱朗庭至小泉处赴会酌。兄嫂殁于未时，年六十有三，择于十四日未时成殓，即书明报知亲族。薄暮，朗庭回，小泉有答信，共十四人，改作七折钱四百两。近日此日张罗，亦大不易。《分湖小识》样本前三卷，于今晚寄来，字画大不如前。

十三日（10月21日）　晴。晓起，分派账房内同事之人：匾额楹帖，陈古愚一人手笔；朱丹林书之。饭后，诸事安排楚楚，吊客尚少，较诸春间大兄殁时，反觉舒徐。夜间，设四席，酌同事诸君。

十四日（10月22日）　晴。予起来稍晚。饭后，应酬吊客，尚不致疲倦。中饭后成殓。下午，殷甥来。接谱经寄予之信，始知河南全省大旱，赈济无帑可拨，奏开捐输。甘肃、回疆张格尔徐孳滋事，以布彦泰为定西将军、奕山为参赞大臣。时事如此，可深浩叹！是夜，殷甥宿予书楼，以避烦故也。

十五日（10月23日）　微有雨。予未明即起，将连日以来之事记出。到萃和堂中，诸君尚未起来。饭后，吊客纷纷，皆邻近亲友，别无远客。予以新刻版头，嘱王少吕篆书，约十月望后写来。中午，事竣客散，惟剩大港上三侄。夜间，设三席，酌同事诸君。此番殓事，照春间略省，所谓集已成之局，诸事易办者也。今晚，复接青霞信，文庙公事，曾与翠岭、百川、实甫、吴生江诸人已有成议，然各镇袖手，吾乡亦何必汲汲耶？俟再与面商。

十六日（10月24日）　阴。晓起，查清账务。饭后，重至南传，候连青翁，以各处未曾举动，虽有成议，不妨且缓。青霞赠予单方二个，足征关注之雅。中午归家。下午，覆阅薰儿所校《三集》。

十七日(**10月25日**)　阴。晏起。饭后,作好一札答谱经。俟长田丧事,即可寄与殷甥也。暇,得查阅北账,未终页而止。下午,校阅《分湖小识》印出样本,至卷二。

十八日(**10月26日**)　阴。晓起,查清账务。饭后,作好一札答笑山。查摘北账,及午而止。下午,校阅《小识》印本卷三,复属古愚再校。

十九日(**10月27日**)　阴。晓起,嘱丹林写好两帖,封好两分,明日欲至长田。饭后,查摘北账,及午而止。下午静坐。今晨,接木芝香信,托荐馆地,缓日须作札答之。谨偲复来,殊败人意兴。灯下,校阅《三集》卷四毕。

二十日(**10月28日**)　晴。晓起无事。饭后,至长田,吊殷丈竹里之丧。两邑尊偕来,朱公极温厚和平。中午,与江城孙老世兄同席。晤选之、二式,答谱经信已寄出。回船,阅殷丈《行述》,较前年《陆太孺人行略》差为简净,惟诰命两道可以不送。

二十一日(**10月29日**)　晴。晓起,重至长田,吊殷丈竹岩之丧,即竹里胞弟。与叶铸堂、绶卿叔侄同席,谈兴极畅。饭后,晤子谦、味梅昆季。午前回船,阅述斋所撰《叔父竹岩传》文,较诸未通籍以前所作,蹊径迥别,已能洗刷时文俗调矣。竹岩翁守身如璧,毫无瑕点,盖独行士也。下午归家,静坐片时。《小识》前三卷,古愚重校一遍,尚有差误处。

二十二日(**10月30日**)　阴。晓起,微有雨。饭后,写好答笑山之札,遣人送去。《小识》校好,复过出一本。下午,检阅倒出之单,仍归原处,以便日后稽查。得闲,静坐。(页眉:《学而》大约是日复读起。)

二十三日(**10月31日**)　阴。晓起,微有雨。饭后,查阅北账毕,尚剩老祭产未曾寓目,须至明日矣。下午静坐。重校《三集》卷四,仍有差误处。

二十四日(**11月1日**)　阴。晓起,校阅《三集》卷五,至饭后而毕。午前,查阅老祭产毕。中午祀先,是先大父杏传府君忌辰。下午,菊畦侄媳来,以家事相诉,予不过力为劝解而已。世间能不欺孤寡者,其人已不可多得,风俗靡靡,日趋于下,可叹!士君子立身,先要打破义利关头,然后再定去取。惜今之为父兄者,多置之不讲,何也?

二十五日(11月2日)　阴。晓起,嘱丹林书好签头六条。《分湖小识》分上、下两册,《养馀斋初、二、三集》分金、石、丝、竹四册。饭后,重阅《自撰年谱》,再事删节。下午,古愚复来,长谈而去。

二十六日(11月3日)　晓有微雨,饭后淡晴,恐不能久。作札答戴芝香,托陈古愚带至周庄。午前,大港上两侄媳复来。迟谨侄、松侄不至,予作札与两侄,招渠明日同来,予不忍坐视孤寡也。下午静坐。

二十七日(11月4日)　晴。晓起,收拾书籍。饭后,嘱梦仙补录学册,以今春岁试止。午前,两侄先来,两侄媳继至,予力为调停其事。为孤寡者,大吃其亏;恐得便宜者,仍归乌有耳。天道好还,人亦何必孳孳也耶?下午始散。灯下,校阅《三集》卷六毕。

二十八日(11月5日)　阴。晏起。饭后,将大港上公账、近事,书明在通才底本上。予近日善忘,恐日后之茫然也。何平子之子入学,今送《居易堂文集》一部、《枫江渔父图题辞》一套、风字端砚一匣、玳瑁京刀一把,约四馀洋之物。前薰儿入学时,曾送礼物亦不少,故不可无此一答。下午,复至古愚馆中长谈。

二十九日(11月6日)　雨。晏起。饭后,重阅薰儿所校《分湖小识》前三卷样本,字画之不清楚,不可枚举,只好就其大误者补之。午前,松侄复同竹侄来,以前年分授契券,多在松侄处,宜分开各执几纸,互出合同笔据为凭。予笑谓两侄曰:"昔乾隆中年,尔祖与尔叔祖分爨时,契券悉听尔祖收拾,至今相安无事。弟兄之间,推让为先,何用此喋喋为耶?"看来竹侄误听谗言,算小不算大,以致如此。若谓松侄之欺侮乃弟,吾不信也。予竭力为分解,至薄暮而去。吾宗不燿,竟无人焉，可叹！灯下，校阅《日记补遗》一卷，以顾访溪誊清底本作主。

三十日（11月7日）　晴。晓起，与吴楚翘结算写样字数，《小识》《诗集》、补刊《日记》，共十九万八千六百四十五个，照予底账，不过多五千一百九十三个。饭后，许竹溪来，亦以《梦鸥阁题词》样本见示。新聚一会，每人出两洋之数，予亦不能却之也，先付一洋而去。吴先生云："前在嘉定，闻毛生甫已故，后人不振。"予曰："宜也。生甫平生恃才傲物，挥霍千金，不知人世间艰难二字，安能培植后人、书香继起也耶？士人当以此为戒。"吴先生亦以为然，约明日清晨送去。下午静坐。

十　月

初一日（11月8日）　晴。晓起开船，趁顺帆，由金泽、珠街阁、青浦至重固里，日已暮。鸿芬特下船相邀，予决意辞之，明日登岸。是夜，宿舟中，极酣睡，以早起故也。

初二日（11月9日）　晴。晓起，食粥。重过斡山草堂，鸿芬出见，邀至书房，数年前与书老食息处也。继平子来见，与其弟隔屋而居。予补道其子入学之喜，云："今日考书院去，故不出见。"中午，鸿芬设席款予。同饮者，为昆山许蕴山、平子昆季。予不能多酌，却能健饭。蕴山名辉，昆邑廪膳生，住漳浦镇，与薰儿为同案友，秋试亦经四回，年三十六，侍亲来就医，与鸿芬相识于白门，故邀其同叙。下午，与鸿芬并舟而行。时将至云间，重访姚子寿。舟中畅谈古今，殊不寂寞。一鼓后，始至西门外，秀南桥泊舟。

初三日（11月10日）　阴。晓起，微有雨。予仍食粥。登岸，重过归云堂，子寿、子枢先在座间，相见欢然道故，命其犹子明之、壮之出陪。前南一托予，欲为子寿翁张罗卖文钱，少为补助，然悠悠世界中，能识文字而肯解囊者，有几人哉？予现身设法，请子寿翁作一生传，面送番钱四十枚，所谓"损有馀，补不足"，受者有名，出者亦无伤也。子寿翁笑而颔之。予以《自撰年谱》及生传一篇,存在寿翁处,作为底本;并今年之诗十馀页,亦求删削,以验功夫之进退何如。中午,为予设汤饼小酌。下午,欲至叶桐君处看菊,以梁叔来而止。闻南一不在馆中,来岁可仍旧。夜间,设席酌予,却不是馆菜,极佳。同叙者,为梁叔、鸿芬及子寿翁昆季、胞侄明之也。闻壮之考书院去。是夜,饮兴极畅,予不觉为之开戒。下船将及二鼓。

初四日(11月11日) 阴。晓起开船,予不食粥,命舟人设饭,饱啖之,以昨午少吃故也。午前,在泖湖候潮,细阅子寿翁所撰《延青阁记》及《国朝文录自序》一篇,皆此翁出色之作。并借鸿芬《吕子节录》一书,凡四卷,皆有益于身心文字。午后,趁潮,过章练塘,日已暮。行至金泽近乡龚家港,泊舟住宿,云去镇尚有八九里。家中馆课题:《"恶称人之恶者"两句》《赋得良时不再来"时"字》。(页眉:文期廿三。《学而》是日读起,后先生回去,直至九月二十后三大侄孙上起。此要记在九月初四日。)

初五日(11月12日) 晓起,微有雨,饭后放晴。破晓开船,到家不过辰后。闻《小识》卷四尚未奏功,约初十左右寄来。中午,补作七律二首、五律一首。下午,查清账务,明日将嘱朗庭先去发限单。

初六日(11月13日) 晴。晏起。饭后,录清近作四首。午前,松巢来,遂留盘桓一日。中午祀先,是十月朝节。下午,与松巢畅谈立身处世,太恭则劳,况恭而无礼者乎?世风愈下,以谄为恭,玷辱祖先,传为口实,我不知其是何肺腑也耶?因有感书此。暇,作好两札,一与南一,一答赟香。南一信寄与松巢,赟香信寄与子谦。

初七日(11月14日) 晴。晏起。饭后,写好南一一信、赟香一信。予平生于此种事,亦不肯苟。程子云:"作字宜敬。"信有道之言。下午,收换字画,以闲人作闲事,一堂中亦不可废。灯下,持螯酌酒,与松巢畅谈愚亭之为人,毕竟诚笃;城中如王吉士、叶子音,不失为孝廉中人。

初八日(11月15日) 阴。晏起。饭后,命舟送松巢至芦墟。

舟回,接《壹是》题会卷。霭堂拟作,极合时宜。下午,查出入账,尚不
致有亏。以积年陈货之有馀,补近日开销之不足,似若无妨;苟遇年
岁不登,必亏无疑。以后须常存一"节"字在胸中。

初九日(11月16日)　晴。晓起,命薰儿出吊梨里。饭后,接少
吕信,为文郎廿一日行聘,二十日请冰人,招予同往。其意颇诚,即作
札答之。午前,至古愚馆中,谈及赵老鸣之为人极宽厚,即范姨甥女
之女夫。中午,潘桂岩来,劝予今岁取租,如东兽、东西月三圩,可不
必加了。其言甚属有理。下午静坐,微有倦意。

初十日(11月17日)　不风而晴,初冬可爱。晓起,杂书断句二
首。饭后,阅《吕子节录》一书,共四卷,乃桂林陈弘谋评辑,首有弘谋
序及《呻吟语》原序,乾隆元年校刊,培远堂藏板,从鸿芬处借来。卷
三"人品"一门:"以文艺自多,浮薄之心也;以富贵自雄,卑陋之见也,
而雄富贵者尤鄙。"愚谓人必先去此心,然后能入学。正直忠厚,各有
好处。"然而激天下之祸者,正直之过;养天下之祸者,忠厚之过。"愚
谓此两等人,皆不失为君子,兼而有之,时中之难。"器量"一门,"忍"
"激"二字,是祸福关。愚平生不能忍、过于激,是大病根。近思消除
此疾,莫过一"忍"字良方。规模先要个阔大,意思先要个安闲。"褊
急"二字,处世之大碍也。愚前半生,总犯一"急"字。"识见"一门:
"无用之朴,君子不贵。德慧术知,亦不可无。"愚谓"朴"字只可处家,
不能应世。士之所以可尊可贵者,以有道也。气高,欲人尊己;志卑,
欲人利己,便非真读书人。下午静坐。桂轩侄孙同青浦沈杏亭来送
贡卷,是宇侄之妇侄,名树金,住青浦东门外南村。(页眉:《吕子节
录》一书。)

十一日(11月18日)　阴。晓起,微有雨。查清账务。饭后,阅
《吕子节录》卷三"诚实"一门。"充好名之心,父母、兄弟、妻子都顾不
得,如叶人证父攘羊、仲子恶兄受鹅、周泽奏妻破戒,皆好名之心为之
也。"愚谓近世名士真不足重,亦于此可见。"盗只是欺人,此心有一
毫欺人、一事欺人、一语欺人,人虽不知,即未发觉之盗也。谚云:'瞒

心昧己。'有味哉！其言之矣。欺世盗名其过大，瞒心昧己其过深。"案，此段从"毋自欺"透发出来，更觉警醒。"敦伦"一门："欲子孙善，莫如正家法。家法正，而子孙染于气习，不待教而似之矣。"此即"修齐"之一端也。"处人"一门："和气平心发出来，如春风拂弱柳，细雨润新苗，何等舒泰、何等感通！或曰：'不似无骨力乎?'曰：'辟之玉，坚刚未尝不坚刚，温润未尝不温润。'"案，此即"外和内介"四字尽之。"应事"一门："恒言'平稳'二字，极可玩。盖天下之事，惟平则稳。故君子居易。"愚案，《庄子》"平为福"三字，亦与理学相通。中午，沈怡苍书客来，买朱鹤龄《诗经通义》六册①、段玉裁《周礼汉读考》四册②、沈自南《艺林汇考》四册、《宋李文定公纲诗文集》四册③、明王鏊《春秋词命》一册、《归钱尺牍》三册、程嘉燧《松圆偈庵文集》二册④、《周振业遗集》二册、袁谷芳《秋草文随》四册⑤，约番钱四元。下午，略阅诸书序目。今晨馆课题：《"迩之事父"两句》《赋得蝉鸣高树间得"高"字》。（页眉：文期廿四。）

十二日(11月19日)　雨。晏起。饭后，翻阅昨日所得之书，《周意庭遗集》不甚合意，馀皆可藏可读。下午，查阅袁氏《松陵[诗]征》，如周意庭前辈，皆选中矫矫者，大约以理学胜。

十三日(11月20日)　晴。晓起，命仆洒扫养馀斋。饭后，阅《吕子节录》卷三"应事"一门："天下之事，每得于从容，而失之急遽。""事到手，且莫急，便要缓缓想；想得时，切莫缓，便要急急行。"是能斟酌于缓急之间。"居官"一门："做官都是苦事，为官原是苦人。"今人只去寻乐，知之者鲜矣。案，"居官"一门，说得最为透辟。今之为上者，苟能存万分之一于胸中，便是好，其如大相径庭乎？卷四"治道"一门："圣人之宽厚，不使人有所恃；圣人之精明，不使人无所容。"陈评："宽厚而权常在己，故人无所恃；精明而体贴人情，故人有所容。"

---

① 三圈。

②③④⑤ 双圈。

"谋非集众不精,断非一己不决。"此二语是古圣王治天下之妙法。"善用威者不轻怒,善用恩者不妄施。"平天下之君子,尤宜三复。"教化"一门:"智慧长于精神,精神生于喜悦。故责人者,与其怒之也,不若教之;与其教之也,不若化之。"夫子循循善诱,当时成就多少人材出来,为千古教人之宗。"乡有缙绅,乡之殃也,风教之蠹也。"为缙绅者,可不戒哉!此一段不仅此三语。不为家邦之福,而为乡里之殃,今之得了科第者,往往置产虐佃,但知利己,身后无穷之累,彼昏不知,可叹,可叹!"足恭过厚,繁文密节,皆名教之罪人也。""俗气入膏肓,扁鹊不能治。"人能存几分道理在胸中,便不俗。"用人"一门:"驼负百钧,蚁负一粒,各尽其力也。象饮数石,鼷饮一勺,各充其量也。"此为用人当因其材说。"御民"一门:"骄惯之极,父不能制子,君不能制臣,夫不能制妻。"陈评:"人知威胜之弊,而不知恩胜之害。威胜者,可救以恩;恩胜者,威不能制。""功业"一门,谓西晋王衍一辈人,开衅于《庄》《列》,而基恶于巢、由,信然。中午,阅《吕子节录》书毕。此书极简而明,极细而大,在上在下人,皆可奉为师承。下午静坐。偶检《明史类稿》列传一百〇五卷《吕坤传》[1],载《陈天下安危》一疏[2],可谓痛哭流涕之言,今日无此臣,断无此种奏疏矣,可叹、可叹!(页眉:为缙绅者,不可不警。吕坤《陈天下安危》一疏可重读。)

十四日(11月21日) 晴。晏起。始有寒意。饭后,阅查账务毕。检换书斋中字画。下午静坐。

---

[1] 三圈。
[2] 四圈。

丁未日记五

十月十五日，十一月，十二月。附戊申正月。阅袁实堂①古文、《颜氏家训》。正月，阅《杨园先生备忘录》，至卷二。

入则孝，出则悌，守弟子之规，毋染俗学；
颂其诗，读其书，行古人之道，不愧儒林。
此楹帖为迟孙作，将悬诸二加堂中。

《学津讨原》
首有洪亮吉序、劳树棠序及张海鹏自序，凡例八条。
此书本汲古阁毛氏《津逮秘书》而增损之，凡得书一百七十馀种，刻于嘉庆中年。实一百八十二种，二百四十册。

十 月

十五日（1847 年 11 月 22 日） 晴。晏起。饭后，作好一札与峙翁。午前，云生侄婿来，为岳母钱硕人上座亭。予率薰儿陪之，中午同席。下午客去，在书斋静坐。

十六日（11 月 23 日） 晴。晏起。饭后，写好峙翁一札，并封好

---

① 袁谷芳，字慧相，又字实堂，安徽宣城人。乾隆十七年举人，官江苏震泽县儒学训导。自少时好为古文，与四方名宿交游，讲求法度，笔力在介甫、老泉之间。著有《秋草文随》《归田诗稿》等。

寿诗一匣,以便寄去。中午,接吴门韩履卿崇①生母林太安人讣,于前月寿终,是月廿七日领帖。履卿虽属一面之交,绝无贵介气。母以子重,此番不可不去一吊。下午静坐。偶阅袁实堂古文,为之一快。课题《仲尼,日月也》《赋得高志局四海得"堂"字》。(页眉:文期廿五。)

十七日(11月24日) 阴。晏起。饭后,命工修剪桂树。其法:凡枝头横生者,皆去之,老干方能直上。暇,将王文恪公《春秋词命》一书检各本对读一过。下午静坐。阅《震川尺牍》,卷二二十一页《上宋陟台书》②,可与子厚书并读,有至性人,自能为至文也。

十八日(11月25日) 晴。晏起。饭后,朱书客以《学津讨原》一书求售,予以无可藏之处,置之不得;得文三桥③图章三方:一"师古",一"守黑",一"寸心千古"。下午静坐。

十九日(11月26日) 晴。晏起。饭后,阅袁实堂先生古文,洵有德之言。《王北溪制义序》云:"四子书一日不亡,则时文一日不废。"二语真为知言。《乐有堂记云》:"诸子今日读书,不患无其境、无其时,反患无其志。"此言诚然,然非熟读孔孟之书,断不能为此言。《床上书连屋记》云:"欲治俗,莫如书。"此六字,慧楼评曰:"真千古格言。"可谓先得我心。卷二记文并佳。下午,安排行李,明日欲至盛泽。

二十日(11月27日) 阴。晓起开船。舟中,阅《秋草文随》,自

---

① 韩崇(1783—1860),字履卿,一字元芝,号南阳学子,清代吴县人。藏书处名宝铁斋、宝鼎山房,金石图书盈室,储藏秘本甚多。为吴大澂外祖父。工书,嗜金石,著有《宝铁斋金石文字跋尾》《宝铁斋诗录》等。

② 三圈。

③ 文彭(1497—1573),字寿承,号三桥、三桥居士、渔阳子,长洲人。南京国子监博士,人称"文国博"。为文徵明长子。精鉴藏,工诗文,善书画,尤精工篆刻。著有《博士集》《五经讲义》《印章集说》等。

卷三起，凡有关系纲常名教之文①，皆圈出在题首。卷七，《例贡生徐公墓志铭》铭辞极古。卷八皆哀辞，亦有独到处。午后，抵盛泽姚家浜。先过梦琴寓斋，晤笠君，闻南一于十三日到松江府署。下午，过二宜堂，主人少吕出见后，晤蔡岭香、殷希民。希民见予落落，亦无足怪。惟前月有父之丧，予曾亲自往吊，见面并不叩谢，若无其事。近日缙绅子弟，礼久不讲，可叹可叹！是夜，主人酧媒，设五席，岭香独坐一席，重冰人也。予与张香梨同坐。晤葛梧轩，即先伯兄之姨甥；顾一山，主人之妇侄；及郑霁山，为秀水诸生。主人固留登岸信宿，予坚辞之，以避烦故，宿舟中。此一行也，因少吕连次见过，不可不答，借此以敦夙约耳。今日，始知同门孙世兄号织霞。问岭香松陵张隽②，系国初人，与徐俟斋先生③同时。岭香曾藏其尺牍云。（页眉：为缙绅子弟戒。）

二十一日(11月28日) 晴。破晓开船。饭后，至梨里泊舟，予不登岸。上午，胃气不清，隔夜食物太杂所致。以后夜间断不可赴燕，或至戚不得已应酬，终以少食为主。午后到家，薰儿出吊已回。约鸿芬十一月初一日来。

二十二日(11月29日) 晴。晏起。饭后，作札答同里严宝珊。昨接五月中见惠之信，不知从何处寄来。信中欲索予诗集一部，兹特付去，将与邻人顾士元，故先为封好。严名逢金，年约四十馀，在昆寓

---

① 三圈。

② 张隽(1593?—1663)，一名僧愿，字非仲，又字文通，江苏吴江人。为博士弟子员，复社名彦。为庄廷鑨所聘，与修《明史辑略》。著有《西庐诗草》四卷。藏书甚富，有藏印曰"张隽一字文通""张隽之印""字文通""一字文通"等。

③ 徐枋(1622—1694)，字昭法，号俟斋，自署秦馀山人，长洲人。崇祯十五年举人。以高节著名，与昆山朱柏庐、吴县杨无咎合称"吴中三高士"，又与宣城沈寿民、嘉兴巢鸣盛并称"海内三遗民"。书善行草，工画山水。编辑《通鉴记事类聚》三百二十卷，著有《廿一史文汇》《读史稗语》《读史杂钞》《建元同文录》《徐氏家谱》《居易堂集》等。

不过一面耳。刻检《居易堂集》，不见张隽其人，恐岭香之言未确。《春秋词命》，《府志》七十五卷"艺文一"内载其书目。下午，时有还租来，命薰儿同丹林收之。

二十三日（11 月 30 日）　晴。晏起。饭后，在限厅上看收租。间有灾者，格外让之。下午，查清账务。

二十四日（12 月 1 日）　阴，始有风信，从西北来。饭后，命薰儿至许庄陈小泉处贺喜。午前，子妇率远孙归来。接子谦示薰儿信，因河南大荒，同人欲为助赈之举，予即代作一札覆之。此事恐鞭长莫及，予岂能舍近图远也耶？俟儿归后，宜作一札，婉言再为致意。下午，收租始毕。今日上午极忙。

二十五日（12 月 2 日）　晴，风稍息。饭后，看收租。中午，薰儿自许庄归。始知迎娶先一日，新人已于廿三日过门矣，恰好不逢此风信。下午，安排行李，今夜宿舟中。黄昏卧后，胃气不和，大约多食熟栗之故。

二十六日（12 月 3 日）　晴。破晓开船，又转东南风。起，阅《牧斋尺牍》卷二，中有荐朱长孺与毛子晋一札，可资考证。牧斋著有《吴中文献》一书，曾嘱长孺为之参订，未知已付梓否？饭后，篷窗独坐，成《丁未生日诗》七律一首，颇费推敲。近日家居，不能作诗，多成诸船唇蓬背中，惟能静故也。安得脱去家累，作人间清闲中人耶？下午抵苏，进葑门，泊舟火神庙前。因时尚早，先往韩宅吊焉，一茶而返。郡城人家开吊，非至戚不吃饭，其例极简省可法。舟回，至万年桥，尚未点灯。入城，过喜墨斋，《小识》卷四、五、六尚未奏功，可谓庸劣之至！复约十一月初寄来，予亦无可如何而已。以雨故，即返舟中食粥。今晚颇赶紧，不受泥涂之滑，若迟至明日，恐不能免。凡事可行则行，稍缓不得也。

二十七日（12 月 4 日）　晴。晓起入城，特招陆松亭到舟中，给付洋饼五番，以版头字样付之，或可望其迅速奏功。饭后开船，西风大作，趁帆到江，尚在午前。重过周崎翁处，前期课文均已看好，并以答信见示，极为周到。匆匆不及长谈。下船，欲至城中，忽胃气不和，继之以吐，即命开船。行至施家库，日已下舂，风声如虎，只得停舟夜泊，幸胃气已平。检阅峙翁改本，为之一快。舟中夜不安寐，枕上成七律一首、七古一首、五律一首、七绝一首。

二十八日（**12 月 5 日**）　晴。晓起，风稍息。舟子寒甚，请炊饭以解寒，予额之，不欲汲汲也。饭后，趁顺风，到家极早。下午，查清账务，欲录出近作而不果。

二十九日（**12 月 6 日**）　晴。晏起。饭后，在限厅上看收租极忙。抵暮，共收四百石左右。

三十日（**12 月 7 日**）　晴。晓起，即至限厅上看收租，计收三餘石。今日飞限末日。自开限至今，共收一千三百餘石，已有一半功程。虽从宽办理，尚不致有亏，人亦何苦以尅剥居心也耶？

十一月

初一日（**12 月 8 日**）　晴。晏起。饭后，租务极清闲。记昨午有大富圩关帝庙僧号法传者，被盗强劫，衣被一空，哀求布施。予给与布被资，聊开方便之门耳。近日之盗，毫无道理，亦随世风为转移，可笑。录清近作二首，一七古、一七律。又闻芦墟陈秋山病在垂危，其子虎生遭此挫折，艰于一衿。虽曰命数使然，亦由平素不能潜心发愤耳。时不可失，凡我子孙，总以及早努力为贵。下午，迟鸿芬不至，或别有所阻，亦未可知。

初二日（**12 月 9 日**）　阴。晏起。饭后，点阅《春秋词命》，至昭十六年。下午静坐。

初三日（**12 月 10 日**）　晴。晏起。饭后，点阅《春秋词命》，至昭四年。昨书房有问"牛衣对泣"，乃王章事，非王尊也。又，"西华葛帔"乃梁任昉诸子事，见《文选》刘孝标《广绝交论》。王章见《前汉书》七十六卷《两王传》中。时号为"三王"，盖谓王尊、王章及王阳之子王骏也。下午静坐。

初四日(12月11日) 阴。晏起。饭后,点阅《春秋词命》卷下毕。复事《林杜合注》[①]袖珍一书,照岳板圈点,自昭二十四年至二十五年。盖夏间未竟之业,今欲始终其事耳。岳板圈点极当,眉批亦有可取之处。虽非稼书先生[②]的笔,盖过本之佳者,勿轻视也。下午静坐。灯下,接陆赟香答信,笔墨颇雅。(页眉:复事盲左。)

初五日(12月12日) 阴。晓起,闻西风复发,寒甚。饭后,始换重裘。兄子兆黄来,请问行欠事。予意且缓,因头限未毕也。下午静坐。昨赟香信中有仰蒙"鼎吕"二字,初阅不解,继思即"鼎力"二字之意,文人有意好新,往往如此。查《韵府》"六语"吕韵,有"鼎吕"二字,引范成大诗:"安国如鼎吕。"然究非此二字母家也。格致之难,即小可见。"学然后知不足"一语,真千古不易之常经。为后生者,慎毋一知半解,便侈然自足也哉!(页眉:"鼎吕"。)

初六日(12月13日) 晴。晏起。寒甚。饭后,圈阅《杜林合注》,至昭二十六年,以手战而止。下午静坐。今午,小云到馆,已停两月,来岁必须补偿,方可不负所请。不然,其若功课何?偶阅《颜氏家训》"治家篇",引太公云:"养女太多,一费也。"陈蕃云:"盗不过五女之门。"世俗相传之语,亦有所本。

初七日(12月14日) 晴。晏起。饭后,在限厅上看收租,至晚而毕。今晨,接劳蓝生信,托荐其外舅沈霭士馆地,便中宜作札答之。蓝生为鹤田老友之季子,字迹端楷,文理清楚,居然有造才也,可喜可喜。

---

① 即《左传杜林合注》五十卷,明王道焜、赵如源同编。见《四库全书总目》卷二十八(永瑢等撰《四库全书总目》上册,中华书局,1965年,第234页)。

② 陆陇其(1630—1692),字稼书,浙江平湖人。康熙九年进士及第。授嘉定县令,治行称天下第一。乾隆二年,赐谥清献。著有《三鱼堂集》十二卷、《外集》六卷、《剩言》十二卷、《松阳讲义》十二卷、《四书讲义困勉录正续》三十七卷、《问学录》四卷、《读朱随笔》四卷、《读礼志疑》六卷等。《清史稿》卷二百六十五有传。

初八日(**12月15日**)　晴。晏起,稍暖。饭后,在限厅上看收租。上午极忙,下午寥寥。成《寒窗杂咏》七律四首。

初九日(**12月16日**)　阴。晏起。饭后,微有雨。在限厅看收租。下午,以雨阻,故来者寥寥。偶阅《颜氏家训》,至"风操篇"。今晚,闻陈秋山于初七日身故。虎生欲得一衿,难已哉!可见些小功名,亦有定数。若以人力胜天,非大有作为人不能。举世悠悠,吾未之见也。

初十日(**12月17日**)　阴。晓起,微有雨。饭后,在限厅看收租。至晚,约收二百馀石。今日头限已毕,共收贰千二百石。因年岁歉收,明日头限再放五日,亦恤佃之一法也。

十一日(**12月18日**)　晴。晓起,晤玉生表侄,欲予作一《恤嫠会序》,予命薰儿代拟之。时吴江盛韵楼,为玉生之侄倩,素以砚田糊口,今秋病故,一孤一寡,贫不能存,故有此举。饭后,录清近作,将命三大侄孙誊出。下午静坐。接竹溪信,欲索刻资一番。前虽挼过一枚,此小费,不可不应酬。灯下,即作札答之。

十二日(**12月19日**)　阴。晓起,拟《恤嫠会序》,因昨夜薰儿所作不甚清切,此等总以简洁为主。饭后,点阅《杜林合注》,适陆松亭以《小识》后三卷样本来而止。先将前三卷补好处重校,尚有差误。下午,校阅后三卷,似较前刻略胜。

十三日(**12月20日**)　晴。晏起。饭后,将"列女"一门,命薰儿对读一遍,却无差误。下午,小云所校前三卷尚有误处,如"爨"字误写"興"字头之类。

十四日(**12月21日**)　阴。晓起,与陆松亭言定《分湖小识》补好后,先印订一百部,约月杪来取。饭后,查《行水金鉴》一书,共一百七十五卷,国朝傅泽洪撰。泽洪字稚君,镶红旗汉军,官至淮扬道按察司副使,康雍间人,见《钦定四库全书总目·史部·地理类》第一册中。近闻湖督某欲重刊是书,未知确否?又,《三吴水利录》四卷,明归有光撰;《吴江水利考》五卷,明沈㟻撰:皆有用之书,可备检阅。今日上午极闲，戏作《课孙诗》五绝句，少近俚，不妨也。予平生殊不好弄，惟以诗排遣，况当耳顺之年，尚复何求？为名为利，都不计也。下午，天复雨。明日冬至起九，西风又要戒寒矣。夜雨不止。（页眉：《行水金鉴》。《三吴水利录》《吴江水利考》。）

十五日（**12 月 22 日**）　晴。晓起，改存近作。饭后，阅《颜氏家训》"勉学篇"，此篇最为反覆详明，后人引用极多。"文章三易"之说，见"文章篇"第八段中，乃沈隐侯之言。"名实篇"第四段中云："夫修善立名，亦犹筑室树果，生则获其利，死则遗其泽。"以此立名最好。午前，西风大作。转移之力，仅在目前。圣人与天地参，风俗败坏，只要君相一转移之耳。因有感及之。下午，至古愚馆中长谈，以《小识》后三卷属其校阅一过。夜复雨。（页眉：冬至。）

十六日（**12 月 23 日**）　雨。晏起。饭后，阅《颜氏家训》"归心篇"，堕入禅障，儒者不应为此言。中午，冬至节祀先。厅楼下，树主之；家祠内，仍命薰儿主之。下午，与小云对酌，陶然而止。昨日头限始毕，共收贰千三百五十石，约归八成。

十七日（**12 月 24 日**）　晴，天心真不可测。饭后，圈阅《杜林合注》，至昭二十九年。下午静坐，忽发痧、呕吐，服紫金锭而愈。予今冬如此疾作，已两次矣，总由正气渐衰之故，不可不慎。

十八日（**12 月 25 日**）　晴，不风而寒。晏起。饭后，薰儿携示沈六子《楂糕》五排十六韵，颇有佳句，如："酸风经酝酿，香露发英华。""饷客珍难匹，持杯佐最嘉。""烛光争烂漫，卍字印横斜。"通体亦称，此子将来必以诗得名；惟时文殊不清楚，须加精进之功为要。下午，家人为予刮出一背痧，庶不致再发。按，"痧"字，《字典》《韵府》多不载，未知出于何书。眼前字已不晓母家，况六合以外、千古以上乎？甚矣！学问之难也。（页眉："痧"字不晓出处。）

十九日（**12 月 26 日**）　晴。晏起。饭后，沉吟一诗，未妥而止。圈阅《左林合注》，至昭三十二年。中午，接王珠亭信，前款又约至来春二月中矣。下午静坐，得五律二首，盖为前日疾作故也。

二十日(12月27日)　晴。晏起。饭后,圈阅《杜林合注》,至定公三年。下午,偶阅《颜氏家训》下册"音辞篇":"'甫'者,男子之美称,古书多假借为'父'字;北人遂无一人呼为'甫'者,亦所未喻。唯管仲、范增之号,须依字读耳。"管号"仲父",范号"亚父"。"杂艺篇":"真草书迹,微须留意。江南谚云:'尺牍书疏,千里面目也。'"赵表姊来,遂留信宿。系吾母之胞侄女,今年七十有四。忆自戊戌年秋间,曾来盘桓数日,迄今将及十载。境遇不佳,而春秋益高,令人不堪回首。此种亲戚,吾断不肯薄待也。夜雨不止。(页眉:借"甫"为"父"。)

二十一日(12月28日)　晓闻西北风。晏起。枕上成七律一首。饭后,阅汤点山①《栖饮草堂诗钞》,共六卷。卷首序文,以秦瀛②为最佳。后有莱阳初彭龄③题词五律四首④,真作手也。卷一,五古,《南山纪游》诸作⑤;七古,《南宋石经歌》《同王检叔观潮戏作长歌》⑥《招勇将军宝刀歌》⑦,皆合作也。下午辍读。接骈生信,以三节妇见示,当入诸续采中。

二十二日(12月29日)　晴。连日和暖,今日始有寒意。晏起。饭后,阅《栖饮草堂诗》卷二,未终卷。适何鸿芬有信来,以诗文见祝,惠明板杜诗一部、山舟石刻朱拓四幅、何雪渔石印一方、《百龄集庆图》一幅,约有四番之数。予厚犒使者,作信答之。中午,张梅峰、李仙同其侄来,以田事就商,予以微疾却之。渠约廿五日要复来。下

---

　　①　汤礼祥,字典三,号点山,仁和人。诸生。工诗,善治印。著有《栖饮草堂诗钞》。

　　②　秦瀛(1743—1821),字凌沧,号小岘,无锡人。乾隆三十九年举人,官至刑部侍郎。工古文。著有《小岘山人集》。

　　③　初彭龄(1749—1825),字颐园,一字绍祖,山东莱阳人。乾隆四十五年进士。授编修,擢御史,官至云南巡抚、陕西巡抚、兵部尚书。家有遂初堂,藏书多旧本精椠。

　　④⑤⑥　双圈。

　　⑦　三圈。

午,重阅点山诗卷二。五古,《清丰贤宰篇》《风麓庵》①;七古,《粥袭行》②《台湾三仁诗》③《重摹天一阁北宋石鼓拓本歌》④最佳。予得诗一联云:"官卑诗自贵,世浊我能清。"似切点山之诗、之人,拟续成之。

二十三日(12月30日)　晴,寒甚。晏起。饭后,接煦庵信,欲撮洋钱五百元,予命薰儿作札答之。洋虽如数付去,岁底完数清后,必须面与说明,不可再付。此种应世,总要随时节制。下午,录存七律四首、五律一首。

二十四日(12月31日)　晴。晏起。饭后,阅《栖饮草堂诗钞》卷三。此卷五七古颇少杰作,亦由无佳题也;五律多雅洁醇厚,尽可入选。上午看一卷,亦不能多。下午静坐。

二十五日(1848年1月1日)　晴。晓起,改存近作。饭后,查东南账未上限之户,尚有八九十亩。下午,张梅峰、李仙同其侄元之、竹娱来谈田事,不果,留夜饭而去。梅峰近习轩岐术,曾从松江贡生戴春泉因本为师。述其师精于医学,能决人生死不爽,性极狷介,故有"戴怪"之称。年逾六十而卒。惜予未及一见也。(页眉:"戴怪"。)

二十六日(1月2日)　晴。晓起,洒扫养树堂下。昨有客来,予性好洁故也。饭后,阅《栖饮草堂诗钞》卷四,皆五古怀旧诗,可备乾嘉之间一时文献。人各有小序,叙事简而能该,真作手也。卷五多五律高格,五古《重至泰州勘灾诗》⑤神似少陵。下午静坐。

二十七日(1月3日)　始有雪意。晓起,命舟送赵表姊至八尺,予与兄子共赠洋钱六番,内子特制棉袄、棉裤各一衣之。饭后,改存一诗,极得意。阅《栖饮草堂诗钞》卷六。七古如《红毛刀歌》⑥《绐云石歌》⑦,多有奇气;五律美不胜收,中有《亡室五十生辰作》云:"魂应

①②④⑤⑥　双圈。
③⑦　三圈。

添白发,寿亦到黄昏①。"予始欲易"亦"字为"不",继思原本之佳,正在"亦"字,殊令人深思也。下午,微雪满地,渐渐生寒,不复展卷矣。

二十八日(1月4日) 阴,仍有雪意。饭后,重阅点山少府诗,其尤入选者,加朱笔圈出。下午,阅《梦鸥阁诗》,亦聊以排遣而已。今晚,钱中和自金坛县锡埠买稻归。述金坛一县,为镇江府中最贫之邑。无论大小人家,每日不过一饭一粥。饭极粗粝;粥杂他物煮之,如园菜、芋艿等物,垢腻难下。食品以菜为主。客至则设小鲜一品,肉为大烹,不常食。曾见一诸生,在某家课徒,从游者一堂共有十六人,脩羊至多不过四千,食品二簋,一菜一鱼,与常客无异。一姓统于一祠,尊卑长幼之分,秩如也,无甚不肖子弟,有则不容于祠,犹有行古之道。地去苏松不及五百里,而奢俭顿殊。习俗移人,可不知其择哉?(页眉:金坛一邑之风俗。)

二十九日(1月5日) 阴,晓有雨。饭后,阅点山诗。七古时有奇气;五古以纪游、怀旧诸作为最佳,盖出入王、孟、韦、柳之间;七律不多作;集中五律,美不胜收,置诸开元、大历中,几于莫辨。名下无虚,我于点山而益信。时微雨不止,天欲酿成一番风信矣。下午静坐,雨声不止。作《冬阴诗》七律一首。今日二限末,共收米贰千四百五十石有零,归八五之数。以后盖不满二百石矣。(页眉:评点山诗。)

十二月

初一日(1月6日) 晓有雪,西风起而不透。饭后,作一开追召欠禀词,拟于岁前送出。闻东宁浜顾姓,有子妇以刚叉刺杀姑妇事。风俗败坏,至于此极!为民上者,往往置诸不问,何也?下午极寒,不能动笔。明日有人到泮水港,即作札与淡春。至古愚馆中,古愚以《北溪草堂诗稿》一册见赠。予向有此稿,为梦琴携去,久假不归;今

---

① "昏"旁有"泉"字。

复得之，不可不藏诸架上也。昨阅《国朝别裁·凡例》，载明高廷礼①选《唐诗正声》。此人要查《明诗别裁》。查过，无此人。（页眉：《北溪草堂诗稿》。）

初二日（1月7日） 晴。晏起。饭后，天寒，不能动笔。偶读《元遗山诗》，从《金诗选》本。中午，以事辍读。下午，兄子兆黄自吴江归，由单理一半有馀。闻章程照旧，缓征一分。

初三日（1月8日） 晴。晏起。饭后，命薰儿同梦仙至吴江，再理由单，大约初六日必归。中午，核算十一个月，共用足钱贰千四百千左右。平安无事，只好随进随出，损益无几；一遇有事，必至短缺。以后总宜节省为主。下午静坐。

初四日（1月9日） 阴。晏起。饭后，沈愚亭来送朱卷，一茶而去，尚能不忘故旧。重阅《遗山诗》，杰出之作，用朱笔记出。中午祀先，是吾母忌辰。下午静坐。

初五日（1月10日） 阴。晏起。饭后，重阅《遗山诗》。午前，薰儿自吴江归，因粮米要紧，吴门未去。下午，命人去叫船，作意初八日到吴。

初六日（1月11日） 雨。晏起。饭后，重阅《遗山诗》。午前，船已定叫四只。下午，安排行李。闻兄子明日运米到江。

初七日（1月12日） 微有雪，及旦而止。晓起，命人袋粮。饭后，核定由单，以备报数。下午，运米下船。粮船五只，予驾一小舟，均于今夜住宿舟中。计带米三百九十石。

初八日（1月13日） 不风而晴。晓起，开船极早，午前到江。入城，寓云在草堂。午后，走晤顾煦庵，起来须至旁晚，予不欲久留。

---

① 高棅（1350—1423），字彦恢，更名廷礼，别号漫士，福建长乐人。永乐初，以布衣征入翰林为侍诏，后升典籍。擅书画，尤工诗。与闽人林鸿、郑定、王褒、唐泰、王恭、陈亮、王偁、黄玄、周玄等号"闽中十子"。著有《啸台集》二十卷、《木天清气集》十四卷，编有《唐诗品汇》《唐诗正声》。《明史·文苑传》有传。

以由单廿二户报数七百五十袋，托萧先生，盛家廊下人，系予旧识，烦渠转致，谅无不到也。予复夹一名片在内，计正米一百八十三石三斗四升九合。下午回寓，潘启堂表侄来谈，良久而去。萧有拳勇，曾在雪巷三载，今在顾处，为防夜计耳。有子四人，均已成立。复佃南一家田，还租极早，想其人非浮薄者流，故识之。薰儿来寓，始知米已到齐。（页眉：萧教师。）

初九日(1月14日)　晴。晓起，至南仓前。饭后，煦庵有信来，发三厩。中午，进厩米三百七十九石，完见正米一百八十三石三斗四升九合，约归要毛米二石零六升几合，完正米一石。下午，在四厩上，晤凌星斋，已完过两回，可谓急公。闻同里严迁堂，近被吴回氏之灾极酷。以古稀之年，而横被奇祸，可吊可吊。冥漠难知，人但当极尽人事而已。所谓人事者，立心以忠厚为主，其他祸福之来，多不计也。

初十日(1月15日)　晴。晓起，自去理由单，尚有陆三元、萧友兰、李昌廷三畐未齐。饭后，走问鹤田老友之疾，亲到卧所，气色极清，惟畏寒，不能起来耳。自言九月中几死，不省人事者，一昼一夜。略述前事，颇有条理，今冬可保无虞。年近八十，得过且过，以后皆馀生耳。予慰劳久之。中午回寓。下午，子谦、切庵来谈，一茶而去。黄昏后，慎甫妇侄来寓，细谈逆婿之种种横逆，将来必奇祸。问及孙世兄，正字立方，别号雨香，现在蓉塘家课徒，织霞同姓不宗，予前尚在疑似也。（页眉：孙雨香。）

十一日(1月16日)　阴。晓起，阅《金诗选》。饭后，至雷祖殿茗饮，欲登厕而返。李昌廷由单已送来。午后，天欲雪，在寓静坐。作《小住》一首、《酿雪》一首，皆五言律诗。重阅《金诗选》，如麻知几九畴之七古，排纂妥帖，真能拔剑自成一队。下午，雨雪泞泥，不出门。命丁仆至仓前，送由单与兄子，回禀未到。黄昏后，积雪满地。夜半梦回，尚闻点滴声。（页眉：雪。麻九畴七古。）

十二日(1月17日)　阴。隔夜，雪已消尽。晓起，核正由单米数，惟缺三户。仍阅《金诗选》。饭后，李文昭来寓长谈，是三十前旧交。去后，仍阅《金诗选》。此选不过六十三家，采取《中州集》为主，虽乏长江大河，然清溪曲涧，亦足耐人寻玩。中午，复至汪裕昆畾内，理君彩公祭田由单一张，为数无多，容易失检，此粮不可不了。下午静坐。迟米船不至，读《文选》雪、月二赋。薄暮，薰儿来寓，即命渠去报数六百袋、沈报六十袋，明日登场。（页眉：君彩公祭田。）

十三日（1月18日）　阴。晓起，食汤饼。买一小舟至仓前。饭后，米发三廒。中午，进廒米三百五十四石，完见正米壹百七十三石二斗八升六合，内沈附正米十四石六斗○四合。夜间，虹月馆小酌，予吃夜饭而返，天已晚晴，月色颇皎洁。（页眉：晚晴。）

十四日（1月19日）　阴。晓起，命薰儿同桂岩表侄孙至吴门喜墨斋，取《分湖小识》来。予在寓开发庞寿春、李昌廷两经友，皆妇人来取去，光景殊属不堪。饭后，兄子来，欲同至顾处。闻今晨道台临仓，未知顾已出门否。命兄子先去探听，闻已出门。午后，周玉生、邱子谦相继来寓。下午，同兄子至煦安处，伫候良久，不值，遇雨而返。据述，在仓前候道台。是夜，雨声不绝点。（页眉：晚雨。）

十五日（1月20日）　雨。枕上得七律一首。晏起。饭后，读《文选》《鹏鸟》①《鹦鹉》②《鹪鹩》③三赋，又读《赭白马》④《舞鹤》⑤两赋。中午，煦庵来寓，即以折数由单面交。予九户、兄子十四户，各付过预撮洋钱二百五十元，一茶而去。时兄子适在寓中，可无劳再去走候也。下午，雨复不止，极无赖聊，重读张子平《思元赋》⑥以自遣。薄暮，子谦复来长谈，点灯而去。

十六日（1月21日）　阴，依旧东南风，恐不能起晴。晓起，至朱士江处，以事托其郎君汀涛。回寓，闻切庵来过。饭后，同慎甫妇侄雷祖殿茗饮，遇雨而返。下午，专候吴门回船。诸事已了，正好在寓

---

①⑥　三圈。
②④　单圈。
③⑤　双圈。

静坐。

十七日(1月22日)　阴。晓起,收拾行李。饭后,孙秋伊来,欲附舟归家,予以便道许之。下午,薰儿自吴门回,述及《分湖小识》一百部,直候至今晨早上舒齐。是晚不能下船矣。

十八日(1月23日)　阴。晓起下船,放至北门外百间楼下、徐宅门首。招秋伊同归,共有三人,一子一婿,皆带在泂溪草堂读书。舟中,秋伊阅予《分湖小识》,即索去一部。闻徐淡吟之胞侄号鲁卿者颇能诗,惜未得一衿。中午,至孙家汇,送秋伊登岸,予即回家,盖相去不过一里许也。时松侄在予家,伫候已久,以家难就商。予谓此症实无药可治,汝去自行主裁,予亦爱莫能助也。下午,古愚来长谈,索《分湖小识》一部而去。是日幸顺帆,不致十分担搁。(页眉:一部。一部。)

十九日(1月24日)　不寒而晴。晏起。饭后,谨侄来,亦以松侄之事来告,其言尚有道理。中午,以事辍读。下午,查清账务,才得少息。夜间,酌小云。同席六人:小云与予及沈六子、薰儿、吴甥、三大侄孙也。

二十日(1月25日)　晓有雪,继以雨。饭后,送小云解节至梨里,约来春二十日到馆。午前无事,录清近作十馀首。下午,重阅《分湖小识》,补正处尚不差。小云索一部去。(页眉:一部。)

(夹页:

正　　　　　　　　　　谢
不孝孤哀子冯翊泣血稽颡
齐期孙增麟扗泪稽首拜

奉
生祖母命领帖

使金陆拾

舟金贰伯

大礼壹封

代饭三封）

二十一日（1月26日）　雨。晏起。饭后，竹淇侄来，知若辈仍复如是。予谓："此事只好同谨侄出来，排解其事。汝看父母面上，总宜竭力调护，才得为是。"竹淇不以予言为不然。看来三侄中，还是竹侄。携《分湖小识》一部而去。闻盛泽俞晓亭已故，其子少亭于艰苦之中力葬祖父母及父母两世，视世之为士为缙绅、以父母葬事为缓图，相悬奚啻霄壤也耶？故特记之。下午静坐。（页眉：一部。）

二十二日（1月27日）　雨。晏起。饭后，查《庄子》张毅事，从《韵府》"外"字韵录出。欲查原本，已忘母家。甚矣！强识之难也。下午静坐。

二十三日（1月28日）　晴。晏起。饭后，命丁仆收拾丈石山房，洒扫干净。因前堆积粮米，难免尘秽。今既输纳一空，便可置身梅花下矣。下午无事，将汇录一年之事，入年谱中。薄暮，命薰儿送灶。相传灶神于今夜子时登天，今晚必须预为祭之。

二十四日（1月29日）　阴。晓起，命舟送吴甥回去。饭后，汇录一年，尚未完稿。下午静坐。是夜，西风发而未透。

二十五日（1月30日）　晴。晏起。饭后，兄子兆黄来，携先世神像去，共三轴。来年，老公帐大房值年，小公帐二二房值年。午前，录清一年之事，不过一半。下午，戴芝香来。来岁陶氏一地，仍旧三子皆有业，惜无人读书。

二十六日（1月31日）　晴。极寒，始有冰。晏起。饭后，录清一年之事，及午而毕。下午，作札与陈梦琴，订定新正人日之叙。

二十七日（2月1日）　阴。晏起。饭后，帐房内颇有开发。下午，积雪满地，寒甚。闻海运苏、松两府共解十二万，其馀尽归河运。运丁之强悍，上司之不能预为筹办，时事掣肘，尚可为哉？（页眉：雪。）

二十八日(2月2日)　晓雪纷纷，北风极狂。饭后，梦仙及邦崇侄孙先回去。迟孙熟书，予为之通理一遍，惟《论语》一卷有馀，尚须带理，夜课最宜。时有所作，或得一句、两句，思续成之，构局颇难。下午寒甚，几不能动笔。张梅峰、李仙昆季同其侄元之、竹娱复以田事来就商，亦出于不得已。予以岁暮事冗，今夜断不能成全此事，约新正二十日再来。渠尚欣然而去。是夜，酹帐房诸君，命薰儿陪之。

二十九日(2月3日)　阴，严寒。晓起，命舟送帐房诸君回去，惟留毛律簧、范姨甥过年。饭后，查算一年出入之帐。二大房一股，年年有亏，子妇尚不知节省，《左》所谓"女德无极"，信然。中午，接梦琴便简，姚春翁处信件，嘱遣人去取。明日若不河冻，拟令人取来。下午静坐。晚间，作好一便简，寄与梦琴，明日决意送去。

三十日(2月4日)　晴，西风加厉，严寒尤甚。饭后，命舟去取春翁所寄诗文信件。中午取到。展阅春翁及南一之信，所撰生传极认真，《年谱》《诗稿》均不动笔，惟予自撰生传一篇圈点极当；赞香所乞《传画楼题辞》，得一七古，亦非草草着墨者，均宜一一答之。下午奇寒，不复动笔。黄昏，祀先毕，一家团饮胜溪草堂。予夫妇对面坐，薰儿率迟孙同坐，子妇率远孙同坐，各进一觞；予于此夕开戒，陶然而止；两孙侍饮，各有醉意，真可笑也。二鼓后，始就寝。（页眉：亥时立春。）

道光二十八年岁次戊申

正　月

初一日(1848年2月5日)　晴。晓闻西北风。晨起，命薰儿先谒拜家祠。饭后，率子、侄、孙及从孙辈团集萃和堂，以次谒拜先世神像，然后行贺岁礼，一茶而毕。书斋静坐，重阅春翁所撰生传，简洁明通，神与古会，已是无可拟议，惟"既雄于贽"句，究不雅驯。此种句法，屡见古文中，然寒家不过中人之产，自近年来，入不敷出，大有外强中干之虞。世岂无陶、顿其人者？若某，则非其伦也。将来宜作一书复之。今此句拟易"力有馀"三字，当与南一面商之，然后复春翁。下午，子侄辈先至大港贺岁。查赵过、蔡癸，皆汉人，好农，为大官，而《汉书》不立传，何也？此事宜留心访问之。（页眉：赵过、蔡癸，皆汉人。）

初二日(2月6日)　晴。晏起。饭后，淡春妇侄及大港上诸侄、诸侄孙来贺岁。淡春中饭而去，诸侄归兄子兆黄当年留饭。下午客去，静坐。

初三日(2月7日)　晴。晓起，少和暖。饭后，冯赞卿、徐恒甫同来贺岁，归兆元兄子值年。赞卿之师叶楚香，索予《分湖小识》一部去，赞卿、恒甫各索一部。午前，杨文伯来贺岁，午饭而去。文伯近从吴门王兰江习医，虽为救贫之计，终非上策，可惜资质大可读书，实无人为之督责耳。下午客去，静坐。时西北风极狂，恐不能久晴。（页眉：三部。）

初四日(2月8日)　晴，西风加厉，河有冰。晓起极寒。饭后，命薰儿至泮水港去贺岁。暇作两札，一答春翁，一答陆蒉香。毛律簧索《分湖小识》一部。下午，钱中和来贺岁。薄暮，竹安姨甥亦来贺岁，谈及叶氏之徒极循良，今年十四岁，已能作半篇文字。（页眉：一部。）

初五日(2月9日)　晴。晓起，封好近刻两种，计《清献公日记》四册、《分湖小识》两册，夹名片一纸，送与西塘郁钰生。钰生为彝斋明府之幼子，少彝之胞弟，去岁入学，曾有试草寄送，故有此答。饭后，命薰儿至赵田去贺岁，《分湖小识》亦附去一部，送与午亭乔梓。暇，录春翁《题传画楼诗》，处处周到，无一闲笔，洵是老手。午前，陈表侄、六世兄、冯外孙相继来贺岁。陈与沈一茶而去；冯外孙吃中饭去，此子甚有悟性，今年十六，四书、四经之外，现读《盲左》一小半，若能读书，亦冯氏之幸也。中午，西北风复狂。新正多风，不知此何祥也。下午静坐。复作札与谱经。旁晚，薰儿自赵田归，述袁渔溪之言，海运出圣上之意，曾看过上谕，非李方伯起议也。此事现已陆续解到上海矣。（页眉：二部。）

初六日（2月10日） 晴，春寒如故，河有冰。晏起。饭后，阅钱竹苏经解，具有本原，时为薰儿批剥《"南人有言曰"一节》题文，直是处处皆误。甚矣，《易》义之不可抄袭也！以后须要从源头做功夫。范姨甥来贺岁，一茶而去。今午，吴门韩履卿以书来谢，极为周到；并读其生母林安人墓志铭，缓日当作书答之。中午，汝寅斋、蔡云生率其子来贺岁，一茶而去，归兄子值年留饭。下午静坐。望川侄孙来过。（页眉：缙绅之得体。）

初七日（2月11日） 晴。晓起少暖。饭后，裕堂、廷奎、嘉禾三侄孙来过。嘉禾为轶骧之幼子，年二十一，尚未有字。暇，作札答韩履卿，极得意。今午人日，惟梦琴来叙，馀无杂宾，真率之会，陶然而止。下午，焕群侄孙来过。今日，梦琴以金甘叔所书朱子《白鹿洞书院教条》石刻及秀水郑熊光所刻《善恶记》《沈君幹庭墓志铭》见赠，三种以甘叔所书为最佳。予以《分湖小识》二部赠之，约十七日去。（页眉：二部。）

初八日（2月12日） 晴。晓来大有春意。饭后，命薰儿率迟孙至梨里邱子谦家贺岁，附送《分湖小识》一部。赟芗处诗、信亦寄去。暇作《人日诗》七律一首。六世兄来，吴新甫托渠索《分湖小识》一部去。中午，沈清如妇侄、徐竹汀侄婿率其子、二外孙同来贺岁，一茶而去。下午，查"鼻祖于汾隅"句，而读《扬雄传》①，此句乃《反离骚》起首第二句文，师古注："雄自言系出周氏，而食采于扬，故云'始祖于汾隅'也。"《传》首云："扬在河汾之间。"应劭注："扬，今河东阳县。"按，此予家亦在河东，自撰《胜溪居士传》，有"不敢灭视汾隅"句，似亦可用，春翁偶忘所出耳。薄暮，接陈德三讣音，于初七日巳时寿终，择

① 双圈。

于十一日领帖,明日宜往吊之。德三平生以授徒为业,颇能循循善诱,惟秉性不旷达,常有忧生之嗟。近年馆地极优,而天不与年,惜哉!(页眉:二部。"汾阳"出处。陈德三之殁。)

初九日(2月13日)　晴。晓闻东南风,极暖。饭后,至芦墟,吊德三之亡。今年六十六矣,以兄子为嗣;一女尚未嫁,已择配于本镇许氏。回至陈古愚、许竹溪、黄森甫三家,皆不值。中午返,闻竹溪来过。下午,录清近作。蔡外孙来,索予《分湖小识》一部去。予赠以《忏摩录》一本,曰:"汝长成时,能照此册做功夫,可卓然成一君子。"盖勉之词。此子行二,今年十三,现读《盲左》至襄公。后生可畏,吾于此子望之,虽非兄女所出,其实则一也。(页眉:一部。蔡外孙。)

初十日(2月14日)　晴。晓起,接煦安信,又欲撮洋,此无厌之求,予作书坚却之。饭后,写好答春翁之信,附送《分湖小识》一部,将寄与南一。适有姚家埭表侄孙来贺岁,归兄子值年。中午,薰儿亦返。下午,如章侄暨梅桥妇侄相继来贺岁。(页眉:一部。)

十一日(2月15日)　晴。晓起,命薰儿至芦墟,吊陈德三。饭后,作信与赵眉山,附送《分湖小识》一部。同时,陆蒉乡、冯子延各索一部去。子延为仰山冯婿之胞侄,好学能文,却为难得。午前,西北风狂发。适吴婿蕉如同其二兄来贺岁,同留中饭。下午,吴二兄急欲至苏家港去,吴婿留宿水阁楼。(页眉:午后,大风雨。三部。)

十二日(2月16日)　晴。晓起,成七律一首。饭后,成《陈得珊挽词》五古十八韵。平望孙云庵托范姨甥、吴婿索予《清献公日记》一部去。据述,其子现在课蒙。中午,三大侄孙来。下午,命薰儿至笑山家贺岁,并答清如、彦昭两妇侄。今日春寒,天时极正。(页眉:《日记》一部。)

十三日(2月17日)　阴。晏起。饭后,命薰儿同蕉如婿至平望去贺岁。暇时,录清一诗,并作札与谱经,附去《分湖小识》一部,将寄与沈愚亭。中午,大雪纷纷,仍有寒意。下午静坐。今日,迟孙始开馆理书,以三大侄孙为之权课。(页眉:迟孙理书第一日。一部。)

十四日(2月18日)　阴,极寒。饭后,录清近日尺牍之可存者,近诗嘱三大侄孙誊清。下午静坐。殷甥二式来贺岁。薄暮,薰儿自平望归。接陆赍乡信,并有信谢春翁,此人笔札极讲究,却能洗去俗气。

十五日(2月19日)　晴。晓起,招二式甥来吃朝饭。虽归兄子值年,亦往时常例也。饭后,以事辍读。中午,双洲侄孙来过。闻今年亦拜从周峙亭先生,尚属有志。其业师刘子显屡次来索《清献公日记》,今日附送一部去。下午静坐。《子曰"夏礼吾言之"》题。(页眉:迟孙生书今日上起。《日记》一部。)

十六日(2月20日)　晴。晏起。饭后,命薰儿至吴江,专诚到峙翁先生处贺岁,附送《分湖小识》一部。暇时,写好履卿处答信,并作信与韩尺五,将答信托致之。尺五,履卿之从兄也。各附送《分湖小识》一部。午前,梦琴有信来,即作札答之。下午,命人去问戴芝香,尚未到馆,约二十信件寄去。天复雨,大约下半月要阴。(页眉:晚雨。三部。)

十七日(2月21日)　晴。晓起,欲写一诗与梦琴,以事而止。饭后,至芦墟,先答许竹溪,随到梦琴家贺岁。梦琴招夏蓉山来陪,蓉山谢予阐幽之功,盖为其曾大父士芳翁曾采入"谊行传"也。中午,同席五人,予与蓉山为客,主人则鲁斋及梦琴乔梓、骈生也。小酌畅谈,最为真率。下午归家,尚未晚。

十八日(2月22日)　阴。晏起。饭后,兄子兆黄来,面述二亲葬期已择于三月初三日。予谓,此为子者极大之事,不可不早为妥办。午前,闻梨里徐氏侄女今晨身故,惜哉!侄女过门后,早得二子,咸已长成,家又丰足,讵意身不永年。此外戚缺陷之事,亦无可如何事也。中午,薰儿自吴江归,曾晤徐鲁卿,欲索《灵[芬]馆诗集》一种,容留心觅之。下午静坐,方寸不甚舒畅,以食物稍多之故,以后总以少食为主。是日,招梦书侄孙来,看子妇杨氏咽喉。

十九日(**2月23日**)　晴。晏起。饭后，命薰儿至梨里，吊徐氏
侄女之亡。命振凡侄孙至东村，以书信两件，托戴芝香表弟，一致韩
尺五，一致韩履卿。汉翔侄索予《分湖小识》一部去。暇，作札与南
一、梦琴、竹溪，附送《小识》四部，南一、竹溪各致一部，馀二部分送潘
云坡、郭少连两处。潘、郭皆有先人传文入"文学"中。兄子请予撰一
徐氏女弟挽额："大雷音断。"盖用鲍昭寄书事也。下午静坐。（页眉：
五部。）

二十日(**2月24日**)　晴。晏起。饭后，命薰儿至梨里，送徐氏
侄女之殡。午前，松巢来贺岁，谈及沈经生之为人，颇能有守，亦以近
日士大夫之所为，卑卑不足道。留中饭而去。下午静坐。今日，冠溪
吴淡如索予《分湖小识》一部去。（页眉：一部。）

二十一日(**2月25日**)　晴，东风极尖利。晏起。饭后，有感徐
氏兄女之亡，杂书断句四首；堂前红梅渐放，复得二首。下午静坐。

二十二日(**2月26日**)　晴。晓起，命薰儿至梨里，赴徐氏侄女
之丧，今晨开吊一日。一切附身之物，多从丰腆，皆其翁号南轩者主
之。较诸徐小园之薄待子妇，相悬奚啻霄壤。此处可以占家门之盛
衰、识人情之厚薄，主丧者不可不谨也。饭后，重将读《柳》精选目
录翻阅一遍，柳诗两卷，皆可读。下午，港南浜陈协三、复亨、韶九、三
表侄孙同来贺岁，皆经营中之有守者。旁晚，西北风极狂，行船宜避，
不知薰儿留宿在何处。点灯候，薰儿归矣。述挽联上"异长"二字，似
切兄妹，未解。

二十三日(**2月27日**)　阴。晏起。饭后，查清账务。予以事生
气，未免血气未平，宜自惩之。暇时，重删《太平庄闲录》卷一。下午
静坐。偶查"异长"二字，出《礼记》"男女异长"，注："各自为伯季也。"
眼前经语，已忘所出，可知近人荒经者多。是夜极寒。

二十四日(**2月28日**)　晴。晏起。饭后，校录《太平庄闲录》，
至卷四。古愚所校，从违参半。下午静坐。陈古愚来贺岁，述顾听
香、陈半聋、陈少蕃皆欲索《分湖小识》。

二十五日(2月29日)　阴。晓起,微有雨。饭后,重读《张杨园先生集》,序文以凌渝安先生原序最为明畅。午前,邱子谦来贺岁。闻小云尚无信息,未知何故。述叶曲江昆季欲索《分湖小识》,即托子谦转致曲江、铸堂各一部。下午客去,答古愚。夜间,似有痧,刮出即眠。(页眉:微雨终日。二部。)

二十六日(3月1日)　雨。晏起。饭后,作好一札与陈小泉,索还大玻璃灯一堂。封好《分湖小识》一部,寄与朱莲卿,曾托古愚,要索此书。暇时,重阅《杨园先生集》,首《经正录》,次《愿学记》。《记》中如:"学术坏而心术因之,心术坏而世道因之,古今不易之理也。"又,"虚心以求理,平情以处物。"又,"处末俗而怀不平,未免为乡人也。"又,"择善人而交,择善书而读,择善言而听,择善行而从,是初学切要功夫,从此造乎精微,不外'择善'二字。"次《问目》,如:"忿争之中无正士,门户之内无忠臣。"讲"子夏曰:'大德不逾闲'"章,极透澈,以长不录。下午静坐。寒甚。(页眉:重读《杨园先生集》。一部。)

二十七日(3月2日)　晴。晏起。饭后,松巢专舟来,招薰儿去考书院。明日,陆抚军甄别,于昨日朝上悬牌,可谓急促之至。考船开后,作札与顾访溪,附送《分湖小识》一部,将寄与王少吕。暇时,重阅《杨园先生集》。《备忘录》卷一:"能治生,则能无求于人;无求于人,则廉耻可止、礼义可行。""学问之事,最忌是'泛',又忌是'杂'。泛则不诚,杂则不一。终身于学而无所成者,以此。""知命者,不立于岩墙之下。岩墙处处有之,不必登高临深,即饮食寝兴,失其当然,无非岩墙也。"下午静坐。中饭后,方寸内似觉握把不定,想由正气大亏之故。以后只好少用心,方能无事耳。六世兄来,接笑山正月所发之信,并柯亭、梅桥欲索予《分湖小识》,各附送一部去。面约二月初三日到馆。(页眉:一部。三十三。二部。三十五。)

二十八日(3月3日)　晴。晏起。饭后,重阅《备忘录》卷一。

"陶庸斋①先生,山阴人,石篑②从祖。其学断自濂洛,深以姚江谈致知、岭南谈体认为非。著有《正学演说》。"查近时倪醒吾③所辑《儒门语要》,不载陶庸斋。石篑见《清献公日记》中。"盛世之人光明,衰世之人晻昧:阴阳④之别也。""周人命字,二十弱冠,皆以'甫'⑤字之。五十以后,乃以伯、仲、季、叔为别。"朱子曰:"五十乃加伯、仲,是孔颖达说。据《仪礼》贾公《疏》,乃是少时便称伯某甫,至五十乃去某甫,而专称伯、仲。此说为是。"午前,陈小泉来贺岁,留中饭,携《分湖小识》一部而去。下午静坐。(页眉:书院甄别。"甫"字之义。一部。三十六。)

　　二十九日(3月4日)　晴。晏起。饭后,重读《备忘录》卷一。"人一入声气,便长一'傲'⑥字,便熟一'伪'⑦字,百恶都从此起矣,习奢又未足以尽之。"旨哉斯言!论"承继之产,嗣子多不享"一段,为人后者,宜三复斯言。"读书少则自贤,索居多则自是。""无财非贫,忘稼穑为贫;无官非贱,废诗书为贱。""风俗之败,本业之荒,盗贼之起,皆缘游民多而田赋重。经理江南者,窃谓当以为首务。""韩魏公云:

----

　　①　陶廷奎,字应夫,号庸斋,明会稽人。著有《四书正学衍说》八卷、《周易笔意》十五卷等。

　　②　陶望龄(1562—1609),字周望,号石篑,会稽人。望龄少有文名。万历十七年会试第一,殿试一甲第三,授编修,官国子祭酒。笃嗜王守仁说,所宗者周汝登。与弟奭龄皆以讲学名。卒谥"文简"。《明史》有传。

　　③　倪元坦(1756—?),字省吾、醒吾,号畬香、行一,华亭人。恩贡生。学宗李二曲,独有心得。晚年主上海敬业书院讲席,年八十馀卒,门人私谥"贞简"。著有《易准》《儒门语要》《老子参注》《庄子诠》《志乐辑略》《二曲集录要》《畬香草存》及《续刻》等。

　　④　"阳"字三圈。

　　⑤　"甫"字三圈。

　　⑥　"傲"字三圈。

　　⑦　"伪"字三圈。

'知其小人,即以小人处之,则无事矣。'"平日于人有难处之处,未尝不服膺斯言也。"论人不可不严,取人不可不恕。""迫窄非有德者气象,矜厉非有道者气象。"康斋质本刚直,所服膺者,"从容深晏养"之语,可谓能自克矣。卷二,好立文字,是学人一种通病。"剥庐取象"一段①,凡为小人者,宜三复之。"御下之道,包荒与精察,二者须并行不悖。不包荒,则使人无所容足,所谓水清无鱼是也;不精察,则群相蒙蔽,所谓大不见邱山、近不见眉睫是也。大概贫家失之恒在不包,富家失之恒在不察。"人优游地过一生,不惟自己无所成就,即子弟亦不昌矣。成汤昧爽丕显,坐以待旦,如何精力?范忠宣曰:"人若避好名之嫌,则无为善之路。"下午静坐。薰儿同松巢已归。紫阳:《"且君之欲见之也"至"为其贤也"》《赋得春到江南花自开得"开"字》。正谊:《"故为政者"至"日亦不足矣"》《赋得草色才苏绿未匀得"才"字》。松巢考正谊。

---

① 双圈。

己酉杂记

后附《尺牍偶存》。八月起。此本可不存。

鲍觉生五古如《饮酒》《古诗》,七古如《题郑云蓬〈乘槎万里图〉》《西海门观落照歌》①《寿姚姬传先生八十诗》《题〈蒋母沈夫人纫针课读图〉为香杜中翰作》②,五律如《别鹤舫》《题〈施愚山先生遗像〉兼送费宰胡玉樵》③《史忠正公墨迹》《松岚观察以杨忠愍公真迹施之松筠庵中为题》,七律如《度新岭》《不得登泰山作》④《题葛秀英女史〈澹香楼集〉》二首,五绝《江行》一首,七绝如《梦游洞庭得诗》《夜泊太湖》《和女子阿鹃旅店题壁》《秦敦夫前辈索题便面》⑤。

摘鲍作题目,古今体十七首。

八 月

初四日(1849 年 9 月 20 日)　晓来大风雨,极寒。起,食粥。作札答陈讱庵,言颇条达。讱庵平生不以治生为急,到得日暮途穷,悔之何及。凡读书人,先要划除名士习气,才可立身;高谈风雅,无益也。饭后就寝,极酣适。中午起来,下午静坐,稍健。

初五日(9 月 21 日)　晴。文题《"子与人歌而善"一章》。晓起,食粥。写好答讱庵一札,并书病案三页,与端叔,明日去转方。饭后,

---

①③④　此二首均为双圈。
②　双圈。
⑤　此四首均为双圈。

迟顾医生不至,未就寝。下午,顾生来矣,为内子定一脉案,荒谬可笑(页眉:二十七期。)

初六日(9月22日) 晴。晓起,食粥。看内子病,渐入佳境。作纪事诗一首,专为庸医误人发也。饭后,淡春妇侄、竹淇从侄咸来问讯,同饭于书房,共五人。松侄以《韵语杂记》第四册托竹侄致予,暇时当展阅一过也。中午就寝,酣睡。下午起来。

初七日(9月23日) 晴。晓起,食粥。翻阅《韵语杂记》第四册,如歙县鲍觉生桂星、江右吴兰雪嵩梁两先生之诗,久已传诵海内,凡见诸名流诗话中记载极多,无庸再为觇缕矣①。予却爱周君与香烺,有《题暑窗闺趣图三十六绝》,风韵极佳。偶摘一绝,《试浴》云:"款款深深水得知,娇来无力怯腰支②。侍儿手执盘花扇,推转纱窗候几时。"虽非全豹,亦可略见一斑。哲嗣子由铣亦能诗,《客中》云:"十年意气销于病,百样颓唐直到诗。"前岁秀水盛紫徐鲁曾为予诵之,久已忘却,今晨重阅从子所编,附载此二语,不觉为之欣赏不置云。饭后,有邻友来长谈,述及邻近之有全年饭米者,桥东惟徐益丰弟兄、陈怀邦、陈尚美即料子大官、张昆元弟兄,桥西惟盛怀邦、盛仁中即蛮义冲,盛家湾惟陈东洲一家,袁家湾无有也。其馀做生意人家,不在其内。吾村共有二百馀家,有饭米者不及十家,其外荒村可知。古人云:"家给人足。"此语亦谈何易!今日正民穷财尽时也,可怕,可怕!午前就寝,下午起来。查阅公账发出之钱,已粗粗聚在一处,以备一见便明。

初八日(9月24日) 晴。晓起,食粥。偶得绝句一首,盖为不受教子弟作,读书终须福分也。饭后下楼,命人收拾书房。适陈小泉来问予疾,特招其登楼畅谈。闻今年欲下场,大做时文,亦奇矣哉!留中饭而去。下午就寝,疲惫之极。

---

① "无庸再为觇缕矣"原为"人人尽知",后改。

② "娇来无力怯腰支"原为"背灯犹怯影难支",后改。

日记另录，仍归原册。

吴兰雪《香苏山馆集》，七古如《为米素人题画》《银槎杯，元人朱碧山制，宾谷醝使得于江氏撷云，为作歌》①《七里泷》②《百岁张节妇诗》《自书南唐宫夜诗后呈铁冶斋漕帅》③《再过崇孝寺看花》④《书黄仲则诗后》《丁烈女诗》《纵节妇诗》⑤，五律如《夜登仙鹤峰闻钟》⑥，七律如《雨中登黄鹤楼》⑦，七绝如《题朱小琴〈人间世〉院本》二首⑧《题尧山画竹》《题赵瓯北诗》⑨。

摘吴作题目，古今体十五首。

《悼亡诗五首，为继室顾孺人作》⑩

锦瑟华年续续弹，老来倍觉别离难。散裘厚薄谁同检，软饭晨昏忍独餐。顾我形骸新病起，恼他帷幔尽愁端。可怜寸寸肝肠裂⑪，属纩无言泪未干。一。

淡泊相甘三十年，有时小小爱烹鲜。略尝蔗境抛何速，得见兰枝喜欲颠。今秋闽兰大放，内子以⑫得一并头兰为庆。兴到与卿同笑语，怒来瞒我力周旋。从今哀乐凭谁遣⑬，独守空房拥一编。二。

《答迓青霞》

青霞仁丈先生阁下：

日昨接奉尊翰，藉悉一切，即审起居万福为慰。树今秋久病

---

① 三圈。
②④⑥⑦⑧⑨ 双圈。
③⑤ 此二首均为三圈。
⑩ 此题原为《哭挽继室顾硕人作》，后改。
⑪ "肝肠裂"原为"肠先断"，后改。
⑫ "以"原为"喜"，后改。
⑬ "从今哀乐凭谁遣"原为"从今为善休云□"，后改为"从今哀乐孰排遣"，后改。

未痊，又遭先继室顾氏之亡，寸心恶劣，万念皆灰，一切门外之事，概不与闻，任凭诸同人另行酌办可也[①]。统祈原宥，恐劳悬望。草此布复，顺请升安。不备。

教示弟期柳〇〇顿首

《感怀书示薰儿》此首书在《悼亡诗》后

安常处顺号徐徐，此境由来未易居。人事变迁投水雀[②]，功名蹭蹬曝腮鱼。齐眉欢乐归乌有，时予近赋《悼亡》。妙手文章赋《子虚》。谓周峙亭先生[③]历年看本。犹幸汝[④]曹年尚壮，毋忘努力是三馀。汝曹居母丧[⑤]，正是潜心时候。

《悼亡诗》三首，与前二首合成五首。接前。

二男三女入门初，幼尚呱呱谓薰儿。长读书。谓青儿。衣锦何曾分厚薄，倒箱从不悔空虚。当时佐我完婚嫁，今夜无人问起居。只有爱怜年少子，频闻哭泣住丧庐。予长男早亡；三女嫁后，均不永年；今夜送母临终者，惟薰儿而已。三。

平生多病复多愁，痴想[⑥]今年疾易瘳。忧可伤人言在耳，老须行乐劝回头。岂知夜半嗟长[⑦]别，内子没于八月二十一日子时。欲问身前事已[⑧]休。此后有钱过十万，尽成虚愿[⑨]莫营求。四。

念子功名也未灰，八月初，曾指薰儿言曰："我病稍痊，可不误汝矣。"小春尚冀夺花魁。今秋水灾，省试改期十月。秋荷易老凋双

---

① "可也"原为"为要"，后改。
② "雀"原为"蛤"，后改。
③ 原文此后尚有"为薰儿"三字，作者删去。
④ "汝"原为"尔"，后改。
⑤ "居母丧"原为"□□家居"，后改。
⑥ "想"原为"知"，后改。
⑦ "长"原为"离"，后改。
⑧ "已"原为"罢"，后改。
⑨ "愿"原为"语"，后改。

鬓,庭桂难荣哭几堆。周甲年华徒冉冉^①,内子今年六十有六。添丁事业付哈哈^②。内子近年深以连得两孙为庆。如何舍我先归去,不等^③黄花次第开。五。

《先继室顾孺人行略》

道光二十九年秋八月,予蹇遭先继室顾氏之亡。时予久病未瘥,孺人于七月二十日后,忽病呕吐,急延医调治,时轻时重。窃谓孺人素多疾病,至近年来稍得轻健,且其宅心仁厚,处境宽和,正宜克享退龄,断无意外虞。讵料于八月望前,病日加增,竟至不起,呜呼哀哉!先是,五六月间,巨浸稽天,群不逞之徒,咸思劫夺。孺人急谓予曰:“此救灾恤邻之时,非御侮禁暴之日,宜预为筹备,先发制人。”遂与邻人日夜戒严。远近知予有备,不敢以逞。时村中^④穷饿者多,酌给一月口食,以安邻近心。而官府平粜土赈之议叠兴,所费不赀。孺人又谓予曰:“今天灾流行,穷人逃死不暇,我家幸赖先人馀业,尚可支持。损己,正所以益己也。彼苍终默侑之,无稍惜。”呜呼!为妇人者,类多吝恤钱财^⑤,鲜明大义,如孺人者,真能加人一等矣^⑥。

孺人姓顾氏,世居泮水港,为江庠生讳雪梅、志松先生季女。顾与沈氏有连,予中年悼亡,素闻孺人贤,长予三岁,遂订婚焉。嘉庆二十五年三月初十日,始迎孺人入室^⑦。前出二男三女俱幼,孺人抚如己出,至于成立。子若女久之,不知前有己母,并不知今之为继母也。予长男兆青,出嗣先仲兄后,成婚一年,无出早

---

① “徒冉冉”原为“卜六六”,后改。
② “添丁事业付哈哈”原为“添丁乐事笑哈哈”,后改。
③ “不等”原为“辜负”,后改。
④ “村中”原为“邻人”,后改。
⑤ “如孺人者,真能加人一等矣”原为“尝思妇人者,往往吝恤钱财”,后改。
⑥ 原文此后尚有“不可不述”一句,作者删去。
⑦ “始迎孺人入室”原为“娶妇入室”,后改。

亡,零丁弱小,惟剩兆薰一男。孺人急劝予曰:"君年尚壮,宜早置一妾,以广似①续。"予曾三至吴门选择,无有佳者,后遂不作是想。予所生三女,仲女先出嫁,婿为黎里冯廷椿,年少多才,孺人劝予留之,与仲女同居一楼,以备指臂之用,俾薰儿潜心于学②,毋涉门外务。长女出嫁于平望吴兰渚,未及三年,以产后病亡。仲女与冯婿居停十馀年,复相继而没。三女遇人不淑,迎归予家,抑郁得疾而逝。予平生恒多逆境,孺人常以柔顺解之,类不胜书。道光十八年秋九月,薰儿年已弱冠,甫毕婚事。婚逾四载,兰信杳然,孺人方窃讶之,予谓孺人曰:"汝尝阴行善事,食报非遥,慎毋戚戚于怀③。"至壬寅冬,始得一孙男。越三年,至乙巳春,复得一孙。孺人喜谓予曰:"人家子弟,比功名尤难。薰儿自入学后,省试屡战而北。今得两孙,胜科第十倍矣。"予笑而颔之。今年八月初,尚指薰儿言曰:"我病稍痊,可不误汝功名矣。"时省试改期十月,岂知旬日之间,言犹在耳,竟弃我而长逝耶!呜呼哀哉!

孺人生于乾隆四十九年二月二十五日寅时,卒于道光二十九年八月二十一日子时,享年六十有六。前出二男,长曰兆青,出嗣先仲兄后;次曰兆薰,吴江县附生。孙男二人,长曰应迟,出嗣青儿后;次曰应远。妇人安常处顺,本无奇节伟行可以传世,然如孺人一生,相夫以礼,种子以德④,三十年中,馈主持木,仅以俭勤称也⑤。因为诠次其略,乞当代立言之君子,赐之家传,以示后世子孙,毋忘云尔。

杖期夫柳树芳拭泪撰

---

① "似"原为"嗣",后改。
② "潜心于学"原为"专攻举",后改。
③ "慎毋戚戚于怀"原为"食报毋急急为也",后改。
④ "种子以德"原为"教子以学",后改。
⑤ "馈主持木,仅以俭勤称也"原为"如朋如友,真不可多得",后改。

《秋晓排闷作》

但得酣眠万事休，最无聊赖五更头。秋来易醒愁人梦，客到尝思①老妇谋。今日看花先罢燕，当时爱月共登楼。一年一夕银河渡，却羡仙家作女牛②。

痴想他生再结缘，登场作戏暂团圆。向平已了卿何恋，奉倩徒伤我自怜。此去纵游三万里，古来小别一千年。佛家设有轮回日，吾独观空不堕③禅。

《覆戴芝香》

芝香老表弟先生足下：

日前荷蒙枉存，实因老病未痊，不克应酬，命薰儿出陪，殊深歉仄。尺翁见惠楹帖、书籍，久已祗领，其时急欲修书驰谢，讵意拙荆忽病呕吐，缠绵一月有馀，竟至不起，寸心耗乱，以致阙然未报。幸先为道谢，昨又接奉手书，即审起居万福，可慰寸衷。蒙谕劝捐议叙一节，敝自癸未、癸巳两年办灾，捐数亦不为少，已有人怂恿其间，心实耻之。窃谓人生世上，不能夺得眼前之科第，而欲攘取额外之荣施，抑亦末已。且自近年来，捐纳一途出，如附生报捐，可骤得教官，致使举人挑选者无日可补，进士归班者连年沉滞，名器滥极，莫此为甚。而一二富家子弟，借饥民之血食，袭绅士之衣冠，诩诩然以顶带为荣，吾不知其是何心术也。儿辈功名挫折，无复何言，然使贱体尚可支持，犹欲使④他日背城一战，特未卜命途何如耳⑤。狂妄之言，统祈原谅，未识尊意以为何如？草此布复，即候道安。不宣。

---

①　"尝思"原为"频参"，后改。
②　"却羡仙家作女牛"原为"可许仙家谪作牛"，后改。
③　"堕"原为"入"，后改。
④　"欲使"原为"思"，后改。
⑤　"特未卜命途何如耳"原为"断不甘心为牛后也"，后改。

尺翁先生幸代为道候。

《答邑侯姚抱勤明府》

抱勤宪父台大人阁下：

　　夏间接奉台函，歉未报命，罪罪。只以老病缠绵，已经一年有馀，尚未脱体，迟滞之愆，悉祈原宥。昨又拜读钧谕，蒙以先继室亡后，宠赐光唁，情文下逮，愧不敢当①，谢谢。执事宅心仁厚，遇物谦和，前子侄辈屡次接见颜色，咸谓邑有慈父母，俾赤子投怀，苍生托命，是阖邑之福，非一家之私言也。惟念近日凋敝之馀，不独贫者益贫，富者亦多日削，而欲一捐再捐，恐力量均有所不足。前迓青翁曾与小儿言云："土赈拟缓至来春接办。"现在芦墟附近一带，各圩村民，咸有春花可望，是以尚为安静②。若能缓至来春，殷户亦得稍舒，饥民尚堪接济，似属两便。然此乃方隅之见，仍俟宪台大人与诸君酌办为妥。树以病后，实不敢与闻也。薰儿在苦块之中，断不能出门应酬；兄子松琴，又以省试就道，不能不去，此外别无应世之才，可随诸君子后。门村寥落，适足贻笑大方，言之益增惭恧耳。恐劳金注，故特略献葵衷，稍陈管见，未识宪台大人以为何如也？肃泐芜笺，藉复命。谨请升安，不恭不备。

治教弟期柳树芳顿首

《重九前一日，蒙子谦茂才重过草堂留宿见慰，赋此志感》

　　无力登高且闭门，感君情话到黄昏。鲦鱼潜伏知难化，乌鹊孤飞辱枉存。今夜园蔬新佐膳，是日适逢斋期。当时斗酒旧留痕。蟹黄鲈白添良会，一洗庄周痛鼓盆。

《委心任运诗》

　　但求无过不求功，身世悠悠忽忽中。病后容颜太憔悴，老来

---

① "愧不敢当"原为"谢不胜书"，后改。
② 旁注："赶紧树艺。"

骨节欠灵通。尝疑闰岁逢多厄,始信当时术者工。幼时逢术者江西李远明,为予推算,云:"妻宜两渡银河。"力欲挽回苦无法①,难将人巧夺天工。

《罢弹②》

水仙一去罢弹琴,犹忆当年③寄托深。往事思量④莫回首,背人泣下⑤最伤心。壶中曾进醰醰味⑥,衣上频施⑦密密针。今夜重帘宜不卷,西风吹到独眠衾。

《答姚春翁》

春翁仁丈先生阁下:

八月下旬接奉尊翰,并《广陵集》抄本四册、尊著新刻《和陶诗》二册,均已拜领。其时适遭先继室顾氏之亡,心绪纷如,图报阙然,统祈原谅。近稔起居万福,可慰寸衷。树自去秋至今,病未脱体,复抱鼓盆之痛,所谓雪上加霜,不寒而栗,老年遇此,殊难为怀。犹幸结习未除,仍以诗文为排遣,得《悼亡诗》七律五首、《先继室行略》一篇,思欲不没吾妇,然根柢浅薄,恐不足存。《行略》一篇,特录奉求正,幸勿吝教为感。薰儿功名挫折,实无以副长者之厚望,然使贱体尚可支持,断不肯中道而止,让人出一头地。素蒙关爱,故特以肺腑相告耳。芦墟赈局,以病后不敢与闻,救荒无善策,全在处置得宜,惜同志日少,偾事者多,吾不知其作何了局也。久不相见,略述近状,慎毋外人道。专此布

---

①　"法"原为"术",后改。

②　"弹"原为"琴",后改。

③　"犹忆当年"原为"流水高山",后改为"入室思量",后改。

④　"往事思量"原为"往日留连",后改。

⑤　"泣下"原为"哭泣",后改。

⑥　"壶中曾进醰醰味"原为"羹汤曾下纤纤手",后改为"盘中屡洗纤纤手",后改。

⑦　"衣上频施"原为"衣服频思",后改。

复,谨请道安。不庄不备。

令弟子枢先生处并候,令侄谅必赴试,念念。

《广陵》抄得极清楚,费神之至,谢谢。

《答讱庵见怀之作,即次元韵》

云中难与鹤为俦,丹顶何如两白头。老去动①遭流俗谤,病馀但解及生②谋。孤弦忽断同声罢,时予近赋《悼亡》。五岳谁堪结伴游。我欲闭门谢尘事,任他撼树有蚍蜉。来诗云,近有人訾议予,故及之。

《再答讱庵》

讱庵大兄先生阁下:

别久,人事变迁不一。君抱令子之痛,弟遭先室之亡,皆事之骤难逆料者。当日先继室成殓之时,因欲择日领帖,故诸相好中,多不及奉闻。昨接手翰,蒙以诗见怀,感谢之至。弟亦勉和一首,实不过趁韵而已。吾辈穷愁寂寞之中,实无可排遣,惟此一事,尚可陶写性灵,消除抑塞。近得《悼亡诗》七律五首、《先继室行略》一篇,录奉求正。同辈中能深明此事者,舍阁下其谁?故特以此相质③,阅后望将原稿掷还可也④。草此布复,即请道安。不一。

《纪事》

夏潦秋复旱,水退田似⑤石。一。农人无力耕,何以艺菽麦。二。望雨雨不来,西风起连夕。三。忍⑥饥复受寒,人面尽如墨。四。皇仁浩荡来,帑藏何曾惜。闻抚恤银每县发三千两。五。操纵

---

① "动"原为"同",后改。
② "生"原为"身",后改。
③ "故特以此相质"原为"务望直笔相□",后改。
④ "掷还可也"原为"便中掷下可也",后改。
⑤ "似"原为"如",后改。
⑥ "忍"原为"耐",后改。

自院司,给发邑侯职。六。徒恃土赈捐,一再易竭力。七。不见富家儿,昔肥今亦瘠。八。

《自解》

我独何为郁不宣,放开怀抱断愁牵。百年终有分离日,三世从无再合缘。元子营斋崇信佛,周生作达竟成仙。朝荣夕悴齐生死,中寿如卿福却全。

《柯亭过予,小酌而别》

垂老勿轻别,蝉联语不休。最难青世眼,容易白人头。砚食安耕凿,乡居记钓游。一杯共斟酌,此物可消愁。

《小云次予元韵,以诗见慰,因再叠前韵奉答》

水灾极重似淮徐,千室同教泛宅居。劫到自知难化鹤,波平犹幸不为鱼。成仙眷属腾身去,谓先继室。拾芥功名转眼虚。谓薰儿。世界本来空且幻,漫从谋拙计赢馀。

附录和作①

《古查三丈新赋悼亡②,昨以〈勖③子诗〉见示,
因次元韵奉慰》汤嘉树仁和

学通世务才严徐④,庭桂阶兰称隐居。名下刚逢率马骥,谓哲嗣莳庵近蒙宗师提优。池中暂伏化龙鱼。多文为富终无敌,积德传家况不虚。仁丈栽培寒士,周恤贫邻,不能殚述。割爱劝君须慧剑⑤,且沽村酿脍王馀。

---

① 页眉:"低三字。"
② 页眉:"同上。"
③ "勖"原为"训",后改。
④ 页眉:"低一字。"
⑤ "割爱劝君须慧剑"原为"恩爱劝君勾一笔",后改为"割爱劝君持慧剑",后改。

《答柯亭见赠之作，三叠元韵》

结契自中秋，当时笑不休。请看花满眼，谁料雪盈头。禽向难同①伴，徐陈忆旧游。一杯共斟酌，是处即安流。嘉庆乙亥中秋节，予、云泉及君小集于泗州桥畔，断自为缔交之始。

少壮不知秋，何曾说老休。年华过顺耳，事业但垂头。君非臧荣绪②，吾惭马少游。纷纷谁可托③，末契④谢名流。臧荣绪隐居不仕，见《南史》。一千五百一十五、三、一百五十八、二、一百五十九。

老气自横秋，如君业未休。高怀省除目，君熟于国朝掌故，谈次颇能了了。妙技出囊头。近日医道盛行，多由平日熟读方书故也。落落⑤忘行役，便便当卧游。和同聊济世⑥，底⑦事柱中流。

《夜闻雨声，喜而赋者》

彼苍好生不好杀，夏潦秋旱手太辣。无禾何可使无麦，播种不成命将绝⑧。昨闻夜雨声湛湛⑨，入地寸许深未深。但得小春滋霡霂，苣萁菜甲多森森。一雨能使民气靖，再雨成熟千万顷⑩。来春纵饶十倍收，其奈眼前此荒景⑪？

---

① "同"原为"为"，后改。
② "臧荣绪"原为"陶元亮"，后改。此旁尚有"林和靖"三字。
③ "谁可托"原为"记馀子"，后改。
④ "末契"原为"意欲"，后改。
⑤ "落落"原为"龈龈"，后改。
⑥ "聊济世"原为"实更济"，后改。
⑦ "底"原为"多"，后改。
⑧ "播种不成命将绝"原为"万家性命赖全活"，后改。
⑨ "湛湛"原为"沉沉"，后改。
⑩ "成熟千万顷"原为"春熟可引领"，后改。
⑪ "来春纵饶十倍收，其奈眼前此荒景"原为"老夫病久宜霍然，收拾桑榆乐暮景"，"宜"后改为"志"，"暮"后改为"晚"，后改。

鸡声戒旦默无言,清晓何人知弗谖①。赋别恨深南浦水,忘忧强树②北堂萱。我今梦里云堆径,卿若来时月满轩。叹息③幽明终异域,谁能④追摄已忘魂。

《久不见讱庵、梦兰,昨蒙过访见慰,以诗志谢⑤》

别来一洗旧穷愁,握手欢然语不休⑥。瓜瓞绵延新蒉摘⑦,讱庵夏间曾抱丧子之痛。版舆罢御几春秋。梦兰前奉太夫人讳,予实未曾闻讣也。背时失意谁青眼,偕老分离叹白头。珍重良朋勤慰劳,可能为我再⑧羁留。时留宿一宵而别。

《入室⑨》

伴人只有小银釭,积久蛛丝网满窗。顾影自怜鸿乙乙⑩,伤心无复燕双双。请看杨柳犹垂地,欲采芙蓉懒涉⑪江。时有劝予置妾者,故云。赢得夜来酣睡足,雌飞一曲不成腔。(页眉:添注。)

---

①　"鸡声戒旦默无言,清晓何人知弗谖"原为"晓来转侧未安眠,戒旦鸡鸣默不言",后改。"鸡声"曾先后改为"空床""鸡鸣",后改。"戒旦"曾先后改为"晓来""清晓""连唱",后改。"知"曾改为"记",后改。

②　"强树"原为"补种",后改。

③　"叹息"原为"可叹",后改。

④　"谁能"原为"无人",后改。

⑤　"以诗志谢"原为"□别后,以诗寄之",后改。

⑥　"别来一洗旧穷愁,握手欢然语不休"原为"断难洗尽此穷愁,离索相逢话不休",后改。

⑦　"瓜瓞绵延新蒉摘"原为"河水欲枯新涕泪",后改。"绵"旁尚有"蔓"字。

⑧　"再"原为"暂",后改。

⑨　此题原为《清夜》,后改。

⑩　"乙乙"原为"只只",后改为"一一",后改。

⑪　"涉"原为"渡",后改。

《对菊有感》

种花犹是看花非,人去花开冷半扉。独对①西风谁似菊,老夫能瘦不能肥。

《携盆兰至堂前,是内子所手植》

是花若无知,不应今秋放。一。手植三四年,芳讯久虚望②。二。一朝忽大开,戢戢头相向。三。内子为予贺,此③亦天所贶。四。况生④并头兰,瑞应或不妄。五。忆儿入学初,亦曾遇此状。六。己亥秋,薰儿入学时,曾得并头兰一枝。忽忽已十年,积久志必偿。七。今秋适省试。予谓卿言戏,此事尚多妨。八。世间遇合缘,有得必有丧。九。且共晨夕看,及时聊跌宕。十。岂知不两月,忽断齐眉饷。十一。欢喜多成空,吉祥辄生恙⑤。十二。草堂如有灵,先我默惆怅。十三。来秋大开时,我谁与共享⑥? 十四。

《与陈梦琴》

梦琴七兄大人足下:

前月先继室之亡,荷蒙令郎辈连日光唁,殷勤慰劳,感谢之至。昨又承寄书存问,非休戚相关,安能至此? 弟自悼亡后,仍以诗文为排遣,得《先继室行略》一篇、《悼亡诗》七律五首,录奉求正。明知万事皆空,惟托于文字者可以不朽,自愧根柢浅薄,不足以不没吾妇,亦留以有待耳。闻尊体不甚健旺,人生五十始衰,况在周甲之年,亦何足怪? 务望努力自爱,千万珍重为嘱。我辈留此有用之身,以仔肩门户,在一日则尽一日之栽培,断不肯因一时

---

① "独对"原为"帘卷",后改。
② "久虚望"原为"屡绝望",后改。
③ "此"原为"是",后改。
④ "生"原为"有",后改。
⑤ "吉祥辄生恙"原为"殃咎多不□",后改。
⑥ "享"原为"访",后改。

之失意,顿改前日之苦心也。素蒙关爱,故特以肺腑相告。悠悠之辈,实不足道耳。外奉南一一札,烦转致之。昨董梦兰来云,南一曾为梁叔之尊甫撰传文,极佳,未知尊处有底稿否? 能录示一通最妙。外一札,烦转致令坦。久不相见,略述近状,顺请潭安。不宣。

《寒夜不寐作》

帘卷西风瘦不支,空床反侧①冷谁知。虎痴莫作心头痛,鹊术难以带下医。借用史赤崖先生诗语。上句予贞守不二色之说,下句谓近日无医也②。禅榻今成侬病起,草堂水退汝归时。内子没时,水退不及两月。慈航此去应无恙,不管人间有别离③。

予怀渺渺月三更④,只自难忘旧日情。子妇虽贤终似客,家儿能顺不如卿。生前同抱忧时志,没后争传好善名⑤。邻姬时来频太息,从今囊橐有谁倾⑥。

《小春月有怀省试诸子》

吾家从子又从孙,前⑦后渡江到白门。大奎从孙先去录遗,清原从子偕乃桢从孙同行。绮丽年华容易过,峥嵘文字要重论⑧。科名草贵原无价,丛桂花开自有根。毕竟何人能得意,者番先我去

---

①　"反侧"原为"长簟",后改。

②　"近日无医也"原为"近日医家看不真也",后改。

③　"禅榻今成侬病起,草堂水退汝归时。慈航此去应无恙,不管人间有别离"原为"底事荣华同衣锦,不妨贫贱老烹雌。盘中定乏猩猩味,其奈无人佐我烦","盘中"曾改为"眼前",后改。

④　"予怀渺渺月三更"原为"朦胧月色未分明",后改。

⑤　"生前同抱忧时志,没后争传好善名"原为"几番成我读书志,一里传君好善名","我"曾改为"就",后改。

⑥　"从今囊橐有谁倾"原为"从今缓急向谁鸣",后改。

⑦　"前"原为"先",后改。

⑧　"绮丽年华容易过,峥嵘文字要重论"原为"事少西风一战捷谓大奎,文从南院几番论谓清原、乃桢",后改为"一战西风宁便捷,斯文南省要重论",后改。

抡元。时薰儿新奉母讳,不得与试①。

《与袁渔溪》

渔溪三兄大人阁下:

去秋曾蒙枉存,阙然未报。别来一载有馀,想起居万福,定符臆祝。弟一病经年,仍未脱体,复遭先继室之亡,形单影只,触境生愁,不独长簟空床,谓足了今生之缘分也。阁下其何以教我乎?兹有恳者。昨谨庭舍侄来,据述,双沙陆令亲一地,孙新甫自行辞去,来岁尚未有人。舍侄孙名大奎者,在寒家谈书三年,为人尚属循谨,惟一贫如洗,来岁必欲出门,以为糊口之计。意欲嘱托,鼎力一荐,俾得安砚有方,不独舍侄孙父子辈十分感激,即弟亦仰仗靡涯矣,可否便中即示一音为祷?弟近日心绪纷如,不能多及,统祈原谅。专此布悃,顺请潭安,不备。

令兄、令弟及令侄、令似辈并候。

姻愚弟期柳○○顿首

《放怀》

一年好景任留连,橘绿橙黄色正②鲜。无雨无风重九节,不寒不暖小春天。浮生同住三千界,挥霍频倾百万钱。老去急商行乐法③,纷纷障篱剧堪怜。

《感怀》

本无功德堪垂后,五世安能久必昌。吾辈赤心珍气节④,人情白眼贱文章。略存著作惟征实⑤,那有才华敢托狂。太息此身今老矣,珠光剑气尽消亡。

---

① "者番先我去抡元"原为"与儿相较判寒暄时薰儿新奉母讳,",后改。
② "正"原为"最",后改。
③ "老去急商行乐法"原为"老去尤宜行乐早",后改。
④ "珍气节"原为"□□惷",后改。
⑤ "略存著作惟征实"原为"略传著述惟征实",后改。

《感怀,附书近事一首》

此生宜狷不宜狂,借用成语。知欲圆来行欲方①。吾辈赤心
珍气节,人情白眼贱纲常。和同世界中难判,忠厚家声久必昌。
天道报施真不爽,十分亏处十分偿。近闻周粟香已捷浙闱,是其祖
若父吃亏之报②。

《醉后作》

万事多归幻,浮生一梦天。痛心思骨肉,过眼即③云烟。文
字犹堪托,形神未易传。不如寄杯酌,坐癖尽陶然④。

《放怀》

不求厚实不求名,差喜年来负担轻。穷鸟枯鱼休托赋,元龟
白鹤幸全生。漫防多辱且多寿,几见有亏旋有成。参破蒙庄微
奥旨,任从局外看分明。

《答韩尺五》

尺五兄丈先生阁下:

前月接奉手书,并蒙见惠石刻楹帖、书籍三种,极拟驰书报
谢。后因大浸稽天,人心思乱,凡有田之家,方将困守防御之不
暇,岂能再通音问? 幸赖当事者严刑惩办,其势遂定。而平粜土
赈之议叠兴,所费不赀,所谓一波才平,一波又起,至今尚未了
局。窃思皇恩浩荡,今年四省灾黎,给发帑银一百万,分别配搭
拨放,久已颁告人间。即如癸未年章程,先给抚恤银一月,继以
大赈,陆续放讫,至来年春间,然后接办土赈,始事劝捐,何等舒
徐不迫。何以今之当事者,竟将国帑扣除不发,日与有田之家为
难也耶? 是真不可解矣。家子厚氏有言:"富者,贫之母也。"近

① "知欲圆来行欲方"原为"读圣贤书舍则藏","来"曾改为"而",后改。
② "是其祖若父吃亏之报"原为"可为前屈后伸者作一近鉴",后改。
③ "即"原为"尽",后改。
④ "坐癖尽陶然"原为"醉后尚陶然",后改。

日凋敝之馀，不独贫者益贫，富者亦多日削，而欲一捐再捐，恐力量均有所不足。况各处赈局，莫善于黎里，莫不善于芦墟，前局做坏，后局断难弥缝，老病之身，只好听之而已，未识大才其何以教我乎？弟自八月下旬，复遭先继室顾氏之亡，寸心酸楚，百事颓唐，惟以诗文为排遣，得《悼亡诗》七律五首、《先继室行略》一篇，录奉求正。知我心者，谅必有以教我也。久疏音问，勿以叔夜之懒癖见责，感甚幸甚！草渑芜笺，附鸣谢悃，统祈原谅，顺请潭安，不庄不备。

《骤暖》

骤暖虫鱼出，将寒鹍雀愁。且祈风信缓，但愿雨声柔。菽麦宜先润，稻粱无可谋。岁荒周急少，莫向监河侯。

《排闷》

缭乱愁怀似宿酲，偏弦清唱不成声①。身多疾病谁怜我，不到艰虞辄忆卿②。水火由来实交济，雨云反覆剧难平。从今愿学痴聋子③，德怨凭他妇女情④。时有逆妇来嬲者，故及之。

《先继室顾孺人权厝志》

权厝非礼也。古者葬有定期，自天子至于士，均不得逾时，逾时谓"慢葬"。今孺人之没已越两月，是宜早营窀穸，以妥幽灵。然以岁之不稔，予病之不克就痊，不得已安厝于南玲圩先子逊村公墓旁，与前室沈孺人同一享飨。实不过循俗权宜之道，本非为常久计也。呜呼！予老矣，他日生圹之营，时不可缓，其不至于慢葬也，明矣。孺人死而有知，亦可以无憾也乎？道光二十

---

① "缭乱愁怀似宿酲，偏弦清唱不成声"原为"纵有诗篇少性灵，愁怀撩乱不成声"，后改。

② 原文此后尚有注文："谓先继室。"作者删去。

③ "子"原为"客"，后改。

④ "德怨凭他妇女情"原为"德怨无常不复明"，后改。

九年十月二十八日志。

《小春即景①》

暖寒无定雨声中，光景流连日不红。麻爵言愁天欲雪，乌鸦成阵岁多风。篱边菊蕊②香难续，岭上梅花③梦未通。独拥良书无可语，迩来饮啄一孤鸿④。

《己酉生日作》

堕地男儿七九龄，年年此日拜辰星。俗谓斋星官。长生有药⑤何堪独，偕老无人共茯苓。

《答讱庵》

讱庵大兄先生阁下：

前蒙光喭，感谢之至。嗣又两次接奉惠书。适因贱恙疟疾复作，形神疲乏，以致懒于作答，幸原谅之。拙稿中删处、圈处，颇能心心相印，可称知己。平生看本，最服膺频翁，以其不拘一体，有美必彰。今阁下所看，得无类是耶？前书中所云，令人恻然心动，惟今岁奇荒，亲朋中告急之书，未免应接不暇。以阁下近况如此，弟亦岂能坐视？兹再损奉洋钱四枚，聊作度岁之资。世无白太傅，窃恐大裘亦难遮盖耳。草此布复，即候著安。不一。

《己酉小春月二十八日，先继室顾孺人权厝于先子逊村公墓旁，先以诗纪之》

万树枯无色，天寒日出高。今晨安汝柩，阡表⑥待儿曹。浅

---

① 此题原为《小春月即景书怀》，后改。
② "菊蕊"原为"残菊"，后改。
③ "梅花"原为"孤梅""疏梅"，后改。
④ "独拥良书无可语，迩来饮啄一孤鸿"原为"□□逍遥羞独饱，谁能安乐此哀鸿"，后改。原文此后尚有注文："时国帑已拨，而饥鸿群集，至今尚未给发，何也？"作者删去。
⑤ "有药"原为"不死"，后改。
⑥ "阡表"原为"表墓"，后改。

土暂时寄,残年流水滔。会须①生圹筑,经昼敢辞劳②。

《连日为俗事所干侵,心实厌之,诗以书怀③》

最贪清净厌繁芜④,扫地焚香了自娱。苦恨老夫被牵率,迩来小事欲糊涂。逢人莫作能鸣雁,与世同为泛水凫。混迹渔樵真上策,此身只合住江湖⑤。

《为同祖者志慨》

自从老病日相侵,世路崎岖险愈深。莫怪他人非族类,可怜同祖不同心。

《寒夜》

群籁寂寒夜,惟闻击柝声。强梁工鼠啸,雌伏少鸡鸣。世尚⑥容容福,谁甘嘿嘿生。睡乡殊有味,天尚未分明。

《答史励斋》

励斋尊兄足下:

自八月下旬接奉回翰,并令外祖伯扶先生诗集二部。其时适遭先继室顾孺人之亡,捯挡一切,实无暇展诵。近已安厝殡宫,诸事料理,空房坐守,始得展读一过,古体胎源汉魏,今体亦不落近时花样。当乾嘉之间,仓山一叟,以才名倾动海内,诗道为之大变。其时作者,不入于宋,即入于元,唐贤宗派,几至消耗无馀。令外祖独能谨守盛唐规矱,不入沧海横流,其时如公辈尚有几人也哉?惟郁久必昌,得足下表而彰之,诚为不朽盛事,可钦可佩。仆老病馀生,年逢大祲,近又续赋悼亡,兴尽悲来,殊乏

---

① “会须”原为“何急”,后改。

② “经昼敢辞劳”原为“力欲翦蓬蒿”,后改。

③ “书怀”原为“志慨”,后改。

④ “最贪清净厌繁芜”原为“道家清净一尘无”,后改。

⑤ “混迹渔樵真上策,此身只合住江湖”原为“但得闭门饱吃饭,田园多累不妨芜”,“多累”后改为“虽在”,后改。

⑥ “尚”原为“上”,后改。

生趣。兼之人情恶劣，即如合邑土赈，莫善于黎里，莫不善于芦
墟，自上至下，群小盈庭，朋比为奸，直作渔利之薮。当事从不出
来查户，贫无粒米者，擅行削去；少有身家者，反得分肥，倒行逆
施，莫此为甚，所谓太息痛恨者，此也。寒家三房，一捐再捐，含
忍过去，于贫民稍有实济，然而不饱所欲，侧目者多，仆亦听之而
已。足下近日居停何处？想必得意，便中幸示一音，以慰悬念。
残年人事颇忙，不能多及，草草布复，并候道安。不一。

《再与何鸿舫》

鸿舫三世阮足下：

　　夏初草泐覆函，并缴还《叶氏年谱别录》一种、《分湖旧志》一
卷，谅登记室矣。以后大水继之，土赈又继之，诸事棘手，而心境
之最不堪问者，莫如先继室顾孺人之亡。事由外来者，尚可排
遣；情自中出者，易至受伤，以致贱恙至今尚未就痊耳。足下近
日居停何方？行药何处？年逢大祲，家食维艰，不独贫者益贫，
即富者亦多日削，此实无可如何之事。久不相见，驰思为劳。兹
从令兄端叔处特修一札奉寄，便中务望惠我好音，奚啻百朋之
锡。《后汉书》如已阅毕，望即见还，病中拟欲重读一过也。专此
布候，冬安。不一。

《长至前一日作》

　　迩来中馈属何人，子妇居然赋[①]《采蘋》。合祭无忘祠宇旧，
明日家祠内合缵已祧之祖。怆怀忍睹几筵新。内子灵座设于养树堂
前。颏唐群奉为家长，正直安能媚灶神。自信梁鸿不附热，可怜
举案目无亲。

《与殷谱经书》

谱经贤表阮足下：

　　七月中接奉惠函，谆谆节劳、颐养为嘱，具征关爱之忱，感谢

---

① "赋"原为"主"，后改。

靡已。即稔起居万福，著述千秋，为慰为颂。自大水以来，复遭先继室顾孺人之亡，心境已不堪问。而近日之愤愤不平……①

……②今尊酒欢娱后，除却文章不要论。

《枕上又得言字韵一首》

一天霜月斗精神，清景流连且闭门。得了新诗喜不寐，迩来妙悟欲无言。雄心易下征衰态，傲骨难除痛病根。好借养疴磨结习，平生意气莫留存。

《杂书断句》十首

一、西风如虎复如雷，暴③气凌人受折摧。坐拥④狐裘犹道冷，谁能遮盖洛阳来⑤。

二、湖上荒荒尽□田⑥，千村万灶不生烟。坐而食肉安乎否？毋魁今冬⑦大赈钱。时吴江大赈，银给发六万计钱，可得十二万千。

三、饱了官员饿了民，宁多户口济穷贫。寒⑧家分得九千口，此事何妨担一身。时赇赂公行，咸以少分户口为便宜。吾家绝不与通，竟派得贫户九千馀口之多。

四、忠毅公多贤子孙，官卑舆论自然尊。谓赵□峰少府。纷纷浊世从风靡，清泾犹能敌渭浑⑨。

五、宁为方正莫为圆，世界承平尽泰然。一遇凶荒试为政，

---

① 后文空缺。
② 前文空缺。
③ "暴"原为"怒"，后改。
④ "坐拥"原为"□了"，后改。
⑤ "谁能遮盖洛阳来"原为"世无衣褐正堪哀"，后改。
⑥ "湖上荒荒尽□田"原为"粒米无收下上田"，后改。
⑦ "今冬"原为"民间"，后改。
⑧ "寒"原为"吾"，后改。
⑨ "清泾犹能敌渭浑"原为"清泾安能受渭浑"，后改。

贤奸立辨判天渊①。

　　六、夜郎自大欲何为？井底怒蛙跳出来②。雄长田间无几日③，一时鼓吹乐犹哀④。

　　七、爵齿推尊重一乡，霍王⑤无短亦无长。通经致用谈何易，事到艰虞欠主张。

　　八、乡里小儿狐白袭，杜句。居然厕列搢绅俦。高风季子殊难⑥及，让变为贪俗日偷⑦。

　　九、芦墟殷富⑧数曹、黄，填得钱来悉力当。方寸无他太忠厚，吃亏异日必能偿。

　　十、阴行善事积空虚，天道还来报不诬。能与贫人共年谷，黄家老蚌自生珠。借用黄山谷诗中语。

《冬夜》

　　残年⑨草木变为薪，入夜荒寒景率真。三径菊松各憔悴，一冬霜月斗精神。时逢肃杀天行健，境到穷愁物欠春。重作鲦鱼潜水伏，谁怜我是独醒人。

---

　　①　"一遇凶荒试为政，贤奸立辨判天渊"原为"不试盘根遇荒政，已能辨别熟奸贤"，后改。
　　②　"怒蛙跳出来"原为"蛙儿跳荡来"，后改。
　　③　"几日"原为"百岁"，后改。
　　④　"一时鼓吹乐犹哀"原为"那知身后正堪哀"，后改。
　　⑤　"霍王"原为"先生"，后改。
　　⑥　"殊难"原为"不可"，后改。
　　⑦　"俗日偷"原为"是末流"，后改为"俗渐偷"，后改。
　　⑧　"殷富"原为"富户"，后改。
　　⑨　"残年"原为"残冬"，后改。

《放言》

世界苍茫策未安，徒劳君相积忧端。尧时难免□饥日，杜老①空传大庇欢。古有文章能报国，生②无经济莫为官。可怜③多是方隅见，利器何人试错盘。

慕义图报④二百年，吾愿治驾汉唐前。武皇开拓金瓯固，文帝栽培玉牒绵⑤。草野犹能蒙泽厚，搢绅毋忘受恩偏⑥。如何一遇凶荒起⑦，舒难无人立赈钱⑧。时民间义赈一捐再捐，而搢绅之家反不肯破囊，何也？

《再次述怀元韵，答子谦见和之作》

此乡只合隐无何，曲学安能与世阿。晚境痛心失良友，谓先继室。老年暖脚只汤婆。几时破腊花传信，昨夜成冰水不波。一忍能含千万善，从今到处尽行窝。

《西风》

抑勒西风不⑨出声，今朝怒作海鲸⑩鸣。扫除芜秽归清净，翦灭么麽始荡平。君相治人威即爱，乾坤成物杀为生。如何姑息养奸日，一任豺狼当道行。

---

① "杜老"原为"杜屋"，后改，
② "生"，原为"了"，后改。
③ "可怜"原为"腐儒"，后改。
④ "慕义图报"原为"积德怀仁"，后改。
⑤ "武皇开拓金瓯固，文帝栽培玉牒绵"原为"人材伏处承平久，家运隆时□□贤"，后改。
⑥ "受恩偏"原为"报施篇"，后改。
⑦ "凶荒起"原为"全灾日"，后改。
⑧ "舒难无人立赈钱"原为"豪贵不闻捐一钱"，后改。
⑨ "不"原为"未"，后改。
⑩ "海鲸"原为"不平"，后改为"怒鲸"，后改。

《瓶中梅花》

冲寒梅放已三分，南北岭头香未匀。折得一枝来赠我，可怜不是自家春。

《枕上作》

锦衾布被不同眠，寒暖中分絮与绵。病后起居亏俭德，老来饮食恋华筵。稻粱须要留馀地，药物安能补后天。自顾原无蔬笋气①，此身非佛亦非仙。

《葬亲歌为周品五表侄作品五为周蓉村表兄之子、先外大父芸溪公曾孙》

惑于风水富贵家，艰于钱财贫贱士。迁延岁月空悬虚，暴露田原②久停止。古有族葬今不行，慢葬垂戒无常刑。呜呼世俗日浮薄，只论祸福忘死生。生无一日养，死向旷野停。或遭大水或兵火，天寒③鬼哭常闻声。享堂坚固直与浮屠等。富鬼犹可，贫鬼何以免飘零？周家表侄贫如洗，鳏独一身而已矣。今冬毅然思葬亲，谓此不办不可以为子。一呼将伯无不应，率先聚土④坟乃成。书来告我喜不胜，事出意外非常情。当时只作酒徒视，品五善饮。能了大事人独醒。贵游公子豪富儿，闻其风者可以兴。勿再蹉跎膜视斯佳城。

《小云复以诗见和，再次述怀元韵答之》

良朋规劝意云何⑤，砭节无妨稍近阿。敢说文章双手辣，空怀利济一心婆。亡羊休逐法庄叟⑥，画虎难成诚伏波。此后事

---

① "自顾原无蔬笋气"原为"顿顿何妨常食肉"，后改为"肥肉真堪藉滋养"，后改。

② "原"原为"间"，后改。

③ "天寒"原为"夜间"，后改。

④ "率先聚土"原为"众擎易举"，后改。

⑤ "意云何"原为"问如何"，后改。

⑥ "亡羊休逐法庄叟"原为"浮鸥易□怀□□"，后改。

来勿关白,先生安乐退藏窝。

《短歌行》

朝朝闻鸟声,然后披衣起。一。起来进羹汤,暖气入骨髓。
二。有时便下床,有时暂停止。三。坐卧①无常期,惟求适意耳。
四。午前劝加餐,极意营甘旨。五。孝养子妇职,尚能洁滫瀡。
六。痛哉不逮养,先慈与先子。七。难追过隙欢,早岁失怙恃。
八。此恨抱终天,绵绵无时已。九。病后皆馀生,老犹未至死。
十。发肤虽就衰,手足尚②堪视。十一。惟保清白身③,归诸父母
氏。十二。

《圣学》

白屋朱门有是非,力行吾道勿依违。佛家寂灭无生气,儒教
中和尽化机。后世申韩归刻薄,当时杨墨渐衰微。欲知终古流
无弊,圣学昌光烛万几。

《昨子谦书来,谬称予"波"字韵,因三叠述怀元韵,诗以代简》

闭口深藏奈我何,本来无直亦无阿。甘为跨下寻常士,退作
房中④老阿婆。丽日光临能煦物,清风徐到不兴波。庄生久已
平为福,息壤营成便是窝。

《严寒》

去冬何太暖,今岁不胜寒。气作丰年兆,心缘⑤老病酸。去
冬腊月初旬,正在疾笃之时。再生浑似梦,不死胜于官。风雪闭门
卧,洛阳未可干。

---

① "坐卧"原为"进退",后改。
② "尚"原为"犹",后改。
③ "身"原为"体",后改。
④ "退作房中"原为"学作人间",后改。
⑤ "缘"原为"为",后改。

《论交》

论交外吉内终凶，读《易》方知占辄穷①。世网本疏渐转密，人心各②异面难同。广文旧说清寒甚，黉序新开贿赂通③。此物徒供狭邪费④，先生头脑太冬烘。

《迟薰儿不归，四叠述怀元韵》

失恃今年唤奈何，出门年少不妨阿。弥缝阙处怀齐伯⑤，吹转船儿祝孟婆。明月当头都朗鉴，大风收⑥口有馀波。读书总是安身法，努力明春早闭窝。

《五叠述怀元韵，归示薰儿》

身后其如寂寞何，清名浊世那能阿。百年杯酒欢成伯，万首诗篇老作婆。浮海难从谁作伴，隔江齐唱早回波。栽培阶下惟兰玉，但得同堂住一窝。

《摭言》：薛逢值新进士，前导者曰："回避新郎君。"逢曰："莫乞相，阿婆三五少年时，也曾东涂西抹来。"宋徽宗词："孟婆好做些方便，吹个船儿倒转。"帝之女游于江中，出入必以风雨自随。以帝女，故曰"孟婆"。

《待晓不寐作》

一夜中分睡候多，晓来谁与问如何。万千心事凭空起，少壮欢娱辄易过。生有至情长不灭，哭无老泪短成歌。今变作穷愁

---

① "古辄穷"原为"有变通"，后改。
② "各"原为"易"，后改。
③ "广文旧说清寒甚，黉序新开贿赂通"原为"狭邪游去贪行乐，索债虏来依旧穷"，后改。
④ "此物徒供狭邪费"原为"苜蓿盘中珠有味"，后改。
⑤ "伯"原为"傅"，后改。
⑥ "收"原为"出"，后改。

相①,满腹牢骚太欠和②。

《冬夜歌》

人谓冬夜长,我谓冬夜短。睡乡风味老尤宜,加厚重衾似春暖。只愁五更将尽时,急起披衣不能缓。王侯将相梦无期,何况娇妻艳妾焉能作老伴?黄金堆积高如山,暂时能聚霎时散。人生长策何不及早图,彼昏者流③往往多失算。读书为善是本报,世乱由荒贫由懒。年丰早起三复④工部诗,经济文章两侃侃。

《冬暖》

宜寒反就暖⑤,天不与人雠。遍赐黄棉袄,如逢白傅裘。负喧真欲献,卒岁⑥可无忧。爆背南荣者,同谁策杖游⑦。

《荒景》

米珠薪桂价难平,伐木为柴草不萌。几辈良民甘冻馁⑧,一时群盗且偷生⑨。饥鸿莫怪沿街集,饿虎何堪当道行。官饱方⑩能办荒政,其如出纳也无盈。

丁未、戊申两年之诗,合成一卷,于己酉夏,属大奎侄孙录过。粥粥翁记。

---

① 原文少一字。
② 夹缝处有批注:"戊申三月望前二日,愚弟陈来□拜读并加墨。"
③ "彼昏者流"原为"昏昏者流",后改。
④ "三复"原为"尝□",后改为"佩服",后改。
⑤ "宜寒反就暖"原为"欲寒反觉暖",后改。
⑥ "卒岁"原为"免冻",后改。
⑦ "爆背南荣者,同谁策杖游"原为"宁死不为盗,谁能善自谋",后改。
⑧ "甘冻馁"原为"能饥死",后改。
⑨ "一时群盗且偷生"原为"一方多盗且逃生",后改。
⑩ "方"原为"才",后改。

《知止集丁未》

古翁执丈大人阁下：

友为何昌治顿首。奉还《后汉书》一部，幸检入。尊体知未曾健，高卧不敢惊动，治当少待也。先请早安。

廿九早。

庚戌日记一

庚戌日记

正　月

元旦日（1850 年 2 月 12 日）　天气渐暖，日无光。晓食羹汤一碗。起来，录清七律二首。饭后，不受子侄辈贺岁，予先不能拜跪先人遗像也。一病潦倒，两年阙然。今年村中刘王会，轮值头角，以大祲停止。延道士待神一日。明日，六角走一转，交与盛家湾轮值。检阅戴药坪尺牍，则翩翩一书记矣，总以辞华胜者。下午，命子侄辈到大港贺岁，予只静坐而已。薄暮，子侄辈自大港回来。韵生侄孙媳特设一席，极丰盛，款待诸伯诸叔，以补廿八年之阙。其意极诚，未免近乎迂拙矣。然为妇者能如是，总在好高一边。

初二日（2 月 13 日）　五更咳呛不已，即和衣坐起，大约肺中有热。晓食羹汤一碗。起来，静坐。两日内脾气不甚干结，总由除夕多食之故。今日淡晴，尚好。饭后复雨，东风亦狂。午前，顾淡春妇侄、大港上诸侄、陈小泉表内弟相继来贺岁，遂同集于养馀斋，连薰儿、陪客七人。四大侄孙以年幼，命两孙陪之，在胜溪草堂叙。下午客去后，思谨侄心术最不堪问。（页眉：雨，长一寸。）

初三日（2 月 14 日）　雨。晓食羹汤一碗。起来，不动笔。饭后，查结己酉一年用度，已有三千贰佰馀串，二加在外，至发米、防守、冬赈、局诈诸事不在内，如此，安得不告匮？下午，身子疲乏，专事静坐。

初四日(2月15日)　雨。夜半后,咳呛不已,仍和衣而坐。晓
食羹汤一碗。起来,补录昨日之事,尚不致萎顿。饭后,欲作札与梦
琴而未果。昨兄子兆黄自梨里归,相传皇太后大行之信,愚亭亦有信
来,想必的确,乃天下之贤母也。下午,虽不致如昨日萎顿,终觉腰脚
疲软,奈何? 是夜,咳呛更甚,通夕不过眠二更,真所谓雪上霜也。

(夹页:

《省斋、子立两弟髫年失怙,成立后,与余相契。平时知无不言,
言无不尽,侃侃闿闿,彼此颇极怡怡之乐。道光己酉冬十一月,将移
居颍川异撰草堂,不无离居之感。因招省斋暨味梅、紫玖诸弟,夜谈
小饮,怅触于里,不能自已,遂成五古四十二韵,聊伸衷曲,以作家庭
讲话,不自知其言之质直也》

余终鲜兄弟,子焉一身独。自失怙恃来,谁砑寓砭勖。花萼缀连
枝,茅茨编比屋。望衡中东西,支派四五六。同气协埙篪,同心订金
玉。有过互相规,有善必相告。春秋佳日多,酌酒叙衷曲。岂曰他人
昆,不异亲手足。紫荆花正繁,胡然思择木。高举两雁飞,另觅一枝
宿。蒙业良艰难,生计渐寒剥。去焉心滋伤,策之手徒束。易主非得
已,盈盈愁万斛。忆昔曾大母,西榾亲卜筑。教子恒于斯,丸熊冀式
毂。省斋所居之树萱堂,为先曾大母所构,于此教子读书,绘有《九熊小影》。
莫慰倚闾望,萱草树庭隩。先大父与笔峰、东湖两从祖均由浙籍补博士弟
子员,后改归江南,贡成均。笔峰从祖曾远游入都,应京兆试。堂构聿相承,
后遂归诸叔。安堵数十年,一朝忽他属。念兹先人庐,抚怀额频蹙。
栖迟或前定,机缘悟饮啄。差喜通明家,咫尺便往复。颍川主人贤,
宇下欣所托。谓陈小山丈竹林。花木缭以深,栋宇宽而博。本为鸿觅
梁,讵等燕巢幕。频年棠棣情,能无一言嘱。人事纵已非,天伦弥可
乐。二老渐婆娑,双璧待雕琢。菽水善承欢,楹书严课读。弱弟病维
摩,谓子立多病,不能治生。立身赖汝卓。襄赞内助能,纪纲外政肃。
善交全始终,慎弗轻然诺。郑重子母权,仰事兼俯育。兴母一时豪,
备预三年蓄。终岁计赢馀,临期免局促。先人窀穸谋,牛眠地早卜。

营办勿蹉跎,况感流光速。入世易纷纭,杜门多落拓。收合背城借,一番图振作。否极泰当来,循环天理伏。塞翁失马时,安知其非福。鉴余怀殷殷,谅余言谔谔。停杯各怆然,何时复我族。)

初五日(2月16日) 雨。晓食羹汤一碗,尚有味。仍和衣假寐。饭后,始下床。蔡云生、徐恒甫两侄婿相继来贺岁,蔡见而徐不见,徐是刻薄一边人。下午,命薰儿作札,与邱子翁,托其专请毛孟亭。虽不服其药,来谈谈亦可。是夜安寝,呛亦减,心甚乐之。

初六日(2月17日) 隔夜积雪寸许,日无光。晓食羹汤一碗,尚知味。和衣而坐,专以养神为主。饭后下床,适菊畦侄媳来,谈定大奎侄孙今年在四房书房课两侄孙光耀、光昭,供膳;谨具庚戌年脩节制钱十八千文,带一徒,自膳,归先生,铺陈自带,榻在书房。下午静坐,吴婿蕉如来贺岁,遂命范姨甥、两兄子、大奎侄孙同集于养馀斋,以薰儿为主。夜间,留宿于揽胜阁。毛孟亭冒风而来,为予诊脉处方,极平正。所谓增客不胜杀鸡,请其首座,同宿阁中。

初七日(2月18日) 人日,得晴,最好。晓食羹汤一碗,小腹中甚不快利,至更衣后,才得清解。起来,写一约底,命薰儿书之,交与大奎侄孙收拾。今晨,腹不知饥,直至中午吃饭,胃气亦减,无怪其然也。思韩尺翁慰诗内,"仳离"之仳,上声,误作平声用;"泡影"之泡,平声,误作仄声。前辈于四声多不讲究,未知别有所本不? 或见面时,不妨问及。下午,仍服龟、鹿二膏,背心不致发寒。(页眉:仳。上声。泡。平声。)

初八日(2月19日) 雨,极寒。晓食羹汤大半碗,已属无味。起来,断不能动笔。腹不知饥,直至中午,吃饭一碗,胃气则大减矣。下午寒极,登床拥被而坐,寒稍解。是夜,服孟亭之药。三更后,呛稍缓。

初九日(2月20日) 晴。晓食粥两碗,以和胃为主。予今晨不思起来,偶得句云:"自入春来佳日少,屡经病后退心多。"缓日兴到,思续成之。茗饮,遂续成此诗。中午,吃饭碗半,胃气稍增。以后总以不多食为主。下午，和衣静坐。夜间，服孟亭之药，毫不见效，决意停止矣。黄昏，甚不安寐。

初十日（2月21日）　晴。晓食薄粥两碗，仍和衣而坐。命大奎侄孙录出近作二首，要求邱子谦书，答韩尺五者。午前，咳呛不已，是本原之病。外感者已清，决意命兄子兆元去请何端叔，渠本欲一往也。中午，吃饭一碗，尚有味。下午静坐，断不能动笔。适讱庵如约而来，心甚乐之。精神胜予几倍。是夜，小酌养馀斋，命薰儿、大奎从孙陪之，留宿揽胜阁。夜间，三更以前，尚得安眠；三更以后，竟不能就寝，多缘咳呛之故。日到夜。

十一日（2月22日）　晴。晓起，食粥碗半，其实一碗足已，未免近乎贪。得七截一首，其气颇豪。闻兄子到苏顺帆，亦出门一快心事也。午前，邱子谦、杨文伯、冯外孙庆桂相继来贺岁，遂邀讱庵同集于养馀斋，共七人，命蔡外孙、薰儿、大奎侄孙为陪客。闻上午诸客之谈，为人断不可偏一面之辞。下午静坐。闻讱庵访秋伊去了，舟回，秋伊留宿，约明日饭后同来视予。是午，吃饭一碗，白海参颇有味，馀多不思食。日到夜。

十二日（2月23日）　晴。破晓，（该）[咳]呛不已。随即和衣而坐，食薄粥一碗，气稍降，呛亦缓。饭后，再进粥一碗，始知味。假寐片时，极安适，老年以多眠为贵也，况在病中乎？午前，秋伊同讱庵来视予，不觉一年矣。客春二日，秋伊曾来过，予病，未能一答也。闻居停仍在徐氏，遂留中饭。未饭之前，端叔来矣。闻昨晚兄子去请时，已将至上海，闻予病，今晨纡道而来，甚可感也。处方两个。遂与讱庵、秋伊同席，命徐外孙陪之。两兄子俱不在家，大奎又去矣，此等子弟，可谓"无心道人"。下午客去，仍吃饭一碗，海参颇有味，此物不能离矣。是夜一鼓后，服端叔之药，竟得酣眠。

十三日（2月24日）　阴。五更后，热极，随即和衣而坐。食燕窝粥一碗，尚不知味。展阅昨日讱庵看本，极合意。饭后，招讱庵上来，以旧著《太平庄闲录》四卷求以去取。下午，已阅毕，略删几段，馀欲存其人耳。明日三卷,上午可以阅毕。切庵急欲归家,约十五日送去。

十四日(2月25日)　晴。隔夜咳呛不已,未知何故。晓食燕窝粥一碗,尚有味。午前,咳呛不已,食百合汤而平。中午,《太平杂录》前后共七卷,切庵已校毕。予送白米两斛、洋饼四番、钱四百文。予待切庵自信不薄,今年家居,故借此作出路耳。下午,来告辞。予属其眠在船中,明日可以早返。今夜,咳缓熟睡,是病后第一夜妙境。

十五日(2月26日)　热极。破晓,和衣而坐。食燕窝粥一碗,仍无味,胃气似难骤复也。展阅切庵《再生集》看本,极用心,去取亦当。《太平庄闲录》七卷,不过略删几段,以存其书耳。饭后,命薰儿在本庵,求观音大士签,皆吉。留养韵生侄孙媳一段更佳。中午,努力加餐,进饭大半碗,海参仍有味。后复进茶两次,极通利,及早就寝,通宵酣睡。(页眉:晴。)

(夹页:廿一签:

阴阳道合听由天,女嫁男婚岂偶然。但看龙蛇任运动,熊罴叶梦喜团圆。

五:

一、锄要掘地要求泉,努力求之得象先。无意我然遇知己,相逢携钱上青天。

四十二:

君虽恩泽任无边,覆帱祈禳没党偏。一切有情皆受用,均占乐利得周全。)

十六日(2月27日)　连晴。因热起来,和衣而坐。进燕窝粥,仍无味,明晨断不吃了。饭后,进茶两次,极通利。后复进百合汤一碗,却好。今晨去请钱书报去了。无聊中,供梅花一盆,亦可消遣。近日,以观空为主。下午,书报来,为予处一方,专用熟地。时二式甥适来贺岁,谓此方可服。书报不肯吃予夜饭,在兄子处住宿,殷甥留宿书楼。

十七日(2月28日)　风,复雨,及早而止。以热极起坐,进桂圆汤一碗，颇有味。昨夜书报之药，熟地颇对，惟呛不能缓。饭后，复来覆脉，谓前日端叔川桂枝太重，未免肺气受伤耳。酌一接服而去。其情义甚可感也。殷甥不肯逗留，约考后再来问安。是夜，连服书报药，极妥，惟呛不能缓。

十八日（3月1日） 阴。破晓，断不能寐，和衣起坐。食进桂圆汤，尚有味。饭后，进茶两次，尚知茶味。饭后，命子妇率两孙去拜昧（味）[梅]、子玖之太夫人，大约没于昨日中午。食饭两口，海参仍有味。下午，进茶两次。服药，即就寝。是夜，尚安适。

附录一　胜溪居士自撰年谱一卷^①

自　叙^②

癸巳初夏,余适遭目疾,书斋枯坐,因就平生所记忆者,授人书之,成《年谱》一卷。其间悲欢离合、死生存亡之感寓焉。若清夜扪心,则蹉跎之岁月,自愧多矣。存此以示子孙。老查又记。^③

胜溪居士自撰年谱

树芳系出河东,字湄生,号古楂,行三,自号胜溪居士。祖籍江南苏州府吴江县人。

迁吴始祖春江公,世居浙之宁波府慈溪县。遭明季乱,避地吴江县之东村,遂家焉。三传至五世祖心园公,始居北舍港。

曾祖讳仲华,字君彩,号绚圃。有传,见树所著《分湖小识》。

祖讳学洙,字师孟,号杏传。乾隆二十七年,由北舍港迁于分湖滨之大港。国学生,以孙梦松捐职州同知,貤赠奉直大夫。有传,见树所著《河东家乘》。

---

① 据南京图书馆藏稿本(索书号:GJ/EB/116220)整理。

② 扉页有印章:"树芳(白文)""臣树芳印(白文)""古查(朱文)""古查(朱文)""古查四十以后所作(白文)""起亭(朱文)""挹翠书屋(朱文)""闹红一舸填词阁(朱文)"。

③ 有印章:"树芳(白文)""胜溪(白文)居士(朱文)""苏南区文物管理委员会藏(朱文)"。

父讳琇，更名玉堂，字卫莹，号逊村。乾隆四十六年，自大港析居于胜溪，有《胜溪小影图》。国学生，事详沈璟所撰墓志、顾日新所撰传。配周太硕人，生子三：长春芳，次毓芳，少即树芳也。

乾隆五十二年丁未，十月二十四日午时生。

乾隆五十三年戊申，二岁。

乾隆五十四年己酉，三岁。

乾隆五十五年庚戌，四岁。

乾隆五十六年辛亥，五岁。

乾隆五十七年壬子，六岁。始从同邑谢东山先生识字。是冬，先生卒。

乾隆五十八年癸丑，七岁。延金泽黄瞻周先生授《大学》《中庸》。先生讳镐，青浦县附生。是秋，黄先生辞去。

乾隆五十九年甲寅，八岁。延同邑姚半痴先生授《论语》。先生讳谦济，字鸣天，自号半痴，为费东村先生高足。少应府县试，历拔前茅，卒困于院试，人以此惜之。时同学四人：伯兄春芳、仲兄毓芳、表兄沈燿及树也。燿字含珠，幼有诗才，极为先生所赏。《小楼纳凉》云："清风来户外，明月照楼前。"《丝瓜》云："记得家家村巷里，檐前满挂几条长。"皆十六岁以前作也。后以家事废业。

乾隆六十年乙卯，九岁。《论语》毕，授《孟子》。是年二月，三女兄适同邑吴彰。十月，大女兄适震泽殷大壖。

嘉庆元年丙辰，十岁。《四书》毕，授《诗经》。是年，逊村公新筑养树堂成。

嘉庆二年丁巳，十一岁。授《书经》。是冬，带课《易经》。

嘉庆三年戊午，十二岁。授《礼记》。是冬，带课《易经》毕。

嘉庆四年己未，十三岁。《礼记》毕，即授《古文观止》。是春二月二十五日，大母黄太宜人卒，逊村公哭泣尽哀，竟至成疾。入秋方愈。是冬，姚先生辞去。

嘉庆五年庚申，十四岁。延同邑袁雨寰先生。先生讳腾涛，字跃龙，一号桐村，为郭复翁姊婿。江邑附生。督馆课甚严，所读书必求精熟乃已。平生授经之师，最为得力。尝严冬竟夜不得寝，始觉苦楚。由今追思，真不可有二也。

嘉庆六年辛酉，十五岁。春间，《古文观止》毕，授先辈制艺，学为四书文。自五月初开笔，至九月初乃成篇。先生谓："此子可造。"颇有喜色。十月，应县试。是冬，养树堂前有老屋两进毁于火。时沈愚溪外舅与先子同里交好，前来奔救，布置咸宜，不致延烧，实翁之力也。

嘉庆七年壬戌，十六岁。春间，逊村公新筑瑞荆堂成，为儿辈课诵之地。是年，始订婚于沈愚溪外舅家。外舅有五女，室其季也。

嘉庆八年癸亥，十七岁。二月，伯兄受室嫂王氏来归。嫂为盛泽王翁旭楼次女。翁名鲲，字瀛之，旭楼其号，候选州吏目，风雅好古。树初见时，蒙加拭目。是秋，初应院试。

嘉庆九年甲子，十八岁。二月，仲兄受室嫂冯氏来归。是年五月大水，至六月初，人情震动，富室咸遭劫夺。逊村公预期平粜，至是复出粟分给，一里得安。是冬十月十六日，仲嫂冯氏卒。十一月初七日，伯嫂王氏又卒。两嫂颇有淑德，相继去世，大伤舅姑心。冬间，雨裳先生先生辞去。临行，谆谆以力学成名为嘱。迄今追想，自呼负负也。

嘉庆十年乙丑，十九岁。延杏村诸西轩先生讲作文之法。先生讳协夔，字英如，西轩其号，元和县附生。精于制艺，谓："作文如行兵然。前茅、中权、后劲，颠倒不得。前要精锐，中要持重，后要结束。若乱次以济，虽旌旗鲜明，车马娴熟，不免为罗人所败。"时同学四人：伯兄春芳、仲兄毓芳、陈墓王泗及树。一年之间，文体稍变。是春，复应院试。

嘉庆十一年丙寅，二十岁。春间县试，主城东马月樵蟾桂家，始与同邑黄竹堂冈、袁葵圃炘订交。四月间，复应院试，不售。五月初，逊村公忽得咯血证。树以公年老失血，心甚忧之。劝公就医北斡山，连服参芪之剂，病去其半。秋间，咳嗽复作。入冬尤甚。自此，服药竟无大效。九月,伯兄继嫂钱氏来归。是年,月樵病亡。予藏其遗稿,越二十四年,始采入《灵芬馆爨馀丛话》。

嘉庆十二年丁卯,二十一岁。春间,逊村公新筑荣桂堂未成,以劳瘁成疾,卧床褥间,急欲见新妇,遂于三月八日为树娶妇。自沈氏入门后,公颇有喜色,病亦稍退。四月中,得稍稍起坐。延至五月,复感时疾,至十九日,竟不起。呜呼痛哉!公之立身处世,已见沈、顾两先生所撰墓志、小传,然尚有未尽者。平生信以待人,忠以谋事,赴人之急,惟恐不及。不设机械于胸中。遇少年子弟,即非至戚,终以正言相告。设有不谨,尝大声疾呼,不避嫌疑。盖公之性出于至诚,无一毫虚假,故能如此。临没前数日,尝谓树等曰:"昨夜梦见尔祖,不异平时,自知此病不起。予亦何憾?可见先人于地下。尔等慎毋堕厥家声,致吾异日不欲见汝。汝其志之。毋忽!"树等俯而听之。深夜猛省,不啻常若负疚也。是年四月中,四女兄择配于同邑吴克震。

嘉庆十三年戊辰,二十二岁。时伯兄、仲兄咸弃举子业,分任家事。树与宋全泰同学。闰五月二十二日申时,兆青生。秋间,谋葬逊村公。延秀水县诸生崔配鹤之春择地于南玲圩四坵内上田三亩八分八厘七毫,地去予家不及半里,左对分湖,右通来秀桥。时村人谋欲阻葬,忽于田内筑成一墩,若邱陇然。伯兄控诸李汝栋明府,愚溪外舅力为排解,事得寝。十月三日,安葬逊村公,周太硕人寿藏祔焉。是年九月,往哭平望殷棣香姊婿。棣香名大壎,字恺庭,震泽县附生,长予十四岁。自逊村公没后,每见必以力学成名相期望。别后一月,忽得耗音,不自知其泪之沾臆也。留竹香居十日,殷东溪增与予订交。增字乐山,号东溪,为棣香胞弟。棣香没后始识之。冬间,西轩先生辞去。

嘉庆十四年己巳,二十三岁。延同邑姚竹亭先生授作诗之法。先生讳慰祖,字敬贻,号竹亭,震泽县附生。天分高绝,自制艺、古今体诗外,旁及绘事、小楷,无不精妙。树于逊村公没后始知发愤读书,稍报先人于万一。与先生甚相得,补读《左传》,兼攻制艺,暇则肆力于诗。五月间，忽得咯血证。至十月中大发。太硕人命树弃举子业，竹亭先生竟辞去。是年九月，仲兄继嫂冯氏来归。

嘉庆十五年庚午，二十四岁。病少痊，始专事于诗，与周寄林表兄相唱和。寄林名京，字邑丰，一字一峰，自号二木居士，嗜吟工书。在予家三年，后客尧峰，有《分尧小住吟》。是年秋间，四女兄适江城吴氏。姊婿初名克震，继名春霎。《得闲集》编年始此。

嘉庆十六年辛未，二十五岁。四月十三日卯时，长女生。五月初，莺湖有龙舟之会，过东溪竹香居，留饮。五日，始与秦海门清锡、陶爱庐棠、秦半痴丕烈订交。时沈云巢先生设教于平望艺英书屋，树以诗就正，蒙加击赏，自后所作必俟先生去取。秋间，太硕人有足疾，远近延医罔效。时精力就衰，心窃忧之。入冬，病益剧。太硕人乃呼子妇辈告曰："吾病非医祷所能愈，尔辈但宜静守奉事，毋惑旁人言。我身后，尔兄弟姒娣间各宜识性，忍耐为先。能如吾言，予亦可以瞑目于地下矣。"至十二月四日，竟不起。呜呼！太硕人生长丰厚，外大父芸溪公珍若掌上珠。自归先子，绝甘茹苦，起在人先，眠在人后，以一身主持中馈，四十年如一日，竟不克享一日之安。每念及此，万死莫赎。犹忆己巳岁，树在病中，太硕人饮食寒暖，时时顾复，不啻婴儿之在怀抱。不孝如树，尚何言哉！芸溪公讳攀龙，字云尊，国学生。仗义好施，有古烈士风。是年，太硕人病中蒙郭丈竹芗时时见过，诊脉处方，极为周详，可感也。

嘉庆十七年壬申，二十六岁。四月，五女弟择配于元和县王泗。泗为同学友，遂结姻焉。七月，南玲圩逊村公墓旁丙舍落成，有诗纪事。是冬，与陈丈四桥订交，各以诗投赠，咸刻入集中。

嘉庆十八年癸酉，二十七岁。延顾云泉宗海课予兄子兆黄、长子兆青。是年，与云泉多唱和之什。三月，招周小如曰寅同游吴中诸山，存诗八首。四月二十九日未时，次女生。九月，哭郭丈竹芗，有五排三十二韵。竹芗名学洪，字容舟，竹芗其号，江庠生。与予为忘年交，以诗相契合。事详《分湖小识》。十一月二十日，合葬周太硕人。

嘉庆十九年甲戌，二十八岁。三月，五女弟适陈墓王泗。四月，予旧恙复作，惟以诗为陶写。自此，遂绝意进取，妄欲肆力于诗、古文词。六、七月间，吴中大旱，山苗大半槁死。至秋成熟，吾乡竟得大稔。八月中，邑开积谷仓平粜，芦墟设厂于泗洲寺。时钟少府主其事，予适以公事晋谒，一见如故。风雅洒脱，处事尤极明敏，不谓风尘中有此贤吏也。少府名清源，字山泉，四川人。九月中，哭周寄林表兄，有五古五首。予至江城，每居停五芝堂，文宴之乐，迭为宾主。自寄林没后，令人多黄垆之痛。是秋，延沈笑山超然摄课子侄辈。时笑山年未弱冠，卓然有老成风度，予早知其远到才也。由笑山复交陈梦琴希恕。

嘉庆二十年乙亥，二十九岁。春初积阴，米价腾贵，饥民络绎前来，夜多疫火。予有《积阴》《感赋》《疫火》等作[1]。四月十九日丑时，三女生。冬间，在黄竹堂斋中与吴柯亭家骐订交。顾云泉是冬辞去。

嘉庆二十一年丙子，三十岁。延顾丈三坻课子侄辈。正月杪，哭沈云巢先生，有五排三十韵。先生讳璟，字树庭，号云巢，嘉庆庚申举人，与先子为同砚友。树初学为诗，蒙先生指示法门，悉宗唐贤，不落宋元人俗派，皆先生主持之力也。树无以报，先生遗集之刻，实赞成之，事详《分湖小识》。春间，与吴柯亭多唱和之作。五月初，以闲居读史诗。谒沈丈礼堂。丈谓予曰："子诗已入作家之室，不谓后辈中有此一手也。"频以尺牍往来。六月中，卧病四十馀日，延高伴山鹤鸣医治之。冬间，草草庐中晤剑峰先生。

嘉庆二十二年丁丑，三十一岁。是年，沈笑山读书予家。夏间，以公事谒李明府，时有重浚吴淞江之役。明府名廷芳，号湘浦，山东济南人，风雅好士。树以诗文相投契。秋间，张忆鲈孝廉见过，遂订交焉。

嘉庆二十三年戊寅，三十二岁。以诗谒顾剑峰先生，先生跋云：

---

① 原文此后尚有："盖纪事也。"后删去。

"笔试廉利精悍,议论透辟,非时流肤浅所能企望。养以从容,化其痕迹,古名家中可以高置一坐。"是年,与沈丈礼堂、顾剑峰先生、徐植庵乔林相唱和。十一月六日,偕沈愚溪外舅至上海。时为吴淞江重浚事宜,吾邑报捐工费,至是派解上海。傅廷兰明府以书招予董行其事。往还十四日,得诗十六首,颇饶寻游之乐。冬间,沈笑山补邑诸生,仍在予家读书。《得闲集》编年止此。

嘉庆二十四年己卯,三十三岁。二月初五日卯时,兆薰生。妇谓予曰:"昨夜梦入一山,见高处植甘蔗二枝,不意今晨忽举一男。"又曰:"数日前,梦至一处,忽遇断桥,竟不得过。"予以前言为祥,而以后语为不祥,以他语解之。初六日,忽受寒,旋昏颤。初七日,竟不起。妇自来归后,颇能通晓大义,逊顺为先,凡所以助予者不浅。予悲之甚,为撰行略。四月间,哭张忆鲈,有五古一首。予性寡交,忆鲈广结纳,轻施与,性情若相反,而偏不薄予,亦平生之知己也。事详《分湖小识》。六、七月间,旱不伤禾。秋间,王丈旭楼两过草堂话旧,自此岁不绝书问,若引予为小友也。十月初,与泮水港顾氏订婚。顾与沈氏有连,予素闻顾志松先生有贤女,长予三岁,遂往求焉。是年,于顾丈三坻处得《雪床遗诗》,系沈归愚宗伯定本,遂梓行之。《孤唱集》编年始此。

嘉庆二十五年庚辰,三十四岁。予素未识何君书田。春初,书田过愚溪外舅家,初见拙诗,谬加称赏,并蒙惠示《斠山草堂小稿》,爰赋长歌奉寄。二月二十八日,权厝亡妇沈氏于南玲圩逊村公墓旁,有诗纪事。三月初十日,续娶顾氏入室。妇为顾志松外舅季女。是年,删存《胜溪竹枝词》五十首、《齐豫纪事诗》六首,略寓阐扬微意云尔。冬间,刻成《孤唱集》一卷,分贻同好,盖为亡妇作也。于剑峰先生处喜晤其族弟子寿后錞,子寿为蔚云先生少子。

道光元年辛巳,三十五岁。二月中,于愚溪外舅家喜晤青浦何书田其伟,即以新刻《孤唱集》奉赠,遂订交焉。自后投赠之作,咸刻入集中。是时,十馀年来仲兄主持家政,予于诗文外,概置不问。适吴柯亭以沈北溪、陆朗夫两先生所辑《分湖志》见示,乃两先生未竟之

稿,妄欲重订一书。日事搜罗,几忘寝食,成《分湖小识》一册。四月
中,哭沈丈礼堂,有五律两首。丈名大本,字启文,一字半愚,震泽增
广生。说经铿铿,盖绩学之士。著述甚富,惟《礼堂诗钞》梓行于世。
七月杪,哭愚溪外舅,有五古五十二韵。平生受恩最深,不自知其言
之长也。事详予所撰状略。是秋,南闱发解,解首则吾邑张海珊也。
海珊字铁夫,住震泽吴溇,博学能文,予曾识之于东溪席上,人亦温雅
可交。场后十八日,卒于金陵。东溪哭之云:"空有科名能盖世,不教
妻子一凭棺。"令人不堪卒读。十月中,哭陶爱庐,有七律一首。爱庐
名棠,字召遗,震泽附生。有应世才,遇事立断。尝与人同患难,终无
德色,盖仗义人也。是年十月,从兄鹤汀嗣锋亦没,予有诗哭之,事详
《分湖小识》。冬间,顾丈三坻辞去。三坻课子侄辈,循循善诱,以朴
学为先,授经毕,始教之作文。六年之中,无间寒暑,儿辈得力最深。
以精力就衰辞去。予与三坻郑重而别。震学科试,予友顾后镡补诸
生,后改兆芝。《孤唱集》编年止此。

　　道光二年壬午,三十六岁。延沈笑山课子侄辈。正月,同人谋梓
沈云巢先生遗稿,予首助刻资。三月中,沈愚溪外舅《浙东游草》刻
成,后采入《灵芬馆爨馀丛话》。以《得闲集》四卷就正于郭复翁,并求
作序。予与复翁初未谋面,实梦琴为之作合也。四月初九日,哭殷东
溪。予与东溪暂别一日,骤闻凶信,不觉抚膺大痛。平生知己,又弱
一个。君子三:长兆铺,嗣仲兄后,年未弱冠,媚学能文,实后来之秀;
馀俱幼。事载《灵芬馆杂著》墓文中。五月中,《得闲集》四卷复翁已
删定,其斟酌处不落恒径,洵是作手。序文亦得立言之体。是月二十
六日卯时,仲兄新得一女,怏怏不乐。予婉言相劝,谓以兄之立心行
事,必能有子,毋自戚戚为也。时连年营造,仲兄急欲成就,以便析
居。不料于八月十九日忽得痢疾,九月初五日痢加剧。一时遍求名
医,皆云脉大者绝,又不腹痛,痢疾犯此二忌,十不得一。至十六日,
夜半后竟不起。遗命以长子兆青为嗣,而以伯兄次子兆元并立。十
九日成殓,凭棺一恸,不觉肝肠之并裂也。事详予所撰行略。是秋,

沈笑山得南闱捷音,辞去。延吴友江姊婿权课。一年之作,有哭东溪五古四首、哭秀山仲兄五排三十韵,《落叶》《孤雁》等作,皆为仲兄咏也。《荆悴集》编年始此。

道光三年癸未,三十七岁。延吴友江姊婿课子侄辈。三月中,过韭溪,秦半痴海门饮予牡丹花下。海门并为予删订《分湖小识》,颇简净有法。四月中,哭顾剑峰先生,有七律三首。先生才名满世,晚以年老身病,尚一至维扬、三至武林,卒无所遇而归。才人之厄,无有过于先生者。后同邑朱丈铁门春生为志其墓,刻入《铁箫庵文集》中。过遂高堂,四桥为予两侄推河图洛书之数,谓兆黄颇有福泽,兆元根基不足。予但默识之,不以告也。是年,芦墟有同善堂之举,予捐田十一亩,聊助掩埋之费。五月中,大雨连旬,水涨,与甲子年相埒。六月中,稍退。至七月,狂飙复发,大雨如注。自初二日至初九日,雨乃止。涨痕视五月杪更增一尺有馀,漂没田庐、棺椁无算,百年以来,未有此奇灾也。予目击此艰,相约先外舅家,分段平粜,默承先人之遗意耳。夏秋之间,增订家谱,创成二卷。至吴门,闻按察林公救灾恤民,不辞劳瘁,如豫借藩库帑银,先给一月口粮,并籴米备赈;请旨豁免关税,以通商贾而平市价,皆实心调济,可与乾隆二十年尹文端公总制两江时德政相埒。林公名则徐,字少穆,福建侯官人。十月初四日,因食指渐繁,与伯兄养斋、仲嫂冯氏析居。伯兄居东,仲嫂居中,予居西偏。主其事者,从兄心斋一人。心斋外和内断,临事秉公,同宗实罕其匹。是冬,陈丈四桥、吴友江姊婿、周小如表侄、双南从兄相继去世,皆予心契人也。四桥名懋,字光第,号四桥,吴江附生,工诗。时袁简斋太史过松陵,闻四桥名,往访之。四桥坚卧不起。人以是奇之。著有《遂高堂诗集》十卷。友江初名克震,继改春霖,字亨来,震泽附生。家世清华,至友江时已中落,乃自伤不偶,日在醉乡中,卒以此陨生。其没也,无不为之惋惜云。小如名曰寅,字再唐,为寄林长子,工书。克承家学,独困于小试,后乃贫病以终。自小如没,而五芝堂中无读书子矣!双南名梦金,字贡三,事详《河东家乘》。水灾纪事诗,存《淫雨谣》《大水行》《后大水行》等作。

道光四年甲申,三十八岁。延陈得珊肇基课青儿、薰儿。是春,阖邑分办赈饥,芦墟设局于泗洲寺。吾家三房共捐番钱一千枚。二月二十九日,忽闻陈墓五女弟之亡,遂冒雨前往。予女兄弟四人,诸女兄年皆长,嫁亦早;女弟小予四岁,予视之不啻一小弱弟。既归陈墓王泗为继室,前出一子两女俱在襁褓中,女弟抚如己出,数年之间,几至成人。方欲议婚议嫁,共相厥事,不料忽焉化去。岂真女弟之无禄也耶?予年来伤于骨肉,既哭仲兄,复哭双南从兄,同胞一女弟又中年徂谢,何怪乎情之悲而词之烈也!舟中成哀词七首,复述往事如此。三月初二日,送女弟入殓。明晨即返。春间,延朱丹林攀桂抄录历年旧稿。丹林自幼学书于五芝堂中,落笔工秀,人亦循谨可托。以《孤唱集》二卷、《胜溪竹枝词》一卷、《荆悴集》一卷乞郭复翁删定。四月中,前稿寄来,《孤唱集》《竹枝词》大段照原本已采入《爨馀丛话》,《荆悴集》时有删改处。予于己卯辛巳间尚无俗累,得专力于诗。自仲兄没后,家务日积,渐少读书之乐,诗亦有退无进。古人云:"中年以往,伤于哀乐。"不信然耶?五月杪,挈青儿至宏化庵文会,以三八为期,秉笔者为予表弟戴芝香。时同会约二十人,惟潘子映梅仁荣文笔最为松利,予决其必早入泮。会至秋杪,青儿无不与焉,文亦略有进境,入冬乃止。是冬,哭西轩先生,有五律两首。

道光五年乙酉,三十九岁。延顾鹤俦名球分课薰儿。鹤俦为云泉幼子。正月二日,青儿忽得咯血证,狂吐不已。静养至二月杪,始挈青儿至重固里访何书田。书田谓予曰:"此子怯证已成,吾当竭力视之而已。"予虽颔之,尚未信也。席间,晤小山其章,乃书田弟,人亦闲雅温笃,即与订交。三月科试会中,潘仁荣补诸生。是春,三过箨山草堂。调治半年,青儿大有起色,因号曰"起亭",书田所赠也。秋间,重葺养树堂,颇费经营。落成,予自为记。冬十一月,哭确斋从兄,有七律一首。确斋与予同庚生。少时,先予作诗,蔼然成稿。后以嗜酒废吟。自确斋没,而同堂中风流顿尽矣。事详吴元音所撰小传。是冬，顾鹤俦辞去。薰儿仍从陈得珊。

道光六年丙戌，四十岁。二三月间，青儿勉赴县府试，予亦听之而已。四月二十五日，送五女弟权厝于元和县三图及字圩，予有诗纪事。是月，得沈笑山南宫捷音，后以放归待选，人多惜之。九月，挈青儿应玉峰院试，不售。仍挈青儿至斟山草堂医治。书田谓儿曰："名心可以断矣，子毋汲汲为也。"自后，予不设课程，一切听之。是秋岁试，予友殷东溪之子兆镛、张忆鲈之子益龄同补诸生。《荆悴集》编年止此。

道光七年丁亥，四十一岁。春间，尚有筑室之役，至秋乃得蒇事。襄其事者，徐养峰之力居多。惜不永年，即于是秋卒。七月中，骤闻何小山之亡，予有七律诗哭之。八月杪，挈青儿偕从子清原重过斟山草堂。时青儿尚无恙，奉仲嫂命，急欲儿有室，故先豫为调治。十月十七日，长媳杨氏入门。媳为杨斗山柄次女。予与斗山自少相知，后以友成戚，盖订婚于十年前也。予于是年始属青儿奉侍嗣母，为仲兄后。《黄杨集》编年始此。

道光八年戊子，四十二岁。青儿始与薰儿分课，青儿仍从陈得珊，薰儿受业于沈笑山。二月初，随伯兄养斋访王丈旭楼于茹古斋。翁款留信宿，因得略窥清閟。席间，晤其兄子珊柯致皥、二若致绶。珊柯予旧相识，曾三至予家，至是年已六十馀矣。而珊柯之弟午桥致聪、二若之兄薆湄致纯相继归道山，感念畴昔，不禁为之怃然也。年来多师友凋亡，未曾哭之以诗，如袁桐村业师没于道光七年、姚竹亭业师没于道光四年、秦海门明经没于道光五年、袁葵圃茂才没于今年六月，乃作《伤逝诗》四首。八月中，得书田书，知钦吉堂先生于七月二十四日病没。吉翁名善，字茧木，娄县诸生，为王铁夫先生入室弟子。自幼孤寒，刻自淬厉，成一家言。文学晚唐，诗似黄山谷，有《吉堂诗稿》八卷、《文稿》十二卷行世。树与吉翁从未谋面。乙酉岁，书田为介，以旧稿八卷遥质。吉翁能为予攻瑕摘颣，不啻师之于弟，甚可感也。后有《荆悴集》定本一卷，首书吉翁叙文，留在殷述斋寿彭馆中，竟被吴回氏取去，至今深以为憾。自吉翁没，吾党中又少一直谅矣！是秋，青儿旧恙复发，较初起时更甚。十一月二日，书田过予胜溪草堂，急谓予曰："此子不服药一年矣！身之有病，犹船之有漏，时时修补，犹可过去。今已矣，船将沉矣！"是夜，故人情重，为之诊脉处方而去。延至岁杪，尚能起身缓步。是冬，有金臞甫黄钟、王湘筠观潮两茂才以近稿寄予点定。自愧虚声不能勉副也，感成长歌奉寄，大意谓：两君之诗宜质诸复翁，不应就鄙人见商。亦友朋忠告之义。十二月初十日，哭顾志松外舅。公名雪梅，字素南，自号志松老人，江庠生。树自幼相识，见公如野梅疏放，不事修饰，别有一种清寒趣味。继为公女夫，公时来聚首，评书读画，鉴赏颇当。别未两月，竟归道山。树哭之以诗。

道光九年己丑，四十三岁。正月二十三日，青儿亡。儿自幼读书不满十行，予课之，寒暑无间。十四岁以前，诸经毕，惟《公羊》《穀梁》未读。成童后，渐知向学，与师共宿一楼，尝竟夜不寐，予弗知也。继得咯血证，予早知其不就，犹背予夜读，遂成痼疾，志可悲也。予有哭子诗二十八韵。三月十一日，挈从子清原游武林，七日而返。中间往还共计八日，得诗十七首。四五月间，留滞吴门，欲纳一妾，有《吴门即事诗》十首。卒无所合而归。秋间，欲至平湖，适以嫁女事促，未及往。十一月初四日，二女适梨里冯廷椿。婿为秋谷明经次子。秋谷名珍，字子耕，沉静好学。曾从洪稚存、张船山、吴谷人三先生游，诗亦日进。惜年未四十而没。著有《尊古斋诗钞》四卷行世。是冬，陈得珊辞去。《黄杨集》编年止此。

道光十年庚寅，四十四岁。薰儿年一十有二。予誓不纳妾，作《述怀诗》以见志。去年，自青儿亡后，忽作此想。往来吴门，皆无当意。时同辈中多劝予速成其事，惟吴寄松腾霄独不谓然，予心异其为人。寄松为友江弟，斥华崇实，盖笃学士也。现课予从子清原。寒食节，重过韭溪。闻去冬秦半痴之亡，以诗哭之。三月十六日，同陈梦琴过灵芬馆，谒郭复翁。先生置酒款留，畅谈终日。有诗奉赠，蒙次韵见和，刻入集中。时以姚竹亭业师、马月樵亡友、确斋从兄三遗稿属为采入《爨馀丛话》。春间,沈笑山以事羁身,予课儿月馀,颇得读书之乐。夏初,延高樨客权课。六月中,樨客去世,仍自为课。至秋,笑山乃来。重葺养馀斋成,乞程竹盦赞司书额,将为读书课儿之地,有《自述诗》三首。长夏无事,感念旧游,仿《五君咏》诗意,作《夏日怀旧诗》六首。六人者:顾丈三坻、顾卧冈妻从兄、吴友江姊婿、周小如表侄、汝南村居士、高樨客茂才。三坻名乃赓,字韵祖,江庠生。清白自矢,不肯苟得,以课徒终。卧冈名德本,字禹封,工写兰。后以结客好事,家遂中落。南村名金瓯,工书。立品狷洁,尝作《修禊图》,乞人题咏。与予家三世交。尊甫卓亭德纯谦和敦朴。乃祖效忠念祖嗜义若渴,久约不忘,与先子为金石交。尝移先子白金二百两,先子已忘之矣,积久,如数归。先子曰:"无有也。"丈曰:"岂有贷人之钱而肯一掷也哉?"互相推让而别。前辈交谊如此。樨客名谦,嘉善县附生。以嗜学得略血证。与青儿为同门友,曾受业于陈得珊者也。馀已见前。六月二十五日,仲嫂冯氏卒,是时,卜葬仲兄已有日矣。八月中科试,从子清原补震邑诸生。十月十一日,葬仲兄于南玲圲先考墓旁,嗣子青儿祔焉。感往悼来,得诗三首。十一月二十五日,泊舟舜湖,过梦琴寓斋,访周柳初梦台暨故人沈琛崖烜之子笠君名曰寿、南一名曰富昆季,小酌而别,有诗却寄。二十六日,迂道至魏塘,过灵芬馆,乞复翁作仲兄墓志。是夜□寒,留饮。宿舟中。岁杪,编成《课馀集》一卷。

　　道光十一年辛卯,四十五岁。正月二十七日,同梦琴重过灵芬馆,即事有作。时仲兄墓志已寄来,复以先子《胜溪小隐图》乞题,并以近稿奉质。三月二十六日,至碛石,游东、西两山,遂顺道至海昌观潮。共得诗十三首。五月以来,积雨水涨,去癸未年二尺有五。远近筑岸,车水几费疾苦。六月十六日,寒甚,有传雪花飘者,予实未之见也。自八月至十月,积水不退,人多踏(冰)[水]刈稻,收成不及丰年之半。时平樾峰明府适宰我邑,力请上司,得缓征四万漕粮,大纾民困。是年,淮扬数郡被灾尤酷,饥民乞食苏松,沿至浙右,多由官府给发护送,不扰民间,民乃得安。平明府名翰,山阴人,恤民爱士,胥吏不得为奸。时我友陈梦琴、金曜甫两茂才以事被诬羁绁,明府力为开释,士林莫不称颂云。是秋,始识陈讱庵来泰。八月十八日,至魏塘,哭郭复翁,有哀词三十四韵。树与复翁家相违不过四十里,自幼倾其才名,若天姥缥缈,不可企及。十馀年来,以诗文请质,三过灵芬馆中,一见欢然,无复曩时气焰。惜乎相见之晚也!复翁文学六朝,词驾元人而上,诗自汉魏以迄唐宋元明诸大家,无不穷探源流,神与古会,尤能自出新意,不落前人窠臼,至老愈工。论者谓竹垞后一人而已。翁名麐,字祥伯,号频伽,晚号蘦庵,学人又号复翁。著有《灵芬馆诗集》三十卷、《杂著》《文集》十四卷、《词》六卷、《金石例补》二卷、《江行日记》一卷、《樗园消夏录》三卷、《诗话》十八卷,其《爨馀丛话》六卷,则树为之梓行也。九月初九日,薰儿订婚于同邑邱子谦之女。子谦名曾贻,江学增生。是日,三女联姻于同里沈志达。志达为愚溪外舅之孙,一岁而孤。外舅晚年以此子见托,予实不敢负也。岁杪,汇录一年之作,多水灾纪事诗,如《水勿来》《水复来》《鸿雁》《哀水村》《新乐府》等作,皆目击情形,随时触发者也。是年,读书有感,深悔少年荒落,如农夫服田,未曾力稿,安望有秋?因名其稿曰《知误集》,盖自讼云。是集编年始此。

　　道光十二年壬辰,四十六岁。招顾馨山友桂下帷予家,课予沈婿志达。二月初四日夜间,灶房失火。时东风大作,竟得转祸为福,不致延烧。非予薄德所致,抑祖宗积善之庆与?予有《失火自儆诗》。初八日,哭心斋从兄,有五古三十六韵。兄名铭,字若峰,自号心斋。与先子生同庚,事详《河东家乘》。二十一日,谒平樾峰明府,乞书祠额。明府为予书“其来有自”四字,盖为先赠公杏传府君题也。四月初,复谒见明府,以先子《胜溪小隐图》行看子、仲兄《对床忆旧图》乞题①。今年,因失火自儆,写录庚午以后、丙戌以前旧稿八卷,及《河

---

① 原文此后尚有“是月,偶阅邸报,见湖南江华县猺匪赵金陇纠众滋事一案,成咏史诗二首。五月中,闻猺匪已平,喜赋七律诗一首”,后删去。柳树芳有浮签云:“‘是月偶阅邸报’一段,此等事不胜书,且近干涉,删之为贵。”

东家乘》一卷付梓人氏。蒙沈笑山、顾馨山、从子清原细加校勘。七月十六日,送平明府之任元和,予有古诗三首赠行。后迮青霞鹤寿有《送平樾峰明府移任元和叙》,明府时为人诵之。六七月间,旱不伤禾,有《悯旱诗》三首。时林少穆中丞初抚吴也。是秋,米价腾贵,人食糠粃,乞米纷纷。予与伯兄共议任恤,三房共发出钱一百十九千有奇,竟有人议其后者。予有诗志慨。重九后,叶溉翁过予草堂,居停十日,各以诗相质。溉翁名树枚,字条生,号改吟,行十一,工诗,善谑。一生饥驱,全家漂泊,盖诗人之穷者也。前刻《改吟斋诗初集》四卷,后《二集》八卷尚未付梓,郭复翁已采入《灵芬馆诗话》。别后,有《古风三首寄叶十一》。九月秒,新葺家祠成,曾大父绚圃公坟上捐祭田八亩,各为文以记。《养馀斋诗》初刻共印二百部,《河东家乘》共印三十七部,约费番钱一百枚。十月二十日,二房长媳杨氏与兆元侄分居,杨氏居笔谏堂以前四进,兆元居挹翠轩前后五进。主其事者,予表兄沈含珠、从侄宇安、季祥。盖至是予可弛于负担,告无罪于仲兄矣。是冬连阴三月,大雪积地尺馀。予与沈笑山、顾馨山有《养馀斋咏雪叠韵诗》。十二月初五日,大港上祖居猝被火焚,予有诗纪事。二十五日,忽闻王丈旭楼之没,予有挽诗四十韵。旭翁与予投契在文字之间。春间,以《话雨楼碑帖目录》三卷寄予校勘;夏间,复以《盛湖诗萃》四卷索题:此皆旭翁未刻书也。其已刻者,有《松陵闻见录》十卷行世。

道光十三年癸巳,四十七岁。春间积阴,风雨连绵。至立夏日,始得起晴。四月中科试,亡友沈琛崖之子曰富入泮。夏间,逊村公墓前新筑驳岸,伯兄为之经理,三房共出番钱八百零七枚。七月中,二加堂前老屋五间岁久将圮,稍葺而新之,约用番钱一百六十枚。秋间,以书谢平樾峰明府。明府为予手书自撰楹帖,从查少府处寄来,字极古雅。后得明府报函,始知已卸元和,即日束装入都引见。时林大中丞荐举卓异三人,平其一也。九月初,接陈切庵武林信,以《灵芬馆遗集》二册见示。诗凡九卷,严小农烺河帅为之梓行。复翁身后,

尚能倾动公卿若此。重九后一日,过青浦斡山草堂祝寿。时书田老
友花甲方周,精神颇健。数年知己,竟日款留,极欢而别,有诗纪事。
于书田处新得松江沈氏旧藏赵文敏金字楷书手卷,以宋鸦青纸,书
《春日献圣寿无疆词》,后有元鲜于枢、明吴宽两跋,的真无疑。乾隆
初年,价值百金,予以五十金得之。十月中,阅邸报,今岁荒歉赈济,
十七省中办二百七十五州、县、卫。江、震两邑缓征三分二厘,尚不与
焉。时林大中丞有奏疏四千馀字,极言江苏民穷政敝,于天时人事大
有关系,颇为海内所传诵。十一月二十六日,书田以书见招。时松江
姚春木椿先生新自汴梁归里,予有信函及《知误集》两卷就正。二十
八日,急驾小舟,夜泊青浦城外。厥明,重过斡山草堂,伫候终日。予
初讶春翁不来,书田云:"此君断不爽约。"至一鼓后,春翁来矣,一见
欢然,如旧相识。是夜,书田特设精馔款客。春翁云:"遇此歉岁,务
宜节省。"书田笑而颔之①。春翁立品醇洁,以古处自敦,其对人也,
内介外和,吐属温厚,不仅以文字见重。我辈获交此君,亦平生之幸
也。先赋小诗一章奉呈,并读其新刻《通艺阁诗录》八卷。别后,有
《癸巳十一月二十九日陪姚春翁夜饮斡山草堂》诗。归舟风雪大作,
赋诗纪事。是冬歉收,连月积阴,荒荒之象,不俟来春而已见矣。予
多感怀纪事诗,如《冬阴》《冬水》《大雪》《拟长吉梦天》《拟太白日出入
行》等作,尤为注意。

　　道光十四年甲午,四十八岁。是春,积歉之馀,人多乞食,邑西尤
甚。先是,冬间歉收,林中丞办灾,缓征之外,复事劝捐,以备接济。
江、震两邑以漕务未竣,碍难举行。至三月中,张明府谕董设局,刻不
能缓。时在城各镇诸董事或竟停止,或减作平粜。惟芦墟一隅悉照
癸未年赈局办理,大费周折,自四月初一日开局,至八月初七日放竣。
予家捐数照四年春间,以洋易钱,稍增一百四十千文。是役也,黄君
竹堂、朱君升斋、凌君古泉三人之力居多。冬间,刊印清册,予为作

---

① 原文此后尚有:"予深有味乎其言。"

序。重九前五日,老友书田书来,姚春翁招游九峰,期于初八日,集于东佘山下。初七日,予先至重固里,与书田偕行。明日晓,至佘山下泊舟。时春翁先一日宿丙舍中,豫为明日秋祭故也。地为其尊甫方伯公一如先生墓道,华表犹新,丰碑深刻,树林阴翳,蔚然可观。墓后有园,旁有丙舍数十间,足供游息藏修之地。春翁肃客入大楼下,寒暄数语而外,惟论文纵酒,极欢而罢。时同席者:何君书田明经、张君柳泉太守暨其弟石春茂才。余以远客首座,从主人之择也。是行也,虽未能寻凤凰尾、踞天马首,而友朋之乐、文字之欢,亦人生不可多得之境。春翁约为明日横云山登高,书田不能久留,予亦兴尽而返。初九日,大风雨,不克到家,舟中作《佘山纪游诗》七古一首。明日天晴,归,犹未午。十月十六日,薰儿初应童子试,予成七绝一首,不胜今昔之感。十一月望后,自吴门回棹,偶冒风寒,遂成微疾。据医家云:"积劳所致,元气大亏。必得服参方效。"予亦误听其言,服条参二钱,自此食少、心烦,精神顿减。至十二月,病中复感时邪,咳嗽多痰,昼夜各以碗计。积十馀日,邪从肺出,始得清理。予坚守不服药之说,每日蒸水梨一枚,食之颇验。是年,与姚春翁虽在百里之外,互相倡和,辱以诗寄,多录入稿中。春间,曾以《知误集》三卷就正,蒙为作叙。一年之作,无甚惬意,惟《讽谕诗》《齿痛放歌》《陆朗夫先生切问斋铜印歌》《放言》《闭门养疴诗》等作尚属可存。

道光十五年乙未,四十九岁。病后初起,蒙顾君云泉、黄君竹堂、陈君梦琴咸来问讯,遂于人日仍集养馀斋小饮,有诗纪事。是日,精神颇旺,心多喜气故也。二月,花朝后,予重至玉峰,挈薰儿初应院试,寓居新阳县西。寓中始识徐澹人堂,聚首浃旬,亦客中文字缘也。至二十三日始返,得纪游诗五古四首。三月望日,纤道至魏塘,访黄雾青安涛太守,蒙置酒款留,有诗纪事。时以先子《胜溪小隐图》遗像乞题,并以周寄林表兄遗诗乞选入诗话。寄林诗不克单行,拟欲散见于名人诗话中,庶零章断句,或可流传于后,不致腐同草木耳。闰六月初,接书田老友及姚春翁书,始将《秋树读书楼遗集》副本寄还,已蒙春翁校竣,并为作序。予欲访求史赤翁遗事,不得。适其子心如清源客松江府厅署中,春翁于友人处无端合并,即以前事告之,心如遂出原本相质,因得校对一过,极为详析。文字有灵,亦大奇事。士苟能著成一书,莫患身后无知己也。七月中,接黄霁青太守书,始得惠题先子《胜溪小隐图》,从溉翁处寄来。溉翁亦有书通问。予一一报谢。中秋后一日,重至斡山草堂,与书田话旧。是夜,两舟并发,趁潮至松江西门外秀南桥下泊舟。明日,过归云草堂,同访姚春翁,蒙留饮竟日。先有诗见赠。是日同集,得竹林之数,已识者为张柳泉昆季,未识者为顾卿裳夔及同邑史心如,直谅多闻,皆为益友,未始非学问中之一助也。临别,以先子《胜溪小隐图》求春翁作记。重九后二日,史心如见过,捧其先人遗集见示,乃赤翁及身自定本。予家副本即从此本录出。来年开雕,即以此本写样,庶少讹误耳。是日,惊闻姚母许太夫人于九月初三日谢世,即作书致春翁,劝其节哀顺变,亦戚友相关之谊。十六日,吴门舟次闻殷子兆镛南闱捷音,喜得五律一首。次日,复成七律一首,盖重有所感也。予与东溪分属中表,谊同金石,犹忆二十年前在竹香居中与东溪剪烛谈心,谓:“读书以教子弟,必得稍有成立,区区一衿,不足言也。”东溪乃大言曰:“世间科第是吾家应得之物,何患无成?”虽一时醉后戏言,今其子已见成立,可慰东溪于泉下。而吾家子弟或亡或废,惟薰儿一人应童子试,未知何日得遂老怀。追忆亡友之言,不觉转喜为悲也。十月初旬,恭遇皇太后六旬万寿,由城以暨乡镇,无不悬灯结彩,祝釐申锡。自初一日起,至十五日止,天色晴明,雨师退避,风伯潜藏,咸谓圣天子有六旬圣母,普天同庆,即大造亦为之欢喜也。十六日晚,至松江,赴姚母之丧,登堂一拜而去。是夜,月明如水,径渡泖湖,至一村庄泊舟。泖东风气质朴,务本业农,野有余粮,绝不似吴邑之多惰农。舟中得《松江道中晚眺渡泖感赋》五古两首、《东乡行》七古一首。是年,以《知误集》第四卷就正春翁,蒙春翁攻瑕摘颣,极为心服,并有“多作不如多改”之语,予深有味乎其言。《知误集》编年止此。

道光十六年丙申，予年五十，有《自述诗》三首，聊以志感。新正二日，忽闻从侄季祥之亡，不胜悲悼。侄为心斋从兄季子，遇事敢为，颇有肝胆。自此侄亡，吾宗少任事人矣！上元日，又得潘古田表兄凶问。古田长予二十馀岁，豪于饮。予自少至壮，酒场欢合，若忘其为年齿之先后者。追念旧游，令人多黄垆之痛，因哭之以诗。二月杪，接姚春翁手书，寄示所撰先子墓表文。去年中秋，曾以先子《胜溪小隐图》遗像乞题。后春翁书来，谓图中题词綦详，必欲鄙人着墨，不如别作一墓表为是。予有书答谢。至是始得拜读一过，即刊入《家乘》中。三月十七日，薰儿再应县试。是日，值两女受聘之期，以事不往，属兄子兆黄送考。二十日入城，寓云在草堂，手校史赤翁《秋树读书楼遗集》十六卷，将为付梓。二十九日，挈薰儿回家。四月初十日，姚春翁见过草堂，盖为其母丧踵谢也。席间，询及彭君甘亭所著《忏摩录》，春翁盛称其为人，不独诗文可传，即其生平行事亦能卓然自立，为当今第一流人物。言讫，几至泪下。其不忘死友如此。二十四日，挈薰儿再应府试，寓居司前街。寓中，晤昆山周东尹象贤、震泽沈芝坛丙超，晨夕聚首，尚不至落寞。至端节后两日归家。自四月至六月，倩人写《秋树读书楼遗集》样本，随写随校，庶少差讹。校勘之功，沈君笑山、顾君馨山之力居多。时春翁复寄示《忏摩录》原稿，反覆展诵，书不满二十页，皆切于日用之言，有关世道，镌版已失去，故重为梓行。六月二十日，惊闻张子谦之亡，深为惋惜。子谦工书，兼工散体文，人亦隽雅绝俗。予尝劝其专精制艺，冀得科名，以为进身地步，子谦深以为然，讵料其竟至于此也。荷诞日，有感事诗一首，盖为子谦而作。七月初，赤翁遗集及《忏摩录》俱已写好，交吴门喜墨斋中上版，共计字十二万五千六百七十二个，梨版每百制钱九十文。八月二十四日，挈薰儿至玉峰再应院试，寓集街上通和桥东首周东尹家。东尹为新阳县诸生。高祖讳梦颜，诸生，著《苏松财赋考》，闻已入《四库全书》。曾祖讳植，乾隆乙丑进士，与吾邑周日藻同榜，仕至德化县知县。东尹自少入燕都，遨游公卿间，继客山左有年，见闻甚广。晚乃课徒自给,论文娓娓不倦。予有诗投赠,遂与订交。一子,名庚华,与薰儿同岁生,状貌秀伟,已作文应试。九月初一日,二场后,即挈薰儿归家。初四日,得从孙乃椿招覆之信,甚为可喜。乃椿自幼用笔极其拙,及长,为文终嫌太重,不利小试。近从苦功得来,化刚为柔,始得获隽。吾宗子弟,当以乃椿为考验也。初五日,从孙壎病,竟不起。十八日,从子炜无病而逝。半月之内,连丧二丁,老年哭之,倍难为怀。二十八日,将至吴门料理嫁事,纡道至重固里,过斡山草堂。时春翁有《石刻拔萃》三十二函、宋拓《九成宫》一册、汉伏波铜鼓一面、批校东吴徐氏所刻《昌黎集》十六册,急欲出售,以偿宿逋。予家旧藏素乏金石,得此数种,可以略资考证。批校《韩集》,精深博大,暇时潜心体玩,于作文之法,自然有得。共出白金四百两易之。十一月二十八日,长女适平望吴兰渚。时天气尚不至严寒,画船返棹,明星犹在户也。十二月初二日,喜墨斋刻工刘建扬以赤翁遗集印本全样见示,适值冰阻,重校一过,真大快事也。有诗纪事。初八日,刘君急欲回郡,徒步至梨花里,趁夜航船而返,即托渠印订一百部,约岁底取来。望后,到江晤陈讱庵,始知叶十一翁已化去。溆翁与予相识二十馀年,交游颇淡,然一种清寒之趣,当作疏梅野菊看,惜不自培植耳。没后,以诗哭之。今年所作约计九十首,可存者不及其半,因名之曰《汰存集》。

　　道光十七年丁酉,五十一岁。正月十二日,由平望至黄溪,访赵眉山兰佩。时眉山辑成《江震人物续志》,嘱为校勘,当即携归。二月初,留寓吴门。花朝日,同吴大柯亭游沧浪亭,适遇六舟上人达受,邀予至藏书楼茶话,出示唐怀素僧草书《千字文》、米襄阳《天马赋》真迹,皆墨宝也。其尤精绝者,莫若唐子畏《沧浪亭图》行看子,首有宋中丞荦、毕制军沅两公收藏题签,卷尾题跋皆当代名公卿,惜不得携之而归。是日,清游颇惬,得五古二首。三月五日,三女出嫁于沈志达。时志达年已十九岁矣。回忆初堕地时,呱呱之声犹在于耳。两三年中,连遭大故,祖若父相继殂谢,零丁弱小,叠遇外侮,至于成立。

自今以后，志达宜何如自励也。四月中，颇多暇日，校阅《人物续志》一书。其中补沈《志》所失载者十之三，续沈《志》所未载者十之七，搜罗略备，洵为一邑功臣。予于诸门内均有补辑，特作名宦二传，如黄友兰玙明府、钟山泉清源少府，政绩卓卓，皆近年所罕觏者也。五月中较毕，复书眉山。自夏徂秋，挈薰儿赴莘塔文会，一月两集，深得观摩之益。九月二十一日，入城，闻徐淡人自金陵抱病归来，十分危笃。二十三日，急往视之，已不起矣。淡人好学深思，潜心经术，著有《三家诗述》《周易考异》《爻辰类纂》等书，尚未卒业，年止四十一而没，惜哉！因哭之以诗。十月望日，挈薰儿再应县试，仍寓云在草堂。不半月，已得藏事。二十七日归家，接赵眉山书，复以《人物续志》清本嘱校。蒙将先子采入"节义传"中，不禁悲喜交集。先子平生嗜义若渴，出于性成，岂欲表暴于世？没后二十余年，始得一二先生长者为之作传表墓，行事乃显。近读眉山之书，知公论在人，人但当好行其德而已。连日接书田老友、姚春翁两君信。书田书中欲劝予续刊《通艺阁诗集》。春翁来书以陆清献公《三鱼堂日记》一书见示，此书向无刻本，藏在春翁家有年，近以此事相属，知予之必能刊行也。予有书复两君，欲先梓行《日记》，然后再事他集，盖择其急者先务耳。十一月十八日，薰儿再应府试，余以家事丛集，未暇出门，属其师沈笑山偕往。二十六日，余至吴门，知薰儿一覆即蹶，甚为可喜。与其学浅才疏，谬列前茅，孰若归家向学，尚有尺寸之获哉？二十八日，同笑山、薰儿到家。今冬连日晴明，"重阳无雨一冬晴"之言始验。十二月初，闻今冬办漕有更张旧例之信。忆自嘉庆中年，江邑办漕莫善于李翠岩汝栋明府，初加一斗五升，继加二斗，不论大小户，均得乐输。若米数已足，则择大户之殷实者议折，或让钱一百或二百不等，小户隐受其福。至嘉庆十五年，始剧加二五之议。其实小户尚有完米者，惟仓斛渐大。至二十五年，王明府国佐以抚院巡捕署吴江县事，始变为一三三五，每石正米加三斗三升五合。自后十余年来，渐贴渐加，明为一三三五，实则加五、加六七不等矣。其尤甚者，零星小户概与折色，竟有三石米价折一石正米之数。征收若此,小民欲不贫也,得乎？十六日,运米到仓。十七日,登场,始知一四零五,照旧例复加七升,尚有完七折三之说。十九日,夜泊吴门,舟中守雨,有感漕政之弊,成诗一首。明知杞忧无益,然古来涕泣成书,亦发乎情之所不能禁。二十日入城,忽闻书田老友凶问。二十一日归家,厥明,往重固里,询知没于十二月初五日。登堂一拜,不觉大恸。予与书田不独诗文联合,实以意气相投,友直友谅,惟君有焉。其行事见姚春翁所撰生传中。是日,晤其胞侄昌龄,号端叔,补青浦县学生,为小山亡友弟三子,年二十八。书田有子五人。长昌干,早卒;次昌福,字平子,号泉乡,能以医继其家声者也;次昌治,字补子,年十七,习举子业;次昌丁、昌本,皆幼。是夜,宿重固里。舟中不寐,得哀词四首,聊以报先友于地下耳。二十三日归家。是年,所作甚少,不过五十馀首。

　　道光十八年戊戌,五十二岁。是年,笑山放节后,延顾云泉老友权课薰儿。二月十日,挈薰儿邀陈得珊同至玉峰,再应院试,仍寓周东尹家。寓中,命薰儿间日作一诗文,就正于得珊。十九日试毕,二十日归家。二十二日,始得吾乡入学之信,如夏增、凌濬、顾文标、连镐,皆莘塔文会中人也。三月十一日,清明,吾族老五房当祭,轮着青儿二大房,予代为承办。此祭向来十年一当,自予家三房分析后,轮遍必得,三十年人寿几何,安能屡数此典？自宜必诚必敬。是日,与祭共有三十七人。天若不雨,尚不止此数。四月十一日,为薰儿行聘之期,天色晴明。二鼓后,画船归棹,月明如昼,真难得此佳景也。二十五日,仍挈薰儿赴莘塔文会。统计十期,幸列前茅者十之七。至八月初十日乃止。二十六日未时,闻三女竟生一男,殊为可喜。当日,先外舅愚溪翁暮年得孙,未满四岁而翁去世。妻兄先亡,零丁孤苦,不忘凤昔之言,以三女妻之。甫及一载有馀,已书弄璋之庆,安知非翁之种德于前也？闰四月十五日,始将桐城姚姬传先生所辑《古文辞类纂》一书读起。是书刻本有二:刻于粤东者为康中丞绍镛所刊,计七十四卷,有点识;刻于金陵者为姚先生门人江宁吴启昌所刊,计七

十五卷,无点识。予家只藏吴刻,康刻从松江姚春翁处借来,所谓合
之则两美者也。中多作辍,至十一月十六日,始读竟。五月初,薰儿
始从云泉学作律赋。第一期,《五月榴花照眼明赋》。今春岁试后,属
薰儿专心制艺,无事旁及。儿辈见猎心喜,必欲兼事雕虫,故定于笑
山放节后涉猎此事,以云泉为之师。师以诗赋得名者也。六月初七
日丑时,兆黄兄子始生一男,亦合家大喜庆事。予家三房,门材寥落,
深有望于后来之秀。十四日,于赵田袁午亭荫槐家得读鸿胪寺卿黄
爵滋奏禁鸦片奏疏,洋洋数千言,于国计民生极有关系,故急为录存。
七月二十三日,风雨大作,连夜不止,湖水顿涨五六尺,有诗纪事。今
秋米价为近年来为最贱,惟春间积阴,致薪大贵。谚云:"柴贵荒年
到。"其信然耶?八月十九日晓,至梨花里,与媒翁石桐圃议亲迎事
宜,属致邱昼翁家。中午,蒙小友汝梅村留饮,同席者为沈愚亭光昌
及梅村乔梓。予与愚亭曾相识于十年前,闻其绩学能文,屡试冠军,
人亦谦和儒雅。近下帷于梅村家,课其子寅斋鸣球,必能成就,予将
拭目俟之。九月初四日,为薰儿毕姻。是夜三鼓后,迎次媳邱氏入
门。十一日,闻平川大女病危之信,急往视之,病已不起。至十六日
去世,年二十有八。极明敏,精女工,兼能善事翁姑,无绮纨之习。予
故哀之甚,有哭女诗五古三首,梓行于世。吾邑低区连被水灾,今秋
收成大不如前。去年缓征一分,今年缓征二分。上官固欲稍纾民力,
其如胥吏之刻剥民生乎①? 今冬办漕,悉照去年章程。民间租风日
坏,予以佃累留滞城中,至十二月二十八日始得归家。连日骤暖,似
二三月天气。岁除夕,雷雨交作,目所未睹。检阅《洪范五行志》:"春

---

　　① 此后原文尚有"先是八九月间,有山西毛明府应观来署吾邑,听讼明
决,吏不能为奸。其自奉也俭约,有官人所不能为者。后告病去官,人问其故,
明府曰:'吴江吏猾民贫,吾安能忍而为此?'呜呼! 安得如明府辈数百人,布置
州县,风俗何难转移? 惜乎吴民之无福也",后删去。柳树芳有浮签云:"毛明府
一段急宜删去。多偏侧而少公平,便不利于士民。"

后十日,雷乃发声。"是月二十一日立春,适符此数。近有村翁年七十有一,自言少时闻父老相传,乾隆四十二年岁除夕雷雨交作,明年秋成倍收。天道难知,未知果如所言否也。是年所作,通计九十馀首。

道光十九年己亥,五十三岁。正月二十四日,招平望戚爱贻召棠下帷予家。时欲校刊陆清献公日记一书,及近日赵眉山所辑《江震人物续志》,特属爱贻录出副本,以便同人校阅。三月十八日,同爱贻挈薰儿入城,仍寓云在草堂。爱贻久不得志于小试,将弃去习医,予劝其重理旧业,故有是行。二十日,应县试,凡四覆而毕。四月二十三日,同爱贻挈薰儿至吴门,入城,寓西美巷大觉禅林。二十六日,应府试。时江、震、常、昭、昆、新六县同考,轮著二场,循旧例也。二十九日,夜半后,案始发,薰儿名列弟五。至五月十一日,九县弟三覆,每县十五名以前多进内署,而前五名与后十名又分作两处课文。十四日中午,案始发,薰儿忝居弟二。十六日总覆,每县前三名多入内园,或三人一处,或四人一处,督课甚严。薰儿与陈宗恕、刘凤赓同坐。十八日,予与戚爱贻、汝寅斋鸣球同游山塘归,夜将半,学路叩门而来,云:"今晨悬牌。"九县录取三四名以前者,共得三十二人。于二十日再覆,薰儿亦厕其列,盖为抢云起见耳。至期,汪孟棠太守云任亲自阅卷,款待极恭。未至下午,诸童均已交卷。夜间,正案已发,吾邑仍以陈宗恕为弟一,薰儿弟二,黄桂苞弟三。至二十四日归家。六七月间,江、震两邑奉裕藩司札谕,劝捐各绅富乡会试卷价路费。一时谕董设局,破费周折。予家三房共捐制钱二百一十千文,其馀殷实之家,有捐至一千千文尚嫌不足者,咸以多财为累。九月十四日,喜闻殷柏庭寿臻、沈南乙曰富南闱捷音。柏庭在予家读书一年,暑夜犹庄颂不辍,盖潜心好学士也。南乙为故友沈琛崖之仲子,工诗古、散体文,实不长于制艺。今秋录遗被黜,适同邑张渊甫履任句容教谕,特为之请于祁公寯藻,始得补出三艺及五经文,均以古文立局,遂鉴赏于主试黄公爵滋。人特患不肯用力耳,古文与时文原无二理也。是日,延青浦赵韵园斐友权课薰儿。时笑山病未就痊,考前不可无师,故留作一月之叙。十月十二日，同爱贻挈薰儿重至玉峰，仍寓通和桥周东尹家。十五日，爱贻与薰儿同考诗古。二十日，江、震、崇三县轮著二场，进院极早，不过三鼓以后。三牌内爱贻同薰儿一齐出来。头题以"欲罢不能"至"如有所立"三句分三县。二题《击柝》，诗题《菊残犹有傲霜枝得"冬"字》，通场。二十二日下午，二场草案发出，薰儿名在弟三。吾乡只有潘锦舒一人。二十七日，二场新进覆试，祁文宗每人面试一讲，用朱笔圈点钩住，然后退入后堂。此试士妙法也。十一月三日，一州九县总覆，恭录《圣谕广训》一段，字不满一页。终食之顷，已齐出来。下午，正案全发，新进名次并不更动。初四日清晨，发落老进与新进。分作五起。四起唱毕，然后传唱新进。唱到一名，即将原卷、覆卷交与本人细看，阅毕缴还。薰儿原评："太华，行文离合操纵，动合自然。讲尤清朗，次中段亦善敷佐。诗清雅。"未免当之有愧。唱毕后，新进排班，听文宗面训。大约以崇尚实学、勿事勦袭为语。新进行一跪三叩首礼，传道送出。文宗即于是日起马。下午，同吴寄松挈薰儿下船，行至赵陵村庄泊舟。初五日晓，至陈墓，命王仆送喜单到王山桥妹婿家。女弟亡后，阅今十有六年，山桥与予家久不往来。然姑侄之义终不可忘，故有此报。午后，送寄松到馆。薰儿至笑山家问安，病已就痊。薄暮到家。出门二旬有馀，合家无恙。昔费菊人殿金有诗志喜云："卸帆尚问风南北，入室先看貌瘦肥。"最难得此光景也。堂前九瓣兰已开到八九分矣，予有诗志异。今岁，同案中震泽汝鸣球号寅斋、昆山周庚华号辛峤均以县元入泮，皆予平素赏识人也。十二月十一日，为两学迎送日期。予命薰儿先一日往城中。时河冻初开，天寒渐解。同去诸君：吴寄松、沈笑山、戚爱贻、李梦仙及六房两从子，主其事者为予兄子兆黄。仍寓云在草堂。是日，云净风恬，冬暖可爱。两邑新进到者十二人。至十二日，顺帆，归家尚早，祀先、燕客极从容暇豫之情，薰儿当此，莫非祖宗之福芘也，将何德以报之？是月望后，诸事已毕。连日运米到仓完纳，章程悉照旧年，而仓斛更大。今秋连雨水灾，吴江漕粮缓征二分七厘，而粮日加增困，于运丁帮费，并无别款可筹。除海运一策，苏、松、太一州二郡将困不复苏乎？二十二日，以事至吴门，小除夕归家，有诗纪事。今年所作，较多删除，共存古今体诗八十首。

道光二十年庚子，五十四岁。正月二十一日，挈薰儿入城，寓云在草堂。俗例，凡入学后，必刻试草传送亲友，予亦未能免俗，故有此行。二十三日，惊闻戚爱贻之亡，深为惋惜，以诗哭之。后作传略一篇，寄赵君眉山。时眉山校刊《江震人物续志》，属其采入。三月初一日，招从子清原、从孙乃椿与薰儿聚一文会，一月三次，以逢一为期，属笑山秉笔。会至八月初一日止，共得十四集。四月初，留滞吴门，以同邑程庆华所书先子小传、震泽张履所书先子墓表、同邑郭麐所书先仲兄墓志铭，付喜墨斋勒碑上石。每一字费制钱二十二文，石料、纸张、拓工不在内，共计一千四百四十五个字。至六月中始得蒇事，拓出二百副，费番钱五十枚。四月十五日，喜得殷述斋寿彭暨其从子谱经兆镛南宫捷音。五月，痛遭三女兄之亡。予同胞女兄三人境遇，仲氏为最劣，故以哀词哭之。望后，闻述斋、谱经同入词垣。述斋以第二甲第一名入选，尤为两邑所创见者也。六月初七日，忽闻定海县被英夷占据，有诗纪事。时承平日久，众志嚣然，乍浦、上海两隘口尤甚。幸裕中丞谦出示晓谕，民志始定。七月初七日，始知省试改迟一月。金陵连次大水，裕公谦特为奏请。八月初六日，薰儿将应省试，予以事不往，属其师笑山同往。即事言怀，得诗四首。是夜，宿舟中。厥明破晓，解维。同去者，从子清原暨笑山第六子、李梦仙。九月初三日，得薰儿金陵信，始知毛文宗于前月十九日录遗、二十日出案，场规极严。薰儿名在弟十，从子清原名在弟二。二十二日试船方回，同去五人均得安善。昔人相传，省试有三乐：录遗取中，一乐也；外不贴于坊、内不贴于堂，二乐也；得老号而坐之，三乐也。今薰儿初次观光，悉能如愿，诚厚幸矣。文之中不中，尚非其时也。二十六日，予将至吴门，适赵君眉山过访，以《江震人物续志》样本见示。先子采入"节义传"中，甚可感也。闻秀水计二田光炘首助刻资，眉山谓予曰：

"蒙诸同人伙助之力,襄成此举。今少番钱不过二十枚。"余慨然付之。二十七日,赴吴门,入城,寓世德堂,专办侄女奁赠之物,颇形琐屑。至十月初八日方归。近闻英夷用反间之计散布流言,传入禁中,林制军竟被左迁,海内同为扼腕。予有感再书,得七律一首。十五日,有人自吴江来,云南闱于十三日夜间报捷,吾邑得高魁三人:仲孙樊弟三、洪文益弟六、叶振声第七。叶住城中,即叶鑅之嗣君;仲与洪皆住盛泽,年少多文,实后来之秀。十月二十二日,为侄女遣嫁之期。时久雨初晴,人多喜气。回忆先仲兄去世十有九年,对此不觉悲喜交集,因纪以诗。是冬,笑山以病不能到馆,薰儿诗文就正于吴寄松。时寄松馆于吴兴沈婿家,寒窗多暇,补书《太平庄闲录》四卷。是书向有成稿三卷,今年复采侯忠节、陈忠裕两公之书,及《黄陶庵先生全集》、徐俟斋先生《居易堂文集》,汇为一卷①。事皆可惩可劝②。腊月中浣,偶过吴门,于友人案头得读两广林制军左迁后奏疏,及浙江巡抚刘韵珂奏陈八弊一疏,虽汉之贾谊、唐之陆贽,不得专美于前,急为录出,以备藏弄。二十日入城,寓云在草堂。连次运米到仓完纳,悉照旧冬章程,缓征仍办二分七厘。至二十七日归家。今年作诗,共得古今体诗七十馀首。

　　道光二十一年辛丑,五十五岁。正月二十二日,挈从子清原、儿子兆薰应玉峰试,仍寓周东尹家。与元和陈梁叔克家寓所只隔一桥,晨夕往还,以诗文相商榷,颇得切磋之益。至二月二十日归家。今春岁试,从孙乃桢、王甥阶升均入吴江学。乃桢与薰儿同岁生,昔年府试失意而归。去冬,豫太守益拔置第一,可为力学者作一考验。王甥之母与先室同母兄弟,亦与薰儿同庚,今既入学,自然可喜。然吾之所以期望后来者,不仅在此区区已也。三月十七日,招王吉人希曾在予家读书。吉人为薰儿同案友。时《陆清献公日记》一书,于平湖故

───────────

①　原文此后尚有"第五卷则专采《科名显报录》中四十馀条",后删去。
②　原文此后尚有"有志进取者均宜省览焉",后删去。

家复得旧本二册,皆蝇头草书,编次可得六卷,与前姚春木家所藏,前后合成十卷。予即以此书属吉人录一清本,以待校勘。暇时仍与薰儿伴读。三四月间,予重辑家谱,编成十卷。自嘉庆丁卯年先君子弃养后,即留心此事,积有成稿。继以家庭多故,未遑卒业。今年五十有五,精力渐衰,而合族中能讲究此事者实难其人,予故毅然任之。每房先发一清册,书明凡例、世系于前,属其照式填写,有未谐者,不惮再三指陈。时诸侄中惟清原与兆凤侄查来最为明晰。予三易稿,始有定本。五月初,招沈南乙到家,出谱牒示之。南乙为予斟酌讨论,颇有卓识。留四日而去。七月二十五日,大港上从孙镛骤病而亡,不觉为之泪下。镛家累极重,以医糊口。年未及壮,颇能固穷自立。予尝心窃怜之,讵料其竟不永年也。作权厝志,以存其人,刻入家乘中。八月十一日,惊闻冯婿病危之信。时仲女卧病在予家,急命扶持回去。明日,复命薰儿往视之。至十七日,竟不起矣。冯婿在予家居停十有一年,时获指臂之用。予尝窥其心地光明,颇有热肠,非近时龌龊者流。惜以久不得子,去冬必欲买妾吴门,予深以为忧。岂知子未得而此身已不能保。予痛之甚,亦惜之甚。后有《壬寅八月追悼冯婿诗》五古二首。九月初,在吴门阅裕制军谦、刘中丞韵珂奏章,始知前月英夷复来浙省滋扰,定海、镇海及宁波府连次失守,裕制军气忿自殉。予有《养疴杂咏》四首,大半为时事而发。东南日渐多事,安得大有经济者为之攘除异类也耶? 裕制军为班公爷第曾孙,不愧名臣之后。今冬,将家谱十卷及《清献公日记》一书付梓人氏。与喜墨斋刘建扬议定,家谱用皂板,每百制钱九十,缘谱中空行空页多也;日记仍用梨板,价色照旧。招金陵吴楚翘在家写样,以便校对。今年之水,自春徂冬,来易去难。吴中极低之区,不但菽麦无收,抑且稻禾无望。其在太湖近地一带,被灾尤酷。而同里之北、芦墟之东,尽属高乡,收成不减去年。同在一邑之内,此瘠彼肥,不知天何心也。十一月初,阴雨连绵,继以大雪,越两昼夜,平地至没牛马。自嘉庆、道光以来,未有如此之多且大者。闻低区水稻尚有三四分未收,饥馑荐臻,来春荒荒之象,不问可知。予有《冬日水灾》纪事诗及《对雪有感》诗。冬至前六日,闻仲女病笃,命薰儿时往梨里省视。十二月一日,接薰儿信,知仲女病在垂危,犹念予不置,必欲一见。予命舟往视,神识极清,对予惟呼负负而已。予实不忍久留,星夜遄归。至初二日夜间,寂然而逝。呜呼悲矣!予所生男女五人,已丧其三。仲女之亡,尤堪痛惜。既作《述哀诗》四首,复作志略一篇,俾我后之人有所考焉。腊月十九日,喜墨斋刘建扬携家谱至,共印订七十部,装套版五十部,分房各给一部,编成号数,以备他年重修有所稽查。计字三万三千五百有零,约费制钱六十六千有奇,予一人任之。今岁办漕,缓征三分五厘,各家佃租不起,竟有粒米未收者。予家买米完漕,尚不及五分之数。二十三日入城,寓云在草堂。二十七日,运米到仓完纳,章程悉照去年。二十八日归家。今年喜作散体文,存诗极少,不过四十馀首。

道光二十二年壬寅,五十六岁。三月一日,招从子清原、从孙乃椿、乃桢暨袁松巢嵩龄、凌柏川澹、王吉人希曾与薰儿聚一文会,一月三期,就正于陆爱庐孝廉镛。会至八月二十一日而止。松巢文为最优。是月十三日,由梨里至平望答殷谱经编修。时谱经奉告在籍,去冬见过,一宿而返。今年将入都供职。后会茫茫,不可无此一叙。谱经出示浙巡抚刘韵珂奏疏,中言时事可虑者十,极为剀切详明。十五日晓,至盛泽梦琴寓中,同访平湖顾访溪广誉。时访溪授经于王氏,读书谈道,以古君子自励。与予一见如故,互相契合。中午即来见答,真诚笃君子哉!是日,道出鸳胠湖,独登平波台,抚今追昔,不胜身世之感,以诗纪之。仍宿谱经家,厥明始返。今年春,浙江大兵进剿英夷失利。四月九日、五月八日,乍浦、上海两处告警,陈军门化成死之。六月望日,镇江失守。人情惶恐,逃窜纷纭。至七月中,当事者力主和议之说,事得少定。予各有诗纪事。五月十日,老友黄竹堂病故。予平生异姓兄弟只有三人,自竹堂没后,三十年旧交无有存者,不觉抽膺大恸,以诗哭之。是月,《清献公日记》样本刊成,以书乞句容县教谕张渊甫履作序。自六月以来，鼻渊时发，心营大亏，竟不能看古书。爰将二十年前所辑《分湖小识》一书重加编纂，分作六卷。八月二十一日，南乙见过，出《分湖小识》示之。其斟酌处稍有出入，留三日而返。九月十五日，挈薰儿同吉人重至玉峰，应今秋科试，寓居七塔寺前萧宅，与贡院相对。予向寓通和桥周东尹家，离贡院稍远，或早或晚，未免有妨临点之期，故决意去远而就近①。十九日，薰儿与吉人同考诗古。二十日下午，案已发，吉人竟在取中。二十三日，从子清原来寓，闻已进头场，须至二十八日。予随舟先归家中，接到张渊甫句容寄来之信，日记序文已制就，立言颇有卓识。书中辨正阳明、稼轩、林亭、考夫四子之失，真可谓清献公身后知己。予即作书谢之。适喜墨斋刘建扬复携样本至，其误刊处一一补正，即以序文付梓。通计字数十二万七千八百四十六个。先印订一百五十部，共费制钱一百五十八千文，连《郭华野年谱》在内。此书校对之功，历经巨眼，一校再校，非寻常刊本可比。然尚有讹处。昔人云，校书如扫落叶，愈扫愈多，信然。十月一日，复至玉峰，始知吉人取在一等第二，第一是廪生，此番可得顶补。初六日，二三等案始发，薰儿取在二等，乃椿从孙亦在取中。吾家应科试者四人，得失参半，一科举耳，尚不能预期如此。初八日，由梨里复至盛泽，信宿南乙家。明日，偕南乙访杨辛甫秉桂，遂同至蚕仙祠看菊。下午，梦琴、南乙邀游南园，即任城会馆中所辟之地。树石清华，亭台闲寂，此种境界，常置诸重门深锁中，殊为可惜。予三人流憩最久，至月上而返。初十日，归舟过谢天港，重访赵眉山。年已七十有三，尚潜心著述。寄予《江震人物备考》一书，蒙采先大父让宅事及家谱中现存诸节妇，甚可感也。此行得《看菊》诗五古一首、《游南园》诗七律一首。是月望日，晓起，至白头公湾都字圩上，送先从兄鹤巢之葬，有诗纪事，盖重有所感也。十

---

① 原文此后尚有"是夜，月色颇佳，薰儿与吉人挑灯夜读，顾而乐之。成七律诗一首"，作者有浮签云："此诗已不在，是夜一段可删去。"

一月十二日，闻笑山部选之信，改凤阳府教授。十四日酉时，始得一孙，名曰应迟，盖去青儿亡时已十四年矣。兆元兄子，连生不育；薰儿授室五年始有此举，是宜为兆青后。是月十八日，三女扶归予家。时沈婿习为匪僻，三女苦谏不从，反遭凌辱，继欲置之死地。予不得已，乃率兄子兆黄、兆元、儿子兆薰扶归，苟全性命而已。呜呼！先外舅出此逆孙，家业其将终败矣乎？可叹、可恨。十二月七日，运米到仓完纳。入城，寓云在草堂。至十一日而毕。今年，吴江漕粮奉恩减免二分，再缓征一分七厘，圣德如天，莫名其妙。苗顽其来格矣乎？年岁收成，低田胜于高田，各家收租稍有起色，而萑苻仍不能敛迹，何也？自前月十八日为三女事怒气伤肝，十四日清晨在寓，旧恙血证大发，静养至十六日，始得归家。今冬，笑山辞去，明春三月将就凤阳府教授。笑山下帷予家，前后二十有一年，薰儿自授经以及学为制艺、补诸生，迄今十有五年，方期涵育熏陶，再求寸进，讵意情深奉檄，不能不舍我而去也。予病中不能作诗赠别，略叙数言，以识予拳拳之意云尔。今年作诗不满四十首，《汰存集》编年止此。散体文存《书陆清献公日记后》《重建胜秀桥记》《韭溪诗存叙》《分湖小识自序》。

　　道光二十三年癸卯，五十七岁。予始号粥粥翁。正月十三日，在梦琴家贺岁，南乙见示《魏敏果公年谱》一册，携归展阅。首有太山赵国麟、通州李玉鋐、吴兴史圌三序，后有太原杨二酉一跋，史序最为赅括。共计八十一页，系公晚年口授，其子学诚、学谦、学谧、学讷等手录。公十九岁入学，二十六岁登贤书，顺治丙戌科成进士，入翰林，前后立朝二十五年。国朝诸名臣奏疏之多，无有能出其右者。事关国计民生，知无不言，言无不尽，明良遇合，千载一时，此其出处大概也。予复手摘其有关经济、学问者十馀条，入《太平庄闲录》中。二十五日，率薰儿至葑门拜周白庵星彩为师。白庵与予家有连，笑山亦曾受业门下，薰儿本为小门人，师弟渊源，不可无自。回至南采莲巷徐公馆中，访董梦兰兆熊，不值。座间晤长洲江韬叔湜。二十七日，复至梦兰馆中，晤海昌杨芸士文荪，年已六十馀矣，近家城中。述及前年曾于先友书田处见予初刻诗集,倾想已久。自愧虚名之误人也。二十八日,回至吴江杨家桥,率薰儿亲诣寄松灵前一拜,时殁已十三日矣。遗孤名整模,年才十一,依赖乏人。予即与其母夫人订定来予家读书。舟中,成《哭寄松》诗七律一首、《招其子来予家读书》五律一首。二月初,校阅赵眉山《江震人物备考》一书,间有献疑之处。如卷一"名臣传"载陆从典仕陈,为太子洗马。陈亡,入隋,复位著作郎。明是二臣,不应入"名臣传"。卷二"孝友传"载盛泽仲泷之子枢、孙周霈、曾孙步墀、元孙锦奎、六世孙孙机、孙樊,皆举于乡。按:步墀,乾隆二十五年庚辰北闱副贡,未登贤书。馀皆举于乡,详见沈《志》"科第表"及王鲲《松陵见闻录》。卷四"文学传"补庄元臣、叶燮两传,尤属赘疣。卷十"别录"内载谢景温,虽《宋史》有传,然其人品中下,可以不录。毛律簧以其先世抄本族谱见示,首列谱例十五条,不载碑、铭、传、志等文,颇有卓识。谱凡五卷,首制词,次系图,次系表,次列概,次列传,极简而严。乃其七世孙寿南同其子以煌、以燧所修辑,甚可取也。予摘录毛氏之先及毛衢、毛图南、寿南三人逸事入《闲录》中。是月二十五日,为继配顾氏周甲生辰,作七律诗二首以纪事。初春,邱昼翁以寿联见祝,云:"高士爱梁鸿,齐眉举案;新声试雏凤,笑口含饴。"时迟孙已生三阅月矣。予爱其借对玲珑,移到他家不得,故附录之。三月十一日,招顾云泉复下帷予家,课予吴甥整模。是月十四日,大港上菊畦从子以痘疾陨身,惜哉!菊畦少孤,母夫人抚之成立。甫弱冠时,母夫人病笃,予力劝其早完婚事。婚后八日,而母夫人疾终。菊畦颇能黾勉从事,俭啬宜家。三年中连得双丁。予方幸先从兄之有后,讵料其竟至于此也。作五古一首,哭之极哀。二十五日,至平望殷甥家。时大女兄年登七秩,以戒杀不开筵。予以寿联祝之,云:"种玉卜晚成,指日含饴开笑口;采兰循孝养,多年视膳得欢心。"大女兄年来望孙甚切,二式甥晨夕奉养,颇有愉愉之色,故实纪其事。至六月杪,殷甥竟得一男,以书来谢,殊为可喜。四月一日,为薰儿复聚一文会,一月朔、望两期,仍就正于陆爱庐。旧来者如袁松巢、凌柏川、王吉人及从孙乃椿、乃桢,新来者如袁祝庚长龄、孙新甫尔柏、郁少彝洪模、陆实甫古鼎,共得十人。从子清原以事不与。会至闰七月一日止,松巢文六置第一。是月,得朱酉生《知止堂文集》三册,阅之,多有用之文,不仅以狷洁胜。十七日,率薰儿至笑山家送行。时将秉铎凤阳,不可无此一叙。笑山置酒款留,极欢而罢。予先有诗赠别。五月六日,董梦兰见过,索予《分湖小识》底稿阅之,间有斟酌处,一饭而去。十八日,南一见过,出沈氏所藏《清献公日记》,尚有顺治丁酉、戊戌两年,是予家刊本所无,宜补入之。是夜留宿书楼。南一为予撰次池亭叶氏一门小传,列仕宦者十人、隐逸一人、孝友三人、文学三人、谊行十一人,会采入《分湖小识》中。留宿四夜而去,颇得晨夕之欢。自正月以来,三女病体时轻时重。至五月中,病日加增,历延名医,服药无效。至六月十九日,竟不起。时三女之嫡姑、庶姑及诸伯、诸从侄咸来送殓,惟有逆婿悍然不顾,予甚恨之。二十日,成殓。二十二日,殡于旁舍之东。至闰七月六日,三女之祖姑若姑命其从孙慎甫妇侄来请,迎柩归家,权厝于二十九都大胜圩。予有《纪恨事》三首,尚隐约其词;至《哀词》一篇、权厝志一篇,一书再书,实难为亲者讳;并有一书,与其师朱霭堂启华,为三女诉冤。合前后所作,存诸稿中,名曰《惩创编》。盖至是而三女之怨可以少息已。七月二十八日,忽闻大港上梅溪从子之没,年才二十有二,无子。梅溪幼年失学,根柢极浅,近乃嗜吟,工书,兼习画品,予深喜侄辈之有造,岂知其竟不永年也耶?是房家运否塞,抑至于此,可叹!闰七月十六日,予遭三女之亡甫及两月,情怀抑郁,遂乘薰儿省试,为白下之游,时同去者凌柏川、王吉人、李梦仙。十八日,由吴门开船,二十二日到省僦寓,至八月二十三日方归。是行也,成《白门游记》一卷,得诗二十八首。闻梨里四兄女病在垂危,明日将往视之。二十五日清晨,飞报四兄女于昨夜身故,不觉心为之痛,有诗哭之。九月十四日,闻浙闱袁嵩龄报捷。十七日,又闻南闱沈镐捷音,可喜之至。袁于两年文会中深悉其好学能文,为同辈所推服。沈住梨里,原名光昌,历试高等,绩

学有年，人亦谦和恳到。两君之登贤书，可为有志者劝。后闻府学黄
增禄、任廷旸咸中式。任未识面，与梦兰交好，喜作散体文，颇能下笔
千言，真异才也。黄席祖父之馀业，诗酒风流，几学相如之放诞，近乃
折节自下，刮磨豪习，竟得获隽。月杪，在吴门复闻吴江沈桂芬北场
中式，入宛平籍，为芝堂先生文孙。薰儿自报罢后，仍勖其按程分课，
再竭一二年三冬之学力，决千万人一战之输赢，未识异日果能不负所
望否？予有《重九后一日》及《重九后五日复次前韵示薰儿诗》七律二
首。今春大考翰詹，殷君寿彭拔置一等第二，超擢侍讲学士，九月中，
复授山东学政，皆我邑近年来所仅见者也，故特识之。十月二日，由
梨里至平望，越宿，复至盛泽梦琴寓中，南乙出见，谈及杨辛甫于八月
杪无病而逝。记去年十月九日，南乙拉予及辛甫同至先蚕祠看菊，步
履尚健，未及一年，忽归道山，追忆前游，不禁为之怃然也。厥明，回
至梨里邱昼翁家，日已就晡，遂留信宿。灯下，昼翁为予言，昔年省
试，在丹阳道中有句云："隔水岸藏塔，栖枝鸟下墙。"极形岸头之高。
予谓此种句法似黄山谷。又尝为人书一楹帖云："缓带轻裘羊叔子，
高文典册马相如。"以马对羊，似落纤巧。予谓此联可移赠汤雨生。
昼翁壮年诗赋擅长，名噪一时，近耽禅悦，几欲删去文字，然偶吐一二
语，犹从风雅中来也。初五日归家。今秋收成，不及去年十分之半，
外由风损，内被虫伤。凡种籼稻、早稻更次，一亩不过三四斗、五六斗
不等。吴江漕粮缓征三分，然大小之家愈形拮据矣。予今年病后，作
诗稍多，因名其集为《后得闲集》。是冬，吉人辞去。十二月下浣，接
姚春木八月中荆州所答之书，并为作《陆清献公日记后序》一篇，文极
清老。予前有书通问，明春复当作书谢之①。

---

① 作者有浮签云："甲辰以后尚未录清。"

附录二　柳树芳传记资料

1. 柳兆薰《先考古槎府君行略》[①]

先府君姓柳氏，讳树芳，字湄生，号古槎，晚号粥粥翁，吴江人。始祖春江公，明季由浙东慈溪来居邑之东村。三传至心园公，由东村移居北舍港，世有俭德。又再传至绚圃公讳仲华，家业渐裕，好行善事，是为府君之曾大父。大父杏传公讳学洙，赠奉直大夫，性宽和，由北舍再迁分湖之北大港村。父国子生逊村公讳琇，好读书，不求仕进，性至孝。杏传公既殁，以母黄太宜人喜闲静，复卜宅大胜溪，以迎养焉。黄太宜人晚年目几失明，公暨配周太君朝夕侍侧，旨甘滫瀡，扶持抑搔，无不当意。太宜人心安之，年近九十而终。公犹哀毁不自胜。行谊详邑人赵君兰佩所辑《江震人物补志》及长洲顾君日新撰《逊村先生传》、娄邑姚君椿撰《墓表》、同县沈君璟撰《墓志铭》中。周太君生三子，长国子监典籍养斋公讳春芳，次国学生秀山公讳毓芳，府君其季也。府君少端重，六岁就傅，受五经四子书，庄坐成诵。十三读《文选》及唐宋诸大家文，习举业，援笔未尝起草。塾师袁茂才雨寰先生赏之，以经济文章相期。年二十一，娶我母沈孺人。未半载，遭逊村公丧，府君终日哀号，遂得咯血证。练祥后，仍溺苦于学，冀得科目以慰先人。无何，周太君又卒，府君既哭而息叹曰："予三应试而不利，不得博一矜以慰亲心。今齿加长，若犹眩于俗学、不稍自立，岂

---

① 《河东家乘》二卷《续编》二卷，光绪八年刻本，南京图书馆藏，索书号：GJ/2007654。

贻亲以令名之道邪？"乃于服阕后，援例贡入国学。自是日夜研精于六经、三史、宋五子集，及《通典》《通考》《通志》诸书，皆手自铅黄，撷拾其要，名曰《经史撷华》《三通汇论》，欲以所得见之于文，以逞志于南北闱。而血证又发，于是壮志顿灰，惟寄情于诗，编年命集。自庚午岁始，花晨月夕，与同人结吟社，极诗酒之乐。中年以往，悲感交集。己卯春，我母沈孺人卒。时长兄兆青年十三，不孝生甫三日，女兄三人亦俱幼。府君举目酸然，成《孤唱集》一卷刻之。已而我继母顾孺人来归，抚不孝等如己出，府君始稍慰，曰："儿辈母殁，复有母，予亦可破涕为笑矣。"初，府君专嗜读书，不问生产，家事咸我仲父秀山公摒挡。壬午秋，秀山公弃世，于是两家事无巨细，丛集府君。府君悲痛之情时形歌咏，辑《仲兄事略》，乞同邑郭君麐铭石置墓旁。遣嫁从妹归同邑徐山寿，奁赠丰腆。语不孝曰："汝仲父处心仁厚，操持家政至勤且公。余每痛未能分任，至其积劳成疾。所出者惟此女，故一切加厚待之，汝诸姊不得视为例也。"自癸未大水，老屋就颓。府君于丙戌年葺而新之，去雕饰，务坚致。于隙地筑室，曰"养馀斋"，为文记之，恒读书其处，延师课兆青及不孝。时不孝尚幼，而兆青已立为秀山公后，方习举业，发愤攻苦，府君甚喜，谓我仲父有后。未几病瘵，冠昏甫二载而没。是岁为己丑，府君作《哭子诗》，遂游武林以释其悲。于是课不孝益严，必期其以科名奋，不使以家事分其心。以故不孝自就傅以后二十余年，凡会计出入、往来酬应均不与知。府君尝曰："人各有常职，亦贵有恒心。汝既为士，当以士之分自守，若心有所杂，业之不堕者几何？"平日谆谆训不孝者，多此意也。府君于儿女间，多不如意事。自兆青殁，伯姊嫁未三年而卒，仲姊夫妇招同居者数载，复相继殂谢。至季姊之亡，尤为府君生平恨事。故壬寅之冬，激于怒而血证复发，又患鼻衄头晕，闭门谢客者半载。会有以张杨园先生年谱饷者，府君翻阅一过，曰："古人所遭，更有甚于此乎！"乃渐释然向愈。癸卯秋，挈不孝应省试，有《白门游草》一卷。甲辰冬，偶小极，始命不孝暂佐理家务。丙午冬，不孝欲为府君称六十觞，府君不许,命减佃租为寿。旋指不孝而言曰:"予向平愿毕,而衰老多病。自今以往,但得家庭无事。天假吾年,以作诗写性情,以课孙娱暮景,足矣。汝专心为学,苟能日新月异,何忧无际会邪? 此在汝之不自弃耳!"伯父养斋公,长府君四岁。时携杖往来,说家常话,友爱之情,老而加笃。丁未春,养斋公去世,府君哭甚哀,曰:"同胞三人,今惟余在,老怀何以堪也!"赖我继母劝慰之,意稍解。是岁,府君乞姚先生椿作生传,山阴平司马翰为书之。戊申秋,府君忽患疟疾,既又下痢。不孝急延医调治,痢减而疟不止,阅三月始平。己酉初夏,始能起坐小楼中。不孝转忧为喜,府君亦喜甚,以《再生》名其集,又作《再生传》以自嘲。然大病之后,精神陡衰,又值五六月间,淫霖泛溢,水大至,田畴尽淹。远近不逞之徒,乘灾攘夺。府君预与邻人约,按户给米,幸无为不轨事,里中帖然。而我继母已前得疾,竟于八月二十一日见背。府君自是益无聊,自秋迄冬,郁郁不乐。时官府方议平粜义赈诸事,设局芦墟,府君病不能赴,命不孝曰:"岁逢奇灾,贫人欲食糠核而不得。汝赖先人荫,衣食粗足,福已无量,竭力以推。予于财绌,于心安焉。"于是一再捐,无稍惜。盖府君每遇邑中公事,慷慨好义,克任劳瘁,所得议叙,力辞不受。嘉庆戊寅年,议浚吴淞江,奉有司命,任事至上海,有《纪行日注》。道光癸未、甲午两年,筹办上赈,有《劝捐清册序文纪事》。而势艰费巨,无过己酉年所筹荒政,力疾经理,元气耗铄,非无自也。又曰:"予平生达观,惟汝母归余,俭勤三十载,倏尔长离,此悲真不可解耳。"不孝日侍左右,见府君形容戍削,步履艰难,深以为虑。然府君犹日读陈氏《三国志》数页,咏歌自若。即有疾苦,不令不孝知,恐其闻而惊也。呜呼痛哉! 今岁正月三日夜分,忽发嗽上气疾,饮食顿减。十日后益剧,坐卧不离于床。时执友陈君来泰来视,犹欣然以《再生集》及所辑《养馀斋杂录》属校勘。校毕,府君犹阅一过,顾不孝曰:"乃父精力耗于是,梓以问世,汝之责矣。"若已自知其不起者然。府君中年后有日记,未尝一日辍。十九日,手已不仁,犹扶起书阴晴数字。二十二日平旦,口占一诗,命不孝录之,云:

"坐成面壁想,照得观心镜。六十四年中,成亏何究竟。"绝似禅偈,不孝请其意,府君微笑不言,良久乃曰:"我心清故净,我心定故静。"终日神明朗澈,竟于是日日入时,端坐而逝。呜呼痛哉!呜呼痛哉!

府君平生笃于友谊,不肯为征逐交。尝曰:"所贵乎友者,直谅多闻而已。"最亲敬者,顾剑峰、郭频伽、姚春木诸先生,先后以诗文相投契,诸先生亦雅重府君。府君尝念里中文献,虽有叶氏绍袁《湖隐外史》、沈氏刚中《分湖志》,然皆未成之书。乃合二书而增之,搜罗三十年,稿凡几易,辛丑岁始辑成付梓,犹自为未详,名曰《分湖小识》。又念吾宗自始迁祖迄今已十余世,而谱牒阙如,因创成家谱。以嫡派近宗为断,一切攀附粉饰之陋习,概从屏绝。五世祖以下祭田甚少,府君酌捐沃壤数亩,供春秋祭扫费,谓太多则易滋弊窦也。于族之孤寡,周恤倍至,子弟之秀而文者,恒助其读书应试之资。从子大奎补弟子员,府君培植之力居多。吴氏姑嗣子整模幼孤而贫,府君招之来,延师督课,与教不孝无异。沈氏从母之女幼失怙恃,无亲兄弟可依,府君从我继母顾孺人之请,抚育于家,为之择婿于老友陈君希恕之子应贞,且预治奁具,今府君见背而嫁有日矣。其他亲故中因困而济之者,指不胜屈。尤喜发潜阐幽,尝刻诗僧雪床遗稿,及同邑史先生善长《秋树读书楼集》。喜性理书,得彭先生兆荪《忏摩录》,即又刻之,谓其有鞭策向里功夫。于当湖故家得《陆清献公日记》全稿,勤加校雠,与《郭华野公年谱》并刻行世。府君为诗多真挚语,不屑规模依傍。尝曰:"读古人诗,当得其气息。一著形似,即落窠臼矣。"于文喜韩、苏两家,而于近时姚先生鼐所辑《古文辞类纂》,尤三复不置。所著《养馀斋诗》初、二、三集,凡十四卷,《胜溪竹枝词》一卷,《分湖小识》六卷,《柳氏家谱》十卷,均已刻。其未刻者,有《养馀斋诗续集》《养馀斋散体文存》《读史随笔》《读杜读韩读柳读苏随笔》未分卷,《养馀斋杂录》十卷,《白门游草》一卷,《胜溪居士自撰年谱》一册,《日记》三十卷,《尺牍》六卷,均藏于家。

府君处家外严而内宽,门庭之内整齐严肃。教不孝为学,必以经明行修为言。初习举业,命从沈进士笑山,后又命从周明经白庵、周广文峙亭。春秋佳日,邀同学诸子为文社。府君所期望于不孝者甚切,不孝质愚学浅,不克仰副。洊罹大故,志气沮丧,即或仰承先荫,稍得寸进,而府君已不及见矣。呜呼,尚何言哉!尚何言哉!

府君生于乾隆五十二年十月二十四日,卒于道光三十年正月二十二日,年六十有四。配我母沈孺人,国学生、敕授儒林郎、布政司理问愚溪公讳锡爵女。继母顾孺人,邑庠生志松公讳雪梅女。子二人:长兆青,嗣先仲父后,娶杨氏,国学生、布政使司经历名柄女;次即不孝兆薰,邑庠生,娶邱氏,郡庠生名曾怡长女。女三人:长适吴兰渚,次适冯廷椿,季为愚溪公孙妇。孙二人:长应墀,嗣兆青后;次应奎。不孝择于咸丰元年闰八月二十日,奉府君暨两孺人枢,袝葬于本邑二十九都南玲圩祖茔之穆位。而埋幽之文未备,伏乞当代大人先生有道之士赐之铭诔,以光泉壤,则不孝世世子孙感且不朽。

不孝孤哀子柳兆薰泣血谨述。赐进士出身、诰授奉直大夫、翰林院编修、甲辰科湖北副考官、表愚侄殷兆镛填讳。

2. 姚椿《胜溪居士传》①

生传非古也,自司马君实传范景仁,而子瞻于陈季常亦复为之,后世不以为非也。予尝作《何书田别传》,柳君援其例以请。柳,何友也,无以辞,作《胜溪居士传》。

君名树芳,字湄生,晚而号古查。先世居慈溪,明季避兵难,迁于吴江之东村,后又迁居分湖滨之大港,又迁居大胜港,则所谓胜溪也。君少时,勤恳于学。年二十三,患咯血,乃弃科举业而学诗。君父逊村翁勤于治生,子三人,君其季也。两兄皆承父业,而君伉爽警敏,治

---

① 姚椿《胜溪居士传》、沈曰富《清故太学贡生柳君墓志铭》、董兆熊《太学贡生古槎柳君诔》参考吴国良纂《吴江历史人物碑传集》下册,三文来源均为吴江博物馆藏拓片。苏州大学出版社,2019 年,第 896—901 页。

之尤精，既理家务，益嗜学不废，复恤恤为善，以为吾之所业，匪独自治其家，亦以兼助人之所不及者。故邑有善举，君无不躬与其事，竭诚相经理，而人亦无不服君之才。君既好诗，所交游多文学善士。凡先哲遗书有未刻者，君无不出资相料理。然不肯为无益事与刊无益之书，以为苟然是，匪但无益，乃反害之。故君生平于伦纪风化最隆也。君身不逾中人，而音如洪钟，与人语，意无不尽。人知其性然，亦不甚忤之。闻人厄病，若疾痛在己，必思所以济者，然不肯为无名施予，必使人以可受，于一时贤豪长者尤甚，人亦以此多之。君所为诗，精警明爽，不屑为钩章棘句。所著有《养馀斋》初、二、三等集若干卷。先是，尝辑其上世事为《河东世乘》；后复为家谱若干卷；又得其乡先辈所辑里中遗事，理而广之，曰《分湖小识》若干卷，盖其不肯自逸如此。君自恨以病辍学，其长子青又早卒，于是督其次子薰甚亟，今为县学生，能世君之业焉。予初识君于书田所，因而相习。书田于君性相类，其好诗又略同也。书田隐于医，君隐于农，世有究赵过、蔡癸之术者，窃谓当从君究其底蕴。予先世农也，后不续其业，今子弟未有能奋起者，每见君，未尝不自愧。君近悉湖边多盗，以书见询，予举张考夫先生所言，君遂于去冬六十不举寿觞，损诸佃新米各一斗，然则君之所见盖远矣。

道光丁未季冬月，娄县姚椿撰。己酉仲春，山阴平翰书。

3. 沈曰富《清故太学贡生柳君墓志铭》

道光三十年正月二十二日，太学贡生吴江柳君卒于其家大胜村之宅，年六十四。其执友陈文学来泰哭之恸；文学陈先生希恕方卧病，其子应元至遍戒其家人毋许言君卒者：此皆君之行谊有以感于人人者也。初，君以书招余，余方侍兄疾，不果往。既而兄殁甫殡，闻君疾革，将买舟赴其约，则君之凶问至矣。君交曰富先君子在嘉庆中，而余初识君则于君甥殷兆钰家，为道光六年。兆钰与其从兄兆镛及余三人者，方共读书。兆镛少负才，议论锋发，余日与斗辨。君来兆钰所，必信宿，好就余辈谈。遇有争，频左右袒，或时孤军独张，两人并力攻其围。恒夜过分，声震屋瓦，闻者皆窃笑。所谈者，古今人物优劣，古法可行不可行，时事孰缓孰急，文章得与失，无不谈，互有偏尚。至于立身行己伦常大端，则不相龃龉也。兆镛既仕，君于余益亲，恒招往。君为家谱，为《分湖志》，校刻《陆清献公日记》，俱有余共其事。偶有所规正，辄应手改。凡世之谓君兀傲，好盛气陵人，不肯虚己以听人言，皆非交君深者也。君之嫉恶严，执礼坚确，盖出于天性。然晚岁益和平，渐少忿激语，知其于学道又有得。君年六十，姚先生椿为作生传，称其志行及所著述甚备。及是其孤兆薰状君事，复请余为铭。昔李遐叔、元次山俱铭鲁山墓，遐叔详叙生平，而次山第述其所以哭之之故，尝疑次山之太简。不知铭通于诔，哀死述行，义各有取，亦可以相备也。故但言余之交于君者，借以见君之性情，盖欲发明吾师之文，其已书者不复列云。系之辞曰：

柳之先人，来自甬东，丁明末造，厥祖春江。心园再迁，仲华居积，学洙三徙，琇四卜宅。君承五世，友于两兄，树芳其讳，字曰湄生。号以古查，远近争识，读书著文，好行其德。分湖森森，其流孔长，筮宅于兹，卜日允臧。初娶于沈，继室曰顾，咸有妇道，聿宜君袥。胥浦作传，实能知君，后有览者，更证余文。

同邑沈曰富撰文，同邑殷兆镛书丹，同邑弟王致望拜题。

4. 董兆熊《太学贡生古槎柳君诔》

道光庚戌孟春，太学贡生古查柳君卒。凡交于君者争为志传，以备里史之采、国典之储。越二年，余吊于其家，嗣君兆薰以哀诔之文见属。余惟诔之为义，积累以著平生；诔之为体，探纂有同家传。是非湛兰，投契饮醇。全交未易揣称，谷怀挹注渊量。若君之与余，接以友道，折其辈行，情深侨札，谊重嵇吕。述德之作，宜归之余焉。

君姓柳氏，讳树芳，字湄生，晚自号古查。其先自慈溪迁吴江，又再迁，始定居大胜港，所谓胜溪也。君眉目若画，謦咳如钟。蜡凤自采，弱龄表异。竹马辄弃，幼童见奇。赋性敦悾，莅事憺定。具英曜之姿，鄙章句之学。顾盼豪雄，虞翻之骨不媚；吐属温雅，边韶之腹能便。循习下帷，冀获高第。淹染宿疾，屏斥俗学。研切理家之务，讲求经世之才。嘉庆戊寅，中吴兴行水之谋，大吏有浚川之举。乃泛松江，遂经歜浦，张戎关并，相度开空。单锷、郏亶，经营贯渎。鱼鳞册备，阙补《河渠》之书；龙尾扫坚，绩纪沟恤之志。灌溉有资于陈浑，疏凿无异于李冰。道光初载，淫霖不止，洪潦为灾，米价已涌于庐陵，粟赈未闻于河内。君救荒建策，劝籴成歌。安宅肃瞻鸿羽，厦可庇人；发仓遍逮鸠形，田能续命。情同子敬，慷慨指困；事异孟尝，仓皇燔券。迫己酉之降殃，视癸未而逾剧。君产仅中资，输均巨室，形神劬瘁，疴恙沉绵。备九能而辞其大夫，尽一世而推为长者。今夫苏世济物者才也，颐真养性者德也。君优游家弄，啸傲层阿。林嬉水宴，来野客之两三；雨诺烟咨，通岩讯者八九。荔萝欣其借访，芝桂许之谭讨。轩左奥右，陈书宿酒之顾悟；园垂林杪，清风素月之招延。合榻促席，送抱推襟。尘容俗状之屏除，风语华言之应接。既见西安，烦忧顿遣；忽逢南浦，别思载盈。乃复风馨吹畦，泉冷浸竹。脱巾独步，发箧自哦。读庄生《秋水》之篇，鱼鸟俱狎；步杜老春风之屦，花柳相随。宵阑得句，与虫共吟月上；弹琴呼鹤，使听君之陶写。襟灵滋培年寿，取之无尽，得之有道也。然而冯衍境遇，未免屯邅；庾信心情，大都萧瑟。子舍冰寂，煮无仲弓之糜；戊夜飙寒，覆少伯淮之被。抚遗杯而思口泽，展长簟而致神伤。癖不誉儿，旋摧珠树；娇偏怜女，复折蕙丛。宜其形影凄怆，情辞悱恻。胸如捣杵，非为雁哀；泪自沾裳，不因猿落。而乃愤成韩非之说，愁著虞卿之书。分隆椒衍，义笃瓜绵，王僧祐熟百家之谱，高士廉定九等之志，作柳氏谱若干卷。乡怀桑梓，社敬枌榆，探书穷之禹穴，击壤同诸尧民，作《分湖小识》《太平庄闲录》若干卷。若夫《养馀斋集》，世之所传也；《经史撷华》《三通汇论》，又其少作也。而吾更谓君撄心世务，发之于己者，既足述已；缅怀古昔，传之其人者，尤当详焉。以君植身劲正，居心惠和，本弃华尚素之志，兴返朴还醇之思。陆清献理学正传，《日记》是缉；郭华野循良懋绩，《年谱》用镵。以及削竹编蒲之士，漉囊担锡之僧，亦复藏弆诗瓢，搜罗梵纲，咸归甄录，并用流传，皆所以扶树纲常、植立名教者也。而至于人天之际，死生之间，则撼旷怀、凭达观。陶靖节自著祭文，北邙日煦；范景文创为生传，西蜀风高。逸轨遥同，来芳远被，乃作诔曰：

狂澜驶突，孰为砥柱。蝤枝拳曲，孰为绳矩。仁涵跨今，义激振古。辽邈朋祷，卓越辈伍。猗君令器，种德瑞门。孝称惟孝，言中不言。珠辉璧朗，玉璞金浑。汪汪度远，充充道存。绮岁好修，绛帷端诵。秘籍贯穿，奥义错综。参诗精子，读书真种。气吞曹刘，文卑屈宋。伯埙仲篪，叔豹季狸。翘扶华布，英蕢藻摘。调均奏合，形动神随。穆穆棣棣，愉愉怡怡。运遭坎坷，芘失乾荫。宰木手植，坟草泪沁。雷惊恋深，风倒瘠甚。胜丧殆难，逾礼谁禁。萱背易枯，荆枝又折。文渊行服，宏微悲诀。兄女嫁丰，己息悬绝。非本友于，而能差别。早岁伤逝，频年悼亡。暗蚕啼月，寒禽吊霜。既痛文考，复殒荀娘。茹号索漠，衔泣凄凉。哀缠闵己，功蕠惠人。浸开泽国，流奠波臣。昭苏凋圯，煦妪贫辛。汰欢刷庆，轶群超伦。系连亲串，周恤戚党。思旧铭长，绝交论广。念没契存，抚今追往。闾里范模，衣冠景仰。星晚露初，花开叶落。琴尊既畅，谈笑间作。言妄赌嫌，论确抵药。旨归讽谕，俗惩薄恶。咀含词妙，希踪篇家。涵泳理要，讨源圣涯。不联吟社，务实去华。不列讲肆，崇正闲邪。世有专集，载镌载刊。亭有族谱，载整载完。枣木传刻，惟力之殚。葛藟庇根，惟心之安。繄我志疏，与君交久。落月照颜，秋风牵手。雨绝云乖，天高地厚。呜呼哀哉！君惠思我，君登我堂。我悲去君，我褰君裳。玄宫永閟，白日无光。呜呼哀哉！我昔相过，君初示疾。偃床以兴，扶杖而出。光福探梅，洞庭颂橘。宿诺未践，年寿遽毕。呜呼哀哉！落然身世，巍然陌阡。前冈后垄，左林右泉。有孙绳武，有子继贤。本支百世，诔德万年。呜呼哀哉！

同邑董兆熊撰，震泽蔡召棠书，吴门严庆垚镌。

附录三　柳树芳序跋辑录

释德亮霁堂《雪床遗诗》一卷^①

1. 识语

丁丑岁，顾三牴乃赓携一册见示，曰："此《雪床遗诗》，沈归愚宗伯所点定也。"余急录一副本。仍以原本归之。夫一方之诗文，当与一方共之。苟不广为流播，恐亦终晦不传。

戊寅（1818）夏柳树芳识

2. 跋

往余刻《雪床遗诗》，合古今体不过八十馀首，尝以不得全稿为憾。辛巳岁，何君书田见余前刻雪公诗，遂出示全稿，较前刻多至百馀首。因为录成一册，续付诸梓。雪公之历久不灭，何君之善藏有待，盖于文字中别成一段佳话也。

道光元年（1821）辛巳秋柳树芳湄生氏跋

---

① 南京图书馆藏，索书号：GJ/80879。

迮尚志《静念斋诗稿》一卷①

3. 跋语

此卷乃南传顾氏藏本,余爱而录之,不特诗旨清远,即论书法,端庄流丽,实从苏玉局得来。故乡文献,聊见一斑,惜乎它家墨宝不能久留在吟案也。书罢,为之黯肰。

辛巳(1821)重九后一日,后学柳树芳拜跋。

右册为先高祖古槎府君手钞本,顷觅人写副。民国七年戊午仲春,弃疾校竟并志。

吴家骐《守拙斋遗稿》五卷②

4. 序

往余初学为诗,与东溪殷君共相商榷。东溪资性过人,遇所不可,即为指出,余深服其有卓识。嗣后出门订交,欲得同志如东溪者,相与究心风雅,往往求之不可得。继乃得我友吴君柯亭者,与之游,其亦幸已。夫柯亭长于谈故,善于言情,每一下笔,风驰云骤,人多退避而不敢与争。然尝欿然不自满,假而以守拙名其集,其命意颇严,而其用心则良苦矣。

今夫世之巧于取胜者,类多工于语言,以柔顺为取容,否则龃龉难入也;以滑稽为多辨,否则胶固难通也;妇寺其行,脂韦其性,如是而欲附于古君子立言之旨,不大相刺谬耶? 夫文以载道,道以维世。不合于道,虽才华丰艳,不足以资劝惩;合于道,即其文质、其词朴,皆

---

① 民国七年(1918)抄本,上海图书馆藏,索书号:N007867。

② 咸丰七年刻本。见徐雁平主编《清代家集丛刊续编》40 册,国家图书馆出版社,2018 年,第 211—213 页。

可为兴观之助。然则吴君之所谓拙，非拙也，直为世之趋巧者下一药石言耳。余拙于文字，何敢以弁言自任？特是数年来，相契之深，柯亭尝呼余为知己，故应君之属，而一道其命名之义以相质。惜乎东溪已往，不能起九原而一再商确也。

　　　　　　　　道光壬午(1822)孟夏，通家愚弟柳树芳拜撰

吴家骥《橙香书屋遗稿》一卷①

5.《吴省斋小传》

　　君名家骥，字曜升，省斋其号。世居吴江县之冠溪村。冠溪吴氏为我邑旧族，其家读书而能文者，雅不乏人。君兄弟三人：长家骐，邑庠生，工诗，善医；次家骏，先卒；其仲即君。君生而幼慧，读书过目成诵。及长，以贫故，弃儒习贾，然性好读书，暇辄手一编自随，寒灯人静，呫唔不辍，其素所蓄志然也。又嗜吟咏，尝业贾于硖石，硖石固东南一巨镇，其间紫薇之胜迹、沧海之奇观，与夫名人学士之往来于兹者，皆可助流览，以资酬唱。君于暇日，选胜侣，穷幽壑，抚时吊古，长吟独谣，而诗学亦与之俱进。平生笃于伦纪，嘉庆戊寅、己卯间，忽遭季妹之亡；不一旬，母氏继之；越岁，季弟又继之。贫家艰苦，凶耗频仍，极人生不堪之境。君独黾勉有无，哀不废礼。呜呼！以君之诗才、谊行，不以贫废学，不以病殒身，所以摩厉而玉成之者，何难与于立德、立言之林？奈何遭家多故，中道云殂，天既啬其遇，而乃复啬其年，是真可悲也已。

　　君殁后，其兄柯亭以行略见示，欲乞余作传。余自先兄秀山亡后，心情抑郁，故业荒芜，焉能强作解人，为一二知己传其姓氏哉？然柯亭来书，寓意甚笃，其心之不忘乎弟，犹余之不忘乎兄也，遂不辞而

―――――――――――

　　①　咸丰七年刻本。见徐雁平主编《清代家集丛刊续编》40 册，第 403—405 页。

为之传。

道光三年(1823)二月,同邑友弟柳树芳拜撰

《河东家乘》四卷①

6.《河东家乘小引》

往岁辑家谱二卷,尚未付梓,非敢忽也,盖有待也。然自数年来,能主家政者,莫仲兄若,而仲兄没;能读父书者,有青儿在,而青儿亡。人生骨肉,尚难保厥始终,而况冀身外荣名、欲报祖宗于万一? 此真至难必之数矣。树年近五十,头发渐白,齿摇目眩,大惧陨越,以遗前人羞。爰就平生见闻所及,编次撰述,成《家乘》一卷,先付梓人氏。他日家谱告成,即以是卷为源头之滥觞也可。道光十二年(1832)夏五月,树芳识。

《秋树读书楼遗集》十六卷②

7.《秋树读书楼遗集后序》

嘉庆辛未、壬申之间,亡友殷东溪续选《松陵诗征》,一时先辈遗稿汇集案头,因得读史丈赤崖《秋树读书楼遗集》十六卷,均系及身自定,执玩无厌,倩人写一副本藏诸家,迄今已阅二十馀年,未尝出以示人。道光癸巳冬,始识松江姚春翁,询及吾邑诗人,如赤崖故友,曾有遗集行世否? 予即以前事告之,春翁毅然独任校勘之事,许为作序。明年春,以书来索予副本去。适史丈嗣君心如客于松郡,闻其事,复出原本质诸春翁。春翁因为校对一过,作序一篇,以卒前诺,仍以副本寄还,并录原序二首、题词一首,冠诸卷端。予读之,不禁快然焉。

---

① 南京图书馆藏,索书号:GJ/2007654。
② 南京图书馆藏,索书号:GJ/09051。

昔丁敬礼有言:"文之佳恶,吾自得之。后世谁相知,定吾文者?"盖为不知者诟也。若春翁之于史丈,岂非身后一知己也哉? 予将梓此集行世,先叙其颠末如此。惜不得亡友殷君一见之也。

道光乙未(1835)七月朔,邑后学柳树芳拜序。

陆陇其《三鱼堂日记》[①]

8.《书日记后》

书凡十卷。前六卷从平湖卜君达庵葆鈖家录出。先是,松江姚君春木椿有藏本,只后四卷,曾劝梓行。予诺之,未暇也。庚子秋,以属沈子南一曰富校阅。适其师平湖顾君访溪广誉见之,以为非全书也,欣然重为搜罗,得假卜氏所藏,将原本详校一过,介南一寄予。予幸此书之散而复合,急为付梓,所谓天下之宝,当与天下共之者也。校是书者,陈子子松寿熊、王子新甫忠之力居多,例得附书。道光辛丑(1841)七月望日,后学柳树芳谨书。

9.《补刊小引》

树家刊成《清献公日记》已三年矣。癸卯五月,沈子南一复携旧抄见示,与树家刊本若合符节,惟卷首多丁酉、戊戌两年,急命人录出,以待补刊。阅旧抄中多事删节,当时或欲与他书并刊,未免限于卷帙与? 若单行之本,则先儒手泽,字字当作布帛菽粟观也。甲辰(1844)立冬日,后学柳树芳谨识。

---

①　陆陇其撰,杨春俏点校《三鱼堂日记》,中华书局,2016年,"序"第5、7页。

《华野郭公年谱》一卷①

10.《重刊华野郭公年谱序》

道光辛丑(1841)仲冬之月,树芳校刊《清献公日记》甫竣,适老友陈讱庵来泰以旧藏《华野郭公年谱》见示,受而读之,其中细小节目,皆略而不书,独能举其出处大概,惜被蠹损,字迹间有漫漶处,且此本流传绝少,惧其久而易失也,急为补缀完好,刊行以公海内。公居官鲠直,载在国史名臣传。其泽及吴民,复见诸沈氏彤所辑《吴江县志》,似无庸更为赘述。第念公以县令起家,官吴江者八年,总计立朝之日无多,而仕楚之年已晚,盖其精明强干,全在仕吴之时。窃尝闻诸故老,颂公之德,指公之政,不啻子姓之仰戴祖宗,虽历数十百年之久,而称道弗衰,岂寻常抚字者所可同日语哉? 则此一谱也,即可作治谱观已,况乎国史所采,邑乘所详,安知不本于年谱也耶? 是尤不可废矣。树生也晚,不获亲炙公之懿行,幸有此谱,慨然想见当日出宰吾邑、屡上监门之图时画长沙之策,其歆歔感泣,有不能自已者。虽清献公之治鄮政绩,亦何多让焉? 今以此谱刊附于《日记》后,谁曰不宜? 吴江后学柳树芳书于养馀斋。

柳树芳《养馀斋诗集》

11.《养馀斋诗集总目并自序》②

仆性不耐苦吟,有得即书,每多率易之作。数年来,屡改屡删,去取各半。今夏复将丙戌以前刻出之诗删存四卷,名曰《初集》,重付手民;而以丁亥至丙午编成《二集》四卷,《三集》六卷续刊于后,以俟知

---

① 道光刻本。
② 《清代诗文集汇编》555 册,上海古籍出版社,2010 年。

我者加选择焉。丁未(1847)大暑后三日,粥粥翁柳树芳识,时年六十有一。

12.　附记

上海图书馆藏《颜氏家训》二卷,万历三年刻本(索书号:线善771225 - 26),著录信息有"柳树芳题识"。因刻本破损,未能寓目。

附录四　日记人名索引

A

阿段 **1839.**3.4

阿稽 **1839.**3.4

阿文成公 **1839.**2.10

艾穆 **1847.**7.8

安大人 **1839.**5.27

安节 **1838.**3.29

安禄山 **1839.**6.27

安孙 **1838.**8.12

安自强 **1829.**4.21

巢 **1841.**4.20;**1844.**6.21

B

白居易、白香山、乐天、白公 **1816.**
　3.22;**1822.**1.29;**1831.**5.9;
　1838.3.10,3.30;**1839.**11.12,
　11.13,11.18;**1840.**5.15;**1843.**
　3.23,6.22,9.30;**1847.**5.18

白儿 **1823.**7.20

白梦萧 **1843.**2.15

白起 **1838.**7.22;**1839.**4.2

白云先生 **1838.**8.20

白允谦、东谷 **1843.**2.15

柏学士 **1839.**11.12

拜住 **1847.**6.21

班公爷 **1841.**10.24

班固、孟坚 **1838.**8.8,8.21,11.29;
　1839.3.13,6.3,11.21;**1841.**7.
　24;**1844.**1.18

班婕妤 **1847.**4.8

邦崇侄孙 **1847.**3.17,4.14,4.22,
　4.23,5.2,5.24,9.2;**1848.**2.2

邦达侄孙 **1843.**2.12

邦和侄孙 **1843.**2.12

包大奎 **1839.**12.26

包咸 **1815.**8.13

包星□ **1821.**3.30

包拯、希仁 **1843.**2.28

宝唱 **1820.**9.9

鲍桂星、觉生 **1849.**9.23

鲍士杰 **1840.**4.27,4.29

鲍叔 **1841.**11.25

鲍永宁 **1840.**4.29

鲍昭 **1848.**2.23

鲍照、明远 **1815.**4.28;**1838.**12.17;
　1839.6.17,11.23;**1840.**4.6;
　1841.7.29,8.7;**1843.**9.1

本莹 **1838.** 3. 21

笔峰 **1850.** 2. 15

毕四 **1839.** 6. 19；**1841.** 2. 6

毕曜 **1839.** 1. 16，2. 18，10. 6

毕振姬 **1843.** 2. 15

边贡 **1816.** 6. 21；**1840.** 6. 12

边寿民 **1823.** 2. 22

边孝先 **1823.** 4. 6；**1842.** 2. 5

卞壸、卞忠贞公 **1815.** 6. 1

卞望之 **1847.** 4. 18

宾谷先生 **1838.** 8. 13

炳文侄孙 **1840.** 7. 13

伯乐 **1838.** 7. 25

伯夷 **1839.** 3. 2，3. 12，5. 30；**1841.**
　5. 10

伯鱼 **1844.** 6. 20

伯雨 **1838.** 3. 8

博罗 **1847.** 6. 18

孛术鲁翀 **1847.** 6. 21

卜达庵 **1840.** 5. 20

卜元 **1838.** 2. 24

卜子 **1844.** 1. 15

补金表侄 **1823.** 2. 21

不忽木 **1847.** 6. 21

布彦泰 **1847.** 10. 22

C

采芝居士 **1820.** 5. 31

蔡伯世、材仲 **1841.** 6. 28

蔡道宪、江门 **1839.** 5. 25

蔡癸 **1848.** 2. 5

蔡翰之 **1840.** 10. 14

蔡家玕 **1839.** 9. 13，9. 19

蔡景繁 **1838.** 4. 4；**1843.** 4. 22

蔡君谟 **1838.** 5. 31

蔡君山 **1838.** 9. 7

蔡岭香 **1839.** 2. 8；**1840.** 10. 13；
　1847. 11. 27，11. 29

蔡懋德 **1841.** 11. 16

蔡念慈 **1843.** 4. 20

蔡沈 **1841.** 10. 16

蔡听香 **1841.** 3. 2；**1843.** 4. 16；
　1847. 3. 21

蔡外孙 **1848.** 2. 13；**1850.** 2. 22

蔡维新 **1840.** 1. 26

蔡希鲁 **1839.** 6. 14

蔡映斗 **1842.** 1. 23

蔡邕、中郎 **1839.** 3. 7

蔡酉山 **1840.** 3. 21

蔡芸生、云生 **1840.** 8. 5；**1848.** 2. 10；
　1850. 2. 16

蔡泽 **1838.** 7. 25

蔡至中 **1841.** 11. 16

蔡准 **1838.** 3. 21

蔡子华 **1838.** 5. 1

蔡宗茂 **1843.** 5. 19

参廖 **1838.** 3. 27，3. 29

仓颉 **1815.** 8. 19；**1841.** 12. 13

玱如宗侄 **1829.** 4. 25

曹霭亭 **1847.** 9. 25

曹霸 **1839.** 2. 18，5. 7，10. 6

曹表侄孙 **1840.** 2. 6

曹彬 **1816.** 5. 19

曹操、魏武 **1815.** 5. 21, 7. 4；**1838.**
　8. 18；**1839.** 3. 7, 3. 12

曹成王 **1838.** 8. 23

曹娥 **1840.** 6. 29；**1842.** 1. 31

曹广廷姊婿 **1841.** 6. 3

曹皇后 **1847.** 6. 19

曹经友 **1838.** 8. 7

曹炯 **1843.** 5. 19

曹揆翁 **1815.** 9. 12

曹理和表侄孙 **1841.** 6. 3；**1843.** 9. 4,
　12. 15；**1847.** 5. 28

曹栎坚 **1841.** 2. 3

曹升屏 **1843.** 5. 26

曹廷俞 **1843.** 2. 15

曹小圃 **1847.** 4. 8

曹晓沧 **1842.** 1. 24

曹元首 **1839.** 12. 31

曹益三 **1843.** 5. 26

曹之建 **1839.** 5. 25

曹注钟 **1847.** 5. 17

曹子建 **1841.** 8. 15

岑著作 **1838.** 3. 21

柴才子 **1816.** 4. 26

常安民 **1847.** 6. 19

常建 **1839.** 2. 1, 9. 29

常将军 **1839.** 4. 13

长沮 **1815.** 8. 13

苌弘、苌宏 **1820.** 2. 22；**1841.** 12. 3

晁补之、无咎 **1816.** 6. 21；**1838.** 3. 24,
　4. 30, 5. 11, 9. 27；**1839.** 9. 11

晁错 **1838.** 6. 18；**1839.** 3. 16, 6. 22

晁美叔 **1838.** 3. 24

巢父 **1847.** 11. 20

巢尚之 **1847.** 4. 27

琛上人 **1840.** 4. 6

陈安三 **1840.** 7. 20

陈半聋 **1838.** 2. 18；**1848.** 2. 28

陈邦弼 **1839.** 9. 21

陈宝禾 **1843.** 5. 19

陈北岩 **1816.** 4. 19

陈本钦 **1842.** 1. 23

陈表侄 **1840.** 4. 8, 7. 28, 8. 14；
　1841. 2. 12, 4. 20, 5. 19, 5. 21, 6.
　21, 11. 1；**1843.** 3. 5, 5. 23；**1847.**
　7. 11；**1848.** 2. 9

陈炳南 **1838.** 10. 29

陈步韩 **1844.** 6. 11

陈禅卿 **1843.** 4. 16

陈长方 **1840.** 4. 6

陈船乡 **1839.** 6. 18

陈纯德 **1839.** 5. 25

陈词庵 **1838.** 8. 22

陈大春 **1840.** 8. 18

陈大谟、亦园 **1841.** 11. 26

陈道复 **1839.** 4. 20

陈得珊 **1838.** 2. 24, 3. 5, 3. 8, 8. 24,
　9. 2, 9. 9, 9. 28, 10. 15, 11. 8；
　1839. 3. 1, 3. 3, 7. 8, 8. 21, 8. 30,
　12. 2；**1840.** 1. 6, 1. 8, 3. 22, 8. 4,
　8. 10, 9. 6, 9. 27, 9. 30, 11. 2；
　1841. 1. 19, 1. 21, 2. 24, 2. 26, 2.

27,3.2,4.14,4.30,5.1,7.6,8.
30,9.4,11.21,11.24；**1843**.2.26,
3.3,5.12,6.7,7.6,8.10,8.12,
8.19,8.22,9.4,9.5,9.16,9.23,
9.24,9.25,9.28,10.3,10.31,
11.21,11.22；**1844**.1.31,4.16,
4.18,8.12；**1847**.3.20,3.22,3.
23,6.29,9.2；**1848**.2.16

陈德三 **1839**.12.1；**1848**.2.12,2.13,
2.15

陈登 **1842**.1.23

陈东洲 **1849**.9.23

陈栋塘 **1844**.6.2

陈二南 **1838**.7.31；**1839**.8.22

陈二叔 **1816**.1.17

陈二璋 **1843**.8.13,9.5

陈蕃 **1838**.9.22；**1847**.12.13

陈凤仪 **1839**.5.25

陈福卿 **1815**.3.19

陈扶雅 **1839**.5.29

陈复初 **1840**.3.12,3.15

陈庚、月圃 **1838**.12.24,12.27；
1839.4.5

陈给事 **1838**.8.2

陈公辅 **1847**.6.19

陈古缘 **1847**.5.26

陈官俊 **1844**.5.18

陈光亨 **1840**.2.20

陈汉卿 **1838**.3.25

陈鹤 **1841**.10.10

陈鹤峰 **1839**.9.27,10.1；**1840**.1.6,

1.8

陈宏谋、汝咨、榕门、陈中丞 **1841**.
1.21,8.5；**1843**.6.21；**1847**.11.
17,11.20

陈洪范 **1840**.7.6

陈虎生 **1838**.7.31；**1841**.7.6；
1843.3.3,3.26,10.25；**1844**.2.8；
1847.12.8,12.16

陈化成、忠愍 **1843**.5.19

陈怀邦 **1849**.9.23

陈季常 **1838**.3.29；**1843**.4.12

陈济生、尔勤 **1839**.4.22,5.12,7.19

陈继儒 **1844**.1.6

陈晋美 **1847**.5.26

陈敬、敬颐、退斋 **1844**.7.3

陈菊生 **1820**.3.9

陈君三 **1840**.9.3

陈堃 **1815**.12.31

陈来泰 **1843**.7.12

陈兰江 **1840**.9.6

陈揽香 **1843**.7.5

陈朗亭、朗庭 **1840**.8.15,8.18,8.20,
8.23,8.29,9.3；**1841**.7.2,11.11,
11.14；**1843**.3.28,3.29,3.31,
4.1,6.28,8.5,8.6,8.31,9.4；
1844.1.29,6.23,8.9；**1847**.6.26,
7.18,9.15,10.20,11.12

陈骊生、俪生 **1841**.2.5；**1842**.1.2；
1843.11.24；**1847**.6.25

陈笠帆、豫 **1815**.6.21

陈荔裳 **1838**.2.14；**1839**.4.16；

1841.5.12,9.7

陈莲溪 1840.4.23

陈连升 1844.6.11

陈梁叔 1839.12.5,12.7；1840.4.6,
4.9,5.8；1841.2.16,2.17,2.18,
2.19,2.20,2.21,2.23,2.24,2.
27,3.1,4.30,5.3,6.8,7.20,7.
28,10.10；1843.2.23,6.16,6.17,
8.20；1847.11.10

陈鳞 1839.12.1

陈菱溪 1842.1.31

陈鲁斋 1839.12.26；1841.9.27；
1843.2.11,4.13；1848.2.21

陈銮 1820.9.23

陈孟公 1843.4.12

陈梦琴、希恕 1815.3.12,6.7,6.23,
9.25,11.11,12.4；1820.9.18；
1821.1.25,2.22,3.17,3.19,
11.2；1822.4.25,5.2,5.19,5.22,
5.24；1823.1.3,2.16,6.15,6.16；
1831.5.13；1838.2.1,2.6,3.3,
3.7,3.13,12.1；1839.2.20,2.24,
3.2,3.13,3.26,4.28,8.29,8.30,
11.7,11.8,12.18；1840.1.1,2.9,
2.10,2.13,2.18,3.1,3.30,4.6,
4.9,5.8,8.19,8.26；1841.1.29,
2.3,2.5,3.14,3.16,5.2,5.3,
7.20,8.5,8.6,8.8,9.27,11.4,
11.21,12.5,12.18,12.19；
1842.1.2,1.7；1843.2.5,2.10,
2.11,2.18,3.1,3.3,4.11,5.8,

5.13,8.17,8.20,8.31,9.1,9.3,
9.4,11.8,11.9,11.24,11.25,
12.1,12.11；1844.2.13,4.10；
1847.5.26,11.27；1848.1.6,1.
31,2.3,2.11,2.20,2.21,2.23；
1850.2.15

陈盘书 1844.1.3

陈鹏年 1839.12.6

陈骈生 1839.2.3,12.26；1840.9.9；
1841.2.5,9.27,12.5,12.27；
1842.1.2；1843.2.11,2.14,3.1,
3.3；1847.12.28；1848.2.21

陈骈子 1841.12.9

陈品荣 1844.2.5

陈平 1847.8.31

陈其年 1841.10.17

陈祺 1841.6.4

陈庆镛 1843.6.18

陈秋山 1815.9.14；1820.9.18；
1821.3.19；1838.8.29；1840.2.
28,3.21；1847.12.8,12.16

陈秋田 1838.9.10,10.4；1839.6.24,
11.19,11.21

陈秋岩、古愚 1815.4.27,5.3,6.25,
9.14；1838.2.21,4.14,9.4,9.8,
9.28,10.31,12.3；1839.3.3,3.7,
8.21,10.4,10.18；1840.1.13,
3.18,11.3；1841.2.27,3.1,3.20,
3.25,5.6,5.21,5.22,5.23,6.9,
7.6,8.3,10.29；1843.2.27,3.3,
7.6,8.5；1844.1.31,4.19,5.1,

5. 2,8. 15；**1847**. 3. 31,4. 7,4. 17,
4. 18,4. 19,4. 23,5. 1,5. 3,5. 26,
7. 5,7. 18,7. 19,8. 15,8. 16,8. 28,
8. 31,9. 4,9. 8,9. 11,9. 12,9. 25,
10. 7,10. 21,10. 26,10. 29,11. 2,
11. 3,11. 5,11. 16,12. 22；**1848**.
1. 6,1. 23,2. 13,2. 28,2. 29,3. 1

陈群 **1843**. 2. 13

陈人文 **1815**. 9. 3

陈仁锡 **1841**. 3. 1

陈讱庵 **1838**. 2. 9,8. 7,8. 25,9. 10,
9. 30,10. 11,10. 13,10. 21,10. 22,
11. 16,11. 20,11. 27；**1839**. 3. 5；
1840. 1. 27,10. 25；**1841**. 6. 25,
6. 30,9. 9,10. 10,10. 25,11. 19,
11. 21,12. 3；**1842**. 1. 3,1. 10,2. 3,
2. 5；**1843**. 2. 22,2. 25,7. 9,8. 7,
8. 8,8. 13,8. 14,8. 15,8. 18,8. 23,
8. 28,9. 23,9. 28,10. 3,10. 19,
11. 8,11. 9,12. 2,12. 6,12. 8,
12. 9,12. 28；**1844**. 1. 2,1. 6,1. 14,
1. 19,1. 21,1. 22,1. 23,1. 27,1.
28,1. 30,2. 5,2. 8,4. 14,8. 10；
1847. 8. 28,8. 30,10. 1,10. 3；
1848. 1. 15,1. 21；**1849**. 9. 20,9.
21；**1850**. 2. 21,2. 22,2. 23,2. 24,
2. 25,2. 26

陈日升 **1820**. 6. 10

陈蓉江 **1840**. 4. 23

陈汝懋、克修、月舫 **1815**. 12. 31；
1844. 7. 3

陈汝树、庭嘉、兰崖 **1815**. 12. 31；
1844. 7. 3

陈瑞塈、兰如 **1843**. 9. 25,9. 29

陈瑞祥 **1843**. 8. 12

陈山人 **1847**. 8. 30,9. 3

陈商 **1838**. 8. 1；**1843**. 5. 15

陈尚美 **1849**. 9. 23

陈少蕃 **1848**. 2. 28

陈升吉 **1839**. 12. 16；**1841**. 5. 6,10.
26,10. 29

陈圣传 **1841**. 8. 22

陈圣修 **1841**. 8. 22

陈师道、无己、后山 **1839**. 2. 18；
1840. 4. 21

陈师集 **1838**. 2. 24

陈士楷、端笏 **1847**. 7. 5

陈氏 **1816**. 11. 21；**1821**. 5. 11

陈氏都司 **1820**. 11. 19

陈寿 **1839**. 1. 31,9. 16

陈述古 **1838**. 3. 22,3. 23,3. 24；
1843. 3. 18

陈漱泉、漱翁 **1815**. 9. 14；**1821**. 8. 13,
8. 28；**1822**. 3. 7,6. 20；**1839**. 2. 24,
9. 23,9. 24,9. 26,10. 18；**1840**. 1. 8

陈思亭 **1839**. 11. 20

陈四桥、懋 **1815**. 9. 29；**1816**. 2. 5,
2. 26,3. 31,4. 15；**1820**. 2. 20,2.
21,3. 5,9. 24；**1821**. 1. 22,2. 10,
2. 11,2. 14,12. 9；**1822**. 1. 1,2. 19,
2. 10,2. 22,2. 23,5. 13,5. 14,6. 7,
6. 8,12. 13；**1823**. 6. 11,6. 12；

1838. 12. 24；1839. 4. 7
陈素园 1843. 4. 13
陈所闻、无声、绣林 1840. 6. 15
陈汤 1839. 3. 19
陈提台 1840. 7. 30
陈天均 1841. 4. 14，4. 30
陈天祥 1821. 6. 22；1847. 6. 21
陈铁君 1839. 9. 21；1840. 10. 13
陈听古 1840. 4. 14
陈桐畅 1838. 2. 28
陈抟 1820. 5. 28；1847. 5. 28
陈畹香 1838. 8. 29；1844. 2. 15
陈望楼 1821. 3. 19
陈炜、星辉 1843. 2. 23
陈蔚卿 1839. 12. 2
陈文惠公 1838. 8. 18
陈文述 1847. 4. 24
陈文星、不村 1847. 7. 5
陈梧冈、大纯 1815. 3. 28；1816. 5. 22，
5. 23
陈西桥 1815. 9. 30；1816. 2. 4，10. 9
陈献章 1847. 7. 11，7. 13
陈小泉 1840. 2. 7；1843. 3. 16，5. 10，
5. 11，5. 12；1844. 1. 31；1847.
10. 8，10. 19，10. 20，12. 1；1848.
3. 1，3. 3；1849. 9. 24；1850. 2. 13
陈小山、竹林 1839. 11. 25，12. 3；
1850. 2. 15
陈孝女 1839. 5. 30
陈协三 1847. 4. 8；1848. 2. 26
陈莘田 1838. 9. 24；1844. 4. 13，4. 17

陈星甫 1843. 9. 28
陈行可 1843. 3. 17，3. 29，4. 28，5. 2
陈瑄 1847. 7. 3
陈坝 1847. 6. 16
陈询 1847. 9. 10
陈演、赞皇 1840. 6. 7
陈阳君 1841. 3. 3
陈尧农 1842. 1. 25
陈宜堂、大治 1815. 6. 23；1821. 2. 22；
1839. 6. 18
陈沂 1840. 6. 12
陈义方 1838. 6. 4
陈引祺、永年 1816. 8. 14
陈又我 1844. 4. 16
陈馀 1838. 7. 25；1839. 4. 3
陈愚 1840. 5. 30
陈愚泉 1839. 11. 20
陈愚亭 1840. 2. 19
陈雨亭 1839. 12. 7；1840. 4. 13，8. 5；
1841. 9. 24；1843. 4. 16，11. 23；
1847. 3. 29，4. 15
陈玉叔 1839. 1. 19；1840. 6. 16
陈预 1840. 6. 19；1847. 4. 24，7. 10
陈遇青姨甥 1843. 7. 25
陈元 1844. 6. 1
陈元桂 1847. 6. 17
陈元龙 1843. 4. 8
陈月波 1840. 2. 24
陈钺、子扬 1843. 9. 16，9. 26
陈云 1840. 6. 19，6. 20
陈云卿 1843. 9. 22

陈筼谷 **1840.**1.1

陈筼湘 **1841.**1.23

陈筼心 **1842.**1.26

陈韵九表侄孙 **1841.**4.20

陈蕴斋 **1844.**6.3

陈章 **1843.**3.18

陈兆祥表侄 **1841.** 9. 27，12. 6；
1843.4.17，11.8；**1847.**7.6

陈轸 **1838.**7.18；**1839.**4.2

陈志宁 **1847.**4.24

陈忠 **1843.**5.3

陈仲弓 **1838.**9.4；**1839.**8.4

陈仲恬 **1840.**7.5

陈铢文 **1839.**11.26

陈竹书 **1839.**12.2

陈卓云 **1840.**9.3

陈子昂、陈拾遗 **1839.**6.25；**1847.**4.4

陈子龙、卧子、陈忠裕公 **1816.**6.21；
1820. 5. 31；**1822.** 7. 24，7. 26；
1823.2.23；**1840.**5.23，6.4，6.7，
6.9，6.10，6.11，6.12，6.14，6.15，
6.16，7.8；**1841.**3.20

陈子木 **1829.**4.25

陈子扬 **1843.**9.18，9.26

陈子元、善 **1838.**7.15

陈梓、俯恭、古铭 **1820.**5.1

陈宗道 **1839.**2.28

陈宗敏 **1839.**11.23

陈宗群、宣序 **1839.**11.23；**1847.**3.22

陈宗恕、宽夫 **1839.**6.30

陈祖琛、梦白 **1839.**9.20

程邦宪 **1840.**6.19，6.20，7.1

程颢、明道、伯淳 **1820.** 9. 3；**1844.**
1.18，5.17，6.3，6.12

程嘉燧、孟阳 **1841.**3.8；**1847.**11.18

程敏政 **1839.**5.30

程勤夫 **1839.**3.13

程榕、小芸 **1839.**11.30

程氏 **1815.**7.21

程卍云 **1839.** 3. 13，3. 18，3. 30，4. 9；
1840.5.2；**1841.**4.14

程珦、太中 **1844.**1.6，5.17

程小云 **1840.**2.14

程雪生 **1816.**11.3

程咬金 **1815.**4.30

程颐、伊川 **1844.** 5. 4，5. 6；**1847.**
3.30，6.5，6.8

程元振 **1841.**2.21

程汃 **1838.**6.15

程竹龛 **1838.**10.14

程紫霄 **1840.**3.19

成亲王 **1839.**12.3

成陶侄孙 **1843.** 1. 31；**1847.** 10. 7，
10.8

成性、我存 **1843.**2.15

成秀卿 **1844.**1.18

成玉 **1823.**2.20；**1840.**4.5

成芝庭 **1843.**9.18，9.19，10.3

迟孙 **1843.** 2. 10，2. 17，3. 1，5. 21，
7.30，10.29，11.26，12.7，12.29；
1844. 1. 19，2. 17，4. 23；**1847.** 4. 7，
4.8，4.9，4.10，4.11，4.12，4.13，

4. 14，4. 15，4. 16，4. 17，4. 18，4.
19，4. 20，4. 21，4. 22，4. 23，5. 3，
5. 5，5. 24，6. 1，6. 17，6. 22，6. 23，
9. 9，9. 20，10. 16；**1848.** 2. 2，2. 4，
2. 12，2. 17，2. 19

赤翁 **1841.** 2. 24

初杲、启昭 **1844.** 6. 13

初彭龄 **1815.** 3. 28；**1841.** 11. 16；
1842. 1. 3；**1847.** 12. 28

褚不华 **1847.** 6. 22

褚渊 **1843.** 5. 19

楚怀王 **1838.** 7. 24；**1839.** 4. 2

楚狂接舆 **1815.** 8. 13

楚灵王 **1839.** 11. 8；**1847.** 8. 24

楚平王 **1847.** 8. 27

楚弃疾 **1847.** 8. 24

楚顷襄王、楚襄王 **1838.** 7. 24，11. 19

楚庄王 **1815.** 7. 4

触詟 **1838.** 7. 25

春江公 **1815.** 4. 6；**1839.** 4. 5；**1840.**
4. 5，12. 20；**1841.** 4. 5，5. 28；
1843. 4. 5；**1844.** 4. 23；**1847.** 4. 5

春山 **1821.** 1. 22

淳于髡 **1838.** 7. 24，11. 17；**1839.** 4. 2；
1847. 8. 31

崔黯 **1840.** 4. 21

崔豹 **1840.** 5. 18

崔复州 **1838.** 8. 9；**1839.** 5. 17

崔度 **1838.** 3. 22

崔光远 **1840.** 8. 28

崔简 **1840.** 5. 11；**1841.** 12. 23

崔立之 **1839.** 4. 17；**1843.** 5. 15

崔骈 **1840.** 5. 11

崔群 **1838.** 7. 29；**1839.** 4. 3；**1843.**
5. 13

崔使君 **1816.** 3. 22

崔寔 **1847.** 4. 14

崔氏 **1820.** 11. 19

崔文升 **1840.** 5. 30

崔鸥 **1847.** 6. 19

崔杼 **1847.** 8. 5，8. 10

崔子符 **1840.** 3. 27

崔子玉 **1838.** 11. 10；**1839.** 9. 13

D

大本 **1844.** 5. 25

大房四兄 **1822.** 2. 8

大夫种 **1841.** 12. 3

大姑母 **1840.** 5. 28

大鉴禅师 **1840.** 1. 20

大奎侄孙 **1850.** 2. 17，2. 18，2. 21，
2. 22，2. 23

大镕表侄 **1840.** 6. 3

大嫂 **1840.** 4. 16，10. 15；**1841.** 2. 7，
7. 1，11. 20；**1847.** 9. 27

大姊、大女兄 **1838.** 4. 9，6. 27，10. 8，
10. 15；**1839.** 9. 17，9. 23；**1840.**
5. 30，6. 5，6. 30，7. 1，7. 2，7. 31，
10. 21，11. 3，11. 20，12. 8；**1841.**
3. 14，5. 13，5. 14；**1843.** 2. 18，4.
24，4. 25，4. 26，5. 23，5. 24，5. 31，
6. 4，6. 8，8. 8，9. 7，11. 1，11. 23；

1844. 5. 8,5. 12；**1847.** 4. 2,5. 31

戴安道 **1823.** 2. 27；**1839.** 11. 13

戴春泉、戴怪 **1848.** 1. 1

戴道士 **1838.** 3. 29

戴汉先 **1839.** 6. 16

戴简书 **1840.** 7. 29

戴鉴、鞠人 **1839.** 12. 3

戴老民 **1839.** 7. 31,8. 28

戴良 **1843.** 4. 18

戴素庵 **1838.** 8. 12

戴献廷 **1815.** 11. 2,12. 4

戴药坪 **1850.** 2. 12

戴肇晋 **1847.** 6. 25

戴芝香 **1816.** 4. 2, 4. 12, 4. 19；
1839. 12. 24；**1840.** 11. 30；**1841.**
1. 29；**1843.** 8. 2,9. 1；**1844.** 2. 5,
2. 16；**1847.** 3. 20,11. 3；**1848.** 1.
30,2. 20,2. 23

戴竹堂 **1843.** 2. 25

戴子秉 **1839.** 6. 16

戴子式 **1839.** 6. 16；**1847.** 5. 15

丹叔 **1831.** 5. 13

丹翁先生 **1816.** 6. 23

丹朱 **1838.** 6. 20

耽泉从子、耽泉侄 **1839.** 5. 19,7. 10；
1840. 8. 5,9. 5；**1841.** 3. 7,3. 10；
1843. 5. 23,6. 18,11. 5,11. 27；
1847. 3. 28,4. 5,4. 7,4. 12

澹台灭明 **1838.** 8. 14；**1844.** 7. 1

党怀莫 **1843.** 8. 19

道安 **1840.** 4. 6

道林 **1840.** 4. 6

道源 **1844.** 6. 3

登徒子 **1838.** 11. 19；**1841.** 4. 2,8. 15

邓廷桢 **1839.** 7. 14

邓廷瓒 **1839.** 5. 25

邓通 **1841.** 2. 18

邓析 **1839.** 8. 23

邓攸 **1847.** 4. 18

甸安从侄 **1815.** 6. 25

刁包、蒙吉 **1843.** 2. 15

刁景纯 **1838.** 3. 23,3. 24

丁嘉葆 **1843.** 5. 19

丁溉徐、繁培、霁堂 **1841.** 11. 17,
11. 28,11. 29

丁龙泓 **1838.** 12. 5

丁士俊 **1839.** 2. 28

丁锡岩 **1844.** 5. 23

丁雪岩 **1838.** 11. 18

丁元珍 **1839.** 1. 1

丁元正 **1820.** 7. 30

东方朔、曼倩 **1838.** 6. 19,11. 25；
1839. 2. 14,3. 16；**1840.** 5. 12

东郭书 **1844.** 5. 20

东海王 **1841.** 2. 6

东湖从祖 **1850.** 2. 15

东平王 **1844.** 1. 2

董安国 **1843.** 2. 15

董传 **1838.** 3. 21；**1840.** 9. 10

董翠宇 **1839.** 5. 25

董个亭 **1843.** 5. 3

董国琛 **1847.** 4. 24

董国华 **1841**. 2. 3

董嘉荣 **1839**. 9. 15

董九 **1815**. 4. 19

董梦兰 **1839**. 2. 5，3. 22，5. 2，5. 3，
6. 7；**1840**. 2. 19；**1843**. 2. 23，2. 24，
2. 25，3. 30，4. 1，5. 18，5. 19，5. 20，
6. 3，6. 4，6. 10，6. 12，6. 14，8. 13，
8. 23，8. 24，9. 10，11. 15，11. 16；
1844. 2. 7；**1847**. 5. 11，5. 13，5. 14，
5. 20

董邵南 **1838**. 8. 7；**1839**. 5. 15

董似毅 **1843**. 5. 19

董诵孙、二酉 **1840**. 11. 9

董卫国 **1843**. 2. 15

董文用 **1847**. 6. 21

董希甫 **1838**. 3. 24

董阎 **1838**. 2. 24

董遇 **1847**. 4. 16

董元宰、香光 **1823**. 2. 21；**1840**. 4. 12；
1841. 2. 17，8. 24

董正郎 **1844**. 1. 18

董仲舒、董子 **1838**. 7. 9；**1839**. 3. 27，
5. 29

董卓 **1839**. 3. 7

窦从事 **1838**. 8. 8；**1839**. 5. 16

窦融 **1838**. 8. 18；**1839**. 7. 31

窦秀才 **1838**. 8. 1

都穆 **1840**. 3. 19，5. 17

独孤及 **1839**. 6. 25

独孤申叔 **1838**. 12. 26；**1839**. 11. 24；
1840. 3. 26

独学老人 **1841**. 4. 12，9. 7

杜苍略 **1838**. 9. 15

杜悰 **1838**. 9. 18

杜甫、少陵、子美、老杜、杜拾遗
1816. 3. 22，6. 21，10. 5；**1822**. 1.
29；**1823**. 2. 21；**1838**. 3. 21，4. 4，
6. 21，8. 11，9. 13，9. 18；**1839**. 1. 2，
1. 12，1. 13，1. 16，1. 17，1. 18，1.
19，1. 20，1. 22，1. 24，1. 26，1. 31，
2. 1，2. 14，2. 18，2. 28，3. 2，3. 4，
3. 5，3. 6，3. 7，3. 8，3. 9，3. 11，4.
21，5. 7，5. 8，5. 9，5. 13，5. 14，6. 8，
6. 10，6. 13，6. 14，6. 17，6. 18，6.
19，6. 20，6. 21，6. 22，6. 23，6. 24，
6. 25，6. 27，6. 29，8. 25，8. 27，9.
11，9. 13，9. 15，9. 16，9. 28，9. 29，
10. 2，10. 5，10. 6，10. 28，10. 30，
11. 3，11. 4，11. 5，11. 6，11. 8，
11. 9，11. 10，11. 11，11. 12，11. 13，
11. 14，11. 15，11. 18，11. 19，12. 6；
1840. 4. 21，4. 22，5. 1，5. 3，5. 6，
5. 15，5. 22，6. 12，6. 20，6. 22，8.
28，9. 4；**1841**. 1. 7，1. 8，1. 13，1.
14，1. 15，1. 16，1. 17，1. 18，1. 26，
1. 31，2. 1，2. 2，2. 6，2. 8，2. 9，2.
10，2. 11，2. 13，2. 14，2. 15，2. 16，
2. 17，2. 18，2. 20，2. 21，2. 22，2.
24，2. 25，2. 26，2. 27，3. 8，3. 9，
3. 10，3. 30，4. 2，4. 12，4. 14，4. 16，
4. 20，4. 21，5. 29，6. 12，6. 28，7.
24，8. 9，8. 12，8. 13，8. 14，8. 17，

10. 31；**1842.** 1. 23，1. 24；**1843.**
2. 11，4. 10，4. 19，7. 23，7. 28，8.
13，8. 19，9. 1，9. 9，9. 11，9. 12，
9. 13，9. 14，9. 15，9. 19，9. 20，9.
21，9. 25，9. 26，9. 30，10. 1，10. 2，
10. 3，10. 4，10. 5，10. 6，10. 7，
10. 8，10. 10，10. 12，10. 13，10. 14，
10. 31，11. 4，11. 7，11. 10，11. 12，
11. 14，11. 18，11. 23，11. 24，11.
25，11. 26，11. 28，12. 15，12. 23，
12. 24，12. 25，12. 27，12. 28；
1844. 5. 25，6. 7，6. 10，6. 23；
1847. 12. 29；**1848.** 1. 1
杜兼 **1841.** 7. 6
杜景俭 **1847.** 5. 10
杜牧 **1838.** 8. 7；**1843.** 3. 17
杜禽 **1847.** 4. 9
杜铨 **1840.** 8. 9
杜受田 **1841.** 4. 25；**1844.** 5. 18
杜太后 **1847.** 6. 19
杜温夫 **1840.** 4. 21
杜相公 **1838.** 8. 6
杜沂 **1838.** 3. 29
杜佑 **1839.** 12. 31
杜预、元凯 **1838.** 9. 21；**1847.** 4. 17
杜友仁 **1839.** 6. 16
杜正藏 **1840.** 8. 9
杜正元 **1840.** 8. 9
杜宗文 **1839.** 3. 1
杜宗武 **1839.** 3. 1，11. 14
度尚 **1840.** 6. 23

端明公 **1841.** 4. 18
端士公 **1841.** 4. 18
端书公 **1841.** 4. 17
段大章 **1843.** 5. 19
段干木 **1841.** 8. 9
段弘古、段宏古 **1840.** 5. 11，5. 17；
　1841. 12. 27
段屯田 **1838.** 3. 24
段文 **1842.** 1. 31
段秀实、段太尉 **1840.** 4. 18；**1841.**
　12. 17
段玉裁 **1847.** 11. 18
段子璋 **1840.** 8. 28
敦洽 **1815.** 9. 1
敦仁妇侄 **1843.** 7. 14
顿起 **1838.** 3. 27

E

额勒登保、威勇侯 **1841.** 4. 12
鄂尔泰 **1840.** 2. 21
鄂山 **1843.** 10. 23；**1844.** 1. 15
鄂生、鄂侄 **1829.** 4. 14，4. 24；
　1838. 2. 18，2. 25，3. 10，3. 12，7.
　18，8. 4，8. 24，8. 26，9. 17，9. 24，
　12. 4，12. 7，12. 14；**1839.** 3. 23，
　3. 31，4. 10，4. 11，4. 13，4. 14，4.
　15，4. 16，4. 18，4. 20，4. 22，4. 26，
　5. 2，5. 3，5. 5，5. 9，5. 23，5. 30，
　6. 23，7. 6，9. 11，9. 24，9. 25，9. 26，
　9. 27，10. 21，10. 22，10. 24，11. 8，
　11. 10，11. 16，12. 12，12. 29；

1840. 1. 7,3. 5,3. 20;1841. 6. 4

尒朱荣 1847. 10. 18

二从侄孙 1844. 4. 23

二女、次女 1838. 11. 3;1840. 6. 12;
1841. 7. 10,7. 12,7. 13,9. 10,9.
16,9. 18,9. 25,10. 2,10. 6,10. 19,
10. 23,11. 2,11. 5,11. 8,11. 13,
12. 5,12. 11,12. 15,12. 16,12. 19,
12. 24,12. 30;1842. 1. 10,1. 11,
1. 12,1. 13,1. 14,1. 15,1. 16,1.
17,1. 18,1. 25,2. 5;1843. 7. 13

二如先生 1840. 3. 8

二侄孙 1838. 12. 7;1841. 9. 30;
1843. 6. 28;1844. 2. 5

F

法传 1847. 12. 8

樊迟 1838. 8. 12

樊若水 1847. 8. 31

樊绍述 1838. 9. 2;1839. 8. 3

樊谢山 1843. 8. 8

樊以楫、小山 1844. 7. 3

樊雨田 1842. 1. 11,1. 20,1. 21,1. 23,
1. 27,2. 1

樊重、君云、敬侯 1840. 5. 16

樊宗师 1839. 8. 25

蕃官侄孙 1840. 9. 13

蕃向、嘉景 1840. 6. 23

范成大 1847. 12. 12

范淳甫 1838. 3. 25

范纯粹 1847. 6. 4

范纯仁、尧夫、忠宣 1847. 6. 4;
1848. 3. 4

范翠峰 1843. 7. 27,7. 28,7. 29

范贯之 1838. 6. 14;1839. 3. 14

范惠遗、惠裔 1843. 4. 10

范雎、应侯 1838. 7. 24,7. 25;
1839. 4. 2

范钧衡 1843. 4. 10

范宽 1839. 2. 22,2. 24

范蠡、子皮、鸱夷、陶朱公 1815. 6. 24;
1840. 6. 29;1842. 1. 26;1848. 2. 5

范孟博 1839. 8. 7

范明府 1839. 5. 15,5. 17,8. 8,8. 9

范明友 1847. 9. 22

范冉 1840. 6. 3;1843. 12. 28

范瑞翁 1839. 12. 14

范四甥 1844. 1. 2

范蔚宗 1815. 8. 13

范五姨甥 1843. 9. 8,11. 6

范湘槎 1839. 9. 18;1844. 5. 11

范姨甥 1839. 2. 26,5. 24;1840. 2. 22,
7. 11;1841. 4. 24;1843. 2. 2,3. 16,
6. 25,9. 7;1848. 2. 3,2. 10,2. 16;
1850. 2. 17

范姨甥女 1847. 11. 16

范云临 1843. 6. 23

范增、亚父 1838. 6. 9;1847. 12. 27

范镇、景仁 1838. 3. 24;1841. 7. 9;
1847. 6. 2

范芝台 1839. 6. 21

范仲淹、范文正公、希文 1815. 6. 24;

1838. 9. 3，12. 27；**1839.** 8. 3；
1840. 5. 18；**1843.** 4. 22，7. 27；
1844. 6. 5；**1847.** 5. 29，6. 4，6. 19
范祖禹 **1841.** 10. 14
方苞、灵皋 **1838.** 8. 15，8. 20，9. 3，
9. 4，9. 6，9. 12，9. 15，9. 16，9. 17；
1839. 1. 1，3. 15，4. 8，5. 29，7. 26，
7. 31，8. 26，11. 30；**1842.** 2. 9
方伯海 **1838.** 12. 4
方从哲 **1847.** 7. 19
方贵 **1844.** 6. 27
方鹤 **1844.** 6. 27
方回 **1839.** 7. 19；**1847.** 7. 18
方及 **1840.** 4. 6
方吉太 **1844.** 5. 12
方奎煃、羲甫 **1844.** 4. 12
方鸽 **1844.** 6. 27
方鹏 **1844.** 6. 27
方山子 **1838.** 8. 19；**1839.** 7. 31；
1842. 1. 31
方思曾 **1838.** 9. 14，11. 9
方先生 **1841.** 4. 25
方献夫 **1847.** 7. 7
方心简、在庭、方明府 **1843.** 11. 17；
1844. 4. 11
方埔 **1843.** 5. 19
方云峰 **1844.** 6. 27
方正学 **1843.** 9. 26，9. 27，10. 2
方仲永 **1838.** 9. 27；**1839.** 9. 11
房琯 **1840.** 3. 22
费宝成 **1841.** 1. 19

费大 **1840.** 5. 21
费殿金、菊人 **1839.** 12. 10
费东洲 **1839.** 4. 26
费羑亭 **1839.** 7. 20
费湖浦 **1839.** 8. 2
费兰墀 **1840.** 6. 19，6. 20，7. 1
费老玉 **1839.** 10. 8，10. 9；**1840.** 4. 30；
1841. 10. 13，10. 16，10. 19；
1843. 5. 19；**1847.** 5. 12，5. 16，
10. 12
费卿庭 **1840.** 6. 19
费士玑、在轩 **1822.** 2. 6；**1839.** 8. 5
费无极 **1847.** 8. 29
费砚芬 **1839.** 11. 19
费元镕 **1821.** 10. 9
费云堦 **1840.** 11. 29
费钟华 **1839.** 12. 26
冯班、钝吟 **1839.** 6. 21
冯保 **1840.** 7. 24
冯春波 **1840.** 1. 26
冯道 **1847.** 5. 15
冯恩 **1847.** 7. 7
冯辅庭 **1840.** 3. 24，4. 6，4. 8，5. 26，
11. 13；**1841.** 1. 30，9. 16
冯桂芬、景亭 **1840.** 1. 27，6. 3，6. 5，
6. 26
冯浩、孟亭 **1838.** 9. 8
冯骥 **1841.** 7. 16
冯忌 **1838.** 7. 25
冯景 **1841.** 8. 26；**1844.** 1. 11
冯景澄 **1844.** 2. 12

冯景庭 **1840**. 5. 20

冯溥 **1843**. 2. 15

冯庆桂外孙 **1841**. 11. 23；**1843**. 11. 6；
1848. 2. 9；**1850**. 2. 22

冯铨 **1841**. 8. 26

冯宿 **1838**. 8. 1，10. 1

冯廷椿 **1839**. 3. 17

冯衍、敬通 **1839**. 11. 30

冯仰山、冯婿 **1831**. 5. 13；**1838**. 2. 7，
3. 26，3. 30，8. 4，10. 9，10. 10，
10. 14，10. 24，11. 13，11. 24，12. 2，
12. 18；**1839**. 2. 22，3. 10，3. 11，
3. 12，3. 15，3. 19，4. 6，4. 11，4. 13，
4. 14，4. 15，4. 18，4. 20，4. 22，4.
24，4. 25，5. 12，9. 23，11. 30，12. 2，
12. 11，12. 15，12. 25；**1840**. 1. 31，
2. 6，2. 21，3. 5，3. 7，3. 9，3. 24，
4. 13，4. 16，4. 19，4. 26，4. 27，4.
28，4. 29，5. 4，5. 17，6. 19，7. 2，
7. 16，7. 19，7. 20，7. 25，8. 1，8. 10，
8. 11，9. 1，9. 8，9. 11，9. 13，10. 13，
10. 19，10. 22，10. 31，11. 3，11. 28，
11. 29，12. 3，12. 10，12. 12，12. 13，
12. 14，12. 15，12. 16，12. 17，12.
18，12. 19，12. 27，12. 28，12. 31；
1841. 1. 16，1. 17，1. 18，1. 27，1.
28，1. 29，2. 11，3. 4，3. 5，5. 10，
5. 16，6. 12，6. 28，7. 9，9. 13，9. 16，
9. 25，9. 26，9. 27，9. 28，9. 29，9.
30，10. 1，10. 2，10. 3，10. 4，10. 8，
10. 10，10. 15，10. 21，10. 23，10.

30，11. 2，11. 8，11. 23，12. 16；
1842. 1. 14，1. 15，1. 16；**1843**. 2.
17；**1844**. 5. 8；**1848**. 2. 15

冯应榴 **1838**. 6. 9

冯咏 **1844**. 1. 12

冯云骧、讷生 **1843**. 2. 15

冯韵堂 **1839**. 6. 6；**1847**. 3. 22，3. 27

冯赞卿 **1848**. 2. 7

冯赘 **1839**. 7. 19

冯稚谷 **1843**. 11. 23；**1844**. 5. 8

冯宰卿 **1843**. 2. 2

冯子延 **1848**. 2. 15

冯子馀 **1839**. 2. 25

冯子舆 **1841**. 9. 16

佛图澄 **1847**. 5. 9

服虔 **1839**. 3. 2

伏生 **1844**. 4. 12

扶苏 **1838**. 6. 9

福济 **1843**. 5. 19

福孙 **1838**. 8. 12

宓妃 **1838**. 11. 18

辅踪 **1847**. 8. 4

辅庭 **1838**. 11. 13

傅椿 **1838**. 9. 1

傅国博 **1838**. 3. 25

傅廷兰 **1818**. 12. 3，12. 5，12. 17

傅武仲 **1838**. 12. 4；**1841**. 8. 13

傅咸 **1843**. 4. 19

傅向老 **1838**. 8. 11；**1839**. 5. 18

傅尧俞、钦之 **1838**. 3. 21；**1847**. 6. 4

傅奕 **1847**. 5. 9

傅稚君、泽洪 **1847**. 12. 21

富弼、富郑公、彦国 **1820**. 9. 3；
　1844. 1. 9；**1847**. 5. 29

富嘉谟 **1841**. 2. 6

复亨 **1848**. 2. 26

G

甘文焕 **1843**. 2. 15

甘延寿 **1838**. 8. 17；**1839**. 7. 31

甘卓 **1815**. 7. 5

干文传 **1815**. 6. 24

绀云 **1843**. 5. 19

高伴山、伴山翁 **1838**. 2. 6，4. 2，6. 17，
　7. 19，7. 31，8. 15，9. 13，10. 9，
　10. 10，10. 14，10. 24，12. 2；
　1839. 2. 24，3. 9，6. 2，8. 26，9. 15，
　10. 23，12. 30；**1841**. 2. 5，7. 6，7. 9，
　7. 12，7. 13，7. 21，7. 31，8. 1，8. 4，
　8. 24；**1843**. 10. 25

高道淳、采菽 **1844**. 1. 12

高鹤鸣 **1844**. 5. 25

高皇后 **1847**. 6. 19

高简 **1823**. 2. 22

高兰溪 **1838**. 4. 2

高力士 **1839**. 6. 14

高芦月 **1815**. 9. 25；**1821**. 1. 24；
　1840. 10. 14

高某 **1820**. 12. 2

高攀龙 **1839**. 4. 26；**1847**. 7. 19，7. 20

高启 **1816**. 6. 21；**1840**. 6. 15

高三祝 **1843**. 12. 12

高适、高常侍 **1839**. 9. 13

高士廉 **1843**. 4. 12

高士奇 **1841**. 10. 7

高氏 **1816**. 4. 12

高廷礼 **1848**. 1. 6

高文翁、高闻翁 **1820**. 4. 27；**1821**.
　4. 7，8. 10，8. 11，8. 15；**1822**. 10.
　20，10. 21，10. 22，10. 24，10. 25，
　10. 28，10. 29，11. 13；**1838**. 7. 11，
　9. 26，10. 29，10. 30，12. 18；
　1839. 7. 6，7. 20，7. 27，8. 27，9. 30，
　10. 3，10. 16；**1840**. 1. 2，3. 14，3.
　21，5. 28，6. 1，7. 17，7. 22，7. 30，
　8. 12，8. 18，9. 7，10. 29，11. 3，
　11. 17；**1841**. 7. 10，7. 17，8. 22，
　8. 23

高闲上人 **1838**. 8. 8；**1839**. 4. 7，5. 15

高翔麟 **1841**. 3. 9

高一林 **1838**. 5. 28；**1839**. 6. 2，7. 6，
　7. 20，7. 27，12. 20；**1841**. 2. 23，
　3. 1，7. 31，8. 1；**1842**. 1. 1；**1844**.
　1. 3，1. 4，1. 5

高允 **1847**. 5. 6

高振、文斋 **1843**. 4. 26

高振功 **1822**. 12. 30

高子容 **1847**. 8. 12

皋陶 **1838**. 7. 8；**1844**. 1. 16，5. 14

告子、胜 **1839**. 6. 21，11. 9

戈襄、小莲 **1839**. 12. 27；**1840**. 5. 18，
　12. 21

葛洪 **1841**. 2. 15

葛可久 **1847.** 9. 12

葛蕭 **1840.** 7. 4

葛梧轩 **1847.** 11. 27

葛锡璠 **1839.** 12. 6

葛兴祖 **1838.** 9. 12

葛寅亮 **1843.** 9. 26

葛芝、瑞五、龙仙、卧龙山人 **1839.**
　12. 6；**1840.** 7. 4

盖宽饶 **1838.** 7. 28

盖苗 **1847.** 6. 21

庚市子 **1815.** 6. 29

赓扬 **1840.** 6. 21

耿定向 **1843.** 3. 14

耿精忠、耿逆 **1843.** 6. 23

耿育 **1838.** 6. 21；**1839.** 3. 19

公甫文伯 **1838.** 6. 15；**1839.** 3. 15

公孙丑 **1839.** 11. 9

公孙大娘 **1839.** 11. 14

公孙龙 **1839.** 11. 9

公孙免馀 **1847.** 8. 9

公孙侨 **1842.** 1. 24

公孙述、子阳 **1829.** 4. 24

公孙泄 **1847.** 8. 24

公孙灶 **1847.** 8. 19

公西华 **1841.** 10. 17；**1844.** 5. 25

公子午 **1847.** 8. 1

龚鼎孳 **1841.** 8. 26

龚定安、盎、蟠 **1815.** 7. 26

龚勉 **1821.** 5. 10

龚润森、木民 **1839.** 2. 21

龚西野 **1838.** 8. 12

龚子音 **1820.** 5. 31

恭王 **1839.** 5. 25

贡师泰、泰父、玩斋 **1820.** 5. 1

勾践 **1840.** 6. 16

谷卿 **1843.** 11. 8，11. 19

谷子云 **1838.** 6. 21；**1839.** 3. 19

顾霭堂 **1840.** 10. 10

顾八甥 **1838.** 9. 4

顾秉谦 **1840.** 6. 2

顾昺、仲光 **1820.** 6. 10

顾伯渊 **1839.** 2. 6

顾纯 **1842.** 2. 4

顾春岩 **1822.** 6. 22

顾大章 **1847.** 7. 20

顾淡春、淡春妇侄 **1839.** 2. 2，2. 6，
　2. 23，7. 27，12. 14；**1840.** 2. 9，4.
　14，7. 21；**1841.** 1. 28，2. 9，4. 23，
　4. 24，6. 8，9. 23，10. 2；**1843.** 2. 5，
　2. 12，2. 17，3. 21，4. 6，6. 3，7. 29；
　1847. 4. 7，4. 20，4. 29，6. 15；
　1848. 1. 6，2. 6；**1849.** 9. 22；
　1850. 2. 13

顾道南 **1838.** 12. 16

顾德本、禹封、卧冈 **1843.** 6. 23；
　1844. 5. 25

顾东桥 **1844.** 1. 9

顾端老 **1821.** 4. 16

顾方成 **1843.** 4. 10

顾夫人 **1838.** 8. 12

顾富春 **1839.** 4. 27

顾皋 **1843.** 10. 13

顾耕石、元熙 **1815**. 3. 27

顾观光 **1839**. 2. 28

顾广圻、涧薲 **1840**. 12. 21

顾广誉、访溪、仿溪 **1839**. 11. 30，
　12. 4；**1841**. 6. 1，7. 20，11. 4；
　1842. 1. 7；**1843**. 2. 8，2. 9；**1847**.
　11. 6；**1848**. 3. 2

顾国基、惟勤 **1847**. 4. 7

顾汉林 **1816**. 11. 22

顾亨、叔泰、睦静先生 **1820**. 6. 10

顾横波 **1840**. 7. 11

顾欢 **1816**. 5. 19；**1820**. 5. 1

顾吉生 **1839**. 7. 24，10. 16；**1840**. 5. 3，
　12. 8；**1841**. 2. 26

顾剑峰、剑峰先生、剑翁 **1820**. 2. 20，
　3. 5，3. 24，5. 25，6. 30，7. 21，9. 23，
　11. 6，12. 14；**1821**. 1. 19，1. 22，
　1. 27，2. 10，3. 2，3. 25，3. 26，5. 23，
　6. 25，6. 26，6. 29，8. 28，10. 10，
　10. 11，10. 12，12. 4，12. 9；**1822**.
　1. 3，1. 17，1. 18，1. 19，2. 6，5. 13，
　5. 14，6. 7，7. 22，12. 13；**1823**. 1. 30；
　1841. 2. 27；**1843**. 9. 10；**1844**. 1. 6

顾健庵 **1839**. 6. 19

顾江东 **1847**. 9. 10

顾节妇 **1839**. 6. 7

顾九思 **1841**. 11. 16

顾况 **1820**. 5. 1

顾葵卿 **1840**. 4. 5

顾朗山 **1839**. 8. 29；**1840**. 7. 21；
　1841. 3. 20

顾老镜 **1840**. 11. 27

顾礼田妇兄 **1843**. 7. 6

顾临 **1816**. 5. 19

顾璘 **1840**. 6. 12

顾梅生 **1840**. 4. 10

顾梦春、雍愚 **1844**. 6. 2

顾梦花、梦华 **1822**. 2. 3；**1839**. 6. 19

顾明府 **1839**. 4. 17

顾南雅 **1840**. 12. 21；**1842**. 1. 26

顾南园、南园妇侄 **1839**. 9. 24；
　1840. 3. 14；**1841**. 8. 23，9. 23

顾谦 **1816**. 5. 19

顾潜、孔昭 **1844**. 6. 15

顾荣、彦先 **1815**. 5. 11；**1840**. 7. 16

顾荣春、松坡 **1841**. 11. 8

顾孺人 **1838**. 8. 12

顾三池、三坻先生、乃赓 **1815**. 3. 12；
　1816. 2. 19，3. 12，4. 2，4. 14，4. 27，
　5. 1，5. 7，5. 9，5. 19，5. 22，6. 7，
　6. 19，8. 24，9. 5，10. 28，11. 10，
　12. 20；**1820**. 6. 8，6. 11，8. 12；
　1821. 1. 26，4. 16，4. 17，8. 19；
　1822. 8. 21，11. 2；**1823**. 2. 13，2.
　14；**1839**. 12. 11

顾少山、文标 **1838**. 3. 17；**1841**. 1. 27，
　2. 19

顾甥 **1838**. 3. 8，3. 10，3. 13，3. 14，
　9. 5；**1839**. 5. 4，6. 8，6. 9

顾省山 **1843**. 6. 25

顾士元 **1847**. 11. 29

顾氏 **1821**. 11. 11

顾恕堂 **1838**. 4. 21；**1844**. 2. 9

顾顺传 **1839**. 4. 27

顾硕人 **1847**. 6. 27,6. 28

顾思鲁、孝嗣 **1838**. 5. 20,6. 22

顾甦 **1838**. 3. 2

顾太夫人 **1820**. 3. 27

顾听香 **1848**. 2. 28

顾廷纲 **1843**. 5. 23,8,19

顾蔚云 **1821**. 2. 11

顾文标 **1838**. 6. 26；**1841**. 1. 6

顾我鲁 **1838**. 2. 24

顾西樵 **1840**. 4. 10

顾宪成 **1839**. 4. 26

顾小园 **1847**. 8. 21,8. 23,8. 30

顾啸庐 **1839**. 12. 23；**1843**. 2. 5

顾馨山 **1839**. 7. 3；**1840**. 2. 23,4. 2,
4. 3,4. 5；**1847**. 3. 20,3. 22

顾杏春 **1840**. 1. 3

顾杏村 **1840**. 4. 14

顾修远 **1839**. 3. 7

顾煦安、煦庵 **1839**. 3. 18,3. 20,4. 9,
4. 11,4. 20；**1840**. 1. 20,1. 21,1.
31,2. 25,5. 31,9. 25,9. 26,11. 28；
1841. 1. 12,1. 15,1. 18,4. 28,4.
29,5. 7,5. 14,5. 15,5. 16；**1842**.
2. 4,2. 5,2. 7；**1843**. 2. 21,2. 25,
3. 8,3. 9,3. 12,6. 26,10. 27,11.
17；**1844**. 1. 22,1. 24,1. 30,4. 10,
4. 11,8. 9；**1847**. 3. 31,4. 19,4. 25,
4. 29,4. 30,5. 9,5. 10,12. 30；
1848. 1. 13,1. 14,1. 19,1. 20,2. 14

顾萱庭、薛门 **1840**. 2. 23

顾雪滩 **1843**. 11. 13

顾逊、叔谦 **1820**. 7. 17

顾炎武、顾亭林 **1838**. 4. 22；**1839**.
4. 4,6. 18；**1841**. 1. 18；**1843**. 4. 29；
1844. 1. 12；**1847**. 6. 4

顾一山 **1847**. 11. 27

顾姨甥 **1841**. 2. 22

顾吟波 **1821**. 2. 7,2. 8

顾瑛 **1844**. 2. 2

顾应霖 **1843**. 6. 13

顾友老 **1841**. 5. 16

顾玉华 **1840**. 5. 16

顾玉田 **1841**. 7. 28,7. 30；**1847**. 8. 21

顾云泉、宗海 **1815**. 3. 1,4. 2,5. 6,
5. 8,6. 7,6. 21,8. 6,8. 24,9. 4,
9. 6,9. 12,9. 14,9. 16,9. 26,10. 6,
11. 2,11. 21,11. 23,11. 27,12. 18,
12. 22,12. 28；**1816**. 1. 19,2. 22,
4. 7,5. 10,6. 7,6. 8；**1822**. 12. 26；
1823. 2. 15；**1838**. 2. 1,2. 2,2. 23,
5. 19,6. 22,6. 26,6. 29,7. 1,7. 2,
7. 6,10. 20,10. 23,10. 24,10. 26,
11. 6, 11. 13, 11. 14, 11. 15；
1839. 2. 20, 8. 20, 9. 3, 11. 30,
12. 7；**1840**. 2. 9,3. 31,6. 7,6. 16,
7. 21,8. 3,8. 25,8. 27,9. 6,9. 7,
11. 14, 11. 16；**1841**. 1. 28, 1. 29,
1. 30,5. 10,7. 18,11. 13,12. 25；
1843. 2. 5,2. 12,2. 17,2. 28,3. 21,
3. 26,4. 6,4. 10,4. 11,4. 20,5. 10,

5. 31，6. 13，6. 16，6. 28，6. 30，7. 1，
　8. 2，8. 3，8. 20，8. 30，9. 7，9. 8，
　10. 29，11. 6，12. 18；**1844.** 1. 2，
　2. 6，2. 7，4. 16，4. 19，6. 17，8. 9，
　8. 12，8. 13

顾震涛 **1847.** 3. 21

顾竹庵 **1838.** 12. 5

顾子寿、兆芝 **1821.** 2. 11，3. 25，6. 26；
　1839. 4. 16

关天培、关提台 **1839.** 7. 14；**1840.**
　2. 21；**1841.** 2. 14，4. 6，4. 25；
　1844. 6. 11

关彦长 **1838.** 3. 29

关羽、关公、关圣 **1838.** 6. 11，7. 4

官奴 **1840.** 5. 14

管道升、仲姬 **1839.** 8. 6

管鸿、公达、雪民 **1839.** 12. 5

管辂 **1839.** 6. 1

管仲、管子、夷吾、仲父 **1815.** 7. 3；
　1839. 5. 25，8. 18；**1841.** 2. 23，
　11. 25，12. 8；**1842.** 1. 29；**1843.**
　3. 8；**1847.** 12. 27

灌夫 **1847.** 8. 3

灌婴 **1820.** 9. 3

光耀侄孙 **1850.** 2. 17

光昭侄孙 **1850.** 2. 17

广佑王 **1816.** 7. 3

归有光、熙甫、震川 **1838.** 6. 14，6. 15，
　8. 12，8. 19，8. 20，9. 14，9. 15，
　11. 9；**1839.** 3. 14，3. 15，4. 8，7. 26，
　7. 31，8. 25，8. 26，9. 13；**1841.** 3. 2；

1842. 1. 31，2. 9；**1843.** 3. 18，8. 31；
　1847. 11. 24，12. 21

归允肃 **1841.** 11. 16

归庄 **1841.** 11. 16；**1843.** 12. 31

鬼谷子 **1838.** 6. 12；**1840.** 1. 7

桂彬 **1843.** 5. 19

桂生 **1840.** 3. 11

桂轩侄孙 **1839.** 2. 26，3. 13，4. 9，
　4. 10，6. 6，6. 12，6. 15，6. 25，8. 8，
　10. 8，11. 19，12. 1；**1840.** 2. 25，
　3. 23，4. 2，4. 12，5. 7，5. 12，5. 15，
　5. 22，5. 30，6. 1，6. 10，6. 20，6. 21，
　6. 29，7. 9，7. 11，7. 19，8. 8，8. 18，
　8. 27，8. 31，9. 14；**1841.** 1. 25，2.
　16，2. 27，3. 24；**1843.** 2. 7，4. 23，
　7. 26，12. 4；**1844.** 2. 7，4. 11，4. 20，
　6. 8；**1847.** 4. 5，9. 20，10. 2，10. 11，
　10. 12，11. 17

郭春岩 **1815.** 3. 12

郭代公 **1843.** 10. 4

郭华野 **1841.** 12. 29，12. 30；**1842.**
　1. 3，1. 7，1. 13，1. 18，1. 19，1. 22；
　1844. 4. 11，6. 18；**1847.** 3. 22

郭价夫 **1844.** 6. 24

郭麐、频伽、频翁、复翁、灵芬
　1815. 4. 25，9. 22；**1820.** 5. 8，7. 21；
　1821. 2. 11；**1822.** 5. 19，5. 22，5.
　24，6. 26，8. 1；**1823.** 6. 15；**1831.**
　5. 13；**1838.** 5. 31，6. 26，8. 1，8. 13，
　9. 2；**1839.** 6. 3，8. 16，8. 23；
　1840. 1. 23，3. 18，6. 26，6. 27，7. 3，

7. 4，7. 5，7. 6，7. 8，7. 9，7. 10，7.
11，7. 14，7. 16，7. 22，7. 24，7. 25，
7. 27，8. 2，8. 3，8. 5，8. 6，8. 7，8. 8；
1841. 2. 20，5. 29；**1843**. 9. 25；
1844. 6. 19；**1847**. 4. 27，6. 4；
1848. 2. 22

郭囊氏 **1844**. 1. 6

郭沛霖 **1843**. 5. 19

郭璞、景纯 **1821**. 3. 20；**1841**. 3. 20，
8. 1

郭少连 **1848**. 2. 23

郭十五 **1839**. 11. 18

郭泰、有道、林宗 **1839**. 8. 16；
1840. 6. 23

郭橐驼 **1838**. 8. 19；**1840**. 3. 15；
1842. 1. 31

郭祥正 **1838**. 4. 8

郭友三、骥 **1815**. 3. 12

郭玉 **1838**. 8. 7

郭钰 **1823**. 7. 11

郭元灏、清源 **1843**. 3. 5

郭正域 **1840**. 4. 21

郭竹艼、学洪 **1815**. 12. 23

郭子仪 **1841**. 2. 21

郭最 **1847**. 8. 2

国泰 **1841**. 12. 1

虢国夫人 **1838**. 4. 28；**1839**. 11. 19；
1843. 4. 30

H

海禅师 **1840**. 1. 20

海凌阿 **1820**. 11. 19

海忠介公 **1840**. 7. 5；**1843**. 10. 2

韩宝森、茶甫 **1839**. 11. 30

韩茶甫 **1840**. 2. 14

韩尺五、韩尺翁 **1848**. 2. 20，2. 23；
1850. 2. 18，2. 21

韩崇、礼卿、履卿 **1839**. 11. 1；
1847. 5. 13，11. 23；**1848**. 2. 10，
2. 11，2. 20，2. 23

韩纯玉、子蘧 **1820**. 9. 6；**1843**. 5. 4

韩醇 **1840**. 5. 17

韩大令 **1840**. 4. 28

韩非子、韩子 **1815**. 5. 1，7. 3，7. 26；
1838. 6. 11，6. 16，9. 10；**1839**. 3. 12

韩甹 **1841**. 11. 15

韩幹 **1838**. 3. 24，4. 28

韩桂林 **1839**. 11. 1

韩敬、求仲 **1839**. 4. 26

韩康 **1840**. 7. 22

韩爌 **1840**. 5. 30

韩来潮 **1843**. 1. 31

韩抡元、又白 **1843**. 9. 7，9. 20，9. 21

韩慕庐 **1847**. 7. 17

韩琦、韩魏公 **1820**. 9. 3；**1838**. 9. 26；
1839. 9. 9；**1847**. 5. 29；**1848**. 3. 4

韩洽、君望 **1843**. 5. 4

韩世琦、锦堂、后圃 **1839**. 12. 6

韩世中 **1847**. 6. 7

韩侍御 **1838**. 8. 11；**1839**. 5. 17

韩太守 **1816**. 4. 27

韩太尉 **1838**. 8. 6

韩显宗 **1847.** 5. 6

韩襄王 **1838.** 7. 24；**1839.** 4. 2

韩信 **1838.** 6. 11；**1839.** 11. 15

韩宣子 **1847.** 8. 18

韩婴 **1841.** 8. 9

韩愈、昌黎、退之、文公、韩子
1816. 1. 1, 6. 21；**1838.** 5. 24, 6. 8,
6. 12, 6. 13, 7. 3, 7. 25, 7. 29, 8. 1,
8. 2, 8. 5, 8. 6, 8. 7, 8. 8, 8. 9, 8. 11,
8. 18, 8. 19, 8. 20, 8. 21, 8. 22, 8.
23, 8. 27, 8. 30, 9. 1, 9. 2, 9. 3, 9.
16, 9. 17, 11. 15, 11. 17, 12. 24,
12. 26, 12. 27；**1839.** 3. 5, 3. 8, 3.
11, 3. 12, 3. 13, 3. 20, 3. 28, 3. 30,
3. 31, 4. 3, 4. 4, 4. 7, 4. 8, 4. 10,
4. 12, 4. 13, 4. 14, 4. 15, 4. 16, 4.
17, 4. 18, 4. 19, 4. 20, 4. 21, 4. 28,
4. 29, 5. 4, 5. 15, 5. 16, 5. 17, 5. 19,
5. 29, 7. 31, 8. 2, 8. 3, 8. 6, 8. 17,
8. 26, 9. 13, 11. 23, 11. 24, 12. 27,
12. 28；**1840.** 1. 21, 3. 22, 3. 25,
4. 11, 4. 13, 4. 18, 4. 20, 4. 21, 4.
25, 5. 11, 5. 16, 5. 18, 5. 21, 10. 3；
1841. 2. 22, 4. 12, 6. 23, 7. 1, 7. 6,
7. 7, 8. 16, 8. 17, 8. 18, 8. 24, 9. 7,
9. 8, 9. 9, 9. 10, 9. 11, 9. 15, 9. 21,
11. 8；**1842.** 1. 24, 1. 26, 1. 29, 1.
31, 2. 9；**1843.** 3. 17, 3. 25, 4. 11,
5. 5, 5. 6, 5. 8, 5. 9, 5. 11, 5. 13,
5. 15, 5. 17, 5. 18, 5. 19, 5. 20, 5.
24, 5. 28, 6. 30, 7. 3, 7. 4, 7. 8, 7. 9,

7. 15, 7. 16, 7. 21, 7. 22, 8. 4, 8. 9,
8. 10, 8. 11, 8. 17, 8. 19, 8. 21,
11. 7；**1844.** 2. 7；**1847.** 5. 9

韩昭侯 **1838.** 7. 18；**1839.** 4. 2

韩昭华、叔度 **1840.** 4. 28

韩倬章、韩明府 **1839.** 10. 28；
1843. 2. 26

韩子华 **1838.** 3. 23

韩宗儒 **1843.** 3. 11

含二表兄 **1841.** 4. 27；**1843.** 2. 7,
5. 13；**1844.** 5. 16；**1847.** 4. 21, 4.
29, 5. 8, 5. 23, 6. 6, 6. 12, 6. 13,
6. 14

汉高帝 **1838.** 8. 16；**1839.** 3. 12, 7. 30

汉光武帝 **1838.** 8. 18；**1839.** 7. 31；
1847. 4. 14

汉景帝 **1838.** 8. 17；**1839.** 7. 30

汉明帝 **1840.** 5. 18

汉顺帝 **1815.** 6. 9

汉文帝 **1838.** 6. 19, 8. 16, 8. 17；
1839. 7. 30；**1843.** 4. 8；**1844.** 6. 4；
1847. 6. 1

汉武帝 **1838.** 6. 21, 6. 26, 8. 17, 11.
25, 12. 26；**1839.** 3. 19, 7. 30, 9. 29,
11. 24；**1843.** 4. 8；**1847.** 9. 10

汉祥从侄、汉翔、汉侄 **1815.** 6. 25；
1838. 2. 22；**1839.** 2. 3, 9. 12, 10.
24, 10. 26；**1840.** 7. 13；**1841.** 4. 5,
4. 19, 4. 30, 5. 20；**1843.** 2. 12, 4.
23；**1848.** 2. 23

汉宣帝 **1838.** 8. 17；**1839.** 7. 31

汉元帝 **1823**. 2. 15；**1838**. 8. 17；
　1839. 7. 31
汉昭帝 **1839**. 7. 31
汗明 **1838**. 7. 25
杭锡贤 **1844**. 5. 15
郝隆 **1847**. 7. 20
浩初 **1840**. 4. 6；**1841**. 11. 7
浩如佺 **1839**. 3. 23，3. 31，8. 26，9. 12，
　9. 13，10. 21；**1840**. 4. 8，4. 13，4.
　18，4. 20
何柏斋 **1844**. 1. 23
何补之 **1839**. 4. 3；**1847**. 9. 17
何春林 **1839**. 6. 29；**1841**. 4. 23，4. 24
何澹安 **1821**. 6. 8
何端叔 **1839**. 4. 3；**1840**. 4. 12，6. 5，
　6. 12，6. 28，8. 21，8. 27，10. 20，
　11. 2；**1841**. 9. 25，9. 26，9. 27，
　10. 2，10. 20；**1843**. 6. 6，6. 13，6.
　14，6. 18，8. 7，8. 8，8. 19，8. 25；
　1847. 4. 4，4. 7，4. 16，4. 21，4. 25，
　4. 27，4. 29；**1849**. 9. 21；**1850**. 2.
　21，2. 23，2. 28
何古田 **1843**. 6. 18
何光藻 **1847**. 6. 12
何鸿芬 **1847**. 6. 12，6. 13，7. 4，7. 6，
　7. 11，7. 20，9. 20，9. 27，10. 7，
　10. 16，10. 17，11. 8，11. 9，11. 10，
　11. 11，11. 17，11. 28，12. 8，12. 29
何景明、仲默、信阳 **1816**. 6. 21；
　1840. 6. 12，6. 13，6. 15
何念修 **1838**. 12. 8

何平子 **1838**. 2. 24，3. 2，6. 4，11. 30；
　1839. 4. 3；**1840**. 2. 22，5. 31，12.
　21；**1847**. 11. 5，11. 9
何其超、古心 **1839**. 2. 27，3. 4，3. 5，
　3. 13，3. 16；**1840**. 8. 21，8. 27；
　1841. 11. 17
何其伟、书田、书老 **1820**. 3. 31，4. 17；
　1821. 2. 4，4. 3，4. 5，4. 11，5. 31，
　6. 8，12. 29；**1822**. 7. 24，7. 26，8. 1；
　1823. 4. 12，4. 28，5. 28，6. 22；
　1838. 2. 1，2. 21，8. 3，8. 20，8. 21，
　9. 30；**1839**. 1. 13，3. 15，4. 2，4. 3，
　5. 2，11. 11；**1840**. 8. 2；**1841**. 8. 19，
　11. 17；**1843**. 2. 25，6. 18；**1847**.
　6. 12，11. 9
何清泉 **1847**. 5. 10
何泉卿 **1838**. 5. 30，12. 1，12. 19；
　1840. 3. 13，3. 23，4. 12，11. 2，
　11. 24
何如君 **1839**. 4. 22
何山 **1840**. 6. 2
何绍基、子贞 **1839**. 9. 19；**1842**. 1. 23，
　1. 28；**1843**. 5. 19
何腾蛟 **1839**. 5. 25
何天衢、竹君 **1839**. 6. 29，7. 1；
　1840. 2. 28；**1843**. 8. 28
何铁山 **1821**. 6. 8
何文 **1839**. 7. 17；**1840**. 3. 9
何雪渔 **1847**. 12. 29
何逊 **1843**. 12. 15
何义门 **1815**. 8. 19；**1839**. 4. 13

何邕 **1843.**9.30

何竹君 **1841.**2.26，3.1，4.23，8.16，8.20；**1843.**5.3

和润 **1843.**5.19

和色本 **1843.**5.19

和珅 **1841.**12.1

河间献王 **1839.**8.23

鹖冠子 **1838.**6.12；**1840.**1.7

阖闾、公子光 **1839.**2.26；**1840.**6.29；**1847.**9.4

荷蒉 **1815.**8.13

贺长龄 **1847.**4.24，7.10

贺贻孙、子翼 **1843.**8.8

贺柘农 **1842.**1.24

鹤臞道人 **1840.**3.8

鹤翁 **1841.**1.5，1.15，1.17，1.18

鹤溪俉 **1839.**8.19

洪纯甫 **1840.**5.22

洪鼎 **1843.**6.11

洪皓 **1847.**6.6

洪驹父 **1840.**5.13

洪适、文惠公 **1838.**12.28；**1847.**6.6

洪迈、文敏公 **1838.**12.28；**1840.**3.3

洪受甫 **1840.**12.24，12.25；**1841.**1.25；**1843.**3.30，5.14

洪太史 **1839.**12.3

洪文益 **1840.**11.8，11.9

洪稚存 **1815.**4.19

洪忠宣公 **1829.**4.17

洪遵 **1815.**7.2

弘恭 **1839.**3.12

侯霸 **1843.**3.25

侯峒曾 **1840.**4.25，5.18

侯女郎 **1843.**6.20

侯商丘 **1839.**9.13

侯喜 **1838.**8.5；**1843.**5.15

侯应 **1838.**6.21；**1839.**3.19

侯震旸 **1840.**6.2

侯忠节公 **1840.**4.12，4.25，6.2，6.3

厚堂伯 **1816.**11.29

呼谷、葵园 **1839.**12.5

胡安国 **1847.**6.9，8.22

胡曹 **1841.**12.13

胡祠部 **1838.**3.29

胡达源 **1843.**2.1

胡高望 **1815.**8.2

胡古泉 **1840.**8.5

胡光泰 **1843.**5.19

胡广 **1847.**9.22

胡宏、衡山 **1839.**10.22

胡介寿 **1841.**11.20

胡居仁 **1847.**7.10，7.11，7.13

胡克家 **1841.**3.31，7.24，8.1，8.8，8.12

何觊生 **1842.**1.28

胡澧香 **1839.**6.16

胡林翼 **1840.**8.31，9.5

胡母班 **1840.**6.23

胡起凤 **1840.**5.31

胡树兰、沣香 **1839.**6.10

胡夏客 **1839.**11.15

胡羑门 **1842.**1.24

胡孝子 **1838.**8.20

胡寅生、胡书贾、胡书客 **1820.**8.12；
　1838.6.9,10.1；**1839.**4.4,12.27；
　1841.9.20,10.14

胡应麟 **1840.**5.16

胡元瑞 **1839.**11.15

胡瑗 **1838.**9.4

胡宗第 **1839.**5.25

胡宗宪 **1840.**8.30

狐邱丈人 **1841.**11.25

花敬定、花卿 **1840.**8.28；**1841.**2.14

华?? **1844.**6.28

华合比 **1847.**8.24

华京 **1839.**2.28

华婿 **1839.**5.17

华幼武、彦清 **1820.**7.22

华周 **1847.**8.4

淮南小山 **1838.**11.25

淮王 **1842.**1.26

怀锦州 **1841.**11.20

怀王 **1839.**5.25

桓谭 **1840.**4.13

桓温 **1847.**4.18,7.29

环宸从侄 **1821.**3.8

焕群侄孙 **1843.**2.2；**1848.**2.11

黄安涛 **1840.**2.11

黄伯元 **1844.**1.18

黄补生 **1843.**8.28

黄裳 **1847.**6.15

黄朝宣 **1839.**5.25

黄楚湖、晓槎 **1839.**5.6,5.26

黄次公 **1840.**5.21

黄琮 **1843.**5.19

黄帝 **1841.**12.13,12.28

黄逢辰 **1847.**10.1

黄幹 **1841.**10.16

黄巩、伯固 **1847.**7.13

黄谷卿 **1843.**3.5；**1844.**2.12

黄蕉园 **1843.**10.30

黄金乃 **1839.**4.22

黄爵滋 **1838.**8.3,8.26,8.28；
　1840.2.21

黄孔昭 **1843.**12.31

黄快亭 **1839.**9.17；**1844.**6.17

黄兰屏 **1840.**8.20

黄梨州 **1841.**8.26

黄潞 **1839.**5.26

黄茂 **1816.**11.6

黄门公 **1843.**3.14

黄梦升 **1838.**9.5；**1839.**8.6

黄冕 **1841.**4.3,12.19

黄念丰 **1839.**5.26

黄颇 **1840.**10.5

黄琼 **1838.**9.22

黄日思 **1844.**6.1

黄森甫 **1840.**2.20；**1842.**1.2；**1843.**
　3.26,10.25；**1844.**1.22；**1847.**6.
　29,9.2；**1848.**2.13

黄森生 **1839.**12.16

黄生、白山 **1839.**9.11,11.14；
　1841.2.20

黄生甫 **1838.**8.4

黄石斋 **1844.** 1. 14

黄叔田 **1838.** 10. 22

黄树斋 **1842.** 1. 24

黄太守 **1840.** 4. 4；**1841.** 4. 26；
1842. 1. 11，1. 19，1. 20，1. 22

黄太宜人 **1816.** 8. 19

黄陶庵 **1841.** 2. 28，3. 2，3. 3，3. 4，
3. 6，3. 8，3. 17；**1847.** 7. 11

黄铁桥 **1843.** 2. 18

黄庭坚、鲁直、涪翁 **1816.** 6. 21，10. 6；
1838. 3. 25，4. 4；**1839.** 1. 16，2. 18，
2. 28，5. 4，10. 6，10. 30；**1840.** 4.
20；**1843.** 3. 11；**1844.** 1. 7

黄伟恭 **1841.** 2. 28

黄鋆 **1839.** 11. 4

黄宪 **1839.** 8. 15

黄香铁 **1842.** 1. 24

黄向坚 **1843.** 12. 31

黄小轩、有熊 **1838.** 3. 22；**1839.** 11. 4；
1840. 10. 12

黄晓堂 **1839.** 2. 11

黄歇、春申君 **1838.** 7. 24，7. 25；
1839. 4. 2

黄秀才 **1838.** 5. 30

黄岩公 **1843.** 2. 20

黄岩伊 **1840.** 7. 26

黄也鲁 **1841.** 11. 21

黄宜人 **1839.** 5. 25

黄易、小松 **1840.** 3. 8

黄雨亭 **1839.** 11. 4；**1840.** 2. 24，2. 25

黄云 **1841.** 11. 15

黄云帆 **1815.** 2. 25，3. 21，3. 22，4. 23，
9. 30；**1816.** 4. 1；**1823.** 3. 13，3. 21；
1844. 1. 31

黄增川、如斋 **1821.** 10. 9；**1838.**
11. 18；**1839.** 11. 4

黄增禄 **1843.** 11. 10

黄兆麟 **1843.** 5. 19

黄兆堂 **1839.** 6. 23

黄照、黄老师 **1840.** 7. 30

黄震 **1840.** 1. 21，3. 15，5. 12

黄之隽、石牧 **1843.** 4. 8

黄竹堂、祝唐、冈 **1815.** 2. 18，3. 12，
12. 25；**1816.** 2. 15；**1820.** 11. 21；
1821. 1. 25，3. 4，3. 19；**1822.** 2. 28，
6. 27，11. 2；**1823.** 5. 23，6. 15；
1838. 2. 1，6. 17，7. 19，8. 4，8. 25，
9. 13，9. 26，9. 28，10. 15，10. 19，
11. 8，12. 5，12. 14，12. 18；**1839.**
2. 20，2. 24，7. 20，7. 27，8. 3，8. 21，
8. 22，8. 28，8. 30，9. 8，9. 26，9. 30，
10. 18，12. 18；**1840.** 1. 8，2. 9，2.
16，2. 26，3. 21，5. 21，6. 24，7. 30，
8. 18，9. 6，9. 7，9. 10，9. 30；
1841. 1. 21，1. 29，2. 5，7. 6，7. 9，
7. 17，7. 30，7. 31，8. 1，8. 4，8. 5，
9. 4，9. 23，11. 21；**1843.** 3. 26，
10. 25

黄仲则 **1831.** 5. 11；**1840.** 6. 27

黄子澄 **1839.** 6. 22

黄尊素 **1847.** 7. 20

皇甫镈 **1843.** 4. 22

皇甫湜 **1840**. 5. 18

惠贝子 **1829**. 4. 17

惠栋、定宇、松崖 **1843**. 5. 2，9. 29；
　1844. 7. 3

惠勤 **1838**. 3. 21，3. 24

惠施 **1839**. 8. 23

惠士奇、天牧、仲儒、半农 **1843**. 5. 2

惠有声、尔节、律和、朴庵 **1843**. 5. 2

惠周惕、元龙、砚溪 **1843**. 5. 2

惠子 **1844**. 6. 15

慧法师 **1820**. 5. 1

慧楼 **1847**. 11. 26

慧裕亭 **1842**. 1. 28

慧照上人 **1841**. 8. 24

蕙绸 **1843**. 6. 23

霍光 **1847**. 9. 10，9. 22

霍禹 **1847**. 9. 22

J

嵇含 **1843**. 11. 7

嵇康、叔夜、中散 **1815**. 7. 4；**1838**.
　8. 5；**1839**. 3. 7；**1841**. 1. 31；
　1843. 5. 9；**1847**. 4. 17

畸制军 **1838**. 10. 30，12. 6

箕子 **1840**. 1. 19

吉升 **1840**. 3. 31

汲黯 **1841**. 2. 22；**1842**. 1. 24；**1843**.
　2. 15；**1847**. 6. 19

纪豫之 **1844**. 1. 28

纪昀、纪公、文达公 **1838**. 3. 20，3. 23，
　4. 26，4. 28，4. 30，5. 8，5. 13，5. 31，

6. 9，6. 21，6. 23，8. 8；**1840**. 8. 22，
　8. 24，8. 25，8. 28，8. 29，8. 30，9.
　10，9. 12；**1843**. 3. 17，3. 18，3. 19，
　3. 20，3. 21，3. 23，3. 24，3. 25，4. 8，
　4. 10，4. 11，4. 12，4. 18，4. 19，4.
　21，4. 22，4. 28，4. 29，4. 30，6. 30，
　7. 3，7. 5，7. 10，7. 11，7. 16，7. 21，
　7. 22，7. 23，8. 1，8. 4，8. 7，9. 1，9. 2

计东、甫草 **1839**. 5. 29

计二田 **1840**. 10. 21；**1844**. 4. 24

计青鳞 **1839**. 5. 29

季布 **1815**. 6. 9

季康子 **1839**. 10. 19

季菘耘 **1847**. 3. 26

季孙斯 **1843**. 10. 6

季文子 **1840**. 6. 1

季锡畴 **1843**. 6. 4，6. 9，6. 10

继祥 **1815**. 4. 6

稷、后稷 **1838**. 7. 8；**1840**. 6. 20；
　1841. 10. 14，12. 13；**1844**. 6. 21

霁青 **1842**. 1. 11，1. 21，1. 27

蓟子训 **1820**. 7. 29

嘉禾侄孙 **1848**. 2. 11

嘉庆皇帝 **1820**. 9. 20

郏敖 **1847**. 8. 12

贾岛 **1839**. 11. 13

贾公彦 **1848**. 3. 3

贾君房 **1838**. 6. 20；**1839**. 3. 17

贾六 **1839**. 6. 19

贾讷倅眉 **1838**. 4. 28

贾让 **1838**. 6. 25；**1839**. 3. 19

贾山 **1838**.6.18;**1839**.3.16

贾象贤 **1820**.5.23

贾谊、贾生、贾长沙、贾傅 **1820**.9.3;**1838**.6.18,7.4,11.25,12.26;**1839**.3.11,3.16,5.29,7.26,9.29,11.24;**1840**.3.20,5.13,6.8;**1841**.8.6;**1842**.1.25,1.28,1.29;**1843**.9.26

贾耘老 **1838**.3.29

蹇重 **1841**.11.25

剑翁 **1843**.5.3

江彬 **1844**.1.18

江昌龄 **1841**.9.15

江端礼 **1840**.5.17

江邻几 **1838**.6.13;**1839**.3.13

江龙门 **1842**.1.23

江任 **1838**.8.11;**1839**.5.18

江声 **1815**.9.3

江湜、韬叔 **1843**.2.23,2.24,3.17,3.30

江淹、文通 **1839**.6.19;**1841**.8.11

江永 **1843**.9.29

江韵楼 **1843**.3.30

江总 **1839**.8.3

姜熙 **1843**.9.25

姜尧章 **1839**.8.6;**1843**.9.25

姜曰广、燕 **1840**.6.7

蒋伯生 **1839**.6.22

蒋大 **1839**.8.15

蒋夔 **1838**.3.24

蒋苔 **1841**.8.24

蒋士铨 **1815**.9.22

蒋霞竹 **1838**.3.12;**1844**.6.29

蒋砚贻 **1843**.3.16

蒋颖叔 **1839**.8.5

蒋元、大始 **1841**.6.25

蒋之翘 **1839**.12.27;**1840**.5.16,5.17,11.7

绛侯 **1820**.9.3

酱翁 **1844**.1.6

焦竑 **1840**.4.6

焦千之 **1838**.3.22

蕉翁 **1840**.3.18

椒举 **1847**.8.22

揭傒斯 **1847**.6.21

桀 **1838**.6.20;**1839**.3.27;**1841**.10.14,12.3

桀溺 **1815**.8.13

洁甫七兄 **1841**.6.2

金炳乾 **1841**.10.29

金悼后 **1843**.6.13

金甘叔 **1848**.2.11

金镐 **1821**.5.25

金国均 **1843**.5.19

金浩 **1821**.4.19

金家渭 **1815**.12.2

金康楼 **1815**.12.2

金老富 **1840**.9.9;**1843**.6.29

金梅峰 **1843**.9.28

金藕农 **1847**.10.1

金日磾 **1847**.9.10

金瞿甫、瞿夫 **1840**.2.19,2.23;

1847. 3. 25

金仁甫 **1840.** 7. 27

金荣廷 **1843.** 6. 29,7. 1,7. 2

金少岩 **1839.** 1. 19,1. 23;**1841.** 6. 13

金胜 **1829.** 4. 21

金氏 **1821.** 12. 11

金粟道人 **1840.** 7. 9

金太祖 **1839.** 4. 24

金文简公 **1842.** 1. 19,1. 21

金小山 **1844.** 4. 14,5. 4;**1847.** 6. 6

金谢塘 **1839.** 9. 6,10. 12;**1843.** 2. 26；
　1847. 5. 11

金仰山 **1847.** 5. 11

金瑶冈 **1847.** 10. 1

金耀昆 **1820.** 3. 14,4. 1

金应奎 **1840.** 7. 24

金应麟 **1839.** 9. 19;**1840.** 7. 24

金越沙 **1839.** 12. 5

金之俊 **1843.** 2. 14

金仲莲 **1840.** 7. 22

金竹轩 **1838.** 10. 26;**1843.** 5. 10

金宗培、养田、养恬 **1839.** 8. 31,9. 3,
　9. 4;**1840.** 2. 25;**1847.** 5. 11

锦亭侄 **1839.** 3. 1;**1840.** 4. 8

锦文 **1829.** 4. 14,4. 24;**1838.** 2. 25,
　11. 30;**1839.** 2. 2,4. 10,4. 11,4.
　26,5. 11

锦云侄 **1847.** 3. 31,4. 5

锦侄 **1839.** 7. 30,7. 31,9. 11;**1841.**
　6. 30,9. 30;**1843.** 1. 31

谨庭侄、谨侄 **1840.** 2. 14;**1841.** 9. 17,

11. 24;**1843.** 2. 20,4. 5;**1847.** 8. 3,
　8. 25,10. 27,11. 3;**1848.** 1. 24,
　1. 26;**1850.** 2. 13

晋出帝 **1839.** 8. 16

晋惠公 **1815.** 7. 4

晋叔侯 **1847.** 8. 12

晋文帝 **1841.** 1. 31

晋文公 **1839.** 3. 12;**1840.** 1. 7；
　1847. 3. 29

晋昭公 **1838.** 8. 18

晋灼 **1816.** 3. 17

进堂从兄、锐 **1838.** 2. 27

荆川 **1822.** 8. 23

景差 **1838.** 11. 19;**1839.** 9. 28

景监 **1839.** 3. 12

景霖 **1843.** 5. 19

景清 **1838.** 7. 9

敬湖公 **1815.** 4. 6;**1823.** 3. 23；
　1839. 4. 5;**1840.** 4. 5;**1841.** 4. 5；
　1843. 4. 5;**1844.** 4. 23

敬亭侄、敬侄 **1838.** 11. 22;**1839.**
　2. 26;**1847.** 4. 27,10. 7

靖南侯 **1839.** 8. 11

鸠摩罗什 **1847.** 5. 9

九峰山人 **1844.** 5. 4

菊畦侄 **1843.** 4. 13,4. 16,4. 17,4. 21,
　4. 28,8. 23,10. 21;**1847.** 11. 1；
　1850. 2. 17

菊颐侄 **1840.** 2. 24,4. 23,7. 21,10.
　14;**1841.** 2. 7,3. 22,6. 28,7. 3,
　7. 10,7. 18,12. 6;**1843.** 4. 9,4. 10

菊圃 **1840**. 3. 11

君彩公 **1815**. 4. 6；**1822**. 12. 24；**1823**. 3. 23；**1838**. 2. 17；**1839**. 4. 5；**1840**. 4. 5；**1841**. 1. 12，4. 5；**1843**. 4. 5；**1844**. 4. 23；**1847**. 4. 7；**1848**. 1. 17

K

侃如 **1839**. 12. 16

康海、对山 **1840**. 4. 22，6. 12；**1844**. 1. 16，6. 12

康茂园 **1840**. 7. 11

康绍镛 **1838**. 8. 19，8. 22，8. 27，9. 1，9. 2，9. 11，9. 12，11. 9，12. 4；**1839**. 1. 1，9. 13，11. 30；**1843**. 9. 20，9. 21

康熙、圣祖仁皇帝 **1839**. 10. 22

孔处士 **1838**. 9. 11

孔传璧 **1820**. 11. 19

孔传鑪 **1820**. 11. 19

孔德绍 **1839**. 3. 8

孔光 **1838**. 6. 14

孔鲤 **1838**. 8. 14；**1839**. 5. 16

孔融、孔北海、孔文举 **1815**. 7. 4；**1838**. 7. 26

孔彐 **1840**. 6. 23

孔毅父 **1838**. 3. 29；**1843**. 4. 19

孔颖达 **1848**. 3. 3

孔毓伯 **1820**. 11. 19

孔毓淳 **1820**. 11. 19

孔毓俊 **1820**. 11. 19

孔毓良 **1820**. 11. 19

孔毓仲 **1820**. 11. 19

孔稚圭 **1847**. 4. 27

孔庄 **1820**. 11. 19

孔子、子、文宣王、夫子、仲尼 **1838**. 3. 14，6. 13，7. 3，8. 9，8. 12，8. 21，8. 22，9. 12，9. 13；**1839**. 3. 15，3. 27，5. 9，6. 17，11. 8，11. 19；**1840**. 2. 2，2. 8，3. 3，3. 26，6. 3，7. 9，8. 8，10. 10；**1841**. 8. 24，10. 15，10. 17，10. 31，11. 12，11. 21，11. 25，12. 9，12. 13；**1843**. 3. 27，5. 26，6. 12，7. 2，7. 27，8. 10，8. 23，10. 3；**1844**. 4. 12，5. 3，5. 15，6. 1，6. 8，6. 11，6. 15，6. 16，6. 20，6. 21，7. 1；**1847**. 3. 29，5. 13，6. 10，6. 20，7. 24，8. 5，8. 24，9. 1，10. 11，11. 23，11. 26；**1848**. 2. 19；**1849**. 9. 21

寇白门 **1840**. 7. 10

寇莱公、寇忠愍 **1822**. 5. 20；**1839**. 7. 20；**1843**. 10. 4

寇锡 **1843**. 12. 24

蒯缉岩、茸岩 **1840**. 9. 6；**1843**. 4. 16，11. 26

蒯氏 **1821**. 11. 17

蒯士芗 **1843**. 4. 16

蒯铁崖、嘉珍 **1815**. 6. 19；**1843**. 4. 16

蒯小崖 **1843**. 4. 16

匡衡 **1842**. 1. 26

匡稚圭 **1838**. 6. 21；**1839**. 3. 19

邝露 **1815**. 6. 12

况钟 **1847**.7.13,7.23
夔翁 **1840**.3.11
堃生 **1843**.2.7

L

莱公 **1838**.3.20;**1840**.8.24
来嚼铁 **1815**.4.30
赖万耀 **1839**.5.25
蓝氏 **1839**.4.13
蓝叔田 **1838**.8.25
兰畦尚书 **1840**.7.22
朗圃 **1847**.10.10
劳鹤田 **1820**.5.23;**1838**.8.7,10.13;
 1839.1.4,1.10,2.7,3.10,4.11,
 4.26,5.15,6.26,7.15,8.14,
 10.8,11.2,11.12;**1840**.1.18,
 1.20,1.23,1.24,2.23,2.24,2.
 25,4.27,5.6,5.31,7.12,9.17,
 9.25,11.1,11.7,11.28,11.29;
 1841.1.12,1.14,1.21,4.27,4.
 29,5.15,5.16,5.17,6.1,7.17,
 7.18,9.9,10.10,11.30;**1842**.
 2.3;**1843**.2.22,2.20,3.11,5.1,
 5.17,5.21,5.31,7.29,8.13,8.
 18,8.28,10.27,11.17,12.8,
 12.9,12.26,12.28;**1844**.1.14,
 1.21,1.22,1.27,4.10,4.14;
 1847.5.10,10.1,10.2,10.3,
 12.14;**1848**.1.15
劳兰生、蓝生 **1847**.10.3,12.14
劳颂斋、诵斋 **1840**.2.24;**1843**.7.29

劳辛陔 **1842**.1.25
老莱子 **1838**.6.11
老子 **1838**.8.11,8.12;**1839**.3.12,
 5.18;**1840**.5.12;**1841**.10.15,
 11.25,12.9,12.15;**1847**.9.11
雷蓊 **1843**.11.10
雷琳、晓峰 **1841**.10.17
雷胜 **1838**.3.29
冷谦 **1840**.7.9
黎眉州 **1838**.3.24
黎于岸 **1843**.6.24
黎志安 **1844**.6.11
李八秘书 **1839**.11.5
李把总 **1823**.3.26
李白、太白、谪仙 **1822**.1.29;
 1838.4.8,5.14,8.11;**1839**.1.31,
 3.7,3.8,4.21,5.8,5.14,5.19,
 9.15;**1840**.6.27,9.19;**1841**.2.
 24;**1842**.1.23,1.24;**1843**.9.1,
 9.30;**1844**.6.15;**1847**.3.28
李百药 **1839**.12.31
李邦直 **1838**.3.24,3.29
李北海 **1839**.6.8
李碧珊 **1842**.1.24
李彪 **1847**.5.6
李伯时 **1838**.4.28
李伯药 **1844**.6.4
李材 **1843**.3.15
李昌龄 **1843**.7.27
李昌廷 **1848**.1.15,1.16,1.19
李常 **1820**.9.3

李成梁 **1840.**6.12

李承霖 **1840.**6.5；**1843.**5.19

李赤 **1840.**3.15

李重华 **1838.**2.24

李春桥 **1816.**2.26

李瓘 **1847.**9.22

李翠岩 **1815.**5.26

李道生 **1843.**5.19

李德裕、李卫公、卫国公 **1839.**3.29，
　9.18；**1841.**3.30，8.3

李调元、雨村 **1816.**6.10

李鼎元 **1816.**6.10

李东崖、赠翁 **1816.**6.23

李东阳 **1816.**6.21；**1847.**7.6，7.13

李端公 **1838.**8.9；**1839.**5.16

李端叔 **1838.**8.6；**1843.**4.30

李尊、李明府 **1841.**1.27；**1843.**10.6

李二尹 **1844.**4.11

李燔 **1847.**6.16

李方伯 **1848.**2.9

李方叔 **1815.**4.19

李方子 **1847.**6.16

李逢辰 **1841.**3.9

李夫人 **1839.**11.24

李福 **1842.**2.4

李藟 **1847.**6.22

李纲、文定公 **1847.**11.18

李赓芸、许斋 **1839.**3.30

李公恕 **1838.**3.25；**1843.**3.25

李公择 **1838.**3.25，3.29，4.8，8.8；
　1843.3.25，4.11

刘贡父 **1839.**3.28

李固 **1847.**9.22

李光颜 **1838.**8.27

李广 **1839.**7.30

李果 **1829.**4.21

李汉 **1841.**8.16

李贺、长吉、昌谷 **1820.** 9. 23；
　1841. 3. 24，3. 29，6. 18，6. 22；
　1842.1.23

李洪九 **1839.**7.23

李化北 **1842.**1.24

李怀光 **1838.**8.19；**1847.**9.22

李怀仙 **1841.**2.21

李后主 **1843.**9.23

李吉甫 **1840.**4.22

李勣 **1840.**6.3；**1843.**12.28

李兼山、嵊 **1816.**4.21

李建 **1838.**8.5；**1840.**4.13

李节推 **1838.**3.23

李晋卿 **1843.**7.27

李君房 **1838.**8.11；**1839.**4.7，5.17

李克用 **1844.**1.3

李林、西园、埜亭 **1841.**12.1

李林甫 **1843.**4.22

李琪、灵玉、绣云女史 **1816.**3.23

李柳园 **1815.**10.7

李梅生 **1842.**1.24

李梦仙 **1839.**4.13，4.15，4.18，6.28，
　8.14，8.15，11.3；**1840.**1.2，1.4，
　3.22，3.29，5.20，6.28，7.12，7.
　14，7.16，7.19，8.4，9.1，10.17，

10. 22，10. 31，11. 9；**1841**. 1. 6，
1. 18，1. 21，5. 17，6. 3，6. 7，6. 9，
6. 20，7. 1，7. 9，7. 15，9. 13，9. 25，
9. 26，11. 13，11. 30，12. 1，12. 3，
12. 4，12. 11，12. 16，12. 24；
1842. 1. 22，1. 30，2. 5；**1843**. 3. 16，
5. 13，5. 28，6. 16，7. 1，7. 4，8. 7，
8. 17，9. 3，9. 4，9. 8，9. 9，9. 18，
9. 20，9. 21，9. 23，9. 26，9. 28，
10. 4，10. 15；**1844**. 1. 6，2. 7，5. 13；
1847. 9. 26，9. 27，11. 4；**1848**. 1. 8，
2. 2

李梦阳、天赐、献吉、空同、北地
　1816. 6. 21；**1839**. 6. 10；**1840**. 6.
　12，6. 13，6. 15；**1843**. 10. 6

李泌 **1847**. 5. 12

李勉 **1839**. 11. 18

李牧 **1840**. 7. 11

李攀龙、于鳞、历下 **1816**. 6. 21；
　1820. 8. 11；**1840**. 5. 15，6. 13，6. 15

李奇 **1841**. 12. 13

李齐 **1847**. 6. 22

李谦堂 **1841**. 3. 7

李若拙 **1847**. 9. 11

李三才 **1839**. 4. 26

李穑园 **1841**. 10. 23

李善 **1815**. 5. 1；**1841**. 8. 12

李商隐、义山、玉溪生 **1838**. 9. 8，
　9. 10，9. 12，9. 16，9. 17，9. 18，9.
　19；**1841**. 2. 20，3. 21，3. 22，3. 23，
　6. 14，6. 17；**1843**. 7. 22

李尚友 **1844**. 5. 17

李绍贤、印渚 **1839**. 5. 25

李师道 **1840**. 5. 10

李师默、缄三、敬庵 **1841**. 1. 6；
　1843. 7. 30，11. 20，12. 13，12. 22

李石樵 **1841**. 10. 23

李时昭 **1844**. 7. 3

李氏 **1815**. 8. 1；**1816**. 1. 6

李士英 **1844**. 1. 2，1. 3

李侍郎 **1838**. 8. 2

李斯 **1838**. 6. 11，6. 16，6. 19；**1839**.
　3. 15；**1840**. 4. 20

李素 **1841**. 7. 6

李愬 **1840**. 4. 22；**1841**. 2. 1

李台卿 **1838**. 3. 29

李太夫人 **1839**. 7. 29

李太守 **1840**. 5. 1，5. 2

李廷辉 **1841**. 8. 25

李通 **1839**. 9. 13

李渭 **1840**. 3. 27

李文博 **1839**. 7. 26

李文老 **1839**. 8. 8

李文公 **1841**. 6. 23

李文节 **1847**. 9. 10

李文襄公 **1829**. 4. 17

李文昭 **1848**. 1. 17

李梧村 **1839**. 9. 17

李西台 **1838**. 3. 23

李习之 **1838**. 6. 7，9. 20，11. 15，12.
　26；**1839**. 3. 12，8. 27，9. 13，11. 24

李先 **1847**. 5. 6

李贤 **1847.7.11**

李湘浦、廷芳 **1815.3.19,6.23**

李翔生 **1844.4.11**

李燮 **1847.9.15**

李星沅 **1842.1.23**

李荣 **1847.4.24,7.10**

李秀才 **1838.8.1**

李绣若 **1843.2.21**

李许斋 **1839.6.6**

李夷简 **1840.4.21,4.22**

李亦巽 **1841.1.6**

李义府 **1843.4.22**

李翊 **1838.8.1,8.2；1843.5.13**

李因笃 **1841.2.6**

李寅 **1838.2.24**

李应升 **1847.7.20,7.22**

李雨苍、雨苍师 **1838.8.15；1839.4.8；1841.10.10；1843.3.28**

李玉鋐 **1843.2.12**

李玉洲、玉洲太史 **1816.6.23,9.25**

李域 **1840.4.22**

李元宾 **1838.9.2；1839.8.3**

李愿 **1838.8.8；1839.5.16**

李云华、恒岳 **1843.2.15**

李璋煜、方赤 **1840.4.28**

李肇 **1838.8.20**

李桢 **1843.10.23**

李正封 **1839.4.21**

李正字 **1838.8.11；1839.5.17**

李之方 **1839.11.6**

李之劳 **1839.3.6**

李稚谷 **1841.10.23**

李钟侨、抑亭 **1838.9.15**

李钟旺 **1838.9.15**

李忠毅公 **1840.7.30**

李仲元 **1843.4.12**

李竹卿 **1843.7.28,7.30**

李子鸿 **1840.9.2**

李自成、李闯 **1839.5.25；1847.7.24**

利玛窦 **1839.8.11**

厉鹗、樊榭 **1838.9.1；1847.7.17**

郦道元 **1838.8.5**

笠君 **1843.11.24；1847.11.27**

廉颇 **1841.2.22**

廉希宪、廉孟子 **1847.6.20**

连舜宾、辅之 **1839.8.4**

莲池大师 **1838.10.2；1841.8.24**

练廷璜 **1843.5.19**

梁苣林 **1843.5.18**

梁成 **1838.3.29**

梁储 **1839.6.30**

梁国琮 **1843.5.19**

梁国治、阶平 **1843.6.21**

梁鸿 **1843.2.18**

梁惠王 **1841.3.4**

梁简文帝 **1822.5.23**

梁丘据、子犹 **1840.3.22**

梁邱子 **1815.6.24**

梁山舟 **1838.2.21；1841.8.19**

梁松 **1843.11.12**

梁同书 **1841.8.24,8.25**

梁王 **1838.7.26**

梁武帝 **1816**.6.10;**1847**.5.9

梁先舒、焕 **1838**.3.24

梁应来、绍壬 **1847**.5.18

梁有誉、公宾 **1816**.6.21;**1820**.8.11

梁云构 **1841**.8.26

梁章钜 **1841**.11.15

梁中丞 **1844**.4.15

梁左藏 **1838**.3.25

廖春泉 **1842**.1.25

廖道士 **1838**.8.8;**1839**.5.16

廖应亨 **1839**.5.25

廖有方 **1840**.4.6,4.21

列子、子列子 **1815**.4.22;**1838**.4.22,
　6.12;**1839**.3.13;**1840**.3.3;
　1841.12.15;**1847**.11.20

林逋、和靖 **1816**.10.6;**1843**.3.10

林石崖 **1844**.5.17

林西仲 **1843**.3.13

林希元 **1840**.3.3,3.22,4.20

林则徐、林制军、少穆、林中丞
　1838.10.14,10.24;**1839**.5.19,
　6.12,7.14,10.3;**1840**.2.21,8.5,
　11.4;**1841**.1.5,1.6,1.9,1.12,
　1.17,2.14,4.6,4.16,6.7,6.30,
　8.3,10.21;**1842**.1.24,1.29;
　1843.10.1

林子中 **1843**.7.22

凌安邦 **1840**.12.23

凌柏川、百川、濬 **1838**.3.17,5.18,
　6.26,10.6;**1840**.2.28;**1843**.5.
　29,6.10,6.12,6.28,7.12,7.26,
7.27,8.10,8.25,8.26,9.6,9.9,
9.26,9.28,10.1,10.3,10.4,
10.6,10.7,10.8,10.15,10.16,
10.17;**1844**.5.16,5.17,6.1,6.
21,6.23;**1847**.3.23,3.24,10.23

凌荻舟 **1842**.1.24

凌二堤 **1839**.3.18

凌古丞 **1844**.4.10

凌古泉 **1839**.9.25;**1843**.2.23,3.26;
　1847.5.14

凌海香 **1844**.2.8

凌茂才 **1839**.12.15

凌士燮 **1840**.4.6

凌屯田 **1838**.8.7

凌星斋 **1844**.4.11;**1848**.1.14

凌义渠 **1839**.7.19

凌渝安 **1848**.2.29

凌肇登 **1838**.2.25

凌稚隆 **1847**.9.4

灵氛 **1838**.11.18

令纵 **1838**.8.11;**1839**.4.7,5.17

刘半溪 **1847**.5.12,5.13,10.10,10.11

刘北村 **1844**.6.4

刘备、先主 **1838**.6.11;**1839**.3.12;
　1841.1.31

刘秉忠 **1847**.6.20

刘伯华 **1839**.11.6

刘伯埙 **1842**.1.23

刘柴桑 **1838**.5.14

刘敞 **1838**.9.7

刘辰翁、须溪 **1839**.6.25,12.27

刘大櫆、海峰、才甫 **1838.** 6. 11, 6. 15,
　7. 3, 8. 7, 8. 8, 8. 9, 8. 11, 8. 15,
　8. 20, 9. 8, 9. 11, 9. 14, 9. 15, 9. 21,
　11. 9；**1839.** 1. 1, 3. 13, 3. 15, 3. 23,
　3. 24, 4. 8, 5. 15, 5. 16, 5. 29, 7. 28,
　7. 31, 8. 8, 8. 26, 8. 27, 9. 13, 11.
　30；**1842.** 2. 9；**1843.** 8. 31
刘大夏 **1847.** 7. 9, 7. 13
刘道原 **1838.** 3. 21
刘鼎 **1843.** 2. 15
刘定裕 **1843.** 5. 19
刘访三 **1842.** 1. 25
刘蕡 **1840.** 7. 3
刘公幹 **1815.** 4. 20
刘光祖 **1847.** 6. 14
刘过 **1838.** 11. 9
刘函三 **1838.** 8. 15
刘慧斐 **1843.** 11. 28
刘基、敬舆 **1815.** 8. 26；**1840.** 6. 15
刘嘉翁 **1840.** 2. 24, 2. 25
刘嘉仲 **1839.** 5. 17
刘健 **1847.** 7. 6
刘建扬、刘先生、刘老建、刘建老
　1839. 1. 11, 10. 9, 10. 10, 10. 11；
　1840. 1. 7, 1. 19, 1. 26, 4. 28, 5. 2,
　5. 22, 10. 22, 10. 23；**1841.** 1. 6,
　4. 26, 9. 9, 10. 13, 10. 14, 10. 18,
　11. 4, 11. 11, 11. 14, 12. 8；**1842.**
　1. 1, 1. 2, 1. 24, 1. 29, 1. 30；
　1843. 2. 12, 2. 23, 3. 11, 3. 29, 4.
　28, 7. 30, 9. 10

刘金 **1838.** 9. 21
刘瑾 **1844.** 1. 17
刘泾 **1838.** 3. 24, 3. 25
刘景文 **1838.** 5. 1, 5. 8
刘炯、文韬 **1844.** 6. 1
刘克 **1839.** 2. 14
刘昆、桓公 **1847.** 4. 10
刘老洪 **1843.** 6. 19
刘理顺 **1847.** 7. 24
刘伶、伯伦 **1820.** 8. 11；**1838.** 12. 17；
　1839. 11. 22
刘念台 **1844.** 1. 14
刘琦 **1838.** 1. 27
刘锜 **1847.** 6. 8
刘清、刘青天 **1820.** 11. 19
刘青田 **1838.** 9. 21
刘球、忠愍公 **1847.** 9. 15
刘儒 **1840.** 6. 23
刘锐 **1838.** 1. 27
刘诗桥 **1842.** 1. 24
刘师服 **1839.** 4. 16, 4. 17
刘湜 **1843.** 9. 2
刘曙、公旦 **1839.** 5. 12
刘舜乡、紫崖公 **1844.** 6. 4
刘颂 **1839.** 12. 31
刘坦之 **1847.** 8. 26
刘无双 **1843.** 4. 18
刘五司马 **1816.** 3. 22
刘熙祚 **1839.** 5. 25
刘向、子政、更生 **1838.** 6. 20；
　1839. 3. 13, 3. 18, 3. 19, 5. 29

刘孝标 **1815.** 9. 1；**1839.** 8. 24；**1847.** 12. 10

刘孝叔 **1838.** 3. 24

刘莘老 **1838.** 3. 21

刘星轸 **1847.** 4. 24

刘歆、子骏 **1838.** 6. 26，7. 28；**1839.** 4. 3

刘秀才 **1838.** 8. 2

刘讦 **1815.** 4. 22

刘铉 **1841.** 11. 15

刘彦冲 **1843.** 8. 24

刘繇 **1815.** 8. 26

刘一燡 **1840.** 5. 30

刘墉、刘文清公 **1839.** 2. 22，3. 4；**1841.** 8. 17，8. 18，8. 18，12. 1

刘瑜 **1821.** 3. 20

刘禹锡、刘宾客、梦得 **1839.** 5. 13，11. 14，12. 27；**1840.** 4. 18，5. 14，5. 16，5. 18；**1841.** 12. 17；**1843.** 3. 18

刘玉春 **1820.** 11. 19

刘元城 **1847.** 9. 15

刘越石 **1815.** 5. 15

刘韵珂、刘抚军、刘中丞 **1840.** 9. 6；**1841.** 1. 7，1. 12，1. 17，10. 16，10. 19，11. 2

刘章 **1838.** 3. 23

刘哲文 **1840.** 7. 16

刘振 **1843.** 4. 18

刘正夫 **1838.** 8. 1；**1843.** 5. 5，5. 13

刘秩 **1839.** 12. 31

刘挚 **1847.** 6. 4

刘昼、孔昭 **1840.** 8. 9

刘主簿 **1839.** 6. 24

刘子显 **1838.** 12. 24，12. 27；**1839.** 10. 1，11. 19；**1840.** 2. 24，2. 25，3. 6，3. 12；**1841.** 1. 6，2. 15，2. 16，5. 10；**1843.** 12. 25，12. 27；**1847.** 3. 27；**1848.** 2. 19

刘宗直 **1840.** 4. 25

刘宗周 **1844.** 1. 9

留炳炎 **1840.** 6. 20

柳昂 **1841.** 6. 21

柳璧 **1838.** 9. 18

柳偶 **1840.** 4. 1

柳椿芳、春芳、大兄、伯兄、养斋大兄 **1838.** 11. 15；**1839.** 2. 3，2. 4，2. 23，3. 4，4. 11，4. 19，4. 24，5. 19，5. 20，5. 24，7. 4，8. 11，8. 14，8. 15，8. 20，8. 22，9. 1，9. 7，9. 12，10. 25，10. 28，11. 3，11. 10，12. 2，12. 8，12. 21；**1840.** 1. 2，1. 6，1. 21，1. 31，2. 3，2. 16，2. 17，2. 24，4. 4，4. 23，5. 14，5. 28，6. 5，6. 28，7. 7，7. 13，7. 15，7. 17，7. 21，7. 23，7. 25，8. 7，8. 12，9. 9，9. 13，9. 28，9. 30，10. 8，10. 17，10. 18，11. 5，11. 17，11. 24，11. 27，12. 21；**1841.** 1. 8，1. 11，1. 21，1. 23，3. 15，3. 23，4. 3，4. 10，5. 8，5. 19，5. 30，5. 31，6. 6，7. 10，7. 13，7. 17，7. 31，9. 3，9. 9，9. 10，9. 16，10. 1，10. 24，10. 28，11. 1，

11. 6, 11. 14, 11. 25；**1842**. 1. 1，
1. 12, 2. 7；**1843**. 1. 30, 2. 4, 2. 5，
2. 7, 2. 9, 2. 10, 2. 19, 2. 21, 2. 27，
3. 4, 3. 9, 3. 12, 4. 4, 4. 6, 4. 8, 4.
16, 5. 2, 5. 4, 5. 13, 5. 22, 5. 31，
6. 3, 6. 5, 6. 11, 6. 16, 6. 17, 6. 25，
6. 26, 6. 28, 6. 29, 7. 2, 7. 5, 7. 8，
7. 17, 7. 27, 7. 29, 8. 2, 8. 4, 8. 5，
8. 19, 9. 5, 10. 17, 11. 1, 11. 11, 11，
13, 11. 18, 11. 27, 11. 28, 12. 1，
12. 7, 12. 26, 12. 27, 12. 28；
1844. 2. 3, 2. 11, 2. 14, 4. 9, 4. 10，
4. 11, 4. 12, 4. 15, 4. 17, 4. 24, 4.
27, 4. 29, 5. 1, 5. 2, 5. 15, 5. 16，
8. 15；**1847**. 3. 31, 4. 1, 4. 3, 4. 4，
4. 6, 4. 7, 4. 11, 4. 13, 4. 15, 4. 16，
4. 21, 4. 22, 4. 24, 4. 25, 4. 26, 4.
27, 4. 28, 4. 29, 4. 30, 5. 1, 5. 7，
5. 8, 5. 16, 5. 31, 6. 3, 6. 10, 8. 16，
8. 22, 9. 24, 10. 16, 10. 21, 11. 27
柳旦 **1841**. 6. 19
柳登 **1841**. 6. 8
柳坫从孙 **1843**. 7. 7
柳芳 **1841**. 6. 8
柳公绰 **1847**. 5. 13
柳公权 **1840**. 5. 14；**1847**. 4. 7, 5. 13
柳珪 **1838**. 9. 18
柳国兴 **1843**. 2. 13
柳鹤巢 **1842**. 2. 9
柳崔山 **1841**. 5. 15
柳弘 **1841**. 6. 19

柳桧 **1841**. 6. 17
柳浑 **1840**. 1. 21
柳机 **1841**. 6. 19
柳睿 **1841**. 6. 20
柳锦堂 **1841**. 5. 15
柳璟 **1841**. 6. 8
柳敬亭 **1844**. 5. 23
柳俊千 **1841**. 5. 15
柳宽 **1840**. 5. 11
柳冕 **1841**. 6. 8
柳敏 **1841**. 6. 21
柳谋 **1840**. 4. 1
柳玭 **1820**. 3. 27；**1838**. 9. 18；**1841**.
　6. 7, 6. 28
柳庆 **1838**. 8. 30；**1841**. 6. 18
柳虬 **1841**. 6. 17
柳若周 **1841**. 5. 15
柳树芳 **1840**. 1. 21
柳述 **1841**. 6. 19
柳肃 **1841**. 6. 20
柳遐 **1841**. 6. 21, 6. 22
柳下惠 **1839**. 12. 7；**1840**. 4. 1
柳澥 **1840**. 4. 1
柳雄亮 **1841**. 6. 18
柳学文 **1841**. 6. 13
柳毅 **1821**. 6. 8
柳应升 **1843**. 2. 13
柳恽 **1839**. 5. 30
柳泽 **1841**. 6. 6
柳镇 **1841**. 12. 28
柳中丞 **1838**. 7. 29

柳钟、应黄 **1844.** 5. 27

柳仲郢 **1838.** 9. 18

柳庄 **1841.** 6. 22

柳子文 **1847.** 10. 10, 10. 11

柳子玉 **1838.** 3. 21, 3. 23, 12. 27

柳宗、伯骞 **1816.** 1. 30

柳宗一 **1840.** 5. 14

柳宗元、子厚、河东 **1821.** 5. 31, 6. 8；
　1838. 6. 7, 6. 12, 6. 21, 7. 3, 8. 5,
　8. 6, 8. 19, 8. 20, 8. 30, 9. 3, 9. 17,
　9. 18, 9. 19, 9. 20, 11. 17, 12. 26；
　1839. 3. 12, 3. 13, 3. 23, 4. 4, 6. 22,
　7. 31, 8. 3, 8. 7, 11. 24, 12. 27,
　12. 28, 12. 30, 12. 31；**1840.** 1. 7,
　1. 11, 1. 19, 1. 20, 1. 21, 1. 23, 1.
　24, 1. 26, 1. 28, 3. 2, 3. 3, 3. 15,
　3. 19, 3. 20, 3. 22, 3. 23, 3. 25, 3.
　26, 3. 27, 4. 1, 4. 6, 4. 7, 4. 9, 4. 11,
　4. 12, 4. 13, 4. 18, 4. 20, 4. 21, 4.
　22, 4. 25, 5. 10, 5. 11, 5. 12, 5. 13,
　5. 14, 5. 15, 5. 16, 5. 17, 5. 18, 5.
　19, 5. 20, 5. 22, 5. 23, 5. 24, 5. 29,
　5. 30, 6. 4, 6. 7, 6. 8, 6. 9, 6. 10,
　6. 11, 6. 12, 6. 13, 6. 14, 6. 15, 6.
　16, 6. 17, 6. 18, 6. 20, 6. 21, 6. 22,
　7. 12, 7. 13, 7. 14, 7. 18, 7. 19, 7.
　23, 7. 24, 8. 21, 8. 22, 8. 23, 8. 30,
　9. 1, 9. 3, 9. 7, 9. 16, 9. 18, 9. 19,
　9. 22, 9. 23, 10. 2, 10. 3, 10. 4,
　11. 7, 12. 21；**1841.** 2. 5, 6. 23, 7. 7,
　8. 31, 9. 2, 9. 3, 9. 6, 9. 8, 9. 10,
　9. 11, 9. 12, 9. 13, 9. 15, 9. 18, 9.
　19, 9. 20, 9. 21, 9. 22, 9. 29, 11. 6,
　11. 7, 11. 8, 11. 9, 11. 13, 11. 14,
　12. 17, 12. 18, 12. 20, 12. 21, 12.
　22, 12. 23, 12. 24, 12. 25, 12. 26,
　12. 27, 12. 28；**1842.** 1. 31；**1847.**
　11. 24；**1848.** 1. 5, 2. 26

柳宗直 **1840.** 1. 26, 3. 25, 5. 11；
　1841. 12. 23

六如 **1823.** 2. 22

六嫂 **1840.** 3. 5, 9. 13, 10. 15, 12. 30；
　1841. 2. 7, 6. 27, 6. 28；**1843.** 10. 20

六世兄 **1848.** 2. 9, 2. 12, 3. 2

六舟上人、六公 **1839.** 6. 7, 10. 10,
　11. 1；**1840.** 1. 27, 1. 28, 1. 29

龙万育、燮堂 **1839.** 4. 4

隆文 **1841.** 3. 19

隆武 **1839.** 5. 25

娄图南 **1840.** 4. 6

楼昉 **1840.** 4. 21

楼璹 **1843.** 6. 24

楼钥 **1843.** 6. 24

卢谌 **1815.** 5. 15

卢德水 **1839.** 3. 6

卢兑庵 **1843.** 9. 25, 9. 29；**1847.** 4. 15

卢福祥、永清 **1839.** 6. 25, 11. 28,
　12. 1, 12. 3

卢怀慎 **1847.** 5. 10

卢景福、冠卿 **1839.** 6. 25

卢琚 **1839.** 11. 18；**1843.** 12. 15

卢开泰 **1822.** 11. 7

卢郎中 **1838.** 8. 5

卢蒲嫳 **1847.** 8. 10

卢杞 **1843.** 4. 22

卢士深 **1843.** 3. 21

卢世荣 **1847.** 6. 21

卢仝、玉川子 **1839.** 4. 16,4. 17

卢象升 **1847.** 7. 23

卢照邻 **1839.** 6. 19;**1841.** 2. 6

卢肇 **1840.** 10. 5

卢遵 **1840.** 4. 1

鲁哀公 **1839.** 11. 8;**1841.** 12. 9

鲁恭 **1843.** 12. 23;**1847.** 4. 10

鲁九皋 **1843.** 3. 20

鲁少卿 **1838.** 3. 23

鲁肃 **1847.** 6. 19

鲁襄公 **1847.** 7. 26,7. 28,7. 29,7. 30,
7. 31,8. 1,8. 2,8. 3,8. 4,8. 5,8. 7,
8. 8,8. 9,8. 10,8. 11,8. 12,8. 13,
8. 15;**1848.** 2. 13

鲁一同 **1842.** 1. 23

鲁隐公 **1838.** 6. 9

鲁元翰 **1838.** 3. 23,3. 24;**1843.** 3. 18

鲁昭公 **1847.** 8. 15,8. 17,8. 18,8. 19,
8. 22,8. 23,8. 24,8. 25,8. 26,8.
27,8. 29,8. 30,8. 31,9. 1,9. 3,9. 4

鲁仲连 **1838.** 7. 24;**1839.** 4. 3,5. 5

陆爱庐 **1843.** 2. 26,3. 5,3. 22,3. 27,
3. 28,4. 2,5. 1,5. 15,5. 16,6. 13,
6. 14,6. 15,6. 18,6. 24,7. 4,7. 31,
8. 13,8. 14,8. 25,8. 26,8. 28,9. 4,
10. 27,11. 2,11. 17;**1844.** 2. 8,

6. 17

陆充之 **1844.** 5. 23

陆从典 **1843.** 3. 7

陆大猷 **1820.** 5. 31

陆澹渊 **1843.** 3. 3,5. 26

陆淡远、绎 **1843.** 4. 20

陆德明 **1839.** 6. 17

陆抚军 **1848.** 3. 2

陆龟蒙 **1815.** 7. 13

陆涵斋 **1843.** 2. 26

陆鸿、子选 **1847.** 8. 4

陆华峰 **1844.** 1. 15

陆会夫 **1816.** 7. 3

陆慧晓、叔明 **1847.** 4. 27

陆机、士衡、平原 **1815.** 5. 11,8. 26;
1838. 6. 7;**1839.** 12. 31;**1840.** 3.
25,5. 20,6. 16,8. 10,8. 12;
1843. 7. 31

陆朗甫、郎夫 **1816.** 4. 19;**1821.** 5. 17;
1843. 4. 20;**1847.** 4. 25

陆立夫 **1842.** 1. 24

陆陇其、清献公、稼书 **1839.** 2. 16,
2. 17,4. 19,4. 20;**1840.** 9. 9,12.
24;**1841.** 3. 13,5. 2,5. 17,6. 1,
6. 4,6. 10,7. 15,7. 16,7. 17,7. 19,
8. 27,8. 28,10. 3,10. 4,10. 5,
10. 6,10. 7,10. 9,10. 12,11. 4,
11. 9,11,24,11. 30,12. 1,12. 5,
12. 9,12. 10,12. 12,12. 19;
1842. 1. 3,1. 4,1. 5,1. 7,1. 22,
2. 2;**1843.** 2. 15,2. 19,3. 1,3. 12,

6. 4,6. 9,6. 15,6. 16,6. 17,6. 29,
7. 28,8. 8,9. 19,10. 3;**1844. 2. 10**,
4. 11,**6. 1**,**6. 18**,**6. 29**,**8. 11**;
1847. 3. 22,**5. 25**,**12. 11**;**1848.**
2. 9,**2. 16**,**2. 19**,**3. 3**

陆茂荣、寄父 **1840. 4. 23**

陆蕡香、蕡芗 **1843. 2. 8**,**4. 7**;
1847. 8. 4,**8. 26**,**10. 6**,**11. 13**,
11. 14,**12. 11**,**12. 12**;**1848. 2. 4**,
2. 8,**2. 12**,**2. 15**,**2. 18**

陆谱琴 **1843. 9. 20**

陆琴泉 **1840. 2. 8**,**2. 9**;**1841. 7. 18**,
7. 22;**1843. 2. 12**;**1847. 7. 3**,**7. 8**

陆蓉 **1847. 4. 24**

陆三元 **1848. 1. 15**

陆实夫、实甫、寔甫 **1843. 2. 16**,**4. 30**,
5. 14,**5. 15**,**5. 21**,**5. 29**,**6. 12**,**6.**
28,**7. 12**;**1844. 5. 3**,**5. 18**,**6. 21**;
1847. 10. 23

陆述夫、述甫 **1843. 2. 12**,**7. 16**,**7. 27**,
8. 10,**9. 20**;**1844. 1. 22**

陆树声、陆文定公 **1843. 12. 5**

陆松亭 **1847. 6. 16**,**10. 6**,**10. 12**,
12. 4,**12. 19**,**12. 21**

陆损之 **1843. 5. 3**

陆天官 **1816. 1. 6**

陆文通 **1840. 1. 23**

陆象老 **1839. 12. 19**;**1840. 3. 18**

陆象山 **1844. 1. 3**

陆象先 **1847. 5. 10**

陆晓山 **1843. 10. 30**

陆行直 **1816. 1. 6**;**1820. 5. 31**

陆逊 **1815. 7. 13**

陆耀、朗夫先生 **1838. 3. 2**;**1844. 5. 25**

陆应阳 **1843. 9. 23**

陆游、务观、剑南、放翁 **1816. 6. 21**;
1838. 9. 17,**9. 29**,**12. 28**;**1839.**
5. 4,**5. 5**,**5. 7**,**5. 8**,**5. 9**,**5. 13**,**5.**
14,**5. 31**;**1843. 3. 27**;**1847. 7. 18**

陆雨香 **1843. 4. 20**

陆聿 **1839. 5. 5**

陆云 **1840. 3. 25**;**1843. 7. 31**

陆兆曾、白斋 **1838. 12. 28**

陆挚、陆宣公 **1829. 4. 17**;**1838. 7. 4**;
1841. 6. 24;**1847. 5. 12**

陆中丞 **1840. 3. 8**;**1847. 4. 24**,**4. 26**,
7. 7,**7. 10**

陆卓 **1840. 4. 22**

陆子伊 **1820. 11. 6**

陆子怡 **1821. 1. 22**,**2. 13**;**1840. 5. 3**

路都曹 **1838. 5. 8**

路六 **1839. 6. 27**

路长君 **1839. 3. 16**

栾盈 **1847. 8. 2**,**8. 4**

纶长老 **1838. 3. 23**

罗大经 **1840. 4. 20**

罗点 **1847. 6. 15**

罗惇衍 **1843. 5. 19**

罗公寿 **1840. 10. 5**

罗洪先 **1847. 7. 11**

罗两峰 **1840. 7. 10**

罗伦 **1847. 7. 11**

罗钦顺 **1841**. 6. 11；**1847**. 7. 10，7. 11

罗研荪 **1842**. 1. 24

罗隐 **1842**. 1. 26

骆宾王 **1841**. 2. 6；**1843**. 3. 23

吕本中、东莱先生 **1838**. 6. 14；
　1839. 3. 14；**1841**. 6. 28；**1847**. 6. 7

吕布 **1840**. 6. 23

吕步舒 **1844**. 1. 19

吕洞宾 **1820**. 5. 28

吕公著 **1820**. 9. 3；**1847**. 6. 9，6. 15，
　6. 19

吕宫 **1844**. 1. 15

吕恭 **1840**. 4. 18

吕海 **1820**. 9. 3

吕璜 **1841**. 11. 2

吕坤 **1847**. 11. 20

吕笠翁 **1838**. 2. 21

吕柟、仲木、泾野 **1841**. 6. 4，6. 11，
　6. 19，10. 5；**1843**. 9. 27，9. 28，
　10. 23，10. 24；**1844**. 1. 15，1. 16，
　1. 17，1. 18，1. 19，1. 23，1. 24，1.
　26，1. 27，1. 28，4. 12，4. 13，4. 14，
　4. 22，5. 4，5. 14，5. 15，5. 17，5. 18，
　5. 19，6. 1，6. 2，6. 3，6. 4，6. 5，6. 6，
　6. 7，6. 8，6. 9，6. 10，6. 11，6. 12，
　6. 13，6. 15，6. 16，6. 19，6. 20，6.
　21，6. 22，6. 23，6. 24，6. 25，6. 27，
　6. 28，6. 29，6. 30，7. 1，7. 3；
　1847. 7. 11

吕佺孙 **1843**. 5. 19

吕晚村 **1847**. 5. 25

吕希道 **1838**. 3. 21

吕希哲 **1847**. 6. 9

吕瞖山人 **1838**. 8. 1，8. 7；**1843**. 5. 15

吕云孚 **1839**. 2. 28

吕祖俭 **1847**. 6. 15

吕祖谦 **1840**. 4. 18，5. 17；**1847**. 6. 10，
　6. 15

M

麻九畴、知几 **1848**. 1. 16

马鳌 **1838**. 3. 2；**1841**. 8. 11

马伏波 **1847**. 4. 16

马公 **1816**. 2. 7

马翰青 **1843**. 1. 31

马皇后 **1847**. 4. 14

马检庵 **1844**. 4. 22

马建纪 **1820**. 11. 19

马灵岩 **1844**. 6. 22

马女史 **1839**. 2. 22

马秋耘 **1842**. 1. 25

马荃 **1823**. 2. 22

马融 **1838**. 3. 21

马士英 **1839**. 4. 26；**1840**. 6. 3，6. 7

马淑 **1840**. 5. 17，10. 3；**1841**. 12. 27

马伟 **1829**. 4. 17

马文升 **1847**. 7. 9

马武 **1838**. 8. 18；**1839**. 7. 31

马晓山 **1839**. 6. 30

马永卿 **1843**. 3. 18

马雨兄、马氏 **1816**. 2. 4

马月樵 **1842**. 2. 9

马子顼 **1847**. 5. 23, 6. 8

曼古香 **1847**. 9. 25

毛公 **1839**. 6. 17

毛晃 **1839**. 6. 25

毛寄斋 **1843**. 9. 23, 9. 29

毛晋、凤苞、子晋 **1841**. 7. 19；
　1847. 12. 3

毛康叔 **1821**. 4. 16

毛老 **1847**. 9. 29

毛立 **1840**. 7. 2

毛律簧 **1840**. 7. 12；**1843**. 2. 28, 3. 11；
　1847. 6. 10；**1848**. 2. 3, 2. 8

毛孟亭 **1850**. 2. 16, 2. 17, 2. 19, 2. 20

毛明府、毛文宗 **1839**. 9. 5；**1840**.
　6. 19；**1841**. 2. 15；**1843**. 8. 21

毛奇龄、西河 **1821**. 6. 21, 6. 22；
　1839. 11. 5

毛衢、大亨、六泉 **1843**. 3. 14；**1844**.
　6. 29

毛生甫 **1847**. 8. 2, 11. 7

毛式郇 **1840**. 2. 26, 3. 25

毛式之、古庵 **1844**. 6. 16

毛寿南、宇征、仁山 **1843**. 3. 11, 3. 15

毛叔美 **1844**. 6. 29

毛图南、宇化、达庵 **1843**. 3. 14

毛文涵 **1843**. 9. 17, 9. 23, 9. 26

毛武一 **1843**. 3. 14

毛一鹭 **1839**. 4. 26

毛以煋 **1843**. 3. 11

毛以燧 **1843**. 3. 11

毛颖 **1838**. 8. 20；**1839**. 7. 31；**1840**.

3. 25

茅坤、顺甫、鹿门 **1838**. 6. 14, 8. 5,
　8. 11, 8. 21, 8. 30, 9. 1, 9. 6, 9. 8,
　9. 12, 9. 18, 9. 21, 12. 26；**1839**.
　1. 1, 3. 13, 3. 14, 3. 24, 5. 18, 11.
　24, 12. 27, 12. 28；**1840**. 1. 7, 1. 23,
　1. 26, 3. 3, 3. 19, 3. 20, 3. 22, 3. 25,
　3. 27, 4. 1, 4. 9, 4. 12, 4. 13, 4. 18,
　4. 20, 4. 21, 4. 22, 5. 17；**1843**. 3.
　14, 5. 5, 5. 24

枚乘、枚叔 **1815**. 6. 24；**1838**. 7. 26,
　11. 25；**1839**. 4. 3；**1840**. 3. 2；
　1841. 8. 2；**1844**. 5. 7

梅福 **1815**. 8. 8；**1842**. 1. 25

梅寿 **1841**. 10. 23

梅氏 **1815**. 4. 13

梅询、昌言 **1838**. 9. 8；**1839**. 8. 6

梅尧臣、圣俞、宛陵 **1815**. 11. 15；
　1816. 6. 21；**1838**. 6. 13, 9. 6, 12.
　27；**1839**. 8. 6, 11. 28；**1840**. 7. 27,
　10. 5；**1844**. 6. 30

梅佀 **1841**. 5. 1, 5. 25, 11. 3, 11. 21；
　1843. 4. 21, 7. 5, 7. 17, 8. 22, 8. 23,
　8. 24, 8. 27, 8. 29

梅竹友 **1847**. 6. 29, 7. 24

孟贲 **1838**. 6. 15；**1839**. 3. 15

孟尝君 **1838**. 7. 21；**1839**. 4. 2；
　1841. 7. 16

孟浩然 **1848**. 1. 5

孟亨之 **1838**. 3. 29

孟嘉 **1847**. 7. 29

孟郊、东野、贞曜先生 **1838**. 3. 25,
　8. 2,8. 8,8. 13,9. 2;**1839**. 4. 15,
　4. 20,4. 21,5. 7,5. 15,5. 19,8. 3;
　1840. 7. 16
孟尚书 **1838**. 7. 29
孟十二 **1839**. 11. 11
孟僖子 **1847**. 8. 24
孟献子 **1839**. 3. 27
孟忠毅公 **1842**. 1. 31
孟子、子舆 **1838**. 6. 7,6. 8,6. 11,
　6. 13,7. 3,8. 1,8. 6,8. 9;**1839**.
　3. 11,3. 13,5. 17,6. 1,6. 21,11. 8,
　11. 22,12. 31;**1841**. 3. 4;**1844**.
　6. 8,6. 15;**1847**. 6. 29,7. 24,11. 26
梦书侄孙 **1838**. 10. 11,10. 26;
　1841. 5. 18;**1843**. 11. 29;**1848**.
　2. 22
梦香逸史 **1816**. 3. 23
祢衡、祢正平 **1815**. 7. 4;**1838**. 7. 26;
　1841. 8. 6
弥甥 **1843**. 8. 8;**1847**. 9. 29
米芾、米南宫、米元章、米襄阳、米颠
　1820. 5. 1;**1838**. 9. 30;**1839**. 2. 7,
　2. 24,5. 14,5. 31,8. 5,8. 17,10.
　10,11. 1;**1840**. 1. 28,1. 29;
　1842. 1. 31
米友仁 **1839**. 8. 5
米友知 **1839**. 8. 5
缪昌期 **1847**. 7. 20
篾叟 **1844**. 1. 6
民愉公 **1816**. 6. 23

闵子、闵子骞 **1839**. 8. 11;**1841**. 9. 5
闵子马 **1847**. 8. 31
明仁宗 **1847**. 9. 22
明世宗 **1847**. 7. 13
明太祖 **1839**. 4. 13
明武宗 **1847**. 7. 13
明宣宗 **1847**. 7. 23
嫫母 **1841**. 2. 3,12. 3
莫愁 **1843**. 9. 26
莫先生 **1816**. 6. 19
墨妙楼主人 **1841**. 8. 21
墨卿太守 **1840**. 7. 10
墨子 **1841**. 12. 13;**1843**. 7. 4
牟将军 **1839**. 2. 21,3. 5,6. 6
牟𪩘 **1839**. 8. 17
木华、元虚 **1841**. 3. 20,8. 1
木笠农 **1844**. 8. 9
木肇晋 **1847**. 5. 8
木芝香 **1847**. 10. 27
穆大嫂 **1841**. 8. 27
穆叔 **1847**. 8. 4,8. 15
穆天子 **1839**. 1. 6
穆修 **1840**. 5. 18
慕容俨 **1841**. 1. 18
牧园三舅嫂 **1838**. 10. 27

N

纳兰容若、楞伽山人 **1820**. 5. 31;
　1840. 3. 8
乃椿从孙 **1843**. 4. 18
乃栋侄孙 **1843**. 12. 27

乃幹侄孙 **1839.** 5. 22

乃桢侄孙 **1839.** 5. 18，5. 21；**1841.** 1. 12，1. 19，2. 28，3. 1；**1843.** 9. 16，9. 28

南宫敬叔 **1847.** 8. 26

南宫适 **1844.** 6. 16

南郭子 **1815.** 4. 22

南岳和尚 **1840.** 1. 21

内子 **1822.** 1. 29；**1838.** 7. 31；**1839.** 9. 15，12. 30；**1840.** 6. 12，8. 12，8. 18，9. 8，9. 10，9. 27，10. 20；**1841.** 7. 10，10. 2；**1843.** 3. 22，3. 24，4. 22，8. 1，8. 2，8. 8，8. 9，8. 10，8. 11，8. 19，8. 26，11. 6；**1847.** 4. 7，4. 20，6. 28；**1848.** 1. 3；**1849.** 9. 21，9. 22

能宏、扩南 **1840.** 7. 6

倪长玗 **1840.** 5. 23

倪皋 **1839.** 12. 1

倪景点、圣与、检之 **1842.** 2. 5

倪兰庄 **1847.** 10. 1

倪老姬 **1821.** 8. 7

倪司城 **1838.** 6. 15；**1839.** 3. 15

倪廷烺、小香 **1838.** 2. 14；**1839.** 2. 7，4. 20，9. 3

倪文正公 **1840.** 7. 3

倪象占、九山 **1842.** 2. 3

倪醒吾 **1848.** 3. 3

倪用楣、墨桥、墨侨 **1841.** 4. 4；**1847.** 5. 5

倪云庄 **1839.** 5. 30，6. 2，11. 11

倪蕴山 **1847.** 10. 1

年羹尧 **1841.** 8. 28

臬司裕 **1838.** 7. 5

宁王、朱宸濠 **1839.** 6. 30

宁喜 **1847.** 8. 7，8. 9

宁殖 **1847.** 8. 2

宁子 **1847.** 8. 5

牛金星 **1839.** 5. 25

牛仙客 **1843.** 6. 17

钮廷柱 **1821.** 11. 11

O

欧阳修、永叔、文忠公、欧阳子、欧阳少师 **1815.** 4. 5；**1816.** 6. 21，10. 3，10. 4，10. 5，10. 6；**1820.** 5. 31；**1838.** 3. 21，3. 22，6. 8，6. 12，6. 13，7. 3，8. 6，8. 11，8. 18，8. 20，9. 2，9. 3，9. 4，9. 5，9. 7，9. 8，9. 12，9. 16，9. 21，12. 27；**1839.** 1. 1，2. 1，2. 13，3. 12，3. 13，3. 23，4. 4，4. 8，5. 18，8. 3，8. 4，8. 6，8. 28，9. 29，10. 30，11. 28，12. 27；**1840.** 5. 21，8. 24，10. 5；**1841.** 7. 9；**1842.** 2. 9；**1843.** 3. 12，3. 18，7. 16；**1844.** 6. 5；**1847.** 3. 27，5. 30

欧阳询 **1847.** 4. 7

区册 **1838.** 8. 8；**1839.** 5. 16

区宏 **1839.** 4. 13

区寄 **1840.** 3. 15

P

潘葆光 **1840.** 6. 20；**1843.** 3. 13

潘表侄 **1841**. 2. 12；**1843**. 5. 18

潘春泉 **1839**. 12. 27

潘春园 **1840**. 8. 25

潘旦 **1838**. 2. 24

潘尔彪 **1839**. 2. 28

潘功甫 **1847**. 10. 12

潘桂岩 **1839**. 12. 27；**1840**. 11. 15；
　1847. 4. 6，4. 11，6. 27，6. 28，9. 11，
　11. 16；**1848**. 1. 19

潘红茶 **1831**. 5. 13

潘黄门 **1844**. 6. 19

潘季驯 **1839**. 8. 2；**1840**. 8. 11

潘稼堂 **1815**. 9. 28；**1838**. 4. 22，10. 29

潘锦舒 **1839**. 11. 27

潘锦堂 **1839**. 8. 2

潘静安 **1840**. 4. 28

潘九如 **1840**. 3. 21，9. 6

潘凯 **1838**. 2. 24

潘陆 **1838**. 2. 24

潘眉、寿生、无害 **1839**. 11. 19；
　1841. 5. 27，9. 23

潘某 **1815**. 7. 22，10. 25

潘慕贤 **1840**. 8. 25

潘朴堂 **1839**. 9. 3

潘启堂、潘老启 **1839**. 8. 2，9. 25，
　9. 27，12. 16；**1840**. 7. 18，7. 26，
　8. 15，10. 12，11. 15；**1841**. 5. 5；
　1843. 2. 18，6. 3，6. 15，6. 24，8. 25，
　9. 5，11. 3；**1847**. 3. 27，4. 24，7. 23，
　8. 7，9. 22；**1848**. 1. 13

潘清泉 **1839**. 11. 19；**1841**. 10. 12

潘汝亨 **1844**. 6. 30

潘尚书 **1818**. 12. 11

潘少愚 **1838**. 10. 28，10. 29，10. 30

潘石泉 **1844**. 1. 18

潘士鉴 **1838**. 3. 2

潘书贾 **1841**. 6. 19

潘顺 **1838**. 12. 16

潘思光、希延 **1838**. 2. 24；**1843**. 3. 13

潘四 **1844**. 1. 12

潘相国 **1838**. 3. 8

潘炎 **1847**. 5. 14

潘耀堂 **1839**. 8. 2

潘一桂 **1839**. 4. 22

潘义夫、耕和 **1816**. 6. 19

潘映梅 **1839**. 9. 7，9. 10

潘永和 **1839**. 8. 2

潘岳、安仁 **1815**. 4. 17；**1838**. 12. 10，
　12. 17；**1839**. 11. 22，11. 23；
　1840. 6. 16；**1841**. 3. 23，7. 27，7.
　29，8. 5，8. 9，8. 11，8. 13；**1843**.
　11. 7

潘云坡 **1848**. 2. 23

潘云浦 **1844**. 6. 17

潘曾沂 **1838**. 10. 2；**1841**. 1. 29

潘中堂 **1840**. 1. 26

潘钟、彦林、恕斋 **1839**. 12. 6

潘竹卿 **1838**. 3. 8；**1841**. 1. 17

潘□ **1844**. 5. 23

庞参军 **1838**. 5. 14

庞节母吴太孺人 **1822**. 1. 11

庞君 **1820**. 2. 28

庞醴堂、庞礼堂、庞醴塘 **1815**. 2. 18，
　3. 2，6. 7，8. 6，8. 15，8. 25，10. 20，
　11. 3，11. 13，12. 18，12. 28；
　1816. 1. 19，2. 3，4. 19，6. 7，6. 18
庞孺人 **1839**. 8. 21
庞士元 **1839**. 5. 13
庞寿春 **1848**. 1. 19
庞统 **1841**. 3. 8
庞笑山 **1820**. 6. 11，11. 7；**1821**. 11. 2；
　1822. 3. 20，11. 22；**1823**. 1. 3，2.
　12，2. 13
庞韫山 **1844**. 4. 12，5. 31
庞兆松、徕峰 **1843**. 4. 3
庖丁 **1839**. 5. 7
裴迪 **1839**. 6. 23
裴度 **1840**. 4. 22
裴端公 **1839**. 11. 18
裴瑾、封叔 **1840**. 3. 25
裴维甫 **1838**. 4. 26；**1843**. 4. 22
裴埧 **1840**. 4. 13
裴逊之 **1839**. 11. 15
裴延裕 **1839**. 8. 11
佩曾 **1839**. 12. 16
彭楚乔 **1843**. 9. 29
彭定求、凝祉 **1844**. 1. 14
彭家屏 **1847**. 8. 27，8. 31，9. 3
彭咸 **1838**. 11. 18
彭箫九 **1843**. 9. 29
彭燕又 **1840**. 6. 8
彭越 **1838**. 6. 11
彭元瑞、芸楣、云湄 **1839**. 4. 4；

1843. 6. 21
彭兆荪、甘亭 **1816**. 2. 26，3. 1；
　1838. 9. 2；**1839**. 6. 1，6. 3，7. 19，
　7. 20，7. 21，7. 23，7. 24，7. 25，7.
　26，8. 15，8. 16，8. 23，8. 25；
　1840. 7. 16，8. 2，12. 30
鹏起侄 **1841**. 4. 21
皮日休 **1843**. 7. 31
褝灶 **1847**. 8. 10
平思忠 **1847**. 7. 13
平原君 **1838**. 7. 25
平樾峰 **1842**. 1. 27；**1847**. 5. 4
浦鋐 **1847**. 7. 13
浦起龙、二田 **1839**. 11. 14；**1841**. 2. 14
仆固怀恩 **1839**. 8. 25；**1841**. 2. 21；
　1847. 9. 22
普慈长老 **1838**. 3. 23

Q

戚继光 **1840**. 8. 30
戚召棠、爱贻、爱遗、宣臣、文伯
　1839. 2. 26，3. 9，3. 25，3. 28，3. 31，
　4. 1，4. 9，4. 18，4. 19，4. 25，5. 1，
　5. 5，5. 6，5. 9，5. 13，5. 15，5. 16，
　5. 18，5. 20，5. 21，5. 28，6. 6，6. 9，
　6. 10，6. 13，6. 14，6. 17，6. 19，6.
　21，6. 24，6. 28，6. 30，7. 1，7. 11，
　7. 12，7. 13，7. 21，7. 30，9. 8，9. 18，
　9. 20，9. 23，10. 4，10. 6，10. 15，
　10. 18，10. 25，11. 16，11. 20，11.
　25，11. 28，11. 29；**1840**. 1. 1，1. 13，

1.14,2.25,2.27,2.29,3.4,3.6,
3.7,3.14,3.15,3.17,3.27,3.28,
3.30,6.5,8.17

戚贻谋 **1816.**11.29

漆雕开 **1843.**3.27；**1844.**5.3,5.15

齐豹 **1847.**9.1

齐废帝 **1839.**7.25

齐桓公 **1815.**7.3；**1847.**3.29

齐景公 **1840.**3.22

齐闵王、齐王 **1815.**6.29；**1838.**6.15；
1839.3.15

齐太子 **1815.**6.29

齐学裘、玉溪 **1843.**5.19

齐宣王 **1838.**7.18,7.24；**1839.**4.2

齐庄公 **1847.**8.2

祁寯藻 **1839.** 3. 13；**1841.** 4. 25；
1843.5.19

祁公 **1840.**2.26,3.25

琦善、琦中堂 **1841.**3.23,3.29,3.30,
4.5,4.7,4.8,12.1；**1843.**6.18；
1844.6.11

契 **1838.**7.8

钱安道 **1838.**3.22,3.23

钱安山 **1840.**10.12；**1841.**3.15

钱宝青 **1840.**10.14；**1847.**5.17

钱醇老 **1838.**3.29

钱纯老 **1838.**6.14

钱大昕、辛楣 **1838.** 12. 28；**1841.**
8.24；**1847.**4.24,7.10

钱道人 **1838.**3.23,3.29

钱端溪 **1839.**10.11

钱沣 **1841.**12.1

钱黼堂 **1840.**10.10

钱光祖、松村 **1844.**5.7

钱鹤滩 **1844.**1.5

钱惠山 **1838.**3.22

钱锦老 **1840.**8.18

钱看云 **1822.**5.26

钱可庐 **1839.**7.21

钱老玉 **1847.**7.30

钱老忠 **1843.**2.2

钱梅溪、梅溪侄 **1838.** 7. 19；**1840.**
1.14,1.17,9.13；**1841.**2.7,2.12,
6.13

钱念坡 **1847.**3.20,4.19

钱棨 **1844.**1.10

钱谦益、牧斋、钱宗伯、虞山 **1839.**
4. 26,6. 20,6. 21；**1840.** 3. 28；
1841. 3. 8,7. 19；**1842.** 1. 23；
1847.12.3

钱省斋 **1847.**4.13

钱石溪、溶 **1815.**8.3

钱书报 **1850.**2.27,2.28

钱塘 **1847.**6.29

钱惟演 **1816.**6.21

钱武肃王 **1840.**6.27

钱熙祚、锡之 **1843.**9.29

钱心识 **1847.**9.21

钱显卿 **1841.**6.29

钱序珩 **1816.**7.3

钱育万 **1821.**12.11

钱埆 **1841.**6.28

钱樾、抚棠、黼堂 **1816. 9. 22；**
1841. 6. 28；1842. 2. 4

钱樾甫 **1816. 5. 22**

钱韵珊、琮、礼璜 **1821. 2. 19**

钱蕴山 **1838. 12. 18**

钱曾 **1838. 1. 31**

钱中和 **1843. 2. 17，6. 28，11. 1，11.**
27；1844. 1. 29，2. 11，2. 14，4. 10，
4. 11，4. 12；1847. 9. 18，10. 17；
1848. 1. 4，2. 8

钱仲鼎 **1820. 5. 31**

钱竹荪 **1838. 3. 15；1848. 2. 10**

钱竺生 **1843. 9. 25**

乾隆、高宗纯皇帝 **1829. 4. 24；**
1842. 2. 5

强克捷、忠烈 **1820. 11. 19**

乔光烈 **1838. 4. 22**

乔鹤侪 **1842. 1. 24**

乔见斋 **1842. 1. 24**

乔氏 **1818. 12. 11**

乔太博 **1838. 3. 24**

谯定 **1844. 1. 6**

钦善、吉堂 **1823. 4. 28，5. 29，6. 22**

钦生 **1821. 1. 22**

秦半痴、丕烈、啸庐 **1815. 6. 28，10. 7；**
1816. 5. 31；1821. 3. 28，3. 30，4. 3，
4. 9，10. 8；1822. 4. 18；1823. 5. 1；
1838. 3. 2

秦大士 **1843. 10. 2**

秦二楼 **1816. 2. 22**

秦观、少游、太虚 **1838. 3. 25，3. 29，**
4. 4，5. 11；1839. 2. 18；1843. 4. 10

秦海门、清锡、镜湖 **1815. 10. 7；**
1816. 2. 26；1820. 12. 5；1821. 6.
24；1823. 2. 22，5. 1，5. 2

秦汉 **1844. 6. 13**

秦厚庵 **1815. 10. 7**

秦桧 **1847. 6. 6**

秦丽昌 **1839. 5. 30；1843. 11. 10**

秦穆公、缪公 **1815. 7. 4；1838. 3. 20，**
6. 21，9. 10

秦少章 **1838. 8. 12；1839. 5. 19**

秦始皇 **1838. 6. 9，8. 16；1840. 9. 29**

秦瀛、小岘 **1831. 5. 9；1839. 5. 30；**
1841. 8. 25，8. 26；1847. 12. 28

秦昭王 **1838. 7. 24；1839. 4. 2**

秦振山 **1841. 11. 20**

秦周、平王 **1840. 6. 23**

覃季子 **1840. 1. 24**

琴婿 **1839. 6. 13；1840. 1. 1，12. 27，**
12. 28；1841. 1. 3，3. 25

卿卿 **1820. 5. 31**

青翁 **1847. 10. 4**

青崖 **1840. 3. 25**

清顺 **1838. 3. 23**

清原从子、松琴侄、松侄 **1838. 4. 11；**
1839. 7. 17；1840. 3. 10，3. 23，4. 2，
4. 8，4. 10，4. 12，5. 7，5. 12，5. 22，
5. 26，6. 1，6. 10，6. 14，6. 20，6. 26，
6. 29，7. 2，7. 4，7. 9，7. 19，7. 21，
7. 30，7. 31，8. 1，8. 4，8. 5，8. 8，
8. 18，8. 20，8. 21，8. 22，8. 27，8.

30，9. 1，9. 5，9. 13，9. 14，9. 28，
10. 17，10. 19，10. 20，11. 7，12. 10；
1841. 2. 7，2. 12，2. 13，2. 14，2. 15，
2. 17，2. 19，2. 28，3. 4，3. 5，3. 8，
3. 13，3. 19，3. 20，3. 24，3. 25，4.
18，5. 1，5. 23，5. 25，6. 4，6. 8，6.
13，6. 17，6. 19，7. 17，7. 18，7. 26，
8. 20，8. 27，9. 24，9. 25，10. 1，
10. 8，10. 20，10. 26，11. 2，11. 3，
11. 22，12. 6，12. 8，12. 27，12. 30；
1842. 1. 3；**1843.** 1. 31，4. 8，4. 9，
4. 10，4. 21，5. 4，6. 10，6. 27，6. 29，
7. 7，7. 24，7. 28，8. 4，8. 16，8. 23，
8. 24，8. 26，10. 20，11. 26，12. 16；
1844. 1. 1，1. 12，2. 2，4. 18，4. 20，
4. 21，5. 2，5. 3，5. 18，6. 16，7. 1，
8. 14；**1847.** 4. 27，7. 6，8. 3，10. 7，
10. 8，10. 19，11. 3，11. 6；**1848.**
1. 23，1. 24；**1849.** 9. 22

庆伯 **1840.** 6. 6

庆封 **1847.** 8. 9，8. 10，8. 11，8. 22

庆舍 **1847.** 8. 11

琼华 **1842.** 1. 28

琼章 **1843.** 6. 23

邱宝芝 **1838.** 5. 3

邱度 **1838.** 11. 24

邱端 **1838.** 1. 30

邱鸿 **1847.** 5. 11

邱潏 **1847.** 7. 6

邱浚川 **1847.** 5. 11

邱龙门 **1839.** 12. 6

邱少岩 **1843.** 9. 16，9. 17

邱孙锦、昼翁 **1838.** 5. 4；**1839.** 2. 27，
4. 26，7. 9，9. 17，9. 25，10. 13，
10. 15，10. 18；**1840.** 1. 9，3. 7，3. 8，
3. 9，3. 10，5. 22，5. 28，6. 27，7. 2，
8. 7，9. 2，9. 3，9. 4，9. 13，9. 27，
9. 29，10. 1，10. 2，10. 3，10. 19；
1841. 1. 23，4. 18，4. 20，4. 22，6. 7，
6. 10，6. 12，6. 17，8. 2，10. 23，
11. 2，11. 5，12. 31；**1842.** 1. 22，
1. 28；**1843.** 2. 13，2. 15，2. 18，4.
16，4. 26，7. 2，8. 31，9. 1，9. 3，
11. 23，11. 25，11. 26，12. 2，12. 3，
12. 4，12. 29；**1844.** 1. 12，5. 13，
6. 17

邱味梅 **1838.** 2. 13，12，5；**1839.** 2. 4，
9. 17；**1840.** 1. 24，3. 7；**1843.** 4. 16；
1844. 1. 25，6. 17；**1847.** 4. 11，6. 5，
10. 29；**1850.** 2. 15，3. 1

邱莹、少耕 **1839.** 5. 24

邱云、公望、南甫 **1844.** 6. 29

邱仲孚 **1843.** 4. 22

邱竹林 **1840.** 3. 7

邱竹仙 **1843.** 12. 25，12. 27

邱子玖、子久、紫玖 **1838.** 2. 13，12. 2；
1839. 1. 28，2. 4，3. 21，9. 17，12. 1；
1840. 1. 7，1. 13，3. 7，5. 27，5. 30，
7. 2，10. 19；**1843.** 4. 16；**1844.** 2. 8，
6. 17；**1847.** 3. 18，3. 22，3. 24，3.
25，3. 26，3. 27，3. 29，4. 3；**1850.**
2. 15，3. 1

邱子谦 **1838**. 2. 13, 2. 27, 2. 28, 3. 8,
4. 9, 11. 13, 11. 14, 11. 28; **1839**.
1. 28, 2. 4, 2. 20, 2. 21, 3. 14, 3. 15,
3. 20, 3. 21, 5. 14, 5. 24, 7. 8, 8. 10,
9. 9, 11. 19, 11. 20, 11. 21, 11. 25,
11. 26, 12. 1, 12. 3, 12. 14; **1840**.
1. 13, 1. 23, 1. 24, 2. 10, 2. 24, 3. 7,
3. 8, 4. 4, 4. 7, 4. 11, 4. 18, 4. 19,
4. 22, 5. 23, 5. 28, 7. 26, 8. 6, 8. 7,
8. 26, 11. 13, 11. 22; **1841**. 1. 15,
1. 16, 1. 17, 2. 3, 4. 18, 4. 30, 5. 3,
5. 19; **1842**. 1. 22; **1843**. 2. 5, 2. 17,
3. 11, 3. 13, 3. 23, 4. 7, 4. 16, 5. 7,
5. 9, 5. 11, 7. 2, 7. 5, 7. 9, 7. 23,
7. 24, 7. 30, 8. 1, 8. 2, 11. 26, 12.
29; **1844**. 1. 11, 1. 12, 1. 25, 2. 8,
4. 16, 4. 17, 6. 17; **1847**. 3. 18, 3.
23, 3. 26, 3. 27, 4. 3, 4, 23, 5. 29,
6. 3, 7. 8, 7. 23, 9. 11, 10. 29, 11.
13, 12. 1; **1848**. 1. 15, 1. 19, 1. 20,
2. 12, 2. 29; **1850**. 2. 21, 2. 22

邱子翁 **1850**. 2. 16

秋园从侄 **1821**. 3. 3, 3. 5, 5. 12;
1847. 8. 20

仇香 **1844**. 6. 1

仇英、实父、十洲 **1839**. 4. 20;
1841. 7. 18

仇兆鳌、沧柱 **1839**. 1. 12, 2. 1, 6. 13,
10. 2, 10. 30, 11. 13; **1841**. 2. 18,
2. 25

裘可亭 **1839**. 8. 17

求次方 **1816**. 1. 30

虬龙、外叔祖 **1841**. 5. 30

屈朴庵 **1844**. 6. 25

屈原、灵均、三闾大夫 **1822**. 8. 1;
1838. 11. 17, 11. 19, 12. 26;
1839. 11. 24; **1840**. 1. 28, 3. 20,
6. 3, 6. 16; **1842**. 1. 29; **1843**. 4. 22,
9. 28, 9. 29, 12. 28

屈运隆 **1815**. 12. 23; **1844**. 5. 29

瞿稼轩 **1839**. 5. 25

瞿然恭 **1820**. 5. 25

瞿式耜、瞿忠宣公 **1839**. 6. 22, 6. 26;
1841. 11. 16; **1844**. 5. 1

瞿瑛、颖山 **1843**. 8. 8

全祖望 **1841**. 8. 26

权德舆 **1840**. 4. 22

确斋 **1821**. 1. 24; **1842**. 2. 4

R

冉伯牛 **1841**. 9. 5

冉有 **1844**. 5. 25

任安 **1838**. 7. 28, 8. 5; **1840**. 4. 13

任昉 **1839**. 8. 3; **1847**. 12. 10

任桂老 **1840**. 8. 18

任倣 **1838**. 3. 21

任兰洲 **1839**. 1. 25, 5. 9, 10. 12

任兰舟 **1839**. 5. 16

任凌云 **1847**. 6. 29

任荣卿 **1843**. 11. 16

任师中 **1838**. 3. 24

任舜臣 **1844**. 6. 22

任廷旸 **1840**. 12. 23；**1843**. 11. 10

任卫封 **1843**. 12. 14

任逸轩 **1841**. 8. 24

任永 **1839**. 6. 3，8. 18

任泽和 **1841**. 8. 24

任孜 **1838**. 3. 21

任子渊 **1840**. 4. 13

任遵圣 **1838**. 3. 24

容成 **1841**. 12. 13

蓉塘僧 **1847**. 10. 6

荣阳相国 **1844**. 2. 9；**1847**. 10. 12

如谷 **1838**. 2. 28；**1843**. 3. 10；**1844**.
　5. 23

如涛 **1815**. 4. 6

如章侄 **1841**. 4. 22；**1843**. 2. 7；
　1848. 2. 14

汝承汪 **1820**. 6. 10

汝蕙芳、端英 **1820**. 6. 10

汝可起 **1839**. 2. 28

汝老省 **1840**. 3. 1

汝茗溪 **1840**. 2. 14

汝南 **1847**. 9. 23

汝南村、金瓯 **1815**. 3. 28；**1821**. 2. 18；
　1822. 2. 28

汝梅村 **1838**. 2. 20，4. 9，10. 7；
　1839. 2. 23，4. 16，5. 13，5. 16，9.
　23；**1840**. 1. 10，1. 16，3. 7，8. 26，
　9. 4，9. 7，11. 26；**1841**. 5. 11，6. 12，
　7. 22，7. 23，9. 16；**1843**. 4. 14，
　11. 9，11. 10，12. 2，12. 3；**1844**.
　1. 12，1. 17，2. 5，2. 6，4. 27，6. 17

汝鸣球 **1839**. 5. 13，5. 15，5. 18，5. 22

汝泰源 **1843**. 8. 6

汝听松 **1815**. 3. 28，9. 8，9. 18；
　1816. 4. 22，11. 3；**1821**. 3. 29；
　1822. 10. 1

汝偕玉 **1838**. 3. 2

汝谐 **1841**. 7. 24

汝学山 **1831**. 5. 13

汝学翁 **1840**. 3. 1，3. 5，6. 21，7. 2，
　7. 12；**1843**. 4. 24

汝怡生 **1841**. 6. 13

汝寅斋 **1839**. 5. 14，6. 12，6. 14，6. 18，
　6. 20，6. 24，6. 28，6. 30，12. 5，
　12. 7，12. 29；**1840**. 2. 14，5. 7，5.
　12，5. 27，11. 15；**1841**. 1. 28，2. 24，
　2. 26，3. 2，3. 3，4. 20，9. 16；
　1843. 2. 5；**1844**. 6. 17；**1847**. 3. 29；
　1848. 2. 10

汝卓亭 **1841**. 2. 26，2. 27，3. 28，4. 4；
　1842. 1. 20，1. 22

阮大铖 **1839**. 4. 26；**1840**. 6. 3

阮籍、嗣宗 **1815**. 5. 1，7. 4；**1839**.
　6. 19，11. 13；**1842**. 1. 24，1. 26，
　1. 29

阮葵生 **1841**. 3. 6

阮咸、仲容 **1839**. 6. 19

阮芸台、仪征相国 **1829**. 4. 22；
　1839. 4. 6，12. 1

阮孝绪 **1815**. 4. 22

瑞华 **1842**. 1. 27，1. 28

芮（芮）司徒 **1847**. 8. 8

若山甥婿 **1844**. 8. 9

S

三表侄 **1848**. 2. 26

三峰老人 **1840**. 7. 6

三女 **1838**. 5. 19,11. 3;**1839**. 2. 19;
1840. 10. 1,11. 3;**1843**. 4. 6,4. 7,
4. 12,4. 13,4. 17,4. 18,4. 29,5. 7,
5. 10,6. 3,6. 6,6. 8,6. 19,6. 27,
6. 28,6. 29,6. 30,7. 1,7. 3,7. 5,
7. 6,7. 7,7. 8,7. 9,7. 11,7. 12,
7. 13,7. 14,7. 15,7. 16,7. 17,7.
19,7. 20,8. 2,8. 4,8. 14,8. 25,
8. 30,11. 19,11. 21

三女兄 **1840**. 4. 14,5. 28,6. 1,6. 2,
6. 3,6. 4,6. 5,6. 6,6. 12;**1841**.
3. 27;**1843**. 4. 23,12. 28

三山老人 **1840**. 5. 1

三甥女 **1838**. 5. 21

三侄 **1838**. 10. 19;**1840**. 12. 30;
1841. 6. 27;**1847**. 10. 23

三侄孙、三大侄孙 **1841**. 5. 11;
1844. 1. 12,2. 2,2. 5,2. 6,6. 17;
1847. 6. 22,6. 23,9. 7,9. 16,9. 20,
10. 5,10. 16,11. 11,12. 18;
1848. 1. 24,2. 16,2. 17,2. 18

桑维翰 **1847**. 9. 15

桑悦、怿民 **1839**. 6. 22

山巨源 **1838**. 8. 5;**1843**. 5. 9

山翁 **1841**. 8. 20,8. 22

珊珊夫人 **1840**. 5. 18

单豹 **1840**. 5. 16

善爱仁 **1843**. 5. 19

商荣 **1841**. 10. 15

商鞅、商君、卫鞅 **1838**. 6. 11,7. 18;
1839. 3. 12,4. 2,4. 17

韶九 **1848**. 2. 26

邵半崖 **1839**. 4. 23

邵伯温 **1840**. 1. 26

邵道士 **1838**. 5. 30

邵僧弥 **1840**. 7. 3

邵棠 **1816**. 11. 6

邵田 **1823**. 3. 21

邵雍、康节、邵子 **1847**. 6. 4,6. 5,
9. 10,10. 3

邵宇涵 **1816**. 2. 27;**1847**. 10. 4

邵志纯 **1841**. 8. 26

邵子湘 **1839**. 1. 18;**1841**. 2. 14

召忽 **1839**. 5. 25

少湘 **1839**. 5. 3

舍妹 **1822**. 2. 27

申不害 **1838**. 6. 16;**1839**. 3. 12

申丰 **1847**. 8. 22

申凫盟 **1839**. 6. 25

申无宇 **1847**. 8. 24,8. 26

申用懋 **1841**. 11. 16

申子峰 **1843**. 10. 15

神农 **1841**. 12. 13

沈霭士 **1847**. 12. 14

沈爱遗 **1843**. 2. 26,11. 15

沈北溪 **1821**. 5. 17

沈表伯 **1841**. 4. 16

沈表侄 **1843.** 2. 7

沈昌元 **1843.** 7. 24

沈宸凤、六琴 **1843.** 8. 24

沈诚甫 **1843.** 12. 13

沈琉 **1815.** 12. 21；**1840.** 6. 20

沈传桂 **1841.** 2. 2

沈春树 **1841.** 1. 16，1. 17

沈纯甫、莼甫 **1843.** 10. 21，12. 17，
　12. 20；**1844.** 4. 18，4. 19

沈翠岭、沈翠老 **1839.** 8. 9，8. 28，
　8. 30；**1847.** 9. 20，10. 14，10. 23

沈大、沈老大 **1838.** 2. 24；**1839.** 5. 29，
　6. 5，7. 1，7. 5，11. 17，11. 21，11.
　23，11. 25；**1840.** 1. 4，8. 4，9. 30，
　11. 29；**1841.** 1. 6，2. 20，2. 25，3. 5；
　1843. 5. 19，5. 21，9. 4，9. 16，9. 27；
　1847. 9. 20

沈大海 **1844.** 1. 30

沈大舟 **1844.** 1. 29，1. 30

沈道章 **1843.** 3. 15

沈德潜、归愚宗伯 **1821.** 6. 8；
　1822. 5. 24；**1841.** 2. 10，3. 9；
　1843. 3. 20；**1844.** 1. 11，7. 3；
　1847. 7. 17

沈迪菘 **1843.** 9. 23

沈封公 **1841.** 8. 23

沈福度 **1843.** 3. 8

沈黻堂、绂堂 **1847.** 7. 21，7. 22，7. 27

沈幹庭 **1848.** 2. 11

沈刚中 **1822.** 1. 2

沈光鉴、笑梅 **1839.** 12. 5，12. 7

沈桂芬 **1843.** 11. 16，11. 17；**1847.**
　6. 10，6. 18

沈桂馥 **1847.** 6. 10，6. 18，6. 24

沈果堂 **1815.** 12. 23；**1839.** 4. 22

沈含珠、含翁 **1816.** 7. 2；**1838.** 2. 27，
　10. 26；**1839.** 3. 11，4. 11，4. 12，
　4. 13，4. 14，4. 15，4. 18，4. 19，4.
　20，4. 23，4. 24，4. 25，4. 26，4. 27，
　9. 3，9. 10，12. 22；**1840.** 6. 27，8.
　31，9. 21，11. 14，11. 16，11. 17；
　1841. 2. 2；**1843.** 10. 25，10. 26；
　1844. 4. 10

沈镐 **1843.** 11. 10；**1847.** 6. 24

沈鹤峙 **1822.** 1. 2；**1840.** 2. 23

沈晦 **1840.** 5. 17，5. 18

沈戟门 **1839.** 3. 20；**1844.** 6. 17

沈寄女 **1847.** 4. 7

沈建宇 **1847.** 7. 25

沈茮园 **1838.** 8. 15

沈缙生 **1843.** 4. 11，4. 16，5. 22，5. 29；
　1847. 3. 22，5. 25

沈经生 **1848.** 2. 24

沈九宫 **1838.** 10. 20

沈菊亭 **1841.** 3. 25

沈括 **1822.** 5. 20

沈礼堂 **1816.** 3. 31，4. 15，5. 3，5. 10，
　10. 9；**1820.** 3. 24；**1821.** 1. 22，5.
　23，5. 29；**1822.** 2. 23

沈立乔妇侄 **1843.** 7. 4

沈立之 **1838.** 3. 22

沈莲坡 **1844.** 1. 31

沈良甫姨甥 **1843.** 3. 18,5. 29,5. 31；**1847.** 10. 3

沈麟士 **1844.** 1. 6

沈六生 **1839.** 8. 9

沈六子 **1847.** 12. 25；**1848.** 1. 24

沈璐 **1839.** 2. 28

沈懋德 **1839.** 6. 16

沈梅村 **1838.** 10. 7；**1843.** 5. 11

沈梅桥、梅桥妇侄 **1821.** 1. 24；**1838.** 5. 23；**1839.** 3. 1,3. 20；**1840.** 8. 4,10. 16；**1841.** 1. 3,1. 30,4. 8,10. 13；**1848.** 2. 14,3. 2

沈鸣老 **1843.** 8. 1；**1844.** 8. 12

沈品莲 **1843.** 7. 24

沈栖山 **1816.** 3. 30

沈琦 **1840.** 6. 20；**1843.** 3. 15

沈起 **1841.** 12. 18

沈啓 **1847.** 12. 21

沈蒨香 **1839.** 4. 22

沈钦韩 **1839.** 8. 16

沈钦元、秀村 **1838.** 10. 6；**1839.** 2. 27；**1840.** 2. 7,8. 5；**1843.** 2. 5；**1844.** 8. 16

沈琴斋、琴斋婿 **1838.** 11. 13；**1840.** 9. 1,9. 2；**1841.** 4. 15

沈清衢 **1821.** 10. 9

沈清如妇侄、青如 **1839.** 12. 18；**1841.** 11. 23；**1843.** 1. 31,6. 3,7. 14,7. 17,8. 30,11. 19,11. 21；**1844.** 1. 3；**1848.** 2. 12,2. 16

沈清源 **1822.** 2. 1；**1840.** 9. 1,9. 10；

1841. 3. 2

沈虬 **1838.** 3. 2

沈淮 **1840.** 6. 2

沈佺期 **1840.** 11. 11；**1841.** 2. 25,3. 9

沈箬溪 **1839.** 1. 5,1. 7,3. 30

沈绍洙、子宣 **1844.** 1. 12

沈慎甫、慎甫妇侄 **1841.** 3. 7；**1843.** 7. 14,7. 17,8. 14,8. 30,11. 7,11. 17,11. 19,11. 21；**1844.** 4. 10；**1847.** 10. 3；**1848.** 1. 15,1. 21

沈甥 **1838.** 2. 25

沈士法 **1844.** 1. 14

沈氏 **1815.** 12. 2,12. 3；**1816.** 11. 23

沈述斋 **1843.** 11. 15

沈硕堂 **1847.** 10. 17

沈四 **1840.** 9. 30

沈松泉、松泉姨甥 **1841.** 4. 23,4. 24,5. 15

沈廷材 **1844.** 6. 1

沈廷芳 **1844.** 7. 3

沈彤 **1844.** 7. 3

沈外孙 **1838.** 5. 21,5. 27,6. 19；**1843.** 11. 19

沈万三 **1847.** 9. 12

沈文昌 **1838.** 2. 24

沈禊亭 **1815.** 2. 24,3. 26,3. 27；**1816.** 2. 5,5. 29,5. 31；**1821.** 3. 30

沈霞塘 **1822.** 3. 26,3. 27,6. 18,8. 27,9. 6,9. 15,10. 9

沈下贤 **1840.** 3. 19

沈绂佩 1839. 4. 1

沈笑山、超然 1838. 2. 1,2. 22,2. 23,
　3. 17,4. 3,4. 14,5. 3,6. 17,6. 20,
　7. 5,7. 6,8. 3,8. 22,9. 6,10. 6,
　10. 15,10. 20,11. 13,11. 24,11.
　28,12. 6;1839. 1. 20,3. 3,3. 20,
　3. 31,4. 5,4. 16,5. 1,5. 15,5. 16,
　5. 23,6. 3,6. 16,6. 25,7. 4,7. 8,
　8. 10,8. 12,8. 13,8. 19,8. 20,8.
　27,8. 30,9. 8,9. 15,9. 24,9. 28,
　9. 30,10. 4,10. 20,11. 30,12. 10,
　12. 11,12. 12,12. 21,12. 22,12.
　23,12. 30;1840. 1. 2,1. 11,1. 13,
　1. 14,1. 18,2. 14,2. 17,3. 9,3. 11,
　3. 25,3. 28,3. 29,4. 2,4. 10,4. 17,
　4. 19,4. 27,5. 26,6. 3,6. 17,7. 4,
　7. 16,7. 26,7. 27,8. 1,8. 12,8. 14,
　9. 1,10. 17,11. 9,11. 23;1841.
　1. 3,1. 24,3. 13,4. 7,4. 9,5. 29,
　6. 2,6. 15,6. 24,7. 4,7. 7,7. 10,
　8. 16,9. 1,9. 7,9. 17,10. 10,10.
　11,10. 20,11. 2,11. 14,11. 20,
　12. 4,12. 8;1842. 1. 1,1. 2,1. 8,
　1. 9,1. 12,1. 25,1. 28;1843. 2. 6,
　2. 7,2. 17,2. 23,3. 13,3. 17,4. 17,
　4. 18,4. 19,4. 20,4. 23,4. 26,5. 4,
　5. 16,5. 18,5. 19,7. 25,7. 27,7.
　30,8. 6,9. 7,9. 20,9. 21,11. 7,
　12. 24;1844. 1. 3,1. 12,1. 17,2. 1,
　4. 9,4. 10,4. 17,4. 18,4. 19,4. 20;
　1847. 5. 31,6. 3,9. 13,10. 13,

10. 14,10. 26,10. 30;1848. 2. 16,
　3. 2

沈啸梅、笑梅 1843. 11. 23;1844.
　4. 10,4. 17

沈星传 1838. 12. 16

沈杏亭、树金 1843. 9. 28;1847. 11. 17

沈熊师 1840. 11. 29

沈秀亭 1816. 2. 23,12. 21;1822. 2. 3,
　3. 21

沈彦昭妇侄 1843. 2. 10

沈养斋 1838. 11. 13

沈姨母 1839. 9. 15,9. 16

沈怡苍 1847. 11. 18

沈艺生、义生 1839. 10. 18,10. 25,
　12. 10,12. 23;1840. 3. 16,11. 30;
　1843. 2. 4,4. 6,4. 11

沈翼苍 1838. 3. 2;1847. 7. 25

沈荫常妇兄 1843. 7. 4,7. 6

沈寅斋、鸣球 1838. 4. 9

沈应瑞 1847. 7. 25

沈永年 1844. 1. 14

沈又尹 1839. 12. 18

沈愚亭、光昌 1838. 2. 28,3. 9,4. 9,
　10. 7;1839. 2. 27,6. 7,12. 5,12. 7;
　1840. 2. 14,7. 21,8. 26;1841. 3. 2;
　1842. 1. 22;1843. 9. 3,11. 9,11.
　23;1847. 5. 11,6. 1,6. 25,7. 5,
　10. 17,11. 14;1848. 1. 9,2. 17;
　1850. 2. 15

沈愚溪、锡爵、愚溪外舅 1815. 4. 9,
　6. 20,9. 5,9. 9,9. 10,10. 13,10.

16,10.17,10.18;**1816**.1.16,2.2,
3.11,5.1;**1818**.12.4,12.6,12.7,
12.11,12.17;**1820**.3.31,4.13,
4.16,4.17;**1821**.1.24,2.4,2.21,
3.9,4.2,4.3,4.4,4.5,4.7,4.8,
4.11,4.24,8.10,8.13,8.27,8.
28,9.2,9.18,10.8,10.11,10.28,
11.2,12.4;**1822**.3.10,4.12,6.
11,11.7,12.30;**1823**.3.23,3.24,
3.25,3.26,3.27;**1838**.5.19;
1839.5.17;**1840**.1.11,5.18

沈约、隐侯 **1816**.6.10;**1839**.2.28;
1847.12.22

沈曰富、南一、南乙 **1838**.3.7,10.13;
1839.3.3,4.28,5.2,10.21,10.
23,11.5,11.7,11.8,11.28,11.
30,12.1,12.2,12.3,12.4,12.7,
12.20;**1840**.1.1,2.10,2.18,3.1,
9.9,9.13,12.24;**1841**.3.13,3.
14,3.16,4.30,5.2,5.3,6.1,6.7,
6.22,6.23,6.24,6.25,6.26,7.
20,9.2,9.3,10.1,10.10,11.4,
11.21,11.22,12.4,12.5,12.18,
12.19;**1842**.1.7;**1843**.2.9,2.11,
2.14,2.18,2.24,5.8,5.9,6.15,
6.16,6.17,6.18,6.19,8.17,9.3,
9.4,11.24,11.25;**1844**.2.1;
1847.5.8,5.13,11.10,11.13,
11.14,11.27;**1848**.1.13,2.4,
2.5,2.14,2.23

沈月波 **1841**.7.18

沈月帆 **1847**.5.11

沈岳峙 **1841**.10.11

沈云巢、璟 **1815**.2.15,3.26,3.27,
6.2,6.17,6.22,6.23,7.6,11.20;
1816.1.1,2.3,2.17,2.20,2.21,
2.23,4.7;**1822**.2.3,2.4,3.21;
1838.2.14;**1839**.2.27,6.19;
1843.9.6;**1847**.7.25

沈云浦 **1841**.4.23

沈韵楼 **1843**.5.1;**1844**.1.12

沈再祁 **1844**.1.12

沈长官 **1838**.3.23

沈贞甫 **1838**.9.14

沈振山 **1823**.2.6

沈澂甫 **1843**.9.7

沈芝如、学履 **1815**.3.1,5.3;**1816**.
2.19;**1820**.4.10,4.12;**1822**.4.24,
10.18;**1823**.4.20

沈芝堂 **1843**.11.16

沈志达、闻叔、沈婿 **1838**.2.9,2.18,
2.21,2.23,3.3,3.7,4.1,5.3,
5.27,7.10,8.10,8.15,9.4,9.5,
9.9,9.25,10.19,10.23,11.14,
11.30,12.3,12.9;**1839**.2.16,
2.17,2.19,2.20,3.28,3.31,4.6,
4.30,5.1,5.9,5.13,5.16,5.17,
5.18,5.19,5.23,5.30,6.4,6.9,
6.10,6.14,6.15,6.16,7.4,7.16,
7.30,8.10,8.12,8.19,8.20,8.
21,8.22,8.26,8.29,8.30,9.24,
9.27,10.1,10.25,10.26,10.30,

11. 4,11. 5,11. 14,11. 17,11. 20,
11. 28,12. 23；**1840**. 1. 11,1. 15,
1. 17,1. 30,2. 6,2. 14,2. 17,3. 4,
3. 5,3. 10,3. 18,3. 24,3. 28,3. 29,
3. 30,4. 10,4. 13,5. 26,5. 28,5.
29,6. 24,7. 12,7. 21,8. 3,8. 4,
8. 14,8. 20,8. 30,9. 1,9. 2,9. 13,
9. 14,9. 29,10. 10,10. 12,10. 18,
11. 9,11. 15,11. 23,11. 27,12. 1,
12. 5,12. 6,12. 11,12. 25；**1841**.
1. 8,1. 10,1. 11,1. 27,1. 28,1. 29,
1. 30,2. 10,3. 13,3. 15,3. 25,4. 4,
4. 19,5. 7,5. 10,6. 10,6. 24,6. 25,
7. 11,7. 18,7. 19,7. 22,8. 3,8. 6,
8. 9,8. 26,8. 30,9. 1,9. 17
沈周 **1842**. 1. 11
沈竹堂、沈姨甥、良甫 **1838**. 9. 10,
10. 13；**1839**. 9. 26,12. 24,12. 25；
1841. 4. 15,4. 23；**1847**. 4. 13,4. 16
沈子坚 **1839**. 6. 11；**1840**. 8. 4
沈子墙 **1843**. 11. 15
沈子实 **1847**. 7. 3
沈自炳 **1815**. 12. 21
沈自晦 **1815**. 10. 10
沈自骊 **1815**. 10. 10,12. 21
沈自南 **1847**. 11. 18
声昭 **1815**. 4. 6
升屏 **1840**. 3. 11
省斋 **1850**. 2. 15
盛斌 **1843**. 3. 10
盛怀邦 **1849**. 9. 23

盛坚堂 **1843**. 8. 13；**1847**. 3. 22
盛坎吉 **1847**. 10. 4
盛鲁曾、紫馀 **1849**. 9. 23
盛茂才 **1839**. 10. 19
盛仁中 **1849**. 9. 23
盛斯兆 **1844**. 6. 28
盛似祖 **1838**. 1. 30
盛王赞 **1838**. 3. 2
盛一亭 **1847**. 10. 4
盛寅 **1838**. 3. 2
盛韵楼 **1847**. 12. 18
盛子馀 **1843**. 4. 5；**1844**. 4. 16,4. 22,
4. 23,4. 24,4. 25；**1847**. 6. 29,7.
23,7. 24
施稻香 **1841**. 4. 24
施二水 **1839**. 5. 6
施汉祥 **1843**. 8. 28
施连洲 **1815**. 5. 30
施勤斋 **1840**. 1. 24
施仁政、倩桥 **1841**. 6. 5,6. 9
施世兄 **1839**. 5. 6
施愚山 **1847**. 6. 11
施元之 **1838**. 5. 13,5. 20,6. 21,6. 23
施心一 **1815**. 5. 30
师慧 **1847**. 7. 31
师旷 **1847**. 7. 31,8. 25
师思 **1838**. 3. 21
石苍舒 **1838**. 3. 21
石昌言 **1838**. 8. 11；**1839**. 5. 19
石处士 **1838**. 8. 9；**1839**. 5. 17
石春 **1843**. 9. 25

石奋 **1838**.5.30

石建 **1838**.5.30

石介 **1838**.9.6

史兰 **1840**.3.25

石曼卿 **1838**.9.4,12.27；**1839**.1.1,
　8.4

石门 **1815**.8.13

石生倕孙 **1838**.9.24；**1839**.2.2,
　3.31,4.29,5.24,5.30,7.14,9.8,
　9.9,9.25,9.26,9.27,10.21；
　1840.2.22

石守道 **1838**.9.4,9.6

石桐圃 **1821**.2.18；**1822**.4.24,4.27,
　12.24；**1838**.4.9,4.11,5.3,10.7,
　10.15,10.16,12.16；**1839**.3.9,
　6.2,12.17；**1840**.6.27,11.25,
　11.26；**1841**.2.12,5.11,7.26

石显 **1839**.3.12

石韫玉 **1841**.11.15

时光禄 **1840**.5.31

时一只虎 **1816**.11.29

实源、一泉 **1838**.2.28

史秉中 **1839**.11.30

史朝义 **1841**.2.21

史传衔 **1840**.2.25

史传衢 **1840**.2.25

史淳 **1843**.5.19

史圜 **1843**.2.12

史蕉引 **1822**.1.29

史久诚 **1840**.2.25

史久钦 **1840**.2.25

史珏斯 **1822**.10.28,10.29

史可程 **1815**.4.18

史可法、史相国、史阁部 **1815**.4.18；
　1839.5.25,8.3；**1847**.7.24

史老玉 **1840**.10.22

史励斋 **1839**.6.7,6.11；**1843**.3.29,
　4.1,11.15；**1844**.2.12

史侣荘 **1843**.10.17；**1844**.2.12

史弥远 **1847**.6.15,6.16

史清如 **1843**.4.1

史善镶 **1841**.2.24

史石泉 **1840**.2.14；**1841**.2.24,3.1,
　8.5

史天泽 **1847**.6.20

史未崖 **1820**.6.12

史心如 **1839**.4.17,4.21,4.25,6.7；
　1840.1.24,2.25

史旸 **1844**.6.9

史悠远 **1841**.8.5

史籓 **1844**.6.12

释德亮霁堂、雪床、雪公 **1820**.5.18；
　1821.5.31,6.8,12.29；**1822**.1.1,
　7.26,12.20；**1823**.6.22

释秘演 **1839**.3.13

释惟俨 **1838**.6.13

释虚白 **1840**.7.27

守诠 **1838**.3.22

舒教授 **1838**.3.25

舒明府 **1841**.10.18

舒铁云 **1815**.6.25；**1818**.12.14

书恭寿 **1841**.10.13

书林 **1844**. 2. 2

叔平 **1843**. 11. 24

叔齐 **1841**. 5. 10

叔孙豹 **1844**. 5. 15；**1847**. 8. 4，8. 17，9. 4

叔孙穆子 **1847**. 8. 12

叔孙婼 **1847**. 9. 4

叔向、肸 **1847**. 8. 7，8. 12，8. 19，8. 27

叔鱼 **1839**. 3. 11；**1843**. 5. 18

束草亭 **1844**. 6. 30

束晳 **1844**. 6. 30

双南四嫂 **1838**. 9. 24

双南四兄 **1821**. 1. 31，12. 21；**1823**. 7. 5；**1841**. 5. 28

双洲侄孙 **1841**. 5. 20；**1847**. 3. 27；**1848**. 2. 19

舜、大舜、虞 **1815**. 4. 18；**1838**. 6. 20；**1839**. 3. 27；**1840**. 3. 22，3. 23；**1841**. 2. 28，8. 18，11. 25，12. 13，12. 15；**1843**. 6. 12；**1844**. 1. 16，4. 22，5. 14，6. 20；**1847**. 3. 28

顺之 **1847**. 10. 12

顺治、世祖章皇帝 **1839**. 3. 23，10. 22

司空表圣 **1844**. 6. 19

司马光、君实、温公 **1829**. 4. 19；**1838**. 3. 24，8. 7，8. 9；**1839**. 5. 13；**1841**. 7. 9；**1844**. 1. 8，1. 17，1. 19，1. 28；**1847**. 6. 2，6. 4，9. 15，9. 16

司马侯 **1847**. 8. 12

司马徽 **1839**. 8. 24

司马季主 **1838**. 9. 21

司马迁、子长、太史公 **1838**. 7. 28，8. 5，8. 8；**1839**. 3. 13；**1840**. 4. 13

司马谈 **1839**. 3. 11

司马相如、长卿 **1816**. 3. 17；**1838**. 8. 18，11. 27；**1839**. 3. 7，3. 9，3. 16，7. 31，10. 1，12. 28；**1841**. 7. 27，8. 10；**1843**. 11. 12，11. 26

四大侄 **1840**. 3. 5，5. 4，5. 9

四大侄孙 **1850**. 2. 13

四妇侄 **1842**. 2. 3

四寄女 **1847**. 4. 20

四嫂 **1840**. 3. 5，3. 20，4. 2，4. 3，5. 4，5. 9

四甥女、四姨甥女 **1841**. 11. 15；**1843**. 2. 4，4. 11，4. 18，11. 21；**1844**. 8. 9；**1847**. 5. 26

四先兄 **1840**. 3. 5

四兄女 **1843**. 12. 16；**1844**. 4. 27，4. 28

四侄女 **1838**. 11. 3；**1840**. 10. 29；**1841**. 1. 25，1. 26，5. 18，7. 27，7. 30，8. 1，8. 2，8. 7，11. 3，11. 6；**1843**. 6. 21，7. 1，7. 7，7. 24，7. 25，7. 28，7. 29，8. 2，8. 4，8. 5，8. 15，8. 17，8. 18，8. 25，10. 17，10. 18，10. 20，10. 21

四侄孙 **1839**. 10. 7

四姊、四女兄 **1838**. 2. 9，5. 21，10. 4；**1839**. 1. 23，3. 13，4. 14，4. 25，5. 5，5. 17，7. 7，7. 8，7. 11，7. 12，7. 15，8. 6，12. 19；**1840**. 1. 24，2. 23，4. 15，7. 12，9. 25，11. 1；**1841**. 1. 5，

4. 27,5. 15,11. 15；**1842**. 2. 4；
1843. 2. 25,2. 26,3. 28,11. 5,
11. 6,11. 13,12. 26,12. 28；
1844.1. 4,1. 21,1. 30,8. 9

寺人柳 **1847**.8. 24,8. 25

松涯二兄 **1816**.9. 5,9. 6

松筠 **1841**.11. 15

嵩生四嫂 **1839**.9. 23

宋高宗 **1839**.10. 22

宋徽宗 **1839**.4. 24,5. 25；**1847**.6. 6

宋江 **1847**.6. 6

宋均 **1847**.4. 10

宋礼 **1847**.7. 3

宋理宗 **1820**.6. 10

宋濂 **1847**.6. 29

宋某 **1815**.4. 26

宋牧仲 **1841**.2. 17

宋清 **1840**.3. 15

宋仁宗 **1816**. 6. 21；**1820**. 9. 3；
1838.7. 8,9. 21；**1839**.3. 14,3. 29,
8. 28

宋神宗 **1816**. 6. 21；**1820**. 9. 3；
1844.1. 18,5. 17；**1847**.6. 2

宋太宗 **1838**. 9. 22；**1839**. 3. 23；
1840.10. 5

宋汶 **1839**.12. 5

宋孝宗 **1839**.10. 22

宋英宗 **1820**.9. 3

宋玉 **1815**. 6. 12；**1838**. 11. 19；
1839.9. 28,11. 24；**1841**.8. 5,8.
14,8.15；**1843**.4. 22

宋征璧、当木 **1840**.6. 8

苏安世 **1838**.9. 12

苏迟 **1838**.4. 8

苏绰 **1847**.5. 7

苏代 **1838**.7. 21,7. 22；**1839**.4. 2

苏逊、幹儿 **1838**.4. 8

苏过、叔党 **1838**.5. 30；**1847**.9. 22

苏涣 **1839**.11. 18；**1843**.12. 15

苏厉 **1838**.7. 22；**1839**.4. 2

苏迈 **1838**.3. 29

苏明允、老苏、老泉 **1838**. 6. 8,6. 9,
6. 14,8. 6,8. 11,8. 12,9. 26；
1839.3. 12,3. 13,3. 14,4. 4,4. 8,
5. 19,9. 9；**1840**.4. 21；**1843**.4. 23,
6. 14,8. 8,8. 22,8. 23,8. 24,8. 25

苏秦、苏子、苏季子 **1838**. 6. 15,7. 18,
7. 22,7. 24；**1839**. 3. 15,4. 2；
1841.12. 8

苏轼、坡、坡翁、子瞻、苏文忠公、眉
山、长公、苏玉局 **1815**. 4. 19；
1816. 4. 21,6. 21；**1822**. 1. 19,3.
31；**1829**.4. 26；**1838**.3. 15,3. 20,
3. 21,3. 22,3. 23,3. 24,3. 25,3.
27,3. 29,4. 4,4. 8,4. 19,4. 26,
4. 28,4. 30,5. 1,5. 8,5. 11,5. 12,
5. 13,5. 14,5. 15,5. 20,5. 24,5.
30,5. 31,6. 9,6. 11,6. 13,6. 21,
6. 24,6. 25,7. 4,7. 7,7. 8,7. 9,
7. 10,7. 13,7. 17,7. 23,7. 25,7.
29,8. 5,8. 6,8. 7,8. 8,8. 9,8. 11,
8. 12,8. 13,8. 18,8. 19,8. 22,9. 2,

9.3,9.16,9.26,10.1,11.15,
11.17,12.25,12.27；**1839**.1.10,
1.16,3.12,3.24,3.25,3.26,3.
29,4.2,4.4,4.8,4.17,5.19,5.
25,5.29,7.3,7.31,8.2,8.16,
8.17,9.6,9.9,9.11,9.12,9.13,
9.14,9.15,10.27,10.30,11.4,
11.12,11.15,11.24,11.27,11.
28,11.30,12.27,12.31；**1840**.
4.13,5.15,5.17,5.21,6.8,6.9,
6.10,6.11,6.12,6.13,6.17,6.
18,6.20,6.22,6.29,7.9,7.14,
7.18,7.27,8.4,8.5,8.9,8.11,
8.12,8.13,8.14,8.15,8.16,8.
17,8.19,8.21,8.22,8.23,8.24,
8.25,8.28,8.29,8.30,8.31,9.3,
9.7,9.10,9.12,9.16,9.17,9.18,
9.21,9.23,9.30,10.1,10.2,
10.4,10.5,10.6,10.7,10.8,
10.11,12.30；**1841**.1.27,2.25,
3.8,3.21,3.22,3.23,3.24,3.26,
3.27,3.28,3.29,3.30,3.31,4.4,
4.6,4.7,4.8,4.9,4.10,4.11,
4.12,4.13,4.14,4.15,4.16,4.
17,4.21,5.4,5.23,5.24,5.25,
5.26,5.27,5.28,5.30,6.2,6.4,
6.5,6.6,6.8,6.10,6.12,6.13,
6.14,6.15,6.16,6.18,7.3,7.10,
7.11,7.12,7.13,7.14,7.15,7.
16,7.24,7.29,8.1,8.4,8.5,8.6,
8.8,8.9,8.11,8.12,8.13,8.14,

8.15,8.17,8.18,8.19,8.20,8.
21,8.22,8.25,8.26,8.27,9.1,
9.2,9.4,9.5,9.6,9.8,9.9,9.10,
9.11,9.17,9.18,9.19,9.20,9.
21,9.22,9.24；**1842**.1.31；
1843.3.11,3.17,3.18,3.19,3.
20,3.21,3.23,3.24,3.25,4.8,
4.9,4.10,4.11,4.12,4.18,4.19,
4.21,4.22,4.28,4.29,4.30,6.2,
6.30,7.3,7.5,7.10,7.11,7.16,
7.21,7.22,7.23,8.1,8.4,8.7,
8.8,8.19,9.1,9.2,9.9,9.12,
9.20,9.21,10.4,10.22,12.27；
1844.1.8,5.26,6.15；**1847**.3.27,
9.10,9.22

苏适 **1838**.4.8

苏舜钦、子美 **1838**.6.13,12.27

苏寺丞 **1838**.3.23

苏廷魁 **1843**.7.9

苏退翁 **1838**.5.24

苏威 **1847**.4.30

苏文甫 **1838**.8.12；**1839**.5.19

苏熹 **1841**.1.4

苏小小 **1821**.3.26；**1829**.4.17；
　1843.9.26

苏远 **1838**.4.8

苏哲 **1841**.1.4

苏辙、子由 **1838**.3.20,3.21,3.22,
　3.24,3.27,3.29,4.4,4.8,4.28,
　5.1,5.12,5.14,5.24,6.11,6.15,
　7.17,8.6,9.26,12.27；**1839**.3.

13,3.14,4.2,4.4,9.9,11.28;
1840.8.25,8.28,9.10;**1843**.3.
23,4.12,4.30;**1844**.6.29

苏仲恭 **1839**.8.5

苏子英 **1841**.1.4

苏自之 **1838**.3.21;**1840**.9.10

眭夸 **1840**.5.12

隋炀帝 **1839**.3.7;**1843**.4.8

遂安 **1838**.2.20

孙补云 **1815**.3.28

孙臣 **1838**.7.24

孙承泽、退谷 **1843**.2.15

孙承宗 **1847**.7.9

孙丞宣、懋勋 **1844**.6.12

孙楚 **1839**.11.10

孙传廷、白谷山人、忠靖公、雁门尚书
1841.4.26

孙登 **1847**.4.17

孙尔柏、新甫 **1843**.5.14,5.15,5.21,
5.29,6.10,6.12,7.12,7.25,7.
27,8.4,8.10,8.25,9.22;**1844**.
2.13,4.16,5.18,6.1,6.16,8.13

孙尔准 **1843**.10.13

孙二兄 **1839**.4.12

孙丰、兰溪少府 **1841**.4.26

孙鹤洲 **1843**.10.20

孙会宗 **1838**.7.28;**1841**.8.9

孙嘉淦 **1841**.6.19

孙旌 **1822**.5.4

孙敬 **1841**.8.18;**1843**.4.11

孙九皋 **1847**.3.27,3.29

孙九龄 **1838**.2.14

孙镤 **1840**.3.15,3.26,4.12

孙揆守 **1838**.9.12

孙朗岩 **1838**.2.14

孙立方、雨香 **1848**.1.15

孙立纲 **1838**.2.24

孙林父 **1847**.8.8

孙隆 **1829**.4.26

孙虑、建昌侯 **1815**.7.13

孙明复 **1838**.9.4,9.6;**1839**.8.6

孙铭恩 **1843**.5.19

孙铭彝 **1842**.2.5

孙伻 **1838**.3.29

孙奇逢、钟元 **1843**.2.15;**1847**.5.23

孙秋伊 **1838**.3.3,3.7,4.2,8.26,
8.29,10.21,12.2;**1839**.2.25,
3.5,5.1,5.5,5.10,6.7,6.8,6.
11,9.17,9.21;**1840**.2.4,4.3,
4.8,9.11,9.28;**1841**.2.17,2.19,
2.27,3.1,3.3,3.4,3.5,3.6,3.7,
3.8,9.3,9.7;**1843**.8.14;**1844**.
4.14,5.4;**1847**.3.22,3.23,3.27,
3.29,5.10,5.28,7.17;**1848**.1.
22,1.23;**1850**.2.22,2.23

孙琼 **1839**.2.28

孙山 **1840**.10.5,11.8;**1843**.11.8

孙慎行 **1847**.7.19

孙叔敖 **1839**.6.18;**1841**.11.25

孙松霞 **1816**.8.30,9.15,10.11,
10.28,11.10;**1839**.1.25

孙松崖、嵩崖 **1839**.4.13,4.14,4.15,

4. 18，4. 21，4. 22，5. 2，8. 18；
1843. 8. 14

孙燧 1847. 7. 13

孙退士 1844. 1. 5

孙啸林 1839. 5. 7，5. 17，5. 20，5. 21，
6. 5，6. 6，6. 8，6. 12；1847. 3. 31

孙莘老 1838. 3. 21，3. 22，3. 25；
1843. 4. 28

孙星衍 1839. 6. 30；1847. 4. 24，7. 10

孙兴公 1841. 7. 29

孙秀姑 1841. 8. 26

孙一元 1841. 8. 25

孙益之、六吉 1840. 6. 7

孙银槎 1842. 2. 5

孙与人 1839. 5. 30

孙云庵 1848. 2. 16

孙云鏊 1839. 5. 29

孙兆林、雨香 1839. 4. 12；1843. 8. 14

孙真人 1839. 2. 1

孙正之 1838. 8. 12；1839. 5. 19

孙织霞 1847. 11. 27；1848. 1. 15

孙执升 1847. 8. 27，9. 3

孙竹坡 1840. 4. 3

孙著作 1838. 3. 29

孙子箫 1839. 6. 22

T

大子痤 1847. 8. 8，8. 24

太子建 1841. 12. 9

泰不华 1847. 6. 22

谭元春 1816. 6. 21；1840. 6. 13

汤、成汤 1838. 6. 20，6. 28；1839.
11. 29；1840. 3. 22；1844. 1. 16；
1848. 3. 4

汤斌、汤文正公 1815. 3. 28；1843.
2. 15

汤点山 1847. 12. 28，12. 29；1848.
1. 4，1. 5

汤焕、尧文 1820. 5. 1

汤嘉树、小芸、小云 1839. 10. 15；
1847. 4. 3，4. 23，5. 3，5. 24，5. 28，
6. 17，6. 22，7. 23，7. 24，7. 25，7.
29，8. 8，8. 10，8. 15，8. 18，9. 12，
9. 20，9. 26，9. 28，10. 6，10. 13，
10. 14，12. 13，12. 20，12. 23；
1848. 1. 24，1. 25，2. 29

汤健昭 1842. 1. 23

汤金钊 1839. 9. 13，9. 19；1841. 11. 15

汤鹏、海秋、汤太史 1842. 1. 11，1. 23，
1. 24，1. 25，1. 26，1. 27，1. 28，1. 29

汤潜庵 1843. 6. 10

汤西涯 1839. 10. 15

汤贻汾、雨生 1839. 9. 20；1843. 9. 23，
9. 28，9. 29，10. 2，10. 3，10. 4，
10. 5，10. 8，10. 19，11. 7，11. 12，
11. 14，11. 26

汤云松 1843. 5. 19

唐德 1847. 5. 15

唐德宗 1840. 3. 25；1843. 4. 22

唐耳山 1838. 2. 15，8. 29；1841. 10. 10

唐馥堂、福堂 1839. 4. 24，4. 27

唐高宗 1843. 4. 22

唐介 **1838.** 9. 4

唐金鉴、子荔 **1838.** 3. 12

唐镜海 **1842.** 1. 24

唐楷之 **1843.** 11. 15

唐葵心 **1838.** 3. 12

唐括辩 **1843.** 6. 13

唐兰皋 **1844.** 5. 8

唐穆宗 **1841.** 3. 30

唐起鸿、兰皋 **1847.** 4. 11

唐汝询 **1840.** 5. 15

唐氏女 **1816.** 7. 3

唐顺之、应德、荆川 **1838.** 8. 8；
　1839. 5. 16；**1840.** 1. 7，1. 23，3. 20，
　3. 25，3. 27，4. 9，4. 11，4. 12，4. 18；
　1843. 3. 14

唐顺宗 **1840.** 3. 25

唐肃宗 **1839.** 6. 22；**1843.** 10. 31

唐太宗 **1838.** 6. 11；**1839.** 3. 13，12.
　31；**1843.** 4. 12；**1847.** 6. 20

唐陶山 **1839.** 6. 30

唐味竹、维竹、维祝、维翁 **1840.** 1. 28，
　2. 24，2. 25，2. 27，3. 6，3. 12，4. 24

唐文宗 **1838.** 9. 10；**1841.** 3. 30

唐闻涛 **1821.** 4. 22

唐武宗 **1839.** 1. 20；**1841.** 3. 30

唐宪宗 **1843.** 4. 22

唐翼修 **1841.** 3. 6

唐寅、唐解元、六如先生 **1839.** 5. 29，
　6. 30；**1844.** 6. 28

唐雨窗 **1839.** 5. 6，5. 16

唐元宗、明皇 **1839.** 6. 27；**1843.** 4. 22

唐仲冕 **1847.** 4. 24，7. 10

唐子西 **1839.** 1. 18

陶爱庐、棠 **1815.** 10. 7；**1816.** 2. 26，
　4. 20；**1820.** 12. 4，12. 5；**1821.** 3.
　28，3. 30，10. 8，11. 15，11. 21，
　11. 28，11. 29

陶宫保 **1842.** 1. 31；**1843.** 9. 18

陶菰古 **1816.** 2. 26

陶菰香 **1821.** 3. 30；**1823.** 2. 22，5. 1

陶毂 **1839.** 8. 16

陶弘景、宏景、通明 **1840.** 7. 10；
　1843. 3. 20

陶骥、子骏 **1838.** 4. 8

陶节妇 **1838.** 8. 20

陶侃 **1847.** 5. 1

陶塈 **1847.** 4. 23

陶石篑 **1848.** 3. 3

陶澍、云汀 **1838.** 7. 9；**1839.** 3. 21；
　1842. 1. 29

陶文幹 **1820.** 5. 31

陶文简公 **1844.** 1. 13

陶应鲲、师尊 **1841.** 3. 8

陶雍端 **1839.** 8. 1

陶庸斋 **1848.** 3. 3

陶渊明、元亮、潜、陶征士、陶令
　1820. 8. 11；**1822.** 1. 29，4. 2；
　1838. 5. 1，5. 8，5. 11，5. 13，5. 14，
　5. 15，5. 30，7. 26，12. 17；**1839.**
　8. 1，11. 14，11. 23；**1840.** 4. 20，
　7. 22；**1841.** 3. 8；**1842.** 1. 24，1. 26；
　1843. 2. 20，3. 17，9. 1，9. 15；

1844.1.6；**1847.**6.12,6.13

陶振 **1820.**5.31；**1847.**6.21

陶制军 **1838.**10.5,10.24

陶锥庵 **1843.**2.12

特思 **1843.**6.13

滕甫 **1847.**6.19

滕文公 **1841.**3.6

滕元发 **1843.**7.27

体诚从兄、粹白上人 **1829.**4.25

田部夫 **1838.**3.29

田承嗣 **1841.**2.21

田单 **1838.**7.24

田 横 **1838.** 12. 26；**1839.** 11. 24；
　1840.6.16

田画 **1838.**8.11；**1839.**5.18

田老三 **1847.**5.11

田锡 **1840.**5.18

田雨公 **1843.**5.19

田昼 **1847.**6.5

田子方 **1841.**1.15,8.9,8.29

铁庆成、荔尜 **1843.**9.6

铁骧侄 **1838.**2.18

铁铉 **1838.**7.9

听香 **1821.**3.19

廷奎侄孙 **1843.**2.4；**1848.**2.11

童忍庵 **1844.**1.28

童养涵 **1844.**2.8

童应祯、元吉、俭庵 **1844.**6.29

童友仁 **1844.**1.28

童志浩 **1843.**4.13,12.27

童宗说 **1840.**3.15,3.22

屠蒯 **1847.**8.25

屠兰渚 **1839.**5.29

屠琴坞 **1839.**5.29

屠三先生 **1843.**6.27

屠修伯 **1838.**2.9

拓跋珪 **1847.**5.6

W

晚大小姐 **1847.**5.24

万偶元 **1839.**5.27

万爆 **1847.**7.22

万青黎 **1843.**5.19

汪鋐 **1847.**7.7

汪家禧、汉郊 **1839.**5.28

汪稼门 **1839.**8.5

汪能肃、雨人 **1838.** 8. 4,8. 7,8. 22,
　8.25,9.10,10.11,10.13,10.22；
　1842.2.3,2.9

汪慎 **1843.**8.8

汪士鋐 **1822.**2.27

汪太守 **1839.**6.15

汪伟 **1847.**7.24

汪文言 **1839.**4.26

汪闲斋 **1844.**1.12

汪心农 **1840.**7.16

汪应辰 **1839.**10.22

汪裕昆 **1848.**1.17

王安礼 **1839.**3.29

王安石、荆公、介甫 **1815.** 6. 24；
　1820.9.3；**1838.**4.26,6.15,7.8,
　7.9,8.6,8.7,8.8,8.12,8.19,

8. 23,9. 1,9. 8,9. 11,9. 12,9. 14,
9. 27；**1839.** 1. 1,3. 15,3. 26,3. 27,
3. 29,4. 4,4. 8,5. 19,7. 31,8. 7,
8. 8,8. 25，9. 11，11. 4，11. 28；
1841. 8. 16,8. 18,8. 24；**1843.** 4.
19,7. 22；**1847.** 6. 19
王鏊、文恪公 **1847.** 11. 18,11. 24
王百谷 **1818.** 12. 11
王北溪 **1847.** 11. 26
王兵部 **1838.** 8. 6
王秉顺 **1823.** 2. 1
王勃 **1839.** 6. 19；**1841.** 2. 6
王伯启 **1844.** 1. 28
王补琴、王甥 **1838.** 2. 20；**1839.** 9. 21；
1847. 3. 27
王参元 **1840.** 4. 20
王粲、仲宣 **1815.** 5. 21；**1838.** 12. 10；
1839. 11. 22；**1841.** 7. 29；**1843.**
3. 10,9. 1
王操之 **1843.** 7. 21
王常甫 **1838.** 9. 12
王昶 **1847.** 4. 16
王昶、述庵 **1839.** 12. 1；**1841.** 8. 24,
8. 25
王忱 **1820.** 9. 9
王臣珩 **1840.** 10. 12
王臣勋 **1840.** 10. 12
王臣飏 **1840.** 10. 12
王臣翼 **1840.** 10. 12
王臣赞 **1840.** 10. 12
王承福 **1838.** 8. 19；**1842.** 1. 31

王承宗 **1838.** 8. 9
王丞相 **1838.** 8. 13
王宠、雅宜 **1839.** 8. 17
王大经、梦莲 **1843.** 12. 11
王旦 **1838.** 9. 3
王道力 **1840.** 9. 3
王道思 **1838.** 6. 14；**1839.** 3. 14
王鼎 **1841.** 4. 25
王定保 **1839.** 8. 11
王定国 **1838.** 4. 26,4. 30；**1843.** 4. 29
王东槐 **1843.** 5. 19
王敦 **1815.** 7. 5
王废基 **1815.** 10. 17
王俸有 **1844.** 6. 28
王福昌 **1840.** 3. 12
王符 **1815.** 7. 13；**1841.** 7. 8,7. 9
王甫堂 **1816.** 6. 1
王甫亭 **1821.** 2. 23
王赋梅 **1843.** 10. 1
王盖、王灵官 **1844.** 6. 16
王恭 **1820.** 9. 9
王巩 **1843.** 3. 23,4. 8
王光、德辉 **1844.** 6. 11
王光祖 **1844.** 6. 28
王柜书 **1840.** 7. 23
王国佐 **1821.** 1. 30,4. 19
王含 **1838.** 8. 7；**1839.** 5. 15
王含溪 **1839.** 6. 3
王恒林、春帆 **1838.** 3. 1
王宏川 **1841.** 8. 26
王鸿绪 **1841.** 10. 7

王厚之 **1839**. 8. 6

王徽之 **1843**. 7. 21

王回 **1841**. 6. 24；**1847**. 6. 5

王晦叔 **1843**. 4. 22

王吉 **1841**. 7. 10；**1843**. 11. 12

王吉门 **1847**. 9. 29

王吉人、希曾 **1839**. 6. 29，6. 30，7. 1；
    1840. 2. 28；**1841**. 2. 26，3. 1，3. 14，
    4. 8，4. 9，4. 23，5. 17，6. 18，8. 27，
    8. 28，9. 24，9. 27，10. 3，10. 27，
    11. 16，11. 17，12. 17，12. 25，12.
    26；**1842**. 1. 7，1. 8，1. 14，2. 2；
    1843. 3. 1，3. 16，3. 24，3. 28，3. 29，
    3. 31，4. 1，4. 20，4. 23，4. 30，5. 3，
    5. 14，5. 17，5. 18，7. 4，7. 8，7. 11，
    7. 12，7. 27，8. 5，8. 13，8. 23，8. 27，
    8. 28，8. 29，9. 5，9. 8，9. 9，9. 20，
    9. 23，9. 26，10. 1，10. 3，10. 4，
    10. 6，10. 7，10. 8，10. 15，10. 16，
    10. 17，12. 8，12. 20，12. 21，12. 27，
    12. 29；**1844**. 1. 2，1. 6，1. 24，1. 25，
    1. 29，2. 5，4. 10，5. 3，5. 7，5. 18，
    6. 21；**1847**. 4. 13

王吉士 **1847**. 11. 14

王绩、无功 **1839**. 8. 16

王季友 **1839**. 11. 14

王嘉会、履斋 **1839**. 11. 25

王俭 **1843**. 4. 22

王检叔 **1847**. 12. 28

王建 **1841**. 7. 28

王蕉畦 **1839**. 11. 25

王进才 **1839**. 5. 25

王晋安 **1815**. 5. 11

王晋卿 **1838**. 3. 29

王井叔 **1840**. 8. 5

王九思 **1816**. 6. 21；**1840**. 6. 12

王居卿 **1838**. 3. 24

王均、雍士、筠吉 **1841**. 8. 26

王骏 **1847**. 12. 10

王考、文祖 **1840**. 6. 23

王鲲 **1843**. 3. 7

王兰江 **1848**. 2. 7

王澜、王文澜 **1843**. 12. 27

王郎 **1839**. 6. 12

王老凤 **1839**. 12. 24

王乐道 **1843**. 7. 27

王烈妇 **1838**. 8. 20

王琳 **1839**. 8. 11

王柳南 **1839**. 6. 22

王伦 **1842**. 2. 3；**1847**. 6. 6

王轮翁、伦翁 **1839**. 8. 14；**1840**. 1. 24

王莽 **1842**. 2. 9

王梅生 **1847**. 3. 18，10. 1

王妹婿 **1820**. 3. 27；**1838**. 3. 15；
    1840. 3. 4

王猛 **1844**. 5. 20

王梦楼 **1843**. 9. 26

王南崖 **1844**. 6. 27

王凝之 **1843**. 7. 21

王伫文 **1840**. 5. 18

王平甫 **1838**. 9. 12

王衷 **1844**. 6. 12

王仆 **1839**. 12. 10,12. 29;**1840**. 1. 5,
1. 6,1. 7,1. 28,2. 1

王谱琴、王甥 **1840**. 8. 30,9. 11;
1843. 2. 13,9. 16,9. 17,9. 21,9.
25,9. 28,10. 31

王芑孙、铁夫 **1823**. 2. 21;**1841**. 8. 25

王樵云 **1847**. 8. 16

王秋水 **1839**. 8. 31,9. 3,9. 6;**1840**.
2. 24,2. 25;**1847**. 3. 18

王荣廷 **1839**. 12. 26

王汝言 **1844**. 1. 17

王弱生 **1840**. 4. 25

王篛林 **1838**. 8. 15

王僧虔 **1841**. 8. 23;**1847**. 9. 22

王僧孺 **1839**. 8. 3

王山桥 **1815**. 3. 1,3. 2;**1816**. 2. 7;
1821. 2. 16,3. 15;**1822**. 5. 16,
11. 2;**1839**. 12. 10;**1840**. 3. 12

王山桥之叔祖 **1821**. 2. 16

王少吕、致望 **1838**. 10. 21,12. 1;
1839. 3. 3,3. 4,8. 26;**1840**. 2. 11,
2. 12,2. 16,2. 18,5. 21,8. 19,8.
24;**1841**. 3. 16;**1843**. 2. 9,11. 13;
1847. 5. 3,10. 23,11. 16,11. 27;
1848. 3. 2

王深父、深甫 **1838**. 9. 11;**1839**. 1. 1,
8. 8

王生 **1838**. 7. 28

王甥 **1838**. 3. 3,3. 10,3. 15;**1839**.
5. 1,5. 4,5. 18,5. 19,6. 9;**1840**.
2. 14,8. 6,8. 17,8. 24,8. 30,9. 28,

10. 13;**1841**. 3. 1,3. 4,3. 5,3. 8,
3. 30,5. 12;**1843**. 4. 24,9. 25

王胜之 **1838**. 4. 26

王石谷 **1820**. 5. 25

王士正、阮亭、新城、渔洋山人
1820. 5. 31;**1839**. 6. 8,8. 5;
1842. 1. 23;**1843**. 4. 9;**1844**. 1. 6,
2. 16;**1847**. 7. 17

王氏 **1815**. 3. 12

王适 **1838**. 9. 1

王世贞、元美、弇州 **1816**. 6. 21;
1820. 8. 11;**1838**. 12. 28;**1839**.
6. 27;**1840**. 1. 28,3. 4,6. 6,6. 13,
6. 15,7. 5;**1841**. 3. 2,8. 14

王守仁、文成公、阳明 **1838**. 8. 15;
1840. 6. 3;**1841**. 6. 11;**1844**. 6. 15;
1847. 7. 11,7. 13

王寿 **1841**. 11. 25

王寿康 **1841**. 8. 19

王叔承 **1838**. 2. 24

王忤 **1841**. 11. 15

王澍 **1843**. 10. 2

王恕 **1847**. 7. 9

王舜 **1839**. 3. 19

王陶 **1847**. 9. 10

王天章 **1840**. 3. 12

王铁珊 **1839**. 5. 1,5. 4,5. 15,5. 18,
5. 20,6. 15;**1840**. 2. 14,8. 14,8. 17

王听泉 **1839**. 8. 18

王廷兰 **1841**. 12. 19

王廷相 **1816**. 6. 21

王庭润 **1820.**5.31

王通、文中子 **1839.**8.16；**1844.**6.4；
　1847.4.30

王维、王辋川、摩诘 **1816.**10.4；
　1820.4.5；**1838.**3.20；**1839.**5.5；
　1840.4.25；**1841.**2.17；**1842.**1.
　23,1.24；**1848.**1.5

王文鳌 **1841.**8.26

王文诰、见大 **1843.**9.9

王文治 **1839.**6.30

王我函 **1839.**5.25

王西樵 **1839.**11.18

王希吕 **1821.**5.10

王晞 **1847.**5.7

王锡阐 **1838.**2.25；**1843.**9.29

王锡晋 **1821.**10.9

王锡蒲 **1822.**6.11

王锡荣 **1839.**5.21

王羲亭 **1839.**6.13,6.15,9.21,9.22；
　1840.4.3,4.4,4.8

王羲之、逸少、右军 **1838.**9.19,9.23,
　11.30；**1840.**2.13,4.6,5.14；
　1843.3.11,4.8,7.21

王仙客 **1843.**4.18

王咸中 **1840.**6.29

王献之 **1838.**9.19；**1839.**4.16；
　1843.7.21

王香亭 **1838.**5.21

王湘云 **1839.**3.22；**1847.**3.21,3.25

王湘筠 **1840.**2.19

王象春、季木 **1839.**4.26

王象乾 **1839.**4.26

王霄 **1843.**3.27

王新甫、王忠 **1839.**12.3；**1841.**6.1,
　7.20,11.4；**1843.**2.12；**1848.**2.12

王信州 **1839.**11.4

王行、止仲 **1841.**6.23

王岫轩 **1841.**4.14

王虚舟 **1847.**4.7

王旭楼、王旭翁 **1820.**5.18；**1821.**
　3.8,3.10,4.12,5.5,7.26,11.6；
　1822.6.25

王坝 **1838.**8.9；**1839.**5.16

王巽斋 **1843.**2.16

王彦方 **1838.**9.4；**1839.**8.4

王延寿、子山 **1838.**12.9；**1839.**11.22

王衍 **1847.**11.20

王砚农 **1838.**2.14；**1839.**9.19,9.21；
　1840.3.6；**1841.**5.14；**1844.**6.29,
　6.30

王阳 **1842.**1.24；**1847.**12.10

王阳甫 **1840.**7.25；**1841.**8.19

王颐 **1838.**3.21

王姨甥 **1839.**3.9；**1841.**3.3

王艺斋 **1821.**9.26

王义 **1838.**2.8,11.24

王义恭 **1847.**4.27

王益柔、胜之 **1843.**4.22

王应麟、深宁 **1838.**12.28；**1840.**5.17

王永吉 **1843.**2.14

王舻 **1838.**4.26

王友三 **1841.**3.3

王友山 **1841.**3.7

王西山 **1838.**3.8；**1843.**4.7；**1847.**
　3.23

王又山 **1843.** 2. 19，2. 27，4. 6；
　1844.5.11，5.12

王右仲 **1841.**2.24

王与沂、赋梅 **1839.**1.23

王禹玉 **1840.**10.5

王郁林 **1838.**5.30

王玥、梦湘 **1839.**12.23

王云墅 **1838.**4.9；**1839.**9.21，9.22；
　1844.5.8

王沄 **1840.**6.9

王元启 **1843.**3.18

王元之 **1843.**7.21

王宰 **1839.**1.19

王章、伯仪 **1840.**6.23；**1847.**12.10

王昭明 **1838.**9.12

王照、仲犀、王老师 **1839.** 11. 30，
　12.1；**1840.**10.12

王兆英 **1843.**9.10

王振 **1847.**9.15

王振声、宝之 **1839.**6.25

王正鋆 **1843.**9.28，9.29

王志坚 **1840.**5.10

王治堂 **1841.**10.17

王铚 **1838.**9.12

王中甫 **1838.**3.24

王仲曾 **1816.**1.30

王仲舒 **1838.**9.1

王仲修 **1822.**2.1

王珠亭 **1838.**4.10；**1839.**8.26，8.27，
　9.17，9.21；**1840.** 6.30，7.11，8.
　24，9.11，10.13；**1841.** 5.11，9.3，
　9.18，11.13，12.22，12.24；
　1843. 4. 24；**1844.** 4. 16；**1847.**
　12.26

王主簿 **1838.**4.30

王晫、丹麓 **1839.**7.19

王子围 **1847.**8.12

王子直 **1843.**9.1

王紫绶 **1843.**2.15

王尊 **1840.**7.11；**1847.**12.10

亡妇 **1821.**4.20

望川侄孙 **1839.** 3. 27；**1841.** 5. 31，
　6.6，6.12；**1848.**2.10

微子 **1841.**5.5

维风族兄 **1838.** 2. 5，2. 18，2. 27；
　1839.2.27；**1840.**4.5

维摩诘 **1838.**3.20

韦澳 **1847.**6.20

韦粲 **1839.**8.11

韦筹 **1840.**3.23

韦道安 **1840.**5.15

韦讽 **1839.**9.15；**1841.**2.22

韦珩 **1840.**4.21，5.13

韦节妇 **1838.**8.20

韦权 **1844.**6.15

韦复 **1847.**5.7

韦偃 **1838.**5.30

韦应物、韦苏州 **1822.** 1. 29；**1840.**
　5.15，5.16；**1843.**9.1；**1848.**1.5

韦有夏 **1839.** 2. 1；**1841.** 2. 25

韦之晋 **1839.** 11. 14

韦中立 **1840.** 4. 21；**1841.** 8. 9

莲启强 **1847.** 8. 23

卫八 **1839.** 6. 18；**1843.** 9. 14

卫夫人、铄、茂猗 **1840.** 5. 14

卫恒 **1838.** 5. 13

卫中行 **1838.** 8. 2

卫周祚 **1841.** 8. 26

魏安釐王 **1838.** 7. 24；**1839.** 4. 2

魏哀王 **1838.** 7. 24，7. 26；**1839.** 4. 2

魏璧、仲文、橘泉处士 **1844.** 7. 3

魏成宪 **1847.** 4. 24

魏大中 **1839.** 4. 26；**1847.** 7. 20

魏加 **1838.** 7. 25

魏绛 **1847.** 7. 29

魏坤 **1820.** 5. 31；**1844.** 5. 23

魏汝贤 **1840.** 6. 20

魏弱翁 **1838.** 6. 19；**1839.** 3. 17

魏时中 **1839.** 4. 20

魏天佑 **1820.** 6. 10

魏文帝 **1839.** 6. 24

魏文侯 **1841.** 11. 25

魏禧、冰叔、叔子 **1839.** 12. 1；
　1841. 8. 19；**1847.** 8. 15，8. 17，8.
　19，8. 22，8. 23，8. 24，8. 27

魏襄王 **1838.** 7. 18；**1839.** 4. 2

魏象枢、魏敏果公、魏公 **1843.** 2. 12，
　2. 13，2. 14，2. 15

魏学诚 **1843.** 2. 12

魏学谥 **1843.** 2. 12

魏学讷 **1843.** 2. 12

魏学谦 **1843.** 2. 12

魏野 **1839.** 7. 20

魏裔介、石生 **1843.** 2. 15

魏征、魏郑公 **1838.** 6. 14；**1839.** 3. 14，
　12. 31；**1843.** 7. 15

魏忠贤 **1847.** 7. 19，7. 20

温处士 **1838.** 8. 9；**1839.** 5. 17

温体仁 **1839.** 4. 26

温庭筠、飞卿 **1843.** 4. 12

文壁 **1815.** 4. 18

文长 **1838.** 3. 22

文畅 **1838.** 8. 9；**1839.** 5. 16；**1840.** 4. 6

文衡山 **1839.** 9. 3；**1844.** 1. 9

文锦 **1838.** 7. 21

文康公 **1838.** 8. 12

文庆 **1840.** 8. 31，9. 5；**1844.** 5. 18

文容甥、文荣 **1840.** 5. 14，5. 26，6. 2，
　6. 6；**1843.** 2. 1，9. 6；**1844.** 6. 10

文天祥 **1815.** 4. 18；**1841.** 5. 23；
　1843. 10. 2；**1847.** 6. 18

文蔚 **1841.** 4. 25

文与可 **1838.** 3. 21，4. 30

文郁 **1840.** 4. 6

文长老 **1838.** 3. 23

文震孟 **1840.** 5. 18

文挚 **1815.** 6. 29

文子 **1838.** 6. 12；**1839.** 3. 13；**1840.**
　1. 7

闻人懋德 **1839.** 5. 14

闻叔婿 **1841.** 7. 18

翁海琛、广平、海邨、海村 1816. 2. 22；
　1820. 7. 21，8. 28；1821. 1. 21，3. 7，
　6. 19；1823. 2. 2

翁朗庵 1815. 3. 21，3. 22，4. 23

翁森 1844. 1. 9

翁叔均 1843. 2. 12

翁小海 1821. 3. 7；1839. 5. 28，7. 8；
　1840. 5. 6

翁邂 1838. 2. 25

乌重胤 1838. 8. 9；1840. 4. 22

乌尔恭阿 1841. 3. 29

乌中丞 1838. 10. 28

巫咸 1838. 11. 18

吴蔼人 1840. 1. 20，7. 25

吴笔客 1840. 4. 11

吴丙林、小浦 1839. 12. 7

吴昌时 1840. 7. 6

吴潮生 1840. 8. 5

吴琛堂 1840. 9. 4

吴澄 1847. 6. 21

吴楚翘 1842. 1. 8；1847. 7. 16，8. 12，
　8. 13，11. 7

吴春波 1843. 11. 14

吴慈鹤、吴巢松、吴侍讲 1840. 12. 21，
　12. 30

吴诞文 1838. 1. 30

吴淡如 1848. 2. 24

吴道子 1838. 3. 20，3. 25，8. 7

吴鼎芳、凝父 1821. 3. 22

吴端门 1815. 12. 31

吴二兄 1848. 2. 15

吴钫 1838. 1. 31

吴甘来 1847. 7. 24

吴公 1820. 12. 5；1841. 11. 30，12. 1，
　12. 4

吴构堂 1839. 9. 3

吴构亭 1839. 8. 18

吴光西 1840. 3. 29

吴国伦、明卿 1816. 6. 21；1820. 8. 11

吴浩然 1821. 8. 17；1822. 10. 20，
　10. 21，20. 22

吴鹤墅姊丈 1815. 4. 23，4. 26，8. 3

吴洪 1821. 6. 22

吴吉昌 1843. 5. 19

吴寄林 1840. 3. 4

吴寄松 1816. 2. 5；1822. 1. 2，2. 5；
　1823. 3. 6；1838. 2. 9，2. 18，2. 21，
　2. 23，3. 7，3. 10，3. 31，5. 3，5. 5，
　5. 6，5. 21，5. 27，8. 16，8. 22，8. 25，
　9. 9，9. 24，10. 12，10. 19，10. 24，
　10. 27，11. 7，11. 13，11. 14，11. 15，
　12. 3，12. 6；1839. 3. 13，3. 28，3.
　31，5. 1，5. 2，5. 5，5. 8，5. 16，5. 17，
　5. 20，6. 4，6. 9，6. 13，6. 16，7. 4，
　7. 7，7. 15，7. 16，7. 30，8. 19，9. 7，
　9. 15，9. 24，10. 4，10. 7，10. 13，
　10. 14，11. 5，11. 17，11. 18，11. 20，
　11. 21，11. 22，11. 23，11. 25，11.
　26，11. 28，12. 1，12. 2，12. 5，12. 7，
　12. 9，12. 10，12. 19；1840. 1. 5，
　1. 14，1. 17，2. 23，2. 25，3. 5，3. 18，
　3. 30，4. 3，4. 15，4. 23，5. 26，8. 4，

8.20，9.4，9.12，9.29，10.14，
10.18，10.19，11.1，11.15，11.16，
11.23，11.25，11.27，12.1，12.5，
12.6，12.14，12.25，12.29，12.30；
1841. 1.3，1.4，1.8，1.10，1.11，
2.19，2.20，2.23，2.25，2.26，3.1，
3.25，3.26，3.28，5.19，8.3，11.
15；**1842.** 2.4；**1843.** 2.12，2.13，
2.15，2.20，2.26，3.5，3.6，4.10；
1844. 8.9
吴霁峰、腾霄 **1815.** 7.20
吴骥、蒙庵 **1839.** 4.4
吴季子、吴季札、吴公子札 **1841.**
　5.31，11.15；**1847.** 8.12
吴家骐、柯亭、柯翁 **1815.** 9.12，9.25，
12.25；**1816.** 5.10，11.22；**1820.**
3.9，6.8，11.6；**1821.** 1.19，1.24，
3.19，5.21；**1822.** 4.25；**1823.** 3.
31，4.10，6.15；**1838.** 3.15，7.5，
7.16，8.26，8.28，10.5，10.14，
11.18；**1839.** 1.4，1.12，2.12，2.
21，6.6，6.7，6.9，6.26，7.2，10.
16，11.1；**1840.** 1.28，1.29，2.26，
3.31，5.3；**1841.** 2.26，3.26，4.7，
4.8，4.11，4.19，8.21；**1843.** 3.8，
5.12，5.27，5.29，6.19，6.23，8.
10，8.11；**1844.** 8.9；**1847.** 3.20，
3.22，3.23，9.22；**1848.** 3.2
吴鉴 **1839.** 2.28
吴蕉如、蕉如婿 **1838.** 6.13，11.1；
　1839. 2.27；**1840.** 1.1，2.12，2.13，

2.14，8.30，11.14，12.27；**1843.**
2.17，2.18，2.28，4.25，5.23，8.
29，8.30；**1847.** 5.24，9.28；
1848. 2.15，2.17；**1850.** 2.17
吴楷 **1820.** 11.19
吴节愍 **1839.** 8.18
吴节母庞太孺人 **1821.** 2.27
吴锦驰 **1847.** 9.29
吴晋锡、兹受、燕勒 **1839.** 5.25，5.27，
5.29
吴敬夫 **1847.** 9.22
吴敬羲 **1843.** 5.19
吴敬义 **1840.** 6.3
吴菊初 **1840.** 1.20
吴均 **1841.** 5.17
吴俊 **1847.** 4.24，7.10
吴鹃 **1838.** 3.2
吴兰士 **1842.** 1.27
吴兰墅 **1839.** 8.9，8.18，9.6
吴礼常 **1840.** 4.14
吴麟征 **1839.** 5.12；**1847.** 7.23
吴六奇 **1816.** 4.27
吴枚庵 **1847.** 5.13
吴鸣钧、振丰、云璈 **1844.** 6.5，6.6
吴茗香、元麒 **1838.** 8.22，9.20，9.21
吴明府 **1847.** 5.9，5.11
吴某 **1816.** 2.2
吴南荣、振臣 **1839.** 4.22，4.24
吴佩远、子佩 **1840.** 6.17
吴齐贤 **1841.** 8.14
吴启昌 **1838.** 8.19，8.20，8.21，8.22，

9. 8，9. 12，9. 16，11. 9，11. 17，11. 18，11. 25，12. 4；**1839**. 1. 1，8. 3，8. 8，9. 13，9. 14，11. 30

吴潜 **1821.** 5. 10

吴锵、闻玮 **1821.** 3. 22

吴翘楚 **1847.** 6. 16

吴嶔 **1843.** 3. 14

吴山 **1840.** 6. 20

吴山元 **1839.** 5. 25

吴少伯 **1847.** 9. 29

吴甥 **1839.** 4. 15，4. 24，7. 12，12. 25；**1840.** 2. 7，11. 13；**1841.** 1. 25，2. 4，2. 5，11. 1；**1843.** 4. 23，4. 25，5. 10，6. 10，8. 7，8. 15，9. 6，9. 8，12. 26；**1844.** 1. 21，2. 1，2. 6，4. 15，4. 23，8. 9，8. 12；**1847.** 4. 23，6. 21，9. 6，10. 5；**1848.** 1. 24，1. 29

吴省斋 **1823.** 4. 3；**1844.** 6. 17

吴胜兆 **1839.** 5. 12

吴石渠 **1839.** 5. 25

吴氏 **1815.** 3. 17；**1821.** 4. 28

吴书城、拥万、卧楼 **1842.** 2. 9

吴思树 **1841.** 2. 14

吴四甥 **1847.** 5. 25

吴嵩梁、兰雪 **1849.** 9. 23

吴廷琛 **1841.** 2. 14

吴廷华 **1843.** 2. 12

吴王 **1838.** 7. 26；**1839.** 4. 3

吴伟业、梅村、娄东 **1840.** 6. 8；**1841.** 4. 26；**1842.** 1. 23

吴文柔 **1839.** 5. 29

吴吾堂 **1821.** 8. 15；**1840.** 2. 23，2. 24；**1841.** 1. 6，1. 14，12. 1，12. 4；**1842.** 2. 4；**1843.** 5. 17；**1844.** 1. 27；**1847.** 4. 30

吴锡麒、谷人先生 **1841.** 8. 25

吴先生 **1840.** 10. 25，10. 27；**1841.** 9. 9，10. 20，11. 11，11. 14；**1842.** 1. 24，1. 31

吴小岩 **1821.** 4. 2，4. 9

吴啸岩 **1838.** 10. 28

吴肖岩 **1840.** 3. 14，3. 15，6. 30；**1843.** 2. 18

吴孝子 **1839.** 8. 16

吴心禅 **1821.** 4. 17

吴辛楣 **1839.** 8. 18

吴辛生 **1839.** 6. 17

吴新甫 **1843.** 8. 1，8. 2

吴信甫 **1840.** 1. 20

吴信中 **1844.** 1. 15

吴星萃 **1820.** 11. 19

吴星甫 **1843.** 6. 2，6. 6，6. 7，6. 24，8. 11

吴修龄 **1839.** 12. 5

吴秀 **1843.** 3. 12

吴秀才 **1838.** 8. 6

吴婿 **1838.** 2. 1，2. 2，4. 28，5. 9，6. 28，7. 1，8. 23，12. 8；**1839.** 3. 1，4. 1，9. 26；**1840.** 1. 2，2. 11，12. 1，12. 26；**1841.** 9. 6，11. 17；**1847.** 9. 27，9. 29；**1848.** 2. 16

吴玄冲 **1840.** 3. 19

吴学温 **1841**. 10. 15

吴雪璈 **1840**. 10. 16

吴涯 **1839**. 12. 1

吴彦律 **1838**. 8. 12；**1839**. 5. 19

吴岩 **1840**. 6. 20

吴阳 **1823**. 2. 23；**1843**. 3. 8

吴一鹏 **1841**. 11. 15

吴易 **1815**. 12. 21

吴义茂 **1839**. 1. 23；**1840**. 5. 6

吴益甫 **1847**. 3. 23，3. 24

吴吟桥 **1815**. 10. 8；**1816**. 3. 29；
　1820. 3. 14，5. 28；**1839**. 9. 10；
　1843. 5. 24

吴埔、石生、少湄、少眉侄孙 **1838**.
　4. 11，4. 25，4. 27，12. 4；**1839**. 3. 4，
　3. 23，9. 10，11. 26，11. 29，12. 13，
　12. 14，12. 16；**1840**. 5. 26，7. 23，
　7. 24，8. 6，8. 20，8. 21，8. 22，8. 28，
　10. 8；**1841**. 1. 9，6. 12，6. 8，9. 10，
　9. 12，9. 13，9. 17，9. 24，9. 26，9.
　30，10. 26，11. 3，11. 6，11. 22

吴友江、克震、春霩 **1815**. 2. 24，3. 22，
　4. 26，9. 29，9. 30，10. 31，11. 27，
　12. 3，12. 4；**1816**. 2. 5，2. 7，2. 17，
　2. 18，2. 19，2. 22，2. 25，2. 26，3.
　31，4. 30；**1820**. 2. 20，2. 28；
　1821. 1. 22，2. 27；**1822**. 2. 5，6. 8，
　6. 13，7. 27，9. 22，11. 2，11. 3，
　11. 4，11. 5，11. 22；**1823**. 1. 6，1.
　29，3. 5，3. 7，3. 8，6. 10；**1839**. 8.
　18；**1843**. 2. 20，2. 26，4. 3

吴友学 **1847**. 3. 24

吴与弼、康斋 **1848**. 3. 4

吴遇坤、禺人 **1842**. 2. 9

吴元 **1841**. 1. 19

吴源起 **1843**. 3. 13

吴月舟 **1839**. 3. 20，3. 21，3. 22

吴渊颖 **1840**. 3. 19

吴愷 **1847**. 9. 22

吴兆骞、汉槎、季子 **1822**. 5. 14，5. 18；
　1839. 4. 24，5. 27，5. 29，12. 6

吴珍堂 **1840**. 9. 11

吴振达 **1839**. 2. 28

吴振模 **1843**. 3. 5，3. 6，3. 14，4. 10，
　4. 11，4. 24，6. 1

吴之瑾、乙杉 **1839**. 4. 19，4. 20，4. 21，
　5. 8

吴志伊、任臣 **1839**. 12. 1

吴志忠、有堂 **1841**. 10. 14

吴质夫 **1843**. 11. 29

吴仲圭 **1821**. 5. 10

吴竹坡 **1839**. 9. 22

吴竹香 **1839**. 6. 23

吴子善 **1838**. 9. 12；**1839**. 8. 25

吴子相、兰夫、兰甫 **1840**. 2. 23；
　1841. 1. 14

吴祖锡、佩远、嵇田 **1840**. 7. 6

吴□书阳 **1815**. 4. 17

吾邱衍 **1839**. 8. 6

吾邱子赣 **1838**. 6. 19；**1839**. 3. 16

武道士 **1838**. 5. 8

武后、武曌 **1839**. 6. 25；**1843**. 3. 23

武元衡 **1840**. 4. 22,5. 13

五殺大夫 **1839**. 4. 2

五妹 **1838**. 3. 15

五姨甥 **1843**. 9. 7

五侄孙 **1838**. 8. 10,8. 29,10. 25;
1840. 12. 24;**1841**. 1. 5,5. 10;
1843. 6. 28,7. 25,9. 26,9. 28;
1844. 5. 18,6. 1,6. 8,6. 16,6. 21,
8. 12,8. 14

伍尚 **1847**. 9. 1

伍奢 **1841**. 12. 9;**1847**. 9. 1

伍文定 **1847**. 7. 13

伍袁萃 **1841**. 11. 15

伍员、子胥 **1820**. 5. 31;**1831**. 5. 11;
1840. 4. 13;**1847**. 9. 1

兀术 **1829**. 4. 21;**1847**. 6. 8

毋邱俭 **1841**. 1. 31

X

西施、西子 **1822**. 5. 24;**1841**. 2. 3,
12. 3;**1843**. 9. 26

西魏文帝 **1844**. 6. 11

熙民 **1840**. 6. 19

锡祉 **1843**. 5. 19

习凿齿 **1840**. 4. 6

席梅生 **1843**. 9. 20,9. 25

席谦 **1839**. 2. 18,10. 6

席小米 **1843**. 9. 25

奚仲 **1841**. 12. 13

夏宝德 **1840**. 1. 28,4. 24

夏二亭 **1843**. 4. 24,4. 27

夏侯胜 **1815**. 4. 28

夏家女 **1815**. 10. 18,10. 23

夏老尚、夏尚 **1840**. 9. 26,9. 27,9. 28

夏谦斋、增 **1838**. 3. 17;**1843**. 9. 25

夏蓉山 **1838**. 3. 7,3. 8;**1839**. 5. 5,
6. 7,6. 8,11. 19,11. 21,11. 26,
12. 1,12. 2;**1843**. 3. 5,3. 8;
1847. 3. 27;**1848**. 2. 21

夏时彦、士芳、南村 **1843**. 3. 5,5. 5;
1844. 5. 22

夏士芳 **1848**. 2. 21

夏竦 **1838**. 9. 7

夏完淳、夏内史、夏节愍公 **1821**.
5. 31,6. 8;**1840**. 6. 16,7. 8;
1841. 3. 20

夏修恕 **1839**. 4. 6

夏应龙、御下 **1843**. 3. 5

夏御天 **1843**. 3. 5

夏允彝 **1839**. 4. 22,4. 26

夏增 **1839**. 12. 4

鲜于子骏 **1838**. 3. 23,3. 25

先大父 **1815**. 4. 5;**1821**. 2. 11;
1838. 4. 2;**1841**. 5. 28;**1844**. 4. 22,
4. 24;**1847**. 4. 6

先君子、先子、先严、先府君 **1815**.
3. 28,4. 5,7. 6,9. 8,8. 14,8. 31;
1821. 3. 20;**1822**. 2. 3;**1838**. 4. 2,
7. 10,9. 30;**1839**. 1. 7,1. 13,7. 6,
9. 4;**1840**. 2. 1,5. 2,5. 20,5. 31,
6. 18,7. 14,8. 11,9. 13;**1841**. 1.
12,4. 9,5. 27,6. 24,7. 7,9. 16;

1843. 6. 16；**1844**. 4. 22；**1847**. 4. 6，
7. 1

先母、先慈 **1823**. 1. 15；**1839**. 1. 18；
1840. 1. 4，2. 1

仙槎 **1843**. 5. 19

显洁 **1838**. 3. 2

向戌 **1847**. 8. 9

向子期 **1841**. 8. 10

项太史 **1841**. 5. 12

项羽、藉 **1838**. 6. 8；**1839**. 1. 16，3. 12

象 **1815**. 4. 18

萧琛 **1844**. 1. 15，1. 18

萧俛 **1838**. 8. 5；**1840**. 4. 13

萧何 **1844**. 5. 19

萧鍊 **1840**. 3. 26

萧良城 **1843**. 5. 19

萧思话 **1844**. 1. 15

萧望之、长倩 **1838**. 6. 20；**1839**. 3. 12，
3. 17

萧先生、萧教师 **1848**. 1. 13

萧友兰 **1848**. 1. 15

萧真卿、贡 **1839**. 5. 31

萧子云 **1839**. 3. 2

小本禅师、善本 **1838**. 5. 8

小龛 **1839**. 11. 29

小六侄孙 **1847**. 5. 17

小女 **1821**. 9..6，9. 11

小彝 **1844**. 4. 16

小园侄孙 **1838**. 4. 11，4. 25，10. 9，
11. 13，11. 22，12. 4；**1839**. 1. 20，
3. 2，3. 23，3. 31，4. 15，4. 18，4. 20，

7. 5，7. 27，12. 12，12. 29；**1840**.
3. 10，5. 26，6. 14，6. 26，7. 20，7.
30，7. 31，9. 6，9. 28，10. 5，10. 14；
1841. 1. 28，2. 7，6. 8，6. 9；**1843**.
5. 4，5. 30，6. 29，7. 28，7. 29，8. 2，
8. 16，8. 25，8. 26；**1844**. 4. 18

小正侄孙 **1839**. 12. 18

孝伯 **1847**. 8. 15

孝己 **1822**. 3. 7

协襄 **1839**. 4. 13

谢安、安石 **1839**. 11. 15；**1840**. 4. 6

谢枋得、谢叠山 **1839**. 5. 25；**1840**.
3. 27，4. 18

谢朏、敬冲 **1847**. 4. 23

谢宏微 **1847**. 4. 23

谢惠连 **1839**. 6. 19；**1841**. 8. 5，8. 11

谢譓 **1847**. 4. 23

谢绛、谢希深 **1838**. 6. 13；**1839**. 3. 13，
3. 29

谢景温 **1839**. 3. 29；**1843**. 3. 11

谢筥庄 **1821**. 7. 2

谢灵运、康乐、谢临川 **1815**. 5. 1；
1822. 8. 1；**1839**. 3. 7，12. 6；
1840. 4. 6，5. 16；**1841**. 4. 14；
1843. 11. 14

谢迁 **1847**. 7. 6

谢上蔡 **1844**. 1. 7

谢世兄 **1839**. 5. 16

谢霜回 **1839**. 7. 19

谢松崖 **1844**. 6. 21

谢朓、小谢、谢宣城、谢元晖 **1815**.

5. 11，5. 21；**1839**. 1. 18，6. 19；
1843. 10. 6

谢万 **1815**. 7. 5

谢曜 **1847**. 4. 23

谢幼舆 **1839**. 6. 3

谢榛、茂秦 **1816**. 6. 21；**1820**. 8. 11

谢镇台 **1841**. 12. 19

谢庄、希逸 **1815**. 11. 3；**1841**. 8. 5，
8. 11；**1847**. 4. 23

解大绅 **1844**. 1. 9

辛殆庶 **1840**. 3. 26，3. 27

辛峤 **1844**. 5. 6，5. 28，5. 29，5. 30

辛毗 **1843**. 12. 24

辛替否 **1847**. 5. 11

辛秀 **1839**. 3. 2

辛垣衍 **1838**. 7. 24；**1839**. 4. 3

辛愿、敬之 **1843**. 8. 5

心园公 **1815**. 4. 6；**1839**. 4. 5；**1840**.
4. 5，12. 20；**1841**. 4. 5；**1843**. 4. 5；
1844. 4. 23

心如侄孙 **1838**. 11. 27

心斋 **1839**. 9. 17

信陵君 **1838**. 6. 15

信行 **1839**. 3. 2

星甫 **1843**. 2. 19

邢和叔 **1844**. 1. 19

幸南容 **1840**. 3. 26

杏传公、杏传府君、先赠公 **1838**.
11. 10；**1839**. 4. 1，10. 28，10. 30；
1840. 4. 4；**1841**. 4. 3，11. 7；
1843. 4. 4；**1847**. 11. 1

性慧 **1829**. 4. 26

性天 **1839**. 5. 22

熊其光 **1847**. 6. 2

熊庆泽、必悦 **1844**. 6. 13

熊少牧 **1842**. 1. 23

修本 **1843**. 9. 28

修容 **1822**. 5. 20

休上人 **1840**. 4. 6

秀山二兄、仲兄、蕴章、先兄 **1815**.
10. 13，10. 17，10. 18，11. 15，11.
27，12. 3；**1816**. 2. 7，4. 9，5. 31，
6. 1；**1820**. 6. 30；**1822**. 7. 14，10.
19，10. 20，10. 21，10. 23，10. 25，
10. 30，11. 8，11. 15，11. 22，12. 1，
12. 2，12. 3，12. 13，12. 20；**1823**.
1. 2，1. 16，3. 31，4. 4；**1838**. 4. 2；
1839. 4. 1；**1840**. 1. 23，4. 1，4. 4，
5. 2，5. 8，5. 26，7. 14，11. 14，11.
19，11. 26；**1841**. 4. 3，4. 9，5. 24，
5. 27，5. 30，12. 1；**1843**. 4. 7，5. 6，
5. 11，10. 18；**1847**. 4. 6

秀翁 **1840**. 11. 26

胥鼎、和之 **1843**. 8. 5

胥梁带 **1847**. 8. 9

胥绳武 **1847**. 4. 24，7. 10

徐安中 **1838**. 3. 29

徐昂 **1841**. 9. 7

徐昂发、大临、畏磊山人 **1839**. 12. 6

徐保和 **1838**. 2. 28

徐北海 **1839**. 4. 16，4. 20，5. 2；
1847. 10. 3

徐秉南、淡庵 1822. 10. 21，10. 23，
　10. 24，10. 25，10. 26，10. 27，12. 20
徐秉义 1839. 12. 6
徐槎仙 1843. 3. 30
徐常吉 1843. 3. 14
徐春海 1839. 5. 17，5. 20
徐达、中山王 1843. 9. 26
徐澹泉 1842. 1. 31
徐淡人 1839. 4. 14；1843. 8. 8
徐淡吟 1848. 1. 23
徐道璋 1816. 8. 14
徐定生 1839. 4. 25
徐东山 1839. 6. 7
徐恩涛 1839. 5. 22
徐尔爵 1840. 6. 15
徐枋、法昭、俟斋 1820. 5. 31；1840.
　6. 13，6. 16，7. 3，7. 6；1843. 3. 10；
　1844. 5. 23
徐冯 1841. 11. 25
徐孚远、闇公 1840. 6. 8，7. 6
徐幹 1838. 6. 14
徐淦、友梅 1841. 3. 7，3. 8
徐冠廷 1823. 6. 4
徐光启 1840. 6. 15
徐恒甫、恒甫侄婿 1841. 1. 28，4. 8，
　4. 9，4. 10，4. 11，4. 12，4. 13，4. 14，
　4. 15，4. 16，4. 18，6. 11，9. 2，9. 24，
　9. 27，9. 28；1843. 2. 2，4. 14，7. 25，
　7. 26，7. 27，7. 28，8. 1，8. 2，8. 5，
　11. 13，12. 16；1844. 4. 27；1847.
　3. 27，4. 15；1848. 2. 7；1850. 2. 16

徐洪三 1840. 5. 26，11. 13
徐积、仲车 1844. 6. 12；1847. 6. 5
徐纪 1841. 8. 24
徐阶、华亭 1840. 8. 30
徐晋升、石英 1839. 6. 22
徐经 1844. 6. 28
徐巨源 1840. 5. 22
徐君猷 1838. 3. 29
徐开任 1847. 6. 23
徐鑛 1839. 2. 28
徐兰坡 1821. 2. 11
徐兰浦 1844. 4. 12，4. 26，4. 30，5. 1，
　5. 31
徐李立 1840. 6. 25
徐灵胎 1838. 3. 2
徐鲁卿 1844. 5. 4；1848. 1. 23，2. 22
徐禄卿 1838. 10. 1，10. 8，10. 9；
　1840. 2. 8
徐南轩 1848. 2. 26
徐溥 1847. 7. 6
徐奇 1847. 6. 29
徐乾学 1839. 12. 6；1841. 10. 7
徐乔林 1838. 3. 2
徐釚、虹亭太史 1815. 6. 22；1820.
　5. 31
徐汧、勿斋 1840. 6. 13
徐孺 1839. 11. 14
徐孺人 1840. 10. 12
徐孺子 1838. 9. 22
徐三猫 1816. 3. 30
徐山民 1815. 3. 28；1816. 3. 24；

1840.5.18,7.4；1847.3.18

徐山寿 1841.12.1

徐尚勋、未孩 1840.6.7

徐少鹤 1840.12.21

徐少岩 1839.2.25；1841.9.24；
　1843.4.14,9.16,9.17；1844.4.28

徐石卿 1838.10.30；1847.4.3

徐史君 1838.3.29

徐士芬 1844.5.18

徐士毂 1843.5.19

徐氏 1815.10.7；1820.11.19

徐枢 1841.11.16

徐庶 1841.1.31

徐树香 1844.6.17

徐双螺 1843.11.23

徐四 1839.4.16

徐俟斋 1839.12.6；1847.11.27

徐松泉 1821.2.22

徐泰吉 1843.8.21

徐外孙 1843.2.11；1850.2.23

徐万春 1840.10.22；1843.5.4

徐伟长 1838.6.14

徐渭仁、紫珊 1842.1.11

徐文长 1843.3.20

徐问庐 1841.6.2

徐无党 1838.8.11；1839.5.18

徐武功 1839.8.16

徐熙荦 1842.1.24

徐小园 1840.1.13；1841.4.14,4.30,
　5.31,6.6,6.12,7.27,7.28,7.31,
　8.1,8.2,8.6,8.7,10.26,11.14,

12.6；1842.1.17；1843.1.31,7.
24,8.4,8.7,8.8,8.17,8.18,8.
19,8.20,8.21,10.21；1848.2.26

徐新亲 1840.5.26

徐兴邦 1840.6.25

徐铉 1843.11.7

徐偃王 1838.8.22；1839.8.2；
　1841.12.9

徐瑶林、兰卿 1839.5.21,8.17；
　1840.2.23；1841.2.19

徐尧寿、盛唐、岭香 1847.7.17

徐益丰 1849.9.23

徐雨山 1840.2.23

徐元文 1839.12.6

徐远 1820.5.1

徐月华 1822.5.20

徐越卿 1847.8.3

徐云岩 1843.4.14

徐祯卿 1816.6.21；1840.6.12

徐芝庭、芝翁 1838.2.14；1839.3.20；
　1840.11.26；1843.4.14

徐植庵 1820.9.24,11.6；1821.1.22,
　1.23,1.24；1822.5.14

徐中行、子与 1816.6.21；1820.8.11

徐仲宝 1847.3.18

徐竹汀 1840.2.10；1841.1.28；
　1843.2.4,5.1,5.4,6.5；1844.
　1.12,4.15；1847.6.3,8.3；
　1848.2.12

徐紫庭 1843.8.21

徐醉仙 1839.4.14；1843.8.8

徐作梅 **1839.**5.2

许悼公 **1847.**8.31

许发和 **1843.**5.29

许孚远 **1843.**3.14

许国公 **1838.**8.27

许衡、仲平、鲁斋 **1844.**5.18；**1847.**6.20

许辉、蕴山 **1847.**11.9

许靖 **1839.**8.15

许敬宗 **1843.**4.22

许遂 **1844.**6.24；**1847.**7.13

许莱山 **1842.**1.27

许兰坡 **1839.**7.27,7.29

许立章 **1840.**9.29

许鲁斋 **1839.**6.25

许孟容 **1838.**8.5；**1840.**4.13；**1841.**11.14

许秋田 **1838.**3.7,3.8,12.5；**1839.**7.20,7.27,12.1,12.2；**1841.**2.24；**1843.**3.26

许球 **1841.**2.15

许榕皋 **1839.**5.29

许散愁 **1839.**7.25

许山林 **1838.**11.30

许绍 **1839.**8.15

许慎、许公、叔重 **1838.**3.11；**1839.**5.29,11.10

许通、魏国惠和公 **1844.**5.18

许绾 **1838.**7.24

许梧冈 **1840.**3.31

许绣金 **1816.**2.2

许琰 **1847.**7.24

许耀庭 **1843.**3.26

许由 **1847.**11.20

许元 **1838.**9.11

许源、达泉 **1839.**11.4

许竹素 **1839.**12.6

许竹溪 **1821.**5.21；**1838.**10.23；**1840.**2.22,3.21,9.6；**1841.**2.4,3.24,9.23；**1847.**9.2,11.7,12.18；**1848.**2.13,2.21,2.23

煊侄 **1823.**7.5

选子表侄 **1839.**2.8,2.9

薛存义 **1840.**3.27；**1841.**9.29

薛道衡 **1839.**3.7；**1843.**11.12

薛汉冲 **1838.**2.25

薛据 **1839.**1.16

薛三 **1839.**6.19；**1841.**2.6

薛收 **1844.**6.4

薛嵩 **1841.**2.21

薛惟亚 **1844.**1.28

薛瑄、薛文清公 **1841.**6.11；**1844.**1.24；**1847.**7.5,7.13

学山公 **1843.**6.23

雪径 **1838.**2.28

荀吴 **1847.**8.29

荀子、荀卿 **1838.**6.11,6.12,6.13,8.11；**1839.**3.12,3.13,4.17,5.18,8.23

恂如侄孙 **1838.**11.30；**1842.**1.2

逊村公 **1839.**4.1；**1840.**4.1,4.4,7.15；**1841.**4.3；**1843.**4.4

Y

亚父 1839.6.22

燕惠王 1838.7.24；1839.4.2

燕文侯 1838.7.18；1839.4.2

燕易王 1838.7.18；1839.4.2

燕昭王 1838.7.22；1839.4.2

燕子哙 1841.12.9

严安 1838.6.19；1839.3.16

严八 1839.6.19

严逢金、宝珊 1847.11.29

严杰 1839.4.6

严介溪 1844.6.20

严明府 1839.10.5

严讷 1841.11.15

严起恒 1839.5.25

严荣 1841.8.25

严嵩、分宜 1840.7.24，8.30；1844.1.9，6.20

严炜、伯玉 1820.8.26

严武 1839.6.3

严有翼 1840.5.18

严迁堂 1847.3.25；1848.1.14

严震环 1840.5.20

严助 1838.8.17；1839.7.30

严子陵、严光、遵 1815.8.8

严子通 1843.8.8

颜长道 1838.3.27

颜雠由 1839.11.8

颜庚 1839.11.8

颜含 1847.4.18

颜回、回、颜渊、颜子 1839.5.29，6.17；1840.2.2；1841.2.19，6.4，9.5；1843.8.10，10.3；1844.4.12，5.15

颜佩韦 1840.4.25

颜师古 1839.3.9，8.23，12.31；1848.2.12

颜叔子 1822.2.6

颜驷 1842.1.26

颜延年 1815.4.24，4.25，5.1；1841.8.7

颜真卿、颜平原、颜鲁公 1820.5.1；1841.1.27；1842.2.3

颜涿聚 1839.11.8

颜浊邹 1839.11.8

阎立本 1838.5.8

阎应元 1839.6.12

彦昭 1848.2.16

晏几道 1838.8.7

晏殊、晏元献 1816.6.21；1840.3.23；1843.7.22

晏子、婴 1838.6.12；1840.3.22；1847.8.5，8.11，8.19，8.25，9.3

艳姿 1822.5.20

砚香 1844.8.9

杨邦义、晞稷 1843.10.2；1847.6.6

杨秉 1815.6.8

杨参赞、杨侯 1841.4.25，4.26，6.21

杨城书、香林 1839.1.16，1.17，1.18

杨诚斋 1815.4.22；1838.8.31，9.1，9.2，9.4，9.8；1841.7.24

杨椿 **1847**. 5. 6

杨大鹤、芝田 **1839**. 5. 4

杨斗山 **1838**. 9. 20，9. 21，9. 28；**1839**. 2. 6，8. 22，12. 13；**1840**. 4. 11，10. 10，11. 15；**1841**. 1. 25，6. 4，11. 21，12. 14；**1844**. 1. 15；**1847**. 7. 17

杨二西 **1843**. 2. 12

杨芳 **1841**. 3. 19

杨公 **1815**. 12. 22

杨公济 **1843**. 7. 16

杨宫保 **1839**. 2. 10；**1843**. 3. 8，5. 27

杨惠之 **1838**. 3. 20

杨诲之 **1840**. 3. 3，4. 20

杨继盛 **1847**. 7. 7

杨将军 **1815**. 12. 21

杨炯 **1839**. 9. 13

杨爵 **1847**. 7. 13

杨俊三 **1839**. 5. 29

杨浚 **1843**. 10. 23

杨开 **1839**. 5. 25

杨开基 **1843**. 6. 4

杨柯亭 **1847**. 5. 14

杨涟、忠烈公 **1840**. 5. 30；**1847**. 7. 19，7. 20

杨聋石 **1839**. 10. 10；**1840**. 1. 26，2. 26，3. 12，4. 28，5. 2，5. 4，5. 5；**1841**. 1. 7，4. 25，4. 26，6. 7，6. 30，10. 13，10. 14，10. 15，10. 16，10. 19，11. 28，12. 3；**1843**. 2. 25，4. 23，5. 18，5. 19，5. 20，6. 3，9. 9，9. 10，11. 15；**1844**. 2. 9，4. 12

杨伦、西河 **1839**. 1. 2，8. 25

杨苗 **1821**. 5. 10

杨能格 **1843**. 5. 19；**1847**. 9. 29

杨凝 **1840**. 3. 26，5. 11，6. 18

杨蟠 **1843**. 7. 16

杨佩兰 **1839**. 10. 16

杨凭 **1840**. 4. 13，5. 11

杨仆 **1838**. 8. 17；**1839**. 7. 30

杨倩 **1815**. 7. 26

杨亲家 **1838**. 5. 20

杨任 **1844**. 5. 21

杨容堂 **1844**. 1. 18

杨润田 **1839**. 10. 16

杨少尹 **1838**. 8. 8，8. 11；**1839**. 5. 16

杨慎 **1839**. 6. 23，12. 31；**1840**. 6. 3；**1844**. 6. 22；**1847**. 7. 13

杨慎矜 **1843**. 12. 28

杨士奇、文贞公 **1843**. 5. 2；**1847**. 6. 29

杨瘦云 **1839**. 4. 16

杨叔器、德周 **1844**. 5. 19

杨嗣昌 **1847**. 7. 23

杨素 **1840**. 8. 9

杨太真 **1820**. 9. 9

杨寘 **1838**. 8. 11；**1839**. 5. 18

杨廷和 **1847**. 7. 13，9. 15

杨廷枢 **1820**. 6. 10；**1838**. 3. 1；**1843**. 3. 10；**1844**. 5. 23

杨同 **1838**. 3. 1

杨维斗 **1839**. 5. 25，5. 29

杨维桢、廉夫 **1816**. 1. 6；**1820**. 5. 31

杨卫翁 **1821.**5.27

杨 文 伯 **1838.** 6. 22；**1839.** 3. 1；
　1840. 2. 9；**1843.** 2. 6；**1848.** 2. 7；
　1850. 2. 22

杨文苏、芸士 **1843.** 2. 12，2. 25，3. 17，
　5. 18；**1847.** 5. 13，5. 14，5. 15

杨五 **1839.** 6. 23

杨希临 **1842.** 1. 28

杨媳 **1843.** 4. 29，5. 7

杨显甫 **1838.** 6. 12

杨修 **1839.** 3. 7

杨续时 **1847.** 4. 24

杨燕奇 **1838.** 8. 27；**1843.** 5. 19

杨一清 **1847.** 7. 13

杨亿 **1816.** 6. 21

杨隐君 **1840.** 6. 21

杨永泰 **1839.** 5. 25

杨由义、宜之 **1820.** 5. 1

杨遇春、杨将军、杨胡子 **1820.** 11. 19

杨 恽、子 幼 **1838.** 3. 23，7. 28；
　1841. 8. 9

杨震 **1842.** 1. 29

杨执秋 **1843.** 3. 8

杨忠节公、杨公 **1815.** 3. 12；**1820.**
　7. 30

杨忠武 **1842.** 1. 24

杨朱 **1842.** 1. 24

杨竹堂 **1815.** 3. 22，4. 23；**1821.** 3. 26；
　1839. 1. 28，2. 7，2. 8，6. 16，6. 17

杨祝唐 **1843.** 3. 17

杨子承 **1840.** 5. 11

杨子水 **1839.** 12. 6

杨□山 **1815.** 9. 7

扬 雄、扬 子、扬 子 云 **1815.** 8. 1；
　1816. 3. 17；**1838.** 6. 26，8. 9，11.
　10，11. 17，11. 27，11. 29；**1839.**
　3. 6，3. 13，3. 19，5. 29，9. 13，10. 2；
　1840. 4. 13，5. 11；**1841.** 7. 28，
　12. 27；**1842.** 2. 9；**1843.** 4. 12；
　1844. 4. 13；**1848.** 2. 12

羊叔子 **1838.** 9. 21；**1843.** 11. 26

羊续 **1841.** 8. 5

阳城 **1840.** 1. 23，4. 21

阳货 **1844.** 6. 2

阳文 **1815.** 9. 1

尧、唐 **1838.** 6. 16，6. 20，6. 28；
　1839. 3. 27，11. 26；**1840.** 3. 22；
　1841. 8. 18，10. 14，11. 25，12. 3，
　12. 13；**1843.** 6. 12；**1844.** 6. 20

尧卿 **1843.** 4. 19

姚崇 **1847.** 5. 9，7. 13

姚椿、春木、春翁、子寿 **1838.** 2. 20，
　5. 30，6. 4，12. 1，12. 19；**1839.** 1. 1，
　4. 3，7. 23，9. 22，11. 30，12. 1；
　1840. 2. 22，3. 13，6. 28，8. 21；
　1841. 4. 14，6. 25，7. 24，8. 7；
　1843. 2. 10，3. 24，3. 25，3. 26，9.
　25；**1844.** 2. 10；**1847.** 3. 31，6. 12，
　6. 13，6. 24，7. 4，10. 6，11. 9，11.
　10，11. 11；**1848.** 2. 3，2. 4，2. 5，
　2. 8，2. 9，2. 12，2. 14，2. 18

姚范、姜坞 **1838.** 6. 13，8. 30，9. 1，

9. 18，9. 19，9. 21，11. 27，11. 29，
12. 26；**1839. 3. 13，4. 7，5. 16，
11. 24；1840. 2. 27**

姚坚香 **1839. 9. 22；1840. 12. 26，
12. 27；1841. 11. 17，11. 28，11. 29**

姚楗、子枢 **1839. 3. 13，3. 16，3. 21；
1840. 8. 21，8. 27；1843. 3. 26；
1844. 2. 10；1847. 11. 10**

姚烈妇 **1815. 5. 30**

姚麟 **1843. 3. 11**

姚明之 **1847. 11. 10**

姚鼐、姬传、惜抱先生 **1838. 6. 14，
6. 20，7. 22，7. 24，7. 26，8. 5，8. 7，
8. 9，8. 11，8. 12，8. 15，8. 19，8. 27，
8. 30，9. 1，9. 2，9. 4，9. 8，9. 11，
9. 12，9. 14，9. 15，9. 20，9. 21，9.
22，11. 18，11. 27，12. 4，12. 9，
12. 26；1839. 1. 1，3. 14，3. 15，3.
16，3. 19，4. 2，5. 15，5. 19；1840.
2. 27，7. 25，8. 2；1842. 2. 9；
1843. 9. 26**

姚诗城 **1844. 7. 3**

姚希孟、孟长 **1840. 5. 18，5. 30；
1841. 11. 16**

姚莹、石甫 **1840. 2. 27**

姚云门 **1841. 3. 7**

姚竹亭、慰祖、敬贻 **1815. 12. 28；
1816. 3. 31；1839. 4. 12**

姚壮之 **1847. 11. 10**

药亭先生 **1839. 2. 22**

耶律楚材 **1847. 6. 20**

叶絑 **1838. 3. 2；1844. 5. 21**

叶重第 **1844. 5. 21**

叶初香、楚香 **1840. 3. 12；1841. 2. 10，
2. 23；1848. 2. 7**

叶莼泉 **1844. 4. 14**

叶东平 **1844. 6. 6**

叶地师 **1847. 10. 2**

叶二江 **1840. 8. 14**

叶方蔼、文敏 **1839. 12. 5**

叶芳 **1844. 5. 21**

叶昉升 **1844. 5. 23**

叶溉翁 **1838. 2. 14**

叶淦成 **1844. 4. 14**

叶湖帆 **1839. 7. 27**

叶华川、昉升 **1816. 1. 1；1843. 6. 16，
6. 20**

叶晦叔 **1839. 5. 7**

叶敬之 **1844. 5. 19**

叶可畏 **1844. 5. 22**

叶可与 **1844. 5. 22**

叶夔 **1844. 5. 22**

叶梦得 **1841. 11. 15**

叶骑门 **1820. 5. 31**

叶曲江 **1840. 2. 23，5. 22；1841. 9. 10，
9. 16，9. 18；1843. 3. 23，3. 24，4.
12，4. 13，4. 17，4. 18，4. 29，5. 4，
5. 7，5. 10，6. 3，6. 6，6. 8，7. 12，
7. 13，7. 24，7. 25，7. 28，7. 29，8. 8，
8. 9，8. 19，8. 26；1844. 4. 17，4. 19，
4. 22，4. 26，4. 27，4. 30，5. 12；
1847. 4. 1，4. 4，5. 24，6. 10；**

　　1848. 2. 29

叶润琪 1820. 6. 12

叶绍冕 1844. 5. 21

叶绍袁 1820. 5. 31；1838. 1. 27；
　　1840. 6. 20

叶绍□1840. 6. 20

叶少湘 1839. 6. 9；1847. 3. 22

叶绥卿 1843. 8. 9，9. 16，9. 17；
　　1844. 5. 12；1847. 3. 20，10. 29

叶舒璐 1839. 4. 24；1844. 5. 23

叶舒瓒 1844. 5. 22

叶树伟 1844. 5. 22

叶思深 1816. 1. 1

叶松老 1843. 5. 31

叶天杓 1843. 6. 20

叶桐君 1839. 3. 13，3. 16；1847. 11. 10

叶湘帆 1838. 12. 5

叶向高 1847. 7. 7

叶小鸾 1847. 6. 21

叶燮、叶横山 1843. 3. 9，4. 9；
　　1844. 5. 29

叶一舟 1840. 3. 31

叶茵 1843. 3. 10

叶云浦 1841. 1. 14

叶允 1844. 5. 21

叶肇旸 1843. 6. 21

叶振德 1844. 5. 22

叶振声 1840. 11. 9

叶芝岩、令仪 1840. 2. 23

叶铸堂 1839. 5. 3，6. 10，6. 22；
　　1841. 2. 19，4. 27，9. 16；1844. 5.

　　12；1847. 3. 20，3. 22，10. 29；
　　1848. 2. 29

叶子音 1847. 11. 14

伊戾 1847. 8. 8，8. 24

伊世珍 1839. 7. 25

伊尹 1838. 6. 11，11. 17；1840. 3. 20；
　　1844. 1. 16

伊制军 1840. 7. 29

一山 1840. 3. 11

猗顿 1841. 11. 27；1848. 2. 5

仪封人 1815. 8. 13

仪九三嫂 1839. 5. 24

宜中丞 1816. 4. 21

怡禅公 1815. 4. 6；1840. 12. 20

怡良、怡抚军 1841. 3. 15，6. 21

怡悦亭 1842. 1. 24

夷吾 1839. 8. 3

仪狄 1841. 12. 13

姨母 1822. 10. 1，10. 2，10. 4，10. 5

以忠、嗣锋、鹤汀 1815. 7. 27，8. 2；
　　1821. 3. 8，11. 18，11. 22；1840.
　　11. 11；1844. 5. 27

翼奉 1823. 2. 15

易后斋 1844. 5. 18

义律 1844. 6. 11

义生、四姨甥 1839. 3. 30

绎如侄 1840. 4. 5；1841. 7. 3

轶镶侄 1841. 4. 19

羿 1841. 4. 20；1844. 6. 21

奕经 1843. 6. 18

奕敬、凝峰、奕将军 1842. 1. 13，1. 29

奕山 **1847**. 10. 22

殷柏庭 **1838**. 3. 9；**1839**. 10. 30，11. 29，12. 3，12. 7；**1840**. 1. 2，2. 19，5. 16；**1844**. 6. 1；**1847**. 9. 2

殷表侄 **1838**. 3. 7

殷东溪、仲堪 **1815**. 3. 19，3. 26，4. 17，6. 1，6. 2，6. 18，9. 8，10. 4，10. 5，10. 6，10. 7，11. 19，11. 20；**1816**. 2. 22，2. 26，4. 20，4. 21，5. 10，5. 29，5. 30，5. 31，6. 1，11. 2，11. 3；**1820**. 3. 7，3. 29，6. 3，6. 12，8. 26，12. 2，12. 3，12. 16，12. 17；**1821**. 1. 20，1. 21，3. 6，3. 7，3. 27，3. 28，3. 29，4. 10，4. 28，6. 18，6. 19，6. 21，6. 24，7. 26，11. 28，11. 29；**1822**. 4. 19，5. 26，5. 27，5. 29，5. 30，6. 3，7. 27，10. 2，10. 5；**1823**. 2. 14，2. 22；**1838**. 6. 30；**1839**. 9. 18，9. 20

殷二式、钰、殷甥 **1831**. 5. 13；**1838**. 2. 2，2. 3，2. 4，3. 7，4. 9，5. 3，6. 27，10. 6，10. 8，10. 19，10. 29，10. 30，11. 2，12. 2；**1839**. 5. 5，5. 6，5. 18，5. 19，5. 22，6. 8，6. 12，6. 16，6. 20，6. 21，8. 24，9. 17，9. 22，11. 19，11. 22；**1840**. 1. 1，1. 2，2. 11，2. 12，2. 13，2. 14，3. 1，3. 14，3. 15，4. 18，4. 19，4. 22，5. 7，5. 13，6. 5，6. 10，6. 30，7. 1，7. 28，7. 29，7. 31，8. 7，8. 14，8. 16，9. 8，9. 11，9. 30，12. 8；**1841**. 2. 17，3. 31，4. 1，

4. 2，4. 19，4. 30，5. 12，6. 21，9. 27，10. 20，11. 12，11. 13，11. 29；**1842**. 1. 13；**1843**. 2. 10，2. 11，2. 13，3. 5，4. 4，4. 6，4. 7，4. 15，4. 24，4. 25，5. 6，5. 11，5. 23，6. 5，6. 10，7. 31，8. 4，8. 6，8. 8，9. 7，11. 2，11. 8，11. 12，11. 23，11. 24，12. 20，12. 24；**1844**. 4. 21，5. 8，5. 11；**1847**. 3. 31，4. 2，7. 8，8. 7，9. 15，9. 29，10. 22，10. 25，10. 28；**1848**. 2. 18，2. 19；**1850**. 2. 27，2. 28

殷高宗 **1822**. 3. 7

殷浩 **1840**. 3. 22

殷老宝 **1840**. 6. 5

殷梅士 **1840**. 5. 16

殷珉轩 **1839**. 4. 18

殷少伯 **1844**. 5. 11

殷寿彭 **1840**. 2. 11，6. 3，6. 5，6. 20，7. 1；**1843**. 5. 19

殷淑仪 **1815**. 11. 3

殷述斋 **1839**. 2. 10，3. 22；**1840**. 2. 19，5. 17，5. 31，6. 3，6. 19，6. 28；**1841**. 5. 23；**1843**. 5. 7，5. 13，9. 7；**1844**. 6. 1；**1847**. 10. 29

殷桐春 **1844**. 5. 11

殷外甥 **1839**. 2. 26

殷希民 **1847**. 11. 27

殷献臣、汝劼 **1840**. 6. 29

殷选之表侄 **1839**. 9. 22，11. 22；**1840**. 6. 30；**1843**. 11. 24；**1844**. 5. 8；**1847**. 3. 23，3. 28，5. 4，9. 29，

10.28

殷妪 **1839**.7.6

殷员外 **1838**.8.9,8.11；**1839**.5.16

殷增 **1839**.12.4

殷兆镛、谱经 **1822**.12.9；**1838**.2.12,
　6.27,6.28,6.29,6.30,7.9,8.10,
　10.20,10.22,12.2；**1839**.1.4,
　2.4,2.8,2.9,2.10,3.9,3.18,
　3.20,3.21,3.22,3.27,5.19,6.
　16,9.17,9.18,9.19,9.22；
　1840.1.21,5.17,5.21,5.29,6.
　19,6.20,6.28,7.1,12.1,12.2,
　12.3,12.8；**1841**.5.23,10.6,
　10.28,11.28,11.29；**1843**.4.4,
　4.7,4.15,4.26,5.7,5.9,9.7,
　11.2,11.8,11.9,11.12；**1844**.
　2.8；**1847**.4.3,4.11,10.22,10.
　25,10.28；**1848**.2.9,2.17

殷智孙 **1816**.1.30

殷竹篱、竹里 **1816**.6.1；**1840**.2.19,
　5.16；**1844**.4.12；**1847**.10.28,
　10.29

殷竹岩 **1847**.10.29

阴兴 **1847**.4.9

阴饴甥 **1847**.8.23

吟老 **1847**.6.6

尹赏 **1840**.5.1

尹师鲁 **1838**.6.13,8.6,9.6,12.27；
　1839.3.13,8.6

应迟孙 **1847**.4.6

应璩 **1840**.3.25

应劭 **1839**.8.3；**1848**.2.12

应场 **1840**.3.25

英淳 **1843**.5.19

雍泰 **1847**.7.10

雍陶 **1841**.9.9

雍正、世宗宪皇帝 **1839**.10.22

颙师 **1838**.3.29

咏南 **1839**.8.14

尤侗、尤西堂 **1816**.6.23；**1841**.11.16

优孟 **1838**.5.15

尤袤、尤文简公 **1838**.11.9

尤氏 **1815**.9.3

尤性纯 **1815**.9.3

尤珍、沧湄 **1839**.8.2

由余 **1838**.9.10

友兰明府 **1838**.3.22

于清、澄甫 **1839**.3.13

于庆元 **1841**.2.15,3.11

于少保 **1821**.3.26

于玉立 **1839**.4.26

余步云、余宫保 **1841**.10.16,10.19,
　11.28

余鼎 **1820**.9.23

余国柱 **1841**.10.7,10.12

余阙 **1847**.6.22

余思陶 **1816**.6.1

余行甫 **1844**.1.18

俞安期 **1822**.9.8

俞邦英、敬亭 **1847**.7.21,7.22,7.24

俞成 **1815**.8.8

俞大猷 **1840**.8.30

俞分安 **1839.** 4. 25

俞茂东、吟庐 **1839.** 8. 8

俞宁世 **1847.** 8. 24，8. 31

俞少甫 **1839.** 5. 5

俞少亭 **1839.** 1. 4；**1843.** 9. 30，10. 6，
　10. 9，10. 15；**1848.** 1. 26

俞思涛 **1822.** 5. 26

俞望 **1841.** 6. 13

俞文 **1843.** 5. 3

俞晓亭 **1840.** 10. 14；**1848.** 1. 26

俞晓斋 **1838.** 3. 11

庾信、子山 **1838.** 5. 30；**1841.** 10. 17；
　1843. 11. 12；**1844.** 2. 16

虞翻、仲翔 **1840.** 5. 13；**1847.** 8. 5

虞恭公 **1820.** 11. 21；**1839.** 7. 28

虞公 **1822.** 5. 19

虞姬 **1838.** 3. 21

虞集、伯生 **1839.** 10. 10；**1840.** 4. 7，
　4. 21；**1847.** 6. 21

虞鸣鹤 **1840.** 6. 7

虞槃 **1840.** 5. 17

虞卿 **1838.** 6. 15；**1839.** 3. 15

虞世基 **1839.** 7. 26

虞诩、升卿 **1843.** 2. 13

虞愿 **1847.** 4. 27

鱼侃 **1841.** 11. 15

禹、大禹 **1838.** 6. 16，6. 20，8. 15；
　1839. 3. 11，3. 27；**1840.** 3. 23，6.
　20，6. 29；**1841.** 10. 14，12. 13；
　1843. 7. 22；**1844.** 1. 24，4. 22，6. 2，
　6. 21

宇安侄、宇侄 **1838.** 3. 22，6. 16，7. 18，
　9. 9，9. 25，10. 25，12. 9；**1839.** 4. 5，
　4. 14，5. 24，8. 5，9. 4，9. 7，9. 10，
　9. 12，9. 28，10. 7，10. 9；**1840.** 4.
　13，7. 5，8. 20，9. 14，10. 12，11. 13，
　12. 25；**1841.** 1. 5，4. 19，4. 21，4.
　30，5. 9，5. 10；**1844.** 6. 8；**1847.**
　10. 11，11. 17

宇文成州 **1839.** 5. 4

雨苍和尚 **1840.** 5. 22；**1843.** 5. 1；
　1847. 9. 30

郁鼎钟、彝斋 **1840.** 2. 20；**1848.** 2. 9

郁洪模、少彝 **1843.** 5. 14，5. 21，5. 29，
　6. 12，6. 28，6. 29，7. 12，7. 25，7.
　26，7. 27，8. 10，8. 25，9. 4，9. 22；
　1848. 2. 9

郁圯传、受书、石公 **1844.** 7. 3

郁文 **1847.** 7. 20

郁吴邑、若郁、省斋 **1844.** 7. 3

郁小轩 **1843.** 3. 3

郁钰生 **1848.** 2. 9

豫德 **1843.** 5. 19

尉迟生 **1838.** 8. 1

玉成甥 **1838.** 4. 9

裕谦、裕抚军、裕制军、裕中丞
　1840. 5. 1，5. 2，6. 19，7. 20，8. 4；
　1841. 4. 3，4. 26，10. 16，10. 18，
　10. 19，10. 21，10. 24，12. 19

裕臬司 **1839.** 6. 16

裕如山中丞 **1842.** 1. 24

裕堂侄孙 **1848.** 2. 11

豫让 **1841.** 11.25
遇昌妇侄 **1840.** 9.27
御叔 **1847.** 8.3
玉公 **1842.** 2.4
元德明 **1843.** 8.5
元公瑾 **1840.** 4.21
元鬲 **1840.** 4.6;**1841.** 11.7
元好问、遗山 **1816.** 6.21;**1839.** 4.12;**1841.** 8.24;**1843.** 8.2;**1848.** 1.7,1.9,1.10,1.11
元结、次山 **1838.** 8.21;**1839.** 8.1,9.9
元璙 **1821.** 5.10
元太宗 **1847.** 6.20
元真子 **1839.** 9.18
元稹、微之 **1822.** 1.29;**1839.** 4.15,6.25,11.12,11.18
袁秉直、子鱼、柏田 **1842.** 2.5
袁燦、灿明 **1843.** 5.19,6.20
袁春湖 **1843.** 10.20,10.31,12.5
袁东溪 **1840.** 9.9
袁二泉 **1840.** 9.9
袁二恬 **1815.** 3.12;**1816.** 8.14,8.15
袁谷芳 **1847.** 11.18
袁桂圃 **1816.** 2.15
袁颢 **1843.** 3.10,6.9;**1844.** 5.23
袁衡涛 **1815.** 5.30
袁宏 **1838.** 11.17;**1839.** 9.14
袁宏道 **1816.** 6.21
袁洪愈、抑之、安节公 **1840.** 7.5
袁化中 **1847.** 7.20
袁黄、了凡 **1820.** 5.31;**1838.** 3.2,8.3;**1843.** 6.5,6.20;**1844.** 5.21
袁嘉龄、礼夫 **1838.** 8.3,8.26,10.21;**1839.** 12.16
袁葵圃、炌、正乂 **1815.** 11.11,12.4;**1816.** 2.4;**1821.** 3.4;**1839.** 10.18,12.13;**1840.** 3.1
袁兰 **1844.** 5.25
袁朗 **1839.** 3.8
袁六兄 **1839.** 4.23,8.6
袁枚、袁太史、随园老人、仓山 **1815.** 6.1;**1821.** 3.26;**1822.** 1.19,5.24;**1838.** 6.25;**1839.** 3.4;**1841.** 2.2,8.7,8.23,8.25
袁梅春 **1843.** 8.5
袁穆斋 **1843.** 2.8,2.11,4.13
袁南州 **1820.** 3.20;**1838.** 8.3;**1840.** 2.20;**1843.** 5.29
袁憩棠 **1847.** 4.27,10.18
袁憩梧 **1841.** 5.17
袁绍 **1840.** 6.23
袁石鱼 **1815.** 12.2
袁实堂 **1847.** 11.23,11.26
袁氏 **1838.** 2.27
袁淑 **1847.** 4.23
袁述夫、述甫 **1840.** 2.20;**1843.** 5.29;**1844.** 4.10,4.16,4.24,5.18,6.1,6.16,8.13;**1847.** 9.2
袁顺、杞山 **1843.** 3.10
袁松巢、嵩龄 **1838.** 8.26,8.30,9.13,10.21;**1839.** 6.12,10.4;**1840.** 2.20,5.3,5.6;**1841.** 3.25;

1843. 2. 8, 3. 13, 4. 30, 5. 9, 5. 14,
5. 21, 5. 29, 6. 10, 6. 12, 6. 28, 7. 8,
7. 12, 7. 25, 7. 26, 7. 27, 8. 10, 8.
13, 8. 22, 8. 25, 8. 29, 9. 6, 10. 24,
10. 27, 11. 2, 11. 5, 11. 28; **1844.**
1. 19, 2. 1, 2. 2, 2. 13, 5. 18, 8. 13;
1847. 5. 12, 6. 18, 6. 25, 6. 26, 9. 2,
10. 5, 11. 13, 11. 14, 11. 15;
1848. 2. 24, 3. 2, 3. 4
袁桐邨 **1840.** 7. 5
袁午亭 **1838.** 3. 1, 7. 16, 8. 3, 8. 29,
11. 8, 12. 16; **1839.** 1. 4; **1840.** 1.
13, 2. 20; **1841.** 7. 11; **1843.** 5. 14,
10. 24, 11. 5, 11. 6, 11. 25, 12. 5,
12. 25, 12. 26, 12. 27; **1844.** 1. 19,
2. 13, 4. 16, 4. 20, 5. 15, 5. 16, 5.
18; **1847.** 4. 25, 9. 7, 9. 8; **1848.** 2. 9
袁绣虎 **1843.** 4. 10
袁学周 **1822.** 5. 4
袁雪翁 **1823.** 3. 21
袁彦群 **1842.** 1. 21
袁俨 **1843.** 6. 9; **1844.** 5. 21
袁一邨、一村 **1839.** 10. 18, 12. 13;
1840. 3. 1
袁雨寰、袁宇寰、宇寰师、宇寰业师
1815. 3. 12, 9. 4, 9. 5, 9. 10, 9. 12;
1816. 2. 15; **1822.** 5. 4; **1840.** 8. 23
袁渔溪、营 **1820.** 3. 20; **1838.** 3. 1,
8. 3; **1839.** 3. 18, 10. 8, 12. 16;
1843. 4. 13; **1847.** 5. 12, 5. 14, 5.
15, 5. 17; **1848.** 2. 9

袁愚溪 **1840.** 2. 20
袁遇嘉 **1840.** 8. 23
袁云槎 **1847.** 7. 3
袁云高 **1840.** 7. 18, 7. 26
袁泽 **1843.** 3. 10; **1844.** 5. 23
袁竹根 **1843.** 2. 11
袁祝庚 **1843.** 5. 29, 6. 12, 7. 5, 7. 6,
7. 26, 7. 27
源士康 **1822.** 5. 20
远法师 **1840.** 4. 6; **1841.** 4. 14
远孙 **1847.** 5. 29, 7. 8, 8. 21, 8. 23,
8. 30, 9. 1, 12. 1; **1848.** 2. 4
岳飞、武穆、岳忠武、岳鄂王、岳少保
1818. 12. 10; **1820.** 10. 9; **1821.**
3. 26; **1829.** 4. 17; **1840.** 8. 5, 8. 30;
1847. 6. 7, 6. 8
岳青 **1839.** 4. 27
岳云 **1847.** 6. 8
岳宗、戒初 **1820.** 5. 1
乐桓子 **1847.** 8. 17
乐毅 **1838.** 7. 24, 9. 19; **1839.** 4. 2;
1840. 5. 14
云夫院长 **1839.** 4. 16
云樵先生 **1820.** 5. 31
云湄从侄 **1838.** 4. 25; **1843.** 4. 9
云生侄婿 **1847.** 10. 17, 11. 22
云亭 **1841.** 1. 23
芸溪公、攀龙、外祖 **1840.** 6. 3;
1841. 5. 26; **1843.** 8. 27
筠溪翁 **1838.** 8. 20
恽光宸 **1843.** 5. 19

恽南田 **1839**.8.16

韵生侄孙 **1843**.5.30；**1850**.2.12，2.26

Z

宰予、宰吾 **1841**.9.5；**1844**.6.11

宰折睢 **1841**.12.9

在川侄孙 **1841**.5.31,6.6,6.12

再衡兄 **1841**.4.21

臧宫 **1838**.8.18；**1839**.7.31

臧孙纥 **1847**.8.4

臧文仲 **1844**.5.15

臧武仲 **1843**.5.29；**1847**.8.2,8.4,8.5

迮旦云 **1838**.3.8,7.16；**1839**.6.7,12.2；**1840**.3.31,6.1,6.21,7.3；**1843**.9.25

迮鹤寿、迮青霞、迮青翁 **1823**.1.3,2.13,2.15；**1839**.3.13,3.30,5.30,10.19,11.6；**1840**.3.25,3.31,11.25；**1841**.2.7；**1844**.4.11,4.18,5.4,5.7,5.15,5.18,5.19,6.2,6.17,7.2,8.13,8.15；**1847**.5.11,9.16,9.20,9.25,10.14,10.17,10.23,10.24

迮岭香 **1840**.8.20

迮芑堂、镐 **1838**.3.17；**1839**.12.2

迮三江 **1816**.6.23,9.25；**1823**.1.3

迮万川 **1820**.5.31；**1823**.1.3；**1844**.2.8

迮香岭 **1840**.8.15

迮艿林 **1840**.8.23

迮云龙 **1820**.5.31

曾巩、子固、曾文定公 **1838**.6.8,6.14,7.3,8.6,8.8,8.11,8.23,9.22,9.23,9.26；**1839**.3.12,3.14,3.15,3.23,4.4,4.8,5.18,5.29,8.28,12.27；**1840**.5.21；**1841**.8.24；**1843**.3.20

曾国藩 **1843**.5.19

曾吉甫 **1840**.5.13,5.16

曾参、曾子 **1839**.8.11；**1840**.6.3；**1841**.2.19,10.17；**1844**.7.3

曾望颜 **1841**.12.19

曾皙 **1844**.5.25

曾直喜 **1847**.7.11

查慎行、初白 **1822**.1.29；**1838**.5.13,6.21,6.23

查元章 **1839**.5.13

翟义 **1840**.6.16

翟子威 **1840**.8.5

詹桓伯 **1847**.8.25

展喜 **1847**.8.23

湛若水、甘泉先生 **1841**.6.11；**1844**.6.15；**1847**.7.11

张安道 **1838**.3.21,3.24

张安国 **1839**.1.1

张安世 **1847**.9.22

张百揆 **1840**.6.5

张祕 **1815**.5.1

张彪 **1839**.6.20

张别山 **1839**.5.25

张禀兰 **1843.**2.11

张秉锐 **1847.**4.24

张昺 **1847.**7.13

张伯行、清恪公 **1838.**8.26；**1839.**
12.6

张苍眉 **1840.**6.23

张敞 **1820.**8.28

涨潮、山来 **1839.**7.19

张彻 **1838.**9.1

张澈 **1839.**4.10

张春芳 **1815.**9.30

张大观、达诚、皓亭 **1815.**8.2；
1843.5.5；**1844.**5.22

张大有 **1842.**1.3

张德符 **1841.**3.8

张殿丞 **1838.**8.6

张雕武 **1839.**6.3

张东谷 **1844.**6.12

张敦颐 **1840.**5.17

张发才 **1844.**12.10，12.28

张方平 **1839.**3.25；**1843.**8.8

张飞 **1838.**6.11

张蒂 **1843.**5.19

张孚敬 **1847.**7.7

张骼 **1847.**8.4

张格尔 **1847.**10.22

张盥 **1843.**3.18

张海门 **1839.**4.20

张海鹏、若云 **1843.**9.29

张海珊、铁夫 **1821.**10.9，11.29

张琥 **1838.**8.12；**1839.**5.19

张翰 **1815.**12.23

张亨甫 **1842.**1.26

张衡、平子 **1838.**12.4，12.5，12.8；
1839.6.22，11.22；**1841.**2.18，
3.23，8.8，8.9；**1843.**10.2，10.8；
1848.1.20

张鸿、组云、秋槎 **1815.**8.2；**1840.**
7.11

张华、茂先 **1838.**12.10；**1839.**11.22；
1841.8.7

张煌言、元著、苍水 **1841.**8.26

张惠言 **1839.**5.29

张蕙塘 **1840.**8.18

张吉、克修 **1842.**1.8

张籍 **1838.**8.20；**1839.**4.17，4.18，
4.29；**1843.**5.13，5.15

张戩 **1820.**9.3

张建封 **1843.**12.15

张江、晓楼 **1840.**10.18

张介祉 **1847.**3.21

张近几、仲 **1838.**4.8

张京山 **1844.**7.3

张景阳 **1843.**4.10；**1844.**6.4

张九龄 **1847.**5.12

张居正、江陵 **1840.**8.30；**1843.**12.5；
1847.7.8

张隽 **1847.**11.27，11.29

张君房 **1843.**4.10

张堪 **1843.**2.20

张昆元 **1849.**9.23

张兰度 **1843.**6.20

张郎中 1838. 3. 22

张老振 1841. 7. 2

张耒 1816. 6. 21；1838. 4. 30

张李仙 1839. 5. 4；1841. 11. 24，12. 14；1847. 12. 29；1848. 1. 1，2. 2

张炼师 1829. 4. 24

张良、留侯 1839. 3. 7

张柳泉 1843. 9. 25

张舻江 1820. 3. 29，7. 21；1822. 2. 4；1839. 6. 11；1843. 9. 30

张璐、路玉、顽石 1847. 6. 18

张履祥、杨园先生 1839. 5. 30；1841. 8. 25；1843. 10. 3；1848. 2. 29，3. 1，3. 2

张楙之 1847. 9. 12

张梅峰 1847. 12. 29；1848. 1. 1，2. 2

张孟 1843. 12. 23

张梦莲 1843. 2. 11，2. 14，2. 16；1847. 5. 14

张邈 1840. 6. 23

张敏 1839. 8. 15

张鹏翮 1840. 9. 27

张其泰 1838. 3. 11

张起生 1839. 2. 28

张芑堂 1841. 8. 21

张謇 1839. 6. 19

张千秋 1847. 9. 22

张潜、伯升 1843. 8. 5

张潜之、彦孙、石云 1839. 6. 8，11. 26，12. 5，12. 6，12. 7；1847. 3. 21，3. 26

张清龄 1844. 6. 11

张晴午、泰松 1815. 9. 26

张庆 1820. 11. 19

张汛 1847. 4. 9

张癯堂 1840. 8. 5

张日华、复斋 1843. 6. 20

张蓉甫、容甫 1839. 6. 11，11. 23；1840. 4. 11；1841. 2. 23；1843. 9. 19，9. 30，10. 1，10. 3

张蓉圃 1838. 10. 13；1841. 3. 22；1843. 4. 28，6. 10，10. 21；1847. 7. 30

张山人 1838. 3. 25

张上若 1839. 3. 6，3. 7

张尚瑗 1839. 4. 24

张绍堂 1839. 9. 13

张诗龄 1840. 8. 21；1842. 1. 26

张师正 1838. 3. 29

张石匏 1841. 1. 7

张石耘 1838. 3. 10

张氏 1815. 4. 27；1838. 2. 27

张士诚 1820. 5. 1

张受先 1840. 5. 18

张叔辽 1816. 1. 30

张叔未 1838. 11. 30

张叔夏 1820. 5. 31

张叔夜 1847. 6. 6

张书客 1820. 6. 6

张竦、伯松 1843. 4. 12

张太硕人 1844. 1. 29

张汤 1847. 8. 31

张天如 1840. 5. 18

张天骥 **1838.**3.24

张廷济 **1847.**4.24

张童子 **1838.**8.9；**1839.**5.16

张望 **1839.**3.4

张维城 **1843.**2.14

张文节公 **1844.**1.9

张文濬 **1844.**5.7

张文潜 **1840.**5.13

张文珽、春泉 **1843.**9.25

张雾养 **1815.**7.16

张先璧 **1839.**5.25

张闲中 **1838.**8.15

张献忠 **1839.**5.25

张宪 **1847.**6.8

张香梨 **1847.**11.27

张小海 **1847.**3.21，4.15

张小憨 **1838.**3.12；**1841.**2.22，3.1，11.24，12.4；**1843.**8.11，10.6，11.3，11.4

张晓堂 **1822.**5.16

张孝嗣、忆鲈 **1821.**9.2；**1843.**5.5

张心渊 **1843.**5.20

张杏滨、香圃 **1841.**10.17

张雄 **1838.**8.12；**1839.**4.8

张雄飞 **1847.**6.20

张旭 **1839.**10.2

张学周、学固 **1821.**11.5；**1838.**2.27

张雪窗 **1843.**11.13

张雪斋 **1839.**2.8；**1847.**5.17

张巡、张中丞 **1838.**6.12，7.29；**1839.**3.13；**1840.**1.21

张砚香 **1839.**5.3，6.9，6.10，6.12，11.26；**1840.**8.5；**1847.**3.22

张仪 **1838.**7.18，7.24，7.26；**1839.**4.2；**1840.**5.13

张益州 **1838.**9.26

张揖 **1839.**5.29

张逸坡 **1839.**9.21；**1840.**2.28

张毅 **1840.**5.16；**1848.**1.27

张英、敦复、文端公 **1838.**4.15；**1841.**3.6

张应昌 **1847.**7.24

张永 **1844.**1.6

张渊甫、渊父 **1839.**3.13；**1840.**7.28，8.2，10.18，10.24；**1841.**6.25，11.4，12.1；**1843.**9.18，9.19，10.1，10.3，10.8，10.19

张元之 **1848.**1.1，2.2

张说 **1838.**8.11；**1839.**8.7

张悦 **1847.**7.25

张跃池 **1839.**9.10

张芸仙 **1840.**7.28；**1841.**3.15

张载、张子、张孟阳 **1838.**11.10，11.15；**1839.**9.13

张昭 **1847.**6.19

张贞女 **1821.**11.2，11.5

张振乾 **1823.**2.1

张振勋 **1839.**9.13

张之杲、东甫、张明府 **1841.**9.20

张之榘、仪正 **1844.**6.12

张芝、伯英 **1839.**8.17

张志和 **1838.**4.26

张稚筠 **1840**. 3. 30

张挚 **1840**. 5. 13

张中舍 **1838**. 3. 21

张竹江 **1839**. 8. 8,8. 24,9. 7,9. 10,
　10. 4,11. 26;**1840**. 10. 7;**1847**.
　5. 17

张竹娱 **1840**. 4. 24;**1848**. 1. 1,2. 2

张子白 **1839**. 6. 3,8. 17

张子谦 **1838**. 10. 13;**1840**. 9. 2

张子野 **1838**. 9. 6;**1839**. 8. 6

张紫岩 **1815**. 10. 16

张宗 **1847**. 4. 9

张宗衡、石林 **1840**. 6. 7

章传道 **1838**. 3. 23,3. 24

章大家 **1838**. 8. 20

张惇 **1847**. 6. 4

章邯 **1838**. 7. 25;**1839**. 4. 3

章辂、乘殷、牧石、质庵 **1842**. 2. 3

章梦阳、颐斋 **1839**. 4. 4

章七 **1838**. 3. 24

章孝标 **1831**. 5. 9;**1840**. 5. 21

章于野 **1839**. 5. 25

章藻功、岂绩 **1841**. 10. 17

章子厚、飞英 **1838**. 3. 29

长女、大女 **1821**. 4. 2,4. 9,9. 11;
　1838. 7. 1,8. 23,10. 28,10. 29,
　10. 30,10. 31,11. 1,11. 2,11. 3,
　11. 4,11. 10,12. 3;**1839**. 1. 6,3.
　28;**1840**. 12. 1,12. 7;**1843**. 7. 13

长媳杨氏、小媳杨氏 **1838**. 11. 3,
　11. 10

丈人 **1815**. 8. 13

昭明 **1841**. 7. 14

昭齐 **1843**. 6. 23

昭阳 **1838**. 7. 18;**1839**. 4. 2

朝云 **1840**. 7. 10

赵抃、清献 **1839**. 11. 6

赵表姊 **1848**. 1. 3

赵秉冲 **1842**. 2. 5

赵丙奎、菊斋 **1843**. 8. 8

赵充国 **1838**. 11. 10,11. 17

赵纯甫 **1839**. 6. 18;**1847**. 3. 23

赵次公 **1839**. 2. 28

赵德鳞 **1838**. 5. 11

赵东坡 **1840**. 2. 28

赵二水 **1839**. 8. 17;**1844**. 2. 8

赵二鱼 **1839**. 4. 19

赵二榆 **1839**. 4. 22

赵方 **1847**. 6. 15

赵飞燕 **1847**. 4. 8

赵丰谷 **1815**. 9. 14

赵概、赵少师 **1838**. 3. 22

赵艮甫 **1838**. 7. 9

赵公正 **1841**. 4. 23

赵光逢 **1840**. 8. 16

赵国麟 **1843**. 2. 12

赵过 **1848**. 2. 5

赵海帆、作舟 **1843**. 5. 24

赵海香、海翁、汝砺 **1822**. 5. 26;
　1838. 3. 7,12. 2;**1839**. 2. 5,5. 3,
　5. 4,5. 5,5. 6,5. 16,5. 19,6. 8,
　6. 13,6. 15,6. 20,6. 21,9. 17,9.

18、9. 22，11. 22，11. 25；**1840**. 1.
24，2. 23，2. 24，5. 31，6. 30，7. 1；
1841. 2. 17，2. 18，5. 13；**1842**. 2. 4；
1843. 4. 24，5. 23，5. 24，5. 25，6. 5，
6. 25，8. 14，11. 23；**1844**. 5. 8，5.
11；**1847**. 3. 22，3. 23，9. 29
赵惠文王 **1838**. 7. 22；**1839**. 4. 2
赵楫 **1844**. 6. 9
赵枷庵 **1842**. 2. 3
赵荐 **1838**. 3. 20
赵戒 **1847**. 9. 22
赵静香 **1815**. 3. 27，3. 28，9. 8；
1823. 2. 21，2. 22；**1839**. 6. 18；
1840. 3. 1；**1847**. 3. 31
赵括 **1842**. 2. 3
赵兰佩、赵眉山、眉翁 **1838**. 1. 28，
4. 10，7. 9，7. 14，12. 16；**1839**. 2.
22，2. 24，2. 28，3. 26，3. 29，5. 12；
1840. 5. 7，5. 10，5. 13，6. 5，6. 10，
6. 23，6. 25，6. 27，9. 9，10. 21，
11. 25，11. 26；**1841**. 4. 1，5. 13，
7. 22，7. 23，8. 1，10. 20，11. 12，
11. 13，11. 16，11. 29；**1842**. 1. 13，
2. 3；**1843**. 2. 8，2. 9，2. 19，2. 23，
3. 7，3. 13，3. 16，4. 4，8. 28；
1847. 4. 23，7. 19，7. 20，7. 23，7.
25，8. 3；**1848**. 2. 15
赵老鸣 **1847**. 11. 16
赵良 **1838**. 7. 18；**1839**. 4. 2
赵龙门 **1843**. 11. 8，11. 19；**1847**. 3.
29，10. 1

赵昂发、汉卿 **1847**. 6. 18
赵孟 **1847**. 8. 15，8. 17，8. 18
赵孟頫、子昂、松雪、文敏、赵王孙
1820. 5. 31；**1838**. 2. 21；**1839**. 8. 6，
9. 3；**1843**. 5. 29，6. 24
赵明叔 **1843**. 3. 21
赵南星 **1847**. 7. 9
赵裴哲 **1842**. 1. 23
赵清晏 **1843**. 12. 27
赵楠 **1841**. 6. 28
赵平桥 **1815**. 3. 19，3. 27；**1816**. 5. 29，
5. 30
赵秋谷 **1839**. 6. 21
赵汝珪 **1839**. 2. 28
赵汝渊 **1838**. 9. 14
赵肃侯 **1838**. 7. 18；**1839**. 4. 2
赵太后 **1838**. 7. 25
赵天杓 **1843**. 6. 23
赵佗 **1838**. 8. 17；**1839**. 7. 30
赵翁孙 **1838**. 6. 20；**1839**. 3. 17
赵文华 **1840**. 8. 30
赵文模 **1843**. 6. 23
赵文子 **1847**. 8. 5
赵午桥 **1842**. 1. 24，1. 25
赵希韩 **1847**. 7. 20
赵希璜 **1847**. 4. 24
赵襄子 **1841**. 11. 25
赵祥星 **1843**. 2. 15
赵莘田、云球 **1815**. 10. 6
赵翼、瓯北 **1815**. 4. 18，4. 19，4. 30；
1816. 5. 22；**1820**. 5. 28；**1839**. 8. 11

赵瀛 **1821.** 5. 10

赵约亭 **1815.** 10. 6

赵阅道 **1838.** 3. 29

赵云衢、云门 **1843.** 11. 7

赵韵园、韵翁、韵园先生 **1838.** 9. 9；
1839. 9. 10, 9. 28, 9. 30, 10. 1,
10. 4, 10. 7, 10. 20, 10. 25, 10. 27,
10. 29, 10. 30, 11. 1, 11. 4, 11. 6,
11. 10, 11. 11, 11. 16；**1840.** 9. 14,
11. 24

赵曾 **1847.** 4. 24, 7. 10

赵振业、虚白 **1847.** 9. 29

赵振祚 **1843.** 5. 19

赵之符 **1843.** 2. 15

赵竹安、桂生 **1815.** 3. 27, 6. 18；
1816. 4. 21, 5. 29, 5. 30；**1822.** 5.
26, 5. 31；**1823.** 2. 21, 2. 22；
1839. 2. 23, 9. 18；**1847.** 4. 2, 8. 21,
8. 22；**1848.** 2. 8

赵咨 **1843.** 4. 6

赵子 **1821.** 3. 30

赵宗儒 **1840.** 4. 22

兆黄 侄 **1815.** 4. 2；**1823.** 6. 12；
1841. 6. 2, 6. 13, 6. 27, 6. 29, 10. 4,
10. 21, 10. 25, 11. 1, 11. 9, 11. 10；
1843. 2. 11, 2. 13, 2. 15, 2. 17, 3. 8,
3. 10, 3. 14, 4. 4, 4. 5, 5. 10, 5. 24,
6. 17, 7. 13, 8. 10, 8. 26, 8. 28,
10. 20, 10. 27, 10. 29, 11. 2, 11. 18,
12. 5；**1844.** 1. 22, 1. 24, 1. 30, 5.
16, 5. 18, 5. 23, 6. 10；**1847.** 3. 31,

4. 6, 4. 13, 4. 21, 6. 3, 8. 3, 8. 16,
9. 17, 12. 12；**1848.** 1. 7, 1. 30, 2. 6,
2. 22；**1850.** 2. 15

兆明妇侄 **1838.** 6. 26；**1839.** 2. 20

兆青、青儿 **1815.** 2. 18, 4. 2, 6. 2,
9. 15, 11. 27；**1820.** 8. 12, 11. 21；
1822. 4. 6, 7. 27, 10. 30；**1823.** 6.
11；**1838.** 5. 20；**1839.** 10. 16；
1840. 4. 1, 11. 20；**1842.** 1. 14；
1843. 4. 7, 7. 13；**1844.** 1. 15

兆文 **1838.** 4. 2；**1839.** 3. 18, 4. 1, 4. 9,
4. 13, 4. 15, 4. 22, 7. 7, 7. 8, 12. 25；
1840. 1. 21, 1. 31, 2. 3, 2. 11, 4. 5,
4. 20, 4. 23, 5. 6, 5. 8, 6. 5, 6. 6,
7. 15, 9. 1, 11. 24, 11. 27；**1841.**
1. 17, 1. 23, 2. 2, 2. 9, 3. 16, 3. 23,
3. 29, 4. 3, 4. 5, 4. 27, 6. 13；
1844. 4. 27, 4. 29

兆薰、薰儿 **1838.** 2. 1, 2. 2, 2. 4, 2. 21,
2. 22, 3. 3, 3. 7, 3. 8, 3. 11, 3. 13,
3. 14, 3. 16, 4. 2, 4. 4, 4. 9, 5. 18,
5. 26, 6. 2, 6. 17, 6. 26, 7. 1, 7. 2,
7. 11, 7. 16, 7. 19, 7. 30, 7. 31, 8.
10, 8. 14, 8. 23, 8. 26, 8. 29, 9. 9,
9. 13, 9. 24, 9. 28, 10. 4, 10. 12,
10. 13, 10. 17, 11. 3, 11. 5, 11. 24,
11. 26, 11. 27, 11. 30, 12. 3, 12. 5,
12. 9, 12. 22；**1839.** 1. 7, 2. 11, 2.
14, 2. 16, 2. 20, 2. 22, 2. 26, 3. 3,
3. 18, 3. 24, 3. 25, 3. 28, 4. 1, 4. 5,
4. 19, 4. 22, 4. 30, 5. 1, 5. 4, 5. 5,

5. 6,5. 9,5. 13,5. 14,5. 15,5. 17,
5. 18,5. 20,5. 21,6. 3,6. 4,6. 9,
6. 10,6. 13,6. 14,6. 17,6. 19,6.
21,6. 24,6. 26,6. 28,6. 30,7. 1,
7. 2,7. 9,7. 12,7. 13,7. 20,7. 21,
9. 17, 9. 23, 9. 25, 9. 30, 10. 4,
10. 7,10. 13,10. 14,10. 15,10. 18,
10. 19,10. 25,11. 7,11. 9,11. 16,
11. 20,11. 23,11. 25,11. 26,11.
27, 11. 28, 11. 30, 12. 1, 12. 2,
12. 6,12. 8,12. 9,12. 10,12. 12,
12. 14,12. 20;**1840.** 1. 7,1. 8,1.
11,1. 14,1. 17,1. 18,1. 19,1. 26,
1. 28,2. 3,2. 5,2. 6,2. 7,2. 8,2. 9,
2. 10,2. 11,2. 12,2. 13,2. 14,2.
15,2. 18,2. 19,2. 20,2. 23,2. 25,
2. 26,2. 28,2. 29,3. 1,3. 6,3. 7,
3. 8,3. 10,3. 11,3. 12,3. 14,3. 15,
3. 22,3. 30,3. 31,4. 1,4. 2,4. 3,
4. 4,4. 7,4. 11,4. 23,5. 2,5. 4,
5. 7,5. 17,5. 18,5. 27,5. 28,5. 29,
5. 30,6. 5,6. 6,6. 7,6. 10,7. 2,
7. 3,7. 7,7. 11,7. 16,7. 17,7. 20,
7. 28,7. 30,8. 1,8. 11,8. 12,8. 14,
8. 17,8. 26,8. 30,9. 1,9. 10,9. 12,
9. 28,9. 30,10. 4,10. 6,10. 11,
10. 17,10. 18,10. 19,11. 2,11. 9,
11. 11,11. 15,11. 22,11. 23,11.
25,11. 26,11. 27,12. 6,12. 7,
12. 8,12. 12,12. 14,12. 15,12. 20,
12. 25;**1841.** 1. 6,1. 11,1. 12,1.

14,1. 19,1. 22,1. 23,1. 24,1. 25,
1. 26,1. 27,1. 28,1. 30,1. 31,2. 2,
2. 12,2. 13,2. 19,2. 26,2. 28,3. 1,
3. 2,3. 5,3. 7,3. 14,3. 15,3. 24,
3. 27,4. 3,4. 4,4. 5,4. 19,4. 27,
4. 30,5. 16,6. 13,6. 17,6. 20,6.
23,6. 27,6. 29,7. 3,7. 9,8. 29,
9. 12, 9. 26, 9. 28, 9. 30, 10. 1,
10. 2,10. 3,10. 6,10. 8,10. 19,
10. 20,10. 30,11. 2,11. 5,11. 7,
11. 8,11. 10,11. 23,11. 29,12. 16,
12. 19,12. 21,12. 31;**1842.** 1. 1,
1. 2,1. 10,1. 11,1. 12,1. 13,1. 14,
1. 15,1. 16,2. 5;**1843.** 1. 30,1. 31,
2. 1,2. 6,2. 11,2. 13,2. 15,2. 17,
2. 18,2. 19,2. 21,2. 22,2. 23,2.
26,3. 3,3. 4,3. 8,3. 12,3. 13,3.
16,3. 17,3. 20,3. 24,3. 25,3. 27,
3. 28,3. 29,3. 31,4. 1,4. 4,4. 5,
4. 6,4. 7,4. 11,4. 13,4. 15,4. 16,
4. 19,4. 22,4. 23,4. 27,4. 30,5. 4,
5. 8,5. 9,5. 10,5. 11,5. 14,5. 16,
5. 18,5. 21,5. 22,5. 25,5. 26,5.
28,6. 3,6. 4,6. 5,6. 6,6. 10,6. 11,
6. 12,6. 15,6. 18,6. 19,6. 21,6.
25,6. 26,6. 28,7. 2,7. 6,7. 10,
7. 12,7. 13,7. 16,7. 17,7. 24,7.
25,7. 27,7. 31,8. 4,8. 5,8. 8,8.
10,8. 13,8. 16,8. 19,8. 22,8. 23,
8. 24,8. 26,8. 28,8. 29,8. 31,9. 1,
9. 2,9. 3,9. 4,9. 5,9. 6,9. 8,9. 9,

9. 20，9. 21，9. 23，9. 25，9. 26，
10. 1，10. 3，10. 4，10. 5，10. 6，
10. 7，10. 8，10. 15，10. 17，10. 18，
10. 20，10. 21，10. 24，10. 27，10.
30，10. 31，11. 2，11. 6，11. 19，
11. 22，11. 26，11. 28，11. 30，12. 4，
12. 9，12. 11，12. 13，12. 16，12. 17，
12. 18，12. 21，12. 22，12. 25，12.
27，12. 29，12. 31；**1844**. 1. 4，1. 8，
1. 12，1. 15，1. 18，1. 20，1. 24，1.
25，1. 29，1. 30，1. 31，2. 1，2. 4，
2. 9，2. 11，2. 13，2. 14，2. 15，4. 9，
4. 10，4. 12，4. 16，4. 18，4. 20，4.
21，4. 27，4. 28，5. 1，5. 2，5. 4，5. 7，
5. 8，5. 16，5. 18，5. 21，5. 22，5. 25，
5. 29，6. 2，6. 5，6. 9，6. 10，6. 21，
6. 22，8. 9，8. 10，8. 13，8. 15；
1847. 3. 17，3. 22，3. 25，3. 26，3.
27，3. 28，3. 29，4. 6，4. 14，4. 15，
4. 19，4. 23，4. 27，4. 30，5. 2，5. 11，
5. 13，5. 14，5. 15，5. 16，5. 24，5.
25，5. 28，5. 31，6. 1，6. 3，6. 5，6. 6，
6. 10，6. 11，6. 14，6. 16，6. 18，6.
19，6. 21，6. 22，6. 24，6. 26，6. 28，
6. 29，7. 5，7. 8，7. 10，7. 12，7. 15，
7. 17，7. 18，7. 19，7. 21，7. 23，7.
25，7. 30，8. 4，8. 5，8. 7，8. 9，8. 10，
8. 16，8. 18，8. 21，8. 22，8. 26，8.
27，9. 9，9. 11，9. 12，9. 14，9. 16，
9. 17，9. 20，9. 25，9. 26，9. 30，
10. 6，10. 7，10. 9，10. 10，10. 11，

10. 14，10. 16，10. 24，11. 5，11. 6，
11. 9，11. 16，11. 22，11. 28，11. 29，
12. 1，12. 2，12. 18，12. 19，12. 20，
12. 23，12. 25，12. 30；**1848**. 1. 8，
1. 10，1. 13，1. 17，1. 19，1. 22，1.
24，1. 28，2. 2，2. 4，2. 5，2. 8，2. 9，
2. 10，2. 12，2. 14，2. 15，2. 16，2.
17，2. 18，2. 20，2. 22，2. 23，2. 24，
2. 26，3. 2，3. 4；**1850**. 2. 13，2. 16，
2. 17，2. 18，2. 21，2. 22，2. 26

兆元侄 **1823**. 6. 12；**1838**. 4. 2，4. 4；
1839. 4. 1；**1840**. 2. 3，6. 2，11. 13，
11. 15，11. 26；**1841**. 1. 4，1. 23，
1. 25，1. 28，4. 3，4. 16，6. 27，6. 29，
7. 18，7. 27，9. 9，9. 10，9. 16，10.
28，11. 3；**1843**. 1. 30，1. 31，2. 17，
4. 4，4. 5，4. 7，4. 18，5. 1，7. 5，7.
13，7. 24，8. 4，8. 24，10. 17，10. 20，
10. 21，10. 29，11. 13，12. 16；
1844. 1. 14，1. 19，1. 31；**1847**. 4. 5，
4. 6，6. 27，7. 26，7. 31，8. 7，8. 28，
8. 29，9. 1，9. 6，9. 7；**1848**. 2. 7；
1850. 2. 21

真德秀 **1847**. 6. 15

真娘 **1842**. 1. 31

甄邵 **1847**. 9. 15

振凡侄孙 **1839**. 10. 1，11. 16；
1840. 8. 31，10. 7，10. 11；**1841**.
4. 21，4. 22，5. 25，7. 18，7. 30；
1843. 4. 10，5. 30，8. 22；**1847**. 6. 1，
6. 25

振声先伯 **1839**. 5. 26

震学张老师 **1823**. 3. 25

郑成游 **1844**. 5. 17

郑岱生 **1840**. 3. 7, 3. 8, 3. 10；**1844**. 6. 17

郑典设 **1839**. 3. 7

郑刚甫 **1839**. 12. 4

郑户曹 **1838**. 3. 25

郑戬 **1843**. 7. 27

郑霁山 **1847**. 11. 27

郑京山 **1840**. 6. 7

郑虔 **1839**. 2. 18, 10. 6；**1843**. 10. 2, 10. 8

郑善夫 **1840**. 6. 12

郑尚书 **1838**. 8. 8, 8. 9；**1839**. 5. 16

郑审 **1839**. 11. 6

郑十 **1838**. 8. 11；**1839**. 5. 17

郑十八 **1839**. 6. 18

郑寿南、药芸 **1840**. 10. 11

郑瘦山 **1821**. 2. 11；**1840**. 8. 2

郑思肖、郑所南 **1840**. 7. 3；**1841**. 3. 8

郑文恪 **1840**. 5. 31

郑文乔 **1844**. 4. 11

郑熊光 **1848**. 2. 11

郑玄、康成 **1839**. 5. 29；**1843**. 11. 10

郑荀 **1838**. 8. 11；**1839**. 5. 18

郑药房 **1841**. 6. 7

郑又乔 **1840**. 9. 4

郑众、郑司农 **1839**. 5. 29

郑子文 **1829**. 4. 21

郑作肃 **1841**. 11. 15

芝台公 **1839**. 5. 12

植中 **1838**. 7. 27, 10. 8, 11. 13；**1839**. 1. 23, 1. 24, 3. 23, 4. 11；**1840**. 1. 14；**1843**. 3. 12

殖绰 **1847**. 8. 2

志松外舅 **1820**. 4. 23, 4. 24；**1821**. 2. 16, 10. 29

知罄 **1847**. 8. 23

智伯、知伯 **1840**. 1. 28；**1847**. 8. 12

智王 **1839**. 5. 25

智琰法师 **1822**. 5. 23

智周 **1838**. 3. 23

稚谷 **1839**. 12. 27；**1840**. 1. 18

钟复 **1847**. 9. 15

钟会、士季 **1841**. 1. 31；**1843**. 3. 23

钟馗 **1840**. 7. 10

钟清源 **1815**. 6. 19

钟箬溪、大源 **1815**. 9. 22

钟惺 **1816**. 6. 21；**1840**. 6. 13

钟繇 **1840**. 2. 13

终军 **1840**. 6. 8；**1847**. 8. 2, 8. 4

忠烈公 **1841**. 6. 2

仲步墀 **1843**. 3. 7

仲弓 **1841**. 9. 5；**1844**. 6. 16

仲锦奎 **1843**. 3. 7

仲莲君 **1843**. 4. 29

仲泷 **1843**. 3. 7

仲枢 **1843**. 3. 7

仲孙樊、博山 **1839**. 2. 27, 10. 20, 10. 21, 11. 23, 12. 4, 12. 7, 12. 29；**1840**. 11. 8, 11. 9；**1841**. 9. 15, 9.

18,9.19;**1843**.3.7,5.14

仲孙何忌 **1843**.10.6

仲孙机 **1843**.3.7

仲屯田 **1838**.3.24

仲祥从侄 **1823**.3.23

仲宣从孙 **1839**.4.13,10.21

仲荫庭 **1843**.9.20,9.26;**1847**.3.27

仲郢 **1841**.6.4,6.28

仲由 **1839**.10.19

仲周霈 **1843**.3.7

仲子仙 **1847**.5.11

周昂、少霞 **1839**.12.1

周白庵 **1820**.11.7;**1839**.6.15,7.2;
1840.1.2,1.4,2.26;**1843**.2.23,
2.24,3.4,3.13,3.27,3.29,4.1,
4.23,5.1,5.4,5.16,5.20,6.15,
6.18,6.19,7.31,8.5,8.6,8.7,
8.28,8.29,8.31,10.27,11.14,
11.16;**1844**.1.29,2.9,4.10,4.
12,4.13,5.18,5.21,6.5,6.22;
1847.4.19,10.10

周邦彦 **1839**.2.28

周邦穆 **1839**.2.28

周宝琨 **1839**.7.2

周宝琪 **1839**.7.2

周宝彝 **1839**.11.23;**1841**.2.24

周保绪 **1843**.10.2,10.3,10.4,11.12

周必大、周益公 **1838**.9.29

周表侄 **1841**.2.12

周勃 **1840**.5.18

周伯仁 **1847**.4.18

周朝瑞 **1847**.7.20

周忱、周文襄 **1843**.2.23;**1847**.7.5

周诚老 **1839**.9.3

周墀 **1847**.6.20

周大令 **1840**.1.15

周丹亭 **1842**.2.4

周鼎枢 **1842**.2.3

周定王 **1838**.8.15

周东尹 **1838**.3.6,3.10;**1839**.6.7,
6.8,6.11,6.15,6.20,6.23,11.
17;**1841**.2.13,3.9;**1843**.9.25

周锷 **1842**.1.3

周逢辰、友松 **1840**.2.25

周凤翔 **1847**.7.24

周公 **1841**.2.26

周公瑾 **1822**.2.23

周恭寿、竹君 **1840**.2.8

周谷贻 **1847**.3.27

周虹桥 **1839**.6.15;**1843**.9.18,9.28,
9.29,11.14;**1847**.3.20,6.18

周几道 **1839**.1.1,11.28

周寄林、寄林表兄 **1815**.7.22,9.26,
12.28;**1822**.2.23

周教授 **1838**.5.30

周介老、芥老 **1838**.5.23,8.25,9.30;
1839.8.5,8.6,8.17;**1840**.1.20,
5.6,5.31,9.25,11.29

周京 **1820**.6.3

周经 **1847**.7.9

周君巢 **1841**.12.17

周凯 **1842**.1.23

周郎浦 **1843.** 6. 19

周朗 **1847.** 4. 27

周阆圃 **1847.** 3. 29

周栗香 **1847.** 10. 5

周笠川 **1843.** 11. 13

周霖公 **1841.** 3. 6

周柳初 **1843.** 6. 19

周纶 **1838.** 9. 29

周茂叔、濂溪 **1829.** 4. 26；**1838.** 5. 1；
　1843. 7. 10；**1844.** 1. 6

周梦颜、安士、怀西居士 **1839.** 12. 6

周明府、周令 **1838.** 12. 9；**1839.** 2. 9，
　2. 11，5. 19，6. 16，8. 9，8. 13，8. 14，
　8. 18，8. 31，9. 6，9. 12，10. 22，
　10. 28，11. 5；**1840.** 4. 4

周墨卿 **1841.** 2. 14；**1847.** 3. 27

周穆王 **1839.** 8. 16

周品 五、聘 五 **1840.** 1. 4，6. 3；
　1841. 3. 12，5. 26，9. 7；**1842.** 1. 12；
　1843. 3. 9，8. 27

周起元 **1847.** 7. 20

周蓉村 **1821.** 12. 11

周瑞 **1823.** 2. 23

周少蓉 **1847.** 3. 27

周少隐 **1840.** 5. 14

周升恒、稚圭、山茨 **1842.** 2. 3

周诗 **1838.** 4. 4

周氏 **1816.** 3. 23

周士钰 **1821.** 10. 9

周师兄 **1842.** 1. 30

周顺 昌、周 忠 介 公 **1838.** 7. 10；

1839. 4. 26；**1840.** 4. 25；**1847.** 7.
　20，7. 21

周思兼 **1840.** 5. 18

周粟香 **1847.** 6. 29

周太孺人 **1839.** 9. 17

周太硕人 **1844.** 1. 20

周天爵 **1838.** 10. 14，10. 24

周天球、公瑕 **1839.** 9. 3

周天佐 **1847.** 7. 13

周铁瓢 **1840.** 10. 10

周珽、无瑕、青羊 **1820.** 5. 1

周屯田 **1838.** 8. 11

周文朝 **1839.** 2. 8

周文若 **1843.** 11. 17

周文王 **1839.** 3. 27；**1841.** 12. 13；
　1844. 6. 20

周文元 **1843.** 10. 2

周武王 **1840.** 3. 22；**1841.** 11. 25；
　1847. 3. 24

周香初、纶涣 **1839.** 6. 20，6. 21，6. 22，
　6. 23，6. 25，11. 25，11. 27，11. 28，
　12. 3；**1843.** 9. 17，9. 20，9. 22，9.
　23，9. 25，9. 26；**1847.** 4. 15，4. 24

周霄 **1838.** 6. 17

周弦斋 **1838.** 8. 12

周宪曾 **1843.** 8. 9

周香烺、君与 **1849.** 9. 23

周相、君弼、周御史 **1820.** 5. 31，6. 3；
　1847. 6. 21

周小如、曰寅 **1815.** 2. 22，3. 17，4. 23；
　1816. 2. 4，2. 5；**1821.** 1. 22，1. 23，

3. 26,4. 28,5. 24;**1822.** 11. 2

周孝垓 **1844.** 4. 16

周谢亭 **1841.** 1. 15

周新 **1847.** 6. 29

周诉 **1838.** 7. 24;**1839.** 4. 2

周星桥 **1838.** 3. 6;**1839.** 6. 7,6. 8, 6. 23,11. 28,12. 1;**1843.** 9. 25, 9. 27;**1844.** 4. 10,4. 15,4. 21; **1847.** 3. 21,3. 28,5. 15

周行逢 **1847.** 5. 15

周宣王 **1844.** 6. 12

周延儒 **1839.** 4. 26

周耀始 **1839.** 2. 28

周怡 **1847.** 7. 13

周宜人 **1839.** 5. 25

周以勋、次立 **1842.** 2. 9

周意庭 **1847.** 11. 19

周逸夫 **1840.** 2. 14

周翼洙 **1842.** 2. 3

周荫堂 **1843.** 9. 22

周吟樵 **1847.** 3. 27

周印之 **1840.** 10. 13

周由铣 **1849.** 9. 23

周有恒 **1839.** 10. 9;**1840.** 4. 27,10. 22;**1847.** 10. 9

周又山、又山表侄 **1815.** 3. 17,3. 22; **1816.** 10. 9,10. 10

周宇春 **1844.** 6. 17

周玉生、玉生表侄 **1815.** 3. 17,3. 22, 4. 26,9. 30;**1816.** 4. 1,4. 15; **1820.** 11. 6;**1821.** 4. 22;**1838.** 7.

27;**1839.** 9. 1,9. 3;**1840.** 1. 4,2. 29,8. 3,11. 14,11. 16;**1841.** 3. 4, 5. 30,9. 25,11. 24,11. 26,11. 27; **1843.** 8. 27;**1847.** 4. 27,8. 8,12. 18;**1848.** 1. 19

周遇吉 **1816.** 11. 29

周元圃 **1815.** 2. 24,4. 23;**1816.** 2. 10

周泽 **1847.** 11. 18

周长官 **1838.** 3. 23

周震 **1843.** 3. 11

周振业 **1847.** 11. 18

周知 **1821.** 10. 9;**1822.** 1. 2

周芝田 **1847.** 10. 1

周稚琰 **1821.** 3. 20

周峙亭、峙翁 **1844.** 4. 10,4. 14,5. 2, 5. 4,5. 16,5. 25,5. 29,5. 31,6. 4, 6. 22,8. 9,8. 10;**1847.** 4. 19,5. 10, 5. 20,6. 11,6. 16,6. 26,6. 28,6. 29,7. 1,7. 7,7. 15,7. 18,7. 20, 7. 21,8. 17,8. 18,8. 19,8. 28,9. 5, 9. 7,9. 8,9. 13,9. 17,9. 20,9. 30, 10. 3,10. 4,10. 7,10. 16,11. 22, 11. 23,12. 4;**1848.** 2. 19,2. 20

周忠武公 **1839.** 7. 24

周子仙 **1839.** 11. 25;**1840.** 2. 25

周子心 **1847.** 3. 22

周宗建 **1838.** 3. 2;**1847.** 7. 20

纣 **1838.** 6. 20;**1839.** 3. 27

朱霭堂、蔼堂、启华 **1838.** 7. 16,7. 30, 8. 30,9. 13;**1840.** 5. 3,5. 6,7. 21; **1841.** 4. 19,5. 7;**1843.** 7. 24,7. 25,

7. 26，9. 5，9. 22，11. 8，12. 5；
1844. 5. 18，5. 19，6. 1，6. 16，6. 21，
6. 22；**1847**. 9. 2，11. 15

朱霭亭 **1821**. 1. 25，3. 19；**1822**. 1. 17，
1. 19；**1844**. 2. 10，2. 13；**1847**. 5. 10

朱百年 **1840**. 6. 24

朱半樵 **1843**. 6. 5，6. 6；6. 16，6. 18，
6. 19，7. 7

朱跸 **1829**. 4. 21

朱弁 **1847**. 6. 6

朱昌颐 **1847**. 8. 31，9. 1

朱长孺、鹤龄 **1815**. 6. 28；**1839**. 6. 14，
6. 18，6. 23，6. 25，6. 27，9. 29，
11. 18；**1841**. 1. 18，1. 31，2. 20，
2. 25，4. 21，8. 9；**1843**. 8. 13，9. 9，
10. 6，12. 24；**1847**. 11. 18，12. 3

朱朝奉 **1838**. 5. 8

朱春池 **1815**. 3. 21，3. 22，3. 23，4. 23

朱春山 **1841**. 6. 30

朱泚 **1843**. 4. 18

朱丹林 **1838**. 10. 14；**1839**. 3. 18，4.
19，4. 22，4. 28，5. 13，5. 21，6. 11，
6. 15，8. 14，9. 1，10. 6，11. 17，
12. 2；**1840**. 4. 4，5. 2，5. 4，10. 27，
10. 29；**1841**. 1. 4，2. 14，2. 19，3. 4，
3. 5，3. 28，4. 7，4. 27，4. 28，5. 14，
5. 25，5. 26，6. 2，6. 28，7. 15，7. 19，
7. 26，8. 31，10. 12，10. 19，11. 22，
12. 5；**1842**. 1. 30；**1843**. 3. 1，5. 1，
6. 9，10. 19，10. 29，11. 2，11. 7；
1844. 1. 19；**1847**. 5. 2，5. 13，6. 2，

6. 5，6. 8，8. 7，9. 6，9. 30，10. 4，
10. 21，10. 27，11. 2，11. 29

朱旦 **1839**. 2. 28

朱德基 **1840**. 5. 3

朱东阳 **1847**. 10. 12

朱斗垣 **1839**. 2. 28

朱方增 **1841**. 11. 15

朱赟 **1843**. 3. 15

朱恭寿 **1843**. 10. 6

朱古馀 **1847**. 3. 22

朱珪 **1841**. 8. 24，8. 26

朱瀚 **1839**. 3. 8

朱和卿 **1840**. 9. 26；**1841**. 10. 11

朱鸿图 **1847**. 10. 4

朱桓、拙存 **1847**. 3. 30

朱吉甫 **1839**. 3. 19，9. 1

朱集璜、以发 **1840**. 7. 4

朱琦 **1839**. 12. 1

朱将军 **1820**. 5. 31

朱节妇蒋氏 **1821**. 12. 6

朱锦道 **1847**. 10. 4

朱君平 **1841**. 3. 2

朱钧、云帆 **1843**. 6. 20

朱葵轩 **1844**. 6. 5

朱笠亭 **1840**. 6. 15

朱莲卿 **1848**. 3. 1

朱莲石 **1844**. 5. 8

朱廉、天祐、馀庆、拙庵 **1844**. 6. 30

朱临川 **1840**. 4. 23

朱抡 **1841**. 9. 7

朱履中 **1839**. 3. 7

朱梅士 1838. 11. 23

朱梅墅 1838. 8. 4

朱米寿、寿表侄 1838. 11. 21, 11. 23

朱南如 1840. 4. 7

朱芹泉 1847. 9. 26

朱铨 1843. 3. 7

朱三官 1840. 12. 23

朱尚宾、少安 1839. 12. 4

朱少云 1821. 3. 19, 5. 27, 7. 2；
　1822. 1. 17, 12. 20；1838. 11. 8,
　11. 9, 11. 21, 11. 23, 11. 28

朱升斋 1821. 3. 19；1838. 11. 21,
　11. 23, 12. 16；1839. 2. 3, 2. 7, 4. 4,
　7. 20, 7. 21, 8. 28, 8. 30, 8. 31, 9. 1,
　9. 2, 9. 4, 9. 8, 9. 26, 12. 13；
　1840. 2. 17, 2. 18, 2. 20, 9. 13, 9.
　14；1841. 1. 21, 1. 23；1847. 4. 1

朱盛德 1821. 12. 6

朱士江 1839. 5. 9；1840. 9. 26；
　1847. 7. 16；1848. 1. 21

朱氏 1815. 11. 28

朱氏从姑 1816. 6. 4

朱守中 1844. 1. 28

朱绶、酉生 1839. 7. 2；1840. 5. 28；
　1841. 1. 29, 2. 1, 2. 2, 2. 10, 6. 25；
　1843. 4. 26, 4. 27, 4. 28

朱瘦人 1839. 4. 19, 4. 23, 4. 25, 5. 2；
　1847. 5. 11, 5. 17

朱书贾 1839. 7. 28；1841. 5. 26

朱四、朱甥 1815. 10. 13, 10. 17,
　10. 18, 11. 27

朱素园 1820. 3. 23

朱体仁 1840. 9. 21

朱天麟 1838. 3. 2

朱铁门 1843. 8. 8

朱汀涛 1848. 1. 21

朱庭藻 1840. 4. 10

朱纨、秋崖 1844. 5. 14

朱文涟、野屏 1839. 11. 4

朱熹、朱子、朱文公、紫阳 1820. 5. 1；
　1829. 4. 17；1838. 8. 9, 9. 17；
　1839. 5. 29, 10. 22, 11. 6；1840.
　3. 25, 6. 17；1841. 6. 11, 6. 24, 6.
　25, 10. 15, 10. 16；1843. 10. 8；
　1844. 1. 2, 1. 7, 1. 15, 1. 24；
　1847. 6. 5, 6. 9, 6. 10, 6. 16, 7. 10,
　7. 11；1848. 2. 11, 3. 3

朱霞轩 1839. 8. 28

朱祥 1838. 1. 31；1843. 2. 23

朱燮元 1847. 7. 22

朱选楼 1840. 10. 16

朱彦修 1847. 9. 12

朱野苹 1840. 4. 4, 4. 7, 5. 12, 5. 18,
　5. 28

朱彝尊、竹垞、秀水 1820. 5. 31；
　1839. 4. 13；1840. 8. 5；1842. 1. 23；
　1843. 5. 4

朱应登 1840. 6. 12

朱用纯、柏庐、致一 1839. 12. 6；
　1840. 6. 17, 7. 4

朱愚泉 1844. 5. 23

朱郁照 1839. 6. 16

朱筠 **1844.**7. 3

朱子仁 **1844.**1. 28

诸葛亮、孔明、武侯、隆中 **1815.**7. 5；
1820. 7. 21；**1838.** 3. 20，6. 11；
1839. 1. 31，3. 7，3. 12，3. 13，3. 19，
4. 17，9. 16；**1840.** 6. 16，8. 28；
1841. 1. 31；**1842.** 1. 24；**1843.**
11. 12；**1844.** 5. 19；**1847.** 8. 15

诸古愚 **1843.**12. 5；**1847.** 4. 28

诸联、亩香 **1847.**6. 18

诸西轩、协夔 **1816.**1. 21；**1821.** 2. 16；
1840. 7. 7；**1843.** 12. 5

诸向德 **1847.**4. 28

烛之武 **1847.**8. 23

竹淇、竹侄 **1840.**1. 14，1. 17，5. 26，
9. 13，9. 28，11. 7；**1841.** 1. 28，9.
24，9. 30，12. 6，12. 30；**1842.** 1. 22，
1. 29；**1843.** 1. 31，5. 4，6. 27，7. 5，
7. 9，7. 17，8. 24，10. 18，12. 16；
1844. 1. 1，1. 9，2. 2，2. 5；**1847.**
4. 27，5. 2，8. 25，10. 7，10. 8，11. 6；
1848. 1. 26；**1849.** 9. 22

竹堂 **1841.**8. 19，8. 25；**1843.** 3. 29

主父偃 **1838.**6. 19；**1839.** 3. 16

祝威 **1829.**4. 21

祝渊 **1839.**5. 12；**1840.** 4. 25；**1847.**
7. 23

专诸 **1839.**4. 22

庄泖客 **1821.**6. 8

庄舄 **1840.**5. 12

庄辛 **1838.**11. 19

庄元臣 **1843.**3. 9

庄子、庄周、庄生 **1820.** 2. 22；**1822.**
8. 1；**1839.** 3. 6，3. 12，3. 13，8. 15，
8. 17，11. 8，11. 9；**1840.** 3. 3，3. 23，
5. 11，5. 16，6. 21；**1841.** 12. 15；
1842. 1. 24；**1844.** 6. 15；**1847.** 8. 31，
11. 18，11. 20；**1848.** 1. 27

卓海帆、秉恬 **1838.**8. 10，8. 25

卓少府 **1839.**8. 21

卓文君 **1839.**3. 9

卓翁 **1841.**4. 20

卓枟 **1843.**5. 19

子产 **1838.** 11. 17；**1839.** 10. 3；
1843. 12. 17；**1844.** 5. 15；**1847.**
8. 3，8. 4，8. 5，8. 8，8. 11，8. 13，
8. 15，8. 17，8. 18，8. 19，8. 22，8.
24，8. 30，8. 31，9. 3

子大叔 **1847.**8. 5

子冯 **1847.**8. 3

子服惠伯 **1847.**8. 26

子高 **1839.**3. 17

子贡、子赣 **1841.**7. 28，9. 5，10. 17

子罕 **1847.**8. 10，8. 12

子鹤 **1841.**10. 13

子立 **1850.**2. 15

子路、季路 **1839.** 12. 4；**1840.** 3. 3，
10. 21；**1841.** 10. 17；**1843.** 9. 21；
1844. 5. 25

子南 **1847.**8. 3，8. 18

子皮 **1847.**8. 12，8. 13，8. 15

子思 **1844.**6. 20

子晳 **1847.**8.18

子夏 **1840.**5.18;**1843.**8.23;**1848.**
3.1

子鲜 **1847.**8.7,8.9

子选表侄 **1839.**2.4

子游、言偃 **1838.**8.14;**1844.**7.1

子羽 **1847.**8.12,9.2

子云侄孙、子芸 **1839.**8.6,8.8,8.9,
8.14,8.18,8.19,8.30,9.4,9.6;
1840.9.14,11.15;**1843.**3.10

子展 **1847.**8.12

子张 **1838.**3.14;**1841.**2.24;**1847.**
8.3

子朱 **1847.**8.7

紫山 **1840.**4.10

梓慎 **1847.**8.10

宗炳 **1840.**12.4

宗臣、子相 **1816.**6.21;**1820.**8.11

宗鲁 **1847.**9.1

邹浩 **1847.**6.5

邹君 **1815.**7.3

邹淑芳、蕙祺 **1820.**8.26

邹阳 **1838.**7.26

邹元标 **1839.**4.22;**1847.**7.9

邹衍 **1847.**3.22

邹在郭 **1844.**6.16

邹智 **1847.**7.11

左光斗 **1847.**7.19,7.20

左光图、翼宸 **1843.**2.15

左光先 **1840.**4.25

左良玉 **1840.**4.25

左丘明、邱明、左氏、盲左 **1815.**6.24;
1838.8.23,8.27,9.3;**1839.**8.3;
1840.4.18;**1847.**8.25;**1848.**2.13

左石侨 **1844.**2.1,2.8

左思 **1815.**11.3;**1841.**8.9

左未生 **1838.**8.15

左雄 **1847.**4.14

《中国近现代稀见史料丛刊》已出书目

第一辑

莫友芝日记　　　　　　　　徐兆玮杂著七种
汪荣宝日记　　　　　　　　白雨斋诗话
翁曾翰日记　　　　　　　　俞樾函札辑证
邓华熙日记　　　　　　　　清民两代金石书画史
贺葆真日记　　　　　　　　扶桑十旬记(外三种)

第二辑

翁斌孙日记　　　　　　　　翁同爵家书系年考
张佩纶日记　　　　　　　　张祥河奏折
吴兔床日记　　　　　　　　爱日精庐文稿
赵元成日记(外一种)　　　　沈信卿先生文集
1934—1935中缅边界调查日记　联语粹编
十八国游历日记　　　　　　近代珍稀集句诗文集
潘德舆家书与日记(外四种)

第三辑

孟宪彝日记　　　　　　　　吴大澂书信四种
潘道根日记　　　　　　　　赵尊岳集
蟫庐日记(外五种)　　　　　贺培新集
王癸避难日志　辛卯年日记　珠泉草庐师友录　珠泉草庐文录
嘉业堂藏书日记抄　　　　　校辑民权素诗话廿一种

第四辑

江瀚日记　　　　　　　　　王承传日记
英轺日记两种　　　　　　　唐烜日记
胡嗣瑗日记　　　　　　　　王锺霖日记(外一种)
王振声日记　　　　　　　　翁同龢家书诠释
黄秉义日记　　　　　　　　甲午日本汉诗选录
粟奉之日记　　　　　　　　达亭老人遗稿

第五辑

袁昶日记　　　　　　　　　　　东游考察学校记
吉城日记　　　　　　　　　　　翁同书手札系年考
有泰日记　　　　　　　　　　　辜鸿铭信札辑证
额勒和布日记　　　　　　　　　郭则沄自订年谱
孟心史日记·吴慈培日记　　　　庚子事变史料四种(外一种)
孙毓汶日记信稿奏折(外一种)　《申报》所见晚清书院课题课案汇录
高等考试锁闱日录　　　　　　　近现代"忆语"汇编

第六辑

江标日记　　　　　　　　　　　新见近现代名贤尺牍五种
高心夔日记　　　　　　　　　　稀见淮安史料四种
何宗逊日记　　　　　　　　　　杨懋建集
黄尊三日记　　　　　　　　　　叶恭绰全集
周腾虎日记　　　　　　　　　　孙凤云集
沈锡庆日记　　　　　　　　　　贺又新张度诗文集
潘钟瑞日记　　　　　　　　　　王东培笔记二种
吴云函札辑释

第七辑

豫敬日记　洗俗斋诗草　　　　　潘曾绶日记
宗源瀚日记(外二种)　　　　　　常熟翁氏友朋书札
曹元弼日记　　　　　　　　　　王振声诗文书信集
耆龄日记　　　　　　　　　　　吴庆坻亲友手札
恩光日记　　　　　　　　　　　画话
徐乃昌日记　　　　　　　　　　《永安月刊》笔记萃编
翟文选日记　　　　　　　　　　浙江省文献展览会文献叙录
袁崇霖日记　　　　　　　　　　杨没累集

第八辑

徐敦仁日记　　　　　　　　　　谭正璧日记
王际华日记　　　　　　　　　　近代女性日记五种(外一种)
英和日记　　　　　　　　　　　阎敬铭友朋书札
使蜀日记　勉喜斋主人日记　浮海日记　海昌俞氏家集
翁曾纯日记　瀚如氏日记(外二种)　师竹庐随笔
朱鄂生日记　　　　　　　　　　邵祖平文集

●◎● ●◎● ●◎● ●◎● ●◎●

第九辑

姚觐元日记　　　　　　　　　　钱仪吉日记书札辑存(外二种)
俞鸿筹日记　　　　　　　　　　张人骏往来函电集
陶存煦日记　　　　　　　　　　李准集
傅肇敏日记　　　　　　　　　　张尔耆集
姚星五日记　　　　　　　　　　夏同善年谱　王祖畲年谱(外一种)
高栴日记　　　　　　　　　　　袁士杰年谱　黄子珍年谱

●◎● ●◎● ●◎● ●◎● ●◎●

第十辑

方濬师日记　　　　　　　　　　徐迪惠日记　象洞山房文诗稿
张蓉镜日记　　　　　　　　　　夏敬观家藏亲友书札
陈庆均日记　　　　　　　　　　安顺书牍摘钞　贵东书牍节钞　黔事书牍
左霈日记　　　　　　　　　　　翁同书奏稿
陈曾寿日记　　　　　　　　　　三十八国游记
龚缙熙日记　　　　　　　　　　君子馆类稿
沈兼士来往信札　　　　　　　　晚清修身治学笔记五种